郑利华 著

前后七子研究

上海古籍出版社

图书在版编目(CIP)数据

前后七子研究 / 郑利华著. —上海：上海古籍出版社，2015.7(2023.4 重印)
ISBN 978-7-5325-7597-8

I.①前… II.①郑… III.①中国文学—古典文学研究—明代 IV.①I206.2

中国版本图书馆 CIP 数据核字(2015)第 072837 号

本书为上海市哲学社会科学规划课题(2002BWY002)最终成果

前后七子研究

郑利华 著

上海古籍出版社出版发行

(上海市闵行区号景路 159 弄 1-5 号 A 座 5F 邮政编码 201101)

(1) 网址：www.guji.com.cn
(2) E-mail：guji1@guji.com.cn
(3) 易文网网址：www.ewen.co

上海新艺印刷有限公司印刷

开本 710×1000 1/16 印张 48 插页 5 字数 752,000
2015 年 7 月第 1 版 2023 年 4 月第 2 次印刷
ISBN 978-7-5325-7597-8
I·2914 定价：268.00 元
如有质量问题，请与承印公司联系

绪　　言

前后七子作为活跃在明代中期文坛的两大文学流派，其所掀扬的诗文复古思潮对当时以及后世产生了十分深广的影响。《明史·李梦阳传》即云："弘治时，宰相李东阳主文柄，天下翕然宗之，梦阳独讥其萎弱。倡言文必秦、汉，诗必盛唐，非是者弗道。与何景明、徐祯卿、边贡、朱应登、顾璘、陈沂、郑善夫、康海、王九思等号十才子，又与景明、祯卿、贡、海、九思、王廷相号七才子，皆卑视一世，而梦阳尤甚。""迨嘉靖朝，李攀龙、王世贞出，复奉以为宗。天下推李、何、王、李为四大家，无不争效其体。"[1]也鉴于此，前后七子以及他们发起的跨越了弘治至万历数朝之久的诗文复古活动，成为尤其是明代文学史和明代文学批评史研究者重点关注的对象之一，而这一文学活动的功过是非，更是成为学人论议的重要话题。

早在二十世纪三十年代，钱基博的《明代文学》一书，基于梳理明代诗文源流的角度，已将前后七子纳入论述的范围，尽管是书涉及诸子的诗文作品极其有限，阐论的内容也十分简略，并且在相当程度上综合了传统论家之说，但可以看出，其尚能秉持一种比较客观的态度，尽力对诸子诗文创作的得失作出辩证的论断。如论李梦阳文，既指出"其文则故作聱牙，范经铸子，以艰深文其浅易"，又以为"雄迈之气，足以振啴缓；生撰之句，足以矫平熟"[2]。同时，也能适当注意到诸子之间创作的差异性，如比较李攀龙、王世贞等人之文，提出"世贞之与攀龙，摹拟秦汉同，而所为摹拟则异。攀龙只剽其字句，世贞时得其胎息"，"而古文则钩章棘句，剽袭秦汉之面貌者，比比皆是，故不独一攀龙。若乃跌宕

---

[1] 张廷玉等《明史》卷二百八十六，第二十四册，第7348页，中华书局1974年版。
[2] 《明代文学》，第21页，王云五主编《万有文库》，商务印书馆1933年版。

俊逸,不徒以钩章棘句为能事者,七子中惟世贞,其次则兴化宗臣","(宗)文笔疏爽,无剽剟填砌之习"①。这些多少显示出在评述前后七子问题上,钱氏此书简论之中不失明辨细析的特点,也是早期涉及前后七子研究而不应忽略的一部论著。

这一时期,在关涉前后七子的研究成果中,朱东润发表在《文哲季刊》第1卷第3号(1930年)的《何景明批评论述评》,是不能不提到的一篇重要文章。该文重点从比较李梦阳和何景明诗歌批评出发,分析何氏复古之论的特点,认为李、何"同以趋古得名",较之李梦阳,何景明"本主学古,更进一步而求变古",这显示其"敢为打破一切之议论,对于历来认为宗主之陶、谢、杜、韩诸公,皆不恤与之启衅","其气势之壮阔,自非随声附和之辈所能望其项背矣"。作者在文章中强调复古与守旧不同,在动机上尤有天渊之别,所以"以复古二字遽执为何、李诸人之罪状,其难平允"。更为重要的是,以何景明的立场而言,复古与革新本相为表里,尤不可简单地以守旧目之。这可说是朱文探讨何景明复古之论的基本理路和结论。同样值得注意的,还可举载于《燕京学报》第22期(1937年)的郭绍虞《神韵与格调》一文。该文中围绕格调说的讨论,简括起来,其总体思路乃为:"李东阳可说是格调说的先声,李梦阳可说是格调说的中心,何景明则可以说是格调说的转变。所以后来到王世贞便很有一些近于性灵神韵的见解。"郭文的特点是从格调说切入,引出对李、何等人诗文复古观念的集中探析。在作者看来,李梦阳既主格调说,也强调主情,所谓"不曾主格调而抹煞一切",主格调与主情在李梦阳所论中"非惟不相冲突,反而适相合拍",与此同时,偏重于形式而非内容的复古,则使李梦阳的复古论终究偏向格调一面。何景明在宗古主旨上与李梦阳大率相同,二人论说的区别在于,对待学古之法,后者强调的是"规矩",前者重视的是"格局",因此,李梦阳"由古入而仍由古出",何景明则"由古入而不必由古出"②。尽管曾有研究者质疑郭文对格调说的诠释和对明代复古派庞杂思想的历史定位稍显简单化、平面化③,但无论如何,它在对格调说意义指涉的解读,以及如李梦阳、何景明这样的七子代表人物的复古观念的究

---

① 《明代文学》,第35页。
② 郭绍虞《照隅室古典文学论集》,上册,第367页至388页,上海古籍出版社1983年版。
③ 陈国球《明代复古派唐诗论研究》,第329页至331页,北京大学出版社2007年版。

察上,仍具有某种建设性的价值,并对后来的相关研究产生重要的影响。

新中国成立之后的相当一段时间内,处于政治环境起伏变化的情况下,中国大陆地区学术研究在很大程度上面临各种政治因素的干预,带上明显的时代性特征,甚至因此背离学术发展轨道而停滞不前。对于中国文学史、中国文学批评史研究而言面临同样的问题,具体到前后七子研究,其也难以摆脱特定时期政治氛围的影响,并烙下深刻的印记。比如,北京大学中文系文学专门化1955级集体编著的《中国文学史》中有关"前后七子复古主义的文学思潮"的论述,就是较为典型的一例。尽管是书对于前后七子文学复古运动的意义作了某些肯定,认为"在前七子、后七子的复古文学运动的冲击下,'台阁体'对明代文坛的统治基本上被打倒了",同时,这场文学运动"在客观上有反对当时八股文的限制思想的作用"。但在总体上,它又就此作出了如下的定性,"前后七子的复古文学运动,主要还是以形式主义的东西来反对'台阁体'的形式主义,因而又把当时的诗文引入了另一个极端","他们以为有一种千古不变的'心',而文学也就是这个'心'所繁衍出来生于天地间的东西,它也是不变的。这样的唯心主义的理论自然不能了解文学的时代性和现实性","他们的作品都是贫乏空虚生活和他们的保守落后的文学观点的反映"[①]。简单、笼统甚或带有政治色彩的评断,代替了理性、客观、深细的辨察,出于如此的研究立场和眼光的观点,自然也因其缺乏学术意义而令人难以信服。

就中国大陆地区而言,有关前后七子研究真正出现新的学术气象的,应该是在二十世纪八九十年代,其中最具代表性的研究成果是廖可斌的《明代文学复古运动研究》(上海古籍出版社1994年;该书完整版《复古派与明代文学思潮》,1994年由台湾文津出版社出版)。廖著所探讨的,乃包括前后七子在内的有明一代文学复古运动的发展历程,较之以往涉及前后七子大多注重局部问题或个案问题考察的情形,这部著作所开展的相关研究,无论在系统性还是在深入性方面都显示出令人瞩目的新突破。其主要体现在,不仅从考察古典审美理想和古典诗歌审美特征的发展变迁入手,探析明代文学复古运动发生的宏观的历史背景,较为清晰和深切地梳理了复古运动三次高潮兴起的历史条件及发展过程,而且较为全面地探察了复古运动三次高潮的文学理论与诗文创作,特别

---

① 《中国文学史》,第三册,第188页至189页,人民文学出版社1959年版。

是对于前后七子的文学理论和诗文创作,进行了相对集中和系统的阐析。正如作者在该书的《引言》中所说,"遗憾的是,迄今为止,明代复古运动作为一种研究对象的丰富含蕴,似乎还没有被人们充分认识到",尤其是"本世纪前半叶,传统文化受到严厉批判,以'复古'为宗旨的明代复古派理所当然地再一次被唾弃。由攻击复古派而登上文坛的公安派受到人们的青睐,它对复古派的种种嘲笑和指责,遂被奉为不刊之论。近几十年来,人们更是无暇去翻阅复古派作家们留下的卷帙浩繁的著作,只能沿袭成说,并根据新的理论模式,想当然地给它加上'形式主义'、'复古倒退'等名号"。所以作者的主要意图,乃在"对复古派作一些清理复原工作,对它的真实面目作出比较全面、准确的描述"①。的确,对于以前后七子为主要代表的明代复古派的探察,努力摆脱简单化和套式化的研究路数,从丰富的历史资料中深刻揭示它们的文学特征,以尽量还原其本来面貌,廖著无疑在这方面作了不少开创性的工作,功不可没。同时值得一提的,还有陈书录的《明代前后七子研究》(江西人民出版社 1994 年)。该书为作者在硕士论文基础上增补若干章节而撰成,虽篇幅有限,但对涉及前后七子诗文理论和创作的若干问题作了较为集中的梳理和解释,不仅分析了前七子"宗汉崇唐"心态膨胀的特征以及多重文学乃至文化的诱因,考察了前后七子"文必秦汉"说与宗法《左传》的关系以及演变之特点,而且探讨了前后七子拟古而又自省、自赎的复古意识,并围绕其审美情感论、审美意象论、审美解悟说等展开重点阐释。

自上世纪八九十年代以来,涉及前后七子的研究,同时进入了一个相对兴盛的时期,综合起来,其主要体现出以下几大特点:

一是形成多种资料性和实证性的基础研究成果。在这方面,首先是系统梳理人物生平事迹的编谱工作的开展。如徐朔方和笔者分别编撰的《王世贞年谱》(前者收入《徐朔方集》第二卷,浙江古籍出版社 1993 年;后者复旦大学出版社 1993 年出版),韩结根的《康海年谱》(复旦大学出版社 1993 年),以及梁临川的《李梦阳年谱》(1987 年)、赵善嘉的《李攀龙年谱》(1987 年)、徐耀环的《徐祯卿年谱》(1997 年)、陈强的《吴国伦年谱》(2004 年)、杨晓炜的《徐中行年谱》(2006 年)、刘芸的《王九思年谱》(2007 年)、杨道伟的《边贡年谱》(2011 年)等多部硕士

---

① 《明代文学复古运动研究》,第 2 页至 3 页,上海古籍出版社 1994 年版。

学位论文未刊稿,即属此类之例。这些年谱多通过对大量文献资料的搜集、考析和编排,较为系统地勾勒出谱主生平思想、经历、交游、著述及性格志趣等多方面的线索。与此同时,前后七子一些成员的文集整理工作也得以先后进行,如包敬第标校的《沧溟先生集》(上海古籍出版社1992年)、李伯齐校点的《李攀龙集》(齐鲁书社1993年)、李淑毅等点校的《何大复集》(中州古籍出版社1989年)、范志新的《谈艺录笺注》(贵州人民出版社1993年)、范志新的《徐祯卿全集编年校注》(人民文学出版社2009年)、朱其铠等校点的《谢榛全集》(齐鲁书社2000年)、李庆立的《谢榛全集校笺》(江苏古籍出版社2003年)等相继出版。这些整理工作,在不同程度上为前后七子研究的深入开展创造了基础条件。其次是对于相关问题实证研究的开展。如蒋星煜的《康海〈中山狼〉杂剧并非为讥刺李梦阳而作——兼谈〈中山狼传〉小说之作者》(《中国戏曲史钩沉》,中州书画社1982年),不仅结合深入的推考,提出了《中山狼传》小说作者以唐代姚合、宋代谢良及明代马中锡三说并存为宜的主张,而且通过对康、李之间关系的辨察,得出康海《中山狼》杂剧非为讽刺李梦阳而作的结论。与此论题相关,又如马美信、韩结根发表在《复旦学报》1989年第1期的《〈中山狼〉杂剧与康、李关系考辨》,在蒋文的基础上,对康、李之间的关系作了更为细密的考析,补充了一些新的例证,以支持蒋文康海《中山狼》杂剧与讥讽李梦阳无关的结论。

二是若干针对个案的研究成果相继问世。在这其中,李庆立的《谢榛研究》(齐鲁书社1993年)是不能不提到的一部。李多年以来一直从事谢榛研究,用力甚勤,是书即汇集了他陆续研究之所获,共分为谢榛生平、行实、著述丛考,谢榛诗歌理论和美学思想探讨,谢榛诗歌创作研究以及谢氏与《金瓶梅》关系辩说四个部分。书中既有考辨,也有阐论,不乏一己之发掘和心得,应该称得上是一部用功之作了。笔者的《王世贞研究》(学林出版社2002年),是在编撰《王世贞年谱》的基础上所开展的一项研究工作。长时间以来,由于受到学术成见的制约,加上原始资料开掘的相对不足,对王世贞这位在明代中叶和后世文坛发生深刻影响的后七子代表人物,总体上缺乏全面、深入的研治,而这与他在文学史上的影响和地位甚不相称,此可以说是其时笔者着手这一课题研究的主要动因。该书的特点是,结合王世贞家世渊源和生平经历的考察,着重梳理了王世贞从事文学活动的基本轨迹,同时围绕他所提出的一系列诗文主张,展开重点的论述,从而使王世贞基本的理论主张得以较为明晰地呈现。值得一提的,还有孙学堂的《崇古理念的淡退——王世贞与十六世纪文学思想》(天津古籍出版社 2004 年),孙著主要探讨了王氏文学思想的变化历程及当时文坛观念形态的发展样貌,不但描述了王世贞自嘉、隆至隆、万的前后期文学思想纵向转变的轨迹,而且将其与同时代其他文人作了横向比较,注意到王世贞本人思想的复杂性与中晚明文坛文学思潮流变的一些特点。魏宏远的《王世贞晚年文学思想研究》(复旦大学博士论文,2008 年),在对王世贞晚年著述作系统考察的基础上,探讨其晚年生活、信仰、性格、心态的转变和"三教合一"思想的濡染,并由此解析其晚年文学思想变化之特点。郦波的《王世贞文学研究》(中华书局 2011 年),主要从诗歌创作、散文创作、文学思想、政治与文学等四个层面,探析王世贞文学思想与诗文创作的特点和成就,究察政治纷争和王世贞文学生活的关系,并从中梳理其文化心态和审美心态的演变脉络。金宁芬的《康海研究》(崇文书局 2004 年),主要由评传、生平疑案试析、年谱、家乘等几大部分组成,全书在资料的发掘、康海生平事迹的清理和一些相关问题的辨析上,下过较多的功夫,不失为系统研究康海的一项新成果。蒋鹏举的《李攀龙研究》(陕西师范大学博士论文,2005 年),内容涉及李攀龙的生平经历、作品的刊刻与流传、文学思想、诗文创作等,对李氏从生平到文学活动作了较为全面的考察。崔秀霞的《徐祯卿诗学思想研究》(中国社会科学出版社 2010 年),力图将徐祯卿置于与之共存的社会文化语境之中,即从各种"关系"的角度,探察其生平思想、诗学观念、诗歌风格的形成与变化,及其与吴中地域文化传统、吴中文人、前七子盟友的关系等,以求立体地展示徐氏诗学思想的成因、特色及发展过程。顾国华的《宗臣研究》(扬州大学博士论文,2011 年),意在结合宗臣作品及相关文献的梳理和分析,探讨宗臣包括其文学观念在内的生平思想与为人为文的特点,以及在当时复古思潮背景下的文学作用和地位,具体内容涉及宗臣家世生平、著作版本考证、宗臣思想、诗赋、散文研究、宗臣与后七子比较研究等方面。

三是研究视角的多样化和考察对象的深细化。以个案而论,如 1985 年在日本发表、后在《安徽师范大学学报》1986 年第 3 期刊载的章培恒《李梦阳与晚明文学新思潮》一文可称典型。作为力倡诗文复古的前七子领袖人物李梦阳,在不少研究者的心目中,不仅难以将他与更注重个人思想情感抒写的晚明文学思潮联系在一起,并且常常被视作是为后者所否定的一个文学对象。章文则另辟蹊径,联系晚明李贽、袁宏道等人对李梦阳的推崇和对他在诗坛开创之功的肯定，以及李梦阳尊情抑理的文学思想倾向，着重阐析了向来为学人所忽略的李梦阳与晚明文学思潮之间某种内在的继承关系，给人以耳目一新之感。而发表在《学术月刊》1986年第8期的陈建华《晚明文学的先驱——李梦阳》，则从李梦阳的思想基础、文学主张及创作三个方面，论述了这位复古派代表人物与晚明文学的关系及作用，在一定意义上可以说是对章文观点的进一步申发。以诸子群体而论，如发表在《中国文化研究》2003年第3期的黄卓越《前七子乐府诗制作与明中期的民间化运动》，主要从前七子整个诗歌活动中被作者看作最具思想素质部分的乐府诗创作切入，通过对作品类型选例的具体解析，认识诸子这一类诗作的精神特质。黄文的价值表现在，相对集中而细致地解读了前七子乐府诗的创作类型及其意涵，而且从诸子诗歌创作的这一侧面，指出其对当时垄断文化空间、在一定意义上代表意识形态权威的台阁模式造成冲击的民间化运动的性质，提示反映在这一创作现象中的一种文化下移的新动向。而黄卓越发表在《中国文化研究》2005年第1期的《前七子文复秦汉说的几个意义向度》，同样值得注意，这篇文章以人们少所关注的前七子论文主张为考察重点，对诸子文复秦汉的观念，从反靡丽说、叙述法的改进、气格论、杂学论等多个向度作了深度的剖析，并探究了这一论文主张与反文章系统中的唐宋文及反学术系统中的宋理学相联系的意义指向，对清晰和完整认识前七子的文章复古思想多有助益。笔者发表在台湾中研院中国文哲研究所编《中国文哲研究通讯》2003年第3期的《前后七子诗论异同——兼论明代中期复古派诗学思想趋势之演变》，选择对前后七子诗学思想进行比较的角度，考察了两大文人群体之间既相承接又有差异的文学关系，由此认为，二者构成的差异，在一定程度上可以看作是后七子对前七子诗学思想的修正和深化，也显示了明代中期复古派文学主张尤其表现在诗学思想上的变化之势。此外，如陈文新的《明代前后七子与公安派的对立互补关系及其融合》（《荆州师专学报》1987年第2期），陈书录的《明代前后七子的审美情感论——从"因情立格"到"发抒性灵"的流动性结构》（《学术月刊》1988年第3期），马美信的《阳明心学与文学复古运动》（《复旦学报》1993年第6期），史小军的《试论明代七子派的诗歌意象理论》（《陕西师范大学学报》1996年第3期），查清华的《明代七子派对才情与格调关系的思考》（《学术月刊》2000年第9期）、《明七子派"格调高古"的美学特征》（《上海师范大学学报》2002年第4期），刘毓庆的《"前后七子"的诗文复古与明代文化复古思潮》（《山西大学学报》2004年第5期)、史小军的《论明代前七子的美学品性》(《文艺研究》2005年第6期)、郑利华的《后七子诗法理论探析——以王世贞、谢榛相关论说考察为中心》(《中国韵文学刊》2009年第3期)、郝润华、邱旭的《试论李梦阳对杜甫七律的追摹及创获》(《甘肃社会科学》2009年第4期)、陈文新、李华的《论嘉靖七子的科举背景与流派意识》(《文艺研究》2011年第7期)等一些先后发表的论文,或在阐论角度的拓辟上,或在分析问题的深化上,各有所收获,显示在前后七子研究方面所取得的一些新进展。

另一方面,在关注中国大陆地区研究状况的同时,也不可不留意国外及港台地区的研究动向。以国外而言,特别是日本、韩国一些学者的研究成果更值得我们注意。

在日本方面,如1960年发表在《立命馆文学·桥本博士古稀纪念东洋学论丛》的吉川幸次郎《李梦阳的一个侧面——古文辞的庶民性》、1965年发表在《广岛大学文学部纪要》第25卷第1期的横田辉俊《何景明的文学》、1967年发表在《帝冢山学院短期大学研究年报》第16期的福田雅一《从李东阳到李梦阳》、1975年发表在《岛根大学法文学部纪要》第3号的桥本尧《倒立的构图——李梦阳和古文辞的原点》、1997年发表在京都大学《中国文学报》第51期的松村昂《李梦阳诗论》等,都是涉及前七子中李梦阳、何景明的研究论文,具有一定的代表性,从中可以见出日本学者相关研究之一角。这里,特别要介绍的是吉川幸次郎的《李梦阳的一个侧面——古文辞的庶民性》,该文后又被收入高桥和巳所编的吉川幸次郎《中国诗史》(筑摩书房1967年),郑清茂所译吉川《元明诗概说》(台湾幼狮文化事业公司1986年)一书,也将其附录其中。此文之所以值得关注,乃在于它对李梦阳等人古文辞运动的特征作出了新的诠释,这也就是在吉川看来,李梦阳等人基于改革热情所作的古文辞,尤其是他们的文学思想,体现了具有明代特征的庶民精神,因此他们所倡导的复古主义,并不是单纯地坚持摹古,而是要恢复古代的淳朴,以为淳朴才是文学的本质。文章除了对李梦阳的《诗集自序》作重点解读,以证明其文学思想以庶民精神为基础的特点,又特别注意到李梦阳所撰《族谱》对自己庶民家族背景的一系列记述,由此考察李梦阳古文辞尤其是他的文学思想所体现的庶民精神与其家族环境之间的密切关系。特别是对向来不太受人关注的李梦阳《族谱》的深细开掘,是此文的重要发明之所在,也反映出吉川作为一位功力深厚的国际著名汉学家敏锐的研究眼光。

在韩国方面,特别要提到的是多年来从事明清文学尤其是前后七子研究的元钟礼。她于1979年在台湾大学完成的硕士学位论文《明清格调诗说研究》,选择了明代李东阳、李梦阳、何景明、王世贞和清代沈德潜的诗论作为考察对象,先从原理论、创作论、鉴赏论等各个层面加以分析,后从综论的角度加以统括,力图廓清上述各家格调说的基本涵义,论文可以说集合了她对包括前后七子代表人物在内的明清诸家格调诗说特点的初步思考。而她在首届明代文学国际研讨会上发表的《李梦阳绝句的美感范畴之分布》(收入《首届明代文学国际研讨会论文集》,南京师范大学出版社2004年)及在第四届明代文学国际研讨会上发表的《明清时期吴中诗学论和外署诗学论的冲突与和谐》(收入《2006明代文学论集》,浙江大学出版社2007年),涉及前后七子的诗论或诗歌创作。前者主要考察李梦阳的绝句诗,将其分为表现气象风神和兴象神韵两大类,较为细致地分析它们美感分布的特点,并提出李的绝句诗除了表现所谓北方型的雄壮之美,又有一部分则显示所谓南方型的清柔之美,其说也间有一己之得。后者主要讨论的是明代中期以后至清代中期以前吴中诗学和外署诗学即前后七子复古主义诗学之间的关系,文章在交代吴中诗学和外署诗学形成背景的基础上,认为二者的冲突主要反映在宗主和拟古两个方面,但同时,尤其是吴中出身的外署派文人,又大都对吴中诗学采取折中兼取的态度,体现了二者之间的调和。这样的辨识,显然注意到吴中文人和七子派表现在诗学观念上的某种复杂性。

以港台地区而言,首先不能不提及的是早在上世纪五十年代发表的王贵苓的《明代前后七子的复古》(台湾《文学杂志》第3卷第5、6期,1958年)。尽管该文对前后七子复古主张和创作的阐论总体上显得较为粗疏,有的看法也未必恰当,如以为诸子之中李梦阳、李攀龙、宗臣为激进派,何景明、王世贞、康海、谢榛为稳健派,徐祯卿、边贡、梁有誉为才子,而王九思、王廷相、徐中行、吴国伦只是支援者,难免有简单分类之嫌,但它尚能秉持相对客观的态度,既看到前后七子"如写字临帖一般"的摹拟,又揭出他们"吸取古代作品的情趣"的特点,其中的论断自有它合理的一面。文章分"复古的根本主张和作品"与"复古的真正收获"两大部分,即围绕这两方面来展开论述,前者主要印证诸子复古理论在具体创作中的落实,后者着重分析他们的作品特别是五七言律诗绝句善学古作而不失自我韵味的表现。可以这么说,在其时港台地区尚显相对沉寂的前后七子研究领域,王文的发表无疑具有较为重要的学术意义。从上世纪七八十年代以来,港台学界对前后七子的关注逐渐增多。这不仅显示在对个案成员的探察上,如龚显宗的《谢茂秦之生平及其文学观》(台湾政治大学硕士论文,1973年)、黄志民的《王世贞研究》(台湾政治大学博士论文,1976年),许建昆的《王世贞评传》(台湾东海大学硕士论文,1976年)、《李攀龙文学研究》(台湾文史哲出版社1987年)等;同时也体现在对七子群体的研治上,如龚显宗的《明代七子派诗文及其论评之研究》(台湾文化大学博士论文,1979年),简锦松的《李何诗论研究》(台湾大学硕士论文,1980年)、《明代文学批评研究——成化、嘉靖中期篇(1465—1544)》(台湾学生书局1989年),颜婉云的《明前后七子诗论析评》(香港大学博士论文,1981年),邵红的《明代前七子的时代背景及文学理论》(《幼狮学志》第18卷第1、2期,1984年),黄锦珠的《一场各说各话的论战:李何诗文论争底蕴的探究》(《中国文学研究》1988年第2期),陈国球的《唐诗的传承——明代复古诗论研究》(台湾学生书局1990年)等。这里,重点介绍于前后七子乃至复古派研治用力较多的简锦松和陈国球两位学者的相关研究情况。

简锦松的《李何诗论研究》,以前七子代表人物李梦阳、何景明的论诗主张为考察对象,阐述其以复古为主导的"体论"、"法论"、"情论",旨在通过对李、何诗论的全面解析,探究其特质,检讨其得失。这篇论文最主要的特点是,与以往多从平面角度讨论李、何等人文学思想的研究方式相比,更注意到李、何诗论历时变化的差异性和复杂性,其将二子的论诗主张划分为创建、修正、成熟三个发展的阶段,要在揭示他们的各项主张经历了"并非自始至终,一成不变"的演进过程,并清理和阐明不同阶段的发展脉络及形成因素,故实际上也可以说是对李、何诗论发展历史的勾勒。简锦松的《明代文学批评研究》,由其博士论文《明代中期文坛研究》易名而来,该书虽以明成化至嘉靖中期为考察时段,研究范围涵盖这一时期的文学批评,并非专门针对七子派,然全书五大章中第四章《复古派》及第五章《正、嘉理学与复古派文学批评之转变》,多涉及前七子及其文学交游之探讨,主要包括前七子等复古派文人的诗歌宗主论、对"真诗"即"自然之音"理想目标的追求、李梦阳论"法"主张尤其是以他为代表的复古派所主格调说的具体涵义,以及复古派文人正德之后在致力于个人及风俗之矫正时所呈现的受理学影响倾向与在文学观念上的反映。从总体上看,简著涉及包括前七子在内的复古派的研究,无论在资料的开掘还是在观点的阐发上,都体现出前人或所未及的鲜明特色。作为对复古派文人研究的延续,简锦松的《从李梦阳诗集检验其复古思想之真实义》(收入王瑷玲主编《明清文学与思想中之主体意识与社会·文学篇(上)》,台湾中研院中国文哲研究所 2005 年)一文,同样值得留意。该文采取对理论与创作加以比较的方式,主要通过对李梦阳诗集的检视,考察他"以我之情,述今之事,尺寸古法,罔袭其辞"的说法在其创作中的实践情况,认为李梦阳宣示取法乎上的辨体论和对效仿时代与家数的选定,并不是其复古真正精义之所在,而他在具体创作中同时践履了所谓"以我之情,述今之事"这种注重"主体我"表现的主张,写下了不少富有个性的作品,其复古思想的真实义乃在于此。所论也诚有独立察识之处。

陈国球的《唐诗的传承——明代复古诗论研究》,后经修订而名为《明代复古派唐诗论研究》(北京大学出版社 2007 年),系作者多年以来研治明代复古诗论的一部代表作。全书以唐诗在明代的传承为研究主题,探讨含前后七子的明代复古派的诗学取向及其发展过程,不仅从复古派的反宋诗倾向切入,阐析其建立在反"主理"基础上排击宋诗的原因,同时,着重探察复古派对于唐代七言律诗和五言古诗的接受过程,辨识其追寻"七律正典"和体认唐体古诗的演变脉络,并且以明代若干重要的唐诗选本为考察的重点,通过对不同选本诗歌遴选特点、接受情形的分析比较,清理唐诗选本与复古派诗论之间形成的复杂关系;又在上述基础上,进一步论析复古派诗论文学史意识的发展进程以及复古派诗歌创作与唐诗的关系。虽然这部著作选取若干重点的块面来展开相关的讨论,但仍不失整体性和系统性,较明晰地揭橥了明代复古派唐诗论发展演变的轨迹。

前后七子对于明代中期和后世文坛所产生的深广影响,以及他们在众多中国文学史和文学批评史研究者中间所受到的高度关注,充分表明这两大文学复古流派本身所具有的极为重要的研究价值。与此同时,纵观海内外相关研究的状况,特别自上世纪八九十年代以来,包括前后七子在内的有关明代文学复古思潮的研究,无论在深度和广度上均有所突破,形成一定数量的研究成果,其中也间有较具学术价值者。然而,尤其是作为在明代文学复古进程中担当了引领角色的前后七子,不仅其活动的规模宏大,文学交游关系极为庞杂,活动的时间跨度较长,而且诸子大多著述繁富,其中呈现的文学思想与创作形态十分复杂,这相应增加了研究工作的难度,并给该论题留下诸多有待于拓展的研究空间。前后七子发起的诗文复古活动横亘弘治至万历年间,并主导着明代中后期文坛的发展走向,成为明代文学史和明代文学批评史一个极为重要的组成部分。由此,对前后七子展开系统、深入的研究,其学术意义不仅在于全方位考察这两大文学流派崛起、发展的过程及其所倡导的诗文复古活动的特征与内蕴,而且有助于我们通过对前后七子的全面考察,加深对整个明代文学史和明代文学批评史的系统认知,推进这一领域研究的纵深开展。这也是笔者展开此项研究的根本原因和主要目标。

目　　录

绪　言 ··· 1

第一章　成、弘之际学术与文学风尚及其变异 ···················· 1
　第一节　专经时风的形成及其效应 ································· 2
　第二节　台阁文风的流延与分化 ··································· 10
　第三节　"还其文于古"：重古文词趣尚的上扬 ···················· 24
　第四节　复古理念的变转趋势 ······································ 36

第二章　前七子文学集团的组成及其活动 ························· 55
　第一节　京师结盟与复古活动的倡起 ······························ 56
　第二节　政治旋涡的卷入及文学热潮的跌落 ······················ 72
　第三节　京师盟社的重开及唱酬活动的回复 ······················ 77
　第四节　中原与关中故里交游圈及活动重心的确立 ··············· 82

第三章　前七子的个性与心态 ······································ 93
　第一节　从内在之性到时世之势 ··································· 93
　第二节　政治情势变易中的心态转向 ······························ 102
　第三节　寄心丘壑与顺适其志 ····································· 108

第四章 前七子的文学思想 …… 116

第一节 主情与求真 …… 116
一、"发之情"与"生之心" …… 117
二、主情与反宋诗倾向 …… 123
三、"真诗"说及其价值取向 …… 129

第二节 艺术表现原则的诠说 …… 134
一、"比物陈兴":"诗之道也" …… 134
二、"示以意象"与"不露本情" …… 137
三、"声永而节","律和而应" …… 141

第三节 格调、文质说与审美主旨的确立 …… 146
一、"高古"之格与"宛亮"之调 …… 146
二、以"质"为本,以"实"为尚 …… 152

第四节 复古的绪次与文学内蕴 …… 158
一、诗歌复古的理路与指向(一) …… 159
二、诗歌复古的理路与指向(二) …… 166
三、"文必先秦两汉"论的倡导及其义旨 …… 170

第五节 复古与法度 …… 176
一、对于法度涵义的诠解 …… 176
二、关于法度的体认方式 …… 182

第五章 前七子的文学创作 …… 190

第一节 拟古取向与自我抒写的交互 …… 190
一、拟古态势的凸显及其特点 …… 191
二、自我精神个性与命运遭际的写照 …… 205
三、多角度人生体验与感悟的呈示 …… 214

第二节 表现视角的下移与日常化倾向 …… 223
一、人物形象描画的下移特征 …… 223

二、日常情态的谛观与叙写 …………………………………… 228
　第三节　雄浑与深秀相兼的诗调 ……………………………… 236
　　一、雄厉浑厚格力的彰显 …………………………………… 236
　　二、深邃蕴藉诗境的营造 …………………………………… 255
　第四节　朴略与古奥并尚的文风 ……………………………… 269
　　一、质实与真率相交织 ……………………………………… 269
　　二、古峭与奥涩相纠结 ……………………………………… 282

第六章　正、嘉之际文坛格局的延续与衍变 ……………………… 291
　第一节　李、何绪风的承续与张扬 …………………………… 292
　第二节　复古理路的检省与改易 ……………………………… 306
　第三节　王、唐复古立场的分化及其取向 …………………… 314

第七章　后七子文学集团的组成及其活动 ………………………… 326
　第一节　前期活动与核心阵营的形成 ………………………… 326
　第二节　诸子离京转迁后的交往及著述 ……………………… 351
　第三节　南北之数：济南与吴中营垒的构筑 ………………… 370
　第四节　后期活动与以王世贞为中心文学阵营的建立 ……… 384

第八章　后七子的个性与心态 ……………………………………… 401
　第一节　寓志于仕路艺途之始 ………………………………… 401
　第二节　坎廪之遇、世事之感与消沮之怀 …………………… 410
　第三节　在进退之间徘徊 ……………………………………… 423

第九章　后七子的文学思想 ………………………………………… 440
　第一节　宗尚态度与基本取向 ………………………………… 441
　　一、"修辞"之论与古文之道 ……………………………… 447

二、"得之心而发之文" ………………………………………… 459

　　三、"性情"说及其相关问题 …………………………………… 465

　　四、格调的重申与强化 ………………………………………… 479

第二节　关于法度的阐论 ……………………………………………… 492

　　一、文章之法 …………………………………………………… 494

　　二、诗歌之法（一）：声律 ……………………………………… 500

　　三、诗歌之法（二）：结构 ……………………………………… 508

第三节　复古习法的径路与境界 ……………………………………… 522

　　一、"积学"与"精思" ………………………………………… 523

　　二、"拟议成变"与"悟以见心" ……………………………… 534

　　三、"因意见法"与"不法而法" ……………………………… 544

第四节　诗学观念显现的审美向度 …………………………………… 552

　　一、诗复"雅道"的主张 ……………………………………… 552

　　二、对"和平"之音的强调 …………………………………… 561

第十章　后七子的文学创作 ……………………………………… 572

第一节　拟古取向与自我抒写的消长 ………………………………… 572

　　一、拟古取向的延展及其特点 ………………………………… 573

　　二、人生经历与自我心路的间现 ……………………………… 586

第二节　博杂化与趣致化倾向的呈现 ………………………………… 599

　　一、博杂化之特征 ……………………………………………… 600

　　二、趣致化之特征 ……………………………………………… 608

第三节　雄浑诗调的相承与变易 ……………………………………… 617

　　一、雄浑之势，精工之饰 ……………………………………… 617

　　二、婉缛风调的杂错与旁出 …………………………………… 633

第四节　古奥文风的调习与铸冶 ……………………………………… 643

　　一、裁剪之法，缜致之笔 ……………………………………… 643

二、奥峭气习的融炼与加强 …………………………………… 656

馀 论 …………………………………………………………… 665

前后七子文学年表 …………………………………………… 686

参考文献 ……………………………………………………… 733

后　记 ………………………………………………………… 746

第一章　成、弘之际学术与文学风尚及其变异

在明代文学发展史上,前后七子所掀起的诗文复古思潮,以其规模宏大、影响深远而引人瞩目,就这一场前后相继、延绵数朝的复古活动展开考察,首先有必要对它所处的文学生态环境进行相应探析,以求确切了解其发生的具体动因和基础。将成化至弘治年间作为一个特定的历史时段加以究察,原因之一,乃其距离担当明中期文坛复古先驱角色的前七子在弘治、正德间倡导与推展的诗文复古,从时间上来说最为切近,事实上成为诸子复古活动的酝酿和萌兴阶段。所以,由这一时段切入,自然使我们更容易感知前七子发起复古活动前夕或同时特定的时代气候。不过更为重要的是,至成、弘之际,自太祖朱元璋洪武立朝之时算起,朱明王朝已经历了一百馀年的时间,开始步入它的中期阶段。这是一个延续与变化相交织的特殊时期,历史既在依循其自身的惯性,顺延其原有的存在方式,继续它的行程并发生相应的影响,而与此同时,一些新的现象也在与传统势力交杂甚或对抗之中孕育成熟,多少改变着原有的习尚。尤其从这一阶段学术和文学的层面来看,可谓新旧现象并存而相互交替,这从以下的相关论析中将不难体察到。一方面,明代前期以来形成的学术风气和文学习尚,藉助自身固有强势的影响力,仍在文人学士中间流延,左右着他们的学术和文学导向;另一方面,变异的因素也在同时产生,其由以往学风与文风中逐渐分化或游离出来,不同程度地反映在此际文学观念形态与实践取向上。尤对于在弘、正文坛掀扬复古之潮而力图开辟一条文学新径路的前七子来说,这种学术与文学风尚中新旧现象交织并立的格局,既为之创造了相应的基础和氛围,同时也成为他们通过复古途径发起文学变革的一种挑战和动力。

第一节　专经时风的形成及其效应

朱明王朝取元统治集团之位而代之，它建立在传统农业社会道德模式之上的一系列立朝方略，随之在意识形态领域发挥作用，明太祖朱元璋出于强化中央集权统治的目的，极力推行崇儒重道的基本政策，以此谋图兴复传统儒家文化精神，并且将其作为治国理家、端正人心的根本大计。与此同时，作为新儒家思想结晶的程朱理学，在官方力量的推助之下，被纳入主导思想体系而予以特别尊奉，所谓"尊朱子以定一宗，典礼治法，亦多本之朱子"[①]。

为了整顿士习，在文人士子中间建树起"尊正学"以去"异习"的学术风气，以配合治政的需要，培植和输送更符合正统要求的合适治理人才，作为一种制度性的选才途径，科举取士体制被朱元璋列为重点改造的对象，"黜词赋而进经义，略他途而重儒术"[②]取士规则的实行，真正确立起专以经术选拔人才的政策导向，姚镆《广西乡试录序》云：

> 惟科举法虽沿于前代，然出我太祖高皇帝之所裁定，渊谋睿画，实有非往昔之所能及者。以故罢诗赋不用，纯以经术造士，尊正学也。为文词有成式，但画一颁示者，抑浮诡也。[③]

又靳贵在《会试录后序》中亦云：

> 我太祖高皇帝之有天下，首表章六经，使圣贤修齐治平之道，一旦大明于世，学校非此不以教，科目非此不以取，凡词赋一切不根之说，悉屏不用。[④]

[①] 雷铉《蔡文庄公集序》，蔡清《蔡文庄公集》卷首，《四库全书存目丛书》影印清乾隆刻本，齐鲁书社1997年版。
[②] 马中锡《赠陈司训序》，《东田集》卷二，《四库全书存目丛书》影印清康熙刻本，齐鲁书社1997年版。
[③] 《东泉文集》卷一，《四库全书存目丛书》影印明嘉靖刻清修本，齐鲁书社1997年版。
[④] 《戒庵文集》卷九，《四库全书存目丛书》影印明嘉靖刻本，齐鲁书社1997年版。

专以经术取士之法,说起来与宋代以来科举考试渐重经义的倾向不无关系。北宋神宗熙宁年间,王安石变革考试法,罢诗赋而以经义试士,在科试中经义的分量由此凸显出来。元代至仁宗皇庆二年(1313)正式颁布科举考试程式,先是中书省臣奏科举事,以为"经学实修己治人之道,词赋乃摘章绘句之学",建议"将律赋省题诗小义皆不用,专立德行明经科"。仁宗以为然,乃下诏颁行,立下了"试艺则以经术为先,词章次之"①的取士基本原则。观宋元科试情状,重经义的现象虽明显存在,然诗赋试士之法并没有因此彻底断根,比如宋哲宗元祐初值更改先朝之政之际,尚书省就曾请复诗赋,与经义兼行,于是"乃立经义、诗赋两科"②,尽管为两科并行的折衷方式,但到底是有意识地在改变王安石专用经义的取士之法。元仁宗皇庆年间颁科举程式,虽遵循以经义为先原则,但还是未尽废弃词赋,如当时汉人、南人试第二场的内容即包括古赋、诏诰、章表等③,如果一定要区分它与唐宋诗赋试士之法之不同的话,那么,只是更为古赋以取代前代所用的律赋而已。明太祖朱元璋登位以来,取士专尚经术,悉屏词赋,比照宋元朝虽先经义然词赋轻而未绝的情势来,在某种意义上不能不说是他出于先朝之鉴,采取了如此更富于决断性的策略,就此而言,说其"有非往昔之所能及者",实不为过。

如前言,朱明王朝在立朝之初即提倡崇儒重道,注重以经术取士,从根本上来说,还是为了端正士习,掌握在意识形态领域绝对的控制权,以强化国家集权统治。丘濬在《会试策问》中一言以道破之:"我朝崇儒重道,太祖高皇帝大明儒学,教人取士一惟经术是用,太宗文皇帝又取圣经贤传订正归一,使天下学者诵说而持守之,不惑于异端驳杂之说,道德可谓一矣。"④清除异议杂说以净化思想意识,趋向道德归一,自然更有利于对天下士人思想导向的掌控,稳固集权根基。在这样的氛围之下,按照社会一般的价值准则,通经不仅被视为文士自身必要的学术修养,而且被当成用世治政不可或缺的良方和资本。徐有贞《赠李给事中序》云:"夫六经之学,所以致治之本也。……夫经义之制事,犹医方之制疾也,用得其当,则无所不治;不能通经而以治事,犹不能处方,而欲治疾,不亦

---

① 宋濂等《元史》卷八十一《选举一》,第七册,第2018页,中华书局1976年版。
② 脱脱等《宋史》卷一百五十五《选举一》,第十一册,第3620页,中华书局1985年版。
③ 《元史》卷八十一《选举一》,第七册,第2019页。
④ 《会试策问》第四首,《重编琼台稿》卷八,影印文渊阁《四库全书》本,台湾商务印书馆1986年版。

难哉!"①杨士奇《新编葩经正鹄序》亦曰:"经者,圣人心法之所寓而出治之本也。士不通经,不适于用,故三代而下用世之士,于事君治民功业伟然可纪者,必出于经术。"②由此,是否通经也成为衡量士人心智能力高下一条重要的标准。从另一方面来说,明朝之初,士人进身之路除了科举考试,尚有荐举一途。洪武六年(1373)曾暂停科举,诏令有司察举贤才,以德行为本而文艺次之,其目分别曰聪明正直、贤良方正、孝弟力田、儒士、孝廉、秀才、人才、耆民,"皆礼送京师,不次擢用"。至洪武十七年(1384)恢复科举,"而荐举之法并行不废",所以"时中外大小臣工皆得推举,下至仓、库、司、局诸杂流,亦令举文学才干之士"。在如此情况下,对于天下文人士子来说,仕进的路子相对较宽,既能藉助于科举考试,也可涉足荐举一路,况且当初"两途并用,亦未尝畸重轻"。但是,至后来情况有所变化,大概在一般士人眼里,通过科试而进,更能够证明自身出类拔萃的资质,显示正宗,更拥有无可替代的荣耀感。故面对两种进身的途径,文士在价值天平上逐渐倾向科举一路,所谓"科举日重,荐举日益轻,能文之士率由场屋进以为荣"。有鉴于此,明宣宗时甚至出御制《猗兰操》和《招隐诗》赐诸大臣,以表示"风励"之意,却并没有取得什么效果,"实应者寡,人情亦共厌薄"③,重科举而轻荐举的倾向在文士中日益突出。而科举取士政策的基准以经术为重,因此也影响到整个社会的价值取向,刺激了那些热衷于功名仕途的文人士子,将更多的时间和精力花费在经书研治之中,唯经术是重的学术风尚由此激扬而起,以至"虽穷荒末裔,皆业经书,习礼乐"④。明人姚镆在其《送李生廷臣归河南序》一文中提到:"国朝悬科榖士,纯用经术,诸不在六经之限者,悉从禁绝。以故百馀年来,士无异习,谈经讲道,洋洋满天下。"⑤可见,引发众学子热衷于治经学术之风,"纯用经术"的取士政策导向在当中显然起了决定性的作用。时至成化年间,情势尚是如此,丘濬作于成化十一年(1475)的《会试录序》,曾将当时专尚经术的风气描述为"横经之师遍于郡县,执经之徒溢于里巷,明经之士布列中外,自有经术以来所未有也"。丘氏的本意,主要为了极力表彰以"六经之道"造士

---

① 《武功集》卷三,影印文渊阁《四库全书》本,台湾商务印书馆1986年版。
② 《东里文集续编》卷十四,明天顺刻本。
③ 张廷玉等《明史》卷七十一《选举三》,第六册,第1712页至1714页,中华书局1974年版。
④ 李东阳《修复茶陵州学记》,周寅宾点校《李东阳集》,第二卷,第187页,岳麓书社1985年版。
⑤ 《东泉文集》卷一。

用人"至于今日益隆益备"①的盛况,难免有夸饰之辞搀杂其中,但应该说,大致反映了当时的一些实际情况。

专以经术取士的一个具体实施方案,自然要属洪武年间开始对科试时文之命题方法与行文程式作出的明确而严格的规定,所谓"专取四子书及《易》、《书》、《诗》、《春秋》、《礼记》五经命题试士","其文略仿宋经义,然代古人语气为之,体用排偶,谓之八股"②。这明确了作为时文的八股文体以诠释经书之义为主的基本性质,同时,也显露渐重程朱经义注疏的倾向。如洪武三年(1370)初设科试之法,对于五经疏义的要求,其中"《易》程、朱氏注,古注疏","《诗》朱氏注,古注疏"③。而洪武十七年(1384)命礼部颁行科举取士式,除了"《四书》主朱子《集注》"之外,五经中"《易》主程《传》、朱子《本义》","《诗》主朱子《集传》"④,去除了古注疏而独主程朱之疏义。虽然仅为一些细微的变动,但多少反映出以程朱之学为尊的发展趋势⑤。至于永乐十五年(1417)颁行《五经四书大全》为科举取士之式,"其中作述、传注、引证等项,惟宋儒周子、两程子、朱子、张子、邵子为多"⑥,以程朱等宋理学家之说为主的倾向,变得越来越明显。这一点,也印合了时人所指出的"以六经四书陶镕士类,其说一以濂、洛、关、闽为宗"⑦的宗尚氛围。

毫无疑问,注重经术体现了明王朝政府崇儒重道、巩固思想统治的政策用意,在很大程度上符合官方的利益,显现出明初以来学术思想一种较为鲜明的特点。但同时在文士热衷于"谈经讲道"这一股风气的背后,新的危机也在悄然酝酿。且不说众士子在纷纷专意研习经书的同时,尤其因为要依循"经以程朱氏之说为之主"⑧的官方解读经义的基调,无形之中陷入学术思想禁锢的泥潭,难以活跃治学气氛,并且在不少情形下,实际上"以经义程式为规利禄之阶",难免"穿凿破碎,务趋时好"⑨。加之以诠释经书之义为主的时文,无论命题还是程

---

① 《重编琼台稿》卷九。
② 《明史》卷七十《选举二》,第六册,第1693页。
③ 李调元《初设科举条格记》,《制义科琐记》卷一、《函海》,第二十八函,清乾隆刻嘉庆重校印本。
④ 《明史》卷七十《选举二》,第六册,第1693页至1694页。
⑤ 参见左东岭《王学与中晚明士人心态》,第48页,人民文学出版社2000年版。
⑥ 孙承泽《春明梦馀录》卷二十一《文庙》,影印文渊阁《四库全书》本,台湾商务印书馆1986年版。
⑦ 姚镆《常山县学记》,《东泉文集》卷二。
⑧ 薛瑄《送白司训序》,《薛文清公全集》卷三十,明嘉靖刻本。
⑨ 陆简《送石金宪序》,《龙皋文稿》卷十,《四库全书存目丛书》影印明嘉靖刻本,齐鲁书社1997年版。

式,刻板划一,牵强穿凿,本身存在着难以克服的明显缺陷,曾被明人吴宽斥之为"拘之以格律,限之以对偶,率腐烂浅陋可厌之言","其说穿凿牵缀,若隐语然,使人殆不可测识"①,如此势必限制了士人自由写作的空间,使他们无法在真正意义上表现其思想个性与文学才能。但问题尚不止于此,更为突出的现象是,专尚经术的政策导向和由此激扬起的热衷于治经的学风,以及具有科试特殊功用性的时文之推行,文人学子对于"词赋"的兴趣不同程度为之转移,其结果特别是造成包括了古文与诗歌的古文词生存空间的减缩②。由于古文词在唯经术是重的科举取士政策笼罩下无法直接产生它们的应用价值,其在文人学子心目中地位下降之势已是不可避免,明显损及他们在这一方面的热情与修养③。以诗歌而言,李时勉曾言及他在洪武中为县庠生经历,以为"时在泮者","皆以经术为务,莫有言及诗者"④。而张弼在对比古今为诗之情状时,更是深有感慨,他说:

> 古之为诗也易,今之为诗也难。何哉?商周、汉魏弗论已,声律之学,至唐极盛,上以此而取士,士以此而造用,父兄以此教诏,师友以此讲肄,三百年间以此鼓舞震荡于一世,士皆安于濡染,习于程督。……沿及宋元,犹以赋取士,声律固在也。我太祖高皇帝立极,治复淳古,一以经行取士,声律之学,为世长物,父兄师友摇手相戒,不惟不以此程督也,为之者不亦难乎?⑤

令张弼为之慨叹的,显然还是由于明初以来革除前代科举中的诗赋试士之式,

---

① 《送周仲瞻应举诗序》,《匏翁家藏集》卷三十九,《四部丛刊》影印明正德刻本。
② 古文与诗歌归属于古文词之列,以别于时文,参见简锦松《明代文学批评研究》,第138页,台湾学生书局1989年版。
③ 如吴宽《容庵集序》云:"乡校间士人以举子业为事,或为古文词,众辄非笑之,曰:是妨其业矣。"(《匏翁家藏集》卷四十三)又其在《旧文稿序》自叙学业:"宽年十一入乡校,习科举业。稍长,有知识,窃疑场屋之文排比牵合,格律篇同之,使人笔势拘紧,不得驰骛以肆其所欲言,私心不喜。时幸先君好购书,始得《文选》读之,知古人乃自有文,及读《史记》、《汉书》与唐宋诸家集,益知古文乃自有人,意颇属之。……然既业为举子,势不得脱然弃去,坐是牵制,学皆不成。故累举于乡,即与有司意忤,虽平生知友,未免訾予之迂。"(同上书卷四十一)这一事例也显示在习举业成风的士人圈中,爱好古文词者不但难以获得广泛的响应,甚至有时还要遭受社会鄙薄的压力。
④ 《戴古愚诗集序》,《古廉文集》卷四,影印文渊阁《四库全书》本,台湾商务印书馆1986年版。
⑤ 《梦庵集序》,《东海张先生文集》卷一,《四库全书存目丛书》影印明正德刻本,齐鲁书社1997年版。

代之以"一以经行取士"之法,使士人甚至视诗为"长物",以此为戒,其对当下为诗之"难"原因的这一番追究,不可不谓一言以中之。他同时还注意到一个明显的变化迹象:"窃念我朝取士专以经术,略于辞华,故每科赐进士第者,多或三四百人,深于诗者百不三四人。"①如果说,视诗为"长物"主要是忌戒心理起作用,那么,不能"深于诗者"就应该是由此而造成的诗歌技艺的明显退化,在作为知识精英的进士群体中尚有此现象存在,本身更能说明一些问题,在张弼看来,究其因还是由"专以经术,略于辞华"的官方取士政策导向所致。当然,这一"词赋"创作热情削减、甚至技艺萎缩的现象,同时也是在专尚经术风气引导下文人贬抑古文词价值的心态的一种反映。

在前七子之中,尤如李梦阳、何景明等人,从不同侧面敏锐觉察到了专重以经术取士政策以及科举应试文风所带来的负面影响。何景明《师问》通过比较"古之师"对所谓"今之师"表示了质疑,他说:

> 有问于何子者曰:"今之师何如古之师也?"何子曰:"古也有师,今也无师。"曰:"然则今之所谓师者,何称也?"曰:"今之所谓师也,非古之所谓师也,其名存,其实亡,故曰无师。"……曰:"何谓今之师?"曰:"今之师,举业之师也。执经授书,分章截句,属题比类,纂摘略简,剽窃程式,传之口耳,安察心臆?叛圣弃古,以会有司。是故今之师,速化苟就之术、干荣要利之媒也。"②

之所以说"今也无师",是因为"今之师"虽有其名,实已沦为"举业之师",只会执经讲授,断章截句,依循程式,变成"速化苟就之术、干荣要利之媒"。毫无疑问,这一变化归根结底,还是由崇尚经术之习和科举文风的影响所造成的。虽上文也表示"今之取士之制也,士进用之阶也",并非主张彻底废弃举业,然其对"举业之师"的批评,客观上触及了明初以来取士制度之弊。与此同时,对于经术的高度热衷,加之一以程朱等宋理学家之说为宗,也相应助长了文人学子空谈义理而追求虚恢的理气化学风,顾清在《会试录后序》中即指出:"承平百五十年,

---

① 《九峰倡和诗序》,《东海张先生文集》卷一。
② 《大复集》卷三十一,明嘉靖刻本。

治化日隆,文学日盛,而浑厚淳实之气或渐以分。黉序之间,五尺之童皆知诵义理之文,而宗圣贤之学,场屋之士操笔议论,动数千言,皆烨然成章,虽经义之文,亦充溢四出,贯穿百家,若不可穷者。其务为新奇,游心高虚,则有沦而入于他岐者矣。"①朱应登《山东乡试录序》亦谓:"我高皇以神武定鼎,创建制科,首厘此习,壹以经义论策为先。……然文盛则实衰,固有识者所私忧焉,抑安知所谓崇极而圮者,不在兹乎?比岁以来,竞藻绚而乏雅致,务虚恢而湮本根,又稍稍出于纡青拖紫、服冕乘轩之流。"②埋首经书之中,沉溺于虚远的义理之学,除了在改变着士人学业兴趣,更突出的一个问题,还在于催化他们唯经是崇和以高虚自恃心向的形成。当其沉浸于此,不啻是疏隔古文诗歌的撰作,甚至置之于价值认同的对立面,犹如文徵明所指出:"夫自朱氏之学行世,学者动以根本之论,劫持士习。谓六经之外,非复有益,一涉词章,便为道病。"③对于这一问题,何景明《海叟集序》论及诗道时不无忧虑地表示:

> 景明仕宦时,尝与学士大夫论诗,谓三代前不可一日无诗,故其治美而不可尚;三代以后,言治者弗及诗,无异其靡有治也。然诗不传,其原有二,称学为理者,比之曲艺小道而不屑为,遂亡其辞;其为之者,率牵于时好而莫知上达,遂亡其意。辞意并亡,而斯道废矣。④

标举"三代前不可一日无诗"所达到的"治美"状态,根本之目的是申明诗歌地位的合理性与重要性,以为诗道不传,原因之一乃受到"称学为理者"的贬抑,其生存空间为之压缩。也许这一说法过分突出了后世诗道失落的严峻性以及"称学为理者"所起的消极作用,但是如果考虑到明初以来以经术为尚包括主程朱之说学风排击"词赋"的现状,它的针对性显而易见,而对视诗歌为"曲艺小道"态度的不满之意也充盈其中。

从对经术高度重视的这一点而言,它自然展现了一种官方的强烈意志,乃属于自上而下推行的政策性行为,在其实施过程中,高层当政者所起的作用尤

---

① 《东江家藏集》卷二十,明嘉靖刻本。
② 《凌溪先生集》卷十三,《四库全书存目丛书》影印明嘉靖刻本,齐鲁书社1997年版。
③ 《晦庵诗话序》,周道振辑校《文徵明集》卷十七,上册,第469页,上海古籍出版社1987年版。
④ 《大复集》卷三十二。

不可忽视。李梦阳为友人朱应登所撰写的《凌溪先生墓志铭》记述,墓主自童时起"解声律,谙词章",以后逐渐"树声艺林","而执政者顾不之喜,恶抑之。北人朴,耻乏黼黻,以经学自文,曰:'后生不务实,即诗到李、杜,亦酒徒耳!'而柄文者承弊袭常,方工雕浮靡丽之词,取媚时眼,见凌溪等古文词,愈恶抑之,曰:'是卖平天冠者。'于是凡号称文学士,率不获列于清衔"①。所述表明,像当时朱应登这样专意古文词的文学士,虽已有一定的文学影响,却为"以经学自文"的"执政者"和"承弊袭常"的"柄文者"所不容,遭受排挤压制,以至无法获得"清衔"之职。此处"执政者"云云,当指成化二十三年(1487)始入阁当政的刘健,此人曾极力主张治经穷理,鄙薄诗文之作②。不过,李梦阳本人的态度似乎更值得我们注意。由上志可以看出,对于朱应登等喜好古文词文学士仕途困厄的遭遇,他显然寄予了很大的同情,而于"以经学自文"压制擅长古文词文学士的掌政柄文者则甚为反感。这一点,其实已不啻是在为墓主本人鸣不平,一定意义上也是在质疑专尚经术而罢黜"词赋"这一取士政策的合理性,流露出对处在自上而下实施而扩张的以经术为重之风气中,包括诗歌在内的古文词地位沦落之格局的高度忧虑。就此而言,李梦阳在《外篇·论学》中还专门指出:"'小子何莫学夫诗',孔子非不贵诗,'言之不文,行而弗远',孔子非不贵文,乃后世谓文诗为末技,何欤?岂今之文非古之文、今之诗非古之诗欤?阁老刘闻人学此,则大骂曰:就作到李、杜,只是个酒徒。李、杜果酒徒欤?抑李、杜之上更无诗欤?谚曰:因噎废食。刘之谓哉!"③显然,他清楚意识到鄙薄诗文价值甚或视之为末技现象的存在。这里所说的"后世",若与其后所谓的"阁老刘"联系起来,当非泛称,而是颇有针对性地特指与李梦阳本人所处相近的时段,"阁老刘"说的就是前面所提及而教人治经穷理的内阁大学士刘健。这也意味着他将古文词地位的沦落与崇经的风尚联系在了一起。

在对待诗文之道的问题上,传统道德之士出于辅翼"圣道"、裨益"世治"的

---

① 《空同先生集》卷四十五,影印明嘉靖刻本,台湾伟文图书出版社有限公司1976年版。
② 崔铣《漫记》:"自孝皇在位,朝政有常,优礼文臣,士奋然兴,高者模唐诗,袭韩文。阁老洛阳刘公恶之,教人看经穷理。"(《洹词》卷十一,影印文渊阁《四库全书》本,台湾商务印书馆1986年版。)陆深《停骖录》载刘健所言:"人学问有三事:第一是寻绎义理,以消融胸次;第二是考求典故,以经纶天下;第三却是文章。好笑后生辈才得科第,却去学做诗。做诗何用?好是李、杜,李、杜也只是两个醉汉。撇下许多好好人不学,却去学醉汉。"(《俨山外集》卷十四,影印文渊阁《四库全书》本,台湾商务印书馆1986年版。)
③ 《外篇·论学下篇第六》,《空同集》卷六十六,影印文渊阁《四库全书》本,台湾商务印书馆1986年版。

实用目的,往往鄙薄精辞工藻的诗文之作,将其归入末技小道,这在历史上不乏其例。明王朝建立以来,崇儒重道特别是程朱理学作为主导思想体系的确立,以及在此基础上对于科举取士政策的变革调整,包括以经术为尚和命题方法及行文程式有着严格规定的时文的推行,激扬起社会崇经治经的学术风气,也为视诗文为"末技"的观念的滋长,营造了某种适宜的氛围。无论是何景明有感于"今之师"资质朝向"举业之师"的沦落,以及对诗道不传的深度忧虑,还是李梦阳不满文学士横遭排挤的处境和对诗文"末技"说的反唇相讥,均不能不说是他们面对专尚经术、罢黜"词赋"时风的渗透与侵蚀而造成古文词价值与地位削弱之局面所作出的反应,从某种意义上来说,这应该看作是他们处于那样格局之中文学危机意识与拯救意识的自觉表露。由此而言,它也为我们了解李、何诸子继后崛起于文坛而倡导诗文复古的动因,提供了其中一条认知的途径。

第二节　台阁文风的流延与分化

正如不少研究者已注意到,在明代前期的文学发展史上,台阁体曾经扮演了十分重要的角色,形成主导文坛风尚一股不可忽视的势力,台阁体作家也成为拥有文学话语权力的文坛强势者。尤其是从明成祖永乐年间以来,台阁文风呈现上升的势头,即如清人沈德潜《明诗别裁集序》在描述有明一代诗歌"升降盛衰之大略"时所指出的,"永乐以还,体崇台阁,骫骳不振"[1],以为时"诸大老倡之,众人靡然和之,相习成风"[2]。虽然,习惯上以所谓的鸣盛颂德来为台阁体的创作现象定性,未免显得过于单一,不能代表它们的全部特征,但应该说,"敷阐洪猷,藻饰治具,以鸣太平之盛"[3],确实成为台阁体一大明显的特点。

关于台阁体一义的指向,台湾学者简锦松《明代文学批评研究》一书辩之已详,以为其乃谓馆阁文人诗文之体,身在馆阁或由作为馆阁一大重镇的翰林院擢拔他官者为其主要作者[4]。而对于所谓"馆阁"一词的含义,他引述了明人罗玘在《馆阁寿诗序》中的一段解释以阐明之,罗氏述曰:"今言馆,合翰林、詹事、

---

[1] 沈德潜、周准编《明诗别裁集》,第1页,上海古籍出版社1983年版。
[2] 《明诗别裁集》卷三《解缙》,第59页。
[3] 王直《建安杨公文集序》,《抑庵文集》卷六,影印文渊阁《四库全书》本,台湾商务印书馆1986年版。
[4] 参见该书第20页,第37页至38页。

二春坊、司经局皆馆也,非必谓史馆也;今言阁,东阁也,凡馆之官,晨必会于斯,故亦曰阁也,非必谓内阁也。然内阁之官亦必由馆阁入,故人亦蒙冒概目之曰馆阁云。"①此处所谓的"二春坊",即指左、右春坊,与司经局一道隶属于詹事府。据《明史·职官志》载,洪武十五年(1382)更定左、右春坊官,不久定司经局官。二十二年(1389),以官联无统,始置詹事院,三年后改院为府,诸官员虽各有印,而事总于詹事府②。据此,所谓的"馆阁",当主要就翰林院、詹事府及内阁等机构而言,台阁体也主要是由处在上述三大机构中的文人官员所共同主导和倡扬。

需要指出的是,在台阁体的倡导过程中,我们以前较多注意到内阁大臣所发挥的作用,也有研究者将该现象的发生,归结为与特别在明朝前期内阁的性质也就是阁臣主要担当文学侍从之臣不无关系③,而这一点无疑是比较重要的,应当予以关注。不过,同样值得注意的,则还有翰林院文士官员在其中所扮演的重要角色。

明朝的翰林院之设,最早可以追溯至吴元年(1367),其时初置翰林院,并设诸职官。洪武年间以来,曾几次变更官名与品秩,十八年(1385)更定品员。建文时又对官制进行改易,至永乐之初始复其旧。作为天下"词林"的翰林院,一直被赋予了以文辞为职的机构的主要性质,如掌院长官之职,即"掌制诰、史册、文翰之事,以考议制度,详正文书,备天子顾问。凡经筵日讲,纂修实录、玉牒、史志诸书,编纂六曹章奏,皆奉敕而统承之"④。鉴于该机构这一主要性质,翰林院的文风也备受关注。明王朝建立之初,秉持"治国以教化为先"⑤理念的太祖朱元璋,出于崇儒重道的基本策略,大力提倡以程朱理学为宗,主张尊一统,尚教化,重实用,"尽削近代繁文之习,以追复古帝王淳朴之治"⑥。由此出发,加强了对文风建设的政治干预,对于文人士子的文章体制作出了甚为严格的要求,而整顿翰林文风则成为其中一个重点。早在洪武二年(1369)三月,力图"大明儒学"的朱元璋向时任翰林侍读学士的詹同提出,"古人为文章,或以明道德,或

---

① 《圭峰集》卷一,影印文渊阁《四库全书》本,台湾商务印书馆1986年版。
② 《明史》卷七十三《职官二》,第六册,第1783页、1785页。
③ 参见廖可斌《复古派与明代文学思潮》,第78页至80页,台湾文津出版社1994年版。
④ 《明史》卷七十三《职官二》,第六册,第1786页。
⑤ 《明史》卷六十九《选举一》,第六册,第1686页。
⑥ 顾清《会试录后序》,《东江家藏集》卷二十。

以通当世之务",以为比较之下,"近世文士不究道德之本,不达当世之务,立辞虽艰深,而意实浅近,即使过于相如、扬雄,何裨实用"? 因而郑重其事地告诫詹同,"自今翰林为文,但取通道理、明世务者,无事浮藻"①。按朱元璋之见,古人和近世文士之文的高下差别,主要反映在有无通道理、明世务的实用价值上,他针对翰林为文以这一原则相要求,除了表达对近世之文的忧虑和不满,一个不言而喻的重要目的,就是期望通过翰林文风的示范作用,提升文章的政治功能以增强它的经世实用性,毫无疑问,这也给翰林官员立下了一道文章体制不可违越的基本准则。

与此同时,明廷重视翰林院这一机构,也反映在特别关注翰林官员尤其是庶吉士的培育上。永乐时,庶吉士在翰林院读书,命司礼监月给笔墨纸,光禄寺给早晚膳食,工部选择近第宅居之等,成祖朱棣时亲自召试,其重视程度可见一斑。宣宗宣德五年(1430),始命翰林学士专门负责庶吉士的教习事务②。永乐二年(1404),廷策进士四百七十二人,既命第一甲曾棨为翰林院修撰,周述、周孟简为编修,并于第二甲择文学优等杨相等五十人以及善书者汤流等十人,俱为翰林院庶吉士,俾仍进学。次年正月,命翰林院学士兼右春坊大学士解缙等人,从这些新进士中间"选质英敏者",俾就文渊阁进其学。于是缙等选第一甲三名修撰曾棨,编修周述、周孟简,第二至三甲中庶吉士杨相、杨勉等,得二十八人以进,以应二十八宿之数。时二甲进士周忱"自陈年少愿进学",朱棣喜而称他为"有志之士",命增补之,故实得二十九人。这些被选进学的翰林院文士官员,受到朱棣格外的眷顾,勉之以"立心远大,不可安于小成。为学必造道德之微,必具体用之全;为文必并驱班、马、韩、欧之间","国家将来皆得尔用,不可自怠"③。显然,这已是把他们作为将来要付与重任的知识精英重点加以培植,并寄予了厚望。所以,当时近臣中有人"请立课程以速其成者",朱棣不许,俾"从容以学"④,意欲精心炼造之。而在那些进学之士眼里,如此之遇则被看作是"其

---

① 《明太祖实录》卷四十,第二册,第 810 页至 811 页,台湾中研院历史语言研究所校印本。
② 《明太宗实录》卷三十八,第六册,第 643 页,台湾中研院历史语言研究所校印本。《明史》卷七十《选举二》,第六册,第 1700 页;卷七十三《职官二》,第六册,第 1788 页。
③ 《明太宗实录》卷二十九,第六册,第 516 页至 517 页;卷三十八,第六册,第 642 页至 643 页。
④ 王直《题段侍郎燕集图后》,《抑庵文集》卷十三。

恩宠之盛,又非他之为进士者所及","非常之遇之中又所谓莫大之幸者也"①,为不负期望,更是"夙夜祗畏,以求称上意"②,也由此担当起了颂扬圣德盛世的重要职责,人称"方是时,四方多献祥瑞,二十八人者辄进诗赋以歌颂圣德,一时文学之盛,人皆欣羡"③。为这一批入选者之一、后被召入内阁而既授翰林院修撰的王直,对自己进学而"读书于禁中"的那一段亲身经历,曾经作了这样的描述:"从容旦暮之间,探圣贤之微言,窥道德之至奥,发为文章,以歌颂太平之治。"④不失为这些进学之士真实生活的写照。值得一提的是,王直在《立春日分韵诗序》中,记述了永乐十二年(1414)十二月逢立春日翰林院诸官"因时纪事,以歌咏盛美"的一个片段:

> 永乐十二年,车驾在北京。是年十二月二十三日,为明年之春,应天尹于潜诣行在,进春如故事。宴毕,翰林侍讲曾君子棨等七人者退坐秘阁,相与嘉叹,以谓国家当太平无事之时,而修典礼弥文之盛,岂特为一时美观哉?……汉制,立春日下宽大之书。今皇上涵育万物,自夫念虑之微,以至于政事之施,无非所以惠养安利之者,盖不必于春而始见,诚所谓其仁如天,尧、舜之主也。而直与诸公幸以此时列官禁近,从容两京之中,瞻道德之光华,被恩泽之优厚,盖千载之良遇也。昔宋之时,翰林以是日进春帖于禁中,写时景而美德意。今虽不行,因时纪事,以歌咏盛美,而垂之后世者,本儒臣职也。于是取唐杜甫立春日诗"忽忆两京梅发时"之句,书为丸投器中,各探一言为韵,赋诗一首。⑤

虽然所述仅为翰林院官员日常所务之一角,但从中也可以窥见其颂扬圣德盛世的某种创作态势。时任翰林侍讲的曾棨,有《立春日忽忆两京梅发时,分韵得梅字》诗,即作于此际,其云:"九重佳气蔼蓬莱,一夜春从禁里回。御苑彩旛金作柄,内筵琼醴玉为杯。宝炉香散阳和动,银烛光分曙色开。共喜迎新沾圣泽,况

---

① 王直《礼部侍郎吾公叔缙挽诗序》,《抑庵文后集》卷八,影印文渊阁《四库全书》本,台湾商务印书馆1986年版。
② 王直《题段侍郎燕集图后》,《抑庵文集》卷十三。
③ 李时勉《故礼部右侍郎吾公神道碑》,《古廉文集》卷十。
④ 《送余侍讲归庐山序》,《抑庵文集》卷五。
⑤ 《抑庵文集》卷四。

逢台鼎足盐梅。"①诗中吟写的内容,主要在于呈现一派祥瑞雍容的景象,称颂盛世之美的意味十分浓重,与王直所谓"歌咏盛美"的主旨完全吻合。此际翰林文士官员的这一种创作态势,在一定程度上对于台阁文风的流行,不能不说起到了推波助澜的作用。由此来看,同样是王直,声称值此之际,"文人才士歌咏圣德以彰太平之盛者,汹汹乎盈耳"②,殆非虚言。

从馆阁文人自身的境遇与创作心理来看,很重要的一点,由于他们处在上层机构,身为君主近臣,日常"礼接优渥",更多受到朝廷的笼络,并具有较为强烈的身为上层文臣的政治职能上的认同感,如上那一种视"歌咏盛美"而"垂之后世"为儒臣之职者,其内心怀有的职责感显而易见,这使得他们较容易与官方的意识形态发生亲和作用,也较容易产生回报君主朝廷的感恩心理。在如此心理的促使下,他们更多将注意力放在了对社会治化作用下形成的太平融和世态景象的欣赏,甚至有意为之粉饰,为朝廷立言,在很大程度上扮演着官方意识形态传播者或代言者的角色。在成祖朱棣登位之初即入直文渊阁的杨士奇就表示:"今幸遇圣人在上,惓惓夙夜,以安民为切务,纲纪清肃,德化覃敷,年谷丰登,烽警不作,使天下之人垂髫戴白、林林总总之众,皆得相与恬嬉于春风和气之中,而不置一毫忧戚于其心者,其可忘所自哉?其必思有以报上之赐也。"③其中交织着的,不但有视"颂上之德,而鸣国家之盛"④为自己理应担负的职责感,还有以此作为所谓"报上之赐"的感恩知遇之心。

且值得注意的是,永乐以来,成祖朱棣显然承袭与强化了明初实施的政治、文化政策,在意识形态领域加强整肃,其特别表现在进一步确立崇儒重道尤其是尊程朱等宋儒之学的基本策略,相关的一些措施的出笼,足以证明这一点。永乐七年(1409)二月,朱棣向翰林学士胡广等人出示自编一书,该书"采圣贤之言","切于修身齐家治国平天下者",本意欲以此供教导正当进学之时的皇太子之用。广等览后奏曰:"帝王道德之要备载此书,宜与典谟训诰并传万世,请刊印以赐。"⑤朱棣因名之曰《圣学心法》,命司礼监刊印。这事实上意味着为其"臣

---

① 《刻曾西墅先生集》卷八,《四库全书存目丛书》影印明万历刻本,齐鲁书社1997年版。
② 《太仆寺少卿沈公墓表》,《抑庵文后集》卷二十七。
③ 《大原清适记》,《东里文集续编》卷五。
④ 王直《赐游西苑诗引》,《抑庵文集》卷十二。
⑤ 《明太宗实录》卷八十八,第七册,第1162页。

民和后嗣定下了伦常日用的规范"①,成为其全力以儒学正统观念训诫子嗣臣民的一个典型事例。永乐十三年(1415)九月,由胡广等人奉命编纂的《五经四书大全》《性理大全》完成,该书内容与主旨,或"有发明经义者取之,悖于经旨者去之",或"辑先儒成书及其论议格言,辅翼五经四书,有裨于斯道者",集儒家经典与宋儒学说于一体,这也标志着为朝廷所充分重视的一大思想工程已经构建起来。朱棣览是书而嘉之,亲自为制序文。于是命工锓梓,要求颁布天下,意欲使天下之人"获睹经书之全,探见圣贤之蕴,由是穷理以明道,立诚以达本;修之于身,行之于家,用之于国,而达之天下"②。十五年(1417)三月,颁《五经四书大全》与《性理大全》于六部并与两京国子监及天下郡县学,朱棣为此特别叮嘱礼部大臣,以为"此书学者之根本,而圣贤精义悉具矣",要求其晓谕天下之学者,"令尽心讲明,毋徒视为具文也"③。这一举措,除了表明最高当政者对是书高度重视的态度之外,同时赋予了其高度的合法性与权威性,为众文人士子铺设了一条熟习儒家经典包括宋儒学说的法定途径。不宁如此,为推尊儒学特别是重点建树以程朱为代表的宋儒思想权威,强调道德归一,另一手的做法,就是努力排斥那些不合时宜的异端之说。

永乐二年(1404),发生了一起饶州府鄱阳县人朱季友因所著书斥濂、洛、关、闽之说而受到严厉惩处的事件,颇耐人寻味。《明太宗实录》该年七月条载:"饶州鄱阳县民朱季友进书,词理谬妄,谤毁圣贤。礼部尚书李至刚、翰林学士解缙等请置于法。上曰:'愚民若不治之,将邪说有误后学。'即遣行人押还乡里,会布政司、按察司及府、县官,杖之一百,就其家搜检所著文字,悉毁之,仍不许称儒教学。"④杨士奇《三朝圣谕录》对于该事件发生的经过,则有更为详尽的载录:

  永乐二年,饶州府士人朱季友献所著书,专斥濂、洛、关、闽之说,肆其丑诋。上览之,怒甚,曰:"此儒之贼也!"时礼部尚书李至刚、翰林学士解

---

① (美)牟复礼、(英)崔瑞德编,张书生等译《剑桥中国明代史》,第242页,中国社会科学出版社1992年版。
② 《明太宗实录》卷一百六十八,第八册,第1874页。
③ 《明太宗实录》卷一百八十六,第八册,第1990页至1991页。
④ 《明太宗实录》卷三十三,第六册,第581页。

缙、侍读胡广、侍讲杨士奇侍侧,上以其书示之。观毕,缙对曰:"惑世诬民,莫甚于此。"至刚曰:"不罪之,无以示儆,宜杖之,摈之遐裔。"士奇曰:"当毁其所著书,庶几不误后人。"广曰:"闻其人已七十,毁书示儆足矣。"上曰:"谤先贤,毁正道,非常之罪,治之可拘常例耶?"即敕行人押季友还饶州,会布政司、府、县官及乡之士人,明谕其罪,笞以示罚。而搜检其家所著书,会众焚之。①

这一多为研究者所注意的重大事件,其中透出一个强烈而明确的信息,在当时崇儒重道的环境中,明初以来以宋儒理学为宗的思想基调得到进一步确认,宋儒学说在意识形态的地位被置于无容质疑的高度,任何挑战这种思想权威的轻举妄动,均被视作异端不正之道而遭受惩处。当事人朱季友恭谨进以所著,想来原本是出于讨好的动机,然在朱棣眼里却成了明目张胆的挑衅,犯下不可宽恕之罪,所以会给予如此严厉的惩处,对于这样严重的后果,朱季友本人一定是万万没有料想到的。应该说,因该事件所采取的一连串大动干戈的处罚措施,除了针对当事者本人以外,另一层的用意,恐怕主要是藉此来广儆天下之人。

与此相应,在官方重儒学尤其尊程朱等宋儒之说的意识形态主导下,永乐以来趋向高涨的台阁文风,在突出颂圣德彰太平主基调的同时,明显呈现出维护正统、尊尚教化的特征,其中着重反映在接续与强化明初为太祖朱元璋所格外重视的经世实用的文学价值观念上,这可以说也成为支撑台阁体创作的一种核心理念。譬如,为文被人称作"以通达政务为尚,以纪事辅经为贤"②的杨士奇,论及诗歌之价值时直白指出:"诗以理性情而约诸正,而推之可以考见王政之得失、治道之盛衰。"③其《胡延平诗序》评胡寿昌诗,谓:"诗虽先生馀事,而明白正大之言,宽裕和平之气,忠厚恻怛之心,蹈乎仁义而辅乎世教,皆其所存所由者之发也。"④至于文章,他在为何淑所作的《蠖阁集序》称何所作"发明至理,一以启迪人心,扶植世教,盖譬诸布帛菽粟之有资乎民生之实用也"⑤。很显然,

---

① 《圣谕录上》,《东里别集》卷二,影印文渊阁《四库全书》本,台湾商务印书馆1986年版。
② 陆深《北潭稿序》,《俨山集》卷四十,影印文渊阁《四库全书》本,台湾商务印书馆1986年版。
③ 《玉雪斋诗集序》,《东里文集》卷五,明嘉靖刻本。
④ 《东里文集》卷四。
⑤ 《东里文集续编》卷十四。

这里将诗文的价值与"王政"、"治道"、"世教"挂钩起来,主要还在于凸显其经世实用性质。又据《三朝圣谕录》记载,永乐七年(1409),春坊赞善王汝玉以诗法进说,时身为皇太子的明仁宗朱高炽询问杨士奇:"古人主为诗者,其高下优劣如何?"杨回答道:"诗以言志,明良、喜起之歌,南薰之诗,唐、虞之君之志,最为尚矣。后来如汉高《大风歌》,唐太宗'雪耻酬百王,除凶报千古'之作,则所尚者霸力,皆非王道。汉武帝《秋风辞》,气志已衰。如隋炀帝、陈后主所为,则万世之鉴戒也。"同时劝朱高炽:"如殿下于明道玩经之馀,欲娱意于文事,则两汉诏令亦可观,非独文词高简近古,其间亦有可裨益治道。如诗人无益之词,不足为也。"当朱高炽问及"世之儒者亦作诗否"问题时,杨则回答,"儒者鲜不作诗,然儒之品有高下,高者道德之儒,若记诵词章,前辈君子谓之俗儒,为人主尤当致辨于此"[①]。这无外乎是说,对于文事,应当多留意如两汉诏令那样能"裨益治道"之作,最好不要专意于"诗人无益之词"。如果非要论定诗之价值所在,从君主所为范围内来说,能言如"唐、虞之君之志"或"王道"之志自然为尚;就一般世之儒者而言,尤其要注意从是否只是"记诵词章"的角度去考量。照杨士奇的说法,这一点不仅关乎作品价值的高下优劣,并且也是铨别世之儒者品位的一个重要标准。

当然,永乐以来渐趋盛行的台阁文风,延续至成化、弘治之际又是呈现何样的面目,若从考察前七子复古活动勃兴前夕之文学环境的角度出发,其也成为我们不得不继续加以探察的问题。不难发现这样一个事实,在成、弘之际,台阁体作为明代前期一股强势文风,它的实际影响力仍在延续,特别是一些馆阁文人以他们宗主的身份,担当着引导文坛风尚的重要角色,受人推崇:"国朝当成化、弘治间,海内并推文宗若古欧、苏者,则今致仕少师西涯先生李公(东阳)、今少傅邃庵先生杨公(一清)与故篁墩先生程公(敏政)其人也。"[②]。与之相应的是,其中对于在馆阁文人中间备受重视的经世实用观念的执守,多少体现了此际台阁之士承传与维护这一种文学价值观念的阶层意识。以景泰五年(1454)成进士、成化时擢翰林学士、弘治时官至文渊阁大学士的丘濬为例,其《送钟太守诗序》除称许太守钟氏能"广诗之用,以导化邦人,感发其善心,宣导其湮郁,

---

[①] 《圣谕录中》,《东里别集》卷二。
[②] 靳贵《中顺大夫江西南康府知府致仕沙溪王先生墓志铭》,《戒庵文集》卷十六。

以厚人伦,以美教化",对于《诗经》之后诗道的发展变化情势还颇有一番感触:"自《三百篇》后,诗之不足以厚人伦,美教化,通政治也,非一日矣,风云月露、花鸟虫鱼作者日多,徒工无益,是以大雅君子不取焉。"①引起我们对丘氏这番充满牢骚与忧虑论调的留意,不在于它有多少新鲜感,因为说到底,其无非在重申为传统儒家所特别强调的诗与政教实用紧密关联的一种诗歌价值之陈调,而在于如联系到之前馆阁文人重诗文经世实用性的价值观念,那么多少可以发现它在强调这一观念上表现出的某种延续性。

而在探察成、弘之际台阁文风发展态势过程中,自然不可不注意到其时居馆阁重臣之位的重要人物李东阳。他于成化二年(1466)授翰林编修,累迁侍讲学士,充东宫讲官,弘治二年(1489)升左春坊左庶子,八年(1495)由礼部左侍郎兼侍读学士入内阁参预机务。由于长期处于馆阁之中,以阁臣身份主持文坛,在当时的文人圈具有相当的影响力,所谓"自明兴以来,宰臣以文章领袖缙绅者,杨士奇后,东阳而已"②,"一时学者翕然宗之"③。虽然在诗文取舍的原则问题上,李东阳表示:"至于朝廷典则之诗,谓之台阁气;隐逸恬澹之诗,谓之山林气。此二气者,必有其一,却不可少。"④又并列"馆阁之文"与"山林之文",以为二者"固皆天下所不可无"⑤。由他本人所处的台阁背景而言,未专注台阁一体而执着于一端,态度实在不可谓不包容。而且在时重经术的流行学风中,他曾勉力"以诗文引后进"⑥,表现出对于时风的某种反动,同时特别站在还原诗歌独立审美特性的文学立场,一再强调诗文异体问题等,显示其较为独特的不俗之见,关于这一点,后面章节的相关讨论将会涉及。但与此同时,未能完全脱离馆阁文人的视阈,尤其是未能越出注重经世实用诗文价值观的拘限,就李东阳本人的情况来说,则的确也是不争的事实。如他在说明诗与诸经"同名而体异"的特点时,谓诗"盖兼比兴,协音律,言志厉俗,乃其所尚"⑦,对诗歌体式规制特点作了简明概括,尤其中所谓"言志厉俗",突出了诗歌的实际功用性质。在这一

---

① 《重编琼台稿》卷十二。
② 《明史》卷一百八十一《李东阳传》,第十六册,第 4824 页至 4825 页。
③ 谢铎《读怀麓堂稿》,《桃溪净稿》卷三十,明正德刻本。
④ 《怀麓堂诗话》,《李东阳集》,第二卷,第 545 页。
⑤ 《倪文僖公集序》,《李东阳集》,第二卷,第 128 页。
⑥ 《明史》卷一百八十一《李东阳传》,第十六册,第 4817 页。
⑦ 《镜川先生诗集序》,《李东阳集》,第二卷,第 115 页。

问题上,他进而表示:"夫诗者,人之志兴存焉。故观俗之美与人之贤者,必于诗。"①以为诗之为教"本人情,该物理,足以考政治,验风俗"②。并引古为证,谓"古者国有美政,乡有善俗,必播诸诗歌以风励天下"③。如此说来,也就不难理解李东阳在对待杜甫诗歌上的态度,他以为,杜诗之所以"能成一代之制作,以传后世",非常重要的一个原因,乃在于"悉人情,该物理,以极乎政事风俗之大,无所不备"④。很明显,这仍主要立足于考政治、验风俗的角度来加以考量。至于文,虽然李东阳曾分别不同的文类,将所谓"纪载之文"、"讲读之文"、"敷奏之文"及"著述赋咏之文"作了区隔,以为前三者"皆用于朝廷、台阁、部署、馆局之间,裨政益令,以及于天下",后者则主要"通乎隐显",情状有所不同,但是依然能看出他对于为文以经世实用为中心之观念的一种坚守。故其认为"盖人情物理、风俗名教,无处无之,虽非其所得为,而亦所得言","苟不得其所而徒以为文,则不过枝辞蔓说,虽施之天下,亦无实用"⑤。而在他看来,与"山林之文"相并列的"馆阁之文"别具特点,较之前者更富于实用性,能"铺典章,裨道化,其体盖典则正大,明而不晦,达而不滞,而惟适于用"⑥,它们"不可无"的存在合理性和自身价值,也正体现在此。总之,身为馆阁重臣的李东阳,其诗文价值观念逗漏的某种正统意趣与台阁习气,还是使人比较容易体味得到。鉴于他本人在当时文学圈内所发生的实际影响力,在某种意义上,由此一端而置其于承续台阁文风的重要人物之位,不能说毫无道理。

不过,在另一方面可以发现,成化、弘治之际笼罩在文坛的台阁文风同时也面临前所未有的危机与挑战。虽然说,台阁体主要为翰林院、詹事府及内阁等"馆阁"机构中的文人官员所主导和倡扬,但是这并不代表它只限在上述机构的文人官员群体中流行。实际上,三大高层机构作为政治与文化权力的中心,本身拥有强势的影响力,包括对于一般文人士子在文风上所产生的感召效应,成、弘时的吴宽就提及,"四方之人以京师为士林,而又以馆阁为词林,争有所求"⑦。

---

① 《王城山人诗集序》,《李东阳集》,第二卷,第 23 页。
② 《孔氏四子字说》,《李东阳集》,第三卷,第 174 页,岳麓书社 1985 年版。
③ 《邵孝子诗序》,《李东阳集》,第二卷,第 43 页。
④ 《琼台吟稿序》,《李东阳集》,第二卷,第 102 页。
⑤ 《倪文毅公集序》,钱振民辑校《李东阳续集·文续稿》卷四,第 187 页,岳麓书社 1997 年版。
⑥ 《倪文僖公集序》,《李东阳集》,第二卷,第 128 页。
⑦ 《中园四兴诗集序》,《匏翁家藏集》卷四十。

说明在时人心目中,"馆阁"更具权威性的"词林"中心地位无可置疑。这其中包括一些馆阁文人以其个人地位与名望上的优势,引导着文人士子的创作风气,如成祖朱棣即位之际即入内阁的杨士奇,"入阁司文,既专且久,诗法唐,文法欧,依之者效之"①。加上翰林院、詹事府及内阁中的馆阁文人,同时执掌乡、会、廷试的权柄,根据有明科试之制,其乡试除开各省考官之外,被视为重点的畿甸顺天府、应天府的两京之试,主考官主要由翰林院官员担任,间杂以隶属詹事府的春坊、司经局官员;会试考官中,不仅考试官大多由内阁,翰林院,詹事府及其坊、局官员与兼掌翰林者充任,而且同考官中翰林院官员也占据较高的比例;至于廷试,则主要由内阁与翰林院官员担任读卷官,其多握有去取之柄②。这使得馆阁文人可以利用主试的权力,藉助科举考试的渠道,对于众多文人士子的文风发挥导向性的作用③。总之,翰林院、詹事府及内阁作为政治与文化权力中心所拥有的强势影响力,以及馆阁文人对于天下文柄的执掌,容易促使台阁文风向文人士子群体渗透而形成上行下效的局面。然而,分化也在发生,若干迹象表明,成、弘之际文人士子中间创作的风气不知不觉间已产生某些明显的变异,有人在对比这一时期前后的文风时,敏感地觉察出了变化的端倪。如尹襄在《送古田司训谢德宣序》中指出:

  盖成化、天顺以前,其文浑厚,各有意见发之,故畔道者鲜。比岁以来,专事捷径,非独文之浮也,甚者于经有所拟议差择,而圣人之言几同戏玩。④

不啻如此,吴俨《顺天府乡试录后序》中的一段话语,同样值得我们注意:

---

① 崔铣《胡氏集序》,《洹词》卷十。
② 《明史》卷七十《选举二》:"廷试用翰林及朝臣文学之优者,为读卷官。共阅对策,拟定名次,候临轩。……初制,两京乡试,主考皆用翰林。而各省考官,先期于儒官、儒士内聘明经公正者为之,故有不在朝列,累秉文衡者。……初制,会试同考八人,三人用翰林,五人用教职。景泰五年从礼部尚书胡濙请,俱用翰林、部曹。其后房考渐增。至正德六年,命用十七人,翰林十一人,科道各三人。……"(第六册,第1695页,第1698页至1699页。)申时行等修《明会典》卷二百二十一《翰林院》:"凡两京乡试及会试考试官,礼部奏行本院,会试于大学士、学士等官,乡试于春坊、司经局官及本院讲、读、修撰内,内阁具名奏请钦命。其会试同考试官,于本院讲、读、史官及春坊、司经局官内,与各衙门官相兼推选。……凡殿试读卷官,内阁于大学士、学士等官内具名,从礼部奏请。至日,与各衙门该读卷官详定试卷。"(第1097页,中华书局1989年版。)
③ 参见廖可斌《复古派与明代文学思潮》,上册,第90页至91页。
④ 《巽峰集》卷九,《四库全书存目丛书》影印清光绪刻本,齐鲁书社1997年版。

臣尝观洪武、永乐之间,其文浑厚;宣德、正统之间,其文简明;成化、弘治之间,其文奇丽。可谓日益以盛矣。然奇则钩深摘隐,其流渐入于晦;丽则取青媲紫,其流渐至于浇。为世道虑者,能不思所以变之乎?①

如前述,永乐以来台阁体之"相习成风",有着明显的官方崇儒重道包括尊程朱等宋儒学说的思想背景,在此情势下,馆阁文人秉持经世实用的创作理念,进一步突出了诗文考政辅教、"裨益治道"的功利性作用,因而也更加强调明道宗经、以道为文或先道德而后文辞的基本原则。如正统间拜翰林院编修、天顺初累迁至学士的倪谦即指出,"文者载道之器,文不载道,虽工无益也。载道之文,六经不可尚已"②。鉴于此,他把为文之道的重心指向了所谓"于经不悖,于道不畔"③。正统间授翰林院修撰,累官侍读、左春坊大学士等职,成化时仕至文渊阁大学士的彭时则表示:"盖文辞艺也,道德实也,笃其实而艺者附之,必有以辅世明教,然后为文之至。实不足而工于言,言虽工,非至文也。彼无其实而强言者,窃窃然以靡丽为能,以艰涩怪僻为古,务悦人之耳目,而无一言几乎道,是不惟无补于世,且有害焉,奚足以为文哉!"这无非是为了阐明如他所说的"先道德而后文辞"④的写作宗旨。据尹襄、吴俨二人所述,成、弘前后文风出现由"浑厚"、"简明"转向"浮"、"奇丽"的迹象,甚至发展到"于经有所拟议差择,而圣人之言几同戏玩",其正是离异于台阁文风的表现。这一现象,也印证了成、弘时期馆阁文人丘濬在比较"曩时"与"近"文风之不同时所作的不无忧虑的判断:"曩时文章之士固多浑厚和平之作,近或厌其浅易,而肆为艰深奇怪之辞。"⑤所谓的"浑厚"、"简明",当与馆阁文人出于文以明道宗经为尚以求经世实用的原则,更重"温厚疏畅而不雕刻,平易正大而不险怪"⑥这种温厚平实、雅正简易风格的要求有着密切的关系,不外乎为"笃其实而艺者附之,必有以辅世明教"理念指导下的产物,故曰"畔道者鲜"。而所谓的"浮"、"奇丽",显是浅薄、怪异、绮

---

① 《吴文肃公摘稿》卷三,影印文渊阁《四库全书》本,台湾商务印书馆1986年版。
② 《松冈先生文集叙》,《倪文僖集》卷二十二,影印文渊阁《四库全书》本,台湾商务印书馆1986年版。
③ 《艮庵文集序》,《倪文僖集》卷十六。
④ 《刘忠愍公文集序》,《彭文宪公集》卷三,《四库全书存目丛书》影印清康熙刻本,齐鲁书社1997年版。
⑤ 《会试策问》第四首,《重编琼台稿》卷八。
⑥ 彭时《杨文定公诗集序》,杨溥《杨文定公诗集》卷首,《续修四库全书》影印明抄本,上海古籍出版社2002年版。

丽的表现,走向了"浑厚"与"简明"的反面,实际上即如上彭时所不屑的"实不足而工于言"或"无其实而强言者"。也正因为这一变化直接冲击到永乐以来占据文坛主导位置的台阁文风,故引起其维护者和宗尚者内心的忧虑,自然就不难理解。鉴于台阁体的主调重在"润色鸿业",颂扬圣德盛世,其目标多定位于经世实用,不为无益之词,与之相应,表现风格注重温厚平实、雅正简易一路,这就势必使它指向一种归正划一的创作模式,无法在完全和真正意义上形成创作者的自我个性,所谓"愈久愈弊,陈陈相因,遂至噍缓冗沓,千篇一律"①,自是发展的必然结果。也可以说,台阁体在流行和扩张其影响力的同时,酝酿了自身无法克服的先天缺陷,以此而言,此际文人士子创作趣尚相对于台阁文风表现出的异动迹象,同样地,不可不谓是由后者之弊导致的必然结果。因为陈陈相因的模式化创作格局,最终不免会令人产生审美上的倦怠心理,所以,另辟"艰深奇怪"的新异路数,突破"浑厚和平"套式的拘限,其实从一个侧面逗露了台阁文风统摄下文人士子某种厌陈求新、舍同趋异的审美心理。如果说,台阁文风呈现的分化趋势,上述可主要归结为其发生的内在动因的话,那么,从外在的条件来看,特别是成、弘之际在整体上政治与文化调控政策的相对弛懈,不能不说是其中最为重要的一个因素。

  某些迹象直接或间接显示了这一点。比如,成化三年(1467)三月,时任礼部尚书的姚夔等人,有感于"近年以来"学政之失,奏"修明学政十事",请榜谕天下学校永为遵守。其中论及,时"师道不立,教法不行,学者因循苟且,不知用力于身心性命之学,惟务口耳文字之习";又"近年学校生员听令纳马纳牛、纳米纳草入监,殊非教养本意","为士子者知财利可以进身,则无所往而不谋利,或买卖,或举放,或取之官府,或取之乡里。视经书如土苴,而苞苴是求;弃仁义如敝屣,而货财是殖"②。成化十一年(1475)十二月,国子监祭酒周洪谟陈言,以为比照"洪武间学规整严,士风忠厚","顷来浇浮竞躁,大不如昔;奏渎纷纷,欲坏累朝循次拨历之规,以遂速达之计,且群造谤言,肆无忌惮",建议对此"宜加禁革"③。弘治元年(1488)闰正月,吏部右侍郎杨守陈上疏希望孝宗朱祐樘循故事

---

① 永瑢等《四库全书总目》卷一百七十一集部《空同集》提要,下册,第1497页,中华书局1965年版。
② 《明宪宗实录》卷四十,第二十三册,第814页、816页,台湾中研院历史语言研究所校印本。
③ 《明宪宗实录》卷一百四十八,二十五册,第2713页。

开大小经筵,日再御朝,以举致治之纲,并列数当下诸如"官鲜廉耻之风,士多浮竞之习。教化凌夷,刑禁弛懈"等各类"积弊"①。上举诸例虽为散零,各人陈说的角度也不尽一致,但显然,其均将士人中间学风或习气的变化现象,与官方相应调控政策的宽弛不力联系在一起,多少反映了此际的一些实际状况。更能引起我们关注的是,控制政策的相对弛懈,也特别表现在对于异端之说不同程度的放任,黄佐《翰林记·禁异说》就比较了成化前后禁约异说的不同情形,其始曰:"先王之制一道德以同俗,其有造言非圣者,必刑无赦。圣祖崇重儒道,以濂、洛、关、闽为宗,罔敢有悖焉者也。"接着记述了永乐二年(1404)饶州士人朱季友因献所著书斥濂、洛、关、闽之说而受到惩处的事件,对比之下,其最后则指出:"然成化以后,学者多肆其胸臆,以为自得,虽馆阁中亦有改易经籍以私于家者,此天下所以风靡也夫!"②后者显然是作为突破禁异说拘囿的现象被载录的。这条材料之所以格外值得我们注意,其不仅记述了从明代前期在崇儒重道尤其是尊宋儒理学意识形态主导下严禁异端之说而发展到后来文人学士不为所拘乃至于形成某种风气的变异情势,而且划出以成化前后为标识的明晰的分界线,显示这一变异情势发生的时间界限。结合上述士人学风或习气变化诸端,应该说,成、弘之际文士创作趣尚游离于台阁文风的迹象,并非一时偶然,就外部的氛围而言,它与此际政治与文化控制的相对弛懈不无关系,与此际士人学风或习气的变化也形成相为应合的态势。

这一时期士人文风的异动,从一个方面表明,永乐以来逐渐在文坛占据强势位置的台阁体之风,延续至成、弘间,尽管馀势尚在,仍在发挥相当的影响力,但其把持坛坫的绝对主导权或掌控权显然有所旁落,曾经所处的统摄与稳固地位不再。应指出的是,台阁文风其时流延与分化互相交织的发展格局,对于继后而起的李梦阳、何景明等前七子及其诗文复古活动的倡导来说,实际上营造了一种双重的效应,这也就是,它所释放的影响能量,对于欲突入文坛而揭扬复古旗帜的李、何等人来说,无疑面临一种非常的挑战,同时,其统领文坛主导权的某种旁落,强势地位的有所削弱,也给诸子的崛起创造了新的机遇。

---

① 《明史》卷一百八十四《杨守陈传》,第十六册,第 4876 页。
② 《翰林记》卷十一,影印文渊阁《四库全书》本,台湾商务印书馆 1986 年版。

第三节 "还其文于古": 重古文词趣尚的上扬

对于成、弘之际学术与文学风尚的考察,还不能不注意该时期在文人圈中出现的一种重视古文词的趣尚。如果说,弘治中随着以李、何为代表的前七子文学集团在文坛的崛拔,掀扬起以诗文复古为总体导向的文学新思潮①,那么,在一定意义上可以说,成、弘之际推尚古文词现象的出现,成为李、何诸子倡导诗文复古的某种文学基础或文学氛围。

前已述及,明王朝在建立之初,出于整肃士习以强化中央集权统治的目的,极力推行崇儒重道尤其是尊尚宋儒理学的基本政策,作为官方重点投入的人才培植和输送工程,科举体制被列为重点改造的对象,罢黜词赋而重以经术取士,即所谓"黜词赋而进经义,略他途而重儒术",并由此进一步强化了科试之制与传统儒学特别是理学之间的彼此联系,加上以代圣贤立言而诠释儒家经书之义为基本目标的时文,作为科举考试的规范文体,"非经书不以命题,非传注不以解经,为文章必典则而敷畅"②,无论是在题旨上还是程式上,都有严格的限定,在科试体制中取得了无与比拟的合法性和功用性。这些对古文词已经形成一股不容小视的冲击力,直接导致其价值地位的明显下降。尽管如此,也许是为了相应弥补由制度性缺陷所造成的"自举子之业兴而古人之学废"③的不足,当然,更是出于国家机构培育文才之士以备采用的实际利益考虑,注意古文词方面的修习,仍然被明廷作为一项用于人才储养的重要措施,而其"所以储养之者,自及第进士之外,止有庶吉士一途"④。所以,翰林院庶吉士的进学培育,包括古文词的修习,为朝廷所格外重视。永乐三年(1405)正月,翰林院学士兼右春坊大学士解缙等人,受命从前一年新进士中遴选得一甲三名曾棨等二十八人,加上后来增补的二甲进士周忱,共二十九人,俾就学文渊阁,此也成为庶吉士进学之首创。曾亲历其选的王直,在他《题段侍郎燕集图后》中记曰:"永乐之

---

① 关于弘治中李、何等前七子的崛起和发展,参见本书第二章。
② 姚镆《岁考录序》,《东泉文集》卷二。
③ 徐有贞《华峰书舍记》,《武功集》卷三。
④ 《明史》卷七十《选举二》,第六册,第1701页。

初,复设科取士,太宗皇帝锐意文学之士,诏择进士读书禁中,学古为文章,期至于古人而后已。"①在为杨荣所作的《建安杨公文集序》中,他也提到,"太宗皇帝即位之明年,直亦取进士,选入翰林,俾尽读中秘书,学古为文词"②。由此可见,习学古文词实际上成为当时翰林院庶吉士进学深造的一项重要内容,而自永乐之初以来,这也变成各个不同阶段教习翰林院庶吉士的某种通例③。对于为博取功名不得不将主要精力花费在举业上的士子来说,古文词修养的缺乏,似为通病,即使在迈入高级功名之列的进士中亦非罕见④。所以,"学古为文章"作为教习的一项内容,对于那些选自新进士的庶吉士而言,不失为加强古文词修习以弥补其缺失的富于针对性举措。但应该说,这一出自官方变相鼓励古文词习学的措施,它的局限性也显而易见。首先是范围人数非常有限。永乐二年(1404),"天下之会试于礼部者凡数千,拔其尤者得四百七十人",而从四百七十人中"又拔其尤者二十八人入翰林"⑤。其后每科庶吉士之选,多寡无定额,如永乐十三年(1415)乙未科选六十二人,而宣德二年(1427)丁未科只选二甲进士邢恭一人,"以其在翰林院习四夷译书久,他人俱不得与也"。而且自永乐二年(1404)以来,"或间科一选,或连科屡选,或数科不选,或合三科同选,初无定限"⑥。不管如何,入翰林为庶吉士者,在新进士中还是占据很小的比例。作为一种政府行为,选翰林庶吉士令习古文词虽然有利于少数"文学之士"的储养,但它难以在众文人学子中形成古文词修习有效的激励机制,则是客观存在的事实。其次是习学的自由度有限。翰林院以其"供奉文字"为主要职责的性质,注定了它从学为文格外受朝廷的重视。如前所说,还在洪武二年(1369),太祖朱元璋就要求翰林为文"但取通道理、明世务者",成为政治干预翰林文风典型之一例,其主要目的是希望通过翰林的示范作用,强化文章的政治功能以求经世实用。与此相联系,以后翰林院庶吉士包括古文词在内的修习内容,也有较为严格的要求,永乐之初,对于就学文渊阁的翰林诸士,成祖朱棣即提出"为学必

---

① 《抑庵文集》卷十三。
② 《抑庵文集》卷六。
③ 参见黄卓越《明永乐至嘉靖初诗文观研究》,第14页至16页,北京师范大学出版社2001年版。
④ 简锦松《明代文学批评研究》分析焦竑编《国朝献征录》所录成化至嘉靖二十年间成进士者数百人之墓文,指出其中被誉为能古文词者不过数十人,多数墓主无长于古文词的记载。参见该书第138页。
⑤ 王直《太仆寺少卿沈公墓表》,《抑庵文后集》卷二十七。
⑥ 《明史》卷七十《选举二》,第六册,第1700页至1701页。

造道德之微，必具体用之全；为文必并驱班、马、韩、欧之间"①，实际上已经包含了"为学"与"为文"严而律之的要求。对此，杨荣《送翰林编修杨廷瑞归松江序》也记述道：

> 洪惟太宗文皇帝聪明睿智，缉熙圣学，以开万世文明之治。即位之初，深惟古昔圣王作人之盛，必赖培育之深，故于甲科之外，复简其文学之尤者为翰林庶吉士，俾读中秘之书，以资其博洽，学古文辞，日给笔札膳羞，以优异之。盖宸虑深远，以谓三代而下莫盛于汉、唐、宋，帝王之治虽曰有间，至于儒者，若汉之贾谊、董仲舒、司马迁、扬雄、班固，唐之韩愈、柳宗元、李翱、皇甫湜，宋之欧阳修、二苏、王安石、曾子固诸贤，皆能以其文章羽翼六经，鸣于当时，垂诸后世。我国家隆兴制作之盛超越前代，敦本还淳以推明圣贤之学，五十余年，所用文学之臣、黼黻之盛，焕乎可述。②

这表明，朱棣以包括习学古文词的修习内容来要求翰林庶吉士，本有着深远的考虑，导向性的目标十分明确，期望他们通过古文词等的陶养，树立起真正儒者为学与为文之道，即要像历史上汉、唐、宋诸儒那样，"以其文章羽翼六经"，并能够以此"推明圣贤之学"。它同时意味着，进学者个人在学业上的兴趣爱好，都必须以遵循这一种导向性的要求或期待为前提，受到相应的制约。总之，尤自永乐以来，明廷特别于翰林院庶吉士所采取的教习措施，尽管带有一定鼓励古文词习学的性质，然其原本相当的局限性，对于改变古文词在黜词赋而重经术及推行时文情势下所面临的生存与发展空间减缩的格局，并不足以发生有效的影响。

在另一方面，"国家以科举取士，故凡思效用于时者，必习举子业以阶仕"③。对于众多需要通过科举考试走上仕途的士子来说，举业文字在科场中特殊的功用性，往往使他们无法摆脱之，而在学业上另辟一途。与此同时，时文题旨和程式上的严格约束，使应试者事实上无法从中自由表现他们的思想个性与文学才

---

① 《明太宗实录》卷三十八，第六册，第643页。
② 《文敏集》卷十三，影印文渊阁《四库全书》本，台湾商务印书馆1986年版。
③ 李濂《科场漫笔序》，《嵩渚文集》卷五十六，《四库全书存目丛书》影印明嘉靖刻本，齐鲁书社1997年版。

能,当然,在很多情况下也难以与相对自由的古文写作对接起来。时人蔡清在《刊精选程文序》一文中说:"今之举业之文非古也,而其理则犹古也。惟其所求于理者有未莹,故其命于词者不能发夫理,而反以障夫理,于是其文之去古也益远矣。夫举业在今不可废也,欲变举业,而古之在今亦未易也。"①他虽然感觉到了当下时文中"古"的成分在流失,这实际上也正是时文自身体制上的局限所造成的,但是并未意识到这种科试规范文体根本性的缺陷,未意识到它与古文之间难以调和的差异性。在他看来,时文之所以出现"非古"的倾向,关键在于作者求"理"未明,而不是时文本身的问题,所以把目标定位在了求"古"与求"理"的统一。这种变相为时文所作的辩护,多少反映了那些文人在主观上自觉认同"举业之文"价值的立场。不论是迫于科试需要而向举业的倾斜,还是对时文价值地位的自觉维护,事实上,显示了在崇儒重道政策主导下改造而成的科举取士体制所展现的一种制度威力,以及具体到作为考试应用之文的时文的文体规范效应。不过从另一面来说,它同时也加剧了那些倾向古文词而不满时文人士,要求保持学业独立品格和挽救古文词失落局面的紧迫感。

可以看到,特别在成、弘之际,一些崇古之士以自己的言论和实践,表达他们极力维护古文词地位的明确立场。顾清在序莆田人黄如金所辑《古文会编》时云:

> 两汉三代以前,天下之文章一而已。齐梁而降,科目兴而偶俪之辞作,韩、欧诸大家力起而变之,终不能尽。而时文与古文遂并行于天下,场屋之利钝、进取之得失系焉。于是排比日工,而古之道或几于丧矣。……惟我国家文治蔚兴,无愧前古,而科场习尚,识者犹或病之。至于书肆版行钞选辑录之类,则自有时文,盖莫甚于今日者矣。唐之弊也,得韩而兴;宋之陋也,得欧而振。虽不能尽,而古道至今存。黄君斯举,其有二公之心乎?②

在他看来,时下基于科场的习尚,时文冲击着古文而呈泛滥态势,实在令人为之担忧,黄氏辑是编以传布天下,难能可贵,不失为振起古文乃至复兴古道的一个

---

① 《蔡文庄公集》卷三。
② 《古文会编序》,《东江家藏集》卷十九。

举措,以韩、欧变革之心比拟之,则评价也不可谓不高。而在这一方面,态度更为鲜明的还要数吴宽、王鏊及李东阳等人。

据吴宽在《旧文稿序》中自述,他本人在十一岁时即入乡校学习举业,年稍长则意识到场屋之文"排比牵合,格律篇同之",自由发挥的空间狭小,令人拘束其中,无法尽其所欲言,即如他所说的"使人笔势拘絷,不得驰骛,以肆其所欲言",因此颇感厌倦。在不得已习举业的同时,将阅读的兴趣转向了古文词,取《史记》、《汉书》、《文选》及唐宋各家文集读之,"意颇属之"。其后虽与有司意忤,且不为平生知友所理解,但他却"自信益固",取以上诸书益读之,"研究其立言之意、修词之法"①,属意古文词可以说更进了一层。因曾深为举业文字所困,以及对于古文词的倾心,他在作于成化七年(1471)的《送周仲瞻应举诗序》一文中,将批评矛头直指时文,嗤之为"率腐烂浅陋可厌之言",态度之激烈,实无过于此。他以为这种"学者之所习"与"有司之所取"的科试规范文体弊病甚多,并就此进一步指出:

> 夫国家今日之用人,莫急于科第,其事可谓至重矣。重之至则宜慎之至,慎之至则宜精之至。然而上下之所为如此,吾不知其何说也!夫既以科第为重,则士不欲用世则已,如欲用世,虽有豪杰出群之才,不得不此之习,顾其所以习之者,无若前之所云则可矣。上之人不欲荐扬人才则已,如欲荐扬人才,虽有休休有容之量,不得不此之取,顾其所以取之者,无若前之所云则可矣。所以若前之云者,岂下之人所习在是,而上之人姑取之耶? 抑亦上之所倡在是,而下靡然从之也。呜呼!文之敝既极,极必变,变必自上之人始。吾安知今日无若宋之欧阳永叔者,而一振其陋习哉!吾又安知无若苏、曾辈出于其下,而还其文于古哉!②

在这里,吴宽自科第关涉"用人"的至为重要的高度来审察时文的疵病。一面在指斥时文之弊的同时,剖析形成其弊端的症结之所在,指出问题的关键在"上之所倡在是,而下靡然从之也",为上行下效结果所致,这也更像是在辨察个中根

---

① 《匏翁家藏集》卷四十一。
② 《匏翁家藏集》卷三十九。

源性的因由;一面则呼吁面对"文之敝既极"的现状,应该采取相应的变革措施,而"变必自上之人始",须真正从根源上做起,辟出文体变革一条最为现实而有效的途径,实现"还其文于古"的理想目标。序中又称周氏"长于《春秋》而尤好古文词,以予之同其好也,相好日厚",这也表明,吴宽本人所谓"还其文于古"的期望,与他钟情于古文词的文学立场完全联系在一起。成化八年(1472),吴宽在会试和廷试中皆中第一,授翰林院修撰。在任职翰林期间,他属意古文词的立场非但一如既往,而且因为可以脱却举业拘束,越发纵兴所为。比如,其时特别与仕于京师的吴中同乡中的好古之士"相与剧切为古文词"①,约为所谓"文字会","花时月夕,公退辄相过从,燕集赋诗,或联句,或分题咏物,有倡斯和,角丽搜奇。往往联为大卷,传播中外,风流文雅,他邦鲜俪"②,在当时已有一定的影响。

作为吴宽生平的好友,王鏊与其"生同乡,仕同朝,相知最深且久"③,在贬斥时文而维护古文词地位方面,实持与宽相近的文学立场。有关这一点,首先涉及王鏊对当下科举取士体制的个人思考。在《拟皋言》中,他直言不讳指出,设科取士之法行之至今,"卒未闻有如古之豪杰者出于其间,而文词终有愧于古,虽人才高下系于时,然亦科目之制为之也"。以为科目设置的制度性缺失,乃是问题的要害之所在。这一种缺失具体来讲,则反映在专以经术为重而轻视子史词赋,就是"主司所重惟在经义,士子所习亦惟经义",大有所谓"专经之陋",无法尽收天下才士。就那些专注于经者而言,不过是"割裂装缀,穿凿支离,以希合主司之求,穷年毕力,莫有底止,偶得科目,弃如弁髦",根本谈不上为出类拔萃的人才。为此,他甚至设想在现行进士一科之外,"别立一科,如前代制科之类,必兼通诸经、博洽子史词赋乃得预焉"④,欲以科目的结构调整,改造专重经术的取士体制。王鏊此番设想,说起来还只是一种主观愿望而已,在明初以来已确立起来的"纯以经术造士"取士政策之下,事实上难以得到施行,不过他的所论所议,确实触及取士政策本身存在的体制性问题,这也是值得我们注意的

---

① 王鏊《通议大夫南京都察院左副都御史陈公墓志铭》,《震泽集》卷二十八,影印文渊阁《四库全书》本,台湾商务印书馆1986年版。
② 王鏊《送广东参政徐君序》,《震泽集》卷十。
③ 王鏊《资善大夫礼部尚书兼翰林院学士赠太子太保谥文定吴公神道碑》,《震泽集》卷二十二。
④ 《震泽集》卷三十三。

地方。由此出发,他对重经书之义诠释的时文表现出无有好感的态度,如在《愧知说》一文里,称赏少时曾与其同学的吴鸣翰"其诗篇字画有晋、唐之风,其文非近世之所谓时文也"①,从赞许吴文的口吻中,即逗露抑黜时文之意。与此相反,对于古文词他则兴趣浓烈,与斥时文而远之的态度截然不同,如其曾为同年进士长洲人徐源文集《瓜泾集》撰写序文,其中追述了他本人中成化十一年(1475)进士后与源一同切磋古文词的经历:"公(案,指徐源)与予同年进士,而齿先于予,时同年三百人,予独善公,且相约为古文词,志甚锐,务追古作者为徒,相与劙切倡和往来。"②这一段回忆之辞,可以说,也是他对自己从早年时起已锐意古文词志向的如实写照。不仅如此,在当时,王鏊还是有吴宽等人加入其中的在京吴中人士"文字会"的成员,参与了古文词的切磋活动。故而,说他早时起已对古文词倾注了极大的热情,结下了难解之缘,恐怕一点也不为过。

在对待古文词问题上,当时作为政坛显要和在文坛富有影响力人物的李东阳,则更扮演着特殊而重要的角色,《明史》本传曾把他时"以诗文引后进"的行为,比较阁臣刘健"独教人治经穷理"的异趣,记述了东阳本人出于对古文词的倾心而注意培植文学之士的举措,以及由此引发的"海内士皆抵掌谈文学"③的强烈效应,在重经术而轻词赋的风气中,他的这一取向多少显得有些特异,不可不谓是逆时俗而行之。此举说起来,实际上正是基于他对"黜词赋而进经义,略他途而重儒术"取士政策主导下古文词地位下降现状的担忧和困惑,如其谓"夫士之为古文歌诗者,每夺于举业,或终身不相及"④,为士人因受制于举业而荒废古文歌诗感到惋惜。他的《送乔生宇归乐平》诗为从游之士乔宇而作,对比了宇与科举士子截然不同的志趣:"谈诗辨格律,论字穷点画。微言析毫芒,独诣超畛域。纷纷科举徒,未暇论典册。古文时所弃,似子宁易得。"⑤除称赏乔宇热衷于诗文的趣尚,也表达了对"科举徒"轻视古文歌诗态度的不屑,诚可谓是有感而发。这一点,在其为陆鈇所作的《春雨堂稿序》中也有所论及:

---

① 《震泽集》卷十四。
② 《瓜泾集序》,《震泽集》卷十三。
③ 《明史》卷一百八十一,第十六册,第4817页。
④ 《括囊稿序》,《李东阳续集·文续稿》卷四,第182页。
⑤ 《李东阳集》,第一卷,第162页,岳麓书社1984年版。

> 近代之诗,李、杜为极,而用之于文,或有未备。韩、欧之文,亦可谓至矣,而诗之用,议者犹有憾焉,况其下者哉!后之作者,连篇累牍,汗牛充栋,盈天地间皆是物也,而转盼旋踵,卒归于澌尽泯灭之地。其卓然可传者,不过千万之十一而已,岂不难哉?且今之科举,纯用经术,无事乎所谓古文歌诗,非有高识馀力,不能专攻而独诣,而况于兼之者哉![①]

以上所论尽管主要在于说明诗文兼通之难,故以为李、杜、韩、欧于诗文各有长短,后世之作虽汗牛充栋,而卓然可传者甚少,但又指出,科举之制重经术而黜古文歌诗,在如此情势下不要说兼长诗文了,就连"专攻而独诣",若无"高识馀力",也是十分困难的。这里,其对于科举取士"纯用经术"而限制古文词生存与发展空间的忧虑之心,同样隐隐可见。由此,还可以联系到李东阳《书读卷承恩诗后》一文针对这一问题的表态,其立场更加坚决,主旨更加明确:

> 或者以为国家试士之法,专尚经术,悉罢词赋,正前代所不及。矧兹科制策,方探化原求,治道又新,天子明示,意向之始,而纪事之作,以诗焉何居?夫诗赋之所以罢,谓其务枝叶弃本根,非有司求士致理之意。苟华而不害其实,世亦不能无取焉。故九叙之歌,用之邦国,二雅之诗,施之庙朝,古之纪盛事而咏成功者,皆是物也。夫使其俳偶声韵不病于科场,而典章制度贲敷于庙廊,是不徒不相悖而顾,岂不相为用哉![②]

谓"专尚经术,悉罢词赋"试士之法为前代所不及云云,当然是站在专以经术取士的立场,申辩这一明初以来所施行的政策的合理性,其之所以要贬抑诗赋的价值,根本理由无非是以为它们"务枝叶弃本根"。对于这样的说法,李东阳显然未予认同,质疑之意溢于辞表,即以诗歌来说,他认为,古人以诗"纪盛事而咏成功",所谓"用之邦国"、"施之庙朝",便不可谓无有其用,故表示诗"苟华而不害其实,世亦不能无取焉"。这其中有关诗于邦国廊庙功用性的说明,固然与他如我们在前面所已指出的那一种注重诗文经世实用观念不无关系,但在这里,

---
① 《李东阳集》,第三卷,第37页至38页。
② 《李东阳集》,第三卷,第193页至194页。

它的重点与其说是为了诠释这一道理,还不如说欲藉此申明维护诗歌生存地位的重要性来得恰当。

就此,特别是进一步对诗歌的体式规制展开辨正,可以说,更体现了李东阳出于重视古文词立场而表现在诗歌问题上的一种理论自觉。正如一些研究者所已注意到,在李东阳的诗学观念中,引人关注的一点,即他曾反复强调诗文不同体,这也成为其重要之论点[1]。的确,关于诗与文各有其体而彼此相异的主张,屡见于他的各类著论之中,其重视程度可见一斑[2]。综合相关的论述来分析,首先,注重从体式规制的角度将诗与诸经加以区隔,如他指出:"诗与诸经同名而体异。盖兼比兴,协音律,言志厉俗,乃其所尚。后之文皆出诸经。而所谓诗者,其名固未改也,但限以声韵,例以格式,名虽同而体尚亦各异。"[3]又表示:"诗在六经中别是一教,盖六艺中之乐也。"[4]这也意味着,较之后之文在统绪上"皆出诸经",诗则有所不同,作为一种"限以声韵,例以格式"或"六艺中之乐"的特殊文体,它与其他经典在"体"的渊源上已经有了区分,或者说,它在诸经之中鉴于"体"的特殊性别为一类。至少这在客观上弱化了诗与诸经的同一性,在注重"体"之特殊性的基础上将它由群经中剥离出来。其次,所谓诗与文不同体,显是将诗与其他经典在体式规制上加以切割的一种逻辑推演。据其所论,既认为"后之文皆出诸经",而诗与诸经"同名而体异",于是诗文异体也就成为一种必然的结果。应当说,李东阳关于诗文之体的分辨,重点在于凸显诗歌体式规制的独特性质,究其意义所向,如单纯从常识的角度来理解对于诗歌体制的说明,多少有些将问题简单化了。毫无疑问,强调诗歌与文相异的体式规制的特

---

[1] 参见黄卓越《明永乐至嘉靖初诗文观研究》,第134页至139页。廖可斌《明代文学复古运动研究》,第40页至41页,上海古籍出版社1994年版。

[2] 如《怀麓堂诗话》云:"诗与文不同体。昔人谓杜子美以诗为文,韩退之以文为诗,固未然。然其所得所就,亦各有偏长独到之处。近见名家大手以文章自命者,至其为诗,则毫厘千里,终其身而不悟,然则诗果易言哉?"(《李东阳集》,第二卷,第532页至533页。)又《鲍翁家藏集序》云:"言之成章者为文,文之成声者则为诗。诗与文同谓之言,亦各有体,而不相乱。若典、谟、诰、誓、命、爻、象之谓文,风、雅、颂、赋、比、兴之为诗。变于后世,则凡序、记、书、疏、箴、铭、赞、颂之属皆文也,辞、赋、歌、行、吟、谣之属皆诗也。"(同上书,第三卷,第58页至59页。)《春雨堂稿序》亦曰:"夫文者,言之成章,而诗又其成声者也。章之为用,贵乎纪述铺叙,发挥而藻饰;操纵开阖,惟所欲为,而必有一定之准。若歌吟咏叹,流通动荡之用,则存乎声,而高下长短之节,亦截乎不可乱。虽律之与度,未始不通,而其规制,则判而不合。及乎考得失,施劝戒,用于天下,则各有所宜而不可偏废。古之六经,《易》《书》《春秋》《礼》《乐》皆文也,惟风、雅、颂则谓之诗,今其为体固在也。"(同上卷,第37页。)

[3] 《镜川先生诗集序》,《李东阳集》,第二卷,第115页。

[4] 《怀麓堂诗话》,《李东阳集》,第二卷,第529页。

殊性,并在"体"的源头上将它从其他经典中分离出来,"别为一教",从另外一个角度来看,事实上相应抬高了诗歌的价值地位,赋予它某种自主的审美空间。受明初以来重经术而轻词赋的专经学风以及科举时文膨胀的冲击,诗以缺乏实用价值,地位在士人心目中呈下降趋势,未受到重视,面临着明显危机,是以遂有"举业兴而诗道大废"之说,甚至作诗者"多出于文字之绪馀,非专门也"①。在这一意义上,李东阳主张诗文异体说,尤其通过对诗歌独特体式规制的申明,不仅彰显了诗有别于文相对独立的审美特性,并且体现出他对诗歌地位的充分重视,不妨说,为受"谈经讲道"学风与时文侵蚀的诗道的振起提供了某种理论依据。

如果说,出于跻身馆阁的顾清、吴宽、王鏊及李东阳等人从不同角度维护古文词地位的言行,还只是代表了发自上层文人圈的一种声音,那么,崇尚古文词趣习在此际一些中下层文人中间的流行,在一定意义上,不能不说更体现了与之相应合的某种时代性文学风向。譬如,弘治之初祝允明、文徵明、都穆、唐寅等吴中诸文士倡为古文词,带有某种群体性活动的特征,就颇具代表性。文徵明《大川遗稿序》曰:"弘治初,余为诸生,与都君玄敬(穆)、祝君希哲(允明)、唐君子畏(寅)倡为古文辞。争悬金购书,探奇摘异,穷日力不休。"②其投入的情形可以想见。在此之前祝、都已"并以古文名吴中",文、唐二子此时"追逐其间",以至"文酒倡酬,不间时日"③,更活跃了切劘酬唱的气氛。基于对古文词的推尚,极力鄙薄时文,乃至强化二者的对立,则鲜明地从他们身上表现出来。以文徵明来说,他本人年稍长,读书作文"尤好为古文词",曾学文于其父文林同年进士吴宽,宽"悉以古文法授之"④,其弘治之初与诸士一同倡为古文词,其实也是受早先文学兴趣所驱使。世俗社会中文人士子普遍执持的价值取向,使文徵明最终不得不选择博取功名的进身之路,尽管数试有司,"每试辄斥"⑤,而举业的束缚显然使他对时文产生强烈的抵制心理。在《送提学黄公叙》中,对于"操其所谓主意以律士,而峻法临之",学子"摘抉经书,牵率词义,以习其说"这一种举

---

① 丘濬《刘草窗诗集序》,《重编琼台稿》卷九。
② 《文徵明集》补辑卷十九,下册,第1259页。
③ 文徵明《题希哲手稿》,《文徵明集》卷二十三,上册,第563页。
④ 文嘉《先君行略》,《文徵明集》附录,下册,第1619页。
⑤ 文徵明《谢李宫保书》,《文徵明集》卷二十五,上册,第588页。

业训练之法,他就已表示了不屑,以为"有识者嗤之"①。而在致王鏊的《上守溪先生书》中,出于对古文词的喜好,其薄时文而斥之的意向更为明显:"而某亦以亲命选隶学官,于是有文法之拘,日惟章句是循,程式之文是习,而中心窃鄙焉。稍稍以其间隙,讽读《左氏》、《史记》、两《汉书》及古今人文集,若有所得,亦时时窃为古文词。"虽然由于科试的实际需要,还要就时文而习之,但文徵明并不想放弃倾心古文词的个人爱好,甚至不惜为此承负为侪辈"非笑"、"以为狂"、"以为矫、为迂"的精神压力,较之相对具有写作自由空间的古文词,时文写作程式化的拘谨和刻板令其格外生厌。他以为,古文词较少制约的写作方式实际上更加适合自己的资性与兴趣,不能因为习时文而弃之,如是终有负于自己,正如他所说,"盖程试之文有工拙,而人之性有能有不能。若必求精诣,则鲁钝之资,无复是望。就而观之,今之得隽者,不皆然也,是殆有命焉。苟为无命,终身不第,则亦将终身不得为古文,岂不负哉"②?就此也可以看出他在重视古文词问题上的执着态度。

较之文徵明,他的同道祝允明在古文词上同样用力,"自其为博士弟子,则已力攻古文辞"③,而声名则更为显著,早在成化年间,其已与同郡的都穆并以古文出名,不相上下,文章"尤古邃奇奥,为时所重"④,成为当时吴中地区推尚古文词的一位中坚分子。而另一面,在与古文词的价值比较之中,祝氏攻评与之相对的时文乃至科试之业的态度愈显激烈,他在《答张天赋秀才书》中以充满鄙厌的语气指责:

> 今为士,高则诡谈性理,妄标道学,以为拔类;卑则绝意古学,执夸举业,谓之本等。就使自成语录,富及百卷,精能程文,试夺千魁,竟亦何用?

以为时下士人"绝意古学"而去习时文攻举业,只是在从事毫无价值的无用之学。在他眼里,近时那些科举之文已经变得"愈益空歉",以至于"蕉萃萎槁,如

---

① 《文徵明集》卷十六,上册,第450页。
② 《文徵明集》卷二十五,上册,第581页至582页。
③ 文震孟《姑苏名贤小记》卷上《祝京兆先生》,蒋凤藻辑《心矩斋丛书》,清光绪刻民国重印本。
④ 文徵明《题希哲手稿》,《文徵明集》卷二十三,上册,第563页。

不衣之男,不饰之女",甚者犹如"纸花土兽而更素之,无复气彩骨毛"①,其萎靡空虚简直到了无以复加的地步。这也难怪,当他有罢试之念,友人劝其不要放弃时,他则形容自己"漫读程文,味若咀蜡,拈笔试为,手若操棘"②,其中除科试屡屡失利而生灰冷之心外,还含有对时文极度的心理排斥。应该说,祝允明对时文的激烈批评,还不仅仅限于它们在文体上过多的拘缚,更主要的是他意识到基于崇儒重道尤其是尊宋儒理学政策背景的科举之业包括程式之文,它们所产生的更为严重的负面效应,已对士人思维运作与思想个性发挥形成锢蔽。这也就可以理解,他为何又将排击的目标集中对准了宋儒理学,甚至连及一般意义上的宋人之学术与文学。不仅如上责时人"诡谈性理,妄标道学",与"绝意古学"的举业之士等而视之,已在批评道学之陋,按照祝氏的说法,"最非美者,道学也。道学奚不美乎?为之非诚",以为伪而非诚是宋人道学始倡以来最为显著的流弊,也是他极力加以抨击的一个基点;又他质疑士人治经或从事举业时,弃汉唐经义注疏而一以宋人为准的做法,谓"今士从幼便读宋人之传,少长从举业师,一系足后,更无还期。蓲首泥目,甘意瞛下,与圣门遥遥传胄,汉至于唐诸师,永不识面"③。而宋人经义注疏带来的后果,致使学者"尽弃祖宗,随其步趋,迄数百年,不窹不寐而愈固"④,认为宋儒之学向经业或科举之业的传输及渗入,除了限制士人知识汲取的多样渠道,更促发了他们思维惰性的滋长或思想上的盲目趋从,一如他鄙夷治学为文以"耳目奴心,守人馂语,偎人脚汗,而不能自得"⑤。假如说,自明初以来,程朱等宋理学家之说在经义注疏上取得了尊位,建树起难以比拟的权威性,那么,祝允明对于独尊宋儒之说的质疑,尤其以为"言学则指程朱为道统","可胜笑哉,可胜叹哉"⑥,将矛头直指程朱理学,多少是在消解这种权威性,而他透过时文乃至经业深入昭显士人思维运作与思想个性尤受宋儒理学锢蔽的现实情状,所持论见也更富有某种挑战性与深邃性。还有,他由此提出的"凡学术尽变于宋,变辄坏之"的所谓"学坏于宋"⑦之论,包括批评

---

① 《祝氏集略》卷十二,明嘉靖刻本。
② 《答人劝试甲科书》,《祝氏集略》卷十二。
③ 《答张天赋秀才书》,《祝氏集略》卷十二。
④ 《学坏于宋论》,《祝氏集略》卷十。
⑤ 《答张天赋秀才书》,《祝氏集略》卷十二。
⑥ 《祝子罪知录》卷八,《四库全书存目丛书》影印明万历刻本,齐鲁书社1995年版。
⑦ 《学坏于宋论》,《祝氏集略》卷十。

士人"锢蔽于宋后陋谈"①而同样对宋人之学所采取的极力否定态度,尽管不免偏激,但实际上,主要还是由对宋儒理学的质疑所引发的对宋人学术及文学的强烈反感。也因为如此,如在古文的宗尚序列上,祝允明提出将宋文排除在外、由唐文层层追溯直抵六经的学古主张②,代表了他本人尚古文词的具体态度,而这与其反宋学的倾向又显然是分不开的。

在专尚经术之风及科举时文影响深入之际,如上诸士着力于古文词的推尚,很重要的一点,体现了为挽救其失落地位以抗拒时文乃至专经之风侵蚀的一种自觉意识。它的意义不啻在于寻求文体上的解放,更重要的是从中传递出要求维护个人学术独立品格与文学应有地位的诉求。尽管这并不表示各家在古文词具体取法上全然趋于一致,因为趣味习尚总会因人而异,无法一概而论,然至少可以说,其在要求摆脱时文对个人思想与才艺的束缚以及专于经术的拘限、从崇尚古典诗文中满足文学审美需求的大的目标上具有同一性,昭示着一种变革的要求,展现出相对开阔的文学视野。回过头来看,在前七子"脱去近习,远追往古"③的诗文复古活动与那样一种重视古文词的趣尚之间,实际上存在着某种潜在的共通性。虽然不能将二者简单归并至同一个层面等而视之,如比较起来,前者不仅更体现出集团活动的性质,并且在诗文复古问题上确立更加系统而明确的文学宗旨和宗尚目标,这在后面的章节中将会论及,但可以说,就文学取向的基本面而言,它们均将关注的目光集中转向古典诗文领域,努力以复古为主要的归向。在这一意义上,说此际倡扬古文词的言论与实践,为李、何诸子的诗文复古活动营造了某种文学基础或氛围,实不为过。

第四节　复古理念的变转趋势

如果说,成化、弘治之际重视古文词的呼声,在崇尚古典诗文这一基本取向

---

① 《答张天赋秀才书》,《祝氏集略》卷十二。
② 《答张天赋秀才书》云:"观宋人文,无若观唐文,观唐无若观六朝、晋、魏。大致每如斯以上之,以极乎六籍。审能尔,是心奴耳目,非耳目奴心,为文弗高者,未之有也。"(《祝氏集略》卷十二)又作者在《述行言情诗》其四十六中也云:"仲尼欲无言,六籍终亦呈。林花向春敷,有啄随风鸣。斋房坐清晏,文言时有成。左生润瑚珮,庄周厉风霆。二汉隆体骨,六代繁丹青。至哉统其全,周后惟唐声。山鸡且自爱,蝇辩方营营。"(同上书卷三)
③ 张治道《渼陂先生续集序》,王九思《渼陂续集》卷首,明嘉靖刻本。

上,与前七子诗文复古活动建立起某种潜在的共通性,为其营造了相应的文学基础或氛围,这也成为我们寻索二者之间相通脉络的一条途径,那么,基于同样的观照视角,在对此际文学风尚的考察过程中,我们同时需要注意这一时期文人圈复古理念所呈现的某种变异态势,以更深入、具体地了解前七子诗文复古活动倡兴前夕或其间文学领域发展变化的动向。为了叙述上的方便,兹分作诗与文两部分加以论述。

先看文的方面。如前面所述,总而观之,明代前期尤其是自永乐年间以来,台阁体占据着文坛的主导地位,并形成一股强势的影响力。而作为主导和倡扬台阁体的馆阁文人,则有着较为明显的宗尚倾向,在文章方面,大多以韩愈、欧阳修等唐宋诸家为尊,树之为效法的典范。比如之前论及,丘濬从文风比照的角度,觉察出"曩时文章之士固多浑厚和平之作",而"近或厌其浅易,而肆为艰深奇怪之辞",对于近时文风的这一变化现象,他则表示"韩、欧之文果若是乎"[①]?很显然,韩、欧文章被他当作了一把重要的衡量尺度,用以对前后文风作出价值高下的判别,这自然与其倾重韩、欧古文的宗尚理念不无关系。又如,杨士奇曾声称"文非深于道不行,道非深于经不明。古之圣人以道为体,故出言为经,而经者,载道以植教也",并以此为标准审视历代之文,得出的结论是,就汉代而言,"独董仲舒治经术,其言庶几发明圣人之道",至于如"司马子长、相如、班孟坚之徒,虽其雄材恣议,驰骋变化,往往不当于经",而相形之下,"至唐韩退之,宋欧阳永叔、曾子固力于文词,能反求诸经,概得圣人之旨,遂为学者所宗"[②]。至少比较司马迁、班固等汉代诸家与韩愈、欧阳修等唐宋诸家,后者所作以其"能反求诸经,概得圣人之旨"而能够明道宗经,更得到论者的推崇。这里,以韩、欧诸家之文为尊的取向同样显而易见,也一如杨士奇在《王忠文公文集序》中所表示的尊尚韩、欧等人的明确态度:"近数百年来,士多喜读韩文公、欧阳文忠公、苏文忠公之文,要皆本其立朝大节,炳炳焉有以振发人心者也。"[③]有一点可以肯定,作为主导与倡扬台阁体的这些馆阁文人如此推崇唐宋诸家之文,以为宗尚的对象,并非偶然,事实上涉及不同方面的原因。譬如在宋代文章

---

① 《会试策问》第四首,《重编琼台稿》卷八。
② 《颐庵文选序》,胡俨《颐庵文选》卷首,影印文渊阁《四库全书》本,台湾商务印书馆1986年版。
③ 《东里文集续编》卷十四。

家中，最为这些馆阁文人所尊尚而引为典范的无疑要数欧阳修与曾巩，"自杨文贞(士奇)而下，皆以欧、曾为范，所谓治世之文、正始之音也"①。这里面既与地域的文学情结有关，欧阳修、曾巩均为江西文人，自明前期以来，江西地区科举尤为发达，拓辟了士子的仕进之途，在进入馆阁的文人中间，以杨士奇、解缙、胡俨、胡广、金幼孜等人为代表的一批江西籍人士占据了比较高的比例②。从这一层面来考虑，欧、曾之文自然在馆阁文人尤其在那些江西籍人士中容易产生更强的感召力与亲和力。再则也与高层统治者的推奉有关，据杨士奇《三朝圣谕录》记载，明仁宗朱高炽为皇太子时即留意文事，间与士奇论欧阳修之文，以为"雍容醇厚，气象近三代"，且"爱其谏疏明白切直"，"数举以励群臣"，遂命校雠其文集，并刊刻以传，又勉励身边的杨士奇，"为文而不本正道，斯无用之文；为臣而不能正言，斯不忠之臣。欧阳真无忝庐陵有君子"③。这一点，也成为黄佐在《翰林记》中得出馆阁文字"自士奇以来皆宗欧阳体也"④结论的一条重要依据。同时，再以欧阳修文为例，其为馆阁所重，如有研究者所指出的，也与欧阳氏"纡馀委备，详而不厌"的为文特色、其出身履历，以及馆阁博学于古的传统不无联系⑤。上述诸因素固然值得注意，不过从根本上说，那些馆阁文人之所以格外尊尚韩、欧等唐宋诸家古文，最主要还是看重它们所体现的明道宗经的特点。上杨士奇对韩、欧、曾三人文章以"能反求诸经，概得圣人之旨"许之，即已显一端。而如解缙在谈及自己于文嗜好时也说："予厥后稍喜观欧、曾之文，得其优游峻洁，其原固出于六经，于予心溉乎其有合也。"⑥以为欧、曾之文，源出六经，故视之为宗经的典范，这也是他喜好二人之文根本原因所在。对此，倪谦在其《松冈先生文集叙》中关于韩、欧文章价值与地位的一番论评，看上去意旨更为明确，也更具某种代表性：

  道者，无形之理；文者，有形之器也。无形者，苟非有形者以载之，则道何由而见乎？故文者载道之器，文不载道，虽工无益也。载道之文，六经不

---

① 董其昌《重刻王文庄公集序》，《容台文集》卷一，明崇祯刻本。
② 参见廖可斌《复古派与明代文学思潮》，上册，第93页至96页。
③ 《圣谕录中》，《东里别集》卷二。
④ 《评论诗文》，《翰林记》卷十一。
⑤ 参见简锦松《明代文学批评研究》，第39页至48页。
⑥ 《廖自勤文集序》，《文毅集》卷七，影印文渊阁《四库全书》本，台湾商务印书馆1986年版。

可尚已。自亚圣七篇之后,至唐而有韩子,宋有欧阳子,皆能发明斯道,振起衰陋,一趋于古。其时号文章家,无非柳子厚、李翱、籍、湜、王临川、曾、苏之流,至论大家正脉,未有过于韩、欧者也,是以朝廷独重之。①

序中所言,其中有两点是十分明确的,一是在论辩文道之间关系的基础上,将韩、欧之文定位在接续六经载道传统的文章序列中,以其"皆能发明斯道",肯定它们的振兴之功,也就是着重从明道宗经的角度去认知韩、欧文章的价值所在;二是在唐宋诸文章家中,独以韩、欧为无与伦比的"大家正脉",所给予的地位实在不可谓不高,而这本身与对二人文章明道宗经的价值认同显然联系在一起。

如在前面已指出,早在朱明王朝建立之初,太祖朱元璋基于强化中央集权统治的需要,确立起崇儒重道的基本政策,加强对于传统儒家文化精神的建构。具体到文学领域来看,其时特别是以宋濂、王祎、方孝孺等为代表的浙东学派文人,重建所谓"文外无道,道外无文"②那样一种文道一元的创作思想体系,与官方极力施行的崇儒重道政策相呼应。基乎此,其将重点之一则转向对于韩、欧等唐宋诸家古文明道宗经传统的尊崇。如宋濂表示:"六籍之外,当以孟子为宗,韩子次之,欧阳子又次之,此则国之通衢,无榛荆之塞,无蛇虎之祸,可以直趋圣贤之大道。"③依据他"圣贤之殁,道在六经"④之说,六经为载负圣贤之道而作,要明乎道,当然首在崇奉六经,而韩、欧之文接续六经圣贤大道之脉,不失为载道文章的典范,同样值得宗尚。又如另一浙东学派人士朱右,其"为文不矫语秦汉,惟以唐宋为宗"⑤,曾选韩、柳、欧、曾、王、三苏等人文为八大家文集,因三苏合为一家,八家之集名义上实标举六家。右在为该选集所撰序中说:"文所以载道也,立言不本于道,其所谓文者妄焉耳。夫日星昭布,云霞绚丽,天文也;川岳流峙,草木华实,地文也;名物典章,礼乐教化,人文也。三才之道备,文莫大焉。"表示诸家文章"备三才之道,适万汇之宜","断断乎足为世准绳"⑥。可见其编选韩、欧等唐宋八大家之文,主要还是本于"文以载道"的基本准则。应该说,

---

① 《倪文僖集》卷二十二。
② 宋濂《徐教授文集序》,《宋学士文集》卷一,《四部丛刊》影印明正德刻本。
③ 《文原》附记,《宋学士文集》卷五十五。
④ 《徐教授文集序》,《宋学士文集》卷一。
⑤ 《四库全书总目》卷一百六十九集部《白云稿》提要,下册,第1468页。
⑥ 《新编六先生文集序》,《白云稿》卷五,影印文渊阁《四库全书》本,台湾商务印书馆1986年版。

明代前期尤自永乐以来,韩、欧等人之文在馆阁文人中被作为明道宗经之典范力加标榜,引为重点宗尚的对象,在一定意义上,正是明初宋濂等人本于文道一元原则而推重唐宋诸家之举的延续乃至强化,本质上契合为馆阁文人所普遍执持的重经世实用的文学价值观。同时,韩、欧等人古文为处在上层文人圈的馆阁之士所张扬,这也意味着,它们作为被宗尚的范本,其实进入了文学的主流系统之中。

在成化、弘治间,我们可以看到,与韩、欧等唐宋诸家古文作为一种主流性宗尚典范独受推崇的情势形成相对的,则是为文复古理念在不同文人阶层中所显露的变异之势,这从一些人士的文章宗尚意向中已能领略一二。如林俊《东白集序》曰:

> 宣于心而饰以成章者,文也。而其隐盖自见焉。夫水之流潏,其源自见,木之条枝华实,其根自见,不待较而知者也。王风浑融而雅博,霸习激壮以纵横。禹、皋之谟不可尚矣,伊、周之训诰王也,贾谊、司马迁、刘向、班固,未失为王者也。管、韩、《战国策》霸也,相如、枚叔、张衡,未离乎霸者也。世风递降,文体渐以浇漓,隐而晦之,玉璞金浑,宣而昭之,龙翔虎变,其可复殚耶?昌黎子、欧阳子文起历代之衰,以擅鸣唐宋之盛,求其深去秦汉远矣。国朝文运隆复前古,当时作者如潜溪宋公、义乌王公、括苍刘公,并步二子之踪,至东里杨公又学欧而近。嗣是学步徒局,致远则泥,而徐疾周折,殊乖故武。①

杨一清为林俊所撰墓志称其"作文上溯先秦,追韩、欧遗轨,而本之六经,一出于正"②,又林素《云庄叙言》自述"居闲处独谬意作古文词,取六经、传记、秦汉而上书谬读之,亦谬效之"③。说明他本人为文学古取法的范围,并不只是限于韩、欧二家,而且将重点放在秦汉而上的古文,这一态度,与他在上序所展现的描述文章变迁历史的观照视角比较吻合。据该序所述,作者在检视历代文章过程中,

---

① 《见素集》卷四,影印文渊阁《四库全书》本,台湾商务印书馆1986年版。
② 《荣禄大夫太子太保刑部尚书见素林公俊墓志铭》,焦竑编《国朝献征录》卷四十五,第二册,第1859页,影印明万历刻本,上海书店1987年版。
③ 《见素集》卷六。

尤其是先秦两汉之作显然成为他心仪的主要对象,也表明其努力向上追溯的一种文章复古宗尚观念。林俊曾提出:"夫文不难于华,难于质;不难于烦,难于简;不难于奇曲,难于拙直。"①所谓"质"而非"华"、"简"而非"烦"、"拙直"而非"奇曲",大致代表他对于文章的一种基本审美取向,其不屑于后世文风渐趋"浇漓"的变化态势,实是建立在这样一种为文审美态度之上所作出的价值判断。在林俊看来,与后世"浇漓"文风截然相对的先秦古文,则具有"浑融而雅博"之"王风"及"激壮以纵横"之"霸习",两汉诸家之作庶几近之,正如同他《两汉书疏序》一文在评议秦汉而上之文时所指出的那样,以为六经、《论语》"浑噩简野",《孟子》《战国策》"雄以肆",《左传》《老子》《庄子》《韩非子》等"闳深奇诡",贾谊、司马迁、刘向诸人之文"朴直峻整,壮丽而辨博"②。这意味着它们的文风在根本上符合或接近那种"质"、"简"、"拙直"的审美要求,因此而被置于古文历史系统中的尊尚之位。他在《东白集序》中称该集作者张氏"必欲造贾、马、刘、班之门,深其堂奥",不吝褒许,也可以说是基于以上的宗尚取向,肯定张氏文章学古的径路。与此同时,关于韩、欧两家古文,尽管林俊未直接否定它们振起"历代之衰"的作用,且以为"擅鸣唐宋之盛",但谓"求其深去秦汉远矣",已不无微词,结论显是在和秦汉文章的比较中得出来的,二者地位轩轾之分由此见出。而至于其感慨后来者习韩、欧之文而陷入"学步徒局,致远则泥"的窘境,则除了挑剔他们习学方法的不足,也从另一个侧面揭示一味追随韩、欧文风所带来的问题。

就此对于习韩、欧之文所展开的批评来说,则不可不联系到王鏊序邵宝《容春堂文集》时所述,他说:"文如韩、柳,可谓严矣,其末也流而为晦,甚则艰蹇钩棘,聱牙而难入;文至欧、苏,可谓畅矣,其末也流而为弱,甚则熟烂萎苶,冗长而不足观。盖非四子者过,学之者过也。学之患不得其法,得其法则开阖操纵,惟意所之,严而不晦也,畅而不浮也。"③虽然王鏊表示韩、柳、欧、苏之文或"严"或"畅",认为它们在古文历史系统中具有某种示范意义,这一点恐怕至少与他本人的馆阁背景不无关系,多少会受馆阁之中所流行的宗尚韩、欧等家唐宋古文

---

① 《两汉书疏序》,《见素集》卷一。
② 《见素集》卷一。
③ 《容春堂文集序》,《震泽集》卷十四。

之风的浸染,也难怪他甚至说过"近世文章家要以昌黎公为圣"①之类崇奉的话,还曾教人以"昌黎海也,不可以徒涉,涉必用巨筏焉"②的习学门路,不过,这并不代表他在如何习学韩、欧等人文章问题上毫无要求。有一点是不难看出的,他已经注意到末流盲从韩、欧等人文风所造成的不良后果,谓"晦"、"弱",甚者"艰蹇钩棘"、"熟烂菱苶"之弊,不啻言及"学之者过",而且也示意韩、欧等人古文本身潜存的弱点③,所以如果学而不得其法,自然就很容易只是学到所尚文本本身的疵病,这也反映了他在该问题上的一种警戒和拨正意识。需要指出的是,对于文章之复古,王鏊特别强调了吸取古人为文之"法"的必要性,他在《重刊左传详节序》中指出:"学者不为文则已,如为文而无法,法而不取诸古,殆未可也。"④其对待韩、欧诸家古文的态度,也显然主要是顺着这一思路而来的,其《孙可之集序》曰:

> 凡为文必有法,扬子云断木为棋,梡革为鞠,亦皆有法焉,况文乎哉?近世文章家要以昌黎公为圣,其法所从授,盖未有知其所始者。意其自得之于经,而得之邹孟氏尤深,同时自柳州外,鲜克知者。昌黎授之皇甫持正,持正授之来无择,无择授之可之,故可之每自诧得吏部为文真诀。可之卒,其法中绝,其后欧、苏崛起百年之后,各以所长振动一世,其天才卓绝,顾于是有若未暇数数然者,而亦多吻合焉。其时临川荆公得之独深,考其储思注词,无一弗合,顾视韩差狭耳。而后之为文者,随其成心,无所师承,予窃病之。⑤

这应当是说,韩愈之文不但本身有法可循,而且其法授之于人,前后相传,成为近世文章家之模范,就是后来相继崛起的欧阳修、苏轼和王安石等人,其文章较之韩愈虽有所差异,但毕竟还多合乎法,后世为文者"随其成心,无所师承",就难有文法可言,不可不谓相形见绌,也更映显韩、欧等家"为文必有法"的特点。

---

① 《孙可之集序》,《震泽集》卷十二。
② 《书孙可之集后》,《震泽集》卷三十五。
③ 参见简锦松《明代文学批评研究》,第50页。
④ 《震泽集》卷十三。
⑤ 《震泽集》卷十二。

进而观之,本于注重古人为文之"法"立场,在对文章宗尚目标的择别上,王鏊除了赋予韩、欧等家古文以某种范本地位,向上溯至先秦古文尤其是《左传》而树立之,展示其个人相对开阔的复古视野。《重刊左传详节序》即借翻刻其书者因"近世学者莫不为文,而未知文之有法,故刻示之"的刊刻意图,宣示了《左传》为文之有"法"的特点,认为所载不但"其文盖烂然矣",诚有"法"在焉,即所谓"其词婉而畅,直而不肆,深而不晦,炼而不烦",并且从不同的方面影响了后来以文名家者,如"迁得其奇,固得其雅,韩得其富,欧得其婉,而皆赫然名于后世"。这无异于从对文章之法探本溯源的角度,来进一步确立如《左传》那样先秦古文的典范地位。因为如此,对于时重刊的《春秋左传详节》一书,王鏊的总体评价是"学者因是而求之,为文之法尽在是矣"①。这一推介意见,本身源自他对《左传》为文之"法"的重视。总之,王鏊虽承沿了馆阁文习之一脉,重韩、欧等唐宋文章家的示范性,然同时对习学其文风的负面效果不无警觉,清醒意识自在其中。尤可注意的是,在重韩、欧等人这一点上,他所推尚的主要是诸家尤其是韩愈的古文之"法",更多从文章本体艺术的角度去着眼,此与关注韩、欧等人之文明道宗经意义的馆阁文人的传统视界实有所区别。而他对诸如《左传》先秦古文的高度评价,不仅和其注重文法的立场相关,也反映其不拘泥于唐宋诸家的一种文章宗尚眼光。

如果说,像以上林俊、王鏊等人对待处于主流性宗尚典范之位的韩、欧等唐宋诸家古文,尽管或有微词,或责习学者盲从之风,后者实也含有对诸家之文潜在弱点的挑剔,但尚不失某种包容甚至推尚之意,那么,相比起来如吴中四才子之一的祝允明,排击韩、欧等人的态度显然要激烈得多。虽然如前论及,在古文的宗尚序列上,祝允明提出"观宋人文,无若观唐文",主张除宋文于外而由唐文向上追溯"以极乎六籍",但更确切一点地说,他对唐文的兼容主要还是建立在比较宋文基础上;换言之,比较唐文,在他看来宋人之文更无足观者。显然这并不等于他对唐文章家毫无异议,时人所尚韩、柳二家就曾成为祝允明攻讦的重点对象,其曰:"今称文韩、柳、欧、苏四大家,又益曾巩、王安石作六家者,甚谬误人。"②在《答张天赋秀才书》中,他对士子祖韩或祖韩、柳、欧、苏的习文态度慨叹

---

① 《震泽集》卷十三。
② 《祝子罪知录》卷八。

"闇矣哉"①,同样不以为然,大有将韩、柳与宋诸文章家并置而一概斥之的意味。在唐文章家中,其鄙抑被人目为"作者之圣"的韩愈尤烈,如他在指责像明初浙东学派文士宋濂所作《文原》之类时即以为,"究其归止,竟逐目睫耳轮之接,止于孟、韩以下数人而已",实在是"腐颊烂吻,触目可憎"②,言下之意,如宋濂等人之学之文所以陈腐不堪,面目可憎,原因之一还由尊尚韩愈所致。祝氏在对待韩、欧等唐宋诸家古文上表现出的如此态度,寻其原由,固然与他治学为文要求越出狭仄单一径路的博洽取向不无关系。《答张天赋秀才书》论及治经史及百家子类的问学之道,他给对方指点的要诀便是"勤求决择,自得致用",若曰"决择"、"自得"主要强调自我判断和体会之必要,也即他说的"决择自得于己",那么"勤求"重在主张一种勤勉而开博的知识汲取态度,是以他告诫"毋曰台惟知汉董、隋王、唐韩可寻也,犹未歉也,而馀不知。又毋曰台惟知周、程、张、朱可师也,无可议也,而馀不知也"。同样就为文而言,以为经史子集四部中集之"文"的特征最为明显,而"其间用有与经史同焉",自然"又乌可以不博"③。所以为文如惟以韩、欧数家为尚,当然不免过于拘狭。但最主要的,恐怕应归结到他对韩、欧诸家文章在尊尚风气中树立起来的某种思想专断地位的反感,其中排击宋人之文尤不遗馀力,如前所言,更当直接与他出于对宋儒理学的质疑而连及对宋人学术及文学排斥的态度联系起来观之。由乎此,祝允明关于文章复古逐层向上追溯的宗尚意图,也更容易使人理解。他曾声称文章所宗以"丘明、班、马暨馀子为其文",作为"学之师"④的一部分,这与王锜《寓圃杂记》谓允明于文除"所尊而援引者,五经、孔氏"之外,其"所喜者,左氏、庄生、班、马数子而已"⑤的记载基本吻合,表明他将宗尚的重点置于先秦两汉古文上。可以说,这一文章取向,还不单单是对先秦两汉古文文体意义上的偏好,更应看成是他离却韩、欧等唐宋诸家尤其是宋人文风,力图摆脱其思想专断影响作出的一种抉择。因为在祝允明心目中,一味胶滞于时人趋从的唐宋四家或六家之文,就如同以"耳目奴心",无法超脱其思想习气以有所"自得"。故而,他把自唐逐层以

---

① 《祝氏集略》卷十二。
② 《祝子罪知录》卷八。
③ 《祝氏集略》卷十二。
④ 《所事儒教鬼神解》,《祝氏集略》卷二十一。
⑤ 《祝希哲作文》,张德信点校《寓圃杂记》卷五,第37页,中华书局1984年版。

"上之"以"极乎六籍"的宗尚途径,解释为"是心奴耳目,非耳目奴心",看作可以越出"守人馂语,偎人脚汗"①的拘缚,其实此见也是针对韩、欧等人特别是宋人文风的统摄而言的,要求重点回归至古文历史系统的上源,在相对自主与宽阔的基础上体会及习学古人文章的传统。从此意义上说,祝允明所申明的这一文章复古理念,在反唐宋尤其是宋人文风的思想专断上,更体现着它的某种异端性和深刻性。

在考察了文章领域复古理念变转之势后,再来看诗的方面。有一个现象多为研究者所注意,那就是明初以来作为诗歌复古的一大鲜明标识而显现在诗坛的宗唐倾向,它也成为我们探究复古理念在成、弘间诗歌领域呈现特征的一个重要切入点。纵观明初以来诗坛,需要看到的一点是,尤其受崇儒重道思想氛围的浸润,诗歌经世实用价值被进一步显扬,这在宗唐倾向上也不同程度反映出来,明初王祎在他《张仲简诗序》中的一番陈述已涉及之,多少具有代表性,或可从中领略一二:

《三百篇》尚矣,秦汉以下,诗莫盛于唐。……然唐之盛也,李、杜、元、白诸家制作各异,而韦、柳之诗又特以温丽靖深,自成其家。盖由其才性有不同,故其为诗亦不同,而当时治化之盛,则未尝不因是可见焉。国家致治,比隆三代,其诗之盛,实无愧于有唐。重熙累洽,抵今百年。士之达而在上者,莫不咏歌帝载,肆为瑰奇盛丽之词,以鸣国家之盛;其居山林间者,亦皆讴吟王化,有忧深思远之风,不徒留连光景而已。……仲简之诗,所谓温丽靖深而类乎韦、柳者也。后之人读其诗,非惟知其人,虽论其世可也。仲简之乡先生文昌于公谓为有盛唐气象。……或曰:诗者,情性之发也。夫发于情性,则非有待于外也,奈何一吟咏唱酬之际,而直以为有系于治化乎?噫,唐、虞之世,樵夫牧竖,击辕中《韶》,感于心也,而况于作者之诗哉!昔人盖有以草木文章发帝杼机、花竹和气验人安乐者矣,则诗之所见,夫岂徒然而已哉!②

---

① 《答张天赋秀才书》,《祝氏集略》卷十二。
② 《王忠文集》卷五,影印文渊阁《四库全书》本,台湾商务印书馆1986年版。

在论者看来,李、杜、元、白以及韦、柳等诸家诗作,实际上乃其所称"唐世诗道之盛,于是为至"①的显著表征,各人虽然才性不同,为诗的风格也有异,但所作均反映了当时"治化之盛"。这是以上诸家诗歌表现出的一个共同点,也是最值得推许的地方。它恰恰表明,论者倾向唐代诗歌的宗尚态度,与他诗关乎"治化"的理念联系在一起,在诗歌的价值层面上,更注重的是其经世实用性。正由于如此,他认为时下诗道之盛,以至可以与有唐相比拟,所着眼的主要还在于其或能"鸣国家之盛",或能"讴吟王化",不为徒然之作。至于说表彰他人学唐而类之,无非也重点是从其诗不惟知其人、且能论其世的价值认知角度加以考虑的。

从宗唐倾向在明初以来诗坛流行的状况来看,作为体现这一种诗歌宗尚趋势之主流性特征的,当首推在天下"词林"的馆阁中较普遍存在的崇尚唐音现象,如元人杨士弘所编《唐音》,即备受明前期馆阁诸士关注和推重②。同时不难发现,以唐人为法的复古论调,在馆阁文人的诗学主张中明显占据着上位。金幼孜《吟室记》即云:"夫诗自《三百篇》以降,变而为汉魏,为六朝,各自成家,而其体亦随以变。其后极盛于唐,汎汎乎追古作者。故至于今,言诗者以为古作不可及,而唐人之音调尚有可以模仿,下此固未足论矣。"③"诗法唐"的杨士奇在《题东里诗集序》中也表示:"《国风》、《雅》、《颂》,诗之源也。下此为《楚辞》,为汉、魏、晋,为盛唐,如李、杜及高、岑、孟、韦诸家,皆诗正派,可以溯流而探源焉。"④值得注意的是,尤其本于经世实用的文学价值观念,这些馆阁文人在阐述诗歌的价值作用时,往往不忘将其与政治实效性相联系,推究起来,他们的宗唐主张中事实上也植入了这一观念。杨士奇《玉雪斋诗集序》一席表述较为典型:

> 诗以理性情而约诸正,而推之可以考见王政之得失、治道之盛衰。……若天下无事,生民乂安,以其和平易直之心,发而为治世之音,则未有加于唐贞观、开元之际也。杜少陵浑涵博厚,追踪《风》、《雅》,卓乎不

---

① 《练伯上诗序》,《王忠文集》卷五。
② 如杨荣《题张御史和唐诗后》称《唐音》之选,"有得于《风》、《雅》之馀,骚些之变"(《文敏集》卷十五)。杨士奇《录杨伯谦乐府》谓《唐音》"前此选唐者皆不及也"(《东里文集续编》卷十九);其《书张御史和唐诗后》又云:"诗自《三百篇》后,历汉、晋而下有近体,盖以盛唐为至,杨伯谦所选《唐音》粹矣。"(《东里续集》卷五十九,影印文渊阁《四库全书》本,台湾商务印书馆1986年版。)
③ 《金文靖集》卷八,影印文渊阁《四库全书》本,台湾商务印书馆1986年版。
④ 《东里文集续编》卷十五。

可尚矣,一时高材逸韵,如李太白之天纵,与杜齐驱,王、孟、高、岑、韦应物诸君子,清粹典则,天趣自然。读其诗者,有以见唐之治盛于此,而后之言诗道者,亦曰莫盛于此也。①

据其所论,特别是像贞观、开元间的盛唐诗歌,折射出的是大唐盛世气象,是对当时政治景况的真实写照,读其诗即见唐之治盛,俨然成为治世之音。其中另一层不言而喻的蕴意,也就是,论者出于那种"鸣国家之盛"或"讴吟王化"的正统国家意识,期望通过尊崇盛唐之音来更好地反映当下的王朝盛世,以诗见政,真正发挥诗歌"考见王政之得失、治道之盛衰"的作用。同时,考虑到诗歌的政治实用功能,诗人所发就不能是个人情感无所节制的宣泄,所谓"理性情而约诸正",以礼制道义限约情感的放纵而一归之于正,自然显得格外重要。对此金幼孜也表示,"大抵诗发乎情,止乎礼义。古之人于吟咏,必皆本于性情之正,沛然出于肺腑"②。而杨士奇则更是将唐诗人杜甫奉为得"性情之正"的典范,以为"若雄深浑厚,有行云流水之势,冠冕佩玉之风,流出胸次,从容自然,而皆由夫性情之正,不局于法律,亦不越乎法律之外,所谓从心所欲不逾矩,为诗之圣者,其杜少陵乎"③?这也一如他所称,"其学博而识高,才大而思远,雄深闳伟,浑涵精诣,天机妙用,而一由于性情之正,所谓诗人以来,少陵一人而已"④。要言之,尊崇唐音尤其是盛唐诗歌,体现了馆阁文人中一种流行的诗歌复古意识,然其根本的目的,乃在通过对唐人诗作描摹盛唐景象的体势格调的习学,藉以造作叙写明王朝现时政治盛景的治世之音,这与他们身为上层文臣而自觉以颂扬圣德盛世相要求的正统国家意识是分不开的。毋庸说,在主张诗歌担当考察"王政"、"治道"义务的经世实用价值观念主导下,宗唐一路更多被赋予关涉现时政治的作用,而一本于"性情之正"的要求,其在强调这种诗歌抒情之理想境界的同时,相对压缩了诗人个人情感自由表现的空间。

在成、弘之际,接续着明初以来的宗尚之脉,注重以唐人为法仍是蔓延在诗坛的一股主流。成化二十三年(1487)登进士第的罗玘谓其"既第进士","顾视

---

① 《东里文集》卷五。
② 《吟室记》,《金文靖集》卷八。
③ 《杜律虞注序》,《东里文集续编》卷十四。
④ 《读杜愚得序》,《东里文集续编》卷十四。

同年皆天下之英也,而时方竞师唐人以为诗"①。稍后的崔铣也曾记自明孝宗即位,士人中尚盛行"模唐诗,袭韩文"②之风。从中也可见出此际诗习的大势所向。虽然说这一时期诗歌的复古取向,总体上承接着在明初诗坛已形成的宗唐主脉,不过究察起来,尤其是比较前此馆阁之士对于唐音的尊尚风习及其宗旨,情形还是有了某些变化。假如说,特别是宗唐在馆阁文人中形成的相当气候,除了进一步确立其在诗坛的主流地位,同时基于经世实用的文学价值观念,将推崇唐音与显扬王朝盛世的现时政治需求密切联系在一起,那么,此际的一些文学之士,显然更加注重从诗歌本体的角度,通过标举唐音来阐述它的基本性质和审美特性。林俊《严沧浪诗集序》曰:

> 诗写物穷情,慨时而系事,寄旷达,托幽愤,三经三纬备矣。降而《离骚》一变也,而古诗、乐府、苏、李、张、郦一变也,曹、刘、张、陆又一变也。若宋若齐若梁,气格渐异,而尽变于神龙之近体,至开元、天宝而盛极矣,而又变于元和于开成。迨宋以文为诗,气格愈异,而唐响几绝。山谷词旨刻深,又一大变者也。最后吾闻邵阳严丹丘沧浪力祖盛唐,追逸踪而还风响,借禅宗以立诗,辩别诗体、诗法、诗评、诗证而折衷之,决择精严,新宁高漫士《唐诗品汇》引为断案,以诏进来哲。夫沧浪之见独定,故诗究指归,音节停匀,词调清远,与族人少鲁、次山号三严。③

确切地说,林俊本人诗之复古所宗并非一味专注于唐,杨一清为他所撰墓志称其"诗宗唐杜,晚乃出入黄山谷、陈无己间"④,在学唐之际也兼习于宋,取法范围相对宽阔。但宗唐显为其重点所在,而在他看来,"虞、夏而降,汉魏腾声,苏、李、颜、谢按音节而谐风雅,迨沈、宋律体盛,而诗一大变,李唐时也"⑤,视唐代为诗体变革尤其是律体渐盛的重要阶段,是序尤于南宋严羽诗论的称扬,也显示了林俊宗唐的诗学意向。严羽为人熟知的诗论著述《沧浪诗话》,所论重点涉及

---

① 《送蔡君之任南京刑部员外郎序》,《圭峰集》卷五。
② 《漫记》,《洹词》卷十一。
③ 《见素集》卷六。
④ 《荣禄大夫太子太保刑部尚书见素林公俊墓志铭》,《国朝献征录》卷四十五,第二册,第1859页。
⑤ 《王南郭诗集序》,《见素集》卷七。

诗歌的基本性质与审美特性,着眼于诗之本体问题的探讨,分作诗辨、诗体、诗评、诗法及考证诸方面阐述之,尤其于诗"借禅以为喻",用来诠释"大抵禅道惟在妙悟,诗道亦在妙悟","惟悟乃为当行,乃为本色"的诗学宗旨,且由此推尊盛唐之诗,以为范式,认为"推原汉魏以来,而截然谓当以盛唐为法",原因在于盛唐诗歌具有"透彻之悟",是属妙悟之"第一义"[①]。林俊上序所给予严羽之论不俗的评价,主要肯定了他"力祖盛唐"、特别是"借禅宗以立诗"论诗之旨。换个角度讲,由对严氏论说的认肯,可以见出林氏本人在诗歌基本性质与审美特性问题上的一种自我认知,以及与之相联系的宗唐意识。

在这一方面,我们还可注意到另一位宗唐者王鏊的相关论说。王守仁为鏊所作传谓其诗"萧散清逸,有王、岑风格"[②],已揭出其效习唐人的一面。王鏊自己也曾经表示:"世谓诗有别才,是固然矣,然亦须博学,亦须精思。唐人用一生心于五字,故能巧夺天工。今人学力未至,举笔便欲题诗,如何得到古人佳处?"极力表彰唐人用心而善于经营的诗歌艺能,其追宗唐人之诗的心向显露无遗。进一步值得注意的,则还在于他针对唐人之作的具体论评,如下曰:"若夫兴寄物外,神解妙悟,绝去笔墨畦径,所谓文不按古,匠心独妙,吾于孟浩然、王摩诘有取焉。"看得出,他之所以有取于孟、王诗作,最为关键的是认为它们体现了一种意在言外、不落迹象的蕴藉浑融之审美特征。王鏊还表示,读《诗经》中诸如《绿衣》、《燕燕》、《硕人》、《黍离》等篇,即有"言外无穷之感",而至后世"唯唐人诗尚或有此意",以为如李商隐《龙池》中之"薛王沉醉寿王醒"句"不涉讥刺而讥刺之意溢于言外",郑谷《淮上与友人别》中之"君向潇湘我向秦"句"不言怅别而怅别之意溢于言外",王维《菩提寺私成口号》中之"凝碧池头奏管弦"句"不言亡国而亡国之痛溢于言外",刘禹锡《伤愚溪》中之"溪水悠悠春自来"句"不言怀友而怀友之意溢于言外",刘禹锡《石头城》中之"潮打空城寂寞回"句"不言兴亡而兴亡之感溢于言外"。可见,其对以上唐诸家诗句的赏许,主要也还就表现其中的言有尽而意无穷那一种蕴藉有味特点而言。鉴于这样的审美要求,王鏊反对在诗中一味使事用典的做法,他曾说:"诗好用事,自庾信始,其后流为西昆体,又

---

① 《诗辨》,郭绍虞《沧浪诗话校释》,第12页、27页,人民文学出版社1961年版。
② 《太傅王文恪公鏊传》,《国朝献征录》卷十四,第一册,第484页。

为江西派,至宋末极矣。"①这不应只是在描述始自庾信盛极于宋人的偏好"用事"现象,含在其中的微词是让人容易体会得到的。毫无疑问,过多在诗中充填事实典故,肯定会造成对意在言外这种蕴藉诗味的消解,这也如严羽比较"盛唐诸人"而批评"近代诸公"为诗"多务使事,不问兴致",终不及盛唐诗歌"惟在兴趣,羚羊挂角,无迹可求","言有尽而意无穷"②。应该说,王鏊于诗"用事"的微词,同他尤重唐人诗歌"言外无穷之感"的审美取向相吻合。

此际与宗唐倾向相联结而对诗歌基本性质和审美特性展开更加明晰阐论的,还属李东阳。虽如前述,东阳言诗不乏"言志厉俗"之论,未完全脱却重经世实用的价值视界,这与他身为阁臣的馆阁背景不无关联,但应看到,其同时也更多回归到本体的角度来讨论诗歌问题,显示其诗学观念的另一面,这一看似相悖之论也正好说明他诗论中多重因素相交织的某种复杂性。之前已说到,李东阳诗学观念中的一大重要论点,即在于强调诗与文不同体,重点藉以凸显诗歌体式规制的独特性质。就诗之"体"而言,他在描述诗与诸经"同名而体异"时,指出其"盖兼比兴,协音律,言志厉俗,乃其所尚"③,应视为对诗歌所体现的三大体式规制的概括。除了"言志厉俗"说已如上论,更值得注意的是他对于前二者的相关阐述。

先看所谓"兼比兴"。作为《诗经》六义之二者的比兴,为传统诗歌创作两种始于初期而最为基本的修辞艺术,也是诗歌之"体"一种本原的标识。强调比兴之法,显示李东阳对于诗歌基本修辞艺术的高度重视,也体现了他对于诗歌这一特定文体本原性的执着。《怀麓堂诗话》如下一段论述尤显明确,常为人所征引:"诗有三义,赋止居一,而比兴居其二。所谓比与兴者,皆托物寓情而为之者也。盖正言直述,则易于穷尽,而难于感发。惟有所寓托,形容摹写,反复讽咏,以俟人之自得。言有尽而意无穷,则神爽飞动,手舞足蹈而不自觉。此诗之所以贵情思而轻事实也。"④关于比兴之法,历来诸家不乏诠释,汉儒基于美刺功用考虑,赋予其更多政教涵义,如郑玄除解释赋为"直铺陈今之政教善恶"外,以为比乃"见今之失,不敢斥言,取比类以言之",兴则"见今之美,嫌于媚谀,取善事

---

① 《文章》,《震泽长语》卷下,影印文渊阁《四库全书》本,台湾商务印书馆1986年版。
② 《诗辨》,《沧浪诗话校释》,第26页。
③ 《镜川先生诗集序》,《李东阳集》,第二卷,第115页。
④ 《李东阳集》,第二卷,第534页至535页。

以喻劝之"①。比兴由是被理解成用以委曲陈述"政教善恶"的一种手法。如此解释当然未必合乎《诗经》作品的原意，不无流于泛政教化之嫌，但因此形成有关《诗经》乃至传统诗歌的一大诠释系统而影响后世。与此同时，不泥汉儒之说而立足于诗歌艺术本身，也成为诠解比兴意义的另一路，李东阳所论显然倾向于后者。从他解释比兴"托物寓情"特点以推断诗"贵情思而轻事实"的结论来看，首先明确了诗以抒情为本这一基本性质，视比兴运用为诗之抒情性质的一种逻辑展开，突出比兴与诗人"情思"表现的有机联系。作为一种特殊的文学样式，诗歌自然有其异于其他文类的艺术法则，宋人严羽论诗法即强调"语忌直，意忌浅，脉忌露，味忌短，音韵忌散缓，亦忌迫促"②。在李东阳看来，比兴之运用正在于免使诗歌丧失类似独具的艺术法则，因为"正言直述"容易导致"易于穷尽"、"难于感发"，惟藉助比兴，方能使得"言有尽而意无穷"。于此，李东阳尚有与之相近的一种说法，这也就是所谓意要贵"远"贵"淡"，并以为唐人之诗中尤有可观者：

  诗贵意，意贵远不贵近，贵淡不贵浓。浓而近者易识，淡而远者难知。如杜子美"钩帘宿鹭起，丸药流莺啭"，"不通姓字粗豪甚，指点银瓶索酒尝"，"衔泥点涴琴书内，更接飞虫打著人"；李太白"桃花流水杳然去，别有天地非人间"；王摩诘"返景入深林，复照莓苔上"，皆淡而愈浓，近而愈远，可与知者道，难与俗人言。③

"远"、"淡"之反面就是"近"、"浓"，后者当与浅近、浓靡、凡俗、直露等意相联，故谓之曰"易识"。求意"远"、"淡"，即要避"易知"而趋"难知"，要之诗歌应该具有一种蕴藉婉曲、悠远深邃的不易穷尽之韵味，犹如李东阳评友人张泰为诗，以为"穷深鹜远，一字一句宁阙焉而不苟用"④。基于这一审美态度，他为苏轼诗歌"伤于快直，少委曲沉着之意"⑤表示过不满，而宣称"唐诗李、杜之外，孟浩然、王

---

① 《毛诗正义》卷一，阮元校刻《十三经注疏》，上册，第271页，中华书局影印本，1980年版。
② 《诗法》，《沧浪诗话校释》，第122页。
③ 《怀麓堂诗话》，《李东阳集》第二卷，第529页。
④ 《沧洲诗集序》，《李东阳集》第二卷，第73页。
⑤ 《怀麓堂诗话》，《李东阳集》第二卷，第551页。

摩诘足称大家",这主要是他认为王诗"丰缛而不华靡",孟诗"专心古澹,而悠远深厚",比较起来"孟为尤胜"①,说到底还在于对"远"、"淡"之意的究求。按照他的意思来理解,要在这方面求而得之,就不应忽视比兴的运用,以上列举的李、杜、王等唐诸家诗句,其中大多借景托物以表现作者内心情怀,所谓"有所寓托,形容摹写",而非"正言直述",它们之所以能造就"淡而愈浓,近而愈远"的艺术效果,在李东阳看来,主要还是由比兴之法的成功运用所致。

不仅如此,作为诗歌体式规制之一的"协音律",鉴于反映诗歌"文之成声者"②这一"体"的特点,同样十分重要。它不但成为诗有别于文一个重要的文体标识,"盖其所谓有异于文者,以其有声律风韵",且也直接与诗人情感抒发形成紧密关联,即以"声律风韵","能使人反复讽咏,以畅达情思,感发志气"③,表明"音律"或"声律"与诗人"情思"、"志气"表现的有机联系。剖析开来,李东阳所说的"音律"或"声律",包含两层语义,一是指"律",一则为"调"。如果说,"律者,规矩之谓",指诗歌在字数、平仄的格律方面具有一定的规则,也使诗在"律"上维持某种同一性,"所谓律者,非独字数之同,而凡声之平仄亦无不同也",那么,"调"则有所谓"巧"存其中,不像字数和平仄那样能以相对固定的规则加以铨衡,即"大匠能与人以规矩,不能使人巧",主要通过"心领神会,自有所得"。故不同地区与时期的诗歌,"律"可以同一,"调"则有差异存焉,不但有"为吴为越"之分,而且"为唐为宋为元者,亦较然明甚"④。其主要指涉两个方面,一为体现在诗歌具体文本中平仄四声组合的音响,它是"调"生成的基础,即"调"在平仄四声的字音组合之中,离开平仄四声,"调"也就无从谈起;二为蕴含在诗歌具体文本中的意涵情思,透过吟咏而产生的不同的声情效果⑤。如李东阳认为,"今之歌诗者,其声调有轻重、清浊、长短、高下、缓急之异,听之者不问,而知其为吴为越也"⑥。这就是说,吴、越不同的诗调通过吟咏之声而得以呈现。进一步来看,强调诗歌"协音律",涉及李东阳对诗与乐关系的看法。他以为"诗者,

---

① 《怀麓堂诗话》,《李东阳集》,第二卷,第532页。
② 《鲍翁家藏集序》,《李东阳集》,第三卷,第58页。
③ 《沧洲诗集序》,《李东阳集》,第二卷,第73页。
④ 《怀麓堂诗话》,《李东阳集》,第二卷,第539页。
⑤ 此处关于"调"的涵义,参考了简锦松《明代文学批评研究》一书中的相关论述,见该书第259页至262页。
⑥ 《怀麓堂诗话》,《李东阳集》,第二卷,第539页。

言之成声,而未播之乐者也"①。《怀麓堂诗话》开首称诗"盖六艺中之乐也",并表示:"后世诗与乐判而为二,虽有格律,而无音韵,是不过为排偶之文而已。使徒以文而已也,则古之教何必以诗律为哉?"②主要从诗本应合于乐的角度,说明二者之间关系的紧密性。在古典诗歌发展史上,作为一种古老的文学样式,诗原本与乐、舞相结合已成为众所周知的常识,诗与乐的合一,代表了古典诗歌早期的原初形态,在一定意义上,这也同样成为诗之"体"某种本原的标识。由此,李东阳强调诗"协音律",着意于诗与乐之间的紧密关系,以为既要讲究"格律",又要体现"音韵",注意四声字音组合以及体现在歌吟讽咏中的音响效果,主要乃基于尊重诗歌独特之"体"的观念,返归到诗的本原性特征上来加以立论,旨在于原初和根本意义上还原诗歌相对独立的审美特性。在另一方面,从"协音律"的具体涵义上来说,如何做到诗歌音响或音韵与格律的调谐相称,以真正体现"协"的特征,自然是问题重心之所在,对此,李东阳在谈论诗之长篇音律问题时指出:

> 长篇中须有节奏,有操有纵,有正有变;若平铺稳布,虽多无益。唐诗类有委曲可喜之处,惟杜子美顿挫起伏,变化不测,可骇可愕,盖其音响与格律正相称。回视诸作,皆在下风。然学者不先得唐调,未可遽为杜学也。③

这意味着音响或音韵与格律的协调相称,主要体现在诸如"操"、"纵"、"正"、"变"的音声节奏委曲转折之中,由顿挫起伏的丰富变化,传递出节奏协调配合的美感;反之,"若强排硬叠,不论其字面之清浊,音韵之谐舛"④,则是万万不能接受的。李东阳认为,在此方面唐诗颇为出色而堪称楷模,自成"唐调"。有关这一点,他在提到诗中虚实字用法问题时也表示:"诗用实字易,用虚字难。盛唐人善用虚,其开合呼唤,悠扬委曲,皆在于此。"⑤虚字实字的易难之辨,看似只

---

① 《孔氏四子字说》,《李东阳集》,第三卷,第174页。
② 《李东阳集》,第二卷,第529页。
③ 《怀麓堂诗话》,《李东阳集》,第二卷,第533页。
④ 《怀麓堂诗话》,《李东阳集》,第二卷,第532页。
⑤ 《怀麓堂诗话》,《李东阳集》,第二卷,第536页。

在留意字性之法,实际上关注的则是用字的音声节奏,因为东阳称赏盛唐诗歌善用虚字特点,显然主要还是从其产生的"开合呼唤,悠扬委曲"这一种抑扬转折的音响美感上来着眼的。如此,他以为在"类有委曲可喜之处"的唐人诗歌中,杜甫诗在音响与格律的相协上,因其"顿挫起伏,变化不测"尤别出一格,更具典范性,也如他评杜甫五七言古诗音律特点时所说:"五七言古诗仄韵者,上句末字类用平声。惟杜子美多用仄,如《玉华宫》《哀江头》诸作,概亦可见。其音调起伏顿挫,独为遒健,似别出一格。回视纯用平字者,便觉萎弱无生气。"[1]这当然还是以为杜诗音声节奏善于起伏变化,自相调谐,独有"遒健"之气,为那些"萎弱"之作所不及。

要而言之,作为成、弘诗坛一位重量级人物,李东阳的论诗态度格外值得注意,其以上着重从诗歌本体的角度,对诗之体式规制所作更为明晰的阐释,无疑展示了他独到的一种诗学眼光。特别是他强调诗歌"兼比兴"与"协音律"而凸显诗"体"的独特性,既申明诗贵"情思"这一以抒情为本的基本性质,又力主其作为有异于文一种特定文体相对独立的审美特性,这主要表现在,注重蕴藉悠深、意在言外的传达艺术,以及倾向诗乐相合而形成的音律调谐之美感。同时,其融此理念于宗唐复古取向之中,尤通过尊尚唐人诗歌来宣示这一鲜明的诗学旨意,也从中体现了他宗唐的一种重要文学动机。以李东阳本人在此际政坛和文界的特殊地位和重要影响,他的上述相关诠论,自然更具有一层标志性的意义,也不妨说散发着某种时代的文学信息,成为我们探察此际文学变化动向一个无法忽略的窗口。

---

[1] 《怀麓堂诗话》,《李东阳集》,第二卷,第547页。

第二章　前七子文学集团的组成及其活动

作为明代中叶文坛一支影响卓著的重要文学力量，以李梦阳、何景明为首的前七子的异军突起，显然打破了明前期特别是永乐以来馆阁文人主操文柄的局面，正如清人陈田所称："成、弘之间，茶陵首执文柄，海内才俊尽归陶铸。空同出而异军特起，台阁坛坫，移于郎署。"[1]这些大多出身郎署的士子，毅然站在了与上层馆阁文人争夺文学话语主导权的前沿，在文学领域担当起转变时代风气的先锋角色。

由上章的相关探析可知，早在朱明王朝建立之初，已全面推行崇儒重道的基本政策，而为新儒家思想结晶的程朱理学则被纳入主导思想体系重点加以推尊，在张扬儒家文化精神的主旋律下，崇经治经的学术风气被充分激扬起来，使包括古文与诗歌在内的古文词价值地位相对为之沦落，其生存及发展空间受到明显压缩。应该说，前七子秉持诗文复古取向，就基本的主观指向而言，包含着其面对古文词价值地位旁落而激发的某种危机与救赎意识，尤前述像李梦阳质疑诗文"末技"说，以及同情喜好古文词文学士为"以经学自文"掌政柄文者所压制的现实境遇，当作如是观。同时，他们力图通过复古的途径，在古典诗文系统中汲取相关文学资源，客观上也在为古文词拓展一片生存和发展的空间。在另一个层面上，基于崇儒重道和以程朱理学为宗的根本策略，明廷自立朝之始，即从尊一统、尚教化、重实用的要求出发，加强了对于文风建设的政治干预，而尤自永乐年间以来，为馆阁文人所主导和倡扬的台阁体风气趋盛，真正确立起"歌咏圣德以彰太平之盛"的创作主基调，更强化了支撑台阁体创作而重在维护正

---

[1]　《明诗纪事》丁签卷一《李梦阳》，清光绪至宣统刻本。

统、尊尚教化的经世实用价值观。由是观之,如何超脱台阁体风气的笼罩,如何转变在这一种文风深切浸润下的文坛局势,毋庸置疑,乃是前七子面临的最为现实的课题,成为他们展示自身文学个性、全力争取文学话语主导权的必由途径。事实上,由后面陆续的相关讨论中,我们将会进一步看到,李、何诸子极力倡导复古,本于尊崇古文词价值地位的立场,在对古典诗文系统所展开的全面观照和深入追索中,更注重从诗与文本体的意义上诠释它们的基本性质与审美特性,表彰与他们自身文学诉求相契合的典范文本,它的意义,还不仅仅在于以复古相尚,寻求别开蹊径,更主要的是其归向文学本位,在崇尚古典中实现了由重诗文经世实用性引向对它们本体艺术关怀一种文学价值观念上的转迁,就此当然也可以说是他们反逆台阁文风、标榜自我立场一种自觉意识的逗露。

纵观前七子与围绕他们的集团组织的形成、拓展以及相关文学活动的开展,其大体上经历了崛起、消沉、回复与确立等不同的发展过程。

第一节　京师结盟与复古活动的倡起

前七子之一的康海,在为友人王九思所作的《渼陂先生集序》中曾经说到:"我明文章之盛,莫极于弘治时,所以反古俗而变流靡者,惟时有六人焉,北郡李献吉(梦阳)、信阳何仲默(景明)、鄠杜王敬夫(九思)、仪封王子衡(廷相)、吴兴徐昌毂(祯卿)、济南边庭实(贡),金辉玉映,光照宇内,而予亦幸窃附于诸公之间。乃于所谓孰是孰非者,不溺于剖劂,不怵于异同,有灼见焉。"[①]其不但概要地描述了包括他本人在内前七子成员在弘治年间倡起复古以变革时俗的情形,并且也可以说是对七子在这一场文学变革活动中所处核心地位的某种标榜。

而从实际的活动情形来看,除了上述作为核心成员的李、何等七子之外,还不能不同时注意到围绕他们而形成的文学同盟或交游关系,这当然是期望能从相对完整的角度来展开对该文学集团的考察。

以前七子文学集团的建构及其复古活动发轫的时间来说,弘治十一年(1498)大致可以作为一个分界点。李梦阳在为顾璘等人所撰的《朝正倡和诗跋》中说:

---

① 《对山集》卷十,明嘉靖刻本。

诗倡和莫盛于弘治，盖其时古学渐兴，士彬彬乎盛矣，此一运会也。余时承乏郎署，所与倡和，则扬州储静夫(罐)、赵叔鸣(鹤)，无锡钱世恩(荣)、陈嘉言(策)、秦国声(金)，太原乔希大(宇)，宜兴杭氏兄弟(济、淮)，郴李贻教(永敷)、何子元(孟春)，慈溪杨名父(子器)，馀姚王伯安(守仁)，济南边庭实。其后又有丹阳殷文济(鳌)，苏州都玄敬(穆)、徐昌穀，信阳何仲默。其在南都则顾华玉(璘)、朱升之(应登)其尤也。诸在翰林者，以人众不叙。①

弘治六年(1493)春，李梦阳考取第二甲进士，观政通政司，但同年八月因母丧返回故乡开封，弘治八年(1495)又遭父丧，直至十一年(1498)丧满始回到京师，拜户部山东司主事。应该说，自从该年任职户部开始，其后成为前七子领袖人物的李梦阳才有更多时间和机会在京师活动，与同道之间开展交往，犹如他所说的"承乏郎署"，得以与众文士互相"倡和"。由此，我们不妨把弘治十一年(1498)作为前七子文学集团创建与倡起复古的开端之年。从上面跋文的描述中能够看出，在进入弘治年间以来"古学渐兴"的氛围中，京师兴起的这一有着一定规模的唱和活动，显然吸引了来自南北不同地域为数众多的文人士子。虽然如上跋所列举的诸士中，有的只是出于附和"古学"一时兴趣，在后来的时段里也并未与前七子成员之间发生更多文学上的联络，但他们此时参与唱酬，对于聚合同道，提升人气，营造复古活动的声势和影响，无疑起着一定的作用。

李梦阳上面这一篇《朝正倡和诗跋》，显然是总括式地记述了自他任职户部以来与众文士前后开展复古唱和活动的情形，尽管其中已涉及前七子多位人士和七子集团一些重要成员，然在他们参与活动乃至加盟复古营垒的具体时间上，则未给予明确的交代。不过，如果考虑到在京师更便于聚集活动的客观条件和结合相关的记载，那么还是能对他们在这方面活动的时间，作出大致的推断。同时，我们也应注意到上跋未及而实为当时七子集团要员的其他一些人士及他们的活动时间。

七子之一的边贡及游于诸子而"颉颃其间"②的上元人顾璘，虽于弘治九年

---

① 《空同先生集》卷五十八。
② 《南京刑部尚书顾公璘传》，《国朝献征录》卷四十八，第二册，第2039页。

(1496)已中进士,但他们与李梦阳等人正式互相唱和,当在十一年(1498)梦阳"承乏郎署"之后。其中顾璘,字华玉,少时已负才名,后与同里陈沂、王韦号"金陵三俊"。历官广平知县、台州知府、浙江左布政使等职,终南京刑部尚书。晚岁家居而文誉籍甚,建构息园,大治客舍,以接待四方文友。前七子中与李梦阳、何景明、边贡、徐祯卿等人交往唱酬尤密。钱谦益《列朝诗集小传》称其"诗矩矱唐人,才情烂然,格不必尽古,而以风调胜"①。

七子中的何景明、康海、王廷相三人,皆中弘治十五年进士(1502),他们与李梦阳等人开始交往唱和当在此年或稍后。与他们同一年考取进士而与七子保持较密切交往的还有武陟人何瑭、郏县人王尚䌹,何景明曾作《六子诗》,将他们与李梦阳、康海、边贡、王九思一并列入其中,目之"当世名士",且引为"良友",二人亦当在此年进士中试后,利用在京师居处的机会得以加入诸子营垒。

何瑭,字粹夫,世号为柏斋先生。正德初刘瑾秉政,瑭时官翰林修撰,因强直知不为其所容,乃累疏致仕,后瑾伏诛,得起复原职。嘉靖年间在南京太常少卿任上,曾与湛若水等力修明古太学之法,学者翕然宗之。晋南京都御史,未几致仕。何景明《六子诗·何编修瑭》则对他多予推许,寄予厚望,其中称"至朴敛华蔚,徽文陋雕绮。守渊安可窥,驰辩讵能止","古辙多蓁芜,非君谁予起"②?

王尚䌹,字锦夫,号苍谷。始除兵部职方司主事,改吏部,出补山西布政司左参政。后迁浙江右布政使,卒于官。与李、何二人交情较为深厚,正德二年(1507),李梦阳因帮助户部尚书韩文起草弹劾刘瑾奏疏遭夺职,次年被逮下锦衣狱,同一年获释,离京返乡前,王尚䌹等九人为之祖行,李梦阳遂作《九子咏》诗,"慕义伤离,有感于前游",其中咏王尚䌹,以为"鸿词振宛洛,一一中音吕。访戴谅不惜,纵凫非所许"③。何景明《六子诗·王职方尚䌹》也曰,"职方吾益友,契谊鲜与同","读书迈左思,识字过杨雄。为辞多所述,结藻扬华风"④。二人所为诗不但对其词艺多有所许,而且申明了彼此之间非同一般的情谊,也可见出他在李、何心目中的地位。

---

① 《列朝诗集小传》丙集《顾尚书璘》,上册,第339页,上海古籍出版社1983年版。
② 以上见《大复集》卷八。
③ 《九子咏·王职方锦夫》,《空同先生集》卷十二。
④ 《大复集》卷八。

在弘治十五年(1502)，前后加入七子集团的还有王九思、徐祯卿，以及宝应朱应登、信阳戴冠等人。王九思弘治九年(1496)中进士，选为庶吉士，十二年(1499)授翰林院检讨，其后诸子相继至京师，正在翰林任上的他遂与之"讲订考论"，并开始接受他们的诲导①。

作为前七子中唯一一位南方籍的成员，徐祯卿考取进士时在弘治十八年(1505)，然他前此四年即弘治十四年(1501)已举应天府乡试，曾在次年北上赴京师参加会试，最终落第，其获与诸子交往而加盟其中，当在此次在京会试之时②。

朱应登，字升之，号凌溪。李梦阳《章园饯会诗引》云："曩予会升之河西关，有倾盖之雅。"③据梦阳为亡妻左氏所为墓志，弘治十五年(1502)，他以户部官员身份"榷舟河西务"④，则朱应登与李梦阳初识即在这一年，其进入诸子营垒也当在此际。朱应登中弘治十二年(1499)进士，仕至云南布政司左参政。早年起即解声律，谙词章，通晓经史百家，又好为古文词，声誉著于艺林。顾璘所撰墓碑，将他和李梦阳、何景明、徐祯卿等七子成员并置，纳入诗文复古"力绍正宗"之列，以为"其文刊脱近习，卓然以秦汉为法；其诗上准《风》、《雅》，下采沈、宋，磅礴蕴藉，郁兴一代之体"⑤，视之为与李、何诸子诗文趣习之相近者。其实朱应登对李梦阳等人学古习尚本怀倾慕，实有追蹑，称得上是一位地道的同盟者。如于文以为"文章康李传新体，驱逐唐儒驾马迁"⑥，赞许其能越唐以上而宗秦汉

---

① 王九思《妻赠孺人赵氏继室封孺人张氏合葬墓志铭》云："归之明年辛酉，予考绩三载，孺人得受敕封云。"(《溪陂集》卷十五，明嘉靖刻本。)此处辛酉为弘治十四年，逆计三年，知其于十二年授检讨之职。又王九思《溪陂集序》云："予始为翰林时，诗学靡丽，文体萎弱。其后德涵、献吉导予易习焉。"(同上书卷首)张治道《溪陂先生续集序》："余闻先生在翰林时，以文名称。……盖是时先生为检讨也。无何崆峒、对山、大复诸先生相继到都下，厌一时为文之弊，又相与讲订考论……"(《溪陂续集》卷首)康、何二人中弘治十五年进士，则九思与诸人切磋讲论而加盟其中，似当在该年前后。

② 张治道《翰林院修撰对山康先生状》："孝宗时……是时李西涯为中台，以文衡自任，而一时为文者皆出其门，每一诗文出，罔不模效窃仿，以为前无古人。先生独不之仿，乃与鄂杜王敬夫、北郡李献吉、信阳何仲默，吴下徐昌毂为文社，讨论文艺，诵说先王。"(《太微后集》卷四，明嘉靖刻本。)康海于弘治十六年九月因母思乡告归，至正德元年春始返京师(参见韩结根《康海年谱》，第68页至69页，第72页至73页，第83页，复旦大学出版社1993年版)。则上康海行状所言诸子之为文社当属弘治十六年或前事，徐祯卿入社即在其十五年会试京师之际。

③ 《空同先生集》卷五十五。
④ 《封宜人亡妻左氏墓志铭》，《空同先生集》卷四十三。
⑤ 《凌溪朱先生墓碑》，朱应登《凌溪先生集》卷十八附录。
⑥ 《口占五绝句》其三，《凌溪先生集》卷十。

者,清人朱彝尊述及当时趋学李梦阳等人情形,甚至以"心慕手追,凌溪一人而已"①形容他尤宗梦阳的取向。其素与诸子交谊不浅,当初他来京师报政毕将归,李梦阳、边贡等亲自饯会,一起分韵赋诗,并相与留赠,朱应登时所赋诗谓"良朋时宴集,端坐自生光","适意易为别,怀哉不能忘"②,明示彼此业已建立的深情厚谊,李梦阳则后专作《章园饯会诗引》以记其事。在京师期间,他还与徐祯卿意殊相投,"相见欢洽如平生","每公退,必宴见,见必剧谈,往往评勘文字。他或古今政理、人品、名物亦时时往覆相论"③。酬和谈榷之际,其对诸子所习自当有所耳濡目染。

戴冠,字仲鹖,号邃谷。正德三年(1508)中进士,授户部主事,以上疏建言贬广东乌石驿丞。起户部员外郎,升延平知府,改苏州。仕至山东提学副使。冠与何景明同乡里,为诗友,往来密切,相染较深,或谓之"诗亦同调"④。又获交李梦阳等诸子,梦阳作《九子咏》诗,即列之其中,以"南州实才窟,小戴亦横骛"⑤许之。何景明弟子樊鹏为冠所撰墓志,称他"长从吾师何子于京师,苦学至困疾,辄益弗懈"⑥,则其在京师获与何景明乃至李梦阳等人交往游从,当在何弘治十五年(1502)试进士之际或稍后。

至弘治十八年(1505),又有闽县郑善夫、安阳崔铣、上海陆深、吴县徐缙、寿张殷云霄、信阳孟洋等人进士中第,在是年前后来从诸子游,相继成为七子集团中的活跃分子,大体情况述之如下:

郑善夫,字继之,号少谷山人。正德间始除户部主事,改礼部。因谏武宗南巡被杖于廷,寻告归。嘉靖初起南京刑部郎中,改吏部验封司郎中。性好山水,或纵游忘返。在七子当中,他与何景明可谓相契最深,中进士之后,时何方在中书舍人任上,因"相得欢甚,益切劘为古文词",并先后获交顾璘、薛蕙、殷云霄等好古之士,"文酒过从靡间"⑦。然无论如何,作为郑善夫较早结交和关系尤深的一位七子成员,何景明显然为他所格外敬重,其曾赋《赠何仲默》诗,对何所为

---

① 黄君坦校点《静志居诗话》卷十《朱应登》,上册,第 268 页,人民文学出版社 1990 年版。
② 《章氏园留别李户部梦阳、刘户部麟、边太常》,《凌溪先生集》卷五。
③ 徐祯卿《与朱君升之叙别》,《凌溪先生集》卷十八附录。
④ 《静志居诗话》卷十《戴冠》,上册,第 275 页。
⑤ 《九子咏·戴进士仲鹖》,《空同先生集》卷十二。
⑥ 《山东按察司提学副使戴君冠墓志铭》,《国朝献征录》卷九十五,第四册,第 4168 页。
⑦ 邓原岳《郑继之先生传》,《西楼全集》卷十四,明崇祯刻本。

诗文以"雅调走鲍谢,雄才抗班扬"①相许,钦羡之意分明。而何景明对这一位盟友也别眼相看,他在为郑善夫所作的《少谷子行》称:"朅来京华始一识,意气形神两相得。肺腑真成水石痼,词章亦带烟霞色。"②对其超俗异特的情性和词章就颇为倾瞩。而郑善夫因与何景明接触较密,也接受过对方的诲导,如为诗,何景明教之以"学诗如学仙,神仙逆天地之气以成;诗亦如之,逆则词古,则格高,则意长"③。由此也加强了他与七子成员之间文学上的沟通。这位被人称为"一时属和"④李、何等人的闽中名士的加盟,无疑使诸子营垒增添了一名得力的推助手。

崔铣,字子钟,一字仲凫。中进士后选为庶吉士,授编修,历官南京吏部主事、南京国子监祭酒、少詹事兼侍读学士,仕至南京礼部右侍郎。与李、何等人交好,尤感慕其复古之志与厉直之节,如他《祭李献吉文》称赞李梦阳"今人与居而雄词追古,志于周秦。堂堂乎节,折而不桡;烨烨乎闻,幽而弗潜。可谓成章君子矣"⑤;又为梦阳所撰墓志谓其"陋痿文之习,慨然奋复古之志",同志何景明"友而应之",以为"咸激厉风节"⑥。其倾重二子,由此可见一斑。

陆深,字子渊,号俨山。由庶吉士授编修,历南京主事、国子祭酒,左迁延平府同知,累官四川左布政使,仕至詹事府詹事兼翰林院学士。七子中与同年徐祯卿相识较早,尤相友善,其还在弘治十四年(1501)赴应天乡试时已结识祯卿⑦,切磨为文章,有名于时。正德元年(1506),徐祯卿赴湖南纂修,深赋诗送之,即称"取友在异世,贵此肝胆通。与子同乡国,笔砚亦屡同"⑧,倾吐了他和祯卿之间深厚的友情。又获交时官京师的李梦阳、何景明等人,梦阳在为陆深和徐缙而作的《赠徐、陆二子》一诗中慨然曰:"情交苟不劣,穷显非所论。感激平生义,匪尔谁当陈?"⑨则显然以知交视之。值得一提的是,陆深在其编修任上,

---

① 《郑少谷先生全集》卷一,清道光刻本。
② 《大复集》卷十三。
③ 郑善夫《与可墨竹卷跋》,《郑少谷先生全集》卷十六。
④ 邱齐云《少谷子先生集序》,《郑少谷先生全集》附录卷二十三。
⑤ 《洹词》卷六。
⑥ 《江西按察司副使空同李君墓志铭》,《洹词》卷六。
⑦ 参见范志新《徐祯卿年谱简编》,《徐祯卿全集编年校注》附录八,第969页,人民文学出版社2009年版。
⑧ 《送徐昌穀湖南纂修》,《俨山续集》卷一,影印文渊阁《四库全书》本,台湾商务印书馆1986年版。
⑨ 《空同先生集》卷九。

于京师士人家购得明初诗人袁凯《海叟集》,与李、何一同"校选其集"①,三人分别为作序,这也可以看成是他们出于共同的文学兴趣而相互协作的一个举措。

徐缙,字子容,号崦西。由庶吉士授编修,仕至吏部左侍郎兼翰林院侍讲学士。其进士中第而官京师之际,与李、何诸子不乏往来酬和,关系同样契密,何景明作有《醉歌赠子容使湖南便道归省兼讯献吉》一诗,其中即云:"忆卿翻飞霄汉里,结交岂少青云士。眼中何人最知己?十年之交吾与李。"②道出了徐缙与他及李梦阳不同一般的交情。故后人在描述李、何等人复古倡导之情形时,或将其纳入与诸子关系紧密的要员之列,如孙奇逢《中州人物考·王肃敏廷相》述王廷相生平,即谓"(王)官京师,与大梁李梦阳、信阳何景明、武功康海、东吴徐缙、鄠杜王九思以古文相倡"③。这一点,自然也基于徐缙与诸子文趣上的投合,他曾为友人徐祯卿校集及评述其诗就是一例。正德六年(1511)徐祯卿去世,徐缙校其《迪功集》六卷,并寄与时在江西提学副使任上的李梦阳刊刻。又他正德十五年(1520)正月跋徐集,则以为徐祯卿之诗"其寄兴远,修词洁,尤长玄理,有古诗人之风焉"④,多有合其意处,故不吝褒许。

殷云霄,字近夫,号石川。进士中第之次年即以疾归。授靖江知县,调青田,升南京工科给事中,卒于官。在其给事中任上,李梦阳曾作《寄殷给事中歌》相赠寄,云:"忆昔匹马长安走,殷何徐陆皆吾友。"⑤回忆当初在京师期间与殷云霄等人结为盟友的情形。又正德元年(1506)云霄自京师告归,李梦阳为赋《送殷进士病免归》诗⑥,则知他结交梦阳等人当在病归之前而在京试进士之际。而其在归乡之后,又与李梦阳以诗往还,互为致意⑦。正德六年(1511),殷云霄病愈还京,何景明曾赋《石川子歌》以酬之⑧,八年(1513),其由靖江知县调青田,何景明又为作《送殷近夫之青田》⑨。可见他与李、何之间一直保持着较为密切的

---

① 陆深《诗话》,《俨山集》卷二十五。
② 《大复集》卷十三。
③ 《中州人物考》卷一《理学》,影印文渊阁《四库全书》本,台湾商务印书馆1986年版。
④ 钱榖《吴都文粹续集》卷五十六《诗文集序》,影印文渊阁《四库全书》本,台湾商务印书馆1986年版。
⑤ 《空同先生集》卷十八。
⑥ 《空同先生集》卷三十一。
⑦ 李梦阳《故人殷进士特使自寿张来兼致怀作,仆离群远遁,颇有游陟之志,酬美订约,遂有此寄》,《空同先生集》卷二十二。
⑧ 《大复集》卷十三。
⑨ 《大复集》卷二十六。

联络。崔铣所撰墓志,称殷云霄"其为文非秦汉人语不习;又以诗者抒情表志,风人于善,自汉魏至唐作者,皆辩其音节而拟之"①,则从中也能见出他诗文所宗之一斑。

孟洋,字望之,一字有涯。举进士,为行人,选为监察御史。因抗疏论劾张璁、桂萼等当道大臣,下诏狱,谪桂林教授。历山东佥事、陕西参政、都察院右佥都御史等职,仕至南京大理寺卿。其第进士而为行人时,与李梦阳、何景明、王廷相、崔铣等诸人"日切劇为文章,扬榷风雅以相振发;酒食会聚,婆娑酣嬉以相乐"②,时称十才子。李梦阳作《九子咏》诗,列洋其中,谓"孟生瑚琏器,英迈征古篇"③,多予推奖。又孟洋为何景明姊丈,彼此关系本来就十分亲近,所谓"平生骨肉亲,婉娈相谐悦"④,因而得以"朝夕接谈"⑤。这当然使孟洋更容易藉助与何景明之间的特殊关系,融入李、何诸子的盟社中,与此同时,也使诸子多了一位亲密的盟友。

自弘治十一年(1498)以来,随着来自不同地区众多文士的汇集和参与酬唱交往活动,特别是一些重要成员的先后加盟,以前七子为核心力量的这一文学集团已形成相当的规模,声势渐显于是时文坛,而京师地区则成为他们酬赓交流的一个中心,这为其诗文复古活动的倡起,无疑奠定了某种坚实的基础。

从该集团诸成员自身的情况而言,虽然他们各自的资质与专长不尽相同,落实到个人,其具体所尚所习彼此也有差异,然在总体上对于古文词的喜好,孜孜以古典诗文为重点研习对象,则可说是他们中不少人秉持的共同取向。如李梦阳年十七时,已是"游心六籍,工古文诗赋,闭户潜修,尚友千古"⑥。康海自称"自幼支谩无状,性好是古而非今"⑦,为县学弟子员,"读书惟求大义,不寻章摘句,若板刻时文之为者"⑧,而尤喜古文词。又如徐祯卿,早年在吴中时,"但喜洁

---

① 《殷近夫墓志铭》,《洹词》卷三。
② 严嵩《南京大理寺卿孟公墓志铭》,《钤山堂集》卷二十九,《四库全书存目丛书》影印明嘉靖刻本,齐鲁书社1997年版。
③ 《九子咏·孟行人望之》,《空同先生集》卷十二。
④ 何景明《赠望之四首》一,《大复集》卷十。
⑤ 杜柟《刻孟有涯集序》,《孟有涯集》卷首,《四库全书存目丛书》影印明嘉靖刻本,齐鲁书社1997年版。
⑥ 朱安㵸《李空同先生年表》,《空同子集》附录,明万历刻本。
⑦ 《与彭济物》,《对山集》卷九。
⑧ 王九思《明翰林院修撰儒林郎康公神道之碑》,《渼陂续集》卷中。

窗几,抄读古书,间作词赋论议,以达性情","至于时文讲说,或积数月不经目前"①。而如郑善夫,"髻椎隶学官,则已厌薄一切经生言,学为古文词有声矣"。至于其从弘治十八年(1505)中进士结识何景明,"相得欢甚,益切劘为古文词"②,自是与他之前就好学古文词的趣习分不开。相近的文学趣味,尤其是嗜好古文词的取向,无形之中使他们更容易展开相互间的交流与沟通,以至聚集到同一个文学营垒之内。

可以这么说,李、何诸子此际在京师的结盟,彼此倾重古典诗文的近似的文学志趣,乃成为联结他们之间的一条重要纽带,它同时赋予了诸子结盟活动纯粹以建树文学复古为主要目标的显著特征。这一特征也正透过他们当初所怀揣的"发愤覃精,力绍正宗"③那种以复古事业为尚的激情和自信体现出来。特别是李、何等七子,互相结盟之时年多在二十馀岁,刚刚开始踏上仕路,跻身于文坛,还是一群意气奋发、激情饱满的年轻文士,对诗文唱酬论评更付之以极大的热情和心力。其中身为领袖人物的李梦阳,"薄书外,日招集名流为文会,酬倡讲评,遂成风致"④。他在酬寄友人的诗中述云:"忆年二十馀,走马向燕甸。……嗜酒见天真,愤事独扼腕。出追杭秦徒,婉娩弄柔翰。探讨常夜分,得意忘昏旦。"⑤难掩其亢奋和投入的情态。值得注意的是,在日常酬唱鉴评之际,他们也开始有意识地推介学古的风范人物,表达自己的复古理念,并藉此来营造影响。这一时候李梦阳、何景明、陆深一同校选明初袁凯之诗,删定其《海叟集》,可以视作是具体的举措之一。袁凯,字景文,自号海叟,曾以其《白燕》诗得到元末明初诗人杨维桢的赞赏。然李梦阳以为,袁氏诸诗就数《白燕》诗"最下最传","故新集遂删之"⑥,凸显其有别于俗见。他在正德元年(1506)序《海叟集》云:"叟诗法子美,虽时有出入,而气格韵致不在杨(案,指杨维桢)下。"⑦认为袁诗有可观之处,主要在于其对杜甫诗风的效法。另一位校选者何景明也为序

---

① 《复文温州书》,《徐祯卿全集编年校注》卷五,第665页。
② 邓原岳《郑继之先生传》,《西楼全集》卷十四。
③ 顾璘《凌溪朱先生墓碑》,《凌溪先生集》卷十八附录。
④ 崔铣《江西按察司副使空同李君墓志铭》,《洹词》卷六。
⑤ 《酬秦子以曩与杭子并舟别诗见示,余览词悲离沧然婴心,匪惟人事乖迕,信手二十二韵,无论工拙,并寄杭子》,《空同先生集》卷十四。
⑥ 陆深《诗话》,《俨山集》卷二十五。
⑦ 《海叟集序》,《海叟集》卷首,裘杼楼抄本。

《海叟集》,则更视袁凯为"国初诗人之冠",力予推举。这是由于在他看来,自己得明以来诸名家集读之,"皆不称鄙意","独海叟诗为长",体现在"叟歌行、近体法杜甫,古作不尽是,要其取法,亦必自汉魏以来者",以为其古近体及歌行得汉魏与唐杜甫之法尤多,堪称好学古法的一位典范,然"人悉无有知之"[1],故值得为之推介。应该说,李、何等人校选袁氏之集,又为作序标表,除了他们对袁诗本身的兴趣,更有藉此传达自己诗学态度的一层意味,此也可视为其向外宣示复古主张的一种自觉行为。

在前七子京师盟营的缔造和拓展过程中,如李梦阳、何景明、边贡及康海等人,尤在其中发挥了十分重要的作用,这也基本奠定了他们在该文学集团内部所处的中心地位,其影响力渐为彰显,以李、何最为显著。王九思《读仲默集》诗其二曰:"尔与崆峒子,齐升大雅堂。风流惊绝代,培植荷先皇。日月层霄丽,江河万古长。斯文如不废,吾党有辉光。"[2]极力标示李、何倡兴复古的功绩,置他们于引领之位加以彰表,这也可以说代表着诸子内部对二子作用与地位的一种认肯。当然更可注意的是,李、何以他们的创辟之举,突进当下文坛,担当起复古先导者的主角,在文人圈中逐渐产生强有力的感召效应,王廷相序何景明《大复集》即曰:"(何)及登第,与北郡李献吉为文社交,稽述往古,式昭远模,摈弃积俗,肇开贤蕴,一时修辞之士翕然宗之,称曰李、何云。"[3]崔铣在为李梦阳所作的墓志中也指出:"弘治中,空同子兴,陋痿文之习,慨然奋复古之志,自唐而后无师焉。已汝南何景明友而应之。空同子之雄厚,仲默之逸健,学者尊为宗匠。"[4]需要看到,其时李、何在文人圈之广为所宗,它的主要意义,不啻是铸就了他们个人显赫的文学声誉与地位,更为重要的是,藉助李、何二子业已形成的感召力,促使七子集团整体文学影响朝向外界进一步扩展。

至于另一位七子成员边贡,虽然名声不及李、何,但他所处的地位则不应被忽视,在诸子当中堪称资深同盟者,对于前七子盟营的创立与复古活动的倡起,可谓实有功焉。孟洋在为何景明所撰的墓志中述及:"当是时,关中李君献吉、

---

[1] 《海叟集序》,《大复集》卷三十二。
[2] 《渼陂集》卷四。
[3] 《大复集序》,《大复集》卷首。
[4] 《江西按察司副使空同李君墓志铭》,《洹词》卷六。

济南边君廷实以文章雄视都邑,何君往造语合,三子乃变之古。"①而李廷相在为边贡所作墓志中的一段话,也同样值得注意:"于是公(案,指边贡)起历下,与北地李梦阳、河南何景明互相师友,力追古作,妙悟真机,鼓吹盛美,可不谓振世雄豪也邪?"②都将边氏与李、何并列论之,置三人于倡导复古的核心人物之列。这一点,从李、何后来回忆当初结盟情形的描述中也能得到明确证实,李梦阳《杂诗三十二首》其二十九云:"昔余挟诗书,京里扬鸣珂。敷藻艺林间,结交聚边何。"③何景明《李大夫行》一诗也曰"忆年二十当弱冠,结交四海皆豪彦","十年流落失边李,词场寂寞希篇翰"④。上二诗分别以"边何"或"边李"并称,表明边贡起初确与李、何之间甚为契厚,二子均把他作为关系异常亲密的同志或协作者来看待,以至何景明后来因为"十年流落失边李"而心怀强烈的失落感,这实际上也凸显了边氏在诸子内部非同一般甚至能与李、何相并提的地位,以及他在草创七子京师盟营而鼓吹复古当中所扮演的重要角色。

还应该提及的是康海,其在前七子文学集团中同样发挥着重要影响,占据举足轻重的位置。海于弘治十五年(1502)殿试第一,授翰林院修撰,广交文学之士,自称"一时能文之士凡予所交与者不可胜计"⑤,声名由是鹊起,甚至被人与李梦阳相提并论,所谓"明朝才子出弘成,康李才华间世英"⑥。事实上,这样的称法如以康海和李梦阳的实际作为来衡量,不能说没有道理。特别是当初在诸子中间,康、李二人曾经作为文学风气的主导者,重点参与了诗文创作的具体指导,对于纠改诸子的积习,提倡诗文新的创作风尚,乃至于确立文学复古发展的基本方向,起着十分重要的作用。王九思的《渼陂集序》就论及他和诸子曾接受康、李二人诗文督导的经历,值得留意:"予始为翰林时,诗学靡丽,文体萎弱。其后德涵、献吉导予易其习焉。献吉改正予诗者,稿今尚在也,而文由德涵改正者尤多。然亦非独予也,惟仲默诸君子,亦二先生有以发之。"⑦说明康、李在这

---

① 《中顺大夫陕西按察司提学副使何君墓志铭》,《孟有涯集》卷十七。
② 《皇明资政大夫南京户部尚书边公神道碑铭》,《边华泉集》卷末,影印明嘉靖刻本,台湾伟文图书出版社有限公司1976年版。
③ 《空同先生集》卷十。
④ 《大复集》卷十三。
⑤ 《何仲默集序》,《对山集》卷十三。
⑥ 张治道《再和渼陂见寄四首韵》,《嘉靖集》卷四,明嘉靖刻本。
⑦ 《渼陂集》卷首。

一方面不仅用心而且用力,有意识地在引导诸子克服诗文所染之习气,对于具体作品耐心细致的改易指点,无非为了切实臻乎他们提倡的创作要求,因而当时便有"李倡其诗,康振其文"①的说法。

弘治中期以来,前七子及其盟友在京师地区的集团性活动,令人不难体察出他们身上所散发的强烈的结盟意识,循乎此,同时令人明显感触到李、何诸子发起结盟和倡导诗文复古所面向的其中一个更富于针对性的具体目标,这也就是自觉反逆尤从永乐以来在文坛渐成蔓延之势的台阁文风。统而观之,虽然李、何诸子诗文复古的指向体现着非单一性的特征,不只是针对台阁体的创作风气,最为显著的,明初以来在崇儒重道背景下受崇经治经学风的影响,包括古文与诗歌在内的古文词生存与发展空间为之压缩,李、何诸子以复古相尚,显含企望维护古文词价值地位而不使旁落的某种拯救意愿,但应该说,反拨尚在时下文坛流延的台阁文风,确实同时变成他们其中的一个重点方向。这也反映在诸子中一些曾在馆阁供职的成员的态度上,其不同程度地表现出悖逆台阁文风的主观意识,王九思在为盟友康海所撰神道碑中就述及:

> 盖公(案,指康海)在翰林时,论事无所逊避……公又尝为之言曰:"本朝诗文自成化以来,在馆阁者倡为浮靡流丽之作,海内翕然宗之,文气大坏,不知其不可也。夫文必先秦两汉,诗必汉魏盛唐,庶几其复古耳。"自公为此说,文章为之一变。②

又马理所作康海墓志也云:"忌者遂以国老文就正于公(案,指康海),公即革其质易其文而授之,所存者十不一二。忌者乃又以呈国老,故诸国老咸病公。"③仕在翰林院,却对馆阁文人所倡文风大加伐挞,斥为"浮靡流丽"之作,甚至不惜得罪诸"国老",大肆革易其文,时任翰林院修撰的康海,显然站在了与他馆阁之士身份完全相反的立场,态度鲜明地把攻讦的矛头指向台阁文风。还有一件发生在他身上的事情也颇耐人寻味,张治道为康海所撰行状载:"无何,丁母忧,归关

---

① 张治道《对山先生集序》,《对山集》卷首。
② 《明翰林院修撰儒林郎康公神道之碑》,《渼陂续集》卷中。
③ 《对山先生墓志铭》,《溪田文集搜遗续补遗》,明万历刻本。

中。往时京官值亲殁,持厚币求内阁志铭以为荣显,而先生(案,指康海)独不求内阁文,自为状,而以鄠杜王敬夫为志铭,北郡李献吉为墓表,皋兰段德光为传。"①如以惯例而言,康海身为京官,在母去世后不请内阁文臣撰写墓志以求"荣显",似乎不合常理,令人费解,但若与海批评馆阁文人倡为"浮靡流丽"之作致使"文气大坏"的态度联系起来看,那么,他的上述举动又在情理之中。作为出身馆阁者,康海当然不会不了解这一在京官中流行的习惯做法,绝不应疏忽至此,也不会不知道他这一番违反常例的做法很有可能招人不解,甚至因此得罪内阁要人。可以想见,他之所以这么做当是出于对台阁文风的强烈不满,以至在墓志之类文章上也不愿苟且随俗。

如果说,康海从一开始就站在与馆阁相异的立场去审视对方的创作习气,那么,作为他挚友的王九思,其文学态度则经历了一个转变的过程。与康海的经历有些相似的是,王九思也曾仕于翰林院,由庶吉士授检讨,时李东阳方为内阁大学士,遂多有所宗,接受过东阳的影响。张治道《渼陂先生续集序》说:"余闻先生在翰林时,以文名称。是时西涯在内阁,一时文人才士罔不宗习诵法,而先生亦随例其中,其诗往往为人传布。当时缙绅语曰:'上有三老,下有三讨。'盖是时先生为检讨也。"②但不久获从诸子游,与之"讲订考论",态度随之发生转变。如前言,李梦阳、康海二人对王九思影响尤深,其亲自替他改正诗文以"易其习"即为明证。九思有《咏怀诗四首》,诗三叹赏康海学古业绩,并语及自己的从学经历:"矫矫浒西子,力能排山岳。先秦溯渊海,班马启扃钥。嗟予坐迟暮,发愤乃愿学。"③逗露了他在康、李等人影响下倾力随学转习的一种自觉。像康海、王九思这样原本出身馆阁之士而或批评或脱弃台阁体创作的习气,毅然与李、何诸子结成同一阵营,为诗文复古摇旗呐喊,似乎更有一层特殊的意义,对于提升诸子吸纳盟友的自信力,以及增强他们对抗台阁文风、争取为馆阁文人所把持的文学话语主导权的凝聚力,不失为一个积极的因素。与此同时,在成化、弘治之际,作为馆阁文人据守坛坫的一个显著表征,身居馆阁要职的李东阳,为文人学士奉为宗主,在他身边一时聚集了众多的门下士或追随者,"或朝

---

① 《翰林院修撰对山康先生状》,《太微后集》卷四。
② 《渼陂续集》卷首。
③ 《渼陂集》卷二。

罢或散衙后,即群集其家,讲艺谈文,通日夜以为常"①,情势可观,其引导文坛时风的影响力实不容小觑,所谓"一篇一咏","皆流播四方,脍炙人口",以至于"出其门者,号有家法,虽在疏远,亦窃效其词规字体,以竞风韵之末而鸣一时"②。王九思《漫兴十首》其四云:"成化以来谁擅场?豪杰争趋怀麓堂。不有李康持藻鉴,都令后进落门墙。"③诗旨主要在于彰扬李梦阳、康海等人导开文学风尚之绩,但同时也道出了成化以来李东阳擅步文坛以至众文士趋之若鹜的情形,这已足以显示成、弘之际尤以李东阳为代表的馆阁文人及其创作趣味在文人学士圈中所形成的相当影响。不过,另外一面也说明,李、何诸子自他们发起结盟时候起,并没有选择依附于以李东阳那样馆阁重臣为首的文学圈子,却是建旗树帜,另辟阵地,极力以诗文复古相号召,则其起而拓展自身文学地盘、进而争取主导文坛领导权的用意不可谓不明显,清人梁清标在他的《重刻石熊峰先生集序》中已是一语道出之,"时西涯当国,执文章之柄,弘奖风流,推挽后进,学士大夫翕然宗之。于是西涯之学衣被天下,而北地、信阳起而与之争长坛坫"④。

需要指出一点的是,尽管成、弘之际李东阳作为一位馆阁重臣,以他拥有的政治资源和文学影响左右文坛,在一定意义上延续着此前馆阁文人执掌文柄领导风尚的格局,但应当说,李、何诸子起而反逆之的重点目标,主要还是尤自永乐以来渐显强势的整体意义上的台阁文风,以发出自己的文学声音,而并非完全是针对李东阳个人。这也反映在,他们与李东阳之间实际上形成一种较为微妙而复杂的关系,尤其如李梦阳、何景明等七子集团中的核心人物,可以说于李东阳一直持以某种若即若离的态度。一方面,他们毕竟各自处在不同的文学营垒,在文学价值观念上存有分歧,如上康海在翰林院任修撰时攻讦"馆阁者"诗文习气,王九思起初虽对于李东阳"宗习诵法",但更多是身在馆阁而"随例其中",在康、李的诲导下终"易其习",这已能见出其中一二。而且,二者政治身份和地位也迥然不同,一是高居"馆阁",一则其中多位下处"郎署",难免会产生阶层意识上的隔阂。何况其在主掌文坛的领导权问题上还有实际利害之争,且不说李、何等人即怀有与之"争长坛坫"的用意,而如李东阳,张治道所撰康海行状

---

① 焦竑著、顾思点校《玉堂丛语》卷六《师友》,第 195 页,中华书局 1981 年版。
② 靳贵《怀麓堂文集后序》,《戒庵文集》卷六。
③ 《渼陂集》卷六。
④ 石珤《熊峰先生集》卷首,清康熙刻本。

述及,弘治时其入直内阁,方"以文衡自任",每一诗或文出,其门下士或追随者"罔不模效窃仿",而时为翰林修撰的康海独不随众人摹仿之,与李、何等人"讨论文艺,诵说先王",李东阳闻后"益大含之"①。海此举无疑有轻忽东阳之嫌,显然被对方看成是对其文坛宗主地位的一种挑战,有损于尊威,故令他感到不可接受。从这一角度而言,二者之间难以形成完全融洽的关系,应是不难理解的。另一方面,诸子同李东阳的关系也绝非是处于互不相容的状态。如陆深、何瑭等七子集团中重要成员就曾与东阳有过交往,其中深在弘治十八年(1505)试进士时,东阳还是他的殿试读卷官,故深自称为其"门生"②,关系也更进了一层。即如李、何这两位七子集团中的核心人物,同李东阳之间也保持着一定的交往。如弘治八年(1495)李梦阳父亲去世,后梦阳曾请东阳为亡父撰写墓表③。正德元年(1506),东阳年届六十,梦阳作寿诗为贺,中言"愚也蓬蒿士,萧条塞鄙人。猥蒙嘘弱羽,从此跃途鳞",多少是以感怀眷顾表示近情之意,又称赏对方"文章班马则,道术孟颜醇"④,虽然所言不免有出于礼数的客套成分,但也说明他至少未对李东阳的"文章"与"道术"完全嫌恶,不然的话,实在没有必要以如此口吻来恭维对方。至于何景明,与李东阳也有一定的私人联络,正德五年(1510),东阳曾引疾乞休,景明则致以《上李西涯书》极力相劝,以为"国有强御而狱有言官,野有屠戮而朝方宴笑,廷议大缪,市令不行,势急燔溺,独恃明公拯救尔,未宜闭户无闻,在家不知,乃复弃而引去,益非明公所以后身而急国家之难也"⑤。这其实也是对他治政能力的某种肯定。正德十一年(1516),李东阳年届七十,何景明又赋诗为之颂寿,称"黄阁文章鸣大雅,玉机功业赞维新"⑥,向对方表示敬仰之意。

李梦阳、何景明等人之所以能与李东阳维持一定的交往关系,究其原因,似

---

① 《翰林院修撰对山康先生状》,《太微后集》卷四。
② 如陆深《跋邵二泉西涯哀词》:"往岁丙子秋,深起告北来,舟次广川,适闻文正之讣,亦有一诗哭之曰:'细推天运几生贤,又是山川五百年。廊庙江湖今复少,文章功业古难全。重来东观嗟何及,再过西涯定惘然。白发门生伤往事,每看忧国泪双涟。'壬申二月,深尝与修撰何粹夫瑭、检讨盛希道端明,谒文正公于私第。议及国事,公手挥双泪,意甚悲怆,落句盖纪实也。"(《俨山集》卷八十八)
③ 见李东阳《大明周府封邱王教授赠承德郎户部主事李君墓表》,《李东阳集》,第三卷,第230页至231页。
④ 《少傅西涯相公六十寿诗三十八韵》,《空同先生集》卷二十八。
⑤ 《大复集》卷三十。
⑥ 《寿西涯相公》,《大复集》卷二十六。

乎可以从如下两个方面来理解：首先，作为一位馆阁大臣，李东阳在此际权重一时，显然拥有李、何等这些"郎署"文士所无法比拟的政治实力，即便是从处理实际利害关系的策略性的角度考量，诸子没有必要和这样一位显要人物直接发生正面交恶。况且以政治人格来说，特别是正德之初，宦官刘瑾深受明武宗信任而得势一时，"务摧抑缙绅"，李东阳在朝中"悒悒不得志"，尽管出于自我保护的需要，时或不得已"委蛇避祸"①，难免表现懦弱而与之妥协，以至于被认为是"依阿刘瑾，人品事业，均无足深论"②。然事实上又不失其正直的一面，当刘瑾得志而摧折众臣，李东阳则"潜移默夺，保全善类，天下阴受其庇"。如正德三年（1508）六月，发生一起遗指斥刘瑾之罪的匿名文书于御道的事件，瑾矫旨召百官悉跪奉天门外加以诘责，并执庶僚三百余人下锦衣卫狱，情势危急。李东阳等见此则出面"力救"③，使下狱诸官终得以获释。以七子而言，他们中如何景明还曾得到过李东阳政治上的援助。正德三年（1508），景明在刘瑾的指使下被免官，六年（1511）冬，正是因为李东阳的荐举，复授原职。这一切，恐怕多少也使得李、何等人对李东阳能够另眼相看。其次，在文学上，李东阳虽时居阁臣之位，以"文章领袖缙绅"，且如人们已所注意到的，其尤在具体创作上并未能完全超脱台阁体的习气，处在永乐以来台阁体之势盛行的氛围下，则多被人看成是"如衰周弱鲁，力不足御强横"④，这些客观上对于维护甚至推助台阁文风起着一定的作用。但在同时，异于流俗的一些特异之文学个性也由李东阳身上反映出来。比如前述成、弘之际，承沿明初以来流行在士人中间专经的学术风气，尊尚经术而轻视诗文的现象仍然比较突出，李东阳则独"以诗文引后进"，培植影响文学之士。此举招致了注重"治经穷理"的另一位阁臣刘健的反对，李梦阳则将刘的态度形容为"因噎废食"，鄙薄之意显而易见，表明在重视诗文价值地位的问题上，他与李东阳实际上站在了同一的立场。不仅如此，从理论层面上来看，如前所言，李东阳的诗学论见由素为馆阁所重的经世实用观更多回归到诗歌本体问题上展开阐述，乃至在后面的分述中，我们将进一步看到它与李、何诸子有关论见不乏相通之处，这意味着对于李、何等人来说，李东阳的文学趣味中相对

---

① 《明史》卷一百八十一《李东阳传》，第十六册，第 4822 页。
② 《四库全书总目》卷一百七十集部《怀麓堂集》提要，下册，第 1490 页。
③ 《明史》卷一百八十一《李东阳传》，第十六册，第 4823 页。
④ 《四库全书总目》卷一百七十集部《怀麓堂集》提要，下册，第 1490 页。

保留了让他们可以接受的空间。简言之，与李东阳个人之间之所以形成多少有些微妙而复杂的关系，事实上，还是李、何诸子突进弘治文坛之际基于实际利害情势以及自身政治与文学立场而作出的一种自我选择。

第二节　政治旋涡的卷入及文学热潮的跌落

特别自正德二年(1507)开始，前七子文学集团的活动状况发生了明显的变化，集团中的多位核心及重要成员因为卷入政治风波及其他各种原因，相继离开了曾成为他们唱酬切劘、扬扢风雅之活动中心的京师地区，已掀扬起来的文学热潮一时陷入低谷。

这首先不能不注意到正德之初的政治状况。与号称"锐意求治"[①]的明孝宗朱祐樘相比，武宗朱厚照却是一个并不善于治理朝政甚或荒怠不为的君主，以至"朝纲紊乱"[②]。正德元年(1506)，受孝宗临终以太子相托之命的内阁大学士刘健，就向武宗上言，以为："即位诏书，天下延颈，而朝令夕改，迄无宁日。百官庶府，仿效成风，非惟废格不行，抑且变易殆尽。建首者以为多言，干事者以为生事，累章执奏谓之渎扰，厘剔弊政谓之纷更，忧在于民生国计，则若罔闻知，事涉于近幸贵戚，则牢不可破。"对武宗理政之失直言揭出。继后不久刘健又进言，其中更增添了对朝政荒疏的担忧："近日以来，免朝太多，奏事渐晚，游戏渐广，经筵日讲直命停止。……夫滥赏妄费非所以崇俭德，弹射钓猎非所以养仁心，鹰犬狐兔田野之物不可育于朝廷，弓矢甲胄战斗之象不可施于宫禁。今圣学久旷，正人不亲，直言不闻，下情不达，而此数者杂交于前，臣不胜忧惧。"[③]自武宗嗣位以来，出于强烈的辅佐意识和担任阁臣重大的责任感，刘健曾屡次陈说朝政诸端弊害，为之力谏，希望武宗能有所转变，称得上是尽心尽职了。虽然身为弘治朝老臣的他，尚在朝中享有较高的威望，又是一再恳切疏谏，但收效甚微，依然无法从根本上改变武宗的习性，扭转治政的局面。

[①] 《明史》卷七十一《选举三》，第六册，第1721页。
[②] 《明史》卷十六《武宗本纪》，第二册，第213页。
[③] 《明史》卷一百八十一《刘健传》，第十六册，第4814页至4815页。

不仅如此,作为武宗在理政用人上常为史家所诟病的一个地方,这就是对于宦官刘瑾等人的任用。还在武宗为太子时,瑾就曾侍奉之,取得了武宗对他的信任,也为他日后得到任用创造了条件。武宗登位后,瑾与马永成、高凤、罗祥、魏彬、丘聚、谷大用、张永等人并受宠而用事,人称"八虎",所谓刘瑾等人擅权天下的局面自此而始。正德之初,刘瑾掌司礼监,丘聚、谷大用分别提督东、西二厂,张永督十二团营兼神机营,魏彬督三千营,各占据要职。东、西厂"缉事人四出",密切监视士人的言论行动,在此之外,刘瑾又设立内行厂,"尤酷烈,中人以微法,无得全者",一时弄得人心恐慌,四方重足屏息。由于刘瑾等人深受武宗信用,逐渐取得了对于朝政的实际控制权,日常握柄行事更是"威福任情"①,尤其是严密掌控士夫官员,打击异己势力,不遗馀力,所谓是"以严苛折辱士大夫"②,以至"逢者焦,触者碎矣"③,加上武宗放任疏政,一时间"文网日密,诛求峻急"④,政治气氛陡然紧张。实际上,在如此政治情势之下,文人士大夫已很难真正获得伸张言论的机会,其参与政治与文化活动的自由势必受到限制,当然更为严重的,则是因此带给他们精神上一种深切的挫折感。

具体落实到前七子文学集团成员的身上,其时多人因为卷入刘瑾的政治事件,历经困折,为之付出了沉重的代价,也由此影响到他们的文学活动。

还在刘瑾等"八虎"用事之初,时为户部尚书的韩文大为感愤,每退朝,与其僚属语及之而泣下,作为下属而任郎中的李梦阳则向韩文进言:"公大臣,义共国休戚,徒泣何为。谏官疏劾诸奄,执政持甚力。公诚及此时率大臣固争,去'八虎'易易耳。"⑤力劝韩文率诸大臣弹劾刘瑾等人,并继为文起草弹劾奏疏。在李梦阳的鼓励之下,正德元年(1506)十月,韩文偕廷臣上疏请求严治刘瑾、马永成等人。然而,多少还缺乏政治经验的李梦阳,出于一时激愤而劝文弹劾刘瑾等人并毅然代为草疏,认为以此可轻而易举除去专擅威福的"八虎",显然是低估了当时刘瑾等人的政治势力和现实情势的复杂性。韩文奏疏入后,武宗命司礼王岳等人诣阁议,岳为人素来刚直,力主阁臣刘健、谢

---

① 《明史》卷三百四《刘瑾传》,第二十六册,第 7788 页至 7789 页。
② 《明史》卷一百八十一《刘忠传》,第十六册,第 4828 页。
③ 边贡《湖广右参议惩轩张夫子合葬墓志铭》,《华泉集》卷十二,影印文渊阁《四库全书》本,台湾商务印书馆 1986 年版。
④ 《明史》卷一百八十九《罗侨传》,第十六册,第 5013 页。
⑤ 《明史》卷一百八十六《韩文传》,第十六册,第 4915 页。

迁主张除去刘瑾等"八虎"的建议,而武宗却经不起刘瑾等人的泣求,一怒之下反而收王岳等下诏狱。虽然继后韩文发动九卿科道再度诣阙固争,但已无济于事,最后武宗对于刘瑾等八人"皆宥不问"①,劾瑾等人一事遂以失败告终。不久韩文遭革职。正德二年(1507)正月,李梦阳因帮助韩文弹劾刘瑾等人被夺官,同年三月,又与刘健、谢迁、韩文等人一起被列入"奸党"之列。自被夺官后,李梦阳在那一年闰正月起程离开京师,返回开封故里。然而事情并没有就此了结,因为替韩文起草奏疏一事,刘瑾对他一直嫉恨在心,于是罗织罪名,欲杀之以泄私愤。正德三年(1508)五月,在刘瑾的策动下,李梦阳遭逮捕至京师,下锦衣狱,性命危在旦夕。后其内弟左国玉上书康海,托他向刘瑾求情,海亲自造访刘瑾,极力为之解救,至同年八月,梦阳才得以出狱,躲过了一场杀身之祸。

较之李梦阳,作为前七子集团另一位核心人物的何景明,其此际的境遇虽不及如此凶险,但同样经历了一场不小的波折。在当时刘瑾得势用事的情况之下,时为中书舍人的他"乃上书诸尊贵,言宜自振立,挠瑾权"②。如何景明曾致书当时的吏部尚书许进,以为"主上幼冲,权阉在内,天纪错易,举动大缪,究人事,考变异,未有甚于此时者也",将国之纲纪错缪的主因,归结为刘瑾等人的专擅,内心为之忧抑难平。对此,他不仅给许进摆出了上下之"二策":"一曰守正不扰,不容于权阉而去者,上策也;二曰自贬以求容于权阉而不容于天下后世者,下策也。"还进而力陈此上下二策的利弊:"然守正不容可以激颓靡于当时,流声烈于后世,损少而益者多;自贬不容则颓靡益恣,声烈且败,益少而损者多。"③希望以此来激励许进秉正不阿,不为瑾等所屈。但事后据说"诸尊贵恶,顾嗛何君(案,指何景明)",这使他一下子陷入有可能招致刘瑾等人报复的困境。为了避免不测之祸,正德三年(1508),何景明自中书舍人任上谢病告归,然时因"瑾尽举免诸在告者"④,还是终遭免职。与此同时,另一位七子成员王廷相则于正德三年(1508)由兵科给事中谪判亳州,原因据说也是

---

① 《明史》卷一百八十一《刘健传》,第十六册,第4817页。
② 孟洋《中顺大夫陕西按察司提学副使何君墓志铭》,《孟有涯集》卷十七。
③ 《上许太宰书》,《大复集》卷三十二,影印文渊阁《四库全书》本,台湾商务印书馆1986年版。
④ 孟洋《中顺大夫陕西按察司提学副使何君墓志铭》,《孟有涯集》卷十七。

"刘瑾中以罪"①。同年十月，前七子集团中的重要成员何瑭以抗直而于瑾不为礼，由翰林院修撰谪为开封府同知，不久致仕。正德四年(1509)，崔铣也因为在以翰林编修预修明孝宗实录期间，与同官见瑾不礼，由是忤之，书成出为南京吏部主事。

　　对于七子中的康海、王九思来说，虽然他们并没有像李、何等人那样，在刘瑾擅权秉政期间成为直接的受害者，甚至像康海还曾受到刘瑾的礼遇，是以当初左国玉专门托他向瑾求情以释李梦阳之狱②。但正是这种幸运恰恰演变成了后来的厄运。正德五年(1510)八月，刘瑾下狱被诛，接踵而来的则是朝廷全面整治瑾党的行动，康海、王九思都被列名瑾党之榜，受到这一次整治行动的正面冲击。结果时正在家为母守丧的康海遭削籍除名，王九思则由吏部郎中谪为寿州同知，次年又因谏官"奏除瑾党塞天变"③，不得不致仕归里，实际上成为深受这场政治变故牵累的牺牲品。

　　非但如此，就在正德二年(1507)至三年(1508)，身为前七子集团引领者的李、何二子政治命运发生变化的前后，该集团中其他多位成员也因为各种缘故离开了京师。如正德元年(1506)二月，徐祯卿已离京赴任湖南纂修。三年(1508)冬，康海因母去世，扶其灵柩返回故里。四年(1509)，边贡自太常丞迁卫辉府知府。五年(1510)，顾璘出任开封府知府。

　　前七子文学集团中的不少核心与重要成员，因为受到政治事件的牵连和其他原因先后离京，这与当初诸子汇聚京师、加入复古盟营旺热而兴盛的情形，显然形成强烈的反差，他们在京的唱酬交往活动，由于多位成员的离散，自然一时难以维持，互相间的联络，因为离散也难免造成一定的阻碍。但要说对诸子文学活动造成消极影响的，还不单单是此时地域意义上的彼此散居分隔，还有正德之初肃森严酷的政治气氛给他们带来的精神创伤，后者的影响恐怕更为深切。而事实上，这也是其时文人士子所普遍呈现出的一种精神面貌，崔铣在《百泉书院重修记》中这样指出：

---

① 《明史》卷一百九十四《王廷相传》，第十七册，第 5154 页。
② 李梦阳《左舜钦墓志铭》："前余罹首祸黜还，寻被钩织，械系北行。厥势雷轰山崩，人人自保窜匿，若将之。舜钦独力疾从。……盖是时瑾ани威炽矣，顾颇独礼修撰康海，敬之。于是舜钦为书上康子，累数十百言，其大要有四：言瑾持天下衡，必不以私怨杀人，一；又为天下惜才，必不忍杀李子，二；又康子必匡瑾以古大臣之业，三；又康、李义交也，即为之死诤不为过，四。康子为敛容谢焉。"（《空同先生集》卷四十三）
③ 王九思《妻赠孺人赵氏继室封孺人张氏合葬墓志铭》，《渼陂集》卷十五。

> 昔弘治中，士尚文畏义，有司重学，文章炳然可诵述矣。正德初，即遭刘瑾之虐，威劫贿成，士气索索。①

他敏锐地察觉出，正德之初由于刘瑾等对于士人的任意摧折，使他们与弘治中相比，精神状态发生了明显的变化，已经形成一种恐惧不安的普遍心理。对于七子集团成员来说，同样也不例外，李梦阳《朝正倡和诗跋》在对比"诗倡和莫盛于弘治"的情形时，曾大有一番感慨，其曰：

> 自正德丁卯之变，缙绅罹惨毒之祸，于是士始皆以言为讳，重足累息，而前诸倡和者，亦各飘然萍梗散矣。②

前之诸相与唱和者所以"飘然萍梗散矣"，其中一个不能忽视的原因，显与当时"士始皆以言为讳，重足累息"的忧惕抑郁的精神状态不无关系，而这一切，则又应归结到自正德以来刘瑾等人所制造出的令人窒息的政治氛围。李梦阳这里所说的"正德丁卯之变"，指正德二年（1507）丁卯昭示所谓"奸党"的事件，这是一起震动当时朝中而给士人心理带来严重消极影响的重大政治变故。此年的三月，纷遭众人弹劾的刘瑾，决定采取直接报复和主动反击的手段，以捍卫自身利益，时召群臣跪金水桥南，宣示所谓奸党名单，当时所列出的诸人员，遍及"大臣"、"尚书"、"部曹"、"词臣"、"言路"各职，共计五十三人，榜示朝堂，起初力主除去瑾等"八虎"的如内阁大学士刘健、谢迁，户部尚书韩文，郎中李梦阳等人皆在列。从整个事件的发生和布置来看，毫无疑问，这一场涉及各级官员的大范围清除行动，称得上是一次极富针对性和目的性的行动，清算的重点对象是刘瑾眼中异己分子或对他构成威胁的各种势力，而主要目的，除了拔除遗留在朝中的异己和威胁力量，还重在"宣戒群臣"③，向在朝的文人官员群体直接发出强烈而明确的警戒信号。应该说，刘瑾的这次行动，对士人所产生的震慑作用是显而易见的，事后留给他们的记忆也是深刻的，康海《送东冈子序》即描述道："岁

---

① 《洹词》卷三。
② 《空同先生集》卷五十八。
③ 《明史》卷十六《武宗本纪》，第二册，第 201 页。

自丁卯以来，权臣以刑威持国，天下沸然不能安。"①当然，较之康海，作为这起政治变故的亲身经历者之一，李梦阳如上《朝正倡和诗跋》所记，自是更有一番真切而无法忘却的自我体验包含其中，也明白揭出了尤其自正德二年(1507)以来诸子文学活动趋向消沉的一大根本原因。

第三节　京师盟社的重开及唱酬活动的回复

大约从正德六年(1511)开始，诸子在京师重开文学盟社，相关的唱酬活动呈现出回复的迹象。

这一年的冬天，前七子文学集团核心人物之一的何景明，在经历了受刘瑾政治事件影响被迫谢病告归乃至遭免职之后，由于李东阳的推荐，复授中书舍人之职，值内阁制敕房，时隔四年重新回到了京师。他也因此成为此际诸子在京开展文学活动的一位组织和领导者，特别是在李梦阳已离京的情况下，扮演起独当一面的重要角色，京师地区的盟社得以重新开辟。尤自弘治十一年(1498)以来，随着前七子在文坛的崛兴与围绕他们而具有相当规模的文学集团的形成，以及诗文复古活动的倡起，作为其中的一位中坚分子，何景明的文学声名在文人学士圈子中日见显著，其时重新回到京师任职，且以组织和领导者的身份主持诸子盟社，备受时人瞩目，其结纳益广，深为四方文学之士所景仰，"时四方学士咸愿知何君，车马填门巷，即元老巨卿，无不欲出门下"②。

正德五年(1510)以来，随着刘瑾政治势力的倒台，另有一些原先因为触犯刘瑾而遭贬官或免职的七子集团成员，至是也相继复官，有的则重新回京师就职，这也使他们有较多机会聚集同志，切磋文业，杯酒唱酬。最值得一提的是崔铣，刘瑾败后，他由南京吏部主事再度赴京担任翰林院编修，得以和回京复职的何景明重聚。应崔氏之请，何景明此际为他作《崔生行》一诗，其中称："感君恋故有绨袍，吐胆倾心共杯酒。"③可以想见，昔时的盟友再度聚处，自然多了一种

---

① 《对山集》卷十二。
② 孟洋《中顺大夫陕西按察司提学副使何君墓志铭》，《孟有涯集》卷十七。
③ 《大复集》卷十三。

离别之后得以重逢的感慨,重叙旧谊,谈吐依然如此投机,而往日结下的厚谊,无疑是二人过从交往的一条联结纽带,崔氏也因此偕从何景明,成为当时七子集团在京从事文学活动的重要一员。

这一时期与何景明等人交往的昔日重要盟友当中,可以注意的,还有如徐缙、郑善夫等人。缙于弘治十八年(1505)中进士后即选为庶吉士,授翰林院编修,此时尚在任上,故便于他和何景明等同志过往唱和(参见以下所引何《李大夫行》一诗)。至于郑善夫,弘治十八年(1505)进士中第后,正德改元,入选纂修苏、松、常、镇实录,随连遭父母之丧,至六年(1511)十一月,授户部广西清吏司主事,八年(1513)七月,因养病自京返乡。九年(1514),善夫年届三十①,该年前后,何景明曾为他作《少谷子行》②,其中谓"少谷子在武夷之山,二十抱策扣燕关","竭来京华始一识,意气形神两相得",则善夫在正德六年(1511)除户部主事后,在京师当与何景明有过一段交往。

不仅如此,在此期间,也有一些志同道合的新成员,相继来同何景明等人交往,或参与此时京师的盟社活动,如祥符田汝耔、柳州戴钦、亳州薛蕙、祥符李濂等,即为其中的活跃人物。

田汝耔,字勤父。弘治十八年(1505)中进士,旋以忧归。正德三年(1508)服除,授行人,次年迁刑科给事中。后除江西提学佥事,仕至湖广按察副使。为人"博闻善辞",且"饬操检",时朝纪紊乱,官惟附权润己,其独"挺立其间,绝请谒,攻词赋",又"雅好秦汉诸家书"。此时在京特别与何景明、崔铣二人建立了密切关系,每每过往,"浮白吟诗"③,相与酬唱。何景明为崔铣作《崔生行》诗,声称"我到长安访交友,子与河内犹相厚"④,其中的"河内"即指田氏,也可见他与何、崔二人交谊之深厚。

戴钦,字时亮。正德九年(1514)中进士,除刑部主事,历郎中。少聪颖绝人,读书过目辄成诵。中乡试后,其诗即有佳句为远近传诵。为诗与文,人称"清新丽则,有天然之趣,徐迪功以下不论也"⑤。李濂有《观政集》,乃其正德十

---

① 据林钺《明南京吏部验封司郎中郑少谷先生墓碑》(《郑少谷先生全集》卷首),郑善夫生成化二十一年,至正德九年年三十。
② 《少谷子行》:"只今妙年始三十,辞官读书志何逸。"(《大复集》卷十三)
③ 崔铣《按察副使水南田君墓志铭》,《洹词》卷十。
④ 《大复集》卷十三。
⑤ 汪森《粤西丛载》卷六《戴钦》,影印文渊阁《四库全书》本,台湾商务印书馆1986年版。

年(1515)在京观政时所作,故以为名。集中有《同时亮过大复》、《冬夜过戴子同何大复》诗。检何景明《大复集》,也有《赠时亮》、《冬夜过饮戴时亮进士》、《李川甫、戴时亮二子过访》、《送戴进士时亮》诸诗①。知钦进士中第后与何景明等人交往较为频繁。

薛蕙,字君采,号西原居士,更号大宁斋居士。正德九年(1514)登进士第,除刑部主事。因谏武宗南巡,受杖夺俸,旋引疾归。起故官,改吏部,历考功郎中。其在正德三年(1508)已结识前七子之一的王廷相,并得到了他的教导,时廷相谪判亳州,"识薛蕙于稠人中,亲授以成其学"②,对他赞赏有加,以为"可继何、李"③。又有诗称:"后来谁擅六朝奇,君采分明别缀词。不与豪贤争气格,只将婉雅作人师。"④蕙也当自考中进士后,开始追随何景明等人(参见以下所引何《李大夫行》一诗)。景明曾作有《赠君采效何逊作四首》诗,其二曰:"平生寡所谐,与子中邂逅。宴语殊未厌,弦柱促离奏。目断川上云,念攒天边岫。河山邈以绵,伫立阻欢靓。"⑤倾了与薛蕙别离后的牵念之情,知二人曾经相得欢甚,结下了不浅的交情。而在京师期间,彼此过往较密,时为之赋诗唱和,何景明《大复集》中录有《过君采次韵二首》、《世其宅夜集同君采作,限难字》、《晚过君采次韵》、《夜过君采》诸诗⑥,即作于此际。

在这一些来与何景明诸子交往或参与盟社的新成员当中,特别值得一提的是李濂。濂字川父,正德八年(1513)举乡试第一,明年成进士。授沔阳知州,稍迁宁波同治,擢山西按察司佥事。嘉靖五年(1526),以大计免归。年稍长即攻古文词,弗好科举程文,至弃置不为,与里中一同肄习黉舍的陈宋、左国玑等十人结为文字之友,人称十才子,"乃相与订约程书,读五经正文暨迁、固、庄、荀、《骚》、《选》诸籍,夕会则各献所得评骘焉,凡里生所珍秘程试讲贯等编,皆深恶之,绝不置诸几上",又"暇日则挈酒登古台,歌啸竟日,分韵赋诗为乐"⑦,已与独好古文词的同道时时酬唱品评,对于习学古典诗文表现出极大的兴趣和热情。

---

① 分别见《大复集》卷十、卷十九、卷二十、卷二十一、卷二十七。
② 张卤《少保王肃敏公传》,《王氏家藏集》卷首,明嘉靖刻本。
③ 《列朝诗集小传》丙集《薛郎中蕙》,上册,第324页。
④ 《遣兴十首》六,《内台集》卷二,明嘉靖刻本。
⑤ 《大复集》卷十。
⑥ 分别见《大复集》卷二十、卷二十六。
⑦ 李濂《送陈国仁序》,《嵩渚文集》卷六十六。

或从豪隽联骑出城,驰昔人旧走马地,又慨然钦慕信陵君、侯生之为人,感时发愤,而平生志概时见诸怀古之篇。正德二年(1507)元夕,李濂偶作《理情赋》,为友人左国玘持去,时被夺官回到开封故里的李梦阳在左氏寓舍一见此赋,大为叹赏,称之为"逸才",以为"其扬、马之俦乎"①?遂亲自登门访濂,与之"忘年缔交,多倡和之篇"②。居无何,杨一清以都御史督马政,过汴入关,李梦阳时以弟子修谒,杨探问中土人才,梦阳即以濂相对,其赏识之意可见一斑。濂之声名由此而起,也自是开始了他和前七子成员的正式交往。不过,要说他在真正意义上成为活跃在诸子盟社中的重要一员,还始自其正德九年(1514)春登进士第以后,当时他同在京的何景明、崔铣一起曾约为"文字之会",朝夕过从,可谓与之相处最密切,交流最频繁,濂在《蔡石冈诗集序》一文中即记曰:

> 正德初,吾乡人之宦于京师者最号多文学之士,若翰林编修柏斋何公粹夫、洹野崔公仲凫、给事中石冈蔡公成之、柳泉马公敬臣、水南田公勤父、监察御史浚川王公子衡、无涯孟公望之,中书舍人大复何公仲默,皆中州之产也。诸子虽俱以文学著名,而各擅所长,柏斋谈名理,浚川讲经制,洹野雄于文,大复工于诗,而蔡、马、田、孟四子,咸敷藻艺林,步趋《骚》《雅》,金春玉应,并称能言,杯酒倡酬,殆无虚日,盖一时之盛云。癸酉冬,余以计偕上京师。明年甲戌春,登进士第。时诸子或外迁,或远谪,业已散去,惟洹野、大复在朝籍。余三人者,乃相约为文字之会,道艺切劘,篇章启发。退朝之暇,无集不偕。追忆曩时同乡胥晤之盛,虽不可复得,而朝夕过从,亦差足以慰离索、豁旅抱已。③

除了彼此之间趣味与意气相投的因素,还有早些时候已获交李梦阳而正式接触前七子成员的缘故,当然,更源自一层浓重的乡邦情结,这使李濂是时在京遇识同为梦阳盟友的何、崔二子,格外易于融合,由上序所记,其与何、崔之间的契洽,以及对切磋文艺的投入,约略可见。无论如何,李濂作为一位新入盟的成

---

① 张时彻《嵩渚文集序》,《嵩渚文集》卷首。
② 李濂《未第稿序》,《嵩渚文集》卷五十七。
③ 《嵩渚文集》卷五十五。

员,他的到来,对于偕同何景明等人在这一时候重新开辟京师盟社,振兴人气,乃至于帮助走出尤其自从正德二年(1507)以来诸子文学活动所陷入的低谷,发挥着不应忽视的作用。

京师素来是一个文人会聚、文学活动高度集中和信息畅通的区域。虽说是时由何景明等人在京师重开的文学盟社,无论在规模上还是声势上,一时难现当初弘治年间的盛况,不过,此举本身的重要意义仍是不言而喻的。它意味着,其时以何景明为主将的诸子阵营,在继弘治之后,再度突进作为文学中心地带的京师地区,占据重要的一席领地,以复古号召天下,不仅接续前一时期在京创辟的文学格局,而且有利于在此基础上藉助京师这一地区传播渠道丰富的特殊性,进一步扩展他们的文学影响。事实上,这时的京师再度成为诸子互相聚集开展谈艺论道的一个重要活动据点。他们中间,除了居处在京者之外,一些因职事之便而入京者,则亦不忘借机来与同道契友聚会游偕,商榷文艺,诗酒赓和,乐此不疲,不啻重温和增进了彼此之间的情谊,也因此活跃了社集活动的气氛,传播了文学上的影响。比如,正德五年(1510),顾璘出任开封府知府,岁末以朝觐入京,曾与同志相聚唱酬,遂有"朝正倡和之诗"[①]。正德十一年(1516),李濂出守沔阳知州,十二年(1517)正月又因入觐至京,而此时任汶上知县的孟洋也以职事来到都下,于是他们与在京邸的何景明、崔铣、薛蕙等人一起,重新组织"文字之会","杯酒赓和,朝夕胥晤",偕处甚欢。迨孟洋返归,又各有赠诗,表达"慕义伤离"之情,并结成诗卷,题曰《河风》[②],后李濂为撰序,成为一时盛事。

应该注意到的一个现象,随着刘瑾政治势力的瓦解,以及正德之初以来紧张政治气氛的缓和,文人学士的精神面貌正在相应发生某些变化,他们在高压环境底下形成的抑郁与恐惧心理多少得以释解,"于是海内之士复矫矫吐气"[③]。对于七子集团的成员来说也如此,政治氛围的改变,同样影响着他们的精神状态,多少令其从一种失落、惊怵与忧愤心理之中逐渐超脱出来,重振心志,投入他们曾经倾注极大心力的复古事业。何景明此际为李濂所作的《李大

[①] 李梦阳《朝正倡和诗跋》,《空同先生集》卷五十八。
[②] 李濂《河风序》,《嵩渚文集》卷五十五。
[③] 李梦阳《朝正倡和诗跋》,《空同先生集》卷五十八。

夫行》一诗,其中这样写道:

> 十年流落失边李,词场寂寞希篇翰。自从去岁得李薛,令我倡叹增颜色。对坐相看两凤毛,破围贯籍千军力。安阳崔史文绝伦,意气颇与二子亲。苏台徐卿爱才者,曲巷往往停车轮。斯文在天未坠地,我辈努力追前人。波颓澜倒挽一发,鲸翻鳌掷争嶙峋。①

诗中提到的"李薛"、"安阳崔史"、"苏台徐卿",即分别指当时与何景明酬和交往密切和参与京师盟社活动的李濂、薛蕙、崔铣及徐缙。对于这时能同诸文友往还唱酬,切劘文艺,以一振诸子昔日擅步词场的声势,作为弘治年间前七子诗文复古活动主倡者之一的何景明,显然还是难以掩饰内心欣然与振奋的情绪。"斯文在天未坠地,我辈努力追前人"云云,不啻是对振兴复古事业充满自信心态的一种流露,也是诗人要求自己与同道戮力进取的一番激励之言。可以说,自从得势一时的刘瑾势力垮台之后,随着政治气氛的相对缓解,尤其是那些曾在政治上受到刘瑾等人打击报复的七子集团成员的境遇趋于改善,他们的精神创伤在某种程度上得以愈合,失落与忧郁的内心世界稍稍获得平复,重新激发起投向复古事业的一片信心和热情。

正德十三年(1518),何景明升任陕西按察司提学副使。先前一年,崔铣也谢病去官,正德十四年(1519)冬,他虽曾一度北上京师供职,然次年春又因母丧返乡。随着何、崔等盟社活动重要的组织者和参与者的相继离京,这一时期的京师盟社活动也遂告一段落。

第四节 中原与关中故里交游圈及活动重心的确立

较之何景明等人在京师重开复古盟社、推展诸子的文学活动,前七子成员中李梦阳、康海、王九思等人,自正德前期以来,主要各自活动在中原与关中故里,尽管他们遭遇该时期政治风波的前后冲击,精神上受到不同程度的摧折,乃

---

① 《大复集》卷十三。

至因此给其文学活动带来消极影响,但他们有意振兴复古、企望改变当下文坛气象的心志则从未消泯。特别是伴随刘瑾势力的瓦解,政治气氛有所缓和,加上个人心态逐步得以调整,他们开始以更为积极的姿态,利用不同的机会和方式,联络和结交同志,继续展开诗文唱酬与交往活动。

李梦阳自正德二年(1507)遭夺官后,曾于正德六年(1511)五月出任江西提学副使,至正德九年(1514)秋则被劾以"陵轹同列,挟制上官"[1],落职闲住,自此直至嘉靖八年(1529)去世,都生活在家乡开封。康海自正德五年(1510)被列名瑾党削籍为民后,居处武功老家,再也没有出仕。王九思正德五年(1510)谪为寿州同知,第二年冬致仕,七年(1512)六月正式回到故里鄠县,以后也再未出仕。这至少在客观上令他们有更多的时间集中在中原与关中故里活动,构织各自文学交游圈,七子集团后期的活动重心,也由此逐渐移向了中原与关中一带地区。

由他们具体活动的情形察之,首先,昔日相识结交、一起唱和与切磨的经历,自然成为他们联络感情和交流艺道的重要基础,故当其各自返归中原与关中故里后,彼此之间及与其他故交之间,仍然保持较为密切的联系。不妨胪列数则,来看看他们的一些交往情况。以李梦阳为例,其当时就与何景明、康海、边贡、徐缙、顾璘、李濂等旧友及兄李孟和、妻弟左国玑联系较密,或以诗作酬和,或有书信往来,或借便相聚一叙情谊。如正德三年(1508)李梦阳被逮系狱,何景明有诗寄怀,对盟友"神龙在泥淖,朱凤日摧颓"[2]的不幸遭遇深表同情,致以慰存之意,梦阳出狱后,因为之赋《答何子问讯三首》诗相酬,且对当时罢职家居的何景明传达真挚关切之情[3]。正德五年(1510)康海落职之后,李梦阳也曾赋《寄康修撰海二首》诗慰问之,其中不由慨叹"鸡食鸾凤饥,蛾眉逸妒深","欲往河无梁,念子忽如迷"[4],于挚友遭遇发抒内心强烈不平之意,也一诉深切思念之情。正德六年(1511),徐祯卿在京师去世,其契友徐缙以讣相告,后又以其《徐迪功集》六卷及《谈艺录》寄示,李梦阳遂受命序之,为之鼓吹推介,并刊刻其集,"印传同好,意表迪功文云"[5]。正德九年(1514),边贡以按察副使提学河南,

---

[1] 《明史》卷二百八十六《李梦阳传》,第二十四册,第7347页。
[2] 《怀李献吉二首》其二,《大复集》卷十六。
[3] 诗见《空同先生集》卷二十四。
[4] 《空同先生集》卷九。
[5] 《徐迪功集序》,《空同先生集》卷五十一。

曾造访李梦阳,其间梦阳屡以诗为柬,忆旧叙心,邀贡聚会相游①。再来看康海、王九思,他们自回到故里之后,以居地相近,趣味相合,互相交往变得更为频繁,"沜东、鄠杜之间,相与过从谈宴,征歌度曲,以相娱乐"②,与其旧交如马理、段炅、何瑭、马应祥、杨武等人亦过往甚密。与此同时,一些在当地任职或中途经过的七子集团成员,也不失时机地利用各种便利的机会,来和他们联络偕游。正德七年(1512)前后,王廷相以监察御史巡按陕西,曾与康海一同游处,又以文集《浚川稿》九卷相示,海因为之撰序推介。正德八年(1513),正在陕西按察司提学副使任上的朱应登又前来探访,与康海一起在其浒西山庄诗酒唱酬,海时所赋诗以"义厚情自叶,道合契滋深"③,极写故友来访,相处情洽。

这里,还特别应该提及的是何景明,他于正德十三年(1518)升任陕西按察司提学副使,十六年(1521)六月因病弃官返回故乡河南信阳,八月在家病逝。这意味着在生命的最后几年,他的仕宦足迹从京师移向了关中一带。随着他此次的转迁,其活动的范围也更集中在这一地区。何景明的到来,有利于充实七子集团在该地区的组织和领导力量,进一步宣传文学主张,活跃文学交流的气氛。在督学关中期间,他即作学约教导诸生研习古文,以探究"古人作述之意"④,教人所谓"以德行道谊为先,以秦汉文为法"⑤,不忘继续推行他的复古主张。自此之外,他还利用职事的方便屡次过从康海、王九思等故友,一同唱和游乐。正德十五年(1520)三月,何景明校士于鄠杜,暇日即偕康、王等人游览终南山诸胜处,据席畅饮,以诗相与唱和。既又过访康海新建的彭蘦别业,赋诗酬唱。在此期间,他同康海之间的来往尤繁,曾数度借公事之便前往探访,还"出其所论著,凡数万言"⑥,与对方一起商讨论评。这样接触交往的意义,除了密切互相之间的感情,更重要的则是有益于他们加深文学上的沟通。

伴随交往的继续与交流的加深,对于一些重要而具体文学问题的探讨也在相应深入,甚至因此而发生激烈的论争。在这一方面,身为核心人物的李梦阳

---

① 如《乙亥元日柬台省何、边二使君,边病卧久》、《乙亥元夕忆旧柬边子卧病不会》,《空同先生集》卷三十三。
② 《列朝诗集小传》丙集《王寿州九思》,上册,第314页至315页。
③ 《于浒西别业同承裕升之作》,《对山集》卷一。
④ 何景明《学约古文序》,《大复集》卷三十二。
⑤ 《陕西通志》何景明传记,《大复集》卷末附,影印文渊阁《四库全书》本。
⑥ 康海《何仲默集序》,《对山集》卷十三。

与何景明,在正德十年(1515)或稍后就展开过一场直言不讳的文学交锋[①],乃至其成为七子集团内部的一起重要事件,也成为文学史上常为人们所谈议的一大论题。此次交锋,首先是由李梦阳不满何景明诗歌写作引发的,以为其"有乖于先法",因劝对方"改玉趋",然结果不但未能说服何景明,反而引起对方激烈的争辩,双方书信往来,你辩我答,互相驳难。关于李、何之争的具体意见,我们将在后面相关章节中加以讨论,这里,仅由此次文学论争的大体情形评析之,它至少说明了如下问题:第一,双方辩驳的焦点,主要围绕如何掌握古人之"法"这一核心问题而展开,这也牵涉学习古典诗文过程中的一大根本性问题。虽然李、何在互相指责对方作品缺失和申明自己观点上,间或有些意气用事,但总体上未越出文学问题讨论的范围而陷入人身攻击的泥淖,应该说,其论辩的主观态度还是相对理性与平和的,这也基本体现了此次文学交锋的一种纯粹性。第二,作为七子集团中处于领导地位者,李、何二人在考虑他们极力倡扬的这一场诗文复古活动的着力点和发展出路时,站在维护自身营垒文学影响的立场,势必更为敏锐地在意关乎复古的一些原则性问题,如何认知和把握古法,无疑是其中必须面对的一大重点,所以双方都十分重视。当李梦阳读到何氏诗篇,认为"于法焉蔑矣",不合"先法"[②],"近作"更是"若抟沙弄泥,散而不莹,又粗者弗雅也"[③],其问题非同一般,于是无暇顾及文友的情面,直接予以揭出。何景明则不但固守自己对如何学"法"的理解,即"法同则语不必同",所谓"推类极变,开其未发,泯其拟议之迹,以成神圣之功",而且针锋相对地反责李梦阳一味拘泥古法,"独守尺寸"[④],不见丝毫让步。在二人看来,合理对待学"法",涉及怎样真正把握复古原则的大是大非问题,需分外明确,难怪李梦阳在致山阴周祚的《答

[①] 关于李、何之争发生的时间,简锦松《从李梦阳诗集检验其复古思想之真实义》一文以为应在正德十年七月中旬以后至正德十一年之间,其主要依据是李梦阳《再与何氏书》提及何景明月蚀诗"妖遮赤道行"句(该诗即五律《六月望月食》,见《大复集》卷二十二),诗为何氏在京时作,遍查其在京的各个年份,只有一次月食时间恰为六月望日,又查 Canon of Solar and Lunar Eclipses, by Oppolzer(奥泊尔子《日食月食表》),知此次月食时间在西历 1515 年七月二十五日,农历正德十年(1515)六月十五日,时李、何二人一在大梁,一在京师,若以诗篇传播时间计算,则李梦阳见到此诗并作评论的时间不会早于七月中旬(见王瑷玲主编《明清文学与思想中之主体意识与社会·文学篇(上)》,第 97 页至 99 页,台湾中研院中国文哲研究所 2004 年版)。简文推断大致可信,惟李梦阳《再与何氏书》作于其《驳何氏论文书》和何景明《与李空同论诗书》后,如是李、何之争或在正德十年七月之前已发生,然当距离梦阳作《再与何氏书》时间不远,故定在正德十年或稍后似更为恰切。

[②] 《驳何氏论文书》,《空同先生集》卷六十一。
[③] 《再与何氏书》,《空同先生集》卷六十一。
[④] 《与李空同论诗书》,《大复集》卷三十。

周子书》中,慨叹时人之作不讲古法,以为"今其流传之辞,如抟沙弄螭,涣无纪律,古之所云开阖照应、倒插顿挫者,一切废之矣",因"窃忧之"①。就此而言,李、何之间的这一场辩驳,在某种意义上,与其说是各自嗜好和意气的较量,不如说他们重在围绕复古基本原则的问题而展开互不让步的争议,希望藉此阐明自己的立场。第三,比较李、何在论辩中对于学习古法的具体表述,一主"以我之情,述今之事,尺寸古法,罔袭其辞"②,一主"拟议以成其变化","领会神情","不仿形迹"③,难掩彼此的分歧,双方最终也未能妥协以调和之。撇开其中的是非优劣不论,这种互不避忌的争辩,多少也表明诸子内部形成的相对活跃的研磨商榷气氛。同时应该看到,李、何作为弘治间诗文复古活动的主要发起者和经历者,他们通过前一时期具体的文学实践,当已具有切身的体验,除却某些意气因素,双方在这场论争中所陈述的识见,也可以说是建筑在前此具体实践基础上酝酿多时而关乎复古原则的一种相对成熟和深化的认知,或者说,也不失为他们各自基于文学实践活动而作出的一种经验归结,尽管互相是以论争的这一特殊方式来诠释有关问题的。

除了故友之间以不同方式互通声气、交往不断之外,这一时期,尤其是居于故里的李梦阳、康海、王九思,也先后结识一批新的文友,围绕他们形成了新的文学交游圈。这些新交游的归附,对于七子集团在中原与关中一带地区进一步巩固营盘,扩展势力,传播它的文学影响,乃至于令诸子文学活动重心逐渐向该地区转移,同样起着不应低估的作用。

这些交游之中有较大一部分为中原与关中本地人,像祥符田汝耔、高叔嗣、李瑮,信阳樊鹏,长安张治道,华州张潜,高陵吕柟,河内王旸,朝邑韩邦靖等人即是。其中田、高、李三人游于李梦阳门下。二张及吕、王、韩诸人则和康海、王九思关系尤为亲密,时常游宴酬和,或有诗书互相传递。樊鹏早年已师事何景明,"好读书,慕古昔"④,的为一名好古之士。而在此际又与康海相识,曾致信对方与之论诗,提出"古诗汉魏尚矣","其五七言近体及歌行、排律之类","循其正轨,造堂入室,皆莫过于初唐",又以为"初唐诗如池塘春草,又如未放之花,含蓄

---

① 《空同先生集》卷六十一。
② 《驳何氏论文书》,《空同先生集》卷六十一。
③ 《与李空同论诗书》,《大复集》卷三十。
④ 《樊懋昭墓志铭》,《大复集》卷三十五。

浑厚,生意勃勃"①,主张古体以汉魏为尚,近体以初唐为宗。康海曾自言"昔在词林,读历代诗,汉魏以降,顾独悦初唐焉",在诗歌取法倾向上,有与樊氏相合拍的一面。所以,很自然对他的论诗主张和诗作十分欣赏,以善于学古视之,如嘉靖十五年(1536)序其诗集,称樊"学初唐而得初唐,学汉魏而得汉魏,学古君子使皆如少南(案,樊鹏字),斯可以为我有明之盛矣",甚至因此许之为"豪杰之才"②,对他本人学汉魏、初唐所得给予认肯,其自不同于一般漫然酬应之辞。

除此之外,新交游当中还有一些属于非本地人士,他们曾经不同程度地受到前七子的文学影响,对诸子所为怀有浓厚的兴趣,有意与之接触,或师从受业,或相交过往,融入他们的文学交游圈。特别如吴县黄省曾、袁裘,山阴周祚,歙县程诰,直隶永平卫王翀等人,与诸子联系尤为密切。嘉靖之初,黄、周二人因仰慕李梦阳,分别致书对方,愿称弟子,受教于门下,成为当时吴、越两地文士中与李梦阳接触最为紧密者,人遂称"南方之士,北学于空同者,越则天保(案,周祚字),吴则黄省曾也"③。程诰从游于李梦阳,交往也较密,多有酬和。嘉靖七年(1528),袁裘出使开封,慕名投书并拜访李梦阳,与之相见甚欢,谈宴累日夜,梦阳为赋《相逢行》赠之,诗其中称"道同心乃冥,神投谊难乖。古人重良契,岂必声影偕"④,叙写了互相情趣之投合。而至于王翀,在嘉靖之初始得以时常过从康海、王九思等人,"谈古今之谊,讲当世之务",又"兴发则援笔赋诗"⑤,彼此谈榷沟通频繁,相处感情也比较融洽。

值得一提的是,特别在李梦阳的周围,当时还聚集了多位身份较为特殊的商贾之友,如歙县的鲍弼、鲍辅、郑作、佘育等即是,他们均时在开封一带从事经商活动。这些商者中间,有的嗜好文学且具有一定的素养,共通的文学趣味成为李梦阳与之建立交往关系的某种基础。像郑作、佘育二人都工于诗,李梦阳曾为郑作《方山子集》作序,其曰:"其为诗才敏兴速,援笔辄成。人难之曰:'汝诗能十乎?'郑生辄十;'汝能二十乎?'郑生辄又十。然率易弗精也。空同子每

---

① 《与康对山论诗书》,《樊氏集》卷九,明嘉靖刻本。
② 《樊子少南诗集序》,《对山集》卷十三。
③ 《列朝诗集小传》丙集《周给事祚》,上册,第320页。
④ 《相逢行赠袁永之》,《空同先生集》卷二十二。
⑤ 张治道《少陵别业记》,《嘉靖集》卷七。

抑之,曰:'不精不取。'郑生乃即兀坐沉思,炼句证体,亦往往入格。"①李梦阳也曾为佘育作《潜虬山人记》,其又曰:"山人(案,指佘育)商宋、梁时,犹学宋人诗。会李子客梁,谓之曰:'宋无诗。'山人于是遂弃宋而学唐。……山人尝以其诗视李子,李子曰:'夫诗有七难:格古、调逸、气舒、句浑、音圆、思冲、情以发之。七者备而后诗昌也,然非色弗神。宋人遗兹矣,故曰无诗。'"②表明他们与李梦阳之间不乏文学方面的切磋交流,二人特别在诗歌具体作法,包括取法目标的选择上,曾分别得到过梦阳的亲自指点,于其学古旨趣的有所染,这在无形之中也拉近了双方间的距离。不以商者身份鄙视之,多少彰显了李梦阳本人在交友上不苟随流俗的独特个性,而这些商贾来游,相对增加了李梦阳等人文学交游圈社会身份构成的多样性,尤其是他们身上特有的商者世俗气质,也给交游圈注入了某种新的文化活力。

在这时的诸子文学交游圈中,有两位人物特别值得注意,即张治道和黄省曾。他们不仅与李梦阳、康海、王九思这些前七子核心成员的关系异常紧密,尤为李梦阳诸人所赏识,而且怀揣强烈的学古志向,在游从诸子和传导其文学影响过程中,态度更为积极,同时也逐渐显露其不俗的文学才华及在文坛一定的影响力,在某种意义上,成为此际接武诸子重要的后继力量。

张治道,字孟独,一字时彻,号太微。正德九年(1514)中进士,授长垣令。擢刑部主事,与部僚薛蕙、刘储秀、胡侍并以诗名都下,号西翰林。梦其母病,乃上疏引疾归,遂不复仕,一意读书为文章。正德七年(1512)前后,他与康海结交③,自此"与康德涵、王敬夫遨游中南鄠杜间,唱和无虚日"④,"其遨游山水,讨论文艺,未始一月无者"⑤,平日尤与康、王二子往来频繁,交情契厚,犹如他后来在悼念王九思的《哭渼陂》诗中所追忆的:"讵忆一朝生死别,空怀前日往来频。知音早岁情何厚,交契忘年意更真。"(三)⑥张氏于诗文力主学古,注重兼容并取,以诗歌为例,他在集中表达其诗学观点的那篇《答友人论诗

---

① 《方山子集序》,《空同先生集》卷五十。
② 《空同先生集》卷四十七。
③ 张治道《祭对山文》云:"维嘉靖二十年岁次辛丑……余与先生交三十年矣。"(《太微后集》卷四)则其交康海当在是年前后。参见韩结根《康海年谱》,第125页。
④ 《列朝诗集小传》丙集《张主事治道》,上册,第318页。
⑤ 张治道《对山先生集序》,《太微后集》卷四。
⑥ 《嘉靖集》卷五。

书》中自称:"粗仿古人,妙契前代。年岁既久,篇简成集。词旨虽乖,精神备具。汉魏、六朝齐驱,李杜、初唐杂用。至于探《骚》、《雅》之源,求风人之旨,户牖齐开,群体毕归。中间间有出入前辈、自挈绳墨者,规矩虽离,方圆靡谬,比之古人,亦不多让。"①说明他既注意仿学古人,又讲究"齐驱"、"杂用",不限一途,不拘泥成规,倾向于"精神"汲取,力求"妙契前代"。因为不但多得古作神韵,且在仿古的同时又能自成面目,所以其诗文深受康、王等人的认肯。如康海称他"文同陆、贾,诗逼曹、刘"②。王九思评议其作品,以为其诗"宛然汉魏盛唐之音响也,然未尝掇其句",其文"宛然先秦两汉之风气也,然未尝泥其故",能够"自为一家之言","所谓不烦绳削而自合者"③。所给予的评价不可谓不高,这应该也是他之所以能为康、王接纳而与之交厚的一个重要原因。而在二子新识的交游中,张治道也是诗名最为显著的一位,对此,王九思甚至称"玉立修髯太微子,诗名新与李何齐"④,又云其"丽句可压古曹刘,芳名不让今何李"⑤。虽谓其与李、何并名,不免有过誉夸饰之嫌,但也表明张治道在当时的诗坛的确已树立了一定的名声。应当说,正是由于他和康、王等人建立起契密的交往关系,再加上对于学古的投入,以及业已形成的个人的文学影响,因而被赋予了担当诸子后继者的文学角色,康海在嘉靖十年(1531)序张治道诗集时,有如下之说:

> 明兴百七十年,诗人之生亦已多矣,顾承沿元宋,精典每艰,忽易汉唐,超悟终鲜。惟李、何、王、边洎徐迪功五六君子,蹶起于弘治之间,而诗道始有定向。继而孟独接武于正德之季,一时作者金石并奏,斯皇明有大雅矣。⑥

在康海看来,尤由诗歌而言,如果说,崛起于弘治年间的李、何等人始真正确立起诗道发展的方向,那么,作为继起者的张治道当仁不让地成了一位能"接武"

---

① 《太微后集》卷三。
② 张治道《祭对山文》,《太微后集》卷四。
③ 《刻太微后集序》,《渼陂续集》卷下。
④ 《漫兴十首》七,《渼陂集》卷六。
⑤ 《阅张太微镘白诗有感遂为长歌》,《渼陂续集》卷上。
⑥ 《太微山人张孟独诗集序》,《对山集》卷十四。

诸子诗之定向的重要人物,序中蕴涵的倾重之意,自不待言。

黄省曾,字勉之,号五岳山人。嘉靖十年(1531)中乡试,试进士不第,遂弃去。生平尤长于学,博览详闻,于经传义疏、古今事变及典彝章物等多所究通。于王阳明讲学越中时,曾执贽为弟子。黄省曾自谓"念自总发以来,好窥览古坟,窃希心于述作之途",自从少时起,即对于古学怀有强烈的兴趣与志向。出于内心的仰慕和有志于古的意向,嘉靖七年(1528),黄省曾主动致书李梦阳,并附示诗作请教,由此开始了他与李梦阳之间的个人交往。这篇旨在接通彼此声气的书信,能帮助我们从一个侧面了解黄省曾对待李梦阳诸子的态度和他本人的文学志趣。一方面,他高调评述了李梦阳振起诗文复古的创辟之举,及其古文诗歌之特长,信中称对方,"凡正德以后,天下操觚之士,咸闻风翕然而新变,实乃先生倡兴之力,回澜障倾,何其雄也",表示"独见我公天授灵哲,大咏小作,拟情赋事,一切合辙,江西以后,逾妙而化","每于士绅家借录讽咏,洋洋乎古赋《骚》、《选》,乐府、古诗汉魏,而览眺诸篇,逼类康乐,近体、歌行,少陵、太白。古文奇气俊度,跌荡激昂,不异司马子长,又间似秦汉名流",又以为,"往匠可凌,后哲难继,明兴以来,一人而已"。除了向李梦阳倡兴复古、影响天下操觚之士以至带来文学"新变"的作为表达敬仰之意,肯定其磨习古典诗文之所得,也借机一明自己有意倾向学古之心迹,以及归附对方之意向。同时他又指出,"不复古文,安复古道哉",认为要恢复"古道",重点就要从文章复古做起。并表示,"究讨文章指归,庶几不虚皓首",毅然以"复古文"乃至"复古道"作为个人平生的职志。另一方面,黄省曾又着重就作诗之道阐述自己的看法,正面与李梦阳交换意见。如以"诗歌之道,天动神解,本于情流,弗由人造",来解释诗以抒情的基本性质,直接触及诗歌最为本质性的问题。同时指出,"古人构唱,直写厥衷,如春蕙秋蓉,生色堪把,意态各畅,无事雕模",又以为,"但世人莫察自然,咸遵剽假。古途虽践,而此理未逮;艺英虽遍,而正轨未开;秀句虽多,而真机罕悟"[①]。其实质包含了两层意味,一是申说诗歌学古的原由,根本道理在于,古人之作"直写厥衷",自然呈态,符合诗歌本乎"情流"之道,当然也更获得了一种典范意义;二是抉摘世人学古之失,认为其遵乎"剽假"之道,终究不明"自然"为尚之理,虽名为学古,实则误入歧途,未上正轨。凡此均表明了他本人对于"诗歌

[①] 《寄北郡宪副李公梦阳书》,《五岳山人集》卷三十,明嘉靖刻本。

之道"的一番自我思考。或许为黄省曾的用心、识见及能力所动,对这位主动求教从学的江南文友,李梦阳很是青睐,在回复省曾的《答黄子书》中,称"尺牍千言,凿凿中的",于其所思所作,以为"何奥弗探,何明弗则,机触而天动,才运而飙发,思出而泉涌,固所谓万人之敌也"①,所许甚重,接受了对方纳交的意愿。既而又为作《怀五岳山人黄勉之》诗,中称"吴下元多士,黄生更妙才","系自汝南出,文从西汉来"②,则不但重其文才,又许其所撰多能循乎古法,愈见器重之意。其后二人一直诗书往还,互致音讯,彼此间的认知也在联络沟通之中逐渐加深。嘉靖八年(1529)夏,李梦阳因病南下,就医京口,走使邀黄省曾晤面,二人借会面之机曾一起论文赋诗,不忘切磋。出于对省曾的赏识和信任,还在嘉靖七年(1528)冬,李梦阳将自己的诗文全集通过其友程诰交付对方刻之,并以序文相托。黄省曾则尽心为之刊刻,嘉靖九年(1530),作文序之,其云:

> 由是代方享弊,树独帜于旌墟;士举安凡,振孤辕于广陌。虽和之者自萃珪璋之俦,而讪之者颇繁参商之辈,物忌势危,终于摈落;然先生风节凝持,卓立不惧。卒能浣学圃之污沿,新彤管之琐习;起末家之颓散,复周汉之雅丽。彬彬乎天下学士大夫莫不趋风而宗之。……载论先生之撰,蔚雄闳衍,无体格之弗统;酌禀圆融,何高深之弗臻。矩之音气,何密弗研;获其神精,何奥弗范。……诚游艺之巨工,而摛翰之鸿匠也。③

不但大力标榜李梦阳复古首创之功,许肯其独树一帜又"卓立不惧"的勇气及所发挥的振颓去弊的革新作用,而且名之以"巨工"、"鸿匠",推置于独步坛墠的尊尚之位。如此,岂止是表达对李梦阳的敬崇之意,从一定意义上来说,也是序者自觉站在了李、何诸子的文学立场上,有意识地为之鼓吹张扬,用心传导他们的文学风范。

上述特别像张治道、黄省曾这样主要活跃在正德、嘉靖之际的后起之秀,深

---

① 《空同先生集》卷六十一。
② 《空同先生集》卷二十六。
③ 《空同先生文集序》,《空同先生集》卷首。

为李、何诸子复古风气所染,加入他们的交游圈,参与文学活动,并深受器重和信任,固然表明了七子集团本身所具有的一种相当的容纳力与影响力。同时,反过来说,如张、黄诸人是时皈向李梦阳等前七子,虔心步武其迹,以振兴复古相担当,对于充实七子集团的文学实力,进一步拓辟其后续的发展路径,维持其在时下文坛的影响势头,显然有着不可忽略的意义。

第三章　前七子的个性与心态

对于前七子的考察,从为更深入探析其文学面貌这一角度来说,还不能不注意到他们的个性与心态。作为一个在明代中期文坛引人瞩目的文人群体,七子身上表现出鲜明的个性色彩并呈露相应的心态,这不仅取决于诸子自身固具的性格气质、文化根性,也与他们特定的生存境域有着密切的联系。当然,落实到具体的个人,各自的个性与心态难免会有差异,不可能整齐划一,但这并不影响我们所要展开的相关究察。这里所要探讨的,不啻是他们相互之间业已存在的个性与心态上的差异性,更是其在整体意义上所表现出的一般特征。

第一节　从内在之性到时世之势

就影响文学的动因而言,尽管创作者自身的个性特点并不能说是唯一的,因为这其中涉及内外不同方面的因素,实属一个相对复杂的综合性问题,但尤其在内在的条件上,毫无疑问,它乃是我们值得注意的一个要素。同样,要了解前七子所发起的这一场诗文复古活动的内蕴和特征,自然不应忽略这一点。

虽然作为一个文人群体,前七子各人之间的个性有着这样或那样的差别,这本来就无法避免,不过,从中还是可以体察出反映在多位成员身上某种主导性的特点,假如要对它们一言概括之,那就是所谓的傲放豪直。如李梦阳,袁袠《李空同先生传》谓其"负奇气","傲睨一世"[1]。何景明《赠李献吉三首》诗,则以"西方有佳士,于世寡所谐"[2]来称述之。正德六年(1511),李梦阳出任江西提学

---

[1]《衡藩重刻胥台先生集》卷十七,明万历刻本。
[2]《赠李献吉三首》一,《大复集》卷九。

副使,后遭人奏讦,何景明上书杨一清为之求情,其中说到梦阳之为人,称他"自崇而弗下人,太任而弗识时,多愤激之气,乏兼容之量,昧致柔之训,犯必折之戒"①。至于李梦阳本人对于自己的描述,也谓"秉性直戆,罔谐时俗"②。比起李梦阳,何景明的个性,乃如孟洋在为他撰写的墓志中所称"性沉敏有度"③,要显得相对沉稳谨约一些,如其于"家庭间,怡怡如也;交接,雍雍如也"④。但与此同时,他身上那一种傲兀自崇、不谐时俗的性气,却也毫不减色。所以朱彝尊《静志居诗话》在比较李、何个性而指出何"稍和易"时,又以为"两君皆负才傲物"⑤,诚属的见。何良俊《四友斋丛说》则引何景明盟友顾璘之言云:"何大复傲视一世。在京师日,每有燕席,常闭目坐,不与同人交一言。有一日,命隶人携圊桶至会所,手挟一册坐圊桶上,傲然不屑。客散,徐起去。"⑥樊鹏为他所作行状,其中又记曰:"是时钱宁舞权,指使百职。一日持古画造门求题,先生曰:'好画勿污吾题尔。'留一年不与一字。"⑦两则所记事例不同,但都从一个侧面分别写出了何景明傲然异俗的内在之性。

除了身为领袖人物的李、何之外,在前七子当中,近似于傲放豪直的个性特征,也不同程度地体现在其他成员身上,其中最为明显者当数康海。人谓他"性豪放,不闲小礼,恃才凌驾人"⑧。其本人则自述"自幼支邅无状","性喜嫉恶而不能加详,闻人之恶辄大骂不已","人皆好修饰文诈,伪恭假直,而仆喜面讦,人未有不怒者"⑨。这一点,与他的契友王九思所撰神道碑之记载也大致吻合,如其述及海任翰林院修撰时,"论事无所逊避,事有不可辄怒骂。又面斥人过,见修饰伪行者,又深嫉之,然人亦以此嫉公"⑩。尤其是正德五年(1510)以瑾党被削籍,乃康海平生以来遭遇的一场最大波折,这多少使他的心志遭受一定的摧挫,失意难免,然而并未因此改变他的个性,其称"予自谢黜,益骄以倨。心骞志

---

① 《上杨邃庵书》,《大复集》卷三十。
② 《乞休致本》,《空同先生集》卷三十九。
③ 《中顺大夫陕西按察司提学副使何君墓志铭》,《孟有涯集》卷十七。
④ 樊鹏《中顺大夫陕西提学副使何大复先生行状》,《大复集》卷首。
⑤ 《静志居诗话》卷十《何景明》,上册,第261页。
⑥ 《四友斋丛说》卷十五《史十一》,第126页,中华书局1959年版。
⑦ 《中顺大夫陕西提学副使何大复先生行状》,《大复集》卷首。
⑧ 王兆云《皇明词林人物考》卷四《康德涵》,明万历刻本。
⑨ 《与彭济物》,《对山集》卷九。
⑩ 《明翰林院修撰儒林郎康公神道之碑》,《渼陂续集》卷中。

翔,旷视万世"①,傲兀骄倨之性,一如故态,而且因为远离礼法森严的仕宦圈,精神和行为上更少了一些拘缚,使他益发得以"放荡形志"②。

不难见出,李、何等人身上这种高傲放逸的性格特点,形成为人处世上一种自尊自赏的显著表征,它必然表现为高自标置,一意追求特立独行,介然不从流俗之好,上述的种种言论行为,多少已体现出这一点。究察起来,其又与诸子格外注重个人操守的砥砺不无根本性的联系。如李梦阳曾表示,"人也殆有真贵者也。夫有真贵者,必有至质。有至质者,必有浩气","今夫松柏,固世之谓才也,然斧之则析,挠之则折,火之则灰,水土则朽。乃若金玉之为物也,从革冈渝,瑟温而栗,炼之愈赤,宁碎靡蚀。斯何也?其质至也"③。这意味着所谓"真贵"、"至质",乃本为他所秉执的人生志操或理想人格,故喻之以金玉之物,独显超特自好而真纯高洁,纵罹毁蚀,却能一如故我,不为损秽,毋变其质。这也势必使其在自身的行为准则上一以高特绝俗、取舍分明的要求相标立,李梦阳就声称自己"平生不敢为污下苟且之行"④,"尝自负丈夫在世,必不以富贵死生毁誉动心,而后天下事可济也",由乎此,立身行事则"义所当往,违群不恤"⑤。何景明在议论李梦阳为人"可尚"之处时,也不吝文辞而许以"饰身好修,矜名投义,见善必取,见恶必击,不附炎门,不趋利径"⑥,这其实也道出了与李梦阳有"肝胆之交"的何景明本人所执持的一种行为准则。又如康海,自谓:"仆生平服义重德、直行亮迹而已,其他虚恢盗名、隐忍委曲以要时好,死不愿也。"⑦更重以义德律己,直亮而为,不为俗好所左右,其高卓特立、迥出流俗的心志,同样昭然可识。李、何等人的这一个性特点,如与文学的层面联系起来看,则显然赋予了他们一种不甘凡庸、好为标立的强烈搏击和进取精神。这也特别体现在他们企望迥绝流辈,卓异相命,敢于突破当下文坛的时风流习,在检视文学历史与现实过程中,以超特一时的复古目标相置立,以振起文学大业相担当,表达自身相应的文学诉求,如用张治道序王九思《渼陂续集》中的一番话来简括之,所谓"脱去

---

① 《悔过诗》,《康对山先生集》卷三,明万历刻本。
② 《与彭济物》,《对山集》卷九。
③ 《赠翟大夫序》,《空同先生集》卷五十三。
④ 《奉邃庵先生书十首》四,《空同先生集》卷六十二。
⑤ 《答左使王公书》,《空同先生集》卷六十二。
⑥ 《上杨邃庵书》,《大复集》卷三十。
⑦ 《答柏斋先生书》,《对山集》卷十。

近习,远追往古"①。

从另一方面来说,前七子中绝大多数主要成长和生活在中原与关中一带,北方地区粗豪朴实的地域风土人情,也相应培植了他们身上具有的那种豪旷直率的性格。值得一提的是,特别如其领袖人物李梦阳,又是生长在洋溢豪直任侠家风的一个微细的庶民家族,这点连李梦阳自己也毫不隐讳,公然声称"出身寒细"②。其祖父李忠以学贾起家,为人"任侠有气",李忠之弟敬"嗜酒不治生,好击鸡走马试剑,即大仇,醉之酒辄解,顾反厚",伯父刚也同样"好气任侠,有父风"③。这些对李梦阳本人个性的铸就,当有一定的影响。其《戏作放歌寄别吴子》诗,曾以不无夸张甚至有点虚饰的笔调描写自己,"惟昔少年时,弹剑轻远游。出门览四海,狂顾无九州","扬鞭过市万马辟,半醉唾骂文成侯。结交尽是扶风豪,片言便脱千金裘。弯弓西射白龙堆,归来洗刀青海头"④。诗中所刻画的豪宕率真的自我形象,显为作者高自标誉,隐约散发着诗人家族那种豪直任侠的遗风。应该看到,作为特定地域风情气息乃至家族传统质性在诸子个性上的投射,也相应透过他们的文学审美倾向展现出来。王世贞曾在比照吴中文士诗文"沿江左靡靡"、喜为"轻俊"之习后,指出"北地、武功诸君起中原,自厉其格,以求合古,而不能仅醉其豪疏之气",也由此得出了"中原好为豪"⑤的结论。虽然他从一种平衡调谐的"剂"的审美标准出发,并不完全认可吴士诗文轻靡之习,然同时又多少基于一位南方文人的审美眼光,对于中原诸子之作过于"豪"或"豪疏"的特点,则显有微词。但不管如何,或许正是为这种南方地域审美意识所驱,使他格外敏锐觉察到充斥在诸子之作中难以消释的一股粗豪疏直之气。在相关义项的联结上,所谓"豪"或"豪疏",自然主要偏向粗豪、雄厉、浑厚、疏直、质朴等一路之义,从某种角度上来说,这当然可以认为是诸子文学审美倾向上的单一偏狭之处,难怪在王世贞看来,它同样不尽合乎"剂"的审美标准,但从另外一面来看,其何尝又不是着意之下审美个性分外鲜明的一种表征呢?深入一层而言,如果说,"豪"或"豪疏"多少还只能算作是一种表面征象,那么,透

---

① 《溇陂先生续集序》,《溇陂续集》卷首。
② 《乞休致本》,《空同先生集》卷三十九。
③ 李梦阳《族谱·大传第四》,《空同先生集》卷三十七。
④ 《空同先生集》卷二十二。
⑤ 《黄淳父集序》,《弇州山人四部稿》卷六十八,明万历刻本。

过于此我们可以体会到的,更多是他们在粗豪疏直表征下对于充满感性而富有生命力之个性元素的推尚,对于质直而真朴之精神特质的执着。尤其当他们自觉意识到当下"文苑竞雕缀,气骨卑以弱"①,有意励精而振拔之,突破文坛萎弱疲缓的窘境,作为一种反逆拨正的方式,它的针对性是显而易见的。

至于说到前七子的心态,自然不能不和他们所处在的时代氛围联系起来分析。明王朝进入成化、弘治年间,社会总体上呈现出相对安定平康的局面,柴奇《寿贺仲芳六十序》曰:"成化、弘治间,生养休息,民安物阜,海内富庶,闾阎之下,但知有太平之乐,自出赋税、应徭役、力门户之外,逸然不见科扰之及。"②崔铣在《大司徒李公八十寿序》中也指出,"明兴,至成化、弘治之间,治洽而熙,物大以隆,气象宽而优人才"③。史家在记述成、弘之间的太平安定世态时,尤其不忘给明孝宗朱祐樘这位号称"锐意求治"而又"仁厚"的君主在弘治朝的治政之道重重描上一笔,《明史·孝宗本纪》:"至成化以来,号为太平无事,而晏安则易耽怠玩,富盛则渐启骄奢。孝宗独能恭俭有制,勤政爱民,兢兢于保泰持盈之道,用使朝序清宁,民物康阜。"④与这一种相对安康的社会环境相应的是,孝宗皇帝比较重视文治,礼待文士,开辟言路,对文人学士采取了较为宽松的怀柔策略,而宽缓的气氛,相应减轻了文人学士的精神负荷,促发他们对于政治和文艺活动的投入。王廷相《李空同集序》云:

> 弘治中,敬皇帝右文上儒,彬彬兴治,于时君臣恭和,海内熙洽,四夷即叙,兆旽允植,辕轩无靡及之叹,省寺蔑鞅掌之悲。由是学士大夫职思靡艰,惟文是娱,不荣跃马之勋,各竞操觚之业,可谓太平有象,千载一时矣。⑤

说"千载一时"或有些夸张,但至少在当时士人心目中,孝宗算是一位比较宽明而善于理政的君主,这一点恐怕确为事实。尽管明代的成化朝也有"时际休明"⑥之誉,但宪宗皇帝特别在注重文治及疏通言路方面显然不及孝宗,相对抑

---

① 王九思《咏怀诗四首》三,《渼陂集》卷二。
② 《黼庵遗稿》卷八,《四库全书存目丛书》影印明嘉靖刻崇祯修补本,齐鲁书社1997年版。
③ 《洹词》卷七。
④ 《明史》卷十五,第二册,第196页。
⑤ 《王氏家藏集》卷二十三。
⑥ 《明史》卷十四《宪宗本纪》,第一册,第181页。

制了文人士大夫进言规谏的激情和信心,当时流行所谓"纸糊三阁老,泥塑六尚书"①的说法,多少反映了这一方面的问题。

至明孝宗时,"右文上儒"策略的实施以及对言路的重视,它所产生的积极意义,不仅对处在高位的上层文臣起着安抚的作用,也相对提升了中下层文人的社会地位,大大激发他们参与政治与文艺活动的热情,"当是时,帝(案,指孝宗)更新庶政,言路大开。新进者争欲以功名自见"②。而这一情形,也格外见于文人学士对与他们身份和趣味相符的文艺事业的专注,翻检当时一些人士于所见所闻的相关载录,不难印证王廷相以上所述。如陆深言及:"始时孝宗皇帝驭寓内,天下治平极矣,统纪布明,士大夫无所于自见,乃皆留意艺文之事,歌诗词章字画,非此无贤。"③崔铣在《百泉书院重修记》中也说:"昔弘治中,士尚文畏义,有司重学,文章炳然可诵述矣。"④

弘治年间是前七子进入仕途并倡起诗文复古活动的重要阶段,作为亲身的经历者,他们显然不同程度感受到了这一时期"治体宽裕,生养繁殖"那种相对安康的社会环境与比较宽松的政治气氛,以至目之为"极治"⑤,李梦阳曾以赞美的口吻在诗中写道:"身逢累朝全盛日,弘治之间我亲睹。朝廷无事尚恭默,天下书计归台府。"⑥即见一斑。在他们看来,眼前的这一切不能不归功于对弘治一朝政治起着决定性作用的孝宗。这位皇帝的所作所为,留给他们的是一位难得的明君英主的印象,所谓"帝本尧舜姿,末履转清伉。敛衽接耆硕,高出文景上",以至于弘治十八年(1505)孝宗去世,令其不由产生"俄传天柱折,忽若慈母丧"⑦的悲慨。在另一方面,如上所述,李、何诸子大多十分注重自我砥砺,自视甚高,原本就秉持卓异之志,而和许多传统文士一样,他们将自身人生理想与自我价值的实现,首先落实在用世一途,对于当时意欲进身而有所自我作为的众多士子来说,这恐怕也是更加切合实际的选择。此由诸子各自的自述中不难看

---

① 《明史》卷一百六十八《刘吉传》,第十五册,第 4528 页。
② 《明史》卷一百八十《汤鼐传》,第十六册,第 4785 页。
③ 《前承德郎刑部主事张君墓志铭》,《俨山集》卷六十二。
④ 《洹词》卷三。
⑤ 李梦阳《熊士选诗序》,《空同先生集》卷五十一。
⑥ 《秋夜徐编修宅宴别醉歌》,《空同先生集》卷十八。
⑦ 李梦阳《乙丑除夕追往愤五百字》,《空同先生集》卷十五。

出一二,如何景明曾以为:"丈夫有才须用世,未许终身随草蔓。"①王九思也表示:"丈夫处世间,秉志植纲常。策勋稷契俦,致主希虞唐。"②显然那不只是在陈述某种理想化的目标,还有蕴涵其中的决意驰志于当世而不甘庸碌没落的一片坚执之心。与之相应,蓄含在胸的这一坚执的用世之心,也间或显露在他们面对岁月逾迈而建树无方的慨叹之中,如李梦阳表示自己"人虽芜鄙"但"志不安下"③,而在《时序篇》中,他内心所怀不安于沉沦没落的志意,则由未能有所成就又无奈年月逝去的焦迫心情中一泻而出:"逸者眷多暇,壮士耻无闻。徒阅芳华改,何有尺寸勋?日月不我待,倏忽星运移。"④毋庸说,李、何诸子身上体现出的这一种显豁的用世取向,并未越出为传统士人多所看重的关乎人生理想和自我价值的实现途径,在一般的文人学士中间显然具有某种代表性或普遍性,但无论如何,它的的确确成为他们加以自我砥砺、自我提升的某种内在驱动力。

对于本怀力求遂成人生理想与自我价值之强烈心志的前七子来说,弘治以来营造起来的"右文上儒"氛围和较为宽缓的政治气候,自然尤让他们在不同程度上体验到精神层面的内在关怀,释除更多心理上的束缚。有鉴于此,在弘治年间始迈入仕途和突进文坛的诸子,怀揣一展个人平素心志的热切期望,无论对于议论朝廷政治还是倡扬诗文复古,都显示出极大的兴趣,其显然被他们看作成就自己人生理想和体现自我价值的绝好良机。也正因为如此,在更多的情形之下,从他们平常为人行事中折射出的种种心态特征,看起来明显少了一份板滞、平和、拘忌之势,而多了一份自在、激奋、放纵之态。李梦阳在嘉靖三年(1524)年届五十三时所作的《甲申元日试笔柬友》诗里,回忆起自己当初入仕经历,就以"少狂曾亦滥朝骖"⑤一语描述之。弘治十八年(1505)二月,孝宗下诏求言,梦阳感而草《上孝宗皇帝书稿》上之,直言治政诸弊,以为"治化不浃洽,百姓不受福"⑥,震动了朝廷,其言辞激烈而无所避忌,以至孝宗召三阁老询问"李梦阳言事若何"时,时任阁臣的刘健则以"狂妄小人"相对⑦。显现在李梦阳身上的

---

① 《薛生行》,《大复集》卷十三。
② 《咏怀诗四首》一,《渼陂集》卷二。
③ 《答左使王公书》,《空同先生集》卷六十二。
④ 《空同先生集》卷十一。
⑤ 《空同先生集》卷二十九。
⑥ 《空同先生集》卷三十八。
⑦ 李梦阳《秘录》,《空同先生集》卷三十八。

这一"狂"态，固然可以说与他傲倨异俗的性格大有关系，但同时也说明，在一种相对宽松的政治气氛中，尤其是孝宗皇帝"布诚广路"，"谕之以悉心，诱之以乐闻"①，作为应诏上言者的李梦阳，议论朝政而指摘弊失多少因为少了一点心理顾忌，以至"狂"言不避。相似的情形也发生在康海身上，正德年间其在致友人彭泽信札中就这样表白自己："始仕时，望见先皇帝宽仁大度，即自私拟，以为皋、夔、稷、契之业可以复见于今，而狂放易言，略不修饰。"②如此，当然也能说合乎康海本人"支谩无状"、不喜"修饰文诈"的个性，而且在利益相逐、是非叠出的仕宦圈内，他的此番举止无异于以上李梦阳之所为，不能不说是涉世未深而不够老练圆滑、尚未完全熟谙自我保护策略的表现。但是，"狂放易言"而略无顾忌的背后，又有谁能说这跟他感觉孝宗"宽仁大度"、整朝政势宽舒，从而给其多少带来精神上的激励和抚慰毫无关系呢？与此同时，诸子的这一心态特征，实际上也已经从其所谓"发愤覃精，力绍正宗"③那种对于诗文复古之业的全身心投入中反映出来。如果说，作为应时崛起的一股新兴的文学势力，李、何等人突入弘治中叶的文坛，力掀"反古俗而变流靡"的复古潮流，特别是在整体的意义上，展开对于尤自永乐以来笼罩文坛的台阁文风以及由此形成的诗文创作锢弊的全面清算，显示以复古手段来反逆时俗的积极姿态，那么呈现其中的，则不仅仅是其"潇洒有馀闲"、"敷辞追马班"④的如此自在与优容的风貌，也不仅仅是其个人文学嗜欲率意无碍的释放，而更有他们奋起矫革文坛积俗、担当扭转时代文学风气职责那一份真正发自内在的激越之情及自负之心，所谓以"稽述往古，式昭远模"相感召，以"摈弃积俗，肇开贤蕴"⑤相砥尚。因而，当他们一跃而站在主导复古风尚的文学制高点，意味着同时将自己推向与流俗时风发生正面争锋的文学前沿阵地，赋予自己一种崇高的历史使命，在超世拔俗而对往古文学风范穷力追寻之际，他们也在相应地拓展自己的精神空间，独自标立、自命不凡的那种"超驾百世前"⑥的强烈优越感和自信力，也因此油然而生。而归根到底，李、何等人这一心态特征的形成，与弘治年间相对宽和松缓的政治环境显然分

---

① 李梦阳《上孝宗皇帝书稿》，《空同先生集》卷三十八。
② 《与彭济物》，《对山集》卷九。
③ 顾璘《凌溪朱先生墓碑》，《凌溪先生集》卷十八附录。
④ 王九思《咏怀诗四首》一，《渼陂集》卷二。
⑤ 王廷相《何氏集序》，《王氏家藏集》卷二十三。
⑥ 何景明《六子诗·李户部梦阳》，《大复集》卷八。

不开。

尽管弘治朝的政治气氛尤其是孝宗所为,对于开始踏入仕途和文坛的前七子来说,多少是一种激励,但在同时,他们又感觉到自己所处在的现实社会并非如理想中的那样完美,作为一朝之主的孝宗虽然比较开明,有所作为,然而不能辨察的地方还是存在,亟待消除的各种弊病仍然不少。李梦阳于弘治十八年(1505)应诏起草《上孝宗皇帝书稿》之举,就足以说明这一问题,究其原因,除了受其本人率直个性和议政热情的驱使,还有一点,显然是他觉察到了实际存在的问题。对此,在该篇奏疏中,李梦阳毫不讳言:"陛下真明君英主也,然而治化不浃洽,百姓不受福,何也?意者病与害为之而陛下弗察也,又其渐不可长焉。"这里的"病"指"元气之病"与"腹心之病","害"指"兵害"、"民害"、"庄场畿民之害",而"渐"则指"匮之渐"、"盗之渐"、"坏名器之渐"、"弛法令之渐"、"方术眩惑之渐"及"贵戚骄恣之渐"。他以为,"夫天下之势,譬之身也。欲身之安,莫如去其病;欲其利,莫如祛其害;欲令终而全安,莫如使渐不可长"[①]。——具列治政之患,察识不可谓不细微,而建议应对之策,变革的心向不可谓不急切。在此,一种对于时政强烈的危机与拯救意识分明浮现其中,令人不难发现。

与对政治的考察相应的是,李、何诸子正是同样怀着这一意识,以格外敏锐的目光来审视文学的现状,而在此过程当中,作为价值参比的对象,往古的文学典范自然而然地进入他们的视阈,为其所着力标置而用来衡量当下文学的景况。如何景明声称"仆少执寡昧,窃有慕于古人之义",且特别有意"于古人之文,务得其宏伟之观、超旷之趣"[②],就不单单是在推重"古人之义"或"古人之文"而已,显然还隐含不满足于文学现状的一层意味。而这一层意味,在康海那里则成了他本人"性好是古而非今"[③]更为直截的自我表白,这里,对于"古"与"今"的价值评判也更趋于分明,那自然是出于以"古"察"今"的一种比较和判断的眼光,包括在对比往古文学典范的基础上去摘抉文学现状中的缺陷。关于这个问题,徐祯卿在与李梦阳论文书札中也曾谈论过,似乎交代得更为明白,他说,"仆少喜声诗,粗通于六艺之学,观时人近世之辞悉诡于是,唯汉氏不远逾古,遗风

---

① 《空同先生集》卷三十八。
② 《述归赋》序,《大复集》卷一。
③ 《与彭济物》,《对山集》卷九。

流韵犹未艾,而郊庙闾巷之歌多可诵者,仆以为如是犹可不叛于古","今时人喜趋下,率不信古,与之言不尽解"①。此一席话着重在议论"声诗",其中除了对于"古"尤其是汉代诗歌的标榜,这应该是他在表明自己"信古"的基本态度,还有比照之下对时人"趋下"而不"信古"创作倾向的指摘,后者尤显出论者审观当下诗歌领域的一种敏感的判别,包含了针对时人之作有叛于"古"的一种明显的警戒和危机意识。而这一点,也可以说正是与包括论者在内的其时李、何诸子推行复古之策以转变文坛现实局面的热切的变革欲望联系在一起。

第二节 政治情势变易中的心态转向

有研究者在比较弘治、正德二朝士人与皇权关系的基础上,注意到前后时期因为二者关系由融洽趋于紧张而带来的士人群体心态的转折②。假如衡之以前七子心态前后所发生的明显变化,其大体上和这一时间的界线相吻合。当然,我们需要进一步探讨的,则是诸子心态变化所呈现的具体特征。

虽然在李梦阳等人眼里,弘治朝的社会政治景况并没有达到他们理想中的那种完美之世,这一点说起来也不难理解,特别是此时诸人初涉仕途,开始正面体验现实的政治环境,这多少使他们容易用一种理想化的目光去审视甚至挑剔当下社会中的诸多问题,激发变革的意愿,如前言李梦阳应诏上疏孝宗皇帝,具陈诸弊,可以算是一个突出的例子,不过,应该说,其时他们并没有真正感受到朝政问题的严峻性。相比起来,正德初始以来的政治状况以及牵涉其中的切身遭逢,则令他们深切体验到了难以隐忍和承受的气氛。对于当时经历弘、正二朝的李梦阳等人来说,他们自然容易会去比较孝宗和武宗这两位前后相接的君主的个性和理政风格的差异,以及由此形成的不同政治势态,也容易在比较体验当中产生一种心理上的落差。如果说,孝宗在诸子的心目当中还算是一位比较开明的"明君英主",那么,弘治十八年(1505)在孝宗死后年方十五就即皇帝之位的武宗,所作所为显然着实让他们感到担忧和失望。在其看来,特别是受宦官刘瑾、马永成等人的诱导,武宗自即位以来一味放逸纵乐,沉迷于"狗马鹰

---

① 《与李献吉论文书》,《迪功集》卷六,影印文渊阁《四库全书》本,台湾商务印书馆1986年版。
② 参见左东岭《王学与中晚明士人心态》,第129页至162页。

兔,舞唱角抵",遂使"渐弃万几罔亲"①。正德元年(1506)九月,李梦阳为户部尚书韩文代草弹劾刘瑾等人奏疏,借文之声口,直言武宗因为瑾等"置造巧伪,淫荡上心",于是"日游不足,夜以继之,劳耗精神,亏损志德",毫不掩饰地表示出对时下"朝政日非,号令欠当"②局面的深深忧虑。

如上章所已述及,围绕正德以来刘瑾等"八虎"发生的一系列政治事件,前七子中的多位成员牵涉其中,不管是因对抗刘瑾等人的政治势力而陷入困境,还是其后被列名瑾党而遭受厄运,毫无疑问,这一场重大的人生变故,是促使诸子心理态势发生转向的一个更为直接的动因。作为事件的亲身经历者,他们在感受身心的激烈冲击之中,对于现实的政治景况也有了一种更为深切的体会。

出于因对抗刘瑾势力而保护自己不受侵害考虑的何景明,于正德三年(1508)不得不作出谢病还乡的决定,他在返回乡里后所作的《述归赋》中写道,"世淆浊而莫察兮,修短错而不伦。刍桂芝以秣骞兮,吝糠秕以饲人。豢罢牛而被以文服兮,良马弃而不陈。贱馨烈而不御兮,反逐臭于海滨"。时世混浊,以至颠倒所为,良莠不分,激起作者直击内心的强烈失望感,使他深刻体验到了遭遇如此处境而带来的压抑、失落和困惑,正如其在作于同时的《蹇赋》中所叹,"悲世涂之迫阨兮,互险坦而多岐。蹇予步之蹢躅兮,屡前却而狐疑"③。这显然是作者面对政治情势的变易、尤其是遭罹切身的变故之后,心理上一时受到冲击,难以控抑而陡然失衡,内心的悲凉和怅惘,自不待言。与何景明相比,李梦阳在刘瑾等人引出的政治事件中则经历了夺官和下狱,处境更为严苦,受到的心理冲击自然更大,他的《述征赋》系正德三年(1508)五月被逮北上京师而作,一种极度悲愤忧悒的心绪即充斥其中,"极终古而长愤兮,羌炯炯其犹未昧。翼绵绵之无聊兮,眇翩翩莫知所骋。忧悄悄之阿督兮,历山川余弗省","我既处幽羌谁告兮,魂中夜之营营。欲展诗以效志兮,又恐增愆而倍尤"。在获咎而遭罹牢狱之灾后所作的《省愆赋》中,李梦阳又情不自禁地悲叹:"愿陈志之无路兮,倚北户而婵媛。观炎焱之煽埃兮,地沮洳又芜秽。哭与哭之相闻兮,对饮食而

---

① 李梦阳《秘录》,《空同先生集》卷三十九。
② 《代劾宦官状稿》,《空同先生集》卷三十九。
③ 《大复集》卷一。

不能下。怨长日而望夜兮,夜明闇又若岁。"①眼下酷严的境遇当然是他以前所未曾经历的,内心的感受也随之发生转变,作者深深为之痛苦的,不仅仅是被夺官职甚至身陷囹圄的屈辱,更有经历不幸后面临陈志无路、欲诉无门而又常恐动辄获罪的窘迫,沉重的身心桎梏,令他生发无法挣脱的一种压迫感,前所未有的悲怅甚至绝望直袭而来。

七子之中的康海和王九思,虽然在刘瑾当政期间免遭其害,但瑾倒台后被列名瑾党而终遭贬职削籍的结局,也着实令他们体验到当下政治环境的险恶多变,所承受的心理打击同样是可以想象的。王九思的《梦吁帝赋》作于坐瑾党遭斥后,其中描述道:"罹谗言以草草兮,固幽窅而难明。居茕茕其弗豫兮,心慌惚而怦怔。君门九重而迢迢兮,浮云浩其盈宇。羌薄言而往诉兮,路嶮巇其多阻。空拊膺而流涕兮,指苍天以为誓。心忉怛而隐忧兮,盖憪憪其如醉。环堵孤坐而呻吟兮,孰知予之痛也。"②显然,那一场不测之祸留给他的是刻骨铭心的抑郁和伤痛,犹如其在《咏怀诗》中对于"夺我凤凰池,置我豺虎丛"③的遭逢念之不去,前后截然不同的境遇,使他产生了强烈的心理落差。然而,胸中虽充满惊怵不平,却是无处申白自明,所能做的只是独自默然承受,这也更增添了他内心难以消释的一层痛楚。而对于康海来说,正德五年(1510)一起被列入瑾党而遭削籍的经历,也成为他心态转向的一个关捩点。其在《与彭济物》一书中自述:"仆自庚午蒙诏之后,即放荡形志,虽饮酒不多,而日与酩酊为伍,人间百事,一切置之。"假如说,所谓"放荡形志"的行为方式已折射出他心理上的明显变化,那么,它的背后却是交织着尤其是因为涉嫌瑾党而入罪留下的难以挥去的一片阴影。对于"几踵奇祸"的凶险,康海心中着实不平,以为自己在这场变故中实是无辜受害者,感觉自己在处理与刘瑾关系的问题上谨慎有节,清白昭然,无可非议,"瑾之用事也,盖尝数以崇秩诱我矣。当是时,持数千金寿瑾者,不能得一级,而彼自区区于我,我固能谈笑而却之","此其心与事亦雄且甚矣,当朝大臣盖皆耳闻目见,而熟知其然"。尽管如此,结果还是卷入政治风波,他为此深感冤屈,以为实属无中生有所致:"而二三者又补砌所无,以为真有,使仆含垢于有罪者之

---

① 《空同先生集》卷一。
② 《渼陂集》卷一。
③ 《咏怀诗四首》三,《渼陂集》卷二。

籍,与不肖之人同被驱放,上辱两朝作养之恩,下累先人蠋介之业。"这一切,理所当然激起了康海忧郁愤激的情绪,他真正在意的还不是官秩的失去,更在于因为与已经身败名裂的刘瑾发生牵涉,加上无法辩白其冤,自身名节因此受到很大的损毁,用他的话来说,担忧"忽有犬马之疾,死丘壑之下,不得伸其宿心原惊耳,而区区官秩之事,非所念虑也"①。背负着沉重的精神包袱,但又不得伸张隐衷屈情,无奈之下,他把内心深处的忧愤寄之于"放荡形志"的恣狂之举。

在另一方面,我们可以看出,李、何诸子的心态在这样一种转向过程中所反映出的忧悒、怅惘甚至愤激的特征,究察起来,实际上也恰恰是他们内心世界自我挣扎的集中呈现。

如前所述,李、何等人大多标置甚高,严于取舍,十分注重个人志操的自我砥砺,追求超俗特立。也因为如此,他们往往难以容忍现实政治社会中存在的各类弊害,难以向有悖于其所秉持的价值准则的时俗恶态作出妥协。像李梦阳弘治十八年(1505)毅然上书向孝宗直言朝政诸弊,以及正德元年(1506)代户部尚书韩文草拟弹劾刘瑾奏疏,就不能不说是其执持如何景明所赞许的"矜名投义"、"见恶必击"那样一种个人操守的具体表现,展示了其一以"真贵"、"至质"相砥砺而直亮以行的人格精神。又如康海,早在翰林院供职期间就主于一己,任性直行,"事有不可辄怒骂",好"面斥人过",而"见修饰伪行者,又深嫉之"②,说到底,这实也本于其以所谓"服义重德、直行亮迹"律己,不愿苟且"要时好"的立身之准则。应该说,处在正德年间政治情势发生变化的环境中,诸子所持的人生操守面临严峻的挑战。如果说,武宗即位以来朝政的荒疏不振,相当程度上冷却了李、何等人当初成就人生理想和体现自我价值的热望,令他们深为之失落,那么,特别是卷入刘瑾等人引发的一系列政治事件,他们遭受的则更是一种切身的痛苦体验,仕途的挫折,身陷囹圄的耻辱,还有因为涉嫌瑾党而受到的名节毁损,所带来的种种精神上的创伤不言而喻。但即使如此,这一些似乎并没有在根本上移易诸子寄寓个人精神追求的人生操守,动摇他们勉力安顿自我的价值准则。

---

① 《对山集》卷九。
② 王九思《明翰林院修撰儒林郎康公神道之碑》,《渼陂续集》卷中。

李梦阳在经历了"奸党"事件和被逮下锦衣狱的冤屈之后所作的那篇《省愆赋》，更带有一种自我思索的意味，也可以说，更切实地写出了他在当时的一种心理状态，赋中一面感叹"效桃鸟以自珍兮，遘罗网之不意"，"惜余年之强壮兮，常坎轲而滞留"，为自己蒙受不测之祸悲慨不平，一面则抒写"既婞直而不豫兮，又任怨而于傺。固群吠之难犯兮，每贴危而弗惧。余岂不知峣峣者之寡完兮，羌坚忍而弗惩"，显示自己向来怀抱的刚直坚忍、临危不惧的秉性。它说明，这一场政治遭遇虽然使他本人经受难以挥去的深切痛楚，然而尚不足以完全销蚀体现在其"婞直"、"坚忍"性格中固守不屈的个人志操或价值准则。对此，李梦阳在正德三年(1508)为被逮北行而作的《述征赋》中，述写自己尽管眼下"去故乡而就远兮"，缧继首途，身心遭罹巨大摧折，但无意因此变易心志，一改自己"孰非义之可蹈兮，焉作忠而顾身"的固有操尚。在此赋末尾总括全篇之旨的乱辞中，他又表示：

　　　　凤鸟之不时，与燕雀类兮，横海之鲸，固不为蝼蚁制兮，诚解三面之网，吾宁溘死于道路而不悔兮！①

　　这里，作者首先以"不时"之"凤鸟"自况，喻写自己深陷窘厄，前景叵测，以不适于时而难以振拔。令李梦阳为之耿耿、无法释怀的，不仅有遭受黜辱所带来的怆痛和忧愤，还有对于自我操介的持守不易之心。所以，他又自拟以不为"蝼蚁"所制的"横海之鲸"，萦怀于胸中毅然未屈的志操隐约可见，至于说为寻求理想之政甚至"溘死"却无所悔尤，则更为直接地宣达出他的一片坚执的心志。挥之不去的挫折和屈辱感，杂以固结难消的价值取向，自然大大加剧了作者心理上的纠葛和冲突。

　　同样曾卷入正德以来政治风波的何景明，尽管不像李梦阳那样惨遭列名"奸党"和牢狱之灾，但已如前面所述，其受到的心理影响显然也是十分强烈的。对于当时人生历练尚不丰富的他来说，比较弘治间所感受到的"忽天门之广开兮，值日月之盛明。愿自饬以进君兮，得近君之末行"那种相对开明的政治环境和于时自己进身仕籍而得以驰骋其间的经历，起于正德初始的这一场政治情势

---

① 《空同先生集》卷一。

的变化,尤其是有可能招致刘瑾势力打击的潜在危险,似乎来得过于突然,过于迅急,以至他尚缺乏足够的思想准备:"倏天地之易位兮,星辰错而无纲。聿迅飚之亟至兮,会浮云之徂征。"鉴于这样的感受,要说它激起何景明内心强烈的反应,当然是自然不过的事情,这也就是处在好比天地"易位"的骤变情形中,为何他会深深陷入"忧雪霰之交增兮,履中庭之凛霜。纷众莽之凋毁兮,耻孤柏之独芳。岂予情之耿介兮,实悲夫蕙华之摇伤。顾涓忱之莫彰兮,敢幸泽而干荣"[①]那种失意和忧戚心境的重要根由。与此同时,令人也明显感觉出,何景明之所以此时很难使自己平息如此环境变易所引起的心理震荡,事实上又受到固植在他心灵深处而难以移易的"初志"的作用,关于这一点,他在《蹇赋》中是如此表白的:

  征古人之轨迹兮,聊渊潜厉吾初志。孅趋曲趍兮,匡士所恶;旋辟中墨兮,又群情之所妒。予亦知圜行而方阁兮,勉弗能改此度也。

在此篇中,何景明同时宣称"物有坚而不化兮,性有蠢而难移",正因为顺性而为,以至于"循故躅而弗舍兮,众睹其蹒跚而笑之"[②]。这可以看成是作者从根性上为自己对"初志"的执着进行张本。虽然现实政治环境的变迁,在他看来多少有些突然,甚至让他一时很难接受和适应,而且困抑的境遇也使其在精神上倍感苦闷,不过这终究未变成作者要因此放弃"初志"而屈从时俗的理由,谓一己之性"难移"、弗能改变其"度"云云,已能见出其执一的意愿,足以显明之。由是观之,如此执着的心志,说到底,不失为作者未随生存境遇变化而固守自我的一种根本的精神支撑。

  总之,与弘治年间相比,自正德之初开始,李、何等人的心态的确发生了明显的转向,如果说,武宗登极以来"朝政日非"的状况,已大大冲淡了诸子对于政治前景和理想人生的憧憬,那么,之后各自遭受刘瑾等人引发的一系列政治事件的冲击,更是在其内心投下了浓重的阴影,由此给其造成的心理打击是显而易见的。而在痛苦失落之际,李、何等人将关注的目光集中投向了人生的价值

[①]《述归赋》,《大复集》卷一。
[②]《大复集》卷一。

支点,寻求精神上的支持,这也成了他们本于自我砥砺、面向生存境遇变化的一种应对机制。所以,观诸子此际心态,一方面是痛感于现实环境中政治之失序、世情之反复、是非之倒置,一方面则是对于世间流俗的抗拒,以及对于自我操尚的坚守,二者互相交织,呈现出令人不难体察到的一种价值冲撞,一种相对复杂的心理特征。

第三节　寄心丘壑与顺适其志

从前面的论述中已可得知,经历了正德以来政治情势的变易,以及受到一系列切身事件的冲击,前七子对于现实政治的期望在下降,对于在如此境遇之中成就人生理想和体现自我价值的希冀由热而趋冷。随着正德初始环境的变化,尤其是刘瑾等人秉政以来政治气氛趋于紧张,他们开始不约而同地体验到难以承受的生存氛围:"上天远垂象,丙寅乃其征","自兹虐焰炽,贤豪委壑坑。间阎遂殚竭,豺虎亦纵横"[1];"瑾永递澎湃,宁彬遂纷浮。骨鲠日疏远,昌言谁见收?功德反摧挫,屠沽皆列侯。"[2]伴随这种政序混乱、权臣逞威、贤愚不分、曲直难明的现实体验,失望、忧灼、迷茫、怨愤的情悰,逐渐占据他们的内心,李梦阳在此际不禁发出的"大道竟焉陈,末运炊相欺"[3]的一声喟叹,多少道出了诸子之所感所想。

当下的政治环境既然变得如此令人感到压抑,仕宦的路途也如此充满坎懔,这促使李、何诸子重新思考自己的人生出路和精神所归,以更好地安顿自我。可以发现,尤其自从正德以来,在遭际接踵而来的政治风波和仕途挫折之后,他们时不时地极力渲染起远离廊庙的隐逸生活,以寄心丘壑而淡化政治人格,作为自我精神安顿的一条路径。

尤以李梦阳来说,正德二年(1507),他因助户部尚书韩文弹劾刘瑾被削夺官职,抑郁愤懑之馀,其似乎格外留意田庐生活的那一份平淡和宁静,在此年归田后所作的《归来行》一诗中,他即咏道:"穷达自知休怨天,归来且种东

---

[1] 王九思《咏怀诗四首》二,《渼陂集》卷二。
[2] 康海《赠彭尚书济物北上三十韵》,《对山集》卷一。
[3] 李梦阳《杂诗三十二首》六,《空同先生集》卷十。

陵田。齿过四九已不小,钓鱼猎兔亦得饱。"①甚至从那时起,其已经动了"誓言永林丘"②的念头。而在第二年,李梦阳被刘瑾罗织罪名,械系北行且入锦衣狱,那一段痛楚难忘的经历使他蒙受了平生莫大的屈辱,饱经摧折之后,他更情不自禁地欲敛心于隐逸生活,去体会脱却尘网而优游于丘山之间的自在和安逸,作于其释狱家居以后的《杂诗三十二首》,其中就曰,"出攀芳桂林,倚岑挥浩歌"(二十九),"藜藿足充饥,岩峦可遨游","脱身幸及今,世事如蜉蝣"(三十)③,多少表露了他那时的一种心境。出之不达则处,一旦当政治命运陷入困厄,仕进路途阻艰不畅,则转向独善其身的隐遁之道,这是不少传统文人面对实际生存处境所作的一种抉择,也是他们安身立命的一种方式,李梦阳同样不例外。更何况,相继遭夺官和下狱的不幸境遇,事实上也不容他这时有别的选择,逼迫他在政治出路之外寻索自己的归着,而远离世纷相对恬静的田居生活气氛,正适合了他的需求,特别对其深受创痛的心灵,未尝不是一种抚慰。对于李梦阳来说,他显然试图要在静憩的田居之中,勉力调整个人的精神状态,卸去政治环境底下所承受的重压,淡却外界荣辱毁誉的袭扰,稍稍平息一下烦苦悲愤的胸臆,如称"无荣亦无辱,倚伏还相随","较计毁誉间,无乃贤达卑"④,"毁誉不可校,校之心烦悲。荣名盖一世,千载谁见之?塞翁失其马,马归驹来随"⑤。话语之中不免流露些许的无奈,也确有几分自我慰藉的意味,但毕竟可以看出他注意个人心理调节的一番用心。明白了这一点,也就能理解,他在此时为何会表现出倾心"逍遥"以竟世的超豁和洒脱,不屑斤斤于世俗荣利的竞逐:"冠盖沓衢路,致身竞先早。磬折名誉场,销铄成丑老。一夕不复晨,陨落随秋草。逍遥可竟世,繁华讵足保。"⑥当然,应该看到,尽管李梦阳声称要摆脱对荣辱毁誉的"较计",领略自在无拘的"逍遥"之境,极力消减精神上的重压和伤痛,让自己的内心得到某些平复,但要做到全然释怀,又是谈何容易。因此,在他努力平心静气之际,潜匿的忧悒和愤懑仍时而涌上心头:

---

① 《空同先生集》卷十七。
② 《自南康往广信完卷述怀十首》四,《空同先生集》卷十三。
③ 《空同先生集》卷十。
④ 《杂诗三十二首》十六,《空同先生集》卷十。
⑤ 《杂诗三十二首》三十一,《空同先生集》卷十。
⑥ 《杂诗三十二首》十四,《空同先生集》卷十。

遨游写愤懑，驾言凌洪涛。洪涛匪我游，改马登山椒。朔风一来至，林谷何萧萧。鬼怪时以兴，云逝谁能招？(《杂诗三十二首》七)

有衍东园椒，结实何累累。条远敷不易，斧者见行摧。燕雀本小鸟，志欲翀天飞。哀哉不自谅，失路将安归？(同上八)

兀然坐空堂，戚戚恒窃悲。旷世怀一鸣，燕雀翻见欺。恶名收范公，文致诋朱熹。身亲罔自明，万世余焉知。(同上十二)[①]

这是忧愤难抑心理的不时躁动，诗人为自己不幸的遭际郁怫未已，为难伸其志令人深感压抑的世道悲忧不消，实为其人生理想和自我价值之实现受到重挫而激发起来的无法在真正意义上得以消释的内心痛苦，也是其在自我进取过程中所不得不付出的精神代价。他想接受淡泊静谧氛围的沐浴，从精神的重压和伤痛之中超脱出来，然而往往只是一种主观愿望，实际上却是很难真正做到，于是形成欲超脱却难以超脱的一种心理张力。反过来说明，这种精神压力与伤痛之如此深固，则成为李梦阳牵念于"林丘"之间而谋求心灵慰藉的某种内在驱动力。

不仅如此，面对在其看来反覆无常、序次淆乱、难有是非曲直准则可言的政治环境，李、何诸子之寄心丘壑，同时体现了他们毅然要从浊势俗态中超拔而出，以顺适其个人志操、坚守其独立人格的一种心态。李梦阳曾为《钝赋》，自叙既"伤时之锯也"，且"亦自忬也"，其曰，"汩余生之顽钝兮，年逾壮而无能。强砥砺而求合兮，路亡羊而多岐"，"喟时俗之反覆兮，常宝伪而弃真。斥莫邪使不御兮，挈铅刀而自珍。吾纵有湛卢与龙泉兮，反孤立而危惧"。假如说，反覆叵测而价值颠倒的时俗，让作者深感其时之"锯"，或如何景明《蹇赋》序言引李梦阳著《钝赋》之旨，以为"委时之弗利"[②]，其中能人正士或遭摈斥，自己纵有用世才志，也处"孤立"境地，无由成就人生之理想和体现自我之价值；那么，即使如此，他却不愿意放弃所"忬"，丧失自我，既然进无有良机，则退未尝不是一条自我淬磨砥砺的合适途径，故李梦阳在上赋中又曰：

郁侘傺余拂抑兮，退且焉砺吾初质。索白茅而构庵兮，斫桂杉而为室。

---

① 《空同先生集》卷十。
② 《大复集》卷一。

闷踽踽以潜处兮,情蹇产而画一。阒局踏以后时兮,寂蒙滕而藏密。余以往哲为冶兮,以隐子为模。镕礼乐以为铦兮,淬仁义而内娱。进既匪我愿兮,又何必昭此锋也。①

尽管退而处之不免落寞孤独,甚至还有志无所遂的几分忧闷萦绕怀中,但不与时俗一齐沦落的超然,显令作者为之自傲自赏。同时,成为其内向的精神支撑、令其纵使情愫"蹇产"却能始终"画一"的,还是他严于持己以求超俗特立的修持之心,是他不愿自我迷失以保持其"初质"的坚执之志,而且,这其实也就是内植于李梦阳心灵深处之所谓"忮"。正基于此,他将避隔尘世俗态的退居,看成是"砺吾初质"的体现,也当作是返皈自我适从其志的一种精神归止。

如此的心态,更明显反映在何景明身上。与李梦阳正德二年(1507)曾被夺官的经历相比,景明在次年则是主动选择了谢病返乡,从某种意义上来说,他对当时政治情势的观察更敏感,行事也更谨慎。如此"超然远举"②,除了出于恐祸及身的重要原因,也包含超拔时俗以适我心志的一层考虑。这一点,何景明为此次辞官归居所作而意在"叙出处之概,援圣贤之风,揄始终之志"的《述归赋》及序言,已说得较为明白,其曰,"怵天地之冥晦兮,惧陵谷之隳沈。速反辙以旋服兮,息予丘之茂林。终养恬以顺年兮,厌予心之所谌","夫凤凰之不鸣兮,岂云系夫麒麟。彼兰草之国香兮,敛空谷以自珍。聊委顺以祈龄兮,吾又安尤夫人"。既然时世如此昏暗不明,反覆不测,不如息居以颐养。这岂止是精神惧悚所致,还基于一片聊以"自珍"之心,让自己远离世态时俗的纷嚣和污浊,得以保真而持全。据赋序所云,作者本来自持就甚高,少时起"窃有慕于古人之义",也以此相淬砺,执之如一,不欲随人随势而改易其志,如赋序在一开始就说:

> 殊途者不可以同观,异趣者不可以强龠。故嗜竽者不媚之以瑟,好圆者不进之以矩。何则?殊途而异趣也。故贾子投荆南,仲舒屏江都,屈原游泽畔。三子者,非容之不能,谋有不合,有不可以容者矣。故射者不为人易其彀,琴者不为人改其操。故师可易,而法不可易也。是以物有不以贵

---

① 《空同先生集》卷一。
② 樊鹏《中顺大夫陕西提学副使何大复先生行状》,《大复集》卷首。

易贱,富易贫,荣易辱者矣。故茂草不负垣,美谷不生辙,惧所托者非也。是故求乐其心者,不求华其身;求显于后者,不求耀于今。

物有不易之质性,人有不易之志趣,殊途而异趣者不可以"同观"与"强禽",根本的道理就在于此。作者这样陈述,不但为自己倾慕"古人之义"、执持"始终之志"张本,并且也在于喻示,之所以此际选择归隐之路,其中一点,就是因为感觉自己与时俗殊途而异趣,彼此之间不可融合,为顺应一己之志,宁弃宦业而就隐。自然这应该是权衡二者之后所作出的不得已的选择,但它至少体现了何景明在持守己志上的执着心向。可以发现,当对于政治与仕途的热望趋向冷淡,此时为何景明素来慕尚的"古人之义",显然成为支撑其整个精神世界的一种重要信念与依托。如他在赋序中自称,拟将主要心力用于"究著作之原,博览历之胜"上,以寄托其"不坠古人之馀烈"的拳拳之志。也犹如赋中所云,"检古人之遗美兮,心窃效而不敢愆。树六艺之旄节兮,散百家之遗编","扬素笔之芬烈兮,修薄辞以为篇。缀大贤之绪论兮,绍斯文之末传"[①]。面临迷茫的政治前景和新的人生抉择,成就文章复古之业,使"古人之义"不至坠失,对于这时的何景明来说,恰好能相应消弭精神上的失落,不失为显现其自身价值的另一条途径。

七子之中的康海和王九思,在正德初期刘瑾等人擅政期间,虽未像李、何那样遭受其害,然如前所述,正德以来政势的变化,尤其在瑾败后被指瑾党及遭黜斥归田的厄运,对其造成的心理影响同样是显而易见的,无奈之下,他们将对自身的重新安顿,也寄托在了山居林栖之间。

正德五年(1510)坐瑾党贬为寿州同知的王九思,次年又因谏官"奏除瑾党塞天变"[②],终被罢黜,自是之后,以他的话来说,"虽蔑箕山洗耳之节,亦励丘园肥遁之志"[③]。经历了环境的改易与仕宦的偃蹇,他时而回顾以往遭际,反思自我人生,如其《悔诗》云,"诗人忧鲜终,君子慎末路","往者不可追,兹予洒然悟。誓言处幽阒,闲情水东注"[④]。看起来,他是在为"往者"而"悔",又由"往者"而"悟",故幡然栖心"幽阒",所谓的"悔""悟",在另外一面,其实也透出诗人深积

---

① 《大复集》卷一。
② 王九思《妻赠孺人赵氏继室封孺人张氏合葬墓志铭》,《渼陂集》卷十五。
③ 《秋夜燕集诗序》,《渼陂集》卷九。
④ 《悔诗五首》一,《渼陂集》卷二。

于内而期望藉"幽闃"以排遣的一种无奈、戒惧和疲惫的心理。而经过了一番风云波折,王九思似乎也悟出了某些生活的哲理:"人生寄一世,穷达难自保。富而不可求,何当从所好。无如饮美酒,愉情以终老。"①命运之"穷达"既然难以把握,与其汲汲追逐不可企求的目标,承受沉重的精神压力,不如退而从吾所好,在愉情悦性中体验生趣,终其年命,这与他当初"秉志植纲常"、"致主希虞唐"②的政治理想,显然形成强烈的反差。然而,诗人的心地真的已做到如此超然了吗?答案应该是否定的。确切一点地说,这更像是他极力想挣脱挫折阴影的笼罩而作出的一种自我宽慰,一种自我调整,因为我们在他"罢归田里"后致友人的书函中,还听到这样的倾诉:"慨少壮之难恃,痛艺业之就芜,悯素志之终违,惧修名之未立。彷徨中夜,泣泗涟如。"③岁月虚掷,志业不达,修名未彰,失落、焦虑、痛苦纷纷纠结在了一起,归结起来,不能不说,这是王九思无法在真正意义上超乎自己时乖运蹇遭际的内心世界的真实呈露。但不管怎样,"罢归田里"毕竟让他拥有了不需随俗逐进的一份难得的独立和自适,这也使他从中多少获得了一种慰解。故而,王九思在黜退后所作的《梦吁帝赋》里即用虚拟的笔触,描述本人梦帝而被告之以"大道",接受其要求返驾"南山"以养修"初志"的教戒,藉以宣写自己终然"恍气豁而神寤"④。归心于田里,虽然胸中郁积的失意难以尽消,但终究还不失如他所说的"脱离了虎狼关,结识上鸥鹭伴"⑤的那种闲适和自由。

至于康海,尽管和王九思同以瑾党被黜,遭遇相似,且归居后二人常"相与过从谈宴"⑥,趣味也甚为投合,不过相比起来,他的个性更显倨傲而放恣,一如其自称"素性疏懒"⑦,尤自"谢黜"之后,"益骄以倨"⑧,这同时体现在他的心态变化上。如果说,傲放不拘诚为康海素性所致,那么,罢黜以来由于离开是非丛集的官场,环境相对松宽,更少了心理上的种种顾忌,因此,他声称自己从此愈益

---

① 《饮酒》,《渼陂集》卷一。
② 王九思《咏怀诗四首》一,《渼陂集》卷二。
③ 《与刘德夫书》,《渼陂集》卷七。
④ 《渼陂集》卷一。
⑤ 《双调十三阕·归兴》,《碧山乐府》卷三,《续修四库全书》影印明崇祯刻本,上海古籍出版社2002年版。
⑥ 《列朝诗集小传》丙集《王寿州九思》,上册,第314页至315页。
⑦ 《与彭济物》,《对山集》卷九。
⑧ 《悔过诗》,《康对山先生集》卷三。

"放荡形志",所谓"适性即为乐,处安宁怨贫"①,"从今后花底朝朝醉,人间事事忘"②,如从这一角度去理解,实在也是再自然不过的事情。显然,落职息居在一定意义上为康海自适放逸提供了某种心理上的支持,在安适平淡的氛围中,他似乎领略到了难得的自在和惬意,时而诉之于诗:"不作云车吏,甘从沣沜游。看花开曲槛,近水狎浮鸥。南国严夫子,青门召隐侯。栖身先有计,长醉复何求。"③对于康海来说,虽然和适淡泊的隐栖不免贫寒枯寂,但比起他曾涉入其中的风恶浪险的宦海,无论如何多了一点超脱,一点安逸,就此而言,可以推想,他在诗中宣白:"往事人俱白,贫居心亦安。常时携角妓,尚肯恋微官?脱鸟死依壑,沐猴非爱冠。不知栖宿久,转觉畏风湍。"④未尝不可以说是其本人一种亲身体验所得,并非全属违心之言。不过,要是据此认为康海纵性恣意只是为了体味无所拘缚的身心愉悦,心地纯然洒落,一切无挂于怀,至少是没有完全而透彻了解他真正的心理状态。事实上,特别是身陷瑾党事件对康海的冲击很大,毕竟这一事件不只是阻塞了他的仕进之路,更为严重的是毁损了他甚为看重的声誉节操,也难怪康海曾经黯然表示,"自入有罪者之籍,污秽终身,莫能自洁,使平日所立之志扃闭沦落,智高万物之上,而名陷九渊之下"⑤,尤其是被列瑾党而名节"污秽"之耻,显然难以从他内心消去。在此情形下,深刻在心的屈辱,未能"自洁"的绝望,终于积聚成了无法抑制的忧愤情绪,由此,他在山栖林息之际将自己推向了声色酒醑之乐,如《沜东乐府序》云:"予自谢事山居,客有过余者,辄以酒殽声妓随之。"⑥又如其自谓,"放逐后留连声伎,不复拘检垂二十年,虽乡党自好者莫不耻之"⑦。从另一个角度来看,如此娱以酒色而罔顾拘检,或如他声称的"放荡形志",则又不能不说是积压在康海心底的忧愤之情的一种强烈外泄,这一点也诚如有研究者所指出的那样,乃是他由愤激走向了放浪⑧。面对身败名裂的折辱,生性素来倔傲的康海并没有一味自敛屈服,而是选择了彻底放

---

① 《答仲木》,《对山集》卷一。
② 《雁儿落带过得胜令·饮中闲咏》,《沜东乐府》卷一,《续修四库全书》影印明嘉靖刻本,上海古籍出版社 2002 年版。
③ 《怀李献吉二首》其二,《康对山先生集》卷十二。
④ 《寄李宗易六首》其四,《康对山先生集》卷十二。
⑤ 《与彭济物》,《对山集》卷九。
⑥ 《沜东乐府》卷首。
⑦ 《与寇子惇》,《对山集》卷九。
⑧ 左东岭《王学与中晚明士人心态》,第 153 页至 154 页。

纵自我。但放纵并不代表放弃,恰恰相反,他正是在以那种非理性甚至乖张的姿态,来极力张扬受辱的自我,极力纾放压抑的自我,强化宣示维护个人人格,恪守个人志操,使之在外力压迫下不至沦丧,犹如"卒罹大谤"后他在致友人何瑭的书函中,宣称自己"不以险夷易操"[①],无意因此改变个人平素操守,态度异常坚毅,同时,又是在以这样的方式来表达自己和世俗相决裂的对抗立场,实际上这也是他唯一所能采取的一种变相的抗拒手段。所有的这一切,表明康海虽然备尝屈辱,但不愿意默然承受,不甘心向世俗妥协,故以"放荡形志"相抗衡。概而言之,这也正是他自尊而不折、自纵而不弃心态的一种真切呈露。

[①] 《答柏斋先生书》,《对山集》卷十。

第四章 前七子的文学思想

作为活跃在明代中叶文坛的一大文学流派，前七子在关于诗文创作的问题上曾提出一系列明确的主张，它自然是我们考察该文学流派极为重要的一个方面。综合来看，其不仅反映出承接先前时期特别是明代成化、弘治之际文学风尚变化态势的某些特征，而且彰显了以自永乐以来逐渐占据文坛强势地位的台阁文风作为重点反拨对象的变革态度，构成了明代中叶文学思想发展演变进程十分重要的一环。展开对李、何诸子诗文主张的探析，首先可以注意到的一点，则是他们更多注重从文学本体的层面来阐释有关诗歌及文章的性质和价值。这除了面对明前期以来，在崇儒重道和专以经术取士的环境中形成的士人专经学风及于"词赋"兴趣的转移所造成的古文词生存与发展空间减缩的局面，而展现对于诗文价值与地位的尊尚之外，更为重要的，显示了相对弱化同样自明前期以来得到高度彰扬的经世实用文学价值观念的一种发展趋向。与此同时，李、何诸子又将重在本体意义上对诗文性质和价值所进行的探讨，置于文学复古的境域之中，以此构建起较为明确的诗文宗尚系统，提倡有选择性地汲取不同历史时期相关的文学资源，强调通过对具有典范意义的古典文本法度规则的习学和体认，以达到合乎相应文学审美要求的目的。有鉴于此，他们围绕复古的具体路径和指向等问题作了系统而深入的阐述，这也成为我们在探讨前七子文学思想当中不可忽视的一个重点。

第一节 主情与求真

综观前七子的一系列诗文主张，主情论调显然为其中的一个重要组成部分，这主要体现在他们对于诗歌基本性质的认知上，或者可以说，强调诗歌的抒情性质构成了前七子诗学观念中的一大核心主张,而它也因此受到研究者的关注[①]。当然,从深入了解研究对象的角度来说,值得我们进一步加以探讨的,不仅仅是李、何诸子对于重在抒情的诗歌基本性质的认肯,更为重要的,还在于这一主情论调所包含的精神内蕴以及它的意义指向。对此,我们结合诸子的相关论说,分别从下述几个层面来展开具体的探析。

一、"发之情"与"生之心"

作为对于诗歌性质的界说,毫无疑问,强调诗歌的抒情特性,乃是李、何诸子所着意的一项重要之论,也可以说是我们认识其诗学观念一个重要的切入点。康海在《太微山人张孟独诗集序》中即指出,"夫因情命思,缘感而有生者,诗之实也","夫弗因于情,则思无所命,是不缘感而有生也"[②]。李梦阳《题东庄饯诗后》也认为:"情动则言形,比之音而诗生矣。"[③]其《鸣春集序》又表示:"窍遇则声,情遇则吟,吟以和宣,宣以乱畅,畅而永之,而诗生焉。故诗者,吟之章而情之自鸣者也。"[④]他们均以为,诗因情而成,缘感而生,是诗人内心情感萌动的自然呈现。这也意味着,情感质素成为结构诗篇的最为重要的内在基础与创作之源,诗歌之本根即体现在它抒写情感的基本性质。关于这一点,徐祯卿《谈艺录》则作了更为充分的阐释,如下的一段论述多为人所征引:

> 盖因情以发气,因气以成声,因声而绘词,因词而定韵,此诗之源也。然情实眇渺,必因思以穷其奥;气有粗弱,必因力以夺其偏;词难妥帖,必因才以致其极;才易飘扬,必因质以御其侈。此诗之流也。繇是而观,则知诗者乃精神之浮英、造化之秘思也。[⑤]

在上述所论中,徐氏显然是从解说诗以抒情为本这一基本性质的目的出发,对于诗歌的创作机制作了较为明晰的描述,他把所谓"发气"、"成声"、"绘词"、"定

---

① 参见廖可斌《明代文学复古运动研究》,第90页至92页。
② 《对山集》卷十四。
③ 《空同先生集》卷五十八。
④ 《空同先生集》卷五十。
⑤ 《迪功集》附。

韵"等视为诗歌创作过程中的有机相扣之链,而以诗人之情感作为命篇结构最原初与根本的驱动因素,作为衍生和联结这些环节的核心之源。同时,为了更好地发抒诗人内心"呦渺"之情,充分体现诗歌的抒情特性,他则主张凭藉诗人自身"思"、"力"、"才"、"质"的主观要素,对各个不同的创作环节加以适当的调谐。不管如何,这里情感质素在诗歌结撰过程中所被赋予的核心或主导地位是显而易见的。

应该说,诸子上面围绕诗歌主情的相关表述,算不上是发前人之所未发的一个新鲜论题,由其基本的意旨而言,当然主要是在重申诗学史上"诗缘情"这一注重诗与诗人情感体验及表现密切关联的原始而著名的命题,也可以说是在陈述人多有共识的一种诗学常识。尽管如此,这毫不消损它的意义所向,因为其至少展现了诸子出自对诗歌本体特征的考量,坚守诗歌作为抒情文体之性质的一种执着的维护意识。也鉴于此,循着这一诗主情感发抒的逻辑起点,李、何诸子进而特别从诗文异别的文体意义上,强调消解事理议论在诗中的填委,以还复诗歌作为一种特定抒情文体的根本性质。如何景明在《内篇》中就曾提出:

> 夫诗之道,尚情而有爱;文之道,尚事而有理。是故召和感情者,诗之道也,慈惠出焉;经德纬事者,文之道也,礼义出焉。①

此前已述及,关于诗文之体的分辨,成、弘之际的李东阳曾一再予以申明,其重点在于凸显诗歌体式规制的独特性质。从诗学的层面上来说,何氏以上主要从文体的角度描述"诗之道"和"文之道"各自的特征,与李氏诗文异体说的关注角度不无相似点,即同样强调了诗有异于文的特殊性,只是相比起来,何景明更明确地以"尚情"与"尚事"来分别标识诗文的文体特征,或者说,更突出了"尚情"这样一种诗体的本质性特征,作为它与"尚事"之文在文体上的根本区别之所在。明白了这一点,也就容易理解他为何明确反对一味在诗中陈事述理而忽视其抒情特性,视之为创作上的严重缺失,如其在《明月篇》序言中述及自己对待杜甫"七言诗歌",从起初"爱其陈事切实,布辞沉着",到后来以"诗本性情之发者也,其切而易见者,莫如夫妇之间"的这一种"尚情"标准去衡量杜诗,则感觉

---

① 《大复集》卷三十一,影印文渊阁《四库全书》本。

它们"博涉世故,出于夫妇者常少"①。这一认知上的变化,表明他本人对于杜诗中注重陈事述理的倾向由欣赏转为排斥,在某种意义上,也可以说是其对于诗之文体特征的认识趋深和要求趋严所致。

在这一点上,态度更加鲜明的是李梦阳。他在那篇为人所熟知而颇能反映其诗学核心观念的《缶音序》中,一面陈述"夫诗比兴错杂,假物以神变者也。难言不测之妙,感触突发,流动情思",申明诗歌本于"情思"表达的抒情特性,包括强调比兴修辞手法的运用,以增强所谓"假物以神变"的诗人"情思"的传达艺术,一面将批评的矛头直指"主理作理语"的宋人诗歌,并表示,"诗何尝无理,若专作理语,何不作文而诗为邪"②?就此来看,李梦阳对于诗与文的文体区分态度是十分明晰的,他以为,诗文之体的界域分明,不可彼此混淆,铺陈事理议论的"理语"或可在文中展述,然切忌在诗中呈露,宋人喜以"理语"入诗的做法,客观上未能顾忌诗文之体的异别,越出了诗的文体范畴,写出来的诗难免充满理气的文味十足,诗味则大为之消减,当然在此情形下,诗人"情思"的表达肯定要受到严重影响,诗的性质也因此发生蜕变。总之,李、何等人强调诗有异于文的文体标识,要求将事理议论从诗中剥离出去,旨在维护诗歌作为一种"尚情"文学样式的纯粹性和独立性,在本质上,还当归结到他们重视诗歌抒情之基本性质的诗学观念。

从另一方面来看,作为主情论调的一种逻辑展开,前七子在注重诗歌抒情特性的同时,着眼于诗人情感体验和表现的真实性,极力表达了求真的论诗倾向。确切说来,情感在更多情况下被他们赋予了与之共生的真实的内质,由此在一定意义上,求真成为主情概念的另一种表述。如李梦阳即以为:"情者,性之发也。然训为实,何也?天下未有不实之情也,故虚假为不情。"③这无非表示说,"情"乃为人之本性所发,真实即是它的基本品质,一切"不实"或"虚假",均与"情"的品质相悖背,已丧失了它真实的质性,故谓之"不情"。

不能不引起我们注意的是,由检阅前七子的有关论述中不难看出,站在求真的诗学立场,注重情感内质的纯真性,也成为多位成员从不同的角度予以格

---

① 《大复集》卷十四。
② 《空同先生集》卷五十。
③ 《外篇·论学上篇第五》,《空同集》卷六十六。

外着意的一项论诗主张。如王廷相《答仇时茂》一书称仇氏诸作"情则真率,词则质雅"①,《刘梅国诗集序》亦谓刘氏之诗"皆本乎性情之真"②,赞赏诗友所作一本之于真率之情。徐祯卿《谈艺录》论诗极重诗人情感表现,此也已经成为学人考察徐氏诗学观念的一个侧重点,其以下所述即颇具代表性:"夫情能动物,故诗足以感人。荆轲变徵,壮士瞋目;延年婉歌,汉武慕叹。凡厥含生,情本一贯,所以同忧相瘁,同乐相倾者也。""若乃歔欷无涕,行路必不为之兴哀;诉难不肤,闻者必不为之变色。"③所谓"凡厥含生,情本一贯",当然是为情所动而产生"忧"、"乐"感知的接受对象自身的内在条件,但情以动物的根本驱动力,还在于情感所蕴涵的纯真性,"诗足以感人"艺术效果的发生主要取决于此。这也说明诗人情感之真切与否,对于能否激发诗歌感动接受对象的艺术生命力无疑是至关重要的。

在重视诗歌情感内质的纯真性问题上,李梦阳所持的态度同样值得留意,其《叙九日宴集》一文记述嘉靖四年(1525)九月初九日"赵帅觞客于青莲之宫"、梦阳与众士赋诗酬和的情形及其览阅众诗的感想,其中曰:

> 空同子览于众诗,乃喟然而叹曰:嗟,诗可以观,岂不信哉!夫天下百虑而一致,故人不必同,同于心;言不必同,同于情。故心者,所为欢者也,情者,所为言者也。是故科有文武,位有崇卑,时有钝利,运有通塞。后先长少,人之序也;行藏显晦,天之畀也。是故其为言也,直宛区,忧乐殊,同境而异途,均感而各应之矣,至其情则无不同也。何也?出诸心者一也。故曰诗可以观。④

在序者看来,个体的命运遭际各不相同,其内心的感受互有差异,而所诉之于诗之可以"观",最主要乃在于"同境而异途"。众人之情有"忧乐"之分,发抒的方式也有"直宛"之别,此谓之"异途";然只要是发自真实的内心,就能殊途同归,达到"同于情"的状态,此则谓之"同境"。显然,这里所称"同于情",指的是诗人

---

① 《王氏家藏集》卷二十七。
② 《王氏家藏集》卷二十二。
③ 《迪功集》附。
④ 《空同先生集》卷五十八。

之情在内质上趋向同一,也即缘于出之心而在纯真性上趋向同一。基于此,李梦阳又提出了与之相关联的诗以"观人"说。他为林俊所作的《林公诗序》在解释诗之特性时以"言"作比较,认为诗与"言"之间有着根本性的区别,假若说"言"可以伪饰,尚无法准确反映言者真实的心志,即"邪"可以"端言","弱"可以"健言","躁"可以"冲言","怨"可以"平言","显"可以"隐言",那么诗则是"律和而应,声永而节,言弗暧志,发之以章",要求透过声律之言传达诗人真实的情感志意,抒写诗人真实的自我。故诗歌"非徒言者也",实"人之鉴者也",读其诗则能知其人,如序中称许林俊诗,谓"玩其辞端,察其气健,研其思冲,探其调平,谛其情真",以为由其诗而知诗之"观人"[①]之理,即无外乎在意其写出了真情或真人。

如果说,提出诗"同于情"或以"观人"云云,自是李梦阳从重诗人情感体验和表现真实性的求真诗学立场出发,去标立一种原则性的创作要求,那么,作为对这一原则在某种意义上的更进一层诠释,他同时又在用心解说为求真情发抒而突破理性常态制约的合理性。如正德十一年(1516)李梦阳之妻左氏去世,他以牲祭奠,"烹肠焉,肠自球结",情形异常,以为亡妻"生有所难明,死托以暴衷邪"[②],遂为赋《结肠篇》以志悼念,其后友人陈鳌"以其诗鸣之琴,著谱焉",梦阳又为作《结肠操谱序》,其中藉鳌之口述曰:"天下有殊理之事,无非情之音,何也?理之言常也,或激之乖,则幻化弗测,《易》曰'游魂为变'是也。乃其为音也,则发之情而生之心者也。《记》曰'民有血气心知之性,而无哀乐喜怒之常,应感起物而动,然后心术形焉',是也。感于肠而起音,罔变是恤,固情之真也。"[③]此处所言之"理",味其涵义,实为理性常态的一种代名词。牲肠团结已属异常的"殊理之事",然感此成诗,则乃"发之情而生之心",若曰"发之情"本为诗歌抒情特性的显现,那么"生之心"则更是对情之纯真性的高度着意。虽然其"应感起物"而"激之乖",已与常态相悖,实属变幻莫测的无"常"之情,然在序者看来,于此却不必忧虑,因为惟有如此,方显出了"情之真"。无疑,这里为序者所突出的是无"常"之情作为一种真实存在的价值和意义,是其同样作为一种真

[①] 《空同先生集》卷五十。
[②] 《结肠篇三首》序,《空同先生集》卷十九。
[③] 《空同先生集》卷五十。

实存在而必然超出理性常态的内在合理性。关于这一问题,事实上在其他篇翰中,李梦阳也曾从不同的角度阐说之,如其《张生诗序》云:

> 夫诗发之情乎,声气其区乎,正变者时乎?……夫雁均也,声唉唉而秋,雍雍而春,非时使之然邪?故声时则易,情时则迁。常则正,迁则变;正则典,变则激;典则和,激则愤。①

这是说,诗人的情感体验和表现随时而变迁,不同的时境产生不同的情感,由此其或会越出常态,自"正"而趋"变",无法接受理性的约束,不再保持"正"、"典"、"和"的平和典正状态,而是由"变"而"激",由"激"而"愤"。很明显,情随时迁的道理展示,主要还在于阐明"变"之抒情形态的合理性,或者说,着重肯定诗人因时变迁而感发的超越理性常态的激越愤切之情。就此,尚可以与李梦阳在《陈思王集序》一文中言及个人阅读曹植之作的感想联系起来,他说:"予读植诗,至瑟调怨歌、《赠白马》、《浮萍》等篇,暨观《求试》、《审举》等表,未尝不泫然出涕也。曰:嗟乎植,其音宛,其情危,其言愤切而有馀悲,殆处危疑之际者乎?"②植身陷"危疑"处境,所为诗文"愤切而有馀悲",依李梦阳之说,其自然是"情时则迁"的结果,然令他深为之感动的,恰是曹植包括诗歌在内作品所呈现的那种"生之心"的愤激悲切之真情。

综合来看,李、何诸子强调诗歌的抒情特性,从根本上来说,与他们重视诗文的价值地位、反对视诗文为"末技"或"曲艺小道"而不足为的取向联系在一起,折射出面对明前期以来在重经术而黜词赋氛围下包括诗歌在内的古文词生存与发展空间为之减缩之局面而激发的某种救赎意识。也应注意到,伴随着其时经世实用文学价值观念的上扬,诗与文本身的价值地位在彼此消长之中确立起全然不同的境遇,较之诗歌甚者在那些崇尚经术者看来因缺乏实用价值而被视作无益之词,遂使"诗道大废"③,文在古文词地位相对沦落格局中虽其纯文学价值不同程度受到贬损,然它另面的强势性则得到彰显。如前面章节已述及,

---

① 《空同先生集》卷五十。
② 《空同先生集》卷四十九。
③ 丘濬《刘草窗诗集序》,《重编琼台稿》卷九。

尤其是出于崇儒重道的基本策略,明廷加强了对文体建设的政治干预,文以承载更多的政治功能而被高度显扬了它的实用价值和强势地位,"于经不悖,于道不畔"①,更成为文着力于明道宗经以求经世实用的主要追求目标。对此李梦阳曾在比较"今之文"和"古之文"不同时,表示前者"文其人无美恶,皆欲合道",以至"考实则无人,抽华则无文"②,其也是针对时下文章重"合道"的道德功能而强化实用价值之倾向而言的。从这一意义上来说,李、何诸子以"尚情"和"尚事"相标识,注意区分诗文的文体界域,排斥诗中事理议论的填委,也显示了他们在诗弱文强现实格局中谋求重振诗道的一种姿态。同时,李梦阳等人主张本乎"性情之真"的求真诗学立场,乃至在此基础上对于情感超越理性常态合理性的认同,如果要说其所体现的别于流俗的意义,那么最值得注意的地方,则在于它对其时尤为馆阁文人所持诗重"性情之正"倾向的某种反动。担当上层侍臣的政治职能,以及在相当程度上所扮演的为官方思想意识代言的角色,使馆阁之士出自维护正统和尊尚教化的实用需要,对于诗歌究竟如何表现情感问题给予相当的关注,基于"发乎情,止乎礼义"的儒家传统诗学原则,提倡"性情之正",将诗人情感发抒引向理性化的畛域,更大程度上是为他们担负的政治职能和扮演的思想角色所决定的。鉴于此,其在褒扬诗"本于性情之正"、"沛然出乎肺腑"之际,或将"激昂奋发以求其雄"视作"失于诗人之意"③,或将"叫呼叱咤以为豪"判为"无复性情之正"④,一以平和典正的理性化标准相衡量,要在约束性情呈露之过于激越直切。就此,李梦阳等以求真为尚,明确肯定情感"激"、"愤"之"变"的合理性,事实上已构成对以"性情之正"相制约之传统保守诗学观念的一种反拨。

二、主情与反宋诗倾向

正如不少研究者所注意到的,对于前七子诗学观念的考察,不难体察出他们执持的反宋诗倾向,这也成为他们论诗主张的一大鲜明特征。康海在《太微山人张孟独诗集序》一文中论及明兴以来诗人所习,以为或"承沿元宋,

---

① 倪谦《艮庵文集序》,《倪文僖集》卷十六。
② 《外篇·论学上篇第五》,《空同集》卷六十六。
③ 金幼孜《吟室记》,《金文靖集》卷八。
④ 杨士奇《杜律虞注序》,《东里文集续编》卷十四。

精典每艰;忽易汉唐,超悟终鲜"①,为此深为不满,其中把宋诗纳入抑斥的重点对象之一。李梦阳《潜虬山人记》载,歙人潜虬山人佘育商于宋、梁时,"犹学宋人诗,会李子客梁,谓之曰:宋无诗。山人于是遂弃宋而学唐","山人尝以其诗视李子,李子曰:夫诗有七难:格古、调逸、气舒、句浑、音圆、思冲、情以发之。七者备而后诗昌也,然非色弗神。宋人遗兹矣,故曰无诗"②。说"宋无诗",实质上已否定有宋一代之作,偏激的断语也可见其贬抑宋诗之至,佘氏学诗最终弃宋学唐,自然是听取李梦阳此番多少流于极端教戒的结果。在反宋诗这一点上,何景明的态度可谓和李梦阳一样偏激,其《与李空同论诗书》论宋元诗,其中就有两句曾经被后七子领袖人物王世贞奉为"二季之定裁"、其评"的然"③的著名评语:"宋人似苍老而实疏卤,元人似秀峻而实浅俗。"将宋诗连同元诗,作为他诗学系统中主要排击的目标。而且,他在检讨自己和李梦阳的诗歌创作之失时,也是首先针对宋元习气而发的:"今仆诗不免元习,而空同近作,间入于宋。仆固蹇拙薄劣,何敢自列于古人?空同方雄视数代,立振古之作,乃亦至此,何也?"④说己诗"不免元习",多少有些自谦而虚拟之意,揭出李梦阳"近作"间染宋习,才是他攻讦的重点所在,从论辩反诘的语气中,能觉察出他自认为对方诗作沾上宋习而作出的激烈反应的程度。之所以如此,重要的一点,当然也是出自何景明同于李梦阳的以为"宋无诗"这种全面否定宋诗的极端态度⑤。

论及前七子对于宋诗的评判,自然不能不提到李梦阳为歙处士佘存修诗集《缶音》所作的序文,因为在此序中作者更集中谈及他对宋诗的看法,其曰:

    诗至唐,古调亡矣,然自有唐调可歌咏,高者犹足被管弦。宋人主理不主调,于是唐调亦亡。黄、陈师法杜甫,号大家,今其词艰涩,不香色流动,如入神庙坐土木骸,即冠服与人等,谓之人可乎?夫诗比兴错杂,假物以神变者也。难言不测之妙,感触突发,流动情思,故其气柔厚,其声悠扬,其言

---

① 《对山集》卷十四。
② 《空同先生集》卷四十七。
③ 《宋诗选序》,《弇州山人续稿》卷四十一,明刻本。
④ 《大复集》卷三十。
⑤ 如何景明在《杂言十首》之五中云:"经亡而骚作,骚亡而赋作,赋亡而诗作。秦无经,汉无骚,唐无赋,宋无诗。"(《大复集》卷三十七)

切而不迫,故歌之心畅而闻之者动也。宋人主理作理语,于是薄风云月露,一切铲去不为,又作诗话教人,人不复知诗矣。诗何尝无理,若专作理语,何不作文而诗为邪?今人有作性气诗,辄自贤于"穿花蛱蝶"、"点水蜻蜓"等句,此何异痴人前说梦也。即以理言,则所谓"深深"、"款款"者何物邪?《诗》云"鸢飞戾天,鱼跃于渊",又何说也?①

李、何等人力斥宋诗的态度,甚至以"宋无诗"的偏激之论排击宋人一代之作,平心而论,难免有意气用事之嫌,所作的评断自然不尽符合宋诗的客观情况,有失公允。但细察起来,其主要还是出于他们对"宋人不言理外之事"②以至这一倾向渗入诗歌领域的极度担忧和不满。是以何景明对于"宋诗谈理"③的倾向就不无异议,而李梦阳上序指摘宋人"主理作理语",则更可以看出他贬抑宋诗的关键之所在。

这里,李梦阳所说的宋人"主理"之"理"的涵义,析解开来大概指涉两个方面,一是泛指一般的事理。以为"诗何尝无理,若专作理语,何不作文而诗为邪"?当主要是就此而言。严羽《沧浪诗话·诗评》曰:"诗有词理意兴。南朝人尚词而病于理;本朝人尚理而病于意兴;唐人尚意兴而理在其中;汉魏之诗,词理意兴,无迹可求。"④其中涉及如何对待诗中之"理"的问题,他认为,唐人及汉魏诗歌能做到"理在其中",乃至于"无迹可求",胜之本朝诗人的"尚理"之作。而在李梦阳看来,诗歌自身已皆包孕着"理",换言之,允许诗"理在其中",然不可"专作理语",如严羽所谓"以文字为诗,以才学为诗,以议论为诗",以至沦为文的体法。此说实承严氏上说而来⑤。二是专指理学之语,即指以理学之论入诗的倾向,从宽泛的层面上来说,它也是事理诠释的一种特殊方式。与顾璘、王韦合称"金陵三俊"的陈沂曾指出:"诗有古有近,古可以言情,此其格也。宋人以道学之谈入于律,故失之矣。"又表示说:"诗中之理,虽觞俎登览之中自有在也。宋人便以太极鸢鱼字面为道,岂知道者乎?"⑥直言宋人以"道学之谈"入诗

---

① 《缶音序》,《空同先生集》卷五十一。
② 李梦阳《外篇·物理篇第三》,《空同集》卷六十五。
③ 《汉魏诗集序》,《大复集》卷三十二。
④ 《沧浪诗话校释》,第148页。
⑤ 参见陈国球《明代复古派唐诗论研究》,第31页,北京大学出版社2007年版。
⑥ 《拘虚诗谈》,《拘虚集》,张寿镛辑《四明丛书》,第四集,民国刻本。

之失,以为此举危及诗歌"言情",不妨视之为李梦阳批评宋诗原由更为明了的一个注脚。其实,梦阳谓"今人有作性气诗",已是明指当下诗坛所浮现的以理学之论入诗现象,在他看来,又和受宋人"主理"倾向的影响难脱干系,或可说是宋人以"道学之谈"入诗现象在当时的某种重现。

再进一步来看,上序既谓宋人"主理不主调",实际上将"调"置于了"理"的悖反面,这意味着,了解李梦阳所谓"调"的涵义,也成为究察他所持反宋诗倾向的性质及对于诗歌本质问题理解的一个着眼点。

明人论诗多有涉及"调"之问题者,正如此前已论及,稍早于前七子的李东阳,在阐述诗之有别于文的基本特征时就曾指出,"盖其所谓有异于文者,以其有声律风韵"①。他所说的诗歌"声律"之义,实际上包含"律"和"调"两层语意,其中的所谓"调"者,除指作为其生成基础而体现在诗歌文本中平仄四声组合的音响,又涉及诗中所包含的意涵情思透过吟咏而产生的声情效果②,以为能由"调"折射出诗人个人情性的特征。如李东阳评唐人刘长卿诗:"刘长卿集凄婉清切,尽羁人怨士之思。盖其情性固然,非但以迁谪故,譬之琴有商调,自成一格。"③这自然凸显了"调"与诗人情性之间的内在关联。李梦阳以是否"主调"作为衡量唐宋诗歌品位高下的一项重要准则,说唐"调"之可"歌咏",以至"高者犹足被管弦",一方面,当然是就其音响声调特征而言;另一方面,如果说,当初李东阳在阐述诗有别于文的特征时,已注意到诗之"调"与诗人情性的关联,那么,李梦阳则更加强调了这一种关联,或者说,他所标举的"调"的涵义所向,除了音响声调一义之外,还特别糅合了情感的元素。上所引《林公诗序》的有关说法已显此意,其评林俊诗,以为"言以摛志,弗佁弗浮,有其调矣;志以决往,遁世无悔,有其情矣","探其调平,谛其情真",同时还说,"谛情探调,研思察气,以是观心,无庾人矣"④。将"调"和"情"置立在一起,实赋予了二者之间的某种有机联系,"情"由"调"见,"调"因"情"显,"探调"和"谛情"由此而构成了一种意义链。无独有偶,何景明《明月篇》诗序在比较杜甫诗和唐初四子之"调"时所论,同样值得注意:

---

① 《沧洲诗集序》,《李东阳集》,第二卷,第73页。
② 参见本书第一章第四节。
③ 《怀麓堂诗话》,《李东阳集》,第二卷,第540页。
④ 《空同先生集》卷五十。

既而读汉魏以来歌诗及唐初四子者之所为,而反复之,则知汉魏固承《三百篇》之后,流风犹可征焉。而四子者虽工富丽,去古远甚,至其音节,往往可歌。乃知子美辞固沉着,而调失流转,虽成一家语,实则诗歌之变体也。夫诗本性情之发者也,其切而易见者,莫如夫妇之间。……子美之诗,博涉世故,出于夫妇者常少,致兼雅、颂,而风人之义或缺,此其调反在四子之下与?暇日为此篇,意调若仿佛四子。①

作者不但称许唐初四子所作"至其音节,往往可歌",并且声称自己作《明月篇》诗,"意调若仿佛四子",显然突出了"调"之涵义中音响声调的特征,表明他对于这一特征的重视程度。另一面,更引起我们关注的则是他联系"调"与"性情"的态度,按照他的看法,较之唐初四子所作,杜甫诗歌不免"调失流转","其调反在四子之下",原因除了杜诗缺乏前者"往往可歌"的"音节",不太能表现"流转"的音响声调之美,更由于它"博涉世故",较少透过音响声调抒写犹如夫妇之情那样"切而易见"的诗人内心之情感。由这一逻辑而论,杜诗"调"之趋下,不及唐初四子,很重要的一点,乃在于诗中"切而易见"之情的缺失。据此,在诗歌之"调"和诗人"性情"相关联的问题上,何景明的意见和李梦阳无疑是较为接近的,从某种角度来说,也为我们理解李梦阳上述所论提供了一条辅佐性的认知途径。

由是观之,如李梦阳以"主调"来衡量宋诗之"主理",根柢上显然本于他一再主张的诗歌主情这一诗学基本精神。因此相对于"主理"的宋人之作,李梦阳在上引《缶音序》中同时标明诗歌应具备的基本要求,尤其强调"感触突发,流动情思",以诗人感发流转的"情思"作为诗的根本要素,这也应合了他向歙人佘育申明诗之"七难"、要求以"情以发之"相作结的说法。又据序,宋人为彰显"主理",鄙薄"风云月露"之吟,铲去不为,为李梦阳所完全不能接受,说到底,吟咏风云月露也实是诗人体验自然的一种情感活动,按梦阳的看法,宋人"主理"而薄此,当然已经是同诗歌吟咏"情思"的要求相乖违。

虽然说,落实到具体的对象,其宗尚取法的趣味自然会存在差异,即使是宗法态度近似,其所确立的宗旨和目标也会有所不同,但若稍稍检视一下明初以

---

① 《大复集》卷十四。

来诗歌领域发展演变的总体格局,正如我们之前已指出,整个诗坛呈现明显的宗唐倾向,而且,在"诗盛于唐,尚矣"①的宗唐诗潮中,宋诗则往往被当作诗歌品位参照的重点对象,受到不同程度的排击。如陆深《重刻唐音序》曰:"宋人宗义理而略性情,其于声律尤为末义,故一代之作每每不尽同于唐人,至于宋晚而诗之弊遂极矣。"②以为特别就诗重"性情"来说,唐人胜过宋人一代之作,后者因宗"义理"难掩其弊。杨慎《升庵诗话》又云:"唐人诗主情,去《三百篇》近;宋人诗主理,去《三百篇》却远矣。"③亦以"主情"和"主理"区分唐宋诗品位之高下。在某种意义上,李、何诸子执持强烈的反宋诗倾向,正是融入了这一股涌动着的诗学潮流。如果一定要说到他们的特异之处,那么其不遗馀力抑斥有宋一代之作,态度之决绝,评断之偏激,格外夺人耳目,显现了鲜明的诗学思想个性。当然,这同时也引发我们对其激越态度之义蕴的进一步究察。

毫无疑问,面对诗歌发展的历史谱系,诸子将宋人之诗纳入重点排击之列,确系无可争辩的事实,但这并不意味着,他们已经处在一个习学宋诗风气盛行的时代,故需要采取反宋诗的策略应对乃至改变之。事实上,就当时承继宋人"主理"诗风衣钵的动向而言,最为明显的,莫过于深为李梦阳所指责的所谓"性气诗"的出现,其应与宋代理学诗风有着更为直接的渊源关系。但即便如此,"性气诗"毕竟属少数者为之,并不在其时的诗坛占据重要位置。明人杨廉曾指出,"近代之诗,大抵只守唐人矩矱,不敢违越一步,惟陈公甫(献章)、庄孔旸(㫤)独出新格",又其论绝句曰,"于宋得濂、洛、关、闽之作,于元得刘静修(因),于国朝得陈公甫、庄孔旸"④。杨廉所提及的陈、庄二人,生平为诗得之宋理学家所作尤多,如庄氏,人称"其所咏歌,濂、洛之遗响也"⑤,尤重北宋理学家邵雍之作,以其《伊川击壤集》相宗尚,故而或谓其"全作《击壤集》之体"⑥,"多用道学语入诗"⑦,成为"性气诗"作者的主要代表。杨氏自认为陈、庄诗歌具有独到的"新格",视其别于唐人,可以直溯宋代理学诗风,当然是出于个人欣赏的眼光,然从

---

① 贝琼《乾坤清气序》,《清江贝先生文集》卷一,《四部丛刊》影印明刻本。
② 《俨山集》卷三十八。
③ 《升庵诗话》卷八"唐诗主情"则,丁福保辑《历代诗话续编》,中册,第799页,中华书局1983年版。
④ 《静志居诗话》卷八《杨廉》,上册,第229页。
⑤ 闻人诠《读定山先生集》,庄㫤《定山先生集》卷首,明嘉靖刻本。
⑥ 《四库全书总目》卷一百七十一集部《庄定山集》提要,下册,第1492页。
⑦ 《列朝诗集小传》丙集《庄郎中㫤》,上册,第267页。

他的一席论评中,我们同时可以推知,恪守"唐人矩矱"的宗唐风气在其时还是占据主导之位,这也难怪在杨看来,宗尚唐人的时风中惟像陈、庄涉足"性气诗"的作者显得"独出新格",真正是属于凤毛麟角了。由是而言,李、何等人从主情的角度展示他们鲜明而激越的反宋诗立场,与其说旨在应对时下包括"性气诗"在内的宗宋习尚,以扭转诗坛之宗风,还不如说是他们着重本于维护诗歌抒情特性的基本态度,用一种富于历史性、追索性的眼光,审察先代的诗歌传统,试图由历史渊源的角度,将有宋之诗从宗尚的系统中彻底清除出去,切断其"主理"倾向对诗歌领域的传输,消解发生源的存在,真正从源头上断绝损害到诗歌本质的影响径路。如此,李、何声张诸如"宋无诗"这样否定有宋一代之作的极端之论,实是在其情理之中,至于李梦阳那样有感于"今人有作性气诗",尽管这一现象的实际范围相当有限,但他乃以一种异常敏感的目光和警戒的心理去看待它的发生和包含的负面性,那也就不足为怪了。

三、"真诗"说及其价值取向

如果说,反宋诗倾向表现了李、何等人特别站在主情的思想基点,从历史源头上展开对宋诗的彻底清算,反映了一种"破"的决断,那么,尤如李梦阳,将关切的目光从作为主流创作阶层和文学精英群体的传统文人学子的诗歌,下移至庶民"真诗",并努力为之声张,则可谓站到了同一的思想基点,在更大程度上显示出一种"立"的姿态。

嘉靖四年(1525),陈留人张元学为李梦阳弘治、正德年间所作诗编集刊布,梦阳自题曰《弘德集》,并为作序,此也即后来载入作者诗文别集中的《诗集自序》。在这一篇为人熟知的序文中,李梦阳藉山东曹县王崇文(叔武)之口明确提出"今真诗乃在民间"之说。为了充分说明问题,我们不妨引出序中的相关陈述:

> 夫诗者,天地自然之音也。今途咢而巷讴,劳呻而康吟,一唱而群和者,其真也,斯之谓风也。孔子曰:"礼失而求之野。"今真诗乃在民间。而文人学子顾往往为韵言,谓之诗。夫孟子谓《诗》亡然后《春秋》作者,雅也。而风者亦遂弃而不采,不列之乐官。悲夫!……真者,音之发而情之原也。古者国异风,即其俗成声。……诗有六义,比兴要焉。夫文人学子比兴寡

而直率多,何也?出于情寡而工于词多也。夫途巷蠢蠢之夫,固无文也。乃其讴也,咢也,呻也,吟也,行咭而坐歌,食咄而寤嗟,此唱而彼和,无不有比焉兴焉,无非其情焉,斯足以观义矣。①

值得指出的是,关于所谓"真诗"说的阐述,我们还能够从尚未被人所注意的李梦阳文友李濂在其正德年间任沔阳知州期间辑录沔人歌吟而作的《题沔风后》中,得到进一步的证实,李濂是这样说的:

  古者列国有风。风者,民俗歌谣之诗也。诸侯采之以贡于天子,天子受之而列于学官,以考其俗之美恶,而知其政之得失。是故先王之世特以此为重。后世不复讲此矣,犹幸途歌而巷谣不绝于野夫田妇之口,往往有天下之真诗,特在上者弗之采耳。曩数会空同子于夷门,尝谓余曰:"诗者,天地自然之音也。文人学子之诗比兴寡而直率多,文过其情,不得谓之诗。涂巷蠢蠢之人,乃其歌也,讴也,比兴兼焉,无非其情焉,故曰其真也。"②

这里,李梦阳向李濂所陈述的论诗之见,同他《诗集自序》引王崇文的阐说相比,几乎如出一辙,可以互相印证,也表明至此他已完全接受王崇文所谓"真诗"的见解,或者说,后者已完全融入他的论诗主张之中,代表着他的一种诗学观念。至于李濂在此篇题语中表示"途歌而巷谣不绝于野夫田妇之口"、"往往有天下之真诗"云云,则极有可能受到了李梦阳所论的影响,故有是见。

  不难见出,无论是李梦阳《诗集自序》藉王崇文之说,还是李濂《题沔风后》的相关记述,皆将文人学子诗歌作为庶民"真诗"相对一极看待之,按李梦阳的说法,二者明显的区隔在于,前者"比兴寡而直率多",或谓之"文过其情"、"出于情寡而工于词多",较之"途巷蠢蠢之夫"所歌所吟"无非其情焉"的特点,形成明显的反差。尤需注意的是,此处以"直率"一词批评文人学子之作,其义似乎不能从直言其情的角度去理解,否则,就无法解释李梦阳又攻讦文人学子诗歌为"工于词多"、"文过其情"的这些说法。由此来看,所谓"直

---

① 《空同先生集》卷五十。
② 《嵩渚文集》卷七十三。

率"之义,主要当指以事理议论相胜的一种"主理"倾向。因为出于直议事理、铺叙议论的需要,难免会沾上如宋人严羽所斥以"文字"、"才学"、"议论"为诗的习气,所以不仅导致文人学子诗歌"比兴"的缺失,并且使得那些作者求工于文词,吟写出来的往往是所谓"韵言",徒有声韵而缺少真情。这一点,从李梦阳对于"途巷蠢蠢之夫"歌吟的称许中也能证明之,途巷之民无学无识,在其歌吟中尚不至于议事论理,逞才弄学,一味求工于文词,却以直抒内心真情见长,故谓其"固无文也"。换言之,李梦阳倾心"真诗",和他不满于文人学子重理轻情诗习的态度是密切联系在一起的,在本质上,还导源于他对诗歌抒情特性的执守。

至此,我们仍需对"真诗"的价值所向展开进一步的检讨。据上所引,显然李梦阳是将"真诗"定位在了"天地自然之音"。这当然是从要求全然排除人为雕饰剽袭的角度出发,充分突出"真诗"纯真的质性,如借用清人朱彝尊的一席话来说,"夫惟无心成文,辞必己出,革剿说雷同之弊,宣以天地自然之音,洵斯文之英绝者矣"[①],也即李梦阳同时所宣称的,"真者,音之发而情之原也"。结合梦阳本人如上对途巷之民"途咢而巷讴,劳呻而康吟","行呫而坐歌,食啜而寤嗟"之"无文"歌吟的高度称许,应该说,所谓的"真诗",在本质上其被赋予了原初而朴淳的情感质素,成为诗歌臻于纯真表现之理想境界的一大标志,因此,被李梦阳视为充分显示诗歌抒情特性的最高典范,极力予以标榜。在这一意义上,推崇庶民"真诗",也可以说是以李梦阳为代表的前七子对他们主情求真诗学观念的一种强化宣示,出于其在重视诗歌抒情特性问题上的一种终极追求。在另一面,正是鉴于这一终极追求,让李梦阳以近乎苛切的眼光去审察文人学子的创作状态,虽然如同他排击有宋一代之诗一般,以为文人学子所作"文过其情",未能在真正的意义上践履主情的基本原则,构成对诗歌抒情特性的消解,遂给予"不得谓之诗"的定论,多少流于极端,不过反过来,这正好说明了他对诗歌纯真表现之理想境界的强烈责求,也成为他对体现"天地自然之音"的"真诗"之价值所向的某种变相诠释。有鉴于此,李梦阳甚至不惜从自我检讨做起,在《诗集自序》中,他坦言"予之诗非真也,王子所谓文人学子韵言耳,出之情寡而工之词多者也",以至"每自欲改之,以求其真"。以为自己的诗作与"真诗"相比

[①] 《禹峰文集序》,《曝书亭集》卷三十七,《四部丛刊》影印清康熙刻本。

存在差距,尚未完全达到"真"的境界,不免染有文人学子习气。除开其中的自谦因素,其追究个人在诗歌创作上未达到纯真境界之不足的反省意识,更是显而易见。

与此同时,对于"真诗"价值所向的探究,还不可不注意到它和"风"的精神质性之间的密切关联。《诗集自序》不仅藉王崇文之口道出:"今途咢而巷讴,劳呻而康吟,一唱而群和者,其真也,斯之谓风也。"且在记述王氏推许"途巷蠢蠢之夫"歌吟为"无非其情焉"之后,交代了李梦阳和他之间所展开的一番辩说:"李子曰:虽然,子之论者,风耳,夫雅、颂不出文人学子手乎?王子曰:是音也,不见于世久矣,虽有作者,微矣。"这也表示说,出自当下民间庶民的那些歌吟之作情真意切,称得上是"风"之精神质性的再现,而比较那些出于文人学子之手的"雅"、"颂"之作,"真诗"与"风"之间的关系更为密切。有关这一个问题,李梦阳在他的《郭公谣》后题语中也指出:

> 李子曰:世尝谓删后无诗,无者,谓雅耳,风自谣口出,孰得而无之哉?今录其民谣一篇,使人知真诗果在民间。於乎,非子期孰知洋洋峨峨哉![1]

他在《论学上篇》中还述及:

> 或问,《诗集自序》谓真诗在民间者,风耳,雅、颂者,固文学笔也。空同子曰:吁!《黍离》之后,雅、颂微矣。作者变正靡达,音律罔谐,即有其篇,无所用之矣,予以是专风乎言矣。[2]

李梦阳认为,无论如何,多出自文人学子之手的"雅"、"颂"在后世式微已成事实,比照之下,"风"的传统的流传则完全不同,由于其依存在民间下层,更具有一种持久的生命力,流延不衰,成为"真诗"的本源。最直接的显证,在当下的庶民群体中间,仍然能发现如《郭公谣》那样散发着质朴抒情精神的歌吟之作。由此,"真诗"在某种意义上成为"风"之精神质性一种现世化的呈现,这恐怕是他

---

[1] 《空同先生集》卷六。
[2] 《外篇·论学上篇第五》,《空同集》卷六十六。

本人专注于"风"的一个主要原因。将"真诗"与"风"的精神质性联系起来,重要的一点,显然是缘于李梦阳对后者所蕴涵的原初而朴淳特质的高度重视。如《诗集自序》又借用王崇文的话表示,"古者国异风,即其俗成声",所谓"卒然而谣,勃然而讹",其无非是说,多出于里巷歌谣之作的古老之"风"各缘民俗成声,自然讴歌吟唱,毫无矫饰造作,真正露现"天地自然之音"的本色。再观当下民间庶民所歌所吟,多为"途咢而巷讴,劳呻而康吟","行呫而坐歌,食咄而寤嗟",实属随感而歌,由衷而发,显非刻意矫作之所为,其实际上和古老之"风"的内在特质相接通,所以要说它们是"风"传统精神的一种延续,的确也是未尝不可。

由对"真诗"的尊尚,直至追溯它们的本源即"风"的传统,李梦阳的态度所向,无疑相对弱化了对于作为主流创作阶层和文学精英群体的文人学子之诗歌的关注程度,乃是不满于他们所作过多注重事理议论以至工于文词的"直率"特点而发生的诗歌价值认同上的某种转向。这也显出,他正是在对庶民"真诗"乃至于古老之"风"传统的关注中,去勉力追索在其看来最为原初而朴淳的情感质素,开掘真情之源,并且试图通过这样的方式,建立起诗歌新的抒情典范,真正让它们向着体现"天地自然之音"的情感理想回归。同时表明,"真诗"说在张扬情感的原初而朴淳性质并将文人学子以主于事理议论见长之诗作为反极的比照对象之际,将"真"作为诗歌价值评判的重要基准,事实上多少又在颠覆传统崇雅鄙俗的观念意识,那也就是,"真者,音之发而情之原也,非雅俗之辩也"。诗歌品位的高下优劣,并不在于雅俗之别,而主要取决于它们"真"的程度;那些在传统荐绅学士眼里难登大雅之堂的俚歌俗调,因为其发自真率之情,反而更能够体现一般"诗人墨客"刻意雕凿之作所不及的价值,甚至成为翘楚之作。这也就难怪,在当时中原地区颇为流行的诸如《锁南枝》那样俚俗的时调,曾被李梦阳许之以"诗文无以加矣",评价不可谓不高,其同志何景明附而应之,认为其"如十五《国风》,出诸里巷妇女之口者,情词婉曲,有非后世诗人墨客操觚染翰、刻骨流血所能及者,以其真也"[①]。其均相对地淡化了传统意义上的雅俗之别,多少含有一种有悖于世俗的反逆性和挑战性。

---

① 李开先《词谑》,中国戏曲研究院编《中国古典戏曲论著集成》,第三册,第 286 页,中国戏剧出版社 1982 年版。

第二节　艺术表现原则的诠说

从前面的论述中可以得知，前七子秉持的主情论调，集中反映了他们对于诗人情感体验和表现的充分注重，对于诗歌抒情特性的执着持守。在另一方面，就如何更好地展现创作者内心情感活动的问题，他们同时也提出了一系列相应的主张，特别是重点阐述了诸如比兴、意象、声律等有关诗歌艺术表现的重要原则，其着意于诗之本体的文学立场也由此得以显现。

一、"比物陈兴"："诗之道也"

众所周知，诗有六义，比兴居其二，它们与赋一起被视作传统诗歌创作三种不同的艺术修辞手法，其中比兴尤被认为是诗之所以为诗的一种重要标志，故论家遂有"诗无比兴，非诗也。读诗者不知比兴所存，非知诗也"[①]的说法。

前七子论及诗歌艺术表现原则，格外注重比兴之义。康海在《太微山人张孟独诗集序》中表示，"比物陈兴，不期而与会者，诗之道也"，"故比兴不明，修饰无据，虽盈笥椟，将何以观哉"[②]？王廷相《巴人竹枝歌十首》诗序也云："杂出比兴，形写情志，诗人之辞也。"[③]皆视比兴为体现诗之本体特征的不可或缺的艺术元素。相比起来，李梦阳在其《秦君饯送诗序》中不仅以比兴来标识诗歌的表现特征，并且进一步谈到了运用比兴手法对于决定诗歌价值品位的重要性，他说：

> 盖诗者，感物造端者也。是以古者登高能赋，则命为大夫，而列国大夫之相遇也，以微言相感，则称诗以谕志。故曰言不直遂，比兴以彰，假物讽谕，诗之上也。昔者郑六卿饯宣子于郊也，宣子请各赋以觇郑志。故闻《野有蔓草》，则曰吾有望矣；闻赋《羔裘》，则曰起不堪；闻《褰裳》，则曰敢勤它人。夫蔓草细物也，羔裘微也，褰裳末事也，曷与于郑志，奚感于宣子，而有

[①] 冯舒《家弟定远游仙诗序》，《默庵遗稿》卷九，《常熟二冯先生集》，民国排印本。
[②] 《对山集》卷十四。
[③] 《王氏家藏集》卷二十。

斯哉？亦假物讽谕之道耳。故古之人之欲感人也，举之以似，不直说也；托之以物，无遂辞也。然皆造始于诗。故曰诗者，感物造端者也。①

序中所论除突出古人微言相感、称诗谕志的事例，同时涉及诗歌的比兴艺术，古人为了达到"感人"的目的，"举之以似"、"托之以物"，用以避免遂述直说，于是他们专意于诗以称述之，这主要是由诗歌本身富于比兴艺术的特点所决定的。在李梦阳看来，比兴已和诗歌"感物造端"的特征紧密联系在一起，是诗歌艺术表现的一个重要环节，成为体现诗之价值品位的必要元素。这一看法，实际上已是在相应地昭彰比兴手法运用于诗中的合理性和必要性。

我们知道，追溯起来，比兴特别早在汉代儒者那里，主要被解释为对"政教善恶"或"取比类以言之"，或"取善事以喻劝之"的曲折委婉的陈述方式，由此形成对于《诗经》乃至传统诗歌的一套诠释系统，并对后世产生相当的影响。鉴于偏向"政教善恶"的比附，这一诠释系统的合理性自然需要打上折扣。但不管如何，比兴和诗歌的关系则在如此的诠释中相应得到加强，虽然主要是出于政教功利性的考量。如后来刘勰《文心雕龙·比兴》既指出"比则畜愤以斥言，兴则环譬以记讽"，偏重比兴用于讽刺的功利作用，又同时认为，"盖随时之义不一，故诗人之志有二也"②，说明比兴是表现诗人之志的两种方式，与诗歌之间构成密切的联系，即当作如是观。同样是强调比兴与诗歌之间的重要关联性，所不同的则是侧重从诗歌自身艺术表现而非功利的角度来加以阐释，这是诗学史上相别于以汉儒为代表的比兴说的另一种解说途径。如前已指出，和前七子生活时代较为接近的李东阳，基于突出诗歌独特体式规制的主旨，其中之重要一点即强调"兼比兴"，并从"托物寓情"和"言有尽而意无穷"的角度，去解释比兴手法的特点及其审美效应，回归于诗歌自身艺术表现的取向由是得以见出。在某种意义上，李东阳这一立足诗歌艺术而重视比兴的态度，也可以说，为以李梦阳为代表的前七子相关论说的提出作了观念形态上的铺垫。

关于比兴，李梦阳等人首先突出的是它所谓"假物"的表现特点，除了前引《秦君饯送诗序》表示"比兴以彰，假物讽谕"，梦阳在《缶音序》中也强调，"夫诗

---

① 《空同先生集》卷五十一。
② 范文澜《文心雕龙注》卷八，下册，第601页，人民文学出版社1958年版。

比兴错杂,假物以神变者也"①。"假物"者,借托事物以取譬也。或者如梦阳所称"举之以似,不直说也;托之以物,无遂辞也"。这自然是就要求诗歌委曲宛转传达、避免直接述说来提出的。而相对于"直说","假物"以言就是一种富于变化的表现手法,故也谓之曰"神变"。当然,关于李梦阳的比兴之论,真正值得我们注意的,似乎还不是他对于"假物"表现特点的突出,因为这一说法前人实际上已议论得不少了,早如汉儒所称"取比类以言之"和"取善事以喻劝之"云云,已经涉及显现在《诗经》当中比兴之义借托事物言喻的特点,后如刘勰《文心雕龙》专列《比兴》篇,论之尤详,其释比兴,则认为比"盖写物以附意,扬言以切事者也",而"观夫兴之托谕,婉而成章,称名也小,取类也大"②,同样着重交代了它们或"写物"或"托谕"的特点。如此,要说李梦阳关于比兴的诠释给人留下更为深刻印象的,那就是,相较于偏重政教功利性的传统比兴说,则他重点回到诗歌自身艺术表现的层面来讨论该修辞手法,这也是他和稍前李东阳所论可以相比拟的地方。

按李梦阳的说法,比兴这一"假物"的表现手法,实质上构成和事理的直接铺叙相对而立,如他批评文人学子诗歌"比兴寡而直率多",即显此意,"假物"的比兴手法运用得少了,无形之中给直言事理让出了空间,或者说,过多注重事理议论,必然要削弱比兴的运用。但如从诗歌本体的角度上来看,这么做就完全不合乎它本身的艺术表现要求,势必会损及诗歌这一文体的本质特性。故在他看来,那些文人学子诗作因为有此弊端,最终难免沦为"不得谓之诗"的已非诗之面目的"韵言"。这也等于说,注重比兴的运用,显然是被李梦阳当作了在诗歌创作过程中有效地弱化甚至消除事理议论一项十分重要的艺术策略。在另一方面,与此紧密相关联的是,李梦阳强调比兴的表现手法,其大旨也在于弱化甚至消除事理议论的基础上,极力维护诗歌作为特定抒情文体的基本性质。事实上,体现诗歌抒情文体的这一基本性质包含了两层的意涵,即不仅指涉诗人内心的情感活动,也同时指涉如何更加符合诗歌抒情要求的情感表现方式。对此,严羽在他的《沧浪诗话·诗辨》中,早已言简意赅地既表示"诗者,吟咏情性也",强调诗歌重在表现诗人内心的情感活动,又指出它的表现方式及其相应的

---

① 《空同先生集》卷五十一。
② 《文心雕龙注》卷八,下册,第 601 页。

审美效果应是"言有尽而意无穷",即更加重视诗以暗示方式而能够激发想象这样一种蕴藉传达的表现艺术。是以在他眼里,"近代诸公"以"文字"、"才学"、"议论"为诗,已是"于一唱三叹之音,有所歉焉",甚者"叫噪怒张"、"殆以骂詈为诗",则更不可不谓是诗之"一厄"①。在此意义上,"言有尽而意无穷"的蕴藉传达,即是被当作塑造诗歌抒情特性的重要手段而提出来的,其目的在于更加合乎诗歌抒情的特殊需求,违戾于此,自然也意味着有悖于诗歌的抒情特性。毫无疑问,比兴在众论家那里,更多情形之下被看成是一种以物取譬、意在言外的讲究以蕴藉传达为尚的表现艺术,远如钟嵘解释比兴,以为"文已尽而意有馀,兴也;因物喻志,比也"②,近如李东阳认为二者"有所寓托",使诗避免了"正言直述",终归于"言有尽而意无穷"。而在李梦阳看起来,比兴这种"假物"以言的表现艺术,正有助于体现诗歌作为特定抒情文体的基本性质,合乎诗歌抒情的特殊需求。因此,他在鄙薄文人学子诗歌之际,推许"途巷蠢蠢之人"所歌所讴"无不有比焉兴焉,无非其情焉",将比兴相兼视为传达讴歌者内心情感活动的理想方式,应当作如是观。

二、"示以意象"与"不露本情"

前七子一些成员论述诗歌的艺术表现原则,同时十分注意诗歌的意象问题。

所谓意象,是由意与象两个单独的术语构结而成的,在传统的意义上,它指示着意与象二者之间的一种密切关联性。《周易·系辞上》就有"书不尽言,言不尽意"而"圣人立象以尽意,设卦以尽情伪,系辞焉以尽其言"③之说,已拈出意与象之间的联系,多被论家视作意象说可以追溯的一种来源。三国魏时王弼在《周易略例·明象》中的以下所论,人们同样并不陌生:"夫象者,出意者也。言者,明象者也。尽意莫若象,尽象莫若言。言生于象,故可寻言以观象;象生于意,故可寻象以观意。意以象尽,象以言著。"④在对言、意、象三者的构结中,其中意与象的关系被描述成为"象生于意"、"意以象尽",更为明晰地揭出了作为

---

① 《沧浪诗话校释》,第 26 页。
② 曹旭《诗品笺注》,第 25 页,人民文学出版社 2009 年版。
③ 《周易正义》卷七,《十三经注疏》,上册,第 82 页。
④ 《周易》附,《四部丛刊》影印宋刻本。

主观之意和客观之象彼此之间所构成的有机关联。可以讲,这一观念特别是对于传统诗学理论中意象说的确立和深化,无疑起了十分重要的影响。

说起来,尤其从诗学的角度来看待意象的营构,最为关键的一点,当然还是落实在了意与象之间的谐合程度,这成为意象说的精神实质之所在。何景明《与李空同论诗书》对李梦阳正德元年(1506)间和正德六年(1511)任江西提学副使后两个不同时段所作诗篇意象特征的比较,就是围绕于此来论议的:

> 夫意象应曰合,意象乖曰离。是故乾坤之卦,体天地之撰,意象尽矣。空同丙寅间诗为合,江西以后诗为离。①

偏向具象思维的特点,决定了诗歌需要选取一定的物象而不是靠抽象说理来呈现诗人内心的情感活动,于是因象见意、意与象的谐合成为在诗歌的本体意义上对其表现艺术作出的一项要求,自然这也是从诗歌以蕴藉传达为尚的角度来考虑的。在如此情况下,寓含诗人情感质素的意象之概念,更多地被赋予了所谓"传统联想与象征意义",也就是说,出现在诗中的意象不应是纯粹客观物象的陈列,而是承载着"表现感情,描写景色,创造气氛,提示言外之意"②的表现功能。从这一意义上讲,意象的营构不仅表示意以象见、象以意立之蕴意,取意舍象或取象舍意皆有违于诗歌自身的艺术要求,更重要的是,指涉意与象二者互相契合的程度,因为即使注意到诗歌因象见意的表现特点,但如果忽视意与象之间的紧密协配,造成二者的乖离,诗人主观情感无法确切有效地从客观物象中得以传递,当然是算不上成功的撰作。何景明分辨李梦阳"丙寅间"和"江西以后"诗作意象"合"与"离"的差别,显然不只是出于诗重意象布置的眼光,更是由讲究意与象二者的高度协调的要求所致。"乾坤之卦"云云,出自《周易·系辞上》:"乾,阳物也;坤,阴物也。阴阳合德,而刚柔有体,以体天地之撰。"孔颖达正义曰,"若阴阳不合,则刚柔之体无从而生,以阴阳相合,乃生万物,或刚或柔,各有其体,阳多为刚,阴多为柔也","天地之内,万物之象,非刚则柔,或以刚

---

① 《大复集》卷三十。
② (美)刘若愚著、王镇远译《中国文学艺术精华》,第 29 页,黄山书社 1989 年版。

柔体象天地之数也"①。何景明以乾坤之卦阴阳相合为例,无非是要由此说明意象趋"合"避"离"的重要意义。然确切地说,他在这里表示意象"应曰合"、"乖曰离",还只是强调意象相合的一个原则性问题,并未就此展开详尽的阐论,比较起来,王廷相在他的《与郭价夫学士论诗书》中则就意象及其相关问题作了更进一步的诠释:

> 夫诗贵意象透莹,不喜事实粘著,古谓水中之月,镜中之影,可以目睹,难以实求是也。《三百篇》比兴杂出,意在辞表,《离骚》引喻借论,不露本情。东国困于赋役,不曰天之不恤也,曰"维南有箕,不可以簸扬;维北有斗,不可以挹酒浆",则天之不恤自见。齐俗婚礼废坏,不曰婿不亲迎也,曰"俟我于著乎而,充耳以素乎而,尚之以琼华乎而",则婿不亲迎可测。不曰己德之修也,曰"余既滋兰之九畹兮,又树蕙之百亩。畦留夷与揭车兮,杂杜蘅与芳芷",则己德之美不言而章。不曰己之守道也,曰"固时俗之工巧兮,偭规矩而改措。背绳墨以追曲兮,竞周容以为度",则己之守道缘情以灼。斯皆包韫本根,标显色相,鸿才之妙拟,哲匠之冥造也。若夫子美《北征》之篇,昌黎《南山》之作,玉川《月蚀》之词,微之《阳城》之什,漫敷繁叙,填事委实,言多趁帖,情出附轾。此则诗人之变体,骚坛之旁轨也。……嗟乎! 言征实则寡馀味也,情直致而难动物也。故示以意象,使人思而咀之,感而契之,邈哉深矣,此诗之大致也。②

王廷相上述的这一段话,至少可以说明几个问题。第一,强调诗要"示以意象",以此作为其重要的一项艺术表现原则。在他看来,此在根本上是为诗歌这一文体的性质所规定的,他大力标举作为经典文本的《诗经》和《离骚》或"比兴杂出,意在辞表",或"引喻借论,不露本情"的特点,意图在于昭示这些经典诗作突出意象构造的典范作用。第二,申明诗歌"示以意象"的重要目的。王廷相以为,一味填委事理敷叙议论,或者直接宣达其情,有违于诗歌的基本性质和审美特性,其毫不隐讳地指摘杜甫《北征》、韩愈《南山》等作,正是基于这一态度,故以

---

① 《周易正义》卷八,《十三经注疏》,上册,第89页。
② 《王氏家藏集》卷二十八。

"诗人之变体,骚坛之旁轨"目之。对意象营构的重视,主要也就是针对"言征实"、"情直致"来说的,目的要让接受对象从对诗中意象的体味中能够"思而咀之,感而契之",增强诗歌耐咀嚼品味的艺术韵致和深入感动人心的审美效果。第三,如果说,以上何景明主张意象趋"合"避"离",多少还只是一种原则性的宣示,那么显而易见,王廷相在这里进而对意象彼此谐合的具体要求作了比较明确的阐释,若要用一句话来加以概括,乃所谓"不露本情"。具体一点地说,"不露本情"就是不使诗人本意直白呈露,或曰"言"不"征实","情"不"直致",大要在于通过对客观之象的形相摹状和标显,来实现对诗人主观之意的传达。令运意于象中,意不可离象而直泄;显象以蕴意,象须体现对意的涵容。这也便如王廷相标称《诗经》、《离骚》能"包韫本根,标显色相"的一番意思。如此"不露本情"呈现的"透莹"的意象,既不离可以观见的具象之形相,又不至于令意脉着实直露,以王廷相化用严羽《沧浪诗话·诗辨》中的话来说,即如"水中之月,镜中之影",故谓之"可以目睹,难以实求"。值得提及的是,在这一点上,李梦阳的看法和王廷相所言较为相近,其曰:"古诗妙在形容之耳,所谓水月镜花,所谓人外之人、言外之言。宋以后则直陈之矣,于是求工于字句,所谓心劳日拙者也。形容之妙,心了了而口不能解,卓如跃如,有而无,无而有。"[1]此处虽未运用意象一词,但李梦阳在谈及"经"与"史"文体特征时曾说:"夫经史体殊,经主约,史主该。譬之画者,形容是也,贵意象具。"[2]如此,他推重古诗"形容之妙",实际上和所谓"贵意象具"是联系在一起的[3]。按李梦阳之见,人们正是从古诗中犹如"水月镜花"的具象形相当中去体会其言外之意,领悟其所传递的诗人情愫,而并不是通过直接的述说去获取,他对宋以后诗作"直陈"之失的批评便是缘此而发。在他看起来,这一切可以体味而得,却难以用言辞去加以解说,乃所谓"心了了而口不能解",惟有如此,诗歌才具有"人外之人、言外之言"的蕴藉婉曲之致,才臻于"有而无,无而有"的玄妙灵奥之境。"有"是可以观见的形相,"无"乃未予着实的意脉,"有""无"之间,庶近王廷相称说的"包韫本根,标显色相"之意,也方显现意与象切贴无间、融会无迹的高度密合。

---

[1]《外篇·论学下篇第六》,《空同集》卷六十六。
[2]《外篇·论学上篇第五》,《空同集》卷六十六。
[3] 参见史小军《试论明代七子派的诗歌意象理论》,《陕西师范大学学报》1996年第3期。

三、"声永而节","律和而应"

除了比兴与意象,声律也是前七子探讨诗歌艺术表现原则时所十分关注的一个问题。李梦阳在其《林公诗序》中就表示:

> 夫人动之志,必著之言,言斯永,永斯声,声斯律;律和而应,声永而节,言弗暌志,发之以章,而后诗生焉。①

此段总括性的论述,显然是承沿《尚书·尧典》"诗言志,歌永言,声依永,律和声"这一番关于诗歌声律的解说而来的。不过引起我们注意的,主要倒不在于它的议论所自,而是作者以此对于声律意义的凸显。依照其说,发言为诗,言以显志,声律则在中间起着重要的结构和传达作用,它不仅是诗歌赖以生成的不可缺少的构成元素,同时也成为表现诗人内心情感活动的重要艺术途径。

如果将以李梦阳为代表的前七子注重声律的诗学观念,放置在一定的文学氛围之中加以审视,从更为广阔的域界去辨察它的生成与发展的脉络,那么,我们不能不联系到与诸子活动时代相近的成、弘之际特别如李东阳这样作为当时"以文章领袖缙绅"的文坛主导人物,曾经对于诗歌声律问题所给予的关注。如前已述,李东阳在申明有异于文的诗歌体式规制时,其中之一就是强调"协音律",以维护诗作为"文之成声者"的"体"的独特性。他提出"诗之体与文异","盖其所谓有异于文者,以其有声律风韵,能使人反复讽咏,以畅达情思,感发志气"②,不仅视"声律"为诗与文相别的一个重要体制性的标识,而且将它和诗人"情思""志气"的情感表现密切联系在一起。在此意义上也可以说,李东阳所理解的诗歌声律之义,并不是单纯的平仄短长的外在范式,而应该是源自诗人情感活动的音声节奏,是一种体现着表情功能的内在声律③。因此,一味拘限声律的外在范式而无视它内在的表情功能,并不为李东阳所认同:"今泥古诗之成

---

① 《空同先生集》卷五十。
② 《沧洲诗集序》,《李东阳集》,第二卷,第72页。
③ 参见陈伯海《中国诗学之现代观》,第335页,上海古籍出版社2006年版。

声,平仄短长,字字句句摹仿而不敢失,非惟格调有限,亦无以发人之情性。若往复讽咏,久而自有所得;得于心而发之乎声,则虽千变万化,如珠之走盘,自不越乎法度之外矣。如李太白《远别离》、杜子美《桃竹杖》,皆极其操纵,曷尝按古人声调?而和顺委曲乃如此。"①就是说,刻意追求外在的平仄短长要求,虽然合乎固有的程式,但必然损及诗人"情性"的发抒。前已指出,李东阳所理解的声律,实际上含"律"和"调"两层语义,在他看来,与作为"规矩"的"律"相比,"调"则游离于一定"规矩"而"有巧存焉",需要作者"心领神会",方能"自有所得",其上谓"往复讽咏,久而自有所得",也即"得于心而发之乎声",犹如李、杜之作未尝刻意摹仿古人声调,却能做到"和顺委曲",自当是尤其就于"调"的把握来说的。而这一点,实在于他特别注意声调和诗人"情性"之间的关联,认为对此只有用心领会,才能不为固有程式所拘,更有助于"发人之情性",且自能不越出法度之外。

再观前七子关于诗歌声律的阐论,其如李梦阳在上引《林公诗序》中不仅表示"声永而节"、"律和而应",并且视"声异律乖"为导致"诗亡"之一大弊端,宣示了声律协和有节对于诗歌而言的重要性,较之李东阳强调"协音律"以维护诗"体"独特性的主张,实质上并无二致,表明了他们比较注意从诗歌本体的层面来探讨其艺术表现原则的某种共识。同时,作为"声永而节"、"律和而应"的声律相和之说的一种具体展开,李梦阳等人又十分注重声律与诗人情感传达的协调关系,更突出了声律内在的表情功能,就此,将他们的相关主张和以上李东阳所论放在神理融通的同一层面上来加以观照,亦实无不当。在这一个问题上,他们一方面讲究"主调",步武李东阳之后,尤重体现声律特征的"调"所蕴涵的情感质素,譬如李梦阳《缶音序》、《林公诗序》,何景明《明月篇》诗序等,曾经分别从不同的角度论及之,对此我们在前一章第一节中已作了相关的探析,这里不再赘述;另一方面,李梦阳等人在阐释声律与情感传达的协调关系的过程中,如果说,他们所论所见尚有进一步值得关注的地方,那么,其特别对于"气"在声律构成中的特殊作用的强调,以及由此所涉及的"情"、"气"、"声"三者的关联,无疑是我们所不应当忽略的。

李梦阳在《张生诗序》中指出:

---

① 《怀麓堂诗话》,《李东阳集》,第二卷,第530页。

夫诗发之情乎,声气其区乎,正变者时乎?夫诗言志,志有通塞,则悲欢以之,二者小大之共由也。至其为声也,则刚柔异而抑扬殊。何也?气使之也。是故秦、魏不贯调,齐、卫各擅节,其区异也。①

首先值得注意的,是这里所谈及的"气"与"声"之间的关系。在李梦阳看来,"气"的作用,直接影响到了诗歌音响声调的特点,故曰"声"有"刚柔"、"抑扬"之殊异,乃"气"使之然。关于这一点,他在《缶音序》中其实也已有所表示,如谓"其气柔厚,其声悠扬"②,并置"气"、"声"而论,凸显二者之间的紧密联系,明示"悠扬"之"声"的形成与"柔厚"之"气"吐发的内在关联。说起来,"气"之所以会和"声"相连结在一起,其中的一点,与人们对呼气以成声的生理性现象的认知自然不无关系,如王廷相就曾经提出:"人之音声,随气而吐。故气呼而声出,必自宫而徵,自徵而商,自商而羽,自羽而角。"③以为气呼声出,成宫、商、角、徵、羽之五音。除却于此,如果进一步加以究察,则不可不联系到"气"本身意义之所聚。

追溯起来,"气"的意义形成是一个相对复杂而逐渐演变的过程。东汉许慎《说文解字》解说其义曰:"气,云气也。象形。"揭出了"气"的原初之义为流动悬浮于自然天地之间的云气。不仅如此,尤其在先秦时代道家的思想系统中,"气"同时被用来解释天地开辟与万物生成的宇宙世界的本始,如《老子》曰:"万物负阴而抱阳,冲气以为和。"④《庄子·至乐》:"杂乎芒芴之间,变而有气,气变而有形,形变而有生。"⑤其中作为宇宙世界之一物的人类,被认为在根本上与自然万物为同质,同受天地阴阳之气,"人之生,气之聚也。聚则为生,散则为死"⑥,"气"的聚散离合由此指示着人类生命的生灭变化⑦。从另外一面来看,"气"的概念在自身演化过程当中,也发展出了倾向于主体内在或精神层面上的

---

① 《空同先生集》卷五十。
② 《空同先生集》卷五十一。
③ 《律吕论·五音》,《王氏家藏集》卷四十。
④ 王弼注《老子道德经·下篇》四十二章,《诸子集成》,第三册,上海书店出版社1986年版。
⑤ 王先谦《庄子集解》卷五,《诸子集成》,第三册。
⑥ 王先谦《庄子集解》卷六《知北游》,《诸子集成》,第三册。
⑦ 参见(日)小野泽精一等编著、李庆译《气的思想——中国自然观和人的观念的发展》,第120页至124页,上海人民出版社1990年版。

意义指向,如《管子》曰,"静则得之,躁则失之。灵气在心,一来一逝"[①],"一气能变曰精,一事能变曰智"[②],说明心向的静定专一对于"气"之充实的重要作用,赋予了"气"以一层精神上的内涵。至于孟子曾经提出的人所熟知的养气说,则意在从养之以义的自我修持做起,用以培养出至大至刚以至滋蔓充塞于天地之间的"浩然之气"[③],而他自称所"善养"的这一股"浩然之气",以直接由个体内在的修养而得,它与主体的精神联系更为紧密。再进而来看,"气"这一个概念自被引入文学领域以来,尽管历来众多论家对其义蕴的诠释各有侧重,不尽一致,但有一点是显见的,那就是更多地指涉体现文学创作的本质特征而源自创作主体内质的个性气质以及它们在作品中的具体呈现,其着重落实在精神层面的意义指向愈为明晰。比如,在研究者眼里成为正式将"气"的概念引入文学批评领域的标志性人物曹丕,其《典论·论文》明确提出"文以气为主",认为"气之清浊有体,不可力强而致"[④],实质上是把有着清浊区分之"气"的内蕴,与创作者天然不可强致的气性才质联系在一起。又如,其后刘勰在《文心雕龙》中也不乏有关"气"的阐论,《养气》之篇即谓"清和其心,调畅其气","玄神宜宝,素气资养"[⑤],《体性》之篇则云"才有庸俊,气有刚柔","才力居中,肇自血气"[⑥],将"气"分别和"心"、"神"、"才"这样表示精神性的概念并置关联而言,其本乎创作主体内质的意义特征是甚为明显的。这一些大多为研究者所注意,自不必多言。

应该说,李梦阳等人联结"气"与"声"的关系,强调前者在诗歌声律构成中的特殊作用,主要正是基于其注重声律内在表情功能的诗学立场,他们所理解的"气"的概念,蕴积着传统气说的精神因子,体现了它和创作主体内质相构连的意义特征。也正鉴于此,"气"在李梦阳等人有关诗歌声律的表述中,更明显地同反映诗人个体本质的情感活动联系在了一起。徐祯卿《谈艺录》论诗"辞"与"气"之"支分条布,略有径庭",就认为"良由人士品殊,艺随迁易",其曰:"故宗工巨匠,辞淳气平;豪贤硕侠,辞雄气武;迁臣孽子,辞厉气促;逸民遗老,辞玄

---

① 戴望《管子校正》卷十六《内业》,《诸子集成》,第五册。
② 戴望《管子校正》卷十三《心术下》,《诸子集成》,第五册。
③ 焦循《孟子正义》卷三《公孙丑章句上》,《诸子集成》,第一册。
④ 六臣注《文选》卷五十二,《四部丛刊》影印宋刻本。
⑤ 《文心雕龙注》卷九,下册,第647页。
⑥ 《文心雕龙注》卷六,下册,第505页至506页。

气沉;贤良文学,辞雅气俊;辅臣弼士,辞尊气严;阉僮壸女,辞弱气柔;媚夫幸士,辞靡气荡;荒才娇丽,辞淫气伤。"[1]证明各种类型的人其精神品质上的差异,造成现之于诗中的"辞"与"气"各不相同。李梦阳《林公诗序》则言"谛情探调,研思察气,以是观心,无庾人矣",反之如果"情迷调失,思伤气离,违心而言,声异律乖,而诗亡矣"[2],在"情"与"思"、"调"与"气"的联类并置中,"气"和"情"、"思"的创作主体情感活动的关联得以显现,其藉此可以"观心"这种透视主体内质的精神性的意义指向昭彰无遗。由此,我们还可以看到,李梦阳等人在对声律与情感传达协调关系的解说中,进一步明确了"情"、"气"、"声"三者之间的关联性。如他的《缶音序》主张诗歌"柔厚"之"气"、"悠扬"之"声",其同时示意的一个相当重要的前提,即"感触突发,流动情思",说明"气"、"声"实本"情思"流动而成,"情"对于"气"、"声"的引发起着一种主导性的作用,"情"、"气"、"声"之间的联络是非常明显的。在这一方面,徐祯卿所述更显明晰,也更值得注意,其《谈艺录》在阐论诗歌的创作过程时曾指出,"情无定位,触感而兴,既动于中,必形于声","然引而成音,气实为佐;引音成词,文实与功","因情以发气,因气以成声,因声而绘词,因词而定韵"。依乎此说,从"情"之所动到形之于"声","气"在中间发挥着十分重要的辅佐作用。这主要体现在,"气"实因"情"而发,与"情"相连密切,亦一如徐氏评议"出自流离"的项羽《垓下歌》及"成于草卒"相传为曹植所作的"煮豆"诗,以为"深情素气,激而成言",这样的所谓"权例"[3]之作,在他的眼中恰恰成了"气"与"情"相联的范例;与此同时,"声"乃因"气"而成,诗之音响声调效果的经营,离不开"气"的佐助,如此,"气"又是"成声"不可或缺的条件。综括上说,李、徐有关诗歌声律的阐论,其中强调了关涉创作主体内质而着重指向精神意义的"气"这一范畴,特别在连接"情"、"声"关系,协调声律与情感传达过程中的重要作用,其推移"情"、"气"、"声"三者的关系,使之形成一种有机的互相衔接,根本的目的,还在于表彰声律艺术展现诗人情感活动的重要价值及意义,突出声律内在的情感表现的功能,这一点应当是问题的本质之所在。

---

[1] 《迪功集》附。
[2] 《空同先生集》卷五十。
[3] 《迪功集》附。

第三节　格调、文质说与审美主旨的确立

在对于前七子诗文主张所展开的具体考察的过程中,同时不能不注意的是他们关于格调和文质问题的阐述,如果说,前者重点涉及诗歌审美层面上的要求,李梦阳论诗歌创作之"七难",起首即以"格古"、"调逸"[①]相标显,多少表明他对于这一问题的重视态度,那么,后者则是笼括诗与文两大方面的审美原则来立说的,指涉显得相对宽泛。应当说,它们之所以值得我们倍加关注,不仅二者为诸子所着力诠释,是我们在探讨其诗文主张过程中根本无法回避或忽略的,并且更为主要的是,有关格调和文质问题的阐述,在一定意义上,反映出诸子关乎诗文创作基本的审美趣旨,而这对于我们在总体上去辨识他们的文学立场,无疑是非常重要的。

一、"高古"之格与"宛亮"之调

尽管格调一说并不能够涵盖前七子诗学观念的全部,事实上他们也从来没有以格调来总括自己的论诗主张,但这一论说的确曾经为李梦阳等人所强调。前言梦阳以"格古"、"调逸"置于诗歌"七难"的首端,已足以见出一斑,而他在致何景明的《驳何氏论文书》中又有述及格调者,如下的一段话便为研究者所熟知,"辞断而意属者,其体也,文之势也;联而比之者,事也。柔澹者思,含蓄者意也,典厚者义也。高古者格,宛亮者调。沉着雄丽、清峻闲雅者,才之类也,而发于辞"[②]。其中对"高古"之格以及"宛亮"之调的大力标举,是显而易见的。诸子之中又如王廷相,对于格调也多有阐论,他在《与郭价夫学士论诗书》中,将"定格"与"运意"、"结篇"、"炼句"一起并列,视为作诗之"四务",并表示,与"意"、"篇"、"句"分别为诗歌"神气"、"体质"、"肢骸"相比,"格者,诗之志向,贵高古而忌芜乱"[③]。以"志向"这样具有某种总体标式和向导性意味的用词来比喻"格",

---

[①]　《潜虬山人记》,《空同先生集》卷四十七。
[②]　《空同先生集》卷六十一。
[③]　《王氏家藏集》卷二十八。

也自然是为了说明它对于诗歌而言的重要意义。再如,其曾评人之作"格调清远,古昔作者,当不多让"①,这是从正面肯定其诗格调之上乘者;又评人所作:"诗兴思冲淡,惜宋人格调尔。试以《三百篇》为骨格,取材于《离骚》,汉、魏、晋、宋四代,当自有得也。"②这是指摘其诗染上宋人之习,终为格调之下乘者,至于建议对方以《诗经》为"骨格",于《离骚》等作多有"取材",也无非是从要求格调趋于上乘的角度来发论的。除此,王廷相写给盟友孟洋的《寄孟望之》一书,在历述律诗创作的变化脉络和分析"今不逮古"的原因时,又谈及格调的问题,如谓"苏、黄有高才远意,格调风韵则失之",又以为后人"有高才矣,复不能刻力古往,任情漫道,畔于尺榘,以其洒翰美丽应情仓卒可也,求诸古人格调,西施东邻之子,颦笑意度,决不至相仿佛矣"③,也成为他关注诗歌格调的一个显例。可以看出,在诸子那里,格调既是一种规范创作的明确标的,又是一种鉴识品位的重要尺度,格调之高下,直接关乎诗歌品质的优劣,以故深受他们的重视。

追溯起来,以格调作为一种批评的话语来品论诗歌的创作,由来已久。如旧题唐王昌龄《诗格》论所谓"诗有五趣向",分别曰"高格"、"古雅"、"闲逸"、"幽深"、"神仙",其中标举曹植《又赠丁仪、王粲》一诗中"从军度函谷,驰马过西京"句作为"高格"之例④。又其《诗中密旨》提出"诗有二格","诗意高谓之格高,意下谓之格下",且以《击壤歌》"耕田而食,凿井而饮"为"高格",沈约《别范安成》诗"平生少年日,分手易前期"为"下格"⑤。又如唐殷璠《河岳英灵集》评储光羲诗,谓其"格高调逸,趣远情深,削尽常言"⑥。元辛文房《唐才子传》论张谓诗,以为"诗格高古"⑦。在与前七子所处相近的时代,格调也同样成了一些作家和论家喜欢运用的一种批评话语,较为突出的如成、弘之际的李东阳,《怀麓堂诗话》载,人尝问作诗,其答复曰:"试取所未见诗,即能识其时代格调,十不失一,乃为有得。"这主要是为了说明"诗必有具眼,亦必有具耳","眼主格,耳主声"的识别诗歌格调的道理。他又强调指出:"今泥古诗之成声,平仄短长,字字句句摹仿

---

① 《答王舜夫》,《王氏家藏集》卷二十七。
② 《与王孔昭》,《王氏家藏集》卷二十七。
③ 《王氏家藏集》卷二十七。
④ 《诗格》卷下《诗有五趣向》,张伯伟《全唐五代诗格汇考》,第182页,凤凰出版社2002年版。
⑤ 《全唐五代诗格汇考》,第194页。
⑥ 《河岳英灵集》卷中《储光羲》,影印文渊阁《四库全书》本,台湾商务印书馆1986年版。
⑦ 《唐才子传》卷二《张谓》,影印文渊阁《四库全书》本,台湾商务印书馆1986年版。

而不敢失,非惟格调有限,亦无以发人之情性。若往复讽咏,久而自有所得。得于心而发之乎声,则虽千变万化,如珠之走盘,自不越乎法度之外矣。"①应该说,在某种意义上,李梦阳等人对于格调的重视,乃是直承这一传统的诗歌批评话语而声张之。

当然,为弄清楚问题本身,最为重要的,还需进一步来剖析诸子的格调说,辨识它的义旨所向。

先来看"格"。值得注意的,首先是李梦阳在为徐祯卿所撰《徐迪功集序》中所云,其提出,"夫追古者,未有不先其体者也",评徐氏所作,其中一条,即有所谓"议拟以一其格"②。这是在评品徐氏所作特点的同时,揭出了"格"与"体"之间的关联。关于这一点,李梦阳序其诗友郑作《方山子集》时也述及,谓郑氏为诗"才敏兴速,援笔辄成","然率易弗精也",故"每抑之",于是郑"乃即兀坐沉思,炼句证体,亦往往入格"③。其同样说明了"格"与"体"之间的联系。对此,徐祯卿在其《谈艺录》中论七言诗的兴起,指出:"《沧浪》擅其奇,《柏梁》弘其质,《四愁》坠其隽,《燕歌》开其靡。他或杂见于乐篇,或援格于赋系,妍丑之间,可以类推矣。"④其中的"格",显然是指由赋体入诗体而言,实是对"体"的一种辨别。鉴于此,李梦阳等人所谓"格"的概念,归结起来,可以说大要指的是作品的体格、体式,也即关涉作品的体制格局以及由此所展现的风格特征;"格"不能离"体"而言之,或曰作品一定的体格、体式代表着"格"的基本意义。对于这一点,先前的李东阳曾指出:"古诗与律不同体,必各用其体,乃为合格。然律犹可间出古意,古不可涉律。"⑤他主要是从古诗和律诗之"体"的分隔,来申明"格"与"体"之间的关系的,就此来说,不妨可视之为李梦阳等人论"格"概念的某种注脚。正是基于对这一层关系的认知,在论"格"之际,诸子同时引出了对于"辨体"的重视。如视"定格"为作诗"四务"之一的王廷相,表示"古人之作,莫不有体",遂提出"诗贵辨体",即"效《风》、《雅》类《风》、《雅》,效《离骚》、《十九首》类《离骚》、《十九首》,效诸子类诸子,无爽也,始可与言诗已矣"⑥。效而类之的目

---

① 《怀麓堂诗话》,《李东阳集》,第二卷,第 530 页至 531 页。
② 《空同先生集》卷五十一。
③ 《方山子集序》,《空同先生集》卷五十。
④ 《迪功集》附。
⑤ 《怀麓堂诗话》,《李东阳集》,第二卷,第 529 页。
⑥ 《刘梅国诗集序》,《王氏家藏集》卷二十二。

的,自然是为了不失古作之"体"。又如徐祯卿,指出:"诗贵先合度,而后工拙。纵横格轨,各具《风》、《雅》。繁钦《定情》,本之郑、卫;'生年不满百',出自《唐风》;王粲《从军》,得之二《雅》;张衡《同声》,亦合《关雎》。诸诗固自有工丑,然而并驱者,托之轨度也。"这无非是说,上所举诗例分别本之《诗经》中不同的篇章,有体而寻,所以称得上是"纵横格轨"或"托之轨度",绝对不属于他所诟病的"格或莽乱而未叶"①。总之,从诸子注重所谓"辨体"中,可以见出他们对于"格"的关注。

不仅如此,从审美取向上来说,在诸子看来,诗歌的理想之"格",乃在于所谓"高古"。究其所称说的"高古",归纳起来,大致含有两层的涵义:一是指淳正不芜。如王廷相表示"格"作为"诗之志向","贵高古而忌芜乱",已可以说一语道出其意,显然,此处的"芜乱"是与"高古"相对立而言。"芜乱"者,杂乱而不正也,或即如徐祯卿所鄙薄的"莽乱而未叶","高古"者则应该是反其道而行之。有一点是令人不难明白的,要体现"格"不至于"芜乱"而趋于淳正,须有可以取而参照与效法的相应目标,否则的话,正而不乱也就无从谈起。因为如此,为避"格"之"芜乱"不正,循沿正宗之道,诸子特别将目光对准了"莫不有体"的古作,主张取而参照与效法之,如上王廷相要求仿效古作之"体"而无爽,徐祯卿主张作诗"贵先合度",推崇"托之轨度"诸作,即当作如是观。二是指古质厚重。如徐祯卿自称"徐子谈诗格尽高"②,其曾指出:"古诗句格自质,然大入工。《唐风·山有枢》云'何不日鼓瑟',铙歌辞曰'临高台以轩',可以当之。又'江有香草目以兰,黄鹄高飞离哉翻',绝工美,可为七言宗也。"这当然主要是在于突出古诗"工"而无损其"格""质"的特点,然同时说明了他对质朴之"格"的推尊。而徐祯卿在论及诗歌文质关系问题时,比较"由质开文,古诗所以擅巧",以为"由文求质,晋格所以为衰"③,更明确表达了他主张"格"以"质"取的倾向。这一点,其实也即李梦阳所强调的诗"贵质不贵靡"④的意思。除此,徐祯卿又表示"词士轻偷,诗人忠厚",所以,他更欣赏汉魏诸诗"蹈古辙之嘉粹,刊佻靡之非经"。"轻偷"或"佻靡",不外乎是指轻薄浮艳有余,厚实典重不足。从徐祯卿

---

① 《谈艺录》,《迪功集》附。
② 《题谈艺录后三首》其二,《徐祯卿全集编年校注》卷一,第36页。
③ 《谈艺录》,《迪功集》附。
④ 《与徐氏论文书》,《空同先生集》卷六十一。

"由文求质,晋格所以为衰"的判别来看,他显以晋诗为界,区分古诗"格"之高下,意味其尊尚晋以前的汉魏诗歌之"格",以为"下访汉魏,古意犹存","魏诗,门户也;汉诗,堂奥也"①,即于汉魏古诗多有所取。由此来看,他褒扬汉魏诸诗异别于"轻偷"或"佻靡",终显"忠厚",可以说也是从诗歌理想之"格"的角度,肯定其一种厚重的特征。

再来看"调"。如我们在本章第一节中已论及,李梦阳等人在解说"调"的义旨上,重要的一点,是突出了它的音响声调的特征,这可以视为他们将此作为"调"的基本意义构成中的一种重要元素。且不说于"调"多有所论的李梦阳,其曾经提出诗至唐而自有"唐调可歌咏",认为"高者犹足被管弦"②,已明示"调"的音响声调一义,又从他将"调逸"标列为诗歌的"七难"之一以及主张"宛亮者调"的论述中,如追索其意所本,同样能觉察到"调"的这一意义特征③。不啻如此,李梦阳等人尤其在"调"的概念的理解上,并不只是把它看作诗歌文本中由平仄四声组合而成的音响声调一种单纯意义上的传递,而是如我们也在前面所论及的,同时强调了"调"与诗人情性之间的内在联系,在它的基本意义构成中糅合了情感的元素。因此可以这么说,按李梦阳等人的理解,所谓的"调",不能离却诗歌的音响声调而言之,同时又紧密关乎诗人的情性,简括起来,主要是指渗透着诗人情思性气、通过诗中所组合的音响声调品味而得的一种风韵情致。要补充说明的是,虽然比较起来,"格"与"调"在意义指向上各有侧重,然这并不代表它们成为互相隔绝的两个孤立的概念。实际上从诸子的理解来看,譬如"格"既然主要指诗歌作品的体格、体式,自然也关涉诗歌的平仄韵律,与作为"调"之基本意义构成的重要元素音响声调相联结,这也同时决定了"格"与"调"两个概念在意义指向上的某种交合,故于此不可截然分视之。

在李梦阳等人的心目中,理想之"调"的特征,当然是其所强调的与"格"之

---

① 《谈艺录》,《迪功集》附。
② 《缶音序》,《空同先生集》卷五十一。
③ 如宋陈旸《乐书》卷一百十九《乐图论·十二弦琴》:"然古人造曲之意,感物以形于声,因一声而动于物,伯牙流水之奏,土野清徵之音,夫心往形留,声和意适,德幽而调逸,神契而感通,则古人之意得矣。"(影印文渊阁《四库全书》本,台湾商务印书馆1986年版。)《旧唐书·崔信明传》:"崔信明,青州益都人也,后魏七兵尚书光伯曾孙也。祖绍,北海郡守。信明以五月五日日正中时生,有异雀数头,身形甚小,五色毕备,集于庭树,鼓翼齐鸣,声清宛亮。"(刘昫等《旧唐书》卷一百九十上《文苑上》,第十五册,第4991页,中华书局1975年版。)其中所谓"调逸"、"声清宛亮"云云,均是就音声特点来说的。

"高古"相对应的所谓"宛亮"。体味其涵义,大致也可从两个层面来理解,一是指宛曲平和。如李梦阳言其本人读曹植之作的感想,即称赏"其音宛"①,其《缶音序》论诗,则倾向"其气柔厚,其声悠扬,其言切而不迫"②。此取其宛转悠扬,委曲有致。又如他序林俊诗集,称许其作"言以摘志,弗侈弗浮,有其调矣",是以"探其调平"③。此则取其不侈不浮,平正和婉。二是指朗亮超逸。如李梦阳议论他对六朝之作的印象,就以为"大抵六朝之调凄宛,故其弊靡"④。这应该是说,六朝作品之"调"过于哀怨靡弱,不够高朗宏亮,与其"宛亮"的审美标准大不相符,所以不为他所欣赏。至于如李梦阳又强调"调逸",或曰"辞调高逸"⑤,当与其取"调"之"宛亮"的审美倾向相合;换言之,"调"之"逸"或"高逸",应该是和"宛亮"处在同一个意义序列,指涉一种不落俗冗、不近陈套的超逸展放之义。

综上所言,李梦阳等人强调"高古"之"格"与"宛亮"之"调",确立起重点围绕诗歌体格、体式和音响声调的一种原则性的审美主旨,可以见出,其中既体现了他们对于格调这一传统诗歌批评话语的直接承继,也同时融合了他们落实在格调之诗歌创作规范上而作出的自我要求。格调说尽管不能涵括诸子对诗歌创作要求的全部,故如李梦阳论诗之"七难","格古"和"调逸"是被作为其中的两难来看待的,与"气舒"、"句浑"、"音圆"、"思冲"、"情以发之"⑥相并置,不过,其的确为诸子所着力主张,同样是李梦阳所说的诗之"七难",如本小节起首所说的,"格古"和"调逸"被置于其首,其重要性由此可见一斑。格调在诸子的诗学理论系统里虽属于相对独立的一个概念,然同时又非为孤立的一个概念。因为作为诗歌体制格局及其风格特征和诗歌通过渗透诗人情思性气的音响声调所传达的风韵情致的一种义旨所向,格调实际上已指示它与如前所述的诸子对于诗歌抒情之基本性质的明确认知以及艺术表现的相应要求之间,构成多重的内在联系,很难截然加以分割,这也意味着对于诸子的格调说,须将其置于他们诗学理论的整个系统中去进行观照。值得注意的是,李梦阳等人对于格调重要性的标示,主要体现在于,他们在确立"高古"之"格"和"宛亮"之"调"的诗歌审

---

① 《陈思王集序》,《空同先生集》卷四十九。
② 《空同先生集》卷五十一。
③ 《林公诗序》,《空同先生集》卷五十。
④ 《章园饯会诗引》,《空同先生集》卷五十五。
⑤ 《贾道成墓志铭》,《空同先生集》卷四十四。
⑥ 《潜虬山人记》,《空同先生集》卷四十七。

美主旨的过程中,除了极力标显诗歌创作的相关要求,同时也以此作为审别诗歌位阶的高下、乃至于作为建构其诗歌宗尚系统的一项鉴衡和择选的标准。尽管我们认为,在诠解前后七子格调说问题上,判断七子格调说本于严羽《沧浪诗话》所主张的以盛唐以上诗歌为"第一义"论点的这种较为流行的说法①,并不完全恰切,因为诚如有研究者所指出,这未免存在格调就是主"第一义"之嫌,以至过度放大了格调的意义②,或者说,这一说法实际上多少是将格调简单地等同于"第一义",乃至于以此来涵盖七子诗学复古观念的全部,但应该讲,李梦阳等人以他们所执持的格调的审美标准,在对古典诗歌传统的历史审视与追索中,更为集中地从"第一义"的诗歌谱系——盛唐以上诗歌系统里面找寻到合乎要求的宗尚目标,那也的确是一个事实。正如李梦阳通过对古典诗歌传统的历史性比较,体会出诗至唐理想的"古调"已亡,然自有"唐调"可歌咏,但至宋则连"唐调"亦亡,或曰已无"调"可言,这表示说他在唐代甚至唐代之前的诗歌当中才寻索到理想之"调"。又像王廷相惜诗友之作沦为"宋人格调",遂劝其以《诗经》为"骨格",向《离骚》及汉、魏、晋、宋之作"取材",此也意味着他在向上追溯诗歌系统过程中发现了更加符合理想格调的宗尚典范。由此,我们可以看到李梦阳等人的格调取向和"第一义"诗歌谱系之间所存在的更多的联结。

二、以"质"为本,以"实"为尚

相比于诗学意义上的格调说,同样受到前七子重点诠述的文质说,则是同时面向诗与文来阐发的,体现了诸子对诗文创作艺术的一种总体性的思考,由此反映了其蕴涵在文质关系要求中的一种审美主旨。

在古代文论的众多文学议题当中,文质关系因涉及对文学创作艺术如何加以总体把握的关键问题,可以说一直成为人们所议论的重要话题之一。综观前七子的诗文主张,要说针对二者关系的思考实属他们所着力阐析的重点之一,应不为过,从其中一些成员的有关论述来看,他们对于这一问题显然表现出了相当的注意力。首先看王廷相在为何景明所作的《何氏集序》中的一

---

① 郭绍虞《中国诗的神韵格调及性灵说》,第13页,台湾华正书局有限公司2005年版。
② 陈国球《明清格调说的现代研究》,《古代文论研究的回顾与前瞻——复旦大学2000年国际学术会议论文集》,第145页,复旦大学出版社2002年版。

番陈论：

> 古今论曰：文以代变。非也，要之存乎人焉耳矣。唐、虞、三代，《礼》、《乐》敷教，《诗》、《书》弘训，义旨温雅，文质彬彬，体之则德植，达之则政修，实斯文之会极也。汉魏而下殊矣，厥辞繁，厥道寡，厥致辩，厥旨近，日趋于变然尔，若所谓代变也。及考夫董、贾、杨、马、李、杜、韩、柳诸贤，各运机衡，以追往训，当世文轨，靡得而拘。今综八子视之，殆自致羽翮，凌驾文囿者矣，非存乎其人何哉？[①]

在论者看起来，与汉魏而下诗文时代性的变势相比，唐、虞、三代堪称是"文质彬彬"的典范，实为"斯文之会极"。至于汉唐八子还可以说是"自致羽翮"、"凌驾文囿"，关键在于他们能不受当世"文轨"的拘束，达到一种文质适宜相配的创作境地。仔细体味序中对汉魏而下"厥辞繁，厥道寡，厥致辩，厥旨近"的变化现象表达的这番微词，可以看出，王廷相对文过于质的倾向更持有异议。再来看徐祯卿在《谈艺录》中为人所熟悉的如下一段论述：

> 嗟夫！文胜质衰，本同末异，此圣哲所以感叹，翟、朱所以兴哀者也。夫欲拯质，必务削文；欲反本，必资去末。是固曰然，然非通论也。玉韫于石，岂曰无文？渊珠露采，亦匪无质。由质开文，古诗所以擅巧。由文求质，晋格所以为衰。若乃文质杂兴，本末并用，此魏之失也。……故夫直懿之词，譬之无音之弦耳，何所取闻于人哉？至于陈采以眩目，裁虚以荡心，抑又末矣。[②]

较之前面王廷相的陈论，这里，徐祯卿主要是结合古体诗歌变迁的趋势来阐释文质的二者关系，其意更为分明，推断起来主要是说，"文胜质衰"，难免"陈采以眩目，裁虚以荡心"，固然不足取，然假如为了"拯质"而"削文"，终成"直懿之词"，亦非"通论"。但如此又并非表示可以"文质杂兴"、"本末并用"，在文与质

---

① 《王氏家藏集》卷二十三。
② 《迪功集》附。

的关系中,质为本,文为末,本末不仅不能并用,更不能倒置。基于此,他要求"由质开文",而不是"由文求质"。就此,在主张文质之间以适宜相配为重、强调以"质"为本这一大旨上,他和王廷相的看法大体接近。

既然在要求文质合配的基础上又强调以"质"为本,而"质"的近义是"实",质朴乃是接近真实的前提,因此在王、徐他们的陈述当中,"质"与"实"时或作为相近的两个概念被一齐并举,甚至后者变成前者的一种代名词。如王廷相在《广文选序》中就说:"嗟乎! 文之体要难言也,援古照今,可知流委矣。《易》始卦爻象象,《书》载典谟训诰,《诗》陈《国风》、《雅》、《颂》,厥事实,厥义显,厥辞平,厥体质,邈乎古哉,蔑以尚矣。自夫崇华饰诡之辞兴,而昔人之质散;自夫竞虚夸靡之风炽,而斯文之致乖。言辩而罔诠,训繁而寡实。于是君子惟古是嗜矣。"①此处,论者从检察文章体制古今衍变的角度出发,推举《易》、《书》、《诗经》诸经典文本"厥事实"、"厥体质",以为后世"崇华饰诡"、"竞虚夸靡"之文则已丧失了"昔人之质",沦为"寡实","质"、"实"之义由此被并联在了一起。又如徐祯卿《与朱君升之叙别》,拟以作者与其友朱应登相叙的口吻评述东南士人的文风,其云:"吾与子产于东南卑湿之乡,风柔以靡,俗偷以沦,士皆喜操觚执笔,弄缔绘之词以炫于世,而不顾其实。……文词不患其不华,而患于气格之不振。"②这是说,处于东南之地的那些文士,在柔靡偷巧风俗的耳濡目染之下,操笔为诗作文,无视其"实",一味地喜欢雕琢词句,炫耀世人,文辞虽然华丽,气格终究不振,这无外乎属于作者所谓"文胜质衰"的那种情况。

如上王廷相、徐祯卿在主张文质适宜相配的基础上,强调以"质"为本,以"实"为尚,其对待文质关系的态度已是比较清楚。这其中,当然不应忽略强调尚质尚实用的传统文质观念对它们所发生的某种潜在的影响。此在王廷相身上似乎表现得尤为明显,如除了在《何氏集序》中,他以"体之则德植"与"达之则政修"推许唐、虞、三代之文"文质彬彬"而文无过其质的特点,在《石龙集序》中,他又批评当下之文"文华而义劣,言繁而蔑实",主要责其"修辞非不美也",然"道德政事寡所涉载"③,以至文胜于质,"华"而不"实",包含在其文质关系之论

---

① 《王氏家藏集》卷二十二。
② 《凌溪先生集》卷十八附录。
③ 《王氏家藏集》卷二十二。

中的某种实用意识是十分显著的。不过,联系前七子中其他一些成员的相关论述来看,这一点并不代表问题的全部,也不代表他们在对待文质关系上的主导性倾向,应该说,在更多的情形下,他们主要还是基于一种审美的需要表达相应的诉求。

这具体反映在,首先,推尊作品真朴切实的品格。李梦阳在致徐祯卿的《与徐氏论文书》里谈及作诗要义时,就曾明确表示,"夫诗宣志而道和者也。故贵宛不贵崄,贵质不贵靡,贵情不贵繁,贵融洽不贵工巧","故音也者,愚智之大防,庄诐简侈浮乎之界分也","三代而下,汉魏最近古,乡使繁巧崄靡之习诚贵于情质宛洽,而庄诐简侈浮乎意义殊无大高下,汉魏诸子不先为之邪"[①]?此言既是针对徐祯卿所提出的劝谕,也是李梦阳关于诗歌审美要旨的一番自我申明。所谓"情质宛洽"被归为一类,正好与"繁巧崄靡"的另一类相对而立,由此也可以见出,特别是其中相对于"靡"与"繁"的"质"与"情",被并置于同一创作目标的序列中,显明它们二者之间构成的一种共通性,这也指示"贵质"与李梦阳等人基于其主情论调而着眼于诗人情感体验和表现真实性的求真诗学观念之间的逻辑关联。故如李梦阳斥文人学子诗为"文过其情",甚至沦为"出于情寡而工于词多"的"韵言",置之于民间庶民"真诗"的反极,其未尝不是以为它们正因为轻"质"重"文",乃至于消解了诗歌的抒情特性,损害到了诗歌纯真表现的理想之境。在此,过度追求文辞修饰以至靡丽繁芜,被认为势必会影响诗人主观情感的表现和这种表现的真实性,主情和工词,更多情况下被看作是一对此消彼长的矛盾。简言之,"贵质"之论在相当程度上反映了李梦阳等人对诗歌纯真质朴品格的一种美学追求。

不仅如此,同以"质"为本的论调相呼应,提倡以"实"为尚的主张,也一再见于诸子所论。除王、徐二子之外,更留意于此的当属康海,他在为何景明所作的《何仲默集序》中,即称说何氏所著"皆当实不修,可以上薄屈、宋、贾、董,有相如、子长之风"。认为,"明兴百六十年,其文邈哉盛矣。然作者接辙于域中,其敦致古昔,逊称先王,人人能矣,而义意繁偎,溢于往训,摹仿摽敚,远于事实,予犹以为过云",且表示,"夫序述以明事,要之在实;论辩以稽理,要之在明。文辞

---

① 《空同先生集》卷六十一。

以达是二者,要之在近厥指意"①。又他序韩邦靖集,极称曹植、李白、杜甫三子之诗,谓其"惟触而应,声色臭味,愈用愈奇,法度宛然,而志意不蚀,与他摹仿剽敚、远于事实者,万万不同也"②。这足以说明康海极力倾向所谓"当实不修",有失于"实"或者"远于事实",则断断不为他所认可。就此,也可以理解他在检察成化以来诗文创作风尚时,为何因深感"在馆阁者倡为浮靡流丽之作",而公然排摈之,认为"海内翕然宗之,文气大坏,不知其不可也"③。他所说的"浮靡流丽",当不光指文辞藻饰过度,还含有虚饰失真、浮泛不实之意,完全与其所重"当实不修"相悖背。进一步来看,康海主张不失于"实",或者不"远于事实",究其所求,乃是与虚浮巧饰相对而在真正意义上出自作者内心体验、本于自我所得的一种真切质实的品格,故谓之异于"摹仿剽敚",许之以"志意不蚀"。关于这一点,康海为友人孔天胤所作《送文谷先生序》说得更为明确,序藉孔氏之口吻,比较《左传》《国语》和当下士大夫文章,提出前者"无谬于事实",后者则"未尝反而求之于心""不能自得所依",其曰:

> 今之士大夫率以文章口耳之细能命一辞,滕一说,即小视万物皆莫己若。是盖未尝反而求之于心,故驰骛如彼耳。然于辞说之末,亦未之领略也。左氏、《国语》一时之言,其精粗虽异,而大指无谬于事实,故或微有出入,亦不害其有物之言也。今之士大夫窃取其语似,而未通其大指,故泛焉荡焉,不能自得所依,盖好古之过也。

对于孔氏此言,康海许以"岂寻常所能识哉",大加叹赏,并表示:"学不求诸其心,徒以言语文字之细贸贸焉终日,以为道在是矣,亦不远乎?"④这也说明,要使文章不失于"实"或"事实",最关键的是要"求之于心",要"自得所依",真正立足于作者自我的心得体会。

其次,倾重作品雄劲浑厚的气韵。应该说,前七子诸成员大多在主张文质适宜相配的基础上,标立以"质"为本,以"实"为尚,其审美所向除了与过度藻

---

① 《对山集》卷十三。
② 《韩汝庆集序》,《对山集》卷十三。
③ 王九思《明翰林院修撰儒林郎康公神道之碑》,《渼陂续集》卷中。
④ 《对山集》卷十三。

饰、虚浮失真相逆反，同时也与卑俗浅薄、萎靡孱弱相离异。王九思在评骘当时文坛风气时，即曾直言，"文苑竞雕缀，气骨卑以弱"①，而他后来在回顾其本人当初任翰林院检讨期间的诗文所习时，则认为，"予始为翰林时，诗学靡丽，文体萎弱"②，后者当是说自己在翰林时文习步趋时风，深为所染，故如李开先为王九思撰传，谓"是时西涯当国，倡为清新流丽之诗、软靡腐烂之文，士林罔不宗习其体，而翁亦随例其中"③。王九思的上述话语，可以说从一个方面透出诸子对于文坛时风、尤其是为馆阁文人所倡文学风尚的总体评判和深刻检省，令其颇为之不满的，除了当下文风所呈现的雕浮靡丽，显然还有与之相随而生的卑薄萎弱。它从反向表明，其所更加倾向的正是与此相背而立的雄厉、劲质、强健、浑厚一路的风格特点，这一切，也使人能够体察出诸子之所以极力推尚"质""实"文风的某一种针对性倾向。因为显而易见的是，那样一路的风格特点，乃不同程度地可以追究至"质"与"实"的蕴意所在，与诸子所持的这种总体性的审美取向相联系起来。察其所论，事实上他们时或从不同的角度正面述及之。以诗而言，如康海曾自觉"诗人古不易，流靡及兹俗。片言务剽窃，侃侃遂骄足"，于是感慨"丽藻虽可珍，雄浑久未复"④，而他《樊子少南诗集序》谈到自己当初读历代诗歌，自汉魏以降"独悦"初唐诗，原因正在于"其词虽缛，而其气雄浑朴略"⑤。又如何景明在《王右丞诗集序》中论诗则指出，自汉魏之后，"而风雅浑厚之气罕有存者"⑥。由是不难获知，他们所偏重的，显然是和卑薄萎弱截然相反的一种雄劲有力、浑质厚重的作品内在气韵，这自然是十分明确反映了其在审美上的某种嗜尚。

尽管在对待文质关系的问题上，前七子中的多位成员坚持以"质"为本，以"实"为尚，但正如上所述，这并不代表他们排斥文辞或文采，像徐祯卿不主张为"拯质"而"削文"，不欣赏缺乏文采的"直戆之词"，即相当清楚地申明了这一主张，不能不说是在处理文质合配关系上执持一种相对理性和辩证的态度。应该说，在此基础上尚"质"尚"实"，反映了诸子尤其以"在馆阁者"所倡台阁文风为

---

① 《咏怀诗四首》三，《渼陂集》卷二。
② 《渼陂集序》，《渼陂集》卷首。
③ 《渼陂王检讨传》，《李中麓闲居集》卷十，明嘉隆间刻本。
④ 《于浒西赠别明叔三首》其三，《对山集》卷二。
⑤ 《对山集》卷十三。
⑥ 《大复集》卷三十二。

主要清算目标而采取的一种富于针对性或策略性的文学立场。如果说,特别自明成祖永乐年间以来趋向高涨的台阁文风在经世实用核心理念的指导下,呈现维护正统和尊尚教化的显著特征,突出了颂圣德彰太平的主基调,那么,由于其格外倾向"敷阐洪猷,藻饰治具,以鸣太平之盛"[①],以力颂皇朝治世气象为重要目的,在此情况下,难免促使一种虚泛浮巧、疲缓软弱文风的滋长。从这一角度来观察,前七子明确排击"靡丽"、"萎弱"的诗文创作的时风,表达推尚"质""实"的审美诉求,包括力主作品真朴切实之品格与雄劲浑厚之气韵,与其说,这是出于某种反文辞或文采的动机,不如说,其根本的目的,乃在于矫革诗文创作时风中虚饰失真、浮泛不实的积习,意欲超拔文坛风气于萎靡疲弱的格局之中,以体现富于内质之力度的"雄浑"、"浑厚"之"气",给它注入生机和活力。当然,这从中也表现了他们处在现时文学格局之中敢于绝出时俗、高卓标立、励精振拔的一种超特强直的文化个性。

第四节　复古的绪次与文学内蕴

对于前七子,人们通常将他们归入复古派的行列,因为热衷于复古的确是他们所表现出的一种十分鲜明的文学态度,这不但见于诸子的创作实践,而且也体现在他们的理论陈述中。就后者来说,其作为前七子文学思想极为重要的组成部分,自然是我们从理论层面考察诸子文学态度时必须要触及的问题。毋庸置疑,主张复古并不能说是前七子独有的发明,只要关注一下古代文学发展的历史,就不难发现,这在古代文人学士中原本属于不为少见的一种文学行为,它的意义往往不只是反映在对古人及其作品的尊尚上,同时还更多地表现为倡导者所执持的某种文学策略,即通过复古的途径来达到理想的文学目标,谋求自身的文学话语权力。同样,假如将前七子主张复古的文学态度,视为单纯地向古人看齐,为复古而复古,并不合乎其实际的情况。事实上,在梳理他们文学复古思路的过程中,不仅可以辨识其宗尚古典的统绪脉络,并且能够体察到寄寓其中的文学蕴意。

---

① 王直《建安杨公文集序》,《抑庵文集》卷六。

一、诗歌复古的理路与指向(一)

关于前七子对诗文复古对象的选择,通常人们以"文必秦汉,诗必盛唐"的说法来加以称述①,但已有研究者对此作了辨析,指出尤其是所谓"诗必盛唐"之说,并不完全符合七子的原意,因为他们中间无人提出过如此的口号,比较准确的说法应为"诗必汉魏盛唐"或"诗必盛唐以上"②。应该说,比照实际的情况,这样的概括大体符合前七子关于诗歌复古对象选择的主张。不过,对于涉及诸子诗歌复古绪次的一些具体问题及其所昭示的相应的文学内蕴,我们尚需展开进一步的探察。

从诗学观念传承的角度来看,前七子关于宗尚汉魏盛唐的诗歌复古主张,自然可以联系到严羽有关学诗师法的论说所发生的影响,严氏《沧浪诗话·诗辨》即开宗明义:"夫学诗者以识为主:入门须正,立志须高;以汉、魏、晋、盛唐为师,不作开元、天宝以下人物。"还表示:"论诗如论禅:汉、魏、晋与盛唐之诗,则第一义也。"③但综观前七子有关诗歌复古绪次的主张,还应该注意到一个事实:作为古典诗歌经典文本的《诗经》,被尊奉至非常重要的宗主位置,而这一点则为严羽所未及。边贡《题空同书翰后》云:"诗有宗焉,曰《三百篇》。"④徐祯卿《谈艺录》表示:"古诗三百,可以博其源。"⑤王廷相在《与王孔昭》一书函中,建议诗友为诗,"试以《三百篇》为骨格,取材于《离骚》,汉、魏、晋、宋四代"⑥。均表示以《诗经》作为宗尚的标的。王廷相《刘梅国诗集序》还从诗歌体式演变的角度,说明《诗经》在这一变化发展进程中的源头作用:"古人之作,莫不有体。《风》、《雅》、《颂》逖矣,变而为《离骚》,为《十九首》,为邺中七子,为阮嗣宗,为三谢,质尽而文极矣。又变而为陈子昂,为沈、宋,为李、杜,为盛唐诸名家,大历以后弗论也。据其辞调风旨,人殊家异,各竞所长,以相凌跨,若不可括而齐之矣。"⑦换

---

① 如《明史·李梦阳传》:"梦阳才思雄骜,卓然以复古自命。弘治时,宰相李东阳主文柄,天下翕然宗之,梦阳独讥其萎弱。倡言文必秦、汉,诗必盛唐,非是者弗道。……又与景明、祯卿、贡、海、九思、王廷相号七才子,皆卑视一世,而梦阳尤甚。"(《明史》卷二百八十六,第二十四册,第7348页。)
② 参见廖可斌《明代文学复古运动研究》,第117页至118页。
③ 《沧浪诗话校释》,第1页、11页。
④ 《华泉集》卷十四。
⑤ 《迪功集》附。
⑥ 《王氏家藏集》卷二十七。
⑦ 《王氏家藏集》卷二十二。

言之,自《离骚》直至盛唐诸家之作,虽变化不已,以至"辞调风旨","人殊家异",但都接续着《诗经》的脉络一路衍变发展而来。不仅如此,前七子中如李梦阳、何景明、王廷相、边贡、王九思等人诗文集中,分别有仿拟《诗经》的作品多首[①],这也从一个方面证明他们对于《诗经》的尊尚程度。

《诗经》作为古典诗歌的经典文本,历来受到文人学士的重视,被奉为圭臬,前七子对它倍加推崇,赋予其作为古诗习学的宗主角色,在某种程度上自然反映了一般传统文士所怀有的经典情结,也展现了所谓"入门须正,立志须高"与领悟"第一义"的宗尚诉求。当然,从策略的角度上来说,对于《诗经》的标榜,还不能不承认,同时包含了李、何诸子求之经典文本以增强其复古感召力的一种文学企图。但这些似乎尚不足以充分解释其中的蕴意所在。相比于后世诗歌,《诗经》作为古代第一部诗歌总集,更多保留了古典诗歌原始时期的本初形态,它以四言句式为主的简朴体式,被后人视为古诗形态原始性的某种标志,特别是四言诗的始祖,正如陆深所说:"夫诗以《三百篇》为经;《三百篇》,四言诗之祖也。"[②]前七子大力标立《诗经》,除了以上提到的诸因素之外,更主要的,在于他们企图从这一经典文本所保留的相对原始古老的诗歌形态中,求取一种纯真本朴的精神质性。李梦阳在《潜虬山人记》中藉山人佘育的口吻说:"《三百篇》色商彝周敦乎,苔渍古润矣;汉魏珮玉冠冕乎;六朝落花丰草乎;初唐色如朱甍而绣闼,盛者苍然野眺乎,中微阳古松乎,晚幽岩积雪乎。"[③]这里以形象的比喻,分别形容不同时代诗歌的特色,而以"商彝周敦"、"苔渍古润"喻示《诗经》之"色",主要是就它原始古拙的形态而言。在李梦阳等人看来,《诗经》这种原始古拙的形态,正包孕着一种纯真本朴的质性,这尤见于其中的"风"诗。前已述及,如李梦阳尊尚民间庶民"真诗",在追溯它的本源之际,格外专注"风"的传统,突出它和"风"的精神质性之间的内在联系,将"途咢而巷讴,劳呻而康吟"这样"途巷蠢蠢之夫"的歌吟,看作是《诗经》"风"的传统的某种延续,是"真诗"之所在,归属为浑然自成的"天地自然之音",可以说清楚地表明了这一点。此同样见于何景明所述,他在《明月篇》诗序中指出:"夫诗本性情之发者也,其切而易见者,莫如

---

① 参见简锦松《明代文学批评研究》,第219页至220页。
② 《诗准序》,《俨山集》卷三十九。
③ 《空同先生集》卷四十七。

夫妇之间。是以《三百篇》首乎雎鸠,六义首乎风。"①其所以标显"风"诗,恰是因为依他之见,诸如以《诗经》首篇《关雎》为代表的此类作品,多蕴涵如夫妇之间一般的情愫,愈显真切而淳朴。

如果说,在前七子诸多成员眼里,《诗经》无疑是应该体认的诗歌复古的本源,占据宗主的位置,那么,汉魏诗歌作为最迫近此源或最为近古的承续者,决定了其为重点被师法的对象,理应受到推重。先看徐祯卿在《谈艺录》中的有关陈述:

> 汉祚鸿朗,文章作新,《安世》楚声,温纯厚雅,孝武乐府,壮丽宏奇。缙绅先生,咸从附作,虽规迹古风,各怀剞劂。美哉歌咏,汉德雍扬,可为《雅》、《颂》之嗣也。及夫兴怀触感,民各有情。贤人逸士,呻吟于下里;弃妻思妇,叹咏于中闺。鼓吹奏乎军曲,童谣发于闾巷,亦十五《国风》之次也。东京继轨,大演五言,而歌诗之声微矣。至于含气布词,质而不采,七情难遣,并自悠圆。或间有微疵,终难毁玉。两京诗法,譬之伯仲埙篪,所以相成其音调也。魏氏文学,独专其盛。然国运风移,古朴易解。曹、王数子,才气慷慨,不诡风人。而持立之功,卒亦未至,故时与之闇化矣。②

综其所述,随着世代的推移,汉魏诗歌自然呈现与时递变的情势,尽管如此,其终究不同程度保留了古风,即如徐祯卿所说的,"下访汉魏,古意犹存"。相比起来,曹魏诸士诗歌纵然"古朴"有所缺损,未有"持立之功",所谓"汉魏之交,文人特茂,然衰世叔运,终鲜粹才",或如他所总结的,其失在于"文质杂兴,本末并用"③,然尚能"不诡风人"。至于上溯至汉代诗歌,则直继《风》、《雅》、《颂》的神韵,近古意味更浓,遗风不散。所以,徐祯卿《与李献吉论文书》在述及汉代诗歌的特点时也说:"仆少喜声诗,粗通于六艺之学。观时人近世之辞,悉诡于是。唯汉氏不远逾古,遗风流韵犹未艾,而郊庙间巷之歌多可诵者。仆以为如是犹可不叛于古。"④合《谈艺录》所述观之,这里徐祯卿所说的"古",当是指作为诗歌复古之源的《诗经》的创作风范,谓汉诗"不远逾古",是指其近于《诗经》的特点,

---

① 《大复集》卷十四。
② 《迪功集》附。
③ 《谈艺录》,《迪功集》附。
④ 《迪功集》卷六。

最能体现出它的遗风流韵。应该说,徐祯卿所表彰的"古"或"古意",其中关涉某种风俗德化的意涵,故他称以《诗经》为代表的古诗,可以"格天地,感鬼神,畅风教,通世情",谓汉魏诗歌"古意犹存",而联系到其中那些"规善"、"子恤"、"缱绻"、"劝讽"之辞①,这一点,不能不说是包含在他诗学观念中的一种习惯性传统意识的流露。但更可注意的是,"古"或"古意"在他的心目中,又特别指向一层真实朴质的意涵,故如前述,他认为,不仅与"由文求质"的晋诗大异其趣,并且与"文质杂兴"的魏诗也有所不同,以《诗经》和下至汉诗为代表而更显出"古"或"古意"的这一"古诗"系统,方能做到"由质开文",真正称得上本之于一种自然真朴的审美取向。

不但是徐祯卿,前七子中如李梦阳、何景明对于汉魏诗歌也多有推重。李梦阳《刻阮嗣宗诗序》云:"夫《三百篇》虽逖绝,然作者犹取诸汉魏。予观魏诗,嗣宗冠焉,何则?混沦之音,视诸镂雕奉心者伦也。"②其说有几层含义值得体味,一是《诗经》虽然"逖绝",但诗作者还可以取法汉魏诗歌,其言下之意将后者与前者相联结,视汉魏诗歌为《诗经》创作风范的一种延续,是通向《诗经》之诗境的必要途径;二是标榜正始诗人阮籍之作,许以魏诗之冠,这主要是重其"混沦之音"。李梦阳曾经表示,"三代而下,汉魏最近古"③,可以说,"混沦"实际上被他看成是汉魏诗歌最接近古意之标识,也是他对汉魏诗歌最为欣赏之所在。宋人朱震《汉上易传丛说》:"四十九因于太极,而太极非无也,一气混沦而未判之时也,天地之中在焉。"④明人崔铣《读易馀言》也云:"盖天地之初,气质混沦,既分则清者为天为阳,浊者为地为阴。"⑤盖"混沦"一词之义,古人本指成为天地万物本原的一种原始浑然之气的状态。李梦阳以此形容阮籍诗歌,意在表彰其能去雕归朴,自然浑成,谓之大异于"镂雕",即已明示其本旨。而如何景明,他的《汉魏诗集序》无疑是一篇径直论议汉魏诗歌的文献,其曰:

---

① 《谈艺录》:"下访汉魏,古意犹存也。苏子之戒爱景光,少卿之厉崇明德,规善之辞也。魏武之悲东山,王粲之感鸣鹤,子恤之辞也。甄后致颂于延年,刘妻取譬于唾井,缱绻之辞也。子建言恩,何必衾枕,文君怨嫁,愿得白头,劝讽之辞也。究其微旨,何殊经术?作者蹈古辙之嘉粹,刊佻靡之非经,岂直精诗,亦可以养德也。"(《迪功集》附)
② 《空同先生集》卷四十九。
③ 《与徐氏论文书》,《空同先生集》卷六十一。
④ 影印文渊阁《四库全书》本,台湾商务印书馆1986年版。
⑤ 《读易馀言》卷四,影印文渊阁《四库全书》本,台湾商务印书馆1986年版。

汉兴,不尚文,而诗有古风,岂非风气规模犹有朴略宏远者哉? 继汉作者,于魏为盛,然其风斯衰矣。晋逮六朝,作者益盛,而风益衰。其志流,其政倾,其俗放,靡靡乎不可止也。唐诗工词,宋诗谈理,虽代有作者,而汉魏之风蔑如也。国初诗人尚承元习,累朝之所开,渐格而上,至弘治、正德之间盛矣,学者一二或谈汉魏,然非心知其意,不能无疑异其间,故信而好者少有及之。

根据序意,汉魏诗歌显然被何景明置于复古绪次的前列,其中汉诗以尤有"古风",被列为上品,下至魏诗,其古风虽趋衰落,但比起晋以下的六朝之作,并未消解殆尽,尚为可观。又他认为,明前期以来累朝所习,尽管已在改变明初承袭元习的情形,"渐格而上",直至弘治、正德之间蔚为盛观,包括重视汉魏诗歌的习学,然而因为学者"非心知其意,不能无疑异其间"。这也说明:一则他明确肯定了诗习汉魏之作的取向,正如何景明在《海叟集序》里宣称自己学诗,"古作必从汉魏求之";二则对于时人徒学其表而未知其意的学古态度,又不甚满意。虽何景明未就此问题展开更进一步的说明,然从他称赏汉魏诗歌尚有程度不等的"古风"可观这一表态来看,还是可以体会其推重汉魏诗歌一番用心之所在。特别是他以为,汉诗之所以具有"古风",乃是汉代"朴略宏远"之"风气规模"使然,或者说,他这里所说的"古风",即是汉时"朴略宏远"之"风气规模"在诗歌当中的某种具体表现,又如其在《王右丞诗集序》声称,"盖自汉魏后,而《风》、《雅》浑厚之气罕有存者"[1]。结合起来看,他所称赏的汉魏诗歌中尚存的"古风",主要当是指其在接续《诗经》遗韵的基础上显示的一种浑然朴略、宏远雄厚的创作风范。

和标举《诗经》及汉魏诗歌的热情相比,前七子对于在诗歌发展史上呈现明显阶段性特征的六朝诗歌,则大多表示出谨慎和警戒的态度。如何景明《汉魏诗集序》指出"晋逮六朝"诗歌"靡靡乎不可止也",已显此意。但是这并不意味着其对六朝之作一概加以排斥,如王廷相谓李梦阳"游精于秦汉,割正于六朝,执符于雅谟,参变于诸子"[2],谓何景明"侵谟匹雅,歆《骚》俪《选》,遐追周汉,俯视六朝"[3],

---

[1] 以上见《大复集》卷三十二。
[2] 《李空同集序》,《王氏家藏集》卷二十三。
[3] 《何氏集序》,《王氏家藏集》卷二十三。

说明其并不全然反对从六朝作品中汲取创作的养分。又如李梦阳在《章园饯会诗引》中也提出："说者谓文气与世运相盛衰，六朝偏安，故其文藻以弱。……而李、杜二子往往推重鲍、谢，用其全句甚多。……此又何说也。今百年化成，人士咸于六朝之文是习是尚，其在南都为尤盛，予所知者，顾华玉、升之、元瑞皆是也。南都本六朝地，习而尚之固宜，廷实齐人也，亦不免，何也？"①其虽认为六朝"文藻以弱"，然又以李、杜二子化用鲍照及谢灵运诗句为例，承认习学六朝诗歌的某种合理性；虽觉得作为北人的边贡去学六朝之调，令人有些不可思议，但对主要生活或活动在南方地区的顾璘等人习六朝而尚之的做法，还是表示出宽容和理解。

尽管如此，六朝诗歌并未在真正意义上被诸子纳入复古系统中的主导行列，则是一个不争的事实。进一步落实到具体的诗人，或许更能清楚地看出这一点。如南朝刘宋的谢灵运是诸子议论较多者之一，其中某些说法耐人寻味。李梦阳《刻陆谢诗序》指出："李子乃顾谓徐生（冠）曰：子亦知谢康乐之诗乎？是六朝之冠也。然其始本于陆平原；陆、谢二子，则又并祖曹子建。故钟嵘曰：'曹、刘殆文章之圣，陆、谢为体贰之才。'夫五言者，不祖汉则祖魏，固也。乃其下者，即当效陆、谢矣。所谓画鹄不成，尚类鹜者也。"②这里，虽然给予谢诗以较高的评价，许为"六朝之冠"，但终究未将其置于与汉魏相并列的古诗师法的系统之中。所引述的钟嵘之言，出自《诗品》序，钟以"体贰"与"圣"相对，实表示陆、谢稍逊于曹、刘之意③。在李梦阳看来，谢诗本于西晋陆机，又与之祖尚魏曹植，故按照师法的理路，就应当是"不祖汉则祖魏"。换句话说，较之汉魏诗歌，谢诗位在次等，未被列入首选的师法对象。无独有偶，其时吴中之士黄省曾"诗宗六朝"④，对六朝诗歌怀有浓厚的兴趣，以为宗而习之的主要目标，其中尤重谢灵运诗，曾序谢氏诗集，谓"千年以来，未有其匹"，推奖备至⑤。此举结果招致王

---

① 《空同先生集》卷五十五。
② 《空同先生集》卷四十九。
③ 参见杨明《说"体二"》，《汉唐文学辨思录》，第166页至174页，上海古籍出版社2005年版。
④ 徐泰《诗谈》，曹溶辑《学海类编》，清道光木活字排印本。
⑤ 《晋康乐公谢灵运诗集序》："康乐雅好山水，故登涉之言，缔构妙绝，穷情极态，如川月岭云，玩之有余，把之不得，可谓神于咏赋者矣。且其肆览《庄》、《易》，博综百家，骈球俪金，往往不期而有。虽骨气稍劣，而寓目辄书，万象罗会，诗家能事，至是备矣。故使后代擅坛之士，内无乏思，外无遗物，皆斯人为之创导也。譬之花萼，在建安时开耀其半，尚多浑含，至于康乐，色彩敷殆尽，灵机天化，无馀蕴矣。千年以来，未有其匹也。"（《五岳山人集》卷二十五）

廷相的明确反对，他在回复黄氏的书函中直言不讳地表示："康乐诗序，称许颇过。若然，则苏、李、《十九首》、汉乐府、阮嗣宗皆当何如耶？"①以为黄对谢诗的评价过高，已置之于汉魏诗歌之上，这是他难以接受的。

在前七子的诗歌复古绪次中，包括谢灵运在内的六朝诗人未能占据主导的位置，说到底，很重要的一点，乃与诸子追求真实朴质、雄浑厚重的审美倾向有着不可分割的关系，尤其是当他们在审视和评判六朝诗歌之际，更容易联系到与之时代相邻近的汉魏诗歌，甚至追溯至《诗经》，以作为具体参照的对象。如何景明《与李空同论诗书》在描述诗歌发展变化轨迹的过程中，得出了"诗弱于陶，谢力振之，然古诗之法亦亡于谢"的结论，这其实正是置陶渊明、谢灵运诗于前此的汉魏而上的古诗系统中来进行参比的。在他看来，特别至谢诗，已是"体语俱俳"②，即其诗喜施俳偶句式，乃至通体加以运用，呈现骈俪工巧，终难消去刻意雕琢的痕迹，以为"古诗之法"至此而亡，可以理解为，谢诗较之汉魏而上的"古诗"所发生的一种彻底性的变化，形成对后者含孕的"朴略"、"浑厚"之"古风"的冲击和销蚀。此说虽主要是针对谢诗而发，但在一定意义上，也可以看作是何景明对于六朝"作者益盛，而风益衰"的诗歌变化态势的总体评判。就此，康海为樊鹏诗集所作的序文则说得更为明白："予昔在词林，读历代诗，汉魏以降，顾独悦初唐焉，其词虽缛，而其气雄浑朴略，有《国风》之遗响。……或曰：唐初承六朝靡丽之风，非俪弗语，非工弗传，实雕虫之末技尔，子以雄浑朴略与之，何邪？曰：正以承六朝之后，而能卒然振奋其气；词或稍因其故，而格则力脱其靡也。"③这里，作者虽主要是在解释自己当初"独悦初唐"的理由，但据其所陈可以看出，《诗经》尤其是其中的《国风》，以及汉魏诗歌，显然是被定位在重点宗尚之列，汉魏以降的六朝诗歌则相对被轻忽，原因就在于其缺少一种自《国风》传流下来并且洋溢在初唐诗风中的所谓"雄浑朴略"之气。显而易见，这种"雄浑朴略"之气，也就是康海衡量六朝与汉魏而上诗歌的差异并作出取舍选择的一项重要的审美标准。

---

① 《答黄省曾秀才》，《王氏家藏集》卷二十七。
② 《大复集》卷三十。
③ 《樊子少南诗集序》，《对山集》卷十三。

二、诗歌复古的理路与指向(二)

在追溯诗歌复古之源《诗经》和确立汉魏诗歌为宗尚目标之际,前七子同时又以对唐诗尤其是盛唐诗歌的尊崇作为其复古理路中的一条重要途径。

古典诗歌发展至唐代,特别是盛唐时期,体制趋于相对完备,风格呈现多样态势,胡应麟在描述唐代诗歌发展的情形时就指出,"诗至于唐而格备,至于绝而体穷"①,"其体则三、四、五言,六、七杂言,乐府、歌行、近体、绝句,靡弗备矣;其格则高卑、远近、浓淡、浅深、巨细、精粗、巧拙、强弱,靡弗具矣;其调则飘逸、浑雄、沈深、博大、绮丽、幽闲、新奇、猥琐,靡弗诣矣"②。不仅古体诗在前代的基础上获得进一步的发展,而且近体诗也始趋成熟,诗歌创作真正进入一个前所未有的历史鼎盛时期。当前七子全面审视古典诗歌发展的历史进程,并在此基础上建构自己的复古宗尚系统,他们自然不能不去关注这样一个诗歌创作的丰盛期。不妨先来看看诸子在宗唐问题上的表态,如王九思言其本人学诗所宗:"吟诗四十载,学海足生涯。汉魏二三子,唐人几百家。"③何景明认肯"近诗以盛唐为尚"④,并说自己"学歌行、近体,有取于(李、杜)二家,旁及唐初、盛唐诸人"⑤。康海则明确提出:"夫文必先秦两汉,诗必汉魏盛唐,庶几其复古耳。"⑥并且表示:"古今诗人予不知其几何许也,曹植而下,才杜甫、李白尔。三子者经济之略,停畜于内,滂沛洋溢,郁不得售,故文辞之际,惟触而应,声色臭味,愈用愈奇,法度宛然,而志意不蚀;与他摹仿剽敚、远于事实者,万万不同也。"⑦而王廷相论及自《诗经》以来直至唐大历间的诗歌演变之势,以为至于唐,"变而为陈子昂,为沈、宋,为李、杜,为盛唐诸名家,大历以后弗论也"⑧。其分别从不同的角度,表达了宗唐特别是盛唐诗歌的复古意向。

如果说,前七子标榜自《诗经》以至汉魏诗歌这一古体诗的传承发展系统,

---

① 《诗薮·内编》卷一《古体上·杂言》,第1页,中华书局1958年版。
② 《诗薮·外编》卷三《唐上》,第157页。
③ 《吟诗》,《渼陂续集》卷上。
④ 《与李空同论诗书》,《大复集》卷三十。
⑤ 《海叟集序》,《大复集》卷三十二。
⑥ 王九思《明翰林院修撰儒林郎康公神道之碑》,《渼陂续集》卷中。
⑦ 《韩汝庆集序》,《对山集》卷十三。
⑧ 《刘梅国诗序》,《王氏家藏集》卷二十二。

很大程度上是为了从原始或近古的诗歌形态中追索一种真朴浑厚之风范,那么,他们提倡宗法唐诗尤其是盛唐诗歌,更多则是从这个时期体制风格走向相对成熟的诗歌形态特别是近体诗中体验一种完熟圆融之境界。毫无疑问,除了古体诗的发展变化之外,作为唐代诗歌演进的一大象征,近体诗的盛兴和成熟,更受到人们的注意。一方面,与古体诗相比,近体诗在体制上趋于严格化,其声律、对偶、字数等都有相应的规定;另一方面,诗人在严格的体制下进行艺术运作,其实也为他们各自文学智慧和造诣提供了展示的空间。近体诗在唐代的成熟,特别是至盛唐时期臻于繁盛,标志着中国古典诗歌所达到的一个创作高峰,这同时赋予了唐诗尤其是盛唐诗歌以一种文学的典范意义。正如王世贞在评论盛唐近体诗时所说:"盛唐之于诗也,其气完,其声铿以平,其色丽以雅,其力沈而雄,其意融而无迹。故曰盛唐其则也。"[1]以为近体诗至盛唐,其"气"、"声"、"色"、"力"、"意"等各项因素,都达到了相对成熟的审美标准,诚可为"则"。在前七子那里,唐诗在体制风格趋于成熟过程中渐次呈现的完熟圆融的创作境地,显然成为他们执持宗唐立场的重要依凭。为了说明问题,我们还需要重新引出前曾述及的李梦阳《潜虬山人记》所载,据是记,歙商佘育起初"犹学宋人诗",后受梦阳"宋无诗"的教诫,于是"弃宋而学唐",至于为何谓"宋无诗",李梦阳则作了如下一段人所熟悉的解释:"夫诗有七难:格古、调逸、气舒、句浑、音圆、思冲、情以发之。七者备而后诗昌也,然非色弗神。宋人遗兹矣,故曰无诗。"[2]以上这一段记述之所以格外值得我们注意,其因大致有三,一是既记佘氏从学宋到最终"弃宋而学唐",实已逗漏作者比较唐宋诗歌、评判二者之高下的用意;二是所论诗歌在"格"、"调"、"气"、"句"、"音"、"思"、"情"等七个方面的准则,再加上"色"的要素,系统概括了衡量诗歌创作的各项审美标准,也应该看作是作者对诗歌所臻完熟圆融创作境地的一番明确交代;三是认为宋诗有缺于此,甚至断言"宋无诗",据此推衍,实际上等于承认了作为比较对象的唐诗胜于宋诗,相对符合上述的各项审美标准。换言之,李梦阳这里所提出的有关诗歌创作的诸项审美标准,在某种意义上也可以说,乃是特别建立在对唐诗风貌全面而深刻体验的基础之上的。

---

[1] 《徐汝思诗集序》,《弇州山人四部稿》卷六十五。
[2] 《空同先生集》卷四十七。

进一步来看，李梦阳上述所论"格"、"调"、"气"、"句"、"音"、"思"、"情"、"色"，关涉诗歌作品诸如情思、结构、声律、词采等一系列内在和外在的因素，联系我们在前面所已经讨论过的特别是李梦阳等人注重诗歌抒情特性以及艺术表现原则的诗学态度，应当说，梦阳在此所强调的，实际上正是涉及他所十分关注的这样一个核心的问题，那就是，以所谓"情以发之"的情感发抒为中心，这自属他对以抒情为本的诗歌性质的一种辨正，配合形象、色彩、韵律等视觉和声觉的多重艺术表现的手段，更加有效和恰切地传达诗人内在的情感，表现诗歌独特的艺术韵致，充分激发它的审美效应。要而言之，其根本的问题，即如何使诗歌创作达到一种抒情的艺术化，或曰抒情性与艺术性的高度结合。在李梦阳等人看来，与宋诗大为不同的是，唐诗尤其是盛唐诗歌融合了情思、结构、声律、词采等一系列内在和外在的因素，并臻于相对完美，正体现了抒情性与艺术性的高度结合的典范价值，体现了由二者的高度结合所达到的一种完熟圆融的创作境界。

与此同时，李、何诸子认为，唐人诗歌所体现的抒情性与艺术性高度结合的这种完熟圆融之境，特别自盛唐以后则逐渐在发生蜕化，至宋元时期状况愈烈。是以王廷相有于诗"大历以后弗论"之说，而他在谈到"律句"演变情形时还指出："律句，唐体也。天宝、大历以还等而上之，晚唐不复言。苏、黄有高才远意，格调风韵则失之。元人铺叙藻丽耳，古雅含蓄，恶能相续？"①何景明在认肯"近诗以盛唐为尚"的同时，则直截了当地道出了后来被王世贞解作为宋元"二季"诗歌之"定裁"②的两句评语："宋人似苍老而实疏卤，元人似秀峻而实浅俗。"③其以为，在如此的诗歌蜕化的历史进程中，宋元诗歌的创作习气特别是宋人的诗习更是起了推波助澜作用，难辞其咎，实不足为观。因此也可以这么说，诸子拒宋元诗歌于复古宗尚系统之外，尤其是将宋诗作为重点排击的目标，甚至像李梦阳、何景明喊出"宋无诗"这样的极端口号，其中重要的一点，不能不说是为凸显对唐诗尤其是盛唐诗歌的尊崇，指示诗歌尤其是近体诗复古的必要路径。有鉴于此，他们对宋元诗歌特别是宋诗之习，格外抱有某种谨慎乃至警戒的心理，

---

① 《寄孟望之》，《王氏家藏集》卷二十七。
② 《宋诗选序》，《弇州山人续稿》卷四十一。
③ 《与李空同论诗书》，《大复集》卷三十。

似乎也就不足为怪。康海《太微山人张孟独诗集序》慨曰："嗟乎！明兴百七十年,诗人之生亦已多矣,顾承沿元宋,精典每艰；忽易汉唐,超悟终鲜。"①在前已论及,自明初以来,作为诗坛所宗的一个明显特点,宗唐现象渐趋流行而成为一种主导性倾向,尽管诸诗家或诗人群体尊崇唐音所持的价值标准及目的不尽相同。由此来看,康海认为明兴以降诗家"承沿元宋"、"忽易汉唐"的这番判断,多少有些夸张,未必全然合乎实际情况,相对合理的一种解释,恐怕还是他出于对"汉唐"诗歌宗尚地位的高度重视,异常警慎地去看待诗家中间一些习学宋元诗歌现象的发生。在这方面,诸子也似乎以同样的态度去审察盟友的诗歌创作习气,何景明《与李空同论诗书》,在接着"近诗以盛唐为尚,宋人似苍老而实疏卤,元人似秀峻而实浅俗"那段话之后,是这样检讨他本人和李梦阳诗歌作法的："今仆诗不免元习,而空同近作间入于宋。仆固塞拙薄劣,何敢自列于古人？空同方雄视数代,立振古之作,乃亦至此,何也？"②这倒不是说,他和李梦阳有意要去学宋元诗歌的作法,而主要是说,他们受到宋元之诗习潜移默化的浸染,无意之中间或逗漏出来。不管怎么样,如此的检讨多少还是反映了何景明在对待宋元诗歌问题上的一种谨慎和警戒的心理,而这归根到底,显然是重在突出"近诗以盛唐为尚"的宗尚所向。

综前所述,《诗经》与汉魏古诗,以及唐诗尤其是盛唐诗歌,体现了中国古典诗歌在不同文学时期的发展风貌,特别是作为古体诗原始或近古阶段和近体诗成熟阶段的诗歌形态,它们自然最具古典诗歌"第一义"的典范性,李、何诸子宗法于此,固然与他们重视从"第一义"的诗歌谱系中去汲取养料的文学期望有关,这其中也包含他们企图求之经典文本以增强复古感召力的一种策略上的考量。但更重要的是,在这样的追宗过程中,他们同时对那些古典诗歌范本进行着更加合乎自我认知和意向的审美解读,表达其诗学上的相关诉求,显示他们结合诗歌复古路径的探究来构筑自我诗学话语的一番用心。从根本上来说,李、何诸子的这一种追宗态度,不仅出于他们对诗歌价值地位尊尚的思想基点,特别是当诸子面临着这样的局面,即如前所述的,自有明前期以来在崇儒重道和专以经术取士的环境中士人专尚经术学风的滋长和对于"词赋"尤其是诗歌

---

① 《对山集》卷十四。
② 《大复集》卷三十。

兴趣的转移,以及由此导致的包括诗歌在内的古文词地位严重下滑的格局,其诚然带有力求通过复古的途径拨此于正、从而提升诗歌价值地位的意味;而且也反映了他们在将视线重点转向复古领域的过程中、尤其是在全面审视古典诗歌传统基础上所展开的关涉诗学本质问题的一种探索。无论是标举《诗经》直至汉魏古诗的真朴浑厚,还是推尊唐诗尤其是盛唐诗歌的完熟圆融,可以说,与他们所一再为之申明的有关诗歌基本性质与审美特性的要求正是联系在一起。这也就是,更加注重诗歌作为一种特殊文体的抒情特性,包括在此基础上充分强调诗人情感体验和表现的真实性,以及极力主张以有效和恰切的诗歌艺术表现手段来传达诗人内在的情感。从这个角度上去理解,才能更加透彻地认识李、何诸子建构以《诗经》直至汉魏古诗及唐诗尤其是盛唐诗歌为典范的这一诗歌复古系统的内在思路和根本目的。

三、"文必先秦两汉"论的倡导及其义旨

除诗歌之外,前七子的复古之论也包括关于文章宗尚的主张,与其重点推尊《诗经》、汉魏及盛唐诗歌之举相对应的,则是他们所提倡的文宗先秦两汉的复古取向。

在李、何诸子当中,最直接或明确提出这一口号的要属康海与王九思。九思为康海所撰神道碑即引述海所言:"夫文必先秦两汉,诗必汉魏盛唐,庶几其复古耳。"[①]而他本人在《刻太微后集序》中曾经表示:"今之论者,文必曰先秦两汉,诗必曰汉魏盛唐。斯固然矣,然学力或歉,模放太甚,未能自成一家之言,则亦奚取于斯也。"[②]虽然反对一味摹仿古作,以至不能成一家之言,但显然其认肯"今之论者"所谓的"诗必汉魏盛唐"和"文必先秦两汉"之论,与康海上述的意见并无二致。不仅如此,康、王二人在其他的篇翰中也流露过文宗先秦两汉的意向。如康海为唐龙所作《渔石类稿序》云:"唐子尝言文不如先秦,不可以云古。非诚哉知言者乎?"[③]赞同唐氏文宗先秦之说。又《渼陂先生集序》评述王九思文:"予观渼陂先生之集,其叙事似司马子长,而不屑屑于言语之末;其议论似孟

---

① 《明翰林院修撰儒林郎康公神道之碑》,《渼陂续集》卷中。
② 《渼陂续集》卷下。
③ 《对山集》卷十。

子舆,而能从容于抑扬之际。"①则推许其"叙事"与"议论"分别得司马迁和孟子之文之所长。王九思《漫兴十首》诗六称康海为文:"龙头太史浒西君,拈出先秦两汉文。"②《咏怀诗四首》诗三又推重康海文章所宗:"文苑竞雕缀,气骨卑以弱。矫矫浒西子,力能排山岳。先秦溯渊海,班马启扃钥。"③从中也可见王九思本人对先秦两汉古文所怀有的兴趣。他在年届五十之际致曾与其同任翰林院检讨刘瑞的书函中,还一吐自己并未淡却的习文趣尚:"自六籍以降,若孟氏之正大,左氏之醖藉,屈子之豪宕,太史公之洪丽,班固之丰厚,庄生之奇怪,《国语》之温雅,《战国策》之纵横,博以取之,满以发之。"④显然,那些先秦两汉的重要典籍,都在他的取法之列。除康、王二人之外,李梦阳、何景明、王廷相等,出自不同的角度,也各自表达过宗尚先秦两汉古文的意向,详见后述。

当然,仅仅注意诸子"文必先秦两汉"论中所指示的文章取法目标是不够的,最为根本的,还进而需要了解他们为何会提出如此的宗尚主张,或者说,这一论调所包孕的重要义旨究竟是什么?这也使得我们首先有必要去认识先秦两汉古文本身之所以引起他们兴趣的原由所在。在这个问题上,李、何诸子所论尽管时或各有所侧重,并非全然趋于一致,但综合起来,仍然可以清理出贯穿在他们相关论说中的基本观念。

不妨先来看康海《送文谷先生序》藉其友孔天胤之口评论《左传》、《国语》的一番意见:"左氏、《国语》一时之言,其精粗虽异,而大指无谬于事实,故或微有出入,亦不害其有物之言也。"⑤这是说,作为先秦时代重要典籍的《左传》与《国语》,虽其记述精粗不一,但总体来说未乖违"事实",不失为"有物之言",显然,这两部典籍之所以受到作者的青睐,其主因正在于此。再来看何景明为东汉荀悦《汉纪》所作的序文,其中论及:

> 昔左氏依经作传,而编年纪事之例以立。及马迁著《史记》,叙帝王之事则有本纪,录贤臣之行则有列传,明制度则有书,系年世则有表。自是以

---

① 《对山集》卷十。
② 《渼陂集》卷六。
③ 《渼陂集》卷二。
④ 《与刘德夫书》,《渼陂集》卷七。
⑤ 《对山集》卷十三。

来,历代史家悉宗其体,然不能微约其辞,或寡要实而义无指归。其极至于流缀溢简,踳杂而不可以观。……尝观荀氏《汉纪》,其书则准诸左氏之例,而取于《史记》之一体者也。至其君臣附载,事物咸彰,天人并包,灾祥毕举,治忽参稽,成败并陈,得失相明,美恶互见。即一时一人一事之迹,虽前后散著,而本末必备。……《易》列象器,《书》陈政治,《诗》采风谣,《礼》述仪物,《春秋》纪列国时事,皆未有舍事而议于无形者也。夫形理者,事也;宰事者,理也。故事顺则理得,事逆则理失。天下皆事也,而理征焉。是以经史者,皆纪事之书也,但圣哲之言为经尔。①

上序前面部分以《左传》、《史记》和历代史家著述作比照,说明后者虽悉宗前者之体,却未得要领,主要缺陷在于"或寡要实而义无指归"。这一断语从反面说明,在论者看来,《左传》、《史记》恰是多尚"要实",义有"指归",此实为它们优长之所在。并且认为如荀氏《汉纪》,或准《左传》之"例",或仿《史记》之"体",则与历代史家所著不同,乃能"事物咸彰"、"灾祥毕举"、"成败并陈"、"美恶互见","虽一时一人一事之迹",也体现"本末必备",这无非谓其正得《左传》、《史记》多尚"要实"、义有"指归"之所长。序文后面列述《易》、《书》、《礼》、《春秋》诸书,着重表彰其"未有舍事而议于无形"的特点,此是说,诸书"纪事"皆能本于事实,不作无形空泛之论,这自然是承前强调求取"要实"、义有"指归"之说而来的。不难看出,何序对《左传》、《史记》等书重"要实"与指归"或"未有舍事而议于无形"特点的推尚,与康海以上称许《左传》、《国语》注重"事实",能为"有物之言"的说法,其意大体不二。

关于文之所宗及其原由的问题,王廷相也间论及之,尽管他并未直接提出过"文必先秦两汉"之类的主张,但其在《杜研冈集序》中的一段陈论值得注意:"嗟乎!文章之敝也久矣,自魏晋以还,刻意藻饰,敦悦色泽。以故文士更相沿袭,摹纂往辙,遂使平淡凋伤,古雅沦陨,辞虽华绘,而天然之神凿矣。"②据此,在他看起来,魏晋前后可以作为区别文章的一条时间分界线,魏晋以降文之弊端渐现。这也说明,他所心仪的目标,限于魏晋以上的古文,主要原因在于,尤其

---

① 《汉纪序》,《大复集》卷三十二。
② 《内台集》卷六。

自魏晋以来,为文"刻意藻饰,敦悦色泽",加上文人学士更相承袭,遂致"平淡凋伤,古雅沦陨"。所谓"平淡"、"古雅",换一个说法,其实当如王廷相在《广文选序》中对《易》、《书》、《诗》诸书所作出的那一番评价,这也就是,"厥事实,厥义显,厥辞平,厥体质,邈乎古哉,蔑以尚矣",要在朴质不华,切实不虚,绝不与后世"崇华饰诡"、"竞虚夸靡"①那种虚饰失实的文风同伍。

还应该注意的是李梦阳的相关表述。正德八年(1513)梦阳校刻贾谊《新书》成,为作《刻贾子序》,序中评贾谊之文云:"汉兴,谊文最高古。然谊陈说治理,善据事实,识要奥,一一可措之行,盖管、晏之俦焉。故曰谊练达国体云。"②这无外乎是说,贾文的特点不啻在其"高古",还在其"善据事实,识要奥",后者更表现出了切合实际、不求虚华的特点,故以为其"一一可措之行"。李梦阳之所以欣赏贾文,毋庸说,这一特点应该是更为关键的一个因素。除此,他的《论史答王监察书》谈及先秦两汉多部重要的史籍,其中也表达了他对这一时期文章特点的基本看法,更是一篇格外值得留意的文献,作者在此书函的开头部分就表示:

> 仆尝思作史之义,昭往训来,美恶具列,不劝不惩,不之述也。其文贵约而该,约则览者易遍,该则首末弗遗。古史莫如《书》、《春秋》,孔子删修,篇寡而字严;左氏继之,辞义精详;迁、固博采,简帙省缩。以上五史,读者刻日可了,其册可挟而行,可箱而徙。后之作者,本乏三长,窃名效芳,辄附笔削,义非指南,辞殊禁脔,传叙繁芜,事无断落。③

比照后世史书,作者更青睐"古史"中《尚书》、《春秋》、《左传》、《史记》、《汉书》诸籍,虽然其着重论"作史之义",但若将此扩展至作者对于宽泛意义上的文章的认识,实在也未尝不可,如此可以见出他重视先秦两汉古文的宗尚意向。假如说,所谓"昭往训来,美恶具列",所谓有"劝"有"惩",还只是一般意义上对史家义务和责任作出的原则性建议,那么,接下去提出的"文贵约而该"的主张,可说

---

① 《王氏家藏集》卷二十二。
② 《空同先生集》卷四十九。
③ 《空同先生集》卷六十一。

是针对文章撰写所布置的具体要求了,它不仅表达了序者所持有关为文的一种审美立场,而且也是他评述先秦两汉诸籍特点所作的一种铺垫性的提示。所以,继此书谓《尚书》《春秋》"篇寡而字严",《左传》"辞义精详",《史记》《汉书》"博采"而"简帙省缩",实际上都是在说明这些史籍不同程度呈现的"约而该"的特点。按照李梦阳的看法,所谓"约而该",就是既要"约",即"览者易遍",又须"该",即"首末弗遗",二者兼备,不可顾此失彼,或就是要"文约而意完",说到底这是一个讲究简朴精当的概念。析解起来,一是要削去繁芜,清除冗杂,不必要的繁文杂语应该简省,否则不足为观。序中鄙薄后世作者"传叙繁芜,事无断落",且批评如《三国志》及《南》《北》诸史"漫浪难观",《晋书》"体制混杂,俗雅错梦",意即出于此。二是要简中见精,约而不略,不应该省却的神采意脉决不可弃绝,即所谓"非故省之言之妙耳",否则难及"古史如画笔,形神具出",犹如李梦阳指摘范晔《后汉书》,虽其"亦知史不贵繁",不事繁芜,但到底是由于"剜精铲采,着力字句之间",难免造成"言枯体晦"[①],也就是注意了"约",却忽略了"该"或"完"。这一点,同时见于他对"惟约之务"的"天下好古之士"的不屑,指出其为文只知道"为湔洗,为聱牙,为剜剔",结果"使观者知所事而不知所以事,无由仿佛其形容"[②]。

由是观之,李、何诸子之论先秦两汉古文,尽管所及的问题或有侧重,表述也或有差异,然综合其论,仍能直接或间接看出他们作为文学趣味相对接近的同盟在这一问题上的基本取向,一言以概括之,诸子之所以如此倾心先秦两汉古文,主要看重的乃其朴质、切实、精简诸特点。当他们在全面审视古典文章传统之后,得出的一个大致的结论就是,先秦两汉古文所呈现的那些特点,往往却是后世文章所缺乏的,这也使得它们具备了一种典范的资质,堪为文章学习的重要楷模。

进一步来看,对于李、何诸子"文必先秦两汉"论义旨的探析,也不可不辨察显现其中的针对性倾向。假若说,正如前所述及,崇儒重道的思想氛围以及与之相应的专以经术取士政策导向的确立,助长了明代前期以来士人以经术为尚的学风,并造成对古文词的强烈冲击,这一状况也引起李、何等人的警觉和忧

---

① 《论史答王监察书》,《空同先生集》卷六十一。
② 《外篇·论学上篇第五》,《空同集》卷六十六。

虑,如李梦阳在所作的朱应登墓志中就为"执政者""以经学自文"、"柄文者""承弊袭常"而压制从事古文词创作文学士的现象慨憯不已,而"文必先秦两汉"论本身反映了李、何诸子高度重视古文词的明确态度,它的提出,特别是在其时古文词地位深受冲击的情况下,多少显露了诸子急起而维护之的某种拯救意识;那么,在另一层面,该文章宗尚主张,对自明前期以还尤为馆阁文人所尊奉并影响时人的以韩愈、欧阳修等为代表的唐宋诸家之文这一台阁文风之所宗,则显示出更为鲜明的针对性。有明前期尤其是自永乐年间以来,随台阁文风的扩张,作为这一文风主要倡导者的馆阁文人,基于注重经世实用的根本立场,在明初宋濂等人本于文道一元原则而推重韩、欧等唐宋诸家之文的基础上,强化了这一宗尚倾向,极力标榜韩、欧诸家文章体现在明道宗经上的示范性,关于这一点,本书第一章第四节已作论析,兹不再展开说明。倒需指出的是,馆阁文人这种以唐宋诸家为尊的文章宗尚倾向,也波及当时一般士人所习,韩邦奇《论式序》议及有明前中期文士的文章效法之风,指出"弘治间则效唐,而专于韩、柳;或效宋,则亦专于欧、苏"①。这种现象的出现,在相当程度上当归结为所谓"在馆阁者"倡之,"海内翕然宗之"②。然而,如此效习一旦刻意缀合,相习成套,难免流于浮泛凡庸,萎弱疲软。崔铣《答顾东桥侍郎书》即云:"自朱子大注群经,尊者崇为国是,诵者习为仕阶。后儒竞相模衍,遂成讲套,古文则放托欧、苏,流于庸痿。"③李东阳《叶文庄公集序》亦曰:"夫欧之学,苏文忠公谓其学者,皆知以通经学古为高,救时行道为贤,犯颜敢谏为忠。盖其在天下不徒以文重也。后之为欧文者,未得其纡馀,而先陷于缓弱;未得其委备,而已失之觊缕。"④自永乐年间以来,馆阁之士在所尊唐宋诸家中尤重欧阳修等宋人之文,以至奉为所谓"治世之文、正始之音也"⑤。就此而言,以上崔、李二人所论,其实可谓正触及特别在馆阁文人鼓噪下效习唐宋诸家尤其是欧阳修等人之文所暴露出来的弊病。从这一角度上观之,李、何力宗先秦两汉古文,表彰它们朴质、切实、精简诸特点,相对于尤受馆阁文人主导而泛起的专效唐宋诸家的为文习尚,特别于其诸

---

① 《苑洛集》卷一,明嘉靖刻本。
② 王九思《明翰林院修撰儒林郎康公神道之碑》,《渼陂续集》卷中。
③ 《洹词》卷十二。
④ 《李东阳集》,第二卷,第110页。
⑤ 董其昌《重刻王文庄公集序》,《容台文集》卷一。

如"庸痿"、"缓弱"之弊,自然不可谓无的放矢。

第五节 复古与法度

前七子基于他们自身的文学诉求,确立了诗文复古的文学策略,并为此建构起学而习之的宗尚系统。与此同时,在李、何诸子那里,重视复古和讲究法度又是密切联系在一起。因此,探讨他们的诗文复古主张,不可不注意其所强调的法度问题。刘若愚先生《中国文学理论》一书在论及李梦阳文学思想的特征时,曾经将其对拟古主义的信从、对遵循具现于古人作品中的文学技艺的规则或方法的注重,归结为一种所谓的文学"技巧概念",以为体现了"技巧概念"与拟古主义的结合,而他所说的这种"技巧概念",主要着眼于作家与作品的关系,或者说是"从作家的观点讨论文学而规范出作文的法则"[①]。刘氏此论,不仅道出了李梦阳诗文复古主张中重视复古与讲究法度相结合的鲜明特征,并且可以说揭示了李梦阳重古人作品技艺性的规则或方法主张本身所蕴涵的一种文学技术主义的思路。而从下面所展开的讨论中不难发现,刘氏所指出的见于李梦阳复古主张的上述特点,实际上也不同程度地反映在前七子其他成员的有关论述之中,特别是他们关于复古与法度问题的探讨,尽管其在具体的问题上存在一定的分歧。综观诸子所论,其主要涉及两大层面,一是对于法度涵义的诠解,二是关于法度的体认方式。

一、对于法度涵义的诠解

在对待诗文复古的问题上,主张重视法度的运用是前七子成员间比较一致的看法。徐祯卿曾提出:"诗贵先合度,而后工拙。纵横格轨,各具《风》、《雅》。"说明为诗合乎一定法度的重要性,也即如他所说的要求能"托之轨度"[②]。王廷相论作诗之法,认为"欲擅文囿之撰,须参极古之遗,调其步武,约其尺度,以为我则",并以所谓"运意、定格、结篇、炼句",作为"措手施斤、以法而入者"之"四

[①] (美)刘若愚著、杜国清译《中国文学理论》,第137页至139页,第150页,江苏教育出版社2006年版。

[②] 《谈艺录》,《迪功集》附。

务"①,主张须从参照古法做起,不离"尺度",重法的意向同样是十分明确的。七子之中,即使是曾经激烈批评李梦阳"刻意古范,铸形宿镆,而独守尺寸"的何景明,也承认"诗文有不可易之法",只是以为"古文之法"亡于韩愈,"古诗之法"亡于谢灵运②。观诸子所为,其中较多关注和议论法度者,不能不数李梦阳,以至其所谓"规矩者,法也"③,"文必有法式,然后中谐音度"④之类的表述,已为人耳熟能详,而不重法度者则被他斥之为"野狐外道"⑤,无怪乎后来的胡应麟表示:"汉唐以后谈诗者,吾于宋严羽卿得一悟字,于明李献吉得一法字,皆千古词场大关键。"⑥

不过,前七子成员在重视法度问题上形成的基本共识,并不意味着他们对于法度涵义的具体理解趋向一致,事实上就后者而言,所存在的理解上的差异是明显的,甚至因此引发公开争辩,正德年间发生在李梦阳、何景明之间的那场论争就是典型之例。从表面上看,这一次论争的发生带有一定的随意性和偶然性,起因是李梦阳览何景明诗作,"颇疑有乖于先法",于是劝其"改玉趋"⑦,结果事与愿违,非但未能说服何氏,反而招致对方激烈的驳辩,而实质上则表明,双方间不同的意见积淀已久,到了无法再回避的地步,为了阐明自己的立场,甚至无暇顾及盟友之间的情面,不惜公然争之辩之。而从双方交锋所涉及的问题来看,其中的一大要点就是集中在有关法度涵义的理解上。

先说李梦阳。察其所论,他曾经对法度的概念一再地作过申辩,在致山阴周祚的《答周子书》中,他即提出:

> 仆少壮时,振翮云路,尝周旋鹓鸾之末,谓学不的古,苦心无益。又谓文必有法式,然后中谐音度。如方圆之于规矩,古人用之,非自作之,实天生之也。今人法式古人,非法式古人也,实物之自则也。

---

① 《与郭价夫学士论诗书》,《王氏家藏集》卷二十八。
② 《与李空同论诗书》,《大复集》卷三十。
③ 《驳何氏论文书》,《空同先生集》卷六十一。
④ 《答周子书》,《空同先生集》卷六十一。
⑤ 《再与何氏书》,《空同先生集》卷六十一。
⑥ 《诗薮·内编》卷五《近体中·七言》,第96页。
⑦ 《驳何氏论文书》,《空同先生集》卷六十一。

而其在《驳何氏论文书》中反驳何景明的如下这段议论，人们更是并不陌生：

> 古之工，如倕如班，堂非不殊，户非同也，至其为方也、圆也，弗能舍规矩。何也？规矩者，法也。仆之尺尺而寸寸之者，固法也。假令仆窃古之意，盗古形，剪截古辞以为文，谓之影子诚可。若以我之情，述今之事，尺寸古法，罔袭其辞，犹班圆倕之圆，倕方班之方，而倕之木非班之木也，此奚不可也？①

按照李梦阳的说法，法度的生成，并非是人为制作所致，而是一种顺乎自然的结果，一种诗之所以为诗、文之所以为文的必然规定，故谓之"天生"，谓之"物之自则"，或者如他以人体作喻，认为"即如人身，以魄载魂，生有此体，即有此法也"。如此赋予"法"以自然或必然的性质，当然主要是为了突出它的合理性。因为这样，李梦阳将他心目中的自然或必然之"法"，作为犹如"方圆之于规矩"的能够普遍适用的一般或共同准则来看待，好比古之工匠倕用之，班也可用之。对于如此之用"法"，他进而又解释："《诗》云'有物有则'，故曹、刘、阮、陆、李、杜能用之而不能异，能异之而不能不同。今人止见其异而不见其同，宜其谓守法者为影子，而支离失真者以舍筏登岸自宽也。"②如果说"异"主要是指表象意义上的作品个体之间的差别，那么"同"应该是指它们在内质意义上所呈现的一致性，是其遵循"规矩"之"法"的共同体现。不仅如此，李梦阳同时以书法作比方，明示"作文如作字"③的道理，他在致吾谨的《答吴谨书》中说："欧、虞、颜、柳字不同，而同一笔；其不同特肥、瘦、长、扁、整、流、疏、密、劲、温耳。此十者，字之象也，非笔之精也。乃其精则固无不同者。夫文亦犹是耳。"④简而言之，就是"象"须异，"精"须同。亦如吾谨在《与李空同论文书》中对书法"精"、"象"异同问题作出的解说："古之善书者，精无不同，而十者之象则异。惟精无不同也，故同谓之善书；惟象无不异也，故各谓之名家。精苟同矣，而象亦无不同，是亦臣仆于人而已

---

① 以上见《空同先生集》卷六十一。
② 《再与何氏书》，《空同先生集》卷六十一。
③ 《驳何氏论文书》，《空同先生集》卷六十一。
④ 《空同先生集》卷六十一。

矣,奚其善?"①只是与吾谨重"精"同而更重"象"异之见有所不同,在李梦阳看来,字之"象",也就是字之"体"②,指书法形体结构的外在特征,"象"或"体"之变化相异固然不可缺少,因为这样才有欧、虞、颜、柳诸字体的各自差别。然"精"之所至无疑更显重要,"不窥其精,不足以为字",作诗为文也同样如此。李梦阳以为,所谓"精"者,乃"应诸心而本诸法者也",主要指的是经由作者的主观体认而达到对于作为一般或共同准则的"法"的切实掌握,指的是在本自"法"的前提下体现在不同个体作品之中一种内在的、本质的共性,故也可说,其"精"乃"无不同"。

李梦阳释法度为普遍适用的一般或共同准则,强调它的一种内质特性,其意在努力分辨"法"和表现为个体作品之间差异性的形迹之"辞"之"言"的区别,以此,"尺寸古法"与"罔袭其辞"被他放在了同等的层面相看待。对何景明"独守尺寸"的责备,他则引《诗经·小雅·小旻》中"人知其一,莫知其他"诗句,示意"法"不在"其一"而在"其他"的普遍性,并明言"予之同,法也","子以我之尺寸者,言也"③。不过,需要指出的是,李梦阳以上关于法度一般概念的阐释,无法消除他在说明这一被视为普遍适用的法度的具体特征时所显露的难以自圆其说的矛盾。在《答周子书》中,李梦阳批评何景明及其随从者,"今其流传之辞,如抟沙弄螨,涣无纪律,古之所云开阖照应、倒插顿挫者,一切废之矣"。而他在《再与何氏书》中又提出:"古人之作,其法虽多端,大抵前疏者后必密,半阔者半必细,一实者必一虚,叠景者意必二。此予之所谓法,圆规而方矩者也。"④假如说,前述于法度释之以诸如"方圆之于规矩"的说法多少有些抽象,那么,比较起来这里不论是"开阖照应、倒插顿挫"还是"前疏者后必密"云云,已是相对具体了。对于后者,我们从李梦阳关于诗文"思"、"意"、"义"、"格"、"调"、"才"、"辞"、"气"、"色"、"味"、"香"等一系列相应法度规则的解析中,更能体会得到:

> 柔澹者思,含蓄者意也,典厚者义也。高古者格,宛亮者调。沉着雄丽、清峻闲雅者,才之类也,而发于辞。辞之畅者,其气也;中和者,气之最也。夫

---

① 黄宗羲编《明文海》卷一百五十六,第二册,第 1566 页,中华书局影印清钞本,1987 年版。
② 《驳何氏论文书》曰:"作文如作字,欧、虞、颜、柳字不同而同笔。笔不同,非字矣。不同者何也? 肥也,瘦也,长也,短也,疏也,密也。故六者势不一,字之体也,非笔之精也。"可与《答吴谨书》所述互相参看。
③ 《驳何氏论文书》,《空同先生集》卷六十一。
④ 《空同先生集》卷六十一。

然,又华之以色,永之以味,溢之以香。是以古之文者,一挥而众善具也。然其翕辟顿挫,尺尺而寸寸之,未始无法也。所谓圆规而方矩者也。①

现在的问题是,李梦阳所总结出来的作为"规矩"之"法"的这些相对具体的特征,是否就可以代表能够普遍适用的一般或共同的准则呢? 回答应该是否定的。首先,李梦阳议论法度除了较集中针对诗歌外,也同时涵盖文章,故其提出"文必有法式,然后中谐音度",又对世人为文"易之悦而难之惮"者认为"文主理已矣,何必法也"的说法,大不以为然,指出:"'言之弗文,行而弗远',兹非孔子言邪? 且六经何者非理,乃其文何者非法也?"②。自文体的角度言之,诗文二者体制相异,诚难一概而论,既然如此,它们各自的创作规则自然不尽相同,这也难怪乎如成、弘之际的李东阳要一再强调"诗之体与文异"③,说明诗以"限以声韵,例以格式",与后世文章所本之诸经"名虽同而体尚亦各异"④。就此,李梦阳特别强调那些具体而微固定之法度的"圆规而方矩"的标准性,主张它们对于诗文创作的普遍适用性,即便不能说是完全出于一己的主观臆想,也难免有削足适履之嫌。其次,就呈现于古代诗文作品中的法度本身来说,其又是复杂而多样的,不一而足,连李梦阳本人也承认古人之作其"法""多端"。然他从中总结出来的那些所谓"规矩"之"法",则实在很难说没有掺杂个人审美上的偏向性和专独性,故如何景明,就曾直言其有"贬清俊响亮,而明柔澹、沉著、含蓄、典厚之义"⑤的嗜尚。这样的话,要以那些具体而微且夹杂个人审美偏嗜的所谓古法,作为诗文创作所应遵循的一般或共同准则,其中的合理性自然是易招质疑的。总之,李梦阳赋予"法"以一种自然或必然的性质,强调它作为一般或共同准则的普遍适用性,这一提法本身并无不当,问题的症结在于,他将自己心目之中可以当作一般或共同准则的法度,最终却落实在了多少显得刻板和偏狭的若干具体的规则上,不能不说有些名实不符,从而也使得如此的所谓"规矩"之"法",在更多的意义上成为自我标榜的一种口号。

---

① 《驳何氏论文书》,《空同先生集》卷六十一。
② 《答周子书》,《空同先生集》卷六十一。
③ 《沧洲诗集序》,《李东阳集》,第二卷,第72页。
④ 《镜川先生诗集序》,《李东阳集》,第二卷,第115页。
⑤ 《与李空同论诗书》,《大复集》卷三十。

再来看何景明。有关他对法度涵义的说明，最为明晰的，还是莫过于其在《与李空同论诗书》中的如下这段陈述："仆尝谓诗文有不可易之法者，辞断而意属，联类而比物也。上考古圣立言，中征秦汉绪论，下采魏晋声诗，莫之有易也。"他自认为从"古圣"著论直至魏晋诗歌中琢磨出了这种一以贯之的"古文之法"和"古诗之法"[①]。与李梦阳的提法较为相似的是，何景明强调诗文之"法"之"不可易"，不外乎也是为了突出它普遍适用于诗文创作的一般或共同准则的性质，以是加强于"法"诠解的信服力，尤其是他面对李梦阳这样争辩的对象。然而，二人之间意见的分歧又确为事实。在何景明看来，李梦阳在对待法度的问题上"刻意古范，铸形宿镆"，过于看重古人之作的"意"与"形"，碍于"形迹"[②]。尽管李梦阳本人对于这样的定性极力予以反驳，辩称自己并非要"窃古之意，盗古形"[③]，但在法度问题上表现出的刻板和偏狭，终究让何景明抓住了可以借题发挥的话柄。从何氏以上所述可见，其并不回避谈论法度，体会他所理解的"不可易"之"法"，似乎主要是针对诗文意脉与语辞的构造关系而言：谓"辞断而意属"，指蕴蓄在诗文中的意脉要贯通相连，而形之于具体的辞句则要曲折变化，不相联属，使意脉在富于变化的曲折的语辞形态中得以一贯呈现；谓"联类而比物"，当是"辞断而意属"之义的一种延伸，意指将相近的事类联缀起来说明，这既是出于贯通作品意脉的考虑，也是因为串联各种同类事物可以增加语辞形态的委曲多变。至此，如果说，在对待法度问题上，李梦阳比较注重落实在作品内部具体而微的一些细部规则，那么，何景明显然更多着眼于作品整体意脉与语辞配合的一种通篇结构的规则。关于后者，王廷相在论及作诗"四务"之一的"结篇"时，要求"比类摄故，辞断意属，如贯珠累累者"，认为如此方可称"精于篇者也"[④]，所谓"比类摄故，辞断意属"云云，几近"辞断而意属，联类而比物"之意，其偏重作品"篇"的结撰之法的说明，不妨看作是何景明上论的一个注脚。至于景明论诗文法度着意通篇结构的规则而不及其他，盖主要是考虑"体物杂撰，言辞各殊"[⑤]，避免因过分在意"尺寸"之法，难脱"形迹"之仿。然而，他所总结出的

[①]《大复集》卷三十。
[②]《与李空同论诗书》，《大复集》卷三十。
[③]《驳何氏论文书》，《空同先生集》卷六十一。
[④]《与郭价夫学士论诗书》，《王氏家藏集》卷二十八。
[⑤]《与李空同论诗书》，《大复集》卷三十。

这种"不可易"之"法"以及寄寓其中的苦心,并未得到李梦阳的认可,其以为,如"以兹为法,宜其惑之难解,而诪之者易摇也"。在梦阳眼里,对方之所以主张此法,归根到底乃"止见其异,而不见其同"①所致,光是一味重视诗文作品的"异"即个体之间的表象差别,忽略了它们的"同"即遵循"规矩"之"法"而反映在内质上的共性,因为如此,只是考虑实为"体也"、"文之势也"之"辞断而意属者",以及实为"事也"之"联而比之者"②,不去注意关涉诗文"思"、"意"、"义"、"格"、"调"、"才"、"辞"、"气"、"色"、"味"、"香"等那些好比"圆规而方矩"的一般或共同的准则,说到底乃是不能辨识"法"之实质的表现。要之,李、何在重视法度的持守及强调它的普遍适用性这一问题上并无太大的异议,他们之间的分歧,其中之一即主要表现在对所谓"规矩"或"不可易"之"法"的具体认知上。

二、关于法度的体认方式

基于对法度的重视,前七子成员又提出有关法度的体认方式。前已说到,尽管李、何诸子对法度涵义的认知不尽一致,甚至因此发生针锋相对的争辩,但有一点是可以肯定的,这就是他们均认可从古人作品中体认相关的作法,这一点,自然当归根于他们主张诗文复古的共同理念。所以,即使如李、何这样意见有着分歧者,也都强调古人之作有法可求,有法可依,虽然他们各自理解的角度存在一定的差异。

也正是出于对古法的认可,诸子大多倾向尊尚古体即古作的体格、体式,以作为遵循法度的一个重要表征和基本量度。像李梦阳声称"夫追古者,未有不先其体者也"③,态度不可谓不明确,而他以近乎苛刻的眼光挑剔何景明诗歌作法上的纰漏,如谓其"近作""乖于先法","若抟沙弄泥,散而不莹,又粗者弗雅也",谓其所为五言律诗:"'神女赋'、'帝妃篇'、'南游日'、'北上年'四句接用,古有此法乎?'水亭菡苕'、'凤殿薜萝',意不一乎?"④也无非在以古人作品的体格、体式作为参比的标准,衡量之下感觉其全然不符,大有违于古法。论诗强调

---

① 《再与何氏书》,《空同先生集》卷六十一。
② 《驳何氏论文书》,《空同先生集》卷六十一。
③ 《徐迪功集序》,《空同先生集》卷五十一。
④ 《再与何氏书》,《空同先生集》卷六十一。"神女赋"、"帝妃篇"、"南游日"、"北上年"四句,出自何景明五律《访By容自荆州使回二首》第一首中的颔联与颈联;"水亭菡苕"、"凤殿薜萝"两句,出自其五律《过寺中避暑同川甫》中的颔联。见《大复集》卷二十一。

"辩体"的王廷相,除了认为"古人之作,莫不有体",进而要求"效《风》、《雅》类《风》、《雅》,效《离骚》、《十九首》类《离骚》、《十九首》,效诸子类诸子",表示如是"无爽也,始可与言诗已矣"①,他致孟洋的《寄孟望之》一书在探析律诗"今不逮古"的原因时还指出:

> 今不逮古,约有三论:宇宙间事情景物,万古无殊,诗人以来言之略尽,后世借曰变易局格,终归馨欬耳。世谓律诗起于唐而独盛于唐,不以是夫? 此不逮者一也。或者才非超绝,不能御风鞭霆,浮游八极,以脱去尘陋,终尔等流,二也。有高才矣,复不能刻力古往,任情漫道,畔于尺矩,以其洒翰美丽应情仓卒可也,求诸古人格调,西施东邻之子,颦笑意度,决不至相仿佛矣,此不逮者三也。

在王廷相看来,既为律诗,自然要以唐体为尚,因为"律句,唐体也"②,然今人所为则非如此,所谓"任情漫道,畔于尺矩",无外乎是说其由于不尊唐体,因而毫无律诗法度可言,和古作相比,终究"决不至相仿佛",归根结底,这是无视"辩体"的做法,也是造成律诗"今不逮古"的主因之一。说起来在前七子中,何景明排击"刻意古范,铸形宿镆"的意向最为强烈,且由此攻讦李梦阳不已,但这并不代表他反对尊尚古体和循守古法,如在《海叟集序》中,他谈及个人学习"歌行"、"近体"与"古作"之道,表示"学歌行、近体,有取于(李、杜)二家,旁及唐初、盛唐诸人,而古作必从汉魏求之"。其理由是"(李、杜)二家歌行、近体诚有可法,而古作尚有离去者,犹未尽可法之也"③。他之所以针对不同的诗歌体裁为自己设计不同的学习路径,在很大程度上不能不说是出于对古体的尊尚,对古法的注重,就这一点而言,其与李梦阳强调的"追古"而"先其体"的看法,并无明显的扞格。

话说回来,尽管李、何诸子认可从古人作品中体认相关的法度,要求尊尚古作的体格、体式,然而这不等于他们只是满足于单纯机械的拟古之法,事实上,

---

① 《刘梅国诗集序》,《王氏家藏集》卷二十二。
② 《王氏家藏集》卷二十七。
③ 《大复集》卷三十二。

正如有研究者所指出的，他们大多既讲究学古摹拟，又强调自我变化①。这一点，至少诸子在观念主张上的确如此。

比如，康海为樊鹏所作的《樊子少南诗集序》，自谓"因其偶合于少南（案，樊鹏字）而欣爱其体裁"，感觉樊氏"学初唐而得初唐，学汉魏而得汉魏。学古君子使皆如少南，斯可以为我有明之盛矣乎"②？这是称许樊氏善于拟学汉魏、初唐诗而得其体。与此同时，康海也明确反对那种完全缺乏自我变化的"剽窃"、"摽敚"之举，他讥刺时俗"片言务剽窃，侃侃遂骄足"③，忧虑当下文人学士"尚浮名而趋末务，偶善一诗，成一文，则矜炫驰肆，目无全物，即上追屈、宋，中骖班、马，艺而已矣，况摹仿摽敚，文实俱鲜"，以为"此文士之鄙习，非国士之鸿操也"④，即应作如是观。持类似看法的还有王九思，他在《刻太微后集序》中评骘友人张治道诗文，以为其诗"宛然汉魏盛唐之音响也，然未尝掇其句"，其文"宛然先秦两汉之风气也，然未尝泥其故"，可称得上"自为一家之言，所谓不烦绳削而自合者"⑤。既看重张氏摹拟古作而宛然得其"音响"、"风气"，又肯定他能避免"掇其句"和"泥其故"的灵活之变。至于李梦阳、何景明二人在体认法度的具体方式上虽然同样存在歧见，详见下述，但也都口口声声表示，除了讲究拟古，还要重视变化，以至如李梦阳提出"议拟以一其格"，"参伍以错其变"⑥，而何景明则主张"拟议以成其变化"⑦，两者相比，连措辞也何其相似。

不过必须指出，再僵板不化的崇古论者，也不至于公然宣称亦步亦趋的复古论调，否定变化创新的必要性，这似乎是再浅显不过的一种常识。此也意味着，假如只是单纯注意诸子既讲摹拟又重变化的那些笼统的提法，我们仍然难以深入辨认问题的实质所在，因此，关键是需要进一步察识李、何等人有关究竟如何进行摹拟与加以变化包括如何处理二者关系的具体态度，以从根本上了解他们对法度体认方式的看法。

还是先看李梦阳所论。如前所说，根据他的陈述，"法"为自然生成，绝非刻

---

① 参见廖可斌《明代文学复古运动研究》，第 125 页至 127 页。
② 《对山集》卷十三。
③ 《于浒西赠别明叔三首》其三，《对山集》卷二。
④ 《送白贞夫序》，《对山集》卷十一。
⑤ 《渼陂续集》卷下。
⑥ 《徐迪功集序》，《空同先生集》卷五十一。
⑦ 《与李空同论诗书》，《大复集》卷三十。

意造作,乃是能够普遍适用于诗文创作的一般或共同的准则,故梦阳喻以"方圆之于规矩","规矩者,方圆之自也。即欲舍之,乌乎舍"? 并且藉此反诘谓其"独守尺寸"的何景明,"子试筑一堂,开一户,措规矩而能之乎? 措规矩而能之,必并方圆而遗之可矣,何有于法? 何有于规矩"? 为他"仆之尺尺而寸寸之者,固法也"的论点铺陈层层理由。按照他的意思,循守那些具有普遍适用性的自然之"法"极为重要,好比筑堂开户,不能舍规矩而行之,否则创作出来的作品,犹如堂户无规矩而不成方圆。如此,变化也必须是在循守一般或共同准则的前提下进行,或曰必须在获"同"的基础上呈"异",断不可反其道而行之,此即李梦阳所宣称的"变化之要":

> 阿房之巨,灵光之肖,临春、结绮之侈丽,杨亭、葛庐之幽之寂,未必皆倕与班为之也,乃其为之也,大小鲜不中方圆也。何也? 有必同者也。获所必同,寂可也,幽可也,侈以丽可也,肖可也,巨可也。守之不易,久而推移,因质顺势,融熔而不自知。于是为曹、为刘、为阮、为陆、为李、为杜,即今为何大复,何不可哉? 此变化之要也。故不泥法而法尝由,不求异而其言人人殊。《易》曰:"同归而殊途,一致而百虑。"谓此也,非自筑一堂奥,自开一户牖,而后为道也。①

在他看来,如何景明那样一味注重"自筑一堂奥,自开一户牖",实际上是为逐"异"而弃"同",为追求新异而无视必须遵循的一般或共同的准则,也即李梦阳质疑为文"自立一门户,必如陶之不冶,冶之不匠,如孔之不墨,墨之不杨邪"②? 这绝不是他所理解的变化之道。同时,其以宫室建筑虽"未必皆倕与班为之"而"大小鲜不中方圆"作喻,形容不同时代不同对象的作品个体,却能体现法度之"同",体认古法即要守此"同"而不易,也就是,坚持体现在不同时代不同对象的作品个体之中具有普遍适用性的一般或共同的准则,达到所谓"议拟以一其格"。从这一意义上来说,循守古法也就不能简单地看作只是对特定的古人作品在言辞层面上的忠实摹仿,或者说要求超越古人不同作品个体的具体言辞形

---

① 《驳何氏论文书》,《空同先生集》卷六十一。
② 《再与何氏书》,《空同先生集》卷六十一。

态。所以当何景明振振有词地表示"体物杂撰,言辞各殊,君子不例而同之也,取其善焉已尔","若必例其同曲,夫然后取,则既主曹、刘、阮、陆矣,李、杜即不得更登诗坛"[1],并对李梦阳以"独守尺寸"目之的时候,对方则毫不犹豫地予以回击和辩解:"予之同,法也。尧、舜之道,不以仁政不能平治天下者也。子以我之尺寸者,言也。"[2]很显然,"尺寸"古人之"法"与"尺寸"古人之"言",在他心目中是两个全然不同的概念,他主张取则的是前者而非后者,也正如此,他会认为"罔袭其辞"与"尺寸古法"互不矛盾,认为人"谓守法者为影子"[3],是误将守法当成对特定的古人作品在言辞层面上如影子般的临摹,却没有看到其实质是持守不同文学个体所体现的共同之准则,从而陷入理解上的误区。若是,以为如有的研究者所指出的,李梦阳拟古主张所注重的只有语言文字方面[4],显与其本意不符。另一方面,李梦阳认为,在"追古"而体认古法过程中如果仅仅顾及"守"而不注意"化"又是不够的,如此就会"蹊径存焉"[5],就会"泥法"[6]。"化"以消泯"蹊径",实际上也就是"参伍以错其变"的一个变化过程。依李梦阳之说,其指涉两层含义,一是强调变化不等于可以逾越法度,纵意所为,只求"自筑一堂奥,自开一户牖",不然,终是"信口落笔",而应该是"守"而"化"之,即如前言,在循守一般或共同准则的前提下再来显示变化;二是变化本身不应刻意追新逐异,而是在持守古法的基础上,积久成熟,顺势推移,自然加以融会,注重的是创作者在非自觉的状态下对于古法逐渐予以消化吸收而为我所用的自然演化过程,即所谓"守之不易,久而推移,因质顺势,融熔而不自知",所谓"积久而用成,变化叵测矣"。总之,李梦阳关于法度体认方式的阐释,主张既"守"又"化",由"守"臻"化","化"中见"守","守"则循守法度之"同","化"则呈现"同"中之"异",也就是要做到所谓"始同而终异,异而未尝不同"[7]。

再来看何景明所论。在如何把握摹拟与变化之体认法度的具体问题上,何氏为了与他所认为的李梦阳过分倚重古人作品之"意"与"形"的态度相区隔,提

---

[1] 《与李空同论诗书》,《大复集》卷三十。
[2] 《驳何氏论文书》,《空同先生集》卷六十一。
[3] 《再与何氏书》,《空同先生集》卷六十一。
[4] 郭绍虞、王文生主编《中国历代文论选》,第三册,第50页,上海古籍出版社1980年版。
[5] 《徐迪功集序》,《空同先生集》卷五十一。
[6] 《驳何氏论文书》,《空同先生集》卷六十一。
[7] 《答周子书》,《空同先生集》卷六十一。

出人所熟知的所谓"富于材积,领会神情,临景构结,不仿形迹"的主张,强调要"推类极变,开其未发,泯其拟议之迹,以成神圣之功",要"舍筏则达岸","达岸则舍筏"①。比照李梦阳"尺寸"古法说,何景明的这些说法,看起来似乎与之格格不入,也较不容易让人抓住拟古泥法的把柄,以至多受偏袒,如明人刘养微述及:"今人左袒大复,动曰信阳舍筏,北地效颦。"②不过推究起来,在本质上其与李梦阳所论又并非完全如一些研究者所认为的那样,乃互不相容,截然对立。尽管何景明声称要"自创一堂室,开一户牖,成一家之言",要"达岸"而"舍筏",但这不代表他认肯可以任意而为,舍弃法度,如果按照其"拟议以成其变化"的要求,就应当是"法同则语不必同"。所谓"法同",即要求合乎诸如"辞断而意属,联类而比物"之类的诗文创作"不可易之法",以达到"一致同归";"语不必同",则要求不可执着"形迹"之仿,以显示"殊途百虑"。由是观之,更确切一点地说,何景明所称"舍筏",并不是指舍法,其意实在于"泯其拟议之迹",即消除拟古用法的显在形迹,而此比较李梦阳要求"守"而能"化"、"化"以消泯"蹊径"的说法,亦似无根本性的抵触。然而,这绝非意味着可以忽略何景明在体认法度问题上与李梦阳之间存在的歧见。在何景明看来,"凡物有则弗及者,及而退者与过焉者,均谓之不至",譬之创作,既要讲究法度,又不可求之过分,如李梦阳那样于古法偏向"独守尺寸",就是"求之则过"的表现,其最终势必要落实在古人之作具象的"意"与"形"上,导致其作"高者不能外前人也,下焉者已践近代矣",无法摆脱"形迹"之仿。诗文创作不但要体现"不可易之法",但同时又必须超脱古人之作具象的"意"与"形",此实为"泯其拟议之迹"的关键所在,不然,终是"徒叙其已陈,修饰成文,稍离旧本,便自扤捏"。由此,何景明将自己所主张的体认古法的方式,主要归纳为如上两点,一即"富于材积",这应该是说,不专执于古人个别之家或个别之体规则的摹习,而是从古人诸家各体中去体认其法度所在,以免走向专断与偏狭,切实把握其中的"不可易之法";二即"领会神情",就是在习读大量古人作品并消除对个别之家或个别之体规则拘守的基础上,通过领悟会心,不为古作具象的"意"与"形"所拘,着重摄取古人法度的精神意蕴。此也即如何景明之所喻:"夫声以窍生,色以质丽。虚其窍,不假声矣;实

---

① 《与李空同论诗书》,《大复集》卷三十。
② 《说铃》,《康谷子集》卷四,《四库全书存目丛书》影印清乾隆刻本,齐鲁书社 1997 年版。

其质,不假色矣。苟实其窍,虚其质,而求之声色之末,则终于无有矣。"引伸开来,就是须求古作"神情"之本,不求"形迹"之末。在此之下,"推类极变,开其未发"①,成就变化之道。

在对于法度体认方式的认知上,综观前七子其他成员的态度,其或偏重于李、何其中的一路,或依违于二人之间,不管如何,显示了他们对这一问题高度的重视。如徐祯卿论诗,其固然认为"诗贵先合度,而后工拙",强调法度对于诗歌创作的必要性,但同时他又表示:"夫哲匠鸿才,固籙内颖,中人承学,必自迹求。"这也意味着,法度之体认贵在其"内颖",若是只求形迹之似,容易沦为一般人平庸的摹拟之作。他还提出:

> 传曰:疾行无善迹。乃艺家之恒论也。昔桓谭学赋于扬雄,雄令读千首赋。盖所以广其资,亦得以参其变也。诗赋粗精,譬之绨纷,而不深探研之力,宏识诵之功,何能益也。故古诗三百,可以博其源;遗篇十九,可以约其趣;乐府雄高,可以厉其气;《离骚》深永,可以裨其思。然后法经而植旨,绳古以崇辞,虽或未尽臻其奥,吾亦罕见其失也。②

如果"必自迹求"只能算作常人的摹习水准,那么"广其资"、"参其变"应该说就是克服这一状态的一种应对之策。参照上述对古人诸作的列举以及资用的解释,所谓"广其资",盖可理解为不仅在于开博诗源,扩展视界,并且用来约趣、厉气、裨思,从不同的方面规约陶冶诗家的创作素质,以使在摹学古人之际又能"参其变",达到求得"内颖"的目的。此对比何景明要求充足"材积"、超脱古人之作"意"与"形"的"形迹"之仿、领会其中"神情"之主张,显得相对接近。又如王廷相论诗,一面表示"工师之巧,不离规矩,画手迈伦,必先拟摹",故提出"运意"、"定格"、"结篇"、"炼句"等"措手施斤、以法而入者"之"四务",以此作为必不可少的"艺匠之节度",其说几近李梦阳对循守作为诗文创作一般或共同准则的"规矩"之"法"的要求。另一面,他则主张在法度的体认过程中能"久焉纯熟,自尔悟入,神情昭于肺腑,灵境彻于视听",臻于"摆脱形模,凌虚构结,春育天成,

---

① 《与李空同论诗书》,《大复集》卷三十。
② 《谈艺录》,《迪功集》附。

不犯旧迹"①,这与何景明主"神情"、轻"形迹"的论调相比,又何其相似。从中也可以看出王廷相本人在对待法度体认方式上折衷李、何二人之见的一种取向。

以上的讨论显示,尽管李、何诸子在法度涵义和法度体认方式的认知上不尽一致,但基于注重诗文复古的共同理念,他们在不同程度上和从不同的角度强调了坚持法度的必要性,强调从古人作品中体认相关的作法,尊尚古作的体格、体式,这已成为他们以诗文复古相号召的一项重要主张。而李、何诸子对于法度的高度关注,包括李、何之间围绕法度涵义及其体认方式所展开的争辩,其真正值得我们注意的地方,还不在于诸家之说孰高孰下或孰是孰非,实际上给出如此一个简单的定性,似乎并没有多少实质性的意义,而更应该看到的,倒是由此反映在诸子文学价值观念层面的一种明显的转向,即更加注重诗文创作本身的技艺性的规则和方法,尤其是格外注意从相关的古典范本中去加以体认,突出了如刘若愚先生所说的一种文学"技巧概念"。纵观有明前期以来文坛发展演变的总体趋势,如果说,在朱明王朝建立之初就确立起来的崇儒重道政策的背景下,注重文学经世实用的价值观念逐渐随之上扬,并且不断得到强化,那么,李、何诸子倡导诗文复古,强调对于作为复古之重要表征的相关创作法度的坚持,无疑相对弱化了这种重文学经世实用的价值观念,注意回归到文学本体或审美的层面来进一步探讨创作上的有关问题,从而确立起我们在前面提及的重视诗文技艺性规则和方法的那种更具有文学技术主义倾向的发展思路,站在这一角度上,也许更能够客观而深入地认识上述李、何诸子针对诗文创作法度问题所作阐论的本质和意义。

---

① 《与郭价夫学士论诗书》,《王氏家藏集》卷二十八。

第五章　前七子的文学创作

　　从整体探究前七子文学活动的目标出发,除关注李、何诸子的文学思想之外,对于其具体创作实践的考察,也是我们必须面对的任务。

　　为了充分显示李、何诸子表现于创作上的基本风貌,以更好地把握其作为同一集团成员的一种整体性的文学追求,在具体的考察过程中,除了注意分辨诸子各自创作的差别性之外,我们将更加注重对于他们作品所呈现的精神质性和审美倾向之共同或近似特征的梳理和抉发。与此同时,鉴于前七子主要致力于诗文复古活动的倡导,并且由此在当时和后世文坛广受瞩目,因而对他们文学创作上的探析,也重点围绕其诗文作品而展开,以与他们的主要文学活动更密切地相对应。

第一节　拟古取向与自我抒写的交互

　　在明代中叶文坛扮演了"反古俗而变流靡"重要角色的前七子,不仅在观念层面上力倡诗文复古,确立了宗尚古典的基本方向以及与之相应的师法目标,并且也将这一观念不同程度地落实在他们的创作实践中,这已是研究者多注意到的事实。可以这么说,作为一种以体认前人作品为主要径路而体现着作者各自审美取向的创作方式,拟古在前七子那里已现显态,所谓是"一代摹拟之格此则创矣"①。对于古人之作的仿拟,折射着李、何诸子重视复古与讲究法度相结合的一种文学技术主义思路,成为他们实现自身文学目标一条十分重要的实践途径。与此同时,如何使拟学古作与自我抒写之间达到融合相谐的境地,犹如

---

① 《明诗综》卷四十六《李攀龙》引王叔承语,清康熙刻本。

李梦阳所声称的要"以我之情,述今之事,尺寸古法,罔袭其辞",既合乎古人之作的审美范,又展现自我独特的胸臆和视角,也是李、何诸子为之孜孜以求的,尽管他们未必能完全做到这一点。

应当指出的是,鉴于在复古的视阈下格外注重对古作法度规则的体认,追求宗尚目标的审美范,李、何诸子在其具体的诗文创作实践中也为此受到拘缚,不同程度地陷入依赖古法的误区,从而影响到他们内在情感和艺术个性的表现。钱谦益在指摘李梦阳诗歌拟古之弊时曾指出:"献吉以复古自命,曰古诗必汉魏,必三谢;今体必初盛唐,必杜;舍是无诗焉。牵率模拟剽贼于声句字之间,如婴儿之学语,如桐子之洛诵,字则字,句则句,篇则篇,毫不能吐其心之所有,古之人固如是乎?"[①]在排击前后七子者当中,钱氏可谓不遗馀力,称得上是位颇具代表性的人物,这包括他不免带着某种成见去看待诸子所为,如上极力訾诋李梦阳诗作的激烈语气,即难掩其偏颇之意。然撇开这一因素,它正从一个方面,说明了李梦阳在拟学古人作品过程中终究还存在"牵率模拟"之失的事实,因而让对方有了攻讦的话柄,这也是李梦阳等人的创作软肋之所在。不过,若据此将李梦阳乃至于前七子其他成员所作全然和蹈袭摹仿古人的行为简单地画上等号,那也不符合实际的情况,事实上,从诸子的诗文作品包括一系列仿拟古人之作当中,我们还是能察识出他们坚持自我抒写的一种努力,这反映在其同时注意表现更富于个性化特征的性格志意、命运遭际、人生体验和感悟等,涉及他们各自身世经验和精神生活的不同侧面,毋庸说,这些也正是我们在考察前七子创作活动过程中格外值得去加以探析的重点之一。

一、拟古态势的凸显及其特点

从总体上看,前七子无论在诗歌还是文章创作上都具有仿拟古人之作的现象,但相对而言,这种拟古的倾向往往更直接、更集中地反映在他们的诗歌创作中,因此,这里也将以诸子相关的诗歌作品作为讨论的重点对象。

尽管在摹拟的具体对象的选择上或有侧重,具体方法的采用上也或有差异,但拟古作为"反古俗"的实践,在前七子诸成员创作中或多或少存在。翻检诸子文集,如其中不仅多有拟《诗经》的四言诗、拟古乐府等这一类易于辨识的

[①] 《列朝诗集小传》丙集《李副使梦阳》,上册,第311页。

拟古之作①，又有见于其他诗体而不同程度体现了效习前代各类作品之特征者，后者单以李梦阳为例，载录在其《空同先生集》中的即有"五言杜体诗"、"效陶体"、"效唐初体"、"效李白体"、"用唐初体"、"用张王体"、"用李贺体"等等之作②。如从宽泛的角度言之，其尚有次用前人之韵、集前人之句的若干准拟古之作③。其摹拟的范围，合观起来，上可溯至《诗经》，自此以下，古体主要以汉魏为尚，晋以下六朝之作乃择而取之，近体主要以盛唐为尚，旁及初唐。拟古在前七子创作中所呈现的突出态势，可说是不难察见的。

毫无疑问，以前人相关的作品作为参照的对象，这是拟古不同于一般创作情形的特殊性所在，虽然仿拟者因为审美取向、创作能力各不相同，其摹仿的目标和成效也就必然有别，但选择古作作为一定的审美参照，不论是直接的或是间接的、外在的或是内在的，则是他们之间的共同点。对于前七子而言同样不例外，这首先表现在，他们往往重以特定的古作为范式，就此加以不同层面的袭用和化用，涉及对原作的题目、旨意、结构、词句等各个层面的仿拟。这类的例子在诸子所拟之作中并不算少。如李梦阳的《怨歌行》一诗，系拟班婕妤《怨歌行》而成，其曰"秋风吹罗袂，团扇不复施"，"勿徒叹捐弃，恩爱倘中移"④，即承袭了班诗"常恐秋节至，凉飙夺炎热。弃捐箧笥中，恩情中道绝"以扇作喻、忧恐见弃的旨意而略加伸张。《与客问答二首》，诗一言客"手持一书札，口口称故乡"，"上言亲戚故，下言别离伤"，乃袭取《古诗十九首》十七"客从远方来，遗我一书札。上言长相思，下言久离别"数句；诗二"迩者日以亲，远者日以疏"，套用《古诗十九首》十四前两句"去者日以疏，生者日以亲"的印记也不可谓不明显。《又赠王舍人四首》叙写别友之思，观其所述，采用的是一种顶真的措词结构，前首的末句与次首的起句分别为"我马立彷徨"、"彷徨亦何为"、"遂附高翔翩"、"劲

---

① 如李梦阳《空同先生集》卷四为古体（四言），卷五为古体（琴操、古调歌诗、楚调歌），卷六、七、八为乐府；何景明《大复集》卷四为古诗，卷五、六为乐府杂调；徐祯卿《迪功集》卷一为乐府；王九思《渼陂集》卷一有四言、古乐府；边贡《华泉集》卷一有四言古体，卷二有乐府；王廷相《王氏家藏集》卷一为风雅体，卷二为古歌体、琴操体，卷五、六为乐府体。

② 《空同先生集》卷十四、卷十五、卷二十、卷二十二。

③ 如李梦阳《晋州留别州守及束鹿令，用李白崔秋浦韵》（《空同先生集》卷二十二），何景明《燕子次杜工部韵》（《大复集》卷二十四），边贡《次何逊落日泛江赠鱼司马之作奉送刘美之》（《华泉集》卷一）、《次杜工部秋雨叹韵柬希尹》（同上书卷二）、《白岩公坠马次杜韵奉呈》（同上卷）、《集江淹句》（同上书卷七）、《集杜句赠胡三良医》（同上卷）、《春日杂兴集杜句》（同上卷）等。

④ 《空同先生集》卷十一。

翩无群栖"、"仰视云中雁"、"雁征会来归"①,究察起来,当是仿照同属赠别题材又同样采用顶真结构的曹植《赠白马王彪》②。再如王廷相,其《杂怀五十首》四描写思妇:"良人远从征,翩翩五陵儿。龙马雪花白,岁晏不言归。""念君衣裳单,抚弄流黄机。竟日不成匹,一吁才一丝。"比照曹植《杂诗六首》三:"明晨秉机杼,日昃不成文。太息终长夜,悲啸入青云。妾身守空闺,良人行从军。自期三年归,今已历九春。"多少有化取后诗的痕迹。诗十六描写"佳人"见嫉:"西方有佳人,容华发朝霓。""入宫翻见妒,多猜成狐疑。"比照曹植《杂诗六首》四:"南国有佳人,容华若桃李。""时俗薄朱颜,谁为发皓齿?"二者在诗旨乃至句式和用词上也较相似。诗四十九前四句"上山采白薇,下山逢故友。再拜问故友,君行日何久",则显然是由古诗《上山采蘼芜》前四句"上山采蘼芜,下山逢故夫。长跪问故夫,新人复何如"改造而成。又其《杂诗十首》五后半部分:"步出北城隅,丘墓浩以殷。世代日云远,恻怆伤我神。嗟嗟二三子,请视丘中人。白杨日萧萧,田窦久已尘。"③对比《古诗十九首》十三"驱车上东门,遥望郭北墓。白杨何萧萧,松柏夹广路"及十四"出郭门直视,但见丘与坟。古墓犁为田,松柏摧为薪。白杨多悲风,萧萧愁杀人"等诗句,彼此对于人生短促、时世变迁的慨叹,包括诗中"丘墓"、"白杨"之类意象的运用,近似之处也较多。

即使是强调"领会神情"、"不仿形迹"的何景明,在实际的创作中也未能完全做到如他所谓"泯其拟议之迹",察其所作,同样可稽索出一些效习古作而留有"形迹"者。如其《赠望之五首》,为赠别姊丈孟洋作,诗中的离旨别意多仿自苏李体,乃至于一些句子也从后者脱化而出,如"前有盈觞酒,为我且绸缪"(一)与"独有盈觞酒,与子结绸缪"、"何能有羽翼,从子俱翱翔"(三)与"愿为双黄鹄,送子俱远飞"、"愿君勖令名,相期在盛年"(四)与"愿君崇令德,随时爱景光"、"昔为同裯好,今为异乡人"(五)与"昔为鸳与鸯,今为参与辰"等,比看起来都较为相像。又如其《拟古诗十八首》,乃拟取多个对象,其中有的是全体摹拟《古诗

---

① 《空同先生集》卷九。
② 曹氏《赠白马王彪》分为七章,除第一章外,其馀各章采用了顶真式,前章末句和次章首句分别为"我马玄以黄"、"玄黄犹能进"、"揽辔止踟蹰"、"踟蹰亦何留"、"抚心长太息"、"太息将何为"、"咄唶令心悲"、"心悲动我神"、"能不怀苦辛"、"苦辛何虑思"。
③ 以上见《王氏家藏集》卷七。

十九首》的诗旨和词句①，也有的则是局部植入了《古诗十九首》和曹植、阮籍等人诗歌的某些词句或意象而加以缀合，尽管大多作了相应的变通，不过稍加用心，仍可见出仿佛。以后者观之：如诗一"冉冉岁逾迈，念君长别离。别离在万里，道远行不归"，与《古诗十九首》一"行行重行行，与君生别离。相去万馀里，各在天一涯"相仿；诗四"朝为华屋客，暮没归山丘。洛中多豪贵，蔼蔼皆王侯。高台临九衢，上有百尺楼。宅第俨相望，轩车络如流。存亡不预保，富贵安所求。不如邀我友，乘马被轻裘。遨游百年内，永以忘戚忧"，前两句取自曹植《箜篌引》"生在华屋处，零落归山丘"，后数句乃从《古诗十九首》三"洛中何郁郁，冠带自相索。长衢罗夹巷，王侯多第宅。两宫遥相望，双阙百馀尺。极宴娱心意，戚戚何所迫"诸句中化出；诗十一"人生寓大块，飘泊寡恒居。谅无金石寿，终与草木俱。一身不自恤，安用顾其馀"，前四句与《古诗十九首》十一"人生非金石，岂能长寿考"，十三"人生忽如寄，寿无金石固"句意类似，后两句显仿自阮籍《咏怀八十二首》三"一身不自保，何况恋妻子"；诗十四"朝宴高堂上，宾友相追游。厨人进丰膳，妙妓扬清讴"，"多财为患害，驷马招愆尤"，前四句近似曹植《箜篌引》所云"置酒高殿上，亲友从我游。中厨办丰膳，烹羊宰肥牛"，"阳阿奏奇舞，京洛出名讴"，后两句则源于阮籍《咏怀八十二首》六"膏火自煎熬，多财为患害"；诗十五"高楼有思妇，叹息不自怡。良人行未适，孤妾守空闺。衾裯卷不寝，罗帷谁为施？君如东流水，妾如西驰晖。形势不相及，彼此何由谐"②，所写也容易令人联系到曹植的《七哀诗》："明月照高楼，流光正徘徊。上有愁思妇，悲叹有馀哀。借问叹者谁？言是客子妻。君行逾十年，孤妾常独栖。君若清路尘，妾若浊水泥。浮沉各异势，会合何时谐？"再如何景明的七言歌行《明月篇》，

---

① 如诗三："名都有高楼，上入青云端。修城延曲隅，阿阁交重栏。佳人理清曲，当户横朱弦。扬音彩霞里，令颜谁不观？宾客会四座，丝竹哀且繁。日中车马至，薄暮皆言还。听曲各言好，知音独良难。谁为同心人？并起乘双鸾。"其拟自《古诗十九首》五："西北有高楼，上与浮云齐。交疏结绮窗，阿阁三重阶。上有弦歌声，音响一何悲。谁能为此曲？无乃杞梁妻。清商随风发，中曲正徘徊。一弹再三叹，慷慨有馀哀。不惜歌者苦，但伤知音稀。愿为双鸣鹤，奋翅起高飞。"诗七："凄凄仲秋日，百卉腓以残。凉风入林树，零露摧庭兰。明月皎东壁，昆虫鸣草间。孤鸿暮安适，哀音扬云端。言眷平生友，振翮起孤骞。遗我若逝波，望子如高山。托忧在终始，蓄久谅逾宣。寸心不可移，盘石谁谓坚？"其拟自《古诗十九首》七："明月皎夜光，促织鸣东壁。玉衡指孟冬，众星何历历。白露沾野草，时节忽复易。秋蝉鸣树间，玄鸟逝安适？昔我同门友，高举振六翮。不念携手好，弃我如遗迹。南箕北有斗，牵牛不负轭。良无盘石固，虚名复何益？"参见陈斌《明代中古诗歌接受与批评研究》，第65页至66页，上海三联书店2009年版。

② 以上见《大复集》卷八。

被作者称为"意调若仿佛四子"①,显系仿拟初唐四子之作,朱彝尊谓其"拟议颇工,未堕恶道"②,正是就此来说的。四子中尤如卢照邻、骆宾王,其七言歌行之作的一个较明显特点即不乏蝉联句式,遂多流转抑扬之感③。这是因为七言尤"至永明以还,蝉联换韵,宛转抑扬,规模始就"④,卢、骆等人多汲取之,何景明称四子之作"虽工富丽,去古远甚,至其音节,往往可歌"⑤,当与此相关。而出现在《明月篇》中较多的蝉联句式,比如"青天流景披红蕊,白露含辉泛紫兰。紫兰红蕊西风起,九衢夹道秋如水。锦幌高寨香雾开,琐闱斜映轻霞举。雾沉霞落天宇开,万户千门月明里。月明皎皎陌东西,柏寝岩峣望不迷","上林鸿雁书中恨,北地关山笛里悲。书中笛里空相忆,几见盈亏泪沾臆。红闺貌减落春华,玉门肠断逢秋色。春华秋色递如流,东家怨女上妆楼","河边织女期七夕,天上嫦娥奈九秋。七夕风涛还可渡,九秋霜露迥生愁。九秋七夕须臾易,盛年一去真堪惜"等等,则可以说是此诗仿四子最为显著的"拟议"之工。

与此同时,上述诸作这样较为明显的仿拟之迹,也相对集中地出现在李、何诸子一些拟学重点宗尚目标的作品中,如其对杜甫诗歌的效习即为突出一例,格外引人注目。陈束序高叔嗣《苏门集》而述及弘治以来诗坛,即指出此际"力振古风,尽削凡调,一变而为杜,时则有李、何为之倡"⑥。胡应麟在比较李、何诗时,以为:"今人因献吉祖袭杜诗,辄假仲默舍筏之说,动以牛后鸡口为辞,此未睹何集者。就仲默言,古诗全法汉魏,歌行短篇法杜,长篇王、杨四子,五七言律法杜之宏丽,而兼取王、岑、高、李之神秀,卒于自成一家,冠冕当代。所谓门户堂奥,不过如此。古今影子之说,以献吉多用杜成语,故有此规,自是药石,非欲

---

① 《明月篇》序,《大复集》卷十四。
② 《静志居诗话》卷十《何景明》,上册,第261页。
③ 如卢照邻《长安古意》云:"得成比目何辞死,愿作鸳鸯不羡仙。比目鸳鸯真可羡,双去双来君不见?生憎帐额绣孤鸾,好取门帘帖双燕。双燕双飞绕画梁,罗帏翠被郁金香。""北堂夜夜人如月,南陌朝朝骑似云。南陌北堂连北里,五剧三条控三市。""意气由来排灌夫,专权判不容萧相。专权意气本豪雄,青虬紫燕坐春风。"骆宾王《艳情代郭氏答卢照邻》云:"归云已落涪江外,还雁应过洛水湄。洛水傍连帝城侧,帝宅层甍垂凤翼。铜驼路上柳千条,金谷园中花几色。柳叶园花处处新,洛阳桃李应芳春。""此时离别那堪道,此日空床对芳沼。芳沼徒游比目鱼,幽径还生拔心草。""莫言贫贱无人重,莫言富贵应须种。""也知京洛多佳丽,也知山岫遥亏蔽。""情知唾井终无理,情知覆水也难收。"
④ 《四库全书总目》卷一百七十一集部《大复集》提要,下册,第1500页。
⑤ 《明月篇》序,《大复集》卷十四。
⑥ 《苏门集序》,《陈后冈文集·楚集》,《四库全书存目丛书》影印明万历刻本,齐鲁书社1997年版。

其尽弃根源,别安面目也。"①这是说,不仅李梦阳"祖袭杜诗"确为事实,而且就连指摘梦阳仿袭"古人影子"、声称"自创一堂室,开一户牖"的何景明,亦实以古作为法,不欲"尽弃根源,别安面目",其中不乏效法杜诗之篇。有研究者在检视李、何等人尤其是李梦阳诗集时,即指出其中一些诗篇从题目到章法、语词乃至情境,都可以发现它们沿用和仿制杜诗的迹象②,足以表明李、何等人仿效杜诗的一种创作取向。的确,特别如李梦阳,其拟学杜诗乃至于"多用杜成语"的痕迹,实可谓显而易见,这里仅举他的七律组诗《秋怀八首》为例,其不但仿照杜甫《秋兴八首》的题意和组诗的体式,并且多处袭化杜诗词句。如诗一颔联"紫阁峰如欺太白,昆吾山自绕皇陂",即摹仿了杜诗"昆吾御宿自逶迤,紫阁峰阴入渼陂"(《秋兴八首》八);诗二尾联出句"回首可怜鼙鼓急",也有剪取杜诗"回首可怜歌舞地"(《秋兴八首》六)之嫌;诗三首联"宣宗玉殿空山里,野寺霜黄锁碧梧",当是化用了杜诗"翠华想象空山里,玉殿虚无野寺中"(《咏怀古迹五首》四);颈联"芙蓉断绝秋江冷,环珮凄凉夜月孤",则分别拟自杜诗"鱼龙寂寞秋江冷"(《秋兴八首》四)、"环珮空归夜月魂"(《咏怀古迹五首》三);诗四颈联"雕阑玉柱留天女,锦石秋花隐御舟",对比杜诗"珠帘绣柱围黄鹄,锦缆牙樯起白鸥"(《秋兴八首》六),亦何其相似;诗五颔联"遂使至尊临便殿,坐忧兵甲不还宫"③,看上去又不无一点杜诗"独使至尊忧社稷"(《诸将五首》二)的烙印。如此"祖袭杜诗"的多个词句出现在一组诗中,仿拟的密度算是比较高了,设想如不是作者出于对杜诗的倾重,应不至于此。

当然,一味对前人的作品加以原始而机械的袭用和化用,追求与被拟对象之间的高度近似,难免会流于蹈袭,形迹太露,而这在根本上不符合无论是李梦阳"尺寸古法,罔袭其辞"还是何景明"领会神情"、"不仿形迹"那样的针对拟古的主观期望。实际的创作情况显示,李、何诸子固然存在刻意求似的摹拟行为,但也并非仅满足于亦步亦趋式的拟学之法,总体上,在重以古作为范式的基础上又讲究一定的变化,特别是不完全拘泥于古作的结构、句式、词语等的表现体制,而较注意对它们的意味韵调的仿效和演绎,其实也是李、何诸子表现在具体

---

① 《诗薮·续编》卷一《国朝上·洪永、成弘》,第334页。
② 参见简锦松《从李梦阳诗集检验其复古思想之真实义》,王瑷玲主编《明清文学与思想中之主体意识与社会》(文学篇上)。
③ 《空同先生集》卷二十九。

拟古上的一个特点。以何景明来说,比如他的《拟古诗十八首》,虽有全体或局部摹拟《古诗十九首》及曹植、阮籍等前人作品之旨意和词句这样的"形迹"显露者,但即便如此,它们也多少作了如前比对所示的相应变通,同时还有一些缘于更为明显的变化而淡却甚至泯去较多"形迹"者,如下诗:

　　郁郁山上松,高枝布天涯。上有女萝草,缠绵誓不移。葛生蒙于楚,浮萍寄清池。贵贱虽殊途,附托各有宜。伊昔侍君子,朝夕奉恩私。驰心在皓首,何意中暌离。穷年守房室,常恐逾良时。思君如日月,所冀光不遗。(八)
　　繁霜降秋夜,膏火寒无光。凄风举帷幄,素月流中房。客行在殊境,独处谁与将?仰视天上星,罗列皆成行。牛女独何辜,荧荧守河梁。嗟无凌风翼,欲去不得翔。引领长太息,泗涕徒沾裳。(十八)①

二诗所写皆为女子的暌离之怨与思念之情,这原是汉魏古诗中较为多见的一大书写主题,为何氏拟诗所本,其虽不见得新颖,但在具体的措词运句上,大多与古作不相类似。即便如前一首中的"上有女萝草,缠绵誓不移",意由《古诗十九首》八"与君为新婚,兔丝附女萝"移植过来,也作了较大的改造,未显得过分贴近。二诗多用伤愁之辞,尤其是采入柔弱的女萝等植物意象和凄切的风霜星月意象,所要着力拟造的,乃是多见于汉魏思妇一类诗作的某种凄寂哀怨的情韵。即使是强调"规矩"之"法"、多遭摹拟之讥的李梦阳,其拟作也间有注意适当变化而重在摄取古作之意味韵调者,如下列的"效陶体"之作,或具有一定代表性:

　　去官今七暑,渐与农务亲。随宜谙土性,言话群野人。时或溯微风,行歌响空榛。先民邈何攀,慨焉伤我辰。慨伤通谁知?所有三二宾。文论日往来,炯炯高义伸。炎雨回众姿,凉飚起修畛。兀然林木下,日入忘归轮。玄蝉夕益聒,去鸟一何频。野行畏多露,无使侵衣巾。(《田居左生偕二李见过二首》二)
　　荷锄侈高咏,濯缨肆佳吟。畴知稼穑场,乃尔蒹葭侵。步风逾曾堤,徙

---

① 《大复集》卷八。

筵趁重阴。于情既有托,瞩寓良自深。逶迤波上云,征征草间禽。峭台信已古,巍城方肇今。验物果足遣,杯干聊复斟。(《城南别业夏集二首》二)①

与李梦阳一些刻意求似的拟作相比,上诗之"效陶"并不明显表现在因词袭句上,或即如作者所谓"罔袭其辞",手法相对隐匿,如果说品读起来其多少还含有一点陶诗的味道,那么这主要是因为,作者在淡化词句沿袭的同时,将摹拟的笔调,更多放在了对诸如简朴的田居情景的铺述、亲农躬稼行为的点示以及兀然退处心境的渲染,这些原本是陶渊明在其诗中多所描及的画面和因素,作者显然想要通过如此的方式,来重点塑造陶诗特有的情韵。

说到李、何诸子这种摹拟而不失变化的拟古特点,其同时也反映在即使是袭用旧题、诗旨和表现体制更容易接受古作影响的一些拟古乐府作品当中。从某种意义上而言,拟古乐府不仅因为袭旧题而常需顾及古作的题旨,而且对于不同时代及类型作品的摹仿,还要考虑在体制风格上如何与古作保持合拍。对此胡应麟即表示:"用本题事而不失本曲调,上也。"又提出:"今欲拟乐府,当先辨其世代,覈其体裁。郊祀不可为铙歌,铙歌不可为相和,相和不可为清商;拟汉不可涉魏,拟魏不可涉六朝,拟六朝不可涉唐。使形神酷肖,格调相当。"②故限制因素相对较多。有鉴于此,观诸子所拟,其中一部分固然有多承袭古作之辞旨者。

例如李梦阳《拟燕歌行二首》二曰,"银河耿耿秋夜长,牵牛织女限河梁。终日弄杼不成章,延颈北望涕沾裳。自君别我之他方,锦衾灿兮独空床","思策良马逝君旁,中道失路河无杭。揽衣踟蹰夜未央,愿为浮云归故乡"③。曹丕作《燕歌行》,"言时序迁换而行役不归,佳人怨旷无所诉也"④,梦阳以上所拟,不仅主曹氏诗旨以述之,且其中一些词语或意象也明显摹仿了原作。又如《塘上行》,或曰古辞系魏甄皇后所作,一名《蒲生行》,《乐府古题要解》谓其"叹以谗诉见弃,犹幸得新好不遗故恶焉"⑤。梦阳拟作云:"昔与君相见,不谓行当变。谗言

---

① 以上见《空同先生集》卷十五。
② 《诗薮·内编》卷一《古体上·杂言》,第15页。
③ 《空同先生集》卷七。
④ 吴兢《乐府古题要解》卷上,《历代诗话续编》,上册,第28页。
⑤ 《乐府古题要解》卷上,《历代诗话续编》,上册,第29页。

使交疏,水清石自见。"所言即多依原旨。而若干词句的仿拟之迹也较易辨识,如起首"蒲生何离离",即仿古作开端"蒲生我池中,其叶何离离";后"今日乐相乐,饮酒行六博",较之古作末尾"今日乐相乐,延年寿千秋",前句系直接沿用;当中"孔雀东南飞,十步一徘徊"①,则拟自《古诗为焦仲卿妻作》起头"孔雀东南飞,五里一徘徊"。再比如何景明《枣下何纂纂》:"种枣北墙下,枣熟委路衢。行人竞取食,居者守空株。忆昔枣初赤,倾路且停车。枣当今日尽,谁能少踟蹰?天命诚不易,荣落互相渝。功勋本积累,倾夺在须臾。聆我枣下言,贫贱可久娱。"②《古咄唶歌》曰:"枣下何攒攒,荣华各有时。枣欲初赤时,人从四边来。枣适今日赐,谁当仰视之?"潘岳《笙赋》曰:"咏园桃之夭夭,歌枣下之纂纂。"其即为《枣下何纂纂》一题之所自。《古咄唶歌》所云,意以枣之盛衰喻言人生荣落之各有时,稍作比较看得出,何诗大旨未出乎此,乃至于措词运句也不乏拟化前者的地方。

不过,这样的辞旨均忠实于古作的例子,实际上在诸子所拟古乐府中并不占多数,亦拟亦变在更多情形下成为他们乐府创作的一种选择。合而观之,其主要呈现以下几种情况:

一是循沿原旨而变化其辞。或许因为如此作法既可保留古作的旨趣,又能适当融入作者个人的表现风格,不至于成为全然摹袭的口实,故为诸子所乐用,实非偶一为之。如这一特点在王廷相所拟古乐府中就相对突出,像他的《拟艳歌何尝行》、《有所思篇》、《公无渡河》、《上之回》、《骢马驱篇》、《陇头水》、《古别离》、《侠客行》等等③,即属于此类之作。以《拟艳歌何尝行》为例,其中云:"君在大海东,我在大海西。黄鹄不能接翅,何能共君栖。""与君结婚媾,一气同匡床。池中鸳鸯鸟,各各自成行。""纂纂白头吟,艳艳红罗襦。不意行当乖,出门生别离。"④就该乐府古辞,《乐府古题要解》曰:"古词:'飞来双白鹤,乃从西北来。'言雌病,雄不能负之而去,'五里一反顾,六里一徘徊',虽遇新相知,终伤生别离也。"⑤上拟作所述,着重围绕忧伤生别离这一主题而展开,显然对古辞原旨基本

---

① 《空同先生集》卷八。
② 《大复集》卷五。
③ 见《王氏家藏集》卷五、卷六。
④ 《王氏家藏集》卷五。
⑤ 《乐府古题要解》卷上,《历代诗话续编》,上册,第31页。

未加改变。不同的是以别辞出之，如将原作中雌雄双白鹤的中心意象，变换成为"君"与"我"这样的男女形象，同时，诗中具体词句的缀饰构造，也皆和古辞相异，以示另立一格，不蹈旧辙。在这一方面，还可举徐祯卿为例。许学夷《诗源辩体》在论评徐《迪功集》所录乐府时曾以为，"乐府杂言《槃舞歌》、《闾阖行》、《猛虎行》，宛尔西京，而语无盗袭"①。《迪功集》载录的乐府中有多篇系沿袭旧题之作，事实上所谓"语无盗袭"的现象并不限于许氏提及的这几篇，又如其《游侠篇》、《苦寒行》、《白纻歌四首》、《步出夏门行》、《元会曲》、《王昭君》、《从军行五首》、《结客少年场行》、《少年行》等②，在词句上也多有变化，而如果说"宛尔"古作同时成为徐祯卿拟古乐府的一个特点，那么这其中又与它们多循用原旨不无关系，可以看到，循旨又变辞在祯卿拟古乐府诸作中不为少见。如其《苦寒行》，当拟自曹操之所作，操于建安十一年（206）征高幹之际曾作《苦寒行》，极写征战途中"冰雪溪谷之苦"③，祯卿所拟则大体仿其旨，如中云："北鄙何萧条，漠野恒凄其。崇霜依岫结，峨冰凭岸滋。飞沙塞门黄，代马厉长悲。漂漂密雪兴，叆叆繁云垂。穷兽啼原泽，饥乌号树枝。"④备述北方边地冰雪之盛、萧条之极的艰苦情状，此较之操诗，实相差无几。徐诗的变化，主要表现在词句的重新营构，如以"北鄙"、"漠野"，代替被操诗作为主要叙写背景的"北上太行山，艰哉何巍巍"的度越太行山的征战途径，以"峨冰凭岸滋"、"漂漂密雪兴"等，变通原作"北风声正悲"、"雪落何霏霏"的严寒酷烈之景，又以"穷兽啼原泽，饥乌号树枝"，更易原作"熊罴对我蹲，虎豹夹路啼"的荒落惊怖之象。无论如何，经过这样词易句变的表现体制上的改造，赋予了拟作不完全类同于原作的一番面貌，这大概也是作者拟中求变的一种创作企望。

二是对原旨加以适当的演绎或局部的改造。在拟古乐府中，尽管循沿原旨的方式可以相应保留古作的旨趣，展现其原始的格调，但同时也面临难以回避的风险，即因为无法在根本上脱略所拟对象的创作宗旨和理路，难免为其所左右。这意味着从亦拟亦变的角度如何利用原旨，又是拟者需要加以考量的一个具体问题。从某种意义上说，对古作的诗旨进行一定的演绎和改造，或者说有

---

① 杜维沫校点《诗源辩体·后集纂要》卷二，第408页，人民文学出版社1987年版。
② 《迪功集》卷一。
③ 《乐府古题要解》卷上，《历代诗话续编》，上册，第28页。
④ 《迪功集》卷一。

选择性和有限度地保持原旨,也是在承袭的基础上着力于出新以追求拟与变之间的一种平衡。这在李、何诸子所作中也占据了一定的数量。试以李梦阳的《苦热行》作例,曹植曾作《苦热行》云:"行游到日南,经历交阯乡。苦热但曝露,越夷水中藏。"述写南方之地炎热之苦,后鲍照也有同题之作。《乐府古题要解》谓《苦热行》"备言流金铄石火山炎海之艰难也"[1]。《乐府诗集》曰:"若鲍照云:'赤阪横西阻,火山赫南威。'言南方瘴疠之地,尽节征伐,而赏之太薄也。"[2]回观李诗,其前半部分云:"蕴隆焚如,二仪为炉。赤曦铄天,尘沙沸途。居奚讳祖,行弗择憩。鱼伏于困,鸟张其喙。何物为炭,谁乎为工?橐之鼓之,金流石镕。"主要描摹了炎酷的自然场景及遭罹其苦的不同画面,此与曹、鲍等古作所述苦热之旨大致相近。而其后半部分:"阆风之颠,瑶沼之阴。飚轮扇凉,冰壑嶔崟。下踏层雪,上攀琪树。仙人绿发,逍遥箕踞。俯阚人世,溷热交毒。我欲从之,安得羽翼。"[3]笔之所向,已从现实世界移至寒凉逍遥的仙人境域,由是形成与"溷热交毒"的人世的强烈对比,并以此表达"我"欲往从之的企想及难以实现的无奈,此则为曹、鲍等古作所未及。可以说,这是作者在延续感慨炎热之苦的古作诗旨的基础上所作的一种自我演绎。就此,为了更充分地说明问题,不妨再例举何景明的《战城南》,是诗古辞重在摹写战场"野死不葬乌可食"、"枭骑战斗死,驽马徘徊鸣"的惨烈之状,慨伤战争的残酷无情,以及由此抒发"良臣诚可思"的对战死者的深切悲悼之怀。前者为何诗所承,其中写道:"朝战城南,暮哭城北。积尸累累,肉腐乌不食。"所言未离古辞之旨,触目惊心的阵亡场景悉现于字里行间。与此同时,何诗并未完全套袭原旨,这主要体现在它虽感喟战争的惨酷,但一改古辞主述悼伤的悲哀之思,如诗中又云:"北风夜吹,胡兵四围。我欲上马,马瘦不驰。我欲射箭,弓硬不开。但语城中亲,汝出收我骸。"极写士卒作战处境的困窘和决死一战的心志,笔调由此转向,凸显的是一种激亢豪壮的情绪和气氛。而这种情绪和气氛,在诗的后部则达到了极点:"战城南,君莫悲。猛虎啮人,翔于山垂。欲食虎肉,不避虎威。男儿立功,横行四夷。生当封公侯,死当白骨归。"[4]原本横亘于古辞之中的悲情哀怀,在此番激越慷慨的陈述

---

[1] 《乐府古题要解》卷下,《历代诗话续编》,上册,第 48 页。
[2] 郭茂倩编《乐府诗集》卷六十五《杂曲歌辞五》,第三册,第 937 页,中华书局 1979 年版。
[3] 《空同先生集》卷六。
[4] 《大复集》卷五。

中可谓脱却殆尽。

　　三是对古作辞旨加以大幅度的变改。毫无疑问，比起前两类，这种拟古乐府之法的变化程度相对要大，当然作者表现其中的自我创造的因素也相对要多。通观李、何诸子所拟古乐府，此类的作品亦非罕见，这同样显出其在拟古之际追求变化之一端。如《东门行》，古辞"言士有贫不安其居者，拔剑将去，妻子牵衣留之，愿共餔糜，不求富贵，且曰：'今时清，不可为非也！'"①主要描写贫士不堪"盎中无斗米储，还视架上无悬衣"的衣食匮乏之苦，意欲出门冒险行事。比看王廷相的《古东门行》，其虽言及"我衣日垢，我马悲鸣嘶"的落魄，然又云"浮云上天蔽，富贵顾我何瞢浊水泥"，"缊袍不足耻，陋巷大圣称庶几。时命取舍焉能违，伯夷叔齐，采薇自苦可以嬉"②，一以安于贫贱和从乎时命相勉，与古辞辞旨迥然有异。尽管经过这样的变改，不能不说王诗特别是在旨趣上多少流于平庸，但从一定的角度来看，仍不失为一种超脱旧式的创革。再如《君子有所思行》，像西晋陆机，南朝宋鲍照、梁沈约等人各作之，入《乐府诗集》卷六十一杂曲歌辞③，大多"其旨言雕室丽色，不足为久欢，晏安鸩毒，满盈所宜敬忌"④。何景明乐府中有此拟诗，比照古作，何诗的叙述重心则明显作了转向，如曰："神龙在洿潢，反为鱼鳖讥。凤凰不得地，翻身避群鸡。骐骥虽能千里，逐鼠堂上不如狸。"意谓众物之性各有所秉，违此行之，反受其困，无法施展其长。在作多面的引喻和铺述之后，再进一步点示全篇的要旨："丈夫秉性天所定，流俗是非何足移。"⑤不仅如此，何诗在句式的运用上也显得颇为工巧，这主要是变陆、鲍、沈等人所作的五言之体为杂言之体，所谓是"一字起，十字止"⑥，即诗以"猗"字起首，以"不能为茂树负岩墙而居"十言之句结尾，中间依次为四言、五言、六言、七言、八言、九言之句。如此结构句式，固然有逞巧之嫌，不过作者逐新求异的用心，由此也可以见出一斑。

　　四是以旧题叙写今事。此类的作品虽然在辞旨上与古作之间或多或少构成联系，但由于以述录当下情事为主，表现的视角发生根本性的移易，变化的特

---

① 《乐府古题要解》卷上，《历代诗话续编》，上册，第 30 页。
② 《王氏家藏集》卷五。
③ 《乐府诗集》卷六十一《杂曲歌辞一》，第三册，第 893 页至 895 页。
④ 《乐府古题要解》卷下，《历代诗话续编》，上册，第 46 页。
⑤ 《君子有所思行》，《大复集》卷六。
⑥ 《君子有所思行》题下小注，《大复集》卷六。

征仍然凸显其间。如李梦阳袭用旧题所作的《雨雪曲》,其中咏道:

> 冬十一月,阻舟徐汊。朔风北来,雨雪纷下。禽鸟冻寂,洲村肃夜。缆夫来言,衣单腹饿。波流洄洄,促船难驾。我心凄恻,羽翼倪假。①

《乐府诗集》卷二十四横吹曲辞收录了南朝陈后主《雨雪》及江晖、张正见、江总等等所作《雨雪曲》,这些乐府多言边地关塞雨雪之苦与远行乡思之愁②。可以看出,李梦阳上诗无论是对岁寒时节雨雪纷飞、行途艰阻情景的渲染,还是因此生发的凄恻心情的诉白,显然多承续了古作的诗旨,而且全篇采用四言的体式,似乎也有意为了突出某种苍古质朴之感。要说它与李梦阳更多拟古乐府的不同,其叙写的主要乃为诗人"阻舟徐汊"、"雨雪纷下"的一次切身的经历和体验,如是指向自我经验的记述,现时实景的呈示,淡却了李梦阳不少拟古乐府摹仿情事的虚拟的笔调,诗中所述所录的真切程度大为之增强。如果说,这样的以旧题叙写今事之作在李梦阳拟古乐府中尚属少数,那么,比较起来边贡此类的拟作则相对要多一些,收录其集中的如《君马黄赠祝仁甫》、《门有车马客为顾侍御乃翁赋》、《车遥遥送钱伯川监税河西》、《洛阳道送刘少府》、《济宁刘使君提刑晋阳,过新乡之墟,其友人华泉子者适游苏门,伤其别而不得见也,于是赋车遥遥以招之》、《临高台为谢内史题观日图,时内史将省母归馀姚》等③,即均系沿袭旧题而述录当下情事之作。大体上,边贡对此类拟古乐府的构造,较注意所述今事与旧题原旨之间的某种关联,以使二者互相吻合。如据《乐府诗集》卷六十九杂曲歌辞所录南朝梁车敳,唐孟郊、张籍、张祜、胡曾等人《车遥遥》,其多咏远行相思之类题材④,边氏《车遥遥送钱伯川监税河西》为送别之作,诗曰:"悠悠河西路,去去百馀里。""君行西河上,几日河柳春。攀条采柔芳,愿寄同心人。"其送人远行之慨及牵念之思同样昭然可见。又如《临高台》,《乐府古题要解》云:"若齐谢朓'千里常思归',但言临望伤情而已。"⑤边氏《临高台为谢内史题观日

---

① 《空同先生集》卷六。
② 《乐府诗集》卷二十四《横吹曲辞四》,第二册,第 357 页至 358 页。
③ 《华泉集》卷二。
④ 《乐府诗集》卷六十九《杂曲歌辞九》,第三册,第 986 页至 987 页。
⑤ 《乐府古题要解》卷上,《历代诗话续编》,上册,第 38 页。

图,时内史将省母归馀姚》中曰:"临高台,心不及。朝怀亲兮夕怀国,却到江南望江北。"大致也不离临望思念的内容,盖多承谢朓诗旨而述言之。即使如此,在边贡的这些拟古乐府中,有的更多乃因为基于诗人主述今事的表现视角,寄寓其真实的感想,与单纯出于摹拟之作有所不同,如《君马黄赠祝仁甫》其中写道:

> 君马黄,我马苍,两马相逐君马良。君马来自函关道,我马空山食秋草。忆昔两马初学行,长安见者神色惊。鲁坰骊黄未足论,卫丘骒牝虚驰名。岂料长成人少顾,十年不踏天闲路。逸群翻惹太仆嫌,腾骧正中奚官怒。以兹流落在风尘,南走荆梁西入秦。自伤万里汗流血,谁道五花云满身。弃置不须怜我马,君马亦在盐车下。疾足由来控者难,骄嘶自合知音寡。

诗以良马见弃作喻,较为恰切地利用古乐府《君马黄》的诗题,言此意彼,多有寓托,不仅藉此表达对友人困厄遭遇的同情,且由人及己,隐叹自身亦遭"弃置",同样难遂其愿。不管怎么说,这些使得该拟作在相当程度上脱出了仿拟情事的作法,相应增加了变化的因素。许学夷《诗源辩体》曾指出边贡乐府"以意为主,而不以格为主也"[①],如从上述角度言之,不无一定的道理。

综上,拟古在前七子那里,其具体的对象和方法虽然因人而有所差异,但在总体上,已成为凸显于他们文学实践中的一项重要内容,从中展示了他们更注重作品技艺性规则或方法并力图从古典范本中去加以体认的创作意图和思路。不难发现,在重以古作为范式的情况下,作为一种审美参照,不同层面对于前人作品的袭用与化用多显于前七子之所作,这自然在很大程度上限制了他们的内在情感与艺术个性的表现。但另一方面可以看到,摹拟古作而不失一定的变化,并非只是为李、何等人所强调的诸如"尺寸古法,罔袭其辞","拟议以成其变化"的一种理论口号,事实上也不同程度地呈现在前七子的具体创作之中,不能不说是诸子为避免蹈袭故辙所采取的相应策略。当然,这多少也反映出他们付之于文学实践一种相对理性的拟古态度。

---

① 《诗源辩体·后集纂要》卷二,第409页。

二、自我精神个性与命运遭际的写照

察前七子所作,与拟古取向相交互的,乃是其从各自的角度,表现他们身世经验和精神生活不同侧面的这样一种对于自我抒写的持守。前面章节在分析前七子的个性特征时已论及,作为一个崛起于明代中期文坛而受人瞩目的新兴文人群体,李、何等人身上大多表现出了鲜明的个性色彩,透过其傲放豪直的那种主导性的性格表征,能够深切感受到他们高自标置、注重砥砺、不欲委身流俗而追求独立特行的内在心志。综观李、何等人的诗文创作可以发现,这样的一种精神个性,也成为他们在作品中力加表现的一个重要主题。

先来看李梦阳在以下诗中所咏:

> 君子岩下松,霜霣颜不消。众草苟移时,化为艾与萧。(《赠沈氏二首》二)[1]
>
> 君子抱明德,伤也谁复知?随流非我心,特立乃见疑。亭亭南山松,匪无霜霰摧。寒蕤但不改,孤贞常自持。(《寄赠端溪子二首》一)[2]
>
> 我有一丛兰,种之良亦难。飘风忽来吹,零露苦相残。劝君留此草,萧艾不可宝。(《岁晏行》)[3]
>
> 今日苦炎热,风雩可徜徉。亭亭一孤松,乃在匡山阳。……势路纷狭斜,随利来相戕。命驾且复去,誓与朱凤翔。(《杂诗三十二首》二十一)[4]

前已述及,李梦阳平生严于取舍,为人行事多岸然独立,与世间俗习难以为伍,人称"负奇气","傲睨一世"[5],又谓他"自崇而弗下人,太任而弗识时"[6]。这其中当然和他自持甚高的个人心志有着密切的关联,以上诸诗,乃不可不说是作者内在不俗心志的切实写照。置身在俗态纷呈、繁杂诡异的时世间,人们不免多为俗习所拘牵,甚至于屈志苟全,势利相逐,但作者明确宣称不愿"随流"而行,

---

[1] 《空同先生集》卷九。
[2] 《空同先生集》卷十六。
[3] 《空同先生集》卷十一。
[4] 《空同先生集》卷十。
[5] 袁袠《李空同先生传》,《衡藩重刻胥台先生集》卷十七。
[6] 何景明《上杨邃庵书》,《大复集》卷三十。

没身流俗之间。这一取向,在他别的诗篇中也间或显现着,如《赠刘潜》:"凉飔起霜夕,陨叶何纷纷。我菊有佳色,毅然独芳芬。"《赠孙生》:"古人种桃李,不为挛其花。君子振英芬,岂在文与华。"①《杂诗三十二首》二十五:"驺虞不食草,志士宁苟安。矩步挥芬芳,凛义不可干。"②一以英秀芬芳自振,独高卓异自立。尽管他也意识到,这样的作为极容易招致各种的猜疑乃至于摧折,然还是宁愿选择"孤贞常自持"的独立孤行,甚至蒙受"匪无霜霰摧"的摧抑打击,也不欲改易初衷,苟且求全,足以见出他一意保持迥异于世俗的自我"特立"的坚执态度。诗中特意取"孤松"、"丛兰"等形象吟咏之,自喻意味甚为分明,目的主要还在于突出自我贞刚与高洁的心志。

也正如前所述,相较李梦阳"直戆"的性格,他的同盟密友何景明则是"性沉敏有度"③,稍显沉稳谨约,但同时体现在他身上的那种傲兀异俗的性气不见得减色,这在何氏的篇翰中间也或隐或显地传递出来。先举其《古松歌》为例,其中写道:

> 贤隐寺傍之古松,奇绝可比徂徕峰。问之故老迷岁月,但见皮肉屈疆苔藓裂。高枝上掣玄冥风,回柯反扫阴崖雪。藤翻蔓卷空林黑,集霰流烟岂终极。斧斤相顾畏盘错,梁栋谁来夸正直?……龙盘虎拏终有神,白骨苍鳞半枯死。沧波古岸霜气夕,硉矹犹看数千尺。石上连朝走云雨,山中十月飞霹雳。千灵百怪相护诃,过客居人尽怜惜。④

诗重点围绕古松反复描摹,极力凸显的,不仅是古松"奇绝"与"屈疆"的姿态,还有从中透出的一股浓烈的历经沧桑而傲岸倔强的精神特质,赞尚之情已是横溢其中。整首诗虽主要是描写古松,但只要略加体味不难见出,实质上也是在借松寓志,通过对古松奇姿和品质的刻画,突出诗人自己傲倔超卓的个性。假若说此诗以其托物相喻几近隐晦,那么如以下《咏怀十首》之二所咏则更显明晰,其云:

---

① 以上见《空同先生集》卷十六。
② 《空同先生集》卷十。
③ 孟洋《中顺大夫陕西按察司提学副使何君墓志铭》,《孟有涯集》卷十七。
④ 《大复集》卷十二。

烈炎灼昆冈,乃辨金石坚。金石有恒性,销铄讵能迁。薪樗莫伤桂,刈萧毋及兰。薰莸不同器,清淆本殊源。君睹高翔翼,卑栖非所安。①

由诗中所述看得出,作者显然是在以高坚卓异的志操勉力策励自己,故取金石之坚贞,不以销铄迁其性;取桂兰之芳洁,不为秽浊易其质。与此同时,以为薰莸有别,清淆殊源,乃至于企向不甘卑栖的高翔之飞鸟,这也无非主要是在一申自身所持傲然卓绝、坚洁超俗的精神取向,其本人的襟怀气度,由此约略可见。推而论之,上诗所逗漏的这种傲兀异俗的性气,在何景明的《与侯都阃书》中则更加淋漓地展示出来。是书之撰,缘于作者以使事自贵州至云南途经永宁,时"当西路"的都阃侯某素称"能礼往来士大夫",而于何景明却不但未尽捍卫之责,而且不备起码迎送的礼数,这引发了景明强烈的不满,于是作此书切责之,中曰:

仆意足下素称能礼士大夫者,岂以仆不足齿于士大夫之行与?抑足下所礼者,皆要路显赫,而仆非其流与?足下宜不如是之污也。……凡礼之交际,来有迎,去有饯,在主土者尤不可缺。始而不肯枉迎,足下托以他出,其不枉送,其亦他出乎?若有他出,为行者可也。足下位尊,恐屈官不出,令麾下一出,乌乎不可?何使之寂然不出也?意者足下以仆夫之故为累,足下遂简仆耶?然足下为天子捍卫远人,使行不拾遗,居者按堵,其职也。乃至盗入公署,偷天子使臣之物,是仆累足下,亦足下累仆耶?……盖君子之待人,以义不以利害,以情不以显晦。足下于二者不知察,而人称其能礼士大夫,何也?昔叶公好龙,几杖门户皆手画龙形。一日有龙下于庭,叶公惊且走曰:"吾非好真龙也。"足下之礼士大夫,无乃叶公之好龙与?抑如仆前显晦利害之说与?②

与一般的书信不同,上书旨在宣示挞伐之意,行文措辞,已是词气峻切,锋芒毕现,其目标之明确,数责之激厉,一形之于词句之间。作者似乎根本无意顾及必

---

① 《大复集》卷九。
② 《大复集》卷三十。

要的礼度和对方的颜面,或许,他正是企图藉助这样直截而几近攻讦的表达方式来宣泄心中的激愤之情。在他看来,对方作出如此轻慢之举,远非只是行事粗率所导致的礼数和职责上的缺失,而是在本质上出自"显晦利害"的考量,并且终于使得"能礼士大夫"变成一种叶公好龙式的虚伪之名,这正是何景明深感羞辱之所在,也是最不能容忍之所在。由此来看,上书抨击之意,与其说在于表面上的"礼""职"之失,还不如说是主要针对时俗势利之心来得更加恰当。当然推究起来,作者在书中作出如此强烈的反应,在根本上,实还应归结到他个人高自标置、鄙弃庸俗的性格志意。

从坚持自我抒写的角度观之,除李、何之外,前七子中其他一些成员也间或在其诗文作品中力显他们的精神个性,不可不予留意,像康海即是如此。来看其以下诗中所述:

> 天边有黄鹄,高飞一千里。烈士耻庸节,世事特敝屣。朝辞上东门,莫从赤松子。感慨风云期,超悟往还理。进既有所因,退亦何所倚。(《读史》)
>
> 丈夫处人世,大惧身靡贞。循躬苟无愧,放逐何足撄。(《闻德充弟左迁消息》)[1]
>
> 丈夫生世间,磊落斯所臧。何须久郁郁,自如陌上桑。(《饮酒二首》一)[2]

上面诗中无论是自勉之诚言,还是勉人之嘱咐,均从不同的层面表现出作者所怀高岸特异、贞刚磊落之志节,彰显了他自己迥然异于世间庸夫俗子的独特人格精神,这也正如康海在《悔过诗》中强调自己"心骞志翔,旷视万世"[3]。诗人力图以一种高超旷然的姿态,来审视进退出处,标立立身之则。这也就是,不以一时得失为怀,独重徇己自好,固守贞介,犹如他在上引《读史》一诗中所称的,"所以明哲人,穷达重徇己"。自然,当他坚持以这种标置甚高、异乎俗流的立身准

---

[1] 以上见《对山集》卷一。
[2] 《对山集》卷二。
[3] 《康对山先生集》卷三。

则来警策自己时,似乎已经不过多在意世俗的评断如何,这也难怪康海甘以"常辈莫不以为贱"之"疏放人"①自居。正因如此,作者在他的诗文作品中时也一展作为所谓"疏放人"的独特之性气,如他在正德年间致总督川陕诸军彭泽的《与彭济物》一书堪称显例,时彭氏欲将康海招致幕下,海则自觉"大丈夫出处自有礼义",于是"为数言绝之,颇涉峻厉"②,特别是书中述及自己"不可于当世者有五":

>性喜嫉恶而不能加详,闻人之恶辄大骂不已,今诸公者皆喜明逊而阴讥。此一不可。翰林虽皆北面事君,而勤渠阁老门下者以为贤能,仆懒放畏出,岁不能一造其户。此二不可。人皆好修饰文诈,伪恭假直,而仆喜面讦,人未有不怒者。此三不可。士大夫不务修身法事之业,而俱呻吟诗文以为高业,见其诗若文不能不怒,故见辄有言,而彼方望我以为美也,我以言加之。此四不可。与相好者接,必因其职事加勉戒之词,多忤其所好,彼或未从,即拒而绝之,以此亲疏多怨,苟复见其所爱者,又不忍不告,或又告之,彼即又不从,而仆又绝之。此五不可。③

书中态度之执拗,词意之直遂,难以复加,实不可漫然视之。作者显然想让对方更能知晓他的性格取向,故他会以为彭氏"以他人之谋将致我幕下","彼殆以我为何人耶"④? 主要是说对方尚不完全了解自己的为人,而有此举。由此,所谓的五不可,不只是被作者当作拒绝应招的各种理由来加以陈述的,确切一点地说,同时更像是他对个人真实情性一种透彻的展露,如上书中所称"此区区平素之悃,可一鉴而尽者"⑤。其实,从作者上面逐一的述说中,我们更多觉察到的,乃正可谓是他纵使不为人所容也不拟屈己就俗之心志一番强切而鲜明的表白。

进一步观之,作为自我抒写的一个重要方面,李、何诸子在其作品中除了注重表现他们独特的精神个性,还多反映了他们平生不同的命运遭际,尤其是一

---

① 《与蒋文晖》,《对山集》卷九。
② 《与王子衡》,《对山集》卷九。
③ 《对山集》卷九。
④ 《与王子衡》,《对山集》卷九。
⑤ 《对山集》卷九。

再写到由于个人的抱持难与世俗相谐而招致的坎廪多舛之遇,以及在其心灵世界所激起的一系列反应,成为切乎其身的一种真实呈现。

还是先以李梦阳为例。如弘治十八年(1505)二月,梦阳以明孝宗下诏求言,草《上孝宗皇帝书稿》上之,极论治政得失,末劾寿宁侯张鹤龄骄恣横行诸状,鹤龄摘疏中语诬其诎母后为张氏,梦阳以此获罪下诏狱,虽然不久得释,但此次经历对他心灵造成的重大冲击是显而易见的,《述愤十七首》诗即为梦阳此际抒怀之作,其中写道:

> 大化罔不亏,人生固多艰。泛观畴昔人,浩然发忧叹。自非餐霞侣,伊谁驻朱颜?律律南山岑,拂衣会当还。(五)
> 兀然坐高春,时闻鹁鸠啼。逢辰寡宿欢,履运伤前迷。既无杯中物,何以写我凄!(六)
> 夕云郁峥嵘,颓阳入西丘。返景漏林端,明我屋上楼。静久得玄理,源澄复何求。永怀邹阳子,聊以抒我忧。(八)
> 黾勉簪绂间,低回报容姿。直湍寡回波,劲木无弱枝。天运不易测,物情谅如斯。修途方浩浩,驾言赴前期。(十七)[①]

李梦阳这次敢于应诏向孝宗上书直言,不仅受踏上仕途不久的他所怀抱的政治激情的驱使,在相当程度上也取决于他傲直无忌、独立异俗的个性,即如他在《上孝宗皇帝书稿》的开头所言,"直言之臣,秉性朴实,不识忌讳,睹事积愤,诚激于中,义形于词"[②]。不管怎样,对因为敢于直言却被逮下诏狱的后果,可能是其时尚缺乏政治经验和人生阅历的李梦阳所始料未及的,期待与结果形成落差,心理感触之强烈可以想见。这在以上列举的诸诗中也一泻而出,深感于人生多艰、时运叵测的迷茫和失落,由不公平遭遇激起的忧伤和愤懑,还有无可奈何而只能聊以自慰的自我排遣,从不同的侧面在述说诗人经历如此不幸遭际的前所未有的内心体验。然而弘治十八年(1505)的上书下狱事件,并未给李梦阳的坎坷遭遇画上句号,相反,正德年间以来,从因助韩文弹劾刘瑾被夺官且列名

---

① 《空同先生集》卷十。
② 《空同先生集》卷三十八。

"奸党",后又遭逮捕下锦衣狱,到起官江西提学副使,以直刚恃气忤时,终坐讦奏落职闲住,乖蹇的命运遭际似乎总是与他相伴,而这一系列的曲折经历以及深切而苦涩的心灵体验,也时时见之于李梦阳的笔端:

> 飘风吹征衣,北逝方自兹。行路见我行,不行为嗟容。苦称途路涩,君子莫何之。欲诉难竟陈,天命自有期。①
>
> 天道有常乖,万殊谁竟宁。子期久已徂,纵陈孰为听? 当道有豺狼,琐言訾螟蛉。习坎固终利,从兹效无形。②

前一首诗作于正德三年(1508)五月作者为刘瑾罗织罪名械系北上京师之时。尽管在此之前李梦阳以劾瑾被夺官,身陷"奸党"事件,承受不小的打击,心理上多少有所准备,但眼下发生的变故还是让他觉得有些突然,大叹"事变在须臾"。然而,更令诗人此刻深感抑郁痛苦的是,面对陡然袭来的不测之祸,自己却又似乎陈诉无门,前途堪忧,真正是"中言吐不易,拊膺但长叹"③,其悲其忧,尽显在诗的字里行间。后一首诗作于李梦阳在江西提学副使任上因获罪自南康往广信府接受勘问之时。自弘治十四年(1501)梦阳曾"坐榆河驿仓粮"算起,这时的诗人已是"十年三下吏"④,身心备受摧折,屡次的变故愈发加剧了他的危患不安感,如上诗中"天道有常乖,万殊谁竟宁"的喟叹,不能不说写出了他刻骨铭心的一番内心感受,也一如梦阳经历了广信勘问乃至系狱后在诗中所诉说的,"明晦每无常,人道岂不然"⑤?"天道"变幻无常,"人道"同样如此。诗中"习坎"一词,义当本自《周易·坎》所云:"象曰:习坎,重险也。"王弼注云:"坎以险为用,故特名曰重险,言习坎者,习乎重险也。"⑥诗人系乎世途重重险危的忧虑之心,直露无遗。这其中更慨叹当途异己恶人的交攻,使他倍感孤立,在秉志独行之际,越来越感到如"子期"那般知音同志在逐渐消逝。

相较于李梦阳,前七子中的一些成员虽然未有身陷囹圄而备受摧折的经

---

① 《离愤五首》四,《空同先生集》卷十。
② 《自南康往广信完卷述怀十首》七,《空同先生集》卷十三。
③ 《离愤五首》一、三,《空同先生集》卷十。
④ 《下吏》,《空同先生集》卷二十七。
⑤ 《广狱成还南昌候了十首》八,《空同先生集》卷十三。
⑥ 《周易正义》卷三,《十三经注疏》,上册,第42页。

历,然也或遭不测之祸,如康海和王九思即是其例,他们同被列入瑾党而遭贬黜削籍的结局,不能不说成为改易其命运的一次人生的重大变故,在其心灵深处蒙上了一层浓重的阴影,他们时也将各自的遭遇和感触诉之于所作,一抒其襟怀。举王九思《咏怀诗四首》为例,其中曰:

> 无稽言勿听,弗询谋勿庸。经帏有常职,窃拟回天聪。天聪竟莫回,忌讳触奸雄。夺我凤凰池,置我豺虎丛。恭显已伏辜,斯甫复予恫。仓皇寿春役,滥罚非所蒙。(三)
> 寿春汤沐郡,山水亦孔固。我于往居之,簿书颇暇裕。髦士从我游,咏歌谐英濩。斯甫终见猜,藏心有馀怒。地震日为食,咸谓由我故。有诏遣归农,闻命转怡豫。苍天亦悠悠,予怀竟谁诉!(四)①

正德六年(1511),以谏官"奏除瑾党塞天变"②,王九思从寿州同治任上致仕,上诗即作于其黜官之后。如果说,前此一年九思坐瑾党被贬为寿州同治的经历已给他带来不小的心理波折,其在当时所作的诗中就流露出"不堕名利场,一朝生媿克"的忧惧和戒忌,而"乾坤浩无涯,我行未逼仄"③之类的自励,多少含有一点自作宽慰的意味,那么,上诗则是把作者在先后两次经历挫折之后较为复杂的内心感受描述得更为明彻,除了一吐"窃拟回天聪"、"天聪竟莫回"的失望,"夺我凤凰池,置我豺虎丛"的忧愤,还有"闻命转怡豫"的自我慰藉,以及"苍天亦悠悠,予怀竟谁诉"的无可奈何。诗中意绪杂织,心澜迭泛,其在多层次剥露作者心中集合之感触的过程中,真切地传达出他因突起的变故而涌聚于心的诸端念头。

既在现实人生中多因为秉志直行而"罔谐时俗"④,一再遭遇偃蹇,却又无意屈志从俗,彻底放弃自我,这种倔傲的精神个性、曲折的命运遭际及其深切的心灵感触,在诸子的作品中有时又是集积迭起,交互呈现,形成了使人能强烈感知

---

① 《渼陂集》卷二。
② 王九思《妻赠孺人赵氏继室封孺人张氏合葬墓志铭》,《渼陂集》卷十五。
③ 《彭城别段德光,追曾圣初、侯景德、黄仲实不及,夜泊宿迁县南,独坐无寐,万感俱集,述五百六十字》,《渼陂集》卷一。
④ 李梦阳《乞休致本》,《空同先生集》卷三十九。

到的一种情感张力。这从李、何的作品中更明显地反映出来,如下列之作:

老慢更何防市虎,少狂曾亦滥朝骖。鹓鸾旧侣俱鸣珮,鹿豕深山自结庵。短发不须忧重白,吾居元傍菊花潭。(李梦阳《甲申元日试笔柬友》)①

檐雨响不绝,披衣中夜兴。寒声压高阁,湿气逼疏灯。一雁叫何处,数蛩吟可憎。谁能奋长剑,割破黑云层!(同上《秋雨夜起》)②

寒丛后摇落,冬至亦蹉跎。病叶强相守,孤英无奈何。园篱空自爱,霜霰暮还多。幸有馀香在,深杯为尔歌。(何景明《残菊》)

云薄高城上,孤亭郡郭西。暗中萤火度,灯下草虫啼。零落同游客,凄凉旧雨题。高歌视雄剑,慷慨为谁携!(同上《雨夜》)③

第一首诗作于嘉靖三年(1524)李梦阳年届五十三岁时,尽管此时的作者已落职赋闲,自然如诗中所言,没有必要花费更多的心思去防范各种谗言谤语,但"市虎"一词,还是从一个侧面揭出它曾在诗人心灵深处烙下的难以消除的印痕;纵然无法如故友那样驰骋仕途,然他并不为自己主要由于忤时违俗遭遇贬斥而感到悔憾,尤其是诗中所称"鹿豕深山自结庵",虽还不能说诗人仕进之心已消泯殆尽,但其宁可选择黜退归居也不愿苟从时俗的心中那一份傲执与萧散,是不难体味得到的。此即如诗人在《赠李佥事衢》一诗中自称:"窃禄匪我志,随风岂能任。所以弃朱绂,穷年卧空林。"④也如他在正德九年(1514)作于罢官归乡之际的《宣归赋》中所宣示的:"吾宁轰烈劣撒与世遷兮,良不忍骫骳齷龊与草木而尘埃。"⑤假如说,上诗还多少以一种闲定静冷的语气发舒之,那么比较起来,第二首诗就显得有些剑拔弩张了。诗前部的画面构造,已显压迫逼塞之势,给人以一种强烈的窒郁之感,似乎在喻示着诗人置身其中的困抑不舒、险危难安的周遭处境,而诗尾以呼唤长剑割破黑云作结,更显奇诡特异,未尝不可看作是积压在诗人胸中的郁勃之气的一种激烈迸发,是诗人傲直不屈性格的一种形象写

---

① 《空同先生集》卷二十九。
② 《空同先生集》卷二十八。
③ 以上见《大复集》卷十六。
④ 《空同先生集》卷十二。
⑤ 《空同先生集》卷一。

照。何景明上二诗作于其正德年间免官家居之时,前一首诗所咏寒日残菊,尽管蒙受霜霰的无情击打,但仍然花绽叶开,馀香吐溢,而花如其人,意有所寄,象征着诗人在是时政治风云的变幻中虽遭遇黜落,却不甘因此丧失自我,坚执的"自爱"之情,更多替代了内心的忧伤。后一首诗则以雨夜为描写背景,营造了一片孤寂而凄凉的氛围,隐约映显出偃蹇之中的诗人难掩的一丝落寞,而末两句中"雄剑"这一劲锐的意象分外显目,语势也转趋激越崛突,尽泻诗人怅悒而亢烈、悲凉而执着的激荡之胸臆。

三、多角度人生体验与感悟的呈示

除了表现自我的精神个性和切身的命运遭际,从另一个层面来看,站在注重自我抒写的文学立场,诸子在其作品中也从多面的角度,展示了他们各自的人生体验与感悟,发舒一己之情愫,这当中不同程度糅合了他们对于人生深切的理解和思考,包括特别是由于理想与现实的矛盾而引发的人生之体悟。

在这一方面,李梦阳的作品中多有直泄其衷之作,表达其所思与所悟。如他在《时命篇》中咏叹道,"交交声利途,轩车日骈阗。谁念牛下人,悲歌夜中叹。豪门有弃褥,我衣恒不完","贫贱岂尽愚,时命当自安"①。在诗人的眼里,审视现实人生,这是一个似乎充满缺陷的不如意的世界,比如富贵者和贫贱者,总是处在截然相对的两极境地,其合理性实在是让人为之质疑的。从诗人的慨叹声中可以看出,其既是在为包括他自身在内的贫贱者鸣不平,又大有不得不"自安"于"时命"的无奈。以后者观之,犹如李梦阳在《辕驹叹》一诗中声称"世径互险夷,富贵安所需"②,又如他在《秋诗二首》中感慨"人生非金铁,荣落譬草木。磬折者谁子,誓死日争逐。贤贵与贱愚,灭去孰还复"③?世道反复,人生短促,富贵本难持久,又何必斤斤追逐之。毋庸说,诗人不以声利为贵的超俗之志由是直透而出,而这本来乃是李梦阳所秉执的"必不以富贵死生毁誉动心,而后天下事可济"④的一种人生志操或理想人格。然细味起来,这种仿佛彻底悟出人生之本质和勘破险夷荣落之道的理性识见,实不无自我慰藉和遣释的意味,还不

---

① 《空同先生集》卷十。
② 《空同先生集》卷十一。
③ 《秋诗二首》一,《空同先生集》卷十六。
④ 《答左使王公书》,《空同先生集》卷六十二。

能说是真正意义上的淡冷和虚无之心的一番写照。因为联系李梦阳其他的诗作,我们从中更能强烈觉察出的,又是作者一再宣泄而无法消释的一种人生不如意的"迟暮"感:

> 独夕偏闻雁,悠悠寝复兴。林堂下微月,风色暗疏灯。迟暮心难已,悲凉气转增。忧来理琴瑟,肠断旧朱绳。(《深秋独夜》)①
> 堂北融泥云气生,堂南枯树两禽鸣。冰霜眼过风须转,岁月心悬老自惊。辞腊酒怜此舍馈,迎春花欲上阶明。壮图回首今迟暮,点检尘埃笑拂缨。(《岁暮五首》三)②
> 无事日长春但眠,水昏野暗风常颠。繁葩乱蕊眼欲尽,乳燕啼莺心自怜。匣中幸犹有双剑,杖头奈可无百钱。人生几何忽已老,激昂泪下如流泉。(《无事》)③

如果说,第一首诗中的"迟暮"既指夕暮之时,同时也不无喻示年暮之意,那么,后两首诗中所流露出的年岁"迟暮"之感就分外明显。岁月流逝,人生易老,这已令作者着实体验到自然无法抗拒、生命如此短促的不安和无奈,眼前变迁的景况,也容易触动他敏感的思绪,增添心中一份难以遣散的悲忧,但同时,更使他搅扰于内心而无法克制的,显然还有时光逝迈却"壮图"难遂的失落。而这种"迟暮"的失落感,在李梦阳的《时序篇》一诗中同样表现明显:

> 邈矣时序迈,悠悠羁思悬。少岁觌飞龙,振步蹑云烟。扬芬凌紫霄,结驷览黄渊。王纲祇以穆,四海屡丰年。晨趋谒云陛,晚沐踏京尘。流觞拥华馆,藻翰飞阳春。逸者眷多暇,壮士耻无闻。徒阅芳华改,何有尺寸勋。日月不我待,倏忽星运移。抱疴届兹夕,怃然伤凤期。玄发难久恃,毋令达者嗤。④

---

① 《空同先生集》卷二十七。
② 《空同先生集》卷二十九。
③ 《空同先生集》卷三十三。
④ 《空同先生集》卷十一。

说起来,显现在上述诗中难以掩饰的"迟暮"感,也是传统文人惯予表现的一种文学主题,但其中泛然言之者居多,不乏矫揉造态之作,如从这点上看,似乎并无特别值得注意的地方。然对于自称"处世空嗟行路难"[①]的李梦阳来说,这一切不能不谓发自他个人的切身体验,以至如此黯然自伤。令诗人颇为之焦虑和感到失落的,显然不啻是人生芳华无情的逝去,还有时不我待而终究处于"无闻"的窘迫,后者自然和李梦阳所谓"壮图"的人生理想目标不合,也是他的真正心结之所在。归根结底,呈露在李梦阳诗中的这种"迟暮"失落感,源于理想与现实之间产生的落差,源于作者对缺陷人生的一种深切体悟。

与李梦阳之作相比,虽然具体叙写的角度不尽一致,但体察缺陷人生、特别是由理想与现实矛盾而带来的内心强烈失落感,在何景明的作品中同样并不少见。如其在《咏怀十首》中云:

> 知鸟去恶木,蝼蚁恋腐茎。复隍启危满,为山忌将成。泛观瀛海内,巨细各有情。哲夫炳身后,昧者营其生。千金买一壶,为豫当及早。江湖多风涛,舟楫不可保。(五)
>
> 白露晞朝日,苕荣委清秋。长风吹野草,飞藿不自谋。猥彼众多子,安知良士忧。覆水置平地,一散永不收。晁错忧汉室,翻为六国仇。祸机苟不测,谈笑生戈矛。留侯信人杰,逝从赤松游。(九)[②]

应该说,诗中表露出的畏危忌满、避祸去患的警戒意识,在很大程度上来自何景明对充满"风涛"的现实人生的洞察和思索,是他身历其中的经验之得。也正如景明在《暮春》一诗中所吟:"人情翻覆似波浪,世态变化如云霞。驷马高车有忧患,只须料理东门瓜。"[③]据其所述,世态人情如此变化无常,实难预测,荣贵之位,乃忧患之所倚。故而与其苦心营务,还不如及早预计,超然退而自守,图谋身后。由是诗中以为,晁错极力为汉室谋策,削夺诸侯封地,终招致其怨,祸及己身,不及张良功成身退,舍弃人间事,专意学道游仙。不过,如此趋避保身、甘

---

① 《寄答内弟玑九日繁台见忆》,《空同先生集》卷三十一。
② 《大复集》卷九。
③ 《大复集》卷二十五,影印文渊阁《四库全书》本。

于雌守的淡默,绝非是何景明的初衷,更确切一点地说,在此背后,恰恰隐含着其面对"风涛"频起、变幻叵测的现实人生而不得不退避之的无可奈何,以及难以淡却的内心失落。故与此同时,观何景明之诗,其中也出现了不少意味深长的失意形象,以喻写诗人独自的人生体验与感悟。如其咏孤雁,"云长路渺去安极,日暮天寒飞更迟","清怨时从鸣笛生,断行暮逐哀筝起。尘沙关寒愁转蓬,随风且落江湖中"①;咏孤鹤,"一自天涯失旧行,垂头戢羽空徬徨。朝闻横笛音相和,夕对鸣弦影自伤。荒阶雨湿多泥滓,毛翮摧颓风不起"②;咏辕下驹,"鸣声一何悲","岂无万里志,局蹐安能施"③;咏病马,"牵向闲阶下,长鸣意不平","局蹐才难尽,踟蹰意若何","侧身千里外,常恐岁蹉跎"④。诗中不论是失侣断行的雁鹤,还是局蹐屈抑的驹马,格外显出它们的颓伤和困折,成为人世间茕茕孑立、境遇窘迫的孤弱者的某种象征,其哀矜之情,不言自出。显然,这些形象身上有意无意展示了作者个人体察所持的一个突出向度,让人隐隐约约品味出潜伏在其心灵深处的沦滞和沉抑感。

不仅如此,细加察之,可以发现一点,何诗同时也把笔触常常移向了表现自然生命衰息零落的多类场景,在体验自然生命变换与迁逝中述说人生失意一己之情怀。譬如他的《雨中观花七首》主要描写花卉在饱经风雨后的零落景象,其中曰:"连朝风急雨滂沱,树头叶暗花不多。纵使明朝风雨息,苍苔狼藉奈愁何!"(二)"昨朝日照花尽开,今朝雨多花可哀。由来落花无根蒂,随风吹去又吹来。"(三)"郭外春风次第来,杏花开后桃花开。近城早花开已谢,狂风猛雨更相催!"(五)⑤花卉虽然绚丽,却是分外柔弱,如何禁得起狂风急雨的交相摧击,风雨之中的凋落和飘散,愈益显出这种美丽生命的脆弱,深深触动作者神经的,不仅是花卉本身的柔弱,更还有不测风雨的无情击打。诗在怜花,似乎也在怜己;在伤叹风雨之烈,似乎也在伤叹人世间难以预测抗拒的种种变幻和波折。可谓花犹如此,人何以堪。相比起来,这样的心结,在何景明《落花叹》诗里表现得尤为明显:"君不见,树上花,东风吹始开。东风吹开又吹落,世间有乐宁无哀。汝

---

① 《孤雁篇》,《大复集》卷十一。
② 《孤鹤篇》,《大复集》卷十二。
③ 《辕下驹》,《大复集》卷六。
④ 《病马六首》三、六,《大复集》卷十八。
⑤ 《大复集》卷二十九。

南何生未三十,头发未白心已灰。见此落花三叹息,东风吹去何时来?"①花开又花落,本是显示时序递变的常见现象,无足为之生哀兴叹,然对于年未衰老却已经历世情反复变故而感觉心灰的作者来说,这种自然生命由兴盛最终趋于衰落的变迁征象,显然有着一种特别的触拨作用,容易唤起他乐中生哀、诡谲多变的人生经验,撩起他心中沉积的失落感。列数起来,此类展示自然生命衰息零落的画面,在何诗中并不罕见,如其写芭蕉,"危丛旦夕茂,绿叶日夜黄","徘徊视草莽,零落同一伤"②;写柳絮,"游丝相牵时袅袅,委地飘廊不须扫","江头绿叶吹香绵,随波化作浮萍草"③;写木槿花,"朝见花开暮见落,人生反覆亦相若。夜来白露洒园藿,已是繁华不如昨"④。与此相关的是,何诗中同时不乏特别是有感于秋冬时节变换而呈现万物生意凋微之特定景象者,如《杂诗二首》:"浮飚委时卉,零露伤青林。"(一)"重阴肃万物,树木日夜疏。"(二)⑤《十四夜》:"万山秋叶下,独坐一灯深。白露蒹葭落,西风蟋蟀吟。"《西郊秋兴八首》:"白杨落古墓,黄叶下孤城。"(一)"岁年悲老树,岐路感孤蓬。"(三)"严风日以发,落叶转纷纷。"(七)⑥《秋夜》:"露虫吟蟋蟀,风叶下梧桐。"⑦《独坐》:"西风窗下度,木叶洒寒灯。"⑧也许看起来,这些诗句大体沿用传统伤秋的套路,本属常见,未必含有更多的新意,但有一点至少可以肯定,其表明了作者于此的格外关切之心和敏锐之感。

需要指出的是,在另外一面,作为何诗令人值得关注的一个特点,其在观照人生而表达个人体悟情怀之际,也间或体现了从对历史不同层面的觅察中去寻绎人生哲理的某种意味。如《舟次汉阳》,"千年洲在空流水,百尺楼高锁旧台","山川不尽豪华尽,落日烟江思转哀"。《华容吊楚宫》:"废殿有基人不到,荒台无主鸟空歌。西江烟月长如旧,只有繁华逐逝波。"《郢中》:"衰草茫茫楚宫废,荒城寂寂汉江流。人亡异代空遗宅,岁暮他乡独倚楼。"⑨《登谢台》:"山鸟不随

---

① 《大复集》卷十二。
② 《怀化驿芭蕉》,《大复集》卷七。
③ 《柳絮歌》,《大复集》卷十四。
④ 《木槿花歌》,《大复集》卷十一。
⑤ 《大复集》卷七。
⑥ 以上见《大复集》卷十六。
⑦ 《大复集》卷二十二。
⑧ 《大复集》卷二十八。
⑨ 以上见《大复集》卷二十四。

歌舞散,野花曾傍绮罗开。今来古往无穷事,万载消沉共一哀。"①凭吊往古遗迹,悠悠思绪,实难平抑,而这一切又不仅仅是作者怀古心迹的表露,更是在古今上下之间的强烈对比中,寄托他的人生深切之悟:山川虽然依旧,却已是时过境迁,往昔的繁华,终究在岁月无情的流逝中荡然消尽,没有不变的永恒,只有变易中的延续,人寰的迁化起于斯,惆怅和无奈亦起于斯,人生就是在这样一种无法持久完满、不停更替变化中显示它的真实。在这方面,又可举引何景明《大梁行》一诗为例:

朝登古城口,夕藉古城草。日落独见长河流,尘起遥观大梁道。大梁自古号名区,富贵繁华代不殊。高楼歌舞三千户,夹道烟花十二衢。合沓轮骄交紫陌,鸣钟暮入王侯宅。红妆不让掌中人,珠履皆为门下客。片言立赐万黄金,一笑还酬双白璧。带甲连营杀气寒,君王推毂将登坛。弯弧自信成功易,拔剑那知报怨难。已见分符连楚越,更闻飞檄救邯郸。一朝运去同衰贱,意气雄豪似惊电。杨花飞入侯嬴馆,草色凄迷魏王殿。万骑千乘空云屯,绮构朱甍不复存。夜雨人归朱亥里,秋风客散信陵门。川原百代重回首,宋寝隋宫亦何有。游鹿时衔内苑花,行人尚折繁台柳。繁台下接古城西,春深桃李自成蹊。朝来忽见东风起,薄暮飞花满故堤。②

诗从登览大梁古城写起,极力追述它在古昔之时的繁盛豪华景象,再转笔展开对眼下空落衰替情形的描绘,形成古今消长的鲜明对比,而这种比较古往今来盛衰变易形势的叙写笔法,也使整首诗带上了一种凄迷而怅惘的情调。更耐人寻味的,还是流露在诗中览观往迹和体味人生的慨息伤叹,它像在向读者诉说,昔日这座古城的盛况,如今已变成只能勾起人们感伤缅怀的衰颓遗迹而已,仿佛证明了人世间一切的一切因充满了变数,故难以恒久,盛衰之变在一朝之间就可以发生,无人能左右之。这似乎已成为物极必反、彼此推迁的一种事物原理,正好像何景明在同为怀古咏昔之作的《长安大道行》一诗中咏叹:"寻常只道太山安,顷刻宁知沧海变。秋来春去互推迁,物理相寻是等闲。岂知盛满衰仍

---

① 《大复集》卷二十五。
② 《大复集》卷十一。

至,岂识忧从乐极还。"①岁月迁转,盛极衰至,沧海桑田,其变化之难测,更替之迅速,完全超越了人们的精神意志力,这是人生无法驾驭和令人无奈之所在,然恰恰也是它的真实之所在。

与李、何等人相比,前七子中的康海、王九思,尤其是他们自从正德初期被指瑾党而遭罢黜以来,放浪丘壑之间,故其所作更多将表现的视线移向山栖林息、优游散览,以此述写他们各自的人生体验与感悟。

就康、王二子而言,首先,正德以来政治风云的骤然变化,特别是他们经历了瑾党事件的打击,在归田闲居和游历之际,相比起来更体验到个人身心的一种自在和洒落,这种体验也频频被他们诉之于各自篇翰中。如康海:"披襟挹清风,搴木值嘉息。坐久山月升,情景具相得。"(《洪川柳浦斜眺》)"落花夹路飞,苍流复荡漾。孤往多旷情,逖览起高唱。"(《东原晚归》)②"鸣禽应谷声逾碎,露菊侵阶影自圆。无病有时看碧水,多情终日卧苍烟。"(《独坐》)③王九思:"窗外潇潇竹,门前郁郁槐。笛吹明月下,鹤唳白雪堆。"(《林居杂咏学寒山子五首》一)"要看花如锦,还携酒满筒。挥毫花鸟外,拄杖画图中。"(《雨后次前韵》)"寒云蔽日昼冥冥,午坐无人共草亭。篱外残花犹弄色,阶前双鹤对梳翎。"(《即景》)④事实证明,作为人生的两种基本出路,传统文人士子的仕隐出处,无论是其主动选择还是被动接受,常常是和他们置身其中的特定的政治环境联系在一起。康、王在正德年间因遭罢黜归隐,即属后一种情形,是外力驱迫下的无奈结果。尽管如此,以上诗篇当中显示的几丝悠闲和放逸,未必不是他们在经历政治遭遇后倍感闲居生活松弛自在的真实心情的流露。因此在康、王的笔下,其足之所及,目之所触,耳之所听,都多了一份淡静之致,一份闲逸之趣,俨然一派寄心林丘的隐者襟怀。然而,要是就此觉得他们已是如其所称的"心闲万虑空"⑤,"身外悠悠无染着"⑥,彻底断却"尘俗",寄心隐遁,真正臻乎静泊闲定之境,也未免失之不察。事实上,如王九思在晚年曾自谓"逐臣今白首,勿用赋《离

---

① 《大复集》卷十二。
② 以上见《对山集》卷二。
③ 《对山集》卷六。
④ 以上见《渼陂续集》卷上。
⑤ 王九思《睡起》,《渼陂续集》卷上。
⑥ 康海《吕子北泉精舍宴集》五,《对山集》卷七。

骚》"①,超然的语气中隐含被黜蹉跎的失落与忧郁。至于康海,如前所论,正像他在致友人彭泽书中所言,自从陷身瑾党遭斥逐以来,愈觉"污秽终身,莫能自洁",甚至"平日所立之志扃闭沦落"②,内心的羞耻与沮愤终难彻底消泯。这也意味着,所谓心"闲"虑"空"悠逸超世之诉,并不能完全代表康、王二子那些表现山栖林息、优游散览之作的精神所向。可以说,以田园自然为依归,流连于山丘林泉之间,藉以陶冶自我身心,向来是传统文人士大夫在"穷"而不"达"情形下常常所采取的一种精神升炼和精神补偿之道,其基本之旨,一则在于独善其身,一则在于消遣慰解。体现在康、王作品中的以吟写隐逸生趣为主的这种闲情逸兴,寻绎起来,自然不能不归结到这一基本之旨上。假如说它们所具有的更值得注意的地方,则不论其指向独善还是排遣之旨,皆凝聚了康、王深刻而强烈的人生经验与体会。这主要表现在,一方面,康、王的诗作一再述说和渲染他们及时而乐、即境而快的赋闲之感,如曰,"吟水向清泠,弄月下榆桑。一醉杳然卧,始知行乐长"(康海《步过浒西与诸弟宴作》);"斟酌尽消滴,啸歌西日倾","但愿乐相乐,九鼎咸所轻"(同上《再宴世爵堂》)③;"香阶花影覆,芳树鸟声频。兴到歌还舞,浑忘雪满巾"(王九思《静坐》)④。联系到康、王虽然声称心"闲"虑"空"却难以真正消去胸中的块垒,如此放逸行乐,在某种意义上来说,何尝不是他们在偃蹇落魄之际用来填补失落内心的一种精神慰藉的方式呢? 尤其是在吟水弄月、赏花听鸟、酣饮啸歌之际身心的清闲与放纵,似乎让他们暂时能够忘却心中的忧悒和不平,陶醉于宁谧清净而又自在无拘的恬淡和易之境。一方面,它同时也表现了康、王二子蕴涵在其着力描述的闲情逸兴当中另一层面的自我体验,这也就是,一旦当他们优游林下,随性行止,纵情品赏,相对避离来自世俗的各种侵扰,才格外感觉到即时即地一个绝出秽俗的真实的自我,格外激发出一种无所依傍而独立特行的自赏与自尊感,以及刻意反流俗而行之的抗拒意识。因此,他们在描写各自赋闲生活和意趣的时候,又或称"闲云既无心,安能有拘束"⑤,或谓"自由猿鹤性,空老庙堂身"⑥,一以宕佚漫散、清卓出俗的自然之象相

---

① 《秋兴》,《渼陂续集》卷上。
② 《与彭济物》,《对山集》卷九。
③ 以上见《对山集》卷二。
④ 《渼陂续集》卷上。
⑤ 康海《赠汤贡之》,《对山集》卷七。
⑥ 王九思《沂东亭子闲坐》三,《渼陂集》卷四。

比拟,甚至于直接喊出"逍遥长似此,不羡五侯家"①,"黄金任尔散,清贫我自乐"②,其潇然自得之意,其岸然自尊之态,庶无掩饰,尽显于辞表之间。就这一点,也可以和康、王下面诗例相参看,如王九思:

  自入山中住,悠悠不记年。洞门猿啸月,松顶鹤巢烟。混俗元非俗,修仙不是仙。笑将竹扫帚,扫去白云眠。(《再次韵学寒山子二首》一)
  老圃开从甲子年,移来秋雨带秋烟。才看碧落新生月,顿觉红尘别有天。水傍琅玕清蘸玉,籁生枝叶细鸣弦。山翁此日常为主,一榻清风笑独眠。(《再次韵三首遣闷》三)③

还是一副吟咏逍遥自在之闲居生趣的笔调,只是以上明显可以感知到的多少带有一点自嘲与自炫味道的描述,更值得玩味,包括对于幽淡清寥的隐逸氛围的铺染,尤其是对于诗中之我览赏自如、洒然独眠、甚至俗仙难辨的情态的刻画,给人突出的印象,不单单是闲宕和恬寂,还有交织其中的一份不谐于俗的自好,一份笑傲时世的孤高。比较起来,虽然同是描述自己遭罢黜以来的隐栖情状,康海的诗作,有时似乎让人更容易捕捉到流溢在字里行间的一股恣纵张狂的气息,例如:

  迤逦逢良觌,胡为感慨频。笑谈终永日,眺赏及芳春。押座纤罗密,当歌翠袖新。穷通百年里,何异梦中身。(《春雨亭与渼陂子坐作二首》其二)④
  狂歌穷谷间,可为形影恤?有时挟名姝,有时理瑶瑟。但恣饮酒乐,惟恐韶华汩。譬如笼中鸟,得放返巢窟。岂有依世心,更为稻粱出?(《寄温民怀》)⑤

不难看出,诗中所述处处都是在展现一己行止之如何随性自任,无所顾虑,那永

---

① 王九思《林居杂咏学寒山子五首》二,《渼陂续集》卷上。
② 王九思《即事三首》三,《渼陂续集》卷上。
③ 以上见《渼陂续集》卷上。
④ 《对山集》卷五。
⑤ 《对山集》卷一。

日笑谈,极意眺赏,还有召伎挟姝,尽情歌啸,畅饮作乐,再加冷眼察视穷通变化之道,无一不是在极写诗人自己身上的"狂"、"恣"之态,这多少印证了康海自称从正德五年(1510)削籍落职以来"放荡形志"的一番表白。毫无疑问,上诗所形写的这种追逐声色、沉迷酒乡之"狂"之"恣",说起来,也是很多传统文人士子特别是在他们遭遇人生失意时所采取的一种自我排遣的方式,就此而言,诗中极力铺写的声乐之娱、酒色之好,当然不无出于一种精神排解的考虑。但从另一面来看,也是最值得注意的,正如我们在分析前七子个性与心态特点时所指出,以康海本人的性格观之,其素性豪直傲兀,自"谢黜"以来,"益骄以倨"。据此,他之所以不顾"拘检",汲汲以声乐酒色相娱乐,并藉诗以表现之,一个比较合理的解释,乃在于康海面对令他感到异常压抑、极度失落的现实人生而不得不作出自我回应,即从一种近乎乖戾和颓唐的彻底放任中,去体会当下之时惟我是尊的愉悦,并以此表达对时俗人情的强烈抗拒。如从这一角度去理解,也许能更进一层领略上诗包含的精神特质。

第二节　表现视角的下移与日常化倾向

在考察前七子诗文创作状况过程中,还不可不注意它们另一重要的特征,即表现视角的下移及其呈现的日常化倾向。虽然这并不能代表诸子创作的全貌,更何况各人表现的情状也不尽相同,但至少可以说,其确实反映了李、何等人创作其中一个较为明显的特征。从这一角度来看,诸子所为,或如有研究者在专门探讨其乐府诗制作特点时所指出的,体现了文学领域发生在当时知识阶层中的对于明代中期以来一种文化下移趋势的积极响应,且从一个侧面可以见出,其对明初以降垄断整个文化空间、在一定意义上代表了意识形态权威的台阁模式的激烈冲击[①]。当然,如是也昭示了前七子相关创作不应忽视的文学意义。

一、人物形象描画的下移特征

显之于李、何诸子诗文作品中的表现视角的下移与日常化倾向,首先一点,

[①]　黄卓越《明中后期文学思想研究》,第61页,北京大学出版社2005年版。

体现在有关人物形象的描画上,这主要是一些更富有庶民俗世色彩、甚至与传统身份迥然相异的下层或边缘人物,被他们纳入文学表现的视野。在此方面,身为前七子领袖人物的李梦阳尤多为之摹画,特别是其中所写到的两类人物最值得注意:一类是任侠者,另一类则是商贾。前者如《武乡县武君墓碑》中的墓主武彪,其人即被作者称为"盖任侠者云",碑文重点描述了武氏生前义助武乡县丞张翔两件事,标榜他的所谓"以力豪"的行为举止:

> 成化间,武乡丞张翔朴杀豪吏王襫,而襫父辄呼其家众围官寺,将禽翔。是夜翔缒城出,匿武君家,在城西十里段村,王襫家众即又围武君家。武君于是勒其子弟若乡少年尽死与王襫家众敌,谕以祸福,卒解翔难。及后翔以他事免,而武君辄又率其数骑送出境以还。张翔谓人曰:"生我者,武彪也!"①

上碑文虽系应人表墓之作,相关的记述难免会受到一定的限制,然作者对墓主生平任侠之举的着重表彰,还是可以见出他的表现取向。文中所记,一是为解张翔之难,武氏不惜统领子弟和乡里少年与豪吏家族的臣仆相对抗;二是当翔以他事被免职,其又毅然率数骑送他出境。作者赞誉墓主,不但针对其乐于为人纾难解困的义举,并且还在意其能奋起对抗强权势力的豪气。作为游离于官方法律和权力之外的社会道义的担当者,历史上的任侠之士大多以其仗义、勇武以及秉意独行不受拘缚的品性受人关注,成为文人墨客描画的对象,出现在文学作品中的侠客义士形象,也更多地被寄予了一种原始而朴素的道义诉求。不难见出,李梦阳上碑力书墓主武彪施助于人尤其是不惧强势敢于相抗的行为,且以"任侠者"目之,所突出的,可谓是主人公身上具有的侠士品性,由此所折射出的,则是作者怀持的更体现着一种下层、朴野之特征的道义基准或价值取向。值得注意的一点是,作者关注任侠之士的表现倾向,同时也反映在他对于自己家族成员事迹的描述上。如《族谱·大传第四》,即谓祖父李忠为"任侠有气人也",又表彰其生平所为,"即少时,而好解推衣食衣食人",后以"治生"有道,"日厚富有赀",于是"郡中人用赀,无问识不识,皆与赀",又载盐菜与闾里,

---

① 《空同先生集》卷四十二。

"率岁散盐菜数十车"。甚至李忠之死,也是源自他本人的任侠行为:

> 往田氏为仇家者杀,处士(案,指李忠)怒赴诉行。于是仇家大惧,乃使郡中诸豪长来行百金,间不解。而仇家故大有财势,可使官,及处士赴诉至,官置不理,反久系处士。于是处士益发愤怒。病且死,仰天呼曰:"天乎,予何罪!"竟死狱中。

又《大传》记李忠之子刚,谓其"好气任侠,有父风","为人强力使气,常勒里中子弟主办事,子弟毋敢后";记忠弟敬"嗜酒不治生,好击鸡走狗试剑,即大仇,醉之酒辄解,顾反厚"①。将二人皆描写成意气激亢、以力逞强而颇有侠者之气的豪士。自然,假如缺乏一种向下倾移的文学表现视角,缺乏一种反映更多寄寓着下层庶民朴素道义诉求的侠士形象的热情,实在很难想象,作者会以如此投入的情绪去描写这些不乏侠气的人物,甚至包括自己的家族成员。

对于商贾形象的关注,是李梦阳表现视角下移反映在人物形象描画上的另一个表征,如其文集中就有多篇为商贾撰写的传记。我们在第二章考察前七子文学集团活动情形时已论及,李梦阳的交游中有多位身份较为特殊的人物,即主要从事经商活动的一些商贾之友。这点本身说明了梦阳和社会地位低下的那些商人之间所建立起来的相对密切关系,显示他看待商者的某种新视界,自与一般文人学士基于抑商的传统观念和士阶层的优越心理鄙视及排拒商人的姿态有异。不用说,李梦阳乐意将其纳入作品表现的对象之列,与他自己同商贾之友非同一般的密切交往,以及看待商者的新视界是分不开的。这些作品,分别述及他们日常行迹的不同侧面。或突出其善识贾道、精于射利的经营才能,如《明故王文显墓志铭》中的蒲人王现,卓然以商起家,立于不败之地,其营商"善心计,识重轻,能时低昂,以故饶裕",而"又善审势伸缩,故终其身弗陷于阱罗"②;或展现其遇危不乱、巧解厄难的过人心智,如《处士松山先生墓志铭》中商游吴中的兰阳人丘琥,尝过丹阳买舟行,遭遇附舟之盗,于是"佯落簪舟底,而尽出其衣箧铺设求之,又自解其衣以示无物,又俾僮与酌酒,夜则自抚其卧侧",

---

① 《空同先生集》卷三十七。
② 《空同先生集》卷四十四。

终脱其难,"人服其智"①;或显示其意外陷险、舍身护亲的特出谊行,如《鲍允亨传》中歙商鲍氏,与其弟"乘米舟自湖阴之繁阳"②,途中为盗人执缚,将并杀之,因与弟争死相护。毋庸置疑,这些身份低微的商贾不仅引起作者的关注,而且在其笔下更多成为被极力加以表彰的对象。固然不能说,以上记述亡逝者的墓志之类的传记毫无传统意义上的所谓"誉墓"之辞,但又不能不说,其的确也体现出作者的一种倾向性的情感投注。李梦阳为其友歙商鲍弼所作的《梅山先生墓志铭》,无疑是典型一例,如墓志起首叙写作者获悉鲍氏死讯后的反应:"李子闻之,绕楹彷徨行,曰:前予造梅山,犹见之,谓病愈且起,今死邪?昨之暮其族子演仓皇来,泣言买棺事,予犹疑之,乃今死邪?于是趣驾往吊焉,门有悬纸,缌帏在堂,演也擗踊号于棺侧。李子返也,食弗甘、寝弗安也数日焉,时自念曰:梅山,梅山!"寥寥数语,略去浮饰,已显作者深及心底的哀伤和思念之情,要以一言来概括,或许正如墓志铭文中所云:"嗟鲍子,胡不汝悲,胡不汝思!"③由此也可见作者对于亡友情感投注之一斑。自然,身份低微的商者之所以成为李梦阳勉力表现的对象,归根结底,还基于作者观念意识的某种改变,最能说明这一问题的,是李梦阳对于自己家族成员经商行为的正面表现。譬如《族谱·大传第四》记叙其"治生"有道的祖父李忠以商起家发迹的经过,"贞义公(案,指曾祖父李恩)没时,处士公(案,指李忠)盖八岁云。是时母氏改为它氏室,而公乃因不之它氏食,零零俜俜,往来邠宁间,学贾,为小贾,能自活。乃后十馀岁而至中贾云","处士公顾愈谨治生,日厚富有赀,郡中人用赀,无问识不识,皆与赀,于是郡中人亦无不多处士公"④。出于轻商的传统心理,在记书人物尤其是家族成员生平时避言商迹,是古代不少文人的习惯做法,相比起来,李梦阳不为尊者讳,大书特书先人经营之事迹,实为别出一格。李忠从"自活"到成为富裕的"中贾",甚至得到郡中之人的敬重,无非由其善于"治生"所致,这正成为李梦阳尽力表现祖父生平事迹的重点之一,也恰恰是他以先人为傲的一个方面。可以看出,以商为荣而不以为耻的一种荣誉意识,已是渗透在上述传记的字里行间。

---

① 《空同先生集》卷四十三。
② 《空同先生集》卷五十七。
③ 《空同先生集》卷四十三。
④ 《空同先生集》卷三十七。

除李梦阳之外，在人物形象描画上所显示的表现视角的下移与日常化倾向，也间见于前七子其他成员之作。如王九思的《老御史传》，传主熊恭，人称老御史，"从其好也"，却无意仕进，慕司马迁之风，束书出游诸地，后至大梁，以其地"舟车所通而南北商旅之会也，遂定居焉"。为人卓立奇特，"及见奇伟磊落之士，相与谈世务，评古今词赋、术数之书、人物高下"。又性顾嗜酒，混迹于市井之间，"兴之所至，即无客不问，野叟市丁尝面识者，即拉而入酒家饮"，"或从贸易，所得值贫而老者，又辄予之"①。应该说，从身份和行为上来看，传主熊氏虽不乐仕进，然独好遨游，出入市井，兼事贸易，与那些离群息居、超然物外的传统隐士有所不同，上传不但写出了其奇崛卓异的个性，也写出了其作为一介市井之士的俗世品行。又如何景明的《躄盗》：

> 躄盗者，一足躄，善穿窬。尝夜从二盗入巨姓家，登屋上翻瓦，使二盗以绳下之，搜赀入之柜，命二盗系上。已，复下其柜，入赀上之。约如是者三。及其数，躄盗自度曰："柜上，彼无置我去乎？"遂自入坐柜中，二盗系上之，果私语曰："赀重矣，我二人分之则有馀，彼出则必多取，是厉我也，不如置而去也。"遂持柜行大野中。一人曰："躄盗称善偷，乃为我二人卖。"一人曰："此时将见主人翁矣！"相与大笑欢喜，不知躄盗乃在柜中。顷二盗倦坐道上，躄盗度将曙，又闻远舍有人语笑，柜出，大声曰："盗劫我！"二盗惶讶遁去，躄盗顾乃得全赀归。②

上文中的躄盗故事，或是根据传闻结撰而成，但无论如何，至少从一个侧面反映了作者一种记述的兴趣和角度。与通常情形下鄙斥盗者的态度迥然不同，作者显然撇开了对于盗者行为道德层面的评判，而是从某种欣赏、同情的角度，叙写文中的这位躄盗如何凭借自己的策略，在分赃的角逐中巧与同谋相周旋，以计胜出，终得"全赀"以归。也可以说，其在一定意义上改变了表现的视角，颠覆了传统盗者的形象，突出的是体现在躄盗这一卑琐而鄙俗角色身上一种善于应对环境的能力，一种自我生存与保护的智慧。

---

① 《渼陂续集》卷中。
② 《大复集》卷三十七。

二、日常情态的谛观与叙写

除人物形象的描画,李、何诸子在诗文作品中所显示的表现视角的下移与日常化倾向,也特别反映在有关日常情态的谛观与叙写上,这主要体现在他们对于一系列凡常、俗杂、细微之生活场景或事件的关注和展示。从根本上来说,这种更显日常化的书写倾向,连同以上所讨论到的人物形象描画的下移特征,不能不归结为李、何诸子在文学价值观念与审美取向上所发生的变化。

李、何等人的诗文之作注重日常情态的谛观与叙写,首先可以注意到的,是其对于作为社会下层角色的一般庶民凡俗细琐之生活情状的用心体察和表现,这当中也包括其注意载录和整理一些流行在民间而歌咏庶民日常生活的歌谣之作。

在此,不能不先提到李梦阳的《郭公谣》,该诗可能是在当时流行民谣的基础上经作者整理修饰而成①。梦阳在诗后注中表示,之所以录此篇民谣,其意在于证明"风自谣口出",以"使人知真诗果在民间"。很显然,把它当作了民间"真诗"的典型例子来看待,可见其重视程度之一斑。诗曰:

> 赤云日东江水西,榛墟树孤禽来啼。语音哀切行且啄,惨怛若诉闻者凄。静察细忖不可辩,似呼郭公兼其妻。一呼郭公两呼婆,各家栽禾,栽到田塍,谁教检取螺?公要螺炙,婆言摄客。摄得客来,新妇偷食。公欲骂妇,婆则嗔妇。头插金,行带银,郭公唇干口噪救不得,哀鸣绕枝天色黑。②

诗中所描述的,纯粹是庶民日常家庭生活中的一幅场景,即"公"与"婆"之间、"公""婆"与"新妇"之间形成的家庭关系和生活矛盾,实在可以说是再平常与琐俗不过的家内小事。而与之相应的,则是诗中甚为直白的记叙语气,由此也愈发展示了不加虚饰而贴近原生态的一种庶民日常生活情状。毋庸置疑,在李梦阳看来,如此出自"谣口"的诗篇,正是它述录了这种平常与琐俗的民间生活,才显得格外真切,它的真正的文学价值也在于此,故他特以"真诗"相标表。

---

① 参见(日)吉川幸次郎著、郑清茂译《元明诗概说》,第 270 页,台湾幼狮文化事业公司 1986 年版。
② 《空同先生集》卷六。

如果说，像《郭公谣》这样出于"谣口"的诗篇，主要还属于记录民间流传歌谣之作，尽管如此，尚体现了一种观照的视点，那么，李、何等人也时或将对庶民凡俗细琐生活情状的亲身体察所得形于作品之中，则更见出他们执持的一种表现取向。如李梦阳的《叉鱼行》，描写其行舟汉江所遭："汉江七月黄水涨，男妇叉鱼立江上。岸斜波紧煦泡转，千人目侧精相向。巧者十叉五叉中，血飞银尺翻金浪。"①《渔父》描写其目睹网鱼之场景："应手扁舟去若飞，回流撒网倏成围。金鳞翠鬣心俱切，得意谁先荡桨归？"②而《徐汊风阻雨雪四首》，则述及其一次舟行阻于风雪路途之所见所察，作者的视线，一时既停留在渔家夫妇天黑一起织补鱼网的情形："傍村有夫妇，对火缀鱼罾。"（一）一时又移向当地之人为迎接泛舟之客打伞而至的景象："沙人荷伞至，滩鸟掠舷过。"（四）不仅如此，还由自己旅途阻行察及商家行舟经营面临的难处："吾行尚濡滞，估舶尔应难。"（二）③一事或一景，大多是作者亲自观察体会的结果，无非是一些显现在庶民中间再平凡不过的琐事俗景，与那些本于宏雅典重事况之作自是不同。这当中真正值得我们注意的，还不在于被表现的那些客体对象本身，而是作为书写主体的作者的一种表现视角，是他对于客体对象的兴趣点或关注点之所在。相似的例子，也间见于何景明的作品，比如其《乞巧行》主要描写地方七夕乞巧之一景："岳阳女儿迎七夕，乞巧楼高高百尺。华灯明月光窈窕，结彩蟠花绮罗绕。"虽属于传统的一类书写题材，但其内容本身显示的日常化特点，在一定意义上，仍然反映着作者的表现取向。在这一方面比较具有代表性的，还不能不数何景明那首多为人所引证的七言歌行《津市打鱼歌》：

大船峨峨系江岸，鲐鲂鲅鲅收百万。小船取速不取多，往来抛网如掷梭。野人无船住水浒，织竹为梁数如罟。夜来水长没沙背，津市家家有鱼卖。江边酒楼燕估客，割鬐砍鲙不论百。楚姬玉手挥霜刀，雪花错落金盘高。邻家思妇清晨起，买得兰江一双鲤。筵筵红尾三尺长，操刀具案不忍伤。呼童放鲤瀺波去，寄我素书向郎处。④

---

① 《空同先生集》卷十七。
② 《空同先生集》卷三十五。
③ 《空同先生集》卷二十七。
④ 以上见《大复集》卷十一。

诗中围绕"打鱼"这一叙写的主题，逐层展开与之相关联的多重景观，先从大小渔船和无船渔夫筑梁布网的各种捕捞作业写起，接着聚焦于津市家家卖鱼的鱼肆，然后再转向江边酒楼估客享用鱼宴以及楚姬操刀杀鱼饷客的场景，最终推移至邻家思妇买鲤而放鱼寄书的情事。多重有机组合起来的画面，可以说，无一不是在展示由各类鄙夫细民担当主角、各种凡俗琐杂事景充溢其中的民间生活之常态。诗中所示，令人最值得寻味的，不能不说是诗人从多重画面中力加凸显的一种俗世情韵，也即平实却真切，凡俗却生鲜，无论是渔者的丰获速取，家家贩卖的鱼市盛况，还是估客"割鬐砍鲙不论百"的侈肆，楚姬宰鱼"玉手挥霜刀"的利落，皆显扬着一股强烈的生意，一股强烈的活趣，可谓从俗世间一幕幕情态的日常化的展列过程中，揭出了它们原始而贲张的生机和活力。显然，这一切与作者主观上的某种倾向性的关切和书写态度又是分不开的。

与此同时，李、何等人对于日常情态的关注和表现，也涉及他们自身以及家族成员的生活或生平状况。还是以最具代表性的李梦阳之作为例，如他作于弘治十七年（1504）初度日的《弘治甲子，届我初度，追念往事，死生骨肉，怆然动怀，拟杜七歌，用抒愤抱云耳》诗：

> 吁嗟我生三十三，我今十年父不见。浊泾日寒关塞黑，杳杳松楸隔秦甸。梁王宾客昔全盛，我父优游谁不羡？当时携我登朱门，舞嬉歌䏶争看面。二十年前一回首，往事凋零泪如霰。呜呼一歌兮歌一发，北风为我号冬月。

> 母之生我日初赫，缺突无烟榻无席。是时家难金铁鸣，仓皇抱予走且匿。艾当灼脐无处乞，邻里相吊失颜色。男儿有亲生不封，万钟于我乎何益？高天苍苍白日冻，今辰何辰夕何夕。呜呼二歌兮歌思长，吾亲俨在孤儿傍。

> 有弟有弟青云姿，以兄为友兼为师。十五遍探古人籍，十九不作今人诗。从兄翱翔潞河侧，宁料为殇返乡域。孤坟寂寞崔桥西，渺渺游魂泣寒食。呜呼三歌兮歌转烈，汝虽抱女祀终绝。

> 有姊有姊天一方，风蓬摇转思故乡。岁收秋秉不盈百，男号女啼常在旁。黄鸟飞来啄屋角，硕鼠唧唧宵近床。洪河斗蛟波浪怒，我欲济之难为梁。呜呼四歌兮歌四阕，我本与尔同肉血。

古城十家九家空,有姊有姊城之中。哨壑直下五千尺,鸡鸣汲回山日红。犁锄纵健把岂得,病姑垂白双耳聋。小孤痴蠢大孤惰,霜闺夜夜悲回风。呜呼五歌兮歌五转,寒崖吹律何时变?

冰河蜿蜒雪为岸,忽得鲤鱼长尺半。剖之中有元方书,许我是月来相看。腊寒岁穷多烈风,日暮高楼眼空断。梁都北来道如砥,熟马辖轮为谁绊?呜呼六歌兮歌未极,原鸰为我无颜色。

丈夫生不得志居人下,低头觍面何为者。薄禄不救诸亲饥,壮志羞称万间厦。东华软尘十丈红,入拥簿书出鞍马。王门好竽不好瑟,何如归樵孟诸野。呜呼七歌兮歌思停,极目南山空翠屏。①

上诗系仿拟杜甫《乾元中寓居同谷县作歌七首》而作,故诗题谓"拟杜七歌"。唐肃宗乾元二年(759)十月,已弃华州司功参军之职的杜甫赴寓同谷县,时诗人窘迫潦倒,"七歌"之篇即作于其间。杜甫的这一组诗悲吟哀歌,主要抒写一己穷老飘零的境况,其从自叙垂老之年生计窘乏写起,中间"并痛及妻孥",又分别感叹弟妹各天,自己远离故乡而寄身寒山穷谷,最后再以自慨作结,一抒"穷老流离之感"②。李梦阳上诗因系拟作,所以摹学杜氏"七歌"的基调自然格外明显,除了其袭用"七歌"的体式,同时也表现在其拟杜远乡离亲、怆然失志的情怀;不仅悲念或殁或存的父母姊弟骨肉之亲,且自叹屈居人下,无由逞志。在另一方面,比较杜甫"七歌",李梦阳上述组诗所显现出的某些差异同样值得注意,这主要是该诗在追述和叨念父母姊弟之际,更注重对自己"死生骨肉"一种日常化生活或生平情状的描摹。为说明问题,不妨引杜甫"七歌"中述念弟妹之"三歌"与"四歌"作比较:

有弟有弟在远方,三人各瘦何人强?生别展转不相见,胡尘暗天道路长。东飞驾鹅后鹙鸧,安得送我置汝傍。呜呼三歌兮歌三发,汝归何处收兄骨。

有妹有妹在钟离,良人早殁诸孤痴。长淮浪高蛟龙怒,十年不见来何

---

① 《空同先生集》卷十七。
② 仇兆鳌《杜诗详注》卷八,第二册,第694页、699页,中华书局1979年版。

时。扁舟欲往箭满眼,杳杳南国多旌旗。呜呼四歌兮歌四奏,林猿为我啼清昼。

观上二诗,作者虽也述及身处异地弟妹各自的生存状况,但所谓"三人各瘦何人强"、"良人早殁诸孤痴",主要还表现为一种笼括性或约略性的描述。相形之下,李梦阳的这一组拟诗,其追忆亡父母,写父则表现其生前优游王门的自得,以及携"我""登朱门"、乃至"舞嫱歌媵争看面"的显目,写母则突出其生"我"之时家中"缺突无烟榻无席"的贫寒,及其为避难乱仓皇抱子"走且匿"和"邻里相吊"的窘悴;其牵念弟姊,写弟则历述其年少研习古学、出从兄长,以及以后因为子殇返回乡里的经历,写姊则既描叙其"岁收秫秉不盈百,男号女啼常在旁"的饥寒,"黄鸟飞来啄屋角,硕鼠唧唧宵近床"的凄凉,又摹绘其"哨壑直下五千尺,鸡鸣汲回山日红"的辛劳,"病姑垂白双耳聋"、"小孤痴蠢大孤惰"的重压。凡此种种,无一不是以更为细微的叙写笔法,逐一展列父母姊弟平实和逼真的生活及生平的本原形态,并在如此平实和逼真的描写中寄寓作者对"死生骨肉"深切的感念之情,与杜诗相比,可以看出其更显日常化的一种书写倾向。

寻索体现在李梦阳作品里的这种日常化的书写倾向,不能不提及他为悲悼亡妻左氏而作的《结肠篇三首》诗。关于此诗的缘起,梦阳在诗序中是这样交代的,"奠妻以牲,烹肠焉,肠自觫结,李子异焉",以为亡者"生有所难明,死托以暴衷邪"? 遂作该诗"焚妻柩前","妻固识文大义,或亦契其冥怀也"。诗正是从深入体察亡妻"冥怀"出发,不仅表达了"我"的哀情,而且拟以亡妻的声口,倾诉了"妾"的隐衷,如诗之第二、三首:

结肠结肠忍更闻,妾年十六初侍君。父也早逝母独存,为君生子今有孙。昔走楚越迈燕秦,万里君宁恤妇人,外好不补中苦辛。中年得归计永久,命也百病攒妾身。言毕意违时反唇,妾匪无迕君多嗔。中肠诘曲难为辞,生既难明死讵知。千结万结为君尔,君不妾知肠在此。(二)

结肠三阕声更咽,汝肠难解我肠结。夙昔失意共奔走,汝实千辛我跄跌。宦归家定今稍宁,岂汝沉绵遽离绝。魂乎魂乎游何方,儿号女哭周汝旁。刲心饮泣看彼苍,愚者何寿慧何亡。伫立逶迤若有望,迫而即之独空床。梁间二燕哺子急,触落青虫污我裳。锦衾尘埃委鸳鸯,缥帷中夜风琅

琅。魂惊梦摇中惨伤,阴雨啾唧灯无光。呜呼此曲不可竟,为君赓歌妾薄命。(三)①

与传统悼亡之作多以悼者单向追念的叙述方式有所不同,上诗呈现出来的是追悼者与追悼对象的双向表诉,也即"我"与"妾"二者的各自叙话。这一特殊的叙述方式,如上所言,当然主要是为了察识亡妻所谓幽隐的"冥怀",然与此同时,也指向了更加平实和逼真的家庭生活场域。这就是让担当家庭主要角色的诗人和亡妻,在贴近他们日常的生活境遇中展开一场阴阳相隔的夫妇对话,诗中的"我"与"妾",分别在悲诉怨说发生在夫妇之间或家庭当中最为平常和琐屑的一系列事景。"妾"诉平生侍夫生子,从夫迁转各地,除了备尝苦辛,疾病缠身,还要承受夫妇平常间"反唇"、"多嗔"的不谐,其内心的委屈与"难明"之苦可以想见。"我"则诉亡妻昔日从己奔走,患难与共,为之感念不已,而尤觉痛楚的是,待到家道稍宁,妻却遽然离世,终落得至亲分绝,阴阳两隔。特别是为诗人所注视的儿号女哭、人去床空、青虫污裳、锦衾蒙尘等一连串家常场景的展布,以及这种富于现场经验的切实琐微的摹写,愈发突出了其痛及肺腑的丧妻之悲、念妻之哀。总之,上诗中"我"与"妾"的各自叙话,始终被放置在散发着日常化特征的家庭生活场域中来进行,这一书写的倾向,大大增强该诗"曲短哀情长"②的悼亡之情发抒的力度。就此而言,我们还可以进一步联系到李梦阳同样为亡妻左氏所作的墓志中的相关描述,正德十一年(1516)五月左氏病卒,墓志对于左氏亡后家中发生的情形是这样述写的:

> 李子曰:往予学若官,不问家事,今事不问不举矣;留宾酒食称宾至,今不至矣,即至,弗称矣;往予不见器处用之具,今器弃掷弗收矣,然又善碎损;往醯酱盐豉弗乏也,今不继旧矣;鸡鸭羊豕时食,今食弗时,瘦矣;妻在,内无嘻嘻,门予出即夜弗扃也,门今扃,内嘻嘻矣;予往不识衣垢,今不命之浣不浣矣;缝剪描刺,妻不假手,不袭巧,咸足师,今无足师者矣,然又假手人;往予有古今之忾,难友言而言之妻,今入而无与言者。

---

① 《空同先生集》卷十九。
② 《结肠篇三首》一,《空同先生集》卷十九。

"往"与"今"的反差对比,更加强烈凸显了妻子的亡逝带给家中的一系列明显变化。上面逐一列举的,不论是宾客酒食的置办,日常器具的收用,醯酱盐豉的配置,鸡鸭羊豕的饲养,家内仪范的饬治,浣洗衣服及缝剪描刺,还是难以言于友朋而只能言于妻子的倾心私密之谈,很显然,其表现的视线,更多乃聚集在一桩桩家常琐事所发生的前后差别上,给人印象尤为深刻。如此比照妻子生前逝后家庭日常事务变化的细密用心和表现特点,也恰恰说明了作者本人体察之深,感受之切,用他的一番刻骨铭心的话来概括,这就是志中所说的"妻亡而予然后知吾妻也"①。

值得注意的是,在另一方面,与对日常情态的谛观和叙写密切相联系的,则是其以格外切近和敏感的目光,去察视日常生活中的细节性事景,从而在一定意义上强化表现对象的真实性或原态性。在这一点上,李梦阳之作的相关叙写就显得比较典型。

以上列之作为例,如《弘治甲子,届我初度,追念往事,死生骨肉,怆然动怀,拟杜七歌用抒愤抱云耳》诗之"四歌"中的"黄鸟飞来啄屋角,硕鼠唧唧宵近床"两句,所绘实属细事微景,并不十分起眼,但足能见出作者体察之用心,其尽管或为想象之辞,未必坐实,推想姊家因为"岁收秋秉不盈百"而深陷饥困的境地,然无论如何,这种想象至少本于作者个人日常的生活经验。以此诗观之,特别是因为这两句细节性描写的嵌入,其不但充分渲染了姊家孤凄悲冷的气氛,也大大增强了一种切入现场的实景感。与此相比,如《结肠篇三首》之第三首诗中的"梁间二燕哺子急,触落青虫污我裳。锦衾尘埃委鸳鸯,缌帷中夜风琅琅"四句,要说类似,同样是属于家中一事一景微观的呈露,要说不同,诗人作为丧妻与奠妻这一具体事件中的当事者,无疑其更具有切身的体验。如此也可以说,不论是诗前两句的梁燕哺子、青虫污裳,还是后两句的锦衾蒙尘、缌帷风动等这些极为具象而琐细的细节性描写,恐怕就不能看作是特别场景的虚拟,其事其景,当为作者锐敏哀切心思所捕捉,是他实时实地目有所触,心有所感,乃由微细之景物而思及亡逝之人,形于诗中而放大之,如此,其真实的程度更高,感发的力度更强。这也难怪晚明的邹元标会对李梦阳的《结肠篇》诗连同他为亡妻

---

① 《封宜人亡妻左氏墓志铭》,《空同先生集》卷四十三。

左氏所撰的墓志颇为欣赏，以为能令"读者击节"①。

不啻如此，这种注意日常细节的描写，也间见于其型塑人物的传记之文。如李梦阳《族谱·大传第四》记述其弟李孟章生平，除了写他少时"矫捷善戏，善打球。缀幡骑竹马，群儿莫先也"，"又好粘竿击扑蝉打蜻蜓，又放风鸢"，后则"颇好与黄冠人游"，曾经沉溺于"神仙黄白之事"，大多以一种日常化的笔触，书及其生前顽犷任性的举止，特别是关于其病革临终之际的一段描写，令人留意："弟病革时，其妻抱女适自梁中来，弟屏之，弗与语，顾惟与仲氏语。比卒，气充充不竭，第索火瓦熨两足。已而曰：'冷过膝。'已乃出左右手，令仲氏诊而绝。"再现弟临终屏妻女而不与相语的这一具体而微的场景，按作者所言，主要是在于证明"死生之际，可以观人矣"的道理，显示亡者"能不死于女妇手"的心意，以此"可以观弟"②。在这一意义上也可以说，传文重笔描写其弟临终前多少有些不近人情常理的这一细小之举，不单纯是为了述录亡者的事迹，而主要是在于透过人物生前的一举一动，"观"切近其平素性格与行事常态的亡者的本来面目。再来看前面提到的李梦阳为歙商鲍弼所作的《梅山先生墓志铭》，其中忆及与弼生前的交往：

> 正德十六年秋，梅山子来。李子见其体腴厚，喜握其手曰："梅山肥邪？"梅山笑曰："吾能医。"曰："更奚能？"曰："能形家者流。"曰："更奚能？"曰："能诗。"李子乃大诧喜，拳其背曰："汝吴下阿蒙邪？别数年而能诗，能医，能形家者流。"李子有贵客，邀梅山。客故豪酒，梅山亦豪酒，深觞细杯，穷日落月。梅山醉，每据床放歌，厥声悠扬而激烈。已，大笑觞客，客亦大笑和歌，醉欢。李子则又拳其背曰："久别汝，汝能酒，又善歌邪？"③

对于作者和鲍弼的这一幕会晤场面，墓志显然是作了一番放大式的描叙，这主要是加入了多个日常细节的摹写。具体在于，一是展示发生在二人之间一连串随意而琐屑的问答式的对话情景，细数鲍弼"能医"、"能诗"及"能形家者流"。

---

① 《敕赠安人贤妻江氏圹记》，《愿学集》卷五下，影印文渊阁《四库全书》本，台湾商务印书馆1986年版。
② 《空同先生集》卷三十七。
③ 《空同先生集》卷四十三。

二是突出二人若干细小而不足道的形体行为，如表现弼"豪酒"而又"善歌"，则写其"深觞细杯，穷日落月"，"每据床放歌，厥声悠扬而激烈"；表现本人和鲍弼可以不拘礼数的亲密关系，则写自己于对方既"握其手"，又"拳其背"。应该说，作者与墓主之间所建立起来的非同一般的交情，以及墓主个人出众的才能与豪爽的性情，正是在这样一种充溢着日常化气息的具象而琐细的描摹中得以真切呈现。故读此作，给人最为深切的印象，乃与传统意义上叙述典正谨严、多重修饰彰扬、尤倾向于传主生平德行操修书写的一般碑传之文迥然不同，特别是墓志中多个日常细节的摹写，强化了墓主形象及作者与墓主生平关系的真实性。毋庸说，这一点，自然也是同作者自我独特的审视眼光和书写倾向密切联系在一起。

第三节　雄浑与深秀相兼的诗调

这里所说的雄浑合兼深秀的诗调，主要是指李、何诸子的诗歌作品从内在深层构造到外在浅层形态所展露的一种主导性的艺术风格。当然，作为一个文人的群体组织，前七子尽管具有相近的文学志趣，尤其是对古文词的推尚，但各成员之间其个性、才识、积养、经历不尽相同，体现在他们诗歌作品中的风格特征自然也不可能全然趋于一致。因此，对于李、何诸子诗歌主导性艺术风格的关注，并不表示可以无视它们之间存在的个体性差异。只是站在整体认知诸子诗风的角度，完全有必要来对最能反映其近似性与代表性的诗歌艺术取向进行一番辨识和梳理。事实上，通过以下的论析将可以看出，李、何诸子在各自的诗歌创作实践中，也的确显示了他们之间某种鲜明的、基本的艺术追求。

一、雄厉浑厚格力的彰显

谈到前七子诗歌雄厉浑厚的风格特征，人们大概首先会将其与李梦阳的诗作联系在一起，在不少论者看来，较之诸子的诗歌创作，李诗的这一特征显得格外的明晰。如崔铣为李梦阳所撰的《江西按察司副使空同李君墓志铭》论及李、何二子之作，即以"空同子之雄厚，仲默之逸健"[1]作为定评。胡应麟《诗薮》标榜

---

① 《洹词》卷六。

李梦阳、何景明及李攀龙、王世贞诗,指出"信阳之俊,北地之雄,济南之高,琅琊之大,足可雄视千古"①。沈德潜、周准《明诗别裁集》比较李、何二子诗,表示"北地诗以雄浑胜,信阳诗以秀朗胜"②,又评及李梦阳七言古诗,以为"雄浑悲壮,纵横变化"③。《四库》馆臣在比较李梦阳和徐祯卿诗时,则提出前者"才雄而气盛,故枵张其词"④。钱基博先生《明代文学》一书在总论明诗发展进程而述及李、何诸子诗风之际,也大体借用了《明诗别裁集》的评说,认为"李梦阳雄浑悲壮,鼓荡飞扬;何景明秀朗俊逸,回翔驰骤"⑤。这里,论李梦阳诗而谓之"雄"、"盛"、"雄厚"、"雄浑"云云,毫无疑问,均在较为集中和明确地指示李诗突出的一种雄厉浑厚的风格特征。如前所述,尽管这一特征并不能完全涵容前七子其他成员表现在诗风上的具体差异,但诸子之中所谓"李倡其诗"⑥的特殊性,确立了李梦阳诗歌创作在前七子这一文人群体中的主导地位,从而也赋予了其以某种标志性的文学意义。先来看李梦阳的以下诗例:

浮江晴放舸,挂席晓须风。日倒明波底,天平落镜中。开窗问赤壁,捩柂失吴宫。万古滔滔意,浔阳更向东。(《浮江》)⑦

俯首无齐鲁,东瞻海似杯。斗然一峰上,不信万山开。日抱扶桑跃,天横碣石来。君看秦始后,仍有汉皇台。(《郑生至自泰山二首》二)⑧

城楼占角分孤峻,野色生烟合杳冥。华夏亦为元社稷,古丘曾是宋朝廷。直看紫极云霾壮,背触黄河风浪腥。日暮冯轩益愁思,夷门今看少微星。(《大梁城东南角楼》)⑨

三首诗描述的角度并不相同,但显出一个类似的特点,这就是它们皆贯穿着一种广阔的空间和纵深的时间向度,反映了诗人对于时空的高度敏感和着力,正

---

① 《诗薮·续编》卷二《国朝下·正德、嘉靖》,第342页。
② 《明诗别裁集》卷五《何景明》,第112页。
③ 《明诗别裁集》卷四《李梦阳》,第89页。
④ 《四库全书总目》卷一百七十一集部《迪功集》提要,下册,第1500页。
⑤ 《明代文学》,第73页,王云五主编《万有文库》,商务印书馆1933年版。
⑥ 张治道《对山先生集序》,《对山集》卷首。
⑦ 《空同先生集》卷二十三。
⑧ 《空同先生集》卷二十六。
⑨ 《空同先生集》卷三十。

是有着相当广度和跨度的空间及时间结构的营造,凸显了注入在诸诗之中的一种雄厉浑厚的格力。第一首诗围绕江上览游而展开,如果说,颔联从静态的角度描绘了日光映彻江底、水面平如明镜的江景,构造了"日"与"波"、"天"与"镜"的天地之间巨大的空间落差,着力布展出一幅宏阔渺远的水上画面,那么,颈联则是从动态的角度交代了问赤壁和失吴宫的游向访程,示意诗人一路行进的宽展不拘的活动空间。不仅如此,奔流不息的滔滔江水,情不自禁地勾起了诗人隐结难消的缅古幽绪,所谓"万古"邈远,流逝如水,一种迥辽纵长的历史跨度,将当下回溯至遥远的往古,连接起了迥然相隔的时间区段,作者的思绪也就在绵长的时段中纵向穿梭。第二首诗以登攀泰山的观感为描画中心,无论是俯瞰齐鲁大地而小之,还是东向瞻望渤海而感觉犹如杯水,视线所及,均是立足于高峻的泰山纵目远览而产生的深远开阔的视觉效应。至于接下来绘及的日抱扶桑和天横碣石的胜景,显然仍是诗人纵其目力之所见,其景象之远大,气势之恢弘,溢于字面,自不待言。尾联由此转而联想到秦皇、汉武上泰山的祭祀活动,在对古昔盛事的追索中,一下拉开了时间上的距离。可以说,远阔的时空向度的营筑,充分赋予了是诗一种高度浓缩的超常涵量,故《明诗别裁集》以为其"四十字有包络乾坤之概"[①]。第三首诗主要摹写上登大梁城楼之所见,与前两首诗相比,摄景取象又迥然不同,但其中被强化的空间和时间感则是同样能够察觉到的。尤其是颈联的描述,点示了从城楼不同位置远向眺望所及,直击浩瀚的苍穹,背向森茫的黄河,进入诗人视野的,乃是一片无与伦比的壮阔界域。同时,与此相交织的,还有将大梁之地和"元社稷"、"宋朝廷"联结起来的一条追古之思脉,由此隐约透出的,则是某种历史的厚重感和沧桑感。

我们说李梦阳诗歌所显示的这种雄厉浑厚的格力,固然是极为明晰和更具倾向性的,但如此并不表示在诸子诗歌创作的范围内其独为李诗所持有,虽然比较李梦阳,前七子之中其他成员诗作的这一风格特征,或许没有前者那样来得格外显突,不过这只是相对而言。事实上,阅检他们所作,不难看到所谓的"雄厚"、"雄浑"之特征也不同程度地显现其中,关于这一点,下面的论析将会涉及。换言之,在这一诗歌艺术取向上,李梦阳和前七子其他成员之间只是强弱

[①] 《明诗别裁集》卷四《李梦阳》,第 100 页。

之分，而非有无之别。尤如何景明推尚汉魏诗歌"风雅浑厚之气"[1]，康海自称当初在"词林"读历代诗歌，汉魏以降独悦初唐，以"其气雄浑朴略"[2]，且以为"丽藻虽可珍"，而其时"雄浑久未复"[3]，已显示其诗学观念上的某种审美取向，这也可以作为以下所要论及的由其具体诗歌创作不同程度显现的"雄厚"、"雄浑"特征而从观念形态进行追究的一条途径。又如胡应麟《诗薮》评何景明诗，论其五七言律，以为"法杜之宏丽，而兼取王、岑、高、李之神秀"[4]，也从一个侧面，指出何诗当中除了"神秀"，还显出更能体现雄伟之力的"宏丽"。以诸子如下诗作为例：

> 断雨悬深壁，馀雷振远空。苍林横落日，碧涧下残虹。万井波光静，千家树色同。（何景明《雨霁》）[5]
>
> 古塔层城畔，秋毫万里看。登高携赋客，落日眺长安。天地悬相抱，江山郁自盘。谁能绝顶上，不避北风寒？（同上《登塔二首》一）[6]
>
> 我登鼋翠楼，川原郁回合。方喜风雾开，俟见烟云匝。直东看黄山，三秦如堵圜。兴亡理堪惜，念之凋朱颜。（康海《登鼋翠楼眺望川原》）[7]
>
> 驼峰孤眺郁嵯峨，自觉西来乐事多。千折笑看洪水细，双岩不见白云过。周公礼乐空遗庙，谢傅风流有浩歌。太白南瞻真咫尺，关中佳气近如何？（同上《驼峰绝顶眺望》）[8]
>
> 龙蟠虎踞奠秦关，万古青苍杳霭间。一线行空紫阁谷，三峰对鄂白云山。（王九思《终南篇十首》一）
>
> 王州自古诧秦中，表里河山百二雄。云际尚疑秦复道，翠微深闭汉离宫。（同上三）[9]
>
> 海气秋偏郁，西风拍岛寒。古今同逝水，天地此凭栏。云起连蓬阙，霞

---

[1] 《王右丞诗集序》，《大复集》卷三十二。
[2] 《樊子少南诗集序》，《对山集》卷十三。
[3] 《于浒西赠别明叔三首》其三，《对山集》卷二。
[4] 《诗薮·续编》卷一《国朝上·洪永、成弘》，第334页。
[5] 《大复集》卷十五。
[6] 《大复集》卷二十。
[7] 《对山集》卷二。
[8] 《对山集》卷六。
[9] 《渼陂集》卷六。

归伴彩鸾。烟波迷万里,何处是长安?(王廷相《登赣榆城》)①

鸡头关入褒斜口,万壑千峰鸟道开。壁底长江盘地出,云中悬栈贴天回。金牛曾堕秦人术,流马空怜蜀相才。(同上《褒谷》)②

将以上诸诗与前引李梦阳诗作联系起来观之,要说它们最为突出的相似之处,显然也主要体现在上诗一种阔远的空间与时间向度,据此虽不能说这已成为诸子诗歌唯一的观照视角,但毫无疑问,在某种意义上,其折射出的是主体对于外在世界不同侧面的独特察视和自我体验,是他们将这种察视与体验作为各自重要表现素材的创作心向。在上述诗中,览观审谛之际、特别是凭眺所见的各个景象,被作者一一结构成宏阔深远的多重画面,那深邃的丛林山涧,绵延的峰峦川原,险固的关隘要塞,以及满目映入的千家万井等等,无一不是广大空间世界的具象表征,也成为作者所着意捕捉的客体对象。与此同时,间或穿插其中的,则还有从空间世界的观察中油然激发起来的横亘古今的盛衰兴亡之感或替移变幻之慨,一种沉潜在历史思绪中的深长的时间意识,由是幽约而显。二者的交相呈现,共同给以上诸诗篇程度不等地奠立了某种雄浑而深厚的基调。

应当说,李、何诸子尤其是李梦阳在诗歌中对于时空向度的凸显,并不能简单看成是他们面向客体世界而作出的被动反应和随意吟写,否则的话,就难以理解其为何要一而再、再而三地特别通过诗歌这一文学样式,表达对空间与时间世界的敏锐知觉。确切一点地说,这一些本身乃基于其更为自觉而积极的表现立场,透过诗中呈现的各类宏阔而深远的景面,我们能明显体会到的,是他们出于自身特定的审美意向,对于客体世界格外用心的感知,是更多经过了他们主观放大或强化的审美场景的多重展露,它也表明李、何等人对于阔远之时空的偏嗜倾向。究其所法,这不能不说是诸子尤重汉魏盛唐之作的诗学理路在其各自创作实践上的一种具体落实,也就是由广阔的空间和纵深的时间向度的营构,来充分体现汉魏盛唐诗歌雄浑高古、深厚完圆的气象,所谓是"出入汉魏盛唐",而标示其"雄迈高亮"③。

---

① 《王氏家藏集》卷十五。
② 《王氏家藏集》卷十八。
③ 钱基博《明代文学·自序》,第1页。

李、何诸子诗歌不同程度显示的雄厉浑厚的格力,再具体来看,同时也体现在它们对于一系列相关意象的构造上。

作为诗人各自审美体验的具象喻示,意象在诗歌当中的位置自是相当关键,其对于完成诗歌表现感情、描写景色、创造气氛、提示言外之意等各种功能,起着十分重要的作用①。人们可以通过诗歌中不同意象的呈现,去领略诗人各自的审美意向。在对李、何等人诗作的探察中,我们发现,不同程度地偏向于各类宏大、雄峻、苍郁、古远之意象的选取,成为其比较明显的一种表现倾向。例如下列诗作:

大江横其西,落日悬金盆。日流江波涌,霞彩照乾坤。(李梦阳《纪梦》)②

举手撼天枢,纵目揽大洋。星斗何历历,海波浩茫茫。(同上《赠崔生》)③

风云蒸大壑,日月避层巅。鸢举天门辟,鳌呿地轴旋。岩峦莽翕沓,岭嶂郁绵翩。(同上《华岳二十韵》)④

岭绝下阚无底壑,屈曲穿缘惟一路。顷属秋晴强攀陟,俯之四海生云雾。岷峨累垂西向我,杳杳长江但东注。(同上《登天池寺歌》)⑤

窈窕入青霭,蜿蜒垂白虹。俯壑聆迅湍,攀崖挹回风。(何景明《高桥》)⑥

大陆朝迷牛马群,疾雷夜破蛟龙罅。洪涛冥冥夕风急,白浪闪闪山水亚。浮波喷沫来崔巍,巨丘已没高岸颓。(同上《观涨》)

玄冬烟雾卷寒沙,白昼雷霆出阴壑。……高空落木下不止,长路断蓬吹更回。严威着地坤维裂,鹰隼入谷龙蛇结。寒云冻月光杳冥,荒台古林气栗冽。(同上《北风行》)⑦

---

① 参见(美)刘若愚著、王镇远译《中国文学艺术精华》,第29页。
② 《空同先生集》卷二十二。
③ 《空同先生集》卷十六。
④ 《空同先生集》卷二十八。
⑤ 《空同先生集》卷二十。
⑥ 《大复集》卷十。
⑦ 以上见《大复集》卷十一。

　　　　天门峭双阙,崒嵂迥相对。洞劈华阳口,石裂方壶背。寒云莽空阔,秋潮浩奔逝。(王廷相《天门山》)①

　　　　巨灵突擘鸿蒙壑,放使黄河下东海。祥莲翠涌云霞朵,丹掌横扪星斗堕。铁锁高垂不可攀,玉女飞幢自袅娜。河渭奔流波绕山,悬厓绝壁峥天关。(同上《华岳行送李惟大佥宪之关中》)②

上述诸诗最为显目的,大概莫过于形之在诗中的诸如日月、星斗、云霞、波潮、峻峦、悬崖、壑谷、雷霆、疾风、荒台、古林等大而壮、峻而厉、古而远的种种意象,诸诗中特别是让人感觉十分强烈的宏阔深远的空间与时间感,也藉助其间多类意象的结构与组合得以传递出来。当然,举上诗例,绝对不是说这些偏向于宏大、雄峻、苍郁、古远的意象只为李、何等人诗作所独有,事实上,它们也是历来诗家在诗歌作品中不同程度和角度加以运用的其中一部分。以李、何等人诗作观之,它们对于此类意象选取,要说其所表现出的显著特点,则一在于相对密集,一在于相对频繁,这也可谓是其"栩张其词"的一种具体表现吧。

　　说相对密集,指的是在同一首诗作中此类意象营构的密度较高。举以上李梦阳诗为例,如《纪梦》一诗,其中"大江"、"落日"、"江波"、"霞彩"、"乾坤"等,皆为十分醒目的宏大开阔的意象,其迭次而出,并置而列,简直未有错落间杂的空隙和大小搭配的差异,也因为诸意象互相叠积在一起,故各诗句之间始终维持着一种恢张而弘敞的结构势态,作者的用意,不能不说是要以此来充分营造出诗篇独特的气势。又如《华岳二十韵》,诗所呈列的诸意象中,如"风云"、"大壑"、"日月"、"层巅"、"天门"、"地轴"、"岩峦"、"岭嶂"等,也均为相继显现的一面面阔大壮伟之象,分别展示对于华岳上下及周遭的观察所及,其呈象之密集,与前诗相比,实是有过之而无不及,诚属极写山势之雄峻浩莽的一种笔法,作者刻意加以描摹的用心,由此同样不难见出。所谓的高密度,当然更意味着这样的情形,即在有限的容量之内较大或最大限度容纳相关的对象。从古典诗歌体式结构的层面上来说,相对于古体诗,近体诗在平仄、对仗以及字数上皆有着严格的限定,走向"高度格律化",这种诗体格律化而对于相关规范的确立,在依循一种"被普遍接受的音韵与修辞

---

① 《王氏家藏集》卷十。
② 《王氏家藏集》卷十三。

的规则"①的同时,也相对限约了诗歌自由表现的空间。而近体诗中的五七言律诗及绝句,体式结构更为严饬凝练,其限约的程度自然更高。

从李、何等人诗歌的创作表现来看,其宏阔深远意象的密集化呈现,也比较集中地反映在他们的五七言律诗及绝句诸作当中,特别是作为五七言律诗核心组织的中间颔颈两联,更成为其呈象的重心之所在。兹仅以李、何二子的五七言律诗的中间两联为例。如李梦阳五言律诗《宿江氏庄》颔联:"天清看月近,野阔带星微。"②出句与对句中分别含有"天"、"月"、"野"、"星"四个意象;七言律诗《瀑壑晚坐》颔联:"峰高瀑布天齐落,峡静星河夜倒垂。"③出句与对句则依次显示"峰"、"瀑布"、"天"、"峡"、"星河"、"夜"六个意象。又如何景明五言律诗《登楼二首》一颔联:"秋阴生巨壑,云气度西山。"④出句与对句中分别包孕"秋阴"、"巨壑"、"云气"、"西山"四个意象;七言律诗《登楼观阁,时王令明叔邀张用昭、段德光、王敬夫、康德涵四子同游二首》一颔联:"风吹陆海黄尘暗,云去函关紫气沉。"⑤出句与对句各自呈列的也计有"风"、"陆海"、"黄尘"、"云"、"函关"、"紫气"六个意象。上述诗中的诸类意象,几乎都指向了天地自然中的一些宏远壮大之景象,其相互组合,以使成为一个有机的整体,要在强化诗作的结构气势与表现力度,显示了作者在审美空间上的一种极力拓张的姿态。这一现象,至少在李、何二子五七言律诗的中间两联当中并不罕见,如李梦阳诗,"日静湖波敛,天低岛色遥"(《团山登望》);"古驿屯云密,平沙没日低"(《赴新喻》);"长风欲动地,落日故衔峰"(《上方寺钟楼晚登》)⑥;"杀气黄河接,烽烟紫塞长"(《和许监察闻报之作》);"紫塞连天起,黄河抱地流"(《酬徐子春日登楼见寄》)⑦;"地盘淮海壮,天拥汉陵长"(《再送白帅》)⑧;"黄云变玄朔,万里入层霄"(《观雪省中》);"云分天欲断,日晃地如伸"(《晴》);"山川乱明水,云日媚高天"(《河上秋兴十首》

---

① (美)高友工《律诗的美学》,《美典:中国文学研究论集》,第217页,生活·读书·新知三联书店2008年版。
② 《空同先生集》卷二十七。
③ 《空同先生集》卷三十。
④ 《大复集》卷十五。
⑤ 《大复集》卷二十七。
⑥ 以上见《空同先生集》卷二十三。
⑦ 以上见《空同先生集》卷二十四。
⑧ 《空同先生集》卷二十五。

四)；"月来天似水，云起树为山"(同上七)①；"孤城落木天边下，万里浮云江上来"(《九日寄何舍人景明》)；"地平嵩岳窗中出，天倒黄河槛外流"(《和毛监察秋登明远楼之作》)②；"沙寒白日蓬科转，风起黄河木叶稀"(《送毛监察还朝，是时皇帝狩于杨河》)③。如何景明诗，"河汉三更没，关山万里明"(《查城十五夜对月五首》一)④；"积水寒天阔，连峰夕照斜"(《任宏器过访》)；"乱山浮落日，远水抱寒空"(《登钓台四首》一)⑤；"入郭湖天迥，观潮海月圆"(《西谷有浙聘，喜得胜游，因话浙中之胜》)⑥；"回风吹落日，腊雪满寒山"(《过万家庄》)；"春沙平落日，古树密屯云"(《送沙河方令》)；"天入黄河迥，云开华岳高"(《送江华州》)⑦；"星宿中宵动，风云万里移"(《寄三子诗》)⑧；"峡断风云隔，江通日月流"(《登楼在草店作》)⑨；"江清楼阁中秋见，日落帆樯万里回"(《秋兴八首》五)⑩；"孤舟落日三江口，远客清尊万里台"(《送马公顺视学湖南四首》三)⑪；"浮烟近接千家市，落日遥闻万井钟"(《陆子楼夜集》)⑫。以上列举出的诸诗，它们颔联或颈联的出对两句呈列的意象不仅气象恢弘，非同一般，而且因为是多个并列布置，又是在非常有限的字量之内，显得比较密集，具有格外强烈的视觉感。这些或是存在于客观世界之中，或是出自作者的主观想象，大有罗括宏景巨象之势。同时，也因为这种宏阔意象连续与饱满的呈现，在不同程度上加强了诗中有限的字面空间和为作者着意拓张的审美空间之间所构成的内在张力，作者有意要以此增强一种"雄厚"、"雄浑"艺术效果的用心，从中不难体察得到。特别在律绝这样体式结构严饬凝练的近体诗中，营构宏阔深远的意象群以至呈现高密度的特征，李、何等人诗作的这一表现风格，追察起来，不能不说与他们尊崇唐音尤其是盛唐诗歌的宗尚倾向有着很大的关系。特别是盛唐诗歌，其如严羽所称许的"笔力

---

① 以上见《空同先生集》卷二十七。
② 以上见《空同先生集》卷三十一。
③ 《空同先生集》卷三十二。
④ 《大复集》卷十五。
⑤ 以上见《大复集》卷十六。
⑥ 《大复集》卷十七。
⑦ 以上见《大复集》卷十八。
⑧ 《大复集》卷十九。
⑨ 《大复集》卷二十二。
⑩ 《大复集》卷二十四。
⑪ 《大复集》卷二十五。
⑫ 《大复集》卷二十七。

雄壮"、"气象浑厚"①的风格特征,对于近体诗尤以盛唐为宗的李、何诸子而言,自然具有更深一层的影响,对宏阔深远意象的密集构造的取向,很大程度上为他们体会和仿学唐音尤其是盛唐诗歌笔力气象的一种具体作法。但这么做,并不完全代表他们已在真正意义上潜入和体验尤其是盛唐诗歌气象内孕的特定精神而展开的一种文学行为,必须看到,由于过分着力于宏阔深远意象的营构,特别是过分突出强烈视觉感的那样一种密集化的呈示,其所产生的艺术效果,并没有因为李、何等人的用心而达到自然深永的完善境地,相反,其中因此而多少流于刻板、滞重、粗拙的缺失,也是使人不难察见的。明末的陈子龙在总结李、何、李、王等前后七子诗歌的创作特征时,以为"意主博大,差减风逸;气极沉雄,未能深永"②,这一说法,如用来专门评判李、何等人诗歌上述的表现特点,似乎也并非完全不恰当。

至于说那些宏大、雄峻、苍郁、古远意象呈现的相对频繁,是指它们在李、何等人不同诗作中出现的频率较高。这一点,同样足以说明诸子在诗歌意象选择上的倾向性,以及由此显出的某种审美上的偏嗜性。对李、何等人诗中的意象构造稍加留意,不难发现,一些更具有阔远空间与时间感的意象反复被加以呈列,尤其像"天地"、"乾坤"、"日月"、"明月"、"落日"、"白日"、"青天"、"霄汉"、"银汉"、"星辰"、"风云"、"浮云"、"悲风"、"回风"、"惊风"、"素雪"、"白露"、"四海"、"山河"、"江湖"、"中原"、"黄河"、"故国"、"古城"、"古台"、"荒台"、"古冢"、"古墓"等等,都在其诗中屡屡出现。其中比如,"天地冰霜变,江湖日月催"(李梦阳《己卯元日内弟玑见过二首》一)③;"天地频回首,江湖一旅魂"(何景明《赠郑佐》)④;"天地悬相抱,江山郁自盘"(同上《登塔二首》一)⑤;"江湖从白发,天地此扁舟"(王廷相《泊舟汉口二首》二)⑥;"乾坤金马外,杖屦碧山春"(李梦阳《寄崔内史病还邺》)⑦;"乾坤浮爽气,日月翼层台"(康海《朱侍御两崖山房》)⑧;"枕石卧青莎,乾坤浩浩歌"(王九思《醉后作》)⑨;"喷薄倚日月,万古瞻腾翔"(李梦阳

---

① 《答出继叔临安吴景仙书》,《沧浪集》卷一,影印文渊阁《四库全书》本,台湾商务印书馆1986年版。
② 《仿佛楼诗稿序》,《陈忠裕全集》卷二十五,清嘉庆刻本。
③ 《空同先生集》卷二十五。
④ 《大复集》卷十九。
⑤ 《大复集》卷二十。
⑥ 《王氏家藏集》卷十五。
⑦ 《空同先生集》卷二十五。
⑧ 《对山集》卷五。
⑨ 《渼陂集》卷四。

《遣兴》二)①;"日月瞻新衮,风云壮旧畿"(同上《送王左史入觐》)②;"日月天门迥,星辰海国遥"(何景明《送宗鲁使安南》)③;"鹤仙上天呼不来,日月还照江中台"(王廷相《登黄鹤楼歌》)④;"明月出东方,徒行反家室"(李梦阳《述愤一十七首》十五)⑤;"碛沙浮落日,寒雾宿疏墩"(同上《出塞二首》一);"城孤落日映,虎去暮天幽"(同上《九江》)⑥;"白日孤帆隐,青天一鸟飞"(同上《送郑生南归二首》一)⑦;"惊风飘驰光,岁月忽已晚"(同上《又赠王舍人四首》四)⑧;"明月照西户,三星烂中天"(何景明《还至别业四首》一);"长风飘落日,杳杳前山晚"(同上《新添》);"落日古原下,悲风入浩歌"(同上《渡白沟》)⑨;"万里青天动海岳,空堂白日流云雾"(同上《吴伟江山图歌》)⑩;"浮云满天地,落日更萧条"(同上《九日同诸友登贤隐山五首》三)⑪;"四海风烟落日外,万山闽越酒杯前"(李梦阳《东华山赠友》);"四海登临吾白发,万山回合此孤城"(同上《快阁登眺》)⑫;"地尽中原入,天空秋色来"(同上《九日上方寺二首》一)⑬;"戎马中原地,乡关万里台"(何景明《三月三日》)⑭;"黄河来九曲,千古限中原"(王廷相《行塞二首》二)⑮;"倦客中原频送目,断鸿沧水迥悠悠"(同上《金陵怀古》)⑯;"目断南来雁,萧然故国思"(李梦阳《繁台春望》);"古墓笙歌地,前朝战伐尘"(同上《与骆子游三山陂三首》二);"饥雀喧空泽,黄蒿断古城"(同上《上方寺钟楼》)⑰;"故国浮云去,高台日暮愁","明霞积水外,落日古城隈"(何景明《九日同马君卿、任宏器登高四首》三、四);"白杨落古墓,黄叶下孤城","寂寞高台畔,空令故国存"(同上《西郊秋兴八

---

① 《空同先生集》卷十四。
② 《空同先生集》卷二十五。
③ 《大复集》卷十九。
④ 《王氏家藏集》卷十二。
⑤ 《空同先生集》卷十。
⑥ 以上见《空同先生集》卷二十三。
⑦ 《空同先生集》卷二十四。
⑧ 《空同先生集》卷九。
⑨ 以上见《大复集》卷七。
⑩ 《大复集》卷十四。
⑪ 《大复集》卷十六。
⑫ 以上见《空同先生集》卷三十。
⑬ 《空同先生集》卷二十六。
⑭ 《大复集》卷二十二。
⑮ 《王氏家藏集》卷十四。
⑯ 《王氏家藏集》卷十七。
⑰ 以上见《空同先生集》卷二十三。

首》一、六)①。这一类的例子在李、何等人的诗作中还有很多,实不胜枚举。就诗歌具体的表现形式来说,尽管不同的诗人限于各自才性和创作定势,多少会因此而形成某些习惯性的运用模式,这一现象在历代众多作家身上本非少见,无足为怪。但像李、何等人在不同诗作中如此频繁地运用同一的意象类型,就不仅仅从某种习惯性的吟写方式中能够得到合理的解释,更主要的,还取决于他们审美上的特定取向。显然,尤其是对宏远壮伟之一路,不管是出自当下的实际观照,还是基于经验的主观联想,在诸子的审美世界中成为他们重点加以体验和表现的一个目标,这一目标足以发动他们高度的注意力与耐受力。因此,那些上至天象下至地理的宏壮自然之象、沦化为历史陈迹的古远人文之景,在他们各自的诗歌世界里被一而再、再而三地加以某种重复性、弥漫性的结构和组合,反复传达其指涉自然体察和历史追忆之情衷。可以说,这些被不断加以运用的同一的意象类型,因为接二连三地涌现在不同的诗篇里,难免导致新颖感的缺乏。其中,有的反复袭用古人之作中一些常见的意象,如"白日"、"明月"、"浮云"、"悲风"、"白露"等,在汉魏古诗系统中即属多见,李、何等人诗作特别其五言古诗屡见运用②,袭因之迹甚为明显,因此而多少缺乏变化。不过,在另一方面,如能从前述李、何等人诗歌所凸显的强烈的空间与时间意识的角度去察识,似乎也可以理解为他们对于其特定审美体验的一种强化呈示。

考察不同程度体现在李、何诸子诗中雄厉浑厚的格力,还可追究至更加具体而成为诗歌文本最为基本之构成单位的语言形态上。

首先是动词的运用。在古典诗歌语言系统中,动词的运用至为重要,精彩传神的动词往往也是"诗眼"之所在。高友工等曾经指出,回顾中国传统诗话的

---

① 以上见《大复集》卷十六。
② 单以李、何五言古诗为例,除前所引述,这方面例子甚多,兹仅举数例,如李梦阳:《杂诗六首》四:"明月照我怀,耿耿殊未已。霜雪委如山,悲风中夜起。"《发京师二首》一:"回飙动地起,白日倏已暮。"《申州赠何子》:"山川何悠悠,白日奄欲暮。"《空同先生集》卷九)《杂诗三十二首》九:"悲风厉岁晏,宵旦未云已。"十三:"白日倏西倾,怆怏肝肺摧。"十八:"兹也诚玄冥,万里悲风来。"二十:"浮云徂我前,逝鸟鸣相过。"二十五:"明月鉴房帏,涕泪交泛澜。"二十八:"浮云昼易冥,白日时漏光。"二十九:"荆榛蔽丘原,浮云一何多。"(同上书卷十)《岁晏行》:"浮云起城阙,浩眇安可穷。"《月夜饮别徐氏》:"明月一何光,众星烂高虚。"(同上书卷十一)如何景明:《武陵》:"高林多悲风,惨淡月无色。"《清平令》:"秋风吹树木,白日落原野。"《还至别业四首》一:"明月照西户,三星烂中天。出门践野草,白露倏已溥。"(《大复集》卷七)《拟古诗十八首》六:"岁华坐婉婉,白露悄以伤。"七:"明月皎东壁,昆虫鸣草间。"十二:"浮云散城邑,白日随惊飙。"十六:"迢迢孟冬夜,悲风鸣北林。"(同上书卷八)《咏怀十首》一:"明月丽高隅,繁宿纵以横。"六:"浮云蔽江皋,白日忽已晚。"七:"北地多悲风,霜雪日以催。"八:"回风入缥帐,倏忽白日徂。"九:"白露晞朝日,苕荣委清秋。"(同上书卷九)

历史,可以发现早期的诗话在谈"诗眼"问题时,主要乃讨论动词,而"诗眼"是一首诗最闪光的地方,是一首诗的生命所在,"诗歌语言的精彩主要取决于动词的卓越运用上"①。这里所讨论的,主要是本为动词词性的字词在李、何等人诗歌中运用的相关情状。细观其诗,为了充分营造诗歌雄浑厚重的气势,一些更能表现力度和广度的动词为李、何等人所喜用。前者比如,"秀揽江心月,雄吞海面云"(李梦阳《寄题高子君山别业二首》一)②;"寒声催电至,猛力搅风频"(同上《喜雨客会》);"惊风振大壑,失雁下寒流"(同上《河上秋兴十首》九);"赤厓崩古塔,阴洞坼新泉"(同上《闲居寡营,忽忆关塞之游,遂成七首》六)③;"风起惟催雾,天空故纵云"(同上《馀雪》)④;"迅雷击城鸦欲翻,黑云压天白昼昏"(同上《雨燕醉歌》);"万里烟尘一剑扫,父子英雄古来少"(同上《石将军战场歌》)⑤;"回飚赴迅响,飘云奔长徂"(何景明《送崔氏四首》一);"飘风激疏牖,飞雨散高庭"(同上《夏夜薛子宅》)⑥;"驱霆策电遍天地,虎骤龙驰倏烟霭"(同上《游猎篇》)⑦;"洪河吞淮泚,岘口拱齐门"(王廷相《舟泊大伊,遂登岭眺望二首》一)⑧;"地坼鱼龙壑,天垂渤澥图"(同上《雨中》)⑨。上诸诗例中,像"吞"、"催"、"搅"、"振"、"崩"、"坼"、"击"、"压"、"扫"、"赴"、"奔"、"激"、"驱"、"策"、"骤"、"驰"等词,富含力量之感,尤显着力之迹,分别用来描述不同对象所显示的强度和速度。而从这些动力感十足的语词当中,我们则分明能觉察出作者给所体认的不同客体抹上的强烈主观色彩,这也就是以放大和强化的方式,突出不同对象强大疾劲的力度。正由于如此,相形之下,特别是其中如"吞"、"压"之类的动词,以蕴含更为强劲厚重的力量感,故尤多见用。仅举李梦阳诗,即不乏其例,如"雄压香山丽,阔掩望湖秀"(《平坡寺》)⑩;"腊逼寒灯焰,波吞霁雪流"(《市汊夜

---

① (美)高友工、梅祖麟著,李世耀译,武菲校《唐诗的魅力——诗语的结构主义批评》,第105页,上海古籍出版社1989年版。
② 《空同先生集》卷二十六。
③ 以上见《空同先生集》卷二十七。
④ 《空同先生集》卷二十八。
⑤ 以上见《空同先生集》卷十九。
⑥ 以上见《大复集》卷十。
⑦ 《大复集》卷十四。
⑧ 《王氏家藏集》卷十。
⑨ 《王氏家藏集》卷十四。
⑩ 《空同先生集》卷十四。

泊》)[1];"秋惊洞庭叶,雪压贵州岚"(《送张含》);"寺压孤城断,堂开积水围"(《送田生读书上方寺三首》二)[2];"海吞淮水白,天插楚峰青"(《和郑生行经凤阳》);"水涌石梁断,溪吞山郭斜"(《九日黄花镇》)[3];"立水偏吞雨,飞沙半逆风"(《徐汉风阻雨雪四首》三)[4];"钟山萃崒压秦淮,燕赵风云入望来"(《刘子有金陵之差遂便觐省》)[5];"梁园春初云不开,雪花压城滚滚来"(《正月大雨雪遣怀》)[6];"隰地黄河吞渭水,炎天白雪压秦山"(《潼关》)[7];"昆仑壮压胡尘断,弱水清翻汉月流"(《熊监察至自河西,喜而有赠》)[8]。同是注意动词的修饰,除了以力度见显,还同时可以看到其对于空间广度占据的渲染,如以下例子,"地盘淮海壮,天拥汉陵长"(李梦阳《再送白帅》)[9];"剑舄收残草,山河抱古原"(同上《谒平台先生墓》)[10];"霜初被山岳,霞已闪波涛"(同上《晓》)[11];"右压秦胡壮,南包汉邓偏"(同上《华岳二十韵》);"域势衔天阔,山形抱郭幽"(同上《六月豫章城角楼宴集二十六韵》)[12];"鸣泉泻丹壁,白沙亘回渚"(何景明《游西山二首》二)[13];"冲飚起闾阖,浮云翳太清"(同上《送崔氏四首》三)[14];"乱山浮落日,远水抱寒空"(同上《登钓台四首》一)[15];"飞梁袤石涧,寒日抱霜林"(同上《圆通寺》)[16];"古石堕危壁,新沙亘高垠"(王廷相《舟泊大伊,遂登岭眺望二首》一)[17]。仔细品味,以上诸诗所用各类动词,也均能见出锻造之力,其中如"盘"、"拥"、"抱"、"被"、"包"、"衔"、"亘"、"翳"等,虽词名各异,然皆含有笼盖、包容、延展的相近之义,用来形容不同对象盘绕和覆蔽广袤空间范围的姿态与情状,其恣纵的拓张之势,恒固的涵

---

[1] 《空同先生集》卷二十三。
[2] 以上见《空同先生集》卷二十五。
[3] 以上见《空同先生集》卷二十六。
[4] 《空同先生集》卷二十七。
[5] 《空同先生集》卷十九。
[6] 《空同先生集》卷二十九。
[7] 《空同先生集》卷三十。
[8] 《空同先生集》卷三十二。
[9] 《空同先生集》卷二十五。
[10] 《空同先生集》卷二十六。
[11] 《空同先生集》卷二十七。
[12] 以上见《空同先生集》卷二十八。
[13] 《大复集》卷八。
[14] 《大复集》卷十。
[15] 《大复集》卷十六。
[16] 《大复集》卷二十一。
[17] 《王氏家藏集》卷十。

容之态,透过这些凝练、形象而又内蕴丰富的词汇,得以淋漓昭示出来。

其次是形容词的运用。如果说,诸如上述这样一类颇能表现其力度和广度的动词的修饰,不同程度彰显了李、何诸子诗作雄厉浑厚的格力,那么,同时值得注意的,还有他们对强化这种诗风同样起着重要作用的诗中形容词的经营。例如,李梦阳《明远楼春望》:"风雨江声壮,兵戈地色寒。"①处在上下句谓语位置的"壮"与"寒"皆系形容词,一以摹声,一以状色,诗中呈现的画面,尤因二词的点染而为之生色,其分别在声觉和视觉上绘出一种雄烈壮伟之势和寒厉严峻之感,对于整个气氛的营造,作用是比较明显的。李梦阳《拨闷覃园》:"江汉归舟迥,关河落日低。"②形容词之一"迥",写归舟在江汉之水上驶离而去,逐渐远出视线,淼茫的水面与隐约的小舟相映照,使画面更显邈远空旷;形容词之二"低",则写落日即将没入关山河川,故让人有低斜之感,而西落之日衬以关河之景,增添了视觉上的一番壮美之感。诗中的整个景象着实因为这两个关键的用词,显得远大而雄阔。又何景明《送赵子视学山东》:"岳峙高无极,沧流渺百川。"③其中的"高"与"渺"两个形容词,虽显平实,并无特别新奇之处,但仍然不失为比较恰切的用词,写出了山岳之高峻及川流之广远,多少营构出某种雄厚宏廓的气局。再如王廷相《阆中杂咏六首》三:"天阔浮烟迥,沙平落照低。"④上下两句中则有四个形容词缀合在一起,"迥"以"阔"彰,"低"以"平"显,相互交映,其所突出的,也无非是阔远广大的空间感,这大概正是作者所追求的艺术效果。翻检李、何诸子的诗作,有一点又是容易发现的,即特别是主要用来修饰和摹绘雄伟、广阔、深远之景象的一类形容词汇,像"阔"、"迥"、"遥"、"邈"、"高"、"低"、"深"、"长"、"空"等,常为他们所偏爱,屡屡形于诗中,除上诸例外,不妨再胪举数例以说明之。如"天清看月近,野阔带星微"(李梦阳《宿江氏庄》)⑤;"天浮洞庭阔,海尽日南流"(同上《龙沙遇毛君武亭再饯》)⑥;"潭深自激风雷黑,谷迥谁群鹿豕游"(同上《麻姑山》)⑦;"夜迥商风至,天空大火流"(何景明《立秋寄

---

① 《空同先生集》卷二十三。
② 《空同先生集》卷二十七。
③ 《大复集》卷十九。
④ 《王氏家藏集》卷十九。
⑤ 《空同先生集》卷二十七。
⑥ 《空同先生集》卷二十八。
⑦ 《空同先生集》卷三十。

献吉》)①;"云峤秋临迥,松林暮倚长"(同上《九日同诸友登贤隐山五首》四)②;"天入黄河迥,云开华岳高"(同上《送江华州》)③;"塞接寒天迥,城衔落景长"(同上《陆子楼饯祖邦》)④;"水阔蛟龙出,山深杜若开"(同上《得顾华玉全州书兼知望之消息》)⑤;"虎卫关门迥,龙沙塞曲深"(同上《关门》)⑥;"秦楚路长同见月,关山树迥尽连云"(王九思《西归留别吴守四首》三)⑦;"山尽地形阔,草连天影低"(王廷相《山行》)⑧;"野迥旗幢暗,城高鼓吹沉"(同上《雨暮》)⑨。尽管这些词汇形容的对象不一,但有一点可以看出,尤其是不同对象所显示的诸如高大的形状、邈深的距离、纵远的时间,藉助类似形容词的缀饰,彰著而出,这显然也是作者企图以此来凸显雄浑诗风所采取的一种表现手段。

对比上述动词和形容词的运用,李、何诸子诗歌体现在语言形态上的一个更加显目的特点,是十分注意数词的修饰。明清之际的王夫子在谈论诗歌"用字"问题时,曾表示,"王、李出而后用字之事兴",批评后七子成员王世贞、李攀龙之诗多用"万里、千山、雄风、浩气、中原、白雪、黄金、紫气"等字⑩。其中,王夫子所指出的李、王偏重诸如"万里"、"千山"之类大数目词修饰的"用字"现象,在李、何诸子的诗歌当中实际上也是非常普遍的。毋庸说,表示数目的数词,即为计量事物多少最为鲜明的符号。观李、何等人诗,为了更明显强调表现对象广大、久远的特征,以突出作品气象之雄浑,其常常喜欢选用诸如"万"、"千"、"百"、"十"之类大数目的数词作为修饰之用。随便检视其诗,就能举出这方面例子,譬如,"喷薄倚日月,万古瞻腾翔"(李梦阳《遣兴二首》二)⑪;"千盘不到顶,万壑划争回"(同上《登盘山顶顾望三湖》)⑫;"万里游燕客,十年归此台"(同上

---

① 《大复集》卷十五。
② 《大复集》卷十六。
③ 《大复集》卷十八。
④ 《大复集》卷十九。
⑤ 《大复集》卷二十。
⑥ 《大复集》卷二十一。
⑦ 《渼陂集》卷五。
⑧ 《王氏家藏集》卷十五。
⑨ 《王氏家藏集》卷十六。
⑩ 《明诗评选》卷六,《船山遗书》,民国排印本。
⑪ 《空同先生集》卷十四。
⑫ 《空同先生集》卷二十三。

《繁台饯客二首》二)①；"上翳万年树,下暎千尺流"(何景明《桃川宫四首》一)②；"白云万里来,千载还帝乡"(同上《送刘御史按淮扬诸郡》)③；"十年方邂逅,百岁几徜徉"(康海《喜仲默至》)④；"云仍千叶剩,蘋藻百年俱"(王九思《清明扫墓示儿侄》)⑤；"激海千潮涌,吹空万籁声"(王廷相《风》)⑥；"百年行役未归定,惆怅乡关尚鼓鼙"(同上《春日淮成登望》)⑦。这其中尤如"万里"、"万古"、"百年"、"十年"等语词,在李、何等人的诗中更是屡见不鲜,其数量之多,俯拾皆是。值得指出的是,在格律严整而讲究对仗的近体诗中,数目对是其对仗类型的一种,也可以说是古典诗歌中数词运用相对集中的部分。察以李、何等人的诗作,同样不例外,特别在如五七言律这样近体诗的对仗句中,一些大数目词的运用不仅集中,而且极为频繁⑧。在诗歌中偏重大数目词的用法,追察起来,并不是李、何等

---

① 《空同先生集》卷二十四。
② 《大复集》卷七。
③ 《大复集》卷十。
④ 《对山集》卷四。
⑤ 《渼陂集》卷四。
⑥ 《王氏家藏集》卷十五。
⑦ 《王氏家藏集》卷十七。
⑧ 以这方面最为突出的李、何诗歌为例,如李梦阳五言律诗:《涧富岭赴安福二首》二:"萝拥千盘透,花齐万谷春。"《空同先生集》卷二十三》《晚过序上人》:"万古风尘地,三生水月乡。"《田生闻余浩然访于东郭花下酒集二首》一:"百年秦地客,万里宋宫春。"《九日楚山太华君同登》:"帽落层云迥,风生万壑开。"(同上书卷二十四)《送甥彦之茂州,次玉溪侍御韵三首》二:"虎风生万壑,蛇径动千盘。"《清明曲江亭阁》:"浩荡五湖际,风烟千里阴。"(同上书卷二十六)《狱夜雷电暴雨》:"势极千山动,光还万里长。"(同上书卷二十七)七言律诗:《南康至日送韩训导赴湖州推官》:"吾道百年逢小至,雪江千里属安流。"(同上书卷三十一)《盱江小至》:"万里龙颜贪想象,十年霜鬓欻西东。"(同上书卷三十三)何景明五言律诗:《八月丁日》:"万年仍俎豆,千仞自宫墙。"《北望》:"翠羽开诸国,金瓯至万年。"《大复集》卷十五)《九日同马君卿、任宏器登高四首》二:"楼高窥万井,潭迥落千峰。"《九日同诸友登贤隐山五首》二:"楼台万里目,时序百年情。"《登钓台四首》三:"寂寞千山里,烟波万古台。"(同上书卷十六)《送张秀才还固安》:"万里书生笔,千钧壮士弓。"《赠葛时秀》:"骅骝万里路,鹏鹗九秋天。"《过袁惟学南园集饮二首》二:"万竹当阶倚,千峰绕户回。"(同上书卷十七)《至坚山寺僧不遇》:"逼面千峰起,回头万壑低。"(同上书卷十八)《送彭总制之西川二首》二:"九重连授钺,万里动征鼙。"《送李体仁按云南》:"九霄看凤下,万里避骢行。"(同上书卷十九)《寿夫过,分韵得吾字》:"十年常道路,万里各江湖。"(同上书卷二十一)《元日》:"千官齐鹄立,万国候龙颜。"《马道骤雷雨复霁》:"万壑惊雷起,千峰鸣雨过。"(同上书卷二十二)七言律诗:《邀沈清溪、赵雪舟、马五愚登楼,次百愚韵》:"十里沙平遥对酒,百年地迥更逢秋。"(同上书卷二十四)《答雷长史四首》一:"万里江湖双涕泪,百年天地几交游。"《送马公顺视学湖南四首》一:"十年京洛犹今日,万里江湖更落晖。"《送周大》:"千里宾朋常命驾,百年父子更通家。"《西海子》:"万里乘槎视日月,十年登阁望蓬莱。"(同上书卷二十五)《寄黔国公》:"万里山川开右粤,十年戎马暗三巴。"《送赵元泽之嵩明州》:"日莫千花出汉园,秋深万水入湘沅。"《雨夕集世其馆》:"万里宾朋留不数,十年江海愿常违。"《送韩大之赴新都》:"万里一琴将鹤去,九霄双鸟望凫来。"《送贾学士之南都》:"金陵楼阁九天开,银汉仙槎万里来。"《和李易安内翰立春日作》:"万里江湖桃竹杖,十年风雨铁灯檠。"《挽陈翁》:"万里声名传翰墨,百年图画想山林。"《送杭宪副兵备天津》:"百年贡篚通南极,万里旌旄属上游。"(同上书卷二十六)《送昆山王令还》:"九霄悬鸟朝天至,万里扬帆上斗回。"《函谷草堂赠许廷纶》:"万里河山一草莱,百年松桧此堂开。"《辋川》:"飞泉万壑通蓝水,仄径千峰入辋川。"(同上书卷二十七)

人首开风气,因为犹如研究者所注意到的,此现象尤其在盛唐诗人中间已是比较突出,李白、杜甫诗中"万"、"千"、"百"之类数词的运用频率就相当的高[1]。从这一角度来看,诸子诗中对大数目词修饰的偏重,毫无疑问,与其尊崇唐诗特别是盛唐诗歌气象的宗尚倾向有着更多的联系。举具体而微的一个例子,如何景明曾为七律组诗《秋兴八首》[2],系仿杜诗体式而作,杜甫《秋兴八章》所用大的数目词,分别为"千家"(诗三)、"百年"(诗四)、"万里"(诗六)各一次,相比起来,何诗中此类用词的数量明显增多,分别出现"万里"(诗一、三、五)三次,"千年"(诗四、八)两次,"十年"(诗六)一次,"万树"(诗七)一次。一个不难发现的事实,在盛唐诗歌中,那些表示宏大数目的语词,与其说主要是在于传达确切的数目概念,不如说其在很多情形下纯粹是作为一种夸饰或膨胀的符号而出现的。即像李、杜诗,如李白:"千里一回首,万里一长歌。"(《书情赠蔡舍人雄》)"千峰照积雪,万壑尽啼猿。"(《与周刚清溪玉镜潭宴别》)所用数词,其虚饰的意味就不能说不浓重。而如杜甫:"窗含西岭千秋雪,门泊东吴万里船。"(《绝句四首》其三)所谓"千秋"与"万里",实在也是抒写壮阔胸臆的夸张之辞,故人称:"此'千秋'、'万里'是甚气概,非苟也。"[3]就李、何诸子来说,可以看到,在摹仿诸如唐诗特别是盛唐诗歌气象的情势下,他们于诗中选用的数词不仅大而且多,其也因此更加趋向了虚化和泛化。这主要表现在,那些数词本身所含的确切数目概念被进一步削弱和模糊,更多成为宏阔空间和纵远时间的代称,成为烘托诗势的一种重要的装饰因素。以李、何等人所喜用而表示宏大辽阔空间的"万里"一词为例,其在诸子诗中极其频繁出现,作为一种数目的概念多被忽略,而代之以一种夸侈的指称。如李梦阳《狱夜雷电暴雨》:"势极千山动,光还万里长。"[4]康海《十六夜次韵》:"登楼漫落千山雨,忆第空瞻万里天。"[5]二诗以"万里"对应"千山",前者形容雷电闪光的长度,后者描绘浩瀚遥远的天际,皆以是用来示意空间覆盖的广袤和辽远的程度。有的想象甚至虚张之极,如李梦阳《六月豫章城角楼宴集二十六韵》:"开窗万里尽,近槛一江流。"[6]上句主要描述从豫章城角楼窗口

---

[1] 参见蒋寅《大历诗风》,第186页,凤凰出版社2009年版。
[2] 《大复集》卷二十四。
[3] 郭知达编《九家集注杜诗》卷二十六,影印文渊阁《四库全书》本,台湾商务印书馆1986年版。
[4] 《空同先生集》卷二十七。
[5] 《对山集》卷六。
[6] 《空同先生集》卷二十八。

远望视线之所及。毋庸说，纵然是凭高览眺，立足有利的观察视角，目力也终究有限，此谓能尽"万里"之远，实为虚言，属于一种夸泛的极写，如此显然是为了强调远望所见无比开阔的空间。相似的例子，亦见于如何景明《登塔二首》一："古塔层城畔，秋毫万里看。"①下句是说登上古塔能够察见"万里"之遥的"秋毫"，其虚诡不合常理，不言自明，亦属极度虚张之辞。然从另外一面来看，不难明白，作者的意图同样无非要以此突出观察视野之清晰和远阔。

前已述及，从李、何诸子的个性察之，撇开各人之间一些个别性的差异，其在总体上显出一种傲放豪直的个性特征，并由此表现为高自标置，追求不从流俗的独立特行，这也成为该文人群体主导性格的一种表征。诸子诗歌不同程度所展露的雄厉浑厚的风格特征，一方面，特别在根性上，不能不说与李、何等人傲放豪直的个性构成重要的联系，熔铸在所谓"雄厚"、"雄浑"诗风之中的，不仅有诗人卓立远俗的心志，高傲自任的胸臆，也有其粗豪疏直的性气，从某种意义上来说，这种偏向雄浑一路的诗风，乃源自其根本之性，是其内在主导性格的集中显露。另一方面，这种不同程度呈现在他们诗中的风格特征，同时也是李、何诸子"力振古风，尽削凡调"②，尤其是以汉魏盛唐诗歌气象相宗尚而形于创作的一种具体表现，是诸子期望达到和着力追求的一种审美效果。由是，无论在诗歌一系列意象的构造上还是语言形态的经营上，均可以看出李、何等人追企古风、特别是汉魏盛唐诗歌气象的拟效之迹。就此而言，诸子因为过分标举以汉魏盛唐诗歌为创作风范，导致自身艺术创造性的弱化和缺失，也是显而易见的。但应当说，李、何等人不同程度致力于这种雄浑诗风的营构，从另一个角度来看，则凸显了他们竭力超脱凡庸、追求高远雄卓之创作境域的特异取向和良苦用心，其根本目标，盖在于激扬一种更富有生命力度与强度的诗歌创作之风气，以振厉在他们看来"雄浑久未复"③、"气骨卑以弱"的"文苑"④之颓势，虽然李、何等人企望主要通过汲取汉魏盛唐之类古典诗歌资源的复古途径来实现这一目标。

---

① 《大复集》卷二十。
② 陈束《苏门集序》，《陈后冈文集·楚集》。
③ 康海《于浒西赠别明叔三首》其三，《对山集》卷二。
④ 王九思《咏怀诗四首》三，《渼陂集》卷二。

二、深邃蕴藉诗境的营造

如果说，雄厉浑厚显示了前七子诗歌艺术风格一大鲜明的特点，那么，作为他们诗风另一面的呈现，则主要体现在其对于深邃蕴藉诗境的不同角度和不同程度的营造上，后者也代表了反映在诸子诗歌当中尽管互有差异但多少可以概括为一种深秀的风格特征。我们在前面已经指出，从注重诗歌艺术表现的文学立场出发，前七子中的多位成员曾经一再申述了相应的创作原则，如强调"比物陈兴"、"假物以神变"、"示以意象"，反对"言征实"、"情直致"，要求弱化甚至消除事理议论的填委，以真正合乎诗歌自身的艺术表现特点，显示了他们对于诗歌这一特定抒情文体的本质特性的审美认知，自然，这些也成为他们从事具体创作的某种理论支撑。

前已述及，在前七子当中，李梦阳诗"以雄浑胜"，可以说最为突出地表现出雄厉浑厚的风格特征。尽管如此，这只能代表他个人诗风的主要特点而不是唯一特点。事实上，李梦阳也并非全然无意于那种深邃蕴藉诗境的开掘，王廷相《李空同集序》在谈论梦阳的创作特点时，认为其"以雄浑为神枢，以蕴藉为堂奥"[1]，颇中肯綮。翻检李诗，首先还是不难发现此类的作品，例如他的《行歌古泽中二首》：

> 古泽古云游，带索被羊裘。川寒冻日白，海暝孤云愁。鸥鹚叫秃木，鸿雁遵方洲。肠断悲哉客，黄河不断流。
>
> 川原望不极，愁思满归襟。云蔽长安目，水流湘浦心。颓阳灭远树，积雪明寒岑。醉起海月照，行歌入雾林。[2]

观上二诗，其着意抒写的无非是作者行游古泽而油然生发的羁情客怀，最耐人寻味的，当莫过于诗中比较明显的以景寄情、以象传意的写法。特别是二诗中间呈示的意象系列，十分浓重的主观色调，说明它们并非出于单纯摹景绘物的目的，假如诗中的寒川、冻日、暝海、鸥鹚、秃木、蔽云、颓阳、积雪、寒岑等，凸显

---

[1] 《王氏家藏集》卷二十三。
[2] 《空同先生集》卷二十二。

的是一种寒厉、残落、昏暗的景况,更多寄寓了诗人沉滞晦冷的愁郁之怀,那么诸如孤云、川原、鸿雁、远树、流水等,则以它们飘零、渺远、绵长的征象,来主要形容诗人孤寂缠绵的思归之情。虽然这些意象在古典诗歌系统中绝非罕见,至少谈不上有什么标新立异的地方,但无论如何,经过一定的组合,它们在诗中多少起着传达作者即时即地情怀的相应作用,也因为如此,增加了上诗几分深沉委曲的滋味。在李梦阳的各体诗作中,相比而言,其善于结构意象以营造诗歌之妙境者,较集中见于五言律诗和五七言绝句,王世贞在概括梦阳七言歌行、五七言律诗及绝句的特点时,即以为"五言律及五七言绝时诣妙境"①。在这方面,尤以五言律诗最为突出,清人孙枝蔚评论梦阳各体诗,就注意到他"五律意象俱妙"②。以下举其以登临览望为描写主线的五言律诗与五言绝句数诗为例:

贡院初开阁,春阴独倚栏。柳边千舰聚,花里万家残。风雨江声壮,兵戈地色寒。断肠沙雁北,群起向长安。(《明远楼春望》)

阴阴日欲暮,迢迢春望稀。野色吹寒立,林鸦逆雨归。孤城还麦秀,白首且花飞。临路长杨袤,前朝今是非。(《古城春望》)

台上一钟鸣,登台万里平。蒹葭天正远,云气暮还生。饥雀喧空泽,黄蒿断古城。不堪临眺屡,况是感秋情。(《上方寺钟楼》)③

望极云天黑,关门落叶深。古城饥雀啅,长路断蓬沉。嫠妇登楼思,孤臣去国心。此时看故垒,何处不沾襟?(《望极二首》一)④

夕静山容敛,秋凝野色凄。白云留绝巘,苍雾隔前溪。(《野望》)⑤

虽说以上诸诗展示的眺览角度与观察目标各有差异,但其中有一点是相似的,即都比较注意藉助特定的意象系列渲染情感氛围,传递情感话语,其意盖还在于李梦阳所要求的"假物"以言,所谓"举之以似","托之以物"⑥。如第一首诗曾

---

① 《艺苑卮言六》,《弇州山人四部稿》卷一百四十九。
② 《明诗综》卷二十九《李梦阳》引。
③ 以上见《空同先生集》卷二十三。
④ 《空同先生集》卷二十七。
⑤ 《空同先生集》卷三十六。
⑥ 《秦君饯送诗序》,《空同先生集》卷五十一。

经被明人蒋一葵称为"含愁无限"①,然诗中恰恰未直接倾泄愁思,而以"风雨"、"兵戈"极力烘染出峻厉严烈的情势,示意作者愁郁不安的心境,特别是紧接其后的群起北飞的"沙雁"这一意象的描画,似乎是在强烈暗示他的内心随雁鸟翔飞而搅动起来的"断肠"思绪。同样,第二首诗中相关意象的设置,也多少能令人从中品出一番象中之意:日色将暮时分,无论是为春寒笼罩的"野色",还是迎雨归飞的"林鸦",透泄出来的已是冷寂萧索的气氛,加上"孤城"与"麦秀"的彼此缀映,更增添了衰飒荒疏的感觉,品味全诗,那有感于世代兴替的慨息,还有难以名状的怅悢,隐然充溢其间。至于第三、四首诗,若干意象的运用,在表现作者的情绪上也独具作用,代替了简单直白的陈述,两首诗当中依次呈现的如"蒹葭"、"云气"、"饥雀"、"空泽"、"黄蒿"、"古城"、"云天"、"落叶"、"长路"、"断蓬"等意象的点染与缀合,分别从不同的角度,凸显所面向的凝重、空凄、萧瑟的景况,成为作者落寞和伤怆内心的写照。相比起来,上第五首的五言绝句在这方面尤其显得突出,粗观全诗,其皆为野望所及的各类景致的描画,不杂一情语,然而诗在摹写景致之际所展示的诸意象,包括宁静的夕暮、冥蒙的山容、深重的秋气、凄清的野色,还有留滞的白云与弥漫的苍雾,静寂深密中透着苍凉和凄迷,其欲言不言的几丝空落和迷惘的情绪,隐约从诸意象的相互构合中折射出来。看得出,如此是有意要突出该诗体短而味长的特点。

如果要对前七子的诗风作一大致的归类,比较李梦阳诗虽然如上不失于深邃蕴藉境界的开掘,但更多还是展现了所谓"以雄浑胜"的特征,那么诸子当中尤其如何景明、徐祯卿、边贡等人,尽管各人的创作风格也存在一定的差异,然相对地,其互相之间尚有着较多的近似性。

就何景明而言,在不少论家看来,他的诗在总体上更明显地以深秀的风格特征见长。如《明诗别裁集》即称何诗"以秀朗胜",以与"以雄浑胜"的李梦阳诗相对②,《皇明名臣言行录》也称何氏"藻思秀逸"③,王世贞在总结何诗的特点时,则又把它们描述为"骤而如浅,复而弥深"④。至于徐祯卿,不仅如《四库》馆臣谓

---

① 《明诗综》卷二十九《李梦阳》引。
② 《明诗别裁集》卷五《何景明》,第112页。
③ 《大复集》卷末附录,影印文渊阁《四库全书》本。
④ 《何大复集序》,《弇州山人四部稿》卷六十四。

其诗"虑淡而思深"、"密运以意"①，而且如徐缙还把他与何景明相并论，以为比起李梦阳诗风"雄健可喜"、"浑厚沉着"，二子的作品则显得"秀润清藻，微乏雄浑"②。在他看来，这一既是特色又是缺失的风格特征，在何、徐二人诗歌中均有体现。而徐诗中被人容易探知的既"深"且"秀"的特点，也显示其与何诗的某种相近。假如何、徐诗歌所体现的这种深秀特征，多少代表着二者之间的一种近似性，那么可以说，这种近似性更明晰地反映在它们同样注意对深邃蕴藉诗境的营造。先看何景明以下诸诗：

万里看无际，高秋接素氛。沙村昏片雨，石壁明孤云。鸿雁常求侣，凫鸥不离群。寒山有落木，风起暮缤纷。（《雨后次孟望之二首》二）

鼓角苍山畔，孤城此岁残。回风夜不止，清霜日以繁。未惜琼树晚，还悲瑶草寒。阳春在何日？幽谷待鸣鸾。（《霜节》）

立马西郊地，悲风惨淡生。白杨落古墓，黄叶下孤城。流水年年去，浮云日日行。沧浪清若许，聊可濯吾缨。（《西郊秋兴八首》一）③

王世贞评何景明诗，曾以为"其缘情即象，触物比类，靡所不遂"④。这一特征在上列三首诗中体现得较为明显。其分别描绘的是萧瑟严凝的秋冬景象，不难见出，如诗中的素氛、寒山、落木、栖鸟、寒草、回风、清霜、流水、浮云、孤城、古墓等意象，显得寒清而幽素，荒落而孤悄，构成烘染这一岁时景象的种种特定的元素。三诗没有太多直述的表情词语，寄情寓意于各类景色物象是它们的共同特点，诗中蕴涵的纷繁意绪：时序变迁的敏感，生意凋残的怜伤，幽居独处的孤寂，还有希求远离尘俗、独索精神归宿的高狷，透过上述这些情感意味浓郁的意象系列，还是令人能领略得到。当然，这种注重摹景体物以寄情寓意的写法，主要还在于强化诗歌本身的深至之韵和委曲之致。

对照起来，观徐祯卿诗，上述特点似乎益为突出。对李、何诸子多加指摘的钱谦益，独于祯卿诗另眼相看，曾谓其登第后获与李梦阳游处，诗则"标格清妍，

---

① 《四库全书总目》卷一百七十一集部《迪功集》提要，下册，第1500页。
② 《明江西按察司副使空同李公墓表》，《明文海》卷四百三十二，第五册，第4531页。
③ 以上见《大复集》卷十六。
④ 《何大复集序》，《弇州山人四部稿》卷六十四。

摘词婉约,绝不染中原伧父槎牙骜兀之习,江左风流,故自在也"①。钱氏此番素为人所熟知的论评,截然将徐祯卿和中原诸子的诗风相分隔,褒前以贬后,未必允当,不过说徐诗"标格清妍,摘词婉约",如从其更善于寄情于景、寓意于象而显示婉约蕴藉的审美效应的角度去理解,也不可谓毫无一点鉴别的眼光。而许学夷评徐祯卿《迪功集》中诗,以为各体中"五言律兴象玲珑,风神超迈,乃盛唐化境"②,则更直接指示了特别是徐祯卿五言律诗中意兴与物象相融合的这一善于结构意象的特点。就此,不妨举他下列几首以月为吟咏主题的五言律诗为例:

故园今夜月,迢递向人明。只自悬清汉,那知隔凤城。气兼风露发,光逼曙乌惊。何事江山外,能催白发生?(《月》)

落日桃源口,迢迢望楚邦。烟霏静夜色,棹响绕空江。看月生西浦,穿云度北窗。高楼有羁羽,照影不成双。(《月》)

乍满亏俄及,缘明晦易侵。不愁妨玉兔,常恐近浮阴。白露丹枫急,清光紫闼深。如何鸿雁意,嗷嗷有惊音。(《十六夜月》)③

上三诗同是咏月,但角度不尽一致。第一首叙写身在京城的诗人由清空一轮明月勾起对故乡的眷念,并引发年华消逝的伤感,隐约透出岁月疾驰却无由骋志的怅惘。第二首描绘羁旅之夜凝望月亮的情景,先写日落月升,静谧的夜空月轮破云而出,光洒窗扉,也多少照出了诗人内心的冷寂;再移向对羁鸟的刻画,突出其在月光映耀下形单影只的落寞,愈益示意自己寄息异地、身不由己的拘束和孤茕。第三首主要咏叹月亮盈亏相替,明晦相易,映射出的则是对于人生反复无常、世事难测其变情势的疑虑和忧惧。由三诗来看,其虽为咏月,然分别由咏月衍生出对于人生不同层面的感受;虽描绘的角度不一,然又具有一个共同的特点,这也就是,都在集中围绕月亮这一个中心意象以及与之相配合的各类意象而展开,种种的人生感受主要透过月亮及相关意象的描摹若隐若现地流

---

① 《列朝诗集小传》丙集《徐博士祯卿》,上册,第 301 页。
② 《诗源辩体·后集纂要》卷二,第 408 页。
③ 以上见《迪功集》卷四。

露出来。如此,三诗所咏之月包括有关的意象,因其"密运以意",多寓伤思忧绪,从而使得整诗更显幽隐委婉,蕴意沉深而富有思致。

与诸子相比起来,边贡的诗,人或以"平淡和粹"目之,薄之者谓其"朴实有馀而华采不足"①,但在另一方面,或指出其"清婉流畅,朗朗有致"②,何良俊更是认为边诗"兴象飘逸,而语亦清圆"③。从后者论评的角度去察析,在诸子的范围之内,边贡的诗似乎与何、徐二子诗中多少显示出来的深秀的风格特征较接近,也可说主要体现在他比较注意一种深邃蕴藉诗境的营造。观边氏文集,其中出现较多以别离和怀恋为描写主题的诗作,据此,有人称其诗"边幅较狭"④,也许不是没有一点理由,但同时所谓"兴象飘逸"的特点也多见于这一类的诗作,比如:

> 夜久河汉横,春堂别灯黯。风凄鸟初动,露重花犹敛。明发不在兹,重关为谁掩?(《再送文熙二首》一)⑤
>
> 天际阴风起,浮云似马行。飞扬亦何意,离别只关情。古岸垂杨合,长河暮色清。何时画舸背,樽酒说平生?(《留别王生》)⑥
>
> 远漏连疏柝,山空夜寂寥。地看乡土隔,书寄美人遥。海气含春色,江云入斗杓。泺源桥上柳,应有拂阑条。(《夜中不寐登楼有怀》)
>
> 一片金陵月,荒台对酒看。水云霏冉冉,江日隐团团。雁早那堪听,花迟未可餐。凭轩望乡国,西北近长安。(《重阳后三日登雨花台》)⑦
>
> 幽寂卧蓬户,凄凉怀旧吟。莺啼非故国,草色乱春心。落日黄云暮,阴风碧海深。嗷嗷北来雁,二月有归音。(《幽寂》)⑧

前二诗为赠别之作,可以注意的是,诗中亦未直接运用情感色调浓烈的词语来

---

① 《明诗综》卷三十一《边贡》引朱观熰、项笃寿评语。
② 《明诗综》卷三十一《边贡》引穆文熙评语。
③ 《四友斋丛说》卷二十六《诗三》,第234页。
④ 《明诗别裁集》卷五《边贡》,第107页。
⑤ 《华泉集》卷一。
⑥ 《华泉集》卷四。
⑦ 以上见《华泉集》卷三。
⑧ 《华泉集》卷四。

表达离情别绪，而代之以对于离别的情感氛围的渲染，主要通过意象系列的设置来传情达意。如诗一中写到横空的河汉，昏黯的灯火，鸟是凄厉风声中躁动不安的鸟，花是浓重露水中闭敛不开的花，气氛凄其而黯淡，沉重低落的离别心情恰是从含蓄的相关意象中逗露出来。诗二中呈现的扬起的阴风，疾行的浮云，还有常被古人用来示意分别的垂柳，以及笼罩四围昏黄的暮色，也无一不被注入特定的情感意味，使人自然会联想到诗人由别友而生发的躁扰抑郁的情绪。后三诗为怀恋之作，尽管不同于前二诗的描写主题，但在情感传递的方式上与前诗相似，即同样致力于一种情感氛围的烘托，以景寄情、以象传意的特点也较为明显。如诗三所描绘的依稀的漏点，疏落的柝声，冷清的空山，寂寥的静夜等，突出的是夜晚的沉寂和凄清，而映出的是怀人的落寞和牵缠。再来看后面两首诗，如果说，前者中间描绘的弥漫相接的一片江水与云气，隐约映入江中的一轮圆日，多少呈露了迷离茫渺之感，那么，后者中间尤其像落日与黄云、阴风与碧海的组合，则强化了某种晦冥冷寒之势，加上二诗当中共同出现的鸣雁这一显目的意象，要在分别发舒迷惘若失和沉抑难散的乡国情怀。在大体上，边氏以上各篇诗作中的意象系列显得平正无奇，这也符合所谓边诗给人以"平淡和粹"、"朴实有馀"印象的评价。不过，有一点还是可以看出，如何选择适当的意象而不是主要依靠平叙直述来传情达意，由此去开掘一种深邃蕴藉的诗境，以体现诗歌特有的艺术风韵，不可不谓是边贡力求的一个创作目标。

　　应该说，前七子诗歌中比较注意意象系列的设置来传递情感话语以营造深邃蕴藉诗境的特点，在很大程度上与诸子尊崇唐诗尤其是盛唐诗歌的宗尚倾向相关联。宇文所安在论及盛唐诗歌时代风格时指出，盛唐诗人"更熟练地掌握了语言和主题"，"运用了诗歌的各种陈旧惯例，但趋向于巧妙地、曲折地利用它们，使它们体现出新的意义"，"他们懂得，优秀的诗歌未必是精细描述、复杂修辞及巧思的同义语"，他还以王维的《送别》一诗为例，说明与初唐诗歌相比，其"语言彻底剥去了修饰的外衣，修辞的复杂转换成了意境的复杂"，"诗篇的旨意和内在的美学中心都含蕴未发"。宇文所安所说的盛唐诗歌由"修辞的复杂转换成了意境的复杂"的风格特征，显然是指这一时期的诗歌能摆脱所谓"修辞练习"[①]，更加熟练运用语言技巧而致力于蕴涵丰富的意境的创构。这自然也显示

---

① （美）宇文所安著、贾晋华译《初唐诗》，第294页至295页，生活·读书·新知三联书店2004年版。

了盛唐诗歌走向相对成熟而达到的抒情高度艺术化的一种完熟圆融的创作境地。在某种意义上,体现在前七子诗歌中的比较注意通过意象系列来传情达意以营造深邃蕴藉诗境的作法,其实也正表明诸子对于特别反映了盛唐诗歌趋向所谓"意境的复杂"这种风格特征的审美企求。顺着这一点可以发现,为了更加突出深邃蕴藉的审美效应,前七子的诗歌创作,在"意境的复杂"或者说蕴涵丰富的意境的营构上,可谓并不缺乏经营的用心,其表现在,基于寄情于景、寓意于象的意象系列的设置,强化情感话语传递的含蓄性与隐曲性,这一特点也间从诸子的一些诗作中反映出来。如李梦阳《新秋夜兴二首》一:"微风入枕簟,林卧仰看星。露气秋元白,天光霁益青。草虫攒暗壁,萤火闪疏棂。那解萧森节,都从一叶零。"[①]全诗所写,主要乃观初秋时物的变化而触发的内心感受,只不过这种感受在诗中显得颇为深隐幽微,原因是其全然隐去了用来道白的直述的表情词语,我们只能透过如露气白、天光青,以及"草虫"、"暗壁"、"萤火"、"疏棂"等意象的交叠描述去加以体会,含蓄与隐曲的效果盖是作者刻意要去追求的。诗由此构织的画面,晴明中带清冽,静幽中含疏索,暗示着其集孤清、散宕、寂寥于一体的纷纭而又隐微的感秋心思。再如何景明的《独立》:"鼓绝孤城掩,溪傍春事残。岸霞晴映树,汀雨暮生寒。风外看花尽,烟中望柳繁。静观时物变,独立思千端。"[②]较之李梦阳上诗不同的是,此诗重点在于抒写对暮春"时物"变化的观感,然它在含蓄与隐曲传递心理感受的方式上显和前者相近,虽诗里自言"思千端",但其具体所思则含而不露,一以岸霞映树、汀雨生寒、风外花尽、烟中柳繁等诸类意象相呈示。这里面既有春的生意,又有春的消沉;既有春的明丽,又有春的迷蒙。也因此留出了可以品味和想象的空间,似乎用心体会,才能领略蕴涵其中感于宇宙自然代谢的些许依恋和惆怅的复杂心情。

　　从古典诗歌的体制角度来看,在各类诗体中,最为短小而凝练的自然数绝句,但与此同时,人们在诗法上则要求它"婉曲回环,删芜就简,句绝而意不绝"[③],或谓之"最贵含蓄"[④]。也就是说,要既简练又婉转,句式短而意味长。就唐诗尤其是盛唐诗歌而言,绝句的这一特点尤显突出,故胡应麟在总括盛唐绝

---

① 《空同先生集》卷二十七。
② 《大复集》卷十八。
③ 杨载《诗法家数》,何文焕辑《历代诗话》,下册,第732页,中华书局1981年版。
④ 胡应麟《诗薮·内编》卷六《近体下·绝句》,第112页。

句的风貌时即以为,"盛唐绝句,兴象玲珑,句意深婉,无工可见,无迹可寻"①。观诸子诗,其宗法唐诗特别是盛唐诗歌而对蕴涵丰富的意境的营构,也尤明显体现在他们的一些绝句之作中:

> 月落古堤上,人行春陌头。晓烟如有意,长伴绿杨楼。(边贡《西园八景》三)
>
> 风恬湖水平,画舸月中行。不见渔父处,但闻渔笛声。(同上《泛南湖十首》五)②
>
> 石室月已满,青林人未眠。向月步溪水,白云遥在天。(徐祯卿《凤凰山园杂咏·月轩》)
>
> 露华散平林,月明在寥廓。时有天风来,泠然桂花落。(同上《凤凰山园杂咏·香圃》)③
>
> 雪花不作水,皑皑弥幽泽。荒箨振瑶林,孤棕翔鹭翮。(王廷相《山雪》二)
>
> 且泊晴沙澨,闲行散客心。人空舟楫静,山鸟下江阴。(同上《阆中杂咏六首》四)
>
> 春风几时来,幽岩已青峭。野径无人行,孤花自相照。(同上《阆中杂咏六首》六)④

上述各诗描绘的一面面风云月露、山水花鸟的不同景象,成为诗人各自心境的艺术写照,所绘之景,或飘渺迷离,或空寂幽眇,在其笔下,自然世界被塑造成独立自足而多少具有理想意味的精神世界,从不同的侧面,折射出他们对于这一个自然世界独特的审美观照,示意他们当下体验产生的心物神会而难以直接述说的种种深微玄奥的内心感受,这大概也正是诸子所要力加构筑的"搜求于象,心入于境,神会于物,因心而得"⑤的情与景难分、意与象相合的含蕴深永之境。

---

① 胡应麟《诗薮·内编》卷六《近体下·绝句》,第110页。
② 以上见《华泉集》卷七。
③ 《迪功集》卷四。
④ 以上见《王氏家藏集》卷十九。
⑤ 王昌龄《诗格》卷下《诗有三思》,张伯伟《全唐五代诗格汇考》,第173页。

而且,如上诗呈示的自然画面,使人也容易把它们与唐诗尤其是盛唐诗歌描写自然山水而意境深长的一些作品联系起来。像王廷相上述诸作,多接近盛唐作家王维之诗风,其追效的迹象还是可以捕捉到一二,譬如"野径无人行,孤花自相照"云云,更像是从王维"深林人不知,明月来相照"(《竹里馆》),"涧户寂无人,纷纷开且落"(《辛夷坞》)一类的诗句中化出,仿其所造之境。故清人朱彝尊称王廷相诗,"诸体稍牺,惟五言绝句颇有摩诘风致,下亦不失为裴十秀才、崔五员外"[①]。

就前七子诗歌有关深邃蕴藉境界的营造而言,这方面,还特别反映在他们对于杜甫诗风的效法。高友工在讨论杜甫律诗美学时曾经指出,尤其在七言律诗上,杜诗深化和拓展了原有诗歌狭小的境界,这表现在,"'历史'从广义上说是他思考的对象",而体现在杜诗中的历史感,涉及个人、当代及古代等不可分割的三个方面,"历史的这三个方面全都融化在个人的记忆里"。有时是三个方面同时在呈现,如其七律《登楼》;有时作者的思绪则"根据主题的性质在这些层面之间游移",如其七律《秋兴八首》、《诸将五首》、《咏怀古迹五首》等。并认为杜诗"有意识地通过个人的与共通的引喻意欲构成一个意象世界,引入单一意象所无法提供的丰富意蕴","如果说盛唐的美学是运用自然界的象征来传达个人的感情,那么在杜甫的美学中,专有名词或其他代码型词语的象征则被用来传递一种历史的情境与意义"。高友工所说的杜甫律诗中"通过个人的与共通的引喻"而形成的显示丰富意蕴的意象世界,尤其是运用专有名词或被视为是"指代记忆与想象中的讯息"[②]的代码型词语而构筑的象征系统,以及从中体现出的指涉个人、当代及古代的历史感,或者说所传递的一种"历史的情境与意义",实际上除了指示杜甫诗歌所具的开阔辽远的抒写视野,更反映了杜诗特别是其被人称为"蕴藉最深"、"味之不尽"[③]的七言律诗一种含蕴弘深、沉郁顿挫的风格特征。

正如我们在前面考察前七子诗歌的拟古态势及其特点时所指出的,检李、何等人之作,可以明显发现其以杜甫诗歌相宗尚的一种创作取向。这里,我们

---

① 《静志居诗话》卷十《王廷相》,上册,第 267 页。
② 《律诗的美学》,《美典:中国文学研究论集》,第 254 页至 257 页。
③ 陆时雍《诗镜总论》,《历代诗话续编》,下册,第 1416 页。

着重要说明的是李、何等人诗歌学杜而仿其弘深沉郁诗风,以及因此程度不等体现出的如上高友工所谓的一种"历史感"或曰"历史的情境与意义"。

先看李梦阳的七律《王孟寺北望》:"暑路尘沙淹客心,晚原台榭慰登临。西山日抱重檐落,汝水云移画栋阴。盗贼两河犹转战,朝廷万载莫轻侵。怀芹欲献江湖远,北望徒伤北极深。"①此诗有不少之处近同杜甫七律《登楼》,细比起来,仿效之迹不难觅见。如首联提示全诗的缘起,同杜诗首联"花近高楼伤客心,万方多难此登临"交代起由近似,其中"客心"、"登临"二语,更是直接沿袭了后者的用词。颔联比照杜诗"锦江春色来天地,玉垒浮云变古今"句,取景不及后者阔远壮伟,但有一点与之相近,即均在描示时序的推移与自然的变化。颈联述及时事和局势,显然化用了杜诗"北极朝廷终不改,西山寇盗莫相侵"句。再对比尾联,杜诗云"可怜后主还祠庙,日暮聊为梁甫吟",借感叹亡国之君蜀国后主刘禅,暗喻唐代宗李豫治政昏昧,并抒发了对曾好为《梁甫吟》的蜀相诸葛亮的敬仰之情,以及自己进献无门的怅悒。李诗则以出自《列子·杨朱》的"献芹"的典故,诉说了自欲建言而难达朝中的忧郁,就表达无由骋志、徒然自伤的情绪这一点而言,庶几与杜诗同调。合而观之,李梦阳这首仿迹明显的七言律诗,尽管无论在表现的广度上还是力度上远逊于杜诗,但应该说多少得其弘深沉郁之风,多少显示出后者包孕的一种所谓"历史感"。这主要反映在,它不仅叙写了个人的体验遭际和与之相纠结的当下的事件和局势,并且置二者于推徙变幻的历史场景中去加以昭示。尤其是颔联绘及的日落和云移的意象,结合诗的后半部分来看,既象征着生命岁月在沉滞无为中的流失,也象征着世事情势的风云变幻,如此也使诗意略显得沉深曲折,引人联想。再看被陈子龙称为"意景皆摹少陵"②的何景明七律《西海子》:"寺下烟波春不开,苑中风浪隐楼台。源泉细绕西山出,云气深从北极来。万里乘槎观日月,十年登阁望蓬莱。黄尘碧水须臾事,莫使鱼龙夜夜哀。"③诗中不但如"西山"、"北极"、"万里"、"十年"、"日月"、"蓬莱"等,都似曾相识,数为杜诗所用,而且令人注意的是,何诗在选取这些杜诗中多次出现的"专有名词"或"代码型词语"的基础上对其总体风格的

---

① 《空同先生集》卷三十。
② 《明诗综》卷三十《何景明》引。
③ 《大复集》卷二十五。

仿效。从上诗来看,其除了学杜雄浑阔远的气象,还在学杜弘深沉郁的风韵,以后者而言,诗中形成的意象系列,特别如中间两联所示,其描绘的是观察宇宙自然的壮阔景象,其传递的是对于由古至今的历史变迁及其所蕴涵的人生哲理的深入思索和感悟。所思与所悟,概括起来,则集中到了其中的"黄尘碧水须臾事"这一句既简省却又凝结了纷繁历史观照和人生体验的诗句。从这个意义上讲,诗中呈现的意象系列可以说被赋予了相对丰富的内蕴,更具有复杂的象征意味。

就李、何等人学杜而对其弘深沉郁诗风的仿效而言,尤其不能不注意到李、何分别拟杜甫七律组诗《秋兴八首》而作的《秋怀八首》和《秋兴八首》[①],杜甫诗歌显示的所谓"历史感"或"历史的情境与意义",在这两组诗里更是不难体味得到。

综观李梦阳《秋怀八首》的拟杜特点,其最为显著的地方,主要体现在将当朝、前朝乃至古代的事况和史事作为重要的观照对象,"秋怀"的思绪在不同的历史时段反复游移,上下跳跃。假若说,如"胡奴本意慕华风,将校和戎反剧戎","闻道健儿多战死,暮云羌笛满云中"(五),"女直外连忧不细,急将兵马备辽东"(六),"西国壮丁输挽尽,近边烟火至今稀"(七),意在反映当朝北方边戎的状况,述说心中难消的忧患,那么,如写宣宗朝"辛苦调羹三相国,十年垂拱一愁无"(三),更像是在今昔的比照之中追怀前朝曾经有过的治平景象,反衬当今治理不力、边情维艰的窘迫。至于如"庆阳亦是先王地,城对东山不崛坟","回首可怜鼙鼓急,几时重起郭将军"(二),"渥洼西望迷龙种,突厥南侵牧橐驼","况是固原新战斗,居人指点说干戈"(八)云云,又显然是一种由今及古的笔触,从当朝的边情跃而联系到历史上的相关事件,诗思在古今之间来回穿梭。

和李梦阳《秋怀八首》相比,何景明的《秋兴八首》在抒写的角度上似乎与杜甫的同题组诗更为接近,而它所显示的"历史感",犹如高友工在论评杜诗时所指出的,更多反映在了个人与当代历史的相互纠结,或者借用他概括杜甫《秋兴八首》的话来说,乃是"当代历史中的自传性记述"[②]。其诗言"前岁今皇新御极"(三)、"十年归梦落渔簑"(六)云云,当作于何景明正德三年(1508)谢病告归

---

① 《空同先生集》卷二十九、《大复集》卷二十四。
② 《律诗的美学》,《美典:中国文学研究论集》,第 256 页。

之后,这也是他在经历了正德之初的政治风云和人生变故后的一组遣怀之作。诗以"万里关河迷北望,无边风雨入秋来"(一)的感秋发端,主要运用追述的方式,不仅回忆了弘治年间在京师的"近侍"岁月,而且历述自武宗登位之初"孤槎奉使日南国"(三)奔赴南方诸地的出使经历,再回归到目前"日日幽怀对薜萝"(六)的归隐生活。尽管诗中未用鲜明而强烈的笔触,但可以看出,这种个人境遇的前后变化,是从对不同时段环境的含蓄比较中显示出来的,如此追忆与失意也成为这组诗篇的主基调。比如,从诗二描述当初在京"凤凰池接夔龙会,阊阖楼开日月悬"的句子中,可以看出作者多少带有对弘治朝宽缓政治气氛的追怀,也映出"只今病卧遥回首,夜夜清光北斗边"的怅悒。而这种惆怅之怀,在诗五叙写奉使经过湘地所感中有更为明显的表露:"去国尚思王粲赋,逢时空惜贾生才。湘南两度曾游地,惆怅烟花暮转哀。"此不但借王粲、贾谊不遇以自况,更暗含了对于正德之初以来政治情势变易的切身感触,以及由此产生的失落心理。总之,这种注意在当代历史的场景中展示个人的经历和体验的作法,更明显体现了杜甫《秋兴八首》的一种写作路数。

应该留意的是,李、何以上两组诗所显示的历史意味及其对杜甫弘深沉郁诗风的摹仿,同时渗入在它们用心摹绘的意象系列之中。首先,有一点是看得出来的,这就是两组诗均有意识地选取了具有特定情韵的若干意象来烘染气氛,配合情感的传递。如何景明诗中写到:

  沙边返照寒初敛,水上浮云晚故多。(六)
  孤城落雁冲寒水,万树鸣蝉带夕阳。(七)
  连山落木萧条后,隔坐残花怅然中。(八)

作者描述自己的感秋心境是,"徒有寒樽对花发,病怀愁绝共谁开"(一)?"正是平居多感慨,底须辞赋答秋风"(八)。这种愁叹悲慨,当然主要是针对其个人在当世政治环境发生变化情况下所遭逢的人生变故。显然,特别是以上诗句中的夕照、浮云、落雁、寒水、鸣蝉、落木、残花等意象,更偏重于沉凝、凄寒、苍凉的韵调,自是多在传达作者遭罹困窘的强烈的失意情怀。同样,如李梦阳诗中所写:

  白豹寨头惟皎月,野狐川北尽黄云。(二)

> 宣宗玉殿空山里，野寺霜黄锁碧梧。（三）
> 沙白冻霜月皎皎，城孤哀笛雁飞飞。（七）
> 黄花古驿风沙起，白雪阴山金鼓多。（八）

呈现在各篇中的这些交织在一起的不同意象，仿佛是在提示耐人解读的多重情绪。例如，诗三的这一联尽管明显袭取杜诗"翠华想像空山里，玉殿虚无野寺中"（《咏怀古迹五首》其四），然玉殿、空山、野寺、寒霜、梧桐等意象用在此处，还是显得凄迷而幽约，与诗中表现出来的追忆的情愫尚比较吻合。或许是这一原因，此联的出句"宣宗玉殿空山里"为清人王士禛所欣赏，曾被他直接套用在自己的诗里[①]。诗二、七、八各联，则主要围绕寒秋时节边塞要地的自然景象而展开，其包孕的意涵似乎较为纷杂。譬如，皎月、黄云、霜沙、孤城、哀笛、飞雁等意象，都在极写寒苦、萧杀、混茫的边地环境，这和诗中描叙的艰屯多难、甚至因此而付出军士"战死"之生命代价的严酷的边备情形相照应，既多寓哀悯，也饱含憋闷；而如写风沙卷扬、金鼓多鸣，前者描绘的是一种激烈起伏的自然现象，后者则与兵戎联系在一起，都象征着动荡不安、危机四伏的边地形势，隐忧之情，不言自出；又比如黄花古驿、白雪阴山，为北方边远之地特定的景观，苍凉中透着古邈的气息，更有一种历史沧桑之感。

从另一方面来看，这两组诗在意象的构造上，为体现杜甫弘深沉郁的诗风，又有意识地袭取杜诗中某些蕴涵丰富的意象而为我所用，于是杜诗曾经运用的若干具有特定象征意义的所谓"专有名词"或"代码型词语"也被引入诗中。例如，何景明诗二从"忆在京华近侍年，五更清珮入朝天"的追忆入手，以"只今病卧遥回首，夜夜清光北斗边"作结，其中的"北斗"这一意象，当是从杜甫"每依北斗望京华"（《秋兴八首》其二）的诗句中沿袭而来，取用的即是后者以"北斗"联系京师的意义连接，隐含对于自己当初京师生涯乃至弘治朝政治环境的一片忆念之情。当然，这样的沿用，在更多的情形下实际上主要取杜诗那些"专有名词"或"代码型词语"所代表的意象特征及其象征意义，而未必是借以描绘客观存在的真实景象。譬如，李梦阳诗三忆及宣宗一朝，其颈联出句"芙蓉断绝秋江冷"，系化用杜甫"鱼龙寂寞秋江冷"（《秋兴八首》其四）而成，其中"秋江"的意

[①] 见王士禛《裂帛湖杂咏六首》四，《渔洋精华录》卷六，《四部丛刊》影印林佶写刻本。

象,在杜诗中显为实写,所谓"秋江二字,点秋兴意","故国平居之事,当秋江寂寞,而历历堪思也"[①],李诗袭此意象,盖取其清冷悲凉的象征意义,以渲染一种追忆历史的气氛,其结果则虚化了杜诗这一实写的笔法。对此,清人吴乔《围炉诗话》就曾经提出了"燕地何以有江"[②]的疑问,质疑李诗描写的真实性。吴氏的指摘,当然可以说触及了李梦阳诗歌在摹袭杜甫之作过程中暴露出来的板滞,但它也恰恰从一个方面,说明其这么做的主观意图,正是为了在仿效杜甫诗风上达到一种更加逼真的审美效果。

第四节 朴略与古奥并尚的文风

假如前七子诗歌创作所显示的一种主导性的艺术风格能以雄浑合兼深秀来总括的话,那么,作为一种主导性的风格特征体现在李、何诸子的古文创作上,则可用朴略与古奥并尚来加以描述。同样地,作这样的概括,并不意味着要忽略他们在文章艺术风格上的差异性存在。正如前面所指出的,诸子之间个性、才识、积养、经历不尽相同,故呈现在具体作品中的风格特征不可能完全趋于一致,这一点不仅反映在其诗歌创作中,也同样反映在其文章创作中。着眼于此,目的是期望在注意诸子文风之彼此差异性的同时,更能够进一步揭示出作为群体组织的前七子,表现在古文创作中基本的艺术审美取向。

一、质实与真率相交织

观李、何诸子之文,朴略可以说是其中所反映出的一大明显的风格特征。这首先表现在它们大多选择了一种朴质不华、切实不虚的书写风格,此亦和诸子强调的以"质"为本、以"实"为尚的创作主张不同程度相对应。

还是让我们先以李梦阳的记文为例。作为一种主要用于记叙人事、摹状景物同时兼及抒情议论的传统文体,记文的叙写空间相对较大,同时在表现上也更有利于铺陈繁述,描画绘染,抒怀发论。但从李梦阳记文的创作来看,不少文

---

① 《杜诗详注》卷十七引顾宸注,第四册,第1489页。
② 《围炉诗话》卷六,郭绍虞编选、富寿荪校点《清诗话续编》,第一册,第671页,上海古籍出版社1983年版。

章的记叙并没有过多着意于此,而是较明显体现出一种亦质亦实的特点。如他的篇制短小的《河上草堂记》一文,乃记其正德二年(1507)自京师归居大梁后所筑之草堂,其中写道:

> 其地古大梁之墟,今日康王城是也。濒河,河故常来。今其地填淤高,河不来,人稍稍治坟墓葺庐舍矣,始蓄牛马,树树木,始有井落道路之界,然四面皆荠荠。其地宜桱杨宿麦,予兄故垦田数十百区,树柳以千数,环堂皆柳也。登堂见大堤及城中塔背,隐隐见河帆。堂下莳榴、竹、菊、葡萄、槿、椒、牡丹并诸杂草物。而予日弹琴咏歌其中,出则披苍榛,登丘场,坐断岸而歌,有二三子从。[①]

上文从草堂所在的地理位置写起,描述了其周边的自然生活环境,接着将观察的视线拉回至环绕草堂之场景,然后再从堂内向外眺览的视角,分别描写登堂之所见以及堂下之所植所生。这一段的记叙,从大及小,自远及近,虽由多个的察视层次所构成,却并不显得冗繁。主要原因在于,它不仅以简质的描述代替了繁缛的摹画,而且以切实的叙录代替了侈张的虚饰,有关草堂的位置及环境的描写,上文几乎未运用形容修饰的词汇,接近于一种实景式或复原式的叙述。这一记叙的特点,在李梦阳的《华池杂记》中表现得更为明显:

> 华池,古乐蟠县也。故城川,华池东;天子沟、夫人洞,并故城川,蒙恬斩山堙谷处也,今驰道存焉。稍东则阳周城也。牡丹园,华池城东北,太和观,牡丹园西。张将军墓,华池城北边路。将军名吉,宋范仲淹卒也,以节死赠将军,详见郡志。兴阳洞,华池西崖也。不窑陵,庆阳东山;傅介子墓,西山。范仲淹宅,今为府库;范纯仁遗栋,今为府仪门过木。鹅池,庆阳城凿通河处,临川阁,鹅池上,宋蒋之奇建,今废。威武楼,庆阳城北楼也,宋建。公刘庙,在庆阳,其两壁画周三十七王云。

此文的篇幅虽不长,但因为是"杂"记,所记叙的对象自然相对繁杂,总共涉及华

[①] 《空同先生集》卷四十八。

池当地及其周围十馀处遗迹景观。即使这样,记文之中亦难见用于铺张缀饰的繁词丽语,取而代之的是更为简约、拙朴、平实的笔调。也由于如此,文中前后的列述,从另一角度看,不免显得有些质木和拘板,甚至可以说缺少必要的文采,质实一词,似乎同样适合于用来形容此文的叙述特征。稍检李梦阳文集,不难发现,即并不是只有篇制简短的记文才体现出如此的书写风格,实际的情况是,这种特点在他的一些篇幅较长的记文中也是明显存在的,较有代表性的要属他的《游庐山记》。这篇记文作于正德八年(1513)六月,当时李梦阳方在江西提学副使任上,文章主要顺着作者游历的路径,记叙了"庐山南北之大概",为梦阳诸游记中文字最长的一篇,兹引其记首途而直至"庐山第一观"的沿路所见一段为例:

> 自白鹿洞书院陟岭东北行,并五老峰数里,至寻真观。观今废,然有石桥。自观后西北行里许,并石洞,入大壑,路旁有石刻,一宋嘉定间刻,剥落难识;一元大德间吕师中刻也。入壑行,并涧路,石渐巉岩,数里至白鹿洞,此锁涧口者也。群峰夹涧峭立,而巨石怒撑,交加涧口,水湍激石斗。旁有罅,人伛偻穿之行,此所谓白鹿洞云。过洞复并涧,转北行数里,则至水帘。水帘者,俗所谓三级泉也。然路过洞愈崄涩,行蛇径、鸟道、石罅间,人迹罕至矣。水帘挂五老峰背,悬崖而直下三级,而后至地,势如游龙飞虹,架空击霆,雪翻谷鸣。此庐山第一观也。然李白、朱子皆莫之至,而人遂亦莫知其洞所,顾辄以书院旁鹿眠场者当之,可恨也。斯虽略见于王祎游记,然渠亦得之传闻,又以寻真观列之白鹿洞后,误矣。①

观以上所记,很显然,其基本的作法是对于沿路各个景观进行实景式的展列,作者的注意力似乎更多集中在关于这些景观的行进路线与具体位置的介绍,这一点当然是基于他实地探察的结果。也由此出发,其不仅以他人不知像白鹿洞这样景点的确切处所为"可恨"之事,并且还特地指出王祎的游记因为只是"得之传闻"导致记载不实的失误,可见出作者注重实写的一种写作态度。同时,作为一篇记叙"庐山南北之大概"的长篇幅游记,上文并不缺少针对各类景观而展开

---

① 以上见《空同先生集》卷四十七。

全面细致描绘的潜在空间,但事实上它并未采取这种名正言顺的叙写策略,而是用了比较简练和质拙的笔触,一一列示游历庐山过程中所经之景地,即使间有诸如"势如游龙飞虹,架空击霆,雪翻谷鸣"这类形容摹画的词句点缀其中,然亦不过寥寥数语,并未盖过文章整体呈现的一种朴质而切实的写法。

就以质实相尚的风格特征而言,在前七子中绝非只有李梦阳之文如此,事实上这种特征在其他成员的古文当中多少也存在。如何景明,尽管收入其三十八卷诗文集《大复集》中的文仅为九卷,数量有限,但还是可以一窥其文章的书写风格,康海即曾指出他的论著"皆当实不修"[①],可谓点出了何文的某些特点。不妨同样以记文为例,如何景明的《沱西别业记》,为郡守华容人孙氏而作,起首即述其地理形势:"沱出于江。予尝浮江下峡,所束势漂疾沦汇,澜涌漩洑,莫得旁展。既入荆地,平溢十数里,其势始得自纵,乃有别出若沱者焉。沱至华容,则蜿蜒回复,带城抱郭,起伏皆自重岗曲垄相应显,又莹澈可镜。"这一段的文字,主要是为记叙孙氏沱西别业作铺述,从沱水自江所出述起,写到江入荆地的形势,再写到沱水流至华容的曲折水貌,复杂的地理环境特征,被浓缩在了相对简练的描述之中,而这当中,"予"浮江下峡经历的特别交代,使得环境的描写更增加了某种真实感。间述孙氏别业所处之方位和周遭之景,其曰:"别业至邑三里,地名三里店。东墙以城睥睨,互出林表,西峙白鼎。后为黄湖,前有湖曰田家湖。湖之外为禹山,列如屏障,杂见丹碧。云烟之所出入,光景之所射映,朝夕四时之所变化,不可纪状。"这里,"东"、"西"、"后"、"前"、"外"景象的逐次点示,诚为周至,不过仍以十分简约与笃实的笔触写出,至于云烟出入、光景射映及朝夕四时变化,仅用"不可纪状"一语带过,似乎也有意在避免华靡冗蔓的摹绘。类似的笔法,也间见何景明为尚宝丞许氏所作的《龙湾草堂记》,比如此记开头叙写龙湾之地及许氏之择地葺堂:"龙湾在灵宝县之南,入函谷,次古虢国。左洪溜涧而秦岭,右盘山沃野,流水涌泉,可田圃而宜稻竹。许子之家食也,乐其地,葺堂焉栖之。"[②]可以说,把本来完全具有展开描写空间的草堂之所在环境、筑堂之缘起,同样诉之于一种相当简朴而拙实的记述。

需要指出的是,尽管可以用质实来概括李、何诸子之文的某种风格特征,但

---

① 《何仲默集序》,《对山集》卷十三。
② 以上见《大复集》卷三十一。

由于各人之间的着眼点不尽相同,所以表现在他们古文当中的这种书写风格也是有所差异的。前面我们已提及,关于诸子强调的以"质"为本、以"实"为尚的创作主张,不应忽略传统尚质尚实用观念对他们所发生的某种潜在影响。这一点,在对待以传统眼光看来应该担当更多实用功能的文章上尤显如此。故如康海一面反对为文"义意繁偎,溢于往训,摹仿摽敩,远于事实"①,一面提出文之"三等"说,以为"上焉者,惠猷启绩,若唐、虞咨俞之美焉;中焉者,弘道广训,若孔、孟删序之微焉;下焉者,序理达变,若《雅》、《颂》讽托之妙焉。三者不具,虽文何观?"②至如指责时人之文"文华而义劣,言繁而蔑实","道德政事寡所涉载"③的王廷相,更不忘强调:"君子修辞,要在训述道德,经理人纪,垂示政典,尚也。"④以达到他所谓的"其道真,其业实,无诞美,无虚饰"⑤。受传统尚质尚实用观念或多或少的影响,七子之中像康、王等人,在重视质实之文风的同时,也不同程度地为凸显这种作风,加强了道理议论、事实陈述的相关因素的布展。如康海《送潇川子序》,以为"夫欲赠潇川子,何若以道而赠乎"。这是因为在作者看来,"道者,履之所及,士之所志者也。于人以言而不及乎道,芬章绘什奚补焉,抉奇穷瑰奚传焉,侈溢泛浩、宏博伟大奚关焉"。故序中所言,主要申以"因心以眂物,参听以广情,果断以杜妄,执准以正欹"⑥。《赠雨山子序》,所谈论和陈述的重点,又是如何"厚民敦化"的道理及事例,强调的是"夫君子之于天下,因其敝而救之,因其利而利之而已。故矫情者鲜功,因民者广福"⑦。其《东岗记》,乃就高密李昆羡已闲居浒西别业一事,借题发挥,声明"夫志气者,君子居身之所珍;而穷达者,士之遇也",同时告以"大行不加焉,穷居不损焉"的所谓"君子之道"⑧。较之康海,类似的特点在王廷相的一些文章中表现得格外明晰,如他的《嘉乐堂记》,以中山武宁王裔孙曰东园子者"乐其天性之真"之作为,比较通侯贵戚的豪侈之乐,论议"乐由于性分,则无所遇而非乐"的"君子之真乐",

---

① 《何仲默集序》,《对山集》卷十三。
② 《浚川文集序》,《对山集》卷十二。
③ 《石龙集序》,《王氏家藏集》卷二十二。
④ 《钤山堂集序》,《王氏家藏集》卷二十二。
⑤ 《广文选序》,《王氏家藏集》卷二十二。
⑥ 《对山集》卷十二。
⑦ 《对山集》卷十三。
⑧ 《对山集》卷十五。

并以"贵家豪侈之非乐"相戒示,其旨无非在于陈述"不愧于天,不怍于人,不畏于鬼神"①的处身行事之道。《决遁叟述》,讲述的是东海有决遁之叟,不图渔于海而钓于曲隈之岛,所以如此,其自认为"有突利者,必有突害",是故"知道者恒易足而不徇物以伤己","以外物之不可徇而徼幸于利害之途者,非善其生之道",以此来说明一番守雌避害的道理。又如《介立对》,提出"道犹海,会纳百川矣;圣如日,溥照万汇矣。执一德者途狭,睹一隅者行碍",强调的是所谓"圣人通变之术、会极之归",或者说,所主张的核心问题即为"损有馀以进乎中庸之会"②。应该说,如康、王的上述这些文章,尽管力在避免"文华而义劣,言繁而蔑实",以所谓"道真"、"业实"相尚,但由于过分注重道理的议论与事实的陈述,在追求质实之文风的同时,客观上多多少少淡化了它们的文学价值。

在另一方面,作为李、何诸子古文朴略之风格特征的一种表征,其同时从不同的层面显示与质实文风相联系的真淳率直的表现特点。这体现在,诸子的一些文章相对突出了以情感或意向的表达为主导的叙述特点。试先以何景明的书信为例,除了前曾提及的《与侯都阃书》,其严责时"当西路"的都阃侯某虚有"能礼士大夫"之名,实所礼者在于"要路显赫",揭示他本自"显晦利害"考量的势利之心,语词直截峻厉,一以自己的性气情绪出之,该特征已是相当明显,又比如,何景明在正德之初致吏部尚书许进的《上许太宰书》,其曰:

> 乃者主上幼冲,权阉在内,天纪错易,举动大缪,究人事,考变异,未有甚于此时者也。然而上下之臣,未见有秉德明恤、仗义伏节者。某虽寡昧,谅明公之所必忧也。夫国有人曰实,无曰虚。以今日观之,虽谓之虚可也。其所以系大小之望,致虚实之原,实惟明公之责,是明公虽欲无忧,不可得也。顷者,闻权阉多干明公之正者,议者难之,或谓宜少自贬以为容。夫自贬以为容者,患失者之所为也。孰谓明公表师百僚、坚立万仞者而为此乎?某于明公素未伏谒,然慕义甚深,区区之怀,不敢不露。窃为明公画二策,惟明公之自择焉:一曰守正不扰,不容于权阉而去者,上策也;二曰自贬以求容于权阉而不容于天下后世者,下策也。夫今之计,止是二者,二者俱为

---
① 《王氏家藏集》卷二十四。
② 以上见《王氏家藏集》卷二十五。

不容。然守正不容,可以激颓靡于当时,流声烈于后世,损少而益者多。自贬不容,则颓靡益恣,声烈且败,益少而损者多。二者孰重孰轻,惟明公之自择焉。昔者子贡谓孔子曰:"夫子之道大,天下莫能容,盍少贬乎?"孔子曰:"良农能稼不能为穑,良匠能巧不能为顺。君子能修其道,纲而纪之,统而理之,而不能为容。赐,尔不务修道,而务为容,尔志不远矣!"由是观之,士而未禄,尚不可为容,况位冢宰、统百官而均四海者乎? 而何以为庶官之地、天下之望乎?①

何景明作此书,时值刘瑾擅政,其上书的目的,主要是有感于当时的政治情势,激勉许进"守正不容"。通篇观之,书中并没有多少枝蔓委纤的浮词冗语,在更多的情形下重点围绕着所感所思的脉路,向对方展开直切的陈述。其先是从"主上幼冲,权阉在内,天纪错易,举动大缪"的政治现状直接切入,表抒心中强烈的忧懑,同时向许氏明示当下政治情势的严峻性。然后转向对所谓"自贬以为容"意见的质疑,认为如此则是"患失者之所为",藉此亮出自己所持的鲜明立场,挑起议论的中心话题。因为于许氏"素未伏谒",又何况对方高居冢宰之位,所以,书中接下去自行替许计画上下二策,直言轻重利弊,供其自择,其至引述孔子训导子贡之言,说明"士而未禄,尚不可为容,况位冢宰、统百官而均四海者乎",不仅语气更为直截了当,且态度异常分明,这些即使不能视为在向对方贸然指点,也多少可以说是无拘于礼数来行文措辞,而从另一个角度来看,则恰恰显出作者随顺所思、直陈其见的表达方式。再如何景明致杨一清的《上杨邃庵书》,正德六年(1511)李梦阳迁江西提学副使,继以亢直获罪,时杨任吏部尚书,是书即为直梦阳讼事而上之,其在起首就直入主题:

> 仆闻圣人哲士,取人于众恶;明主显相,识贤于集毁。夫徇同情则独行见遗,实多口则廉节被黜。何也? 独行者,同情之所缪,而廉节者,众口之所黜也。昔匡章弃于通国而获与于孟轲,即墨污于左右而受封于威王;孔子明公冶之非罪,晏婴脱石父于缧绁。是故众恶之中,圣哲之所必详;集毁之下,明显之所弗蔽也。今有操独行、秉廉节,而干众恶、负集毁若李梦阳

---

① 《大复集》卷三十二,影印文渊阁《四库全书》本。

者,明公在上,何可弗少加察而一援之也!

何景明自称和李梦阳"有肝胆之交",此时毅然为陷入困境的执友上书辩白,给予援助,一方面当然是基于友人之间义不容辞的深情厚谊;而在另一面,也是更为主要的,又是从内心感佩李梦阳能坚持"操独行,秉廉节"的人格操行。鉴于此,上书的开头部分在表彰李梦阳独立特行操守的同时,对他"干众恶,负集毁"的不幸遭遇深表同情,为之大鸣不平,其中向杨一清发出的于李梦阳"何可弗少加察而一援之也"的竭声呼吁,应该说,不仅仅是在表达为友人求助的意愿,也是在表达个人的是非判断和价值取向。这条集友情、同情及自我价值准则于一体的情感或意向的脉络,在书信的一开始就被凸显出来,且观下文,其始终曲绕于此而展布,如书中紧接上文又云:

夫仆于阳非敢谓其无过也,自崇而弗下人,太任而弗识时,多愤激之气,乏兼容之量,昧致柔之训,犯必折之戒,此其过也。若其饰身好修,矜名投义,见善必取,见恶必击,不附炎门,不趋利径,处远怀不招之耻,处近执莫麾之勇,在野有兔罝之武,在公著素丝之直,立志抗行,秉心陈力,咸可尚也。前与御史相迕,同党交构,恃其贞介,不服文法,邅延无已,固其自取。而尊达至为不悦,缙绅靡然诽笑。言官亟诋于朝,法吏深鞫于狱,惟恐推之弗披,而辱之弗窘也。嗟哉,亦已甚矣!谓深惩以全之,乃底其坏;历责以备之,实求其缺。谓其为高好胜,多事越位,不即攻之,将为患害。则阳之为害,弗犹愈于卖法成贿,污行丧守,玩公诡避,行私煽虐,甘心附媚,役志富势者乎?凡此一切,置之不问,而独于阳而较焉,何也?大概习于苟同而畏异己,溺于混浊而非独清,便于相容而惮弗群,务为蔽闇而忌太白。故当事谓之横,伐奸谓之讦,建树谓之标己,振起谓之轻事,问民隐曰市名而出位,持国法曰寡情而立威。是以诡俗谐众之人,相倚为誉;而直节独行之士,疾之若雠。由此观之,仕宦之徒,不贬损以就时,游滑以希世,何能免于今之人哉?①

---

① 《大复集》卷三十。

这一段的陈述系此书的核心部分，可以分为三个层次来看：先从李梦阳本人之"过"述起，说到底，这是采取了以退为进的策略，目的是为了突出对象身上"饰身好修"等一系列的优长，所以，书在列数其诸"过"之后，进而昭示其诸"可尚"之处。次述以李梦阳所为，乃备受诋诽摧辱，实在不公，认为如此"亦已甚矣"，语势愈趋于激切，表示出来的又是强烈的同情之心和不平之意。继此之后移向对世情俗态的判析，用书中无所掩饰的话来进行归结，也就是"诡俗谐众之人，相倚为誉；而直节独行之士，疾之若雠"。这在评斥趋同畏异、不辨是非的世俗风气的同时，进一步为李梦阳"操独行，秉廉节"的人格操行公然作辩护，强调自己在对待梦阳遭江西之讼这一事件上的原则立场。就此，也更明晰突出了文随意行、多无虚饰、少加忌避的特点。所以，有人指出何景明此书与前《上许太宰书》等这样向上陈言的函札，其共同的特点是，虽"皆非身事"，却"抗言尊显，语涉时忌"①，并不是没有道理的。

再不妨举康海的书信为例。相比于康海一些注重道理事实议陈的文章，他的若干书信更多述及个人的切身遭逢，更坦直吐露自己的意念心志，写作个性相对鲜明，正因为如此，它们在具体的叙述线路上，也往往显示出某种以情感或意向表达为主导的特点。如康海回应有意招募自己的总督川陕诸军彭泽的《与彭济物》一书，声称"不避诃责"，为一吐"区区平素之悃"和"肝膈之实"。其始述本人自正德五年（1510）以瑾党遭削籍除名之后，"即放荡形志，虽饮酒不多，而日与酩酊为伍，人间百事，一切置之"，并言"此其性习之已成，激之不返，虽三公之贵、刀锯之辱不可夺也，况数硕之粟、半幅之纸乎"？即以决绝的语气，表示自己专以放纵形志为快，不欲接受招募，向对方告明其难以易夺的"性习"。接此之后，又述以"含垢于有罪者之籍，与不肖之人同被驱放"的屈辱遭际，以及"情苦心局，不复自爱"的颓然自放，倾吐这一场政治祸难给本人带来的精神上的巨大挫折感，藉以泄放胸中积郁不平的心气。至于此书在接下去一一表诉所谓"不可于当世者有五"和"甚不宜出就官职者有二"，尽陈其"性喜嫉恶"、"懒放畏出"，又"喜面评"以及"智高万物之上，而名陷九渊之下"②等等的性行与遭遇，明示自己决然不出的坚定心志，更成了作者表露"平素之悃"和"肝膈之实"的重

---

① 乔世宁《何先生传》，《大复集》卷首。
② 《对山集》卷九。

点,同时也更彰显出其以表情传意为中心而结构此书的特点。不独如此,在这方面,还可以康海致友人何瑭的《答柏斋先生书》作为例子,该书在一开始就表示:"仆生平服义重德、直行亮迹而已,其他虚恢盗名、隐忍委曲以要时好,死不愿也。"如此的一番开场白,略去了一般书信的寒暄套语,不仅显得拙直,甚至多少有些突兀,可以说是用一种直白无误的口吻来道明志之所向、意之所系,似乎在作者看来,只有这样才能让人完全明了其本人的心迹。这种叙述方式同时也流溢在此篇书信的其他部分,如下所云:

> 承教云:得报以来,且痛且恨。所痛者,执事平生之心可以对天日,有伊、周之才之志,不得少行于时;所恨者,凡事轻忽简略,不存形迹,卒罹大谤。……伊、周之才之志,仆之污秽所不敢当;不存形迹,卒罹大谤,此政仆之所以为仆者,终身不敢易也。……于义有未当,理有未喻,虽圣贤令之行,仆不敢也;苟理喻义当矣,虽人人掩口笑道,仆行之也。……仆向罹二三子之谤,能勿杀身,无几也。盖是时瑾方以君子之言禁士类,二三子者不谓仆为小人也。今又罹诸君子之谤,能勿杀身,亦无几也。盖是时大臣方以小人之恶饬士类,诸君者不谓仆为君子也。由二者言之,仆一身何兼被俱有如此?盖苟可以去官杀身于我,则君子小人者非彼所择也。其至于此,虽存有形之迹,何救哉!

据以上所述,康海在书中一而再、再而三自表的,是他本人所谓"终身不敢易"的志操,和书在一开始就直言的"服义重德、直行亮迹"的心志相与呼应。这表现在,其不但声言自己"不存形迹,卒罹大谤",在所不惜,以为乃个人本性之所系,即"此政仆之所以为仆者",又强调一切根据"理喻义当"而行之,再度亮示了其所执持的价值基准,并且表示,在现实环境中实际上已无君子小人是非之分,所以,"虽存有形之迹"也是无益的,还不如"不存形迹",秉志直行,真正"不以险夷易操"[①]。总之,这种反复而率直的自我心志的表白,始终凸显在上书的字里行间,成为其中一条主导性的陈述脉络。

与此同时,说到李、何诸子古文中以情感或意向的表达为主导的这一叙述

---

① 《对山集》卷十。

特点,还不可不注意到相对集中体现该特点的诸子一些传述伤悼家人故友的碑传祭奠之文。如边贡的《始自荆州奔丧告文》,为祭告亡父而作,该文主诉同父亲"盖自有生以至永诀,聚者半,别者半"的聚离不定的经历,以及无由挥去的愧疚和哀伤之情。文中重点述及三件事情,一是"去岁四月,要吾父于临清,儿跪请偕行,而吾父弗许,则以道远之故与川寇之警也";二是"今岁五月,书来奉迎,又阻于河北之扰,吏仆徒返,儿心用伤";三是"逆旅之别,儿奉觞涕下如縻。吾父虽厉色斥儿,然仰视吾父之涕固自不能收矣。向风长号,回轸呜呼"①。从此文结撰的角度来说,选择以上多少显得零散的若干事述之,未必经过精心的思虑,带有一定的随意性,而从作者表情的角度来说,这些事情则可能在他的记忆中烙下极为深刻的印象,着实触及他的内心伤痛之处,难言个中的负愧与憾怆,以至于在祭悼亡父之际油然而兴,故情不自禁形之于告文中。再如边贡的《先夫人董氏行状》,最后部分特别写到其母病势危急时的情景:

> 夫人病,谓不肖孤曰:"吾夜者梦后庭榴始华,顷之垂巨实如盎,我往将摘焉,尔父在侧,亟召我。兹吉乎凶耶?今尔妾幸有身,而吾病,吾恐不及见尔子也。是天乎,是天乎!"盖自是愤矣。既愤,气上出如炊甑不绝,又殷殷如百里外雷。逾日始苏。既苏,犹瞠目顾不肖孤曰:"天乎,天乎!吾边氏老寡妇也,何恋于世,顾念尔无羽翼,吾无以下报尔父及尔大父母于九原耳!"已又执不肖孤手呼曰:"天,天,一子者良苦矣!"已又连呼曰:"苦,苦!"遂不复言。逾四日乃卒。

无外乎是出于为逝者誉的写作立场,也是出于对亡母的敬恪之意,作者在行状里并没有忘记列述母亲生前的种种懿行,以突出她"婉嫕笃意,出于天性"②。由是观之,自然也可以认为它对传统传状碑志之文写作模式的遵行还是有迹可循。与之比较,上面这一段在行状中相对详实而分外显目的记述,描写亡母在病革之际尚顾念后嗣,依恋不舍,实在可以称得上是大书特书的一笔了,不过,这一笔与其说是在特意表彰逝者的"婉嫕笃意",倒还不如说是以较为平直真切

---

① 《华泉集》卷十三。
② 《华泉集》卷十二。

的笔触,写出其母虽属凡常却不失真实的临终心思。同样可以想象,如果作者不是出于对这一特殊情景的刻骨铭心的记忆,不是受到内心难以抑制哀情的驱使而循行情感主导的脉络进行叙写,决不至于在这样一篇篇幅有限的行状中不惜笔墨,展开如此一种放大式的特写。

再来看李梦阳所作。袁宗道评梦阳文,在指出其"模拟"现象时,又以为"空同诸文,尚多己意,纪事述情,往往逼真"①。如果说,袁氏的这一席话还不失为中肯之论,那么,它多少在客观上道出了更明晰体现在李文之中那种以情感或意向的表达为主导的叙述特点,尤其观李梦阳所撰的一些碑传之文,这一特点又相对突出。如《明故监察御史涂君墓碑》,为狱友江西新淦人涂祯而作,其始即述云:

> 新淦县南,我舟至莲花潭,舟人指岸西庐曰:"此涂御史居也。"余闻之呀然,于是登岸造其庐,见其子朴而问涂御史葬处。朴指曰:"父葬处隔江五里东乡西廉山是也。"余望之歔欷。……戊辰夏,余盖罹竖瑾祸云。余至京师,下诏狱,乃涂君业先系狱,相见执手问故。初,瑾以盐货源也,因遂厚望巡盐御史货。……及涂君巡盐还,则空手见瑾,瑾怒,下君狱,然犹日望其货来也。久之,货竟不来,瑾愈怒,矫诏"涂祯打三十棍,发肃州卫,永远充军"。君坐掠重,寻卒。无问识不识,见君卒,无不嗟叹泪下。乃时余尚在狱,闻之哽噎者累日,食不能下也。②

与一般碑文惯用的先交代墓主姓氏字号爵里世系等那种溯本索源的叙述顺序有所不同,此文在开头从作者造访墓主居所和探问其葬处一幕述起,这正显示了他非同寻常的追怀逝者的一片深情。不啻如此,接下来的记述也似乎偏离了碑文习惯上的写法,即并未立即转入对于墓主生平的逐次交代,代而述录的,则是作者在正德三年(1508)被逮入狱与同系狱中的涂氏"执手问故"的情景,以及涂因忤瑾获罪死的案情经过、作者闻讯激起的"哽噎者累日,食不能下"的深切哀痛。之所以如此,最重要的一点,应当还是出自对墓主涂祯的特殊情怀。这

---

① 《论文上》,钱伯城点校《白苏斋类集》卷二十,第284页,上海古籍出版社1989年版。
② 《空同先生集》卷四十二。

是因为涂氏身陷囹圄尤其是遭瑾摧折而死的厄运,对于有着相似经历的李梦阳来说,自然会给他带来非常的感触,格外激起他的切身之痛和同情之心。从此角度看,也许可以说其笔之所至,正乃情之所致。类似的叙述特点,在李梦阳为歙商鲍弼撰写的《梅山先生墓志铭》中愈可见出,如该墓志一开始同样未作按部就班式的有关墓主身份里籍等讯息的介绍,却是直表作者自己突闻鲍氏死讯之后一时无法接受的心情,既写其"绕楹彷徨行"的极度不安的内心,且言其"前予造梅山,犹见之,谓病愈且起,今死邪"的甚至不敢相信事实的质疑。继述其自吊唁墓主返回后,"食弗甘、寝弗安也数日焉,时自念曰:梅山,梅山"!毫不掩饰自己深感悲伤以至于寝食难安的强烈哀念。从一时难以接受墓主的死讯,到一时陷入哀伤至于无法自拔,这些在上文起首就直现的自我表白,说明作者将表达心中悲戚难抑与怀念不已的情感活动,放在文中优先叙写的位置,仿佛不这样不足以释放内心积滞的哀感。

再观李梦阳碑传之文,这一重以情感或意向表达的叙述特点,还反映在它们"纪事述情"往往富于取向性地述录作者感受最为深刻强烈的逝者生平事略,因而也更加鲜明地展示了其个人的情感立场。如《左舜钦墓志铭》,系作者为妻弟左国玉而作,其述左氏生平之行略去枝节,着重叙写当正德三年(1508)梦阳为刘瑾所构"械系北行","厥势雷轰山崩,人人自保窜匿,若将及之",惟独左氏"力疾从",并且"为书上康子,累数十百言",在危难之际,毅然挺身相助。左氏生前的这一义举,对作者的触动应当是最为深刻的,故志后铭文用"急难在心"[①]一语相称道,也可见他对此事已是深深感铭于怀。相似的例子,又见李梦阳为朱应登所作的《凌溪先生墓志铭》,其声称于墓主"第述其生死大概、关运数者",而"他所奇节隐行与凡历履宦业、忠孝友义、言动细小,莫之具述",更明确示意其在传述墓主生平事略上的取向性。据是志,这里所说的"生死大概、关运数者",主要是指朱应登一生遭逢坎壈、赍志而没的不幸经历。朱氏生前"力殚于渊学",好古文词,并已是"树声艺林",然而"执政者顾不之喜,恶抑之",又他本人"廓落易直,憎口日哆",终至"大命中夺,赍志长毕"。可以这么说,在墓主朱应登身上,最搅动李梦阳内心、令他为之感喟不已的就是其坎坷多折的命运,故为重点记述之。这也难怪他为此深为伤感,不禁发出"人忌之,天亦忌之邪"的

---

① 以上见《空同先生集》卷四十三。

叹吁,且在全篇志文中一连三次慨叹:"噫,嗟嗟,悲乎,悲乎!"①反反复复的悲鸣慨息,突出了情绪传递的力度,这一切在本质上,还源自作者对墓主所怀有的强烈的悲怜之心。

二、古峭与奥涩相纠结

钱基博《明代文学》一书在讨论李、何诸子的文风特点时曾经指出,"明有何景明、李梦阳之复古以矫唐宋八家之庸懦,犹唐有韩愈、柳宗元之复古以救汉魏六朝之缛靡","大抵宋元以来,文以平正雅驯为宗,其究渐流于庸肤;庸肤之极,不得不变而求奥衍。何、李之起,文以沈博奥峭为尚"②。又认为李、何"以生奥得古致,而卒涩不能以自运,格不能以自吐"③。即从正反两面,论析了李、何等人古文表现出来的所谓"以沈博奥峭为尚"、"以生奥得古致"的创作倾向。考察诸子之文,尽管这一倾向并不能涵括他们所有的作品,但应该说,在展示朴略之风格特征的同时,对于这种古奥文风的追尚,确实是从不同的层面间见于诸子文章之中的一个引人注意的特点。

追究起来,以古奥文风相尚,自是与李、何诸子文宗先秦两汉的复古取向有着不可分割的关系,在他们看来,宗以先秦两汉之文,即是追溯文章创作之本源、以至"庶几其复古"的一条必由路径。自此也可以看到,首先,一种更倾向于古峭的书写风格,时而呈现在李、何等人诸文之中,显示他们在古文创作上所执持的某种审美趣尚。具体地说,这当中特别是多见于先秦两汉诸家那种直切要实、明事稽理、精于论辩的古直而犀刻的文风,为他们所乐于效法。

以康海为例,如其《诘客论》《释客论》,主要采取的是主客对话的方式,前者由客质疑墨子之言"信伪而已",展开与之迥然不同的辩说,指出墨子之言"固有其指",其"或不可弃","固不贱于瞽者瞽者之所道";后者乃针对客"不乐其官","以辽僻不近人事、非所以仰望于官者"的想法,为之反复释解,提出"夫官者,食而事之者也",以为君子之于官,"惴惴如有持而弗胜矣",对比起来,客之于官则"不揣其事而择其所能食",乃"尽天下之物有而后慊者也",揭示客所持

---

① 《空同先生集》卷四十五。
② 《明代文学》,第1页。
③ 《明代文学》,第23页。

态度的实质即"乐诸其食而已也"。二文利用了主客对话这种紧绕主题、便于进行针对性论辩的特点来加以阐说,其驳言辩辞颇显峭直锐利。又如其《述秦论》,同样是一篇论辩色彩比较浓厚的文章,开篇明其起由,述齐有仕于秦者,"见秦之论下,以为犹齐也,迤迤焉弗陈焉,洋洋焉忘焉",甚至因此产生欲返回故邑的念头,或告秦王曰,"今客皆庸钝无事实,又以非君王之法,且后何以令国中,不若因逐之"。文章的核心部分是拟甘茂向秦王力谏逐客的说辞,虽然这部分的文字看起来不算长,但词锋峭刻峻切,直击要害,其先从"海内之国独秦巨然盛矣"的原因析起,以为这主要是士人能"皆归之,若水下趋壑",再直责今君王所事乃"狗马音声",致使"吏故有眴见君王之幽也",在此基础上,总结这种"不反饬于内而逐客于外"的治政失误可能产生的严重后果,即所谓"约天下勘秦也"。不仅如此,以上行文的特点也多少见于康海的《友论》一文,其中写道:

> 夫所谓友者,与而内我以道者也。古之人,虽自圣神必有友。友也者,友其德以资乎我者也。孔子曰:"毋友不如己者。"又曰:"以文会友,以友辅仁。"今之人非无友也,友其所友而不择也。友其所友而不择,则终日与俱,非淫亵狎媚有弗入也,非财利物货有弗亲也,非忧患死丧有弗止也,如是则盍愈于无友者也。道不知加焉,曰吾有友也。友之道盖如是乎?我徒以顺而莫我逆者,曰此吾之善友也,我将无惑焉。凡所以陷吾,使吾日就于牛马禽兽而莫之知者,皆彼所以莫我逆也。其日惟反反焉以道而责我,我惟日景景焉亡获于心,曰彼岂所以识我朝夕所与者,皆自夸侈者也,彼乌能有我也。是则所以使我日就于圣贤君子之域而莫之知也。何邪?其邪者,安吾情而易入者也;其正者,皆拂吾情也。人孰知夫逆顺之际可以利害于我而为之区也。故曰:"憧憧往来,朋从尔思。"贵自审而已矣。审乎其正则从乎其正,审乎其邪则绝而勿从。凡正言终日而内我以道者,皆正也。凡徒然与好,终日而不内我以道者,皆邪也。[①]

顾名思义,该文讨论的重点是择友之道。其在发端即直入正题,点出"夫所谓友者,与而内我以道者也"的要旨,以下议论循此而进行。文章先从对比古今之人

---

① 以上见《对山集》卷八。

不同的交友取向入手，认为古人能"友其德以资乎我者也"，今人却是"友其所友而不择也"，友而不择，难免导致所与俱者无非"淫亵狎媚"、"财利物货"、"忧患死丧"的结果的发生，揭出今人在择友这一重要环节上存在的差失，因为这样的话，实在是有友不如无友。次则对比交友顺逆的两个层面，解说"利害于我"的关键所在和为之区分的必要性，进而说明在这一问题上贵乎"自审"、判别"正""邪"以作出适当抉择的重要意义。要说此文真正值得注意的地方，还不在于它所要阐明的"内我以道者"这一多少显得有些拘迂板滞的择友之旨意，而在于它相对能明析事理、擅长论辩、直达文意的一种行文风格，从文中发明议论的要义大旨，到具体一正一反的对比诠释，这一特点是显而易见的。也可以说，它恰好从一个侧面体现了康海本人曾提出的"夫序述以明事，要之在实；论辩以稽理，要之在明；文辞以达是二者，要之在近厥指意"①的关于文章结撰的基本要求。

从尤重先秦两汉文章、仿其古直而犀刻风格的角度来看，相比于康海，前七子中还更值得注意的是何景明为文的一些特点，在这方面，何氏被人视为主要仿效汉仲长统《昌言》和徐幹《中论》而作的《何子》十二篇就颇具代表性②。这十二篇分别为《严治》、《上作》、《法行》、《任将》、《势成》、《功实》、《用直》、《敌中》、《固权》、《处与》、《策术》、《心迹》③，大多议论理治之策、统驭之略及圣哲之道，申说作者在相关问题上的个人论见。由上列诸文总体的书写风格察之，其一，多数直切文章的旨意，措辞严峻而直透。这不但表现在不少文章一开始就直接点明题旨，亮出核心观点，略去了迂回曲折的铺述，比如"治民莫如严"（《严治篇第一》），"夫为人君者，法不可以有己；为人臣者，法不可以有己"（《法行篇第三》），"任将而中制者败，用兵而外监者疑"（《任将篇第四》），"夫天下之势，不可使有成之者"（《势成篇第五》），"夫敌非吾不能克之难也，亦非吾制之难也，吾能明敌之所以中我者难也"（《敌中篇第八》），"夫权有所受者固，不有所受者，虽得必失之"（《固权篇第九》）等等，无不是开宗明义，提挈所要论述的观点主张；而且表现在文中较多地运用了更直接明确传达语意的诸如判断之类的句式，以充分强

---

① 《何仲默集序》，《对山集》卷十三。
② 见《四库全书总目》卷一百二十四子部《大复论》提要，上册，第 1069 页。
③ 《大复集》卷三十，影印文渊阁《四库全书》本。

调作者的自我见解。例如《严治篇第一》，力论从严理治的问题，即多处用了判断的句式来对"严"的内蕴进行解说，这从其中"严者，所以成宽也"，"严者，所以立节约而作整齐也"，"故严也者，所以饰威仪，慎制度，使人见之者也"，"故法立而民不犯，刑设而人不入者，严之为也"，"严者，立其法、禁于未然者也"等一类的句子中皆可见出。又如《法行篇第三》，主述以法行政的重要性，同样不乏使用这一类语意明直的判断句式来诠释"法"的意义，像"法者，非甘物也，有国者之药石绳墨也"，"正奸律邪、诛暴刑乱者，法之务也"，"夫法者，人臣受之天子，非人臣有之也，天子受之天，非天子有之也"云云即是。其二，严整明晰的思路以及缜密犀利的推论，也是体现在何景明上列诸文中的一大撰写特点。试再以他的《法行篇第三》一文为例，其曰：

> 夫为人君者，法不可以有己；为人臣者，法不可以有己。法者，非甘物也，有国者之药石绳墨也。夫讳病之人无不疾药石矣，不直之木亡不疾绳墨矣，小人之徒亡不疾刑法矣。夫奸邪者，小人之为；而暴乱者，小人之行也。正奸律邪、诛暴刑乱者，法之务也。故法者，小人之所不利者也。小人忌正律之典，惧刑诛之罪，必务以敝其法。援势者为之沮，行货者为之诱，怙强者为之挠，造诈者为之窃，法无不敝矣。故法不可以有己也。法不以有己，则上不得卖而下不得请。卖请不行，则上自天子之门、侯王之宫、太子之家、公主之室，下至贵戚之臣、近幸之人、骜横之吏、豪侠之民，亡不得行其法者矣。故卖请不行，则法行如流。是故法不可以有己也。……夫法者，人臣受之天子，非人臣有之也，天子受之天，非天子有之也。己不得与，而人不得辞。故有没公主车马，则后弗敢怨；邀太子车驾，则君弗敢怒；罪戏弄之臣，则天子不得私；执豪侠之民，则公卿不得关说。此法之行也。昔者汉高斩丁公，武侯斩马谡，皆垂泣焉。夫丁公于汉高，至恩也；马谡于武侯，至昵也。垂泣者，至私情也。然而必诛之者，法也。故法不可以恩昵而私情忍也。昔者石奢为楚王相，父杀人，纵父而以身请罪，王赦之。石奢曰："不可。不纵父，不孝；卖国之法以纵父，不忠。"乃伏剑死。李离为晋文公理，过听杀人。曰："君以臣为理，乃不明而过听杀人，臣当死也。"公曰："子休矣！下吏有罪，非子之过也。"离曰："失刑则刑，失死则死，臣之有失，何以罪下吏也！"遂自死也。夫死者，人情之所爱，而二子不然者，所以显君

而明法也。……

如果说,见于篇端的"法不可以有己"成为文章的核心观点之所在,那么,相关的论证紧紧围绕着此核心观点在逐层展开。第一层论说小人之徒无不忌惧刑法,也因为这样,他们"必务以敝其法",于是会导致"法无不敝矣",此从反面证明"法不可以有己"。第二层论说上下假如卖请不行,自然能使得法行如流,此则从正面证明"法不可以有己"。第三层进一步论说法所具有的"己不得与,而人不得辞"的基本性质,并由此说明体现法行的一些相关特征,再结合历史上汉高祖、诸葛亮、石奢、李离等人不以恩昵私情忍法和"显君而明法"的具体实例,标榜或以法诛人或以法自律的典范人物和事件,其目的还无非是要强调"法不可以有己"这一文章论述的主旨。不难发现,从正面到反面,从抽象到具体,上文在层层展开议论的过程中,不仅显示出反复论证、环环相扣的严密的逻辑思辨性,而且也展现出切中肯綮、深及利弊的犀刻峻切的分析和判断。

说到以古奥的艺术风格相尚,诸子之中最不能忽略的一位人物是李梦阳。观其文章作风,一方面可以看出,即如康、何等人多得自先秦两汉诸家之文那种注重发明要义大旨、论辩缜密犀利的撰写特点,在李梦阳诸作中也并不罕见。如他的《叙松山小隐》,借铜陵徐氏"立弗遗世,行罔离群,居匪殊域"的隐逸之举,为一辩"迹嚣而心寂"的隐遁之义。其文从与"隐"相悖的"嚣"的含义说起,认为"夫嚣者,棼纶尘溷之名而隐之反也",是故那些怀着"保寂破嚣"意向的"高人",往往"思超然以自脱,恬而不棼,静而不纶,洁而不溷,清而不尘"。而后进一步指出,假如基于"保寂破嚣"的目的,乃至"举眼无可意之事,开口鲜契心之友,和通有镠镥之扰,孤兀多危疑之忧",于是乎选择"即山居焉","抚松盘桓焉",如此之"隐",君子实所不取,其理由在于,"夫人有仁义中正之彝以成身也,有耳目口鼻四肢之嗜以全生也,有父母妻子君臣朋友之伦以振经也",这意味着"若一切山居而松游,惟隐乎耽,是绝物之行也",无异于走向"隐"的极端。在揭出"山居而松游"隐遁方式的性质及不取理由的基础上,再来解释作者所理解的"寂嚣不于其迹于其心"的真正意义上"隐"的概念,以明其旨意,这就是"处棼而恬者,真恬者也;在纶而静者,实静者也;于溷而洁者,能洁者也;居尘而清者,大清者也"。又如《贾隐》从"要之心荻,匪迹是关"的要旨出发谈隐逸之道,《蛤雀论》围绕雀入水为蛤的命题论"阴阳变化,玄之又玄"①的事物变迁,《钓台亭碑》以钓喻学,将"钓以鱼,学以道"②联系起来。凡此种种,均从不同的角度展示了一种旨意明彻、重于辩说的特点。值得提及的是,细察李梦阳诸文,为加强文旨表达和论辩开展的效果,从具体的行文之中往往可见其特别在句式构造上所花费的用心。这主要表现在两个方面,一是注意顶真句式的运用。如《双忠祠碑》:"曰:三代异兴而同亡,周之亡也,稽首奉图籍,西向纳土,不闻有死之,何也?曰:文弊之也。文弊则天下横议,横议则从横行,从横行则乱贼肆而贞纯匿。"③《宗儒祠碑》:"大凡为之本而可法、使其尊而主之者,皆曰宗。……是以夫归而趋之者,亦以为之本而足法焉尔;以为之本而足法,则必尊之以为之主;尊之以为之主,则各是其是,彼得与我鼎峙而角立。……然异境则必迁,迁斯变,变斯杂,杂则流于清虚、阴阳、法、名、墨诸家。"④《训敦》序:"宗不立则祠不严,祠不严则族不合,族不合则亲离,亲离则礼亡,礼亡则义蔑,礼义亡蔑则肉骨视为途人。……夫反偷莫大于敦俗,敦俗莫急于建标;标不建则教不著,教不著则训不行,训不行则敦不反。"此类顶真句式的运用,突出了前后辞意之间一系列密切的因果联系,形成环环相扣的一种严密的逻辑推论,从而在不同程度上强化了文章的说服力。二是注意排比句式的运用。如《贾隐》:"居动而执静者之谓定,履嚣而用寂者之谓坚,涉迩而探遐者之谓明,混杂而守一者之谓贞,在群而立独者之谓高,处污而弗玷者之谓洁。"《说农赠薇山子》:"李子明农于大梁之墟,有洞微先生者过观焉。李子无患而修具,先期而戒种,相壤以遵播,验粒以斥恶,竭力以勤本,警惰以集事,守一以俟时,节财以浚源,蓄衍以防歉。洞微子曰:'善哉,子之农可以喻政!今杞之政其人乎?'"至如《训敦》,则全篇之中多处用了排比句式:"予历周、秦、燕、赵、晋、卫诸墟,询故采实,未尝不流涕而悲也……问其世则无宗,覈其文则无谱,究其居则无庙,叩其族则忻戚不相闻。……教之类乃今涣焉,教之睦乃今乖焉,教之宗乃今不庙。斯法与官之者缺邪?时与势殊邪?人狃于俗然邪?……得时者亨,得势者长,得人者昌。中原乱则海隅罔兵,是谓得时;山水环则风气结,是谓得势;礼义行则乖离弗生,是

---

① 以上见《空同先生集》卷五十八。
② 《空同先生集》卷四十一。
③ 《空同先生集》卷四十。
④ 《空同先生集》卷四十一。

谓得人。得时者天，得势者地，得人者德。"①显然，这些结构相似或相同的句子联贯在一起，不但凸显了文中所要表达的意思，而且也增强了辩说有关问题的气势和力度。

另一方面，则是同诸子文章相比较，李梦阳古文呈现一种更为显目的奥涩特征，这也是李文最容易引发人们议论的地方，故诋之者或谓其"摹拟秦汉，多艰深诘屈之语"②，"故作聱牙，以艰深文其浅易"③。尽管从实际的情况来看，李文并非全是"艰深诘屈"或"聱牙"之作，但应该说，这种奥涩的特征在李梦阳诸文中确实是显而易见的，也是前七子成员之作中最为突出者。比如编入在他《空同集·外篇》的《化理》、《物理》、《治道》、《论学》、《事势》、《异道》诸篇④，即"亦仿扬雄《法言》之体"⑤。扬雄所为《太玄》、《法言》，苏轼曾谓之"好为艰深之词，以文浅易之说，若正言之，则人人知之矣，此正所谓雕虫篆刻者"⑥，指摘它们行文刻意追求深奥艰涩。可以说，李梦阳上列《化理》诸篇对于扬雄《法言》的仿效还是有迹可循的，这不但表现在体式上，《法言》大多采用了"或问……曰"、"或曰……曰"、"或谓……曰"这样一种设问与对答的样式以阐论之，而李梦阳诸篇则时现"或问……空同子曰"、"或问……李子曰"、"或谓……空同子曰"、"或问……曰"、"或曰……予曰"、"或曰……曰"等议论形式，与前者的问答体式相类似；而且更令人注意的是，《法言》"好为艰深之词"的特点在李梦阳以上诸篇中亦间或显现。后者主要表现在，首先是注重经书典籍的引述，如《化理下篇》："斗七，故天之数多准七。二十八宿，皆七也，左氏'天以七纪'是也。日月五行玑政亦七。《易》曰'七日来复'。极永之昼时七则回，夜亦如之，《诗》曰'终日七襄'是也。僧家窃其意义，是故数亡人用七。"⑦为解释七数之用的来历，分别引述了《左传》、《易》、《诗》中的相关说法以证明之。又如《论学下篇第六》："古人重威仪，而《诗》为详。'威仪棣棣，不可选也'，以身言者也；'抑抑威仪，维德之隅'，以德言者也；'朋友攸摄，摄以威仪'，以事神言者也；'敬慎威仪，维民

---

① 以上见《空同先生集》卷五十八。
② 《四库全书总目》卷一百二十四子部《空同子》提要，上册，第1068页。
③ 《四库全书总目》卷一百七十一集部《空同集》提要，下册，第1497页。
④ 见《空同集》卷六十五、卷六十六。
⑤ 《四库全书总目》卷一百二十四子部《空同子》提要，上册，第1068页。
⑥ 《与谢民师推官书》，孔凡礼点校《苏轼文集》卷四十九，第四册，第1418页，中华书局1990年版。
⑦ 《空同集》卷六十五。

之则',以治民言者也。《大学》:'赫兮喧兮者,威仪也。'以学言者也。旁见之六经,远证之三代,《仪礼》三千,皆欲人制其外以养其中。《书》曰:'思夫人自乱于威仪。'《诗》曰'颙颙卬卬',万民之望。而今无知之者,悲夫!"[1]则从《诗》、《书》、《大学》等书中去多方求证"古人重威仪"的历史事实。这些经书典籍原文高密度的引入,在一定意义上展现了某种"范经铸子"[2]的笔法,当然也增加了行文"艰深"的程度。其次是追求文句诘曲古拙的效果,如《化理下篇》:"空同子省穑,坐其场,麦将飏,候风焉。田老曰:'风之来视云,云之方无风也。'已而四方云,风来。子诘之,田老曰:'风即来,无定方,斯谓断续之风也。'不信,令飏焉,麦果四落。子曰:嗟,斯可以心观矣!夫风无不入者也,云犹格之,况心乎,况心乎?"《物理篇第三》:"空同子之庐有蝠焉,多而秽,令扑焉。扑者无始而有终。问焉,曰:始扑之,逐焉,逐逐扰扰,其获也少;终立庐之中,俟焉,至则扑之,故其获多。甚哉,一之应万也!"[3]可以看出,篇中不仅运句用语大多简约拙艰,而且句与句之间的联缀,消解了一种匀和舒缓的均衡结构,从而呈现错落交杂的不规则状态,这也使得上述行文节奏显得较为拗折而涩滞。

事实上,除了上所举各篇,奥涩的特征在李梦阳的其他文章中也同时存在,这里不妨以他的《题史痴江山雪图后》一文为例,来看看其具体的写法:

> 雪之天黯霭,凡云色异,独雪同,《诗》曰'上天同云'是已。雪之山巅不骨,溪壑浅,蹊径迷,雪甚则樵不入。雪之水云同天一,有舟篷白而人蓑笠之,则水见矣。雪屋檐直或明,其囱柱然,不见茅与瓦。雪之驴下视凌竞,若临窟蹈穴。雪之人目旷而神敛,眩眩然光夺之也。雪之木枯则白其上,皮花叶雪则皜其心,雪无风则匀匀。斯画矣,即妙笔弗画弗匀之雪,何也,势使然也。[4]

这是该文题画的一段主要文字,尽管不长,但显然多给人以曲折拗涩之感。一是表现在词语的运用上,如"雪之山巅不骨"一句中的"骨",当作木根解,《周

---

[1] 《空同集》卷六十六。
[2] 《明代文学》,第21页。
[3] 以上见《空同集》卷六十五。
[4] 《空同先生集》卷五十八。

礼·疡医》郑玄注:"木根立地中似骨。"①此处名词作动词用,"不骨"当即不生树木之意,取义甚为奥僻。又如"有舟篷白而人蓑笠之"一句中的"蓑笠",本属名词,此处亦用作动词,即有穿蓑戴笠之意,如此将名词径作动词之用,看上去自显生涩。二是表现在句式的构造上,如描写图中雪之天、山、水、屋、驴、人、木等景致的各个句子长短殊异,长则八九字成句,短则三字成句,加上分散错互其间,愈显参差纷杂,令人感觉语势促缓不定,故而读起来颇为拗口不顺。诸如此类,不能不说是李梦阳"故作聱牙"行文风格的具体表现。

综合此节所论,朴略与古奥可以说反映了李、何诸子古文创作上一种主导性的风格特征,这一点,本身与他们推崇先秦两汉古文的宗尚观念相关联。而究其实质,还应该从李、何诸子意欲矫革当下文坛创作局面的目标上去加以察识。这也就是如我们在之前所指出的,自明代前期以还,尊奉以韩愈、欧阳修等为代表的唐宋诸家之文的台阁文风渐成扩张之势,特别是作为其中主要倡导者的馆阁文人,从经世实用的根本立场出发,强化这一宗尚倾向,标榜韩、欧等人文章明道宗经的示范意义。李、何等人力宗先秦两汉古文,并以朴略与古奥相尚,正乃"厌一时为文之弊"②,旨在求异相悖而反拨之,他们企图以更多得自先秦两汉古文的一种质实、拙朴、峭刻、奇奥的文章风格,更富于针对性地来纠变当下文坛"效唐,而专于韩、柳;或效宋,则亦专于欧、苏"③这种效习唐宋诸家的时风,以及在他们看来其终易流于平熟庸弱的文弊。也因为出于如此的目标,他们甚至不惜走上专注摹拟、刻意为之的写作路径,而在这一方面,特别如李梦阳古文那样"故作聱牙","多艰深诘屈之语",当然也成了其中突出的案例。

---

① 《周礼注疏》卷五,《十三经注疏》,上册,第668页。
② 张治道《溪陂先生续集序》,《溪陂续集》卷首。
③ 韩邦奇《论式序》,《苑洛集》卷一。

第六章　正、嘉之际文坛格局的延续与衍变

　　正德末期至嘉靖前期,既是前七子诗文复古活动渐趋式微的末期,同时又是作为明代中叶另一大文学派别的后七子步入文坛、拓开复古大业的前夕。从此角度上来说,这一阶段也成了自前七子时代向后七子时代迈进的一个过渡时期。鉴于此,关注该阶段文坛的发展变化状况,不仅有助于了解前者文学活动的后续效应和反响,而且也有助于探察后者重新发起诗文复古活动的相应的文学氛围。以正德、嘉靖之际文坛的总体格局来看,其在延续中显现变化的态势。一方面,为前七子所掀扬的复古思潮延续至此际,虽逐渐趋于平复,但它在文学圈所发生的实际影响并未因此消散,承续和张扬七子诗文复古理路与基本精神的馀势尚活跃其间。另一方面,前七子复古实践过程所体现的得失,也给人们提供了一种理性检省的资源,围绕李、何诸子诗文复古活动展开的各种反思与检讨时而从文人学士中间传递出来,突破诸子的复古畛域而另辟宗尚蹊径,并因此呈现复古取向的某种多样化态势,成为这一阶段文坛变化的一个新动向。这其中更引人注意的是以王慎中、唐顺之为代表的文学势力在文坛的突入,以及由此形成的相当影响。特别是王、唐从起初倾慕李、何诸子,到后来弃诸子所尚而重点转向宗宋,以发明"古圣贤之道"①、专注于"天地间至精至妙之理"②和表现"真精神与千古不可磨灭之见"③为创作之终极目标,学古态度发生根本性的变易,显示了他们与诸子复古志趣相离异甚至有意识展开抗衡的反逆姿态,

---

① 唐顺之《答廖东雩提学》,《重刊荆川先生文集》卷五,《四部丛刊》影印明万历刻本。
② 唐顺之《与王尧衢书》,《重刊荆川先生文集》卷五。
③ 唐顺之《答茅鹿门知县二》,《重刊荆川先生文集》卷七。

这在某种意义上也反映了正、嘉之际文坛发展变化的复杂性和曲折性。

第一节 李、何绪风的承续与张扬

自正德末期至嘉靖前期，前七子文学集团中如李梦阳、何景明、康海、边贡等一批核心成员相继离世，该集团在弘治、正德年间勉力扬起的复古思潮总体上呈现退落之势。尽管如此，前七子的文学影响并未随之消亡，实际的情形是，诸子所为在文学圈的广泛播扬，其影响已根殖其中，所谓"李、何集家藏户有，人人能举其辞"[①]，多少说明了一些实际的情况。又"正、嘉之间，为诗者踵何、李之后尘"[②]，当时的人评议"今世学者"所业，则有"诗文必汉唐，书法必晋体"[③]的说法，这也表明，李、何诸子的复古趣味，对于此际诗文习尚的浸润和渗透是不言而喻的。

说到这股诗文复古绪风得以在正德、嘉靖之际的延续，其中的一点，不能不注意到那些曾与李、何诸子交往密切且归入其文学集团而主要活跃在这一阶段文坛的后起之士，特别是他们倾向诸子复古的文学立场以及为之倡扬的积极姿态，在传导李、何等人的文学影响中起着不同程度的作用。

在这些人士当中，之前我们分别提到的像吴县人黄省曾和长安人张治道尤引人关注。黄氏生平与前七子中的李梦阳、康海、王廷相等人均有过交往，"以翰札见知"[④]，而作为"南方之士，北学于空同者"[⑤]，同李梦阳之间的私人联系更为契密，其作于嘉靖七年（1528）的《寄北郡宪副李公梦阳书》，大力称许梦阳诗文复古"倡兴之力"，表达"希心于述作之途"，"不复古文，安复古道"[⑥]的个人志向，成为与李梦阳确立交往关系且有意向李、何集团靠拢的一个显著标志。探察起来，黄省曾虽倾心李梦阳等人的诗文复古之举，却并不意味着在如何学古的一些具体问题上和对方取得了一致性的意见，事实上差异在二者之间还是存

---

① 李开先《边华泉诗集序》，《李中麓闲居集》卷六。
② 《列朝诗集小传》丁集上《唐金都顺之》，下册，第375页。
③ 林希元《送芳洲洪子之任南都序》，《同安林次崖先生文集》卷八，《四库全书存目丛书》影印清乾隆刻本，齐鲁书社1997年版。
④ 黄省曾《临终自传》，《五岳山人集》卷三十八。
⑤ 《列朝诗集小传》丙集《周给事柞》，上册，第320页。
⑥ 《五岳山人集》卷三十。

在的。比如,关于古体诗师法目标的选择,在前七子那里,他们将视线大多集中在了汉魏古诗,这是因为在其看来,自《诗经》而下,汉魏诗歌最接近古意,晋以下的六朝之作"古风"衰落,故多不被看重。比较起来,黄省曾在古诗师法目标上选择的范围显得相对宽泛,除为李、何诸子所推崇的汉魏之作外,特别对六朝诗歌表现出较为浓厚的兴趣,列为学效的重点对象,这在很大程度上可以说是出于作为吴人的黄省曾所秉持的强烈的地域文学意识。如他曾编纂《诗言龙凤集》一书,收录汉魏以迄唐初诗人六十三位,诗四百七十四首,集中所录诗人中即包括多位六朝作家[1],重视态度可见一斑。而于六朝诗人中尤推许谢灵运,他在《临终自传》中交代自己诗歌"摹祖"的一些情况:"山人像古,匪适一家。初学李太白、曹子建,次及杜甫、谢灵运,有所摹祖,宛出厥口。"[2]将谢氏与李白、杜甫及曹植等人并置,作为学诗重要的宗尚目标。《晋康乐公谢灵运诗集序》则以为谢诗"神于咏赋者","千年以来,未有其匹也"[3],不可不谓尊尚之极,以至于王廷相因此向他提出了"康乐诗序,称许颇过,若然,则苏、李、《十九首》、汉乐府、阮嗣宗皆当何如耶"[4]的不同意见。但在另一方面,还更需看到黄省曾和李、何诸子在复古取向上的共通点,这无疑是他倾心"北学"并为对方所接纳的重要基础。比如关于诗歌,在注重学古的同时宣示其抒情的特性及求真的重要性,乃是黄省曾所主张的诗学一个基本观点,其《诗言龙凤集序》即曰:

> 诗者,神解也,天动也,性玄也。本于情流,弗由人造。……古人构唱,直写厥衷,如春蕙秋蓉,生色堪把,意态各畅,无事雕模。若末世风颓,横添私刻,矜虫斗鹤,递相述师。如图缯剪锦,饰画虽妍,割强先露;故实虽富,根荄愈衰。千葩万蕊,不如一荣之真也。……但世人莫省自然,咸遵剽窃。正德以来,古途虽践,而此理未逮;艺英虽遍,而正轨未开;秀句虽多,而真机罕悟。[5]

---

[1] 如其中即有陶渊明、谢瞻、谢灵运、谢惠连、颜延之、鲍照、谢朓、范云、江淹、沈约、何逊、陶弘景等人,见黄省曾《小序六十三首》,《五岳山人集》卷二十七。
[2] 《五岳山人集》卷三十八。
[3] 《五岳山人集》卷二十五。
[4] 《答黄省曾秀才》,《王氏家藏集》卷二十七。
[5] 《五岳山人集》卷二十五。

这显然是在突出诗歌"本于情流"的基本性质的前提下,申明"弗由人造"的主情以求真的根本原则。若换成另一种说法,也即论者所强调的诗歌之"真"与"伪"的对立关系,如他《答武林方九叙童汉臣书》谈及诗的评断标准,以为:"读之枯凋辏合者,皆伪也;使人意动情应者,皆真也。"[①]在黄省曾看来,立足于抒情的特性和坚持求真的原则,实是诗之为诗的本质之所在,也是评判诗歌作品的一条重要价值准则,古人吟咏能"直写厥衷","无事雕模",堪为典范。这从他为所录的汉魏以迄唐初六十三位诗人之作而撰写的《小序六十三首》的若干论述中,也已反映出来。如序古诗,其中谓:"观夫'人生天地间,忽如远行客',又'万岁更相送,圣贤莫能度',又'生年不满百,常怀千岁忧'等十馀首,皆足感天动地,痛耳切骨,所谓可与日月争光者也。"序李陵:"观其送别子卿,哀声楚调,恨恨无涯,可谓一字酸心、片言下泪者矣。予每咏讽,必废书为之零涕。"序曹植:"霞篇珠什,皆达肺隐,未尝少假往彩,以润己撰也。"[②]相比起来,后世或今人却不是流于雕琢,就是陷入剽窃,丧失了古代诗歌发抒真情的特点。而嘉靖七年(1528)在致李梦阳的信中,黄省曾也重述了他的这一诗学基本观点[③],可视为主动与对方交流切磋的示好之举。再观李梦阳等人的论诗主张,如前述,强调诗歌的抒情特性,着眼于诗人情感体验和表现的真实性,也正是他们在看待诗歌的性质以及确立复古的方向等问题上提出的核心之论。由此说来,尤其是在诗歌的根本性的价值判断上,黄省曾和李梦阳等人还是有着更多互为融通的见解,这其中既包含省曾本人接受李、何诸子影响的因素,也体现了他在相关问题上所作出的自我判别。同时,黄省曾后曾为李梦阳刊刻文集,且于嘉靖九年(1530)作文序之,力推其复古创举,许之为"浣学囿之污沿,新彤管之琐习;起末家之颓散,复周汉之雅丽"[④],这也更表明了他站在李、何诸子的文学立场并为之大力鼓吹的一种积极的姿态,对此前已述及,兹不赘言。

从与前七子文学集团关系紧密的角度而言,张治道也是一位值得注意的人

---

① 《五岳山人集》卷三十。
② 《五岳山人集》卷二十七。
③ 《寄北郡宪副李公梦阳书》其中即云:"尝妄谓诗歌之道,天动神解,本于情流,弗由人造。……古人构唱,直写厥衷,如春蕙秋蓉,生色堪把,意态各畅,无事雕模。末世风颓,矜虫斗鹤,递相述ırı,如图缯剪锦,饰画虽妍,割踢先露;故实虽富,根荄愈衰。千葩万蕊,不如一荣之真也。……但世人莫察自然,咸遵剽假,古途虽践,而此理未逮;艺英虽遍,而正轨未开;秀句虽多,而真机罕悟。"(《五岳山人集》卷三十)
④ 《空同先生文集序》,《空同先生集》卷首。

物。这在一方面,不但是张氏与诸子中的康海、王九思二人交往尤为密切,游处唱酬颇繁,而且在文学趣尚上也和诸子多有契合之处。是以康海会把他看作是继"蹶起于弘治之间"的李、何等人之后的"接武于正德之季"①者;而王九思会觉得读其诗"宛然汉魏盛唐之音响也,然未尝掇其句",读其文"宛然先秦两汉之风气也,然未尝泥其故"。这是说他在诗与文的学古上既能脱却"模放"②,又能深得为诸子所重的"汉魏盛唐"、"先秦两汉"篇翰之风致。另一方面,作为融入李、何集团的一位后起之士,张治道特别在推介和标榜康、王二人所作上也可谓倾注了心力。如他曾为康海校订诗文集,"乃罄心力,乃删繁芜,乃正舛讹"③,谋于西安知府吴孟祺刊刻之。又于嘉靖二十四年(1545)属文序其集,推许康海时值"斗巧争能,芜没先进,竞一韵之艰,争一字之巧,上倡下和,一趋百随,待人后行"之际,其文独使"文章赖以司命,学士尊为标的,前失作者,后启英明,非横制颓波、笔参造化者欤"④?再如嘉靖二十四年(1545)陕西巡抚翁万达刻王九思《渼陂续集》三卷成,张治道亦为序之,中间则借康海序九思《渼陂集》而谓其"叙事似子长,议论似子舆;出入乎《风》、《雅》、《骚》、《选》之间,振迅乎开元、天宝之上"⑤的评价,来作为概括九思诗文创作特点的推奖之言。

除此之外,还应该看到在正、嘉之际文坛,同时活跃着一批崇奉前七子诗文复古活动的追随者,他们对于前一阶段的复古风气,或多或少起着推助的作用,从中扮演了令人不可忽略的角色。这当中如永昌人张含、华州人王维桢、秦安人胡缵宗等就具有一定的代表性。

张含,正德二年(1507)举人。钱谦益《列朝诗集小传》载含"尝师事李献吉,友何仲默,然其平生知契,白首唱酬者,用修一人而已"⑥。《四库》馆臣也谓"其学出于李梦阳,又与杨慎最契"⑦。嘉靖二十一年(1542),含曾撰《读鹤田草堂集》一文,该集系其友蔡云程诗文集,文中云:

---

① 《太微山人张孟独诗集序》,《对山集》卷十四。
② 《刻太微后集序》,《渼陂续集》卷下。
③ 王九思《刻对山康子集序》,《对山集》卷首。
④ 《对山先生集序》,《对山集》卷首。
⑤ 《渼陂先生续集序》,《嘉靖集》卷六。康海《渼陂先生集序》:"予观渼陂先生之集,其叙事似司马子长,而不屑屑于言语之末;其议论似孟子舆,而能从容于抑扬之际。至其因怀陈致,写景道情,则出入乎《风》、《雅》、《骚》、《选》之间,而振迅于天宝、开元之右。"(《对山集》卷十)
⑥ 《列朝诗集小传》丙集《张举人含》,上册,第355页。
⑦ 《四库全书总目》卷一百七十六集部《禺山文集》、《诗集》提要,下册,第1571页。

宋人理盛而诗道废,元人体薄而诗道衰。弘、德间,徐、李、边、何诸作者出,力复古而诗道始兴而盛。含今获读蔡子之《草堂集》,则谡尔敛袂而言曰:兹固诗道之兴而盛者乎? 其诗之辞、之气、之兴、之调、之格、之致,咸存古则焉。……故其诗严而密也,则得乎唐之初之工焉;闳而邃也,则得乎唐之盛之精焉;婉而壮也,则得乎唐之中之畅焉;清而俊也,则得乎唐之晚之蔚焉。绚华而缀采也,则得乎六朝之丽焉。于弘、德诸作者,固可以上下后先矣。含尝爱子长之言曰,《诗》纪山川溪谷、禽兽草木、牝牡雌雄,故长于风。斯言也,诗道备而极也。……乃宋人则作诗话、诗谈、诗评、诗格,而迂者谓其理盛而传诵之,孰知子长斯言乎?[1]

如果说,以张含和李梦阳、何景明等人的交往或基于相同或相似的文学趣味,那么,以上这篇《读鹤田草堂集》多少体现了彼此在诗学宗尚问题上的近似态度。其于诗所标示的四唐六朝,既被视为蔡诗习学得益的重要目标,也可说是作者推尊的效习范本。如从宗唐的范围而言,虽然张含四唐并列与李、何诸子以盛唐为尚的诗学倾向有所不同,但彼此皆持尊崇唐音的基本方向。这一相似性,还可从张含贬抑宋元诗歌特别是宋诗的鲜明意向中见出,认为宋诗"理盛"以至"诗道废",元诗"体薄"以至"诗道衰",相较之下,其于宋诗的批评尤为激烈,所以,与之相关的诸如宋人所作的诗话、诗谈、诗评、诗格,在他看来不值一提。就此,还可注意张含在《白泉先生集后序》中评骘宋人诗文之论,其谓:"惟古人于诗文,主体调性情,迄宋人,主道理议论。古人谓气清浊有体,不可力致。宋人用力于气,虚而不实,并体不振,诗文之弊极矣。"这是说,宋人之作因为主"理"重"气",与古人之作所尚全然相悖,弊端尽现,而他在审视"文与诗之不振古道久矣"的格局之际,也同时指出:"流踬于宋,弊也极矣,虚谈理气,文鄙鄙伤易,诗槁槁靡神。流踬于今,袭宋而畔古,有志者鲜。"[2]这又是说,宋人之作尤其是诗歌"虚谈理气"的习气,不仅成为"古道"衰替的一个环节,且也成为影响今人以至"畔古"的一种流弊。总之,这些均表明张含接近前七子复古立场的文学取向。

王维桢,嘉靖十四年(1535)进士,仕至南京国子监祭酒。孙陞序其《王氏存

---

[1] 蔡云程《鹤田草堂集》卷首,《四库全书存目丛书》影印清钞本,齐鲁书社1997年版。
[2] 《张愈光诗文选》卷七,赵藩、陈荣昌等辑《云南丛书》初编《集部》,民国刻本。

笥稿》云:"世称三秦多豪杰,本其山川绝奇。自空同李先生以论著高一代,华州槐野王子接迹而起,两人者,皆人杰云。"[1]这不仅是将王维桢和李梦阳相提并论,同以"人杰"目之,置其于非同一般的地位,而且也是把他当作"接迹"于李梦阳之后一位承继性的人物来看待。事实上,王维桢生平最尊尚者也就是李梦阳,所谓"终身所服膺效法者,梦阳也"[2]。他曾向人表示:"本朝作者,空同老翁圣矣,即大复犹却数舍。盖空同有神交无方之用,有精纯不杂之体,读一篇诗见一事。首终虽纵横奇正,弗一其裁,而粹美同也;珩琚璜珰,弗一其形,而温栗同也。"其中甚至认为:"至若倒插顿挫之法,自少陵善用之者,空同一人而已。"[3]在这种近乎夸张绝对的语气中,也可见出他对李梦阳的极度推重之意。值得一提的是,尽管王维桢在诗文创作上有着自己的宗尚目标,孙陞《王氏存笥稿序》即以为其"为文法司马迁,诗法汉魏,其为近体法盛唐,尤宗杜氏少陵",郑本立《刻存笥稿叙》也指出其"文追子长,诗拟老杜,体裁格制,迥迈时辈"[4]。王维桢《答督学乔三石书》议论友人乔世宁所示诸诗,认为"律体总轨于杜,有冲远深厚之致焉",又谈到其本人的读诗体会:"顷岁覆读《三百篇》以暨《骚》、《选》,终于李、杜诸家之作,其短言不杂,夫人睹之矣,彼鸿篇巨什,累累数千百言,咸标搦牵掇,一意贯彻,譬之月园千树而同光,风谷百岩而共声。何者?以本之初者一也。"[5]这些可以说在大体上标示出王维桢和前七子更相近似的诗文复古取向。但在同时,他也一再强调学效古人和单纯袭用的区隔,如《与胡蒙溪书》:"古称作者,谓创制立言,自明其指也。今好古之士,苟幸徼名,往往袭而用之,但可称述,难语作者。故诗有自立俗格、窃夺古意者,则尸祝之传告也。既拟其体,复掠其语者,则庄生之胠箧也。"[6]又《驳乔三石论文书》:"今海内翰卿墨士彬彬然兴矣,其拟则史迁之作者不可胜数,往往藉格袭词,犹之画临粉本,书摹法帖,求一毛之似,幸半体之同,以为奇绝,固未有蜕弃陈骸、自标形神者也。"[7]当然,这样主张学古而又反对"袭而用之"、"藉格袭词"之类的说法,未必不会从一般拟

---

[1] 《王氏存笥稿序》,王维桢《王氏存笥稿》卷首,明嘉靖刻本。
[2] 《明史》卷二百八十六《王维桢传》,第二十四册,第7349页。
[3] 《后答张太谷书》,《王氏存笥稿》卷十四。
[4] 以上见《王氏存笥稿》卷首。
[5] 《王氏存笥稿》卷十四。
[6] 《王氏存笥稿》卷十六。
[7] 《王氏存笥稿》卷十五。

古者的口中流露出来,然如考虑到它所面向的是出现在当时"好古之士"中间的"袭"风,则不能不说更具某种针对性的意味,显示王维桢对于文坛时风及复古性质问题所作的自我观察和思索。而这也正好体现在他尊尚李梦阳的态度上,如曰:"学者未睹其大,谩肆丑诋,以为空同掠古市美,比之剽席。嗟乎!空同富才神解,能自作古。假令与李、杜二豪并生同代,二豪当约为兄弟,补所未逮,增所未能。"①如此为李梦阳辩说是否切当暂撇开不论,可以看出,王维桢本人所以推重之,很重要的一点,他认为李梦阳"富才神解,能自作古",绝非如"学者"所訾诋的是"掠古市美"。所谓的"神解",当即是就能"蜕弃陈骸、自标形神"者来说的。这从中也表明王维桢关于学古的基本要求。

较之张含、王维桢,胡缵宗在追随前七子诗文复古风尚上实无不及。缵宗中正德三年(1508)进士,仕至右副都御史,生平主要历弘治、正德、嘉靖三朝,值遇七子文学活动的兴替过程,同李梦阳、何景明、康海、王九思等人相善,间有酬和往还②,于此当有更为直接深刻的感受。作为一位"平生与康、李友善,故驰声艺林,与之媲美"③的尚古之士,胡缵宗在诗文的宗尚倾向上和前七子大体相近。以诗而言,如他《杜诗批注后序》云:

> 汉魏有诗,梁、陈、隋无诗;唐有诗,宋元无诗。梁、陈、隋非无诗,有诗不及汉魏耳;宋元非无诗,有诗不及唐耳。不及唐,不可与言汉魏矣;不及汉魏,不可与言《风》、《雅》矣。④

这意味着,《诗经》以下唯汉魏及唐代诗歌堪为师法对象,梁、陈、隋及宋元诗歌则被完全排除在外。此也正如其在《重刻选诗序》中所言,"汉尚矣,魏亦有可观者

---

① 《后答张太谷书》,《王氏存笥稿》卷十四。
② 如检胡缵宗文集,即有《和康子、吕子同谒横渠祠》、《登汪生莆山兼怀王检讨敬夫》、《和德涵、仲木初涉武水之作》、《终南行赠陈汝忠金宪兼怀王敬夫、段德光、康德涵、吕仲木内翰,马伯循冢卿,李献吉宪使》、《和康子、吕子同往浒西之作》、《和浒西壁上之作赠康德涵修撰》、《和孟御史洋望之、何中书景明仲默、薛主事蕙君采、李刺史濂川甫禁中春雪》、《送樊少南归信阳兼呈李献吉、何仲默二宪使》、《徐州道中有怀王渼陂、康对山、段河滨、吕泾野四太史》、《有怀太白山人孙一元兼呈崆峒子李献吉》、《过武功呈王渼陂、康对山二太史》、《赠惠生兼怀对山太史》、《入鄠杜呈王太史兼吊王宪使》、《有怀王敬夫》、《有怀康对山》、《入鄠杜呈王太史九思》等诗作,分别见《鸟鼠山人小集》卷一、卷二、卷四、卷六、卷七、卷九,《四库全书存目丛书》影印明嘉靖刻本,齐鲁书社1997年版。
③ 李濂《胡可泉集序》,《鸟鼠山人小集》卷首。
④ 《鸟鼠山人小集》卷十一。

焉,晋虽不及魏,犹近之。宋去汉远矣,齐梁且不及晋,况魏乎?下至陈隋,愈远而愈失其真","使非唐挽而振之,溯而演之,《三百篇》之遗其几乎熄矣。故世之论诗者,一曰汉,二曰魏而已矣;三曰晋,四曰唐而已矣。唐以下未可以言诗也"①。而在宗唐的问题上,他又指出,"学唐者,又安能舍杜与李哉"②,"唐诗古体曰陈、李,近体曰李、杜尚矣"③。故其所尊崇,基本上是一条为前七子所重的《诗经》以降古体以汉魏为尚、近体以唐尤其是盛唐为尚的复古理路。如果一定要区分胡缵宗和李、何诸子宗尚观念的某些差异,那么其主要反映在对个别性的诗家及诗作的偏嗜上。如缵宗《陈思王诗集序》云:"予读汉诗,乃喜读李陵诗,读魏诗,乃喜读曹子建诗。岂所见未至而所好或偏邪?抑少卿有得于《三百篇》,而植无愧于《十九首》邪?要皆诗家所当尚者。"④更突出李、曹诗在汉魏古诗系统中的特殊地位,昭示其倾重之意,犹如缵宗在《东巡录序》中借他人之口提出,"古体其惟汉魏,汉其惟李少卿,魏其惟曹子建"⑤。相比,诸子所宗则略显不同,即于汉诗,其并未特别主张偏向李陵之一家;于魏诗,如李梦阳虽对曹植之作多予褒扬,谓读植诗"至瑟调怨歌、《赠白马》、《浮萍》等篇","未尝不泫然出涕也",以为"其音宛,其情危,其言愤切而有馀悲"⑥,然在他看来,魏诗之中还是"嗣宗冠焉",这是因为阮籍诗作为"混沦之音,视诸镂雕奉心者伦也"⑦。尽管如此,胡缵宗基本的诗歌宗尚倾向未游离于李、何诸子是一个不争的事实,如他曾辑《唐雅》,采有唐一代诗中"乐府必典则,古体必舂容,绝句必隽永,近体必雄浑,铿然如金,琤然如玉"者而录之,以明其"诗截然以唐为宗者"⑧的取法宗旨,在根本上与诸子的宗唐倾向相合调。

以文而言,胡缵宗曾辑《秦汉文》一书,并于嘉靖三年(1524)刻成⑨,他在为

---

① 《鸟鼠山人小集》卷十二。
② 《杜诗批注后序》,《鸟鼠山人小集》卷十一。
③ 《跋李诗后》,《鸟鼠山人小集》卷十四。
④ 《鸟鼠山人小集》卷十一。
⑤ 《鸟鼠山人小集》卷十二。
⑥ 《陈思王集序》,《空同先生集》卷四十九。
⑦ 《刻阮嗣宗诗序》,《空同先生集》卷四十九。
⑧ 胡缵宗《唐雅序》,《鸟鼠山人后集》卷二,《四库全书存目丛书》影印明嘉靖刻本,齐鲁书社1997年版。
⑨ 黄省曾序胡缵宗《秦汉文》曰:"天水胡公以宏才盛学治吴之明年,政平化举,乃出在史馆所诠次《秦汉文》四卷,俾诸生校焉。刻成,属序于省曾。"末署"嘉靖甲申八月二十五日吴郡诸生五岳山人黄省曾撰"(《秦汉文》卷首,明嘉靖刻本)。又《通议大夫都察院右副都御史可泉胡公缵宗墓志铭》云:"明年癸未(案:指嘉靖二年),江南大旱,岁饥民流,复诏公移守姑苏。"(《国朝献征录》卷六十一,第二册,第2619页。)则知胡缵宗于嘉靖二年出知苏州府,次年所辑《秦汉文》刻成。

该书所撰的序文中述曰：

> 夫伏羲之文，其卦爻乎？黄帝之文，其律吕乎？唐、虞、夏、商、周之文，其典谟训诰乎？其象象乎？其《风》、《雅》、《颂》乎？然皆圣人之言也，经也。下此则《左传》矣，《国语》矣，是贤人之言也，传也。下此而辞近古者，其惟秦乎？其惟西汉乎？东汉魏而下，文非不多，非不工，其气渐漓，而体渐衰，其辞旨已不得与西汉并，况秦乎？故秦汉之时，譬之岁焉，其犹春乎？譬之日焉，其犹寅乎？故其文彬彬焉，浑浑焉；玩而绎之，其太羹玄酒乎？其椎轮增冰乎？其《咸》、《英》、《韶》、《濩》乎？其泰山乔岳乎？其斯以为文乎？虽未敢比经视传，奚愧焉。①

以上所述，既是对"经"、"传"及秦汉之文在古文系统中的定位，也是胡氏本人文之所宗绪次的明确陈表②。与前七子大多以为"文必先秦两汉"，"庶几其复古耳"③的文章宗尚倾向相比，胡缵宗将古文的师法目标主要集中在了东汉以前的历史时段，这或许可以说是基于一种更为严格和偏狭的文章取舍标准。然他所择取的对象，从先秦至汉代的基本范围来说，实未脱出前七子多所主张的"文必先秦两汉"的宗尚路径。在此意义上，编者于嘉靖初期推出作为古文范本的这部《秦汉文》，有意引导学古之士业文方向，以"将浚之使邃，辟之使廓"④，如将此视作是对李、何诸子文章复古取向的某种应和与显扬，实在也是未尝不可。

观此际文坛，在与前七子诗文复古活动之间构成不同层面的关系者当中，更令人注目的，则要数崛起于嘉靖前期的"嘉靖八才子"这一文人群体。"八才子"中，除了王慎中与赵时春中嘉靖五年（1526）进士之外，李开先、任瀚、熊过、唐顺之、陈束、吕高等六人考取进士时在嘉靖八年（1529），其相识而相聚当在各

---

① 《鸟鼠山人小集》卷十一。
② 王宠《秦汉文序》也间接述及胡氏于文的宗尚态度，可与上胡氏自序相参看，其曰："嘉靖癸未，天水可泉先生来刺我邦……越明年，出所编次《秦汉文》授之读。既受卒业，宠跽而请曰：'是编何居？'先生曰：'五经其炳矣，日月宇宙弗可湮已。近古而闳丽者，其秦乎？其汉之西京乎？'……宠曰：'然则《左传》、《国语》尚已，何遗焉？'先生曰：'《左传》、《国语》其旨奥，其辞简，其为书也联属而成章，经之翼也。小子识之尔，乌得而选诸？'……宠曰：'然则东京以后不亦有可录者乎？'先生曰：'气未见其浑也，体未见其雅也。间有之，吾惧学者之作法于凉也，故略而仅存焉。'"《雅宜山人集》卷九，明嘉靖刻本。
③ 王九思《明翰林院修撰儒林郎康公神道之碑》，《渼陂续集》卷中。
④ 王宠《秦汉文序》，《雅宜山人集》卷九。

自进士登第之后。殷士儋为李开先所撰墓志曰:"嘉靖初,文治恬熙,群良汇进,于时仕于中朝者有'八才子'称。"①"八才子"中不少人的同年身份,尤其是仕于京师的机缘,无疑便于他们相互交往②。在看待"八才子"文学活动的指向性问题上,后人中间有一种较为流行的意见,即视其主要为矫正李、何等人复古之弊而发起的针对性举措。如万历《章丘县志》李开先传说:"是时北地李献吉、信阳何仲默后先告逝,而晋江王道思(慎中)、毗陵唐应德(顺之)倡论,谓李献吉即名高一代,然于文章正法藏不免仍隔一尘。于是尽洗诘屈之调,而一归于恬雅。开先与吉水罗达夫(洪先)、平凉赵景仁(时春),复左提右携,李、何文集,几乎遏而不行。"③实际上这样的说法未免过于笼统而缺乏准确性,尤其是它未能注意到"八才子"之间文学态度的差异性,包括他们对前七子复古之举所作出的不同反应。

如果按照"八才子"不同的文学立场对他们分营归类,其中的王慎中、唐顺之二人,他们最终与诸人发生分歧,并呈现同前七子相离异甚至反逆的姿态,当归为一类,详后所论,此暂不展述,而像陈束、赵时春、李开先等人,则基本可以归为另一个营垒,在总体上,他们试图接引和标举前七子的复古取向,尽管他们中间时而也在指点李、何等人的得失,但这并不足以掩蔽其追从的用心。陈束生平与李开先关系尤密,"契厚以词藻、行检,不专同年故"④。张时彻为陈束所撰《陈约之传》谓束早年"乃泛滥百家言,上下屈、宋、班、马之间,向、褒以下弗论焉"⑤,大致描述了他自早时起的学古所向。尤其在陈束的诗学态度上,通常多

---

① 《中宪大夫翰林院提督四夷馆太常寺少卿李公墓志铭》,《金舆山房稿》卷九,明万历刻本。
② 关于"嘉靖八才子"具体活动情况,相关资料记载未能提供更多详实的信息,然从李开先为吕高所作《吕江峰集序》的记述中,尚能大致了解其形成的时间及聚处的情形:"古有建安七子,大历十才子。今嘉靖十年后,更有'八才子'之称。八人者,迁转忧居,聚散无常,而相守不过数年,其久者亦止八九年而已,不知天下何以同然有此称。"(《李中麓闲居集》卷五)由此至少反映了以下信息:一是"八才子"逐渐成为受人注目的群体,被冠之以相应的称号,时在嘉靖十年之后;二是由于他们"迁转忧居,聚散无常",聚合游处的时间当不长,且为一个并非具有强烈集团意识而组织结构相对松散的文人群体,故李开先有"不知天下何以同然有此称"之说。
③ 万历《章丘县志》卷二十八《文苑传》。又钱谦益《列朝诗集小传》丁集上《李少卿开先》:"嘉靖初,王道思、唐应德倡论,尽洗一时剽拟之习。伯华(案,李开先字)与罗达夫、赵景仁诸人,左提右携,李、何文集,几于遏而不行。"(下册,第377页。)《四库全书总目》卷一百七十七集部《闲居集》提要:"嘉靖初,开先与王慎中、唐顺之、熊过、陈束、任瀚、赵时春、吕高称'八才子'。其时慎中、顺之倡议,尽洗李、何剽拟之习,而开先与时春等复羽翼之。"(下册,第1585页。)盖相沿成说。
④ 李开先《后冈陈提学传》,《李中麓闲居集》卷十。
⑤ 陈束《陈后冈诗集》卷首,《四库全书存目丛书》影印明万历刻本,齐鲁书社1997年版。

认为他以宗尚初唐而矫李、何之弊①,突出了束和李、何之间在复古取向上的分歧,然事实上这样的说法并不完全准确。关于陈束尚初唐以矫李、何之论,主要乃从他为高叔嗣所作的《苏门集序》引出的,序中云:

> 及乎弘治,文教大起,学士辈出,力振古风,尽削凡调,一变而为杜,时则有李、何之倡。嘉靖改元,后生英秀,稍稍厌弃,更为初唐之体,家相凌竞,斌斌盛矣。夫意制各殊,好赏互异,亦其势也。然而作非神解,传同耳食,得失之致,亦略可言。何则?子美有振古之才,故杂陈汉晋之词,而出入正变;初唐袭隋梁之后,是以风神初振,而缛靡未刊。今无其才而习其变,则其声粗厉而畔规;不得其神而举其词,则其声阐缓而无当。彼我异观,岂不更相笑也。②

应当说,对于弘治始兴的李、何"一变而为杜"的振古之举,以及嘉靖以来"更为初唐之体"的风向转变,论者并未以称扬后者来否定前者,确切地说,更多只是客观和理性地描述此际诗坛宗尚之风的这一变化,认为此乃诗歌复古进入一个新阶段而出现的一种情势,故谓之"亦其势也"。他又觉得,无论是杜诗还是初唐体,皆各有所长,取二者而法之也各有其合理性,关键要具备学习的资质和掌握适当的方式,以免学杜而无其才,学初唐体而不得其神。当然,他肯定嘉靖以降"更为初唐之体"的诗风,不能说没有包含一点越出李、何等人复古路径的意味。虽然诸子当中如康海也曾表示,其"昔在词林",于诗"汉魏以降,顾独悦初唐焉",以为"其词虽缛,而其气雄浑朴略,有《国风》之遗响"③,并未将初唐体排除在取法的范围之外,但在"近诗以盛唐为尚"④理念的主导下,李、何等人择选师法目标的空间还是为之压缩,事实上诸子大多视初唐体不过为学古统绪的旁

---

① 如李开先《后冈陈提学传》:"大抵李、何振委靡之弊而尊杜甫,后冈则又矫李、何之偏而尚初唐。"(《李中麓闲居集》卷十)又如《列朝诗集小传》丁集上《陈副使束》:"而唐元荐论本朝之诗,则曰:'……李、何一出,变而学杜,正变云扰,剽窃雷同,比兴渐微,风骚日远,箴其偏者,唐应德也。嘉靖初,更为六朝、初唐,而纤艳不遑,阐缓无当;作非神解,传同耳食,议其后者,陈约之也。'约之初与应德辈倡为初唐,以矫李、何之弊,晚而稍厌缛靡,心折于苏门。"(下册,第373页。)
② 《陈后冈文集·楚集》。
③ 《樊子少南诗集序》,《对山集》卷十三。
④ 何景明《与李空同论诗书》,《大复集》卷三十。

支而已①。由此,陈束肯定当时诗坛更尚初唐之风,多少显出其顺合新"势"的姿态。然而这并未改变他倾向李、何等人复古立场的基本态度,同样在上序中,其不但以"力振古风,尽削凡调"概括李、何倡兴之功,所许不可谓不高,还突出了高叔嗣"束发就傅,受知北郡李先生"这段师从李梦阳的学习经历,且评述其所学,以为"因心师古,涉周秦之委源,酌二京之精秘,会晋馀润,契唐本宗",可以见出他本人推崇李、何复古之举的倾向性②。

较之陈束,赵时春受前七子复古趣味淄染的痕迹似更明显,李开先曾论评其诗文,以为"诗有秦声,文有汉骨"③。赵生平与康海及前七子集团中的后继成员张治道、樊鹏关系更为密切④,要说受其影响自在情理之中。而他对康海尤为推重,如其作于嘉靖二十五年(1546)的《康太史集序》:"武功康太史声名满宇宙间,竟为人所排挤,其猷为无由自见,世特传其诗文尔。其人本豪迈不羁,雄文巨作,世称所长云。至于诗篇尔雅,本质去雕,世多未及,异乎吾所闻矣。"⑤除敬重康海"豪迈不羁"的个性,以及同情其因卷入正德之初瑾党事件而遭排挤的不幸境遇,特别于其诗文给予了不俗的评断。比较起来,从赵时春为樊鹏所作的《樊子集后叙》,更能在整体上辨识他对于前七子复古活动及后继者作为所持的立场:

> 夫曩弘治、正德之间,中州君子嗜古宏雅者,盖彬彬乎显且盛矣,夺骊龙之珠而完赵室之璧者,人自以为无与让。则我有明之风化,巍乎炎汉、盛唐之间,而上戛乎姬周者,抑诸君子实有功焉。吾尝忧夫盛衰之相因,而嗣之者之弗广也。樊子乃能力起而正之,其源出于何大复氏,独坚壁立玄甲之帜,不复袭其师说,灿然成一家言,视大历以还蔑如也。峥嵘山斗之气沿

---

① 参见廖可斌《明代文学复古运动研究》,第118页。
② 参见陈建华《中国江浙地区十四至十七世纪社会意识与文学》,第248页至249页,学林出版社1992年版。
③ 《赵浚谷诗文集序》,《李中麓闲居集》卷六。
④ 如赵时春《赵浚谷诗集》卷二有《先寄康对山太史》诗,卷三有《次张太微见寄二首》诗(《四库全书存目丛书》影印明万历刻本,齐鲁书社1997年版),《赵浚谷文集》卷三载有他为樊鹏所作的《樊子集后叙》(《四库全书存目丛书》影印明万历刻本,齐鲁书社1997年版)。嘉靖十六年赵时春父卒,康海为作墓志铭(《对山集》卷十七《明故瓽化县儒学教谕赵公墓志铭》)。从中可以看出赵时春与诸人之间有过交往或酬唱。
⑤ 《赵浚谷文集》卷六。

五六十年，而诸君子斡之不少衰，则我有明之人文不亦既昭矣乎！①

在作者看来，时至弘治、正德之间，复古情势开始显盛，营造这一文学风气的，"中州君子"实功不可没。而同时让他为之称道的是，身为何景明弟子的樊鹏，不仅能担当"力起而正之"的嗣业者的角色，且能不受师说的拘限而拓张之，自成一家之言。毋庸说，作者以如此的眼光看待前七子及其后继者的文学业绩，自是出于他认肯和接受李、何诸子复古创举及其影响的基本立场。

在"嘉靖八才子"中，李开先算得上和前七子集团关系最为密切，对其中一些成员及其同道或有交往之谊，或怀企仰之意。他曾作《六十子诗》，"而叙交情为多"②，列入诗中的除了康海、王九思、王廷相等人之外，还包括何瑭、马理、吕柟、陆深、崔铣、段炅、高叔嗣、左国玑等多位前七子集团中的其他成员。嘉靖十年(1531)，李开先饷军西夏，路出乾州，得以先后结识康海、王九思，与之谈议，并赓和评定，盘桓多日③。康、王二人"居以才自雄，睥睨一世"，然与开先相识，"独欢然相得"④。双方相处融洽，别后又有书信来往及以所作酬赠。在此过程中，尤其是李开先的资性和见识给康、王留下了相当深刻的印象，事后康海在致友人唐龙书札中，曾不吝文辞称许开先"资性英发，识见超远。文艺精典，哲匠所难；治体通达，后辈希睹"⑤。对李开先来说，此次与康、王等人聚会游处，成为他和前七子成员正式交往的一段经历，虽时间不算长，但就其个人而言，则有着某种标志性意义，使他得以直接与作为前七子集团核心成员的康、王二人进行文学上的交流。在另一方面，康、王特别在学古方面的趣尚和才识则深获开先的推许，如其《康对山海》诗称："文辞追古雅，才识真雄伟。"《王渼陂九思》诗又称："戏编今丽曲，善作古雄文。振鬣长鸣骥，能空万马群。"⑥也可以说，他从康、

---

① 《赵浚谷文集》卷三。
② 《六十子诗》序，《李中麓闲居集》卷四。
③ 李开先《渼陂王检讨传》："予尝饷军西夏，路出乾州，偶遇康对山，坐谈，即许以国士。当夜作一正宫长套词赠之。……康又相约，事竣游武功以及鄠杜，见渼陂翁。翁闻之，朝暮北望，不见音尘，意料或不来矣。忽一日造其门，惊讶以为从天降也，握手庆幸，有如旧交。谈倦则各出所作，互相评定，半夜而寐或彻夜不寐者，凡五六夜，而赓和之作约有一小册。将速相爱诸公，同游南山以西……使一方名胜毕受吾杖履，而各表以诗篇。予辞以俗骨难换，而病体不胜也。再一日，洒泪相别。在长安与对山众士夫盘桓二十馀日，至河南而病作矣。翁远闻之，同对山遣仆相视。"《李中麓闲居集》卷十）
④ 《中宪大夫翰林院提督四夷馆太常寺少卿李公墓志铭》，《金舆山房稿》卷九。
⑤ 《与唐渔石》，《对山集》卷九。
⑥ 《六十子诗》，《李中麓闲居集》卷四。

王的古文词中寻找到了和前七子在复古取向上的一种精神契合点。尽管针对李、何诸子诗文复古的得失，李开先也曾站在自我评判的立场予以指摘，关于这一点，我们在后面论述中将会涉及，但应当说，对于诸子复古倡论及其滋生的历史意义，李开先在总体上持肯定态度，偏向李、何诸子的立场显而易见。如他曾分别为李梦阳、何景明、康海、王九思等人撰传，中间也时可见其极力为之推尚和鼓吹之意：

> 诗靡于六朝，而陈子昂变其习；文敝于八代，而韩退之振其衰。国初诗文，犹质直浑厚，至成化、弘治间，而衰靡极矣。自李西涯为相，诗文取絮烂者，人材取软滑者，不惟诗文趋下，而人材亦随之矣。对山崛起而横制之，天下始知有秦汉之古作，而不屑于后世之恒言。（《对山康修撰传》）
>
> 是时西涯当国，倡为清新流丽之诗，软靡腐烂之文，士林罔不宗习其体，而翁（案，指王九思）亦随例其中……及李崆峒、康对山相继上京，厌一时诗文之弊，相与讲订考正，文非秦汉不以入于目，诗非汉魏不以出诸口，而唐诗间亦仿效之，唐文以下无取焉。（《渼陂王检讨传》）
>
> 近见顾东桥所撰《国宝新编》，总论一时名流，而以崆峒居最。黄初响绝，诗道中微，唐兴数子，大发厥机，一鸣惊人，千古为友。乃出诸知己之口，而非意料之语也。责备者犹以为诗袭杜而过硬，文工句而太亢，当软靡之日，未免矫枉之偏，而回积衰，脱俗套，则其首功也。同时如景明，如徐祯卿，皆赖之成就，凤翔乃将成而逝者也。后学得其指授及私淑者，抑又不可胜计。（《李崆峒传》）[①]

在李开先看来，李、何诸子的复古所为，实具指向成化、弘治间以内阁大学士李东阳等人为代表的台阁文习的针对性意味，对于转变当时尚在文坛发生主导优势的台阁诗文风尚有着首创之功。虽然他保留了对像李梦阳"诗袭杜而过硬，文工句而太亢"这样学古之失的指摘，但同时认为，要说"当软靡之日"而"回积衰，脱俗套"，则其失不能掩盖其功。他觉得，李、何诸子的崛起及对诗文复古的举创，它所产生的意义不只是表现在提倡一种诗文溯古的文体，更重要的还在

---

① 以上见《李中麓闲居集》卷十。

于,通过文体上的返古追溯,矫革由馆阁文人主导而在士林中间流行的那样一种凡庸软俗的文风,从而开启了一条诗文中兴之路,对于"西涯当国"而影响下的成、弘文坛,起着扭转时代文学风尚的先导和引领作用,所担当的是文坛变革者的角色。

值得一提的是,李、何等人平生耿介正直的人格操守,尤其是他们卷入正德之初刘瑾政治事件而表现出的那种卓立不屈的个性特征,深为李开先所重,如其谓李梦阳:"夫二张八党,势焰熏天,立能祸福人,朝士无不趋附奉承者,崆峒独能明击之,助攻之,可谓威武不屈、卓立不群者矣。昔人谓:论人先观其立朝大节。如苏子瞻风采凝持,非碌碌苟同世俗,若崆峒者,亦岂出苏公下哉!"[①]又谓何景明,"生平耻干谒,轻仕进","避刘瑾之横恣,甘求罢免而无悔",以为其"学精见远,志大行坚","至于取予进退,则断断不可回"[②]。这些不能不说是促发李开先倾向李、何诸子,进而理解并认同他们文学基本立场的某种引导因素。

第二节 复古理路的检省与改易

在正德、嘉靖之际文坛,同上述承续和张扬前七子诗文复古风气之情势相并行的,则是对于诸子复古理路所展开的各种反思和检讨,以及与之相应的对于他们所循宗尚路径不同层面的突破。这也显示了此际文坛格局较之前一时期所发生的某种明显的异动。

可以这么说,复古作为弘治、正德间由前七子倡导的一个中心的文学议题,它在释放强劲影响力的同时,也的确面临来自文人学士中间的种种质疑和争议,特别是它在实践过程中显露出的这样或那样的问题,自然更容易成为人们关注的焦点和争论的话题。譬如,生平"好为古文词,上追秦汉"[③]并因此自号为好古生的天台人夏镤,曾撰《论文》一文,其中特别论及李梦阳的古文创作之失,以为"夫文要于人皆可晓,故曰辞达而已。李空同之文深涩激诡,自通不通人,辞意烦碎且凿,不免家数小,斤两不足"。又表示"空同殆学左氏而得其形似,

---

① 《李崆峒传》,《李中麓闲居集》卷十。
② 《何大复传》,《李中麓闲居集》卷十。
③ 杨循吉《明故南京大理寺左评事赤城先生夏公墓志铭》,夏镤《明夏赤城先生文集》卷二十三,《四库全书存目丛书》影印清乾隆活字印本,齐鲁书社1997年版。

左氏虽若艰深,自是其一体,亦自有简克奇稳处,皆可绎而通,通则犹我自出,不若空同之生强自信。空同于内外传得其粗而遗其精,舍其简而用我之蕃"①。这无非是说,李梦阳文学《左传》却仅得其形似,所以只学了《左传》的"艰深",并没有学到其中的一体之"通",所谓是得其"粗"而遗其"精",不免现出"自通不通人"的缺陷。夏镒甚至因此认为,如"至浅识之士因之慕效,将使国朝遂成耻代未可知"②。多少有些危言耸听的话语,也正可见出夏氏质疑李梦阳古文态度之强烈。

如果说,夏镒以上所论还主要是侧重对李梦阳个人古文作法的检讨,那么,像同安人林希元如下针对"文上秦汉"者而提出质疑,就不能不说颇有面向李、何诸子及其响应者的意味。林氏在嘉靖年间编有《古文类抄》,他在为该书所作的序中说:

> 或曰:文上秦汉,东京而下弗上矣,子取文而及唐宋,以至于今,不亦左乎?予曰:是何言与?夫古之文不能不变而为今,犹今之时不可复而为古也。时既不可复古,文乃不欲为今,其可得乎?……若以文论之,尊孔术,黜百氏,仲舒有功于吾道也。时至韩愈,佛老之害,甚于百氏,昌黎原道德,辟佛老,崎岖岭海,功与齐而力倍之。如此之文,岂下于秦汉乎?卖国外夷,挟君臣虏,秦桧之行,犬马不如。胡澹庵一疏奸雄,气夺紫阳,谓与日月争光,信也。李斯之《逐客》,杨雄之《解嘲》,其文诚美矣,然杀身亡秦,客之功安在?美新投阁,人之嘲谁解?如此之文,能过于唐宋乎?是故文无古今,适用则贵。苟适于用,虽非秦汉,安得而左之?昌黎、澹庵是也;不适于用,虽秦汉,安得而上之?李斯、杨雄是也。今之上秦汉者,安排粉饰,极力模仿,非无一二句语之近似也,然精神气力已远不逮。譬之优孟学叔敖,非不宛然似也,实则优孟耳,何有于秦汉?况辟邪崇正,未能如韩子之辟佛老;黜夷扶华,未能如胡子之斥奸桧。使果如秦汉,犹在所遗,况不如乎?③

---

① 《明夏赤城先生文集》卷二十二。
② 潘球《南京大理寺左评事赤城先生夏公事略》,《明夏赤城先生文集》卷二十三。
③ 《古文类抄序》,《同安林次崖先生文集》卷七。

应当指出的是，林希元并非一概反对学习秦汉古文，他曾表示，"秦汉之文雄浑典则，而得于自然，变化飞动，不可捉摸也"，以为其自有可学之处。但令他深为不满和忧虑的是，今人之学秦汉古文，偏重的是摹仿，追求的是近似，结果造成"辞坏于割裂，气伤于斫削，意屈于拘牵，困苦偏枯，弊也甚矣，乌乎秦汉"①，离秦汉古文的"精神气力"相差甚远。不仅如此，在林氏看来，比起学古定向，是否"适用"更显重要，应当将此作为衡量文章的一条重要准则。在如此的前提之下，所谓"文无古今"也就成了顺理成章的断论；假如不具有"适用"的性质，虽为秦汉之文，也可置之于一边。又他曾议及李、何二子，则表示："今海内推大家者二人，曰李崆峒、何大复二子，雕辞铸意，刮陈去新，力挽颓风，以还之古，似足为一时文人矣，然考其所得，典谟已乎？盘诰已乎？予皆未能知也。"②于其学古所作已颇多微词，故《四库》馆臣据此以为林氏"即文章亦辟北地、信阳"③。若曰林氏指责学秦汉古文而流于摹仿现象，乃主要是针对李、何诸子及其响应者来说的，那他主张的文贵"适用"准则，摆出的可谓是一种更具有策略性意味的反拨态度。

如上像夏镶、林希元等人指点前七子的文风，包括接受其影响而形成的士人创作习尚，在一定意义上显示了此际文学圈针对李、何诸子复古实践作出的某种消极反应，其中固然掺杂了他们的自我判断甚至是个人成见的主观因素。但这还不是问题的全部，从另一层面观之，这不能不说，也与李、何等人所主张的学古方式以及具体创作过程中所出现的问题有关。事实上，将学古与讲究法度紧密联系起来是李、何诸子以复古相号召的一项重要主张，尽管他们对于法度内涵和体认方式的认知不尽相同，然这并不影响其在对待法度问题上所形成的某种共识，即视古人之作的体格、体式为体现古法的重要表征与基本量度，所谓"夫追古者，未有不先其体者也"④，强调"古人之作，莫不有体"⑤，这也成为他们共同主张的一条基本的复古原则。既然以古作的体格、体式相尊尚，落实起来自然必须要有具体的路径可供循依，于是摹拟古作就变成能够切实行之的一

---

① 《刘执斋先生稿录序》，《同安林次崖先生文集》卷七。
② 《与兴节推汪可亭书》，《同安林次崖先生文集》卷五。
③ 《四库全书总目》卷一百七十六集部《林次崖集》提要，下册，第1577页。
④ 李梦阳《徐迪功集序》，《空同先生集》卷五十一。
⑤ 王廷相《刘梅国诗集序》，《王氏家藏集》卷二十二。

种方式,虽然李、何诸子谈及摹拟时常会带出变化的要求,或以强调变化来消弭摹拟造成的生硬板滞。王廷相说"工师之巧,不离规矩,画手迈伦,必先拟摹","欲擅文圃之撰,须参极古之遗",即将"拟摹"当作习学古人的必由之途,惟有如此,才能"调其步武,约其尺度"①。至于李梦阳,面对何景明"刻意古范,铸形宿镆,而独守尺寸"②的指责,非但没有回缩,且以"仆之尺尺而寸寸之者,固法也"之类的辩解予以反驳,将摹习古作与"尺寸古法"③密切挂钩,并已在为这样做法的合理性进行辩护了。说起来,前七子之中何景明主张变化创新的态度最为鲜明,不过,他所强调的那条"拟议以成其变化"的原则,恰好表明"拟议"在他看来还是学古入门的第一步,也是求合古作体格、体式必不可少的措施,难怪乎他谈及本人诗歌取法问题,除了歌行、近体主要学习李、杜二家,古作则"必从汉魏求之"④。可见择选特定的师法目标以摹拟之,不但在理论上为其所认可,也是他在个人创作实践中这样去做的。尽管前七子在对待诗文复古的问题上几乎异口同声地反对机械摹仿古人,他们也曾纷纷指责文士时习"摹仿摽效,远于事实"⑤,"模放太甚,未能自成一家之言"⑥。李、何之间在正德年间展开的那场文学论争,在某种意义上即关涉于此。然而,理论主张上予以强调是一回事,是否能在创作实践中落实又是一回事。当李、何等人勉力思索如何处理摹拟与变化的关系之时,他们理论上的期望却并未能完全从其诗文创作当中反映出来,于是以古体为尊、刻意摹拟与蹈袭往辙的问题,仍难以避免地显于他们的创作之中。

这一点,就连前七子集团内部的某些成员也多少注意到了,如于正德初期加盟而成为其中重要成员的李濂,在他作于嘉靖二十四年(1545)的《大学士贾公南坞集序》中就曾经指出:

> 夫何近代之为文者弗浚其源而助其澜,弗培其根而饰其叶。诗必曰汉魏,而摹拟以求似,何有于兴致之优柔?文必曰迁、固,而艰涩以为古,何有

---

① 《与郭价夫学士论诗书》,《王氏家藏集》卷二十八。
② 《与李空同论诗书》,《大复集》卷三十。
③ 《驳何氏论文书》,《空同先生集》卷六十一。
④ 《海叟集序》,《大复集》卷三十二。
⑤ 康海《何仲默集序》,《对山集》卷十三。
⑥ 王九思《刻太微后集序》,《渼陂续集》卷下。

于旨趣之隽永？甚至牵缀蹈袭,剪截饾饤,刻削晦滞,辞弗足以达意,而诗文之陋至此极矣！①

这里所指"近代之为文者"尽管有些含糊,但有一点可以肯定,"诗必曰汉魏","文必曰迁、固"那种师法的路径,以及"摹拟以求似"、"艰涩以为古"这样的摹古习气,即使不是专指李、何等人,也当和他们创作行为所产生的影响有着直接关系。与此同时,这种检省前七子复古实践之得失的声音,也来自诸子的一些追随者中间,前所述及的李开先,就是其中颇具代表性的一位,如他在《咏雪诗序》中就指出：

> 我朝自诗道盛后论之,何大复、李崆峒,遵尚李、杜,辞雄调古,有功于诗不小。然俊逸粗豪,无沉着冲淡意味,识者谓一失之方,一失之亢。其雪诗如《天门望雪》、《梁园春深》等作,正坐方亢之病。②

在为刘铉所作的墓志中,李开先也曾表示："关中李献吉、汝阳何仲默方与诸善诗者结社游,公(案,指刘铉)亦与焉,后识者曰：'李诗雄放而失之亢,何温雅而失之方。'"③与《咏雪诗序》所述相印合。此处尽管借托"识者"之口道出,但其实也正是作者个人寓意之所在。按李开先所见,李、何诗宗李白、杜甫,故显"辞雄调古",实有功于诗,即基本肯定他们在诗歌方面的宗尚倾向。然同时也以为,这些并不能掩盖他们在摹习过程中产生的所谓"方"、"亢"之缺陷,致使"沉着冲淡"诗味的丧失。他在《海岱诗集序》中又认为："世之为诗有二：尚六朝者失之纤靡,尚李、杜者失之豪放。然亦以时代南北分焉。成化以前,及南人纤靡之失也。弘治以后,及北人豪放之失也。"④"纤靡"固然不可取,但"豪放"又趋向另一极端,同样让人难以接受,比照以上李开先对李、何学李、杜诗歌得失的评述,这里揭出弘治以后诗坛"及北人豪放之失"的现象,明显带有指涉李、何等人诗歌摹古习气的一层意思。所谓的"方"、"亢",当与亢直、生硬、粗豪等义相联,故谓

---

① 《嵩渚文集》卷五十九。
② 《李中麓闲居集》卷六。
③ 《资善大夫太常寺卿兼翰林院五经博士西桥刘公墓志铭》,《李中麓闲居集》卷七。
④ 《李中麓闲居集》卷五。

之失之"沉着冲淡"。在李开先看来,李、何之失,根本上还应从他们学古方式上加以检讨,前引《李崆峒传》谓李梦阳诗文"责备者犹以为诗袭杜而过硬,文工句而太冗",实可视作是该问题的一个具体注脚。也就是说,所谓"方"、"冗"之偏失,在他眼里,主要还是由蹈袭求工那种刻板的摹习之法造成的。如果从李开先所主张的"不蹈乎古,而实不远乎古"①这条习学古人的基本原则去辨识之,就自然可以理解,他在正面认肯李、何等人复古所为的同时,为何又不满于他们"袭"而"过硬"、"工"而"太冗"的作法了。

从另外一个方面来看,同上述反思和检讨前七子诗文复古理路的现象相对应的,则是正德、嘉靖之际文坛泛起的一股异别李、何诸子的宗尚风气,特别是在诗歌领域,比如呈现主要对初唐、中唐乃至六朝诗风的倾重,就是格外引人注目的变化动向。胡应麟在《诗薮》中即有如下描述:

> 自北地宗师老杜,信阳和之,海岱名流,驰赴云合。而诸公质力高下,强弱不齐,或强才以就格,或困格而附才。故弘、正自二三名世外,五七言律,往往剽袭陈言,规模变调,粗疏涩拗,殊寡成章。嘉靖诸子见谓不情,改创初唐,斐然溢目。而矜持太甚,雕缋满前,气象既殊,风神咸乏。既复自相厌弃,变而大历,又变而元和。风会所趋,建安、开、宝之调,不绝如线。王、李再兴,扩而大之,一时诸子,天才竞爽,近体之工,欲无前古,盛矣。

尽管胡应麟对显现在嘉靖以来文坛"改创初唐"及"变而大历,又变而元和"的改趋初、中唐诗歌的走势多予指疵,除了上述批评宗初唐者"矜持太甚,雕缋满前,气象既殊,风神咸乏"之外,又以为:"嘉靖之为初唐者,丰饶差类,宏远未闻;为中唐者,流宛颇亲,悠长殊乏。藉使学之酷肖,不过沈、宋、钱、刘,能与开元、天宝竞乎?故取法不可不上也。"②这也可以说是他本于前后七子诗以汉魏盛唐为宗的基本理路所导致的,故上认为"建安、开、宝之调"至李攀龙、王世贞等后七子崛兴之时,又得以"扩而大之",盛行一时,显见其中推重李、王之意。但无论如何,胡应麟在此也交代了嘉靖以来诗宗初唐乃至中唐的变化格局形成的根本

---

① 《九子诗》序,《李中麓闲居集》卷一。
② 《诗薮·续编》卷二《国朝下·正德、嘉靖》,第336页。

原因,这就是主要起自李、何等人复古风气影响下所出现的"剽袭陈言,规模变调"的剽拟之弊。关于这一方面,王世贞在为金銮所作《徙倚轩稿序》中指出:"当德、靖间,承北地、信阳之创,而秉觚者于近体畴不开元与少陵之是趣,而最后稍稍厌于剽拟之习,靡而初唐,又靡而梁陈月露,其拙者又跳而理性。"①杨慎《升庵诗话》"胡唐论诗"一则谓"唐子元荐与予书,论本朝之诗",所引唐氏之论其中也云:"弘治间,文明中天,古学焕日,艺苑则李怀麓、张沧洲为赤帜,而和之者多失于流易;山林则陈白沙、庄定山称白眉,而识者皆以为傍门。至李、何二子一出,变而学杜,壮乎伟矣。然正变云扰而剽袭雷同,比兴渐微而风骚稍远,唐子应德箴其偏焉。嘉靖初,稍稍厌弃,更为六朝之调、初唐之体,蔚乎盛矣。而纤艳不逞,阐缓无当,作非神解,传同耳食。"②这些论说指向正、嘉之际由盛唐向初唐甚至与初唐诗歌关系密切的六朝诗风转宗的现象,并归因为厌于当时"剽拟之习"或"剽袭雷同"。

应该说,在诗歌尤其是近体诗宗尚目标的确立上,前七子及其同盟者中也有人除推尚盛唐之外,并非完全排拒兼法诸如初唐者。前述康海解释自己曾"独悦"初唐诗歌的理由,乃"其词虽缛,而其气雄浑朴略,有《国风》之遗响",已见一端。又比如李濂在《答友人论诗书》中提出,"人有恒言诗莫盛于唐,仆意唐但盛于歌行、近体耳,五言古体其衰于唐乎"? 进而陈其所宗,表示"窃欲五言古诗必则汉、魏、晋人,歌行、近体必则李、杜,而更以初唐、盛唐诸公参之,自中唐以下无论也","专则李、杜而尽弃诸公,仆不敢以为然"③。这一说法,接近何景明"学歌行、近体有取于二家(李、杜),旁及唐初、盛唐诸人,而古作必从汉魏求之"④的自述,较之专宗李、杜或盛唐诗歌,像李濂、何景明这样兼及初、盛唐诸家的态度当然要显得融达一些。不过即使如此,其力宗李、杜这样盛唐大家的倾向性还是不可谓不明显,在根本上并未游离注重李、杜乃至盛唐的这一条诗歌复古基本之路径。

探察起来,可以这么看,在正、嘉之际文坛兴起的改趋初、中唐乃至六朝诗歌的宗尚风气,与其说意图在淡化盛唐诗歌的文学地位以及师法价值,不如说

---

① 《弇州山人续稿》卷四十一。
② 《历代诗话续编》,中册,第 774 页。
③ 《嵩渚文集》卷九十。
④ 《海叟集序》,《大复集》卷三十二。

主要乃这些诗家出于对在前七子主导下一味注重盛唐诗歌的宗尚倾向和由此形成的剽拟习气的倦厌及逆反心理,而这在一定意义上则突破了凸显在前七子中间以盛唐诗歌为中心的取法理念,也确实带有在检省李、何诸子复古风气的基础上对其宗尚路线作出调整的意味。与此同时,也因不以淡化唐音包括盛唐诗歌的典范意义为前提,执持以有唐乃至盛唐相标格的基本立场,又成为一些声张初、中唐乃至六朝诗风者一个重要的诗学基点。譬如,杨慎曾汇次《选诗外编》,"起汉迄梁,皆《选》之弃馀;北朝、陈、隋,则《选》所未及",并在该编的序中指出,"诗自黄初、正始之后,谢客以排章偶句倡于永嘉,隐侯以切响浮声传于永明,操觚轻才,靡然从之","然以艺论之,杜陵诗宗也,固已赏夫人之清新俊逸,而戒后生之指点流传。乃知六代之作,其旨趣虽不足以影响大雅,而其体裁实景云、垂拱之先驱,天宝、开元之滥觞也,独可少此乎"①?又他在序《选诗拾遗》中也表示:"汉代之音可以则,魏代之音可以诵,江左之音可以观。虽则流例参差,散偶旷分,音节尺度粲如也。有唐诸子效法于斯,取材于斯。昧者顾或尊唐而卑六代,是以枝笑干、从潘非渊也,而可乎哉?"②这两篇多为人所征引的序文,其中的要旨大同小异,无不是从寻讨源流的角度,提示"六代之作"开启唐音的重要作用,也表明其对六朝诗风的推重,实和宗唐意识构成难以分割的联系,是以其强调六朝和唐代诗歌的源流关系,或者说,重六朝和宗唐在杨慎的诗学话语中并行不悖,而非相互扞格。又结合这些情况来看,初、中唐乃至六朝与盛唐诗歌之间风格特征之差异,创作水准之高下,对于那些改而趋之者来说,也许并不是所要考量的最为主要的问题,他们重点取初、中唐乃至六朝诗歌而法之,在相当大的程度上当是基于某种策略性的需要,旨在推扬一股生新出俗的诗歌创作气氛,用以改变在他们看来已成惯习的文坛现状,同时满足汲取新异的文学审美之需求,可以说,策略的因素大于价值的因素。当然,这种诗歌复古理路的调整,说到底,不过是宗尚的重心从一类目标移向另一类目标而已,更多是反映在习学的具体对象及方式上的一种调整,并不是在真正意义上对于复古壁垒的突围。但不管怎么说,它在一定程度上拓展了诗歌领域师法于古的渠道,增强了复古话语的多样化,也为此阶段文坛格局的变通开辟了一条途径。

---

① 《选诗外编序》,《升庵集》卷二,影印文渊阁《四库全书》本,台湾商务印书馆1986年版。
② 《选诗拾遗序》,《升庵集》卷二。

第三节　王、唐复古立场的
分化及其取向

对于正、嘉之际文坛格局的考察，不可不注意作为"嘉靖八才子"中二子的王慎中与唐顺之在文学圈中的崛起，尤自嘉靖年间以来，二人影响渐著，以至其文"家传户诵"①；更不可不注意王、唐文学趣尚的前后变化及其最终所呈现的对于前七子复古取向的反动。

王、唐二人曾有过倾重前七子而好古摹习的经历，这已是为研究者所注意到的一个事实。如王慎中"曩惟好古，汉以下著作无取焉"②，其弟王惟中为慎中所撰行状，说他早岁"作为文章彬彬然《史》、《汉》人语，唐之诗、晋之书，罔不涉其流而溯其渊"③。他自己也回忆年二十二三任官礼部时，"一味稚识"，还在"雕琢几句不唐不汉诗文而已"④。而唐顺之"为文始尊秦汉"⑤，"素爱崆峒诗文，篇篇成诵，且一一仿效之"⑥。同样地一个为研究者所关注的问题，即王、唐二人学古态度在后来所发生的转变。王慎中在后致顾鼎臣的书札中曾述及自己的这段变化经历，"二十八岁以来，始尽取古圣贤经传及有宋诸大儒之书，闭门扫几，伏而读之，论文绎义，积以岁月，忽然有得"，"乃尽弃前之所学，潜心钻研者又二年于此矣"，醒悟之馀，他将阅读与钻研的兴趣特别移向了宋儒著述，并总结先前所学，乃"徒知掇摭割裂以为多闻，模效依仿以为近古"⑦，表示出对原先学古经历深深的反省和悔意。王慎中二十八岁，时值嘉靖十五年（1536），在此前一年他升任南京户部主事，后再升礼部员外郎，李开先《遵岩王参政传》载，因当时其"俱在留都闲简之区"，于是"益得肆力问学，与龙溪王畿讲解王阳明遗说，参以己见，于圣贤奥旨微言，多所契合"，"至是始发宋儒之书读之，觉其味长，而曾、王、欧氏文尤可喜，眉山兄弟犹以为过于豪而失之放。以此自信，乃取旧所

---

① 李攀龙《送王元美序》，《沧溟先生集》卷十六，明隆庆刻本。
② 李开先《遵岩王参政传》，《李中麓闲居集》卷十。
③ 《河南布政司参政王先生慎中行状》，《国朝献征录》卷九十二，第三册，第3989页。
④ 《寄道原弟书十》，《遵岩先生文集》卷二十，清康熙刻本。
⑤ 《列朝诗集小传》丁集上《唐金都顺之》，下册，第375页。
⑥ 李开先《荆川唐都御史传》，《李中麓闲居集》卷十。
⑦ 《再上顾未斋》，《遵岩先生文集》卷十五。

为文如汉人者悉焚之"。李开先《康王王唐四子补传》也述及："(王慎中)及升南部闲散,乃发宋儒之书尽读之,有味于欧、曾之文,以为世人谈文,皆卑宋人而尚班、马,殊不知善学马迁莫如欧阳修,善学班固莫如曾巩者,是欧、曾之文盖原本经传、《史》、《汉》之豪,一变而粹者也。以此自信,凡有所作,不出二子家法。"①说明他"尽弃前之所学",文学态度发生根本转向,与其在南京任职期间从王畿讲解阳明之学而有所觉悟显有重要的联系,据说自此他开始"窥见本根,铲削枝叶"②,特别在讲解阳明学说之际,证验"圣贤奥旨微言",触发了他对宋儒著说的兴趣。嘉靖十六年(1537),王慎中自山东提学佥事改江西参议,与江右王门如欧阳德、聂豹、邹守益、陈九川、罗洪先等人声气相闻③,对阳明心学兴趣更浓,"日相与淬砺乎良知之学"④。与王慎中相似的是,唐顺之也有接触阳明心学的经历,他与江右王门重要人物罗洪先为同年,罗氏举嘉靖八年(1529)进士第一,"幼闻阳明讲学虔台,心即向慕,比《传习录》出,读之至忘寝食",其于阳明之学,"始而慕之","及至功夫纯熟,而阳明进学次第,洞然无间"⑤。唐于嘉靖八年(1529)中进士后,当与之有较多接触,并有机会结识王畿,自是与阳明心学发生联系⑥。与此同时,他也开始接受王慎中的指授,王"告以自有正法妙意",唐本来"已有将变之机","闻此如决江河,沛然莫之能御矣"⑦,原先以为王慎中学宋人之文有"头巾气"的他,之后"亦变而随之矣",宗尚态度发生逆转。对于自己所带给唐顺之的影响,王慎中后来为之分辩道:"吾之诗文不外古人,而有高出古人者,中麓止知敬服唐荆川,殊不知唐荆川特得吾之绪馀者也。"⑧所言或有夸大,但可以肯定,特别是在唐顺之学古态度的转变过程中,王慎中起了某种诱导

---

① 以上见《李中麓闲居集》卷十。
② 王惟中《河南布政司参政王先生慎中行状》,《国朝献徵录》卷九十二,第三册,第3990页。
③ 王惟中《河南布政司参政王先生慎中行状》:"江西,故阳明讲习化导之区,其老先生多以学鸣世,士之知学者不少。先生以职事往来白鹿、鹅湖间,与学者犹讲证发明,简易通彻,不为蹊径。诸老先生如宗伯南野欧阳公、司马双江聂公、司成东廓邹公、礼部明水陈公、翰林念庵罗公,皆以德学文章相雅善。元相徐存翁时以馆阁儒臣督学兹省,德尊誉重,士友每私相语,谓难于为继,莫不愿先生为督学以继徐公。"(《国朝献徵录》卷九十二,第三册,第3991页。)
④ 聂豹《送王惟中归泉州序》,《双江聂先生文集》卷四,《四库全书存目丛书》影印明嘉靖刻隆庆印本,齐鲁书社1997年版。
⑤ 黄宗羲著、沈芝盈点校《明儒学案》卷十八《江右王门学案三·文恭罗念庵先生洪先》,上册,第386页至387页,中华书局2008年版。
⑥ 参见左东岭《王学与中晚明士人心态》,第442页。
⑦ 李开先《荆川唐都御史传》,《李中麓闲居集》卷十。
⑧ 李开先《遵岩王参政传》,《李中麓闲居集》卷十。

与点拨的作用。

王、唐二人复古立场的分化,固然与他们不同程度地感受阳明心学的熏染关系紧密,但需要注意的一个问题是,当我们在关注王、唐二人接受心学影响之际,却不能忽略宋儒理学在他们思想意识中留下的印痕,尤其对他们学古态度的改变所起的催化作用。有研究者曾指出,王、唐二人进入阳明心学体系本身存在着一个过程,特别在其初始阶段的思想形态中,占据主导地位的其实还是程朱理学[①]。这也说明无法忽视宋儒理学对他们所发生的深刻影响。唐顺之在《与王尧衢书》中说得甚为明白:"于是取程朱诸先生之书,降心而读焉。初未尝觉其好也,读之半月矣,乃知其旨味隽永,字字发明古圣贤之蕴,凡天地间至精至妙之理,更无一闲句闲语。所恨资性蒙迷,不能深思力践于其言焉耳,然一心好之,固不敢复夺焉。"[②]表明他由最初尝试研读程朱著述,进到读而觉悟有味,最终深为所动,乃至于执意喜好之。鉴于此,他还对李开先未及时和用心披览二程著述深感疑惑,曾向熊过直言不讳地提出:"李子其不识明道、伊川耶?何于其书不曾一言及之,以入吾之听耶?"[③]也基于对宋儒理学的执迷,促使唐顺之调整习学方向,重点趋向学宋。他在答复皇甫汸的书札中即说自己于诗"率意信口,不调不格,大率似以寒山、《击壤》为宗",于文"大率所谓宋头巾气习,求一秦字汉语,了不可得",又表示追思以往"诗必唐、文必秦与汉云云者,则已茫然如隔世事,亦自不省其为何语矣"[④]。在执守宋儒理学上,王慎中丝毫不业于唐顺之,他曾为河东学派重要人物薛瑄文集作序,相关的评断已大略显出其于理学的某种倾向性态度,薛氏早岁起"究心洛、闽渊源",为学"一本程、朱","以复性为主"[⑤],为此,王慎中以"确然独守乎朱氏之宗"的赞评,表达对这位明朝前期理学学者的敬重。故他又表示:"自我明有国,使士者尊朱氏以一学术,伟人硕士彬彬继出,未有卓然以正学名者,至先生(案,指薛瑄)始巍然为道德礼仪之学之首"[⑥],以为薛氏尊朱熹之学而独得正宗,其说真正可冠之以所谓"正学"之名。又据其自述,他本人不但自二十八岁即嘉靖十五年(1536)以来,"始尽取古圣贤

---

① 参见左东岭《王学与中晚明士人心态》,第443页。
② 《重刊荆川先生文集》卷五。
③ 李开先《训蒙谬说序》,《李中麓闲居集》卷六。
④ 《答皇甫百泉郎中》,《重刊荆川先生文集》卷六。
⑤ 《明史》卷二百八十二《薛瑄传》,第二十四册,第7228页至7229页。
⑥ 《薛文清公全集序》,《遵岩先生文集》卷二十二。

经传及有宋诸大儒之书,闭门扫几,伏而读之"①,用心体味揣摩之,"但有应酬之作,悉出入曾、王之间"②,由好宋儒著说倾心于学宋,且念念不忘向友人规饬,如他曾在陈束嘉靖十四年(1535)出为湖广佥事后,对束《湖广录》问策中斥责宋儒的话题甚为不满:"指斥宋儒,殊失其真,且诬其书,以为读之令人眩瞀而不可信。"认为此实属对方于宋诸儒之书"未尝潜心以读之"的缘故,故劝导其"稍自挹损,尽心于宋人之学"③。这已不仅是投注其中胸臆的流露,也显出为宋儒学说辩解的某种维护意识。

综观王、唐二人的有关论说,可以发现,很大程度上出于对宋儒理学思想基调的承沿,他们更加注重文道一元这样一种创作的理念,强调"道"为根本的文道关系。王慎中即表示,"诚有德矣,亦何事于言,未有有德而不能言者",以为"近世乃有诡于知道而不能为文,顾谓不足为也,其弊将使道与文为二物,亦可患也"④。又他曾作《明伦堂记》一文,颇为得意,录寄给唐顺之,自许"此文乃明道之文,非徒词章而已。其义则有宋大儒所未及发,其文则曾南丰筠州、宜黄二学记文也"⑤。在主张文道一元的问题上,唐顺之则显与王慎中彼此应和,如他于对方标举其《明伦堂记》乃"明道之文"的说法,"盛有所契"⑥,深表认同。在《答廖东雩提学》一书中,他更明确地表露过"文与道非二也"⑦的看法。也可以发现,王、唐转向宗宋,更多在于感受其文章道统的典范风采。王慎中《曾南丰文粹序》对曾巩文风的推崇,已明白透出这方面的讯息:"由西汉而下,莫盛于有宋庆历、嘉祐之间,而桀然自名其家者,南丰曾氏也。观其书,知其为文良有意乎折衷诸子之同异,会通于圣人之旨,以反溺去蔽,而思出于道德。"⑧所谓"会通于圣人之旨"、"思出于道德"云云,联系明初以来重视"以道为文"或"明道为务"的宋濂、方孝孺等人主张的为文"直趋圣贤之大道"⑨、"勿以道德为虚器"⑩的

---

① 《再上顾未斋》,《遵岩先生文集》卷十五。
② 李开先《遵岩王参政传》,《李中麓闲居集》卷十。
③ 《与陈约之》,《遵岩先生文集》卷十五。
④ 《薛文清公全集序》,《遵岩先生文集》卷二十二。
⑤ 《与李中溪书一》,《遵岩先生文集》卷十六。
⑥ 王慎中《与李中溪书一》,《遵岩先生文集》卷十六。
⑦ 《重刊荆川先生文集》卷五。
⑧ 《遵岩先生文集》卷二十二。
⑨ 宋濂《文原》,《宋学士文集》卷五十五。
⑩ 方孝孺《答王秀才》,《逊志斋集》卷十一,《四部丛刊》影印明刻本。

说法,几乎是如出一辙。处在崇儒重道、以宋儒理学为宗的思想文化氛围之中,以宋濂等人为代表的儒学文人,在唐宋道统文论的基础上,重建文道一元的创作思想体系,参与明初思想文化体制的构建,以图配合兴复传统儒家文化精神的治政策略①。从这一角度来看,未尝不可以说,王、唐学古态度的转变以及关于文道关系的阐述,乃是对明初以来为宋濂等儒学文人极力奉行的文道一元创作思想体系的某种接续。

在另一方面,王、唐接触阳明心学而受其影响,仍是在考察他们学古态度转向时所必须注意到的一个环节。但其中更为关键的问题是,究竟如何看待他们对阳明心学的接受,因为这涉及心学思想与他们文学指向的具体关系。

有人注意到王慎中的一些专论"学问事功"之作,"本诸心而自得,措诸事而不烦","出于伯安王氏之学,事事物物皆为良知"②,说明其得之阳明心学的因素为多。又他与唐顺之谈学而论及《大学》致知之旨,以为"信在内而不在外,系于性而不系于物,而龙溪君之言为益可信矣"③,表明其认肯王畿论说,将致知的本旨指向一种个人内在性、主观性体验。同时,更可注意的是他强调个人心性涵养的内化工夫即所谓"治心养性"或"存心养性"。王慎中自评其"记学文字",曾不无自诩地表示,其中除了发明"先王教人之指",还发明"学者治心养性之功"④,评论他人文章,则不满于"气不厚,力不昌,少明目张胆之言,而多装缀支吾之态",为此建议:"还须养得气厚些,方成得一有力量文字。大抵气厚要神完,神完要心纯。诸子之病,总是心不专精,故精神散越,而气不得厚。中间有厚者,又属之所禀矣,今既禀不及人,便当存心养性以充之耳。"⑤这是说,要做到"气厚"、"神完",关键还在于心性涵养工夫,维持心体纯净专精的状态,故须"存心养性",以防止"精神散越"。所谓"治心养性"或"存心养性",注重的正是个人主观内在体验和精神生活自得,留有心学思想的印迹。王慎中认为,心体纯净专精的反面是"私欲"充杂,心性涵养应以清除"私欲"为主要功课。所以,他格外称许唐顺之能"精神凝固,志气坚卓,绝无私欲之累以害生"⑥。

---

① 参见拙著《明代中期文学演进与城市形态》,第8页至12页,复旦大学出版社1995年版。
② 李光塏、李光型《重刊遵岩集序》,《遵岩先生文集》卷首。
③ 《与唐荆川》,《遵岩先生文集》卷十五。
④ 《与程习斋书二》,《遵岩先生文集》卷十七。
⑤ 《寄道原弟书五》,《遵岩先生文集》卷二十。
⑥ 《与唐荆川》,《遵岩先生文集》卷十六。

就阳明心学来说,作为在明代中期开始盛行的重要学术思想,它一方面以充盈的活力和智慧,展现了不可忽视的创造性,这特别反映在对宋儒理学古典理性主义加以前所未有的改造乃至反动,在哲学层面上经历了一个新的转向,由其所立足的诸如客观性、外向性、普遍性的立场,转向主观性、内在性及主体性的内心体验[①],由对外在"天理"的循依,移向内在"良知"的自觉,将一切事物的存在及其合理性的终极之源落实在了"良知"之上,并基于注重自我于"良知"本体的觉悟,赋予这一"不假外求"的人之内在天赋意识以主宰地位,显扬了个人主观精神的至上意义。然阳明又认为"良知"本体易受私欲障蔽,去欲之蔽以复本体则要"修身",但身上则是无法用得工夫,而"心者身之主宰",所以"修身"在于"体当自家心体",也就是"正其心","格不正以归于正"[②]。由此,阳明心学在张扬个人主观精神的同时,注重内在修养而达到对人之自然意欲的消弭,不能不说体现出其心学思想消极保守的一面。这也可以追究到王慎中上述清除"私欲"以求心性纯净专精之说的某种思想根源。

较之王慎中,特别在强调去欲障蔽工夫这一点上,被黄宗羲列入南中王门的唐顺之显得有过之而无不及。唐氏之学人称"得之龙溪者为多"[③],如他有名的"天机"说,盖由王畿所论化出:"盖尝验得此心,天机活物,其寂与感,自寂自感,不容人力,吾与之寂,与之感,只自顺此天机而已,不障此天机而已。"[④]此谓"与之寂,与之感"而觉悟"此心"本体,便在于主体顺应"天机",自在体认"不容人力"的本然天则。这也就是他在《明道语略序》中所说的,"盖其酝酿流行,无断无续,乃吾心天机自然之妙,而非人力之可为。其所谓默识而存之者,则亦顺其天机自然之妙,而不容纤毫人力参乎其间也"[⑤]。其与阳明心学重视内在性个人主观体验的指向相近。但顺应"天机",觉悟"此心"本体,要以"无欲"为本,"天机"与"无欲"成为一体的两面呈现,"障天机者莫如欲,若使欲根洗尽,则机

---

① 参见陈来《有无之境》,第14页,人民出版社1991年版。
② 《传习录下》,吴光等编校《王阳明全集》卷三《语录》,上册,第119页,上海古籍出版社1992年版。
③ 《明儒学案》卷二十六《南中王门学案二·襄文唐荆川先生顺之》,上册,第598页。
④ 《与聂双江司马》,《重刊荆川先生文集》卷六。王畿《过丰城答问》云:"良知是天然之灵窍,时时从天机运转,变化云为,自见天则。"(《龙溪王先生全集》卷四,《四库全书存目丛书》影印明万历刻本,齐鲁书社1997年版。)
⑤ 《重刊荆川先生文集》卷十。

不握而自运"①,只有洗尽欲根,才可去除障蔽而还复本然"天机"。故其说被黄宗羲描述为"以天机为宗,无欲为工夫"②。这一点,也体现在唐氏对"脱洒"与"小心"关系的论证,在致蔡汝楠信中他说,"江左诸人任情恣肆,不顾名检,谓之脱洒,圣贤胸中一物不碍,亦是脱洒,在辨之而已"。他所理解的"脱洒",并不是通常意义上的一任情性的放纵,而是"一物不碍",二者之间需细加分辨,其实这已是"小心"基础上的明觉。所以唐顺之对蔡氏提出"小心"二字格外赞赏,以为"诚是学者对病灵药",而"小心"之义,正是"细细照察,细细洗涤,使一些私见习气不留下种子在心里"的"无欲"工夫。是以"脱洒"与"小心"应为一体,"非二致也"③。

同时,"天机"与"无欲"的一体化,也突出反映在唐顺之所主张的文章之道上,在《答茅鹿门知县二》书札中,他即提出如下人所熟知的这段话:"虽其绳墨布置,奇正转折,自有专门师法,至于中一段精神命脉骨髓,则非洗涤心源,独立物表,具今古只眼者,不足以与此。今有两人,其一人心地超然,所谓具千古只眼人也,即使未尝操纸笔呻吟,学为文章,但直据胸臆,信手写出,如写家书,虽或疏卤,然绝无烟火酸馅习气,便是宇宙间一样绝好文字。其一人犹然尘中人也,虽其专专学为文章,其于所谓绳墨布置,则尽是矣,然翻来覆去,不过是这几句婆子舌头语,索其所谓真精神与千古不可磨灭之见,绝无有也,则文虽工而不免为下格。"④这里,无论是"精神命脉骨髓"还是"真精神与千古不可磨灭之见",其实正是被看作是文章家顺应"天机"的"此心"本体的直接显露,也即一如唐氏所说的"开口见喉咙","如真见其面目"⑤,强调的是创作主体内在体验与主观精神的发抒,其中可以见出阳明心学因素的渗入。但如果因此视其为唐氏论文之道涵义的全部,则还未看到问题的另一面。在唐顺之看来,文章要有"精神命脉骨髓"或"真精神与千古不可磨灭之见",不能不靠"洗涤心源"的工夫以达到"心地超然"。在《寄黄士尚》一书中,唐顺之谈及"洗涤心源"的涵义,以为须恪守"君子以反身修德"的原则,要之"从独知处着工夫",以"一洗其蚁膻鼠腐争势兢

---

① 《与聂双江司马》,《重刊荆川先生文集》卷六。
② 《明儒学案》卷二十六《南中王门学案二·襄文唐荆川先生顺之》,上册,第598页。
③ 《与蔡白石郎中二》,《重刊荆川先生文集》卷六。
④ 《重刊荆川先生文集》卷七。
⑤ 《与洪方洲书》,《重刊荆川先生文集》卷七。

利之陋,而还其青天白日不欲不为之初心"①。所谓的"独知"工夫,其实就是上面提及的"默识而存之",主要是指个人屏除外在闻见的内在体认,或谓之"工夫不落闻见"②。"心源"之所以要"洗涤",是因为它为世俗欲念所障蔽,乃人们真正迷惑缘由之所在,这也就是唐顺之为何因有感于世人"汩于利欲,迷失真种"而会为之深深"窃痛"③。因而只有"心源"纯净无欲,"此心"本体才能自然显露,或曰"若本无欲障,则顷刻之间,念念迁转,即是本体"④。这样的话,表现"精神命脉骨髓"或"真精神与千古不可磨灭之见",要在展露文章家无欲障蔽的"此心"本体。所以,祛除欲根的心性涵养,事实上成了为文之道的关键环节,是被当作了发抒创作主体内在体验和主观精神的根本前提及基础,而此则近乎阳明主张"正其心"以"修身",并进而克服"私欲"障蔽的注重内在修养之见。

应该看到,王、唐注重如上所述的去欲障蔽的心性涵养工夫,从其实际的指向而论,也正是落实在他们所推崇的文道一元的创作理念上,即强调通过自我心性的完养修持,深究道德伦理的本原,以充分体认合道的境界。所以,唐顺之在《答廖东雩提学》书中,不仅推许廖氏为"任道之器",还基于"文与道非二"的理念,殷殷劝导对方"完养神明,以探其本原",说的实际上即要求经过一种内化的自我涵养充实的过程,远离"薰塞宇宙"的世俗"声利之欲",深切体认在他看来已"不讲于世久矣"的"古圣贤之道"⑤,以使文更合乎道。

就此,再回过头去看,有一点是明确的,王、唐从前七子的复古立场中分化出来,最终确立起重点宗宋的目标,显然是和持反宋学立场的李、何诸子有意识地展开抗衡。不过,若以为王、唐的这一转化仅仅是对不同时代师法目标的变换,还未触及问题的实质。事实上他们也并没有单纯从时代性的角度来区分师法目标的高下,因此,王慎中对于别人"与其学欧、曾,不若学马迁、班固"的追求文章第一义的提法就不以为然,说是"不知学马迁莫如欧,学班固莫如曾"⑥。这意味着,欧、曾与马、班不能因为时代差异而分出高下。实际的情形是,针对李、何诸子的复古取向,王、唐更注重所谓为文之"意"以作为一种反逆的诉求。唐

---

① 《重刊荆川先生文集》卷五。
② 《答张甬川尚书》,《重刊荆川先生文集》卷五。
③ 《答殷生原学》,《重刊荆川先生文集》卷六。
④ 《答吕沃州》,《重刊荆川先生文集》卷六。
⑤ 《重刊荆川先生文集》卷五。
⑥ 《寄道原弟书十六》,《遵岩先生文集》卷二十。

顺之就声称自己作文"每一抽思，了了如见古人为文之意，乃知千古作家，别自有正法眼藏在"，表示"得意于笔墨溪径之外"，"惟神解者而后可以语此"，又因此讥刺"近时文人说秦说汉、说班说马，多是癫语耳"①，这显然指向了李、何诸子及其追随者，将他们"说秦说汉、说班说马"的师法所至形容为"癫语"，主要是说他们未能着眼为文之"意"，也终究未能识得"正法眼藏"。虽然此处唐顺之没有交代这一为文之"意"的明确涵义，不过，他在《与王尧衢书》中陈述本人降心阅读"程朱诸先生之书"而体味出"字字发明古圣贤之蕴"的意涵，可说是他领会古人为文之"意"的最好注脚。所谓"古圣贤之蕴"，换一种说法，也无非是唐顺之在《答廖东雩提学》一书中规劝廖氏去加以体认的"古圣贤之道"。因此，唐顺之看重的为文之"意"，说到底，还是基于文道一元、以道为本思路的一种体"道"之得。在此问题上，王慎中的态度与唐顺之之间并无根本差异，如其为文，"以意定为主，有历旬经月求不得一意，意得即下笔，随之详赡丰缛，委复曲折"②，为求得"意"，不可谓不用心。他还表示，较之那些"工于藻缋物态、嘲谑景光，以资玩适"所为，自己更倾向"指事寓教，则意有独至，非徒役神于瓠翰游戏"③之作。至于得"意"和体"道"又本是联结在一起，所以，也难怪他曾经把自己甚为满意的《明伦堂记》这样"意得"而成的文章，称作"明道之文，非徒词章而已"④。追究起来，不能不还原到他在序薛瑄文集时说过的："诚有德矣，亦何事于言，未有有德而不能言者。近世乃有诡于知道而不能为文，顾谓不足为也，其弊将使道与文为二物，亦可患也。"⑤这与唐顺之"文与道非二"的一元论相对比，形成了不言自明的某种共识。

王、唐二人在转向宗宋之际，进一步注重文道一元、以道为文的创作原则，这显和他们受宋儒理学思想的浸染有关，与此同时，特别是阳明心学因素影响的加入，使他们对于得"意"体"道"的强调，更重视一种具有明显内化特征的自我心性涵养与主观体验过程。如唐顺之前述获求为文之"意"，主要靠的是个人内心的"神解"，而不在于由"笔墨溪径"中取得，并引用庄叟"得乎心，应乎手"⑥

---

① 《与两湖书》，《重刊荆川先生文集》卷五。
② 何乔远所撰王慎中传，《遵岩先生文集》卷首。
③ 《张文僖公咏史诗序》，《遵岩先生文集》卷二十三。
④ 《与李中溪书一》，《遵岩先生文集》卷十六。
⑤ 《薛文清公全集序》，《遵岩先生文集》卷二十二。
⑥ 《与两湖书》，《重刊荆川先生文集》卷五。

的说法验明之,看重的是向内解悟而非向外求取的工夫。又在上引《答廖东雩提学》书中,他劝导廖氏"完养神明,以探其本原",至于"完养神明"的具体意思,他则解释为"将向来闻见一切扫抹,胸中不留一字,以待自己真见露出"①,说的分明也是"工夫不落闻见"的那种"洗涤心源"的要诀,或者说是通过祛除欲根的心性涵养与主观体验的内在途径,体悟合道的境界以表达所谓"真见"。一面以转向宗宋作为学古的重点落实之处,以得"意"体"道"为创作原则;一面则将此原则的实践融入个人主观自悟的过程。由此可见,宋儒理学与阳明心学在王、唐身上更多地呈现出一种交合影响的特征。

鉴于遵循文道一元、以道为本的基本原则,以及重视个人涵养与体验的得"意"体"道"的内在解悟工夫,有关创作上的外在形式法度,在他们看来就成为相对次要的问题。王慎中《黄晓江文集序》在评述黄氏创作特点时,即以称道的口吻谓其"精神闲暇,而志意宏肆,未尝颛颛期以言语文字闻于人也",以为"读之者自见其奇奇怪怪,离尘出嚣,非龊龊拘谨、炼字句模体法者所能及也。是虽不与发愤工为之者竞其所立,而亦不为无得于载义理以行其言者之归趣也"②。这是说,对方能以表达和传载"精神"、"志意"及"义理"之个人涵养与体验所得为重,不以"字句"、"体法"的"言语文字"工夫为尚。他也曾以此评断本人所业,认为自己"生平学问不足,而文字有馀,此正枝叶胜本根之弊"③。这与其说是自谦,倒不如说是觉悟"本根"与"枝叶"的主次关系来得更为恰当。类似的自我反省也出现在唐顺之身上,他在深思"半生簸弄笔舌"的文笔生涯之际,最让其念之不忘的,还是"每观古人之文",就感觉自己的文章相形见绌,"只是几句老婆舌头语",缺乏"可以阐理道而裨世教"的"新得"④。关于这一问题,在《答茅鹿门知县二》一书中,唐顺之似乎更明白地交代了他的反省所得,书中尤其针对茅坤疑其"本是欲工文字之人,而不语人以求工文字者"的想法予以说明,表示"鹿门所见于吾者,殆故吾也,而未尝见夫槁形灰心之吾乎"? 如此的表白,无异于告知对方他自己在反省之后已大为觉悟,从以往"求工文字"的沉迷中脱却出来。虽然他自辩"其不语人以求工文字者,非谓一切抹杀,以文字绝不足为也",但此

---

① 《与洪方洲书》,《重刊荆川先生文集》卷七。
② 《遵岩先生文集》卷二十二。
③ 《与张缨泉》,《遵岩先生文集》卷十八。
④ 《答蔡可泉》,《重刊荆川先生文集》卷七。

信中核心的问题,还是为了阐明"学者先务,有源委本末之别"的旨意。在他看来,所谓"精神命脉骨髓"或"真精神与千古不可磨灭之见"即是"源"、"本",当置之于"先务"的地位,所谓"绳墨布置,奇正转折"的文字工夫则属于"委"、"末",后者可以藉助"专门师法"的外在途径取得,而前者则必须依靠"洗涤心源"的内在体悟获求。若是专意求工文字,求索外在的形式法度,"其于所谓绳墨布置则尽是矣","索其所谓真精神与千古不可磨灭之见绝无有也",那么"文虽工而不免为下格"。相反,只有确立"精神命脉骨髓"或"真精神与千古不可磨灭之见"的"先务"位置,不在文字工拙上刻意纠缠,文章终究也就自然可工。因此,他在信中作了颇有总结意味的归纳,声称"吾之不语人以求工文字者,乃其语人以求工文字者也"①,说的也就是这一层意思。

总之,王、唐文学趣尚的前后变化,以及所采取的抗逆前七子复古取向的姿态,其中除了与反省诸子所为的得失和个人之间文学兴趣差异性的因素有关,更应该看到宋儒理学与阳明心学对他们复古立场的分化所产生的重要影响。在对待文道关系的问题上,强调一元论的创作理念,固然反映了王、唐特别承沿理学思想基调,对文学究竟以何者作为表现目标的重大问题的思索及相应的诉求,但在根本上,终究退却到以道为本的传统道统立场来审视文学的性质,在重道对文的统驭或文对道的传载这种理念的主导下,他们对文学自身价值功能的认知不免受到限制。阳明心学的传输,自然为王、唐展示了某种新的观察视角,他们对为文之道的阐释,也因此将关注点更多集中到创作者内在主观精神的发抒上。然而,一个不应否认的事实,心学思想中保守性的成分,同时深入渗进他们的观念形态之中,注重去欲障蔽的心性涵养工夫,成为其中根本用意之所在。当然,它由此带来的负面作用也是致命的,"洗涤心源"而除却欲根的完养修持,其实已在消解创作者真实鲜活的自然个性,它的结果不外是清除"私见习气"之后的所谓"真见露出",最终落实到"发明古圣贤之蕴"、体认"天地间至精至妙之理"之上,难以在真正意义上实现创作者自然独特主观精神的发抒。王、唐鉴于前七子复古氛围的笼罩,试图在文坛重新构筑自身的话语中心,另辟一条文学的出路,他们从宋儒理学与阳明心学那里汲取某种思想资源,但应该说,这些思想资源本身蕴涵的保守性和局限性,同时也在很大程度上限制了他们文学求索

---

① 《重刊荆川先生文集》卷七。

的视阈。

综上所述,正、嘉之际文坛格局的延续和衍变,显示了其时文学圈面向前七子所倡诗文复古活动而作出的不同反应。一方面,表明这股复古思潮虽在此际强势已减,但馀波未消,其文学影响仍在文人学士中间得以不同程度延续,同时,也显现对于前七子复古理路所展开的理性检省以及相应的改趋。这一点自然可以视为,实际上也替继后而起的自许"修北地之业"[①]的李攀龙、王世贞等后七子重兴复古大业,营造了适宜的文学氛围,形成了某种推动的助力。它不啻在传递复古的信息,给继起者以精神上的策励,而且更重要的,也是提供了复古活动在经历了弘治以来发展阶段之后所形成的正负面的双重经验,以资李、王等人借鉴。另一方面,此际王、唐二人在文坛的崛起,特别是随着他们文学趣尚转变而构成的对前七子复古取向的反动,给这一阶段文学发展的情势增添了复杂的因素,与此同时,王、唐二人相关的文学作为,也成为李、王等后七子勉力予以应对以接续弘治以来复古基业的一个重要目标。这是因为,尤其是王、唐基于文道一元的立场,重视道德伦理的阐发以臻于体道的境界,以及专注于所谓"精神命脉骨髓"或"真精神与千古不可磨灭之见"的表现,相应造成对文辞、结构等形式法度方面的轻忽,并因此招致李、王等人的极力攻讦。何乔远在为王慎中所撰传中即指出:"迨其后也,济南李攀龙、弇州王世贞诸子者出,见谓毗陵、晋江学宋而伤之理。"[②]结合李、王等人所论来看,他们曾经面对王、唐文风,冠之以所谓"根极道理"[③],"惮于修辞,理胜相掩"[④],以及"挥霍有馀,裁割不足"[⑤]诸如此类的标识,从中也多少能够看出他们诟病对方的目标所向和用意所在。可以这么说,王、唐二人的立场转向,使他们实质性地担当起背离和对抗弘治以来掀扬的复古思潮的重要角色,而他们由此树立起来的宗尚目标,也成为日后激起李、王等后七子进行文学反制的某种动力。

---

① 王世贞《巨胜园集序》,《弇州山人续稿》卷五十四。
② 《遵岩先生文集》卷首。
③ 王世贞《赠李于鳞序》,《弇州山人四部稿》卷五十七。
④ 李攀龙《送王元美序》,《沧溟先生集》卷十六。
⑤ 王世贞《与陆浚明先生书》,《弇州山人四部稿》卷一百二十五。

第七章 后七子文学集团的组成及其活动

继主要开展于弘治、正德年间的前七子诗文复古活动之后，作为明代中叶文坛另一大重要文学流派的后七子，自嘉靖中期以来逐渐崛起，并且深受时人的关注，人们在描述弘治至嘉靖时期文坛的活动情势时，往往将它视为承李、何诸子后，殚精竭虑而重新唱响复古论调的一个文人派别："弘、正之际，李、何挺生，徐、薛嗣起，追汉袭晋，规魏篡唐，时谓古雅。爰及嘉靖，作者七人，呕心抉肝，穷工极变，思务出奇，语必惊众，雄视往古，目无当代，时谓高雅。"①事实上，如果立足于整体和联系的角度来考察，那么这一派别除开作为核心成员的七子之外，还有围绕他们而构织起来的各种文学交游关系，它在形成和发展过程中，成为一个联络广泛而拥有众多人员的文学集团，同时，其在所经历的不同的历史阶段，体现出具体的活动特征。因此，要全面而深入探察该文学流派的具体面貌，首先有必要对它内部组成结构以及活动状况，获得充分与切实的了解。

第一节 前期活动与核心阵营的形成

所谓的后七子之称，其实是后人比附活跃于弘、正年间以李梦阳、何景明为代表的前七子这一文学集团的一种说法。关于七子成员的构成，明人梁有贞在为其兄梁有誉所撰写的《梁比部行状》中曾提到："辛亥（案，指嘉靖三十年），授刑部山西司主事，徐子与（中行）亦为同舍郎，于是山东李于鳞（攀龙）、吴郡王元美（世贞）、广陵宗子相（臣）、武昌吴明卿（国伦）、山人谢茂秦（榛）一时同社，意

---

① 许国《吴明卿集序》，吴国伦《甔甄洞稿》卷首，明万历刻本。

气文章,声走海宇,称为中原七子云。"①对此,身为七子成员之一的宗臣,在他《再报张范中》的书札中也表示过类似的说法:"仆于今世最称鄙,顾乃妄心词艺,以托于君子之林,若临清谢山人榛、济南李郎中攀龙、湖州徐比部中行、南海梁比部有誉、吴人王比部世贞、楚人吴舍人国伦数子者,皆海内一时艺林之极隽也,仆亦得以奉陪末论,共励斯盟。"②而其时诸子当中又有如吴国伦、王世贞等人,也曾经以所谓"七子"相标榜③。需要指出一点的是,以上所述诸子,虽曾因为创建盟社而成为后七子文学集团中的核心成员,但他们加盟的时间显有先后之分,而且七子成员的组合中间也有若干的变动,详见后述。

如果要从时段上来加以划分,那么嘉靖二十七年(1548)至三十四年(1555),应该属于后七子文学集团前期的创举阶段。嘉靖二十七年(1548)可说是该集团文学活动中具有某种标志性意义的年份。这一年,后来成为后七子盟社领袖人物的李攀龙和王世贞在京师相识结交,开始互相切磋古文词,相约投入复古之业④。事实上,李、王二人相交之前,在京城已开始结识一些文学名士,并参与了他们的结社活动,缔交之后则可以说由"扳附"他社,转向独立结盟。

李攀龙,字于鳞,号沧溟,历城人。于嘉靖二十三年(1544)考取进士,二十六年(1547)授刑部广东司主事。因官刑部之后,属"曹务闲寂",较有时间和精力从事个人所喜好的文学活动,"遂大肆力于文词"⑤。在此期间,他加入了濮州人李先芳的诗社,当时同社的还有殷士儋、靳学颜、谢榛等人,诸人"结社赋咏,相推第也"⑥。这是一个主要由山东籍文人所组成的盟社,尤其是乡邦的情结,不能不说成为他们得以聚集在一起而赋咏酬唱的某种基础。值得一提的是该

---

① 梁有誉《兰汀存稿》附录,影印明万历刻本,台湾伟文图书出版社有限公司1976年版。
② 《宗子相集》卷十四,影印明万历刻本,台湾伟文图书出版社有限公司1976年版。
③ 参见李庆立《一时七子集华躅,清韵珍萃凤池——明"后七子"结社考》,《谢榛研究》,第106页至107页,齐鲁书社1993年版。
④ 王世贞《吴峻伯先生集序》:"予始从事尚书刑部……而是时,济南李于鳞性孤介,少许可,偶余幸而合,相切磋为西京、建安、开元语。"(《弇州山人续稿》卷五十一)又王世贞《王氏金虎集序》:"而是时,有濮阳李先芳者,雅善余,然又善济南李攀龙,因见攀龙于余,余二人者相得甚欢。间来曰:'夫文章者,天地之精,而不朽之盛举也。……《诗》、《书》吾窃有志焉,而未之逮也。《诗》变而屈氏之骚出,靡丽乎长卿圣矣。乐府三诗之馀矣。五言古,苏、李其风乎?而法极黄初矣;七言畅于《燕歌》乎?而法极杜、李矣;律畅于唐乎?而法极大历矣;《书》变而左氏、《战国》乎?而法极司马史矣。生亦有意乎哉?'于是吾二人者益日切劘为古文辞。"(《弇州山人四部稿》卷七十一)王世贞于嘉靖二十七年始官刑部主事(参见拙著《王世贞年谱》,第48页至49页,复旦大学出版社1993年版),则其与李攀龙相识结交当始于该年官刑部后。
⑤ 殷士儋《嘉议大夫河南按察使李公墓志铭》,《金舆山房稿》卷十。
⑥ 于慎行《明故奉直大夫尚宝司少卿北山先生李公墓志铭》,《毂城山馆文集》卷二十一,明万历刻本。

社中的重要人物李先芳。李氏字伯承，初号东岱，更号北山。嘉靖二十六年（1547）中进士，自负才名，多所傲睨。比起李攀龙，他在文学圈内出名要更早一些，还在未第之时，其"诗名籍甚齐鲁间，先于李于鳞"①。登第之后，倡诗社于京师，自此声誉益著，更是以诗名重当世，特别是因其"制作聿精，传布艺苑"②，甚至被人称作"词林一巨桢"③。他于嘉靖二十七年（1548）出为新喻令，嘉靖三十一年（1552）召为户部主事，复补刑部，先后和在京的王世贞、徐中行、宗臣、张佳胤、张九一等人"朝夕倡咏，期为复古"④。又他原本就是一位好古之士，嘉靖年间即曾拟古乐府，"颇事汉魏张本，下逮六朝、盛唐数子，或假题命意，或探旨属词"⑤，编成《古乐府》二卷。生平和李攀龙、王世贞等后七子中的一些成员接触较多，关系较为密切，被王世贞列为"广五子"之一，又被吴国伦纳入他"雅道交"的"十二子"之列⑥，从中也能够看出他和诸子关系之一斑。当然，李先芳其后之所以能和后七子中的一些成员保持较为热络的关系，得到他们的认可，其中重要的原因，除了他为人坦直侠义，所谓是"慷慨重然诺，任赤洞见亡隐"⑦，善于取得友人的信任，建立交谊，还在于他的创作趣味受到后者的关注和赏识，而被引以为同道⑧。

王世贞，字元美，号凤洲，又号弇州山人，太仓州人。他于嘉靖二十六年（1547）中进士，该年四月起以进士隶事大理寺。来到文士麇集中心的京师，自然有较多机会结交与自己趣味相投的同道挚友，当时他已闻得同年李先芳的诗名，并在隶事大理期间与"烨烨有俊声"的李氏相识，李"雅善"世贞"持论"，"颇

---

① 《列朝诗集小传》丁集上《李同知先芳》，下册，第427页。
② 苏祐《拟古乐府序》，李先芳《东岱山房诗录》卷首，《四库全书存目丛书》影印明嘉靖刻本，齐鲁书社1997年版。
③ 朱衡《东岱山房诗录序》，《东岱山房诗录》卷首。
④ 于慎行《明故奉直大夫尚宝司少卿北山先生李公墓志铭》，《穀城山馆文集》卷二十一。
⑤ 李先芳自序，《东岱山房诗录·古乐府》。
⑥ 见吴国伦《十二子诗》，《甔甀洞稿》卷五。
⑦ 王世贞《送孙元之明府之新淦序》，《弇州山人四部稿》卷五十六。
⑧ 如王世贞在《广五子篇·濮阳李先芳》诗中即表示："伯承侠者雄，摘词何尔雅。芙蓉秀浊水，清芬自堪把。"（《弇州山人四部稿》卷十四）特别是对于其"摘词"给予了不俗的评价。又他在为李先芳所撰作的《李氏拟古乐府序》中，也曾述及自己喜好对方诗作的态度："世贞独记举进士时从伯承游，好伯承五七言近体也。久之，益好伯承五七言古也。别去又久之，乃伯承进我以乐府矣。历下于鳞妙其事，数要世贞更和，其高下、清浊、长短、徐疾，靡不宛然肖协也，而伯承稍稍先意象于调，时一离去之，然而其构合也。夫合而离也者，毋宁离而合也者。"（同上书卷六十四）

相下上"①。关于这一段与李先芳相识交往的经历,王世贞后来在为他撰作的祭文中回忆道:"公登上第,肄棘寺政,其于歌诗,业已彪炳。余齿最少,托载末乘,公不余少,有倡必应。"②一位是在文学圈渐有声誉的名士,一位是尚默默无闻的文学后进,但不同的身份并未影响到二者之间的唱酬交流,彼此看起来显得比较投合。这也可说是王世贞登第以后在京师结识文学名士并正式步入文学圈的开始。次年王世贞授官刑部主事,其时同舍中有孝丰吴维岳、临海王宗沐、华亭袁福徵等人相约结社,世贞因而得以参与其中。该社的头面人物实为吴维岳。吴氏字峻伯,号霁寰,嘉靖十七年(1538)进士登第,除江阴令,应召入为刑部主事。其官刑部期间,已颇有"时名",在社中地位较高,"尤为同社推重,谓得吴生片语,如照乘也"③。而此时作为初入文学圈而名声未著的王世贞,无论在资历还是声望上,自然无法和对方相比拟,算起来还仅仅是文社中的一名后辈成员而已。从该社成员的实际情况来看,除开他们当时同在刑部任职,具有交往上的便利条件,以趣尚相类聚,应该是其发起结社的一大重要基础,特别是他们对于诗文学古的偏好,促使彼此过从,参与社集活动。譬如,张翀序吴维岳《天目山斋岁编》,在记述其诗文特点时,就曾言吴氏自弱冠举进士第,"下笔数千言,追先秦两汉之作,而诗则颉颃盛唐"④。这一点,也可说是吴维岳"逡逡师古"⑤在诗文取向上的具体表现。又如王宗沐,据他自述,其从少时起,已"窃慕古昔作者,以为覃思毕虑,可幸窥睹其户牖"⑥,特别是当他于嘉靖二十三年(1544)考取进士之后,终于可以暂弃一般士子不得不背负的举业之累,专心于自己所喜好的学古之业,这在他的《白华楼集序》中已说得甚为明白:"嘉靖甲辰,余结发登朝,始去举业,专意为古文章,力追心惟,冀以挽复典雅,传六经下,且薄秦汉,杜门苦思,而不能自得。因欲游于天下名士,以求其所谓至者。"⑦尤其是对于像他那样专志"古文章"又苦于不能自得的人来说,结交更多同志,相

---

① 王世贞《艺苑卮言七》,《弇州山人四部稿》卷一百五十。
② 《祭李伯承尚宝文》,《弇州山人续稿》卷一百五十五。
③ 《列朝诗集小传》丁集上《吴金都维岳》,下册,第434页。
④ 《天目山斋岁编序》,吴维岳《天目山斋岁编》卷首,《四库全书存目丛书》影印明嘉靖刻增修本,齐鲁书社1997年版。
⑤ 汪道昆《明故中宪大夫都察院右佥都御史霁寰先生吴公行状》,《太函集》卷四十一,明万历刻本。
⑥ 王宗沐《与李沧溟郎中》,《敬所王先生文集》卷八,明万历刻本。
⑦ 《敬所王先生文集》卷五。

与切磋,自然是一条适宜的途径,以便于互相沟通,求得学业之至境。

李攀龙、王世贞入京后开始接触文学名士,参与在京师相关的社集活动,在某种意义上,这可以看成是他们热衷于文学上的广泛交往、有意识地涉足时下文坛的一种举动。尽管此时他们初登文坛,尚未成名,所建立起来的各种文学交游关系也相对有限,在文社中的地位不高,还主要处于依附他人的位置,但从另一角度来看,这段时间的活动,不失为他们独自执掌文柄、倡导诗文复古前夕的积蓄和铺垫。因为如此的经历,对于李、王二人拓展交游的渠道,并构织各种联络关系,多方获取文学圈的讯息,体验当下文坛的气氛,由此积累文学方面各种相关的资源,无疑能够起到裨助的作用。尤其他们接触到像李先芳、吴维岳这样热衷于师古的人物,在感受其崇古的意趣过程中,当有所陶冶。

嘉靖二十七年(1548),李先芳热心地将自己所亲善的李、王两位友人牵合到了一起,通过他的介绍,"性孤介,少许可"的李攀龙结识了王世贞,二人由此"相切磋为西京、建安、开元语"①,"相得甚欢"②。对于他们此际的遇合,李攀龙后来甚至用"自天交之邂逅者耳"③近乎夸饰之类的话,来形容互相之间的投合。二人都将对方看成是志同道合而可以推心置腹的挚友,也是在文场中难得一遇的邂逅之交。李攀龙此后在《送元美》一诗中曾经写道,"王生二十趋明光,是时作者不可当","心知此物难再遇,片语论交燕市傍"④,难掩内心对世贞的赏识之情。同样,王世贞称自己"肝胆委拆,仅一于鳞"⑤。而在他的《寄赠李顺德于鳞》一诗中,也吐露了对李攀龙这位平生知音深切的知遇之感:"贞也高阳一狂客,英雄草莽成莫逆。杯酒浮沉到处非,寸心炯炯留生识。"⑥彼此抱持的相知情怀,更容易促使他们结为同盟之友,相互呼应,为从事复古之业开展活动,犹如汪道昆在为徐中行所作墓志中所称的,"于鳞以修古先鸣,盖与元美为桴鼓"⑦。这标志着作为后七子文学集团两位领军人物在文坛携手合作历史的开启,也可以说是该文学集团正式组建的起步。

---

① 王世贞《吴峻伯先生集序》,《弇州山人续稿》卷五十一。
② 王世贞《王氏金虎集序》,《弇州山人四部稿》卷七十一。
③ 《与王敬美》,《沧溟先生集》卷三十。
④ 《沧溟先生集》卷五。
⑤ 《李于鳞》,《弇州山人四部稿》卷一百十七。
⑥ 《弇州山人四部稿》卷十七。
⑦ 《明故通奉大夫江西左布政使徐公墓志铭》,《太函集》卷五十一。

李、王从相识到互相投合,应该说跟他们入京后接触文学名士、参与结社活动并从中感受崇古的文学气氛有着一定的关系,不过,更为关键的,还可以从另外两个方面来看。首先一点是基于他们原本怀有的喜好古文词这一共同的文学兴趣。二人在此之前都曾涉猎于此。比如李攀龙,还在他弱冠之年,就和同乡好友许邦才"为之俊杰相命,以好古多所博外家之语,慕左氏、司马子长文辞,与世枘凿不相入"①。正因为如此喜好古文词,所以当时他"耻为时师训诂语"。这一举动当然和以时文博取功名的世俗风气相悖逆,以至为众人所不解,纷纷目为"狂生"。又他在嘉靖二十三年(1544)考取进士后,次年即"以疾告归","归则益发愤励志,陈百家言,俯而读之,务钩其微,抉其精,取恒人所置不解者拾之以绩学。盖文自西汉以下,诗自天宝以下,若为其毫素污者,辄不忍为也。"②更加肆力于古文词,一发而不可休止。由此而言,当李攀龙在嘉靖二十六年(1547)授刑部广东司主事后,利用曹务之暇,"遂大肆力于文词",其实也正是他前一时期倾心于古文词之举的一种延续。至于王世贞,虽然早年一度在他父亲所延请塾师的严厉督导之下,从事中规中矩举子业的练习③,然而他对古文词一直抱有浓烈的兴趣,自称"仆自束发时操觚为辞章,雅已好先秦、西京言"④。他在十五岁那年,受《易》山阴人骆居敬,尽管也是为科考学习准备,但骆氏在讲解之际,不仅能"不甚帖帖于训诂,而操心匠解理,刃恢乎有馀地焉",并且触及的知识相对宽泛,"时时取左氏、司马、昌黎、河东遗书以开博其识趣"⑤。这自然使得本来就爱好古文词的王世贞,于练习举业之馀有一定机会接触之。而这方面的兴趣,在他始"谢诸生学"之时再度高涨,所谓"即喜为古文辞,与一二友生信眉谈说西京、建安业,以为后世亡当者"⑥。应该说,李、王喜好古文词的趣尚,成为他们能够彼此取得契合的一种基础。

　　由另一面来看,李、王藉助友人的绍介,在探讨文业过程中相互取得默契,

---

① 李攀龙《许母张太孺人序》,《沧溟先生集》卷十八。
② 殷士儋《嘉议大夫河南按察使李公墓志铭》,《金舆山房稿》卷十。
③ 如王世贞在为塾师周道光所作《中顺大夫知泉州府事云川周公暨继配陶硕人合葬志铭》中记云:"先大夫一日顾余:'为儿得一良师,能折节事之否?'俾修弟子礼以见。公抗席正色,指摘文字谬误亡所避,某偶小怠,即摄齐请去,皇恐谢罪乃已。以是从公仅一岁所,而其为举子业渐中程。"(《弇州山人续稿》卷一百二)
④ 《与海盐杨子书》,《弇州山人四部稿》卷一百二十八。
⑤ 王世贞《奉寿广州司理容山骆翁尊师九十序》,《弇州山人续稿》卷三十四。
⑥ 王世贞《冯祐山先生集序》,《弇州山人续稿》卷四十五。

携手合作,也是基于他们判别尤其自嘉靖以降文坛格局所起变化而作出的一种具体反应。前章已述及,正德末期至嘉靖前期,由李梦阳、何景明等前七子在弘、正年间发动的那场诗文复古活动的高潮已经退却,不过,这并不意味着它所造成的文学影响随之消散,承续与反逆这样一种两极的效应逐渐明显地呈现出来,它也给正、嘉之际文坛发展态势增添了某种复杂性和曲折性。不难看到,当李、何诸子激扬起来的复古风气在此际得到延续的同时,也遭遇特别自嘉靖以来以王慎中、唐顺之等人为代表的文学相对势力的反动。尽管后者并未能完全抑制前者给文学圈带来的业已扩散的深入影响,但王、唐等人以他们所赢得的文名,也的确在文人学士中间产生了不可低估的实际效应,这一点,由王世贞所谓"二君子(案,指王慎中和唐顺之)固蠖伏林野,其声方握柄,所褒诛足浮沉天下士"①的一席话里,多少能够看出。事实上,从当初李、何诸子倡导复古之风,"一时学士大夫歙然趋焉"②,到嘉靖以来"海内稍驰骛于晋江、毗陵之文"③,可以发现文坛的格局已经发生了显著的变动,那种压倒性的追随李、何等人的时风,逐渐演变成趋从王、唐文风情势的出现,这自然不能不归结为王、唐二人在当时文坛所激发的某种影响力。而对李攀龙、王世贞等人而言,如此的变化情势,却更多引起他们对王、唐文风的质疑。以王世贞来说,他中进士后初任刑部时在写给友人的信中就透露,"某所知者,海内王参政、唐太史二君子号称巨擘,觉挥霍有馀,裁割不足"④,甚至以为"一时驰好若晋江、毗陵二三君子,有作每读竟,辄不快者浃日",已是毫不掩饰地表示出对王、唐二人文风的异议。从这一角度来探看,李、王由结识而相契,"剡心古则"⑤,"相切磋为西京、建安、开元语",谈榷复古之道,用以宣示他们无意趋从为时下所驰骛的王、唐等人的创作风尚,乃至于有意识地对此股时风作出相抗衡的姿态,应是不争的事实。

不过,如果以为李、王的上述举措仅仅是文士之间意气相轻驱使的结果,或者是另立门户而自我标榜的体现,则尚未完全触及问题的实质要害。这也就使得我们有必要对李、王相识携手而以古为尚的文学动机和导向,作更深一层的

---

① 《赠李于鳞序》,《弇州山人四部稿》卷五十七。
② 朱曰藩《袁永之集序》,《山带阁集》卷二十八,《四库全书存目丛书》影印明万历刻本,齐鲁书社1997年版。
③ 王世懋《贺天目徐大夫子与转左方伯序》,《王奉常集》文部卷五,明万历刻本。
④ 《与陆浚明先生书》,《弇州山人四部稿》卷一百二十五。
⑤ 王世贞《寄敬美弟》,《弇州山人续稿》卷一百八十八。

了解。关于这一点，李攀龙在他的《送王元美序》一文中，已有所交代：

> 以余观于文章，国朝作者，无虑十数家称于世。即北地李献吉辈，其人也，视古修辞，宁失诸理？今之文章，如晋江、毗陵二三君子，岂不亦家传户诵？而持论太过，动伤气格，惮于修辞，理胜相掩，彼岂以左丘明所载为皆侏离之语，而司马迁叙事不近人情乎？故同一意一事而结撰迥殊者，才有所至不至也。后生学士，乃唯众耳是寄，至不能自发一识，浮沈艺苑，真为相含，遂令古之作者谓千载无知己。此何异途之群瞽，取道一夫，则相与拍肩随之，累累载路，称培塿则皆桥足不下，称污邪则皆曳踵不进，而虽有步趋，终不自施者乎？……又二三君子，家传户诵，则一人又何难焉，诚使元美与二三君子者比名量誉，诚不能以一人一旦遽夺其终身之见，而辄胜天下风靡之士。文章之道，童习白纷，乃欲一朝使舍所学而从我，日莫途远，且彼奚肯苦其心志于不可必致者乎？夜虫传火，不疑于日，非虚语也。先是濮阳李先芳亟为元美道余，及元美见余时，则稠人广坐之中而已心知其为余。稍益近之，即曰："文章经国大业，不朽盛事。今之作者，论不与李献吉辈者，知其无能为已。且余结发而属辞比事，今乃得一当生。仆愿居前先揭旗鼓，必得所欲，与左氏、司马千载而比肩。生岂有意哉？"[①]

嘉靖三十一年（1552）七月，王世贞以刑部员外郎出使案决庐州、扬州、凤阳、淮安四郡之狱，次年秋使毕返回京师，这篇序文便是李攀龙送王世贞出使而作，其中追述了作者和王世贞经李先芳绍介而认识的经过，以及希望张扬复古大业的意愿。序中所述，有这样几点值得注意，第一，审视时下文坛的格局，作者已清楚地意识到，随着王慎中、唐顺之等人影响的逐渐播扬，不啻是他们个人在文学圈中确立起非同寻常的地位，而且形成了"家传户诵"这样一种风靡天下的主导效应，更令其感到忧虑的是，在此潮流之中，那些"后生学士"随波逐流，背弃古道，以至"不能自发一识"，学无所长，丧失主见。对此作者又深切感受到，仅凭个人微薄之力，实难"遽夺其终身之见，而辄胜天下风靡之士"，扭转如此的局面。第二，以为王、唐文风所暴露的一个最为根本的弱点，便是"惮于修辞，理胜

---

① 《沧溟先生集》卷十六。

相掩",明显体现出重"理"而轻"辞"的倾向,用作者的另一种说法,即所谓"掇拾听说,掩其不技"①。这一点,犹如王世贞在评议王、唐文风以及影响时所表示的,"今之为辞者,辞不胜跳而匿诸理"②。而何乔远在为王慎中所撰传中指出,"迨其后也,济南李攀龙、弇州王世贞诸子者出,见谓毗陵、晋江学宋而伤之理"③,可谓切中了李、王攻讦王、唐的问题要害所在。前面我们已经说过,王慎中、唐顺之由原先追随李、何诸子而倾向重点宗宋,反映了他们学古态度的重大转化,并显然有意与持反宋学立场的李、何等人展开抗衡,他们宗宋的重要目的,还在于表达得"意"体"道"的文学诉求,也就是要求为文发明"古圣贤之道",专注于"天地间至精至妙之理",以表现"精神命脉骨髓"或"真精神与千古不可磨灭之见"。在此前提之下,文章具体的形式法度那些属于"修辞"方面的问题,沦为相对次要的因素,这就是如唐顺之所说的"源委本末之别"。可以看出,这里李攀龙不但质疑王、唐等人学宋过程中表现出的过分注重道理阐发、轻忽文辞规矩的倾向,并且更让他感到问题严峻的是,由于风气的驱使,造成对尤其由李梦阳等前七子所确立起来的学古方向的偏转,致使"今之作者",有"论不与李献吉辈者"。应该讲,李攀龙批评王、唐为文重"理"而轻"辞"的倾向,以及在此问题上与其形成的明显分歧,说到底,还不只是缠绕究竟择取何者作为学古师法目标的问题,在更为深广的层面上,其实牵涉到对文章应该表现什么以及如何表现这样一种文学价值功能和审美质素问题的不同认知。由这一意义上来说,上序将矛头直指王、唐文风,视其为需加拨正的一个重要目标,在根本上,正是出于作者在此问题上一种自我的认知立场。第三,序在比照李梦阳与王、唐等人为文态度的得失中,不仅褒扬前者"视古修辞,宁失诸理"的做法,而且以为"今之作者,论不与李献吉辈者,知其无能为已",在特别推尊李梦阳而肯定其学古途径的同时,实际上也把他当作了有意加以承继的一个重要的文学目标。

需要指出的是,对待李梦阳等前七子,尤其是其学古实践当中存在的某些具体问题,以李、王为代表的后七子成员,也曾站在评判者的立场展开检省,且

---

① 《报张肖甫》,《沧溟先生集》卷二十八。
② 《赠李于鳞序》,《弇州山人四部稿》卷五十七。
③ 《遵岩先生文集》卷首。

并不讳言他们持有的异议①，但在另外一面，又显然对其复古活动的总体导向表示由衷的推崇，肯定李、何等人的文学业绩。如李攀龙，除了上序明确褒扬李梦阳之外，王世贞的《赠李于鳞序》又提到，"计于鳞所许，亡过北地李生矣，其次为仲默，又次为昌穀"，可以想见李、何等人在他心目中所占据的重要地位。又如王世贞，曾谓"北地、信阳，素所脍炙，有志未及"②，流露出对李、何二人的称许和追随之意。他在因何景明甥袁灿之请而为何氏文集所作的序中还表示，"是二君子（案，指李梦阳、何景明）抉草莽，倡微言，非有父兄师友之素，而夺天下已向之利，而自为德，於乎难哉！去其始可一甲子，诗而亡举大历下者，文亡举东京下者，即谁力也"？"何子彬彬大家也。《易》言之，有助则可久。李得助而久，何子之功，李子伟矣夫。二子之功，天下则伟矣夫"③！对于李、何二人倡导复古之举，尤加推许。有鉴于此，李攀龙与王世贞这两位后七子的巨头，自协作而发起结盟时起，事实上，已有意识地以"修北地之业"④作为他们今后文学行动一个具有导向性的目标。李攀龙上序正面标举李梦阳，欲"与左氏、司马千载而比肩"，无异于传达出这样一个明确的信号。

嘉靖三十年（1551）之际，李攀龙、王世贞发起的盟社中加入了三位核心成员，这就是顺德人梁有誉、兴化人宗臣及长兴人徐中行。他们一同考取嘉靖二十九年进士（1550），分别在京师任职，先后来和李、王交往，切劘古文词⑤，当时就有"五子"之称⑥。

梁有誉，字公实，号兰汀，仕至刑部山西司主事。自早年起，已是"湛思博

---

① 如王世贞在《赠李于鳞序》中曾表示："仲默沾沾，气弗克充志，所长诗耳。昌穀修靡丽弱，不习古文辞。北地生习古文辞，而自张大，语错出不雅驯。"（《弇州山人四部稿》卷五十七）又如其《黄淳父集序》中则指出："北地、武功诸君起中原，自厉其格，以求合古，而不能尽醉其豪疏之气。"（同上书卷六十八）
② 《答陆汝陈》，《弇州山人四部稿》卷一百二十八。
③ 《何大复集序》，《弇州山人四部稿》卷六十四。
④ 王世贞《巨胜园集序》，《弇州山人续稿》卷五十四。
⑤ 王世贞《明承直郎刑部山西司主事梁公实墓表》："（梁）补尚书刑部郎，间与其同舍郎李攀龙、王世贞游。……而郎宗臣已去为吏部，休浣辄一来。俄而即徐中行来。"（《弇州山人四部稿》卷九十四）又，王世贞《明中宪大夫福建提刑按察司提学副使方城宗君墓志铭》："故事，吏部郎自相贵，绝不复通曹郎。而君日夜与其旧曹李于鳞、徐子与、梁公实及不佞世贞游，益相切劘为古文辞。"（同上书卷八十六）据梁有贞《梁比部行状》（《兰汀存稿》附录），梁有誉于嘉靖三十年授刑部山西司主事，则其在是年官刑部后始从李、王游，徐中行、宗臣来游亦当在此际。
⑥ 李炤《明故通奉大夫江西左布政使王目徐公行状》："公（案，指徐中行）初为郎，则与济南李于鳞、吴郡王元美、广陵宗子相、岭南梁公实辈行游燕市中，人以五子称之。"（徐中行《天目先生集》卷二十一附录，影印明刻本，台湾伟文图书出版社有限公司1976年版。）

覈,自六经以逮百氏外家小史,靡不研究",弱冠补博士弟子员,因"厌训诂括帖语",在家乡就已与欧大任、黎民表、陈绍文、吴旦、陈冕、梁孜、梁柱臣等人"以古诗文共相劘切"①。而当时身为诸生的他,"即名能歌诗,倾岭南矣"②,赢得一方之地的诗名。在加入李、王盟社之前,他已经和七子之一的徐中行结识订交,时值嘉靖二十八年(1549),其因计偕北上,抵南京,适逢徐中行赴试入京途经其地,二人意气投合,"倾盖相得甚欢",且"始扬榷古今诗道,遂定交焉。间行道上,慷慨悲歌怀古"③。梁氏加盟之后,在京师社中活动的时间并不长,入社次年即以疾告归,但他和社中诸友交往较为融洽,所谓"开轩频促膝,授简不虚筵","论心各磊落,附尾喜翩翾"④,并成为后七子文学集团重要的创建者之一。回到家乡以后,"构小楼于故第,植花卉竹石,置图书名画古器物于左右,日吟咏其中",一味沉迷于文事。又和黎民表等故友修复粤山旧社,"以古人相期待",而"时或酣畅雅歌为娱"⑤,继续表现出对古人诗文浓烈的兴趣,时与趣味相投的文友一同探讨之。嘉靖三十三年(1554)冬十一月婴疾终于家,属后七子之中离世最早者。

宗臣,字子相,号方城山人,仕至福建提学副使。据他自述,年少时虽其父"遍出所藏古先圣人诸书命读",又益以举子文,但臣"最爱读司马迁、庄周所为文词"⑥,而"诗则工部"。其中于《史记》和杜诗尤为爱好,曾谓自束发而读是二书,"寒可无衣,饥可无食,陆可无车,水可无楫,而二书不可以一时废也,辟之手足耳目焉"。同时,又特别喜爱李梦阳之集,称"余读李献吉书,盖次二书焉"⑦,将李书仅次于《史记》和杜诗之后,足见他的爱好程度。进士登第后初官刑部主事,后吏部尚书李默见臣文而奇之,对他很欣赏,调为其属,因改为吏部考功司主事。按照以往的惯例,吏部官员自相贵重,和别的部门的官员很少来往。而是时臣则一破此例,与其旧曹李、王等人日夜游处,相切劘为古文词。此举除了基于他和诸子交谊的缘故之外,更为主要的,恐怕还是由其对古文词的嗜好

---

① 欧大任《梁比部传》,《兰汀存稿》附录。
② 王世贞《明承直郎刑部山西司主事梁公实墓表》,《弇州山人四部稿》卷九十四。
③ 梁有贞《梁比部行状》,《兰汀存稿》附录。
④ 梁有誉《喜归述怀留别李于鳞、徐子与、宗子相、王元美四子一百韵》,《兰汀存稿》卷三。
⑤ 梁有贞《梁比部行状》,《兰汀存稿》附录。
⑥ 宗臣《刻文训叙》,《宗子相集》卷十二。
⑦ 宗臣《读太史公杜工部李空同三书序》,《宗子相集》卷十三。

所致。

徐中行,字子与,号龙湾,又号天目山人,累迁江西左布政使。为人颖警,年十数岁能为举子业之同时,"旁及古文辞"。嘉靖十九年(1540)举乡荐,"遂进游南太学,益为古文辞"①。又他自称从束发读书之时起,"论古昔贤豪节侠之士,未尝不拊髀兴叹,愿为执鞭也"。尤其倾慕前七子之一的何景明,得何氏文集并传读之,"慕其文章气节,恨鄙人生晚,不获同时一语"②。徐中行加入李、王之社,与他外舅顾应祥的推荐分不开,其在授刑部广东司主事之际,为文辞已有"声实"③,时任刑部尚书的顾应祥一见其文,甚赏异之,而他本人又很推崇在刑部任职的李、王二人,以为"海内操觚家人人能矣,乃若正始之音,殆在兹乎"④?谓中行虽然"所业足自名",但是"必欲舍而趋古者,则毋若他曹郎李攀龙",又谓王世贞"虽少,亦其次也",勉励中行和他们进行交往,以使自己步入学古的正道。入盟之后,通过跟李、王诸子的交流,徐中行反思所业,表现出企图脱却旧习的一番决心,"遂取旧草悉焚之,而自是诗非开元而上、文非东西京而上毋述矣"⑤。

嘉靖三十一年(1552)春,临清人谢榛来游都下,被李攀龙、王世贞等人招入社中,七子之社又多了一位核心成员。榛字茂秦,号四溟山人,又号脱屣老人。早有诗名,"年十六,作乐府商调,临德间少年皆歌之。已而折节读书,刻意为歌诗,遂以声律有闻于时"。曾经颇受河南彰德府赵康王朱厚煜的赏识,招为上宾,厚礼相待。又性豪侠,濬县人卢柟为人落拓不羁,以此忤人,并受诬陷被逮下狱,榛为之奔走解救,脱柟于狱,也因此举而赢得了他人的敬重,"诸公皆多其谊,争与交欢"⑥。谢榛虽于此时正式入盟,但他在这之前因曾游居京师,其实已和李攀龙、王世贞等人相识。如前述,嘉靖二十六年(1547),李先芳中进士后在京师曾与一些山东籍文士结社,李攀龙和谢榛都是社中的成员,二人是时已有交往。至迟在嘉靖二十七年(1548),谢榛和王世贞已相识游处,吴维岳有作于嘉靖戊申岁《王比部宅会谢榛》及《谢四溟山人,蔡白石太守,莫中江膳部,张玉

---

① 王世贞《中奉大夫江西布政使司左布政使天目徐公墓碑》,《弇州山人续稿》卷一百三十四。
② 徐中行《答王太史》,《天目先生集》卷二十。
③ 王世贞《中奉大夫江西布政使司左布政使天目徐公墓碑》,《弇州山人续稿》卷一百三十四。
④ 徐中行《明故资善大夫南京刑部尚书赠太子少保箬溪顾公行状》,《天目先生集》卷十五。
⑤ 王世贞《中奉大夫江西布政使司左布政使天目徐公墓碑》,《弇州山人续稿》卷一百三十四。
⑥ 《列朝诗集小传》丁集上《谢山人榛》,下册,第423页。

亭、王凤洲二比部过集各赋,得仙字》等诗①,后一诗云:"谈诗绎赋参诸品,纱帽纶巾并一筵。礼省自知形外侣,兴狂同号酒中仙。"描述了诸人聚集在一起诗酒唱酬的情形,表明他们互相之间较为熟悉,相处热络。又据谢榛《诗家直说》记载,他于嘉靖二十八年(1549)中秋夕还与李攀龙、王世贞、李孔阳等一同赏月,谈论诗法:"己酉岁中秋夜,李正郎子朱(孔阳)延同部李于鳞、王元美及予赏月。因谈诗法,予不避谫陋,具陈颠末。于鳞密以指掐予手,使之勿言,予愈觉飞动,亹亹不缀,月西乃归。于鳞徒步相携曰:'子何太泄天机?'予曰:'更有切要处不言。'曰:'何也?'曰:'其如想头别尔。'于鳞默然。"②这也说明,此时的谢榛与李、王除了一起赏玩游处,还进而议谈诗歌法度,涉及文学方面具体问题的交流,关系已经十分密切。如此相处,自然有利于增进彼此之间的了解和感情。可以说,谢榛稍后被诸子纳入盟社之中,这和他在前一段时间同李、王等人已相识来往并建立交谊是分不开的。关于他此次入社,谢榛《诗家直说》有如下的记述:

　　嘉靖壬子春,予游都下,比部李于鳞、王元美、徐子与、梁公实、考功宗子相诸君延入诗社。一日署中命李画士绘《六子图》,列坐于竹林之间,颜貌风神,皆得虎头之妙。③

这条材料除了载录谢榛加入诸子盟社的时间,尚有值得注意之处,那就是社中的成员公开以所谓"六子"相标举,明显地透出他们各自怀有的强烈的结盟意识。关于这一点,我们还多少能够从诸子的诗作当中探察到,如梁有誉、宗臣曾分别作有《五子诗》④,列谢榛、李攀龙、徐中行、王世贞于其中,加上他们自己,实为六子⑤。六子的聚集,从某种意义上来说,意味着后七子文学集团的核心阵营在此际已经初步形成,诸子从相识到结交,乃至于以彼此结盟的方式相宣示,表

---

① 《天目山斋岁编》卷十。
② 《诗家直说》七十五条,《四溟山人全集》卷二十三,影印明万历刻本,台湾伟文图书出版社有限公司1976年版。
③ 《诗家直说》八十五条,《四溟山人全集》卷二十四。
④ 见《兰汀存稿》卷一、《宗子相集》卷四。
⑤ 李攀龙、王世贞当初分别作有《五子诗》(《沧溟先生集》卷四)、《五子篇》(《弇州山人四部稿》卷十四),所列为王世贞或李攀龙、吴国伦、宗臣、徐中行、梁有誉。谢榛后与李攀龙等人交恶,遭"削名"离社,吴国伦于谢榛离社后继入,故李、王五子诗中以吴国伦取代谢榛,而梁有誉、宗臣《五子诗》仍列谢榛于其中,应为保持原貌之作。参见廖可斌《明代文学复古运动研究》,第214页。

明了他们已经在这一时候成为具有相对独立性质的集团组织,开始在文学圈中崛拔而起。

然而,谢榛加盟之后,诸子内部酝酿着一场裂变,这就是文学史上常提及的谢榛遭"削名"事件。这一事件本身,在一定程度上反映了创建之初的后七子集团内部存在的矛盾,同时,它也导致继此之后该集团核心阵营的重新调整。

谢榛遭"削名"而被逐出盟社,此事在嘉靖三十二年(1553)其实已几成定局[1]。他和李攀龙、王世贞等人在这时的关系已是十分紧张,王世贞该年七月由江南启程北行之际在写给宗臣的信中曾经表示:"眇君子(案,指谢榛,因其眇一目,故名)竟不为我和《五子诗》。昨闻在王国中多从侠少倡家游,晚节柳三变,何为也! 不忆一旦叛去尔尔。"[2]谢氏不和李攀龙、王世贞等人所作《五子诗》,诚非他与李、王等人发生矛盾的主要症结所在,而实际上是二者不和表现出来的一种征兆,也是致使他们的关系趋于破裂的一根导火索。就谢榛来说,也许因为同诸子之间产生隔阂而不愿甚至不屑以诗相和,而在王世贞等人看来,此举蕴含的问题似乎更为严重,意味着对方和社中其他诸子的某种决裂,这是让其感到难以接受的,以至李攀龙在此后为作《戏为绝谢茂秦书》以表明态度。其书虽名之曰"戏",但说穿了只是表面的某种外交用辞而已,事实上,书中表达的辞意颇为严厉,决非"戏"言所能笼盖,特别是针对谢榛所为,直截了当地表示:"尔若惠顾二三兄弟,无敢徼乱,则我之愿也。尔若不施大惠,于鳞不佞,二三兄弟爱才久矣,岂其使一眇君子肆于二三兄弟之上,以从其淫,而散离昵好,弃天地之性,必不然矣。"[3]这无异于向谢氏传达出严厉警告,不能不说是要和他"绝交"的一种公开宣示。

关于谢榛与李、王等人构隙的主要原因,一些研究者曾从不同角度加以探析,或以为谢氏喜欢"直言",又其诗格逐渐退化,以至引起诸子的厌薄,加上他身份特殊,在皆为进士出身且多是同年的诸子中间仅为一介布衣,未免多少会

---

[1] 王世贞《艺苑卮言七》:"又明年,而余使事竣还北,于鳞守顺德,出茂秦登吴明卿。"(《弇州山人四部稿》卷一百五十)此处所谓"使事",即指世贞嘉靖三十一年七月以刑部员外郎出使按决庐州、扬州、凤阳及淮安四郡狱之事,其于次年九月使毕抵京。参见拙著《王世贞年谱》,第83页。
[2] 《宗子相》,《弇州山人四部稿》卷一百十九。案,王世贞出使按决四郡之狱后,于嘉靖三十二年七月启程返京(参见拙著《王世贞年谱》,第80页),上札又谓"期促,又北首装","七月望可抵广陵"云云,知其作于该年北上之际。
[3] 《沧溟先生集》卷二十五。

受到排挤;或以为根本在于他和李攀龙等人诗歌创作的主张和方向不一致,最终酿成二者反目的一桩文学史上的公案①。可以说,这些意见都有一定的道理。笔者认为,综观谢榛事件,它所发生的原因恐怕是多方面的,应当承认,这其中夹杂着一些文人之间因日常琐事而意气纠葛的因素,譬如,李攀龙自认为待谢榛不薄,"则尔既已谒我门下三日矣,我躬授尔简,坐尔上客,宠灵尔以荐绅先生,出尔否心,荡尔秽疾",而谢榛则据说曾受到时在顺德知府任上李攀龙的冷遇,很是恼怒,"张脉偾兴,眥劀俱裂"②,以此耿耿于怀,利用至京师的机会,为人道攀龙治理顺德无状,即所谓"数其郡不法事"③。这让李攀龙觉得所得到的却是相反的回报,以为谢氏"行而即长安贵人谋我"④,无异于暗中算计自己,因而颇为失望,深感对方不仁不义,所以慨叹,"即何至知茂秦生遇不佞不仁之甚也","不佞何负生,而见誉于诸公"⑤。就连王世贞也为李攀龙鸣不平,说谢榛所为,不但"辱我五子","且不轻用常人态责于鳞",斥其"真负心汉,遇虮虱生,当更剜去左目耳"⑥。然而,这些纠葛似乎还不足以构成导致事态变化最为根本的原因,若综合来看,如下因素或许更值得我们留意。

首先,不能排除与谢榛和李、王诸子在盟社中的地位之争有关。从谢氏自身的情况来说,一是当时他个人声望决不在诸子之下,吴维岳作于嘉靖戊申岁(1548)《王比部宅会谢榛》诗,这样描述他对谢氏的印象:"山人自疏节,岸帻缙绅前。敝服市中隐,新诗海内传。"⑦李攀龙当初作《二子诗》,其中也说谢榛"冠盖罗长衢,染翰日相索","一出游燕篇,流俗忽复易"⑧,均特别写到其时谢榛诗作广为传扬甚至影响时俗的情况,这些自然有利于他个人文学声望的建树。还有一点,谢榛起初为卢柟鸣冤叫屈,助他出狱,当然纯粹是出于一片豪侠之情和爱怜之心,所谓是"爱其才,且悯其非罪,遂之都下,历于公卿间,暴白而出之"⑨,

---

① 参见廖可斌《明代文学复古运动研究》,第 216 页至 218 页,李庆立《"后七子"内部分化的一桩著名公案——谢榛与李攀龙之争考》,《谢榛研究》,第 38 页至 42 页。
② 《戏为绝谢茂秦书》,《沧溟先生集》卷二十五。
③ 王世贞《魏顺甫传》,《弇州山人四部稿》卷八十二。
④ 《戏为绝谢茂秦书》,《沧溟先生集》卷二十五。
⑤ 《答顾天臣书》,《沧溟先生集》卷二十六。
⑥ 《李于鳞》,《弇州山人四部稿》卷一百十七。
⑦ 《天目山斋岁编》卷十。
⑧ 《二子诗·谢茂秦》,《沧溟先生集》卷四。
⑨ 谢榛《诗家直说》七十五条,《四溟山人全集》卷二十三。

并非为了要取时誉。然而他的此番义举,却纷纷为人传说,以至众人争相要与他结识,客观上使其在士林中名声大振,"茂秦既白卢枏事出狱,则士大夫争愿识之,河朔少年家传说矣"①。相比之下,李、王等人尽管于盟社的组合多有创举之力,也颇具意欲在复古事业上有所建树之雄心,不过,此时他们毕竟大多还是属于一群涉世未深的士子,初登文坛的后进,因而在声望方面未必能与谢榛相提并论。二是在年资上谢氏显然拥有诸子无法比拟的优势,他生于弘治十二年(1499)②,至嘉靖三十一年(1552)加入盟社时年五十四,于时李攀龙三十九岁,王世贞二十七岁,徐中行三十六岁,梁有誉三十四岁,宗臣二十八岁,众人当中谢氏最为年长。正如有些研究者所已注意到的,梁有誉和宗臣《五子诗》所列五子分别依次为谢、李、徐、宗(梁)、王,明显是根据由长到小的年龄顺序排列的③。假如说,在如此排列顺序中,谢榛以年长而居首,这固然还不能成为他在盟社中所谓"以布衣执牛耳"④的有力证据,不过,它提示我们一点,为何尚保持原貌的梁、宗《五子诗》编排顺次要以年龄为序,而不考虑对于创建盟社的功力因素,以至连李攀龙和王世贞这样居首创之功者也列名谢氏之后?一种较为合理的解释是,它显然要顾及作为诸子当中最为年长的谢榛的年资,为此甚至可以忽略其他因素。总之,无论是声望还是年资,诸子都有不及谢榛之处,那么,面对这样一位名著年长者,他们不得不要让出一席之地以示尊重。反过来,谢榛则依仗其名声和年长,时或对李、王等人作出不尽礼数之举,如李攀龙在《戏为绝谢茂秦书》中,就曾数落榛在其顺德知府任上对自己所作的不恭举动:"尔为不吊,跋履敝邑,不入见长者。我先匹夫,尔实要我,辱我台人,珍置我不腆之币于途。"⑤在李攀龙等人眼里,谢榛除了以他那些意气用事而不讲究礼数的行为,让他们多少感到难堪和羞辱,更为要紧的,他的声望和年资不可不谓对他们占据的地位形成某种潜在的侵蚀。李攀龙曾意味深长地自言"我与元美狎主二三兄

---

① 王世贞《谢茂秦集序》,《弇州山人四部稿》卷六十四。
② 谢榛《诗家直说》七十五条云:"予自正德甲戌,年甫十六,学作乐府商调,以写春怨。"(《四溟山人全集》卷二十三)以此知其生于弘治十二年。
③ 参见廖可斌《明代文学复古运动研究》,第214页。李庆立《"后七子"内部分化的一桩著名公案——谢榛与李攀龙之争考》,《谢榛研究》,第37页。
④ 《列朝诗集小传》丁集上《谢山人榛》,下册,第423页。
⑤ 《沧溟先生集》卷二十五。

弟之盟久矣"①,俨然以盟社之主自居,在心理上已不甘处下,这极有可能使得他对于社中地位浮沉的迹象怀有高度的敏感,以至难以容忍谢榛在盟社之中继续占据重要位置。

其次,应该注意到谢榛与李、王诸子性情志趣方面存在的某种差异。如果说,这种差异在他正式入社前和李攀龙、王世贞等人接触过程中还没有完全显露出来,那么,入社以后随时间的推延,交往的深入,二者之间的牴牾逐渐加深。谢榛身为一介布衣,倒是喜欢出游四方,广为结交,示好显贵。他曾多次来到京城,"朝游燕山东,暮游燕山北"②,往来于缙绅之间,又和诸王府关系较为密切,曾与赵、沈、周、郑等王府打过交道③,还甚至"在王国中多从侠少倡家游"④,日常交游庞杂,以至于"游道日广"⑤。对于为布衣身份者的谢榛来说,热衷于交友,特别是喜和显贵来往,难免有赚取名利之嫌,而这一点,则似为李、王所不齿。他们心向孤高,志在文事,以为"文章经国大业,不朽盛事",因而"相与切劘千古之事"⑥,以重文学事业而"耻干谒"⑦相勖勉。如李攀龙,在任官刑部期间,"大司寇有著作,辄以属于鳞","然于鳞竟无所造请干贽,不为名计,出曹一羸马蹩躠归,杜门手一编矣"⑧。而如王世贞,在中进士之初,其父王忬就语重心长地叮嘱他:"士重始进,即名位当自致,毋濡迹权路。"⑨他自是开始,也正以父亲的教诲自勉,专注于"与三四友人习雕虫之技","不从权贵乞功名"⑩,甚至还说"就谒大官贵人,若谒鬼神,未尝不淫淫汗下也"⑪。所言虽然有些夸张,但从中也多少可以窥见他的一番心向。又如梁有誉,在京"旅食三年,萧然一室,敛避权贵,无所造谒。袁州当国,建安为冢宰,闻其才子,计致门下,逊谢不往"⑫。李、王等人以他们的立身之则,去比量谢榛的为人处事态度,不免产生不相合拍的感觉,李攀

---

① 《戏为绝谢茂秦书》,《沧溟先生集》卷二十五。
② 宗臣《五子诗·谢山人榛》,《宗子相集》卷四。
③ 参见李庆立《谢榛行踪考》,《谢榛研究》,第19页。
④ 王世贞《宗子相》,《弇州山人四部稿》卷一百十九。
⑤ 《列朝诗集小传》丁集上《谢山人榛》,下册,第423页。
⑥ 王世贞《李于鳞先生传》,《弇州山人四部稿》卷八十三。
⑦ 王锡爵《太子少保刑部尚书凤洲王公神道碑》,《王文肃公文集》卷六,明万历刻本。
⑧ 王世贞《李于鳞先生传》,《弇州山人四部稿》卷八十三。
⑨ 王世贞《先考思质府君行状》,《弇州山人四部稿》卷九十八。
⑩ 王世贞《董侍郎》,《弇州山人四部稿》卷一百二十五。
⑪ 《上傅中丞》,《弇州山人四部稿》卷一百二十四。
⑫ 欧大任《梁比部传》,《兰汀存稿》附录。

龙《戏为绝谢茂秦书》就毫不客气地直言榛"延颈贵人,倾盖为故,自言多显者交,平生足矣",致使"二三兄弟,将疏间之"①,对他好与显贵为交的做法颇为反感。二者性情志趣上的抵触,自然会加深他们之间的裂痕。

再者,谢榛与李、王诸子文学趣味上的出入,也是导致他们产生隔膜直至关系破裂的其中一个不容忽视的因素。尤其是在如何对待诗歌法度问题上,谢榛和李、王等人的意见显然不尽一致,谢对于师古强调所谓"摄精夺髓之法"②,或谓之"提魂摄魄之法",具体一点地说,关键是要求得诗之"神气",他曾经说过:"诗无神气,犹绘日月而无光彩。学李、杜者,勿执于句字之间,当率意熟读,久而得之。"③以为习学古作,就不能执泥于句字之摹习,应当熟读体味,久而有所得,摄取它们的神气精魂。所以,当初谢榛入社之后和诸子讨论诗法,谈到初、盛唐十二家以及李白、杜甫二家"孰可专为楷范"的问题时,别人"或云沈、宋,或云李、杜,或云王、孟",谢榛则提出,"历观十四家所作,咸可为法。当选其诸集中之最佳者录成一帙,熟读之以夺神气,歌咏之以求声调,玩味之以裒精华",认为"得此三要,则造乎浑沦,不必塑谪仙而画少陵也"。正因为不必拘于某家句字之法,重在摄取古作的神气精魂,所以在他看来各家"咸可为法"。基于此说,谢榛还认为学诗者在习学古作之际,面对诸家,应该要"集众长合而为一",或称之所谓"五味调和",他说:"自古诗人养气,各有主焉。蕴乎内,著乎外,其隐见异同,人莫之辨也。熟读初唐、盛唐诸家所作,有雄浑如大海奔涛,秀拔如孤峰峭壁,壮丽如层楼叠阁,古雅如瑶瑟朱弦,老健如朔漠横雕,清逸如九皋鸣鹤,明净如乱山积雪,高远如长空片云,芳润如露蕙春兰,奇绝如鲸波蜃气,此见诸家所养之不同也。学者能集众长合而为一,若易牙以五味调和,则为全味矣。"④这是说,自古诗人积养有别,也有"隐见异同",致使风格不一,这就要求学者通过"熟读"诸家所作而得之,并能学到众人之所长,为我调合。而对于李、王等人来说,他们似乎更注意作为诗歌法度具体而规范的形制,主要表现在,一是择取较有代表性的特定的师法目标,以供习学,如王世贞就曾自述其取法之径:"于诗古则知有枚乘、苏、李、曹公父子,旁及陶、谢,乐府则知有汉魏鼓吹、相和,及六

---

① 《沧溟先生集》卷二十五。
② 王世贞《艺苑卮言七》,《弇州山人四部稿》卷一百五十。
③ 《诗家直说》一百二十七条,《四溟山人全集》卷二十二。
④ 以上见《诗家直说》七十五条,《四溟山人全集》卷二十三。

朝清商、琴舞、杂曲佳者,近体则知有沈、宋、李、杜、王江宁四五家"①。二是讲究有"法"可依,要求于"法"加以具体落实,所谓"声法而诗"②。故有"篇法"、"句法"、"字法"之说,如王世贞就提出:"首尾开阖,繁简奇正,各极其度,篇法也。抑扬顿挫,长短节奏,各极其致,句法也。点掇关键,金石绮彩,各极其造,字法也。"③从原则上来讲,谢榛对于诗歌师古提出"摄精夺髓之法"或"提魂摄魄之法",追求所谓"三要",讲究"造乎浑沦",主张习学古作的神气精魂而不拘句字的形似,自然是合理的,无可非议,所以当初诸子听了他的关于初、盛唐十四家"咸可为法"而求取"三要"的议论,也都"笑而然之"④。但关键的问题是,将这一原则性的宗旨落实到具体创作之中,就绝非一件容易的事情,因为如何才算真正能"摄精夺髓"、"提魂摄魄",可能会招致仁者见仁、智者见智的异议。在李、王等人看起来,谢榛的拟古之作就因为刻意强调合诸家之长,摄取神气精魂,未免无"法"可依,变得"绝不成语"⑤。如王世贞对待谢氏的拟李、杜长歌之作,就斥之而不遗馀力:"谢茂秦年来益老悖,尝寄示拟李、杜长歌,丑俗稚钝,一字不通,而自为序,高自称许。其略云:'客居禅宇,假佛书以开悟。暨观太白、少陵长篇,气充格胜,然飘逸沈郁不同,遂合之为一,入乎浑沦,各塑其像,神存两妙,此亦摄精夺髓之法也。'此等语何不以溺自照!"⑥说谢作"丑俗稚钝,一字不通",应该是比照李、杜长歌体现的古"法"而言的,谢榛意图合李之"飘逸"和杜之"沈郁"为一,以求"摄精夺髓",在王世贞眼里,此举则是不讲究"法"的具体表现,抑之至极也就不足为怪。

自诸子盟社创始以来,李攀龙和王世贞作为其中两位重要的缔造者而"并建旗鼓"⑦,因被社友推许具有着力振起之功,如徐中行谓:"往吾党为词盟燕市时,梁公实、宗子相已踔厉起,而谢山人亦以布衣引重。至振兴封殖,则吾于鳞、元美力也。"⑧自此也基本奠定了他们在社中的领导地位。特别是李攀龙,这一

---

① 《张助甫》,《弇州山人四部稿》卷一百二十一。
② 王世贞《张肖甫集序》,《弇州山人四部稿》卷六十八。
③ 《艺苑卮言一》,《弇州山人四部稿》卷一百四十四。
④ 《诗家直说》七十五条,《四溟山人全集》卷二十三。
⑤ 王世贞《李于鳞》,《弇州山人四部稿》卷一百十七。
⑥ 《艺苑卮言七》,《弇州山人四部稿》卷一百五十。
⑦ 汪道昆《赠余德甫序》,《太函集》卷三。
⑧ 《五君纪容跋》,《天目先生集》卷十九。

阶段不但在社友中除谢榛之外年岁最长,而且首创之功居多,他的相关倡论和赋咏又大多得到诸子的认可,不同程度地对他们产生浸染锻造之力,其在诸子中的威望尤高。王世贞《李于鳞先生传》说:"为社会时,有所赋咏,人人意自得,最后于鳞出片语,则人人自失也。"① 徐中行《重刻李沧溟先生集序》述曰:"(李)比讲业阙下,王元美与余辈推之坛坫之上,听其执言惟谨。文自西京以下、诗自天宝以下不齿,同盟视若金匮冈渝。或谓李氏之在于今,岂下汉司马者哉?司马攘臂而驰,李氏亦接踵而起者也。"② 对此,就连当时在盟社中和李攀龙地位相近的王世贞,也对他怀有特别的敬重感,如云,"记初操觚时,所推先唯一于鳞"③。尤于李在诗歌上的造诣,曾以社中牛耳相属:"观察(案,指李攀龙)之于诗,志在超乘,其游吾侪间,矫矫牛耳矣。"④ 从某种意义上说,李攀龙特别是对于王世贞当初诗歌创作态度的转变,起到了一定的影响,王世贞自述:"世贞二十馀,遂谬为五七言声律,从西曹见于鳞,大悔,悉烧弃之,因稍劘列下上,久乃有所得也。"⑤ 李、王拥有的领导者身份,尤其是李攀龙在诸子当中享有的崇高威望,帮助他们在盟社中确立了相对牢固的地位,谢榛与李、王等人的龃龉,尽管存在因名位之争而发生互相倾轧之嫌,但综观整个事件,它并没有对李、王原有的地位形成实质性的冲击。值得一提的是在谢榛事件中李、王二人所凸显的彼此关系,或许是基于在盟社地位问题上共同利害的考量,加上他们文学趣味的契合和深厚的知己之谊,李、王从一开始,在谢榛事件中就结成了某种同盟的关系。李攀龙和谢榛之间态度不和尤为公开化,所以李后来不惜为书以示绝交,在这过程当中,王世贞左袒李攀龙的立场是明确的,"元美诸人咸右于鳞,交口排茂秦,削其名于七子、五子之列"⑥。他在给李攀龙的信札中,就曾几番以激烈的口吻讥刺谢榛,如斥之为"负心汉","生平交好叛溃殆尽",表明和李攀龙同心合力而将矛头指向谢氏的鲜明态度。嘉靖三十五年(1556)八月前后,王世贞讞狱大名府,谢榛曾前来相会,即便是对于这样一次多少碍于故交情面的聚首,世贞事后在信中告知李攀龙,说自己在聚会上对谢榛"呵责良久",而说对方"唯唯

---

① 《弇州山人四部稿》卷八十三。
② 《天目先生集》卷十三。
③ 《吴瑞穀文集序》,《弇州山人续稿》卷五十三。
④ 《海岳灵秀集序》,《弇州山人续稿》卷四十。
⑤ 《上御史大夫南充王公》,《弇州山人四部稿》卷一百二十三。
⑥ 《列朝诗集小传》丁集上《谢山人榛》,下册,第423页。

谢洗心以从二三子,不复能作态去矣"①,不忘申明他本人虽然此次和谢榛接触,但是并未因此改变自己的原则立场。在李攀龙的心目中,王世贞对他的袒护和忠信也是不言而喻的,他的《戏为绝谢茂秦书》言及谢榛当时至京师告自己治顺德不状事,就认为"元美弗二,尔是以不克逞志于我",又提到自己曾"称诗二三兄弟",而榛心生不满,"不得志于称诗",则说"元美恶尔之二三其德,亦来告我",足以表明他对王世贞这位亲密盟友的充分信任。李、王二人的同盟,在处理谢榛问题上显示出它的强大势力,榛最终遭"削名"而被逐出盟社,已证明了这一点。事件本身当然从一个侧面暴露了诸子内部存在的某种不协调的派系关系,个中孰是孰非,实难评断。然从另一角度看,由于李、王居于领导者的位置,他们之间的这一同盟关系,对于后七子文学集团的基本营盘而言,在客观上不能不说起着某种稳固的作用,同时也有利于维护它发展导向相对的一致性。

尽管至嘉靖三十二年(1553),谢榛事实上已被李、王等人当作是负心"中叛"的社外之人,而在此前一年,即嘉靖三十一年(1552)夏,梁有誉托病告归,返回故里,三十三年(1554)冬死于家乡,诸子盟社已失去二子,然而自嘉靖三十二年(1553)至三十四年(1555)间,盟社又吸纳了几位新的核心成员,他们分别是兴国人吴国伦、南昌人余曰德、铜梁人张佳胤②,三人同中嘉靖二十九年(1550)进士。

吴国伦,字明卿,号川楼,又号南岳山人。由中书舍人擢兵科给事中,谪为江西按察司知事,累迁河南左参政。他在中进士当年就和王世贞等人相识,次年又结识了李攀龙,受到攀龙的称赏③,自此与李、王等人开始交往。嘉靖三十一年(1552)七月,王世贞出使案决四郡之狱,吴国伦曾作诗相送④,次年王北上返回京师,途径扬州,此时恰值吴自京告还,遇于途中,吴特意为之停留数日,"放歌谑浪,颇极倾倒"⑤,二人泛舟夜酌,同登芜城阁,赋诗唱和,一连痛饮三日。

---

① 《李于鳞》,《弇州山人四部稿》卷一百十七。
② 王世贞《艺苑卮言七》:"又明年(案,指嘉靖三十二年),而余使事竣还北,于鳞守顺德,出茂秦登吴明卿(国伦)。又明年同舍郎余德甫(曰德)来,又明年户部郎张肖甫(佳胤)来。吟咏时流布人间,或称'七子',或'八子',吾曹实未尝相标榜也。"(《弇州山人四部稿》卷一百五十)
③ 王世贞《吴明卿先生集序》:"(吴)二十七而登进士第,始受古文辞,与不佞二三兄弟善。明年进于李于鳞,于鳞亟称之。"(《弇州山人续稿》卷四十七)
④ 《送元美使淮便过吴中四首》,《甔甀洞稿》卷三十一。
⑤ 王世贞《李于鳞》,《弇州山人四部稿》卷一百十七。

嘉靖三十二年(1553)闰三月,吴国伦妻陈氏卒于京师,李攀龙曾赋诗唁之①。可见吴氏在此际和李、王等人的交谊已较为深厚。他于嘉靖三十二年(1553)被正式吸收入社,登名诸子之列,正是先前和李、王相识交往而为对方有所了解所致。吴国伦为人"才气横放,跅弛自负"②,虽晚入盟社,却好胜争强,不甘居于诸子之后。宗臣说他"耳目纵横,意常驾仆"③,以此甚至对其颇有些微辞。王世贞说他"似欲据子相上游者",实洞察其心曲,而他本人"亦自谓宗、谢所不及,而梁、徐未远过也"④。即使是对于年长于他而又是盟社领袖的李攀龙,吴国伦也敢于直言指点,无所忌讳,如他在李攀龙即世后评骘其文集,就认为其中有更多不足而"可删"者⑤,心气不可不谓之高傲。虽然吴国伦因为心气所使,态度时或肆张,但由于他在李、王等人眼里,算得上是一位能够"长进"、造诣不俗的同志,所以还是对他多有期许和推奖。李攀龙《五子诗·吴明卿》云:"吴生荡涤士,明德复何早。高举凌风翩,青云漫浩浩。良时冠带会,斗酒弄辞藻。一弹中清商,下里难为好。"⑥其中推许之意,溢于辞表。王世贞嘉靖三十二年(1553)在扬州和吴国伦酌饮唱酬之后,也曾致书李攀龙,说"明卿大长进,非吴下蒙也"⑦,言下之意,对于吴国伦应当刮目相看,不可小视。尽管王世贞曾向李攀龙直接点出吴国伦"似欲据子相上游者"的好胜心理,不过,尤其在对宗、吴二人诗作比较之后,他还是认为吴确有胜宗之处,认为宗臣"其诗以气为主,务于胜人,间有小瑕及远本色者,弗恤也。吴明卿才不胜宗,而能求诣实境,务使首尾匀称,宫商谐律,情实相配。子相自谓胜吴,默已不战屈矣"⑧。吴国伦是后七子中年寿最长的一位,也特别是在后七子文学集团发展后期成为富有文学影响的人物,有人甚至因此将他和后来执持文柄而蜚声文坛的七子领袖人物王世贞相提并论,邓原岳《吴明卿先生续稿序》云,"嘉靖之季,七子云兴,楚有明卿,吴则元美。此两

---

① 《吴舍人丧内》,《沧溟先生集》卷六。
② 《列朝诗集小传》丁集上《吴参政国伦》,下册,第433页。
③ 《报李于鳞》,《宗子相集》卷十四。
④ 李攀龙《与吴明卿书》,《沧溟先生集》卷二十九。
⑤ 如《报元美书》:"于鳞集尚未遍阅,无论诗文,其中书记更多可删,幸足下裁之,毋使后人谓我二三兄弟复蹈李、何诸君故辙。"(《甔甀洞稿》卷五十一)又如《复子与书》亦云:"于鳞全集中可删者,似不止若所云。如荐后谢诸部使司理,起家后感人荣施,不胜其德色。"(同上卷)
⑥ 《沧溟先生集》卷四。
⑦ 《李于鳞》,《弇州山人四部稿》卷一百十七。
⑧ 《艺苑卮言七》,《弇州山人四部稿》卷一百五十。

先生者,皆储光岳之精,炳灵孕秀,相与修北地之业","于是东南豪杰靡然从之"①。

余曰德,初名应举,字德甫,号午渠。初授刑部贵州司主事,仕至福建按察副使。他于嘉靖三十三年(1554)加入诸子盟社,王世贞后作《重纪五子篇》②,将他登入"后五子"之列。余氏生平刻励为诗,"出入中外十馀年,未尝一日废诗","自于鳞而上以至于古之作者,亡所不究极"。擢福建按察副使,时值宗臣迁福建提学副使,徐中行出知汀州府,因与之"诗筒还往不绝"。又和朱权六世孙、封奉国将军朱多煃善,既罢福建按察副使归里,和朱多煃数相过从,多煃于诗能为古调,余氏遂与其结为诗友,"折行与证尔汝交,相倡酬亡倦"③,二人有唱和集《芙蓉社吟稿》。在社中诸子当中,余曰德和李攀龙、王世贞关系比较亲密,号称为二人"石友"④。而对李攀龙最为敬慕,汲取尤多,"于于鳞诗所涵哜最深至"⑤,"其缓步张拳,竖颏挖肾,皆精得之"⑥。李攀龙对他也较为推崇,称"不佞所游,元美、徐、吴外,德甫也,业已自致。献吉时,则若熊侍御者。自今视之,岂当德甫于吾世邪"⑦?特别是对于他所作七言律诗,评价颇高,如李攀龙在致王世贞的信中即表示,"余德甫晚成,七言律乃有其势,虽气未备,生恶可已,小美之下,将其人矣"⑧。在致徐中行的信中也曾经说,"余德甫七言近体颇工,于势无已,终当自诣,将为大江以西一人","羽翼吾道,所树不浅"⑨。

张佳胤,字肖甫,号崌崃山人。初补大名滑县令,擢户部主事,累迁兵部尚书,协理戎政,总督蓟辽三边,加太子太保。他在登第之前,已在习学"先秦、西京言,下上于黄初、大历之间,多所厌咀矣"。中进士第而出任滑县令之后,以居官闲暇,益为歌诗。当时正值李攀龙出知顺德府,其地相为邻近,再加上攀龙先前任职刑部时,与诸子相酬唱,已是声传于人,佳胤闻之而颇为羡慕,于是慕名

---

① 《甒甀洞续稿》卷首,明万历刻本。
② 《弇州山人续稿》卷三。
③ 王世贞《明故中宪大夫福建按察副使午渠余公墓志铭》,《弇州山人续稿》卷一百十二。
④ 王世贞《陈玉叔》,《弇州山人续稿》卷一百八十九。
⑤ 王世贞《明故中宪大夫福建按察副使午渠余公墓志铭》,《弇州山人续稿》卷一百十二。
⑥ 王世贞《余德甫先生诗集序》,《弇州山人续稿》卷五十二。
⑦ 《与余德甫书》,《沧溟先生集》卷二十九。
⑧ 《与王元美》,《沧溟先生集》卷三十。
⑨ 《与徐子与》,《沧溟先生集》卷三十。

前往拜谒，"出其诗为贽"，攀龙"大善之"，"与折节讲钧礼"①，一同游处，曾作有《同张滑县登清风楼》诗②，记述二人相游情状，并以"美士"称赏之。同时，张佳胤对王世贞也仰慕已久，"尝扼腕自恨不得见王生"③。嘉靖三十二年(1553)，张氏入任户部主事，开始和时在京师的王世贞、宗臣、吴国伦、余曰德等人交往，游从唱酬，继后加入诸子盟社。他也是王世贞所列的"后五子"之一，又和南昌余曰德(德甫)、新蔡张九一(助甫)被世贞称作所谓"吾党"之"三甫"④。

在某种意义上说，吴、余、张等人的相继加盟，意味着后七子文学集团中的核心阵营，自谢榛"中叛"、梁有誉"奄化"之后，重新进行了一次组合。尽管这些新入盟的成员在当时还是刚刚涉足文学圈，相对缺乏历练，但在此之前，诸子盟社自创建以来，已经过了一段时间的文学活动，逐渐扩大了它的影响，并积淀了一定的基础，特别是作为主盟的李攀龙和王世贞，声誉开始腾起，以至李攀龙后来曾以不无自负的口吻在诗中追忆道："维时海内称二子，高名自喜王生俱。"⑤在此基础上，诸人的新加盟，不仅重整盟社的阵容，而且也进而提升了它的知名度，时人或以七子相称呼。王世懋贺徐中行迁江西左布政所作序文云："世庙时，比部郎李于鳞与其侪梁公实、宗子相、今左伯徐公子与、余兄元美五人者友也，而吴明卿稍后入，是为六子。最后德甫、肖甫辈益进矣，而海内好事者家传嘉靖间七子，岂非以建安之邺下、正始之竹林好称举其数耶？"⑥王世贞在为友人朱多烇父及配所作合葬墓志中，也提到其时为人称说的新七子成员及其造成的声响："而余德甫时已登第，为尚书比部郎。郎有李攀龙、徐中行、梁有誉、吴国伦、宗臣及余世贞者，与德甫相切剧为古文辞。有誉死，而得张佳胤。名藉藉一时，或以比邺中七子。"⑦

在后七子核心阵营的构建和重整过程中，伴随李、王等人的积极活动，围绕他们也形成了各种交游关系，其中不少属于文学趣味比较投合的同道，诸子在和他们的交往过程中，不仅拓展了联络的渠道，且扩大了自身的影响。在这些

---

① 王世贞《光禄大夫太子太保兵部尚书居来张公墓志铭》，《弇州山人续稿》卷一百二十三。
② 见《沧溟先生集》卷八。
③ 《与王元美》，《沧溟先生集》卷三十一，影印明万历刻本，台湾伟文图书出版社有限公司1976年版。
④ 《艺苑卮言七》，《弇州山人四部稿》卷一百五十。
⑤ 《郡斋同元美赋》，《沧溟先生集》卷五。
⑥ 《贺天目徐大夫子与转左方伯序》，《王奉常集》文部卷五。
⑦ 《瑞昌王府三辅国将军龙沙公暨元配张夫人合葬志铭》，《弇州山人续稿》卷一百十一。

同道中,除了尤其是李、王登第后初官京师而入其社中并建立交情的如李先芳、吴维岳、王宗沐、袁福徵等人之外,又有魏裳、高岱、刘景韶、李孔阳、徐文通、汪一中、章适、冯惟讷、皇甫涍、贾衡、周后叔、宋仪望等一批文士,他们有的与李、王等人本为刑部同僚,联络便利;有的则利用入京任职之机,过从唱咏,以诗文相结谊。他们中间特别如魏裳、刘景韶、徐文通、汪一中等人,或在当时和诸子交接尤为近切,或在以后同李攀龙、王世贞等继续保持着较为密切联系。

魏裳,字顺甫,蒲圻人,被王世贞列为"后五子"之一。他于嘉靖二十九年(1550)中进士,授刑部山西司主事,明年以丧妻刘氏急归,不久还京复任故官,始游从李攀龙、王世贞等人,"而好为古文词"①,尤和李、王二人"最深"②。嘉靖四十一年(1662),出为济南知府,更利用过往之便,与其时辞陕西提学副使返乡的李攀龙相游唱和,交往甚为密切。刘景韶,字子成,号白川,崇阳人。中嘉靖二十三年(1544)进士,谒选为潮阳令。逾四载,召入为刑部广东司主事,对时在刑曹的李攀龙、王世贞"慕而习之"③,先后与李、王二人及吴国伦、高岱、魏裳等人交往酬唱,"相习为古文辞"④。嘉靖三十三年(1554),刘景韶由职方员外郎出为按察佥事,兵备贵州,李攀龙、王世贞、吴国伦等作诗送之⑤,也能见出他们之间关系之密切。徐文通,字汝思,永康人。嘉靖二十三年(1544)登进士第,授刑部主事,三十年(1551)以刑部郎中出使察刑四川。在京师期间,曾与李攀龙、王世贞、谢榛、吴维岳等人游集唱和,交往颇密,离京后又与李、王等有诗书往来⑥。王世贞在山东按察司副使任上,徐文通时任山东参议,曾经一同游处论诗,世贞

---

① 王世贞《魏顺甫传》,《弇州山人四部稿》卷八十二。
② 陈宗虞《魏顺甫先生诗文叙》,魏裳《云山堂集》卷首,《四库全书存目丛书》影印明万历刻本,齐鲁书社1997年版。
③ 吴国伦《明中宪大夫都察院右佥都御史刘公墓表》,《甔甀洞稿》卷三十七。
④ 吴国伦《刘子成先生集序》,《甔甀洞续稿》文部卷四。又王世贞《祭刘子成中丞》,追述了他和李攀龙起初与刘景韶一同游从而品评诗作的情形:"追昔云司,与子周旋,寒夜篝灯,于鳞在焉。子出子诗,及于鳞篇,各捐姓名,杂之他编。谓余毋问,以意选胧。予始寓目,遂拈子诗,次于鳞篇,且乙且疑。子之沾沾,溢于须麋。予谓毋尔,前若涟漪,子稍沈深,毋乃庶几。其次匪驯,而多振奇,意非于鳞,其孰能之?予始大惊,起拜定交。"(《弇州山人续稿》卷一百五十二)
⑤ 见李攀龙《送刘员外使黔中》,《沧溟先生集》卷七;王世贞《送刘子成兵备贵州》,《弇州山人四部稿》卷三十四;吴国伦《送刘子成兵备黔阳》,《甔甀洞稿》卷二十。
⑥ 见李攀龙《秋前一日,同元美、茂秦、吴峻伯、徐汝思集城南楼》、《早春得汝思蜀中书》、《人日答汝思》、《寄汝思》,《沧溟先生集》卷七、卷八;王世贞《寄徐郎中文通》、《答汝思郎中蜀中书》,《弇州山人四部稿》卷十三、卷三十三;谢榛《夏夜集王元美宅,同朱ం邻、冯汝言、吴峻伯、徐汝思、李于鳞,得丝字》、《九日集徐郎中汝思宅,得杯字》、《立秋先一夜,同吴峻伯、孙文揆、徐汝思、李于鳞、王元美五比部登城,得秋字》,《四溟山人全集》卷四、卷八、卷十五。

又为作诗赠之①。嘉靖三十八年(1559)冬,王世贞因父亲王忬以滦河战事失利被逮下狱,北上急赴京师,徐文通祖饯于德州,事后双方又有诗相寄答。徐氏去世后,家人裒其遗诗四百馀首,王世贞"为汰别其猥杂者,仅得百五十馀首付梓人"②,并为其诗集作序。汪一中,字正叔,潜川人。中嘉靖二十三年(1544)进士,始仕为开封推官,二十八年(1549)迁刑部广西司主事,闻父丧,中道归里。后三年至京师,起补故官,属曹事简闲,得和诸同僚"偕事文艺"。其时一中"摛词古雅,不作近代语,盖斌斌然称于艺林矣"③,而与李攀龙、王世贞、徐中行、谢榛、魏裳等人游从尤契,过往唱酬④。嘉靖三十七年(1558),出为江西按察司副使。

第二节 诸子离京转迁后的交往及著述

从嘉靖二十七年(1548)至三十四年(1555)约七年时间之内,后七子文学集团主要集中在京师活动,包括诸子结盟唱和的展开、核心阵营的构建以及文学交游的扩充。这可以说已为该集团奠定了相应的基础,同时也使得其名声振起,产生了相当的影响,所谓"诸子之名大噪长安,称一代盛际矣"⑤。但特别自嘉靖三十五年(1556)开始,由于该集团中不少核心成员离京转迁,因而原先集中在京师的活动变得相对分散。尽管如此,各成员相互之间及与他们的文学交游依然互通音讯,保持着相当紧密的联系,并且不失时机地利用职事之便或其他途经的机会,聚集唱和,结交新友,其由此也成为前一阶段京师文学活动的某种延续。

嘉靖三十五年(1556)是诸子活动发生明显变化的一个时间点,不少人因为使事离京或转迁外地。这一年的正月,李攀龙重返顺德府,他在嘉靖三十二年(1553)春出知顺德后,于三十四年(1555)十二月曾上计至京师,得和当时尚在京师的王世贞、吴国伦、徐中行等人聚会,一同赋诗唱和,只是相聚时间比较短

---

① 王世贞《是何行赠徐汝思参议》,《弇州山人四部稿》卷十八。
② 王世贞《徐汝思诗集序》,《弇州山人四部稿》卷六十五。
③ 无名氏《副使汪忠愍公一忠传》,《国朝献征录》卷八十六,第三册,第3694页。
④ 李攀龙《别汪正叔员外》:"几年金虎署,与尔结交欢。"(《沧溟先生集》卷六)王世贞则有《同子与、正叔夜过顺甫》、《初抵京,承子与携汪、魏二君夜过,分韵得江字》、《暮春同茂秦,子与、顺甫、正叔游韦园,分韵得村字》等诗,见《弇州山人四部稿》卷二十四、卷三十三、卷三十四。
⑤ 于慎行《明故奉直大夫尚宝司少卿北山先生李公墓志铭》,《縠城山馆文集》卷二十一。

暂,待上计事毕即返回。同月,王世贞以刑部郎中的身份出使察狱北直隶,直至十月升山东按察司副使,兵备青州。三月,掌吏部事大学士李本奉诏考察所谓"不职科道官"①,共得三十八人,吴国伦亦在列,因由兵科给事中谪为江西按察司知事。几乎同时,徐中行亦以刑部郎中奉命赴江南地区察狱,离京南下,并于嘉靖三十六年(1557)出知汀州府。而在该年,宗臣则出京赴任福建布政司参议。又早在嘉靖三十四年(1555)的九月,作为当时新入盟不久的核心成员之一张佳胤,也因有赴闽粤地区督租的使命而离开京师。比照先前相对密集的过往唱酬,此时众人因或出使,或就外任职,一时间"削迹四方"②,"蓬飘而散"③,他们集中在京师的活动就此告一段落。

纵观后七子文学集团前一阶段在京师的活动情势,作为突入当时中心文坛的一个新兴的文学组织,它自建构以来就以一种显扬的姿态呈现在世人眼前。诸子大多盛年壮气,自视甚高,"才高气锐,互相标榜,视当世无人"④,他们结社谈艺,沉浸于古学,不愿意为时俗所拘束,以还复"大雅"相鞭策,谋图远绍李、何诸子复古之脉,并和时下盛行的王、唐文风展开抗衡,成为文坛众所注目的一个目标。

这使得他们在赢得文学名声的同时,也招致各种各样的异议,或将他们当作是一群不合时宜的狂妄之士,所谓"人莫测其所以,目之为狂"⑤,世俗铅椠之士甚至因极度反感而"侧目"之,完全可以想象其时他们遭受到的周围环境的压力。王世贞《王氏金虎集序》就说到,起初濮阳李先芳将他引见给李攀龙,既而攀龙与他相约,有意倡导复古之业,于是二人"益日切劘为古文辞",其结果引起"众大讙哄詈之"⑥。他在嘉靖三十五年(1556)使北直隶察狱之际,也曾经致信李攀龙,特别谈起自己和攀龙诸子遭人"浮议"的事情,说"中外耳浮议籍籍,以足下与仆渠魁焉"⑦。这些所谓的"浮议",将攻讦的目标尤其指向了身为后七子领袖人物的李、王二人,其中包含着时俗对于他们的文学行动作出的逆向反应。

---

① 《明世宗实录》卷四百三十三,第四十七册,第 7464 页,台湾中研院历史语言研究所校印本。
② 李攀龙《与王元美》,《沧溟先生集》卷三十一,影印明万历刻本。
③ 宗臣《报于鳞》,《宗子相集》卷十四。
④ 《明史》卷二百八十七《李攀龙传》,第二十四册,第 7378 页。
⑤ 李维桢《都察院右佥都御史张公王恭人墓志铭》,《大泌山房集》卷九十二,明万历刻本。
⑥ 《弇州山人四部稿》卷七十一。
⑦ 《李于鳞》,《弇州山人四部稿》卷一百十七。

需要申明的是,除了文学方面因不同观念主张致使诸子和世俗文人难免发生牴牾之外,他们在日常生活中的为人处事风格,包括他们在某些特定政治事件上所执持的态度,也成为招致非议甚至钳制的重要因素。这里,不能不提及诸子和当时以严嵩为代表的政治势力之间的关系。

严嵩于嘉靖二十一年(1542)八月以礼部尚书拜武英殿大学士,入直文渊阁,一时成为地位显赫的权臣。后七子在京师发起结盟,正逢严嵩进入高层权力中心,按理说,前者大多是一群刚刚踏上仕途的郎署文人,而后者则已是资历颇深、官运亨通的朝中贵要,二者的身份地位不在同一层次上,并不构成实质性的政治利害冲突。但是,从严嵩一方的情况来看,他个人除了在当时政治上善于经营,不但"惟一意媚上,窃权罔利",而且"遍引私人居要地",即培植私党,身居要位,掌控朝中大权,同时也是一位喜好风雅爱舞文弄墨的文学之士,史载他于弘治十八年(1505)中进士,改庶吉士,授编修,既移疾归里,"读书钤山十年,为诗古文辞,颇著清誉"①。诗文方面的兴趣和积养,使他在时辈中间亦成为佼佼者,《四库》馆臣议评其诗即云:"嵩虽怙宠擅权,其诗在流辈之中乃独为迥出。王世贞乐府变云:'孔雀虽有毒,不能掩文章。'亦公论也。"②在严嵩炙手可热时,后七子的影响渐著,声誉鹊起,不论是出于多植同党以稳固政治阵势的考虑,还是基于笼络文学才士以附和风雅的目的,其显然让这位政坛的贵要难以忽视那样一群活跃在京师文学圈中心的才俊。相关迹象表明,设法拉拢利用之,至少是严嵩曾经有过的用意,例如王世贞,王锡爵为其所撰神道碑提到,"时分宜相当国,雅重公才名,数令具酒食征逐,微谕相指,欲阴收公门下"③。对此,王世贞本人更有切身的感触,曾经以为,"当严氏炙手时,其意亦以为仆足罗者"。然就诸子一方而言,他们在京师发起盟社,专注于古文词切磋,文人的意气更重,从一定意义上说,对文学的热情似乎超过了对政治利益的追逐。所以,对于像严嵩这样政治显要人物的示好笼络,他们并不愿意屈己奉承,以相结好,加入对方的政治势力圈子。如王世贞,面对严嵩的收罗之举,"盖数近而数远之",自称"终不能罗我"④。再如梁有誉在刑部任上,"袁州当国,建安为冢宰,闻其才子,

---

① 《明史》卷三百八《严嵩传》,第二十六册,第 7914 页至 7918 页。
② 《四库全书总目》卷一百七十六集部《钤山堂集》提要,下册,第 1568 页。
③ 《太子少保刑部尚书凤洲王公神道碑》,《王文肃公文集》卷六。
④ 以上见《王胤昌》,《弇州山人续稿》卷一百九十五。

计致门下,逊谢不往"①。以如此敛避而不合作的态度相对,自然让曾颇为自负的严嵩深感难堪,产生强烈的忌嫉心理当在情理之中,"相嵩者贪而忮,亦自负能诗,谓诸郎皆轻薄子,敢出乃公上。相继外补,或斥逐"②。

应该指出一点的是,后七子中特别如王世贞,和以严嵩为代表政治势力还有着特殊的纠葛,这也就是王世贞所谓的"家难"心结,"家难"的主角是其父王忬。事情的起因是这样的,当时明廷与北方鞑靼部族之间战事频繁,嘉靖三十五年(1556)十一月,鞑靼兵十馀万骑深入辽东、广宁等地,官军寡不敌众,总兵官殷尚质等战死,亡其兵卒千馀人,时任蓟辽总督的王忬因此被停俸三月。次年三四月间,鞑靼俺答别部又以数万兵攻袭永平、迁安等地,副总兵蒋承勋力战死,王忬又因失利被降为兵部右侍郎。由于忬"所部屡失事",几番战事不利,引起世宗皇帝的不满,对他逐渐失去信任,"以为不足办寇",战守策略上存在严重问题。嘉靖三十八年(1559)二月,鞑靼把都儿、辛爱谋图大举进攻,他们采取了声东击西的计策,诡称自东而下,实际却由西而入。王忬不知是计,急忙引兵而东,结果把都儿、辛爱率兵从潘家口而入,渡滦河而西,大掠遵化、迁安、蓟州、玉田,驻于内地五日,京师为之大震。王忬等人以失守为御史王渐、方辂所弹劾,并受到世宗皇帝严厉的责问,令其停俸自效。时至该年五月,方辂"复劾忬失策者三,可罪者四"③,于是命逮忬下诏狱,次年十月被处死。对于父亲被害,王世贞坚持以为严嵩父子及其同党起到了"排毁"、"网饵"④的作用,特别是严嵩暗中恶意谋划指使,落井下石,最终酿成惨祸⑤。姑且不论在王忬被害问题上严嵩是否如王世贞所认为的充当了幕后主使者的角色,从世贞个人来说,"家难"的心

---

① 欧大任《梁比部传》,《兰汀存稿》附录。
② 王世懋《徐方伯子与传》,《王奉常集》文部卷十四。
③ 《明史》卷二百四《王忬传》,第十八册,第5398页至5399页。
④ 《上太师徐公》,《弇州山人四部稿》卷一百二十三。
⑤ 王世贞为其亡父所作的《先考思质府君行状》其中记云:"而都御史鄢懋卿,相嵩客也,欲以府君咦相嵩,佯为露情款者,曰:'相嵩实欲困君,念边事重,不复能困君,以而不任且纵之归耳。'府君谓鄢同年生,不卖我,果请归。懋卿乃为属草,授巡按御史方辂。辂尝以邑令事府君,雅不欲听,懋卿曰:'毋伤也,今相君欲逐王,王自请归,是两徇之也。'辂以草辞重,欲别其草,懋卿曰:'弗重上弗听也,上弗听而王弗得归,是无德于王而重失相君指也。'辂乃从受草。然府君廉无可迹污者,第极言病悖不任事,负上恩,当罢。既疏上,相嵩为内主,逮之下锦衣狱。狱以谳牍请,相嵩子世蕃削所具府君功次上,刑部尚书郑公惜之,持不肯从重论,再驳。乃比守边将帅守备不设失陷城寨律。至明年庚申之十月朔,竟不免。……初府君就逮时……世贞等不得已,则时时从相嵩门蒲伏泣请解。相嵩亦时时为谩辞相宽,戒以毋激上意,亦无他,第不欲遽释弛边臣心耳。而辽左戮功状至,相嵩阴摄削府君名。兵部郎徐君善庆复以练兵出,相嵩嗾之,令追论府君,徐坚不从。久之,移病归。相嵩既已陷府君,谋为下石益切,然愈益诡秘,世贞兄弟不知也。"(《弇州山人四部稿》卷九十八)

结,毕竟令他对严嵩产生无法消解的怨愤,这又使得他特别在父亲罹难后,因为内心积怨所致,在追述与严嵩的关系以及评述其人时,难免会强调甚至夸大他早先和严嵩之间产生的抵触。但是,有一点应该肯定,王世贞等诸子,他们和以严嵩为代表的政治势力的确存在隔阂,特别是杨继盛事件,可以说是双方矛盾发生的一根导火索。

杨继盛,字仲芳,号椒山。嘉靖三十二年(1553)正月,上任兵部武选司员外郎不久的他草疏弹劾严嵩,以为其有"十罪"及"五奸"。时嵩方得宠,世宗非但未采纳意见,而且对杨氏此举大为恼怒,逮其下锦衣狱,并于三十四年(1555)十月杀之。初杨氏既已定案,秘密遣人告急,身为其进士同年的王世贞为之画策解救,又是托嵩门客向嵩求说,又是为杨妻笔削代死疏上之。徐中行则"时时橐馕食之间,一入相慰"①。杨继盛被杀后,王世贞、吴国伦及宗臣曾"酹酒泣奠,津遣嫠弱"②,并为之"经纪后事"③。虽然王世贞等人拯救杨继盛并在其罹难后经纪其丧,主要是出于他们的同情与正直之心,在主观上并非有意要和得势一时的严嵩政治势力作正面对抗,但如果说,诸子当初疏远严氏的笼络,流露出他们不愿融入对方势力圈子的一种不合作态度,这已多少会让严嵩心存芥蒂,那么,他们在杨继盛事件上的举动,无形之中表达了对像杨氏那样反严嵩人士的理解和支持,客观上由原先的不合作态度演变成为相对抗的立场。这一点,当然引起严嵩势力强烈的警戒和嫉恨,以至采取直接与间接的手段压制诸子,使他们先后或"外补",或"斥逐"。其意图恐怕除了泄愤之外,还在于要尽力钳制这一已具有相当影响却于己不和不利的文学集团,用以消除后患。对于如此的迹象,诸子当中也有人多少察觉到了,如李攀龙嘉靖三十五年(1556)在致王世贞的信中,就以为"即吾辈危疑之形已成"④,明显感受到陷入所谓"危疑"境地的一种压力。

如前所述,经过了京师阶段的蕴积,后七子集团已确立起它的文学基础,并逐渐扩大了它的文学影响。但与此同时,无论从此际文界的反应还是政治的处境来看,该文学集团在崛兴过程中也遭遇诸多人为因素的制约,如何对待这些

---

① 王世贞《中奉大夫江西布政使司左布政使天目徐公墓碑》,《弇州山人续稿》卷一百三十四。
② 陈继儒《王元美先生墓志铭》,《陈眉公先生全集》卷三十三,明崇祯刻本。
③ 吴国伦《奉汪伯玉司马书》,《甔甀洞稿》卷五十。
④ 《与王元美》,《沧溟先生集》卷三十。

环境的压力,正是诸子在进一步思考集团生存和发展出路过程中所面临的一个问题。应当说,尽管他们此时遭受外界生发的种种"浮议",甚至因为政治上的缘故转迁贬谪到异地,却并没有因此阻断彼此之间的交往,尤其是文学上的联络。特别是李攀龙与王世贞居官所在地,成为他们过往聚集和交识新友的中心区域。

嘉靖三十五年(1556)夏,已谪为江西按察司知事的吴国伦,在南下赴任途中道经顺德府,而正出使察狱江南地区的徐中行此时亦路过该地,二人得以和李攀龙相遇,虽然是一次短暂的相聚,他们却不失时机地一齐饮酒赋诗,诉以离失之情,吴国伦即有诗记云,"先拚十日饮,归啸五湖烟","吾曹一相失,无事不堪怜"①。而此时前来拜访李攀龙的还有从化人黎民表,得以一同聚处吟咏。黎氏字惟敬,号瑶石山人。嘉靖十三年(1534)中举人,选入内阁,为制敕房中书舍人,出为南京兵部职方员外郎,仕至河南布政司参议。他早年在家乡时,就已和梁有誉、欧大任等人讲业游处,切劘古文词。后游京师,先和李攀龙相识,嘉靖三十二年(1553)李出知顺德府,尝为作送行诗②。尤其是他在三十五年(1556)前后结识王世贞后,为世贞所推许,称赏其所作,以为"虬龙郁屈,虹霞焕烂。二京可嗣,五岭推冠"③,可说才真正受到后七子集团的留意,既而被王世贞列为"续五子"之一。

同一年八月前后,王世贞谳狱南下,至顺德府,过访李攀龙。这是后七子文学集团两位巨头该年自京师分别而时隔数月之后,头一回在异地的重聚。对于此次聚合,二人均视之为难得的晤面机会,李攀龙作为地主,为之"手刺麋,调蔡姬苦"④,以展示对同道挚友的热情态度。他们相处在一起,"题诗挥白日,把酒笑黄金"⑤,除了饮酒为乐、重叙往日情谊之外,更不忘吟诗唱酬,"分十二体,各

---

① 《同子与、惟敬饮于鳞郡斋》,《甔甀洞稿》卷十一。
② 《送李比部于鳞出守顺德》,《瑶石山人稿》卷九,影印文渊阁《四库全书》本,台湾商务印书馆1986年版。
③ 王世贞《祭黎惟敬少参》:"丙辰之春,胥会招提。……君甫毕试,其颊犹鷩。竭蹙而趋,式燕以嘻。余戏谓君:'生黎熟黎?'君笑而答:'生熟均半。'搜其褰中,乃多篇翰。虬龙郁屈,虹霞焕烂。二京可嗣,五岭推冠。余时吐舌,口不及赞。"(《弇州山人续稿》卷一百五十三)又王世贞《续五子篇·岭南黎民表》云:"昔余客招提,黄鹄为徘徊。五子临乖隔,黎生翩然来。方响入丝桐,所奏靡不谐。"(《弇州山人四部稿》卷十四)
④ 王世贞《徐子与》,《弇州山人四部稿》卷一百十八。
⑤ 王世贞《邢州别于鳞》其二,《弇州山人四部稿》卷二十六。

赋之"①，实际上将此会面也作为互相切磋诗艺一次难得的机缘。而且，同道的相聚，再度唤起了他们内心积蓄已久企图振复"大雅"的强烈的复古意愿，李攀龙在当时所作的诗中就曾经写道："眼前大雅竟谁是？作者如山道各殊。更须一日论万古，挥毫振臂群雄呼。"②即流露了面对作者纷纭而其道各殊的文坛现状力求寻索"大雅"之道这样的一种愿望。自顺德晤面之后不久，李攀龙、王世贞又在和顺德相邻近的大名府重新聚集，当时王世贞离开顺德后，继续南下谳狱广平、大名府，既告竣役，李攀龙与之在大名相会。李、王在大名期间，参与聚集酬酢活动的，除了已同他们产生不和但多少还碍于以往社友情面而有着一定联系的谢榛以外，还有王道行、罗良、卢枏等这些和李、王相交时间不长或此际刚刚结识的新文友，故知新友与会，"为一时盛事"③。

王道行，字明辅，阳曲人。嘉靖二十九年（1550）进士，曾出为邓州知州，三十三年（1554）迁大名同知，历官凤翔、苏州知府，陕西参政，河南按察使，四川右布政使等职。他是在任大名同知后才开始结识李攀龙的，后李曾为其父王尚智作传④。王世贞是年谳狱大名府，获与王道行交往，自此与之保持着较为密切的联系。次年其父尚智年届六十，即为撰序寿之。嘉靖三十八年（1559）岁暮，王世贞因父忤狱情少缓，从京师南下返回故里，中途就曾前去拜访王道行，四十三年（1564），道行迁陕西参政，为作诗序相赠送⑤。隆庆四年（1570），王世贞转为山西按察使，又得与之相游处。不仅如此，世贞后来还将他列为"续五子"之一，实际上已是把其当作后七子文学集团中一位重要的成员来看待，并称其"馀事乃及诗，亦方开元轨"⑥，特别对于他的诗歌创作，更是称赏有加。

罗良，字虞臣，万安人。嘉靖三十二年（1553）进士，出任大名府推官，入为礼部主事，改吏部司勋郎，历官太仆寺少卿、山东按察副使、山西参政等职，仕至太仆寺卿，为嘉隆年间名臣。良"故善古文辞，尤好读秦汉诸家言与建安、大历韵语"，生平与李、王号称为"莫逆交"。其在大名推官任上，正值李攀龙出知顺

---

① 王世贞《徐子与》，《弇州山人四部稿》卷一百十八。
② 《郡斋同元美赋》，《沧溟先生集》卷五。
③ 王世贞《太仆寺卿罗公传》，《弇州山人续稿》卷六十八。
④ 见《晋阳王次翁传》，《沧溟先生集》卷二十。
⑤ 见《送王使君明辅迁陕西行省，君有惠政于吴，好谈禅理，雅与余合，故末章寄意焉》、《赠兵宪太原王公迁陕省参政序》，《弇州山人四部稿》卷三十七、卷五十七。
⑥ 《续五子篇·阳曲王道行》，《弇州山人四部稿》卷十四。

德,因为地区相邻之便,开始与攀龙进行文学上的切磋交往,"出所业就琢劘",攀龙因而"器异之",隆庆三年(1569),良迁山西参政,攀龙又为作序送之,可见他们的关系较为亲近。王世贞至大名府,始与之相识。隆庆三年(1569),罗良时任山东按察副使,正逢李攀龙在京师贺皇太子册立后返济南故里,因有机会道旧叙欢。四年(1570)王世贞出任山西按察使,良又恰在山西参政任上,彼此曾不仅"共试事"①,还一起游集,联络较多。

卢柟,字少楩,一字子木,又字次楩,濬县人。颇负才,好古文词。入赀为太学生,数应乡试不中。生平跅跎,不问治生产,时时从倡家游,好使酒骂座。因得罪县令,被诬下狱,后平湖人陆光祖谒选得濬县令,重审案情,平反其狱,得免死。其间谢榛为救助卢柟,出力尤多,王世贞也曾为其"白请上官",使之"蠲出垂死之齿"②。这也可说成为卢柟受到诸子关注的一个始点。李攀龙后作《二子诗》③,列柟于其中,王世贞又推之为"广五子"之一,足见他受到李、王的重视,为后七子集团所接受,获得其中一席之地。王世贞其时来大名府治狱,曾"受柟所著集若干卷"④,因而为之作《卢次楩集序》,特别对于他的"古诗歌行"及所撰《幽鞫》、《放招》诸赋,比较推重⑤。在此之前,卢柟已是慕称王世贞等人,书函以往,表示内心企仰之意,称世贞"迈天人之英,操宗匠之器,与李于鳞、宗子相诸公雄据虎视,掎猎中原,即令扬、马、应、刘接轸横骛,未尝不丧精夺气,偃伏旗鼓也"⑥,并呈上所作诗赋文章求教。至是在大名府,获与世贞会晤,"把臂为布衣饮三日,酒语慷慨,恨相见晚也"⑦,并又和偕世贞一同前来的李攀龙聚游。尽管此次他和李、王相处时间比较短暂,但不失为双方加深了解、增进交谊的一个机缘。

---

① 王世贞《太仆寺卿罗公传》,《弇州山人续稿》卷六十八。
② 卢柟《与王凤洲郎中书》,《蠛蠓集》卷一,明万历刻本。
③ 《沧溟先生集》卷四。
④ 王世贞《卢柟传》,《弇州山人四部稿》卷八十三。
⑤ 《卢次楩集序》云:"余迹卢柟所遭逢及状貌,殆中庸人耳。既稍得其古诗歌行,读而小异之。至读诸赋,则未尝不爽然自失也。三闾家言忠爱悱恻,怨而不怒,悠然《诗》之风乎? 长卿务以靡丽宏博,旁引广喻,其要归卒泽于雅,子云谓之从神化中来耶? 然自东京而下蔑如也,诸儒先生号能文章家,奈何取其所论著而妣韵之,以为赋若兹乎哉? 即氏所就《幽鞫》、《放招》凡二十篇,其概不得离津筏而上之。然而大指可讽也,穷天地之纪,采人物之变与夭乔走飞之态,经纬胪列,假二三能言之士,如宋玉、景差者,蝉缓于左徒之门,岂其先柟而室哉?"(《弇州山人四部稿》卷六十四)
⑥ 卢柟《答王凤洲郎中书》,《蠛蠓集》卷一。
⑦ 王世贞《卢柟传》,《弇州山人四部稿》卷八十三。

除了当时李攀龙任职的顺德府及邻近的大名府以外，嘉靖三十五年（1556）十月，王世贞升任山东按察副使，兵备青州，于是他居官所在地青州府及毗邻的济南府，也成为诸子及其交游过往集聚频繁的地区。在山东期间，王世贞乘宦务之馀或借职事之便，不忘联络故友，同时结识志趣较为投合的文学新知；此时特别是官于山东的一些友人，也前来问访，相聚为快。

嘉靖三十六年（1557）春，王世贞抵任青州兵备副使不久，即造访了那时遭罢官而闲居在家乡章丘的李开先，此后又曾过往之。开先字伯华，号中麓，嘉靖八年（1529）进士，授户部主事，历史部文选司郎中，擢太常寺少卿，提督四夷馆，二十年（1541）被罢免。前章已述及，作为"嘉靖八才子"之一的李开先，原本和前七子中如康海、王九思等及其同道交谊不浅，在"八才子"中，同前七子成员关系最为契密，其文学立场明显地偏向李、何诸子，对于前七子的复古倡论及其历史意义，在总体上执持认肯的态度。这或许是王世贞特意要去访见那位以前未曾谋面却有契于心的同志的一个重要原因。关于此访，世贞曾予记述，说对方"施往年之雅，使佐杯酒，抉扬风骚。复得演金象之秘奇，耳雕龙之藻辩"，表明他不仅受到李开先的热情接待，而且双方还着重展开艺文方面的交流。其间开先还以自己所作的《咏雪诗》相示，世贞既而为撰写跋文，称读其诗，"恍若入宝城矣"①，表达了他的一番赞赏之意。对于对方被罢官的遭遇，王世贞深表同情，他在后来重访李开先时所作的诗中说，"须留麈尾听玄讲，未许悲吟伏枥词"②，以相慰藉宽解。而对于王世贞的关切和相知之情，李开先显然铭感在心，在答世贞赠作之诗中，其深为感慨地表示，"身堕青云知己少，发飘白雪向人垂"，"屡承台使情无已，为爱山人心不私"，实无异于将对方看作情深谊厚的一位"知己"。其中也体现了他们二人文学趣味方面的相通，所以，李开先在答诗中又谓，"自愧徒工巴下曲，何能继和郢中词"③。这与其说是作者自谦，倒不如说是他倾慕对方所业的心向表露。

在此期间，除了结识像李开先这样的文学新知，另一方面，王世贞和他故友之间的联络交往也并未间断，双方利用各种适当的机会，在一起聚会游从。嘉

---

① 路工辑校《李开先集》，上册，第198页，中华书局1959年版。
② 《冬日同客游李太常伯华诸园》，《弇州山人四部稿》卷四十四。
③ 《冬夜王凤洲宪副见访近城园中，有诗相赠，依韵奉答》，《李中麓闲居集》卷四。

靖三十六年(1557)秋,已迁为山东参议的徐文通因为东巡,顺途来访,王世贞为作诗志喜,其曰:"天遣故人至,顿然消百愁","无须怨行役,秋兴日相酬"①,毫不掩饰地表达了对于故友相聚酬和的愉悦心情。其间他们偕同往游云门山,登蓬莱阁,乘舟泛海,以诗酒相乐。三十八年(1559)秋,徐文通再度来访,并出示"新诗"求教,王世贞与之"促膝"谈论,重叙友情,又赋诗相赠②。三十六年(1557)三月,吴维岳升为山东提学副使,次年春巡行而抵达青州府,与王世贞相见。先是闻吴氏将道经青州,世贞曾以诗相邀,热切期待"海岱故人来"③。至是故友得以相聚,同游云门山,又饮于青州城楼,分韵赋诗,互相唱和,且各敞开襟怀,于"酒间戏言志"④。值得一提的是,吴维岳当初官刑部时,对于李攀龙、王世贞"相切磋为西京、建安、开元语"之举就曾颇为关注,"一见而内奇之,因折节定交"⑤,双方建立了较为密切的关系。不过,在当时王、唐文风影响文坛之际,吴氏不免有所染指,汪道昆为他所撰行状,以为"其持论宗毗陵"⑥,具有趋从唐顺之的一面。他的诗文宗尚态度,可以说上下于后七子和王、唐等人之间。有鉴于此,其所持论见或和李、王诸子发生抵触⑦,钱谦益曾经注意到了这一点,如以诗来说,以为"峻伯论诗,有违言于历下"⑧。而李攀龙认为,引起他和吴维岳不能完全融合的关键之处,是吴未能放弃他个人宗尚唐顺之的态度,因此双方难免异趣。所以,当后来李攀龙辞陕西提学副使返归济南故里,时在山东提学副使任上的吴维岳曾"数使候于鳞",攀龙"辄谢病不复见",表示,"夫是膏肓者,有一毗陵在,而我之奈何"? 要求对方"能舍所学而从我",完全改趋。但是吴维岳则"不尽然",认为"必是古而非今,谁肯为今者,且我曹何赖焉? 我且衷之"⑨,坚持他所秉执的一种相对折衷的文学立场,难怪汪道昆在为吴氏所撰行状中,作如下评断:"当是时,济南、江东并以追古称作者,先生即逡逡师古,然犹以师心为能。"⑩以为双

---

① 《喜汝思东巡》,《弇州山人四部稿》卷二十六。
② 《是何行赠徐汝思参议》,《弇州山人四部稿》卷十八。
③ 《峻伯将至,先以诗来,走笔邀之》,《弇州山人四部稿》卷二十六。
④ 王世贞《殷无美》,《弇州山人续稿》卷二百四。
⑤ 王世贞《吴峻伯先生集序》,《弇州山人续稿》卷五十一。
⑥ 《明故中宪大夫都察院右佥都御史霁寰先生吴公行状》,《太函集》卷四十一。
⑦ 参见廖可斌《明代文学复古运动研究》,第210页至211页。
⑧ 《列朝诗集小传》丁集下《吴通判稼澄》,下册,第626页。
⑨ 王世贞《吴峻伯先生集序》,《弇州山人续稿》卷五十一。
⑩ 汪道昆《明故中宪大夫都察院右佥都御史霁寰先生吴公行状》,《太函集》卷四十一。

方都表现出学古的意愿,其区别在于,一则以"追古"为重,一则以"师心"为能。之所以如此,说到底,恐怕和吴氏折衷于后七子和王、唐等人中间的文学立场相关联。再回到王世贞和他念念不忘而称之为"故人"的吴维岳之间的交往关系,与李攀龙有所不同,对于王世贞来说,在他的文学生涯中,吴维岳应算得上是其中一位引导他步入文学圈的前辈,当他中进士而初官刑部,即入吴氏之社,作为起初的一名后进,从中受到一定的汲引和锻造,这自然会使他对吴氏怀有几分敬重之感,并且加深他们之间的交谊。那也就不难理解,当李攀龙觉察到吴氏有"宗毗陵"倾向,心存疑虑,甚至谢病拒见,而王世贞却"交关其间"①,从中予以调协,企图消除他们之间的摩擦,要说这其中多少是出于对吴的私谊,实合乎情理。还有一点,虽然吴维岳与李、王等人宗尚态度不尽一致,然他对于他们的学古创举并未采取排斥的态度,相反,倒是怀有很大的兴趣予以关注,否则,也就不会和李、王所谓"折节定交",这又可以看出二者异中有同之处。因此,王世贞还是视之为关系紧密的文学上的同道,并将他纳入了"广五子"之列。由此而言,其时王世贞和吴维岳在京师之外的任职之地山东重聚,诗酒唱酬,实是他们之间故友交情的延续。

嘉靖三十五年(1556)八月,李攀龙由顺德知府升为陕西按察副使,提调学校,三十七年(1558)秋,因为陕西巡抚殷学"尤傲而无礼",为之"不乐"②,辞官回到济南。这也为正在青州兵备副使任上的王世贞创造了与之往来的便利条件,得以和李攀龙"时过从"③。三十八年(1559)正月,王世贞就曾经借"台谒"之便,至济上过访李攀龙,二人之间进行了一次"剧谈",其中重点涉及他们各自诗文创作的问题。事后王世贞在《书与于鳞论诗事》中就此作了详尽的记述,其中云:

> 己未(案,指嘉靖三十八年)正月,余以台谒至济上,于鳞烹一豚,候我

---

① 王世贞《吴峻伯先生集序》,《弇州山人续稿》卷五十一。
② 王世贞《艺苑卮言七》:"于鳞为按察副使,视陕西学,而乡人殷者来巡抚。殷以刻覈名,尤傲而无礼,尝下檄于鳞代撰奠章及送行序,于鳞不乐,移病乞归。殷固留之。入谢,乃请曰:'台下但以一介来命,不则尺蹄见属,无不应者,似不必檄也,殷愕然谢过。有所属撰,以名刺往。而久之,复移檄。于鳞恚曰:'彼岂以我重去官耶!'即上疏乞休,不待报竟归。吏部惜之,用何景明例,许养疾,疾愈起用,盖异数也。"(《弇州山人四部稿》卷一百五十)
③ 王世贞《王舜华》,《弇州山人四部稿》卷一百二十八。

田间,出蟹胥佐醑苦。剧谈久之,尽一瓴苦,五十六螯,漏且行尽。于鳞睨谓余曰:"吾起山东农家,独好为文章,自恨不得一当古作者,既幸与足下相下上,当中原并驱时,一扫万古,是宁独人间世哉? 奈何不更评榷所至,而令百岁后傅耳者,执柔翰而雌黄其语也。"余唯唯。于鳞乃言曰:"……吾于骚赋未及为耳,为当不让足下,足下故卢枏俦也。吾拟古乐府少不合者,足下时一离之;离者,离而合也,实不能胜足下。吾五言古不能多,足下多乃不胜我。歌行其有间乎? 吾以句,若以篇耳。诸近体靡不敌者。"谓"绝句不如我妄,七言律遂过足下一等;足下无神境,吾无凡境耳"。余时心伏者久之。已前谢于鳞曰:"吾于足下即小进,固雁行也,岂敢以秦齐之赋而匹盟主。吾之为歌行也,句权而字衡之,不如子远矣。虽然,子有待也,吾无待也,兹其所以埒欤? 子兮雪之月也,吾风之行水也,更子而千篇乎,无极我之变,加我十年,吾不能长有子境矣。"于鳞曰:"善,请言文。"曰:"子匠心而材古者也,其工极矣,予之错于材也。世无通于古者,以故无称子,亦无称我。然而世之疑子也甚于我,即百千万年,而其疑子也又甚于我。虽然,谓子喻胜我者,独子乎我心耳。"于鳞大悦,曰:"有是哉,吾二人之穷也,而足相乐矣。"更起迭为寿,质明而罢。①

作为后七子文学集团的两位巨头,他们此次的济上之会,说到它的意义,恐怕还不啻是联络彼此的感情,更为主要的,其实在于这场推心置腹的"评榷"。算起来,他们自发起结盟活动至此时,已有十年时间,伴随着集团的组合和成长,其文学活动从起初的草创阶段进入一个相对较为成熟的阶段,如何评估迄今为止他们个人以及整个阵营的复古实践,乃至寻求今后的出路,成为李、王二人无法回避的一个问题,这也可谓是他们"评榷"的一个重要起因。据上文所述,其所围绕的中心话题是对双方诗文尤其是诗歌的定评,议论自"中原并驱"以来各自创作上的得失,从相互比较"骚赋"、"古乐府"、"五言古"、"歌行"、"七言律"、"绝句"等诸体的特点,到进而对照文章的作法。看得出,虽然是两位盟友之间的相互议评,却并未碍于礼数与情面,双方还是秉着求实的态度,客观予以评说,品论各自的优劣长短。二人的话题看上去主要集中在彼此诗歌及文章的特点上,

---

① 《弇州山人四部稿》卷七十七。

第七章　后七子文学集团的组成及其活动　363

不过,鉴于李、王在集团中的重要地位,在某种意义上,此举也可说是对自结盟以来以他们为代表的后七子活动状况所作的一次深刻总结和检讨。与此同时,此番如实的"评骘",也折射出他们在面向有关问题上相对理性冷静的心境。对于李、王诸子来说,他们自发起文学结盟以来,追从者有之,反逆者亦有之,如果说,前者的融入有利于其文学势力的扩充,帮助提升其影响力,那么,后者的阻隔无疑给他们复古活动的开展制造了某种压力。在上文中,特别是王世贞直言"世无通于古者",其既有睥睨世俗之态的意味,更有在学古问题上难以获取更多共鸣而带来的困惑。所以,反思以往经历,从实检讨自身的优长不足,又不能不说是理性应对环境压力的某种策略。对此,我们还可以从王世贞评断其盟友宗臣的一番言语中去感知。嘉靖三十九年(1560)宗臣去世,世贞继后为其诗文集作序,他在致吴国伦的信札中,谈到了序中评价宗氏的一些原则性问题,表示"中间评骘不相假","不欲浮誉人,施之二三知己尤不宜尔",而"宜据实,毋轻许,轻许将使年少有以窥人",目的要免使"操笔后进谓我曹轻自标榜也"①。主张坚持求实去浮的准则,用以应对世俗文人的异议和攻讦。当然,还应该注意到,秉持理性冷静的自我"评骘"态度,表明他们在相互如实的比照中,发现长处,检省不足,这更有利于其在反思个人乃至整个阵营前一阶段复古实践得失的基础上,来思索未来勉力为之的目标和途径。

说到此际诸子之间包括与他们交游之间的联络交往,还应该提到其中两位比较重要的人物:俞允文与张九一。

俞允文,初名允执,字仲蔚,昆山人。生平"甘贫学古"②,"颇有志于古之道"③,以布衣终身。年稍长,即游心文艺,雅不好举子业,唯喜读古文词,"作为歌诗,极力模拟古人,动以晋魏为法,大历以下弗论也"④。年十五,曾戏为《马鞍山赋》,人争相称赏之。在后七子成员中,他与李攀龙、王世贞、徐中行、吴国伦、余曰德等人都有交往,被王世贞纳入"广五子"之列,其中同王、徐二人的关系尤为亲密,号称"尔汝"⑤之交。嘉靖三十二年(1553),王世贞南下察狱之际经过吴

---

① 《吴明卿》,《弇州山人四部稿》卷一百二十一。
② 程善定《刻俞仲蔚先生集后序》,俞允文《仲蔚先生集》附录,明万历刻本。
③ 俞允文《答吴国伦书》,《仲蔚先生集》卷二十三。
④ 顾章志《明处士俞仲蔚先生行状》,《仲蔚先生集》附录。
⑤ 王世贞《祭俞仲蔚》,《弇州山人续稿》卷一百五十三。

中,投诗俞允文,遂与之定交,寻世贞北上返回京师,俞氏为作序相送①。这也成为他和后七子成员建立联系的一个开端。之后王世贞又将徐中行介绍给他,三十三年(1554),徐氏奉命决狱江北,至吴中,曾经前去拜访之,"欢犹平生,礼出度外"②,自是二人得以结交。嘉靖三十五年(1556)以来,诸子大多自京师外迁,居官各地,像俞氏至交王世贞、徐中行也在该年和次年分别出任青州兵备副使和汀州知府,彼此会晤更为不便,然王、徐等人和俞允文之间的联络未因此中断,尽管异地相隔,"未得接杯酒为欢",但"音问时时相闻"③,联系甚为频繁,时有书信往来。俞允文曾以自著诗文集十卷托付给王世贞,世贞得以"寓目",将其更定为四卷,"赋及诗、杂文若干篇",于嘉靖三十五年(1556)刊刻之,并为作序,其中评其诸体曰:"夫赋余不知其所自也,其楚人哉?五言古志而沈深,潘、陆之翘楚欤?知其毋齐梁靡也。七言古之丽以则也,五言律之思也,长篇之庄也,五七言之悠然而隽也。文之为赞也、铭也、赤牍也,七子所懔然而辟易也夫!"④从中能够体察到他对这位布衣知交的眷顾,及其学古所得的青睐。嘉靖三十七年(1558)后,俞允文又因王世贞、徐中行二人的绍介,与时辞陕西提学副使归居的李攀龙相交。此前,世贞每每为称扬攀龙之贤,以为"有耿介不拔之操","奋词缀句,有德琏、伟长之遗声";时任汀州知府的徐中行又示之以攀龙所作《五子诗》,让他读了之后,感觉"音义清妙,吟诵于口,耽玩于心,非复常言可比"⑤。这一切,使得俞允文对于李攀龙已产生深切的仰慕之意,用他自己的话来说,"虽未与之接遘,心窃慕之"⑥。于是他致信对方自通,表示"念不获即与足下晤对,聆其绪言,以为叹恨"⑦,并特意为撰古诗二篇,"以通款曲"⑧,欲与之结平生之好。此举自然更增进了他同后七子成员之间的关系。

张九一,字助甫,新蔡人。嘉靖三十二年(1553)进士,以黄梅知县考最,擢吏部主事,升南尚宝少卿,谪为广平府同知,迁湖广佥事,仕至都察院右佥都御

---

① 《送王郎中元美还京师序》,《仲蔚先生集》卷十。
② 俞允文《青萝馆诗序》,《仲蔚先生集》卷十。
③ 俞允文《答王元美》,《仲蔚先生集》卷二十三。
④ 《俞仲蔚集序》,《弇州山人四部稿》卷六十四。
⑤ 俞允文《与李于鳞书》,《仲蔚先生集》卷二十三。
⑥ 《答王元美》,《仲蔚先生集》卷二十三。
⑦ 《与李于鳞书》,《仲蔚先生集》卷二十三。
⑧ 《答王元美》,《仲蔚先生集》卷二十三。

史。王世贞列"后五子",九一名在其中,同时他又是王世贞所称"吾党""三甫"之一,说明其在后七子集团中占据较为重要的位置。对于后七子在京师结社谈艺活动,张九一本来就"心好之",怀有很大的兴趣,至入京官于吏部,那时诸子大多已因为转迁而离开京师,而宗臣尚在吏部任稽勋司署员外郎,和其同舍,"相得甚欢"①。当时一同游处的还有吴维岳,三人聚会较为频繁,时常相从赋诗唱和②,张九一也由此开始了他与后七子集团成员相接触的经历。诸子当中,王世贞是他所"最服慕者"③,宗臣因此给世贞去信,为之绍介,称"其人大奇,昨读我《古剑》《二华篇》,遂作数十奇语,令人留目,晚得斯人,差慰寂寥"④,对其推许有加。二人自此相识,开始书信往来,时以诗文相寄赠,互相商讨,"莫逆于心"⑤。王世贞向张九一表示,"乃某窃沾沾自喜,不以足下进不佞故,喜吾党有足下也"。时他虽还未能和九一晤面,但通过双方书函交流和诗文投赠,已显然加深了了解,视对方为一位难得的盟友。在他看来,张九一的"词笔"尤有过人之处,故形容其为"鸷鹘良骥,击空蹑景,独得人间一种雄快"⑥。嘉靖三十八年(1559),王世贞为解救因滦河战事失利而下狱的父亲,弃官北上京师,此时尚在吏部任上的张九一,便有了和他最为钦慕的后七子领袖人物一同相处的机会,李维桢为其所撰墓志记述云:"会王先生父司马公失分宜相欢,构下诏狱,王先生弃官来视橐馕。分宜父子故憾王先生与诸郎杯酒间多讥刺语,使人蹑寻踪迹,门徒故吏皆恐,鸟兽散。先生以从王先生游晚,日夕招寻,时而歌,时而泣,而更赢服存司马犴狴中。王先生辞:'无乃为君累乎?'先生艴然曰:'士为知己死,死且不避,官于何有!'"⑦此时张九一不顾自己会受到王忬事件牵连的风险,时时相访存问,除了出于仗义与同情之心,更主要的,恐怕还因为他将王世贞当作了自己的文学"知己",故不惜为之承担风险。对于王世贞来说,张九一的文学趣味和才气已使他对其另眼相看,而其在自己落难之际所作出的此番仗义之

---

① 李维桢《都察院右佥都御史张公王恭人墓志铭》,《大泌山房集》卷九十二。
② 如《宗子相集》卷五《同峻伯、助甫赋得春月》《新春二日,同助甫过峻伯夜酌,共赋洽字》,卷六《同峻伯夜过助甫,得钟、第二字》,卷十《腊月十七夜月,同峻伯、助甫席上赋》,卷十一《明月曲同峻伯、助甫席上赋得深字》《人日大雪,峻伯、助甫来过赋得榆、愁、门、阳四字》诸诗,即为此时处唱酬而作。
③ 李维桢《都察院右佥都御史张公王恭人墓志铭》,《大泌山房集》卷九十二。
④ 《报元美》,《宗子相集》卷十四。
⑤ 李维桢《都察院右佥都御史张公王恭人墓志铭》,《大泌山房集》卷九十二。
⑥ 《张助甫》,《弇州山人四部稿》卷一百二十一。
⑦ 《都察院右佥都御史张公王恭人墓志铭》,《大泌山房集》卷九十二。

举，自然更会让他在感情上接受这位同志，二人因此得以"缔交燕京"①。

除诸子及其交游联络交往活动外，特别要提到的，是王世贞自离京就任山东按察副使之后开始撰写并完成初稿的诗文论评著述《艺苑卮言》。在一定意义上，它成为王世贞本人乃至于后七子，自从结盟以来，在习学探索古文词上所形成的阶段性的理论成果。

《艺苑卮言》的撰写始于嘉靖三十六年(1557)夏秋间②，时作者利用公务空暇，"有得辄笔之"，中间又因兵事忙碌而弃之。至次年方才"稍为之次而录之"，合为六卷，"凡论诗者十之七，文十之三"③。初稿六卷完成后，又"岁稍益之"，至四十四年(1565)始脱稿。由此至隆庆六年(1572)约八年时间之内，作者对该书继续进行了增补，"而前后所增益又二卷，黜其论词曲者，附它录，为别卷"。初稿六卷录次之后，并未马上予以刊刻，而是至嘉靖四十四年(1565)后，"里中子不善秘，梓而行之"④。大概是作者当初觉得该书乃空暇之馀点滴笔成，还需要继续增订修补，所以有意秘而不发。对于后来有所增益而主要是在青州任上撰就的《艺苑卮言》六卷，虽然作者自谓之"艺圃鸡肋"，"不敢多示人"⑤，还感到不甚完善，但表示其"颇窥作者之蕴"⑥，以为不乏切中内蕴要旨的精深透彻之见。不管如何，随此书初稿的完成，作者曾经表示过的藉此"思有所扬扢，成一家言"的自我设想，初步得到了落实。关于撰著此书的具体动机，王世贞在他嘉靖三十七年(1558)自序中已有所交代：

> 余读徐昌穀《谈艺录》，尝高其持论矣，独怪不及近体，伏习者之无门也。杨用修搜遗响，钩匿迹，以备览核，如二酉之藏耳。其于雌黄囊哲，橐钥后进，均之乎未暇也。手宋人之陈编，辄自引寐。独严氏一书差不悖旨，

---

① 张九一《哭司寇王元美》其三诗间原注，《绿波楼诗集》卷八，《四库全书存目丛书》影印清康熙刻本，齐鲁书社1997年版。
② 王世贞嘉靖三十七年六月自序《艺苑卮言》云："既承乏，东晤于鳞济上，思有所扬扢，成一家言，属有军事，未果。会偕使者按东牟，牒殊简，以暑谢吏杜门，无赍书足读，乃取掌大薄蹄，有得辄笔之，投箧箱中。浃月，箧箱几满。已淮海飞羽至，弃之，昼夜奔命，卒卒忘所记。又明年，复之东牟，箧箱者宛然尘土间，出之，稍为之次而录之，合六卷，凡论诗者十之七，文十之三。"《弇州山人四部稿》卷一百四十四）
③ 《艺苑卮言》嘉靖三十七年自序，《弇州山人四部稿》卷一百四十四。
④ 《艺苑卮言》隆庆六年自序，《弇州山人四部稿》卷一百四十四。
⑤ 《答汪伯玉》，《弇州山人四部稿》卷一百十八。
⑥ 《复肖甫》，《弇州山人四部稿》卷一百二十。

然往往近似而未覈,余固少所可。……余所以欲为一家言者,以补三氏之未备者而已。①

对于宋代严羽及前人徐祯卿、杨慎诸人的论评著述,作者在肯定它们各自长处的同时,又深感其有"未备"的种种不足,因此欲广为涉猎,细加揣度,所谓"泛澜艺海,含咀词腴,口为雌黄,笔代衮钺"②,以自己体会研索所得,"补"诸人论评之不足,真正做到能独辟蹊径,不囿前论,树立"一家言"。可能是因为作者非常看重一家之言的缘故,以至《艺苑卮言》在刊刻流传之初,并没有在当时的文人圈内引起更多的共鸣反响,甚至在后七子集团内部,也有持异议者,或以为其"称许之不至"③。当时就连王世贞的亲密同志李攀龙,在读到是书之后,"意似不满"④,直言不讳地表达了他的不同意见:"大较俊语辩博,未敢大尽,英雄欺人,所评当代诸家,语如鼓吹,堪以捧腹矣。"⑤不过无论如何,它毕竟是一部凝结着王世贞个人研习古文词心得的重要诗文论著,也标志着后七子对他们从事的复古活动所作的一种理性反思和总结。

尽管从这部著述的体制结构来看,或许主要因为"有得辄笔之",随得随记,不免有些散杂,再加上还是作者所谓的"四十前未定之书"⑥,个中的看法未必完全成熟,尚未形成一种相对稳定而严密的文学思想体系。关于这一点,作者多少也已经意识到了,特别是于录次的初稿六卷,他在自许"其辞旨固不甚谬盭于本"的同时,又指出其"澷漫散杂"⑦,除开其中自谦的成分,所言也的确符合实际的情况。但是,透过此书相对"散杂"的体制结构,我们从中还是能够窥探贯穿其中的一些旨意脉络,这也可以看作是作者尤其在学古问题上形成的若干基本思想。

首先,特别是基于李、王在结盟之初已所重视的"修辞"的观念,其重点围绕

---

① 《弇州山人四部稿》卷一百四十四。
② 王世贞《艺苑卮言一》,《弇州山人四部稿》卷一百四十四。
③ 王世贞在《艺苑卮言》隆庆六年自序中即提到:"而友人之贤者,书来见规曰:'以足下资在孔门,当备颜、闵科,奈何不作盛德事,而方人若端木哉?'余愧不能答。已而游往中二三君子,以余称许之不至也,恚而私訾之。未已,则请绝讯讯,削名籍,余又愧不能答。"(《弇州山人四部稿》卷一百四十四)
④ 王世贞《答胡元瑞》,《弇州山人续稿》卷二百六。
⑤ 《与许殿卿》,《沧溟先生集》卷二十九。
⑥ 王世贞《答胡元瑞》,《弇州山人续稿》卷二百六。
⑦ 《艺苑卮言》嘉靖三十七年自序,《弇州山人四部稿》卷一百四十四。

所谓"法"而予以强调和加以阐释,提出诗文创作必须遵循的法度规则。尤其是书中重点涉及的诗歌部分,各种不同的诗体,即要求有对应的作法。譬如,于拟古乐府,拟作诸体,须细加区别对待,"如《郊祀》、《房中》,须极古雅,发以峭峻。《铙歌》诸曲,勿便可解,勿遂不可解,须斟酌浅深质文之间。汉魏之辞,务寻古色。《相和》、《瑟曲》诸小调,系北朝者,勿使胜质,齐梁以后,勿使胜文"。而于歌行,全篇之中,"起调"、"转节"、"收结"被视作所谓"三难",为求筑成"篇法",施行前后相应的作法最为关键:"如作平调,舒徐绵丽者,结须为雅词,勿使不足,令有一唱三叹意。奔腾汹涌、驱突而来者,须一截便住,勿留有馀。中作奇语、峻夺人魄者,须令上下脉相顾,一起一伏,一顿一挫,有力无迹,方成篇法"。又如于七言律,整首"五十六字",更须"铢两悉配","篇法有起有束,有放有敛,有唤有应。大抵一开则一阖,一扬则一抑,一象则一意,无偏用者。句法有直下者,有倒插者;倒插最难,非老杜不能也。字法有虚有实,有沈有响"。这些细致周密的篇章字句之法,被当作是习古作诗过程中不可弃置的艺术准则。于诗如此,而于文同样如此,这是因为"文之与诗,固异象同则",文与诗相比,虽然体式不同,但"篇"、"句"、"字"的结撰和锻炼,存在共通之处,有根本性的相似法则可供依循:"首尾开阖,繁简奇正,各极其度,篇法也。抑扬顿挫,长短节奏,各极其致,句法也。点掇关键,金石绮彩,各极其造,字法也。篇有百尺之锦,句有千钧之弩,字有百炼之金"[1]。对于诗文之法的如此注重,乃体现了王世贞所谓"语法而文,声法而诗"[2]说的精神内核,也是他特别和李攀龙之间已有着共识的重"修辞"观念的具体展开。其次,提出掌握"法"之方式和原则。该书认为,既要重法,但又不应为法所役使。若在学习古人之作过程中,只重外在形迹而习之,难免为古所役,沦为邯郸学步之拙法,故讥"今天下人握夜光,途遵上乘,然不免邯郸之步,无复合浦之还,则以深造之力微,自得之趣寡"。能臻于理想之境的,应当是"情景妙合,风格自上,不为古役,不堕蹊径"。书中曾引《诗经》诗语喻之:"《诗》云:'有物有则。'又曰:'无声无臭。'"[3]如果说,前者强调的是学习古作要循法所在,有法可依,那么,后者追求的当是融法其中,无迹可寻,犹如《艺苑卮

---

[1] 《艺苑卮言一》,《弇州山人四部稿》卷一百四十四。
[2] 《张肖甫集序》,《弇州山人四部稿》卷六十八。
[3] 《艺苑卮言五》,《弇州山人四部稿》卷一百四十八。

言》评定《诗》三百篇和《古诗十九首》的诗法，认为：""《风》、《雅》三百，《古诗十九》，人谓无句法，非也。极自有法，无阶级可寻耳。"①由此而言，摹习古人之作，不啻是要依循相应之法，并且需要脱却拘于形迹的那种简单而机械临摹的方法，消除刻意穿凿的痕迹。所以说，"模拟之妙者，分岐逞力，穷势尽态，不唯敌手，兼之无迹，方为得耳"②。要想达到如此摹习的妙境，就同时须融入所谓的"深造之力"、"自得之趣"，创作者自身的审美资质和功力显得格外重要。关于这一问题，《艺苑卮言》则提出相应的对策，综观之下，它可以从两个层面来理解：一是要注意积养。应该选择具有典范意义的学古取法的文本，同时不拘泥于一端，熟习涵泳，积而累之，以供驱役，使能蕴积乎心中，发之于笔端。比如以文来说，王世贞即表示，对于当初李梦阳劝人勿读唐以后文的意见，他"始甚狭之，今乃信其然耳"，因为如果不分对象优劣，势必会造成"记问既杂，下笔之际，自然于笔端搅扰，驱斥为难"。但反过来，专注一端，"若模拟一篇，则易于驱斥，又觉局促，痕迹宛露，非斫轮手"。因此，就应有选择性地将合适的古典范本纳入取法之列，"熟读涵泳之，令其渐渍汪洋，遇有操觚，一师心匠，气从意畅，神与境合，分途策驭，默受指挥"。二是要讲究悟入。这一点，实际上成为如何掌握"法"的最为关键环节。《艺苑卮言》指出，悟入就是创作者对于法"合"、"离"尺寸的一种主观领会，或是对于法的量度所作的一种自我融通，故谓之"法合者，必穷力而自运；法离者，必凝神而并归。合而离，离而合，有悟存焉"③。"法离"而求"并归"，体现了循法而不与之相悖背的基本原则。"法合"而求"自运"，则反映了在循法基础上的自我创造变化，因为，一味求合法度规则，却缺少"自运"之力，只能是停留在对于古人之法形迹临摹的层次，而悟入则正是要求对于单纯临摹的超越。"合"与"离"看似相悖，但能够展转上下于二者之际，所谓"合而离，离而合"，把握彼此的尺寸，就显现出创作者悟入的智慧。

总之，作为王世贞乃至于后七子在从事复古活动中形成的阶段性理论成果，此际录次而成的《艺苑卮言》初稿，尽管不能说已融入对于古文词问题相当圆熟与周密的看法，而且在后七子集团内部也出现争议的意见，但特别是自嘉

---

① 《艺苑卮言一》，《弇州山人四部稿》卷一百四十四。
② 《艺苑卮言四》，《弇州山人四部稿》卷一百四十七。
③ 《艺苑卮言一》，《弇州山人四部稿》卷一百四十四。

靖中期京师结盟以来，作者及其同道已经过了一段时间的研习切劘，他们对于复古活动的期望和宗旨，应该有了更深一层的体会，也有更多一些对相关问题升至理性层面的思考，故而，《艺苑卮言》的初成，则可以说在一定程度上凝结了这样的一些思考，并凸显了融贯其中某些基本思想的脉络。

第三节　南北之薮：济南与吴中营垒的构筑

自嘉靖三十七年(1558)和三十九年(1560)始，后七子文学集团的两位领袖人物李攀龙和王世贞，分别回到了他们各自的故里济南和吴中。随着他们的返乡，七子集团的活动也逐渐地主要集中到了济南与吴中两地，构造起一南一北两个遥相呼应的文学营垒，李、王二人凭借他们在集团当中的声望和地位，串联结集同道故友，拓展交游渠道，对于进一步壮大后七子集团的阵营，扩展它的文学影响，发挥着重要的作用。

从嘉靖三十七年(1558)辞去陕西提学副使归里直至隆庆四年(1570)去世的十馀年中，李攀龙除了隆庆元年(1567)岁末出任浙江按察副使，次年五月继升浙江布政司左参政，该年十月以入贺皇太子册立事毕，由京城返回济南，三年(1569)二月就任河南按察使，同年闰六月因母丧而归乡，中间的大部分时间是在他的家乡度过的，济南也由此成了李攀龙归居后开展交游与从事著述等文学活动的重要地区。

归乡以后，李攀龙在济南府东三十里许的鲍城筑造了"白雪楼"，它不但是攀龙个人研学娱息的居地，也成了同志好友时常聚会唱酬的场所，并受到诸子的关注，事后如王世贞、徐中行、余曰德等人曾分别为之作诗题咏。李攀龙为人狷傲，生平结交友人，更看重与自己志趣爱好的投合，在居处济南期间，他的这一交友态度表现得格外鲜明，尤自构建"白雪楼"后，"有合己者，引对累日不倦；即不合，辄戒门绝造请，数四终不幸一见之"[①]。对于那些"合己"的挚友同好，李攀龙显然更多地表现出与之谈道论艺、觞咏不断的热情。特别值得注意的是，当时围绕李攀龙而联络过从频繁的交游之中，其中多位是其昔日志同道合的乡

[①] 殷士儋《嘉议大夫河南按察使李公墓志铭》，《金舆山房稿》卷十。

邦之友,像历城人许邦才、殷士儋、郭宁、潘子雨以及章丘人袭勖等即是。他们大多为李攀龙早年乡里的同学,在他乡试中举前已相互结交,除乡谊之外,又趣味相投,所以彼此感情深厚。李攀龙此时辞陕西提学副使回到故里,和这些乡邦友人联系唱酬自然更加便利,他们也因此成为这一阶段济南文学营垒中显目而活跃的人物。其中的许邦才、殷士儋二人,尤是该营垒中的骨干分子,李攀龙与之来往甚为密切,当他辞官自构"白雪楼"居处之际,"而二三友人独殷、许过从靡间"①,"时往来觞咏其间",关系非同一般。

许邦才,字殿卿。嘉靖二十二年(1543)中乡试第一,曾官永宁知州,迁为德、周二藩府长史。他和殷士儋还在"髫年"之时,就已与李攀龙"相约为知交"②,素为其所亲善。而攀龙子驯又娶许氏女为妻,因此二人的联系更为密切。李攀龙为许母所撰《许母张太孺人序》,曾记述了他们之间早年亲密交往又皆好古文词的情形,"余弱冠时,吾党士盖多从殿卿游矣。则殿卿乃三顾余庐中,信宿与言天下事,握手不置也"。"余与殿卿读书负郭穷巷,不能视家生产,落落羁身乡校内占毕业,为之俊杰相命,以好古多所博外家之语,慕左氏、司马子长文辞,与世枘凿不相入"。"余复每过殿卿,即纵酒谈笑,上嘉版筑屠钓之遇,下及射钩赎骖之役,苟富贵无相忘也"③。在李攀龙眼里,许邦才不仅与他有乡谊之亲,结交多年,自少至老保持着深切的情谊,实为难得,他在致许氏信中,就曾声称,"弱冠狎之,老而益信,难矣哉"④,而且在文学上也有更多共同的话语,称得上是一位难觅的"知音",其《殿卿示乐府序小诗报》一诗即谓:"知音千载事,君适赏心同"⑤。归居济南期间,算起来,李攀龙在和周围文友的交际中,与许氏之间的来往最为频繁,二人朝夕相处,经常一起诗酒酬唱,用攀龙的一番话来说,"所为朝夕周旋者,殿卿一人耳"⑥。有鉴于此,他在嘉靖四十年(1561),还将自己未尝轻易示人的二十年来累积所拟古乐府示于许邦才,以求互相切磋。基于二人多年以来结下的友情,同时也出于对李攀龙的敬慕之情,以及扩大自身文学影响的需要,许邦才则在读到对方所示拟古乐府诗后,为之作序,称其"所为

---

① 王世贞《李于鳞先生传》,《弇州山人四部稿》卷八十三。
② 以上见殷士儋《嘉议大夫河南按察使李公墓志铭》,《金舆山房稿》卷十。
③ 《沧溟先生集》卷十八。
④ 《与许殿卿》,《沧溟先生集》卷二十九。
⑤ 《沧溟先生集》卷十二。
⑥ 《与许殿卿》,《沧溟先生集》卷二十九。

诸什,虽一字莫非古已见者,至其杼镕甄浣,神色颖秀,如群葩春荣,曜灵晨升"①,所给予的评价不可谓不高。与此同时,他还将李攀龙和自己往来唱和之作编成《海右倡和集》刊行,以示于世。

殷士儋,字正甫。嘉靖二十六年(1547)进士,选庶吉士,授翰林院检讨。曾充裕王府经筵讲官,擢翰林院侍读学士,进礼部右侍郎,改吏部。仕至礼部尚书。作为李攀龙年少时代已相识的一位"知交",他与许邦才一样,同攀龙之间交厚情洽,二人早年就曾一起师从里中儒者张潭,有同窗之谊,而攀龙子驹又曾出入殷氏门下,他们之间的关系当然又更进了一层。李攀龙授刑部广东司主事后,利用公务闲寂机会肆力于古文词,时殷氏正在翰林检讨任上,"日相引上下其议论"②,而且他们当时同入李先芳之社,得以共同切磋艺文,相互间有更多交流的机会,此举对于增进他们的交谊,乃至于在文学方面形成更多共识,创造了一定条件。在李攀龙辞陕西提学副使的前一年,殷氏因母病告归,明年母病逝,在家居丧,至嘉靖四十一年(1562)丧满,始出为裕王府讲官,中间一段时间,正逢李攀龙辞官家居,两位历时多年的挚友又有了切劘艺文、重叙情谊的便利条件,殷氏也因此时常成了李攀龙"白雪楼"中的座上客。

嘉靖四十一年(1562)春,被纳入"后五子"之列的魏裳由刑部郎中出任济南知府。这位李、王知交的到来,使居于故里的李攀龙身边多了一名能与之深入交往的文学同道,同时,也特别为济南营垒增添了一位骨干成员,活跃了唱酬游从的气氛。魏氏先前在京师官刑部时,开始和李、王诸子接触,步趋其后,踏上了学古之路,"于古书无所不窥,文非《左》、《国》、两司马,诗非建安、大历,则不以寓目"③,由此而加入了后七子集团。在他所善诸交当中,"所最庄事"的就是李攀龙,此时出知济南府,恰值对方辞官家居,自然不愿错过和最为敬重的文友进行切磋交流的机会,在为人简傲的李攀龙对于他"三及门而不见"的情况下,却"益往候之",最后终于触动对方,"乃出饮谈诗甚欢"。魏氏亦"性高简","亡所过从,所过从必于鳞"④。这多少能够说明他对于李攀龙敬仰的程度。在济南知府任上,魏裳经常出入"白雪楼",与李攀龙赋诗唱和,过往十分密切,彼此相

---

① 许邦才《李于鳞拟古乐府序》,李攀龙《白雪楼诗集》卷首,明嘉靖刻本。
② 殷士儋《嘉议大夫河南按察使李公墓志铭》,《金舆山房稿》卷十。
③ 张佳胤《魏顺甫云山堂稿序》,《云山堂集》卷首。
④ 王世贞《魏顺甫传》,《弇州山人四部稿》卷八十二。

得甚欢,他在《白雪楼诗序》中记云:

> 于鳞厌承明早,余与相失者十馀年,不谓今日欢复得为畴昔舍中语也。于鳞归自关中,结楼鲍山。鲍山故管、鲍论交地,于鳞楼居俯海岱之胜,美人四方侧身遥望,为白雪之歌,念二三兄弟,何尝一日置哉!余以尊酒过从,和歌楼上,相得欢甚亡厌。①

在与李攀龙过从唱酬之际,魏裳还于嘉靖四十二年(1563),索其全诗而刻之成,题曰《白雪楼诗集》,并为之作序。此举显示了魏氏对于攀龙怀有的深厚情谊和敬慕之意,可谓对他的诗歌创作成果作了一次全面的展示。

此时围绕李攀龙而确立起来的济南营垒,不仅集中了如许邦才、殷士儋等一些与攀龙关系亲密的乡邦之友,以及像魏裳这样来当地就职的京师故交,时而举行唱和切磋活动,并且还特别成了作为营垒中心人物的李攀龙联络与招引异地交游一处重要的文学据点,其中所涉及的人员,既有他相识已久的故知旧交,也有慕名前来相通的新友。

如前已提到,李攀龙休官归里后,昆山人俞允文出于仰慕之情,曾藉王世贞和徐中行之介,荐己于攀龙,因而与他结平生之好。除此之外,又如顺德人欧大任其时也通过徐中行的绍介,寄诗书给攀龙,与之通好。欧氏字桢伯,为"广五子"之一。嘉靖时以贡生历官江都训导、光州学正、国子博士,仕至南京户部郎中。他早先时候从友人梁有誉那里"闻于鳞甚著",这时又听说其辞官归居济上,"时时思见其人",对李攀龙可说是心仪已久。而其友徐中行为之"遣书通知"②,欧氏遂于嘉靖四十四年(1565)以所赋新作及帙中旧章托使者相寄,并作书自通。而李攀龙在接到欧氏的诗书后,显然也乐于和其相识,且引为同道,他在回复对方的信札中说:"乃余所谓桢伯,必褒然一国士也。诸诗有格,微辞兼到,其《白雪楼》、《黄河》、《中岳》、《长陵》、《阳翠》、《师子》、《南内》等篇,尤为雄丽。盖耻为轻便,专求兴象,正盛唐诸公擅美当年,而足下所繇以羽翼二三兄弟

---

① 《白雪楼诗集》卷首。
② 欧大任《寄李于鳞》引,《欧虞部集·旅燕集》卷三,《四库禁毁书丛刊》影印清刻本,北京出版社1997年版。

者。两生有言,不可使于鳞不知南海有欧生,是矣。"①至以"国士"相许,特别是以为欧氏所赋诸诗,富有一种盛唐风韵,颇称其心意,深感不枉与之结识。

而在此期间,也不乏经过济上特地来拜会李攀龙者。除了当时身为青州兵备副使的王世贞曾来济上会晤攀龙而与之"评榷"诗文之外,嘉靖四十二年(1563)秋,临朐人冯惟讷来访。惟讷字汝言,冯惟敏之弟,中嘉靖十七年(1538)进士,仕至光禄寺卿。当初李攀龙、王世贞、谢榛等在京师时,他起补兵部郎中,因有机会得与诸子聚集唱和。此次造访,也可以说是和李攀龙再叙故交之谊。四十四年(1565)十月,徐中行自长芦转运判官量移瑞州同知,时闻其母讣音,奔丧而归,道经济南来访,以亡母墓志相委,与李攀龙有过一次短暂的会聚。至次年六月和九月,昆山人梁辰鱼及长洲人周天球又分别过访。梁氏字伯龙,以例贡为太学生。为人好侠喜游,善度曲,邑人魏良辅改造昆山腔,梁独得其传。在此之前,他已与以父罹难回故里守丧的王世贞相识游从,并得到世贞的称赏,认为其"能为诗若词,词可伯仲王敬夫"。梁曾经表示,"东欲游海岱,西登太华,中间谒济南生,毕此死不恨矣"②,就他来说,游览之外,访谒仰慕于心的李攀龙也已成为一桩重要心愿。周氏字公瑕,为诸生,好古文词,不肯俯就举业,擅长篆隶行草。王世贞因家难里居,也时与之游处,关系较为密切。先前,王世贞因看重梁、周二人,已将他们荐于李攀龙,特别是对于梁辰鱼此次北游之举,他除了赋诗相赠,还寄书给李攀龙专门为之推介③。而二人来济南和攀龙会晤,实际上也在李、王中间起着某种沟通信息的作用,如梁氏的到访,特地带来了王世贞在嘉靖四十四年(1565)增益完成的《艺苑卮言》六卷,向李攀龙送交了这一部在后七子中具有代表性的理论著述,可谓是及时地给对方传递了新的文学讯息。

在居处济南这段时间里,李攀龙也有了更多的时间和精力"潜心大业"④,专意于古文词的摹习与录选。"乃差次古乐府拟之,又为《录别》诸篇及它文益工,不胫而走四裔"⑤,用心于撰作,可见一斑。济南知府魏裳在嘉靖四十二年(1563)为李攀龙刊刻的十卷本《白雪楼诗集》,则汇集了他迄于当时为止所作的

---

① 《报欧桢伯》,《沧溟先生集》卷二十八。
② 王世贞《李于鳞》,《弇州山人四部稿》卷一百十七。
③ 见《赠梁伯龙北游歌》,《弇州山人四部稿》卷十九;《李于鳞》,同上书卷一百十七。
④ 欧大任《祭李于鳞文》,《欧虞部集·文集》卷十六。
⑤ 王世贞《李于鳞先生传》,《弇州山人四部稿》卷八十三。

乐府及古近体各体诗篇①。将是集交与魏裳而付之剞劂,一方面,当然是有感于对方索诗求刻的一片诚意,也就是如他所说的要成其"盛心"②,何况他与魏裳交谊不浅,本难拒绝;另一方面,也包孕了李攀龙欲藉编集付梓以扩张其文学影响的想法。为此,他格外予以重视,毕竟这是头一次将其多年以来所作各体篇章集中单独编刊③,所以曾亲自加以校订,"酷加删易,凡什之二"④。

与此同时,李攀龙生平倾力编选的一部重要诗歌总集《古今诗删》,在此期间得以选次完成。该书的编选当始于攀龙辞官归居济南之后,至迟在隆庆元年(1567)前后已成稿⑤。对于这一部向当下文学圈宣达自己诗学立场以及建树创作风气的诗歌范本,身为编者的李攀龙显然给予了充分的重视,在选辑过程中,他曾经屡屡向许邦才、徐中行等一些关系亲近的文友,谈及自己对此书已选目次的不满足及注意搜罗访录的用心⑥,足见他对该书的留意程度和所投注的心力。《古今诗删》计三十四卷,收诗二千一百八十馀首。卷一至卷二十二选录"古逸"及汉至唐代各体诗歌,卷二十三至三十四选录明代各体诗歌,中间尽略宋元两代之作。此书刊刻后,坊间书贾割取原书而托名李攀龙编的如《唐诗广选》、《唐诗选注》、《唐诗选》、《唐诗选玉》、《唐诗训解》等诸种《唐诗选》刻本相继出笼,甚为流行,而仅选编唐诗部分,可能是原书篇幅较大,不便于书贾刊刻和营销,以及编选体例或欠周详妥当⑦,但原书本身产生的影响力则是显而易见的。王世贞在为该书撰写的序言中说"于鳞取其独见而裁之,而遽命之曰删"⑧。于诗删而存之,当然本身就体现着编者自我的"独见"。他又认为,这一"独见"更明显反映在编者"进""退"诗人所执持的意向上,其曰:"于鳞才可谓前无古

---

① 是集"分体为卷"(魏裳《白雪楼诗序》,《白雪楼诗集》卷首),其中卷一、卷二为乐府,卷三、卷四为五言古诗,卷五为七言古诗,卷六为五言律诗,卷七为七言律诗,卷八为五言排律、七言排律,卷九为五言绝句,卷十为七言绝句、六言律、六言绝句、三言。
② 《与许殿卿》,《沧溟先生集》卷二十九。
③ 继嘉靖四十二年魏裳刊刻十卷本《白雪楼诗集》之后,隆庆四年,新安汪时元在魏裳所刊十卷本基础上,增补新作以"续前集校刻"(汪时元《书刻白雪楼诗集后》,《白雪楼诗集》卷末,明隆庆刻本),刊成《白雪楼诗集》十二卷。
④ 李攀龙《与许殿卿》,《沧溟先生集》卷二十九。
⑤ 王世贞《古今诗删序》:"李攀龙于鳞所为《古今诗删》成,凡数年而殁。"(《弇州山人四部稿》卷六十七)李攀龙卒于隆庆四年,是处所谓"数年",至少应以二三年计,则该书至迟当成于隆庆元年前后。
⑥ 如《与许殿卿》:"我简诸公,选可七八十首,亦未惬。……彼中文献地,雅有藏本,不惮访录,以备当代之音。"(《沧溟先生集》卷二十九)《与徐子与》:"前选诗目,概未精惬,十删其五,庶几近之。"(同上书卷三十)
⑦ 参见许建昆《李攀龙文学研究》,第290页至306页,台湾文史哲出版社1987年版。
⑧ 《古今诗删序》,《弇州山人四部稿》卷六十七。

人,至于裁鉴,亦不能无意向。余为其《古今诗删》序云:'令于鳞而轻退古之作者间有之,于鳞舍格而轻进古之作者则无是也。'此语虽为于鳞解纷,然亦大是实录。"① 因此,作为深受李攀龙重视的一部诗歌范本,最为人所关注的,自然还是《古今诗删》呈现出来的编者的文学立场和用意。第一,该书所选自"古逸"至有明诗歌,虽为选录历代诗作之编,却独不及宋元之作,衡之以编选历时的系统性和周密性,不能不说是一种缺失,但编者对有关诗歌学古取向的立场则分明凸显其间,也即不惜采取绝断两代之作的偏激方式,鲜明地宣示其贬抑宋元诗歌的态度。这一做法,当然是循沿李、何谓"宋无诗"及以为"宋人似苍老而实疏卤,元人似秀峻而实浅俗"的评鉴理路并作了强化,明确对于学诗取向一种原则性立场的坚持。第二,与贬抑宋元诗歌相对的,是该书呈现的宗尚唐音尤其是盛唐诗歌的倾向性。书中选录唐诗为十三卷,占全书卷帙百分之三十八强;收诗七百四十首,占全书篇数百分之三十三强②。又对比高棅《唐诗品汇》,明显能看出《古今诗删》所收唐诗部分,实际上绝大多数是从前书中遴选出而编成的③。所不同的是,《唐诗品汇》中盛唐时期诗歌选录比例并不是最高的,尽管它超出所选初、晚唐诗,但不及中唐之作的数量,而至《古今诗删》,所选盛唐时期诗歌比例一跃升至第一位,且加大了和初、中、晚唐各个时期诗歌的比例差距④。李攀龙《选唐诗序》曰:"后之君子,乃兹集以尽唐诗,而唐诗尽于此。"⑤ 与《唐诗品汇》九十卷选诗近六千首的卷帙和数目相比⑥,《古今诗删》唐诗选部分选诗的数量远远不及,因此,从量的角度而言,当然说不上"唐诗尽于此"。这也使人明白,李攀龙号称编此集"以尽唐诗",实则依据他本人的"独见",汇集在他看来唐代诗歌中最具代表性的典范之作,以供取法,其特别展示了编者对盛唐诗歌的尊尚。这一取向,主要还是基于一种诗学基准的考量⑦。第三,该诗歌范本的编

---

① 《艺苑卮言七》,《弇州山人四部稿》卷一百五十。
② 是书卷一至卷九选录"古逸"、汉魏晋南北朝及隋诗,收诗 592 首;卷十至卷二十二选录唐诗,收诗 740 首;卷二十三至卷三十四选录明诗,收诗 851 首。以上据影印文渊阁《四库全书》本《古今诗删》统计。
③ 参见陈国球《明代复古派唐诗论研究》,第 211 页至 212 页。
④ 《唐诗品汇》选录初、盛、中、晚唐诗及其他诗数目分别为:838 首、1854 首、2014 首、673 首、423 首;其比例分别为:14.4%、32.0%、34.7%、11.6%、7.3%。《古今诗删》选录初、盛、中、晚唐诗及其他诗数目分别为:125 首、445 首、122 首、18 首、30 首;其比例分别为:16.9%、60.1%、16.5%、2.4%、4.1%。参见陈国球《明代复古派唐诗论研究》,第 235 页所列《唐诗品汇》与《古今诗删·唐选》选录情况对照表。
⑤ 《沧溟先生集》卷十五。
⑥ 《唐诗品汇》九十卷于洪武二十六年编成,至洪武三十一年,编者又加以搜补,为拾遗十卷附于后。
⑦ 参见陈国球《明代复古派唐诗论研究》,第 213 页、236 页。

纂，也明显包含了集中标榜七子集团成员诗歌创作的用意。全书卷二十三至卷三十四各卷所选明诗，七子集团成员不仅个体选录的数量大多居先，而且总体占据较高的比例①，在某种意义上，不可不谓是编者藉选诗有意向文学圈传导七子集团诗歌创作的风尚，充分扩展它的影响力，争取其在诗歌领域的复古楷模地位。可以这样说，《古今诗删》是李攀龙归居济南后完成的最为重要的一项著述工程，它的编成，也是继王世贞《艺苑卮言》初稿之后，李攀龙乃至后七子在从事复古活动过程中推出的又一具有标志性意义的成果。如果说，《艺苑卮言》展现了作者与同志学古研习切劘之馀对相关问题基于理性层面的若干思考，并形成了某些基本思想的脉络，那么，《古今诗删》则可谓更多是编者着眼于具体诗歌创作实践，向外界提供了一部呈现鲜明立场的诗歌摹习范本，特别是取舍之际明晰的倾向性，以及为七子集团成员之作的张目之举，确立起诗歌领域学古基准以引导创作风气的意图不言自明，从而也奠定了它于考察编者李攀龙甚至后七子诗学立场的重要性。

与李攀龙济南活动相为呼应的，是王世贞在吴中地区的相关经营。嘉靖三十九年（1560）十月，其父王忬以滦河战事失利被杀，同年，王世贞与弟世懋自京师扶榇返回故里。自此至隆庆四年（1570）李攀龙去世这一段时间里，王世贞除隆庆元年（1567）正月和弟世懋一起赴京师讼父之冤，八月诏复父忬原官始启程

---

① 卷二十三为五言古诗，选诗 58 首，选录数目居前三位的分别为：王世贞（9 首）、李梦阳（7 首）、何景明（6 首）；是卷中李梦阳、何景明、王廷相、卢柟、俞允文、王世贞、徐中行、宗臣等七子集团成员选录 31 首，占总数 53.4%。卷二十四为七言古诗，选诗 24 首，选录数目居前三位的分别为：何景明（6 首）、李梦阳（3 首）、王世贞（3 首）、刘基（3 首）；是卷中李梦阳、何景明、徐祯卿、许邦才、王世贞、徐中行等七子集团成员选诗 15 首，占总数 62.5%。卷二十五至卷二十七为五言律诗，选诗 262 首，选录数目居前三位的分别为：何景明（30 首）、李梦阳（27 首）、谢榛（27 首）；是三卷中李梦阳、何景明、徐祯卿、边贡、薛蕙、郑善夫、王廷相、袁袠、吴维岳、谢榛、卢柟、许邦才、李先芳、王世贞、王世懋、徐中行、吴国伦、宗臣等七子集团成员选诗 180 首，占总数 68.7%。卷二十八至卷三十为七言律诗，选诗 199 首，选录数目居前三位的分别为：王世贞（26 首）、徐中行（13 首）、李梦阳（11 首）；是三卷中李梦阳、何景明、徐祯卿、边贡、郑善夫、张治道、顾璘、刘景韶、谢榛、黎民表、许邦才、殷士儋、李先芳、王世贞、王世懋、徐中行、吴国伦、宗臣、梁有誉、魏裳等七子集团成员选诗 123 首，占总数 61.8%。卷三十一为五言排律，选诗 39 首，选录数目居前三位的分别为：谢榛（16 首）、王世贞（3 首）、吴国伦（3 首）、何景明（2 首）、徐中行（2 首）、宗臣（2 首）、孙一元（2 首）；是卷中李梦阳、何景明、郑善夫、谢榛、李先芳、王世贞、吴国伦、徐中行、宗臣等七子集团成员选诗 31 首，占总数 79.5%。卷三十二为七言排律，五言绝句，选诗 75 首，选录数目居前三位的分别为：王廷相（10 首）、边贡（6 首）、徐中行（6 首）、许邦才（6 首）、刘基（6 首）；是卷中李梦阳、何景明、徐祯卿、边贡、王廷相、谢榛、许邦才、李先芳、王世贞、徐中行、宗臣等七子集团成员选诗 44 首，占总数 58.7%。卷三十三至卷三十四为七言绝句、六言，选诗 194 首，选录数目居前三位的分别为：许邦才（19 首）、边贡（17 首）、徐中行（14 首）；是两卷中李梦阳、何景明、徐祯卿、边贡、薛蕙、郑善夫、王廷相、谢榛、许邦才、李先芳、王世贞、徐中行、吴国伦、宗臣、魏裳、张佳胤等七子集团成员选诗 114 首，占总数 58.8%。以上据影印文渊阁《四库全书》本《古今诗删》统计。

返归,二年(1568)七月起补河南按察司副使,整饬大名等处兵备,三年(1569)四月就任浙江左参政,四年(1570)六月赴任山西按察使之职,其冬以母疾病告归,有较多的时间居处在吴中故里,这为他本人在当地从事相关的文学活动创造了条件。

自扶父榇归为之守丧,王世贞开始了他的一段"屏居田里"①的生活,哀痛亡父之馀,他和弟世懋集中心志以文业自勉,并与众多文友接触游处。在父丧服除后,他自筑"离薋园",园名得自屈原《离骚》中语,取"夫薋葰葹所谓草之恶者也,屈氏离而弗服"②之意,该园成为他和世懋读书写作及与同道挚友切磋艺文、休憩游乐的一处重要场所。比照李攀龙的济南营垒,王世贞此际在吴中结成了规模大得多、人员更为泛杂的文学交游网络,一时间"四方宾客辐辏其门"③。在这中间,吴中当地包括邻近地区的文人名士占据了很大一部分,其中就有殷都、彭年、章美中、刘凤、黄姬水、袁尊尼、朱察卿、俞允文、张凤翼、张献翼、魏学礼、周天球、梁辰鱼、顾圣少、王穉登等一批文士,王世贞同他们之间交往密切,相与切劘艺文,扬扢风雅。或与之订"文酒之好"④,闲暇之馀屡屡一起聚会游处,以诗相唱酬;或士子"舍于其家"⑤,纳之为门下弟子,传授诗文之道。值得一提的是,从身份上来看,这些人士当中,多位在当时还是山人型的布衣处士,或低级科举出身的准山人文人,这也是出现在王世贞此时吴中交游者中的一个明显变化特征。作为江南文化重镇的吴中地区,人文底蕴深厚,世俗化程度较高,这本来就为那些山人文人的生存和相关活动提供了较为开阔的空间。此际他们被纳入王世贞的交游圈子,也说明了这些山人文人的一种活跃程度。而且他们中大多富于艺文之长,如顾圣少即以诗称,曾游燕、赵间,赵王门客善诗而为之绍介,言之王所,王命其赋诗,"诗奏,坐客皆惊,即习有名者争下圣少"⑥。又如彭年,不仅擅长诗歌文章,也工书法,以至"吴中好事家以不得彭先生书及诗若文为愧"⑦。他们身上所怀有的技艺,也许更合乎王世贞本人宣导复古大业并以艺

---

① 唐时升《奉政大夫兵部职方司郎中殷公墓志铭》,《三易集》卷十七,《四库禁毁书丛刊》影印明崇祯刻清康熙补修本,北京出版社1997年版。
② 王世贞《离薋园记》,《弇州山人续稿》卷六十。
③ 唐时升《奉政大夫兵部职方司郎中殷公墓志铭》,《三易集》卷十七。
④ 王世贞《朱邦宪集序》,《弇州山人续稿》卷四十一。
⑤ 唐时升《奉政大夫兵部职方司郎中殷公墓志铭》,《三易集》卷十七。
⑥ 汪道昆《顾圣少诗集序》,《太函集》卷二十。
⑦ 王世贞《明故征士彭先生及配朱硕人合葬墓志铭》,《弇州山人四部稿》卷九十一。

文相切磋的文学之趣与交游之道。另外,那些交游之士当中,有的已是文名显重,在文人学子中间形成一定的影响。比如周天球,为诸生时已笃志古学,"既谢去诸生,益自力为古文辞,号大国之赋,诸少年见推以渐主词坛而握牛耳",以后"其名益显重,其造请日益博,亡论东鸡林、西月窟,不声而闻,不胫而驰"①。又如王穉登,早岁即以诗"名满吴会间",嘉靖中游京师,客大学士袁炜家,曾因赋紫牡丹诗为其所称赏。后渐被人推重,吴中自文徵明殁后"擅词翰之席者三十馀年","闽粤之人,过吴门者,虽贾胡穷子,必踵门求一见,乞其片缣尺素,然后去"②。这些颇有知名度和影响力人物的出现,对于辅助王世贞在吴中构织文学交游之网,建立和稳定文士间的交往关系,显有无法替代的作用。

　　从王世贞本人来说,自罹"家难"以来,除精神上遭受巨创,他的生活处境也随之受到很大影响,特别是交游之中或因为畏惧触忌,甚至避而远之,不与往还,即如他自己所慨叹,"不幸遘祸来,即生平号故人相知者,往往削迹自引去"③。不过,身为后七子盟社创始者及引领者之一的他,在文学圈内逐渐赢得显著声誉,同时拥有了一般文士难以比拟的感召力,何况王世贞此时回到家乡吴中居处,尤其是联络结集当地及相邻地区的文友,自然更有着故里环境之利。这些使得他能较快融入该地区的文人群体当中,并发挥其独特的凝聚力。王世贞此时在吴中能够广交众文士以相唱酬,构筑文学营垒,固然同后七子在经历了草创期之后逐渐向文学圈扩展它的影响,包括王世贞本人渐著遐迩的声名以及故里环境之便有关,但从另一方面来看,吴中地区作为江南文化重镇,它本身厚实的文学积淀,尤其是弘治、正德年间以来受李、何诸子复古风气影响而培植起来的一种尊尚古学的根基,无疑有助于王世贞在当地开展文学经营活动。吴人陆粲在其《仙华集后序》中说:"吴自昔以文学擅天下,盖不独名卿材大夫之述作烜赫流著,而布衣韦带之徒笃学修词者,亦累世未尝乏绝。"④这本是一个文学积养厚实、人才辈出的文化渊薮,而有明中叶以来,这一区域更成为文学繁兴之地,"明兴,弘、正、嘉、隆之际,作者林出,而自北地、济南据正始外,蛇珠昆玉,莫

---

① 王世贞《周公瑕先生七十寿叙》,《弇州山人续稿》卷三十九。
② 《列朝诗集小传》丁集中《王较书穉登》,下册,第481页至482页。
③ 《袁抑之》,《弇州山人四部稿》卷一百二十五。
④ 《陆子馀集》卷一,明嘉靖刻本。

盛于吴中"①。李、何诸子当初倡导诗文复古,吴中则是较早联络和接应这股文学思潮的地区之一,当时除徐祯卿直接"改趋"追随李、何,成为前七子集团核心成员外,如前已述及,特别如黄省曾、袁袠等人,尤与李梦阳有过较为密切的交往,不同程度地接受来自李梦阳及诸子的熏陶,担当了接通吴中文士与中原诸子联系的角色,对传导李、何等人文学风尚起着一定的作用。而他们倾重古学的趣味,甚至影响到他们后一代所习之业,上面提到的王世贞交游圈中的黄姬水和袁尊尼,即分别为黄省曾、袁袠之子。黄姬水"自少为诸生,即以古文辞著声"②,他自谓"幼承父训,粗习坟史"③,深受父亲的训导,欧大任因而将此当作"名父之子,业在箕裘"④的典范。至于袁尊尼,"甫逾冠,能为古歌辞","自是七上于春官皆不利,然其为古文辞益习"⑤,王世贞谓他们父子"其古文辞亦自足称,父裁而奇,子畅而正"⑥,也说明袁尊尼嗜好古文词与受其父亲的影响是分不开的。总之,吴中本地厚实的文学积淀,特别是经过李、何诸子复古风气洗礼而植下的尊尚古学的根基,使得以"修北地之业"起家的王世贞,更容易在这一地区结构自己的文学交游网络,在嗜好古学的氛围中发挥其感召力,传导后七子的文学复古精神。

尤其因为王世贞活动其中,此际的吴中地区也成了后七子文学集团新老文友结交往来、聚会切劘的一个据点。如嘉靖四十二年(1563)五月,徐中行罢汝宁知府归,经过吴门,王世贞偕弟世懋及诸位名士与之一同游处,分韵赋诗,相与唱和。隆庆元年(1567)十月,李攀龙得以起用,除浙江按察副使,该年十二月赴任,顺途过吴门,王世贞兄弟即和他"雄饮姑苏三日夜"⑦,并以诗相赠。最值得提及者,还是此际专门来吴中拜会王世贞,并和李、王关系开始热络,后来被登之于"后五子"之列的歙县人汪道昆。

道昆字伯玉,嘉靖二十六年(1547)进士,初任义乌知县,历官武库司署郎中事员外郎,襄阳知府,福建按察使,福建、郧阳、湖广巡抚等职,仕终兵部左侍郎。

---

① 王世贞《王世周诗集序》,《弇州山人续稿》卷四十三。
② 王世贞《黄淳父集序》,《弇州山人四部稿》卷六十八。
③ 《答崌崃中丞张公》,《黄淳父先生全集》卷十九,明万历刻本。
④ 欧大任《黄淳父先生文集序》,《黄淳父先生全集》卷首。
⑤ 王世贞《袁鲁望集序》,《弇州山人续稿》卷四十。
⑥ 《中顺大夫提督山东学校按察副使吴门袁君墓志铭》,《弇州山人续稿》卷九十六。
⑦ 李攀龙《与余德甫书》,《沧溟先生集》卷二十九。

第七章　后七子文学集团的组成及其活动　381

早年他还在学习举业时,"喁喁慕古","即属辞,壹禀于古昔"①,已于古文词怀有浓厚兴趣,这在习举业成风的士子中算是越出时俗的另类之举了。其既中进士,益以"修古"自勉,特别是自嘉靖三十三年(1554)始,汪道昆由兵部职方司主事升任武库司员外郎,更是利用职事之便,"数从诸郎攻古文词"②。又他与"广五子"之一的吴维岳关系密切,为其嘉靖二十六年(1547)礼部会试校阅试事所举通《戴记》士子之一,算起来出于吴之门下③。这些因素应该有助于他日后和李、王等后七子相接通。也许由于当初疏于往来联系,相知未深,加上汪道昆在嘉靖二十六年(1547)考取进士后,同年即除义乌知县,直至三十年(1551),才入京任户部江西司主事,如此对于他来说,当时和京师诸子联络与交往自然存在诸多不便。所以,在"王、李七子起时","尚未得与其列"④。尽管这样,面对李、王诸子作为一支新兴的文学势力,步武以李、何为代表的前七子而突进嘉靖中叶文坛,以及伴随在文学圈内日益弥漫开来的复古气息,时以"修古"相勉的汪道昆还是强烈感受到了,而于诸子企慕之心亦随之而生。其后他分别致信李攀龙、王世贞,谓攀龙:"足下主盟当代,仆犹外裔,恶敢辱坛坫哉!顾喁喁内向,业已有年。"⑤谓世贞兄弟:"顾于公家伯仲,独向往勤勤,无亦里耳期于阳春,肉眼期于国色,此心终不能忘耳。"⑥吐露了他对于李、王等人所怀有的向往之情。隆庆二年(1568),已于嘉靖四十五年(1566)罢福建巡抚而回籍听调的汪道昆,开始他的一次东游历程,其间他相继联系或探访了李、王二子,可说是其接触联络后七子成员一次十分重要的游程。是年春,他抱着"以讲业往"⑦的意图,至吴中

---

① 汪道昆《副墨自序》,《太函集》卷二十二。
② 汪道昆《家大人述》,《太函集》卷八十五。
③ 汪道昆为吴维岳撰作的《明故中宪大夫都察院右佥都御史霁寰先生吴公行状》云:"隆庆三年春二月甲子,故都察院右佥都御史霁寰先生卒于家,春秋五十六耳。诸子将奉大事,属余小子布状,行且谒张相君、殷宗伯为碑以铭。昔在南宫,三人皆出先生门下。"(《太函集》卷四十一)又其为吴继室陈氏所作《明故诰封恭人吴母墓志铭》亦云:"隆庆己巳,丧我先师吴峻伯先生。……先师三丈夫属道昆为状,谒大学士张端甫为志为铭,殷正甫为碑。越二十有三年,陈恭人即世,于时二相君已矣,则谒太宰陆为绳为传,道昆为志为铭。四人者,皆先师门人,南宫所举士也。"(同上书卷五十八)张居正《中宪大夫都察院右佥都御史霁寰吴公墓志铭》:"初公校士南宫,所举《戴记》士仅十人,皆海内名俊,其最显者,余与今少保济南殷公,并在政府;婺源汪公为御史中丞;故徐姚胡公为太常卿、国子祭酒;嘉兴陆公为太常少卿。馀五人皆至藩臬郡守。"(《新刻张太岳先生文集》卷十三,明万历刻本。)
④ 沈德符《万历野获编》卷二十五《评论·汪南溟文》,中册,第630页,中华书局1959年版。
⑤ 《李于鳞》,《太函集》卷九十七。
⑥ 《王元美》,《太函集》卷九十五。
⑦ 汪道昆《沧洲三会记》,《太函集》卷七十六。

拜访了王世贞及其弟世懋,偕行的还有被召入京协理戎政的福建总兵戚继光。聚会之际,"相与纵谈皇王帝霸之略、阴阳消息之妙,探坟索,穷六艺,下至《齐谐》、虞初之所不载者,靡不抵掌而尽之"①,宾主尽兴论议,气氛甚是融洽。当然,他也未忘记藉机与时在浙江按察副使任上而所处相近的李攀龙取得联系,致信对方除了表达"喁喁内向"的企仰之意,期望"或得把臂湖山间",以成就与李相结交往还的宿愿,且告以"拙稿三册,谨译而奏之,乞解其椎结,破其佅离"②,还为自己已亡故的祖父母求请墓志,有心向李传意通好,以取得对方对他本人的了解和接纳。这也标志着他与李攀龙之间发生正式联络的开始。事后李应汪之请,为其祖父母撰写墓志③,算是对他主动示好一种积极而友善的回应。

  附带说明一点,就汪道昆与李、王等后七子成员关系来说,他和王世贞最为契密。有一种说法,以为道昆后来曾得到世贞称赏和援引,主要是因为他们同年进士张居正的关系,如钱谦益表示:"万历初,江陵为权相,其太公七十称寿,朝士争为颂美之词。元美、伯玉皆江陵同年进士,咸有文称寿,而伯玉之文独深当江陵意,以此得幸于江陵。元美乃迁就其辞,著于《艺苑卮言》曰:'文繁而有法者,于鳞;文简而有法者,伯玉。'伯玉之名从此起矣。……元美晚年,尝私语所亲:'吾心知绩溪之功,为华亭所压,而不能白其枉,心薄新安之文,为江陵所胁,而不能正其讹,此生平两违心事也。'"④这里,说王世贞因为迫于权相张居正的压力,对于汪道昆违心"迁就其辞",纵使不是纯属有意扭曲之辞,也多少失之臆断。张居正于隆庆元年(1567)入阁预机务,明穆宗去世后又逐高拱而代为首辅,威权显赫一时,而王世贞本人却是一位性格介直的"强项"之士,尽管张居正权重位贵,但并未使他屈从其势,相反,倒是个性强直而不愿曲事权要,导致他和张之间关系的不谐⑤,所谓"为江陵所胁"以至"迁就其辞"之说,实不足信。事实上,在此之前,王世贞与汪道昆已是彼此互通音讯,开始接触,特别是道昆的论诗之见与作文之法,引起

---

 ① 王世贞《寿左司马南明汪公六十序》,《弇州山人续稿》卷三十四。
 ② 《李于鳞》,《太函集》卷九十七。
 ③ 见《明汪次公暨吴孺人合葬墓志铭》,《沧溟先生集》卷二十二。
 ④ 《列朝诗集小传》丁集上《汪侍郎道昆》,下册,第441页。
 ⑤ 陈继儒《王元美先生墓志铭》载:"以御史中丞节出镇郧楚。……江陵方与公诉弗善也,公意不自得,解官归。……公益自负,强项如故,而又性不能曲事贵人,往往肮脏守法,故言者多附影凭蚌而起。……江陵初欲处公史局,公谢唯唯,江陵以为有心远己也。地震,公引李固、京房占:臣道太盛,坤维不宁。又有哗辱邑令者王生,江陵妇弟也,公论奏不少贷。又贻宗人书:相公浸淫耳目之好,非社稷福。其人泄之江陵。江陵积不能堪,虽稍迁廷尉、京兆,以貌示用公,而竟以浮言嗾公去也。"(《陈眉公先生全集》卷三十三)

世贞的留意乃至好感,他在《答汪伯玉》一书中曾经表示:

> 不佞向者不得数数奉颜色,然一再从友人壁间见公文,心窃慕好,以为世人方蝇袭庐陵、南丰之遗,不则亦江、庾家残沈耳,公独厌去不顾,顾为东西京言。自仆业操觚,睹世所构撰,入班氏室者唯公,而于鳞与不佞亦窃幸同所嗜。……乃者复从顾圣少集读公序,则雅以诗道见属,仆自怪何所得此于公也。①

此书作于嘉靖四十二年(1563)前后②,其中谓"复从顾圣少集读公序"云云,时当在嘉靖三十九年(1560)至四十年(1561)间③。顾圣少字季狂,吴人。汪道昆在为他诗集所作序言中提及,当初圣少"避地燕、赵间",赵王门客为之绍介,言之王所,王命其赋诗,"诗奏,坐客皆惊,即习有名者争下圣少"。序谓"王郎(案,指王世贞)生吴中,雅不喜吴语。一见圣少,愕然曰:'公奈何从冯轼之士,辄一鸣惊人邪! 自吴苦兵,公幸而北。使公不北,日与乡人俱,即能言,直吴欤耳。将靡靡然求合于里耳,恶能操正音邪?'"又言其后圣少自赵之楚,往谒"高阳生"(案,汪道昆自谓),"高阳生言与王郎合",以为"若陟冥山,徐迪功先登,王郎绝尘而出其上矣。顾迪功名以弘治诸君子,王郎名以历下生,圣少名以赵客,凡此皆北游者友也"④。从上序可看出,汪道昆自称在诗重北方尤其是中原"正音"而轻"吴欤"这一问题上,同王世贞的意见不谋而合,且"雅以诗道见属"而推许对方。这一点,显然引发王世贞的注意而予以另眼相看。所以,他在《读汪襄阳作顾季狂诗叙有感》一诗中说道:"谓余旧有赠,迪功乃其师。左袒在中原,江左良见嗤。"⑤特别标示出汪序顾圣少诗集述及的大旨,细味之下,能够品出蕴含其中的理解相许之意。值得注意的是,在上引书信中,王世贞明显还更在意汪道昆

---

① 《弇州山人四部稿》卷一百十八。
② 参见拙著《王世贞年谱》,第 146 页。
③ 王世贞《读汪襄阳作顾季狂诗叙有感》诗曰:"自余遘家祸,戢身一茅茨。"(《弇州山人四部稿》卷十五)所谓"家祸",即嘉靖三十九年十月,世贞父王忬以滦河战事失利被杀,同年世贞兄弟扶榇归里,为亡父服丧(参见拙著《王世贞年谱》,第 137 页至 138 页)。又汪道昆于嘉靖四十年由襄阳知府升任福建按察副使(参见徐朔方《汪道昆年谱》,《徐朔方集》第四卷,第 26 页,浙江古籍出版社 1993 年版)。则王世贞当于嘉靖三十九年归里服丧后至四十年汪道昆任福建前读到其为顾圣少所作诗序。
④ 《顾圣少诗集序》,《太函集》卷二十。
⑤ 《弇州山人四部稿》卷十五。

个人的为文取向,说他独脱却世人蝇袭欧、曾等人之好,能为"东西京言",赏许意味已显而易见,又说自己及李攀龙"幸同所嗜",则是把汪道昆看成一位学古趣味相投的同道。这一点也表明,汪道昆和王世贞之间关系的建立,最为主要的,还应当是基于他们可以互通的诗文理念,特别是在学古取向问题上双方所具有的某种共识。

第四节　后期活动与以王世贞为中心文学阵营的建立

隆庆四年(1570)八月,后七子引领人物之一李攀龙辞世,这意味着李、王"并驱"格局趋于终结,至此后七子的文学活动进入了一个以王世贞为中心的时代,它的活动重心也逐渐移向南方地区,尤其集中在王世贞所处在的吴中一带区域,并继续释放出其强势的影响力。在这过程中,它与其他文学旨趣较为接近的文人势力之间的联系也凸显出来,特别是和以汪道昆等人为代表的徽州文人盟社的关系趋于加强,这也成为传导和拓展其文学影响的某种表征。

李攀龙的去世,对于后七子文学集团而言,固然失去了一位重量级的核心人物,也使得与之合作多年的王世贞失去了生平关系最为紧密的一位盟友,他在作于次年《祭李于鳞文》中叹息"凡子先驱,余必偕值。子今溘然,视我若捐"①,在《哭李于鳞一百二十韵》诗中感慨"历下无真气,词林失大贤"②,为自己失掉亲密的同道,也为词林一位主将的离逝,内心倍感惋惜和伤痛。不过,这并没有在根本上削弱后七子集团业已奠定的文学基础和它的影响情势,主要是因为自李攀龙去世后,原先与之共同主持文盟的王世贞一人担当起该集团的领袖角色,独自操持文柄,一跃成为"文章盟主",声望大振,四方文士多所归属,名位达到了他个人前所未有的高点。《明史·王世贞传》云:

> 世贞始与李攀龙狎主文盟,攀龙殁,独操柄二十年。才最高,地望最显,声华意气笼盖海内。一时士大夫及山人、词客、衲子、羽流,莫不奔走门

---

① 《弇州山人四部稿》卷一百五。
② 《弇州山人四部稿》卷三十二。

下。片言褒赏,声价骤起。①

甚者或以其"声力气义,能鼓舞翕张海内之豪俊,以死名于其一家之学,直千古可废也"②,海内文士"望走如玉帛职贡之会,惟恐后时"③之类的话,来形容王世贞此际独步文坛、声势隆盛的情形。

要说李攀龙辞世所带来的影响,主要是后七子文学集团的活动区域较之以前则有所变化,其一是原来济南文学营垒因李氏的下世实际上趋于解散,而且北方地区一时缺少像李攀龙那样能发挥强力影响的引领人物,难以形成吸引各方文人士子新的文学据点。其二是王世贞作为新盟主的地位开始确立,声誉益隆。从隆庆四年(1570)始直至万历十八年(1590)他本人去世,王世贞曾于万历元年(1573)至四年(1576)分赴湖广、广西、京师出任湖广按察使、广西右布政使、太仆寺卿及郧阳督抚等职,十六年(1588)就任南京兵部右侍郎,次年升南京刑部尚书,至十八年(1590)致仕归里,可以说,自从李攀龙去世以来,王世贞的大部分时间还是在南方地区特别是在吴中故里度过的。而随着这一位新盟主中心地位的形成,后七子集团的活动区域也逐渐由先前分散的南北两地,集中到南方地区尤其是吴中一带,王世贞也以其领袖人物的身份,联络与吸纳同道志人,以不同方式开展复古之业。而且,特别自嘉靖后期以来,王世贞因"家难"归居吴中故里,得以在当地与众士唱酬游处,切劘艺文,结构文学交游网络,传导后七子的文学影响,已在该地区奠定了相当的基础,这也自然有助于此际后七子集团在吴中一带建构它的活动中心。

从具体的情形来看,这一时期,后七子集团之中的多位成员曾经出入吴中,特别与他们的盟主王世贞一道,或诗酒唱酬,或谈榷文道,或相与游赏,延续盟友之间的交往活动。

如隆庆六年(1572),曾被登之于"广五子"之列的欧大任因母去世弃官奔丧,顺途经过吴中拜会王世贞,为其亡父母请合葬墓志,世贞有诗相赠。在此之前,他和王世贞已相结识,隆庆元年(1567),世贞偕弟世懋北上京师为亡父讼

---

① 《明史》卷二百八十七《王世贞传》,第二十四册,第 7381 页。
② 王锡爵《太子少保刑部尚书凤洲王公神道碑》,《王文肃公文集》卷六。
③ 钱谦益《题归太仆文集》,《牧斋初学集》卷八十三,下册,第 1760 页,上海古籍出版社 1985 年版。

冤,待诏复其父原官后方起程南返故里,在返归途中经扬州,欧大任闻讯来访,两人因相慕已久,此次访见"喜不自胜"①。明年,王世贞起补河南按察副使,整饬大名等处兵备,赴任途中再经扬州访欧大任,欧以其《浮淮集》请序,既而世贞为之作序以报。时至万历十二年(1584),大任自南京解官归,又专至吴中访会世贞,在其所修造的弇山园集聚赋诗为乐,称得上为他致仕返乡前和故人的一次道别之访。

在欧大任奔母丧至吴中相访的同一年,被王世贞称为"吾党"之"三甫"的其中二甫张佳胤和张九一先后抵吴。张佳胤在前一年以右佥都御史巡抚应天,此次是藉抚吴之机得以与王世贞相聚。或许是分外珍惜重会的机缘,还有旧友趣味投契之故,张佳胤自从开府吴中以来,正值王世贞里居,于是"一再过从,修布衣饮",利用在吴履任之便屡屡相访从,重叙旧谊。在此期间,他还以自己所著诗文集相示,向王世贞求教索序,世贞受而读之,为之撰序推奖,称其"语法而文,声法而诗。舂容而大,寂寥而小。虽所探适结构者不一,然大要不欲出物情之表而后快也。境有所未至,则务伸吾意以合境;调有所未安,则宁屈吾才以就调。是故肖甫之才恒有馀,而意无所不尽"②。由他对于诸如"意"、"境"、"才"、"调"之间关系的理解,评断张佳胤诗文在具体处理上述关系上所达到的创作境地,也算是对张氏以其诗文问教的回应。张九一晚些时候来访,对于这位在自己遭罹"家难"北上京师之际,不惜冒受牵累之险屡为存问且因此缔交的患难盟友,王世贞原本心存感激,怀有一份特殊感情,视之为知交,于其到访之时,邀他一起游赏,分韵赋诗。张九一此次在吴中盘桓多日,和王世贞相处的时间也较长,至次年年初还一同游览虎丘,二人之间自然有更多时间进行交流切磋。

从彼此相隔时间的长远上来说,万历十二年(1584)三月,七子之一的吴国伦不辞远途,专程来到吴中问访王世贞,显然更有一层特殊的意义。嘉靖三十九年(1560),吴国伦入京待调,间行访因"家难"寓居京邸的世贞兄弟,不久出补归德司理。而他相隔近二十五年之后来访,一是两位盟友在长时间离别后的再度相聚,重逢之喜不言而喻,无怪乎王世贞要用"即令醉死亦不辞,人间此人宁

---

① 王世贞《余与南海欧子相慕久矣,北归过维扬,访余舟次,喜不自胜,投诗见赠,且多劝驾之语,惜无何遽别,情见乎辞》,《弇州山人四部稿》卷三十九。
② 《张肖甫集序》,《弇州山人四部稿》卷六十八。

再见"①的诗句,来表达他与友人聚会的心情;二是其时后七子集团原初的核心成员中,李攀龙、徐中行、谢榛、宗臣、梁有誉皆已谢世,王、吴二子为尚在世的两位,而且,身为该集团元老级的成员,吴国伦至此也已是"声名籍甚"②,在文人学士圈内影响颇著,"客过从无虚日","千古之上,六合之外,抵掌扬扢,连日夕不休,海内荐绅布衣学士,羔雁玄纁,不东走弇州,则西走甔甀矣"③,在凝聚同道和传导复古影响上起着非同一般的作用。可以说,王、吴时隔二十余年在吴中的此次聚会,除重温彼此友情,也是两位著声遐迩而具有相当影响的同盟之友一次难得的文学对话良机。来访之际,吴国伦过往王世贞弇山园和世懋澹圃,与世贞兄弟一同游聚酣饮,作诗唱酬,用以畅叙情谊,并相互交流诗艺,其间又不失时机地出示其文集,请王世贞品评为序,停留十日而后别去。

除了这些集团原先的成员相继出入吴中,与其新盟主王世贞保持沟通交往,这一阶段,世贞凭借他本人的文学声望和利用日常活动之机,先后结识了一批不同地区的文学新交,互有来往联络,这其中就有莫是龙、沈明臣、李维桢、卓明卿、陈文烛、李桢、汪道贯、汪道会、张九二、喻均、胡应麟、屠隆、汪淮、邢侗、赵用贤、潘之恒、龙膺、郭第、邹迪光、梅鼎祚、梅守箕、徐桂、吴稼澄、陈继儒、唐时升等人,由此形成了一个以王世贞为中心的新的交游群落。与此同时,后七子文学集团也增添了一些新人物,特别如"后五子"之一的汪道昆,以及作为"末五子"的魏允中、赵用贤、李维桢、胡应麟、屠隆等人被吸纳进来,成为该集团的新生代成员。有关汪道昆的情况,我们在后面再作交代,其他成员分述如下:

魏允中,字懋权,南乐人。万历八年(1580)进士,除太常博士,迁吏部稽勋主事,仕至考功郎,为万历间名臣魏允贞之弟。万历十一年(1583)王世贞作《末五子篇》诗,将他与赵、李、胡、屠列入其中。而隆庆二年(1568)世贞起任河南按察司副使,已识之于大名,挟之与俱,"数以诗相赓和"④。是时魏氏年尚少,以所撰著古文词进于王世贞讨教,世贞览之则视为可造之才,以为其所作"虽未就劂琢,然识其必清庙器也"⑤,其中对于魏先后所进诗作尤为看重,认为已得杜诗之

---

① 《醉歌行赠别吴明卿,记与明卿别二十五年矣,舟行二千里而访我,作十日平原饮,于其别也,情见乎辞》,《弇州山人续稿》卷十一。
② 《列朝诗集小传》丁集上《吴参政国伦》,下册,第433页。
③ 李维桢《河南左参政吴公舒恭人墓志铭》,《大泌山房集》卷九十二。
④ 王世贞《寿节斋魏太公序》,《弇州山人续稿》卷三十四。
⑤ 王世贞《哀辞》,魏允中《魏仲子集》卷九附,明万历刻本。

风,对他颇为赏识,尝赠以五言长韵,中称"还将代兴意,对酒颂如渑"①,以"代兴意"相寄托,属意尤深而非同一般。魏氏去世后,王世贞曾序其文集,说他:"于诗无所不工,五七言律尤其至者。大较情真而语遒,意高而调协,即其才何所不有?而实不欲以江左之浮藻,掩河朔之风骨,盖得少陵氏之髓而略其肤者也。文尤典雅简劲,直写胸臆。譬之赤骥盗骊,以千里追风之势而就御勒;毛嫱丽姬,汰人间之粉泽而以其质显。"②也可见他对于魏氏本人诗文重视和赏许的程度。

赵用贤,字汝师,常熟人。隆庆五年(1571)进士,选庶吉士,授简讨。万历五年(1577),因抗疏论议张居正父丧夺情,被杖为民。张居正死后,复故官,进春坊赞善,改南京祭酒,擢南京礼部右侍郎,仕至吏部左侍郎。除名列"末五子"外,他还被王世贞录入"续五子"之列。万历十三年(1585),曾来吴中拜访世贞。

李维桢,字本宁,京山人。隆庆二年(1568)进士,选庶吉士,除简讨,进修撰。历官陕西参议、南京礼部侍郎,仕至南京礼部尚书。在结识李维桢之前,王世贞已与其父李淑相交,隆庆四年(1570)世贞在山西按察使任上,淑为其同僚,得以相与游处,次年李维桢即和世贞通好。万历二年(1574)王世贞抵京就任太仆寺卿,曾进之从游,双方自此也结下了密切的交情。时隔十年即万历十二年(1584),李维桢过吴中探访王世贞,彼此得以相聚。比起王世贞以及时入后七子文学集团的汪道昆等人来,李维桢自是属于"稍后一辈",却深为王、汪所重,二人"齐推毂之,以为将来定踞吾二人上"③。

在后七子文学集团活动后期年资相对较轻的新生代成员当中,要说他们与盟主王世贞关系最为紧密也最受其青睐者,莫过于胡应麟和屠隆。

胡应麟,字元瑞,号少室山人、石羊生,兰溪人。万历四年(1576)中乡试,屡试进士不第。独嗜古书籍,建室山中,聚书四万馀卷,手自编次,多所渔猎撰著。在中乡试的同一年,王世贞之弟世懋除江西布政使左参议,赴任途中经过兰溪,胡应麟遂得以相识之,片语相投合,"谈艺过丙夜"④。次年王世懋再度过访,向应麟绍介其兄世贞,促使他寄书素未谋面的王世贞通好。胡应麟在致世贞的书札中,声称"实于词坛鲜所降伏,惟一当执事,则心醉神驰,魂悸精夺,犹李邢国

---

① 《赠魏生十四韵,吾近未尝作此语许人也,其毋负我》,《戊辰三郡稿》,明隆庆刻本。
② 《魏仲子集序》,《弇州山人续稿》卷五十二。
③ 张惟任《太史公李本宁先生全集序》,《大泌山房集》卷首。
④ 王世懋《胡元瑞诗小序》,《王奉常集》文部卷六。

见唐文皇,英雄气概都尽"①,极言自己对于这位文坛盟主的服膺之心。而在此之前,他读到其《弇州山人四部稿》也已萌生慕心,"谓古今文章咸总萃"②。自万历八年(1580)至十一年(1583)间,胡应麟数度专程赴吴中拜晤王世贞,并携其诗作,来当面求教,世贞则劝勉其"努力兹道"③,对他所习多加指点勉励。双方在谈艺论道之际,不仅加深了了解,也增进了互相的感情。对于自己在晚岁才纳交的这位后进之士,王世贞颇怀有器重之意,"拳拳然奖以代兴,埒之国士"④。在他看来,胡应麟作为一名孜孜学古的士子,尽管作诗属文尚有瑕疵,还说不上臻于完善之境,所以在答对方书札中曾婉转指出,"以仆而观足下,诗必大家,文必名家,第体气清羸,宜稍节泛酬驰骛之作",尤以诗言,"大抵格调高古,音节鸿邕","唯歌行汹汹不无才多之虑,小加裁损乃惬中耳",但是他同时觉得,以胡所怀的学古趣味和所具的才能,其诗文之作已能合乎古则,不离轨度,故又称说其诗"格调高秀,声响宏朗,而入字入事皆古雅",其文"宏放奔逸,若飞黄蹑景,顷刻千里,而步骤操纵有度,不至负唶决之累"⑤。这也难怪王世贞对他要以所谓"大家"、"名家"相期望。而在寄答胡应麟的诗篇中,也曾谓其"登坛牛耳定,绝代凤毛骞。崛起三曹后,横行七子前"⑥,给予了非同一般的褒扬。万历九年(1581)王世贞序胡《绿萝馆诗集》,对他学古所诣,又明确表示了认肯,说"元瑞材高而气充,象必意副,情必法畅;歌之而声中宫商而彻金石,揽之而色薄星汉而摅云霞。以比于开元、大历之格,亡弗合也"。而且在检讨总结"诸前我而作者"诸如李梦阳、徐祯卿、何景明、高叔嗣、宗臣、李攀龙等人得失的同时,以为"后我而作者,其在此子矣夫"⑦。很显然,把胡应麟看成是接续和光大诸子之业的一位后继者,以厚望相寄寓。万历十八年(1590)秋王世贞病重,胡应麟前往探访,在病革之际,世贞以自己甫成编的《弇州山人续稿》托付给胡,希望他能

---

① 《与王长公第一书》,《少室山房集》卷一百十一,影印文渊阁《四库全书》本,台湾商务印书馆1986年版。
② 胡应麟《石羊生小传》,《少室山房集》卷八十九。
③ 胡应麟《拟古十九首》序,《少室山房集》卷十一。
④ 胡应麟《与王长公第二书》,《少室山房集》卷一百十一。
⑤ 《答胡元瑞》,《弇州山人续稿》卷二百六。
⑥ 《曩余为胡元瑞序〈绿萝轩稿〉,仅寓燕还数编耳。序既成,而元瑞以新刻全集凡十种至,则众体毕备,彬彬日新富有矣,五言古上下建安、〈十九首〉,乐府等篇遂直闯西京堂奥,余手之弗能释也。辄重叙其意,并寄答五言律二章》其一,《弇州山人续稿》卷十二。
⑦ 《胡元瑞绿萝馆诗集序》,《弇州山人续稿》卷四十四。

"校而序之",以为如此"吾即瞑弗憾矣"①,对其器重与信任,也可见一斑。

屠隆,字长卿,号赤水、鸿苞居士,鄞县人。万历五年(1577)进士,除颍上知县,调青浦,迁礼部主客主事,历仪制郎中。西宁侯宋世恩兄事隆,与之宴游甚欢,为刑部主事俞显卿所讦,以此罢官,归后益纵情诗酒。隆为诸生时已以古文词称名。万历六年(1578),方在颍上知县任上的他,寄书王世贞自通,而在此前一年,其在京师获与世贞弟世懋相识结交,"托頡頏之羽,结绸缪之欢",相处甚适。世懋自京师归后,曾向其兄绍介称说这一位他所结识的"新知",由此也给世贞留下了较为深刻的印象。在初致王世贞的信札中,屠隆不但不吝文辞地赞扬对方,称"读《艺苑卮言》,辨博哉如涉太湖、云梦焉;读《弇州集》,魁瑰巨丽、和畅雄俊哉如泛大海焉,又如观玄造焉。其为文包罗《左》、《国》,吐纳《庄》、《骚》,出入杨、马,鞭棰褒、雄;其为诗炼格汉魏,借材六朝,同工沈、宋,登坛李、杜。诚天府之高华,人文之鸿巨,作者之极盛矣,观止矣",倾吐了自己心中对于这位文学前辈的敬仰之情;而且表示了有意"自进门下"的心愿,期望能"抠衣登堂,面受大教"②。双方由此订交。稍后屠隆调任青浦知县,遂藉职事之便,访王世贞于其弇山园,两人"促膝"相谈,一起分韵赋诗。后世贞经过青浦,也曾前去问访之。万历十年(1582),屠隆又以青浦令上计顺途来访,王世贞邀其游览弇山园,临别又偕弟世懋出郭相送。中间双方一直有诗书往来,联系较为频繁。屠隆年长胡应麟八岁,但在王世贞眼里同样还是属于一位后辈之士。虽然如此,在他看起来,要说与胡较为相似的话,屠不但学古已大体符合轨度,并且富有才情而能出奇取胜,同样令人刮目相看。如他评胡应麟诗"大抵格调高古,音节鸿邕",认为"目中所见,自屠青浦外鲜偶者"③。就诗之学古而言,这已是明显置屠于可与胡相媲美之位。王世贞在南京任职期间,屠隆曾手书五七言古近体诗二十四章相寄,世贞读到之后,感叹其诗"宏丽奔放,真才子也"④,则当为屠诗之才情所动。在阅读了屠隆诗文集以后,他又表示:"诗语秀逸,有天造之致,的然大历以前人;文又瑰奇,横逸诸子两都,而持论破觳胜之。"⑤这是说屠隆既能造古之境,

---

① 胡应麟《挽王元美先生二百四十韵》序,《少室山房集》卷四十八。
② 《与王元美先生》,《由拳集》卷十四,明万历刻本。
③ 《答胡元瑞》,《弇州山人续稿》卷二百六。
④ 《屠长卿诗后》,《弇州山人续稿》卷一百六十。
⑤ 《屠长卿》,《弇州山人续稿》卷二百。

又能出奇翻新，为他所推许。

这一时期，虽然王世贞以新盟主的身份独操文柄，也赢得了他个人空前的文学声望，然而，特别是一些核心成员相继谢世，毕竟使得后七子文学集团内部的力量为之减损，这同时也给作为其领袖人物的王世贞，增添了几分孤立之感，万历七年(1579)，在出吊友人徐中行的途次，王世贞于所书挽诗中即悲叹"矫首乾坤诸子尽，断弦山水一身孤"①，实是他此时心境的真实写照。而如上述这些成员先后被吸纳进来，当时独擅文坛的王世贞个人所起的影响不可忽视，这些人大多是出于对他的服膺而集合在其麾下。最为重要的是，随着他们的加盟，后七子集团补充了新生力量，这对于进一步夯实它的文盟基础和传播文学影响是有利的。实际上，那些成员在参与后七子集团文学活动尤其是与王世贞的交往过程中，也不同程度上站到诸子的立场，担当起承接其道和为之鼓吹传扬的角色。在这方面最典型的莫过于胡应麟，他曾向王世贞表示自己"擘调于开元，镕裁于大历，驰驱于弘、正，归宿于明公，婆娑一氏之言，仰答非常之遇"，有意朝诸子尤其是王世贞靠拢，酬以知遇之感。特别还自称其撰写论诗之编《诗薮》，意在"羽翼《卮言》"②。对于此书，王世贞以为"其采可谓博，而持论可谓精"③，甚至表示，《诗薮》之问世，"古今谈艺家尽废矣"④。这还不能说它尽为虚夸之言，因为该书受世贞《艺苑卮言》影响，已为众家所注意，肯定者如万历十八年(1590)汪道昆序《诗薮》，即称其是："衍《卮言》"⑤之作，否定者如清人钱谦益说它："大抵奉元美《卮言》为律令，而敷衍其说，《卮言》所入则主之，所出则奴之。"又语气不无激烈地声称："要其指意，无关品藻，徒用攀附胜流，容悦贵显，斯真词坛之行乞，艺苑之舆台也！"⑥若撇开其中褒扬和贬抑因素，不应否认其循守《艺苑卮言》一书的客观事实，因此，得到王世贞的推奖自是在情理之中。

考察后七子文学集团后期活动的发展情势，除了能够注意到随着新盟主王世贞中心地位的形成，它的活动区域逐渐向南方地区特别是吴中一带集中，以及一些新成员相继加入，还同时可以觉察出，其在相关活动的开展过程中，也增强了与

---

① 《哭子与方伯五首》其四，《弇州山人续稿》卷十五。
② 《报长公》，《少室山房集》卷一百十一。
③ 《答邢知吾》，《弇州山人续稿》卷一百九十八。
④ 《答胡元瑞》，《弇州山人续稿》卷二百六。
⑤ 《诗薮序》，《太函集》卷二十五。
⑥ 《列朝诗集小传》丁集上《胡举人应麟》，下册，第447页。

文学宗旨比较接近的文人势力之间的联系,这方面最为明显的,则反映在此际以王世贞为中心的文学阵营和以汪道昆等人为代表的徽州文人盟社的关系上。

在嘉、万之际文坛,汪道昆称得上是一位颇具影响力的人物,毕懋康《太函副墨序》云:"国朝文章家斌斌代起,若搴大将旗居然主坛坫者,则历下、弇山、太函其雄也。"①唐晖在同名序中也说:"迨至肃庙,群英奋兴,鼎足而霸,历山、娄江、新都其雄也。"②这已是视汪道昆为可以与李攀龙、王世贞鼎足而立而主持坛坫的一位文界主将。将汪氏的名位和李、王二子相提并论,也许不免出于夸饰,不过,从中也能见出汪道昆扬名当时文坛而影响显著之一斑。特别是自李攀龙去世之后,王、汪二人成了时下不少词人墨客依归的主要目标,王世贞曾于万历十五年(1587)被推补为南京兵部右侍郎,汪道昆则于隆庆六年(1572)升任兵部右侍郎,万历三年(1575)以兵部左侍郎致仕,人遂以"两司马"并称之,他们所处在的吴中和徽州地区,也因为二人的名望变成众文士趋附的集聚中心,所谓"海内之山人词客,望走噉名者,不东之娄东,则西之歙中"③。后七子文学集团活动重心的南移,以它产生的影响效应来说,自然增加了对于包括汪道昆所处在徽州等南方地区的辐射强度。就徽州之地的特点而言,这原本是一个所谓"三贾一儒"④的商业氛围相对浓厚的区域,为数不小的徽商外出经营,不仅激活了该地区的商业活动,而且也为联结它和其他区域的多重交流铺展了一条通途,有助于强化它在文化思想上的开放度。早在弘治、正德年间,徽州的一些文士与商贾作家如王寅、郑作、程诰、佘育等人,就曾和当时的前七子领袖人物李梦阳发生文学上的联络交往,或谒访求教,或及门受业⑤。这应该可以看作是该地人士突破自身地域界限,与崛起于当时文坛而担当先导角色的中原复古势力展开交流乃至融合其中的一个缩影。由此,它也为该地区感知和接受作为一支新复古势力的后七子集团此际在南方地区逐渐增强的文学影响,奠下了一定的基础。

万历三年(1575),方在兵部左侍郎任上的汪道昆陈情告归,回到了故里,开始他的归居生活。对于汪道昆本人而言,其时告归回乡,虽然意味着仕宦生涯的终

---

① 汪道昆《太函副墨》卷首,明崇祯刻本。
② 《太函副墨》卷首。
③ 《列朝诗集小传》丁集上《汪侍郎道昆》,下册,第441页。
④ 汪道昆《海阳处士金仲翁配戴氏合葬墓志铭》,《太函集》卷五十二。
⑤ 参见韩结根《明代徽州文学研究》,第157页至160页,复旦大学出版社2006年版。

结,但同时改变了因为宦务而"用志既分,卒鲜专一之效"①的境况,为他在接下来的时间里更集中心志专注于"修古"之业,创造了条件。具体来说,特别反映在他对于当时具有较大规模和影响力的白榆社这样的徽州文人盟社的经营。万历八年(1580),武陵人龙膺来任徽州府推官,万历十年(1582)至十一年(1583)间,汪道昆与之共同创立此社②,并执牛耳而为社中之长。说起来,汪道昆自嘉靖四十五年(1566)罢福建巡抚归里后,曾与其弟道贯及从弟道会组织丰干诗社,这也是他参与徽州文人盟社建设的一次重要活动。不过,该社成员主要限于徽州当地人士,大多"孳孳本业,徒以其馀力称诗"③。相比起来,白榆社的成员构成其地域分布要广泛得多,除了汪道昆、汪道贯、汪道会、潘之恒、王寅、谢陛等徽州人之外,不少成员则是从不同地区先后汇聚起来的,其中除开武陵人龙膺,尚有鄞县人屠隆、沈明臣,京山人李维桢,南昌人来相如,宣城人吕胤昌,长洲人郭第、周天球,吴江人俞安期,武昌人丁应泰,德清人章嘉桢,馀杭人徐桂,莆田人佘翔,孝丰人吴稼璔,兰溪人胡应麟,歙县人张一桂,馀姚人孙鑛等④,所谓"诸宾客自四方来,择可者延之入"⑤,其具有广吸众纳的开放性。有关白榆社的缘起,汪道昆万历十二年(1584)在送龙膺三载考绩序中提到:"(膺)结发理郡,郡中称平。圜土虚无人,日挟策攻古昔。乃构白榆社,据北斗城。"⑥。尽管此序于是社宗旨及活动情形未给予更为详尽的交代,然盟社倡起者专注"古昔"

---

① 汪道昆《太函集自序》,《太函集》卷首。
② 万历十一年属大计之年,《明神宗实录》万历十一年正月条:"己巳……吏部会同都察院考察天下诸司官。"(卷一百三十二,第五十四册,第2457页,台湾中研院历史语言研究所校印本。)又汪道昆《游黄山记》曰:"司理(案,指龙膺)比岁周行列郡中。会计吏入朝,司理兼摄郡县事,日多暇,则就余称诗,且进余二仲及潘生。会郭山人次肯见客,乃就东郭宰白榆社,属余长之。其地错部娄而属斗山,盖聚星之义也。毕计得代,司理将溯秋浦,历姑孰而抵吴门。"(《太函集》卷七十五)则白榆社的创建当在万历十年岁末至十一年春之间。
③ 汪道昆《丰干社记》,《太函集》卷七十二。
④ 龙膺《汪伯玉先生传》云:"予小子释褐徽理为万历庚辰,下车首式先生之庐。先生年五十六矣。……坐顷,接予片语,辄契合,直批衷,素朗如明月之入怀。已深叩之,渊如洪钟之答响也。翌日,揖阿淹(汪道贯)、阿嘉(汪道会)二仲,暨王仲房(寅)、谢少连(陛)、潘景升(之恒)诸风雅士。居久之,屠纬真(隆)仪部、李本宁(维桢)太史、吕玉绳(胤昌)司法、沈嘉则(明臣)、郭次甫(第)、俞羡长(安期)诸名流先后至,乃结白榆社于斗城。"(《纶潊文集》卷八,清光绪刻本。)另见汪道昆《招李太史、来少仙入社》、《首春招丁明府入社》、《招章元礼入白榆社》、《招周公瑕入白榆社》、《秋闱招徐茂吴入社,同宰公赋》、《白榆社送余宗汉还闽,末章即事》、《招吴翁晋入白榆社》、《招元瑞入白榆社》、《招张大司成入白榆社》诸诗,《太函集》卷一百十二、卷一百十六、卷一百十七、卷一百十八、卷一百十九。孙鑛《答龙使君见怀之作》题下小注:"余与龙君同白榆社。"(《端峰先生松菊堂集》卷十六,《四库全书存目丛书》影印明万历刻本,齐鲁书社1997年版。)
⑤ 汪道昆《送龙相君考绩序》,《太函集》卷七。
⑥ 《送龙相君考绩序》,《太函集》卷七。

的习尚，与其立社目的无疑有着重要的联系。又万历十九年(1591)春，胡应麟入徽州拜谒汪道昆，被招入白榆社，他在回返后致道昆的信札里，专门言及此次"寻盟于白榆社"①追随对方谈艺的经历："把臂谈天，扢扬今古，上穷羲昊，中覈汉唐，下综昭代，制作污隆，体格高下，烨如悬镜，茅塞洞开。"②这其中议古成了他们之间一项重要谈资，社内交流切谈的情形可见一端。有理由认为，汪道昆等人创建有着明显学古性质的白榆社，在一定意义上，与当时流行文坛的复古风尚特别是后七子集团的文学影响对于徽州地区的辐射传播是分不开的。事实上，此时作为徽州重要文人盟社组织的白榆社，无论是成员的身份构成，还是他们的日常活动，同以王世贞为首的后七子集团有着非同一般的密切联系。社中如汪道昆、李维桢、胡应麟、屠隆等人，本身和王世贞等人关系契密，被纳为后七子集团成员，而像龙膺、汪道贯、汪道会、潘之恒、沈明臣、郭第、来相如、俞安期、周天球、徐桂、吴稼䜭等人，与王世贞等人也有联络往来，习好相近。

例如，汪道昆之弟汪道贯，早在万历二年(1574)，就与方在太仆卿任上的王世贞往还游处，此后或偕道昆、道会，或独自而往，赴吴中屡次访会王世贞，时出其诗文求教，而世贞也曾亲自指点他的古文词创作，称"其为古文辞，雄爽有调，而或不免士衡之芜，余每一规之，辄一小异"，"已而尽出其新篇，读之，沈着温茂，一倡三叹，有馀音矣"③，说明在其诲导下有所长进。而如潘之恒，除了交好汪道昆之外，也曾从王世贞游，数度相访，"每见必出其所业"④，受教于对方。钱谦益《列朝诗集小传》说"其称诗弇州、太函也。久之，交袁中郎兄弟，上下其议论，其论诗又公安也。中郎尝序其《涉江诗》，以为出汪、王之门，能湔其旧习。然景升既倾心公安，其诗故服习汪、王，终不能有所解驳，中郎徒以论合，懂而收之耳"⑤。潘氏虽倾心公安袁氏兄弟，然还是难脱汪、王诗习，除却汪道昆，其中也表明他"服习"王世贞之深。他如吴稼䜭，为嘉靖年间曾和李攀龙、王世贞"折节定交"而入"广五子"之列的吴维岳之子，"学弇州之学，弇州力为援引，遂以有闻于时"⑥。他在《书怀呈少司马王元美先生四首》诗一中，也曾经写到跟从时在

---

① 汪道昆《送胡元瑞东归记》，《太函集》卷七十七。
② 《自歙归再报汪公》，《少室山房集》卷一百十三。
③ 《题汪仲淹新集后》，《弇州山人续稿》卷一百六十。
④ 王世贞《潘景升东游诗小序》，《弇州山人续稿》卷五十四。
⑤ 《列朝诗集小传》丁集上《潘太学之恒》，下册，第631页。
⑥ 《列朝诗集小传》丁集上《吴通判稼䜭》，下册，第626页。

南京兵部右侍郎任上的王世贞论艺的情形："列戟森如此，犹能日过从。高谈穷辨蜺，薄技愧雕龙。"①王世贞能够接受吴稼竳而偕之游处谈艺，且力为之推引，一则当然是基于与其父亲吴维岳之间早年所结下的交谊，二则也是因为比较看重吴稼竳的才艺，尤其对他的诗歌格外赞赏，据载时世贞"一见翁晋（案，吴稼竳字）诗，而惊异叹息，谓平生见所未见云"②。又如俞安期，生平和王世贞、吴国伦等人交谊较深。曾为五言排律一百五十韵赠与王世贞，谓对方"理芜存季代，索隐及前皇。尽发千家覆，横开万古荒。青春陶物象，玄夜吐光芒。日月添昭晰，乾坤剖秘藏"③，对世贞学古究索所为，极尽誉扬之辞。万历十四年（1586），其入楚中访吴国伦，吴则"与之言诗者逾月，益复深相结而过信之"，以为"大较趣舍同而意气不相狃也"④。既又序俞纪游诗，称之为"一时布衣之雄"，"真有古国士之风"⑤。俞安期弱冠厌经生业，善为诗，人称其"古诗、乐府伯苏、李而仲曹、刘，近体、歌行胚杜陵而孕卢、骆诸子"⑥，又"取材汉魏、初盛唐，而心师当代诸名公，日恐不得其似"⑦。在学古的具体方式上，尽管他未全然附随诸子，而本于自己一定的拟学原则，如关于拟古乐府的问题，他在《代汉鼓吹铙歌二十二首》序中指出，"逮自我朝作者奋起，思复古昔，欲登炎汉之堂，竞相拟效，虑其降格，命意指事，联字调辞，亦步亦趋，必禀其旧"，以为"弇州、历下一时卓识，犹所不免"，在他看来，比较二人，如果说，王世贞之拟作或能做到"本旨与己怀间出，师其意不泥其迹矣"，那么，李攀龙在《古乐府》自序中主张"拟议以成其变化"之说，属"英雄欺人"，即"拟议非变化也"，而他所持的拟古乐府原则，"旨则取乎今，调则法乎古"⑧，乃异于李说；不过在拟学目标上，他和诸子之间大趣不异，如于诗重"汉魏古辞"，除了曾为《代汉鼓吹铙歌二十二首》，又作有《古意新声十首》。后者诗序议及写作之缘起："世为七言近体者，效法于唐，取材枏字，上者神龙，下

---

① 《玄盖副草》卷九，民国影印明万历家刻本。
② 梅守箕《吴翁晋永嘉诗序》，《居诸二集》卷九，《四库未收书辑刊》影印明崇祯刻本，北京出版社1997年版。
③ 《奉呈大司寇王元美先生一百五十韵》，《翏翏集》卷十九，《四库全书存目丛书》影印明万历刻本，齐鲁书社1997年版。
④ 吴国伦《俞山人纪游诗序》，《甔甀洞续稿》文部卷五。
⑤ 《俞山人纪游诗序》，《甔甀洞续稿》文部卷五。
⑥ 龙膺《送谢少连俞羡长东还序》，《纶㴋文集》卷三。
⑦ 吴国伦《俞山人纪游诗序》，《甔甀洞续稿》文部卷五。
⑧ 《翏翏集》卷四。

乃规规大历,至于汉魏古辞,若弁髦之矣。余读古乐府,爱其语直而真,情婉而切,时发艳辞,终无雕绘,其犹存列国之风乎?窃取其语意,漫为时体,名曰古意新声。"①是以《四库》馆臣以为,"安期之名本由依附七子而成,故诗亦不出其流派"②,可以说,多少点出了俞氏和诸子相近的诗习。

说到后七子文学集团和白榆社成员的联系,无法忽略身为白榆社之长的汪道昆。上一节已述及,自嘉靖末期至隆庆之初,汪氏与李、王之间已有联络,确立了交游关系。而在这一阶段,伴随着他和王世贞等人交往的深入,与后七子集团的关系也更趋紧密,且被冠之以"后五子"之一的身份。

先看他和王世贞在这一段时间私人关系的发展以及他对李、王复古地位的认知态度。万历三年(1575)至四年(1576),王世贞以都察院右佥都御史督抚郧阳,其间以诗文集《弇州山人四部稿》"属梓人剞之"。尽管未"专价布币"乞书序于汪道昆,却怀有欲请对方为序的心愿,能见出其属意之深③。万历五年(1577)汪道昆欣然为王世贞序《四部稿》,其中曰:

> 汉与宇内更始,时为履端。文帝虚己下人,贾生堀起,进之陈说国体,退之祖述楚辞,有开必先,此其嚆矢。武帝孳孳文学,多士应感而兴。两司马为之擅场,左右并建,汉臣自侈当世,炳焉与三代同风。……我太祖再造中国,咸与维新。孝宗虚己下人,与孝文之治同道,士兴勃勃,而李献吉以修古特闻,策事摛辞,成籍具在,方诸贾生近之矣。世宗以礼乐治天下,寿考作人,何可胜原。于时济南则李于鳞,江左则王元美,画地而衡南北,递为桓文,浸假与两司马相周旋,骎骎足当驷牡。……北地亡而大道隐,于鳞桴而元美鼓之。……于鳞与古为徒,祖三坟而祢六籍,其书非先秦两汉不读,其言非古昔先王不称,其论著非挟日不成,其逐射而当古人非上驷不以驾。故片言出而人人自废,不则无言。元美上窥结绳,下穷掌故,于书无所不读,于体无所不谙。其取材也若良冶之操炉鞴,即五金三齐,无不可型。

---

① 《翏翏集》卷二十九。
② 《四库全书总目》卷一百七十八集部《翏翏集》提要,下册,第1605页。
③ 王世贞《汪伯玉》:"世贞备乏郧镇时,检橐中稿……乃梓人剞之,聊以藏家塾备遗忘而已。……而执事海内龙门也,片言华衮,畴不悉之?且仆素获幸于执事,又畴不悉之?执事以仆之幸而过赏其言,海内以执事之赏而信仆言大惠也,以仆之言而累执事明大罪也。以故虽一及之陵末,谋之次君,然而不敢专价布币以启者,有此惧也。"(《弇州山人续稿》卷一百八十五)

其运用也若孙武、韩信之军,即宫嫔市人,无不可陈,无不可战。左之左之,无不宜之,右之右之,无不有之,则惟元美能耳。……其称诗著书,力敌于鳞,而富倍之矣。贾其馀富,为说家言,则诸君子之所不遑,楚左史之所未觏者也。且也病渴论腐,两司马以局蹐终,元美旅力方刚,幸而得谢,率履坦坦,绰有前途。[①]

上序在将李梦阳比拟于汉代贾谊以明其开"修古"风气而起"嚆矢"作用的同时,以李攀龙、王世贞二人比拟于汉代继谊后起的"两司马"即司马相如与司马迁,实际上把他们当作接续李梦阳"修古"大业的角色来看待,置其于开导文坛风气的引领者和主盟者的地位。而汪道昆自序其《太函集》,其中言及李、王二人学古所法,也说"彼其隶视百家,雄视千古,取法于《左》、《国》、蒙庄、屈、宋、苏、李、司马、曹、刘、李、杜,取材于先秦、两汉、建安、开元。于鳞谨严,元美闳博,高门相望,无忝大方之家"[②],在原则上认可他们学古"取法"与"取材"之路,肯定了他们依循古昔而彼此相应的学古取向。不啻如此,上序中又以李、王作互相比照,虽认为他们在学古方面各有所当,但细味其意,显然更属意继李攀龙之后独主文盟的王世贞,谓其称诗著书不仅"力敌于鳞",而且"富倍之矣",为李之所不及。又说世贞"旅力方刚","绰有前途",对于这位新盟主格外寄予了厚望。应该说,此序不仅在体认李、王学古作为基础上,更明确认肯二子在接续李梦阳等人"修古"大业方面所发挥的作用与取得的业绩。这也难怪在王世贞本人看来,它不失为熟谙李、王所业而作出的较符合事实及其意愿的笃论,所以他在读到这篇序后曾致信对方,称"执事文美矣,尽善矣,论笃矣"[③];而且序中特别对于王世贞个人的称扬,也显明汪道昆对此时以王世贞为中心的后七子集团所抱持的一种切近的心态。

继隆庆二年(1568)初会王世贞之后,万历十一年(1583),汪道昆携其弟汪道贯与从弟汪道会再度来吴中拜会世贞。如果说,初会标志着他们面晤"讲业"而正式建立私人联络关系,那么,此次再晤更增进了双方的了解和感情,"主人

[①] 《弇州山人四部稿序》,《太函集》卷二十二。
[②] 《太函集自序》,《太函集》卷首。
[③] 《汪司马》,《弇州山人续稿》卷一百八十五。

供弇山之具,竟日为逍遥游"。汪道昆留驻七日而始发,王世贞与其弟世懋亲自祖送于昆山。时道昆期待后年再赴吴中,为世贞年届六十"躬奉一觞为寿",世贞则名之曰"来玉",表示届时"愿筑特室以延从者",且将"虚上座以待"①。虽然万历十三年(1585)汪道昆因其弟"病瘠"②,未能成行,然至次年他偕龙膺等人三访王世贞于吴中,也算是一次践履前者承诺之行。对于汪道昆此趟所谓"来玉"之约,王世贞很是看重,事先作了精心安排,专门修饰"来玉"之堂以待,与道昆等来访者欢宴相聚,"扬扢风骚"③。有关此次聚会情形,汪道昆后来在为祭悼王世贞而作的《祭王长公文》里记述道:

> 长公雅谓不佞:"平生知我者三,始则于鳞,终则伯玉,方外则先师。相知贵相知心,故知己视感恩贤矣。余何能修古?夫夫摈之相之,趋则让趋,步则让步,左提右挈,相与狎主齐盟,则于鳞之为也。余何能当作者?或任耳而曹视之,夫夫为我张皇,推毂无两,遂令鞬櫜之士左次而避中原,则伯玉之为也。……"昔在丙戌(案,指万历十四年),长公祖不佞于昆山,申以前言,痛哭流涕。④

从上文转述的王世贞的陈言中,可以察知他与汪道昆的投契程度,即至此已将他看成辅佐自己"修古"事业的一位知己。这自然是因为深入了解对方所致,也表明此时二人之间的关系趋于深化。为此汪道昆也深有感触,在上同一篇祭文中就慨叹:"长公内我季孟之间,登我坛坫之上,平生知我者,唯长公一人。"对世贞颇怀知遇之感。

追踪汪道昆此际和后七子集团联系趋密之迹象,还应该注意到他与胡应麟、屠隆这些后起之秀的关系。虽说胡、屠二子后来也加入白榆社,与他同为一社盟友,关系自是非同一般,但鉴于二子兼为后七子集团成员的特殊身份,汪道昆和胡、屠之间的关系,也成为考察他与后七子集团关系的一个重要侧面。

---

① 汪道昆《沧洲三会记》,《太函集》卷七十六。
② 汪道昆《屠长卿》,《太函集》卷一百二。
③ 龙膺《寄汪函翁白榆社长》,《纶瀹文集》卷二十四。
④ 《太函集》卷八十三。

第七章　后七子文学集团的组成及其活动　　399

　　汪、胡相识时在万历十一年(1583)，两人"片语定交，谊逾倾盖"[①]。对于这位文学后进，汪道昆则是"齿诸国士"[②]，曾经说过："我思古人，实获我心。斯人之谓也。"[③]以为在圈内结交了一位切中其意的同道，因而为之褒扬有加。从胡应麟本人来说，接近汪道昆这位年长于自己近三十岁而著声遐迩的文学前辈，多少怀有几分期望获得对方提携援引的动机，但最主要还是出于个人心仪的缘故。如称汪道昆"无论文章殊绝，即人品度越古今"[④]，对他文章与人品深为敬重。曾赋《八哀诗》，首列王世贞"以识殁者"，而作《五君咏》诗，则首列汪道昆"以识存者"[⑤]。诗中写汪道昆："横飞北地前，独步弇山后。伟哉词人场，百代归领袖。"[⑥]将他描述成前承李梦阳而后继王世贞一位词场领袖式的重要人物，这足以表明他在胡应麟心目中位置之高。当然，双方间形成的这种契密关系，最为明显的莫过于他们屡屡就诗文具体写作所进行的相互定评。如胡应麟起初曾取乐府诸题拟议之，六旬之中共为十卷，刻成后即呈汪道昆求教[⑦]。万历十八年(1590)，胡应麟又以撰成的《诗薮》三编示汪道昆，道昆遂为之作序评品，称胡"其持衡如汉三尺；其握算如周九章；其中肯綮，如庖丁解牛；其求之色相之外，如九方皋相马"[⑧]。反过来，汪道昆也曾经以所撰古风、歌行、五七言律绝及排律等诸诗体专示胡应麟，请他为"评定之"，胡应麟则表示所评"不敢有所隐，亦不敢有所私"[⑨]，据实评品以复对方，以示谨严公允之态度。出于对胡的信任和器重，汪道昆还曾以编成的个人全集相属，求请他为之"校定"[⑩]。

　　与胡应麟相比，屠隆和汪道昆相识的时间略微要早一些。大约在万历十年(1582)，屠隆致书道昆通好，表达了自己希望与之"抵掌大业"的迫切意愿[⑪]。而

---

①　胡应麟《入新都访汪司马伯玉八首》序，《少室山房集》卷十二。
②　胡应麟《奉少司马汪公》，《少室山房集》卷一百十三。
③　《诗薮序》，《太函集》卷二十五。
④　《报伯玉司马》，《少室山房集》卷一百十三。
⑤　胡应麟《报伯玉司马》，《少室山房集》卷一百十三。
⑥　《五君咏·汪司马伯玉》，《少室山房集》卷十八。
⑦　见胡应麟《报伯玉司马》，《少室山房集》卷一百十三。
⑧　《诗薮序》，《太函集》卷二十五。
⑨　《杂柬汪公谈艺五通》之二，《少室山房集》卷一百十三。
⑩　胡应麟《哭汪司马伯玉十首》第八首诗末原注，《少室山房集》卷三十七。
⑪　屠隆《与瞿睿夫》书云"仆年三十五得一第"(《由拳集》卷十六)，《与汪伯玉司马》自谓"今年四十，精已销亡"，"仆生东海四十年，而未通尺一门下"，"仆有以仰见先生之度，令得从云梦生之后而抵掌大业，可乎"(《白榆集》卷十一，明万历刻本)。屠氏中进士时在万历五年，知万历十年前后其致书汪道昆自通。

在此之前,屠隆已结识了文坛盟主王世贞,据他看来,当今天下艺文之道,惟有王、汪二人能够并肩担当,在写给汪道昆的信札中他就声称,"今天下文章属之琅琊与先生,若麟凤之为百兽长,沧海之为百谷王,千秋之名终归焉,而他搦管修辞者,即目营四海,气凌万夫,恐未免卒为两先生驱除而止"①。于是除却王世贞,汪道昆理所当然地成了他企求成就文章大业的良师。而早自屠隆通籍以来,道昆业已闻知其名,并从文友王世贞、沈明臣等人那里对他的人品文才有所了解②,"每谈艺,胪数海内诸名家,辄首及云杜本宁李先生、东海长卿屠先生云"③,俨然以文学名家隽才目之,属意非浅。屠隆自从结交汪道昆之后,也"悉箧先后所就业,质成司马"④,与之相与讲业,质询求教良多。

虽然白榆社作为徽州地区重要文人盟社,如上所述,与以王世贞为中心的后七子集团关系密切,在某种意义上,其之所以创立和后者的文学影响分不开,尤其是为首人物汪道昆,在传导李、王等人的文学宗旨及维护他们的文学地位,包括联结徽州地区和后七子集团文学关系这一方面,以他本人的声誉和作为,从中扮演了一位特殊的角色,并成为辅助王世贞等人的重要一员,但同时也应该注意到另一面,汪道昆等人在这一时期吸收"四方"同好加入此社,且有倾向"古昔"的文学背景,令人不能不感觉到,其与后七子集团竞相角逐的味道颇浓,大有力图独辟门户、甚至欲和王世贞等诸子争胜的潜在意向。如此,也就不难理解汪道昆《太函集自序》将他个人诗文学古之业明确定位在脱却依傍而"将成一家之言"这一目标的自我表白。毕懋康所撰《太函副墨序》在比较汪道昆和李、王所业时亦指出,李、王、汪三人在当时称得上是"并建旗鼓,尽扫群芜,一还旧物",特别以汪道昆来说,实"与弇山争雄长,是固晋、楚之狎主,而泰、华之对峙也"⑤。以此看待汪道昆等人是时在徽州地区经营盟社的文学活动,除了它起而呼应李、王诸子的复古举创,特别是强化了和王世贞等人的文学联系,我们似乎还可用其和诸子并驱争长、自立门户的评断来形容之。

---

① 《与汪伯玉司马》,《白榆集》卷十一。
② 汪道昆《屠长卿》:"盖自足下始通籍,业已从都人士得公名。比居由拳,从梓人得公集,既又从沈太史得公品,从王弇州得公腾骧灭没之材。"(《太函集》卷一百二)
③ 丁应泰《屠赤水白榆集序》,《白榆集》卷首。
④ 程涓《白榆集序》,《白榆集》卷首。
⑤ 《太函副墨》卷首。

第八章 后七子的个性与心态

作为一个文人群体,犹如我们此前所分析的前七子诸成员那样,体现在后七子身上的个性与心态,既存在着个体之间的某些差异,又体现出一种集体性的相似倾向,后者当然是我们在考察这一群体组织时更应该注意到的问题。综合来看,后七子大多为一群个性狷介峻雅之士,以文业为尚,不与流俗相苟合,而特别是经历了嘉靖至万历朝生存境域的更易以及各自切身的遭际,在大体上,诸子的心态呈现出从外放到内敛、从亢激到平和的变化过程。

第一节 寓志于仕路艺途之始

以后七子的个性特点来看,其和前七子一样,诸成员之间的性格差异自然在所难免,不过,如果就其基本的倾向而言,我们似乎大致可以狷介峻雅来形容之。

比如李攀龙,王世贞在《吴峻伯先生集序》中忆及嘉靖年间与他结交而切磋文业情形时指出:"济南李于鳞性孤介,少许可,偶余幸而合,相切磋为西京、建安、开元语。"①其《李于鳞先生传》又记述李攀龙自辞陕西提学副使归里:"则构一楼田居,东眺华不注,西揖鲍山,曰:'它无所溷吾目也。'绣衣直指、郡国二千石,干旄屏息巷左,纳履错于户,奈于鳞高枕何?去亦毋所报谢,以是得简贵声。"②王世懋《徐方伯子与传》云,"以于鳞之峻洁寡合,而独好子与,莫逆终身,

---

① 《弇州山人续稿》卷五十一。
② 《弇州山人四部稿》卷八十三。

要各以至相友"①。殷士儋为李攀龙所撰墓志,亦谓"于鳞为人高克,有合己者,引对累日不倦;即不合,辄戒门绝造请"②。与李攀龙相比,王世贞虽不似他那样"高简"而"少延纳"③,因性格过于孤高峻冷,以至落落寡合,而是显得"宽疏磊落"④,却同样以狷洁不苟自持。陈继儒《王元美先生墓志铭》即述及世贞"既弱冠,举丁未进士,耻从柄臣道地,竟不谒馆试。以刑曹郎与李于鳞诸子日相唱和,名夺公卿间",又以为其"性不能曲事权贵人,往往骯脏守法"⑤。

再看后七子其他成员,李、王二人在个性上的这一相似点,也或多或少地显现于他们中间。如宗臣,樊献科《序宗子相集》云:"予觐子相修雅,然意气多激昂,不能谐俗,独□信其心,淡然忘毁誉也。"⑥宗臣本人在《报刘一丈》书中自述不与"权门"交通,"自岁时伏腊一刺之外,即经年不往也。间道经其门,则亦掩耳闭目,跃马疾走过之,若有所追逐者"⑦。又如梁有誉,欧大任《梁比部传》谓其:"旅食三年,萧然一室,敛避权贵,无所造谒。袁州当国,建安为冢宰,闻其才子,计致门下,逊谢不往。"梁有贞《梁比部行状》则记梁有誉自京师病归后,"构小楼于故第,植花卉竹石,置图史、名画、古器物于左右,日吟咏其中。与黎惟敬诸子修复山中旧社,刊落世事,敦尚名检,以古人相期待。时或酣畅雅歌为娱,公府罕谒,吏粤者寡见其面","尤不喜与俗人谈,见谈声利货赍隆炽者辄谢之。或单门白屋有造请者,则接引惟恐后"⑧。凡此,也可见出他们孤介雅洁个性之一端。比较起来,徐中行的性格相对温和笃厚,"口不喜道人过,人有相负者,众为切齿,子与恬不甚怒,久益忘之"⑨,所谓"温温者也,有德厚长者之风",然而又是"不取苟容,斤斤务立名行"⑩。他在致汪道昆的《奉汪司马伯玉》一书中,自言"不佞束发受书,落落穷巷,辄不自量,愿比踪狷介之士,沟壑自甘,何有何亡,付之谈笑"⑪。

---

① 《王奉常集》文部卷十四。
② 《嘉议大夫河南按察使李公墓志铭》,《金舆山房稿》卷十。
③ 王世贞《中奉大夫江西布政使司左布政使天目徐公墓碑》,《弇州山人续稿》卷一百三十四。
④ 王锡爵《太子少保刑部尚书凤洲王公神道碑》,《王文肃公文集》卷六。
⑤ 《陈眉公先生全集》卷三十三。
⑥ 《宗子相集》卷首。
⑦ 《宗子相集》卷十四。
⑧ 以上见《兰汀存稿》附录。
⑨ 王世懋《徐方伯子与传》,《王奉常集》文部卷十四。
⑩ 汪道昆《明故通奉大夫江西左布政使徐公墓志铭》,《太函集》卷五十一。
⑪ 《天目先生集》卷二十。

李、王诸子怀有的这种狷介峻雅的个性,从一定意义上来说,凝聚着传统士人本于自我修厉、秉节行世、注重名行的精神气质,同时也铸就了他们不愿沉沦流俗、不甘与凡庸为伍的超拔心志。这不但表现在他们平生面向出处进退所执持的人生态度,并且更表现在他们以文业相尚、潜心古文词的文学作为。尤以后者而言,李、王诸子特别是面对嘉靖以来文坛随王慎中、唐顺之等人影响深入,其文"家传户诵"格局的形成,决然步武李、何诸子,企望重振诗文复古之业,"与左氏、司马千载而比肩"①,其未尝不可以说是超出流俗乃至藉此来矫变文坛风气的绝特之举,又以某种角度观之,这一举措,也未尝不可以说是为他们怀持的狷介峻雅的个性所驱使。再具体一点来看,这样的个性表现,又是和李、王诸子经历嘉靖至万历朝而发生的心态变化历程,间或交织在一起。

　　从身份上来说,后七子中除了山人谢榛之外,其馀的人均以科第跻身宦途,可以说,大都走的是一条传统士人的仕进之路,在注重仕宦功名的传统社会,这当然是士人进身的理想途径,也是一般文人学子普遍执持的价值取向,对于诸子来说,也不能例外。与众多学子一样,他们早年为求得作为士人荣耀、资质和机缘标志的科第,大多汲汲于科举之业,又原本即怀有一番跃跃欲试的经世之志,谋求有朝一日能够建功立名,以此相勖勉,内心激荡着寻索个人未来理想出路的热情。

　　李攀龙在《许母张太孺人序》里,忆及自己弱冠时和乡人许邦才结识为友、相与游处纵谈情形,谓"信宿与言天下事",乃至于"上嘉版筑屠钓之遇,下及射钩赎骖之役,苟富贵无相忘也。仰屋窃叹,重悲昔人盛年功名,扼腕之间,无不志在千里"②,以昔人相比照,慨叹自己所志未及,成就功名的迫切愿望流露其中。而其《杂兴》诗也意有所指地描述道:"鸿鹄摩苍天,万里一翱翔。回飙生羽翼,浮云为低昂。"③当中所写摩击苍穹的"鸿鹄",未尝不是作者"翱翔"世间之志的一种寓托。又如,曾以"丈夫立功勋,无使殷忧绕"④自勉的梁有誉,在他的《咏怀》诗中吟咏道:"志士惜流光,哀歌达长夜。愧无鲁阳德,何以回羲驾?"⑤则不

---

① 李攀龙《送王元美序》,《沧溟先生集》卷十六。
② 《沧溟先生集》卷十八。
③ 《杂兴》一,《沧溟先生集》卷三。
④ 《登徐州城楼北望》,《兰汀存稿》卷一。
⑤ 《兰汀存稿》卷二。

仅表露出以功名相期的襟怀,且也倾吐了他个人有感于时光流逝却志业未达的内心焦灼。怀揣追逐功名的热切之情,以及实现志业的急迫之心,特别是当诸子在嘉靖年间纷纷科试及第、开始踏上仕路之际,在他们眼中,施展自己平生大志的立身扬名之良机,已经降临在面前,明显地,一种亢奋、躁热和期待的经世激情无所掩饰地呈露在他们的篇翰当中。譬如,吴国伦在他登第之初所作的《释褐》一诗,不外是这样一种心绪的写照:

> 穆穆四门辟,济济多士升。奏对干龙颜,咫尺彤云蒸。通籍并时喆,贱子惭无能。弱羽将顺风,天路恣飞腾。解此田间褐,衣锦如不胜。篸迹朝士间,一日扬声称。①

要是说,"贱予惭无能"多少还属于言不由衷的自谦之语,那么,"弱羽将顺风,天路恣飞腾"就是其难掩亢激、热切之情而有所希冀心境的自我表白了。再如王世贞后来曾经致书友人宗臣,谈及自己当初通籍后激扬的性气,其谓:"仆年少不更练,误录有司,肉血躁热,气志衡厉,每多籍、康嗜醉之癖,而负鬝、斗抗名之敖,间怀傅、班投笔之志。"②其《与岑给事》一书也表示:"不肖束发时,即冒朝籍,其时妄不自量,亦欲效铅刀于一割。"③同样表明他在登名朝籍的初始,曾是何等意气激越,心中满怀经世之志。说起来也不难理解,这毕竟还是一群刚刚迈过科第之门而踏上仕宦之途的学子,从他们的人生阅历经验来说,大多涉世不深,缺乏历练,无论是对自我的评估,抑或是对世俗环境的认知,不太会是比较理性的,容易本之于一种纯粹和理想的态度,所以,面对初次进入的一种生活新境域,也更容易为基于夙昔抱持的志愿而激发起来的热情所驱使。正是因为这样,他们内心同时对于自己人生前程又怀有较高的期望值,然而一旦当现实所获与心中期望值不尽相符,难免会感到失落。以王世贞来说,其在进士中试的第二年即嘉靖二十七年(1548)授官刑部,但对于眼下所获取的这一切,他似乎并未觉得心意已遂,其间他曾写下《二鹤赋》,显然意有所寄,其中状鹤鸟云:

---

① 《甀甄洞稿》卷四。
② 《宗子相》,《弇州山人四部稿》卷一百十九。
③ 《弇州山人四部稿》卷一百二十六。

冠猩血之殷鲜兮,衣阳阿之纤缟。状委蛇以相狲兮,又彷徨而惭侣。首低回其欲诉兮,臆块结而不得语。内专精而愁视兮,桧柏荟蔚而窘武。忘翅翮之久铩兮,飘风接而求举。贾忿志于胜决兮,足离寻而顿处。

是赋序云:"尚书刑部省中有二鹤焉,朱冠缟衣,昂步接趾,日食官廪,优游长年。然每一骧首云霄之翼,嘹唳踯躅,若有所恨慕者。余悲其翮铩而不得飞,嗉结而不能言也,为短赋以达之。"①赋篇藉鹤以寓志的意图甚为明了,虽然可以"日食官廪,优游长年",但作者对于自己所处境遇并未因此感到遂意满足,其悲鹤"翮铩而不得飞,嗉结而不能言",盖由于未能达到他内心抱持的期望值,变成多少有些失意的慨叹。不过,当我们再去体味"忘翅翮之久铩兮,飘风接而求举"之类的赋句,还是能够品出作者不甘心于现状而希望进一步张扬其志那种迫切与期待的愿望,因此,失落之中又蕴含着希冀的心理。

从另一方面来说,诸子此际所表现出来的强烈而热切的经世之志,又是与他们怀抱的艺文志趣联系在一起,尤其是重视古文词的文学趣尚。前已述及,李、王等人早年在练习举业的同时即学有旁骛,醉心于古文词,"固已妄希古人之业"②。特别如李攀龙,说他自己弱冠之年与其友许邦才一起读书,"以好古多所博外家之语,慕左氏、司马子长文辞","为之俊杰相命"③。这已不单单是出于一时的喜好,而且可以说,他本人投入古文词修习,主要还本于一种强烈的担当意识,将其作为自己所要承担的一项事业来看待,期望成为在此方面有所作为的"俊杰"。特别是在考取进士后,李、王诸子自然可以舍弃举业,将较多的精力和时间用于古文词修习,因而也更专注于此。如梁有誉既对公车,除刑部主事,"居曹日无事,得以博综邃学,多所撰著,求当于古作者,不屑为今人诗"④。而如李攀龙,"既以古文辞创起齐鲁间,意不可一世学",自登第后同在刑部任职,"而属居曹无事,悉取诸名家言读之"⑤,愈益发愤励志,肆力于古文词,"盖文自西汉以下,诗自天宝以下,若为其毫素污者,辄不忍为也"⑥。

---

① 《弇州山人四部稿》卷一。
② 王世贞《上傅中丞》,《弇州山人四部稿》卷一百二十四。
③ 《许母张太孺人序》,《沧溟先生集》卷十八。
④ 欧大任《梁比部传》,《兰汀存稿》附录。
⑤ 王世贞《李于鳞先生传》,《弇州山人四部稿》卷八十三。
⑥ 殷士儋《嘉议大夫河南按察使李公墓志铭》,《金舆山房稿》卷十。

胡应麟在谈到后七子盟社时曾以为："嘉、隆并称七子，要以一时制作，声气傅合耳。"①其不失为对后七子结盟颇具概括性的一种描述。就诸子的情况而言，他们来自南北不同的地域，成长的环境不尽一致，而且各人的学识、资历、年龄、性情甚至观念上也有差异。但是，他们能够聚合在一起，并不是出于某种政治动机，或者说是基于政治利益的考虑，主要还纯粹因为艺文志趣相符，以至"声气"彼此契合。这其中包含二重因素，也即李、王诸子不但怀有嗜好古文词的共同趣习，犹如王世懋在为徐中行所作传中记云："（徐）为比部郎时，李于鳞与余兄元美方力为古诗文自振，子与至，则大悦其说。而岭南梁公实、广陵宗子相、武昌吴明卿皆先后缔交，欢益甚。"②可以想见，如果缺乏共同的趣习，也就不会有彼此缔交愉悦相处的基础；而且更重要的是，各自所谓"志业亦相当"③，一种投身古文词而谋求不朽之业的担当意识和超拔志向，成为他们互相结盟的内在动力。王世贞在致宗臣书札中就曾说，"向者吾与足下僇力矫志，实左右济南，以启不朽"，"一时彬彬，自谓无让西京之盛"④。对此，吴国伦《五子诗和于鳞、元美作·李于鳞》一诗也表示："庶几吾党士，一握扬清辉。抗志还大雅，乘时襭芳菲。斯道有中兴，但与流俗违。"⑤值得一提的是，李、王诸子起初大多在京师部曹供职，主要为一群郎署文人，身份上比较接近，加上同在郎署，往来沟通的机会较多，这样也有助于促成彼此"声气"的谐合。

当然，站在探察其个性和心态的角度，后七子在结盟之初，基于彼此"声气"投合而表现在日常游聚唱和活动中的精神状态，自然是我们应该格外注意的动向。王世贞在他答复胡应麟书札中，回忆起当初和李攀龙等人在京师结盟酬唱的心向时坦言："记仆初游燕中，仅逾冠，与于鳞辈倡和，时妄意一策名艺苑，不至终作吴地白眼儿足矣。"⑥那时的他，"气豪肠肥，妄命管翰，轻为撰著，竟不窥古作者藩域，而狂声已几碎人齿锷间"⑦。对于一名初入艺途的年轻学子来说，怀有如此强烈的"策名"而献身文艺之志，自然不难理解，这在与王世贞有着相

---

① 《诗薮·续编》卷二《国朝下·正德、嘉靖》，第337页。
② 《徐方伯子与传》，《王奉常集》文部卷十四。
③ 吴国伦《答汝修今昔叹兼示则劝》，《甔甀洞稿》卷七。
④ 《宗子相》，《弇州山人四部稿》卷一百十九。
⑤ 《甔甀洞稿》卷五。
⑥ 《答胡元瑞》，《弇州山人续稿》卷二百六。
⑦ 王世贞《答王贡士文禄》，《弇州山人四部稿》卷一百二十七。

似阅历和背景的诸子当中,具有某种代表性。事实上,同样在建功立名热切心志的驱使下,诸子在结盟修习古文词过程中,表现出他们高涨的激情以及不屑俗学的狷傲之态,"既刻厉相责课,务在绝他游好,一意行其说,即流辈有时名者,视之篾如也"①。在诸子身上,我们除了能够看到以艺文交好而刻厉为学、相互责督的专注和奋勉,还有一份凌驾于同辈名流之上的自信和傲慢。关于这一点,王世懋在《贺天目徐大夫子与转左方伯序》中亦云:

> 于鳞辈当嘉靖时,海内稍驰骛晋江、毗陵之文,而诗或为台阁也者,学或为理窟也者,于鳞始以其学力振之,诸君子坚意唱和,迈往横厉,齿利气强,意不能无傲睨。②

在以艺文志趣相类聚之际,李、王诸子其时刻意以振古自命,力图矫革时俗诗文习气,互相往还唱和,意气傲强,让人分明看到了他们在建树功名之业志向策励下表现出的一种精神状态。嘉靖三十二年(1553)春,李攀龙由刑部郎出任顺德知府,徐中行为他所作的送行诗,追述到先前李攀龙和诸位社友结盟游聚的情形,其中还这样写道:

> 大雅沉沦况已久,吾党相逢信非偶。乾坤反覆贤豪至,百年麟凤生郊薮。孝宗作者李与何,力挽江河始东走。君也蚤得哲匠心,玄夜昭回开北斗。睥睨堪凌异代人,招携复得同心友。揭来陆沉郎署中,玉石苍茫竟谁剖?王生披睹自青年,谢客阴森回自首。余之同袍梁与宗,感会风云成不朽。啸侣频过碣石宫,善谑清欢何不有?席上挥毫烟雾飞,灯前击剑风雷吼。喟嘆雄辩谢雕龙,等闲世事同刍狗。③

诗中既写到诸子有感于"大雅沉沦"而有意振起之的激切心志,也写到李攀龙"睥睨"一切而携领同志的狷傲意气,又写到他们因声气相投而过从游集、醉心

---

① 王世懋《徐方伯子与传》,《王奉常集》文部卷十四。
② 《王奉常集》文部卷五。
③ 《送李于鳞守顺德》,《天目先生集》卷二。

文业的亢奋气性。这一切,也从一个侧面刻画出后七子诸成员当时结盟酬唱的精神特征。

对此,我们还不可不注意到另一个问题,那就是李、何诸子所发生的影响作用。推算起来,至嘉靖中叶李、王诸子创社结盟前夕,其距离弘治中叶李、何诸子倡导复古之时,已过去了五十年左右的时间,为后者所激扬起来的复古高潮,此时也已平息。尽管如此,李、何诸子毕竟以其创始之功,为继后而起的李、王诸子建立起一个明晰的坐标,重振诗文复古大业,"绍述何、李"①,从某种意义上说,成为李、王诸子重要而必然的选择。在他们看来,李、何等这些活跃在弘、正文坛的前驱者,"抉草莽,倡微言"②,草创复古之业,厥功甚著,而其谋求振兴古业的雄心大志,对以"修北地之业"相勉而自视为接续其业之后继者的李、王诸子来说,无疑起着不可忽略的激励作用,有助于刺激和强化他们以复古之业为重而投入于此的担当意识。正因如此,他们也格外看重李、何等人有志于古业而力图挽转时势的用心和创举,以上徐中行诗以"力挽江河始东走"形容李、何复古草创之举,已从中能够看出这一点,另外,如吴国伦在他的《八子诗·李学宪献吉》一诗中表示:

献吉起北地,操觚斡元机。上探轩虞矩,下抉杨马微。中流障颓波,濛汜扬初辉。雄哉草昧图,群哲相因依。遂令大雅还,始识新声非。③

又如王世贞《读李献吉、何仲默、徐昌榖三子诗》第一、二首也写道:

是时北地生,草昧发超识。手挽天河流,千秋鸿濛坼。坐令景从辈,齐声谐其则。矩步宁敢渝,狂者羞践迹。宁知龙变化,夭矫不可即。彼以蛙黾趋,胡然矜相测。

孝皇握鳌极,万宇扬休光。艺文被天来,大雅竟难方。北地既龙举,信阳遂鸾翔。彼美在弱冠,振馥戬时芳。二华削莲花,高掌媚太阳。朝霞洛

---

① 《明史》卷二百八十七《王世贞传》,第二十四册,第 7379 页。
② 王世贞《何大复集序》,《弇州山人四部稿》卷六十四。
③ 《甔甀洞稿》卷五。

淑波,因飔自文章。①

上诗在称扬李、何等人倡兴古业、振起"大雅"草昧之绩的同时,实际上也表达了对他们抱持献身此项大业之襟怀的敬重之意,就后七子来说,这与他们生承其后而矢志接续其业心向的激发,本身又是密切相关联的。需指出的是,李、何等人影响后七子,在整体上,不仅是他们开辟复古路径的创绩以及投入其中的心志,而且还有他们个人的人格操守;不仅是他们的"文章",还包括他们的"气节"。徐中行就曾声称:"仆自束发读书,论古昔贤豪节侠之士,未尝不拊髀兴叹,愿为执鞭也。已得汝南大复何先生集并传读之,慕其文章气节,恨鄙人生晚,不获同时一语。"②吴国伦以上《八子诗·李学宪献吉》在称述李梦阳"雄哉草昧图"、"遂令大雅还"的复古草创功绩之同时,还特别以赞赏的口吻,说他"况乃矢忠鲠,九死干天威。宏辞润高节,赤日争馀辉。沦没良不朽,灵均与同归"。李、何生平为人婞直倔强,尤其表现在他们以操守相砥砺,不为强权威势所屈,也因此在政治风波中遭罹坎坷艰危。最为突出的还数李梦阳,生性"直戆"而难谐于俗,不惜得罪权要贵人,或直言斥责外戚寿宁侯张鹤龄,或代草奏疏弹劾宦官刘瑾,以致数度被逮下锦衣狱,蒙受祸难。徐、吴称说其所谓"气节"或"高节",当主要是就他们耿介直行、不屈从于权贵威势的人格操守而言。无独有偶,如王世贞在《艺苑卮言》中论及李梦阳,除评议他的诗文特点之外,也特别写到其生平"直节忤时"和恃性使气一二事,耐人寻味,引录如下以明其用意:

> 李献吉为户部郎,以上书极论寿宁侯事下狱,赖上恩得免。一夕醉遇侯于大市街,骂其生事害人,以鞭稍击堕其齿。侯恚极,欲陈其事,为前疏未久,隐忍而止。献吉后有诗云"半醉唾骂文成侯",盖指此事也。李献吉既以直节忤时,起宪江西,名重天下。俞中丞谏督兵平寇,用二广例,抑诸司长跪,李独植立,俞怪,问:"足下何官耶?"李徐答:"公奉天子诏督诸军,吾奉天子诏督诸生。"竟出。后与御史有隙,即率诸生手银铛欲锁御史,御史杜门不敢应。坐构免,名益重。方岳部使过汴,必谒李。年位既不甚高,

---

① 《弇州山人四部稿》卷十四。
② 《答王太史》,《天目先生集》卷二十。

见则据正坐,使客侍坐,往往不堪。乃起宁藩之狱,陷李几死。①

择取李梦阳生平这些独立特行的事迹载录之,不能说单单是出于搜奇猎怪的心理,显然,作者的主要目的还在于彰显这位倚恃气节奇士不畏强权威势的性格行为。要言之,在李、何等人身上,后七子感受到的不光是他们开创复古之业的劳绩和大志,还有秉直独行的节操,前者固然是其"绍述何、李"而以后继者自勉的主要基础,而后者则是促发他们从人格操守层面认知李、何等人,进而去理解乃至认同其文学态度的一个诱导因素。

第二节 坎廪之遇、世事之感与消沮之怀

如前所述,后七子除了谢榛,馀皆以科第踏入仕进之路,要是说,在迈进仕路之初,他们尚意气亢激高昂,怀揣强烈而热切的经世之志,那么,随着所接日广,阅世渐深,他们的心态也在发生某些变化,特别是由于不同程度遭罹了人生变故,加上对于世事感知的深入,原本高亢的经世情怀,难免趋于消沮。

首先应该注意到杨继盛事件带给诸子的影响。嘉靖三十二年(1553)正月,兵部武选司员外郎杨继盛疏劾严嵩"十罪"、"五奸",认为嵩俨然以丞相自居,挟君王之权,侵百司之事,纵子世蕃盗弄权柄,专擅黜陟之大权,误国军机,贪污纳贿,败坏风俗,且私植心腹党羽,欲塞天下言路,以恣其威福。疏中言词痛切激烈,不但矛头直指严嵩,而且词连世宗皇帝,以为:"然不知国之有嵩,犹苗之有莠,城之有虎,一日在位则为一日之害。皇上何不忍割爱一贼臣,顾忍百万苍生之涂炭乎!"这无异于数落世宗深为严嵩所蒙蔽,陷百姓于涂炭,难脱用人疏失之责,加之嵩时方用事而称上意,所以,疏入世宗已是为之不快。然更令其感到恼怒的是,疏中所陈尚有为察严嵩之奸,召问裕、景二王"令其面陈嵩恶"②的请求,时嵩发现杨继盛是疏有召问二王之类的语词,以为抓住了对方把柄,可以指

---

① 《艺苑卮言六》,《弇州山人四部稿》卷一百四十九。
② 杨继盛《请诛贼臣疏》,《杨忠愍集》卷一,影印文渊阁《四库全书》本,台湾商务印书馆1986年版。

此为罪,于是"密构于帝","帝益大怒,下继盛诏狱,诘何故引二王"①。世宗之所以为疏引裕、景二王感到恼怒不已,一来可能是认为杨继盛欲藉二王之势以相要挟,有损于君王尊威,使他觉得面子上颇为难堪;二来恐是怀疑杨继盛在故意区隔自己和二王对待严嵩的态度,以示自己用人之失,并给人以皇室成员不和的印象。激烈强直的奏言使世宗无法忍而不发,当事者杨继盛最终没有躲过下狱论死的劫难。

终始杨继盛事件,如前一章所述,后七子之中特别是王世贞、吴国伦、宗臣及徐中行等多人,或在杨氏系身囹圄之际入视探望,并为之谋划解救之策,或在他罹难后为之祭奠并经纪其丧,或解囊追赗以相扶助,用不同的方式关切他的刑前身后,也因此被牵扯其中。当初诸人这么去做,其实并没有仔细去计较事情可能会引发的不测后果,所以当杨系狱时,如徐中行"时时橐馈食之间,一入相慰,语慷慨,歔欷泣数行下",此举连杨也担心牵累于别人,于是劝说徐"毋入","入且生得失,生得失相严当舍我而与若雠也"②。这一点,也可以说正是他们涉世不深、缺乏历练的地方,毕竟他们刚刚正式步入世途,处世经验尚算不得老练丰富,人生风险意识之不足,当是可以想见的。从另一方面来看,他们关切这一事件,纷纷替杨继盛出力善后,尽管冒着卷入该事件的不测风险,但这样做在主观动机上,与其说,企图藉此向为杨氏所弹劾的严嵩政治势力公开示威,乃至采取直接相对抗的姿态,还不如说,一是因为同情杨继盛作为一介微官上疏直言其见,却遭下狱并被处以极刑而蒙受巨大冤屈的厄运,同时对严嵩等人专威擅权、恣意而为行径深感不满,二是被杨继盛不计自身安危而心系社稷的忠直之举所感动,隆庆二年(1568),王世贞应杨继盛子应尾求请为其亡父撰写行状,其中感叹:"呜呼,国家之所以为杨公者足矣! 当公再上疏,再得罪以死,天下称公之忠,痛公之冤,而不知公之功实在社稷。"③可谓是这一心迹的坦露。客观来说,当时身为辅臣的严嵩方贵幸用事,且密布党羽,"遍引私人居要地"④,处于权势的鼎盛时期,相比起来,王世贞等诸人进入仕宦圈不久,权轻位微,更没有什么特殊的政治背景,当然也不可能结成能与严嵩等人相对抗的强大势力。

---

① 《明史》卷二百九《杨继盛传》,第十八册,第5541页。
② 王世贞《中奉大夫江西布政使司左布政使天目徐公墓碑》,《弇州山人续稿》卷一百三十四。
③ 《杨忠愍公行状》,《弇州山人四部稿》卷九十九。
④ 《明史》卷三百八《严嵩传》,第二十六册,第7918页。

这一点,后七子的那些成员心中恐怕也不会不明白。

尽管王世贞等人卷入杨继盛事件,并未一时直接导致严重后果,但是他们的仕宦生活在事后则发生了程度不等的变化,诸人以不同方式同情和帮助杨继盛之举,在遭继盛激烈弹劾的严嵩看起来,无异于变相的声援行为,令他难以容忍能够想见,于是实施报复手段不断,相继将诸人或"外补"或"斥逐"。对王世贞等人来说,在该事件之后,他们敏锐地嗅出了朝廷针对于己的一些异常动作,明显感觉到了特别是来自严嵩势力的报复性压力,这也由此增加了他们内心的挫折感和压抑感。嘉靖三十五年(1556),吴国伦谪江西按察司知事,在他即将离京之际,宗臣致书正出使察狱畿辅的王世贞,除告知吴国伦和时奉察狱江南之命的徐中行将要南下的消息,特别言及己况,谓"独仆抱愤孤栖,日对豺豹,忍之不堪,避之不能,其视昼宵永于春秋矣",感慨"蜂目频睐,娥眉难毁,薜萝厪念,冠冕成仇,踟躇四顾,我劳如何"①,诉说自己处境的艰危及怵惕压抑的心情,书中所谓"日对豺豹"、"蜂目频睐"云云,显然已是情急之辞。而吴国伦在事隔很多年以后,对于他个人因卷入杨继盛事件屡遭严嵩势力报复的坎壈经历,还念之不忘,如在《明吴仲子牧良墓志铭》中即云:"初予仕世宗朝,为给事中,以哭杨忠愍继盛而经纪其丧,为分宜父子所衔。丙辰,谪豫章从事。丁巳,量移南康司理。且二年,分宜意未释,己未,将乘京考,遂斥之,以华亭公力争,得再左官。"②王世贞自嘉靖二十七年(1548)为刑部官员,将近九年之后才得以出为山东按察司副使,兵备青州。尽管如此,在他看来,这是严嵩因他曾助杨继盛而衔恨在心,有意要困抑之而给予的一个劣差,其《幽忧集序》说:"王子守尚书郎,与争臣之中法者有素,没而颇为之经纪其丧,用是忤权相意,以青多盗,故困之于青州。盗一切平,则又谋置之绝徼,俾狼籍一亭障间。"在《王氏金虎集序》中王世贞也说到:"既名日以削,而宦日以薄,守尚书郎满九岁,仅得迁为按察,治青、齐兵,此其意将困余以所不习故?"③在此期间,他写下了《续九辩》、《挽歌》等篇,发抒自己其时"方蹈唯谷,日虞触藩"④的心绪,篇中既慨叹"如何盛年子,光彩中弃捐","束发悟生趋,往复杂忧患",又表示"长跪告司命,生人多患伤。不愿复

---

① 《报元美》,《宗子相集》卷十四。
② 《甔甀洞稿》卷三十六。
③ 以上见《弇州山人四部稿》卷七十一。
④ 《挽歌》序,《弇州山人四部稿》卷十五。

为人,但愿长彷徉"①,失落、抑郁以及忧患之怀呈露无遗。

说到诸子自从踏入仕途以来遭遇的坎凛经历以及他们心态所发生的相应变化,特别不能不注意到发生在王世贞个人身上那一场刻骨铭心的"家难"之痛。关于其父王忬因滦河战事失利下狱论死的这一事件的经过,前章已经作了较为详尽的交代,兹不赘述,这里所探析的主要是"家难"事件在王世贞内心深处烙上的难以抹消的印痕。王忬于嘉靖三十四年(1555)进兵部左侍郎,代时入为兵部尚书的杨博出任蓟辽总督。这本来是一个担当北方边守重任的官位,但因边事不断,职位风险也很大。虽然王世贞对父亲时因边事失利遭处罚已经深感忧虑,为之寝食难宁,如嘉靖三十六年(1557),王忬因为鞑靼俺答别部攻扰永平、迁安等地,副总兵蒋承勋战死,降兵部右侍郎,世贞闻讯甚为焦虑不安,他在当时致徐中行书信中即表示"日食饭咽不下,生人之趣都复穷矣",又说"若老亲得就田里,仆虽捐胆穴胸,无不媮快者"②。但嘉靖三十八年(1559)父忬以滦河战事不利诏逮下狱,还是使他觉得事情来得十分突然,颇感惊惶怆痛,所谓"白日吐雷霆,青阳霜憯凄"③。至次年十月父忬被处死的凄惨结局,更给他内心以重重一击,用王世贞自己的话来说,"中遭大惨,形神都废"④,"欲死不得,生无一可"⑤,哀痛、屈辱和忧愤之情相与纠杂,难以从他心底抹去,亡父之痛给他带来的精神创伤是巨大的。

我们又在前一章中说到,在王忬事件上,王世贞始终觉得严嵩父子及其党羽起了"排毁"和"网饵"的作用,尤其认为严嵩实为"内主",而且手段阴毒,"既已陷府君,谋为下石益切,然愈益诡秘"⑥,表面不露声色,暗中教唆和操纵着整个事件的经过。故王世贞在为徐阶所作的祭文中也说:"惟我先君,积忤败类。贝锦愈织,镕毁方炽。霆霹纷如,莫可控避。"⑦认为导致父亲被诋毁乃至被杀这起悲剧,严嵩等人其责难逃。他在隆庆元年(1567)赴京师讼父之冤时致内阁大学士李春芳的书中,分析了严嵩之所以和父忬结怨而欲置之于死地的具体

---

① 《挽歌》一、二,《弇州山人四部稿》卷十五。
② 《徐子与》,《弇州山人四部稿》卷一百十八。
③ 王世贞《别徐汝思》,《弇州山人四部稿》卷十三。
④ 《董侍郎》,《弇州山人四部稿》卷一百二十五。
⑤ 《吴明卿》,《弇州山人四部稿》卷一百二十一。
⑥ 王世贞《先考思质府君行状》,《弇州山人四部稿》卷九十八。
⑦ 《祭太师徐文贞公文》,《弇州山人续稿》卷一百五十三。

原因：

> 至于严氏所以切齿于先人者有三：其一，乙卯冬，仲芳（案，杨继盛字）兄且论报，世贞不自揣，托所知为杨氏解救，不遂。已见其嫂代死疏辞懑，少为笔削。就义之后，躬视含敛，经纪其丧，为奸人某某文饰以媚严氏。先人闻报，弹指唾骂，亦为所诇。其二，杨某（案，指宣大总督杨顺）为严氏报雠，曲杀沈鍊，奸罪万状，先人以比壤之故，心不能平，间有指斥，渠误谓青琐之抨，先人预力，必欲报之而后已。其三，严氏与今元老相公（案，指内阁大学士徐阶）方水火，时先人偶辱见收苢荛之末，渠复大疑有所弃就，奸人从中构，牢不可解。以故练兵一事，于拟票内，一则曰大不如前，一则曰一卒不练，所以阴夺先帝之心而中伤先人者深矣。预报贼耗，则曰王某恐吓朝廷，多费军饷。虏贼既退，则曰将士将战，王某不肯。兹谤既腾，虽使曾参为子，慈母有不投杼者哉？①

所列上述三大原因，或系王世贞主观上的揣测判断，但有一点是可以肯定的，那就是在他心目中，无论如何，严嵩由于怀恨在心，对于父亲一意报复，暗中排诋，在其被害一事上难辞其咎。然而另一面，王忬之死最终还是世宗皇帝裁断的结果。据史所载，当初逮忬下诏狱，刑部以戍边论之，世宗却手批曰："诸将皆斩，主军令者顾得附轻典耶？"乃改论斩②。在王世贞看来，严嵩父子及其党羽对父亲被害之所以负有难以推卸的责任，乃所谓"阴夺先帝之心而中伤先人者深矣"，或曰藉助世宗之力中伤打击之③，但处父忬以极刑，世宗皇帝在中间还是起了决定性的作用。尽管以为"先帝"杀父忬有过而又不敢直接和激烈非议之，但从王世贞就这一事件的相关表态来看，还是能够发现他针对世宗的某些微词。比如，隆庆元年（1567）他在致内阁大学士徐阶的书中曾说："痛惟先人自受殊擢以来，驱驰南北，劳瘁万状，实不敢毫发负国。己未之役，失事甚轻，言官傅会风旨，法司上慑天怒，律既牵比，情复径庭。"④言下之意，酿成其祸的还有来自"天

---

① 《上太傅李公》，《弇州山人四部稿》卷一百二十三。
② 见《明史》卷二百四《王忬传》，第十八册，第5399页。
③ 参见孙卫国《王世贞史学研究》，第27页，人民文学出版社2006年版。
④ 《上太师徐公》，《弇州山人四部稿》卷一百二十三。

怒"的巨大压力。万历十五年(1587),王忬获两祭全葬并与赠官,既而王世贞为作《先司马祭赠圣纶碑阴记》,中曰其父"南捍倭,北捍虏,委命锋刃之林,以身御圉",却是"罪与赏并轻,而功与罚偕重"①,为亡父所受到的不公正待遇鸣不平,也多少将这一赏罚不公的责任归咎于世宗。总之,经历了惨痛的"家难",王世贞本人亲身感受到的,不仅是丧父带给他的极度屈辱和痛苦,还有权臣严嵩等人挟仇相报、有意"排毁"的褊狭和自私,以及世宗皇帝功过不分、赏罚不公的昏昧和专断。当政者上下缺乏正义之心和公正判断力的人格缺陷和行政疏失,被王世贞看作是导致这一出悲剧的重要原因。自然,有感于世途人生之崄巇叵测而形成的危机意识会深深刻烙在他的内心之中,当然也会浇冷他起初"欲效铅刀于一割"的热切经世之情,在亲历这场人生变故之后,王世贞就曾表示自己"震荡摧裂之馀,此心已灰久矣"②,难掩失落与消沮之意。

考察后七子心态的变化,除注意他们自进入仕途以来经历的切身遭遇之影响因素,还不能不考虑到,这在一定程度上又与他们对嘉靖朝世事情态的认知相联系。在诸子踏上仕途之初,他们怀抱热切之情,期望能够效用于世,也对世途前景不乏憧憬,但当他们真正接触世事情态,其耳闻目睹则未必与期待的世景相吻合,现实与理想的反差,不可避免会刺激到他们的内心世界。

综观嘉靖朝的政治情势,史官或以世宗于"御极之初,力除一切弊政,天下翕然称治"③的评断,对他初期与以后阶段的理政状况加以区分,显明其在登位之始尚能锐意图治。经历了武宗朱厚照在位十六年因疏于问政造成"朝纲紊乱"的局面之后,明廷遗留下诸多的问题有待继任者去解决,世宗在上台伊始就被赋予了这样的职责,再加上接任继位之初,谋求"新治"的心意方烈,所以,就在正德十六年(1521)颁布的登位诏书中,其即称要"革新鼎故",用以"兴道致治",与此同时宣达了一系列兴革的政令④。不过,世宗在登位初期革新图治的愿望和所采取的措施,并没有能够延续到后来的施政当中而取得致治实效,史称其以后"顾迭议大礼,舆论沸腾,幸臣假托,寻兴大狱",而且"若其时纷纭多故,将疲于边,贼讧于内,而崇尚道教,享祀弗经,营建繁兴,府藏告匮",最终导

---

① 《弇州山人续稿》卷六十二。
② 《与岑给事》,《弇州山人四部稿》卷一百二十六。
③ 《明史》卷十八《世宗本纪》,第二册,第250页。
④ 见《明世宗实录》卷一,第三十八册,第10页至36页。

致"百馀年富庶治平之业,因以渐替"①。事实上,终嘉靖之世,无论是外部还是内部政务,朝廷在治理上面临的种种困扰和暴露出来的问题,似乎已经难以将它与一个相对安定、开明、谐和、强势的王朝联系在一起。

从外部的问题来说,嘉靖年间主要是所谓"北急虏"、"南急倭",北部边境一直受到来自势力渐强的蒙古鞑靼部落的威胁,战事接连不断,南部特别是江、浙、闽等东南沿海一带,尤在嘉靖中后期,则备遭趋于活跃的倭寇势力的侵扰,屡为攻破劫掠,直至嘉靖晚期,沿海倭乱才得以逐渐平息。长年以来于此对付不暇,缺乏防御良策,除了"北虏"、"南倭"之势较强而难以抵御之外,同时也表明明廷在对外守备上的虚弱和无能。令朝廷深感棘手而不胜其扰的这一南北交困的危患,也引起后七子一些成员的注意,王世贞本人即撰有涉及该问题的诸如《庚戌始末志》、《北虏始末志》、《倭志》等篇以纪其事②,这固然与他"弱冠登朝,即好访问朝家故典与阀阅琬琰之详"③的个人研习兴趣有关,但同时也可以说是为面对此患的忧虑之心所迫,其中包含了他对于在应对所谓"北虏"、"南倭"之患过程中显露的内部弊端的失望之意。王世贞在《郭光禄南征实录序》中曾表示:"夫嘉靖之季,则余所难言哉,天子北急虏,士大夫饰而谈虏;南急倭,士大夫饰而谈倭。唯上亦以其饰之也稍急则士骤而重,稍已则士忽而轻。而又会称将相者不比而昵,则角而嫉;昵则乘难而借行其爱,嫉则乘难而借行其恶。爱恶胜而天下之才望旦铸而夕铄,而不自觉。"④以为除了一般士大夫只是饰而谈敌,那些身为将相者,更是自怀爱恶,大行其私,这样自然不可能将心思真正用在防御之策的研磨上。

后七子成员大多是自嘉靖二十三年(1544)至二十九年(1550)间以第进士开始在京师供职,对于他们来说,发生在嘉靖二十九年(1550)以时值庚戌年得名的那一场震惊朝野的"庚戌之变",可以算得上是第一件真正强烈触动其内心的重大事件。该年六月,鞑靼俺答移驻威宁海子,南下进攻大同,明军败北,总兵官张达与副总兵林椿战死。八月,俺答进攻宣府不克,转而进逼蓟镇,攻古北口,别遣精骑破边墙而入,蓟镇兵溃不成军。已而俺答军掠通州,并自通州渡河

---

① 《明史》卷十八《世宗本纪》,第二册,第250页至251页。
② 《弇州山人四部稿》卷七十九、卷八十。
③ 《弇山堂别集小序》,《弇州山人续稿》卷五十四。
④ 《弇州山人四部稿》卷六十八。

而西,直逼京城,畿甸大震。世宗遂拜咸宁侯仇鸾为平虏大将军,节制诸路兵马,进保定巡抚杨守谦为兵部左侍郎,提督军务,并催促诸将与战甚急。兵部尚书丁汝夔承严嵩旨意,戒诸将不要轻举妄动,而杨守谦以孤军迫近敌营,因无援军继兵,也不敢与战,于是皆坚壁不发一矢,俺答军在京师一带劫掠八日而后去。仇鸾不敢追袭,在俺答军归退路上仓促与之相遇,为其所败,几为所获,经救援才得以幸免。"庚戌之变"以明军战备上的被动和失利画上句号,大大挫伤了明廷的尊威和气势,当时俺答致书世宗,倨傲求贡,世宗因召严嵩及礼部尚书徐阶议论军事,阶则因"寇深矣",既担心"许则彼厚要我",又忧惧"不许恐激之怒",无奈之下只能提出"请遣译者绐缓之,我得益为备"①的缓兵计策。与此同时,它也充分暴露了明廷在战守经营上的空虚和废弛,事后接替以守备不设罪被杀的丁汝夔兵部尚书之位的王邦瑞,在总结"庚戌之变"教训时就直言不讳地指出,"今营政废弛,见籍至十四万,而操练者不过五六万,支粮则有,调遣则无。比寇骑深入,战守俱困"②。

如同其他经历"庚戌之变"者一样,这一事件留给后七子诸成员的印象是非常深刻而沉痛的,梁有誉、吴国伦、谢榛及王世贞等或专为赋诗以纪之,或在文中议及之。如梁、吴、王在他们的诗篇中分别写道:

坐令鸣镝侵周甸,不见封泥守汉关。郡邑疮痍嗟正苦,边庭供饷转多艰。(梁有誉《庚戌八月虏变》一)

胡骑朝驱度黑河,射雕还傍帝城过。四郊此日惭多垒,三辅何时遂息戈?(同上二)③

将相交欢自一时,圣朝威福岂全私。当关已尽吞胡气,压境犹称入贡期。塞外橐驼燕士女,林间乌鹊汉旌麾。郊原入夜号新鬼,却恨军前插羽迟。(吴国伦《庚戌秋日纪事五首》其三)④

匈奴万骑纵西山,天险谁当百二关?今日安危任边将,异时恩泽满朝班。乌边白骨那能辨,马首红妆若个还?冗散书生空哽咽,捷书谁为破愁

---

① 《明史》卷二百十三《徐阶传》,第十九册,第5632页。
② 夏燮著、沈仲九标点《明通鉴》,第五册,第2273页,中华书局1959年版。
③ 《兰汀存稿》卷四。
④ 《甔甀洞稿》卷二十。

颜？(王世贞《书庚戌秋事》其二)①

鞑靼俺答军的直入侵扰,明军防守的极度空虚,战事遗留下来的触目疮痍,兵民遭受杀掠的惨痛情形,同时,胜利者仗势倨傲的求贡态度,以及对比之下明军气势的畏缩微弱,无不令作者内心感到震惊,为之慨叹不已。尽管鞑靼部落屡屡攻扰北方边境,但像这一次直逼京师的军事行动多少令朝野深感意外,也使得那些身处京城的后七子成员亲身经历了如此触目惊心的重大冲击。踏入仕途不久的他们,耳闻目睹的这一切与先前所感觉或想象的王朝政府,不免会有强烈的落差,他们对这一帝国政权的自信力也因此难免受到挫伤。这不但是鉴于明廷在"庚戌之变"中的失败结局,以及由此蒙受的羞辱,而且还有它透过该事件而显露出来的种种隐患。王世贞《送顾君序》就说:"盖余念庚戌事,靡不怃然意自失也,士居平抗眉论古昔,亡不见长者,卒遇事起,首鼠抱两端,何啻失其素哉!虏轻骑叩长安门,大司马而下,策惟有闭门固耳,不能出一骑与角,顾令五部各部罢卒深隍,使胡马不得径度也。"②士人平素和遇事时截然不同的表现,当然已令王世贞感到失望,而像兵部尚书丁汝夔等统军人物坚壁不出,不敢和敌方展开一战,其软弱和无能之态更令他难以理解与接受。在《答虚斋王中丞公》书札中他又说:"日庚戌秋变距己巳仅百年耳,祸似小轻,其势则大弱也。上赫然揽威赏,大有所处分,有司宜惕然日夜茹胆席藁自淬励。而今又三年矣,缙绅先生靡不开口谈兵食也,而未有一事真足裨人主,不过削天下之财以供无益,募天下之人以食馀财。甚或借县官之喜以弄恩,乘县官之怒以张威耳,虏至则嗫嚅而忧身,虏解则扬眉而冀擢。此非特亡念国家事也,乃其智识罔昧,苟且以为私计亦拙。"③事变过去没有几年,留下的痛楚尚未完全消除,但是"有司"似乎并未从该事件之中汲取教训能够"自淬励","缙绅先生"开口议论兵食,却怀持私心,流于空谈而于事毫无裨益,在王世贞眼里,这些更是其势"大弱"的一种征象。他还曾经表示自己"既释褐,从诸荐绅先生后,多所睹记,事事触感,消沮用世之志"④。可以这么说,"庚戌之变"是他任官京师之后遭逢的头一件"触感"深

---

① 《弇州山人四部稿》卷三十三。
② 《弇州山人四部稿》卷五十六。
③ 《弇州山人四部稿》卷一百二十六。
④ 《上朱大理书》,《弇州山人四部稿》卷一百二十五。

刻的大事,要说这一使得朝廷威势尽丧、体面尽失的事件对他心志所产生的"消沮"作用,是能够想见的。

不啻如此,引发后七子成员"触感"的,事实上还有嘉靖朝所发生的内部政务问题。这特别表现在他们对于世宗专断的治理风格包括压制言路倾向的深刻感知。与明孝宗、武宗等前朝皇帝相比,世宗性格刚愎而多猜忌,行事十分独断。这一点,在他登位不久因为拟定其生父即孝宗之弟兴献王朱祐杬尊号而引发的所谓"大礼议"事件中已显露出来。在该事件中,世宗一意要尊崇生父,但以内阁大学士杨廷和等人为代表的文臣则不赞成,坚持认为追崇所生"不合典礼",提出应该尊孝宗为"皇考",称兴献王为"皇叔考"①,以使继统与继嗣合而为一。但世宗对此不予接受,屡下廷臣会议,最后引发了嘉靖三年(1524)七月二百馀人伏阙哭谏世宗追崇所生之举以表达抗争态度的重大事件。此次群臣哭谏行动使世宗大为恼怒,结果酿成一百三十四人被收系,八十六人遭待罪,十七人因被杖病创而先后卒的惨剧,而"大礼议"事件也以世宗尊崇生父成功而告终。杨廷和等人的坚持和参与伏阙哭谏之臣的抗争,主要目的还在于维护传统社会礼制法度的正统性和权威性,此举固不足议。但世宗力斥廷和等人及哭谏群臣之议,甚至以暴力相对待的态度,恰恰表明了他的专横与独断,显示其对于权力的操控和贯彻个人意志的决心远远重于他对朝廷整个政局的考虑②。在他看来,一切有违于其个人意志的言行,都是对他至上威权的一种严重背离与挑战,因而不能容忍。所以,其时当内阁大学士毛纪请求宽宥那些伏阙哭谏的臣子,世宗一下迁怒于纪,责其"要结朋奸,背君报私"③,以至纪上言极力申辩且乞休归乡里,世宗还衔他亢直而听之去。与此同时,"大礼议"掀起的这一场风波,尤其众臣群起而抗之的行动,也让世宗产生强烈的戒备和猜忌心理,提高了对于朝中政治立场异己者的警惕性,并也由此增强了他对于权力中心的维护意识。因此,"大礼议"风波一过,世宗对策性的行动开始发酵,不仅于嘉靖六年(1527)在已编成的《大礼集议》一书的基础上,诏开馆纂修《大礼全书》(后改名《明伦大典》),"上稽古人之训,近削弊陋之说"④,在舆论上为他尊崇生父之举的

---

① 《明史》卷一百九十《杨廷和传》,第十七册,第5036页至5037页。
② 参见胡吉勋《"大礼议"与明廷人事变局》,第177页,社会科学文献出版社2007年版。
③ 《明史》卷一百九十《毛纪传》,第十七册,第5046页。
④ 《明世宗实录》卷七十二,第四十册,第1638页。

正当性张本，并以此作为反击在"大礼议"事件中与其持不同意见者的一道武器，而且逐渐从内阁、六部、科道、翰林等各个不同的职官部门入手，发起一系列的人事清洗行动。在这过程中，特别是那些在议礼中表示反对之见者大多直接或间接地遭到斥逐，重新调整了朝廷官僚的人事结构，以稳固更符合其政治利益的权力中心①。

世宗的专断，还特别表现在他平常对待言路的强硬态度。如果说，鉴于革新鼎故的一番锐意图治之心，他在践位之初尚能广开言路，"进言者或过于切直"，"亦优容之"，那么，随着权力操控意识的增强，个人意志独断的倾向愈益显现出来，尤其是经过像"大礼议"这样重大事件之后，对于文臣的警戒心理陡然上升，乃至塞阻言路，甚者"厌薄言官"，导致其"废黜相继"②，或以重刑相加。这样的例子并不少见，如嘉靖九年（1530），兵部主事赵时春见世宗时以灾异修省，而廷臣纷纷诡言祥瑞，乃上疏谓"大小臣工率浮词面谩"。世宗大为不快，责时春妄言，强令其献"谠言善策"以对，说穿了要其进言献策是假，不快之下有意要加以为难是真。赵时春惶恐之下为当下之务建言，其中说到要"崇治本"，就是"勿以逆心事为可怒，则赏罚大公而天下治"；还要"惜人才"，以为"凡得罪诸臣，其才不当弃，其过或可原，宜霈然发命，召还故秩"③。这些言论不但深深触及世宗以逆心之事为忌的痛处，而且容易重新激起他对诸如因"大礼议"事件而遭斥逐的得罪文臣的嫉恨。果然，世宗览言之后益为恼怒，将其下狱掠治，黜为民。又世宗好神仙术，给事中顾存仁、高金、王纳言皆以直谏获罪。会方士段朝用进言神仙之术，建议世宗深居而无与外人相接，以获取不死之药。世宗听后满心欢喜，乃谕廷臣令太子监国，自己"少假一二年"④。嘉靖十九年（1540），太仆卿杨最抗疏相谏，结果被下诏狱，遭到重杖，杖未毕而死。嘉靖二十年（1541），监察御史杨爵以世宗经年不视朝，日事斋醮，工作烦兴，于是上书极谏，表示"今天下大势，如人衰病已极。腹心百骸，莫不受患"，且一一列举"足以失人心而致危

---

① 关于世宗自"大礼议"后对内阁、六部、科道、翰林等各部门所展开的清洗行动和对官僚人事结构的重新布置，参见胡吉勋《"大礼议"与明廷人事变局》，第189页至213页、第224页至259页、第261页至274页、第282页至308页、第314页至360页、第391页至453页、第471页至518页。
② 《明史》卷二百七《邓继曾传》，第十八册，第5463页。
③ 《明史》卷二百《赵时春传》，第十七册，第5300页至5301页。
④ 《明史》卷二百九《杨最传》，第十八册，第5516页。

乱者"诸事。时已及中年的世宗"益恶言者,中外相戒无敢触忌讳"①,而爵书言辞切直,世宗深为震怒,立下之诏狱榜掠,致使其血肉狼藉,且命严加禁锢之,先后系狱近七年才获释。世宗对待言路这种专横独断的强硬态度,即使到了他晚年,也并未有所改变,重责进言者之例同样颇多,《明史·杨思忠传》附载:

> 世宗晚年,进言者多得重谴。二十九年,俺答薄都城。通政使樊深陈御寇七事,中言仇鸾养寇要功。帝方眷鸾,立斥为民。四十二年正月,御史凌儒请重贪墨之罚,革虚冒之兵,搜遗佚之士。因荐罗洪先、陆树声、吴岳、吴悌。帝恶其市恩,杖六十,除名。四十五年十月,御史王时举劾刑部尚书黄光昇,言:"内官季永以诉事犯乘舆,本无死比,乃拟真犯;奸人王相私阉良民者三,本无生法,乃拟矜疑。宜勒令致仕。"帝怒,命编氓口外。逾月,御史方新上言:"黄河与北狄之患,自古有之。乃今丰、沛间陆地为渠,而兴都有陵寝之忧,凤阳有冰雹之厄,河南有饥馑之灾,尧之洚水不烈于此矣。诸边将惰卒骄,寇至辄巽愞观望,而宁武有军士之变,南赣有土兵之叛,徽州诸府有矿徒窃发之虞,舜之三苗不棘于此矣。夫洚水、三苗不足为累者,以尧、舜兢业于上,而禹、皋诸臣分忧于下也。今司论纳者日献祯祥,而疆场之臣,惟冒首功,隐丧败。为国分忧者,谁也? 斥罚之法,今不得不严。而陛下亦宜随事自责,痛加修省,然后灾变可息,而外患可弭也。"疏入,斥为民。②

世宗基于维护个人威权的权力操控意识而表现出的专断治理风格,给嘉靖朝的政治气氛增添了几分沉闷感和酷严感,尤其是他对于言路的苛责重罚,无法使人将他与一位敢于纳谏、从善如流的开明君主相比拟。而对于渐识世事情态的后七子来说,这一切自然也难以让他们感受到一种比较和缓宽松的政治氛围,产生忧悒和失落的心理在所难免。王世贞在检讨弘治以来包括嘉靖朝言路的变化情形时,曾经指出:

---

① 《明史》卷二百九《杨爵传》,第十八册,第 5524 页至 5526 页。
② 《明史》卷二百七,第十八册,第 5481 页至 5482 页。

明兴,言路之辟莫盛于孝宗朝。当是时,大臣多贤者,而犹不能胜其苛摘。上亦为之稍斥其一二不称之臣以塞其意,其摘而不当者亦两不间,于是大臣与言路之体并伸,而言路稍重。世庙初,亦微用其意,而是时大臣之贤不肖杂,于是言路为之袪除其不肖者,而登进其贤者。故言路之体独重,而大臣为之稍屈。其后上有所用当意之臣,骤贵显之,而言路不能容,或肆其掊击。故天听不复恒,而甚或死或戍或编氓,于是大臣之体独重,而言路为之屈。然天下晓然知其为直臣。①

其中对于嘉靖朝,特别比较其初和其后言路的不同情形,以为前后所发生的变化是明显的,假如说其初尚能像孝宗弘治朝那样注意开辟言路,那么其后就不再如从前一样重视之,甚至进言者"或死或戍或编氓",被以重典相责,受到很大伤害,造成"言路为之屈"的后果。从上述的比较检省中能够看出一点,那就是作者尤其对于嘉靖初始之后所出现的言路不得辟展、言者甚至遭受各种打击的情状,充满忧怅失落之意。

事实上,论及后七子他们对于嘉靖朝严峻的政治气氛,包括言路难伸、言者蒙受摧折境况的"触感",特别是我们在前面述及的杨继盛事件,对他们来说,因为其曾以不同的方式给予关切,自是有着更为直接和深刻的体验。作为这一事件的当事者,杨继盛本人下狱乃至被害,尽管跟严嵩等人从中挑唆有关,但最主要的原因,还在于世宗时怀猜忌而厌薄言者,威权自操而难容直谏,在政治上设置过多的禁忌。所以,进言者即便是秉诚相谏,也经常被怀疑为居心叵测,惹是生非,或者是过于切直,冒犯尊威,以此触及大忌。杨继盛在疏劾严嵩之前,曾于嘉靖三十年(1551)三月,针对大将军仇鸾会同兵部尚书赵锦奏请与鞑靼俺答约而许开马市之举,抗疏陈述十不可、五谬,因而被逮下锦衣狱,贬狄道典史,其后才获迁官。为表示"报塞"②,他在迁兵部武选司员外郎甫一月,即草奏劾嵩。但世宗则并不领他这份情,在其眼中,杨继盛的这一举动意图不纯,特别是疏中词连自己,还请求引出裕、景二王以面陈嵩恶,认为显然是由前次抗疏被贬而积

---

① 《贵州按察司佥事进阶朝列大夫南冈龙公墓志铭》,《弇州山人续稿》卷一百十五。
② 王世贞《杨忠愍公行状》,《弇州山人四部稿》卷九十九。

下的怨恨所致,所以下旨,说杨"因谪官怀怨,摭拾浮言,恣肆渎奏"①,严相责问。杨继盛的遭遇虽为个例,然足以表明世宗对于言路的苛责重罚,显出他政治上的独我专断作风。对于始终关注该事件的诸子来说,这不可能不对他们的内心产生相当的撞击效应,深感政治氛围的严峻性。如在杨继盛被杀后,吴国伦曾经写下《冬日即事有感四首》(题下原注:时杨仲芳员外坐劾严相诛)诗以志感,其中曰:

> 十月咸阳市,霜飞朔气深。高天寒请剑,落日惨援琴。敢有临河叹,弥坚蹈海心。小臣何足惜,行路为沾襟。(其二)
> 九锡恩逾厚,三章法渐新。人皆危就日,我亦畏看春。景物千秋泪,衣冠万死身。何当谢尘网,高枕汉江滨。(其四)②

诗中所言,除了包含对杨氏罹难深切的追悼之意和悲怆之情,也流露出几丝对于"就日"之危的忧惧,以及不如谢却"尘网"的怅惘和失落。很显然,在杨继盛事件中,诗人已经历了精神上一次不小的撞击。

第三节 在进退之间徘徊

对于后七子来说,或牵涉杨继盛一案这样重大的政治事件,或经历刻骨铭心的"家难"这样惨痛的变故,同时亲身感受当下内外世事情态,这些经历在不同程度上改变着他们的处世心态。影响因素当中,当然也包括各人曲折的仕宦经历。

从诸子所走过的仕宦路途来看,大多算不得顺直平坦,除了因为杨继盛事件相继受到抑斥,中间又多有贬谪罢职的遭遇。如徐中行曾在嘉靖四十二年(1563)会京朝大察吏,为飞言所中,罢汝宁知府之职,两年之后才得以起补长芦转运判官。嘉靖三十七年(1558),李攀龙方任陕西提学副使,因为不堪上司陕西巡抚殷学的傲慢,不得不辞官归里。万历四年(1576),王世贞擢南京大理寺

---

① 杨继盛《请诛贼臣疏》,《杨忠愍集》卷一。
② 《甔甀洞稿》卷十一。

卿，但不久即遭刑科都给事中杨节弹劾，令回籍听用。时隔两年，起补应天府府尹，然又为南京兵科给事中王良心及福建道御史王许之所劾，仍令回籍听用。与诸人相比，吴国伦经历更是曲折，屡遭贬黜，除开由于卷入杨继盛事件受到严嵩势力报复，于嘉靖三十五年（1556）由兵科给事中谪江西按察司知事，三十八年（1559）在南康推官任上又为严嵩等人所斥，至嵩败起知建宁、邵武二府，但在隆庆二年（1568）因为被谤改知高州府，万历五年（1577）又以大计罢河南左参政。虽然说，如同众多传统文人士子一样，追求功业的价值取向和现世关怀的担当意识，毕竟根植于他们的内心世界，无法完全从其心底泯灭，但是仕宦生涯的波折，多少对诸子当初所怀有的经世热情产生一定的冲击，或甚至一时为之感到心灰意冷。像王世贞接连两度遭受弹劾，心绪抑郁之馀，曾喟叹"无意人世"①。徐中行在被罢去汝宁知府后，日奉其母以自娱，甚至一度萌发了"终焉之志"②。

在经历了政治气氛严峻的嘉靖朝之后，明穆宗朱载垕登位，改元隆庆。新朝的来临，不只是意味着皇位的接替，也使得政治气氛在某种程度上为之缓和。穆宗在登极诏书中即宣称要"推类以尽义，通变以宜时"③，前朝诸政令不当者，皆以世宗去世后由大学士徐阶所草遗诏改革之，其中特别是对于世宗在位期间建言获罪诸臣，表示要存者召用，殁者恤录，并确实采取了相应措施以落实之。一些具体的事例已显示这一征象，如时释放了先前因疏论世宗不视朝政、专意斋醮而下狱论死的户部主事海瑞，复其故官。隆庆元年（1567）年初，根据吏部奏报，录用在嘉靖朝建言得罪者三十三人，或复其原职，或以次推用。稍后又据吏部所上嘉靖朝因建言而被戮死者、廷杖死者、系狱戍边及斥死牖下者计四十馀人名录，分别予以赠恤。这些举措多少表明穆宗上台之后希望一新时政及收拾天下人心的一种迹象。

穆宗推行的新政以及由此传散出来的几丝宽松的气息，让诸子也强烈感受到了，深为之触动，特别是比较在嘉靖朝时的经历，他们自认为随着这位新主继位登极，一个朝政更新的局面正在到来，所谓是"神圣御极，贤哲作辅，维新之

---

① 《黎吏部》，《弇州山人续稿》卷二百六。
② 李焰《明故通奉大夫江西左布政使天目徐公行状》，《天目先生集》卷二十一附录。
③ 《明穆宗实录》卷一，第四十九册，第11页，台湾中研院历史语言研究所校印本。

化,千载一时"①,精神上可以说重新有所期待。

隆庆元年(1567),抱着对时下"圣政方新,风云之会"②感觉的李攀龙,起补浙江按察副使,随即抵浙履任,时距离他辞去陕西提学副使一职已过去将近十年的时间。虽说"十年恬退"的隐居生活,早已使李攀龙心境发生微妙变化,出仕的热情大不如初,他曾向友人许邦才声称此出"可以期月无大过,不负蔓菝之雅,然后更图作邡生计",还说自己"岂恤微名,畏繁以劳,半途而废,取笑里闬也",甚至表示"此恐不待褰帏而悔"③。又曾对徐中行说起,以为自己做出这一决定,"于出处之间,似亦率尔"④。这一些的表白,诚有掩饰自己重新出仕心向的意味,但也表明其岩穴之心尚未消泯。然而,受传统文人士子经世用心的驱使,以及隆庆新政带给他的策励,到底还是使李攀龙在时隔近十年之后,再度踏上仕宦之途。

与李攀龙相比,王世贞对于穆宗新朝似乎寄托了更多的希冀,也更有着一种切身的体验,特别是在隆庆改元之际,其亡父王忬之冤得以昭洗。隆庆元年(1567)年初,值诏与天下更始之时,已负载数年亡父之痛的王世贞一心"冀沾化泽"⑤,决定和弟世懋一起赴京师为父亲上疏讼冤,他感到易朝更新之际,也正是诉讼沉冤和洗刷耻辱的难逢良机,因而"席藁一上书,引领希察识"⑥,满心期望亡父之冤能得到重新审察而予以平反。尽管整个讼冤过程颇为曲折漫长,直到该年八月,才诏复王忬原官,但这一结果对于抱有"切骨腐心"之痛的王世贞兄弟来说,多少算是一种慰藉,蕴积内心的极哀至痛稍稍得以纾放。在亡父得复原官的第二年,王世贞起补河南按察司副使,整饬大名等处兵备,这是他在嘉靖三十八年(1559)因为"家难"辞去山东按察副使之后面临的又一次出仕的机会,同时也是他所面临的一次人生抉择。应该说,尤其是遭逢"家难"以来,王世贞对待出处的矛盾心态更加凸显出来,一方面,特别是发生在嘉靖年间"家难"这一场重大的变故,的确在他心底投下了难以抹去的巨大阴影,甚至使他对仕宦人生产生灰冷的念头,其本人所谓"震荡摧裂之馀,此心已灰久矣"的自白,殆非

---

① 王世贞《上少保高陈二公》,《弇州山人四部稿》卷一百二十三。
② 李攀龙《与徐子与》,《沧溟先生集》卷三十。
③ 《与许殿卿》,《沧溟先生集》卷二十九。
④ 《与徐子与》,《沧溟先生集》卷三十。
⑤ 王世贞《恳乞天恩俯念先臣微功极冤特赐昭雪以明德意以伸公论疏》,《弇州山人四部稿》卷一百九。
⑥ 王世贞《将以伏阙北首晨发即事有作》,《弇州山人四部稿》卷十。

虚言。当时他在致徐中行的书信中,也直接倾吐了自己的隐衷:"兹时仆非敢介然自附长往之操,亦非敢以谊为不当出,独反之此心,谓先君子既负大祸,仆胡颜尚托吏民之上,被衣冠,拥胥役,与仕进之人同路?"难以消解的亡父之痛和因此背上的精神负担,不能不说成为他在仕进路口犹豫不前的一个重要原因。但在另一方面,亡父之冤在此际得到昭洗,多少也让王世贞对于新朝怀有"诚思一二有以报塞"的感铭心理。更主要的是,根深蒂固的追求功业的价值取向与现世关怀的担当意识,使他无法完全泯却经世的用心,以王世贞本人的话来说,"仆业以不敢忘私门,乃遂敢忘国乎"①?即便是蒙受了"家难"这样深重的精神摧折。在获起补河南按察副使之命不久,他曾应"朝政得失,许诸人直言无隐"的诏令,上《应诏陈言疏》条陈八事,直述政见,希望穆宗能够"不遗刍荛之微","俯赐纳用"②。可以这么说,在"鼎革之际"上疏陈以治政之策,除了对新朝改革朝政尚抱有几丝期待,从一个侧面反映了王世贞并未完全消泯的经世之心。最终世贞决定承应起补河南按察副使之命,本身也说明了这一点。

相比于嘉靖朝,穆宗在登位之初所实施的更新朝政的政策,尤其是为缓和政治气氛采取的一些相应举措,自然有助于起到稳固政局和安抚人心的作用。但这并不意味前朝积累延续下来的问题一朝完全得以解决,各种积习时弊依然潜蛰在朝政之中。关于这一点,对"鼎革之际"新政尚抱有几分期待的如王世贞,也毫不掩饰他内心所怀上的"隐忧",如他在《与尹御史》书札中说:"天地鼎革,明良一时政,诸君子大行所学之日,不佞乃复有隐忧焉,房气日炽,兵食日诎,然此犹在外也。今万几渐倦,百孽潜伏,言路微枳,远则熙、丰,近而正德,其兆已大见矣。"③于时内外之患仍多忧虑,可以说希冀之中又有失望之意。

不仅如此,事实上特别自隆庆、万历以来,朝政中一些新的问题也在冒出来。首先是握有重柄的内阁大臣之间所展开的权力角逐,所谓"柄臣相轧,门户渐开"④,并在不同程度上影响着朝廷的政策走向。在彼此角逐之中,不仅有政

---

① 《徐子与》,《弇州山人四部稿》卷一百十八。
② 是疏所陈八事分别为"法祖宗以弘圣德"、"正殿名以尊治体"、"酌恩义以处宗室"、"宽禁例以求才哲"、"修典章以昭国纪"、"推德意以昭大劝"、"昭爵赏以徕异勋"、"练兵实以重根本"。见《弇州山人四部稿》卷一百六。
③ 《弇州山人四部稿》卷一百二十六。
④ 《明史》卷十九《穆宗本纪》,第二册,第258页。

治与道德上的是非之争,同时也掺杂着相互倾轧的个人意气的成分,而交错其间的,说到底则是一种权力之争斗①。嘉靖四十五年(1566)世宗去世后,时为首辅的徐阶起草遗诏,拟世宗"愧恨"而意欲"补过"之口吻列举了改革时政的一些措施,从而为穆宗践位实施新政奠定了基础。然而恰恰是草拟遗诏之举,成了徐阶与嘉靖四十五年(1566)入阁的阁臣高拱及郭朴关系不和的一个重要因素。拱、朴虽都曾得到徐阶的推荐,但阶草世宗遗诏,独引时任翰林院侍读学士张居正相共谋,二人同为辅政却未能参与草诏,无形之中权力受到旁落,心中因此产生强烈不满。不但如此,尤其是高拱,为人以"才略自许,负气凌人"②,傲才自恃的性格和对权力强烈的占有欲,使他虽位已至阁臣,但并未因此感到满足,当其居于身为首辅的徐阶之下,却以旧臣自居,不愿为之屈从。所以"阶引之辅政,然阶独柄国,拱心不平"③,于是"阶虽为首辅,而拱自以帝旧臣,数与之抗,朴复助之"④。为了表示不满和对抗,针对徐阶拟世宗"补过"之意而草遗诏一事,郭朴甚至将此定性为"谤先帝"之举,以为其罪"可斩也"⑤,攻讦之甚,可谓到了难以复加的地步。隆庆元年(1567)五月,在经过了与徐阶一番相互纠劾交锋之后,高拱由于一再受到言路的论劾,颇不自安,于是称病乞休,许之⑥。然事情并未就此了结,三年(1569)十二月,高拱复被召入阁,而在此前一年徐阶致仕,拱以为反击对方的时机已到,不仅"专与阶修郤,所论皆欲以中阶重其罪",而且"尽反阶所为,凡先朝得罪诸臣以遗诏录用赠恤者,一切报罢"⑦,特别是切责徐阶在世宗去世后借所拟遗诏而欲优待嘉靖朝建言获罪诸臣的提议,以示反拨之

---

① 参见罗宗强《明代后期士人心态研究》,第209页,南开大学出版社2006年版。
② 《明史》徐阶、高拱、张居正传后所附赞语,卷二百十三,第十九册,第5653页。
③ 《明史》卷二百十三《徐阶传》,第十九册,第5636页。
④ 《明史》卷二百十三《高拱传》,第十九册,第5639页。
⑤ 《明史》卷二百十三《徐阶传》,第十九册,第5636页。
⑥ 《明史·徐阶传》载:"世宗不豫时,给事中胡应嘉尝劾拱,拱疑阶嗾之。隆庆元年,应嘉以敕考察被黜者削籍去,言者谓拱修旧郤胁吏斥应嘉。阶复请薄应嘉罚,言者又劾拱。拱欲阶代杖,阶从容譬解,拱益不悦。令御史齐康劾阶,言其二子多干请及家人横里中状。阶疏辩,乞休。九卿以下交章劾拱誉阶,拱遂引疾归。"(卷二百十三,第十九册,第5636页。)《明史·高拱传》曰:"应嘉掌吏科,佐都院考察。事将竣,忽有所论救。帝责其抵牾,下阁臣议罚。朴奋然曰:'应嘉无人臣礼,当编戌。'阶旁睨拱,见拱方怒,勉从之。言路谓拱以私怨逐应嘉,交章劾之。给事中欧阳一敬劾拱尤力。阶于拱辩疏,拟旨慰留,而不甚谴言者。拱益怒,相与忿诟阁中。御史齐康为拱劾阶,康坐黜。于是言路论拱者无虚日,南京科道及拾遗及之。拱不自安,乞归,遂以少傅兼太子太傅、尚书、大学士养病去。"(卷二百十三,第十九册,第5639页。)
⑦ 《明史》卷二百十三《高拱传》,第十九册,第5639页至5640页。

意,最后竟然得到皇上的认可①。不能说高拱这样做没有与徐阶政见相异的因素包含在里面,但其所抱持发泄私恨的报复心理,同样昭然若揭。这也难怪隆庆六年(1572)三月户科给事中曹大埜论高拱"大不忠十事",其中言及拱反徐阶之举,以为"拱以私恨,乃多方害之,必欲置之死地"②,也切中其要害。从某种角度上看,像身为阁臣的徐、高之间的纠葛争斗,可以说权力的角逐,包括为达到打击对手的意图而实施的倾轧反拨行为,已经超出了对于朝廷治政措施合理和积极意义的顾虑,逞私快意的目的更占据上位。尤如高拱再出,一反隆庆之初为徐阶所主张的录用赠恤嘉靖朝获罪诸臣的政策,客观上不利于当时政治环境的改善,反映了隆庆以来朝政的一大弊端。

对于像徐、高等人身为位居阁臣的高层施政者,却为操控权力不惜彼此倾轧,甚至水火不相容的作为,后七子如王世贞也已清楚地看到了这一点,他在《嘉靖以来内阁首辅传》所作的评断中,形容如徐、高那样关系,"相倾如雠敌,夔、伯之地,化为秦、楚",特别是评高拱,说他"刚愎强忮,幸其早败,虽小有才,乌足道哉"③,寓含其中的贬抑之意不言自明。事实上,如王世贞也切身感受到朝廷中阁臣之间的倾轧角逐,所带给他的特殊遭遇,隆庆元年(1567)年初,为白父亲之冤,世贞携弟世懋伏阙上疏,时值内阁之中徐、高二人矛盾纷起,高拱对于徐阶欲在易朝鼎革之际改革世宗之政的不满态度,据说也连带影响到王忬的平反过程,事情一再被拖延,而且差一点受到阻格,直到同年五月高拱乞休而归之后,王忬平反一事才有了起色。而这一段主要是因为阁臣之间彼此相争所导致的漫长的平反经过,对王世贞本人来说,印象十分深刻,是他平生难以

---

① 王世贞《高拱传》载拱上疏所言:"先帝以神圣御极,峻烈鸿猷,昭揭宇宙。皇上嗣登宝位,志隆继述,所谓不改父之臣与父之政。而当时不以忠孝事君,假托诏旨,于凡先帝所去如大礼大狱及建言得罪诸臣,悉起用之,不次超擢,立至公卿,其已死者,悉为赠官荫子。夫大礼先帝所亲定,所以立君臣父子之极也。献帝尊号已正,《明伦大典》颁示已久,而今于议礼得罪悉从褒显,将使皇在庙之灵何以为享?先帝在天之灵何以为心?皇上岁时祭献,何以对越二圣?至于大狱及建言得罪诸臣,岂无一臣当其罪者?而乃不论有罪无罪,贤与不肖,悉加褒显,无乃以商政待皇上欤?……皇上先帝之亲子也,议事者先帝之臣,遗诸皇上者也,而乃敢于如此,自悖君臣之义,而伤皇上父子之恩,非所为训天下也。夫人臣归让先帝,反其所为以行己之私臆,非一日矣,宜亦有明之者矣。而今当事之臣尚公然为之不觉其悖,旁观之人尚漫然视之不以为非,岂天理果灭,人心果死欤?若终始嘿嘿不一破其说,恐天下之人直以悖逆为当然,天经地义沦教日深,无父无君之事将由此起,则何以为国也?"(《嘉靖以来内阁首辅传》卷六,明刻本。)
② 《明穆宗实录》卷六十八,第五十册,第1646页至1649页。
③ 《张居正传下》,《嘉靖以来内阁首辅传》卷八。

忘却的①。

其次是在隆庆、万历之间,尤其自从张居正当政以来,由于其强化个人威权,导致政治专制气氛再度趋于浓厚。隆庆元年(1567),时任礼部侍郎的张居正为吏部左侍郎兼东阁大学士,入阁预机务,不久充《世宗实录》总裁,进礼部尚书兼武英殿大学士,开始跻身权力核心阶层。时张居正所善提督东厂兼掌御马监事的冯保,因未得到大学士高拱的荐用,记恨在心,乃与居正相谋去之,而居正亦欲去拱而独自专权。神宗即位,二人私下合力逐拱,居正遂取代之成为首辅,实现了他在内阁中专擅权柄的梦想。就张氏本人志之所向而言,其所谓"慨然以天下为己任",期盼自己在事业上有所成就,不甘于凡庸。也因为如此,一旦当他如愿以偿地登上首辅之位,时值神宗初政,便着手进行一系列朝政改革,"大约以尊主权,课吏实,信赏罚,一号令,万里之外,朝下而夕奉行,如疾雷迅风,无所不披靡,乃愉快于志"②,显出其强悍严厉而勇于任事的行政风格。这一切对于振作纲纪法度,整饬吏治风气,将不同层级的官僚系统纳入严格务实的运转轨道,确实起到了不小的作用,是以史家在论评张居正自神宗即位以来的改革作为,或以"起衰振隳,不可谓非干济才"③誉之。但另一方面,信奉"威德未建,人有玩心"④理念的张居正,在力图使改革设想通过强而有力的措施得以切实有效贯彻之同时,明显突出了个人意志的专独性,乃至操威权以主宰之。客观上,神宗登极时尚幼冲,虚己以委居正,其生母李太后徙居乾清宫,主要抚视神宗起居,内倚冯保为重,亦悉授居正以大权,凡此种种,给张居正操控威权创造了一定的条件。当时出现所谓"政体为肃"⑤的局面,很大程度上不能不归结于张居正严厉而专制的施政方式。

几大动作已显示了这位干练又强悍首辅的专断作风。一是对言路采取打压的手段。在威权至上理念的刺激下,张居正个人意志唯尊的思维不断强化,

---

① 王世贞在为其弟世懋所作的《亡弟中顺大夫太常寺少卿敬美行状》中记载道:"又六载而庄皇帝登极,为隆庆丁卯,相国徐文贞公辅之,涤冤滞,旌直臣,拔遗佚,一切与天下更始。不穀苦疡几死,小间,与弟泣告太恭人,将伏阙下上疏辨雪。……疏既上,属新郑相有所不平于徐公,谓徐公多洗丹书,暴扬先帝过,其语外流。太宰杨襄毅公甚冤大司马公,而难新郑,事几格。弟与不穀相对洒泣萧寺中。会新郑去国,而边臣行勘者以功状闻,盖八阅月而始获伸。"(《弇州山人续稿》卷一百四十。)
② 王世贞《张居正传上》,《嘉靖以来内阁首辅传》卷七。
③ 《明史》徐阶、高拱、张居正传后所附赞语,卷二百一十三,第十九册,第5653页。
④ 张居正《答奉常陆五台论治体用刚》,《新刻张太岳先生文集》卷二十八。
⑤ 《明史》卷二百一十三《张居正传》,第十九册,第5645页。

任何触及其尊严和利益的言论都会让他变得敏感起来，且力加抑制。万历三年（1575）二月，南京户科给事中余懋学请行宽大之政，疏陈"崇惇大"、"亲謇谔"、"慎名器"、"戒纷更"、"防谀佞"五事，张居正以为是暗讽自己，遂将其革职为民，永不叙用。继后居正门生御史傅应祯对时政有所感愤，疏陈"重君德"、"苏民困"、"开言路"三事，因所奏疏中言及当以王安石误宋为戒，且批评压制余懋学等人陈言之举，居正以为这是在指责自己，并有同党串通之嫌，执之下诏狱，穷治党与，最终应祯谪戍定海。四年（1576）正月，辽东巡按御史刘台上疏论劾张居正，列数其诸不法状，其中也提到他斥逐余懋学、傅应祯等摧折言官之失。疏上，居正大为恼怒，极力辩解之，又以辞政相要挟，结果台被逮下诏狱，其后遭远戍广西之罚。二是毁书院禁讲学。万历七年（1579）正月，朝廷下令毁天下书院。先是原任常州知府施观民以科敛民财、私创书院获罪，被革职闲住，而当时文人士大夫讲学风气盛行，张居正为此甚感不满，将包括施氏所创书院在内的各省私建书院一并改为公廨衙门，先后毁应天等府书院六十四处，以禁聚众讲学之风，且命各巡按御史提学官查访以闻。张居正毁书院禁讲学，相当程度上与他注重实效和强调专独的行政思维有着密切的关系，在其看来，讲学者虚谈空议不但无补于事，而且他们以"异趋为事"，所持论调富有个人色彩而与当下时政相左，严重者"摇撼朝廷，爽乱名实"①，故要禁毁之。此举实际上凸显了张居正力图防范非议朝政言论乃至禁止异端思想倾向之用意②。

张居正对于个人威权的强化，乃至制造出的隆、万间政治专制气氛，也触动了处在当时环境底下的后七子如王世贞等人的神经。世贞曾经评述之，表示"居正申、商之馀习也，尚能以法劫持天下"，然而"器满而骄，群小激之，虎负不可下，鱼烂不复顾"，且曰"善乎夫子之言，虽有周公之才之美，使骄且吝，其馀不足观也已"③。认为张居正虽怀治理天下之才，但骄恣专断的作风，大大损害了他本人的形象，不足为观。万历三年（1575）五月，方在郧阳巡抚任上的王世贞，假借当时郧阳、襄阳二府属及河南南阳府属等处发生地震之机，上《地震疏》奏言，其中曰：

---

① 《答南司成屠平石论为学》，《新刻张太岳先生文集》卷二十九。
② 参见罗宗强《明代后期士人心态研究》，第249页。
③ 《张居正传下》，《嘉靖以来内阁首辅传》卷八。

> 李固曰：地阴也，法当安静。今乃越阴之职，故动。京房传曰：阴背阳，占为夷羌背去。又《易飞候》曰：震以四月，五谷不熟，人民饥。今者为五月矣，阳盛之极，伏阴萌焉，宜静而动，尤非所宜。即今年岁顺成，夷夏敉辑，是天下未有灾之形；而皇上修德勤政，大法小廉，又未有灾之实。……臣愚不胜一念，惓惓伏乞皇上笃承仁爱，益懋敬德。内而养志，以坤道宁静为教；外而饬备，以阴谋险伏为虞。诚孝可以回天，节惠可以待岁。①

所谓的"坤道"即指臣道也。疏中特别表示，当阳盛之时却伏阴萌动，发生地震之灾乃为"越阴之职"的表现，喻示"坤道"即臣道趋盛，尤非所宜，所以请求神宗能够"以坤道宁静为教"。时张居正方活跃在政坛，牢牢操持权柄，而威势可谓正盛，虽然上疏由地震现象联系到朝政问题，并没有指名道姓地暴露指斥的对象，措辞巧妙而不显锋芒，但还是难以掩饰其以臣道之盛暗讽张居正操控威权的指向。因此，《明史·王世贞传》说世贞"所部荆州地震，引京房占，谓臣道太盛，坤维不宁，用以讽居正"②。至于疏中没有明示指斥的对象，或许是作者为了避免发生正面的矛盾冲突而采取的一种策略。不过，据陈继儒《王元美先生墓志铭》所记，王世贞此疏引李固、京房占向神宗示意坤道不宁的现象，其中意涵还是被敏感的张居正所觉察，成为二人彼此构隙，乃至世贞在万历四年（1576）及六年（1578）分别擢南京大理寺卿和应天府府尹，却遭到居正暗中打击报复，所谓"以貌示用公，而竟以浮言噱公去"③，因此而落职的其中一个重要原因。无论如何，有一点应当可以肯定，在上述《地震疏》中，王世贞以地震引出坤道不宁的话题，显然是有的放矢，颇有面向张居正专操朝中权柄而擅作威福的情势的意味。

应该看到，隆庆、万历以来，特别是穆宗上台之初采取的新政措施，确实带来了政治气候回暖的某些变化，也让曾经经历了嘉靖朝严峻氛围的诸子似乎看到了几丝希望，萌生期待之心。但是，隆、万间随着张居正进入权力核心阶层，朝政在按照张氏模式进行一系列新的变革的同时，作为政坛核心人物的他由于

---

① 《弇州山人四部稿》卷一百七。
② 《明史》卷二百八十七，第二十四册，第 7380 页。
③ 《陈眉公先生全集》卷三十三。

高度强化威权,加强对朝野思想言论的控制,以归于专独,政治气氛也重新变得沉闷起来。从后七子成员来说,虽然体现在他们身上作为传统文人的一种文化根性,也即追求功业的价值取向和现世关怀的担当意识从未完全消泯,但对于隆、万间世情变换的体验,尤其是政治氛围重归肃严带来的压抑感,以及仕宦之程曲折偃蹇的个人遭逢,则在不断消磨他们当初的锐气,抑损着他们原怀的志向。注意起来可以明显觉察出这一变化的迹象,在世事人生的反复磨砺与摧击当中,他们理想的企望更多为现实的思虑所代替,亢激的性气时常被静冷的心境所掩盖。这也在很大程度上,逐渐铸就了诸子一种与时迁落浮沉的处世态度,在进退之间即离徘徊。

隆庆六年(1572),因为被谤改知高州府已经三年的吴国伦,得擢贵州按察司提学副使之命,虽获升迁之职,然对于在世途备尝艰辛困顿的他来说,并没有因此带来多少欣喜之感,还过故里,甚至动发了不欲出任的念头,以至于"一二亲故时来劝驾,至以大义责之",徘徊之际他写下了《倦鸟吟》一诗用以"解嘲",其中曰:"颇经霜雪摧,况乃惮罗矢。嗷喋常苦饥,朝营莫犹徙。北风刺肌骨,羽翮颓然委。息影巢故林,一枝良足倚。"[①]诗中以饱经"霜雪"和畏惧"罗矢"的倦鸟自况,意味深长,除示意作者自己遭遇诸多磨难,还抒写出他在经受摧折之后趋于变化的心境,抑郁之中包含着倦怠,颓唐之馀又归于冷寂。怀着这样的一种心绪,吴国伦最终踏上了奔赴贵州之任的路程,然而,新的官宦生活未能多少改变他的心理状态,万历元年(1573)正月,时在贵州按察副使任上的吴国伦,于五十初度日赋诗以抒怀,其诗云:

> 学道无闻岁已深,更堪多病未投簪。少年虚负凌云气,盛世偏孤捧日心。九土山河经浪迹,三朝名姓老词林。途穷更作居夷客,何异当时泽畔吟。[②]

在上诗中,我们显然已经看不到作者登第初入仕路时抱持的"弱羽将顺风,天路

[①] 《甔甀洞稿》卷六。
[②] 《五十初度有感二首》其二,《甔甀洞稿》卷二十四。

恣飞腾"①那样一种急切有所作为的热烈之情,而更多体会出的,却是他"凌云气"消减之后滋生的冷淡而疲倦的心理。在这其中,夹杂着宦业不达以至投身荒远之地带来的几丝淡淡失意,也浸透着"浪迹"播迁、遍尝世事人生滋味形成的一片无奈与淡漠之心,所以诗中同时显出,诗人身在其位,内心却潜隐"投簪"之意。万历五年(1577),吴国伦因为大计中谗自河南左参政任上罢归,已久经人世间风霜的他,对于眼下发生的这一次变故似乎已是受辱不惊,淡然处之,他在致王世贞的书札中就表示,"弟之罢也,犹自谓晚,无复愤愤意"②。甚至以"解自大梁,如释痂垢"③的解脱之感来平衡自己的心态。这一点,犹如他在罢任后答复王世懋一书中所说:"不佞于诸兄弟中物忌最甚,其以今日罢犹望外事,即年来病惫,不任驱驰,方自引未决,忌者为我一割而解之,脱然媮快,又安问其言之情不情哉!"。言辞之中不能说毫无些许自我慰藉调解之意,但另一方面,确实与他多少"脱然"趋向静冷的心境有着很大关系。所以他在罢归之后,声称"山居数月,颇复豪于花石诗酒间"④,以此为自娱之资,过起了更为闲适恬淡的田居生活。也如他作于自河南归后的以下诗中所述:

> 永日称闲居,经年懒著书。卷帘调白鹤,凭槛数朱鱼。笑语诸孙狎,衰残众客疏。无须卜身世,天地一蘧庐。(《闲居偶作》)⑤
>
> 搔首乾坤事事新,不知何处是吾真。嗟无羽翼能超世,赖有渔樵可寄身。市骏图中招国士,枯鱼肆里索波臣。逢人莫漫谈经济,稳向桃源去问津。(《山居秋思八首》其二)⑥

或许我们同样可以说,在根本上,闲淡宁静的山居生活其实并不是作者平生志之所向,因为毕竟这有违于他当初怀持的热切经世之心,诗中展述的归隐之趣之愿,很难说没有丝毫世途失意的心结纠绕其中,也不免含有强作宽解的成分。就此,时至万历二十一年(1593),吴国伦在年届七十诞辰日所作诗中即感叹:

---

① 吴国伦《释褐》,《甔甀洞稿》卷四。
② 《报王元美书》,《甔甀洞稿》卷五十二。
③ 《报张肖甫司马书》,《甔甀洞稿》卷五十二。
④ 《复王敬美书》,《甔甀洞稿》卷五十二。
⑤ 《甔甀洞续稿》诗部卷六。
⑥ 《甔甀洞续稿》诗部卷十。

"少年忝登朝,垂老宦未达。岂不策治安,苦为绛灌遏。归来抱影居,杳不梦排闼。负此平生心,聊同辙鲋活。"①在归居多年后,仕宦未达的失落依然难消。然而至少说,作者在历经磨砺和摧击后,已经学会了如何进行自我心理的调节,勉力不使平生得失牵挂于怀。这一些,何尝不可谓是吴国伦心态变化所致,而显现出与时迁落浮沉、理性面对人生得失的静冷之心呢?

变化也更明显反映在作为隆、万间后七子文学集团新盟主的王世贞身上。自隆、万以来,世贞虽几度起补与升迁新职,但不可讳言,当初那种"肉血躁热,气志衡厉"的仕途进取热情已经为之消减。他在隆庆二年(1568)起程出补河南按察副使之际赋诗感怀,自称"铅刀冀一割,锋锷恐非故"②,即露出其经世用事之心由热逐渐转冷的征象。次年年底由浙江左参政转山西按察使,稍后他在写给文友余曰德的信中谈到了此次转迁的感受,表示:"仆久绝意世路,而为造物者所强,复就羁靮,虽一再迁,觉景象不大佳也。"③如果说自己"绝意世路",彻底断绝世念,还不免有些夸大其词,多少是言不由衷的话,那么以为虽得再迁,因为心意感到有些灰冷,"觉景象不大佳",当是比较符合实情,道出内心所思。有一个现象还是不能不注意到,进入隆、万以来的王世贞,在经历了穆宗新政带给他的些许兴奋之后,尤其是随张居正入阁当政,政治情势的发展并没有达到合乎其心理的期望值,前所述及世贞疏讽居正之举,事实上已表明了这一点,政治热望由此减退是能够想见的。而他本人又在万历四年(1576)和六年(1578)两度遭到弹劾,被解职听候别用。特别是后一次论劾者南京兵科给事中王良心与福建道御史王许之,上章罗列各种事状,指摘世贞"侈秽旷肆"④,集中对他人格品行加以攻讦,更使他不堪其责。仕宦起起落落的经历,无疑加大了王世贞内心的挫折感。加之父亲被杀带来的精神创伤之后遗症难消,王忬之死虽然已经过去多年,其在隆庆改元获平反恢复原官,至万历十五年(1587)又获祭葬赠官,这些当然对王世贞痛楚的心灵能起到某些慰藉作用,但是亡父带来的巨痛,毕竟在他心底里留下了难以彻底愈合的伤口,用世贞自己的一番话来说,"此心摧

---

① 《七十诞辰有感谢客,客不谅而异之,因自述五首见区区云》其五,《甔甀洞续稿》诗部卷二。
② 《追檄首路,拟再陈情,感怀有作》,《弇州山人四部稿》卷十。
③ 《余德甫》,《弇州山人四部稿》卷一百二十。
④ 王世贞《乞恩勘辩诬蔑仍正罪削斥以明心迹以伸言路疏》,《弇州山人续稿》一百四十二。

哽,未尝一日而宽愧心之惨"①。凡此种种,加深了他对时世人事的灰冷感,同样用世贞的话来说,所谓是"百事倦而无复致味"②,于是静心处世与冷眼观事之态在他身上逐渐凸显出来。在此期间,王世贞甚至将注意力转向了"道门",即拜太仓人王锡爵仲女王焘贞为师,用心学道且曾一度沉湎其中。

王焘贞,号昙阳子。其父锡爵字元驭,嘉靖四十一年(1562)进士,以詹事掌翰林院,进礼部右侍郎,累官吏部尚书、建极殿大学士,生平与王世贞交好。王焘贞幼时许参议徐廷裸之子徐景韶,年十七"稍稍启道要"③,有奉道之意,曾称自己夜梦朱真君、偶霰嬰诸真人,授以却食证圣之诀。未及婚嫁而夫病死,为之守节,乃别筑一土室居之,谓与群真结识,得其指授而觉悟,通修炼之术,收了众多的弟子。后来王世贞和王锡爵一起谋划买地,在太仓城之西南隅偏僻处筑造昙阳恬澹观,以奉上真,"冀它日得谢喧以老",而王焘贞则因此谓"吾蜕而龛归于是"④。至万历八年(1580)九月,焘贞自谓成道,入龛羽化。在王世贞眼里,王焘贞无疑是深谙其心的一位"方外"导师,他跟汪道昆说起过,"平生知我者三,始则于鳞,终则伯玉,方外则先师",将她与自己文学密友李攀龙、汪道昆并置,足见王焘贞在他心目中所占据的重要位置,认为其能"被以温直之名,授之恬澹之道,直将索我于形骸之外,蜕我于污渎之中"⑤。在王焘贞羽化同一年的四月,王世贞获其"召对"得以正式拜谒之,对方和他谈及羽化一事,又以龛事相托。而在此之前,他对王焘贞与诸真相通而耽于修持的情况已有所闻知,于是"心慕之"⑥,并且通过王锡爵的关系与她本人相识,自此之后开始沉湎于学道。出于对王焘贞本人的仰慕,王世贞按照嘱托曾为她的化事助力,亲侍其羽化,受其教戒,之后又将其龛移入昙阳恬澹观。同时为了表示学道的诚意,自从王焘贞化去之后,世贞"即捐家付儿子辈,荷一瓢、一衲、佛道书数卷入精庐"⑦,与友人王锡爵一道移居昙阳恬澹观,过起了屏弃家累、避绝俗缘的修心养性生活。王焘贞一事在当时影响甚著,牵涉的面较广,除了王世贞、王锡爵之外,众多她的慕

---

① 《与杨太宰》,《弇州山人续稿》卷一百七十四。
② 《黄山人》,《弇州山人续稿》卷一百八十三。
③ 王世贞《纯节祠记》,《弇州山人续稿》卷五十六。
④ 王世贞《昙阳大师传》,《弇州山人续稿》卷七十八。
⑤ 汪道昆《祭王长公文》,《太函集》卷八十三。
⑥ 王世贞《昙阳大师传》,《弇州山人续稿》卷七十八。
⑦ 王世贞《曾子澄》,《弇州山人续稿》卷二百五。

从者当中,还包括王世懋、管志道、赵用贤、瞿汝稷、屠隆、沈懋学、张厚德、张定安等多位名士。王羽化之日,据说"拜者、跪者、哭而呼师者、称佛号者,不可胜记",而且"龛止享室中,远迩进香膜拜,日夜累累不歇"①。与此同时,王世贞在王焘贞化后为她作《昙阳大师传》授之梓,自己又和王锡爵一起入观修持。事情不久即传扬开去,万历九年(1581),就有户科给事中牛惟炳、云南道御史孙承南奏劾世贞与锡爵卷入王焘贞一事,"诛张为怪幻"②,并请求将所梓之传毁板。所幸时任礼部尚书而平素与王世贞关系友善的徐学谟等人从中为之斡旋,事情才得以逐渐平息下来③。

可以看出,从歆慕王焘贞开始,到拜师奉道,再到最后弃家入观修持,王世贞在学道这件事情上实在可谓是用心良苦,越来越投入,以至一时难以自拔,而且还使事情弄得很是张扬。对于自己之所以有意跟随王焘贞学道,直至入观静修,王世贞本人是作这样解释的:

> 先师以夙缘契上真,以节谊脱世网,以静悟为入门,以恬澹无欲为教主。而贞苦海中人也,蒙援而出之,以故弃家室,捐身名,谢绝一切人间之好而不顾,虽上乘若未有证,而区区色身小觉轻安矣。④

对此,他在王焘贞化期过去三年之后即万历十二年(1584)所作的《上昙阳大师》一文中也述及:

> 窃念弟子世贞三生浊品,半世行尸,出没爱河,浮沉苦海,衰相已现,顽冥自如。伏承我圣祖弘开玉毫之光,我仙师曲赐金篦之导,故得皈依大化,抖擞凡尘,割欲辞荣,弃家入靖。⑤

据此不妨可以说,此时的王世贞如此迷恋于道门,显然是完全出于一种精神接

---

① 王世贞《昙阳大师传》,《弇州山人续稿》卷七十八。
② 王世贞《亡弟中顺大夫太常寺少卿敬美行状》,《弇州山人续稿》卷一百四十。
③ 参见拙著《王世贞研究》,第129页,学林出版社2002年版。
④ 《刘锦衣》,《弇州山人续稿》卷二百五。
⑤ 《弇州山人续稿》卷一百七十三。

引的需要,他将随从王焘贞学道当作使自身脱离"苦海"的一条有效途径,视之为内心能得到救赎的一帖良剂。这一点,也使人看到他自以为"出没爱河,浮沉苦海"的精神上一种强烈倦厌感和失落感,所以要通过"皈依大化"的方式来加以消弭。值得指出的是,虽然王世贞在此之际曾经一再自称"经世一念久已灰冷"①,还说"梦境将觉,于一切意味靡所不厌"②,俨然已经是一副大彻大悟的样子,但如果据此来判断他已完全所谓"灰心世路"③,似乎还是不够确切,或者说尚未能彻底洞察他之心念所系。事实上,深植在他内心深处的传统文士功业之志、求用之心以及担当意识从未彻底消散,这或许可以解释,距离初入昙阳恬澹观数年之后即万历十六年(1588)与十七年(1589),他又相继出任南京兵部右侍郎、南京刑部尚书这一重新出仕的行为。不过能够肯定的一点是,此际王世贞束身入观,削迹道门,说到底还是与他对时世人事失落和冷漠感的增强有关,他的这一举动,其中一方面固然如研究者所已分析到的,实际上反映了对于现实政治热情的减退④,经世用事之心因此大为冷却。另一方面,则显示出王世贞在失落、倦厌及冷漠之馀,也在竭力寻找自我生存的着落点,索求精神上的归宿,此时自诩识群真通道术的王焘贞的出现,使生性狷洁的他犹如遇到了一位精神的导引和接济者,容易产生一种投合和归宿感,在相对封闭和静态的心性修持中求得内心的平衡和慰藉⑤。这样的话,也就不难理解王世贞本人关于自己和王焘贞如何相遇合的一些说法,比如他曾经以某种庆幸的口吻向王锡爵表示:"弟生世何幸,始遇我仙师,拔之于毒海火宅之中,洗涤无间无明之累。"⑥又以类似的语气和徐学谟说起:"第蒙昙阳先师度引,盖于百事厌倦之际骤得之,譬则倦羽就栖,瘦驽顾秣,易为合耳。以故损家授儿辈,束身一室中,朝诵夕焚,草衣木食,不敢致倦。"⑦

顺便说明一点,正如前述,特别自隆、万以来,后七子成员尚在世的如王世贞、吴国伦等人,他们淡却"世味"的态度,对于时世人事显现出来的由热趋冷的

---

① 《陆与绳》,《弇州山人续稿》卷一百七十四。
② 《寄用晦》,《弇州山人续稿》卷一百七十二。
③ 王世贞《答上襄王》,《弇州山人续稿》卷一百七十二。
④ 参见廖可斌《明代文学复古运动研究》,第235页至237页。
⑤ 参见拙著《王世贞研究》,第128页。
⑥ 《与元驭阁老》,《弇州山人续稿》卷一百七十六。
⑦ 《徐宗伯》,《弇州山人续稿》卷一百七十五。

心境转变,固然还不能说他们已经彻底断绝世念,完全超然物外,但是至少表明,他们曾经高涨的经世用事的热情在明显下降,对当下政治的关注度在逐渐减退。归结起来,在根本上,主要还是由他们的理想期望值与现实境况及遭遇发生冲撞所形成的。从另一方面来说,王、吴等人关注政治热度的减却,经世用事心意的降损,也促使他们将更多的心力投入与文学同志的唱酬交往上,作为当时后七子文学集团的引领人物或资深成员,王、吴等人也已是蜚声遐迩,在文士圈中甚具感召力,这无疑有助于他们利用自己的名声和号召力,维系多重的文学交往关系,扩大后七子复古影响的范围和深度。如吴国伦自万历五年(1577)罢河南左参政任以来,如此描绘自己专心艺文和联络文友的生活,"坐卧图史,所与朝夕,非执经之门人,则谈艺之社客"①,"四方词客亦复时时见过,小饮微吟,不甚落寞"②。不但将更多的时间和精力用于谈榷艺文,而且还吸引了四方文友,所居之处成为交游的一个集结地。而如王世贞,尤其自入昙阳恬澹观学道静修以来,虽然口口声声说要"谢绝一切人间之好而不顾",甚至还要弃谢笔砚之习,但实际的情况不尽如此。主要原因是他自己根本无法淡漠对古文词的兴趣和倾注于此的心志,更何况修持之中面向玄虚隐曲的道义理旨,也时常使他感到难以领悟把握,以至无所着落,不能全然补偿精神上的倦厌和失落。如他在王焘贞移龛入观三周年之际作诗感怀,当中言及本人学道情况,表示"三载俄已周,所得无一实"③。在上引《上昙阳大师》一文中,他同样倾诉了在自我修持过程中一时难有所获带来的困惑:"所苦宿障犹重,钝根少通,虽我仙师微示跃如之机,而弟子尚苦弥高之叹。间于《金丹正理》一书窃窥一二,以为此道不假外求。但未究玄牝何方,铅汞所在,又不知谁为真土,谁为火候。闲习静坐,以待来期,而渐近顽空,通无着落,稍不散乱,便属昏沉。"如此,虽是所谓遁入道门,其实还是难割艺文之业。所以当时其友屠隆听说此事,就曾经向他表示,"近闻长者在关中虽焚笔研,犹闻为相知一搦管"④。就连王世贞本人后来也承认,自入昙阳恬澹观以来,"笔研之习不能尽谢"⑤。事实上在隆、万这一阶段,

---

① 吴国伦《复刘子成中丞书》,《甔甀洞稿》卷五十二。
② 吴国伦《报王元美书》,《甔甀洞稿》卷五十二。
③ 《先师移龛日忽已三周,晨兴作供,感叹有述》,《弇州山人续稿》卷六。
④ 《与凤洲先生》,《白榆集》卷八。
⑤ 《甘金宪》,《弇州山人续稿》卷二百一。

特别是随着王世贞继李攀龙之后新盟主地位的确立,后七子文学集团活动区域的南移,吴中及邻近一带成为该集团活动较为集中的一个中心,当时有较多的时间居处在吴中的王世贞,他的文学相关活动非但没有中断,而且还十分密集,在此上面花费了很多的心力,尤其以七子集团领袖者的身份,在联络和吸收文学同志方面扮演着不可替代的角色,为延续和拓展后七子复古之业起到了极为重要的作用。有关这一点,我们在前面一章当中已经作了较为详尽的描述和分析,这里不再赘述。

第九章　后七子的文学思想

　　考察后七子的文学思想，一方面，我们固然要注意到他们与前七子文学思想之间的诸多联系。李、王诸子自嘉靖中叶在京师结盟创社起，就以所谓"修北地之业"自命，将承接李、何诸子的复古之脉，看成是自身开展文学活动的一个主要目标。毋庸置疑，这一点，也决定了后七子在他们的诗文观念及创作实践上与前七子之间形成的某种关联性和共趋性。另一方面，前七子弘治、正德年间于诗文领域从事的复古之业，它在逐渐引导和确立起一种文学发展方向的同时，其经验得失也引发了后人的反思与检讨。从这个角度来看，后七子表现的文学思想形态，又不能简单地视作是对前七子纯粹而机械的复述，而可以说，包含了他们对于李、何诸子复古实践的自觉检省、补充乃至修正的成分。同时应该看到，特别是自嘉靖前期以来，以王慎中、唐顺之为代表的文学势力，站在重点宗宋的取法立场，秉执文道一元的创作理念，与持反宋学态度的李、何诸子有意识地展开抗衡，反映了他们重视以道为本并以此反逆李、何等人复古取向的一种诉求，乃至于当时"海内稍驰骛于晋江、毗陵之文"[①]，在文人学士中间造成不小的影响。这一现象引起李、王等人强烈的警戒，尤其是王、唐等人的观念意识和为文取向，成为他们起而反拨的一个明确目标，形之于相关的述论之中，这也是我们在探析后七子文学思想过程中不能不注意到的重要一环。综合来看，与前七子相比较，作为承而继起者的后七子，他们涉及诗文具体创作的一系列主张，在总体上呈现出一种更为精细、严密和系统的特征，也反映了诸子对于相关文学问题的认知，步入一个更为理性和成熟的阶段。

[①] 王世懋《贺天目徐大夫子与转左方伯序》，《王奉常集》文部卷五。

第一节　宗尚态度与基本取向

　　作为继前七子之后而具有明显复古倾向的一大文学派别,后七子的诗文宗尚态度与价值取向首先令人关注。如果说,在全面审察古典诗文传统过程中,前七子已经确立起诗以盛唐以上、文以先秦两汉为主要取法目标的复古系统,那么,作为后起的承继者,后七子的诗文宗尚态度比较起来,其中虽然发生一些变化,但总的来说,其基本导向并不与之相悖异,显出接续前者的一种承传脉路。

　　先从诗歌方面说起。王世贞《王氏金虎集序》一文,忆及其嘉靖中经友人李先芳绍介结识李攀龙,既而对方相约一同为古文词,文中引述李攀龙评断古典诗文演化历史之大端,其中交代了他对诗歌的取法之见:"《诗》、《书》吾窃有志焉,而未之逮也。《诗》变而屈氏之骚出,靡丽乎长卿圣矣。乐府三诗之馀也。五言古,苏、李其风乎?而法极黄初矣;七言畅于《燕歌》乎?而法极杜、李矣;律畅于唐乎?而法极大历矣。"①另如,王世贞在致友人张九一书中述及自己和李攀龙当初对古文词的嗜好,除了论文之外,也谈到关于诗歌的取法意向:"于诗古则知有枚乘、苏、李、曹公父子,旁及陶、谢,乐府则知有汉魏鼓吹、相和,及六朝清商、琴舞、杂曲佳者,近体则知有沈、宋、李、杜、王江宁四五家。"②而在致友人徐益孙的书中,他则向对方教授了自己习学诗歌之心得:"今宜但取《三百篇》及汉、魏、晋、宋、初盛唐名家语熟玩之,使胸次悠然有融浃处,方始命笔。"③结合二人的陈述来看,其基本的宗法理念相差不远。首先奉《诗经》为古典诗歌具有本源意义的经典文本而以宗主目之,即如王世贞所称,"《三百篇》,诗之大宗也"④。自此而下,古体主要还是以汉魏为尚,旁及六朝,近体则以盛唐为尚,旁及初唐;简而言之,在古典诗歌的历史序列中,汉魏与盛唐之作依然分别被视为古近体诗最主要的宗尚目标。这也大体反映了原本为李、何诸子所执持的诗歌取法的基本方向。李、王二人身为后七子文学集团的创始巨头和引领人物,在其中的文学影响举足轻重,他们对于古典诗歌的习学取法意见,自然在很大程

---

① 《弇州山人四部稿》卷七十一。
② 《张助甫》,《弇州山人四部稿》卷一百二十一。
③ 《徐孟孺》,《弇州山人续稿》卷一百八十二。
④ 《送李伯承之新喻令序》,《弇州山人四部稿》卷五十五。

度上代表着诸子一般的宗尚倾向。

当然,这样说并不表示在诸子内部各人的意向已趋于完全一致,事实上,诸成员之间积养与趣味不尽相同,反映在诗歌具体宗尚问题上彼此态度也会有某些差异。典型之例,如当初在初、盛唐十二家及李、杜二家"孰可专为楷范"问题上,谢榛与诸子的意见就不尽相同,当诸人选择"楷范"对象"或云沈、宋,或云李、杜,或云王、孟"时,谢却主张"历观十四家所作,咸可为法",以为不必在初、盛唐各家中间专择几家为法,其主意是在所谓"集众长合而为一"①,具体一点来说,"以奇古为骨,平和为体,兼以初唐、盛唐诸家,合而为一,高其格调,充其气魄,则不失正宗矣"②。就是李、王之间,态度也有所出入,比如在对待宋诗问题上,二人尽管基本立场相似,排击意向明显,然李攀龙态度显得更为决绝。前已指出,李编《古今诗删》一书,选录了"古逸"、自汉至唐以及明代各体诗歌,中间惟独略去宋元两代之作,不惜破除选录体例的平衡以排斥之,就对宋诗这一部分而言,当然是承沿了李、何所谓"宋无诗"的评判标准,将其推向极端。相形之下,王世贞虽然也曾将何景明"宋人似苍老而实疏卤,元人似秀峻而实浅俗"断语,当作宋元两代诗歌之"定裁",认为其评"的然",以示在宋元诗尤其是宋诗评判上与李、何诸子同调,但基于所谓"代不能废人,人不能废篇,篇不能废句"③的原则,在对待如有宋具体诗人或诗作上,态度的确要相对宽缓平允一些,尤其是对于他所声称的"余于宋独喜此公才情"④的苏轼及其诗作,更为之另眼相看,间得到他的称道,苏也由此被他看成是诗界所谓"广大教化主"之一⑤。再比如在宗唐问题上,较之李攀龙"诗自天宝以下不齿"⑥,或谓律体"法极大历"这一专宗盛唐以上的意向,王世贞则又适当放眼中、晚唐诗,虽未置之于主要取法序列,却也不是采取一概予以排斥的做法,态度有所松动。就习学的方式而言,他主

---

① 《诗家直说》七十五条,《四溟山人全集》卷二十三。
② 《诗家直说》八十五条,《四溟山人全集》卷二十四。
③ 《宋诗选序》,《弇州山人续稿》卷四十一。
④ 《书苏长公司马长卿三跋后》,《弇州山人四部稿》卷一百二十九。
⑤ 如《艺苑卮言四》:"谢皋羽微见翘楚,《鸿门行》诸篇,大有唐人之致。""诗自正宗之外,如昔人所称'广大教化主'者,于长庆得一人,曰白乐天;于元丰得一人焉,曰苏子瞻;于南渡后得一人,曰陆务观。为其情事景物之悉备也。"(《弇州山人四部稿》卷一百四十七)《苏长公外纪序》:"当吾之少壮时,与于鳞习为古文辞,其于四家殊不能相入,晚而稍安之。毋论苏公文,即其诗最号为雅变杂揉者,虽不能为吾式,而亦足为吾用。"(《弇州山人续稿》卷四十二)
⑥ 徐中行《重刻李沧溟先生集序》,《天目先生集》卷十三。

张在"熟玩"《诗经》、汉、魏、晋、宋及初盛唐名家诗语的基础上,也可"取中、晚唐佳者""以资材用"①。甚至提出,如落实到个别具体的诗歌体式,譬如七言绝句,中、晚唐与盛唐之作比较起来,不见得一无是处,"盛唐主气,气完而意不尽工;中、晚唐主意,意工而气不甚完。然各有至者,未可以时代优劣也"②,以为中、晚唐诗也拥有盛唐之作所不尽具备的特色,故不可一味以时代界限去区分孰优孰劣。这些意见显出王世贞较之同道李攀龙,乃至弘、正之际的李、何诸子,对于古典诗歌传统的认知态度发生了一些微妙的变化,取法的径路也有所拓宽。我们也许可以这么看,如果说,当初像李、何诸子高唱"诗必汉魏盛唐"这样界域分明而难以调和的诗学论调,包括他们决然的反宋诗倾向,明显折射出他们所怀持的有意在诗界通过复古途径发起一场革命性变动的强烈欲望,这一变革的思想冲动,或以它的某种激进性与极端性,在一定程度上淡却或取代了审视古典传统过程中的一种理性观照,如李、何以近乎偏激的"宋无诗"之论攻讦有宋一代诗歌,当然是比较典型的例子;那么,如王世贞显之于诗歌宗尚问题的某些变通而非决绝的想法,尤其较之李、何诸子,赋予了对于古典诗歌传统的审察以更多理性的因素,甚至在一定意义上可以说,成为其诗学思想趋于相对成熟的某种标志。尽管如此,要是就此以为这一诗歌宗尚意向已经偏离曾为李、何诸子所重视的取法径路,改变了他们的复古导向,多少还是一种失之武断的想法。事实上,就能以相对宽缓平允的态度对待宋代具体诗人和诗作这一点来说,它并不等于王世贞在根本上已动摇"尝从二三君子后抑宋者"③这种总体性或原则性的反宋诗立场,单以其《艺苑卮言》中涉及宋诗之评骘为例,所谓的"抑宋"之论屡见不鲜④。就以

---

① 《徐孟孺》,《弇州山人续稿》卷一百八十二。
② 《艺苑卮言四》,《弇州山人四部稿》卷一百四十七。
③ 《宋诗选序》,《弇州山人续稿》卷四十一。
④ 如《艺苑卮言四》:"宋诗如林和靖梅花诗一时传诵,'暗香'、'疏影',景态虽佳,已落异境,是许浑至语,非开元、大历人语。至'霜禽'、'粉蝶',直五尺童耳。""诗格变自苏、黄,固也。黄意不满苏,直欲凌其上,然故不如苏也。何者?愈巧愈拙,愈新愈陈,愈近愈远。""永叔不识佛理,强辟佛;不识书,强评书;不识诗,自标誉能诗。""鲁直不足小乘,直是外道耳,已堕傍王趣中。南渡以后,陆务观颇近苏氏而粗,杨万里、刘改之俱弗如也。""独李太白有'人烟寒橘柚,秋色老梧桐'句,而黄鲁直更之曰'人家围橘柚,秋色老梧桐';晁无咎极称之,何也?余谓中只改两字,而丑态毕具,真点金作铁手耳。""又有点金成铁者,少陵有句云'昨夜月同行',陈无己则云'勤勤有月与同归';少陵云'暗飞萤自照',陈则曰'飞萤元失照';少陵云'文章千古事',陈则云'文章平日事';少陵云'乾坤一腐儒',陈则云'乾坤着腐儒';少陵云'寒花只暂香',陈则云'寒花只自香'。一览可见。""宋诗亦有单句不成诗者,如王介甫'青山扪虱坐,黄鸟挟人眠',又黄鲁直'人得交游是风月,天开图画即江山',潘邠老'满城风雨近重阳',虽境涉小佳,大有可议,览者当自得之。""严云诗不必太切,予初疑此言,及读子瞻诗,如'诗人老去'、'孟嘉醉酒'各二联,方知严语之当。"(《弇州山人四部稿》卷一百四十七)

被他称为诗界"广大教化主"之一的苏轼诗歌而言,也只是说它们"足为吾用",而"不能为吾式"①,并不认为其可以成为诗歌法式的经典文本,主要原因当然还要从他对待宋诗的原则性立场中去寻找。这一点也同时可以让人明白,如有研究者在辨析王世贞所谓"晚年定论"问题而涉及他对宋诗评价时,以为其前后态度并未发生彻底改变的道理之所在②。至于说对待中、晚唐诗,虽然王世贞明确承认间杂"佳者",也有盛唐诗歌所不及的"意工"之特色,但也仅以为它们只能"以资材用",说明与作为取法"第一义"的盛唐之作自不在同一档次。

与此同时,基于对古典文章历史传统的检视以及比照前七子的复古理路,后七子也同样表现出较为明晰的文章宗尚所向,其所依循的基本上是前七子有关文章之取法路数,诸成员之间各自主张的重点和范围虽稍有差异,但在基本方向上还是比较接近,这也显示他们在寻求古文之道过程中抱持的一种共同的文学趣味。如徐中行,自当初加入李、王盟社之后,"遂取旧草悉焚之,而自是诗非开元而上、文非东西京而上毋述矣"③,决意以先秦两汉文章相尚法。王世贞《李于鳞先生传》,对传主李攀龙的文章趣尚是如此介绍的:"以为纪述之文厄于东京,班氏姑其佼佼者耳。不以规矩,不能方圆,拟议成变,日新富有。今夫《尚书》、《庄》、左氏、《檀弓》、《考功》、司马,其成言班如也,法则森如也,吾撷其华而裁其衷,琢字成辞,属辞成篇,以求当于古之作者而已。"④在致汪道昆的信札中,他也曾表示,李攀龙古文所法"多自左丘、《短长》、《韩非》、《吕览》"⑤,其文"无一语作汉以后,亦无一字不出汉以前"⑥。作为与李攀龙志趣投合且保持长时间合作的亲密同道,王世贞于对方诗文趣尚无疑是十分了解的,从他的话语当中,我们可以大致了解李攀龙本人的古文宗尚倾向,这也就是分外注重先秦至汉代的古文,两汉当中尤重西汉之文。因此,徐中行在《重刻李沧溟先生集序》中,径直说李攀龙"文自西京以下、诗自天宝以下不齿"⑦。事实上,攀龙本人也曾明确表

---

① 《苏长公外纪序》,《弇州山人续稿》卷四十二。
② 参见廖可斌《明代文学复古运动研究》,第302页。
③ 王世贞《中奉大夫江西布政使司左布政使天目徐公墓碑》,《弇州山人续稿》卷一百三十四。
④ 《弇州山人四部稿》卷八十三。
⑤ 《汪伯玉》,《弇州山人四部稿》卷一百十九。
⑥ 《艺苑卮言七》,《弇州山人四部稿》卷一百五十。
⑦ 《天目先生集》卷十三。

示"秦汉以后无文矣"①,若证之以王世贞、徐中行上述所记,他的这一番看似偏激之言,诚非一时性起之辞,应当是深思熟虑之后作出的一种判断。

较之李攀龙"秦汉以后无文矣"这样偏绝态度,王世贞所主张的古文取法范围稍显宽泛,他曾经表示,"自今而后,拟以纯灰三斛,细涤其肠,日取六经、《周礼》、《孟子》、《老》、《庄》、《列》、《荀》、《国语》、《左传》、《战国策》、《韩非子》、《离骚》、《吕氏春秋》、《淮南子》、《史记》、班氏《汉书》,西京以还,至六朝及韩、柳,便须铨择佳者,熟读涵泳之,令其渐渍汪洋"②。这意味着,除却先秦至汉代文章,像六朝和唐代韩愈、柳宗元等人古文,也不应将它们完全排除在取法范围之外,但前提是要有所遴选,择其"佳者"而法之。明白于此,不难理解王世贞在一些针对韩、柳文章具体评价意见中,除了挑剔疵病,也不吝文辞肯定了在他眼里之佳胜者,如谓韩文:"于碑志之类最为雄奇,有气力,亦甚古,而间有未脱蹊径者,在欲求胜古而不能胜之,舍而就己而未尽舍耳。奏疏爽切动人,然论事不及晁、贾,谈理不及衡、向。与人书最佳,多得子长遗意,而急于有所干请于人,则词漫而气亦屈。记序或浓或淡,在意合与不合之际,终亦不落节也。"③又谓柳文:"金石之文亦峭丽,与韩相争长,而大篇则瞠乎后矣。《封建论》之胜《原道》,非文胜也,论事易长,论理易短故耳。其他驳辨之类尤更破的。永州诸记峭拔紧洁,其小语之冠乎?独所行诸书牍叙述艰苦,酸鼻之辞似不胜楚,摇尾之状似不胜屈。至于他篇非掊击则夸毗,虽复斐然,终乖大雅。"④不但如此,在王世贞看来,即使是向来多为诸子所鄙薄的六朝之文,也实非一无可取之处,如他就此评之曰:"皇甫子循谓藻艳之中有抑扬顿挫,语虽合璧,意若贯珠,非书穷五车,笔含万化,未足云也。此固为六朝人张价。然如潘、左诸赋及王文考之《灵光》、王简栖之《头陀》,令韩、柳授觚,必至夺色。"其中评梁人王巾《头陀寺碑文》:"王简栖《头陀寺碑》,以北统之笔锋,发南宗之心印,虽极俳偶,而绝无牵率之病。"⑤如此扩展古文取法的范围,固然是王世贞所谓"渐渍汪洋"的一种广涉博积要求的反映,但由另一面观之,正如他能以某种变通眼光看待诗歌宗尚问题,在对待历代

---

① 《答冯通府》,《沧溟先生集》卷二十八。
② 《艺苑卮言一》,《弇州山人四部稿》卷一百四十四。
③ 《书韩文后》,《读书后》卷三,影印文渊阁《四库全书》本,台湾商务印书馆1986年版。
④ 《书柳文后》,《读书后》卷三。
⑤ 《艺苑卮言三》,《弇州山人四部稿》卷一百四十六。

文章的取舍上，同样表现出了宽缓平允这样一种相对理性与成熟的态度。

那么，如此能否说明王世贞本人已改变早在李、何时代所确立起来的"文必先秦两汉"的宗尚观念呢？答案当然是否定的。上面引述如谓六朝及韩、柳之文"须铨择佳者"的说法，其实也已不难看出当中的轩轾之别，联系王世贞其他一些相关的陈述，也能从不同的角度证明之。如在致友人张九一的书函中，他自述起初和李攀龙结交而切磋古文词的情形，表示自己从那时起，"自六经而下，于文则知有左氏、司马迁"①，除了六经之外，特别看重的是《左传》和《史记》，引以为古典文章之重要典范。他还曾声称，生平所"伏膺"者，除李攀龙诗，还有汪道昆文②，而在写给汪道昆一信札中，王世贞曾向对方表达过自己"慕好"之意："以为世人方蝇袭庐陵、南丰之遗，不则亦江、庾家残沈耳，公独厌去不顾，顾为东西京言。"③可见汪文之所以受其赏识，很重要的一点，在王世贞看来它们能习学两汉文章，得古文宗尚之正法。值得注意的一点，在看待那些被他纳入应当择而法之范围内的古典文章特点或优势时，王世贞时或是以他所倾心的两汉以上之文的审美标准来加以评断的。如他评韩、柳诸文章曰："退之《海神庙碑》，犹有相如之意；《毛颖传》，尚规子长之法。子厚《晋问》，颇得枚叔之情；《段太尉逸事》，差存孟坚之造。"④又曰："昌黎于碑志极有力，是兼东西京而时出之。"⑤"子厚诸记，尚未是西京，是东京之洁峻有味者。"⑥换一个角度来说，按照王世贞的看法，韩、柳上列诸文之所以有它们各自可取之处，主要还是得汉代各家所谓的"意"、"法"、"情"、"造"。由此也说明，尽管他所划出的古文取法范围，比起李、何诸子及李攀龙等人有所延伸扩展，但是并未因此脱出以两汉之上古文为中心的宗尚观念。

从深入而准确把握后七子诗文复古思想形态的层面来说，我们在考察他们有关古典诗文的宗尚倾向之际，所应该注意的，还不但是其以何者为尚的取法目标的择选问题，更为重要的是，尚需进一步来判别体现在诸子宗尚态度之中的具体价值取向，以更深入地认识他们秉持的原则立场，这其实也正是所要讨

---

① 《张助甫》，《弇州山人四部稿》卷一百二十一。
② 《潘景升》："以仆生平所伏膺，文则伯玉，诗则于鳞。"（《弇州山人续稿》卷一百八十二）
③ 《答汪伯玉》，《弇州山人四部稿》卷一百十八。
④ 《艺苑卮言四》，《弇州山人四部稿》卷一百四十七。
⑤ 《书归熙甫文集后》，《读书后》卷四。
⑥ 《艺苑卮言四》，《弇州山人四部稿》卷一百四十七。

论问题的重心之所在。如果说,弘、正之际由前七子发起的那一场影响深远的诗文复古活动,在尊尚诗文价值地位的基础上,策略性地通过复古的方式,实现诗文领域一次全面而彻底的革命性变动,李、何诸子在全面审察古典诗文传统过程中所确立起来的"文必先秦两汉"、"诗必汉魏盛唐"的复古取法系统,旨在改变明代前期以来处在崇儒重道特别是理学风气盛兴环境中诗文领域相应受到各种干预的现状,以谋求从本体的意义上还复诗文之基本性质和审美特性;那么,至后七子时代,李、王等人显然以弘、正诸子为文学先导,步武其诗文复古取法的基本理路,虽然如前所说,如王世贞等在取法的范围上有所拓宽,但其基本导向并未发生根本性改变,他们对于前七子所开辟的诗文复古路线,在作出蕴涵自身文学个性的反思之同时,又展现出一种积极维护与坚守的姿态。由此,其也成为李、何诸子所倡文学风尚在嘉靖以来文坛传输和更新的一个极为重要的环节。从总体上来看,前七子由本体意识出发,注重诗文基本性质和审美特性的主张,在后七子那里进一步得到强化,这当中尤其是他们更加重视自诗文艺术形式体制的建设与规范的层面,去关注这一问题,包括对诗文创作法度的要求更趋精密化和系统化。与此同时,他们也有意以此作为针锋相对的反拨手段,与早些时候已影响文坛的王慎中、唐顺之等人"学宋而伤之理"的文章作风展开抗衡。以下结合后七子的宗尚态度,就他们诗文观念所呈现出来的若干基本价值取向加以具体论析。

一、"修辞"之论与古文之道

在前面讨论后七子文学集团组成和活动情形这一问题时,我们曾述及该集团领袖人物李攀龙和王世贞,当时在京师相识结交而"刿心古则"的文学动机与导向,引李攀龙嘉靖三十一年(1552)为送王世贞出使庐州、扬州、凤阳、淮安四郡而作的《送王元美序》以解析之。在该篇序文里,李攀龙主要表达了他对"今之文章"格局的强烈担忧,尤不满于已是"家传户诵"的王、唐之文显露的"惮于修辞,理胜相掩"的创作习气,同时有意联合同志王世贞重兴复古之业,"与左氏、司马千载而比肩",用以矫革以王、唐等人为代表的文章作风。鉴于此,我们针对后七子文学思想有关问题的探讨,先从他们的文章观念说起。

这里为说明问题,首先仍需围绕此序提到的相关问题展开讨论。序云:"以余观于文章,国朝作者,无虑十数家称于世。即北地李献吉辈,其人也,视古修辞,宁失诸理？今之文章,如晋江、毗陵二三君子,岂不亦家传户诵？而持论太过,动伤气格,惮于修辞,理胜相掩,彼岂以左丘明所载为皆侏离之语,而司马迁叙事不近人情乎？"又曰:"世之儒者,苟治赜成一说,不惮侪俗,比之俚言,而布在方策者耳。复以易晓忘其鄙倍,取合流俗,相沿窃誉,不自知其非。及见能为左氏、司马文者,则又猥以不便于时制,徒敝精神,何乃有此不可读之语,且安所用之。"① 从上引文字段落来看,有一点应该是十分明确的,这就是作者始终在强调所谓"修辞"对于文章而言的重要性。具体来说,其分别从正反两个层面凸显之。自正面而言,李攀龙显然在回溯和检视古典文章系统过程中,特别将《左传》、《史记》这样被他纳入古文重点取法之列的代表之作,视为与王、唐文章相对的"修辞"典范加以标榜,而认为如李梦阳那样能"视古修辞,宁失诸理",这主要是说他在学习古人过程中善于汲取古典文章的"修辞"之法。自反面而言,李攀龙所针对的则是当下结撰文章的风气,尤其是影响当时的王慎中、唐顺之之文风,他以为,王、唐文章中存在的最明显问题,莫过于对于言理的偏重,以致沦为"惮于修辞"。至于那些"苟治赜成一说"的世之儒者,"不惮侪俗,比之俚言",且不把"能为左氏、司马文者"放在眼里,说到底还是因为忽视"修辞"重要性所致,在这一点上,他们与王、唐文章之失实无二致。

在后七子成员当中,并不只是李攀龙一人在强调所谓"修辞"之论,如徐中行、王世贞等人,都曾从不同的角度论及之,表达过类似的看法,这也显示了他们在该问题上所具有的某种共识性。如徐中行《陈山人达甫集序》一文言及明初以来新安地区"学士大夫"之习文风气,指出其"犹沿习宋儒道论,而惮于修辞",于其不重"修辞"的作法即颇有微词。在《重刻李沧溟先生集序》中,徐氏描述了历代文章盛衰演变之势,中间谈到明兴而降文风的变化状况时认为:"百馀年来,愈益斌斌,李献吉辈幸际其盛,亡虑十数家,轶挽近而力修古词。然其旁引经术,尚称说宋人,若功令亦有力救其偏者,而于修词靡遑焉。习流日波余不敢知,乃有不与献吉辈者,知其异于宋人者寡矣。"② 这是说诸家虽然用心学古,但未能摆脱"旁引经术,尚称说宋人"的局限,以至于无暇顾及"修词",不能不说是无法讳言的缺憾。又如王世贞,其《胡子衡齐序》在解释关于胡直《胡子衡齐》

---

① 《沧溟先生集》卷十六。
② 以上见《天目先生集》卷十三。

一书"其辞得无过修乎哉"的疑问时,提出:"孔子之系《易》曰'修辞立其诚',诚立矣,何修辞之足病!"①为胡书"修辞"辩护之意不可谓不明。其《弘明二集后》则在比较梁释僧祐《弘明集》和唐释道宣《广弘明集》之后,以为前者"理为辞窒,辞为理困",后者乃"修辞亦渐畅"②,显然是就二者在"修辞"上呈现的差异而言。尤其值得注意的是,嘉靖三十二年(1553),李攀龙出任顺德知府,王世贞既而为撰《赠李于鳞序》相寄,他在此篇赠序中述曰:

> 吴兴蔡某从西来,过于鳞而论文。某者,故二君子友也,其所持议与识亡以长于鳞,则谓:"吾李守文大小出司马氏,司马氏不六经隶人乎哉?士于文当根极道理亡所蹈,奈何屈曲逐事变模写相役也。"吾笑不答。於乎!古之为辞者,理苞塞不喻假之辞;今之为辞者,辞不胜跳而匿诸理。……蔡子无称六经乃已,蔡子而称六经具在,又宁作录中语,喋喋而佔佔,繁固奚当也?世之文行者曰碑、志、序、记、论、辩,固皆史变体也,冒其名不曙所繇,苦而要之理,亦冤矣。③

所谓"吴兴蔡某"指德清人蔡汝楠,其早年即与王慎中、唐顺之等人"以声律相高",与之相善④。序中特地标明他与王、唐"二君子"之间的友善关系,意味着作者对蔡氏论议的辩驳,在某种意义上也是针对王、唐二人的。序文由蔡的话头,引出作者对于古今文章在"辞"、"理"关系上表现殊异的看法,王世贞在始撰于嘉靖三十六年(1557)的《艺苑卮言》中也曾指出:"吾尝论孟、荀以前作者,理苞塞不喻假而达之辞,后之为文者,辞不胜跳而匿诸理。"⑤无异于重申上序所论,也可见在这一问题上,他的前后说法还是基本一致。从表面上来看,上序似乎主要是在强调如何平衡"辞"与"理"之间的关系问题,举二者而兼重之,态度不偏不倚,但仔细体味起来,作者真正所关注的重点是在"辞"的一端,所为之不满

---

① 《弇州山人续稿》卷五十。
② 《弇州山人续稿》卷一百五十六,此文亦收录于《读书后》卷六。
③ 《弇州山人四部稿》卷五十七。
④ 茅坤《通议大夫南京工部右侍郎白石蔡公汝楠行状》:"年十八,举进士,授行人。……与燕张言、河南高叔嗣、毗陵唐顺之、晋安王慎中、钱唐许应元、姑苏黄省曾及皇甫兄弟辈时时以声律相高,而公之誉问翩翩海内矣。"(《国朝献征录》卷五十三,第二册,第2255页。)
⑤ 《艺苑卮言一》,《弇州山人四部稿》卷一百四十四。

的是重"理"而轻"辞"的作法。说"理苞塞不喻假之辞",接近前面李攀龙称许李梦阳能"视古修辞,宁失诸理"之义,表明"辞"与"理"之间并不是必相扞格的关系,"辞"不但于"理"无碍,而且可以起到达"理"的重要作用;说"辞不胜跳而匿诸理",实际上也就是李攀龙所谓"惮于修辞,理胜相掩"的意思,主要表达对重"理"而轻"辞"甚或以"理"掩"辞"作法的强烈质疑。蔡汝楠既为王、唐文友,与二人趣味投合,他所说的"士于文当根极道理亡所蹈"主张,事实上正体现了王、唐所强调的为文要发明"古圣贤之道"、专意"天地间至精至妙之理"那种"文与道非二"说的精神意涵。在王世贞看来,蔡氏的这一席话,或者说由他传达出的王、唐二人文章旨趣,无异于"辞不胜跳而匿诸理",即一以六经相崇奉而本之于道理。王世贞曾指出,"天地间无非史而已",六经属于史之"言理者",而其他诸文体,或为史之"正文"、"变文",或为史之"用"、"实"、"华",自与"言理"之六经有别①。他认为,特别是将那些本来就和六经相异的史之变体之文,一概诉之于"理",已是极为不当,何况以六经本身来说,也绝非只是"喋喋而佔佔"的陈述道理之作。这里,矛头仍直接指向蔡汝楠为文"根极道理亡所蹈"之说,同时为"修辞"之论张本。

追溯起来,"修辞"一说早在《易·乾》中已出现:"子曰:'君子进德修业。忠信,所以进德也。修辞立其诚,所以居业也。'"唐孔颖达正义云:"辞谓文教,诚谓诚实也。外则修理文教,内则立其诚实,内外相成,则有功业可居,故云居业也。"②这里,"修辞"与"立诚"联系在一起,合起来被理解成修理文教而立其诚实,体现君子"修业"的一种内外工夫。与之相联系,后人或在此基础上进一步强调为文属辞,要在体现作者诚实恳切之内心③。从另一个角度来说,实际上,这同时涉及"修辞"对于传达作者心意即"辞"如何达意的重要性问题。

可以发现,在后七子那里,"修辞"一说除了基于它本身传统的意涵,连接起

---

① 《艺苑卮言一》:"天地间无非史而已。三皇之世若泯若没,五帝之世若存若亡。噫,史其可以已耶?六经,史之言理者也。曰编年,曰本纪,曰志,曰表,曰书,曰世家,曰列传,史之正文也。曰叙,曰记,曰碑,曰碣,曰铭,曰述,史之变文也。曰训,曰诰,曰命,曰册,曰诏,曰令,曰教,曰札,曰上书,曰封事,曰疏,曰表,曰启,曰笺,曰弹事,曰奏记,曰檄,曰露布,曰移,曰驳,曰喻,曰尺牍,史之用也。曰论,曰辨,曰说,曰解,曰难,曰议,史之实也。曰赞,曰颂,曰箴,曰哀,曰诔,曰悲,史之华也。"(《弇州山人四部稿》卷一百四十四)
② 《周易正义》卷一,《十三经注疏》,上册,第15页至16页。
③ 如刘勰在《文心雕龙·祝盟》中论祝、盟两种文体的特征和要求时指出,"凡群言发华,而降神务实,修辞立诚,在于无愧"。"夫盟之大体……感激以立诚,切至以敷辞"(《文心雕龙注》卷二,上册,第177页至178页)。

"辞"与"意"之间的有机关系,申明了"意"之传达有赖于"辞"之表述那样一种彼此关联性和密切性,还不应忽略的一点是,它同时被不同程度地赋予新的涵义,体现了在"辞"、"意"关系问题上的不同理解。如王世贞的相关论说就颇有代表性,他在《艺苑卮言》中提出:

> 孔子曰:"辞达而已矣。"又曰:"修辞立其诚。"盖辞无所不修,而意则主于达。今《易系》、《礼经》、《家语》、《鲁论》、《春秋》之篇存者,抑何尝不工也。杨雄氏避其达而故晦之,作《法言》,太史避其晦,故译而达之,作帝王本纪,俱非圣人之意。[1]

其引述孔子辞达之论和修辞之说,不仅是要表明"辞"以达"意"的二者之间所构成的关联性和密切性,并且同时提出了一个"辞"何以达"意"的关键性问题,就此,王世贞特别标举在他眼里不乏修辞之"工"的《易系》等之篇存者,以作为"辞"以达"意"的一类范作。从通常的角度来说,倾向修辞之工,譬如取晦涩聱屈之辞组织成文,往往会被认为是妨碍文意传达进而损害"辞"与"意"之间谐调关系的一种作法。但王世贞的以上说法显有异于此,按照他的意思来推断,似乎不能简单地将孔子的辞达之论理解成为"辞"之"达"是"意"之"达"的必然径路。换言之,"辞"之"达","意"有可能不"达";"辞"之"晦","意"则未必不"达"。所以说,如扬雄《法言》"避其达而故晦之",以及司马迁《史记》中的帝王本纪"避其晦,故译而达之",后者也即如他所称的"以己释《尚书》者也"[2],其实都不能算作是在真正意义上体现了孔子辞达之论的蕴意。由上可以看出,王世贞理解的"辞"以达"意"之义,包括他所标举的修辞之"工",体现两层涵义:一是必要的言辞修饰,即所谓"辞无所不修";二是准确而艺术地传达文意,即所谓"意则主于达"。无论如何,这里尤其是对于言辞修饰的合理性所作的辩解意味是显而易见的。正因如此,即使行文诘曲晦涩,如立足于修饰言辞以准确而艺术达意的角度,在王世贞看来不仅不足为怪,而且也是合理和必要的。因此,其时当有人质疑李攀龙古文"多诘曲聱牙语",他即予反驳:"不知于鳞法多自左丘、《短长》、

---

[1] 《艺苑卮言一》,《弇州山人四部稿》卷一百四十四。
[2] 《艺苑卮言三》,《弇州山人四部稿》卷一百四十六。

《韩非》《吕览》,渠固未尽习也。"①除此,他还曾经向吴国伦表示,自己对于李攀龙古文备受别人"雌黄"不以为然,认为李文"澜伏起束,各有深意,巨力未易言也",自寓不凡构撰之功力,那些无法认同李文者,其责不在李攀龙,而恰恰是他们自己不能遍悉那些相对奥涩深眇的秦汉以前的古文,也即"能熟太史公、班氏则有之,不能熟《战国策》《考功记》《韩非》《吕览》也,以故与于鳞左"②。有关这一问题,我们从王世贞《喻吴皋先生集选序》一文所论中,还可以获悉其更为明晰的表述:

> 文之所从来远矣,自孔子为辞达之说,而释之者曰:文者,顺理而成章之谓。于是钩棘晦僻者若在所汰斥而不载。然孔子身删《诗》《书》,而乔僻峭厉之齐秦,诘曲聱牙之《盘庚》,皆存之而弗去。至风之别而称骚也,则楚人之所以托风其君者,务为缠绵迂晦之辞以自藏,而少露其指,则辞达之说有所不能尽用。譬之于天,日月清宁者恒也,雷电霰雨晦冥搏击者其变也。譬之于山,逶迤坦陀者恒也,羊肠鸟道崭削斗拔者其变也。要之,其变也亦恒也。③

如果说,所谓"顺理而成章"习惯上更容易被人理解成为文属辞的自然之道,那么,王世贞的以上述说可谓是站在质疑的立场,对这一习常的观念提出了修正。其引孔子删《诗》《书》不去"乔僻峭厉"与"诘曲聱牙"者之为证,目的无非是为了申明那些"钩棘晦僻"之文存在的合理价值,它们和文之"顺理而成章"者对较起来,好比是自然中"变"与"恒"的关系,而归结起来"其变也亦恒也",说明"钩棘晦僻"之文本身也是一种合理的存在。这意味着为文属辞纵然"钩棘晦僻",或者说是一种另类的修辞之"工",若是出于准确而艺术达意的需要,犹如楚人结撰"缠绵迂晦之辞",旨在传达"托风其君"之意,其价值同样不容否定,不应一概予以"汰斥"。

明白了这一点,同样不难理解王世贞阅读《庄子》与《列子》进而比较二者行

---

① 《汪伯玉》,《弇州山人四部稿》卷一百十九。
② 《吴明卿》,《弇州山人四部稿》卷一百二十一。
③ 《弇州山人续稿》卷五十五。

文风格所总结出的一番体会。在《读列子》中,他表示自己始好《列子》文,最后稍熟《庄子》,则感觉相比起来前者不如后者"远甚",原因是后者不仅"往往深入而探得其髓,其出世处世之精妙,有超于揣摩意见之表者",更为重要的是,其"措句琢字,出鬼入神,固非《列子》之所敢望也"。而在《读庄子三》中,王世贞对苏轼以《庄子》中《让王》、《说剑》、《盗跖》、《渔父》四篇风格不类而欲去之的意见表示认可,以为四篇中独《让王》与《庄子》的文风尚为接近,"而太疑于正",其他三篇则"甚显畅而肤浅",意必属庄子之徒伪托之作。而对《庄子》的行文风格他又是这样描述的:"宏放驰逐,纵而不可羁,其辞高妙而有深味。然托名多怪诡,而转句或晦棘而难解,其下字或奥僻而不可识。"①凸显其"晦棘"、"奥僻"的措置句字的风格特征。这一点,或可以视为其形容《庄子》"措句琢字,出鬼入神"评语的一个具体注脚。

结合前面的分析,若从李攀龙、王世贞等人注重文章"修辞"艺术的具体指向来看,应该说,其在相当程度上是鉴于王慎中、唐顺之等人"惮于修辞,理胜相掩"、"学宋而伤之理"特点而作出的针锋相对的反拨,着眼于"辞"、"理"关系的重新调整。不过,假如据此就认为李、王诸子倾向刻意工"辞"的作法,那也不符合他们"修辞"说的本意。王世贞在《念初堂集序》中即提出:"不佞自少时好读古文章家言,窃以为西京而前谈理者推孟子,工情者推屈氏,策事者推贾生。此岂有意于修辞,而辞何尝不工笃也。"②按此说,文章言辞的"工笃",绝不与刻意雕琢以成工巧的作法相等同,"修辞"的境界在于非"有意于修辞"。这其实提出了一个既要注重言辞修饰但又不可拘于刻意雕饰而能兼顾二者的问题,也可以说,要求创作者表现出高超完善的语言营构艺术,以使文章言辞之修更趋于娴熟纯美。对此,王世贞则着重从文章"叙事"的角度,又提出了所谓"化工肖物"之说。他认为,古典文章系统尤其是在先秦至汉代古文中或有体现这种"叙事"特征的经典之作,如其曰:"《檀弓》、《考工记》、《孟子》、左氏、《战国策》、司马迁,圣于文者乎?其叙事则化工之肖物。"③所谓的"叙事",指向事件经过的记叙、人物形象的刻画等不同的方面,其实也是创作者叙述描摹的修辞艺术水准相对集

---

① 以上见《读书后》卷一。
② 《弇州山人续稿》卷四十二。
③ 《艺苑卮言三》,《弇州山人四部稿》卷一百四十六。

中的展示。所谓"化工"者,自然造化而不落蹊径之工巧也。"化工肖物",当指描画事物情状所达到的自然逼真、不露雕琢痕迹的一种入化之境。王世贞在评议李攀龙古文时表示,"其稍有可商者,必欲以古语傅时事,不尽合化工之妙耳"①。结合前论察之,他的意思应该是说,李文专以古语叙述今事,未能完全注意到"肖物"的特定语境,终造成"古"、"今"之间的隔阂,现出刻意为之的痕迹,未免不尽合乎"化工"之妙。又其评议他人所作云:"然仆犹以为顾、陆、张、王之肖物,神色态度了无小憾,比之化工,尚隔一尘。"②表明唯有掌握高度熟练与纯化技艺者,才可能达到"化工肖物"这种"修辞"意义上的创作理想之极点,也难怪王世贞要以"圣于文者"这样极高的评价,来形容前面所列举的那些"叙事"经典之作。不独如此,这一态度也从他在比较班固《汉书》中表露出来,如曰:"班氏,贤于文者乎?人巧极,天工错。"说班固之文"贤于文者",表明它们和那些"圣于文者"相比尚有差距,或者说还没有完全达到"化工肖物"的入化之境。就此,王世贞又表示:"孟坚叙事,如霍氏上官之郄,废昌邑王奏事,赵、韩吏迹,京房术败,虽不得如化工肖物,犹是顾凯之、陆探微写生。东京以还,重可得乎?"③尽管认为班固《汉书》在"叙事"上尚未达"化工肖物"之境,然也肯定其中的"写生"之妙。这是说,其还比较贴近对象的原本形态,赋予它们以生意,较少给人矫饰刻造之感。总之,观王世贞以上所述,无论是他称许如《左传》、《史记》等造乎"化工肖物"之境,还是肯定如班固《汉书》的"写生"之妙,都在极力主张避免"有意于修辞",强调文章言辞修饰一种高度的艺术化和纯美化。

李攀龙、王世贞等人在追溯和检视古典文章系统过程中,标举他们心目之中的"修辞"典范,宣示他们对于文章"修辞"艺术的高度重视,这也反映了他们较之稍前的王慎中、唐顺之在文章观念上所呈现的显而易见的差别。如果说,王、唐为李、王等人诟病的"惮于修辞,理胜相掩"、"学宋而伤之理"的文章作风,主要针对李、何诸子的复古取向,企图从精神内蕴的层面对其加以改造,以发明"古圣贤之道"、专注于"天地间至精至妙之理"和表现"真精神与千古不可磨灭之见"为创作的终极目标,相比之下言辞之工拙则被置于次要的地位,

---

① 《吴明卿》,《弇州山人四部稿》卷一百二十一。
② 《答陆汝陈》,《弇州山人四部稿》卷一百二十八。
③ 《艺苑卮言三》,《弇州山人四部稿》卷一百四十六。

犹如王慎中推尚他人"未尝颉颃期以言语文字闻于人也"①,唐顺之强调"学者先务,有源委本末之别",叙写"真精神与千古不可磨灭之见"为"源"为"本","绳墨布置,奇正转折"的文字工夫为"委"为"末"②,淡化文章徒为"词章"的色彩,回归以道为本的原则立场;那么,李、王等人质疑王、唐文风呈现的注重道理阐发倾向,申述言辞修饰的合理性和必要性,则将注意力更多移向文章的本体艺术,这也可以说是他们和王、唐在对文章的性质与价值功能认知上的根本差异之所在。

基于这一立场,李、王等人在"取"古典文章系统中那些"修辞"典范之作的同时,又在"舍"他们所认为的"修辞"方面之不足者,这也成为我们从逆向的角度考察他们文章宗尚态度及其价值取向的一个切入点。李攀龙在致友人张佳胤的《报张肖甫》书函中说:"在昔学士大夫,掇拾听说,掩其不技,如元美所谓'跳而匿诸理'者,不自知病癯矣。"③这里所说的"掇拾听说,掩其不技",无非是指只会谈论从他人那里袭取而来的道理论见,来掩饰文章言辞上的拙劣;所谓"不技",当是就其不擅长或不重视"修辞"这点来说的,故以王世贞所云"辞不胜跳而匿诸理"相形容,近于李攀龙指责王、唐文章"惮于修辞,理胜相掩"之意,其批评的意向是明确的。再如王世贞,在论评《鹖子》一书时,即指出:"其文辞虽不悖谬于道,要之至浅陋者,掇拾先贤之遗而加饰之耳。"④以为是书文辞尽管与"道"不相悖谬,却至为"浅陋",铸成严重的缺陷,令人难以认可。类似的看法也见于王世贞对扬雄《法言》的评价,如他《读扬子》云:

> 余读扬氏《法言》,其称则先哲,畔道者寡矣,顾其文割裂声曲,闇吻渳忍,剽袭之迹纷如也。甚哉,其有意乎言之也!圣人之于文也,无意焉以达其所本有,而不容秘耳。故其辞浅言之而愈深也,深言之而不秘也;骤之而日星乎,徐之而大羹玄酒哉,乃其矩矱天就矣。世之病扬氏以道也,余之病扬氏以文也。⑤

---

① 《黄晓江文集序》,《遵岩先生文集》卷二十二。
② 《答茅鹿门知县二》,《重刊荆川先生文集》卷七。
③ 《沧溟先生集》卷二十八。
④ 《读鹖子》,《读书后》卷五。
⑤ 《读书后》卷五。

扬雄《法言》一书，"象《论语》"①而作，尊尚圣人，谈议伦理，儒家思想气息十分浓厚，也难怪王世贞会作出"其称则先哲，畔道者寡矣"的判断。但他同时以为，此书于"道"鲜畔的成功，并不能掩盖它在"文"上暴露出来的具体问题，后者则突出表现在诸如"割裂声曲，闇昒澳涩，剽袭之迹纷如"，近乎前面所说的扬雄"避其达而故晦之"的作法，故谓其"有意乎言之"，说到底，这仍然当归因于其在"修辞"上存在的欠缺，也是王世贞本人訾病此书最主要的理由。

站在强调"修辞"而注重文章本体艺术的文学立场，后七子在审察历代文风的发展演变以及评判其中得失之际，也特别将质疑的目光对准了宋人文章。我们知道，早在前七子时代，诸子对宋人诗文的排击已可谓不遗馀力，当李、何等人抨击宋人"主理不主调"②，甚至以近乎极端的口吻喊出"宋无诗"③、"宋儒兴而古之文废矣"④时，他们有感于宋人之学尤其是理学思想系统对诗文领域的传输和干预而激发的警戒及抗拒心理显露无遗，强烈的反宋学意向，也从某种意义上折射出他们更多关注诗文本体艺术的一种文学意识，彰显了他们维护诗文基本性质与审美特性以体现其自身价值功能的一种文学诉求。在这一问题的大方向上，后七子的立场与前七子较为接近。以文而言，如王世贞在比较两汉、六朝以及唐、宋、元各代文章之特点时指出，与前代相比，"宋之文陋，离浮矣，愈下矣"⑤，毫不掩饰其对于宋文的鄙薄。这也就能理解他为何要称道汪道昆"顾为东西京言"，不随世人"蝇袭庐陵、南丰之遗"⑥的文章趣尚。至于如前李、王指摘王、唐二人文章重"理"轻"辞"的习气，很重要的一点，也在于他们将这一问题的症结，归结到二人转向宋文的习学上。如王世贞《书曾子固文后》声称："子固有识有学，尤近道理，其辞亦多宏阔遒美，而不免为道理所束，间有闇塞而不畅者，牵缠而不了者。要之为朱氏之滥觞也朱氏以其近道理而许之。近代王慎中辈，其材力本胜子固，乃掇拾其所短而舍其长，其闇塞牵缠迨又甚者，此何意也？"⑦这一段话至少包含两层意思，一是认为宋人曾巩文章由于"尤近道理"，难

---

① 班固《汉书》卷八十七下《扬雄传》，第十一册，第3580页，中华书局1962年版。
② 李梦阳《缶音序》，《空同先生集》卷五十一。
③ 李梦阳《潜虬山人记》，《空同先生集》卷四十七。
④ 李梦阳《外篇·论学上篇第五》，《空同集》卷六十六。
⑤ 《艺苑卮言三》，《弇州山人四部稿》卷一百四十六。
⑥ 《答汪伯玉》，《弇州山人四部稿》卷一百十八。
⑦ 《读书后》卷三。

免间有"阖塞而不畅"、"牵缠而不了"之失;二是指出王慎中文章因为沾上了曾文的习气,所以犯了同样的"阖塞牵缠"的毛病,而这也即王世贞所说的"晋江出曾氏而太繁"①之意。同时,王世贞又在《答王贡士文禄》一书函中评议明初以来诸名家文章之得失,其中论及"晋江诸公""变之为欧、曾"的文风转向,则直言"其失衍而卑"②。这里所谓的"衍",当与多馀、散漫、繁复等义相联,要指文章言辞枝蔓,缺乏裁剪之功,正如王世贞在《与陆浚明先生书》中说王、唐之文"挥霍有馀,裁割不足"③。所谓的"卑",又当是与"衍"相随而生,指文章品位因此而沦为卑下。很显然,上论在鄙薄王、唐文章学宋之失的同时,实际上也将攻评的矛头指向了为王、唐所推尊的欧、曾等宋人之文。

从王世贞本人情况来说,也有人已经发现他文学态度前后发生的一些微妙变化,学古的锋芒有所收敛,如《四库》馆臣评王世贞晚年撰写的《读书后》八卷,就以为书中的若干看法已显出世贞"心平气和"的心境,"与其生平持论不同"④。这当中也包括他对宋文态度的些许变化,如其在《读书后》中论欧阳修文:"欧阳之文雅浑不及韩,奇峻不及柳,而雅靓亦自胜之。记序之辞纡徐曲折,碑志之辞整暇流动,而间于过折处或少力,结束处或无归着,然如此十不一二也。"⑤这是说,欧阳之文与韩、柳之文相比或有所不及,但也并非一无是处,特别是记序碑志各体多少也有自己的特点,而在成于此前的《艺苑卮言》中,王世贞评说欧、苏之文则以为"其流也使人畏难而好易"⑥,排击之意居多。尽管如此,在一些重要的原则问题上,王世贞个人的文学立场并未有太多的改变。就他对待宋文的态度而言,总体上的贬抑意向依然显而易见,这其中以"修辞"相责的态度间见于他对诸家文章的论评。除了以上《书曾子固文后》所论外,又如王世贞在《书王介甫文后》中评王安石文:"介甫于文章颇能持论,近道理,而好以己胜,至于语务简而意务多,欲以百馀言而中为层叠宛曲。其所长在是,而其所病亦在是

---

① 《艺苑卮言五》,《弇州山人四部稿》卷一百四十八。
② 《弇州山人四部稿》卷一百二十七。
③ 《弇州山人四部稿》卷一百二十五。
④ 《四库全书总目》卷一百七十二集部《读书后》提要:"《书影》记世贞初不喜苏文,晚乃嗜之,临没之时,床头尚有苏文一部。今观是编,往往与苏轼辨难,而其文反覆条畅,亦皆类轼,无复摹秦仿汉之习。又其跋李东阳乐府与归有光集、陈献章集,均心平气和,与其生平持论不同。"(下册,第1508页。)
⑤ 《书欧阳文后》,《读书后》卷三。
⑥ 《艺苑卮言四》,《弇州山人四部稿》卷一百四十七。

也。"这已是将王安石之文"语务简而意务多"的显著特点，与其"颇能持论，近道理"的作风联系在了一起，只是在王世贞看来，王文的这一专长，恰恰也是它的不足所在。而这在根本上还是牵涉"修辞"意义上的"辞"如何达"意"的问题，此处对王安石文章之"病"的明揭，未尝不是主要针对其未能恰当处理好"辞"与"意"之间关系来说的。即使是记序碑志被认为尚有可取之处的欧阳修，在王世贞眼里，他的《新五代史》的作法则显得大不如人意，其《书五代史后》议及，《新五代史》文辞颇为世人所喜，杨士奇甚至将它和《史记》、《汉书》相提并论，且以为其义例胜之，但王世贞对此则不以为然，这不仅是他考该书所谓义例者感觉"亦不为甚当"，更认为："至于文辞尤索寞，腴不如范晔，雅不如陈寿，比之两晋六朝差有法耳，尚不能如其平生之所撰碑志，而何以齿《史》、《汉》哉？一安重诲传少欲间以议论，而痕迹宛然，词旨沓拖，去伯夷、屈平霄壤矣。"[①]这似乎是有意要破除世人喜好《新五代史》"文辞"之俗见，认为该书恰恰在"文辞"上存在"索寞"的瑕疵，不但无法和《史记》、《汉书》列在同一档次，也不及范晔《后汉书》、陈寿《三国志》，甚至比不上欧阳修本人平生所撰写的碑志之作。

综上，后七子在追溯和检视古典文章系统的过程中，上承前七子诗文复古的基本立场，推崇先秦至汉代的古文经典以之作为主要的宗尚目标，标示文章"修辞"的重要性或必要性，强调言辞修饰高度的艺术化和纯美化，这在不同程度上显示他们对于文章本体艺术的重视态度，指示着李、王等人在求索古文之道和确立发展目标中所执持的一种价值取向。他们极力攻讦王慎中、唐顺之"惮于修辞，理胜相掩"这种重"理"轻"辞"的文章作风，以及与此相联系的对于宋文价值地位的质疑，更彰显了这一文学立场。同时在另一层面，回溯前七子的诗文复古取向，尤其是他们在排击宋人诗文过程中多少表现出来的关注诗文本体艺术、维护其基本性质与审美特性以体现其自身价值功能的文学诉求，不能忽略以李、王为代表的后七子推尚"修辞"的这一文学立场，它与前者联系起来，在基本取向上形成的某种关联性和共趋性，也可以说，在一定意义上是李、何诸子倾向于诗文本体艺术的文学意识，在此际李、王等人文章观念中的进一步展现。

---

① 以上见《读书后》卷三。

二、"得之心而发之文"

对于后七子有关古典文章的宗尚态度与基本取向的探讨，同时可以体察到这样一个事实，如果说，他们强调"修辞"而着眼于文章言辞修饰艺术的这一取向，反映了对于究竟如何揭示作者情感志意的文章表现艺术的重视，那么与此同时，他们也在思考这样一个与之相关联的重要环节，那就是文章应该表现作者什么样的情感志意，或者说表现导向的问题。这看似一个简单的论题，但实质上牵涉对于文章基本性质的理解与把握。

循着明代中叶以来文学复古思想发展的脉络去寻索，关于这个问题，我们首先不妨回溯至前七子的一些相关论述，看看他们究竟是如何思想的，以进一步探察后七子有关主张与前者之间存在的某种关联性。

关于文章表现导向的问题，犹如我们在前面分析前七子文学思想形态时所已指出的，李、何诸子在寻索文章创作之道过程中，大多推崇一种所谓质实的文风，不论是康海在《送文谷先生序》中借其友孔天胤之口吻，称许《左传》、《国语》"其精粗虽异，而大指无谬于事实，故或微有出入，亦不害其有物之言也"[①]，还是何景明《汉纪序》将《左传》、《史记》与历代史家著述作对比，指出后者尽管能悉宗前者之体，但"其辞或寡要实而义无指归"[②]的缺陷显而易见，都表明他们之所以标示《左传》、《国语》、《史记》等这些先秦至汉代之文的典范意义，其中重要的一点，是因为它们体现了所谓"无谬于事实"或有"要实"的特点。在他们看来，那些颇具典范意义的著述之所以具有这样的特点，得益于作者能求之于心而有所自得，不为空泛虚浮之辞。如康海上一篇序文，除称许《左传》、《国语》的特点，又比之以"今之士大夫"文章，通过友人孔氏口吻指出，当下那些士大夫"率以文章口耳之细能命一辞，媵一说，即小视万物，皆莫己若，是盖未尝反而求之于心"，尤其是因为出于好古心理，对于古典文章只是"窃取其语似，而未通其大指"，发而为文，"泛焉荡焉，不能自得所依"。对孔氏的这一席话，康海不仅表示"斯言也，岂寻常所能识哉"以示赞同，而且他自己也由此断言道："学不求诸其心，徒以言语文字之细贸贸焉终日，以为道在是矣，亦不远乎？"这也意味着，存

---

① 《对山集》卷十三。
② 《大复集》卷三十二。

在于当下士大夫文章中的上述问题,正是它们不及如《左传》、《国语》那些"无谬于事实"典范之作的重要原因。除此,康海在为王廷相撰写的《浚川文集序》还表示,"夫言者,心之声;文者,言之章者也","君子所以布其心志于天下后世者,文而已也。然天下后世读其书则有以考其德,考其德则有以识其人。是文之所以为文者,以学而不以夸,以所能至而不以其所徒闻"①。如果从文为"心之声"之传述的角度上来说,这里所强调的要以"学"而为文者,自然应当从学而求诸心的那一层意思去理解。

比较康、何,李梦阳同样尊尚质实之文风,关于这一点,此前已论及,这里只是要再强调,在该问题上,李梦阳着重主张文章如要表现对象本有的真实性,以及与此相关联的掌握对象表现的自主性,就应避免陷入一种单一而固定的观念形态或思维模式。他认为,特别是那些以记叙人物形象为中心的传志之文更应如此,否则就无法还原人物自身真实的面目,文章必然要失实。在《外篇·论学上篇第五》中,他针对"古之文"与"今之文"在人物形象描绘上的差异所作的比较,颇有代表性。其主要是从正反两方面申明之,如谓"古之文"绘写人物"如其人便了,如画焉,似而已矣",而写出来的形象"贤者不讳过,愚者不窃美"。这是说文章能够逼真还原人物的生平,如实呈现他们的美恶,"古之文"也因此成为真实表现对象的典范;反之,谓"今之文"尤其是传志之作,由于受到宋儒理学思维模式的侵染,"文其人无美恶,皆欲合道",以至"考实则无人,抽华则无文"②。这是说当下文章因为以宋儒那一套"合道"的单一而固定的观念套式加以衡量,丧失了它们本有的真实性,当然也就成为败笔。李梦阳此说,涉及文章表现的真实性和自主性之间的密切关系,从根本上来说,还是出于这样的一种书写要求,即对于人物形象的理解和描绘,要在以作者心内自得相展开,不以"合道"的标准相责求。

在后七子那里,诸人有关文章的宗尚态度和基本取向,也明显反映在对于文章表现导向的关注,先来看宗臣在《总约八篇·谈艺第六》中的相关论述:

> 夫六经而下,文岂胜谈哉!左、马之古也,董、贾之浑也,班、杨之严也,

---

① 《对山集》卷十二。
② 《空同集》卷六十六。

韩、柳之粹也,苏、曾之畅也,咸炳炳朗朗,千载之所共嗟也。然其文马不袭左,而班不袭杨也,柳不袭韩,而曾不袭苏也。何也?不得不同者,文之精也;不得不异者,文之迹也。论文而至于举业,其视文既已远矣。文而袭者,舛也;况拾世俗之陈言庸语而掇以成文,又舛之舛者也。今夫人性之有文也,不犹天之云霞、地之草木哉?云霞之丽于天也,是日日生焉者也,非以昔日之断云残霞而布之今日也;草木之丽于地也,是岁岁生焉者也,非以今岁之萎叶枯株而布之来岁;人性之有文也,是时时生焉者也,非以他人之陈言庸语而借之于我也。是故古之言文者,得之心而发之文也。其理之莹也,如金之精,如玉之粹,而天下之人莫之敢损益也;其词之溢也,如长江,如大河,鱼龙鼋鼍纵横出没而不可捡也。其清通也,如月之秋,如江之澄,如潭之寒,而千里一碧,泠然内彻也;其古雅也,如太羹,如玄酒,如周之彝,如商之鼎,令人睹之,而裴回太息,栖神千载之上也;其明达也,如青天,如白日,而有目者之所共睹也;其飘逸也,如珮玉鸣琚,乘风御空,可望而不可即也;其铿锵也,如金石相宣,丝竹并奏,而听之者靡靡忘倦也;其葩丽也,如芙蓉秋水之上,而真色充灿,不假雕饰也;其严正也,如达官贵人,端冕而立乎朝廷之上,见之者懔然动容也;其雄浑也,如巨鹿之战,以一当百,人人戢伏,不敢仰视也。斯文之极也。以之阐经则道德性命之精章矣,以之论史则治乱兴衰之鉴达矣,以之辩事则得失安危之机判矣。辟之天之云霞,地之草木,无所假焉者也,左、马诸子之所不能易也,尚何以陈言庸语为哉?[①]

应该说,上文所谓"古之言文者,得之心而发之文也"的断言,不但表明宗臣推重他心目中古典文章之出众者的重要缘由,也成为他在文章表现导向问题上的一种根本性立论。它的中心意涵再为清楚不过:为文最忌因袭前人,包括掇拾世俗"陈言庸语"以成之,历史上那些"炳炳朗朗"之作,即以"不袭"前作流传后世,无疑是"得之心而发之文"的典范之作,作者应当在自得于心的基础上发而成文,正如同天地间的云霞草木,日日年年而能更生布新。因此,文章的成功取决于作者出自内心独见的表露,这也就是由心所得而布"理"陈"词"。这一层的旨

[①] 《宗子相集》卷十三。

义,如果比较康海等人主张为文求之于心而能自得所依的说法,互相之间的共通性是不难察见的。

事实上,宗臣这里所说的,无外乎是一种容易获得人们普遍认同而具有一般共识性的道理,正由于如此,与其说是在刻意标新立异,不如说是在申明文章写作应当恪守的一条最基本的原则,因为再凡庸无知者,也不至于认为承沿蹈袭、甚至缀之以"陈言庸语"是应该遵循的一条合理写作途径。尽管这样,却不应就此去质疑宗臣上述这席话的价值所在,只要看一看李攀龙《送王元美序》有关文章领域现状的描述,就会明白宗氏所说的一席话并非毫无意义:

> 后生学士,乃唯众耳是寄,至不能自发一识,浮沈艺苑,真为相舍,遂令古之作者谓千载无知己。此何异途之群瞽,取道一夫,则相与拍肩随之,累累载路,称培塿则皆桥足不下,称污邪则皆曳踵不进,而虽有步趋,终不自施者乎?①

序中所指,应是针对作者同时代特别是发生在那些"后生学士"中间一种趋向性现象,将他们与所谓"古之作者"相比较,显然有一番今不如古的感喟寓含其中,也和宗臣标举"古之言文者"的意味不离上下。所不同的是,李攀龙直接将"后生学士"与"古之作者"相对举,以作为后者的反面对象鄙而斥之,以为他们"唯众耳是寄",以至于"不能自发一识",则无非指其只满足于蹈陈袭旧,步趋人后,未能叙写一己之识见,如此,其也绝不会被认为达到宗臣所说的那种"得之心而发之文"的要求,而在李攀龙看来,这一情状无疑是当下文坛消极庸惰的表现。《送王元美序》其中追述了李、王二人结识以及意图倡起诗文复古而"与左氏、司马千载而比肩"的经过,浮现在"后生学士"文章之中这一消极庸惰现象,同时被纳入需加矫革的目标之列。李攀龙的表态,由一个侧面说明,他们所主张的文章复古,也正是基本循着前七子的观念取向,以文贵为自得相责,有意在标榜古人的基础上,真正使文章回归到所谓"得之心而发之文"这样一种表现导向上,也一如他所宣称的"不朽者文,不晦者心"②,恒久流传于世间的文章,承载的是

---

① 《沧溟先生集》卷十六。
② 《与王元美》,《沧溟先生集》卷三十一,影印明万历刻本。

创作者明而不晦的心志。

需要看到的一点是,如前面已论及,作为明代中叶文坛倡导诗文复古的先驱者,前七子的一些成员虽然在对待文章表现导向问题上态度较为明确,大多倾向质实之文风,视求心自得、注重个人化情感志意表现为文章写作的一大要务,但这不等于他们实践起来能在真正和完全意义上落实之。对此,后七子如王世贞在他的相关论评中已予指出,譬如其评李梦阳,直言"李自有二病,曰模仿多,则牵合而伤迹;结构易,则粗纵而弗工"。如此流于"涉套"与"率易"的现象在其文中间或可见,如王世贞又谓李文"如谱传,于肃愍、康长公碑,封事数章佳耳,其他多涉套,而送行序尤率意可厌";"文酷放左氏、司马,叙事则奇,持论则短,间出应酬,颇伤率易"[①]。无论是"涉套"缀成,还是"率易"为之,说到底,还是缺少求心自得精神的某种表现。尽管这只是王世贞一家之言,有关评断或许难免会有主观的偏差,但也当与李梦阳文章本身在这方面客观存在的缺陷不无关系。追究起来,这实际上还是发生在李梦阳身上一个文章写作实践与预期宗旨不能够完全吻合的问题。对于后七子而言,先驱者在复古实践中暴露出来的欠缺,自然也变成作为后而继起者的他们进行理性检省的一种资源。在这个意义上,其反对蹈袭步趋、以得于自家之心为尚的文章之价值取向,也可以说是建立在反思前七子一些成员为文偏失之基础上的。

后七子当中,著述最为繁富、诗文理论最为系统且也多有建树的,无疑还属王世贞,这其中也包括他对于涉及文章基本性质的表现导向这一重要问题的认知。除上述品评李攀龙所作之外,在为友人刘凤所撰的《刘侍御集序》中,王世贞又表示:"夫言人心之声,而诗文乃其精者。"以文者而言,此说与康海、宗臣等人强调求心自得的为文主张,意涵上显然比较接近,主要倾向于作者个人化的情感志意在文章书写中的着力传达。因此议及刘文的特点,王世贞以为最值得推许的,还在于它们能所谓"不受人役","得自致其拟议"[②]。再联系其在《宗子相集序》中所述,这一层论议的蕴意,也以他评价友人宗臣之文的话语道出,"子相于文笔尤奇,第其力足以破冗腐,成一家言,夺今之耳观者"[③]。这还是说,宗

---

① 《艺苑卮言六》,《弇州山人四部稿》卷一百四十九。
② 《弇州山人续稿》卷四十。
③ 《弇州山人四部稿》卷六十五。

臣文章之所以有可称道之处，在于非由所谓"耳观"成之，而实乃出于他个人自得所见，是以能破除他人"冗腐"之论，自成一家之言，要说文章的价值也正在于此。与此同时，较之上述所论，更值得注意的，则是王世贞对于文章究竟如何表现"人心之声"以成一家之言的相关论述，如其《陶懋中镜心堂草序》云：

> 善乎！苏子瞻先生之自名其文如万斛之泉，取之不竭，唯行乎其所当行，止乎其所不得不止。斯言也，庄生、司马子长故饶之，于诗则李白氏庶几焉，苏先生盖仿得之，而犹未尽者也。凡人之文，内境发而接于外之境者，十恒二三；外境来而接于内之境者，十恒六七。其接也以天，而我无与焉，行乎所当行者也。意尽而止，而我不为之缀，止乎所不得不止者也。吾自操觚时业已持衡是说，而会所庄事而相切劘一二君子，咸极意于鼓铸刓镂，以求肖乎作者之模，及真模出而不能无少索矣。夫人巧之不获与天巧埒也。夫人能知之，亦能论辨之，至读其所论辨之辞，往往若堕于菁棘之垫，而不获逞于天巧者，何也？人巧貌难而易，天巧貌易而难也。①

上序标示的苏轼一段话，取自苏氏为人熟知的那篇《自评文》②，其中蕴涵自然而充分表现作者自我情感志意的文章书写之要求，近乎苏轼所说的"言发于心而冲于口，吐之则逆人，茹之则逆余。以为宁逆人也，故卒吐之"③之意。很显然，尽管王世贞认为，苏轼本人文章较之他的自评所言只能说"佹得之"、"犹未尽者"，远不及庄子、司马迁等"饶之"，甚至还比不上李白诗歌，但他完全赞同苏氏的写作主张。有鉴于此，自"凡人之文"之下云云，更像是对苏轼评述之言所展开的一番自我演绎。这里，王世贞所谓内外之境之相"接"，实际上是被当成创作中作者之"意"的酝酿过程来看待的，他在序陈文烛《二酉园集》论及诗与文的写作情形时，即表示说："有自外境而内触者，有自内境而外宣者。其所繇亦稍

---

① 《弇州山人续稿》卷四十五。
② 苏轼《自评文》："吾文如万斛泉源，不择地皆可出，在平地滔滔汩汩，虽一日千里无难。及其与山石曲折，随物赋形，而不可知也。所可知者，常行于所当行，常止于不可不止，如是而已矣。其他虽吾亦不能知也。"（《苏轼文集》卷六十六，第五册，第2069页。）
③ 苏轼《思堂记》，《苏轼文集》卷十一，第二册，第363页。

殊,其成于意一也。"至于何者为"意"的问题,他进一步解释道:"意者,诗与文之枢也。动而发,尽而止;发乎其所当发,止乎其所不得不止。"就是说,作为创作者情感志意凝集的标志,"意"在诗与文中是处于极为重要的中枢位置。它所负载的重要性也意味着,把握"意"之"发与止之枢",变得非常要紧。由苏轼"行于所当行"与"止于不可不止"的自评之语意化出,王世贞将文章作者之"意"的酝酿与表现,同样明显地视为自然而又充分的一个过程,希望用以维持创作者情感志意表现的纯真性和自主性。也因为如此,他明确反对"极意于鼓铸刿镂",主张不要人为地从中去加以约束与雕镂,认为这样做的结果,只能算是与所谓"天巧"相悖逆的"人巧"。就此而言,又正如他在上《陶懋中镜心堂草序》中评价陶允宜之文时所说的,"其接以天,其止以天,所谓行乎所当行,止乎所不得不止也"。也只有臻于如此写作之境,方得"天巧",才可称得上是"深得夫发与止之枢而执之者"①。

三、"性情"说及其相关问题

崇尚性情发抒构成后七子诗学观念中的一个有机组成部分,也是体现在他们诗歌宗尚态度中的基本取向之一,对于后七子文学思想的探析,自然不能不注意到这一重要的问题。

综观诸子论著涉及诗歌方面的各种表述,不乏关于诗主性情问题的主张,这当中包括他们秉持这一主张,铨衡或鉴评历史上不同时期和不同作家之诗作,可以说明其对该问题的重视程度。如谢榛论《诗经》:

> 《三百篇》直写性情,靡不高古,虽其逸诗,汉人尚不可及。②

又他论东晋陶渊明诗:

> 皇甫湜曰:"陶诗切以事情,但不文尔。"湜非知渊明者。渊明最有性情,使加藻饰,无异鲍、谢,何以发真趣于偶尔,寄至味于澹然?

---

① 《二酉园集序》,《弇州山人续稿》卷五十二。
② 《诗家直说》一百二十九条,《四溟山人全集》卷二十一。

毋庸说,鉴别性情的真诀,最根本的一条,还取决于其是否出自创作主体真切的体验与感受,或曰所表现情感的真实程度,如果无法做到这一点,也就在根本上丧失了性情发抒的真实意义。所以,谢榛同时表示,那些单纯摹拟前人之作,尽管也能拟出一点古味,但是由于拟者没有类似的真切体验与感受,无法拟出原作的"性情之真"。譬如,时人对杜诗的摹拟:"今之学子美者,处富有而言穷愁,遇承平而言干戈,不老曰老,无病曰病,此摹拟太甚,殊非性情之真也。"他也注意到前七子中如李梦阳拟杜诗作存在的类似问题,指出:"杜子美《七歌》本于《十八拍》,文天祥《六歌》与杜异世同悲。李献吉亦有《七歌》,惜非其时尔。"①此处所说的杜甫《七歌》,指杜七言歌行《乾元寓居同谷县作歌七首》;李梦阳《七歌》,指其摹仿前作而撰的《弘治甲子,届我初度,追念往事,死生骨肉,怆然动怀,拟杜七歌用抒愤抱云耳》诗②。因为是拟而作之,当然不可能表现同于原诗作者身处其时其境的真实感受,在谢榛看来,即所谓"非其时",不免有"今人"习学杜诗者"殊非性情之真"的嫌疑。再如,谢榛以北齐时代敕勒族人斛律金所唱《敕勒歌》与唐人韩愈《琴操》进行比较:"《碧溪漫志》曰:'斛律金《敕勒歌》曰:'敕勒川,阴山下,天似穹庐,笼盖四野。天苍苍,野茫茫,风吹草低见牛羊。'金不知书,同于刘、项,能发自然之妙。'韩昌黎《琴操》虽古,涉于摹拟,未若金出性情尔。"③前诗被胡应麟称为"大有汉魏风骨",其妙"正在不能文者,以无意发之"④,谢榛论见与胡应麟较为吻合,他所看重的,正是这首歌诗出自歌者"无意"而呈现的真切之性情。反过来,韩愈《琴操》,其曾被胡应麟与柳宗元《鼓吹》并举而谓为"锐意复古"的诗篇⑤,在他看来,虽有古作的意味,但终究因为拟古而乏性情。

除谢榛之外,诗以抒写性情为本的主张,同时为后七子其他一些成员所一再强调,表明他们在这个涉及诗歌基本性质的问题上,互相之间具有较多的共识。

如吴国伦《观一轩稿序》评述该集作者陈氏诗作,谓其"出处类陶元亮,而所

---

① 《诗家直说》一百二十七条,《四溟山人全集》卷二十二。
② 见《空同先生集》卷十七。
③ 《诗家直说》一百二十七条,《四溟山人全集》卷二十二。
④ 《诗薮·内编》卷三《古体下·七言》,第43页。
⑤ 见《诗薮·内编》卷一《古体上·杂言》,第12页。

为诗歌亦往往似之",主要表现在"率多任天质而输写其胸臆,当境与情会,言言境也,亦言言情也"①。此论不但称许陈诗能写出其胸臆,同时又是在标举陶渊明诗多任自然而重于写情的特点,表明他欣赏陶诗根由之所在。又他《李尚书集序》,以为作者李氏"诗道性情,而用意深厚,即寓目应手,不加藻绘,鲜不音中而节合,泱泱乎风人之遗矣"②;其《王奉常集序》,称王世懋能以己之"性情发于诗","之其境之所会而极其情之所通,无不应手立就"③。凡此,也都是出于诗重情感表现的基本立场,品鉴他人的诗歌创作,个中论述的意旨,可谓一目了然。

关于诗主性情的问题,王世贞在有关著述中也多次表达过这方面的主张,他的论见同样引人注意。相应的说法,首先见于他所强调的诗要体现所谓"情实"之论。如王世贞在《陈子吉诗选序》中表示,诗道"辟"于弘治、正德,而至隆庆、万历之际"盛且极",虽然如此,就连那些所谓"高者",只是"以气格声响相高,而不根于情实"④。其《汤迪功诗草序》论诗作法,声称"声响而不调则不和,格尊而亡情实则不称",且评吴人汤珍和文徵明诗作,以为"其情实谐矣"⑤。与此同时,他在序友人吴国伦和潘之恒文集与诗稿之际,也曾拈出"情实"一说,论评二人之诗,称吴"必协情实,调声气"⑥,称潘"质文剂矣,情实谐矣,抑扬顿挫足矣,可以雄矣"⑦。那么,何谓"情实"之意呢? 由上面引述大略可知,实际上论者是从"情"与"实"之间构成的互义性去加以定义的。顾名思义,"实"当与真实、实在等意相联结,与虚假、虚空等意构成反义,"情"由"实"而得,由"实"而发,因此,二者之间被王世贞理解成是"谐"或"协"或"称"的一种调合谐和关系。如此也就是说,"情"之概念本身即被赋予了真实的涵义,"情"与"实"之间在意涵上形成难以分割的关联性。这一点,接近于李梦阳所说的"情者,性之发也。然训为实,何也? 天下未有不实之情也,故虚假为不情"⑧之意。与此相关,王世贞还提出所谓"实境"一说,《艺苑卮言》即曰:"陆士衡之'来日苦短,去日苦长',傅休

---

① 《弇甀洞续稿》文部卷七。
② 《弇甀洞稿》卷三十九。
③ 《弇甀洞续稿》文部卷七。
④ 《弇州山人续稿》卷四十二。
⑤ 《弇州山人续稿》卷四十七。
⑥ 《吴峻伯先生集序》,《弇州山人续稿》卷五十一。
⑦ 《潘景升诗稿序》,《弇州山人续稿》卷五十一。
⑧ 《外篇·论学上篇第五》,《空同集》卷六十六。

奕之'志士惜日短,愁人知夜长',张季鹰之'荣与壮俱去,贱与老相寻',曹颜远之'富贵它人合,贫贱亲戚离',语若卑浅,而亦实境所就,故不忍多读。"称陆机等人上述诗句为"实境所就",无非是说,这些作者在各自的诗篇中抒写了源于他们个人真实遭遇的真情实感,或者也可以说是本于"情实"而发,故曰容易产生令人感动以至"不忍多读"的艺术效果。而王世贞同时认为,特别是当阅读者自身也遭逢类似"实境"时,联系诗人所写之情,更易引起情感上的强烈共鸣:"实境诗于实境读之,哀乐便自百倍。东阳既废,夷然而已,送甥至江口,诵曹颜远'富贵他人合,贫贱亲戚离',泣数行下。余每览刘司空'岂意百炼刚,化为绕指柔',未尝不掩卷酸鼻也。"又曰:"余自庚申以后,每读刘司空二语,未尝不歊歔罢酒。至少陵'千秋万岁名,寂寞身后事',辄黯然低回久之。"①总括起来,无论是"情实"也好,"实境"也罢,它们的根本意旨,实际上都落实在诗人情感表现的真实性上面,指示着王世贞诗学观念中的一个重要价值取向,如换成他的另一种说法,也就是其所曾强调的所谓"性情之真境",如《艺苑卮言》云:

> 唐自贞元以后,藩镇富强,兼所辟召,能致通显,一时游客词人,往往挟其所能,或行卷贽通,或上章陈颂,大者以希拔用,小者以冀濡沫。而干旄之吏多不能分别黑白,随意支应。故剽窃云扰,谄谀泉涌,取办俄顷以为捷,使事饾饤以为工。至于贡举,本号词场,而牵压俗格,阿趋时好。上第巍峨,多是将相私人;座主密旧,甚乃津私禁闱。自比优伶,关节幸珰,身为军吏,下第之后,尚尔乞怜主司,冀其复进。是以性情之真境,为名利之钩途,诗道日卑,宁非其故?②

这一条材料之所以值得我们格外注意,主要有两点,一是它表明王世贞对于诗歌体现"性情之真境"取向的充分重视,是否能以抒写诗人内在真情为本,被他看作诗道尊卑极其重要的一大标志,以为唐自贞元之后诗道日趋卑下,说的正是受士人"名利"之风驱使造成诗歌"性情之真境"的沦丧,其批评的焦点集中在贞元以降的诗坛风气。毋庸说,这在主观上多少含有鄙薄中唐以后诗歌的意

---

① 《艺苑卮言三》,《弇州山人四部稿》卷一百四十六。
② 《艺苑卮言四》,《弇州山人四部稿》卷一百四十七。

味,然说明王世贞本人力主诗重作家内在真情表现的鲜明态度,此和他对于诗歌本质特性所作的基本定义,所谓"夫诗,心之精神发而声者也"①,其精神蕴意也是相吻合的。二是它将唐德宗贞元前后作为辨别唐代诗歌总体特征变化在时间上的一条分界线,从反向的角度来说,无异于将盛唐及以上的诗歌,归属到能够表达"性情之真境"的行列,从中也可以见出他的宗尚所向之一斑。进一步来看,对于诗歌如何才称得上是传达了"性情之真境"或者"心之精神"的基本涵义,王世贞又有相应的诠释,如《章给事诗集序》说:

> 自昔人谓言为心之声,而诗又其精者。予窃以诗而得其人,若靖节之言澹雅而超诣,青莲之言豪逸而自喜,少陵之言宏奇而饶境,左司之言幽冲而偏造,香山之言浅率而尚达。是无论其张门户,树颐颔,以高下为境,然要自心而声之,即其人亦不必征之史,而十已得其八九矣。后之人好剽写馀似,以苟猎一时之好,思蹐而格杂,无取于性情之真,得其言而不得其人,与得其集而不得其时者,相比比也。②

按序文传述的意涵,阅读者之能"以诗而得其人",最为重要的一点,是诗人本身能够写出内在之心声,表达自我真实之性情,此可以说,将诗主性情这一诗学的重要命题与反映诗人个人化的精神品质或性格志趣联系在一起,用王世贞另一说法,也就是所谓"盖有真我而后有真诗"③。在他的心目中,古典诗歌史上如陶渊明、李白、杜甫等人,他们之所以称得上为"自心而声之"的典范诗家,实是因为与后世"好剽写馀似"、"无取于性情之真"者截然不同,他们透过诗歌语言传递出的,正是其富有个人化特征的精神品质或性格志趣,故曰能由他们的诗篇所写了解其为人。

应该说,后七子这些成员围绕诗主性情话题的相关表述,以它们的基本层面而言,毫无疑问,显然是在重申"诗缘情"这个诗学史上原始而又重要的论题,强调诗歌作为一种特殊文体的抒情之性质。在一般的意义上,这当然也是众多

---

① 《金台十八子诗选序》,《弇州山人四部稿》卷六十五。
② 《弇州山人四部稿》卷六十九。
③ 《邹黄州鵁鶄集序》,《弇州山人续稿》卷五十一。

论诗者所涉及的一个核心问题,但若是从对弘治、正德年间由前七子所掀扬的诗文复古思潮的精神内蕴承继和传扬的角度来说,它们的意义仍然不容置疑。我们前面说过,综观李、何诸子诗学观念,凸显诗歌的抒情性质乃是一项其所着意的核心主张,也成为他们诗文复古思想极其重要的组成部分,无论是基于诗歌文体意义上的考量而排斥事理议论的填委,还是秉持真情发抒的原则看待超越情感理性常态的合理性,皆能见出他们至少在观念层面上强调诗歌抒情性质的明确态度。由此他们攻讦宋人诗歌"主理作理语",不惜以反宋诗的角色自居,力求从历史的源头上展开对宋诗的彻底清算,以主情感发抒之"真"说,应对如在先期尤为馆阁文人所一再强调的"性情之正"论这样一种相对保守的诗学观念,以及反思作为主流创作阶层和文学精英群体的传统文人学子其诗"出于情寡而工于词多"的缺失,将关注的目光下移至民间庶民"真诗",追索一种原初而朴淳的情感质素。这一切,彰显了李、何诸子站在主情的思想基点,从不同的方面为还复诗歌抒情这一基本性质所展开的主观努力。不妨说,在这个意义上,后七子这些成员申明诗主性情说,推崇诗歌表现"性情之真",显与前七子站到了同一的思想基点,接续他们诗学观念中的核心之论。尽管不能说,那些主张完全袭取了前七子的有关论调,对于这一点,我们在后面的分析当中将会涉及,但是如果从明代中叶诗文复古活动发展大的方向上而言,有一点应该可以肯定,后七子诸成员重视诗歌抒情性质的取向,对于承继李、何诸子诗学思想的精神内蕴,并且使之在嘉、万之际文坛得到进一步的传导,显然起着一种正面的作用。

再进一步来看,落实到有关诗主性情的具体问题,似乎更能见出他们与前七子的诗学取向之间保持着某种同调性,最为突出的莫过于对待唐宋诗歌的态度。在这方面,后七子之中尤以谢榛的论说最为集中,他在《诗家直说》一百二十九条中就有以下常引起研究者注意的若干表述:

> 诗有辞前意、辞后意。唐人兼之,婉而有味,浑而无迹。宋人必先命意,涉于理路,殊无思致。及读《世说》,"文生于情,情生于文",王武子先得之矣。
>
> 宋人谓作诗贵先立意。李白斗酒百篇,岂先立许多意思而后措词哉?盖意随笔生,不假布置。
>
> 唐人或漫然成诗,自有含蓄托讽,此为辞前意。读者谓之有激而作,殊

非作者意也。①

众所周知,有关唐宋诗歌的比较,早者如宋人严羽在《沧浪诗话》中已论及,严氏在提出为人熟知的"诗者,吟咏情性也","所谓不涉理路、不落言筌者,上也"这一诗学重要命题的同时,推许"盛唐诸人惟在兴趣",严责"近代诸公"或"本朝人"以"文字"、"才学"、"议论"为诗,所谓"尚理而病于意兴"②。其明晰的宗唐抑宋倾向,扩而言之,涉及诗歌创作究竟应以何者为优先乃至对于诗之基本性质如何认知的问题。其主张的吟咏诗人"情性"说,自然赋予了诗歌这一文学样式与生偕来的抒情特质,而盛唐与宋代诸人或重在"兴趣"或专于"尚理",则被严羽看成是维持还是消解诗歌抒情性质的两种全然相反的创作倾向。在前七子那里,如李梦阳等重视"唐调",指斥宋诗"主理作理语",在唐宋诗歌的价值天平上呈现明显偏向,其中最重要的一点,实由他以"感触突发,流动情思"③的诗歌主情原则相衡量所导致,此不但承严羽宗唐抑宋一路取向而来,也出于对诗歌领域历史与现实之关系的诸种考量,在更为自觉的意义上,阐明维护诗歌这一特殊文体抒情性质的重要性。

回到谢榛上述之论,这里,按照他的意思来理解,唐宋诗歌在"先立意"与否问题上表现出截然不同的特征。以为宋人"贵先立意"或"必先命意",无异于指他们偏向诗歌主脑或思想的预设与铺张,以事理为重,以议论取胜,故断言其诗"涉于理路"。就此,王世贞有与之相近似的说法,他为慎蒙撰写《宋诗选序》,其中谈到自己"抑宋"的理由,即在于所谓"惜格",虽然序文接下去未为之展开更详尽的说明,但在致屠隆的一书函里,他以多少带有自我反省意味的口吻,自述所为诗作之弊云:"夫仆之病在好尽意而工引事,尽意而工事,则不能无入出于格。"④谓"尽意而工引事",说白一点,不外乎指专于事理,直白议论。在王世贞看来,其意味着在诗之"格"上出了问题,这或许可以看成他"惜"宋诗之"格"的一个具体注脚⑤。再循谢榛之见,所谓"先立意",不免会与诗人情感的发抒相乖

---

① 《四溟山人全集》卷二十一。
② 《诗辨》、《诗评》,《沧浪诗话校释》,第 26 页、148 页。
③ 《缶音序》,《空同先生集》卷五十一。
④ 《屠长卿》,《弇州山人续稿》卷二百。
⑤ 参见拙著《王世贞研究》,第 146 页。

戾。上文所引《世说新语》中王济（武子）之言值得留意，原文出自该书《文学第四》，其曰："孙子荆（楚）除妇服，作诗以示王武子。王曰：'未知文生于情，情生于文，览之凄然，增伉俪之重。'"此处所谓"文生于情，情生于文"二语，大意是说，孙楚追悼亡妻的诗篇，不知是诗因情而作，还是情由诗而生。这是赞美孙氏的诗写得情意真切深厚，所以王济表示读了以后深受触动，为之"凄然"。二语中尤其是后一句寓意更为别致，因为"文生于情"或者说诗因情而作，也许人们通常比较能了解，"情生于文"或者说情由诗而生，则不易论说。这也难怪王世贞在《艺苑卮言》中同样引录王济此二语，就颇为感慨地表示："王武子读孙子荆诗而云'未知文生于情，情生于文'，此语极有致，文生于情，世所恒晓，情生于文，则未易论。盖有出之者偶然，而览之者实际也。"①然仔细玩味后一句语意，其主要还是在于强调孙诗辞意自然真切，以至于说"情"由"文"而生。谢榛引王济为孙楚诗所感动而发出的慨叹之言，很显然，由反面来说明宋人"必先命意，涉于理路"，无益于诗人真情的自然表现。同时，唐人尤其是盛唐诗家之作，被他以能破除"先立意"创作理路的典范目之，也就是他说的"唐人或漫然成诗"，而如李白诗歌尤非"先立许多意思而后措词"，所谓是"意随笔生，不假布置"，自然更为"漫然成诗"之家中的翘楚。

"漫然"一词，有不受事先约束或限定的非专于一意之义，自与"先立意"的作法迥然相异。根据谢榛的说法，"漫然成诗"，集中表现为一种以"兴"为主的撰作途径，他说："诗有不立意造句，以兴为主，漫然成篇，此诗之入化也。"②还表示："熟读李、杜全集，方知无处无时而非兴也。"说明唐人特别是如李、杜诸家诗"兴"以成篇的特点，尤为他所心仪，也可谓是他推崇唐诗一个非常重要的因素。谢榛曾指出："凡作诗，悲欢皆由乎兴，非兴则造语弗工。"③将"兴"这一概念与诗人悲欢之情的萌发联系在一起，由此，"兴"与"情"之间的关联性显得十分紧密。又如他论李白诗："太白夜宿荀媪家，闻比邻春臼之声以起兴，遂得'邻女夜春寒'之句。"④这是说，李白有感于外界春臼之声，兴发内心之情以成诗。如此，"兴"被描述成为诗人在外在事态物情触动下内心情感自然萌发的一种情势。

---

① 《艺苑卮言三》，《弇州山人四部稿》卷一百四十六。
② 《诗家直说》一百二十九条，《四溟山人全集》卷二十一。
③ 《诗家直说》七十五条，《四溟山人全集》卷二十三。
④ 《诗家直说》一百二十七条，《四溟山人全集》卷二十二。

这种感于外物而内情兴动的情势本来具有无意性或随意性，"兴"之"漫然"不专意之态也由此得以凸显出来。如他又谓："或造句弗就，勿令疲其神思，且阅书醒心，忽然有得，意随笔生，而兴不可遏，入乎神化，殊非思虑所及。"①"意随笔生"一说，谢榛或称之为"意随字生"、"意到辞工"，彼此大体是一个意思，表示说"意"随时即生，偶然而成，非谓在创作者心中已埋伏预设，实际上也就是指"兴不可遏"的"漫然"起兴而非"先立意"的一种创作状态。正如谢榛所云："诗以一句为主，落于某韵，意随字生，岂必先立意哉？杨仲弘所谓'得句意在其中'是也。"②不惟如此，他还曾经拿本人赋《留穷诗》以述其志的经过现身说法，谓自己"因古人送穷二作"，即在"切要处"思得一联，藉此为"发兴之端"，于是乎"意随字生，便得如许好联"，得以错综成篇，归结起来，还是说"心中本无些子意思，率皆出于偶然，此不专于立意明矣"③。对此，谢榛尤属意盛唐诗作，譬如七言绝句，就以为"盛唐人突然而起，以韵为主，意到辞工，不假雕饰"，全然异于宋人"专重转合，刻意精炼"，以至"牵强成章"，因此，"当以盛唐为法"④。

由是观之，谢榛以"先立意"与否来描述唐宋诗歌不同的特征，很重要的一点，乃基于他诗主"直写性情"的基本价值取向，而他对于唐人尤其是盛唐诗家以"兴"为主而悖于"先立意"成诗径路的着意，则需从此层面上加以认知。正鉴于此，不妨可以说，其所秉持的，不啻是自严羽一路而来又为李、何诸子在更大声势上所张扬起来的宗唐抑宋的宗尚倾向，而且也是体现在这一倾向中恪守诗歌抒情性质的一种原则性立场。

通过上述的论析，虽然我们对后七子诸成员诗主性情的诗学基本取向已经有了一个大体的了解，也从中可以见出他们在接续李、何诸子重视诗歌抒情性质诗学论调上所起到的某种正面作用，不过，对于诸子所主张的性情说的具体特征，我们仍需作进一步的分析。

考察后七子的诗学观念，尤其是面向他们力主的性情说，其中的一些提法首先不能不引起我们注意，比方他们对于诸如"才"、"才情"、"神才"、"神情"等等这些更在意个人化与资质化的诗人内在才性和情思表现之概念的伸张，间杂

---

① 《诗家直说》八十五条，《四溟山人全集》卷二十四。
② 《诗家直说》一百二十七条，《四溟山人全集》卷二十二。
③ 《诗家直说》八十五条，《四溟山人全集》卷二十四。
④ 《诗家直说》一百二十九条，《四溟山人全集》卷二十一。

于他们品鉴所宗诸诗家的论评中。

如王世贞论唐王维诗云:"摩诘才胜孟襄阳,由工入微,不犯痕迹,所以为佳。"尤其对于他的七言律诗,认为:"盛唐七言律,老杜外,王维、李颀、岑参耳。李有风调而不甚丽,岑才甚丽而情不足,王差备美。"较之李颀、岑参,王维"才情"尤为出色,故以为自在他们之上。论李白古乐府,谓其"窈冥惝恍,纵横变幻,极才人之致,然自是太白乐府",还是格外看重白诗流露出来的一己之才性。再如其论杜审言诗,又以"气度高逸,神情圆畅"许之,并由是奉之为"中兴之祖"。鉴评大历诸家之作,则表示:"诗至大历,高、岑、王、李之徒,号为已盛,然才情所发,偶与境会,了不自知其堕者。如'到来函谷愁中月,归去蟠溪梦里出','鸿雁不堪愁里听,云山况是客中过','草色全经细雨湿,花枝欲动春风寒',非不佳致,隐隐逗漏钱、刘出来。至'百年强半仕三已,五亩就荒天一涯',便是长庆以后手段。"上论固然为了说明他的所谓"盛中有衰"之理,意为诗至大历已是大盛,而衰象也间寓其中,但并未因此否定诸家诗中"才情"之所发。反过来,王世贞评南宋严羽诗,以为:"严沧浪论诗,至欲如那吒太子析骨还父,析肉还母,及其自运,仅具声响,全乏才情,何也?"①这也就是说,比较其精辟的诗论,严羽在具体诗歌创作上则全然缺乏"才情",大不如人意,很难与之相匹配。

与此同时,这些概念又被诸子视为作诗之则,散见在他们品议诗友之作及探讨诗艺诸论,值得我们注意。如宗臣论评李攀龙赠己诗篇,就以"神才奇秀,意兴慷慨,天地间安得此语"②相许。吴国伦序豫章朱贞吉《远游编》,品评集中所录诸诗,谓其"体益备,思益沉,才情益邕,而生平慷慨磊落之气输写殆尽"③。序揭阳郑旻《哀拙稿》,也说他形之于辞,"类多本性术以自畅其才情,吐精英以自适其境地"④。再以王世贞为例,所论尤多及之,如《章子敬诗小引》评章氏诗,即许以"宛宛有才情"⑤。《宗子相集序》于盟友宗臣诗文多有评说,间为之论云:"当其所极意,神与才傅,天窍自发,叩之泠然中五声,而诵之爽然风露袭于腋而投于咽。"⑥至于《艺苑卮言》,谈及如何习学在他看来其"才"胜过孟浩然诗的王

---

① 《艺苑卮言四》,《弇州山人四部稿》卷一百四十七。
② 《报于鳞》,《宗子相集》卷十四。
③ 《远游编序》,《甔甀洞续稿》文部卷四。
④ 《哀拙稿序》,《甔甀洞稿》卷四十二。
⑤ 《弇州山人续稿》卷四十六。
⑥ 《弇州山人四部稿》卷六十五。

维"摩诘体"时,则提出:"必以意兴发端,神情傅合,浑融疏秀,不见穿凿之迹,顿挫抑扬,自出宫商之表可耳。"①这不仅强调了习学所必须掌握的原则,也可以说是对"摩诘体"特征所作的总结。

不难看出,诸如"才"、"才情"、"神才"、"神情"等这些概念在后七子诸成员诗论中的错出,首先凸显了对于诗歌表现创作主体自身所拥有的才质资性的高度重视,诗人富于个体性分特征的艺术识力,其重要性为之放大,在诗歌的具体创作过程中被赋予了不可或缺的独特作用。于此,王世贞在《艺苑卮言》中则提出为人熟悉的"才生思,思生调,调生格"②一说,其虽然约略却不失显重之意,置"才"这一概念于引发与衍生"思"、"调"、"格"一种统摄性之位,对于诗人才性的重视程度不言而喻。这一点,也使人容易与王世贞《陈于韶先生卧雪楼摘稿序》论诗艺之见联系起来,是序论及作诗之难,述之种种:"夫工事则徘塞而伤情,工情则婉绰而伤气;气畅则厉直而伤思,思深则沈简而伤态,态胜则冶靡而伤骨;护格者虞藻,护藻者虞格;当心者倍耳,谐耳者恶心。"归纳起来,要在表明"兼之者难","其所以难,盖难才也"③。就是说,诗人之"才"在诗歌各种审美要素"兼"而备之的艺术经营过程当中,它的作用是独特而至要的。但是如此说来,并不意味其已认同早为严羽所鄙薄的宋人当中以"才学"为诗的表现倾向,严氏指斥"近代诸公"诗歌呈露出来的这一特征,如前所说,实是从他主张诗歌吟咏"情性"的诗学观念出发的。循着宋人严羽所重"情性"说的基本理路,后七子诸成员虽然申明诗人才性在诗歌艺术经营中的重要作用,然并未由此转入以逞才为上的偏狭之径,而是同样明确地,突出了它和诗人情思表现的一体性,"才"与"情"趋向合一,方合乎诗之为诗的抒情之特质。此不但在"才情"、"神情"诸说的词旨中已约略反映出来,如关于"才情"一说,吴国伦《陈在璞诗序》谓"(陈诗)大都习《风》、《雅》之微旨,以自润色其才情,即才有所不必竭,情有所不必流"④,明示其诗由"才"与"情"所合成;而且如王世贞上面专论盛唐七言律诗,比较王维、李颀、岑参各家诗作,认为维胜过颀、参,其既别于颀"有风调而不甚丽",又异于参"才甚丽而情不足",而独能够"备美",意思正指其"才"与"情"兼具的特

---

① 《艺苑卮言四》,《弇州山人四部稿》卷一百四十七。
② 《艺苑卮言一》,《弇州山人四部稿》卷一百四十四。
③ 《弇州山人续稿》卷四十四。
④ 《甔甀洞稿》卷四十一。

点。王世贞为全椒人彭栗序诗文集《说剑馀草》,中间品评其诗,也谓"能发其情,以与才合"①,同样表明了其重在"才"与"情"合一的诗学取向。

值得指出的是,就"才"与"情"之间的关系而言,后七子之中尤如吴国伦、王世贞,同时还独标他们所谓的"性灵"一说以主张之,引人注意。吴国伦为袁山黎氏《居夷漫草》撰写序文,说黎"诗多唐人近体,而即无一语不唐",谓学唐而得其风味,具体而言,"乃其思亲怀旧,述旅悲时,类多输写性灵,依傅伦理,神情所会,才美赴之"②。又他序友人朱氏《王屋山人稿》,称许朱"乃其诗能摅性灵,鬯情致"③。至于王世贞,则不但以抒写"性灵"之说来为诗歌这一特定文学样式定性,如《题刘松年大历十才子图》:"诗以陶写性灵、抒纪志事而已。"④也间或以此施之于诗歌定评,如《湖西草堂诗集序》论人诗作,特以"发乎兴,止乎事,触境而生,意尽而止,毋凿空,毋角险,以求胜人而剡损吾性灵"⑤的评述标示之。

追究起来,"性灵"一词,前代文人已在运用⑥,当然并不是吴、王二人的发明。在后七子所处时代,文人中间也时有掇拾"性灵"一词用以阐述他们的诗学观点⑦。譬如,吴人黄姬水在《答谢山人茂秦》一书函中曾经提出:"窃常谓歌咏之道,本诸性灵,有是衷本,斯有是述吐。故言也者,言乎其人者也,非可以貌饰也。"⑧另在《云门姑苏二稿叙》中他又表示:"刘歆曰,诗以言情。情者,信之符也。故有是衷本,斯有是述吐。"⑨主张诗之所言,应当重在发抒诗人自我之"性灵","述吐"自我之"衷本"。显然,立足于"言情"这一凸显诗歌基本性质的角度,黄姬水将"性灵"与"衷本"联系起来,二者在本质上被理解为彼此相通,皆出于一种"言乎其人"而富于个人化特征的诗人真实之性情的表露,"性灵"的情感特质由此得以彰显。但在同时,就"性灵"本身的意旨,他也作了如下交代:"尝谓歌咏之道,机妙一心,性灵夙授,匪由力致。见融资敏,则童口升堂;识劣才

---

① 《彭户部说剑馀草序》,《弇州山人续稿》卷五十五。
② 《居夷漫草序》,《甔甀洞续稿》文部卷九。
③ 《王屋山人稿序》,《甔甀洞续稿》文部卷五。
④ 《弇州山人续稿》卷一百六十八。
⑤ 《弇州山人续稿》卷四十六。
⑥ 如《文心雕龙·序志》云:"夫宇宙绵邈,黎献纷杂,拔萃出类,智术而已。岁月飘忽,性灵不居,腾声飞实,制作而已。"(《文心雕龙注》卷十,下册,第725页。)
⑦ 参见拙著《王世贞研究》,第170页至171页。
⑧ 《黄淳父先生全集》卷十九。
⑨ 《黄淳父先生全集》卷十八。

凡,则素毛泣路。"显然,"性灵"之旨又被他与个人本然之才质资性联系在一起,差异在不同的人身上体现出来,正所谓是"有不学而能,有学而不能也"①。就此,越人沈仕的看法大略近之,他曾经对"性灵慧发"的说法加以解释,认为这主要还在于"本乎人之资性澄彻,才力宏迈,非学地可得而即之,非意生可及而成之"②。由是而言,他们对于"性灵"的理解,实际上包含了两层的意涵,如果从词义上来分解,一是在于"性",突出的是它的情感特质;一是在于"灵",强调的是它的才性特质。郭绍虞先生在分析清人袁枚"性灵"说的意义时,曾经对于"性灵"意旨作了解释,他指出,"假使说'性'是情的表现,则'灵'便是才的表现"③。如此,尽管并不等于说黄姬水等人与袁枚在对"性灵"内涵的认知上全然趋向一致,但郭先生从袁氏此论当中概括出来的"才"与"情"两个基本的质素,可以说,的确在黄姬水等人论说中同样有所体现。这些与后七子同时代的文人于"性灵"意旨的理解,在诗学观念上,或多或少刻上了时代的标识,具有某种风向性的意义,对于我们认识吴、王二子"性灵"说的涵义以启示。特别是黄姬水,与后七子中王世贞等人交往颇多,关系密切,王世贞与皇甫汸"以诗词并驾吴中",黄姬水一意追随之,"朝子循而夕元美,与之相为骖靳"④,多有艺文交流的机缘,包括诗学态度的融通。鉴于此,我们实有理由将他关于"性灵"一说的阐释,视为吴、王二子相关说法更为详尽的一个注脚。

事实上,再回过头来看,如黄姬水主张的"性灵"说对于"才"与"情"两大质素的标举,我们也能够由吴、王二子的论说中隐约体味出来。如王世贞《邓太史传》藉助传主邓俨之口,指出写诗应"发性灵,开志意,而不求工于色象雕绘"⑤;《余德甫先生诗集序》评余曰德诗,也以为"搜刓心腑,冥通于性灵"⑥。将"性灵"的泄露和纯粹对于诗歌外在"色象"的雕琢饰绘,断然区分开来,将前者视作是向诗人心内冥搜和开掘的内在情感志意的全然呈现,或一如他所声称的"匠心缔而发性灵"⑦,连结"性灵"与"心"的精神关联。就此而言,实际上其主要还是

---

① 《白石山人郎署集题辞》,《黄淳父先生全集》卷十八。
② 《梦草堂稿序》,《青门山人文》,民国排印本。
③ 《中国诗的神韵格调及性灵说》,第128页。
④ 冯时可《黄淳父先生全集序》,《黄淳父先生全集》卷首。
⑤ 《弇州山人续稿》卷七十三。
⑥ 《弇州山人续稿》卷五十二。
⑦ 《封侍御若虚甘先生六十序》,《弇州山人续稿》卷三十五。

向内落实在了诗人性情的发抒上，突出的是包孕在"性灵"之中"情"的质素。在另一方面，犹如前引吴国伦《居夷漫草序》，其谓袁山黎氏诗多学唐人近体，"类多输写性灵"，在交代这一特点时，序以"神情所会，才美赴之"的评断释介之，如此，除了未脱却"情"之质素而加以阐言，同时也可见作者对于"才"之质素的强调。总之，吴、王二子对于"性灵"的标示，同他们注重"才"与"情"一体性的论调，其精神实质应该是相通的，或者也可以说是同一个问题的不同表述。

综上，后七子诗主性情之论，若与前七子的诗学观念联系起来加以考察，诚然与李、何诸子站在了同一的思想基点，接续着他们主情这一诗学观念中的核心之论，但在另外一面，后七子如吴国伦、王世贞注重将才性融入情感的表现，突出性情说"才"与"情"纠合的意旨，事实上较之李、何诸子诗歌主情论调又发生了某些变异。在他们看来，以写情为本，表现"性情之真"，固然是对诗之所以为诗之特质的执守，也是诗歌创作应当遵循的一项基本原则，但与此同时，又必须辅之以相应的艺术经营，故而，作为一己之才性的标志，诗人本然的艺术识力备受关注，被认为是主导诗歌艺术经营一个极为重要的因素，才性的高下，关乎诗歌品格的尊卑，这也即王世贞为何会觉得诗之难在于"兼之者难"而根本上"盖难才也"的一大缘由。从此意义上来说，"才"与"情"的合一，意味着诗人情思的表露，应当从中展现才性为之自然布置之妙用，一如王世贞所说的"才生思"，"思即才之用"①。若以他另一相应的说法，也就是经过所谓"淘洗"之后所达到的"才"、"情"相契合的"自然"之境。如其《华孟达诗选序》评骘华氏之诗，指出其"才之所不能抑，则间出而为奇警；情之所不能御，则一吐而为藻逸"，以为"诗如是足矣"，所许不可谓不高，而这当然还是就其诗歌中"才"与"情"兼具相合的特点来说的，由此，他总而把它们归之为"其始非必皆自然，淘洗之极，归而若自然者也"②。所称的"淘洗"之功，归根结底，还在由王世贞为之推奖的"能发其情，以与才合"这种臻于"自然"的境界中反映出来。而从某种意义上来看，这种融才性于情感表现的性情说的提出，不能不说是和后七子更加重视诗歌本体艺术的观念联系在一起的。

---

① 《艺苑卮言一》，《弇州山人四部稿》卷一百四十四。
② 《弇州山人续稿》卷五十三。

四、格调的重申与强化

在探察后七子诗歌宗尚态度以及厘析有关主张过程中,我们能够明显觉察出的它们另一个基本取向,就是对于格调的重视。由是而言,其也指示诸成员在诗学观念上追踪李、何诸子格调说的一种动向。

如果说,至前七子时代,作为传统诗学中的一个重要范畴,格调被李、何诸子当作直接关乎诗歌审美取向的重点问题来对待,那么,在后七子那里,一些成员不但重申这一论调,置其于重要之位,而且还在进一步强化它对于诗歌品位的模塑意义。我们已经指出,李、何他们标举格调的诗学主张,实际上反映了二重的指向,一是体现了对于所谓"高古者格"、"宛亮者调"那样一种诗歌理想风格特征的追求,强调的是格调本身特定的内涵;二是将这种诗歌理想风格特征与落实"第一义"的目标联系起来,特别注重从盛唐以上诗歌当中去发掘和树立古近体诗的审美典范,在一定意义上,表现出所谓"诗之体以代变也"而"诗之格以代降也"①的对于诗歌发展演化进程的总体认知,强调的是从时代序列的角度,确立格调的宗尚目标。应该说,后七子一些成员正是循着这样一种指向,去诠释他们的格调之说的。

首先,在有关诗歌的宗尚问题上,格调之辨,被后七子中的一些成员视为区分诗歌时代性特征直至于树立学古取法之审美典范的一项鉴别准则。如谢榛提出:

> 诗自苏、李五言暨《十九首》,格古调高,句平意远,不尚难字,而自然过人矣。②

这一表述,可以看成是他对于以苏、李诗和《古诗十九首》为代表的汉代五言古诗系统格调的一种辨别和标榜。另在谈到诗歌的改作问题时,他指出:"诗不厌改,贵乎精也。唐人改之,自是唐语,宋人改之,自是宋语,格调不同故尔。"③唐宋诗人改作的诗有"唐语"或"宋语"之别,主要当然是因为唐宋两个时代不同,

---

① 《诗薮·内编》卷一《古体上·杂言》,第1页。
② 《诗家直说》八十五条,《四溟山人全集》卷二十四。
③ 《诗家直说》一百二十七条,《四溟山人全集》卷二十二。

诗人各自审美趣尚存在差异,这一相异之处由不同的诗歌格调呈露出来。假若说,谢榛上述这段话只是点示唐宋诗歌在格调上的彼此差异,尚未直接给出一个高下优劣的价值评判,那么,下面关于其本人习学初、盛唐诸家诗的取法主张,它反映在格调上的倾向性就显得十分明晰了:

> 予以奇古为骨,平和为体,兼以初唐、盛唐诸家,合而为一,高其格调,充其气魄,则不失正宗矣。①

合初、盛唐诸家为法,本来即为谢榛所主张,当初诸子结社论诗,谈到初、盛唐十二家及李、杜二家诗"孰可专为楷范"的问题,榛不以为然,主张十四家所作"咸可为法"②。而以上所言,自诗歌宗尚的角度视之,取法初、盛唐诸家,被谢榛视作"高其格调"乃至于"不失正宗"的一条必由径路,这也等于纳初、盛唐诸家所作于高格调诗歌的档次之列。

我们知道,特别在近体诗的宗尚问题上,尽管诸子并不反对将初唐诗歌列为可以取法的目标之一,不过在他们的心目中,大多只是视之为"旁及"者,重点目标还是落在了盛唐诗歌上,这与受到严羽所倡汉、魏、晋与盛唐诗歌并为"第一义"看法的影响分不开。而近体尤以盛唐为法,一个非常重要的因素,表现在他们对于盛唐诗歌格调的青睐。王世贞序胡应麟《绿萝馆诗集》,评议其诗,表示"以比于开元、大历之格,亡弗合也"③,即以盛唐诗之"格"来铨衡胡应麟的诗作,视他能合乎开元、大历诗歌之"格"作为其习学之得。再拿谢榛来说,虽然他将初唐合并盛唐诸诗家定作"咸可为法"的目标,在后七子成员中,称得上是最为积极主张集诸家之长"合而为一"的一位④,但所偏向的实际上还在于后者,看重其格调是一个重要原因。故而,对于盛唐诗歌,无怪乎他会以"格高气畅,自

---

① 《诗家直说》八十五条,《四溟山人全集》卷二十四。
② 《诗家直说》七十五条,《四溟山人全集》卷二十三。
③ 《胡元瑞绿萝馆诗集序》,《弇州山人续稿》卷四十四。
④ 如他在《诗家直说》七十五条中提出:"自古诗人养气,各有主焉。蕴乎内,著乎外,其隐见异同,人莫之辨也。熟读初唐、盛唐诸家所作,有雄浑如大海奔涛,秀拔如孤峰峭壁,壮丽如层楼叠阁,古雅如瑶瑟朱弦,老健如朔漠横雕,清逸如九皋鸣鹤,明净如乱山积雪,高远如长空片云,芳润如露蕙春兰,奇绝如鲸波蜃气,此见诸家所养之不同也。学者能集众长合而为一,若易牙以五味调和,则为全味矣。"《四溟山人全集》卷二十三)

是盛唐家数"那样的话来加以评断,褒许之意已寓其中。有关这一点,从谢榛对晚唐诗人杜牧《清明》一诗的评价中也能见出,他表示:"杜牧之《清明》诗曰:'借问酒家何处有,牧童遥指杏花村。'此作宛然入画,但气格不高。或易之曰:'酒家何处是,江上杏花村。'此有盛唐调。"说杜牧《清明》诗"气格不高",与谢榛在总体上以为"晚唐格卑"[①]的认知定势自有关联,而这一结论,又显然是和盛唐诗歌的格调比较中得出来的,谢榛认为杜牧上诗经过那样一番的改动,就一脱晚唐诗歌"格卑"之嫌,有了"盛唐调"的味道,在格调上大为改观。

格调之辨被用于对诗歌时代性特征的划分,根本的目的,当然还在于通过这样的一种鉴别,进一步明确学古取法的目标,树立起正宗的诗歌审美典范,就宗尚目标的定位来说,这一做法无疑有着它自身特殊的意义。也因为如此,后七子一些成员在诗歌格调具体的分辨上,他们的态度显得格外的谨严而敏细,譬如李攀龙论唐代五言古诗就是一个突出的例子,他在《选唐诗序》中说:

> 唐无五言古诗,而有其古诗。陈子昂以其古诗为古诗,弗取也。七言古诗,唯杜子美不失初唐气格,而纵横有之。太白纵横,往往强弩之末,间杂长语,英雄欺人耳。至如五七言绝句,实唐三百年一人,盖以不用意得之,即太白亦不自知其所至,而工者顾失焉。五言律、排律,诸家概多佳句。七言律体,诸家所难,王维、李颀颇臻其妙,即子美篇什虽众,愦焉自放矣。作者自苦,亦惟天实生才不尽,后之君子,乃兹集以尽唐诗,而唐诗尽于此。[②]

李攀龙编《古今诗删》,选录自宋元朝以外的诸代各体诗歌,共三十四卷,其中卷十至卷二十二为唐诗,这一篇序文被置于该书卷十所选唐诗之前,作为编者选录唐代各体诗歌立场的一种说明。由此序可以看出,与指出唐代诸家在七言古诗及五七言律、绝句与五言排律上的长处或短处有所不同,关于唐代的五言古诗,作者断然得出了一个"唐无五言古诗,而有其古诗"的结论。对此,李攀龙同志王世贞曾予以附和,说:"余少年时,称诗盖以盛唐为鹄云,已而不能无疑于五

---

① 《诗家直说》一百二十九条,《四溟山人全集》卷二十一。
② 《沧溟先生集》卷十五。

言古。及李于鳞氏之论曰'唐无古诗,而有其古诗',则洒然悟矣。"①他的意思是说,自己对唐代五言古诗原本就有疑惑,李攀龙的这一论断使他更悟出了其中的道理。那么,李攀龙所谓"唐无五言古诗,而有其古诗"究竟包含什么意思呢?析其语意,前"五言古诗"与后"古诗"显然不同义;前者指唐代五古之外所存在的一个五言古诗系统,后者才是指唐人所创作的五言古诗,二者之间截然有别。由乎此,李攀龙觉得,如陈子昂"以其古诗为古诗",以唐人五言古诗的格调来摹拟唐代之外那一个系统的五言古诗的做法,为其所不能接受。从李攀龙此番论评陈子昂诗的话语当中,我们明显觉察出,他对所谓唐代之外的"五言古诗"与唐人自己的"古诗"之间,划出了一道正宗和非正宗的界线,高下之别自在其中,而前者所确立的目标,说到底,无外乎是指为前后七子诸成员习学五古所一再尊崇的典范,即汉魏五言古诗系统②。因此,李攀龙之所以表示陈子昂"以其古诗为古诗"的做法不足取,用许学夷的话来说,当是因为子昂所为"终是唐人古诗,非汉魏古诗也"③。

对于李攀龙论唐代五言古诗的断语,日本学者铃木虎雄曾认为其可以推溯到李梦阳为歙商余育之父存修所作的《缶音序》之论:"诗至唐,古调亡矣,然自有唐调可歌咏,高者犹足被管弦。宋人主理不主调,于是唐调亦亡。"④他以为,李梦阳此论指"唐的五言古诗可以唐调歌咏,而没有他理想中的五言古诗的调"⑤。铃木氏将二李论说联系起来的看法耐人寻味,不能说没有它的道理。李梦阳提出至唐代"古调"已消亡,他所谓的"古调",推究起来应当主要指的是汉魏五言古诗之"调",也就是铃木氏所说的"理想中的五言古诗的调",因为在其看来,"三代而下,汉魏最近古"⑥。而作为中国古典诗歌史上发展的一个重要阶段,汉魏时期,曾经在诗歌发展原初阶段盛极一时的四言诗歌体式逐渐衰落,五言成为诗歌的主要体式。李梦阳"诗至唐,古调亡矣"的说法,与李攀龙"唐无五言古诗"的论调比较起来看,何其相似。相对于"古调"的五言古诗指向,李梦阳

---

① 《梅季豹居诸集序》,《弇州山人续稿》卷五十五。
② 参见陈国球《明代复古派唐诗论研究》,第112页至113页。
③ 《诗源辩体》卷十三,第144页。
④ 《空同先生集》卷五十一。
⑤ 铃木虎雄著、洪顺隆译《中国诗论史》,第120页,台湾商务印书馆1972年版。转引自陈国球《明代复古派唐诗论研究》,第108页。
⑥ 《与徐氏论文书》,《空同先生集》卷六十一。

所说的"唐调",我个人认为,应该专门指唐代五言古诗之"调",这样的话才能与"古调"所指对应起来。总之,李攀龙有关唐代五言古诗之论,同李梦阳《缶音序》中相关的说法如出一辙,前者极有可能受后者的影响所致。就此而言,如同李梦阳一样,比照唐代"古诗",李攀龙将汉魏"五言古诗"尊为五古的正宗,应该说颇有欣赏其"调"的意味。换言之,他之所以把"五言古诗"及唐代"古诗"分为不同的两个系统,作出正宗与非正宗的高下之别,一个主要的原因,还是出自一种格调之辨的眼光。

另一方面,从后七子对于格调本身内涵的诠释来看,他们基本上还是围绕为前七子李梦阳等人所强调的"高古者格"、"宛亮者调"的概念而展开,表现出在对于格调义旨的理解方面与李梦阳等人之间所具有的某种共识性。

先看关于"格"的取向。需要指出的是,检察后七子诸成员的相关诗论,不仅能多处看到"格"一词的运用,而且也能偶尔发现诸如"气格"、"体格"、"格韵"等这一类词汇散见其中。这些概念之词自唐宋以来已为人们所运用,属于"格"的同位序列范畴[1],在此意义上不妨说,它们与"格"这一概念可以相互替代。

与"格"之"高古"一义相为关联的,一是要求高正、浑厚,相对偏重于"高"的取向。如吴国伦读王世懋所作关洛纪游诸诗,颇为欣赏,认为其"格渐高,境渐化,倍胜旧作"[2]。王世贞在盟友徐中行去世后为作墓碑,论及其诗,以"格高而调逸"[3]许之。谢榛评杜甫诗,以为"子美虽为诗史,气格自高"[4]。他还曾经表示:"气格高,虽拘对,不害为大家;气格卑,虽不拘对偶,亦是小家。"[5]说明"格"之高卑,直接会影响到诗家自身的品位,对其重视的程度,可见一斑。与此同时,出于区隔诗歌时代性特征用以立其格调之正的分辨视角,如上所言,谢榛对于晚唐诗歌给予了"格卑"的明确定位,他的一些关于晚唐诗以及与之近似诗风的评议,也由不同的层面显示了对于"格"的取向。如批评晚唐皮、陆二人诗:"皮日休、陆龟蒙《馆娃宫》之作,虽吊古得体,而无浑然气格,窘于难韵故尔。"批评许浑诗:"许用晦'年长每劳推甲子,夜寒初共守庚申',实对干支,殊欠浑厚,

---

[1] 参见汪涌豪《范畴论》,第146页至150页,复旦大学出版社1999年版。
[2] 《与宗良王孙书》,《甔甄洞稿》卷五十三。
[3] 《中奉大夫江西布政使司左布政使天目徐公墓碑》,《弇州山人续稿》卷一百三十四。
[4] 《诗家直说》一百二十九条,《四溟山人全集》卷二十一。
[5] 李庆立《谢榛全集校笺》卷二十六,下册,第1319页,江苏古籍出版社2003年版。

无乃晚唐本色欤?"①所举出的这些晚唐诗例,不论是缺少"浑然气格"还是"殊欠浑厚",依照谢榛的意思,难以脱却诗格不高之嫌,自非他心目当中诗歌理想之"正格"②。"格"之不"正",说起来流为一种"变"的形态,同时它也为如何"正"之提供了改造的空间,谢榛在《诗家直说》七十五条中还记载了他和诗友一同分辨"声律格调"之"正变",以及其本人"正"中唐诗人戴叔伦五言律之"格"的一个具体事例:

> 余偕诗友周一之、马怀玉、李子明,晚过徐比部汝思书斋,适唐诗一卷在几,因而披阅,历谈声律格调,以分正变。汝思曰:"闻子能假古人之作为己稿,凡作有疵而不纯者,一经点窜则浑成。子聊试笔力……如戴叔伦《除夜宿石头驿》诗云:'旅馆谁相问?寒灯独可亲。一年将尽夜,万里未归人。寥落悲前事,支离笑此身。愁颜与衰鬓,明日又逢春。'此晚唐入选者,可能搜其疵而正其格欤?"予曰:"观此体轻气薄如叶子金,非锭子金也。凡五言律,两联若纲目四条,辞不必详,意不必贯。此皆上句生下句之意,八句意相联属,中无罅隙,何以含蓄?颔联虽曲尽旅况,然两句一意,合则味长,离则味短。晚唐人多此句法。"遂勉更六句云:"灯火石头驿,风烟扬子津。一年将尽夜,万里未归人。萍梗南浮越,功名西向秦。明朝对清镜,衰鬓又逢春。"举座鼓掌笑曰:"如此体重气厚,非锭子金而何?"③

在谢榛看来,戴叔伦上面那一首五言律诗"体轻气薄",缺乏"厚""重"之感,句法近乎晚唐人之作,如果按照他"晚唐格卑"的定评来加以衡量,自然应该归之于其格卑下之列,也是"格"之趋"变"而非"正"的一种具体表现。"正"戴诗之"格"的意义,在于通过诗中句法的更易,模塑出"体重气厚"的一种厚重之感,使诗"格"由卑而转高,由"变"而转"正",当然从另外一个角度,也亮出了谢榛本人所认可的理想之"格"的特征。

---

① 《诗家直说》八十五条,《四溟山人全集》卷二十四。
② 譬如《诗家直说》八十五条在批评许浑"年长每劳推甲子,夜寒初共守庚申"诗句"实对干支,殊欠浑厚"之后,又表示:"许用晦、释清塞皆以'甲子'、'庚申'为的对,予病其粗直,且非正格。"《四溟山人全集》卷二十四。
③ 《四溟山人全集》卷二十三。

二是要求古质、雅致,相对偏重于"古"的取向。谢榛评汉高祖姬唐山夫人《安世房中歌》十七章,认为"格韵高严,规模简古,骎骎乎商、周之《颂》"①。《安世房中歌》系祭祀用诗,以古质雅致为后人所注意,元人陈绎曾《诗谱》即谓之"质古文雅"②,谢榛以"高严"、"简古"标示之,也有这一层的意涵包含其中。不但如此,他还将相传为西王母及上元夫人分别所作的《白云谣》和《步玄》之曲加以比较,认为:"《汉武内传》:上元夫人弹云林之瑟,歌《步玄》之曲曰:'绿景清飙起,云盖映朱旛。兰房辟琳阙,碧室启璚沙。'此歌华丽无味,或六朝赝作。西王母《白云谣》曰:'白云在天,丘陵自出。道路悠远,山川间之。将子无死,尚能复来。'辞简意尽,高古莫及。"③之所以说《白云谣》更加具有"高古"的本色,道理应在于,它与《步玄》之曲相比起来,全然没有后者"华丽"的辞采,而是以古朴简质的特点胜出。谢氏《诗家直说》七十五条又载录了其本人向盟友宗臣解释近体诗之法一例,其中曰:

> 宗考功子相过旅馆,曰:"子尝谓作近体之法,如孙登请客,未喻其旨,请详示何如?"曰:"凡作诗先得警句,以为发兴之端,全章之主。格由主定,意从客生。若主客同调,方谓之完篇。譬如苏门山深松草堂,具以琴樽,其中纶巾野服、兀然而坐者,孙登也。如此主人,庸俗辈不得跻其阶矣。惟竹林七贤相继而来,高雅如一,则延之上坐,始足其八数尔。"④

上述这段文字尽管多为比喻之说,但对于作者所要表达的意旨并非难以理解。所谓"格由主定",说的是作近体诗能否先得警句,对于全诗之"格"起着决定性的作用,以三国魏雅士孙登喻诗之警句或全篇之主,细味起来,除了陈述"主客同调"而"高雅如一"的道理,应该说,也由此传递了作者主张诗之警句取雅以至于全诗之"格"能归于"高雅"的立场。谢榛的这一要求,也让我们明白,他如上指责许浑等人诗以干支实对的疵病,除了有憾于"殊欠浑厚"之外,还"病其粗

---

① 《诗家直说》一百二十九条,《四溟山人全集》卷二十一。
② 陶宗仪等编《说郛三种》明刻《说郛》卷七十九,第六册,第3665页,上海古籍出版社影印本,1988年版。
③ 《诗家直说》一百二十七条,《四溟山人全集》卷二十二。
④ 《四溟山人全集》卷二十三。

直"而视为非诗"正格"的其中理由。

再看有关"调"的取向。我们在分析前七子格调说特征时已经交代,从"调"的含义指向来说,它与作品声律的关系本身十分密切,后者是"调"之生成的基础,诗歌如李东阳归纳的"文之成声者"的体式特征,决定了它在具体语词组合中显现的平仄四声的抑扬构成,对于"调"的形成具有更为直接的影响。离却了这一点,"调"的基本指涉也就无从谈起,尽管它的含义并非简单等同于声律。后七子一些成员谈论诗歌之"调"的取向,大多更加关注它和声律之间的细微关系,比较注意结合这方面的特点来说明相关的问题。

展开来说,与"宛亮"一义相为关联的,一是要求宛曲、谐和,相对偏重于"宛"的取向。根据这一要求,所谓"调短"、"调促"的不足,为他们所力忌。王世贞曾云:"何水部、柳吴兴篇法不足,时时造佳致。何气清而伤促,柳调短而伤凡。"① 至于被归入"雅歌之流"的唐山夫人《安世房中歌》,在他眼里也不免"调短弱未舒耳"②。他所说的"调短",应该是指"调"流于短促,宛曲流转而产生的舒展力度不足,故亦称之为"调"之"未舒"。换成另一相类似的说法,也就是如谢榛所谓的"调促",《诗家直说》七十五条曰:

> 杜牧之《开元寺水阁》诗云:"六朝文物草连空,天澹云闲今古同。鸟去鸟来山色里,人歌人笑水声中。深秋帘幕千家雨,落日楼台一笛风。惆怅无因见范蠡,参差烟树五湖东。"此上三句落脚字皆自吞其声,韵短调促,而无抑扬之妙。因易为"深秋帘幕千家月,静夜楼台一笛风"。及示诸歌诗者,以予为知音否邪?
>
> 王摩诘《送少府贬郴州》、许用晦《姑苏怀古》二律,亦同前病,岂声调不拘邪?然子美七言,近体最多,凡上三句转折抑扬之妙,无可议者。其工于声调,盛唐以来,李、杜二公而已。③

因为"调促",所以显示不出"抑扬之妙"。在谢榛看来,较之工于声调的李白、杜

---

① 《艺苑卮言三》,《弇州山人四部稿》卷一百四十六。
② 《艺苑卮言二》,《弇州山人四部稿》卷一百四十五。
③ 《四溟山人全集》卷二十三。

甫两位大家,杜牧等人一些诗歌中流露"调促"的疵病,原因还在对于声调疏而不拘,缺乏用心的经营。我们再来看一下他对于所谓的"抑扬之妙"具体又是如何理解的:

> 予一夕过林太史贞恒馆留酌,因谈诗法:"妙在平仄四声而有清浊抑扬之分。试以'东'、'董'、'栋'、'笃'四声调之。'东'字平平直起,气舒且长,其声扬也;'董'字上转,气咽促然易尽,其声抑也;'栋'字去而悠远,气振愈高,其声扬也;'笃'字下入而疾,气收斩然,其声抑也。夫四声抑扬,不失疾徐之节,惟歌诗者能之,而未知所以妙也。……"
>
> 夫平仄以成句,抑扬以合调。扬多抑少,则调匀;抑多扬少,则调促。若杜常《华清宫》诗:"朝元阁上西风急,都入长杨作雨声。"上句二入声,抑扬相称,歌则为中和调矣。王昌龄《长信秋词》:"玉颜不及寒鸦色,犹带昭阳日影来。"上句四入声相接,抑之太过;下句一入声,歌则疾徐有节矣。刘禹锡《再过玄都观》诗:"种桃道士归何处?前度刘郎今又来。"上句四去声相接,扬之又扬,歌则太硬;下句平稳。此一绝二十六字皆扬,惟"百亩"二字是抑。又观《竹枝词》所序,以知音自负,何独忽于此邪?①

据谢榛以上陈述察之,平、上、去、入平仄四声自有抑扬之分,大致分成平扬、上抑、去扬、入抑,"抑扬之妙"体现在四声的合理相接,尤其是要求合乎诗歌吟咏"疾徐有节"的一种抑扬顿挫的节奏感。他在谈到近体诗作法时,曾将所谓"诵要好,听要好,观要好,讲要好"归纳成诗家必须要过的"四关"②。在这当中,"诵要好"无异于指吟咏起来能够"疾徐有节","听要好"自然与前者关系密切,不外乎指在吟咏过程中听觉上所能获取的一种美妙舒适的艺术效果。很明显,这一切首先已将他所主张的诗歌之"调"的"抑扬之妙",主要纳入声律的系统之中来加以诠释。四声之中既显现抑扬之分,抑之声与扬之声的彼此搭配接合则成为一个关键的问题,按谢榛之见,大体要遵循"扬多抑少"而非"抑多扬少"的声调上的艺术组配原则。这是因为,扬之声大多或"气舒且长",或"气振愈高",声调

---

① 《诗家直说》七十五条,《四溟山人全集》卷二十三。
② 《诗家直说》一百二十九条,《四溟山人全集》卷二十一。

悠远绵长，特别是比较容易在"诵"与"听"节奏上产生宛转流长的效果，不像抑之声那样或"气咽促然易尽"，或"气收斩然"，声调疾转短促，配之过多，就难免要造成"调促"。当然，这也并不意味着可以将扬之声不加调协地接合在一起，因为如果"扬之又扬"，"歌则太硬"，同样会破坏"疾徐有节"的节奏感。可以说，"扬多抑少"的声调组配，主要是为了充分表现出诗歌之"调"宛曲流转的节奏特征。与此同时，抑扬之声配合相称，节奏上"疾徐有节"，也是为了让宛曲流转之"调"体现所谓"中和"的特点。"中和"者，调合协配之和也。以和为尚，乃指向包含在抑扬之声彼此纠结杂错之中的艺术巧工。除了谢榛之外，王世贞也提出过"调和"主张，强调"声响而不调则不和"①，如评友人朱察卿诗，以为"意清而调和，远于拘苦、粗豪之二端"②。这也表明，和当由"调"而得，通过声调彼此调协相配，脱离诸如"拘苦"、"粗豪"而趋向更加舒缓娴熟、谐和圆润的境地。由乎此，他又表示，分外"伏膺"杜甫诗歌顿挫自如而抑扬相称的"调和"特点，以为"扬之则高华，抑之则沉实"③。

二是要求爽逸、响朗，相对偏重于"亮"的取向。在这方面，尤以王世贞所论最为明晰。除了前面提到的以"格高而调逸"之论推许徐中行诗，以及称赞友人朱正初之作"调甚逸"④，他为朱权六世孙朱多熿《国香集》作序而论其诗，以为"大要气清而调爽，神完而体舒"⑤；读友人赠己之作，称之曰"格调高爽，辞旨雄丽"⑥。如果说"高"主要是针对"格"而言，那么"爽"即重点对于"调"的一种描述。而强调所谓的"逸"与"爽"，无非是在于凸显超逸不俗、爽朗明亮的"调"之品格。不啻如此，王世贞同时还以"响"来命名"调"的另一取向，如论至七言绝句，谓"王江陵与太白争胜毫厘，俱是神品"，而"王维、李颀虽极《风》、《雅》之致，而调不甚响"⑦。这里所说的"响"的涵义，应当指声响显亮宏朗，相较"爽"与"逸"的诉求，则更加注重从声律音调的层面要求之。这也成为在对待诗歌之"调"问题上注意其与声律音调之间关系的一个例证。

---

① 《汤迪功诗草序》，《弇州山人续稿》卷四十七。
② 《朱邦宪集序》，《弇州山人续稿》卷四十一。
③ 《艺苑卮言四》，《弇州山人四部稿》卷一百四十七。
④ 《朱在明诗选序》，《弇州山人续稿》卷四十四。
⑤ 《朱宗良国香集序》，《弇州山人续稿》卷五十二。
⑥ 《董宗伯》，《弇州山人续稿》卷一百七十四。
⑦ 《艺苑卮言四》，《弇州山人四部稿》卷一百四十七。

通过上述论析，不难发现，后七子诸成员论诗不仅以格调说相标举，而且在格调的基本取向上，与前七子之间形成某种共趋性，这也可以视为其循沿李、何诸子诗学复古路线而作出的响应姿态。但同时也能够看到，在承接前七子格调基本取向的基础上，这一笼括了古典诗歌精神蕴意与艺术形式的审美诉求，反映在他们的论述中，也呈现出渐趋强化的倾向。

比如，上面所举谢榛论"调"的例子，围绕声律与"调"的关系，特别注意平仄四声的互相调配，接合抑扬之声以合调，用以加强"诵"与"听"的吟咏和听觉上的审美效果，"调"在声律音调上的要求趋于精细化，不但作为其自身基础性成分的声调因素更为之昭显，而且所谓"抑扬之妙"的艺术工致备受重视。再如，区别不同历史阶段诗歌格调的时代性特征的分辨意识，也明显趋于增强。如上所析，突出唐代五言古诗与汉魏五言古诗之间的格调品位之分，即是颇为典型的一个例子，在此再稍作补述以说明之。就唐代与汉魏五言古诗的格调之辨而言，李梦阳尽管表示"诗至唐，古调亡矣"，明确将"唐调"与"古调"区隔开来，以示对于"古调"的尊尚，但同时也说"自有唐调可歌咏，高者犹足被管弦"①，以为唐五古虽非如汉魏五古而属于理想之"调"，然也自有其可取之处。这一态度也见于他对陈子昂、李白等人五言古诗的评价，比照被其树为魏诗之冠的阮籍诗歌，他曾说过，诗旨和表现形式受阮籍《咏怀诗》影响明显的陈子昂《感遇》诗"差为近之，唐音汲汲乎开源矣"，李白所为《古风》则"咸祖籍词"②，基本肯定之意还是溢于辞表。相比较起来，李攀龙虽承沿李梦阳区隔唐代与汉魏五古的论调，提出"唐无五言古诗，而有其古诗"，但认为陈子昂"以其古诗为古诗"不足取的这一表态，无异于大大压缩了认肯唐代五言古诗价值的空间。参照自称于唐五古本有所疑而触及李攀龙唐五古之论更是"洒然悟矣"的王世贞论唐人五言古诗的相关意见，或许能够更进一步了解李、王等人在该问题上的态度。如王世贞论陈子昂五古，虽承认其"淘洗六朝，铅华都尽，托寄大阮，微加断裁"，但表示终是"天韵不及"，抑之之意不能说不明显。论及李、杜诗，谓"光焰千古，人人知之"，以为他们在五七言律、五七言绝句、七言歌行等诗体上各有所长，或"神"或"圣"，然独于其以五古为代表的"选体"，不无薄责之辞："太白多露语、率语，子

---

① 《缶音序》，《空同先生集》卷五十一。
② 《刻阮嗣宗诗序》，《空同先生集》卷四十九。

美多稚语、累语,置之陶、谢间,便觉伧父面目,乃欲使之夺曹氏父子位耶?"①其中的意思是说,即使与陶、谢诗一对比,李、杜所为"选体"的粗鄙面目就已经显露出来,不要说是胜过曹操父子之作了。总之,在唐代五言古诗和汉魏五言古诗格调分辨这一问题上,李、王于二者之间不但作了明确分界,大旨当承李梦阳关于"唐调"与"古调"之论而来,而且自以为唐五古远不及汉魏五古,在价值评判上对于它的质疑愈发强烈,这一点较之李梦阳对"唐调"尚有所取的立场,却是有了明显的差异。它传达了一个信息:至李、王等人,由于格调意识趋向强化,对诗歌时代性特征所作的格调分辨更加严格,如果说,李梦阳尚觉得那些"唐调"虽比不上"古调"却还有其可取之处,那么在李、王眼里,它们因够不上正宗汉魏五言古诗的格调标准,自身的价值也就大为降低了。

在另一方面,格调意识的增强,表现出在强调其审美效应的同时,它的规范质性被更加明确地凸显出来。我们在前面说过,格调作为传统诗学的一个重要范畴,乃笼括着古典诗歌精神蕴意和艺术形式而呈现出来的一种审美诉求,有鉴于此,如果以为格调说只是单纯对于诗歌外部形式的经营发生兴趣,本不符合格调论者真正的用意。同样地,在对后七子格调说的考察当中,我们无法将它和对诗歌外部形式的关注简单地等同起来,这是因为,在比如论格调较为集中的王世贞的相关说法中,格调是被认作与作者内在才性情思之间构成难以分割关系的一个概念而提出来的:"才生思,思生调,调生格。思即才之用,调即思之境,格即调之界。"②这意味着无法脱却作家之"才"、"思"而谈论格调,前者导引着后者具体的定向。出于这样的理念,王世贞同时表示"声响而不调则不和,格尊而亡情实则不称",鄙薄不自才性情思出之的"浮响虚格"③。也正站在这个角度来审察,如他《陈子吉诗选序》描述弘、正至隆、万之间诗坛的创作状况,以为纵使是那些"高者"所为,不无缺憾,主要表现在"以气格声响相高,而不根于情实",所以,"骤而咏之,若中宫商,阅之若备经纬,已徐而求之而无有也"④。反之,其《王参政集序》对于友人永嘉王叔杲诗歌的称许,则含有肯定其格调的意

---

① 《艺苑卮言四》,《弇州山人四部稿》卷一百四十七。
② 《艺苑卮言一》,《弇州山人四部稿》卷一百四十四。
③ 《汤迪功诗草序》,《弇州山人续稿》卷四十七。
④ 《弇州山人续稿》卷四十二。

味,谓王诗"程之以六季、初盛唐之格","顾类多调畅和适,与吾之性情会"①,看重格调能和"性情"相结合,把它们当作一个正面的创作事例来予以褒扬。在这一点上,谢榛的一些说法同样值得注意,如谓"格由主定,意从客生。若主客同调,方谓之完篇"②,将诗歌的"格"与"意"结合起来看待,虽应是对前人相关之见的某种演绎,犹如旧题王昌龄所撰《诗中密旨》云,"诗意高谓之格高,意下谓之格下"③,视"格"与"意"之间关系密切,但谢氏论诗之"格"同时兼及"意",多少说明了他同样十分注意从内在意涵的层面去申明这一个概念。不过,我们同时能够发现,王世贞等人对于格调的诠释,一面强调它和才性情思之间的不可分割性,留意其内在意涵之构成;一面反过来又把它理解成为规约才性情思表现而使之免于越出界限的一种审美准度。如他所曰:"余尝谓诗之所谓格者,若器之有格也,又止也,言物至此而止也。"④又他在序沈明臣诗选集而论其诗之际,谈到格调的涵义,他的那一段常为人所征引的表述,则是更为明确地赋予了格调的规范质性:

> 夫格者,才之御也;调者,气之规也。子之向者遇境而必触,蓄意而必达,夫是以格不能御才,而气恒溢于调之外,故其合者追建安,武开元,陵厉乎贞元、长庆诸君而无愧色;即小不合,而不免于武库之利钝。今子能抑才以就格,完气以成调,几于纯矣。⑤

至于王世贞曾经说过的,要求"格恒足以规情"⑥,"有恒调而无越格"⑦,"才骋则御之以格","气扬则沈之使实"⑧,诸如此类,大旨比较接近,都表明了格调被视为一种衡量的准度,强调它对于才性情思所发生的限约调制功能。从本质上来说,突出格调自身的规范质性,主要的目的,当然还是为了避免诸如"遇境而必

---

① 《弇州山人续稿》卷四十一。
② 《诗家直说》七十五条,《四溟山人全集》卷二十三。
③ 张伯伟《全唐五代诗格汇考》,第194页。
④ 《真逸集序》,《弇州山人续稿》卷四十二。
⑤ 《沈嘉则诗选序》,《弇州山人续稿》卷四十。
⑥ 《陈子吉诗选序》,《弇州山人续稿》卷四十二。
⑦ 《真逸集序》,《弇州山人续稿》卷四十二。
⑧ 《答胡元瑞》,《弇州山人续稿》卷二百六。

触,蓄意而必达"那样的不足,以达到在才性情思表现上和婉蕴藉、调谐有节的一种"纯"的审美效果。

需要指出,主张格调本之于才性情思,但反过来又要求以此去规约后者,本身让这一论说陷入互相难以调协的内在矛盾之中,而在"御才"、"规情"的限约调制之下,诗人抒发自己的性情,因为要顾及"就格"和"成调",合乎一种既定的审美范型,势必会受到不同程度的制约,不能够一味地随性任情。顺着这条理路,可以理解王世贞在《东白草堂集序》里所交代的其本人阅读初唐卢照邻、骆宾王、沈佺期、宋之问等人诗的一番体会,他以为,虽然"其属事非不精,其辞非不彬彬中文质也",但是"往往工于用情而薄于约性"①,如衡之以"御才"、"规情"的要求,这个被视为创作上明显缺失的特征,自然不免存在越格出调的嫌疑。总之,如果比较前七子的格调说,后七子王世贞等人所提出的这一论调,基于诗歌审美方面的考虑,格调在保留其基本涵义和取向的基础上,也逐渐衍生成为规约才性情思的一种审美准度,它由此被赋予的规范质性愈益显现出来,或可以说,其正在被引向更加精纯化与严整化的境地。发生这一明显变化的结果,当然还应该归结为王世贞等人诗学观念中格调意识的进一步强化。

第二节 关于法度的阐论

在明确古典诗文的宗尚目标以及执持相应的价值取向的同时,后七子为了追踪所宗尚的目标和实现他们的价值取向,在诗文领域提出了与之相关联的诸多法度规则。假若说,如胡应麟考察诗论时表示,"汉唐以后谈诗者,吾于宋严羽卿得一悟字,于明李献吉得一法字"②,点出以李梦阳为代表的前七子讲究法度的观念特征,而事实上李梦阳等人的确强调诗文之法,此在之前相关章节已作了讨论;那么,这样一种注重法度的意识,不啻为后七子诸成员所重申,而且比起李梦阳等人,他们对于法度的严求显得有过之而无不及,诗与文在他们所

---

① 《弇州山人四部稿》卷六十六。
② 《诗薮·内编》卷五《近体中·七言》,第96页。

主张的"语法而文,声法而诗"①的要求之下,被置于一整套更为谨严和细密的法度系统之中,审察其得失成败。这也表明,前七子李梦阳等人重视法度的意识,既在后七子诸成员身上得到了延续,又其趋向强化的迹象明显可见。如果说,前七子李梦阳等人注重诗文法度,正如刘若愚先生所指出的,显示了其对拟古主义的信从而倾向具现于古人作品中的文学技艺的规则或方法,实体现了对于文学"技巧概念"的某种持守②,那么,后七子关于诗文法度的阐论,进一步将技艺性的规则或方法纳入他们重点关注的视界,成为文学"技巧概念"趋于加强的显在表征。

纵观前后七子关于法度的论说,有一点首先是明确的,也即法度并不是被当作任意臆造的产物,而是由对古典诗文规则性的特征加以全面深入的体察而得,并成为"追古"应该依循的重要准则。在前七子那里,即使如头面人物李、何二人在对法度具体涵义的理解上彼此存在明显分歧,还由此酿成一场针锋相对的论争,但是他们都承认古人之作当中法有所存。且不说注重"先法"的李梦阳,提出古人之作其法"大抵前疏者后必密,半阔者半必细,一实者必一虚,叠景者意必二"③,已在概括"先法"的基本特征,就是排击李梦阳"独守尺寸"的何景明,不但表示"诗文有不可易之法",所谓"辞断而意属,联类而比物",而且指出"上考古圣立言,中征秦汉绪论,下采魏晋声诗,莫之有易也"④,认定他所说的诗与文不可易之法,由"古圣"著论直至魏晋诗歌中反映出来,与李梦阳"先法"存在之见说到底并不相乖违。主张在古典诗文的经典文本中体认法度,索求创作规则之所本,实际上也成为后七子在阐说法度问题上秉持的基本立场。如李攀龙当初专注于古文词,"悉取诸名家言读之",对于古人之作当中所包含的法度自有体会:"今夫《尚书》《庄》、左氏、《檀弓》、《考功》、司马,其成言班如也,法则森如也,吾摭其华而裁其衷,琢字成辞,属辞成篇,以求当于古之作者而已。"⑤从对古作"森如"之法体认的角度来说,属辞为文要求"求当于古之作者",实际上也是为了能与古人之作体现的法度相吻合。基于这一要求,那些不以法度自励

---

① 王世贞《张肖甫集序》,《弇州山人四部稿》卷六十八。
② 《中国文学理论》,第137页至139页。
③ 《再与何氏书》,《空同先生集》卷六十一。
④ 《与李空同论诗书》,《大复集》卷三十。
⑤ 王世贞《李于鳞先生传》,《弇州山人四部稿》卷八十三。

或者未能真正学到古人之法者,自然为他所不屑而受訾病。如李攀龙跋王维桢《王氏存笥稿》,除了称许王氏文章"法司马子长氏",且"宁属辞比事未成,而不敢不引于绳墨",将矛头指向时下一些"不能子长文章者":"今之不能子长文章者,曰:法自己立矣,安在引于绳墨?即所用心,非不濯濯唯新是图,不知其言终日,卒未尝一语不出于古人,而诚无他自异也。徒以子长所逡巡不为者,彼方且得意为之。若是其自异尔,奈何欲自掩于博物君子也?"①他的意思是说,较之王维桢以司马迁文章为法的态度,时人中间那些主观上求新图异而无视古法者,到头来其实并没有能够达到预期的目的,以至"自异"于古人,他们一以己立之法而出之者,也是如司马迁那样的文章大家所"逡巡不为"的,根本谈不上合乎古人的"绳墨"。

一、文章之法

后七子有关法度的阐述,基于"语法而文"的立场,也具体落实到对于文章创作的相关要求上,探察其在诗文法度问题上的具体态度,其中不能不注意他们关于文章之法的论说。

说到文章的法度,首先当然要面临如何对待古人文章之法的问题。我们说过,早在前七子成员中间,虽然对于法度具体涵义的理解各自不尽一致,但他们都主张古人之作法有所存,认同从古人诗文的经典文本中去体认相关的法度。李梦阳在反驳何景明指责其文成为"古人影子"之论时,毫不示弱地自述其理,予以了回击:"若以我之情,述今之事,尺寸古法,罔袭其辞,犹班圆倕之圆,倕方班之方,而倕之木非班之木也。此奚不可也?"②应当说,这也是他向何景明陈述自己关于文章法度的原则性意见,要求在叙述"今事"的文章之中结构古人文章的法度;将体认古法所得忠实地呈现在今文的撰作当中,以能与之不相乖违。依据李梦阳的看法,在尊尚自我情感发抒的大前提之下,尺寸古人之法以合乎固有的规则,诚有其合理性,与"古人影子"根本不能同日而语,未有不可之理。在后七子那里,就文章的法度问题,李攀龙比较注重所谓的"联属"之法,与李梦阳上述之见看上去似乎最为贴近,王世贞在致友人汪时元的《答汪惟一》书函中即曰:

---

① 《王氏存笥稿跋》,《沧溟先生集》卷二十五。
② 《驳何氏论文书》,《空同先生集》卷六十一。

于鳞每称属文,言属者,取古辞比今事而联属之耳,谓其臆创诘曲不解之语则非也。①

在涉及古文的具体作法方面,李攀龙似乎多在忠实地实践他的这一创作理念,也正如王世贞称他"于文无一字不出经典,极得古人联属裁剪法"②。联系起来看,李攀龙倾向的"取古辞比今事"这种"联属"之法,近似于李梦阳为人所熟知的"述今之事"而"尺寸古法"的提法,显示二人均高度重视古人之法的明确立场。而其不同在于,如果说,李梦阳要求"尺寸古法"但同时又主张"罔袭其辞",不认肯"剪截古辞以为文"③,将循守古法和蹈袭古辞作为两个不同的概念加以区分开来,那么,李攀龙出于"联属"的理念,注意从古人经典之中直接截取"古辞"以傅合"今事",从对古人之法的依循来说,较之前者显然更为谨慎和严饬。

客观地说,李攀龙所重的这种"联属"之法,意在将当下人事藉助古人经典文章的语言系统述写出来,力求完善二者之间的接合关系,以做到处处"引于绳墨"④,"求当于古之作者"⑤,与古人文章法度相契,不免凿枘难合。因为它显然忽视了古代与当下语境的具体差异性,将已发生新变的"今事"机械地纳入相对固定的"古辞"系统来加以传述,难以充分、准确与自然表现之,达到二者真正"联属"的目标,如此在严格因循古法的同时,板滞和刻凿之弊自然也就无法避免。这难怪连身为李攀龙亲密盟友的王世贞,对此也屡屡表示过他的不满之意,如《艺苑卮言》论及李攀龙志传之文特点,就认为其"出入左氏、司马,法甚高,少不满者,损益今事以附古语耳"⑥。在致吴国伦一书函中,王世贞针对李攀龙文章也有过这样的说明:"此君虽以文笔尚在人雌黄间,其澜伏起束,各有深意,巨力未易言也。今世贤士大夫能熟太史公、班氏则有之,不能熟《战国策》、《考功记》、《韩非》、《吕览》也,以故与于鳞左。其稍有可商者,必欲以古语傅时事,不尽合化工之妙耳,然亦未易言也。"⑦虽于人雌黄,有意为李文作辩解,以为

---

① 《弇州山人四部稿》卷一百二十八。
② 《与海盐杨子书》,《弇州山人四部稿》卷一百二十八。
③ 《驳何氏论文书》,《空同先生集》卷六十一。
④ 《王氏存笥稿跋》,《沧溟先生集》卷二十五。
⑤ 王世贞《李于鳞先生传》,《弇州山人四部稿》卷八十三。
⑥ 《艺苑卮言七》,《弇州山人四部稿》卷一百五十。
⑦ 《吴明卿》,《弇州山人四部稿》卷一百二十一。

其法自有所本，但对于"必欲以古语傅时事"而造成的刻板与雕凿，并未掩饰他的不满之意。《书李于鳞集后》列数李攀龙古文的疵病，也举其"以古语而傅新事，使不可识"①，作为其中之一症。

倾向于"取古辞比今事"的文章"联属"之法，固然是由对法度的偏狭理解所造成的，不能不说陷入认知上的一种误区，它的古板与刻凿不言而喻，当然也体现了李攀龙如在其《王氏存笥稿跋》中称道王维桢"宁属辞比事未成，而不敢不引于绳墨"这种要求恪守法度而不舍的良苦用心。不过从另一方面来说，它从中也正折射出李攀龙本人一种"视古修辞"的强烈意识，一种主要着眼于文章本体艺术的鲜明取向。析解其意，乃主要通过对于他向来所宗尚的先秦至汉代经典之作"古辞"的取用，在最大限度上接近或还原古人之法，凸显文章在"修辞"艺术上的经典性。与此同时，相当重要的一点，也是针对世之儒者"不惮俦俗，比之俚言"的轻忽"修辞"的为文之道，特别是王慎中、唐顺之等人"学宋而伤之理"那种回归到以道为本的文章作风，虽然李攀龙所倾向的是一种近乎偏狭和拘板的循守文章法度的方式。

对于文章的法度，王世贞同样十分关注，其重视程度毫不亚于李攀龙，这本身反映了他和攀龙在一些基本问题上的共识。尽管对于法度的理解李、王二人态度也有差异，如王世贞对李攀龙"必欲以古语傅时事"的板滞做法不无微词，就是一个明显的例证，但这绝不意味着他在关乎文章法度问题上态度宽弛，相反，其较之李攀龙诚有过之而无不及。如他提出："夫文有格有调，有骨有肉，有篇法，有句法，有字法。"②又曰："篇有眼曰句，句有眼曰字；字有字法，句有句法，篇有篇法。此三者不可一失也。"③在他看来，作为文章之法应当是一个系统完整的概念，篇、句、字法缺一不可，不能偏向一个方面而忽略其他方面。因此，对于不讲究文法者固然无法认同，如其指点他人文章，谓"差健而有古意，然篇法则未讲也。句法奇，然句病乘之，字法奇，然字病乘之，而俱不自觉也"④，而对于偏法者同样难以接受，如其评论王维桢文，以为"出《史》、《汉》，善叙事，工句而

---

① 《读书后》卷四。
② 《颜廷愉》，《弇州山人续稿》卷一百八十二。
③ 《华仲达》，《弇州山人续稿》卷一百八十一。
④ 《于皂先》，《弇州山人续稿》卷一百八十三。

不晓篇法,神采不流动。"①再来看王世贞对于文章之篇、句、字法是如何解释的,他在《艺苑卮言》中即有如下一段多为人留意的说明:

> 首尾开阖,繁简奇正,各极其度,篇法也。抑扬顿挫,长短节奏,各极其致,句法也。点掇关键,金石绮彩,各极其造,字法也。篇有百尺之锦,句有千钧之弩,字有百炼之金。文之与诗,固异象同则。

这里,显然是统合了诗与文不同的文体来解析篇、句、字法的特征。谓"异象",说明诗与文的体式特征各不相同,所谓"诗有常体,工自体中。文无定规,巧运规外"②;谓"同则",说明二者在篇、句、字法上又有着共同的原则性要求。所以,上面诸法不但是诗歌同时也是文章在篇章字句经营上应当遵循的基本原则。具体一点地说,就是篇章结构首尾既开又阖,前后照应,繁简与奇正,调节有度,布置得当;句式结构长短相错,抑扬交互,极尽句与句之间的节奏变化之致;至于措词琢字,由于时为全篇的紧要关键之处,则尤其需要在音声和色彩上用心加以锻造,以体现"金石"其声,"绮彩"其色。简括以上诸法,无论是大到篇章之法,还是小到字句之法,实际上不同程度关涉创作者在篇章字句经营过程中的一种裁剪炼冶的功力,其根本的目的是为了更好地营造作品规整合度的艺术效果。在这方面,它集中凝结到王世贞在不同场合多次强调的所谓"裁"这一个为文之法的概念,其在某种意义上也是对他所主张的篇章字句诸法的高度概括,如曰:

> 《庄子》语多引《列子》,或曰傅会之书也,此殆不然。其持论无以大异《庄子》,其叙事裁而捿,辞法则似胜之。③
> 起伏须婉而劲,结构须味而裁,要必有千钧之力而后可。④
> 虽然,世之佩绅而操觚者,自尊易其语,不知所以裁之,俚巷之是耳,而

---

① 《艺苑卮言五》,《弇州山人四部稿》卷一百四十八。
② 《艺苑卮言一》,《弇州山人四部稿》卷一百四十四。
③ 《读列子》,《读书后》卷五。
④ 《书归熙甫文集后》,《读书后》卷四。

章程移牒之是邻。①

(尺牍)隋唐以还,滔滔信腕,不知所以裁之。②

与此同时,这一"裁"的概念,从文章"修辞"艺术的角度来说,又是极为重要的,以故王世贞在《休阳史序》一文中称许所序之书曰:"其修辞者何?以裁胜也。"③将"裁"和"修辞"的要求明确联系在一起。不独如此,察其所述,与所谓"裁"之概念相连的,尚有"裁剪"、"裁割"等若干的提法。譬如,王世贞评宋濂之文,谓其"庀材甚博,持议颇富,第以敷腴朗畅为主,而乏裁剪之功,体流沿而不返,词枝蔓而不修,此其短也"④。又评王慎中、唐顺之之文,谓其"挥霍有馀,裁割不足"⑤。

顾名思义,所谓的"裁",自与剪切裁制之义相关,而与散冗、衍蔓、纵意等诸义相对,推究起来,这里所指示的应当是合乎一定规度的一种裁剪、谐调、锻造的艺术审美要求。需要说明的是,它又和我们通常容易理解成的割裂、截断之义并不属于同一个概念。对此,王世贞《书洹词后》论崔铣之文和归有光时义特点的一席话已说得颇为明白:"(崔)独于文务剪裁,而无沛然之气,蹊径斧凿靡所不有,盖慕子云之《法言》而工不足者也。吾每读归熙甫时义,厌其不可了,若千尺线,每读崔子文,句句可了,若线断珠落,恨未有并州剪刀剪归生、以端午续命丝续崔氏也。"⑥按照这一说法,归有光时义如同千尺线不可了断,固然是不知"剪裁"所致,实不足取,但反过来,如像崔铣那样的"剪裁"文章的方式,同样是存在着问题的,这是因为,如此不仅斧凿的痕迹毕露无遗,而且因为过度加以割裂截裁,文句之间如线断珠落,导致意脉不相联属,行文之气断折而显屡弱不畅,其谓"无沛然之气",当是就此来说的。因此,从以上这段话中可以推论出,王世贞一再申明的文章之"裁"法,实不表示因为务于"剪裁"就可以任意割裂和截断意脉文气,同时又要注意避免斧凿痕迹的出现。就此还可以补充的是,在与徐中行的一书札中,王世贞谈及自己作诗属文的切身体会,其中特别

---

① 《凤笙阁简抄序》,《弇州山人四部稿》卷六十五。
② 《重刻尺牍清裁小序》,《弇州山人四部稿》卷六十四。
③ 《弇州山人续稿》卷四十一。
④ 《艺苑卮言五》,《弇州山人四部稿》卷一百四十八。
⑤ 《与陆浚明先生书》,《弇州山人四部稿》卷一百二十五。
⑥ 《读书后》卷四。

对于"序论奏札"之文,以为"务使旨恒达,而气恒贯"①。他还曾教导别人习文的方法,要求文章"其气常使畅,才常使饶,意先而法即继之"②,又强调"篇主脉,句主眼"③。在此,无论是主张"气"要"贯"、"畅"还是注重"主脉",表明王世贞对于文章意脉文气的连贯畅达还是十分看重。由此,"裁"的意涵指向,如与前《艺苑卮言》中有关文章篇、句、字法的说明联系起来,应当是在不损害意脉文气的前提下,面向篇章字句各个不同环节在法度意义上实施的调合和规约,以主要起到制约所谓"规格旁离,操纵唯意"④这样的纵意而无规度结撰方式的作用,也即通过对篇章字句适度的裁剪、谐调与锻造,获得更为理想的艺术审美效果。

毫无疑问,文作为"言之成章"者,与多受声律和字数限制的诗歌相比,其在体式规制上相对铺张,相对自由,曾经明确强调诗与文"同谓之言,亦各有体"⑤的李东阳,在比较二者而概括文之体制特征时即指出:"章之为用,贵乎纪述铺叙,发挥而藻饰,操纵开阖,惟所欲为,而必有一定之准。"⑥。文之上述体制特点,也给创作者制造了"操纵开阖,惟所欲为"的纵意挥洒的潜在空间。由此说来,王世贞强调文章之"裁"法,未尝没有饬正文章结撰以使合乎一定规度的意味。但进一步究察之,也是更值得注意的,其又当是面向王慎中、唐顺之文章作风而提出的一项富有针对性的写作策略。而事实上,他直责王、唐文章"挥霍有馀,裁割不足",且以为"二君子之声,固已中人膏肓而易其视听"⑦,显然意识到王、唐文名及作风深入影响时人的严峻性而视之为重点排击的目标,味其责贬之意,当是指王、唐二人文章过分纵意挥洒,不太注意裁剪锻炼,在王世贞的眼中,无异于"规格旁离,操纵唯意"了。至于为王世贞所指责的王、唐文章的这一特点,推究起来,应与他们持守文道一元、以道为本的基本原则,注重个人涵养和体验的得"意"体"道"的内在解悟工夫,专注于表现"精神命脉骨髓"或"真精神与千古不可磨灭之见",以及将"绳墨布置,奇正转折"的文字工夫归之于

---

① 《徐子与》,《弇州山人四部稿》卷一百十八。
② 《于鳧先》,《弇州山人续稿》卷一百八十三。
③ 《答帅膳部》,《弇州山人续稿》卷二百三。
④ 王世贞《答陆汝陈》,《弇州山人四部稿》卷一百二十八。
⑤ 《鲍翁家藏集序》,《李东阳集》,第三卷,第58页。
⑥ 《春雨堂稿序》,《李东阳集》,第三卷,第37页。
⑦ 《赠李于鳞序》,《弇州山人四部稿》卷五十七。

"委"、"末"①的轻视形式法度的观念意识不无关系。而王、唐以体认合道之境的向内解悟工夫为重,淡化形式法度的重要性,在李攀龙、王世贞等人看来,其结果是为文的重心全然移向了"根极道理"②之一极,按其意归结起来,即成为如其所描述的"惮于修辞,理胜相掩"③。从这个意义上来说,王世贞力主文章之"裁"法,直指王、唐文章注重合道之境体认、专意于道理阐发而淡却裁剪锻炼工夫的法度之失的意味,又不可谓不明显。

二、诗歌之法(一):声律

除了文章之法,后七子对于诗歌之法同时给予了相当的关注,不乏此方面的论述,涉及诗歌声律与结构之法,这也成为他们法度理论系统中一个极为重要的部分。先来看他们关于诗歌在声律方面的法度要求。

毫无疑问,诗歌作为"文之成声者"一种特定的文学样式,体现它抑扬变化语言音声节奏的声律,不仅构成其文体的显著表征,而且也铸就了其独特的审美质性。基于注重诗歌法度的文学立场,后七子论诗之体式特征,其中之一,重点涉及声律上的有关要求。王世贞指出,"乐选律绝,句字复殊,声韵各协"④,注意声律对于不同诗体而言的重要性。谢榛解说近体诗的作法,以为除了"观要好,讲要好",还须"诵要好,听要好",所谓"诵之行云流水,听之金声玉振"⑤。较之古体诗,近体诗声律规定相对严格,谢氏突出"诵"、"听"的要求,可谓有的放矢,同样也表明他对这一问题的充分重视。

就诗歌声律的具体要求而言,首先,用韵是诸子着意的一个重点环节。作为诗歌体式的标志之一,用韵乃主要通过在诗歌的句末或联末规则性地布置韵母相同或相近的韵脚,在吟诵和听觉上使之产生富有节奏性与谐调性的美感,从而将整首诗中各个句子纳入完整的结构系统之中,串联为谐和而贯通的整体,它也由此成为运用声律规则成功与否的一项衡量准则,其重要性自不待言。对此,李攀龙即指出:"辟之车,韵者,歌诗之轮也。失之一语,遂玷成篇,有所不

---

① 唐顺之《答茅鹿门知县二》,《重刊荆川先生文集》卷七。
② 王世贞《赠李于鳞序》,《弇州山人四部稿》卷五十七。
③ 李攀龙《送王元美序》,《沧溟先生集》卷十六。
④ 《艺苑卮言一》,《弇州山人四部稿》卷一百四十四。
⑤ 《诗家直说》一百二十九条,《四溟山人全集》卷二十一。

行,职此其故。"①形象地把诗韵比作驱动一车前进的轮子,凸显了它的重要性,认为用韵一语错失,就会影响整首诗的构造,犹如轮子一旦故障,车子也就无法行进。无独有偶,谢榛表示,"作诗宜择韵审议,勿以为末节而不详考",并且列举字有两音各见一韵的例子,戒示作者勿以用韵为末节而忽视之,说明细审诗韵以免误用的必要性②。观诸子所论,在对待用韵上,主"稳"求"妥"显然是他们为之极力主张的一项基本原则,在"压韵欲稳"③的准式下,其一面指摘"角韵则险而不求妥"④,要求消去用韵上的纰漏,一面推尚"拈韵必稳"⑤,标榜善于此道的典范之例。那么,进一步究问起来,他们称说的"稳"或"妥"究竟包含着怎样的蕴意呢?在诸子看来,首先一点,对于韵字应当慎加选择,具体来说,一是要尽量勿用粗俗之字,二是要避免受险僻之韵的拘缚。谢榛在《诗家直说》一百二十九条中专门提出:

诗宜择韵,若秋、舟,平易之类,作家自然出奇;若眸、瓯,粗俗之类,讽诵而无音响;若锼、搜,艰险之类,意在使人难押。⑥

按照一般的常规,作者使用韵字只要不触犯诗韵的禁忌,都应该算是符合诗歌用韵的要求。但谢榛以为,仅仅做到这一条是不够的,还要格外注意"择韵",择而为之者,目的为了约勒韵字的运用,免用"粗俗之类"与"艰险之类"。以前者来说,当然也即要尽量回避在谢榛眼里那些不雅的韵字。为此,他甚至挑剔杜甫诗歌在这方面的用韵之失,如言:"'欢'、'红'为韵不雅,子美'老农何有罄交欢'、'娟娟花蕊红'之类。"⑦而在这一问题上,李攀龙的态度似乎和谢榛比较接

---

① 《三韵类押序》,《沧溟先生集》卷十五。
② 如《诗家直说》七十五条曰:"凡字有两音,各见一韵。如二冬'逢',遇也;一东'逢',音蓬,《大雅》'鼍鼓逢逢'。四支'衰',减也;十灰'衰',音崔,杀也,《左传》'皆有等衰'。十三元'繁',多也;十四寒'繁',音盘,《左传》'曲且繁繁'。四豪'陶',姓也,乐也;二萧'陶',音遥,相随行貌,《礼记》'陶陶遂遂',皋陶,舜臣名。作诗宜择韵审议,勿以为末节而不详考。贺知章《回乡偶书》云:'少小离乡老大回,乡音无改鬓毛衰。'此灰韵'衰'字,以为支韵'衰'字,误矣。何仲默《九日对菊》诗云:'亭亭似与霜华斗,冉冉偏随月影繁。'此元韵'繁'字,以寒韵'繁'字,亦误矣。予书此二诗以为作者诫。"(《四溟山人全集》卷二十三)
③ 王世贞《于鬼先》,《弇州山人续稿》卷一百八十三。
④ 王世贞《书苏诗后》,《读书后》卷四。
⑤ 王世贞《巨胜园集序》,《弇州山人续稿》卷五十四。
⑥ 《四溟山人全集》卷二十一。
⑦ 《诗家直说》一百二十七条,《四溟山人全集》卷二十二。

近,他批评"今之作者,限于其学之所不精,苟而之俚焉;屈于其才之所不健,掉而之险焉"①,说的是时下作者为自身才学所限,所用诗韵不是俚俗就是陷入险韵。说到底,要避免类似情形的发生,牵涉如谢榛所说的如何"择韵"的问题。

假如说,忌粗俗韵字,多少表明后七子成员在用韵上的雅正立场,那么,主张避用险韵或僻韵,更显示了他们对于"择韵"的慎重和谨严。习惯上所说的险韵或僻韵,指诗句采用字数稀少的韵部或为人所罕用的生僻艰涩字来押韵,在如此情况下,由于可供选择的韵字有限,用韵范围变得狭小,影响诗歌抒情达意的效果在所难免,也给创作带来实际困难,对此,诸子自然是十分清楚的。虽然像谢榛,也曾以不无赞赏的口气称道如安庆王朱恬燄用下平声十五咸险韵的《送月泉上人归南海,得帆字》一诗,说它"善用险韵,譬如栈道驰马,无异康衢"②,但要在字量有限的韵部选取韵字,毕竟是一件困难的事情,善于运用者到底是少数,因此,原则上诸子明显倾向避用稀少艰僻之韵。王世贞教人习诗,就谆谆告之以"勿作凡题、僻题、险体、险韵,坌入恶道"③。而在谈论七言律诗声律之法时,也特别标示"勿拈险韵"④作为其中的一条予以强调。就此,不能不再提及谢榛,在其论诗著述《诗家直说》中,他屡次谈到这一问题,说明其本人对于该问题的确给予了较多的关注,除了上面引述之外,如他还表示:"作诗不可用难字,若柳子厚《奉寄张使君八十韵》之作,篇长韵险,逞其问学故尔。"⑤这里提到的柳宗元《奉寄张使君八十韵》一诗,指其五言排律《同刘二十八院长述旧言怀,感时书事,奉寄澧州张员外使君五十二韵之作,因其韵增至八十通赠二君子》,此诗韵为下平声六麻,虽该韵部属于宽韵而不在窄韵与险韵之列,但由于是诗篇幅甚长,韵脚很多,不免限制了选择韵字的自由,何况诗中还用了诸如"麚"、"秅"、"髽"、"衺"、"摩"、"煆"、"蘹"、"厰"、"猳"、"鶺"等一些冷僻韵字。以谢榛之见,柳诗为逞弄学问,不惜选取险难韵字,实在不值得称道。然而这似乎还不是最主要的,真正让他感到担忧和难以接受的在于,因为拘于险僻之韵,诗歌的"自然"或"浑然"之态不可避免地要受到损害,如下二则多少道出了此意:

---

① 《三韵类押序》,《沧溟先生集》卷十五。
② 《诗家直说》八十五条,《四溟山人全集》卷二十四。
③ 《徐孟孺》,《弇州山人续稿》卷一百八十二。
④ 《艺苑卮言一》,《弇州山人四部稿》卷一百四十四。
⑤ 《诗家直说》一百二十九条,《四溟山人全集》卷二十一。

诗自苏、李五言暨《十九首》，格古调高，句平意远，不尚难字，而自然过人矣。诗用难韵，起自六朝，若庾开府"长代手中浛"，沈东阳"愿言反思薪"，从此流于艰涩。唐陆龟蒙"织作中流百尺滰"，韦庄"泙水悠悠去似絣"，"滰""絣"二字，近体尤不宜用。譬若王羲之偕诸贤于兰亭修禊，适高丽使者至，遂延之席末，流觞赋诗，文雅虽同，加此眼生者，便非诸贤气象。韩昌黎、柳子厚长篇联句，字难韵险，然夸多斗靡，或不可解。拘于险韵，无乃庾、沈启之邪？

九佳韵窄而险，虽五言造句亦难，况七言近体，押韵稳，措词工，而两不易得，自唐以来，罕有赋者。皮日休、陆龟蒙《馆娃宫》之作，虽吊古得体，而无浑然气格，窘于难韵故尔。[①]

特别自南朝齐梁以来，随着声律意识自觉程度的明显提高，诗歌美学形式越来越受到人们的重视，这已成为广为人知的一个事实。显著标志之一，如齐武帝永明年间沈约对"四声八病"说的倡导，以及作为讲究声韵格律新诗体的永明体的兴起。在诗歌声律日益得到重视的同时，诗人逞奇弄巧的创作趣尚激扬而起。上前一则被描述为后世"拘于险韵"之开启者的庾信和沈约在诗中运用生难字的做法，当与齐梁以来诗歌声律自觉意识渐趋强化的文学氛围分不开。说起来也容易理解，庾、沈以生冷僻难字入诗包括用作韵字，必然会增加诗歌语言的艰僻晦涩程度，相反，如苏、李诗及《古诗十九首》这些作为五言诗早期发展阶段的作品，措词用语大都还朴实平易，二者比较起来，自然存在如谢榛所称的一为"自然过人"而一则"流于艰涩"的差异。至于后一则说到的九佳，为上平声韵目之一，原本属于险韵，而皮、陆《馆娃宫》诗即指皮日休《馆娃宫怀古》及陆龟蒙次韵之作《和馆娃宫怀古韵》，为七言律体，采取九佳诗韵，故谢榛说它们用了"难韵"。合上二则之意，谢榛之所以主张回避险僻韵字，很重要的一个因素，在于突出诗歌自然浑成而非艰涩琢刻的艺术效果，就此而言，自有它的合理一面。

细加究察，除了强调不入粗俗韵字尤其是险僻之韵，诸子执持以"稳""妥"为主的用韵基本原则，同时见之于其他相关的要求，比如主张谨慎对待借韵和进退格之类的用韵方式。所谓借韵即借用傍韵之意，指近体诗起句采用与偶句

[①] 《诗家直说》八十五条，《四溟山人全集》卷二十四。

韵字邻近之韵,因为偶句用韵为律绝通常的韵式,若起句入韵则打破了用韵的正式,实际上为近体诗韵式的一种变异。王世贞论七言律诗的用韵,除了表示"勿拈险韵",即同时要求起句"勿傍用韵"[①],也可以说,这是对近体诗用韵正式的刻意维护。借韵在唐代杜甫等人诗作中开始间或用之,中、晚唐以来逐渐多起来,在宋代诗人中间则变成一种盛行的风尚。谢榛曾指出,"七言绝律,起句借韵,谓之'孤雁出群',宋人多有之",注意到了变化之迹象,但他并不赞成在宋人诗歌中被较多采取的这一种变异韵式,不免把批评的目标指向了宋人之作。如以七言绝句为例,在比较了"盛唐诸公用韵最严"而主张"作者当以盛唐为法"之后,声称"宋人专重转合,刻意精炼,或难于起句,借用傍韵,牵强成章,此所以为宋也"[②]。借韵不但未给那些宋人之作因韵式变异带来别样的韵致,反而生出牵强成章之弊。所谓进退格,习惯上也称作进退韵,指近体诗邻近两韵间隔采用的一种押韵方式,两个韵部一进一退,故有此名。因其在同一首诗中两韵并用,打破了近体诗一韵到底的用韵正式,所以也属于韵式的一种变异。谢榛在《诗家直说》一百二十九条中指出:"李师中《送唐介》,错综'寒'、'山'两韵,谓之'进退格'。李贺已有此体,殆不可法。"[③]《送唐介》指的是宋人李师中七律《赠御史唐介贬英州别驾》,其首联与颈联韵字分别为"难"、"寒",在上平声十四寒韵部,颔联与尾联韵字则分别为"山"、"还",在上平声十五删韵部,寒、删为邻近两韵,故称之为进退格。清人汪师韩《诗学纂闻·律诗通韵》说:"至如李贺《追赋画江潭苑》五律,杂用红、龙、空、钟四字,此则开后人'辘轳'、'进退'之格,诗中另为一体矣。"[④]也将唐诗人李贺视作用此韵式而开后人之风气者。由谢榛以上的陈述来看,他对早在李贺诗里露现而流延至宋诗中的这一用韵变式显然是敏感的,态度也格外谨慎,主张不可取而法之,这恐怕还要归结到其主"稳"求"妥"的用韵原则。

其次,关于诗歌的平仄。古典诗歌尤其是近体诗的声律要求,赋予了平仄组合以关乎诗体性质的重要性,诗歌语言声调的长短、高低、轻重,以及与之相应的节奏起伏变化,正是从平仄四声相间组合中体现出来,富于艺术而合理的

---

① 《艺苑卮言一》,《弇州山人四部稿》卷一百四十四。
② 《诗家直说》一百二十九条,《四溟山人全集》卷二十一。
③ 《四溟山人全集》卷二十一。
④ 王夫之等《清诗话》,上册,第452页,上海古籍出版社1978年版。

平仄相配,无疑是增强诗歌音声美感的必要条件。有鉴于此,后七子成员有关诗歌声律规则的阐论,也着重体现在注重声调抑扬变化的平仄组合的具体要求之中。

王世贞在序吴国伦诗文集时指出:"文故有极哉;极者,则也。扬之则高其响,直上而不能沈;抑之则卑其分,小减而不能企。纵之则傍溢而无所底,敛之则郁塞而不能畅。等之于乐,其轻重弗调弗成奏也;于味,其秾澹弗剂弗成饔也。"在这一段话之后,他评吴近体诗曰:"当其始之为五七言近体也,不扬而企,不抑而沈,纵不至溢,敛不郁塞。见以为无大隙人,值之而无不瞠乎后者,则明卿之所诣则也"[①]。联系前后两段文字来看,王世贞所说的文之"则",实际上也涵容了诗之"则";则者,法则也。按其意理解,文之守则,应当是抑扬有节,纵敛相协,而不是偏向一极,好比乐要轻重调和,味要浓淡相剂。诗也同样如此,谓吴诗"不扬而企,不抑而沈",就是说其能抑扬自然相间,不偏于一端,故以为"所诣则也"。这实际上也是王世贞要求诗文句法"抑扬顿挫,长短节奏,各极其致"之意。

我们知道,平仄在古代诗词中的运用,让平声和仄声这两类声调互相交错,使得声调不至于单一而呈现多样化,从而造成诗词的节奏美[②]。古典诗歌尤其是近体诗中平仄之声规则性的交错配合,赋予了诗歌在声调节奏上一种抑扬相间、错综变化的美感。事实上,诗歌中尤其是近体诗虽然平仄格式相对固定,但因为平声之中包括了阴平与阳平,仄声之中含有上、去、入三声,所以平声与仄声两类声调的相间组合,具体到四声,可以说大大增加了变化的几率。这使平仄之中不同声调之间的多重调配成为可能,相对地,也为诗作者留出了在不违反平仄格式基础上自由搭配声调以增强节奏变化的创作空间。后七子成员强调诗歌声调的抑扬变化,很重要的一点,正在于注重平仄四声之间的艺术接合。如谢榛与人谈论诗法,即提出了"妙在平仄四声而有清浊抑扬之分",尤其对于近体诗,认为"若夫句分平仄,字关抑扬,近体之法备矣"。如我们在上节讨论后七子格调论说时所已详述的,谢榛曾以"东"、"董"、"栋"、"笃"四声调之,将此四声细分成为平扬、上抑、去扬、入抑,主张四声交互错合,表现"抑扬之妙",而且

---

① 《吴明卿先生集序》,《弇州山人续稿》卷四十七。
② 王力《诗词格律概要》,第23页至24页,北京出版社1979年版。

对于抑之声与扬之声的具体组合,要求大体依循"扬多抑少"的声调错互配合原则,以获求一种宛转舒张、匀和中节的节奏效果。可以说,由平、上、去、入四声抑扬特征的分别以及关于声调抑扬配合的原则性要求中不难见出,谢榛在诗歌平仄方面所陈述的声律之法是相当精巧和细微的。

与此同时,为体现平仄四声艺术接合的抑扬变化,尚要求形成一种响朗有力的铿锵之声,凸显音声上的美感。谢榛评曹植《情诗》,举出其中"游鱼潜绿水,翔鸟薄天飞","始出严霜结,今来白露晞"四句为例,谓其"诵之不免腔子出焉",不能与《古诗十九首》中那些"平平道出"、"若秀才对朋友说家常话"之作相比拟,但也表示曹氏此诗并非一无是处,以为它的特点乃"平仄妥帖,声调铿锵"①。相比较起来,对于诗歌这种声调效果格外予以强调的要数王世贞,尤其在近体诗的作法上,他提出"盛唐其则",认为盛唐诗歌于法严整,其中之一即表现在"其声铿以平"②,因而视之为得声律之法的楷模。又如他论杜甫七律《秋兴八首》之七"昆明池水汉时功"一诗,虽以为其"秾丽沈切",然又"惜多平调,金石之声微乖耳"③,主要也在意它铿然金石之声的欠缺,遂于此不无憾惜。这一要求同时屡见于他对诗友之作的品鉴,如评宋仪望诗,感觉"其铿然者中金石之声,然宫有适而商随之"④;论胡应麟诗,以为"歌之而声中宫商而彻金石"⑤。当然,要说如何才算合乎铿锵之声的特征,各家的审美标准不会完全一致,实属仁者见仁、智者见智的事,但有一点似乎可以注意,如王、谢对于铿锵之声的倾重,除了个人审美上的嗜尚之外,还当由他们旨在强化诗歌声律之法的角度去理解。在这方面,二人都极力排击诗歌声调的弱化,谢榛反对"讽诵而无音响",态度已甚为明确,王世贞在比照了盛唐诗歌和"今之操觚者"所为后,直接道出了他对二者之间差异的感觉,在声调一项上,认为后者"歌之无声也"⑥。"无音响"或"无声",在他们眼里无疑是声调弱化的表现,为声律之法所戒忌。毋庸说,响朗有力的铿锵之声,使诗歌无论在吟诵还是听觉上,具有更容易被感知的音声的强度和力度,如果从克服声调弱化这点上去看待王、谢注重于此的原因,应该

---

① 以上见《诗家直说》七十五条,《四溟山人全集》卷二十三。
② 《徐汝思诗集序》,《弇州山人四部稿》卷六十五。
③ 《艺苑卮言四》,《弇州山人四部稿》卷一百四十七。
④ 《华阳馆诗集序》,《弇州山人四部稿》卷六十九。
⑤ 《胡元瑞绿萝馆诗集序》,《弇州山人续稿》卷四十四。
⑥ 《徐汝思诗集序》,《弇州山人四部稿》卷六十五。

不失为一种合理的判断。

　　由以上分析可以看出,后七子关于诗歌声律方面的法度要求,在总体上呈现出强化与细化的特点。尽管他们也表示反对过于苛刻与呆板的声律限制,并不赞成一味拘束于此,如对于南朝沈约提出的声律"八病"之忌,王世贞就多不以为然,称其"不免商君之酷",尤于"八病"中的大韵、小韵、旁纽、正纽等后四病持有异议①,但这并不意味着他们对声律的要求有所松懈。于此关切尤多的谢榛,甚至十分用心地去辨察声律中的一些微末细节,譬如对于字异而意同者,他即主张要审察之后再选用,应该"先声律而后义意",忌不分彼此的概而用之的做法②,不可不说是严于声律之法的思路所致。还有,在古典诗歌的声律系统中,与作为一种相对自由诗歌体式的古体诗比较起来,近体诗无论是用韵还是平仄,相关的要求自然要严格得多,这也使我们容易理解,后七子成员在探讨诗歌用韵与平仄等声律之法时,如上面分析所见,更多地将问题集中在了近体诗上。按他们所见,如果说,古体诗以其较为自由的体式,允许声律上比较宽松,不必过于拘泥③,那么,关于近体诗的声律就应当从严对待,不得任意为之,法度秩然而不能紊乱。王世贞论初唐沈佺期、宋之问于五言律诗之定型时,即指出:"五言至沈、宋,始可称律。律为音律法律,天下无严于是者,知虚实平仄不得任情而度明矣。"④在序徐文通诗集时,他也明确表示:"《诗》不云乎'有物有则'。

---

　　① 《艺苑卮言三》曰:"沈休文所载'八病',如平头、上尾、蜂腰、鹤膝、大韵、小韵、旁纽、正纽,以上尾、鹤膝为最忌。休文之拘滞,正与古体相反,唯近律差有关耳,然亦不免商君之酷。今按平头谓第一字不得与第六字同平声,律诗如'风劲角弓鸣,将军猎渭城','风'之与'将',何损其美?上尾谓第五字不得与第十字同声,如古诗'西北有高楼,上与浮云齐',虽隔韵,何害?律固无是矣,使同韵如前诗'鸣'之与'城',又何妨也。蜂腰谓第二字与第四字同上、去、入韵,如老杜'望尽似犹见',江淹'远与君别者'之类,近体宜少避之,亦无妨。鹤膝第五字不得与第十五字同,如老杜'水色含群动,朝光接太虚。年侵频怅望'之类,八句俱如是则不宜,一字犯亦无妨。五大韵,谓重叠相犯,如'胡姬年十五,春日独当炉',又'端坐苦愁思,揽衣起西游','胡'与'炉','愁'与'游'犯。六小韵,十字中自有韵,如'薄帷鉴明月,清风吹我襟','明'与'清'犯。七傍纽,十字中已有'田'字,不得着'寅'、'延'字。八正纽,十字中已有'壬'字,不得着'衽'、'任'。后四病尤无谓,不足道也。"(《弇州山人四部稿》卷一百四十六)

　　② 《诗家直说》七十五条曰:"凡字异而意同者,不可概用之,宜分乎彼此。此先声律而后义意,用之中的,尤见精工。然'禽'不如'鸟','翔'不如'飞','莎'不如'草','凉'不如'寒',此皆声律中之细微。作者审而用之,勿专于义意而忽于声律也。"(《四溟山人全集》卷二十三)

　　③ 如谢榛《诗家直说》一百二十九条评曹植《美女篇》和谢灵运《述祖德》诗用重韵现象:"陈思王《美人篇》云:'珊瑚间木难','求贤良独难'。此篇两用'难'字为韵。谢康乐《述祖德》诗云:'展季救鲁人','励志故绝人'。此亦两用'人'字为韵。魏晋古意犹存,而不泥声韵。"同上又云:"范德机曰:'诗当取材于汉魏,而音律以唐为宗。'此近体之法,古诗不泥音律,而调自高也。"(《四溟山人全集》卷二十一)

　　④ 《艺苑卮言四》,《弇州山人四部稿》卷一百四十七。

夫近体为律,夫律法也,法家严而寡恩。又于乐亦为律,律亦乐法也。其翕纯皦绎,秩然而不可乱也。"①不可否认,声律既构成诗歌形式体制的重要基础,尤其为近体诗体式的主要标识,从表现诗歌这一文学样式自身美学特点的意义上来说,相应的调声合律,诚然是必要的,符合应当遵循的诗歌创作的艺术规则,很难想象,无视声律的诗歌作品还能表现作为"文之成声者"的诗所应具有的美学特点。尤其如王世贞、谢榛等后七子成员关注声律之法,勉力为之阐析诠解,足以表明他们重视的程度。然也需要指出,遵守诗歌声律之法,应当以不损及创作者个人情感的抒发和艺术才能的表现为根本前提,如一味拘缠于此,甚至泥于一些微末细节问题而不舍,势必会相应限制诗人创作的自由空间。如王、谢等人所坚持的严于诗歌声律之法的态度,要说其中之失,恐怕也正体现在此。

三、诗歌之法(二):结构

后七子关于诗歌之法的阐释,不但反映在诗之声律上,而且也聚集在诗之结构上。这里所说的结构,涉及诗歌全篇的布局、句子的构筑及字词的锻炼,体现其整体与局部的完整构造,所谓是"字组而句,句组而篇"②。当然,诗之声律与结构尽管各自关注面有所不同,但就实际关系而言,二者之间有着难以彻底分离的联系,无法截然相割裂。出于对它们不同关注面厘析的需要以及论述上的方便,我们因此把二者所牵涉的问题分开来加以讨论。就诗歌的结构形态来说,篇、句、字的布置既然包涵了整体与局部的完整构造,关乎其各个环节的组织状况,故而为传统诗学所关注。例如,元人范德机《木天禁语·六关》提出作诗"必须精研",以为合"篇法"、"句法"、"字法"、"气象"、"家数"、"音节"等"六关"方才为佳,即列篇、句、字之法为其中的头三关,以示其重要性③。由此来看,后七子着力于诗歌具体篇法、句法、字法的阐析,可以说是围绕这个为传统诗学所关注的重要论题而展开的自我探究,也是他们诗歌法度意识趋向强化和细化的一种具体表现。

先看他们的篇法之论。王世贞《艺苑卮言》在诠释诗文之法时即指出:"首

---

① 《徐汝思诗集序》,《弇州山人四部稿》卷六十五。
② 王世贞《郢垩集序》,《弇州山人续稿》卷四十一。
③ 见《历代诗话》,下册,第740页至741页。

尾开阖,繁简奇正,各极其度,篇法也。"这可以看作是他对于诗文篇法的一种原则性与纲领性要求。究其语意,在全篇的布局上,应该首尾有开有阖,相与唤应,繁简裁剪得当,奇正互为参合。概而言之,其篇章结构不但要讲究前后照应贯通的完整性或一统性,而且要注意中间伸缩起伏、参差相间的变化调节。就诗歌而言,具体落实到各式诗体,鉴于体式上的不同,其有关的篇法要求自然有所区别,诸子在解释篇法时,也指出了它们具体运用在不同诗体中的差异性。如歌行体,王世贞认为"起调"、"转节"、"收结"为其三难,"如作平调,舒徐绵丽者,结须为雅词,勿使不足,令有一唱三叹意。奔腾汹涌、驱突而来者,须一截便住,勿留有馀。中作奇语、峻夺人魄者,须令上下脉相顾,一起一伏,一顿一挫,有力无迹,方成篇法"。关于歌行体三难的特点,他还作了如下一番形象描述:"其发也,如千钧之弩,一举透革。纵之则文漪落霞,舒卷绚烂。一入促节,则凄风急雨,窈冥变幻。转折顿挫,如天骥下坂,明珠走盘。收之则如橐声一击,万骑忽敛,寂然无声。"①与其他古近诗体相比,歌行体的约束相对较小,其体式比较散漫放纵,极富于变化,胡应麟曾称,"凡诗诸体皆有绳墨,惟歌行出自《离骚》、乐府,故极散漫纵横"②,又曰"古诗窘于格调,近体束于声律,惟歌行大小短长,错综阖辟,素无定体"③。也正如此,王世贞上论歌行体篇法,突出了该诗体自"起调"至"收结"纵横变化的特征。比较起来,对于体式紧凑短小的绝句,篇法的要求则显然有所不同,看重的是所谓的"圆紧",如王世贞指出:"若'打起黄莺儿,莫教枝上啼。啼时惊妾梦,不得到辽西',与'山中何所有?岭上多白云。只可自怡悦,不堪持赠君'一法,不惟语意之高妙而已,其篇法圆紧,中间增一字不得,着一意不得,起结极斩绝,然中自纡缓,无馀法而有馀味。"④这里所称"篇法圆紧",如借用谢榛在《诗家直说》一百二十九条中评价盖嘉运那首《春怨》五绝的一席话,就是"一篇一意,摘一句,不成诗矣"⑤。指全篇遣词造句扣住一条中心意脉来展开,句与句组合圆密紧凑,无法互相拆开以独立表现诗意。

说到诗歌的篇法,最值得注意的还要数五七言律诗,由于律诗体式的规定

---

① 以上见《艺苑卮言一》,《弇州山人四部稿》卷一百四十四。
② 《诗薮·内编》卷三《古体下·七言》,第46页。
③ 《诗薮·内编》卷三《古体下·七言》,第52页。
④ 《艺苑卮言四》,《弇州山人四部稿》卷一百四十七。
⑤ 《四溟山人全集》卷二十一。

相对比较严格,包括用韵、平仄、对偶以及起结等都富有讲究,一系列配合的精密度要求更高。如七言律诗,王世贞形容为"五十六字,如魏明帝凌云台材木,铢两悉配乃可耳"①。故而如何合理组织律诗的篇章结构,也备受传统诗学的重视,比如,历史上一些诗论家曾以起承转合之说来解析律诗的篇章结构之法,就是典型一例。元人杨载《诗法家数》在"律诗要法"一节,起首即标示"起承转合"四字,以下分列"破题"、"颔联"、"颈联"、"结句"等四项,一一对应之②,以明示律诗篇法之要。又李东阳对于"律诗起承转合"之法,虽然以为"不可泥",却也表示"不为无法",只是要求"必待法度既定,从容闲习之馀,或溢而为波,或变而为奇,乃有自然之妙","若并而废之,亦奚以律为哉"③?也承认其为律诗篇章结构不可废弃的一项法度规则。而后七子成员论律诗篇法,值得注意的一点,乃其从不同的角度折射出这一起承转合说的影子。王世贞释七言律诗篇法曰:

> 篇法有起有束,有放有敛,有唤有应,大抵一开则一阖,一扬则一抑,一象则一意,无偏用者。④

有研究者曾对成为传统诗学一种结构论的起承转合说的由来,作过较为细致的考察,指出起承转合与经义乃至古文之间存在着一种结构的相似关系,元人的文章理论中已经有了起承转合的观念。并且认为,元人倪士毅《作义要诀》曾引曹泾所论经义作法之语,谓"未有无法度而可以言文者","法度者何?有开必有合,有唤必有应,首尾当照应,抑扬当相发,血脉宜串,精神宜壮。如人一身,自首至足,缺一不可",这与杨载《诗法家数》与范德机《木天禁语》论议诗法的有关说法相似,表明元朝诗格著作与经义作法思路的一种相通性。由此也可以说明,起承转合说与经义之间有着天然的血缘关系,它即便不是由经义的作法中直接移植过来,也是在其理论框架中产生的⑤。顺着这一条思路,假若将以上王世贞论七言律诗包括他总论诗歌篇法的意见,与《作义要诀》所引曹泾论经义作法的那一段话作对

---

① 《艺苑卮言一》,《弇州山人四部稿》卷一百四十四。
② 见《历代诗话》,下册,第728页至729页。
③ 《怀麓堂诗话》,《李东阳集》,第二卷,第536页。
④ 《艺苑卮言一》,《弇州山人四部稿》卷一百四十四。
⑤ 参见蒋寅《中国诗学的思路与实践》,第74页至77页,广西师范大学出版社2001年版。

比,不难发现二者之间存在的一些明显相似之处,如王世贞"首尾开阖"、"有唤有应"、"一开则一阖"、"一扬则一抑"说,与曹氏"有开必有合,有唤必有应,首尾当照应,抑扬当相发"的论经义法度之见,就比较接近。不妨这么说,王世贞上于七言律诗篇法的解释,尽管未直接以起承转合说来加以表述,但从中可以见出这一传统诗学结构论清晰的影子。如果说,王世贞上论保留了起承转合说的痕迹然尚未直述之,那么相形之下,谢榛释律诗篇章结构之法则明确套用了此说,所不同的是,后者重以平仄四声相发明,如谢氏对七言律诗篇法的解说:

  凡七言八句,起承转合,亦具四声,歌则扬之抑之,靡不尽妙。如子美《送韩十四江东省亲》诗云:"兵戈不见老莱衣,叹息人间万事非。"此如平声扬之也。"我已无家寻弟妹,君今何处访庭闱?"此如上声抑之也。"黄牛峡静滩声转,白马江寒树影稀。"此如去声扬之也。"此别应须各努力,故乡犹恐未同归。"此如入声抑之也。

其举杜甫七律《送韩十四江东省觐》一诗为例,以它首、颔、颈、尾四联,一一对应起承转合,且分别赋予了它们平、上、去、入四声的特征。谢榛作这样的解说,当然主要出于他"若夫句分平仄,字关抑扬,近体之法备矣"的诗法立场,重在阐明"妙在平仄四声而有清浊抑扬之分"①的原理,但由这一例子同时能够看出,他将起承转合与如七律这种律诗体式的四联之法联系起来,来具体规范诗歌篇章结构的布置,也表明其对这一传统诗学结构理论的认同态度。

  应该说,起承转合作为规范诗歌特别是律诗篇章结构的法度规则,本身体现着它的一种有机整体性,也即一在于自首至尾开合照应、起结相唤,注意前后上下回环唤应;一在于承接之中显现折转顿挫,讲究结构内部的变化调节。它在王世贞、谢榛诗法之论当中若隐若现存在,绝非属于偶然随兴的指点,他们以此项注重整体与变化双重特点的结构理论为法,用来铨衡律诗篇章结构的布置,事实上,如结合王世贞前面关于诗文篇法原则性或纲领性的要求来看,还是容易让人体察其中的基本理路。这也就是,对于诗歌的整篇结构,既要求其构成有机的一统性或完整性,又要求其内部富于折转,曲尽其变。而律诗的体式

---

① 《诗家直说》七十五条,《四溟山人全集》卷二十三。

构造本来就相对严密而精细,顺理成章地成为重点加以规范的对象。还有,起承转合作为一种结构理论,正如有研究者所指出的,建筑在了对完整构思与理性操作的先验设定之上①,这使得它难免具有理论预设的严整与精密的性质,甚至多少流于程式化,也恰恰是这一特点,与王、谢严于诗歌法度的意识不谋而合。

再看句法之论。就诗歌的结构而言,相对于篇,句则成为次一级的单位,然而一个整篇正是由若干句子所组成,篇与句二者之间本来就是整体与局部的关系。正是由于如此,后七子成员论诗歌法度规则,在阐述篇法的同时,也十分注意句法。谢榛就说过:"诗有至易之句,或从极难中来,虽非紧关处,亦不可忽。若使一句龃龉,则损一篇元气矣。"②他又指出:"诗有造物,一句不工,则一篇不纯,是造物不完也。"③以为只句关乎全篇,如果一句运用不善,将会累及整个诗篇。这种注重诗句经营的态度,同样见之于王世贞,如他提出:"抑扬顿挫,长短节奏,各极其致,句法也。"其法既面向文,也用来衡量诗,特别主张句式要抑扬有折,错落有致,达于节奏曲折变化之至,体现了他本人对于句法所持最为基本的要求。在论及七言律诗之法时,他则强调"句法有直下者,有倒插者。倒插最难,非老杜不能也"④,针对具体诗体构造的特点,以特定的规则相责求。鉴于重视诗歌句法,王世贞也以多少显得苛严的眼光,去辨察古人诗作在这方面显露的疵病,甚至直接追索至《诗》三百篇,指摘其中句法不无过于"拙"、"直"、"促"、"累"、"庸"之类⑤,态度近乎挑剔。

比较来说,谢榛在他论诗著述《诗家直说》中更多、更集中谈到诗歌的句法问题,在一定意义上,这些论见在诸子当中有着代表性。具体察之,除了主张"平仄以成句,抑扬以合调"⑥,要求句式抑扬有折,错落有致,尽显曲折变化之美感,而这大致也即王世贞为之申明的"抑扬顿挫,长短节奏,各极其致"的句法涵义,另一点更为明显的,乃表现在谢榛对于所谓"简妙"之句法的推重,这是他论

---

① 参见蒋寅《中国诗学的思路与实践》,第84页。
② 《诗家直说》八十五条,《四溟山人全集》卷二十四。
③ 《诗家直说》一百二十九条,《四溟山人全集》卷二十一。
④ 《艺苑卮言一》,《弇州山人四部稿》卷一百四十四。
⑤ 《艺苑卮言一》:"诗不能无疵,虽《三百篇》亦有之,人自不敢摘耳。其句法有太拙者,'载狝歇骄';有太直者,'昔也每食四簋,今也每食不饱';有太促者,'抑罄控忌'、'既匦只且';有太累者,'不稼不穑,胡取禾三百廛';有太庸者,'乃如之人也,怀昏姻也,大无信也,不知命也'。"(《弇州山人四部稿》卷一百四十四)
⑥ 《诗家直说》七十五条,《四溟山人全集》卷二十三。

诗歌句法特别强调的一条。例如,他曾将明人方元焕"山鸡未鸣海日出"诗句和唐人方干七律《题龙泉寺绝顶》的首联"未明先见海底日,良久远鸡方报晨"进行比较,推许元焕之句"简妙胜干矣"①。在论及如何仿古人之句而为我所用时,他又以为:"凡袭古人句,不能翻意新奇,造语简妙,乃有愧古人矣。"②不只是如此,在《诗家直说》一百二十七条中,谢榛不厌其烦,又一一比较了历史上众家诗句,标示在他眼中的"简而妙者":

> 诗有简而妙者:若刘桢"仰视白日光,皎皎高且悬",不如傅玄"日月光太清"。阮籍"一身不自保,何况恋妻子",不如裴说"避乱一身多"。戴叔伦"还作江南会,翻疑梦里逢",不如司空曙"乍见翻疑梦"。沈约"及尔同衰暮,非复别离时",不如崔涂"老别故交难"。卫万"不卷珠帘见江水",不如子美"江色映疏帘"。刘猛"可耻垂拱时,老作在家女",不如浩然"端居耻圣明"。徐凝"千古还同白练飞,一条界破青山色",不如刘友贤"飞泉界石门"。张九龄"谬忝为邦寄,多惭理人术",不如韦应物"邑有流亡愧俸钱"。张良器"龙门如可涉,忠信是舟梁",不如高适"忠信涉波涛"。崔涂"渐与骨肉远,转于僮仆亲",不如王维"久客亲僮仆"。李适"轻帆截浦拂荷来",不如浩然"扬帆截海行"。③

由上述众家诗句一一对比中可见,被列出的那些"简而妙者",不啻句式或字词饰缀上比较精简,而且句意更加凝练。若结合下面述及的问题来看,这里所谓的"简妙",其重点指向简约或简化之义,要在约繁为简,特别是把原本繁衍重叠的句意,减化成更加简洁与精练,消除当中敷演衍馀之症。对此,谢榛形象地喻之为方士"缩银法"④。并就这一问题作了进一步陈述:

> 成皋王传易及子玄易问作诗有"缩银法",何如?予因举李建勋诗"未

---

① 《诗家直说》一百二十七条,《四溟山人全集》卷二十二。
② 《诗家直说》七十五条,《四溟山人全集》卷二十三。
③ 《四溟山人全集》卷二十二。
④ 《诗家直说》七十五条云:"嘉靖戊午岁夏日,予偕浙东莫子明游嵩山少林。及至芦岩,观泉奔流界壁,泠然洒心,因得'飞泉漏河汉'之句。子明曰:'此全袭太白"飞流直下三千尺,疑是银河落九天",略无点化。'予曰:'约繁为简,乃方士"缩银法"也。'"(《四溟山人全集》卷二十三)

有一夜梦,不归千里家"。此联字繁辞拙,能为一句,即"缩银法"也。限以炷香。香及半,玄易曰:"归梦无虚夜。"香几尽,传易曰:"夜夜乡山梦寐中。"予曰:"一速而简切,一迟而流畅。……"翌日,传易复问予曰:"昨所谈建勋之作,句稳意切,莫辨其疵,无乃虚字多邪?"予曰:"晚唐人多用虚字,若司空曙'以我独沉久,愧君相见频',戴叔伦'此别又万里,少年能几时',张籍'旅泊今已远,此行殊未归',马戴'此境可长往,浮生自不能'。此皆一句一意,虽瘦而健,虽粗而雅。盖建勋两句一意,则流于议论,乃书生讲章,未尝有一夜之梦而不归乎千里之家也。欧阳永叔亦有此病,《明妃曲》:'耳目所及尚如此,万里焉能制夷狄。'夫耳目所及者尚然如此,况万里之外,焉能制其夷狄也哉?"

从对诗歌句法经营的角度来说,所谓的"缩银法"就是要简约"字繁辞拙"者,使之更为精简与凝练。谢榛认为,如上李建勋包括欧阳修《明妃曲》中诗句,较之诸家诗作中一句为一意的句法,虽分为两个句式,但上下句之间,句意互相叠套,看起来不免有敷演重复之嫌。如以谢榛的另一番说法来解释,那就是没有处理好"立意"与"措辞"之间的关系。对于"辞""意"的关系问题,谢曾指出,"辞有短长,意有小大,须构而坚,束而劲,勿令辞拙意妨"。在他看来,"辞"与"意"短长小大须相配,以构成一种坚密无隙的关系,"辞短意多"而"失之深晦",固然不可,"意少辞长"而"失之敷演"[①],则更要戒忌。以此来衡量,上李建勋及欧阳修诗由于上下句意重叠,则显然流于后者之失。

不过,在另一方面,所谓"简妙",亦绝非简单地可以与减省或简缩画上等号,不是一个"简"字之义所能完全涵盖。《诗家直说》一百二十七条在紧接着那些被标示的"简而妙者"诗句后,也罗列出一连串被谢榛目为"简而弗佳者"[②]。

[①] 《诗家直说》七十五条,《四溟山人全集》卷二十三。
[②] 其曰:"若鲍泉'夕鸟飞向月',不如曹孟德'月明星稀,乌鹊南飞'。苏颋'双珠代月移',不如宋之问'不愁明月尽,自有夜珠来'。刘禹锡'欲问江深浅,应如远别情',不如太白'请君试问东流水,别意与之谁短长'。陆机'三荆欢同株',不如许浑'荆树有花兄弟乐'。王初'河梁返照上征衣',不如子美'翳翳桑榆日,照我征衣裳'。武元衡'梦逐春风到洛城',不如顾况'归梦不知湖水阔,夜来还到洛阳城'。陈季'数曲暮山青',不如钱起'曲终人不见,江上数峰青'。李义山'江上晴云杂雨云',不如刘梦得'东边日出西边雨,道是无情还有情'。王融'洒泪与行波',不如子美'故凭锦水将双泪,好过瞿塘滟滪堆'。李洞'药杵声中捣残梦',不如柳子厚'日午睡觉无馀声,山童隔竹敲茶臼'。"(《四溟山人全集》卷二十二)

同上七十五条则在申明袭用古人之句"不能翻意新奇,造语简妙,乃有愧古人矣"之际,同时举出晚唐诗人许浑五言律《送前缑氏韦明府南游》一诗颈联中"木落洞庭波"句,认为其"措词虽简,而少损气魄,此非'缩银法'手也"①。这也说明,倘若只是单纯追求简省,却"简"而不"妙"者,仍旧够不上理想句法的标准,终究流于偏失。如此也自然引出需加追问的一个话题,如何才算合乎"简"而又"妙"的准则呢?虽然谢榛对此并未直接给出具体的解释,不过结合其相关的议论,还是能够触及它的要义。大致而言,在约繁就简的基础上,一要含蓄味长,既化繁衍为简约,应使之更加蕴藉有容,意味深厚,如谢榛所言,"大篇约为短章,涵蓄有味;短章化为大篇,敷演露骨"②。这意味着单纯为简而简,并非终极的审美取向;要"简"但不能沦为"简而无味"③。二要流畅自然,艰涩难通与刻意取巧,都与"简妙"的要求不符,上谢榛品评成皋王与其子约李建勋诗一联为一句,除一谓之"简切"外,一则许之以"流畅",点示出了他在这方面坚持的基本要求。此亦见于谢榛对于宋人陈师道炼唐僧人处默《圣果寺》诗句的评述,其云:"僧处默《圣果寺》诗:'到江吴地尽,隔岸越山多。'陈后山炼成一句:'吴越到江分。'或谓简妙胜默作。此'到'字未稳,若更为'吴越一江分',天然之句也。"④此例表示说,约而炼之的诗句越自然不做作,越能给人以"简妙"之感。从这个意义上说,句法"巧思"不及"自然",正如谢榛比较武元衡、韩偓与杜甫诗句,其云:"武元衡曰:'残云带雨过春城。'韩致光曰:'断云含雨入孤村。'二句巧思,不及子美'澹云疏雨过高城'句法自然。"⑤

如同注意篇法一样,在众诗体中,律诗的体式规定因为相对严格,故其句法也向来为传统诗学所重,特别是中间的颔颈两联为律诗结构的核心组织所在,对于它们的句法要求自然也更严整。元人杨载《诗法家数·律诗要法》讨论五七言律诗要法,就于"中间两联"的句法尤为着意,释解两联相配的诸端要法,足见它们的重要性与论者注重于此的态度⑥。谢榛《诗家直说》论及律诗的句法也

---

① 《四溟山人全集》卷二十三。
② 《诗家直说》一百二十七条,《四溟山人全集》卷二十二。
③ 《诗家直说》七十五条,《四溟山人全集》卷二十三。
④ 《诗家直说》一百二十九条,《四溟山人全集》卷二十一。
⑤ 《诗家直说》一百二十七条,《四溟山人全集》卷二十二。
⑥ 如其曰:"中间两联,句法或四字截,或两字截,须要血脉贯通,音韵相应,对偶相停,上下匀称。有两句共一意者,有各意者。若上联已共意,则下联须各意,前联既咏状,后联须说人事。两联最忌同律。颈联转意要变化,须多下实字。字实则自然响亮,而句法健。"(《历代诗话》,下册,第729页至730页。)

不例外，同样尤重作为律诗核心组织的颔颈两联，他表示，"诗以两联为主，起结辅之，浑然一气"。有鉴于此，其为它们设定的法度规则也显然要严细得多，如云："律诗虽宜颜色，两联贵乎一浓一淡。若两联浓，前后四句淡，则可；若前后四句浓，中间两联淡，则不可。"①就所谓"颜色"之配，于颔颈两联尤加留意，以为不但彼此之间要有一"浓"与一"淡"的搭配，而且还要以首尾之联之"淡"映衬中间两联之"浓"。同时，又涉及律诗颔颈两联如何加以立意的问题。依谢榛之见，如果说，像唐人王勃五言律诗《寻道观》颈联"玉笈三山记，金箱五岳图"，骆宾王五言律诗《同辛簿简仰酬思玄上人林泉》之四颔联"芳杜湘君曲，幽兰楚客词"，看起来"句意虽重"，尚"于理无害"，从"若别更一句，便非一联造物"的角度而言，这样的两句一意还具有它一定的合理性，那么，若"两联意重"，则绝对是"法不可从"，如比较李白五言律诗《赠孟浩然》颔联中"红颜弃轩冕"句与颈联中"迷花不事君"句，刘长卿七言律诗《题灵祐和尚故居》颔联中"几日浮生哭故人"句与颈联中"雨花随泪共沾巾"句，上下两联句意重叠，不能不说是"兴到而成，失于点检"了。谢榛在谈到五言律诗作法时，也曾表示，"凡五言律，两联若纲目四条，辞不必详，意不必贯"。意谓中间两联上下句意最好不要联属，当然也尤其应避免两联之意重叠，因为如果"八句意相联属，中无罅隙，何以含蓄"②？推究这些论说，当是与他以"简妙"为重的句法取向密切相关联。

基于"简妙"说对诗句立意舍繁就简的标立，谢榛同时主张，律诗中间的颔颈两联须多用实字而少用虚字。关于诗歌中虚实字的合理运用，原本也是为传统诗家所关注的一个问题，在他们看来，相比于实字，在诗歌中主要起着语意承接与回转等斡旋串联作用的虚字，运用起来的难度较高，用之不当会直接损害诗歌艺术。李东阳就说过，"诗用实字易，用虚字难"，"用之不善，则柔弱缓散，不复可振，亦当深戒"③。另外，如果虚字用得过多，偏向繁浮空虚，也被认为难免会削弱诗歌的体格。谢榛曾比较唐刘长卿《送道标上人归南岳》与明安庆王朱恬烄《送月泉上人归南海，得帆字》这两首五言律诗，即以为前者虽然"雅澹有味"，"但虚字太多，体格稍弱"，相形之下，后者"多使实字，奇崛有骨"④，说的正

---

① 《诗家直说》一百二十七条，《四溟山人全集》卷二十二。
② 《诗家直说》七十五条，《四溟山人全集》卷二十三。
③ 《怀麓堂诗话》，《李东阳集》，第二卷，第536页。
④ 《诗家直说》八十五条，《四溟山人全集》卷二十四。

是这个道理。

追索起来,关于律诗中间两联宜用实字说,元人赵孟頫其实早已论及,他主要针对的是宋人七言律诗句好用虚字而"每流滑弱"的创作现象,意在"力矫其失"①。谢榛显然是在承续赵说的基础上来强调这一问题的,其曰:

> 律诗重在对偶,妙在虚实。子美多用实字,高适多用虚字。惟虚字极难,不善学者失之。实字多则意简而句健,虚字多则意繁而句弱。赵子昂所谓两联宜实是也。②

他又指出:

> 七言近体起自初唐应制,句法严整,或实字叠用,虚字单使,自无敷演之病。如沈云卿《兴庆池侍宴》:"汉家城阙疑天上,秦地山川似镜中。"杜必简《守岁侍宴》:"弹弦奏节梅风入,对局探钩柏酒传。"宋延清《奉和幸太平公主南庄》:"文移北斗成天象,酒近南山作寿杯。"观此三联,底蕴自见。暨少陵《怀古》:"一去紫台连朔漠,独留青冢向黄昏。"此上二字虽虚,而措辞稳帖。《九日蓝田崔氏庄》:"蓝水远从千涧落,玉山高并两峰寒。"此中二字亦虚,工而有力。中唐诗虚字愈多,则异乎少陵气象。刘文房七言律,《品汇》所取二十一首,中有虚字者半之,如"暮雨不知溳口处,春风只到穆陵西"之类。钱仲文七言律,《品汇》所取十九首,上四字虚者亦强半,如"不知风沼霖初霁,但觉尧天日转明","鸳衾久别难为梦,凤管遥闻更起愁"之类。凡多用虚字便是讲,讲则宋调之根。③

尽管对于律诗中间两联善用虚字者,谢榛并未完全加以排斥,如以为杜甫七言律诗《咏怀古迹五首》之三颔联"一去紫台连朔漠,独留青冢向黄昏"和《九日蓝

---

① 戚辅之《佩楚轩客谈》:"赵学士子昂论作诗用虚字殊不佳,中两联填满方好。"(《说郛三种》明刻《说郛》卷二十七,第四册,第 1298 页。)朱庭珍《筱园诗话》卷三云:"宋人七律句中好用虚字,每流滑弱,南渡后尤甚。赵松雪力矫其失,谓七律须有健句压纸,为通篇警策处,以树诗骨。此言极是。又谓七律中二联人以用实字无一虚字为妙,则矫枉过正,未免偏矣。"(赵藩、陈荣昌等辑《云南丛书》初编《集部》,民国刻本。)
② 《诗家直说》一百二十九条,《四溟山人全集》卷二十一。
③ 《诗家直说》八十五条,《四溟山人全集》卷二十四。

田崔氏庄》颈联"蓝水远从千涧落,玉山高并两峰寒"运用虚字,或"措辞稳帖"或"工而有力",甚至称许杜甫七言律诗《和裴迪登蜀州东亭送客逢早梅相忆见寄》颔颈之联"用二十二虚字",不失为"句法老健,意味深长,非巨笔不能到"①,但在根本上,还是主张以少用虚字为佳。他以为,尤其自中唐以降,七言律诗中间两联虚字运用越来越多,然它们与杜诗呈现的气象已不可同日而语,实属非善用者,刘长卿、钱起等人多用虚字的七律之作便是明显的例子。与此不同,初唐以来诸家七言律诗大多给人以句法严整之感,归结起来,主要还在于"实字叠用,虚字单使,自无敷演之病"。以谢榛之见,凡多用虚字,难免产生"讲"的缺失。这里所谓的"讲",当指诗句偏重议论敷演,流于繁浮空虚,与谢榛主张简约精练和蕴藉含蓄的句法指向显相悖异。他由此还将矛头直指宋人诗歌,宋诗有好发议论的倾向,"讲"于是被与"宋调"联系在了一起。谢榛认为,虚字嵌塞过多,其结果容易导致"意繁而句弱",远不及实字多用则"意简而句健"。由是观之,他之所以倾向赵孟頫针对宋人七律之作好用虚字现象而提出的两联宜实说,这一点应该是其主要原因。

最后再来看字法之论。比较篇与句,字词在诗歌中毋庸说是最小的结构单位。虽说如此,这丝毫不表示它们在诗歌的艺术营构中无足轻重,因为用字关乎句乃至于篇。"诗要炼字,字者,眼也"②。字为诗中之眼,用字注意锻炼,几乎成了诗学意义上一种普遍的常识。对于计较诗歌法度的后七子成员来说,他们在讨论篇句之法的同时,当然也没有忘记留意关乎篇句经营的字法。王世贞即主张"字有百炼之金"③,谢榛则认为:"一字不工,乃造物之不完。"为"完其造物",谢甚至还用心去易改古人诸作当中用字欠工之处④。这既是其对诗学常识的认同,也为其关注诗歌字法的重要出发点。

传统诗学关于诗歌的字词运用自有它基本的法度规则,我们看到,后七子

---

① 《诗家直说》一百二十九条,《四溟山人全集》卷二十一。
② 杨载《诗法家数·总论》,《历代诗话》,下册,第737页。
③ 《艺苑卮言一》,《弇州山人四部稿》卷一百四十四。
④ 《诗家直说》八十五条:"许浑《原上居》诗:'独愁秦树老,孤梦楚山遥。'此上一字欠工,因易为'羁愁秦树老,归梦楚山遥'。释无可《送裴明府》诗:'山春南去耀,楚夜北归鸿。'此亦上一字欠工,因易为'江春南去耀,关夜北归鸿'。刘长卿《别张南史》诗:'流水朝还暮,行人东复西。'此上二字欠工,因易为'旅思朝还暮,生涯东复西'。周朴《塞上行》诗:'巷有千家月,人无万里心。'此中二字欠工,因易为'巷冷几家月,人孤千里心'。诸作完其造物,以俟后之赏鉴者。"(《四溟山人全集》卷二十四)

特别如王世贞、谢榛在这一问题上,一方面,重申传统字法的相关要求,表现出他们对于诗歌基本法则的维护姿态。如谢榛举刘禹锡七言律诗《苏州白舍人寄新诗,有叹早白无儿之句,因以赠之》颔联上句与颈联上句中两"高"字重叠为例,强调"两联最忌重字"①。王世贞注意到王维诗中"间有失点检者",评之曰:"如五言律中'青门'、'白社'、'青菰'、'白鸟'一首互用;七言律中'暮云空碛时驱马'、'玉靶角弓珠勒马',两'马'字覆压;'独坐悲双鬓',又云'白发终难变'。他诗往往有之,虽不妨白璧,能无少损连城?"②以上各句依次见于王维五言律诗《辋川闲居》首联与颈联、七言律诗《塞上作》颔联上句与尾联上句,以及五言律诗《秋夜独坐》首联上句与颈联上句。假如说,最后摘出的《秋夜独坐》之中"独坐悲双鬓"与"白发终难变"两句,不外乎指其同悲发白年衰,句意互相叠套,那么,前二诗则显然主要责其重叠用字之失。我们知道,在同一首诗特别是字数有着严格限定的近体诗中使用重叠字,以辞意单调,缺少变化,向来为传统诗法所戒忌,这几乎也成为人所共知的一条诗歌基本法则。王、谢如上指摘刘禹锡、王维诗中出现的此类瑕疵,虽然更像是在披露它们悖背基本法则的常识之失,但论者严守诗法的态度还是由此可见一斑。

另一方面,在表达基本法则的同时,后七子成员也从不同角度进一步申述诗歌字法的有关主张,更能显示其审美个性的见解也相对凝集于此。王世贞指出:"点掇关键,金石绮彩,各极其造,字法也。"③原则性地明确了字词尤其是关键字眼运用法则的大旨。具体地说,它主要指涉两大构成要素,这就是,一要"金石"其声,二要"绮彩"其色,一如他标称的应该"有色有声"④,"声"与"色"为字法之要。王世贞这里所说的"声",当如其在评他人诗作时所称许的那样,"其铿然者中金石之声"⑤,或谓之"中宫商而彻金石"⑥,指音调响朗有力的铿锵之声。至于"色",既云"绮彩",应表示其具灿然明丽的文采,散发夺人之目的色彩感,即所谓"其烨然者皆天地之色"⑦。概括起来,庶几接近他评盛唐近体诗时说

---

① 《诗家直说》一百二十七条,《四溟山人全集》卷二十二。
② 《艺苑卮言四》,《弇州山人四部稿》卷一百四十七。
③ 《艺苑卮言一》,《弇州山人四部稿》卷一百四十四。
④ 《艺苑卮言四》,《弇州山人四部稿》卷一百四十七。
⑤ 《华阳馆诗集序》,《弇州山人四部稿》卷六十九。
⑥ 《胡元瑞绿萝馆诗集序》,《弇州山人续稿》卷四十四。
⑦ 《华阳馆诗集序》,《弇州山人四部稿》卷六十九。

到的其中两条,"其声铿以平,其色丽以雅"①。不只是王世贞,在字法关涉"声""色"的大的指向上,谢榛也有近似之见,如他标榜谢灵运《登池上楼》诗中"池塘生春草"句造语用字,谓之"有声有色,乃是六朝家数",并表示,宋人叶梦得评谢灵运此诗句"但论天然,非也。又曰:'若作'池边'、'庭前',俱不佳。'非关声色而何"②?这是说,叶只注意到谢灵运此诗句造语用字有"天然"之致,尚不够全面和确切,因为连他本人也认为,如以"池边"或"庭前"代替"池塘"一词效果均不佳,"声"与"色"的特征,实际上已由谢灵运原诗句字词的构织中逗露出来,谢榛以为,这一点恰恰最能体现谢诗的审美特色。关于"色"的要求,谢榛还提出:"作诗虽贵古淡,而富丽不可无,譬如松筠之于桃李,布帛之于锦绣也。"又论近体诗作法必须要过的"四关",其中一关就是"观要好",所谓"观之明霞散绮"③。表示诗歌造语用字,不能因为以古淡为贵,完全忽略色彩感的营构,无论"桃李"与"锦绣"或者"明霞散绮",可以说,都在围绕一种富丽明亮的色彩基调而展开论议,说明在诗歌的阅读赏鉴过程中,引起视觉快感的色彩在诗歌中尽管不是唯一或至上的,然而实是不可或缺的,为诗歌艺术元素的必要构成。与此同时,对于声律尤为重视的谢榛,基于这一法度规则之上的有关"声"的要求,在诗歌字法上的反应同样明显,除了以上标榜谢灵运诗句之外,他还评议曹植多篇诗作中的用字特点,特别称许其工于虚字的运用:"子建诗多有虚字用工处,唐人诗眼本于此尔。若'朱华冒绿池'、'时雨净飞尘'、'松子久吾欺'、'列坐竟长筵'、'严霜依玉除'、'远望周千里',其平仄妥帖,尚有古意。"④认为曹诗用字之工,由以上诸诗句中一连串精炼的字眼见出,从诗学影响的角度来说,开启了唐人诗眼锻炼之法。而工于用字的特点,主要表现在它们"平仄妥帖",就是说,这些为后世诗眼起着示范作用的关键字的平仄之声,在各句的分布中显得允当而稳帖,形成一种声调谐合的美感。

由后七子特别是王世贞、谢榛对于诗歌用字之法的阐述来看,有一点可以体会出,即实际上它们涉及如何在诗中进行炼字的问题。当然在这一方面,具体的审美标准因人而异,王、谢二人的意见也并不完全一致,例如,同是曹植《公

---

① 《徐汝思诗集序》,《弇州山人四部稿》卷六十五。
② 《诗家直说》一百二十七条,《四溟山人全集》卷二十二。
③ 《诗家直说》一百二十九条,《四溟山人全集》卷二十一。
④ 《诗家直说》一百二十七条,《四溟山人全集》卷二十二。

宴》诗"朱华冒绿池"一句中为作者精心炼造的"冒"字,谢榛品味起来深觉其工,以为有"平仄妥帖"之感,但是在王世贞看来,则未免过于"捩眼"①。再如关于谢朓《晚登三山还望京邑》"澄江净如练"一句中"澄"与"净"二字,谢榛感觉二者意重,若将"澄江"改为"秋江"方妙,王世贞却"不敢以为然",反而认为"盖江澄乃净耳"②。然而,正如同再严守法度者也不至于主张超越自然运法这个更容易博得人们审美共识的规则那样,对于炼字之法,在总体上王、谢二人似乎都认同一个重要的原则,这也就是既重视锻造而又要求不露工巧痕迹。王世贞评严羽七言律诗《和上官伟长芜城晚眺》颈联"晴江木落长疑雨,暗浦风多欲上潮"中"晴江"之"晴"与"暗浦"之"暗"二字,就以为"太巧稚",不如别本作"空江"、"别浦"看上去"差稳"③。谢榛在品味曹植《白马篇》和《斗鸡》诗时,虽然感觉二诗如"俯身散马蹄"及"觜落轻毛散"句中之"俯"、"落"二字"有力",两"散"字也能"相应",可见出作者用心锻造之力,但终究觉得"造语太工",很难给人以自然浑成之感,在炼字上仍然属于不够完善。至于谢榛就诗中如何"用虚活字"展开的一段陈说,则可以看作是他对待诗歌炼字之法更为明确的表白:

> 诗中用虚活字,时有难易,易若剖蚌得珠,难如破石求玉。且工且易,愈苦愈难。此通塞不同故也。纵尔冥搜,徒劳心思。当主乎可否之间,信口道出,必有奇字,偶然浑成,而无龃龉之患。譬人急买帽子入市,出其若干,一一试之,必有个恰好者。能用戴帽之法,则诗眼靡不工矣。④

这无非要说明,一味苦思冥搜,主于巧饰雕刻,并不是一种有益于诸如用虚活字的炼字方法,反之,若能"信口道出"或者"偶然浑成",方可炼就出奇之字,不至于造成"龃龉之患";锻造之力固然不可缺少,自然浑成则更显得可贵。可以这么说,王、谢所主张的诗歌炼字之法,已注意到如何妥善处理锻造与自然之间的关系,它的核心旨意在于,一面是要求精心冶炼,各极其造,使用字能出奇生色,尤其是要着意诗眼的锻炼;一面则要求在用功琢磨之馀,不失自然本色,消去炼

---

① 《艺苑卮言二》,《弇州山人四部稿》卷一百四十五。
② 《艺苑卮言三》,《弇州山人四部稿》卷一百四十六。
③ 《艺苑卮言四》,《弇州山人四部稿》卷一百四十七。
④ 《诗家直说》八十五条,《四溟山人全集》卷二十四。

造痕迹。虽然看上去这更像是一个道理浅显、甚至无须更多加以证明的诗学命题，但应当说，至少在理论层面上，它还是不失为强调以自然制约工雕巧饰的一种趋于理性和辩证的态度。

综合来看，作为后七子所主张的诗歌法度规则的有机组成，他们关于诗歌结构之法的阐说，如同其所强调的诗歌声律之法一样，若特别与同样重法的前七子相比较，显然也体现出趋向强化和细化的发展变化态势，篇、句、字结构塑造之法的谨严与精细的要求，从以上他们具体的阐释当中一一呈现出来。这里面不仅包含了对于传统诗法的汲取，也融合了他们自己相对独立的审美见解。需要指出的是，尽管他们执持的诸如"句法自然"，字法"信口道出"、"偶然浑成"之类的见解，也注意到自然运法的必要性，其目的免使为法所泥，走向工雕巧饰的极端，但是，这种结构之法的谨严与精细的要求，同时意味着在更为严格的意义上对诗歌的艺术体制加以限约和规范，犹如要求严守声律之法，就其负面的效应而言，它对诗人创作的自由空间发生不同程度的约束作用是不难想见的。不过在另一方面，也是更令人值得注意的，在诗歌声律与结构之法趋于强化与细化的背后，其实反映出后七子文学思维和价值取向的一种明显变化，这也就是，与前七子比较起来，他们更加强了对于声律与结构这些关涉诗歌艺术体制的技艺性问题的关切，将其纳入重点阐释的论题之中。而在根本上，这一切，又不能不说是由他们注重诗歌乃至更大范围内文学本体艺术经营的观念意识愈趋强化所导致的。

第三节　复古习法的径路与境界

我们在前面章节的相关分析中已经指出，李、王等后七子不仅在审察古典诗文传统过程中视李、何诸子为文学先导，步武其复古取法的基本理路，重新申明诗文宗尚目标以及相应的价值取向，而且为此订立一系列相对谨严与细致的法度规则。这同时引发了另一个不得不需要进一步追究的问题：在确立起宗尚目标和有关准则的同时，应该通过什么样的径路去达到习学古典诗文及其掌握那些法度规则的目的，乃至臻于复古习法的理想之境。相较于前者主要在于明确诗文创作的目标，后者则更多在于强调创作主体习学入境的条件和方式。探察后七子成员的相关论述，对于这个无法绕开去的问题，事实上他们也已从不同的方面展开阐说,以下就其主要的几个观点分别加以论析。

一、"积学"与"精思"

首先可以注意后七子成员从不同的角度强调所谓的"积学"之说,其指涉诗文创作尤其是习学古典作品以及对相关法度的掌握。王世贞在为邹迪光所作的《邹彦吉羼提斋稿序》中,论及作诗之要,其中重要的一条,就是"积学而后修藻以御陋"①。在为王叔杲撰写的《王参政集序》中,他评述王氏所作,称许其"本之蓄而裁之识"②,所看重的也无非是对方见于具体作品中的学识积养。而在答复友人华善继的书札中,他则建议对方:"所愿更益充吾学,养吾气。气完而学富,遇触即发,有叩必应。"③在这里,学识的充积又与"气"的涵养联系在一起,犹如谢榛论诗,提出"当充其学识,养其气魄"④。这也从一个侧面,说明了"积学"说十分注重创作主体的内在修习,是对他们在创作活动中应具的内在素质作出的一项基本要求。

从学识充积的角度来理解,不难明白,它注重的是创作主体平素为学的积淀涵养,是其各自后天的修习工夫。前面论及,王世贞、吴国伦等人论作诗一再强调诗家之才的表现,重视个体才质资性在诗歌艺术经营中的重要作用。尤其是王世贞提出"才生思,思生调,调生格"⑤,将"才"置于引发和衍生"思"、"调"、"格"的主导之位;又论作诗数端之难,以为"兼之者难","其所以难,盖难才也"⑥,突出"才"这一先天因素在诗歌各种审美要素兼而备之经营中的独特作用。如此看来,其似乎与上述注重后天积养的"积学"说不免形成扞格。然事实上,按照王世贞等人的说法,二者并非是彼此不能相容的对立双方,如世贞表示:"夫学者,充才者也。"⑦视学识之积为充实才性的一条重要途径。同样重诗家之才的吴国伦也曾经指出:"夫学以益才,文以足言,皆明训也。"⑧认为为学本

---

① 《弇州山人续稿》卷五十四。
② 《弇州山人续稿》卷四十一。
③ 《答华孟达》,《弇州山人续稿》卷一百八十一。
④ 《诗家直说》一百二十七条,《四溟山人全集》卷二十二。
⑤ 《艺苑卮言一》,《弇州山人四部稿》卷一百四十四。
⑥ 《陈于韶先生卧雪楼摘稿序》,《弇州山人续稿》卷四十四。
⑦ 《华孟达集序》,《弇州山人续稿》卷四十三。
⑧ 《胡祭酒集序》,《甔甀洞稿》卷三十九。

身对于才性起着某种补益的作用。总之,在他们看来,后天之"学"与先天之"才"之间不仅不构成矛盾,相反,后天的学识积养,更被视为是对体现性分特征的才性的充填和补助,从这一意义上来说,"才"得益于"学"。

不过,这还不是最为根本性的问题,进一步来看,更值得注意的还在于"积学"说的义旨所向,这也是我们更深切了解其确切蕴意之所在。

有一点需稍加辨析,强调创作主体的学识积养,可能会伴随另一个问题的发生,这就是容易导致学问识见在作品中的滥用。虽然在所谓"积学"问题上,后七子中一些成员表现出明确积极的态度,然而这不等于说,他们的主要意图是在炫示通过积养所获取的知识道理,相反,一味逞弄学问的做法其实并不为他们所认可,也可谓并非他们根本目的之所在,特别是对于诗歌这样一种重抒情性与形象感的特殊文体而言,尤是如此。如谢榛在主张"当充其学识,养其气魄"的同时,明确反对"专用学问",指出"作诗有专用学问而堆垛者,或不用学问而匀净者",前者"譬如杨升庵状元谪戍滇南,犹尚奢侈,其粳、糯、黍、稷、脯、臡、殽、鲑种种罗于前,而箸不周品。此乃用学问之癖也";后者乃如"客游五台山访禅侣,厨下见一胡僧执爨,但以清泉注釜,不用粒米,沸则自成馐粥,此无中生有,暗合古人出处。此不专于学问,又非无学问者所能到也"。他把二者之别描述为"悟"与"不悟",而后者的那种"无米粥之法"①,在他看来正是"悟"的表现,为其所推许。关于"悟"这一说容后分析,兹暂不展开讨论。客观地讲,谢榛的上述说法算不上是新异之论,因为说起来,宋人严羽早已主张诗道要在于"妙悟",诗有"别材"、"别趣",非关"书"、"理",尤不满于"近代诸公"以"文字"、"才学"、"议论"为诗之法,谢说即承严氏之论而申明之,《四库》馆臣评述其所论可谓一语中的:"大旨主于超悟,每以作无米粥为言,犹严羽才不关学、趣不关理之说也。"②尽管如此,谢榛提出的充积学识的诗学主张,其非以专用学问为尚的意向还是十分明晰的。

再观王世贞的"积学而后修藻以御陋"一说,其"积学"的重要目标所向,乃直指所谓的"修藻",以用于"御陋"。也可以理解为,"积学"乃为"修藻"以至于"御陋"的一个极为重要的基础性条件,因而受到王世贞格外的重视,至少从诗

---

① 《诗家直说》七十五条,《四溟山人全集》卷二十三。
② 《四库全书总目》卷一百九十七集部《诗家直说》提要,下册,第1801页。

歌创作的角度来说是这样。藻者，文采也。"修藻"一词的涵义，显然重点指向作品艺术表现体制的修饰和锻造，以避免作法上的粗陋。由此，诗家的学识积养与诗歌的艺术经营联系在一起，或者说，学之所积的工夫，特别被要求反映在诗歌表现体制营构的藻饰艺术上。推究起来，这一问题同时牵涉学识累积与文辞修养的关系，对此吴国伦的相关论说值得注意，如他的《胡祭酒集序》在提出"夫学以益才，文以足言，皆明训也"之后，接着表示：

> 中人承学，鲜究斯义，大较有三疾焉，师心者非往古而捐体裁，负奇者纵才情而蔑礼法，论道讲业者则又讥薄艺文，以为无当于世。嗟乎！兹不学之过也。藉令体裁可捐，则方员何取于规矩；礼法可逾，则华实不必由本根；谓艺文无当于世，犹之责驺麟之不耕，而以司晨病鸾凤也，不已诬乎！夫师心负奇，其词骫骳曼衍，勿谈矣。乃论道讲业，名为圣人之徒也，何至叛体要之训，蹈鄙倍之戒，侏离大雅，糟粕微言，以自掩其孤陋，犹曰我具体圣人足矣，焉用文之，其谁欺乎？①

细味吴国伦"学以益才，文以足言"一说的蕴意，其除了强调如上所说的"学"对于"才"的补益作用之外，还将"学"的目标指向重点与"文"联系起来，"师心者"、"负奇者"及"论道讲业者"种种之所为，均被论者视为鲜究这一为学之义的不同表现，故其称之为"不学之过"。在吴国伦看来，如果说，师心负奇所致使"其词骫骳曼衍"，实不足道，那么，名为圣人之徒的那些"论道讲业者"，却满足于"具体圣人"、以"艺文"无当于世用而鄙薄之的做法，实质上割断了"学"与"文"之间的关联，好比是"责驺麟之不耕，而以司晨病鸾凤"，徒求实用之言而轻视文采，终究是自掩孤陋的表现，同样不值得称道。这表明，即使是堂而皇之地重在讲论圣人大道之作，也不能无视于"文"，遑论其他。因此也可以说，加强"文"方面的修习和涵养，成为在"学"过程中不可缺少的一个重要环节。归纳王、吴二人上面的相关陈述，他们的"积学"论调中，显然渗透着一股关注"修藻"或"艺文"的热情，从本质上来说，同样地，反映了他们注重诗文本体艺术经营的一种文学思维和价值取向。

---

① 《甔甀洞稿》卷三十九。

进一步探察"积学"说的意义取向,其则特别落实在了习学古典诗文和掌握相关法度规则的实践径路上。有一点是不言自明的,后七子在审察古典诗文传统而建构其理想的宗尚系统之际,如何进入习学古典作品的必要途径,乃是他们必须面向的一个问题。尽管我们在下面会分析到,他们之间在这一问题上的思虑角度不尽一致,甚至成为异议的一个焦点,但可以肯定的是,他们基本主张首先应该通过对古人之作积养式的熟习玩味,累积渐进地达到内在而深切把握的目标,这也使我们有理由在他们摹习古典诗文的特定范围之内,去具体看待其"积学"的一种思路。

如王世贞早期论古文习学之法,就曾表示,"日取六经、《周礼》、《孟子》、《老》、《庄》、《列》、《荀》、《国语》、《左传》、《战国策》、《韩非子》、《离骚》、《吕氏春秋》、《淮南子》、《史记》、班氏《汉书》,西京以还,至六朝及韩、柳,便须铨择佳者,熟读涵泳之,令其渐渍汪洋"①。主张对于取而尚之的各种经典文本,应要"熟读涵泳",经过积久烂熟与深切领会的知性的修习过程,使之进入"渐渍汪洋"的状态。而在王世贞的晚年,他仍然时或在向文友传授其那套似乎颇有心得的"积学"经验,如《颜廷愉》一札,谈及修习古文的方法,即告诫对方,须"多读《战国策》、《史》、《汉》,韩、欧诸大家文",如此方能够"旗鼓在手","即败军之将,偾群之马,皆我役也"。《徐孟孺》一札中回应对方"所问",交代习诗的径路,建议"今宜但取《三百篇》及汉、魏、晋、宋、初盛唐名家语熟玩之,使胸次悠然有融浃处,方始命笔"②。不论是"多读"抑或"熟玩",其无非要求积久生熟,多习融洽,仍然指向充实积养的习学方式。又如谢榛也曾提出要通过"熟读"与"玩味"等方式摹法古作,与王世贞的以上说法,几乎可谓异口同声。《诗家直说》七十五条载榛嘉靖年间客京师时入李、王之社,与诸子一同讨论初、盛唐十二家以及李白、杜甫二家"孰可专为楷范"的问题,他即表示,"历观十四家所作,咸可为法。当选其诸集中之最佳者,录成一帙,熟读之以夺神气,歌咏之以求声调,玩味之以裒精华"③。其中"熟读之以夺神气"一说,谢榛在论及如何摹学李白、杜甫诗歌时,也作过类似的表述,以为:"诗无神气,犹绘日月而无光彩。学李、杜者,勿执于

---

① 《艺苑卮言一》,《弇州山人四部稿》卷一百四十四。
② 以上见《弇州山人续稿》卷一百八十二。
③ 《四溟山人全集》卷二十三。

句字之间,当率意熟读,久而得之,此提魂摄魄之法也。"①谢榛所要表达的意思还是比较明晰的,其中除了说明摹学李、杜诗歌不能只拘执于表面字句之间,更须学到蕴涵在字句之中的"神气",而这自是属于作品深层次的精神元素,故谓之"提魂摄魄"。另一层的重要含义是,摹字拟句的表面工夫,或许不难学到,然要体会蕴涵其中的"神气",则需积久熟习,深玩细味,以"提"之"摄"之,通过"率意熟读","久而得之"。显然,谢榛为之格外在意的,实不离王世贞所重充实积养那样一种知性的修习工夫。

但是如此说来,并不表示诸子有关"积学"的理解全然趋向一致,实际的问题是,特别在"积学"的具体方法上,彼此的分歧是明显存在的,尤其是谢榛与王世贞等人之间。尽管钱谦益《列朝诗集小传》根据上引谢榛《诗家直说》七十五条中榛和诸子论诗的那一则记载,作了如下描述:"当七子结社之始,尚论有唐诸家,茫无适从,茂秦曰:'选李、杜十四家之最者,熟读之以夺神气,歌咏之以求声调,玩味之以裒精华。得此三要,则造乎浑沦,不必塑谪仙而画少陵也。'诸人心师其言,厥后虽争摈茂秦,其称诗之指要,实自茂秦发之。"②然而,钱氏是处谓诸子于谢榛所论"心师其言",又以为其论诗指要"实自茂秦发之",一来可能是由未仔细分辨谢榛与诸子之间论诗意见的歧异所导致的,二来明显存在着有意偏向前者之嫌③,因为此前曾引述的王世贞在《艺苑卮言》中指斥谢榛而不留情面的一席话语,已经毫无掩饰地道破了他和谢榛之间的分歧:

> 谢茂秦年来益老悖,尝寄示拟李、杜长歌,丑俗稚钝,一字不通,而自为序,高自称许,其略云:"客居禅宇,假佛书以开悟。暨观太白、少陵长篇,气充格胜,然飘逸沈郁不同,遂合之为一,入乎浑沦,各塑其像,神存两妙,此亦摄精夺髓之法也。"此等语何不以溺自照!④

---

① 《诗家直说》一百二十七条,《四溟山人全集》卷二十二。
② 《列朝诗集小传》丁集上《谢山人榛》,下册,第424页。
③ 实际上对于后七子,钱谦益将谢榛与诸子作了明显区分而抬举前者,如除上引材料之外,他同时论评榛诗曰:"茂秦今体,工力深厚,句响而字稳,七子、五子之流,皆不及也。茂秦诗有两种:其声律圆稳持择矜慎者,弘、正之遗响也;其应酬牵率排比支缀者,嘉、隆之前茅也。余录嘉靖七子之咏,仍以茂秦为首,使后之尚论者,得以区别其薰莸,条分其泾渭。"(《列朝诗集小传》丁集上《谢山人榛》,下册,第424页。)
④ 《艺苑卮言七》,《弇州山人四部稿》卷一百五十。

激烈的措辞固然含有个人意气的成分,但诗学观念上的差异,应该是导致王世贞如此攻讦谢榛的主因。这其中除了指斥对方所拟李白、杜甫长歌,对于谢氏主张将李、杜"飘逸"与"沈郁"两种不同诗风"合之为一,入乎浑沦,各塑其像,神存两妙"的作诗意向,尤其感到不满。就谢榛对待李、杜诗风的态度而言,不能不把它和以上所引其《诗家直说》七十五条中的论诗意见联系起来看,即倾向在习学过程中汲取众诗家以"夺神气"、"求声调"与"裒精华",以为"得此三要,则造乎浑沦,不必塑谪仙而画少陵也"。除此之外,谢榛还指出,"熟读"初唐与盛唐诸诗家所作,能见出诸家"所养之不同",其形之于各自诗歌中,便表现出"雄浑"、"秀拔"、"壮丽"、"古雅"、"老健"、"清逸"、"明净"、"高远"、"芳润"、"奇绝"等迥然相异的各种风格,习学者如能"集众长,合而为一,若易牙以五味调和,则为全味矣"①。可见,谢榛表现在诗歌摹古上的"积学"态度,其本意乃欲超脱对单一取法范本字句形迹的专注与拘执,也就是"学之者不必专一而逼真也"②,而应当在较为宽泛的范围内用心熟习体会诸家之作,集合众长,摄取精髓,调和融合以别成一格。用他的另一席话来说,"如蜂采百花为蜜,其味自别,使人莫之辨也"③。具体至李、杜诗歌,就不能只学李之"飘逸"或杜之"沈郁",专注于一家诗风,而要合二者为一而"入乎浑沦"。谢榛此说,由追求"其味自别"、"不必塑谪仙而画少陵"的自创角度观之,似乎不无它的合理性,然从摹习古作而严守法度的层面来说,无疑增加了作者自我纵意发挥的空间和变数,在注意合众长摄精髓的调和变化以自成面目的同时,容易变古人之法为自我之法,这一点,恐怕是极力主张"声法而诗"的王世贞大为之警戒的。他指斥谢榛那些拟李、杜长歌之作"丑俗稚钝,一字不通",显然是说它们乖违李、杜之作的本来面目,全无古作章法可言,在他看来,如此不伦不类的拟作,乃与谢榛力主合李、杜诗风为一的所谓"摄精夺髓"意识关系甚密。

不管怎么说,虽然在"积学"的具体方法上或者说在如何习学古作的具体问题上,诸子之间特别是王、谢的意见不尽相同,甚至扞格严重,但如上所述,有一点是明确的,那就是他们对作者的学识充积这一关乎古典诗文习学和掌握相关

---

① 《诗家直说》七十五条,《四溟山人全集》卷二十三。
② 《诗家直说》八十五条,《四溟山人全集》卷二十四。
③ 《诗家直说》七十五条,《四溟山人全集》卷二十三。

法度规则的基本实践原则,显然有着一定的共识,由此未尝不可以说,他们在这一大的原则性问题上还是秉持某种彼此相通的文学立场。

如果说,"积学"说推尚充实积养的修习之道,那么,同为后七子成员所标示的"精思"说则重在主张精心琢磨的锻炼之工,它们的一个共同之处,均体现了一种注重知性工夫的文学意识。

前引王世贞《邹彦吉羼提斋稿序》所论作诗之要,与"积学而后修藻以御陋"相对应的还有另一条重要的原则,这便是"精思而后出辞以御易"。而依据他的说法,此条原则也同样适用于对文章创作的要求,如王世贞论评王阳明少年时所作之文,即以为其"往往有精思"①,说明文章写作同样要以"精思"为尚。也正因出于对这一原则的坚持,王世贞在推许具有所谓"精思"之作的同时,对于那些在他看来不符合这方面要求者,则多予责薄之辞,即便是对待平素关系较为密切的文友之作。如其谓友人俞允文,"诗善五言古选,气调殊不卑,所乏精思耳"②,评张献翼《文起堂集》所编录诗文,"畦径虽绝,而精思微逊"③,皆质疑其"精思"不足。在这一问题上,同样不应忽略的是李攀龙的态度,他在致盟友徐中行的书函中谈及对徐诗的印象,以为"即元美所云'斟酌二子',殊有味乎斯言;而曰'精思便达',似有子与所少"④。王世贞的原话见于其《艺苑卮言》所载,他在比较徐中行与宗臣、吴国伦二子诗歌的特点时,作出了如下评断:"徐子与斟酌二子,颇得其中,已是境地,精思便达。"⑤玩味此语,假如说"斟酌二子"云云,主要在于表达对徐诗的赞赏之意,那么"精思便达"一句,显然不无微词。值得注意的是,李攀龙释此句之意为"似有子与所少",不但将王世贞原本还比较含蓄的语意挑得更为明白,而且藉此道出了他本人对徐诗缺乏"精思"的遗憾,这可说是他和王世贞在这个原则问题上所持相似而又明确的立场。

细究王世贞等人强调的"精思"之义,可以分为两层意涵来理解:一是要"精",即做到精纯工致;二是要"新",即能够别创生新。世贞曾序其友张元凯诗集《伐檀集》曰:"此语之在天地,人人能得之,然亦人人耳相剽,若太仓粟,陈陈

---

① 《书王文成集后一》,《读书后》卷四。
② 俞允文像赞,《弇州山人续稿》卷一百五十。
③ 《文起堂新集序》,《弇州山人续稿》卷五十五。
④ 《与徐子与》,《沧溟先生集》卷三十。
⑤ 《艺苑卮言七》,《弇州山人四部稿》卷一百五十。

相因矣。汰而使之精，创而使之新，非有沈深刻刻之思，未易致也。"①这是说，天地之间虽有人人可得之语，但倘若作者在创作过程中不能用心经营，轻易相剽掠，则必使人人可得之语，沦为陈陈相因的粗杂陈腐之辞，惟有运用"沈深刻刻之思"，才能"汰而使之精"，"创而使之新"。所谓"汰"，即要剔除粗陋芜杂以体现"精"；所谓"创"，则须脱出凡庸陈腐以显示"新"。这里的"沈深刻刻之思"，显然被落实在了对于独特的精纯深细琢磨工夫的着意，实成为"精思"的一种代称。据上所引，"精思"的目标所向，自然在于"出辞以御易"，如和与之相对应的"积学而后修藻以御陋"一说联系起来看，所谓的"出辞"，可以理解为与"修藻"之义互通的一个概念，也即着重指向作品艺术表现体制的修饰和锻造。从本质上来说，它同样体现了论者倾向"御易"而注重作品艺术经营的一种文学思路。顾名思义，所谓的"易"，显与轻率、粗糙、平庸、陈腐等义相联，乃为缺乏精纯深细的琢磨工夫所致，实属王世贞所说的"畏难而好易"②、丧失艺术经营之用心的集中表现，故而需要通过"精思"的介入来强化锻炼。在这一意义上，王世贞等人强调的"精思"说，指向诉之于创作主体的一种知性的思维活动，一种专注于作品精深磨研的艺术经营之用心的自觉运作。

作为指涉诗文创作径路的一项重要原则，"精思"说蕴含的专注于精深磨炼工夫的基本取向，同时特别体现在对于习学古典诗文以及掌握相关法度规则的实践方式的关注。毫无疑问，上面揭出的后七子一些成员的相关论说，或已涉及之，然而从他们其他更富有针对性的相关阐论中，我们似更能明晰地体察出其大意所向。

仍以王世贞为例，如他评李梦阳诗，即指摘其"自有二病"，一是"模仿多，则牵合而伤迹"，二是"结构易，则粗纵而弗工"；又其评李梦阳文，以为虽然"复古功大矣"，但亦存在"不能厌服众志"的两大疵病，"一曰操撰易，一曰下语杂。易则沈思者病之，杂则颛古者卑之"③。之所以如此直截了当指责李梦阳诗文的不足，倒不是因为王世贞对于其倡导复古的动机和确立的文学目标有所怀疑，否则就难以解释他对李梦阳、何景明二人"抉草莽，倡微言"的复古倡率之举，为何

---

① 《伐檀集序》，《弇州山人续稿》卷四十二。
② 《艺苑卮言四》，《弇州山人四部稿》卷一百四十七。
③ 《艺苑卮言六》，《弇州山人四部稿》卷一百四十九。

要许以"二子之功,天下则伟矣夫"①,给予不俗的评价,说到底,最主要的还在于质疑李梦阳诗文具体习学的方式。"模仿多"、"结构易"、"操撰易"、"下语杂"云云,主要是说它们率而就之,仿而成之,多粗疏而工致不足,多模拟而生新缺失,不尽符合"精"与"新"的两大标准,未能表现出应有的精锻细磨的工力,实属作者在创作过程中缺乏如他所要求的"精思"所造成的。这也反证了作为一种知性文学思维活动的"精思",对于习学古典诗文而言的重要意义。

另一方面,后七子一些成员给予习学古典诗文及掌握相关法度规则的实践方式的关注,也表现在他们极力标榜文学史上那些主于"精思"而擅长锻造磨炼的作家及作品,赋予其学而习之的典范价值。如王世贞对李白七绝《峨眉山月歌》赞不绝口,原因是觉得此诗展示了"太白佳境",短短的二十八个字中,"有峨眉山、平羌江、清溪、三峡、渝州,使后人为之,不胜痕迹矣,益见此老炉锤之妙"②。一首体制短小的七言绝句,嵌含五处地名却显自然流畅,不露雕琢痕迹,实非易事,李白精心磨炼而胜过他人的"炉锤之妙",即见于此,也是王世贞深为之欣赏的。历代诗人中自谓"新诗改罢自长吟"、"语不惊人死不休"的杜甫,追求诗歌语言锤炼的创作苦心众所周知,正因如此,其受到诸子大力标举。谢榛《诗家直说》一百二十七条载云:

> 或曰:"诗适情之具,染翰成章,自然高妙,何必苦思以凿其真?"予曰:"新诗改罢自长吟",此少陵苦思处。使不深入溟渤,焉得骊颔之珠哉?③

同篇七十五条又载谢榛和濬县人卢柟讨论诗歌作法一例,其曰:

> 濬人卢浮丘名柟者过邺,访予草堂。樽酒款洽,因谈作诗有难易迟速,方见做手不同。卢曰:"格贵雄浑,句宜自然。吾子何其太苦?恐刻削有伤元气尔。"曰:"凡静卧宜想头流转,思未周处,病之根也。数改求稳,一悟得纯,子美所谓'新诗改罢自长吟'是也。吾子所作太速,若宿构然,再假思

---

① 《何大复集序》,《弇州山人四部稿》卷六十四。
② 《艺苑卮言四》,《弇州山人四部稿》卷一百四十七。
③ 《四溟山人全集》卷二十二。

索,则无瑕之玉,倍其价矣。"①

两则所记都述及杜甫"新诗改罢自长吟"诗句,凸显了这位诗匠苦心经营的不同寻常之处。前一则借托发难者口吻,引出"苦思"可能损及诗歌自然真态的担忧,其实这也正是一般诗家常会产生的困惑,再表彰杜甫注重"改"诗的意识,要在明示如杜甫这般"苦思"改削对于提高诗歌品质而言的必要性。后一则述及卢柟出于对刻削作法的忌戒,质疑谢榛重苦心求工的作诗方式,榛则强调诗"思"须"周"以除去作法上的病根作为回应。尽管两则记载的角度不一,但其核心的意旨大同小异。除此,谢榛还表示:"扫沙不倦,则好物出;苦心不休,则警句成。"②又曰:"凡造句已就,而复改削求工,及示诸朋好,各有去取。或兼爱不能自定,可两弃之,再加沉思,必有警句。"③这无非是说,改削求工乃至于炼出其中警句的"苦心",断不可缺少。在他看来,如卢柟这般快速成诗,不无缺乏经营苦心之嫌,以杜甫注重"改"诗的意识相示意,则是希望其能改变"太速"的作法,"再假思索"以求完美。无独有偶,特别在标榜杜甫重视诗歌语言锤炼的创作苦心上,吴国伦的态度同样令人注意,他在与友人朱期至论诗一札中即曰:

> 乃执事雅志少陵,而少陵之自谓有曰"语不惊人死不休",苦心可想。又曰"老去诗篇浑漫兴",则至老而化也。执事当盛年学杜,奈何采其漫兴而略其苦心耶?④

这无异于向对方建议如何学杜的方法,以为杜甫当其盛年追求"语不惊人死不休",可以想见他勉力经营诗歌语言艺术的苦心,言下之意,这种经营的苦心是必要而值得推崇的。对方既值盛年,就应像杜甫那样不弃"苦心",强化锻锤的工夫。总之,无论如王世贞称许李白胜人一筹的"炉锤之妙",还是如谢榛、吴国伦二子标举杜甫锤炼求工的"苦思"或"苦心",均从不同的角度显示了见于王世贞等人所主张的"精思"说中注重精深磨研的一种基本取向,李、杜等古代诗家

---

① 《四溟山人全集》卷二十三。
② 《诗家直说》七十五条,《四溟山人全集》卷二十三。
③ 《诗家直说》八十五条,《四溟山人全集》卷二十四。
④ 《与子得论诗》,《甔甀洞续稿》文部卷十四。

及他们诗作表现出的锻造磨炼用心,被视为重要的创作方法而备受青睐,本身也表明这种"精思"意识进入他们的学古领域。

从某种意义上来说,"精思"说重视精纯深细的琢磨工夫,无形之中增加了追求雕琢刻削以至轻忽自然表现的潜在危机,这似乎是一个容易引发顾此而失彼的棘手问题。在"精思"意识的主导下,因为着力于作品的致密磨治而损害其自然表现的形态,当然绝对不是诸子的初衷。王世贞谈及元人陈绎曾《诗谱》评汉郊祀歌,就表示"《诗谱》称汉郊庙十九章'煅意刻酷,炼字神奇',信哉。然失之太峻,有《秦风·小戎》之遗,非《颂》诗比也"①。"峻"者,严切苛刻也。虽然王世贞认同"煅意"和"炼字",其中自然透露了他的一种"精思"意识,但同时感觉诸如汉郊祀歌的作法毕竟过于严刻,刻意之下终显不够自然流畅。这意味着如何合理处理艺术经营与自然表现之间的关系,乃是诸子所必须面对的。事实上,这的确也成为他们为之思量的一个重要问题。如上王世贞点评李白七绝《峨眉山月歌》,许以"炉锤之妙",意指融合五地名于诗中,既是诗人用心锻锤所致,然如此又能消去凿刻"痕迹",锤炼之际不失自然之态,善于化二者之间潜在的对立情势为平衡辩证的关系。这也见于他对陶渊明诗歌的极力推许,如曰"渊明托旨冲澹,其造语有极工者,乃大人思来,琢之使无痕迹耳"②。既造语工致,又能琢之不留"痕迹",其显然同是被王世贞看作善于处理艺术经营和自然表现关系的典范而予以表彰。在这方面,还不可不注意李攀龙围绕王世贞评徐中行诗而谓其"已是境地"、"精思便达"的话头所作的一番自我解释,在前引致徐氏的同一篇书札中,他这样表示:

> 今观《丙寅稿》数章,已诣境地,何以更俟精思?盖诗之难,正唯境地不可至耳。至其境地矣,精思安在哉?十二团营,一军吏领神机诸部,匕剂相载,声闻百里,此何故?气欲实也。精思非气所为乎?此固元美养气之学,而以望诸子与。子与诚能尽所为集,以积精蓄思,一朝自至,并其境地俱泯,然后乃令命不佞以末简之役,俾不佞得以其所至为叙,揄扬明德,庶几

---

① 《艺苑卮言二》,《弇州山人四部稿》卷一百四十五。
② 《艺苑卮言三》,《弇州山人四部稿》卷一百四十六。

称效,将视元美、明卿橐鞬中原,职志不浅。①

李攀龙以为,诗能够达到一种"境地",已属不易,作诗的一大难点也正体现于此。揣摩李、王所说的"境地"之义,其应指趋于相对成熟而臻乎较高水准的一种创作层次,但尚算不上是完美的至上之境,仅仅达到这种"境地"似乎还是不够的,故而又以"精思"相责求。在此,李攀龙释"精思"运作为"养气"之所为,或谓之"积精蓄思",显是从某种积养式或过程式的角度来解析这一文学思维活动,大旨为了突出它重于精深琢磨而非一蹴而就的本质特点。他向徐中行所建议的,则既要"积精蓄思",又要"并其境地俱泯",如果说前者正在于强调精益求精的琢磨工夫,那么后者则是要求在更高的层次上实现对"境地"的自我超越,达到消除显在痕迹的一种泯化之境。概言之,李攀龙以上所论指示了一条双向兼顾的实践途径,一则明确提倡"精思",一则要求消却刻凿之迹,这无异于在强调更合乎其审美期待的艺术经营与自然表现之间的一种合理关系。

总的来说,被视为诗文创作特别是摹习古典作品及其法度之径路的"积学"与"精思"说,一以积久熟习与深切领会的修习为旨,一以精心揣摩与深思细虑的磨炼为要,分别从不同的方面体现出注重工夫的质性,反映了一种鲜明的知性特征。透过于此,可以看到后七子成员文学态度一些新的变化特点,特别是伴随与其复古宗尚目标及价值取向相关联的一整套谨严和细密法度系统的建立,为了达到目的,他们十分看重习学古典诗文及把握有关法度规则的具体实现途径,关切创作主体的内在素质和技艺思维,将更多的注意力移向诗文本体艺术的经营,并由此表现出更趋于精微、缜致、深厚与严密的创作诉求。

二、"拟议成变"与"悟以见心"

"拟议"是后七子一些成员为摹习古典诗文及其法度规则而主张的一项重要手段。其语出自《周易·系辞上》:"拟之而后言,议之而后动,拟议以成其变化。"原本的大意是指,言说之前要先揣度,行动之前要先议论,以尽其变化之道。孔颖达正义曰,"圣人欲言之时,必拟度之而后言也","谓欲动之时,必议论

---

① 《与徐子与》,《沧溟先生集》卷三十。

之而后动也","言则先拟也,动则先议也,则能成尽其变化之道"①。这表明,所谓"拟议"的根本目的在于达到"变化",它也是实现后者的一种基础条件,没有"拟议"也就无法达成"变化"。

在前七子那里,如我们已述及,无论是李梦阳主张"议拟以一其格","参伍以错其变",还是何景明重申"拟议以成其变化",均表示他们对于此说比较明确的认同,明示由摹拟入手以求其变化的习学古典诗文的途径,尽管他们在体认古法具体问题上的态度并不完全一致,而且彼此之间因此争讼不已。后七子一些成员倾向于"拟议",以作为习学古典诗文及掌握相关法度规则的一条重要径路,这在一定意义上,也可以说受到李、何等人诗文复古态度的感染,接过了他们的理论衣钵。

在后七子成员中间,对于"拟议"说表现出不小兴趣的,李攀龙应该算是其中的一个,他的有关论点,集中见于其《沧溟先生集》卷一所录古乐府前的一篇序言,其曰:

> 胡宽营新丰,士女老幼相携路首,各知其室,放犬羊鸡鹜于通涂,亦竞识其家。此善用其拟者也。至伯乐论天下之马,则若灭若没,若亡若失,观天机也。得其精而忘其粗,在其内而忘其外,色物牝牡,一弗敢知,斯又当其无有拟之用矣。古之为乐府者,无虑数百家,各与之争片语之间,使虽复起,各厌其意,是故必有以当其无有拟之用。有以当其无有拟之用,则虽奇而有所不用也。《易》曰"拟议以成其变化","日新之谓盛德",不可与言诗乎哉!

这一篇陈述"拟议"意见的小序曾招致后人异议,钱谦益《列朝诗集小传》在"评骘"李攀龙"撰著"时,联系上序所言,就大不以为然,语气颇为激烈,他说:"其拟古乐府也,谓当如胡宽之营新丰,鸡犬皆识其家。宽所营者,新丰也。其阡陌衢路未改,故宽得而貌之也,令改而营商之亳、周之镐,我知宽之必束手也。易云'拟议以成其变化',不云'拟议以成其臭腐'也。易五字而为《翁离》,易数句而为《东门行》。《战城南》盗《思悲翁》之句,而云'乌子五'、'乌母六',《陌上桑》窃

---

① 《周易正义》卷七,《十三经注疏》,上册,第79页。

《孔雀东南飞》之诗,而云'西邻焦仲卿,兰芝对道隅'。影响剽贼,文义违反,拟议乎？变化乎？"①显然,钱氏感觉到李攀龙所拟古乐府不乏"影响剽贼"之作,不是由更易若干字句而成,就是窃取古作为我所用,遂与他在上序里以胡宽营建新丰城邑为例说明善拟道理的话比照起来看待,示意李攀龙古乐府暴露出的摹拟剽窃之弊,正是其"拟议"意识主导下的产物。假如就此而言,钱谦益这一席态度激烈的攻讦话语,尚不无它的一点道理,而且仅据他以上说法,似乎也容易得出李攀龙在诸如拟古乐府这样习学古典之作问题上主张以"得而貌之"的"拟议"为旨归的结论。不过,要是从完整的角度通观上序,那么钱氏对于原序许胡宽之营新丰为善拟之例的指责,多少有故意截取一端以作为攻击目标的嫌疑,如此终究偏离或曲解了序者的原意。

按李攀龙上序所述,它主要表达了如下几重意思,一以胡宽营建新丰为喻,说明仿建的新城宛如旧地,使得士女老幼能各知其室,犬羊鸡鹜也竟识其家,正是所谓"善用其拟"。一以伯乐相马为喻,表示其"观天机",注重其"精"而脱却其"粗",关注其"内"而忽略其"外",则为所谓"当其无有拟之用"。以《周易·系辞上》"拟议以成其变化"之论来评析,如果说,前者属于善能揣度仿摹的"拟议",那么,后者则体现了超越"善用其拟"的"变化",此同样可以用来诠释诗歌创作之道。这里,一方面,李攀龙以"善用其拟"来形容新丰城邑的建构,表示他对于"拟议"的正面肯定,根据《周易·系辞上》所述,"拟议"被理解为达成"变化"的基础条件,成为尽其变化之道的一条重要途径,李攀龙引述其言,为自己寻求立论上支持的用意显而易见。另一方面,"拟议"的目标指向不在于"善用其拟",而在于通向"变化",所以,李攀龙同时又推崇伯乐"当其无有拟之用"的相马之道,强调"日新之谓盛德"。在他看来,"拟议"指向"变化"的过程,也为由"粗"向"精"、由"外"向"内"的转化发展过程,二者之间构成一种递进而非对立的关系,对于习学古典作品包括循守相关的法度规则而言,要实现"变化",应该首先从"拟议"做起,因为在某种意义上,它是转向前者的阶梯,只有先"粗"才能及"精",先"外"才能及"内"。这也可以理解,李攀龙为何要将这种"拟议成变"说的逻辑起点置之于"拟议"一边,虽然它并不表示终极意义上的目标所向。

对于李攀龙明申的"拟议成变"说,同志王世贞的关注和反应值得注意,他

---

① 《列朝诗集小传》丁集上《李按察攀龙》,下册,第428页。

在晚年致文友屠隆的一信札中说起："于鳞居恒谓富有之谓大业,日新之谓盛德,拟议以成其变化,为文章之极则。余则以日新之与变化,皆所以融其富有拟议者也。间欲与于鳞及之,至吻瑟缩而止,不意得绝响于足下也。"①如此粗粗看来,王世贞对李攀龙上说似乎心里早有异议,只是欲言而止,就此问题没有直接和他交换看法而已,这也容易令人产生二人意见截然相左的印象。但实际的情形,恐怕并非完全如此。王世贞此处虽然表示自己"以日新之与变化,皆所以融其富有拟议者也",好像意在强调"变化"与"日新"以排斥"拟议",把二者的关系对立起来,然而,与其说是如此,倒不如说这主要是他针对李攀龙诗文创作的具体状况,有感而发。在成于其早年的《艺苑卮言》中,王世贞说过:"李于鳞文无一语作汉以后,亦无一字不出汉以前。其自叙乐府云'拟议以成其变化',又云'日新之谓盛德',亦此意也。若寻端拟议以求日新,则不能无微憾,世之君子,乃欲浅摘而痛訾之,是訾古人矣。"让他感到不满意的是李攀龙之文"寻端拟议",一字一语摹肖古作,犹如他讥诮对方所拟古乐府："无一字一句不精美,然不堪与古乐府并看,看则似临摹帖耳。"②但是,他的话里同时也包含为李攀龙作辩解的意味,以为世人对其作品"欲浅摘而痛訾之,是訾古人矣"。这也可以体会出,尽管在王世贞眼里,李攀龙仅仅满足于临摹般的拟古结果确实令人有些遗憾,然他并不觉得李攀龙习学古人的取向本身有什么大的问题,世人对其法古的态度不应过多横加指责。故他又表示,"世荐绅大夫犹不能无疑其(案,指李攀龙)文,则荐绅大夫未尽读古书过也"③,"而世眼眙眙,谓此子文多诘曲聱牙语","不知于鳞法多自左丘、《短长》、《韩非》、《吕览》,渠固未尽习也"④。谓世人不勉力习学古作,未能尽悉古书,以至对古人的法度无法全然了解和把握,实不及如李攀龙那样对于法古的专注。由此,王世贞声明自己"以日新之与变化,皆所以融其富有拟议者也",当有鉴于李攀龙以摹肖古作自足的创作状况表达己见,以示与对方有所区隔,但这不代表他有意要颠覆为李攀龙执持的"拟议成变"说,完全否定其力主的"拟议"理论主张。换言之,令王世贞为之不满的是李攀龙客观上以"拟议"为终极所归的一字一语刻板摹拟古作的创作结果,而并非

---

① 《屠长卿》,《弇州山人续稿》卷二百。
② 《艺苑卮言七》,《弇州山人四部稿》卷一百五十。
③ 《答汪惟一》,《弇州山人四部稿》卷一百二十八。
④ 《汪伯玉》,《弇州山人四部稿》卷一百十九。

反对将"拟议"作为一种过程式的复古习法的手段。这也就容易明白,王世贞在李攀龙隆庆四年(1570)去世后为其撰写的传文里,为何还要特地标示李生平"不以规矩,不能方圆,拟议成变,日新富有"①的摹学古典主张,看来多少带有认肯其说而为之盖棺论定的味道。事实上,王世贞在别的场合,也公然表示过"拟议"不失为习学古典诗文之一法,如他在为刘凤所作的《刘侍御集序》里,述刘氏学古,"于子史百家言无所不治,独不喜习大历以后语","其于骚、赋、五七言古近体、序、记、志、传、赞、颂、哀、诔,微而极至于俳戏、引喻、连珠之类,无不研精其思,以求与作者合",认为其能"自致其拟议"②。只是他觉得,"拟议"作为初习古典诗文包括摹学其中法度规则的门径固然可以,然不能滞于这一层面而不为,以至无法引向"变化"与"日新"的自我提升,如此,很容易导致如李攀龙那般以"寻端拟议"为终归的结果。

倾向于"拟议",当然受李、何影响而承接其复古理论衣钵是一个方面,但另外一点,与后七子成员特别在注重诗文艺术经营基础上强化起来的法度意识同样不无密切的关系。出于恪守"不以规矩,不能方圆"的立场,为了能最大限度贴近古典文本,体会相关的法度,觅索创作规则之所本,由"拟议"入手,被他们视为能"引于绳墨"而"求当于古之作者"一条切实可行的初习之径。有鉴于此,他们甚至提出以临字般的摹写方式拟学古作,体认其法,如谢榛谈学诗就主张:"学诗者当如临字之法,若子美'日出篱东水',则曰'月堕竹西峰';若'云生舍北泥',则曰'云起屋西山'。久而入悟,不假临矣。"③临摹之法即被当作学诗"悟"前的入门之阶。虽然是法不能不说极为古板,但其力求最大限度贴近古典诗歌文本以渐习其中法度规则的良苦用心,令人不难体会得到。应当说,"拟议"的主张在体现它因古循法甚至因此显得过于刻板的固守意识之外,也折射出我们在诸子"积学"与"精思"说中同样能觉察的精微、细密和谨严的思维特点,用心揣度,习而熟之,以求合古,成为它主要的着力点,指向了创作主体尤其在初学阶段对于法度规则过程式的习练与揣摩。自然,这还是一种着意工夫的知性态度的流露,在根本上,其与诸子基于诗文本体的角度重视作品艺术经营的文学

---

① 《李于鳞先生传》,《弇州山人四部稿》卷八十三。
② 《弇州山人续稿》卷四十。
③ 《诗家直说》一百二十七条,《四溟山人全集》卷二十二。

立场联系在一起。

关于复古习法的径路,在主张"拟议"的同时,后七子中特别是王世贞和谢榛,又一再强调了"悟",这特别表现在他们的诗学态度上。如果说,前者还主要属于入门的初习之径,那么,后者则指向更为成熟和完善的自觉体认,也是趋向"变化"目标的根本基础。如谢榛表示,作为学诗之"梯航",应该"悟以见心,勤以尽力"[1]。王世贞曾评李先芳乐府选体,称其"大是风人典刑,此段悟境,前辈绝少"[2];又论对于诗法的体认,以为"法合者,必穷力而自运;法离者,必凝神而并归。合而离,离而合,有悟存焉"[3]。检视王、谢等人有关"悟"的论说,与之相关联的,尚有"妙悟"、"神悟"、"超悟"、"透悟"、"自悟"、"省悟"等等一些说法,其实也皆是围绕"悟"这一核心意涵而提出来的。尽管前七子中如王廷相解释诗歌习学之法,也曾表示"欲擅文圃之撰,须参极古之遗","久焉纯熟,自尔悟入"[4],提出在熟习古典之作的基础上进入"悟"的层次,但实不及后七子如王世贞、谢榛涉及该问题的频率之高,只要翻检一下他们的著述,是不难发现这一点的,此也足以见出他们对于该问题格外关切的态度。

后七子成员特别自习诗的角度,强调"悟"这一创作主体自觉的活动,说起来,其自属诗学史上受到热议的一个老话题。众所周知,早在宋代文人中间,以禅喻诗已成为人所关注的一个议题,严羽在其《沧浪诗话》中即明确提出,"大抵禅道惟在妙悟,诗道亦在妙悟","惟悟乃为当行,乃为本色"[5],触及诗与禅的同一性问题,在此基础上强调了于诗悟入的重要性。后七子如王世贞、谢榛强调悟入,当与他们接受严氏以禅喻诗说的浸染有着密切的关系,尽管通过下面的分析将会看到,二者之间除了所构成的关联性之外,彼此区别也是明显的。透过二者的相互比照,或许更能深入体察后七子成员关于"悟"的意涵所在。有研究者指出,由诗学的角度探讨以禅喻诗的内在机制,能够发现诗与禅之间更多的同一性,其中的一点表现在,诗与禅一样,从动机上说源自一种难以言说的自足体验,或者说,诗的审美活动与愉悦具有不可替代性,需有亲历的经验才能

---

[1] 《诗家直说》七十五条,《四溟山人全集》卷二十三。
[2] 《李伯承》,《弇州山人四部稿》卷一百二十。
[3] 《艺苑卮言一》,《弇州山人四部稿》卷一百四十四。
[4] 《与郭价夫学士论诗书》,《王氏家藏集》卷二十八。
[5] 《诗辨》,《沧浪诗话校释》,第12页。

体会。如严羽那样以禅喻诗而强调"悟",在根本上,其实也就是在强调体验的重要性,而且牵涉艺术经验的不可传达性,因而需由悟入而得[1]。可以说,这也表示了诗学意义上悟入这一创作主体自觉活动的合理性以及为传统诗家所倡扬的内在依据。严羽认为,如要悟入,应当从上依次取汉魏至宋朝历代诸家诗歌"熟参"之,以识其所谓"真是非"[2],这是之前需要修习琢磨的重要功课,即悟从工夫而得,而"工夫须从上做下"[3],由渐修而达至作为主观认知高度跃升之象征的自我领悟。那么,接着需要追问的问题是,他所谓的"悟"究竟何指呢?我们知道,严羽对此作了程度不同的区分,有所谓"透彻之悟"与"一知半解之悟",而他将盛唐诗歌定位在了"透彻之悟",为"悟"之极至,以为"盛唐诸人惟在兴趣,羚羊挂角,无迹可求。故其妙处透彻玲珑,不可凑泊,如空中之音、相中之色、水中之月、镜中之象,言有尽而意无穷"。根据严羽的描述,"悟"的至高境界,似乎被指向了在诗歌具体语言中呈现而又超越语言羁绊的无言之境,一种透彻玲珑、无所障碍、不着痕迹的审美体验的自然表现,宛如空中之音、相中之色、水中之月、镜中之象,自然呈露,不落迹象,难以有所寻绎。尽管严羽倡言自上而下"熟参"历代诸家之作,也不排斥"多读书,多穷理",但他以为,"熟参"或读书穷理的终极所向,实在于"不涉理路,不落言筌"。或者说,"熟参"或读书穷理的根本目的,并不是主要体现在熟习诗歌语汇、韵律、典故等,以臻于对它们精巧完美的运用布置,而是由此自然领悟到审美体验最有效而无所障碍的表现,乃形之于直接而自由的直透语言之中,不为前人的惯语陈法所制约,消除人为经营的语言表现之障碍,在不着意的表现中自然赋予语言秩序,不必经由知性的刻意用心。而在他看来,"近代诸公"专注于"用字必有来历,押韵必有出处"[4],正是无法超脱语言之障的一种反映[5]。如此,严羽描述的"透彻之悟",实际指向了由知性的用功渐至自我领悟而达到对于知性的消解,重在体验而得的心灵直觉的自然呈露,由此更多了一层不可言传的禅的神秘性。

---

[1] 蒋寅《以禅喻诗——以禅喻诗的逻辑依据》,《古典诗学的现代诠释》,第63页至74页,中华书局2003年版。
[2] 《诗辨》,《沧浪诗话校释》,第12页。
[3] 《诗辨》,《沧浪诗话校释》,第1页。
[4] 《诗辨》,《沧浪诗话校释》,第26页。
[5] 以上关于严羽所谓"透彻之悟"的解析,参考了叶维廉《中国诗学》一书中《严羽与宋人诗论》的有关论述,参见该书第108页至109页,生活·读书·新知三联书店1992年版。

与严羽之论相比,王、谢等后七子成员对于"悟"的理解,有一点是相似的,那就是同样注重预先修习琢磨的工夫。无论如何,在他们看来,作为创作主体的自觉活动,悟入的程度和进行的态势固然因人而异,如谢榛声称"诗固有定体,人各有悟性,夫有一字之悟、一篇之悟,或由小以扩乎大,因著以入乎微"①,但相对地,其为主观认知跃升的体现,指涉更趋成熟与完善的一种自觉体认。如吴国伦品评王世懋关洛纪游诸诗,许以"格渐高,境渐化,倍胜旧作",并认为作者"毕竟善悟,不可量也"②。这表示,王世懋的诗比起旧作,"格"之逐渐趋向"高","境"之逐渐趋向"化",皆为创作上明显的进步,是他个人善能自我觉悟的具体表现。在诸子那里,这种体现主观认知跃升的悟入之境,在更多情形下,被视为非能一蹴而就而需经历一个积累修养的过程。对此,谢榛的一些说法最值得注意,他在谈论作诗几大要素时指出,宋人王正德《馀师录》引人所述而谓文章不可无"体"、"志"、"气"、"韵"四者,其实作诗亦然,同样不可或缺,而"四者之本,非养无以发其真,非悟无以入其妙"③。这里"养"与"悟"作为四者之根本被一并列出,无形之中凸显了二者之间的关联。他还认为:"其悟如池中见月,清影可掬,若益之以勤,如大海息波,则天光无际。悟不可恃,勤不可间。"④所谓的"勤",说到底不外为勉力用心的修习琢磨工夫,这似乎仍旧要用来说明日常养功对于自我觉悟而言的重要意义。而且,谢榛如上提出"学诗者当如临字之法","久而入悟,不假临矣",已经视这种如临字般的摹古之法为"入悟"的必经之途,为此前不能缺少的渐修养习的功课,更加明确指示"养"与"悟"之间的紧密关联,说明"悟"由"养"得的道理。尽管如此,也须看到诸子与严羽之论的差异所在。如果说,严羽释"悟"乃至于对"透彻之悟"这一至高境界的解析,如上言,指向超越语言之障的审美体验的自然表现,指向由这一种审美体验营造出的不受语言约束的无言之境,重在不着意的心灵直觉的表现中自然赋予语言秩序,禅意的味道相对较浓,那么,诸子论"悟"之所向,则主要是将创作主体的审美体验与用心的艺术经营密切联系起来,或者说,其更在意的是如何通过一种高度技巧化的诗歌语言秩序来表现创作主体的审美体验,将严羽所主张的要求

---

① 《诗家直说》八十五条,《四溟山人全集》卷二十四。
② 《与宗良王孙书》,《甄甄洞稿》卷五十三。
③ 《诗家直说》一百二十九条,《四溟山人全集》卷二十一。
④ 《诗家直说》七十五条,《四溟山人全集》卷二十三。

消解语言之障而多少显得神秘虚空的悟入之境,转释为对于诗歌语言秩序一种实在而可以感知的艺术认知与组织能力。这里所说的高度技巧化,指的是经过精心锻磨锤炼而达到的一种工致而不失自然的艺术之境,套用谢榛的一席话,就是"邈然想头,工乎作手,诗造极处,悟而且精,李、杜不可及也"①。说它工致,当然需要避免率易无法所为,因为忽略法度规则的随意结撰,就难免"粗纵而弗工";说它自然,则应该超越刻意摹拟所为,脱却成法的拘束。虽说诸子也主张"拟议",但在他们眼里,这只是一种初习之径、入门之阶,绝不是终极的目标,若滞碍于此,只会导致"牵合而伤迹"。

将创作主体的审美体验形之于一种高度技巧化的诗歌语言秩序,展现一种工致而不失自然的艺术之境,在后七子成员看来,这其中关键牵涉"悟"与"法"之间的关系。说起来不难理解,"悟"既为创作主体的自觉活动,其意味着已被赋予突破既定成法的潜在要求,故谢榛论学诗谓"久而入悟,不假临矣",就是说,由进入悟境的角度言之,不能满足于囿乎成法的临摹。借用胡应麟在谈及"悟"与"法"二者不可偏废问题时所说的话,"法而不悟,如小僧缚律"②。"悟"本身表示突破"法"的一种认知上的升华,如过度依赖于"法",为其所缚,自然也就谈不上"悟"。从这一意义上来说,悟入为超越固有法度规则营造了自由变化的空间,犹如吴国伦评其友人所作,以为"发自神悟,无复一语粉饬雷同"③,将善于变化不至于雷同板滞,归之为作者本人悟入的结果。但在另一方面,"悟"又不可完全弃"法"而行,如是则被认为容易遁入无法可循的旁门外道,即同样如胡应麟所说的,"悟不由法,外道野狐耳"④。在这一问题上,王世贞则以为,最关键的是在于把握法之"离""合"的关系,而此又取决于"悟",如前所引其论:

  法合者,必穷力而自运;法离者,必凝神而并归。合而离,离而合,有悟存焉。⑤

---

① 《诗家直说》八十五条,《四溟山人全集》卷二十四。
② 《诗薮·内编》卷五《近体中·七言》,第 97 页。
③ 《复灌甫宗正书》,《甔甀洞稿》卷五十三。
④ 《诗薮·内编》卷五《近体中·七言》,第 97 页。
⑤ 《艺苑卮言一》,《弇州山人四部稿》卷一百四十四。

顾名思义,"离"与"合",分别是指切合或超离法度规则的状态。在法合之际,为免受其拘缚,即须勉力"自运"以求变化;在法离之际,要无使率意纵性,又应接合于法,专意"并归"一定的规则。而把持法之"离""合"的适当尺度,关键在于作者的自我领悟。究王世贞所述之意,把握二者的关系,与其"合而离",不如"离而合"。王世贞在《书与李于鳞论诗事》中比较自己和李攀龙所拟古乐府,以为:"吾拟古乐府少不合者,足下时一离之;离者,离而合也,实不能胜足下。"①在为李先芳所撰的《李氏拟古乐府序》中也指出:"别去又久之,乃伯承进我以乐府矣。历下于鳞妙其事,数要世贞更和,其高下、清浊、长短、徐疾,靡不宛然肖协也,而伯承稍稍先意象于调,时一离去之,然而其构合也。夫合而离也者,毋宁离而合也者。"②这里,"合而离"或"离而合",显然并非是离合之间孰先孰后的简单意义上的一个概念,而指涉究竟如何合于法和离于法的原则性问题。假如说,"合而离"当中"合"的意思,主要是指仿效法的外在形式而与之相符,虽能"少不合",甚至达到"靡不宛然肖协"的地步,但还不能算是在真正意义上理解和掌握法度,最终难免导致与之相离异的结果,那么,"离而合"当中"合"的含义,应当是指于法之内在神理的深切领会,这是基于超离对它们外在形式的依赖,在更高和更深层次上达成与法的内在接合,即如王世贞称许李先芳拟古乐府"时一离去之",然终能做到"其构合也"。

要言之,"悟"与"法"的关系应该既"离"而又"合",或可以称之为"于法时有所纵舍,然不至为法外语"③。如何从超离法的外在形式进入对其内在神理的领会,取决于诗家各自的悟性,于法由表及里、由浅入深的认知跃升,也就是"悟"的具体表现。若将上述王世贞把握法之"离""合"尺度的阐论,换成谢榛相近似的一席话来说,则要注意处理所谓"生"与"熟"之间的关系,他在解释作诗的"中正之法"时即曰:

> 贵乎同不同之间,同则太熟,不同则太生,二者似易实难。握之在手,主之在心,使其坚不可脱,则能近而不熟,远而不生。此惟超悟者得之。

---

① 《弇州山人四部稿》卷七十七。
② 《弇州山人四部稿》卷六十四。
③ 《申考功集序》,《弇州山人四部稿》卷六十六。

"生"谓生涩、生造,有不受法度规则约束之意,是乃不同;"熟"指熟套、熟滑,有因循程式而缺少变化之嫌,是乃为同。掌握"中正之法",则贵乎不"生"不"熟"即同与不同之间,或称之"须半生半熟,方见作手"①,因为过分的"生"或"熟"都会偏向某个极端。换言之,既不能落入成法固有的套路,避免一成不变,又不可离弃必要的规则,戒忌率意而为。需要超离法的套式,却能在内在意义上与之相契合。以谢榛之见,惟有善于悟入者,才能够做到这一点。

总而言之,"悟"由渐修养习而得,作为创作主体的自觉,体现了其主观认知上的跃然升级,主要指向对表现创作主体审美体验的高度技巧化诗歌语言秩序的理解与组织能力,一种融工致与自然为一体的创作境界。从这一层面上而言,"悟"之所至,关乎"法"之掌握,具体落实在了超脱法度规则的外在之迹进而体认其内在之道上,并成为衡量认知程度趋向提高的一把标尺,乃至于成为习学古典诗歌而权法衡古所达到的一个更高层别的标志。

三、"因意见法"与"不法而法"

我们在前面说过,比较前七子,有一点甚为相似,那就是后七子同样主张特别在对古典诗文经典文本的观照中去体认有关的法度,从而为现行的诗文创作确立起相应的准则。这一观念不仅凸显了他们高度重视法度的意识,而且也反映了他们关于复古习法方式的一种认知态度。

尤其值得我们留意的是,在这种体认过程中,基于对法度特征与作用的关切,后七子成员在如何体现法度的涉及习法之道问题上,不无明晰地表达了他们自己一些原则性的看法。首先,如王世贞提出要"因意见法"②,其主要是置"法"于与"意"的关系之中,来看待它的特征和作用。此前论及,关于"意"的概念,王世贞在为陈文烛所撰写的《二酉园集序》中,已作了比较明确的界定:"意者,诗与文之枢也。动而发,尽而止;发乎其所当发,止乎其所不得不止。古有是言,要为尽之矣。"③不但赋予了作为作者情感志意之标志的"意"在诗文中的核心位置,而且将它的酝酿和表现看作是一个自然而充分的过程,以维持其表

---

① 《诗家直说》七十五条,《四溟山人全集》卷二十三。
② 《黄淳父集序》,《弇州山人四部稿》卷六十八。
③ 《弇州山人续稿》卷五十二。

现的纯真性和自主性。在这个层面上,王世贞明申"必不斥意以束法"①,主张不要为了迁就法度,人为地抑制情感志意的表现。但在另一个层面,严格循守法度在他看来又是十分必要的,决不可忽视,其为张佳胤所撰的《张肖甫集序》论及之:

> 夫文章之与吏道其究若霄壤然,然其精内通而无所不合者物情也。故辞士之为辞,以所见无非辞者,必欲求高吾思远出于物情之表而后快;法吏之为法,以所见无非法者,颠倒束缚于三尺之末,而不能求精于物情之变而后安。彼无论其不相通而已,其所以为辞者偏,而所为法者拘也。……度肖甫宦迹满天下,所至赫赫声流吏民间。然其大指不为法困,以物情有当足矣。其游迹满天下,山川土风,眺览酬应,日接于吾前而日应之,语法而文,声法而诗。舂容而大,寂寥而小。虽所探适结构者不一,然大要不欲出物情之表而后快也。境有所未至,而务伸吾意以合境;调有所未安,则宁屈吾才以就调。是故肖甫之才恒有馀,而意无所不尽。②

强调了文章与吏道之间一种内通性的关系,除了叙述张佳胤为吏属辞之道,说明他在吏治上有别于那些为法所拘的法吏之所为,做到"不为法困",反映在诗文创作上则"务伸吾意以合境",同时,推许他作诗属文又不忘循法而行,能够"语法而文,声法而诗",与不循法度的辞士所为区隔开来,"不欲出物情之表而后快"。这一层的蕴意,实际上也就是如王世贞所表示的"意融法中,不出法外"③。关于"法"与"意"之间的关系,王世贞在序陈文烛《五岳山房文稿》时,另有一番较为详细的说明,其曰:

> 明兴,世世右垂绅委蛇之业,士大夫作为歌诗以绍明,正始之音雍如矣。至于文,而各持其门户以相轧,卒胜卒负,而莫有竟者。其故何也?尚法则为法用,裁而伤乎气;达意则为意用,纵而舍其津筏。畏于思之难,信

---

① 《袁鲁望集序》,《弇州山人续稿》卷四十。
② 《弇州山人四部稿》卷六十八。
③ 《答陈淮安玉叔》,《弇州山人四部稿》卷一百二十六。

心而成之,苟取其近者,嚣嚣然而自足;耻于名之易,钩棘以探之,务剽其异者,沾沾然以为非常。……吾来自意而往之法;意至而法偕至,法就而意融乎其间矣。夫意无方,而法有体也。意来甚难,而出之若易;法往甚易,而窥之若难。此所谓相为用也。左氏法先意者也,司马氏意先法者也,然而未有不相为用者也。夫不睹夫造物者之于兆类乎?走飞夭乔,各有则而不失真;迫乎风容,精彩流动,而为生气者不乏也。彼见夫剽拟而少获其似以为真,曰:"吾司马、左氏矣。"所谓生气者安在哉?任于才之近,一发而自以为生色,曰:"何所用司马、左氏为?"不知其于走飞夭乔之则何如也。玉叔(案,陈文烛字)文亡论所究极,庶几司马、左氏哉!不屈阏其意以媚法,不骩骳其法以殉意,裁有扩而纵有操,则既亦彬彬君子矣。①

一面要求循"法",一面希望达"意";既强调不要越出法度限定的界域,又主张能够自然而充分地表现作者的情感志意。如此要求"意至而法偕至,法就而意融乎其间"的"法"与"意"相与为用的关系,正如有研究者所指出的那样,似乎在于强调二者之间完美的统一②。不过,再进一步来看,透过"法"与"意"被描述成的那样一种看似辩证而平衡的关系,令人还是能够辨察出当中的一些差异所在。首先,王世贞主张"必不斥意以束法"或"不屈阏其意以媚法",反对一味机械地拘执既定的成法,在理论层面上,与其说释出了震耳发聩的新异之见,不如说在交代一项世人皆能知晓的浅显原则。道理说来也十分简单,因为即使再偏执专注于诗文法度经营者,在观念意识上也不至于认同死守成法而忽视情感志意表现的合理性。这样看来,王世贞申明此说,其为平衡"意融法中,不出法外"或"不骩骳其法以殉意"之论的意味,似乎要大于它的实际理论价值,换言之,他真正所要强调的重点应该不在于此。其次,反思历史和当下诗文创作领域的情状,后七子成员感觉到,较之拘执于"法",超越法度而屈就于"意"那样一种"纵而舍其津筏"的现象,其实倒是更需要加以检审和应对。谢榛批评宋人作诗"必先命意",以至"涉于理路,殊无思致",说的就是宋人不循诗歌"以兴为主,漫然

---

① 《五岳山房文稿序》,《弇州山人四部稿》卷六十七。
② 参见廖可斌《明代文学复古运动研究》,第293页。

成篇"①的创作之法,给以"思致"为胜的诗歌审美特性造成损害,使诗不成其为诗,主要还由注重命意在先的"殉意"所致。而在王世贞看来,舍法不顾以屈就于"意",也表现在由于轻率任意而为,助长了畏难喜易的撰述风气,如他论评宋人欧阳修、苏轼之文,认为其虽能在自五代以来文风趋向"冗极"的格局中振起之,但"其流也使人畏难而好易"②。他同时批评当时一些"轻敏之士"群起而习学宋文现象,感觉他们"乐于宋之易构而名易猎,群然而趣之,其在嘉靖间而晋、陵为尤甚"③。其指出的这种在文章创作上畏难喜易的率意态度,类似于上序排击的自明兴以来一些文人士大夫"畏于思之难,信心而成之,苟取其近者,嚣嚣然而自足"之所为,归纳起来,即指"达意则为意用,纵而舍其津筏",或者说是"骰髋其法以殉意"的表现。

由是可以看出,王世贞"因意见法"一说,虽然为"法"与"意"二者之间的一层平衡关系所包裹,但它的重点明显放在了"法"对于"意"的型范上,在互相构成的关联中,"法"作为"有体"之规则的特征藉以显现,它对于"无方"之"意"要起到模塑与调合以期合乎一定规则的作用;或者可以理解为,"意"的表达,应当从中体现一定的"法"的规则来。所以,再看王世贞的相关论述,不难体察出,"意"在"法"作用下形成的诸如高妙工巧的规则性特征备受重视,如他论司马相如《子虚赋》、《上林赋》,谓其"意极高"④;评陈陶《陇西行》诗中"可怜无定河边骨,犹是深闺梦里人"两句,也以"用意工妙至此,可谓绝唱矣"许之;且又认为,贾岛《三月晦日赠刘评事》诗中"三月正当三十日"句与顾况《山中》诗中"野人自爱山中宿"句,"同一法,以拙起,唤出巧意"。所称"意"之"高"、"巧"、"工妙",应该说,无不都在推崇"意"在"法"型范下所呈现出来的一种精构巧造之工。王世贞曾比较盛唐与中、晚唐的七言绝句,表示各自有"至者",一为"气完而意不尽工",一则"意工而气不甚完"⑤,此若与他的"因意见法"一说联系起来看,也许更能够理解其称赏中、晚唐七言绝句"意工"特点的用心所在。

在主张自然而充分表现作者情感志意的同时,又要求按照相应的法度对其

---

① 《诗家直说》一百二十九条,《四溟山人全集》卷二十一。
② 《艺苑卮言四》,《弇州山人四部稿》卷一百四十七。
③ 《古四大家摘言序》,《弇州山人四部稿》卷六十八。
④ 《艺苑卮言二》,《弇州山人四部稿》卷一百四十五。
⑤ 《艺苑卮言四》,《弇州山人四部稿》卷一百四十七。

加以模塑与调合,以免越出界域,不合乎规则,在本质上,"因意见法"说还是反映了王世贞等人更加注重诗文艺术经营的文学立场。他们期待法的介入能起到符合规则的型范效应,但又希望不至于影响到作者情感志意的传达。不过,这个看似两全其美的期望,在更大程度上恐怕还只是一种理论层面上的设想而已,实际上在具体的创作实践中要完全落实,并不是一件容易的事,特别在处理二者之间的关系上,其把重点偏向"法"对于"意"的型范,不难想象,如此在具体创作中,不可避免地制约作者情感志意自然而充分的表现。这也自然意味着,王世贞等人主张"因意见法",在表明他们专注于诗文本体艺术而要求加强其经营力度的同时,事实上,已经在解构他们努力设想起来的"法"与"意"之间所应该维持的一种辩证而平衡的关系。

"因意见法"说表面看似在维护"法"与"意"之间的平衡关系,却实际上将重心移向了"法"的一极,旨在突出法度对于情感志意表现的模塑与调合,尽管这样,假如据此以为其无异于在宣示刻意运法的理念,那也完全不符合论者的初衷。实际的情况是,王世贞他们同时也在思考究竟应该如何来体现法度这一重要问题,最值得注意的是其特别在终极的层面提出了所谓"不法而法"之说,如世贞在答复友人戚继光的《复戚都督书》中论及为文之道,就表示说:

> 夫文出于法而入于意,其精微之极,不法而法,有意无意,乃为妙耳。[①]

又他《喻邦相杭州诸稿小序》评论友人喻均之文,以赞许的口吻指出:

> 邦相之文气雄而调古,驰骤开阖,不法而法,乃其持论往往出人意表。[②]

所谓"不法",当然不是说可以抛弃法度,无视规则,纵性率意而为之,因为那样的话,对照王世贞他们主张"语法而文,声法而诗"的重法态度,岂不自相矛盾?而是指对于法度的运用到了相当自然而不露痕迹的境地。假如说,诸子对于"悟"这一创作主体自觉活动的主张,成为他们要求提高对于法认知程度的标

[①] 《弇州山人四部稿》卷一百二十五。
[②] 《弇州山人续稿》卷四十七。

识,即超离法的外在之迹而体认其内在之道,为复古习法营造了自由变化的空间,那么,此所谓"不法而法",则在强调体认法所达到的一种"精微之极"的至高境界,或即超越法的形迹却又能内通其神理所臻至为自然之境,它也同时进一步明确了在坚持法的大原则前提下富于自由变化的自我创造。从这一意义上讲,要说"因意见法"之论重在突出循守法度的必要性,那么"不法而法"之论主要涉及运用法度的自然性与灵动性。剖析开来,它的意涵重点指向两个层面,一是要求"法",即必须契合一定的规则,如无视于法自然不在论议的话题之列;一是讲究"不法",即消却刻意摹法的痕迹,使法之运用无所做作而呈现自然态势。"法"是目的性的根本要求,"不法"则体现了技艺性的超凡造诣;"法"应由"不法"中显示出来,"不法"乃为"法"的至上之境。关于这一概念,王世贞时也谓之曰"法极无迹",或称之为有法而无"阶级"与"蹊径"可以寻索。如他在解说七言律诗之法时,就提出"篇法之妙,有不见句法者;句法之妙,有不见字法者。此是法极无迹。人能之至,境与天会,未易求也"。论评《诗》三百和《古诗十九首》,以为"人谓无句法,非也。极自有法,无阶级可寻耳"①。特别是对于《诗》三百,他表示,"间一潜咏,觉其篇法、句法、字法宛然自见,特不落阶级,不露蹊径,所谓羚羊挂角,无迹可寻耳"②。由这些关于诗法的心得透露出,其以"法"相责,要求既内合神理,又脱落形迹,此乃"法"之"极"境,也就是"法"贯注在具体文本之中,却能不落蹊径,无迹可求,呈现一种高度融合的绝妙之境。故而,"法极无迹"非谓弃法而行,而是指对法极度精熟、能够灵活运用而不见其迹。有鉴于此,自反面的角度言之,各家那些刻凿之笔,法迹毕露,消泯自然之妙,难免成为被严责挑剔的负面例子。如王世贞曾经列举:"'东风摇百草','摇'字稍露峥嵘,便是句法为人所窥。'朱华冒绿池','冒'字更掭眼耳。'青袍似春草',复是后世巧端。"③不是说上列诗句无法可循,在王世贞的眼中,恰恰是其斤斤于雕琢,法迹太露,自然欠缺,反而给人以弄巧成拙的感觉。

推究起来,"不法而法"说并不能算作是王世贞的独创,因为这种既重视法而又主张不为法拘的基本观念由来已久。如宋代江西诗派的吕本中强调学诗

---

① 《艺苑卮言一》,《弇州山人四部稿》卷一百四十四。
② 《古隶风雅》,《弇州山人续稿》卷一百六十五。
③ 《艺苑卮言二》,《弇州山人四部稿》卷一百四十五。

当识"活法"一说,即为人所熟知,他眼中的所谓"活法":"规矩备具,而能出于规矩之外;变化不测,而亦不背于规矩也。是道也,盖有定法而无定法,无定法而有定法。"①不可不合乎一定的规则,故要由定法而入,不能拘执于规则,又要由定法而出,通晓法之内在神理,灵动自然地活用其法,以求得自我变化。宋人俞成论及文章之法,也表示:"要自有活法,若胶古人之陈迹,而不能点化其句语,此乃谓之死法。死法专祖蹈袭,则不能生于吾言之外;活法夺胎换骨,则不能毙于吾言之内。"②要讲究法,但不可胶着于固定不变的"死法",应以能够夺胎换骨的"活法"脱却陈迹。凡此实际上已不同程度涉及王世贞所说的"法"与"不法"的概念。蒋寅先生《古典诗学的现代诠释》一书在《至法无法——古典诗学对技巧的终极观念》一章中,谈到了存在于中国古典诗学与古文理论乃至古典艺术理论中关于法的一个重要观念,即"无法之法,乃为至法"的所谓"至法无法"说,并探讨了它的哲学内涵与思想渊源,以为"至法无法"作为艺术观念是在诗学体系基本形成的宋元之后凸显的,而其基本思想早已孕育,从本体论的角度上看,这一观念可以追溯到大道无形的传统道家思想,涉及法与道、法与言的两个古老的哲学问题,也即强调法进于道的神化境地和至法的不可言说性③。比照起来,从"不法而法"作为体认法的一种至高境界的角度而言,它诚然可以被纳入"无法之法,乃为至法"的所谓"至法无法"这一古典文学艺术理论的观念系统中加以认识,换一句话说,在哲学内涵和思想渊源的层面,其同样折射着某些传统道家体认形上之道的本体论的思想影子。

这一特征,多少反映在王世贞比较李梦阳、何景明对待法度态度而流露出的褒何抑李的倾向性上,他在总结李、何诸子诗文复古倡举的经验得失时表示:"然而正变云扰,剽拟雷同,信阳之舍筏,不免良箴;北地之效颦,宁无私议?"④我们已说过,李、何二人之间发生的那一场论争,主要源自他们在有关法度具体涵义以及体认方式的理解上所存在的分歧,何景明指责李梦阳拘泥古法,以至"刻意古范,铸形宿镆"而不能自我超越,故以"不仿形迹"逆反之,这也就是他所说

---

① 吕本中《夏均父集序》,刘克庄《后村集》卷二十四《江西诗派小序·吕紫微》引,影印文渊阁《四库全书》本,台湾商务印书馆1986年版。
② 《萤雪丛说》卷上《文章活法》,《说郛三种》明刻《说郛》卷十五,第三册,第713页。
③ 《古典诗学的现代诠释》,第122页至138页。
④ 《艺苑卮言五》,《弇州山人四部稿》卷一百四十八。

的达岸"舍筏"之意,即要求解除对于古人之作实在具象法迹的执着,其更加注重的是在形上意义上"领会"古法内在的"神情","不相沿袭,而相发明",以脱却实在具象的"意"与"形"。对于何氏此论,胡应麟则称之为"直指真源,最为吃紧"①,应该说,他已经多少体会出何氏之论与要求超越形迹而体认形上自然之道的道家本体论思想的某种内在联系。王世贞对李、何于法态度一许之以"良箴",一责之以"效颦",姑且不论这样的结论是否完全切合二人态度的实质,但褒抑舍从的倾向性还是十分明显的,这可以说乃由何氏主张"舍筏"的论法之见与王世贞"不法而法"观念之间的某种契合所致。同时需要看到,王世贞"不法而法"之论作为包孕传统至法理论基因的一种观念形态,固然折射出某些体认形上之道的本体论思想影子,然与传统"无法之法,乃为至法"观念重在凸显法进于道和至法不可言说性的玄秘极境略有不同,它主要突出了为达到这一体认法的至高境界而投入的技艺性修造工夫,注重的是关于法趋向"精微之极"的非凡造诣,以实现超离执着形迹的于法之低级认知的终极目标。在这一角度上,此与其说,主要为了标示法造极神化之境的玄秘性,倒还不如说,重在宣扬勉力从形下工夫做起、修造至极以自然运法的重要意义。因此,这也使与传统道家本体论难脱干系的"不法而法"观念少了些许玄虚而神秘的意味,它在更多情形下还是在强调体现"法"与"不法"的修造要求,大要基于权法衡古的原则,主张本于自我,突破藩阈,灵活求变,以合乎古法神理而不落蹊径为上。如王世贞《朱在明诗选序》即以此要求诠评其友朱正初诗作:"大要以自当一时之适,不尽程古人,然试以协诸古,亡弗协也。"②在《艺苑卮言》中他也指出:"今天下人握夜光,途遵上乘,然不免邯郸之步,无复合浦之还,则以深造之力微,自得之趣寡。诗云'有物有则',又曰'无声无臭'。昔人有步趋华相国者,以为形迹之外学之,去之弥远。又人学书,日临《兰亭》一帖,有规之者云:'此从门而入,必不成书道。'"以故表示"然则情景妙合,风格自上,不为古役,不堕蹊径者,最也"③。所谓"有物有则",即要合于一定的法度规则,这是一项根本性的要求。但那不等于可以亦步亦趋式地仿拟古人,因为如此机械的步趋摹仿,作者的深造自得也

---

① 《诗薮·内编》卷五《近体中·七言》,第 97 页。
② 《弇州山人续稿》卷四十四。
③ 《艺苑卮言五》,《弇州山人四部稿》卷一百四十八。

就无从谈起。故而还必须要"无声无臭",也即在深谙精熟古法幽微神妙脉路的基础上摆脱形迹而不露蹊径,由此于法能够灵活把握而不显声色,为我所施用而不被古人所役。这自属日常工夫所积所得,可说又是在示人依靠修炼磨造以达自然化境的一条习学路子。

可以见出,"不法而法"观念对于体认法"精微之极"的至高境界的强调,实际上也从中宣示了循法而要自然运法的一条基本原则,它在接应传统至法理论乃至多多少少反映着体认形上之道的道家本体论特征的同时,将注意力重点移向形下的修造工夫,关注技艺性的超凡造诣,置这一法之玄秘极境于精深积修的层面和意义上来加以解析,归根到底,这还是与论者重视诗文艺术经营的文学立场难脱关联。与此同时,它讲究于法内通神理脱去形迹,以趋向自然化境,无疑也逗露了力图免于为法所拘的警戒意识,在维护法的根本原则之下,提倡"不为古役"的自我创造,至少在观念层面上,反映了一种相对清醒与成熟的文学态度。

第四节 诗学观念显现的审美向度

综观后七子有关诗文的论述,其不少内容涉及诗歌方面的具体问题,这一特点由前面的相关讨论中已经显示出来,此也成为我们探讨诸子文学思想过程中不能不倍加关注的一个重点。与此同时,对于他们诗学观念的考察,还应该充分注意到其中所显现的审美向度,以求从更加完整与深入的角度加以认识。从总体上而言,诸子在诗歌问题上秉持的审美立场,呈露出崇雅脱俗与强调"和平"之音的两大倾向,以下分别阐述之。

一、诗复"雅道"的主张

众所周知,传统诗学牵涉一系列的美学问题,其中有关雅俗即是一个基本而重要的审美概念。宋人朱熹论诗就曾提出,"须先识得古今体制雅俗乡背,仍更洗涤得尽肠胃间夙生荤血脂膏"[①]。严羽则提出学诗要先除却"俗体"、"俗

---

① 《答巩仲至》,《晦庵集》卷六十四,影印文渊阁《四库全书》本,台湾商务印书馆1986年版。

意"、"俗句"、"俗字"、"俗韵"等所谓的五俗①。当然,各家关于雅俗内涵的理解,不可能完全达成一致,但这并不妨碍他们对于该问题的关切和探讨。在前七子那里,尽管如何景明在申述"近诗以盛唐为尚"宗尚倾向的同时,指责"宋人似苍老而实疏卤,元人似秀峻而实浅俗",表示了某种反俗态化的审美诉求,不过受诗歌主情理念的驱使,当他们在表达主情求真的主张之际,又相应地淡化了所谓的雅俗之辨。换言之,特别在面对"真"与雅俗之间究竟以何者为先的抉择上,他们选取了前者。尤其如李梦阳,为还复诗歌所谓"天地自然之音"的本色,不惜站在与他本人身份相悖反的立场,贬抑文人学子之作的价值,崇奉民间庶民"真诗",而且由对"真诗"的尊尚,直溯古老的"风"之传统,与它们的精神质性联系起来,求索在他看来最为原初与朴淳的情感质素,这一诉求尤尽现于他的《诗集自序》。序中还藉友人王崇文之口表示,"真者,音之发而情之原也,非雅俗之辩也"②,将诗歌价值的评判基准定格在了"真"的一端,不以雅俗之别来定评诗歌品位的高下。故而,"途巷蠢蠢之夫"所为俚俗的歌吟,以"无非其情焉",反被认为在正统雅致的文人学子诗作价值之上。

如果说,以李梦阳为代表的前七子在强调诗歌以"真"为本的前提之下,相对淡化了传统意义上的雅俗之别,越出世俗之见的拘囿,将民间庶民"真诗"与文人学子诗作对立起来,在价值的层面置前者于后者之上,甚至多少带有一种黜雅入俗的意味,那么,在后七子的诗学观念中,我们能明显觉察出的,则是他们明辨雅俗甚至毫不掩饰地倾向崇雅抑俗的态度,应该说,这也成为他们与李、何诸子之间易于分辨的差异之处。

所谓"俗"的概念,常与鄙俚、粗浅之义相联,而与精雅、深细之义相背。在后七子诸成员看来,诗歌所涉及的一个重要的美学问题,就需消除流于鄙俚、粗浅的俗态化,以还复所谓的"雅道"。如李攀龙在《三韵类押序》一文中,曾就诗歌用韵的问题而论及之,他说:

> 辟之车,韵者,歌诗之轮也。失之一语,遂玷成篇,有所不行,职此其故。盖古者字少,宁假借,必谐声韵,无弗雅者。书不同文,俚始乱雅。不

---

① 《诗法》,《沧浪诗话校释》,第108页。
② 《空同先生集》卷五十。

知古字既已足用,患不博古耳,博则吾能征之矣。今之作者,限于其学之所不精,苟而之俚焉;屈于其才之所不健,掉而之险焉,而雅道遂病。然险可使安,而俚常累雅,则用之者有善不善也。'聊用布亲串',孰与'风物自凄紧'?'云霞肃川涨',孰与'金壶启夕瀹'?……凡以复雅道而阴裁俚字,复古之一事,此其志也,未可以在诸生门而易之矣。①

引起李攀龙深为之关切的,乃比照古者,时下一些作者对于诗之韵者,或"苟而之俚",或"掉而之险",以至于诗歌"雅道"沦丧。依照他的看法,如果说"险可使安",用之得当,尚能补救过来,不至于出现大的瑕疵,那么比较之下"俚常累雅","雅道"之失的主要根源实还在于鄙俚之病,以故"复雅道",就应该"阴裁俚字"。虽然这一篇序文谈论的重点只是诗韵一端,但由此从一个方面也反映了作者在雅俗问题上所持的立场。

对此,谢榛则提出了"变俗为雅"说,与李攀龙的上述意见发生内在的呼应,他认为:"凡作诗,要知变俗为雅,易浅为深,则不失正宗矣。"为了更具体地阐明他的这一论点,谢榛以改动于濆《沙场》和施肩吾《及第后过江》二诗诗句为例,明其道理:"因观于濆《沙场》诗:'士卒浣征衣,交河水流血。'施肩吾《及第后过江》诗:'江神亦世情,为我风色好。'二作如此。胡不云'战士浣征衣,忽变交河色','尚忆布衣归,江神亦风浪',庶得稳帖。"对于、施二诗之所以作那样的改动,很显然,是因为谢榛觉得原诗的诗句过于"俗"、"浅",失于诗之"正宗",故要易改原作,使之变为"雅"、"深"一些。有鉴于此,他极力主张诗要力忌"粗俗",为避免该问题的发生,也更加强调了"变俗为雅"的必要性,除上述自改于、施二诗之例外,他进而谈到诗歌用字造句脱俗的一些具体事例,如言:

> 诗中罕用"血"字,用则流于粗恶。李长吉《白虎行》云"衮龙衣点荆卿血",顾逋翁《露青竹鞭歌》云"碧血似染苌弘血"。二公妙于句法,不假调和,野蔬何以有味?
>
> 凡诗用"恩"字,不粗则俗,难于造句。陈思王"恩纪旷不接",梁武帝"笼鸟易为恩",谢玄晖"恩变龙庭长",张正见"谗新恩易尽",苏廷硕"戈甲

---

① 《沧溟先生集》卷十五。

为恩轻",杜子美"漏网辱殊恩",窦叔向"恩深犬马知",高蟾"君恩秋后叶,日日向人疏",李义山"但保红颜莫保恩",此皆句法新奇,变俗为雅,名家自能吻合。①

诗忌粗俗字,然用之在人,饰以颜色,不失为佳句。譬诸富家厨中,或得野蔬,以五味调和,而味自别,大异贫家矣。绍易君曰:"凡诗有'鼠'字而无'猫'字,用则俗矣,子可成一句否?"予应声曰:"猫蹲花砌午。"绍易君曰:"此便脱俗。"②

上述之例,无非要表明,诗歌中应尽量免用那些"粗恶"、"粗俗"的字眼,如一旦用之,自当"饰以颜色",善于调和,巧加改造,使之句法"新奇",争取获得用俗却能"脱俗"的艺术效果。也就是说,除了免使诗歌陷入鄙俚、粗浅的不雅境地,还要善于化粗俗为雅致,所谓"变俗为雅"的意义正体现于此。

不但如此,这样的审美诉求,也不同程度地表现在后七子成员的诗歌品评态度上。如吴国伦论其友布衣诗人胡篑之作,以为"秾不至艳,豪不及粗","铿然唐音也"③。王世贞评《孔雀东南飞》,谓"质而不俚,乱而能整",不失为"长篇之圣也"④。反之,他们也以严苛的眼光,挑剔那些在其看来过于粗俗的诗作,甚至连"删自圣手"的《诗》三百篇中的作品也不例外,譬如,《鄘风·相鼠》中"人而无仪,不死何为"那样浅俚的诗句,王世贞就感觉"太粗"而不雅,其因此成为"诗不能无疵,虽《三百篇》亦有之"⑤的一个例证。在此问题上,值得一提的,还有王世贞对于谢灵运诗歌的品评态度,他在《书谢灵运集后》中自述道:"余始读谢灵运诗,初甚不能入,既入而渐爱之,以至于不能释手。其体虽或近俳,而其意有似合掌者,然至秾丽之极,而反若平淡,琢磨之极,而更似天然,则非馀子所可及也。鲍照对颜延之之请骘,而谓谢如初发芙蓉,自然可爱,君若铺锦列绣,亦复雕缋满眼也。自有定论。"⑥从起初甚不喜爱,到后来逐渐爱之,乃至于爱而不能释手,王世贞接受谢诗显然经历了一个转变的过程,这主要缘于谢诗"秾丽"之

---

① 以上见《诗家直说》八十五条,《四溟山人全集》卷二十四。
② 《诗家直说》七十五条,《四溟山人全集》卷二十三。
③ 《胡山人诗序》,《甔甀洞稿》卷四十三。
④ 《艺苑卮言二》,《弇州山人四部稿》卷一百四十五。
⑤ 《艺苑卮言一》,《弇州山人四部稿》卷一百四十四。
⑥ 《读书后》卷三。

极而若"平淡","琢磨"之极却似"天然",不乏自然可爱之处,实在"非馀子所可及"。而在王世贞看来,谢诗中的这一特点乃为谢灵运个人才性之施所致,因此,其《艺苑卮言》在比较了谢灵运和谢朓及颜延之等人诗歌之后,以为朓虽然"不唯工发端,撰造精丽,风华映人,一时之杰",但较之灵运,不免"材力小弱",至于延之,"创撰整严,而斧凿时露,其才大不胜学",以此"视灵运殆更霄壤"。至于谢灵运诗,王世贞认为:"谢灵运天质奇丽,运思精凿,虽格体创变,是潘、陆之馀法也,其雅缛乃过之。'清晖能娱人,游子憺忘归',宁在'池塘春草'下耶?'挂席拾海月',事俚而语雅。'天鸡弄和风',景近而趣遥。"[①]这里所称"天质奇丽,运思精凿",指的不外乎是"秾丽之极,而反若平淡,琢磨之极,而更似天然"的那一层意思。具体说来,谢诗呈现的"雅缛"特点应该是一个显著的表征,如果说"缛"主要是就其繁富的面目而言,那么"雅"则无非是与此相伴而表现出的一种雅致的特色。特别如其中标示的"挂席拾海月"句,出自谢灵运《游赤石进帆海》一诗,王世贞许之为"事俚而语雅",主要在于突出它"雅"的特点,而由"俚"事翻化出"雅"语,自然还是为"琢磨"所致,属于"运思精凿"的一个成功范例。由此可以看出,王世贞渐爱谢诗,其中一个非常重要的因素,乃在于其所体现出的"雅"的特点,而他认为,谢诗的这一特点实和作者基于过人才性之精心运思、专意琢磨是分不开的。

从某种意义上说,体现在后七子诸成员身上这种崇雅抑俗的诗歌审美诉求,不可不谓折射着文人士大夫以雅正为尚的传统意识,烙上了与之相关联的根深蒂固的审美印记,由此其置雅与俗于对立紧张的关系之中,诚不足为怪。当然,如果仅仅从这一角度去究察,似乎并无更多实质性的意义可言,而且事实上单纯注意到这一点,又是大大不够的。

如上所言,前七子像何景明批评"宋人似苍老而实疏卤,元人似秀峻而实浅俗",实际上触及特别在宋元诗歌当中明显存在的日常化、浅俗化的倾向。假如对古典诗歌发展演变的脉络稍作梳理不难发现,与前人相比,宋代诗人似乎对周围的日常琐务更感兴趣,将关注的目光更多投向于此,正如日本著名汉学家吉川幸次郎先生所言,"被认为过于普通平常而不能入诗的身边杂事,宋人却大量地积极地用作诗的题材。结果,要是与从前的诗作一比较,宋诗就显得更加

---

① 《艺苑卮言三》,《弇州山人四部稿》卷一百四十六。

接近日常的生活"①。可以说,在将以前不入诗的日常琐杂的俗事俗物写进诗歌的同时,宋诗已经朝日常化与浅俗化的方向迈进了一大步。不仅如此,中唐以来的诗坛开始显露出以文为诗的迹象,较为典型的如杜甫、韩愈等人的诗歌创作都不同程度地体现了这一特征,宋人黄庭坚即有"韩以文为诗,杜以诗为文"②的说法。而到了宋代,以文为诗的现象,在杜甫、韩愈等人的基础上则有了进一步的发展。所谓的以文为诗,也就是把原本运用在散文中的手法引入诗歌之中,以文的章法、句法、字法来进行诗的创作③。同时,与这一现象相为关联的,宋人"以议论为诗"的倾向也渐为明显,喜在诗中直白议论事理,包括以作为事理诠释的一种特殊方式即"道学之谈"的理学论语入诗。这已经变成古典诗歌发展史上为众多论家所注意的一个问题,无须赘言。应当说,以文为诗,包括与之相伴随的"以议论为诗",称得上是对于诗体的一次不小变革,带来诗歌语言形态的某种结构性异动。葛兆光先生在《汉字的魔方——中国古典诗歌语言学札记》一书中指出,从诗歌语言的角度来看,滥觞于杜甫、韩愈而大成于宋代诗人的以文为诗倾向,应当被视为新一轮的诗歌语言"陌生化"运动,如果说,先秦至魏晋"古诗"其语言与散文语言及日常语言在形态上的差异还不明显,那么,自谢灵运以及沈约、谢朓等齐梁永明诗人之后,古典诗歌语言大为变形,与散文语言或日常语言分道扬镳,逐渐完成了对那样一种语言形态的"陌生化"过程。而宋人以文为诗,则是重新在向更易于表达与更易于理解的散文或日常语言的形态靠拢,出现了一代新的诗歌语言形式。他还由此把宋诗以文为诗的语言形式与作为二十世纪初诗体革命标志的白话诗运动联系起来,以为在那些散文化与口语化的白话诗当中,能够看到宋诗以文为诗精神的真正复活④。它也说明,宋诗以文为诗,向散文语言或日常语言重新回归,在诗歌语言形态上,其实更是在朝着日常化与浅俗化的方向明显发展。就元诗的情况而言,虽然有研究者已指出,有元一代不少诗人提倡以学习唐诗为目标,整个诗坛也开始流行起一股

---

① (日)吉川幸次郎著、郑清茂译《宋诗概说》,第18页,台湾联经出版事业公司1983年版。
② 陈师道《后山诗话》引黄庭坚语,《历代诗话》,上册,第303页。
③ 王水照《宋代诗歌的艺术特点和教训》,《王水照自选集》,第83页至87页,上海教育出版社2000年版。
④ 《汉字的魔方——中国古典诗歌语言学札记》,第64页至65页、第194页至219页,复旦大学出版社2008年版。

宗唐的风气①，但是，时间上与之相对较近的宋人诗歌，还是不同程度地在元代诗人中间发生着影响。对此，胡应麟敏感地觉察到了，他在历数赵孟頫、虞集、范梈、杨载、陈旅、李孝光、萨都剌等一批元诗人为"元绝妙境"之诗篇后，指出"第高者不过中唐，平者多沿晚宋耳"②。撇开他本人所怀有的鄙夷的情绪化因素，客观上点示了诸家之篇其中与宋诗相联系的一面。与此同时，宋诗呈现的日常化与浅俗化倾向也多少延伸至元人诗歌之中，这也成为一些诗家攻讦的一个目标。比如李东阳即直责"元诗浅"，认为"元不可为法，所谓取法乎中，仅得其下耳"③。胡应麟论元五言古诗，也指斥"元之失过于临模，临模之中，又失之太浅"。又论其近体，表示"至于肉盛骨衰，形浮味浅，是其通病"④。很显然，他们把元诗的主要不足，不约而同地归结到一个"浅"字。

回过头来看，后七子成员表达崇雅抑俗的审美诉求，应该说，尤其是与他们反宋元诗歌日常化与浅俗化倾向的用意密切联系在一起的。以王世贞为例，他在为慎蒙所作的《宋诗选序》中论及宋元诗歌，特地拈出何景明"宋人似苍老而实疏卤，元人似秀峻而实浅俗"二语，称之为"二季之定裁"⑤，足见对于何氏此番评语的充分认同和重视，也在它的基础上重申了反宋元诗歌俗态化的诗学立场。这一立场同样表现在他对与宋诗关系较为紧密的金代诸家诗风的评价。金代诗坛受宋诗的影响似乎是一个无法否认的事实，如苏轼、黄庭坚之诗曾成为不少金代诗人学习的对象，在论评元好问所编《中州集》收录的金代多位诗人所作时，王世贞指出："如宇文太学虚中、蔡丞相松年、蔡太常珪、党承旨怀英、周常山昂、赵尚书秉文、王内翰庭筠，其大旨不出苏、黄之外。要之，直于宋而伤

---

① 参见邓绍基主编《元代文学史》，第365页至375页，人民文学出版社1991年版。
② 《诗薮·外编》卷六《元》云："赵子昂：'溪头月色白如沙，近水楼台一万家。谁向夜深吹玉笛？伤心莫听后庭花。'虞伯生：'高秋风起玉关西，蹛铁归朝十万蹄。貌得当时第一匹，昭陵风雨夜闻嘶。'范德机：'中年江海梦灵皇，夜半闻钟似上阳。一百八声犹未已，更兼云外雁啼霜。'杨仲弘：'四面青山拥翠微，楼台相向辟天扉。夜阑每作游仙梦，月满琼台万鹤飞。'陈众中：'东华尘土满貂裘，芍药阑边系彩舟。二十四桥春似海，教人肠断忆扬州。'李季和：'西风乌帽鬓鬖鬖，拂袖长吟倚暮酣。得句不衡京兆尹，蹇驴行遍大江南。'萨天锡：'道人已跨龙潭鹤，童子能烹雀舌茶。一夜山中满林雪，客来无处觅梅花。'郝伯常：'只见星帘挂月钩，银河依旧隔牵牛。遥怜玉雪佳儿女，泪满西风乞巧楼。'陈刚中：'老母粤南垂白发，病妻燕北倚黄昏。瘴烟蛮雨交州客，三处相思一梦魂。'潘子素：'江上青山日欲晡，幽花小纸墨模糊。华清宫殿生秋草，零落滕王蛱蝶图。'张仲举：'云岩岩下聘君家，长记宵谈到曙霞。今日陇头谁洒饭？鹧鸪啼老白桐花。'等作皆元绝妙境，第高者不过中唐，平者多沿晚宋耳。"（第228页）
③ 《怀麓堂诗话》，《李东阳集》，第二卷，第531页。
④ 《诗薮·外编》卷六《元》，第221页至222页。
⑤ 《弇州山人续稿》卷四十一。

浅，质于元而少情。"不但把宋元诗歌作为参比的对象，认为金代诸家诗歌之质直浅俗，比起二者来则是有过之而无不及，无形之中也等于同时揭出了宋元诗歌在这一方面存在的问题，并且将宇文虚中等金代诗人和苏、黄等宋代诗人联系起来，其言下之意，特别是金代诸家"直于宋而伤浅"的不足，与他们受宋诗的影响不无一定的关系。又谈到元代诗人，王世贞对于赵孟頫、刘因诗作特点的点评耐人寻味，他表示，"赵稍清丽，而伤于浅"，"刘多伧语，而涉议论"[①]。伧语者，粗俗鄙俚之辞也。所论虽短短数语，但一谓之"伤于浅"，一谓之"多伧语"，看得出来，这显然是把二者视为元诗"浅俗"的典型例子了。

再进一步来看，后七子成员反映在诗学观念上崇雅抑俗的审美诉求，特别是其在反宋元诗歌日常化与浅俗化倾向中表现出的这一鲜明意向，在很大程度上源于对诗歌这一特殊文体独立品格的认知，以及由此所激发的强化相关艺术经营的意识。上已指出，尤其自宋代以来，诗歌领域日常化与浅俗化的倾向渐趋明晰，除了取材角度的变化，语言形态更是有了一种结构性的异动，特别是以文为诗，包括与之相随的"以议论为诗"创作手法的介入，使得诗歌语言向散文或日常语言的形态接近，对于诗体而言是一次明显的变革。在另一层面，与文之直接表述的传达方式不同，古典诗歌更讲究所谓"言有尽而意无穷"，要求在传达上含而不露，述而不尽，用以营造出委婉蕴藉、给人以暗示而激发想象的艺术审美效果。特别是时至唐代，随着诗歌体制日趋完备，尤其是近体诗走向成熟并进入一个鼎盛的历史阶段，以蕴藉婉曲传达为尚的诗歌审美特性进一步得到确立，它也成为诗有别于文的文体性的标志或独立性的象征。而宋代诗歌日常化与浅俗化的发展趋向，特别以其在语言形态上的变易，相对弱化了诗歌的这一审美特性，其主要表现在，由于语言更符合如文章那样的直接表述方式或日常传达习惯，原先含藏在诗中而不浅露的意脉得以显现，由以暗示为重趋于直白明晰。也因为如此，宋代诗歌的这一倾向，被有的研究者切中要害地概括为"凸现意义"[②]。的确，处于这样的语言形态转换过程之中，以命意为先的特点在宋诗中间表现得愈益明显，这也因此使得后七子成员在诗歌领域加强了警戒的力度。是以如谢榛认为"诗有辞前意，辞后意"，其在比较了"唐人兼之，婉而

---

① 《艺苑卮言四》，《弇州山人四部稿》卷一百四十七。
② 葛兆光《汉字的魔方——中国古典诗歌语言学札记》，第207页。

有味,浑而无迹"后,更感觉出"宋人必先命意,涉于理路,殊无思致"①。这不但在对比唐宋诗歌品位的差异,而且流露出力忌"婉而有味"诗歌审美特性之丧失乃至维护诗歌独立品格的戒备意识。为了强调这一点,他们又提出了诗不可以"太切"的经营原则,如谢榛以为:"诗不可太切,太切则流于宋矣。"②所谓的"切",指切近、切实之义。不可太切,意味着不能过于着实,不能直白道出,避免如宋诗那样意脉直露而浅俗。因此,谢榛同时提出与"切"的概念截然相对的所谓"含糊"的要求:"凡作诗不宜逼真。如朝行远望,青山佳色,隐然可爱,其烟霞变幻,难于名状。及登临,非复奇观,惟片石数树而已。远近所见不同,妙在含糊,方见作手。"③较之谢榛,王世贞对于诗不可"太切"似有更具体深切的一层体会,他说:

> 严又云诗不必太切,予初疑此言,及读子瞻诗,如"诗人老去"、"孟嘉醉酒"各二联,方知严语之当。又近一老儒尝咏道士号一鹤者云:"赤壁横江过,青城被箭归。"使事非不极亲切,而味之殆如嚼蜡耳。④

严羽《沧浪诗话·诗法》论及诗"不必太着题,不必多使事"⑤,上述以为严氏言诗不必太切当即指此。所摘出的苏轼诗句,分别为其七言律诗《张子野年八十五尚闻买妾,述古令作诗》中额联"诗人老去莺莺在,公子归来燕燕忙"与颈联"柱下相君犹有齿,江南刺史已无肠",以及《太守徐君猷、通守孟亨之皆不饮酒,以诗戏之》中首联"孟嘉嗜酒桓温笑,徐邈狂言孟德疑"与额联"公独未知其趣尔,臣今时复一中之"。所谓的"着题"就是直言题意,"使事"则指运用典故事实,二者之间实际上常常关联在一起,也即"使事"直述所立题意,"着题"乃从典故事实的使用当中显现出来。上引苏氏二诗各两联诗句便是这方面比较典型的例子,其不但高密度地充填故实,并且这些故实直接道破了二诗的题意。在王世贞看来,苏诗的这一作法未免"太切",而至于如老儒所咏亦可归属于此,正是因

---

① 《诗家直说》一百二十九条,《四溟山人全集》卷二十一。
② 《诗家直说》一百二十七条,《四溟山人全集》卷二十二。
③ 《诗家直说》七十五条,《四溟山人全集》卷二十三。
④ 《艺苑卮言四》,《弇州山人四部稿》卷一百四十七。
⑤ 《沧浪诗话校释》,第114页。

为"太切"而过于直白浅露,使人一览无馀,失去了蕴藉婉曲的特性,作为诗歌的韵味意趣就大为减损,品味起来难免感觉犹如嚼蜡一般,这也是诗家在创作中勉力要为之戒忌的。

总之,后七子成员主张诗复"雅道",宣示他们崇雅抑俗的审美诉求,要说显于其中的实质性意味,这就是基于对宋代以来诗歌领域日常化与浅俗化倾向的深切检讨,以如此的诉求来表达他们反逆于此的明确态度,以及对于诗之为诗审美特性的强烈关切,这尤其从他们针对宋元诗歌发出的毫无掩饰的批评声音中已能感受出来。究其根本,它由一个侧面展示了其要求维护诗歌有别于其他文体的独立品格而不至沦丧的明确意愿,包括强调在这方面需要努力为之经营的自觉意识。

二、对"和平"之音的强调

对于后七子诗学观念的考察,还可以注意到表现其中的另一审美向度,那也就是特别为王世贞所强调的"和平"之主张。

综观王世贞论诗,他屡次用到"和平"一词以相标示。试举数例,如《瑶石山人诗稿序》评议黎民表所作各体诗,言及五言古诗,以为其"自建安而下逮梁陈,靡所不出入,和平丽尔"[1]。为乡试同年张宪臣所撰墓志,其中也以"雍容和平,得大历、贞元遗旨"[2]的评语,来对张氏生平诗作加以定论。而在《丘谦之粤中稿序》中,则又称赞丘齐云所为诗,"和平丽雅,高亮朗郁,蔼然治世之音,而通人之大观也。"[3]。"和平"一词既被用来评论诸家诗歌,由此可见,它显然成了王世贞心目中一个重要的诗学审美准则。

追究起来,"和平"作为一个与安定、和谐、温和等意涵关联在一起的概念,在人们的日常运用过程中,它的词义为之扩张,被赋予了某种普泛性和延展性。早如《周易·咸》曰:"圣人感人心而天下和平。"[4]指的是人心睦和、政局平稳的意思。宋人蔡节《论语集说》诠解孔子所谓"君子坦荡荡"一言,以为"君子循理,

---

[1] 《弇州山人四部稿》卷六十六。
[2] 《明嘉议大夫云南提刑按察司按察使虚江张公墓志铭》,《弇州山人四部稿》卷八十七。
[3] 《弇州山人续稿》卷五十。
[4] 《周易正义》卷四,《十三经注疏》,上册,第 46 页。

故其心和平而宽广"①,其主要用来形容人格上的修养,指修而后成的宽厚平和的胸怀与性情。《礼记·檀弓上》曰:"颜渊之丧,馈祥肉。孔子出受之,入弹琴而后食之。"元人陈澔《礼记集说》对此解释说:"弹琴而后食者,盖以和平之声散感伤之情也。"②这里"和平"与"感伤"相对而言,藉此来描述和谐平顺的音乐之声。与此同时,"和平"一词作为一个审美的概念,也进入传统诗学领域。如《诗序》解释《小雅》中《楚茨》一诗题意,断言"刺幽王也",以为"政烦赋重,田莱多荒,饥馑降丧,民卒流亡,祭祀不飨,故君子思古焉"。朱熹则并不同意"《序》以其在变雅中,故皆以为伤今思古之作"之见,独将是篇至《小雅》中的《车舝》数诗连在一起看待,他这样解说:"自此篇至《车舝》,凡十篇,似出一手,词气和平,称述详雅,无风刺之意。"③虽然其旨在辨析《诗序》解释之失,但谓《楚茨》等数诗"词气和平"云云,也可以说是出于一种审美的视角来加以评定的。应该指出的一点是,在诗学发展史上,传统儒家诗说在注重诗歌政治与社会功用的同时,推崇"依违讽谏,不指切事情"这样一种"温柔敦厚"④的诗教,即便对于《诗经》中重在表现忧怨之思、讽谕之旨的所谓变风变雅之作,也突出它们"止乎礼义"的限度,于是乎温厚和平的诗歌审美要求,同时渗入了浓重的诗教精神因素。宋人朱鑑《诗传遗说》在解说《论语·子路篇》中孔子"诵《诗》三百,授之以政"云云一段话时,就表示:"《诗》本人情,该物理,可以验风俗之盛衰,见政治之得失,其言温厚和平,长于风谕,故诵之者,必达于政而能言也。"⑤毫无疑问,这已在明显强调诗歌应以温厚和平方式来进行"风谕"的诗教精神。

接下来要进一步探析的问题是,王世贞论诗屡屡强调的"和平"之概念,其又具有什么样的审美内涵呢?

结合上述所论,首先需要看到,这一审美诉求其中所表现出的对于传统儒家诗教意识的某种认同,应该是不言而喻的,此也已在王世贞的一些具体论评中流露出来。如其称道他人所作,"而于文辞不若屈平、宋玉之牢骚而冶靡也,温厚和平,庶几所谓《国风》之《周》、《召》,《清庙》之《颂》若《雅》哉"⑥。说明在他

---

① 《论语集说》卷四,影印文渊阁《四库全书》本,台湾商务印书馆1986年版。
② 《礼记集说》卷二,影印文渊阁《四库全书》本,台湾商务印书馆1986年版。
③ 《诗序》卷下,影印文渊阁《四库全书》本,台湾商务印书馆1986年版。
④ 见《礼记正义》卷五十孔颖达疏,《十三经注疏》,下册,第1609页。
⑤ 《纲领》,《诗传遗说》卷一,影印文渊阁《四库全书》本,台湾商务印书馆1986年版。
⑥ 《贺大司空阳白曾翁七袠荣封序》,《弇州山人续稿》卷三十八。

心目中，率意任性的"牢骚"之辞，绝不合乎"和平"之音的审美原则，诗歌所能呈现的温厚和平之态，正是在对作者内心忧郁怨愤情绪适当加以抑制的基础上实现的，二者之间，一绌才可能意味着一伸。犹如王世贞评议其友王祖嫡所撰，认为其"感慨牢愪之旨绌，而和平尔雅之音伸"①。有鉴于此，实际上它同时涉及令人无法回避的一个基本问题，这就是究竟如何对待诗歌关于作者情感的表现。此前我们已指出，王世贞等后七子成员一再表达了诗主性情这一重要的原则立场，强调要发抒"性情之真境"，由是凸显对诗歌抒情性质的充分重视，也表明其立足于李、何诸子同一的思想基点，接续他们主情这条诗学思想主要路线的主观用心。但在另一方面，尤其是王世贞如上绌"牢愪"以伸"和平"之论，不主张在诗中无节制地表现与温厚和平的基调相抵牾的忧思怨念，事实上已对诗人情感发抒的充分性作出了一定的限约，为诗主性情设置了某种约束性的前提，应该承认，其较之李、何等人的态度，更趋向理性，也更趋向保守。而用王世贞的另一番话来表述，就是在"发情"的同时，又要注意"止性"或"约性"。如他序徐中行文集，即谓徐氏诸诗"咸发情止性，喻象比意"②。这既是对徐诗作出的总体评价，又是对诗歌创作提出的一项审美要求。或亦谓之要"不之于情则止于性，达happening其趣而和平其调"③。而在为顾存仁诗集《东白草堂集》所作的序中，王世贞以自己阅读唐初卢照邻等人诗歌的体会为例，将这一层意思陈述得更为具体与明确，其曰，"及读所谓唐卢、骆、沈、宋者诗，其属事非不精，其辞非不彬彬中文质也，然往往工于用情而薄于约性"。那么，何以说唐初诸子的诗是"工于用情而薄于约性"呢？在王世贞看起来，这具体表现在，"其显而被之庙廊，则多侈大其所遭以明得意，其气多轻扬而陵物。不幸而挫陁放窜以死，则或追疧其所由得而其旨诽，或微挟其所自树而其旨宂。其下者有所诇乞而其旨谀，高者无所顾藉而其旨诞"。他以为，对比之下，顾氏不仅处在"得意"之际，其诗"于辞和厚，而若无所恃重"，而且更在其遭遇"及以一疏失上指，为流人至三十年，郁怫之境固已什百于所谓卢、骆、沈、宋者"的极度失意的困境时，"而其辞则益平，盖至于六哀、五幸、四欲、五忆诸篇，忠厚悱恻，孝友惇固，读之隐然有馀爱焉"④。

---

① 《报庆纪行小序》，《弇州山人续稿》卷四十五。
② 《徐天目先生集序》，《弇州山人续稿》卷四十五。
③ 《环溪草堂集序》，《弇州山人四部稿》卷六十七。
④ 《东白草堂集序》，《弇州山人四部稿》卷六十六。

这应该是说，顾氏作诗在"发情"之际能注意"约性"，特别当身处困厄之境，其诗不以一味发泄内心忧怨为快，而有所约制，故给人以温厚和平之感。

诚然，王世贞诗重"和平"的论调中沉淀着某种传统儒家诗教意识，不过，这并不能在完全意义上解释它的审美内涵之所在，当我们在关注这一论调与传统儒家诗学之间所发生的某种联系时，实际上尚需进一步究察它所体现的审美内涵的其他方面及其原因，以求更全面地认识这一问题。

具体来看，第一是主要从诗歌本体艺术的角度，要求作品能展示婉曲而圆融的表现形态。"和平"之概念中原本包孕着和婉委曲的一层含义，当这一层含义被用来指涉"长于风谕"、"不指切事情"时，它所注重的无疑是其内涵之中政治伦理性的一面。然以王世贞所论观之，它同时指向诗歌有别于其他文体而在表现形态上的特殊要求。世贞为梁辰鱼所撰《梁伯龙古乐府序》，在归纳梁氏之作的特点时，指出其"或正言以明志，或婉语以引情，一切归之和平尔雅"①，将诗之"婉语"与"和平"之间作了明确联系，或曰婉曲传达之，被他视为"和平"的一层重要的蕴意。虽然序中谓"婉语以引情"，还含有些许"发情止性"的意味，但应该说，它同时注意到了"婉曲"传达对于诗歌艺术的重要性。尤就后者而言，王世贞在序彭栗诗文集《说剑馀草》而论其诗之际，作了相对明晰的评述："其诗皆婉曲工至，能发其情，以与才合，而不伤格。至于七言律，尤有斫轮中鹄之巧。"②序中论作者诗篇"婉曲"的特点，主要则由不伤乎"格"来加以衡量，具体到他的七言律诗，甚至许以"斫轮中鹄"，视之为精妙之技呈现。这不难看出，其更多已是从诗歌自身艺术的角度去着意的。

关于"婉语"或"婉曲"之意，尽管王世贞在上面未展开更为直接和进一步的说明，不过，从他的一些相关转述与论评中还是能多少体味出个中的具体蕴意。在《艺苑卮言》篇首列出的历代"诸家语"部分，其中有梅尧臣论诗之言："思之工者，写难状之景，如在目前，含不尽之意，见于言外。"③梅氏此语由欧阳修在其《六一诗话》中转述，据是书所载，当欧阳修进而向他询问"状难写之景，含不尽

---

① 《弇州山人续稿》卷四十二。
② 《彭户部说剑馀草序》，《弇州山人续稿》卷五十五。
③ 《艺苑卮言一》，《弇州山人四部稿》卷一百四十四。梅氏原话为："诗家虽率意，而造语亦难。若意新语工，得前人所未道者，斯为善也。必能状难写之景，如在目前，含不尽之意，见于言外，然后为至矣。"（欧阳修《六一诗话》，《历代诗话》，上册，第267页。）

之意,何诗为然"的问题时,梅氏作了如此解释:"作者得于心,览者会以意,殆难指陈以言也。虽然,亦可略道其仿佛:若严维'柳塘春水漫,花坞夕阳迟',则天容时态,融和骀荡,岂不如在目前乎?又若温庭筠'鸡声茅店月,人迹板桥霜',贾岛'怪禽啼旷野,落日恐行人',则道路辛苦,羁愁旅思,岂不见于言外乎?"①所论实际上触及这样一个问题,诗人的审美活动重在于自我体验,他们将"得于心"与"会以意"的体验所获,无法在诗中用直接而坐实的语言一一指陈,而是通过意在言外这一暗示与间接的方式婉曲表现出来。严、温、贾等人上述诗句就是典型之例,所谓"天容时态,融和骀荡"或"道路辛苦,羁愁旅思",诗中并未直言实述,而以状写景象的手法曲折示意之,给人带来"如在目前"或"见于言外"的感受与联想。可以说,梅氏以上所论的意义在于,他在揭示诗重作者自我体验的特征时,注意到诗歌在表现形态上要求委婉蕴藉而非直而述之、穷而尽之的特殊性。王世贞将梅氏之论作为专门"撷而观之"的其中一家,当然有着藉此表达个人之见的意味,以此作为他有关诗之"婉语"或"婉曲"之意的一种注脚,大概并无不当。

事实上,王世贞又就此强调诗歌所谓"可解不可解"的重要原则,帮助我们进一步认识这一问题,他说:

> 李于鳞言唐人绝句当以"秦时明月汉时关"压卷,余始不信,以少伯集中有极工妙者。既而思之,若落意解,当别有所取,若以有意无意、可解不可解间求之,不免此诗第一耳。②

所谓"可解不可解",既是从接受的角度言之,又着眼诗歌婉曲传达的表现形态。清人叶燮在其《原诗》中曾经指出:"诗之至处,妙在含蓄无垠,思致微渺,其寄托在可言不可言之间,其指归在可解不可解之会;言在此而意在彼,泯端倪而离形象,绝议论而穷思维,引人于冥漠恍惚之境,所以为至也。"③其中不但以"可解不可解"为诗歌之至,并且点出其与"言在此而意在彼"那种意在言外的委婉蕴藉

---

① 欧阳修《六一诗话》,《历代诗话》,上册,第 267 页。
② 《艺苑卮言四》,《弇州山人四部稿》卷一百四十七。
③ 《原诗》卷二《内篇下》,《清诗话》,下册,第 584 页。

传达方式的关联性。这一原则的要义在于,诗不能完全"可解",因为完全"可解"意味着含于诗中的意脉毕露穷现,给接受者的想象空间为之压缩,诗味荡然,且容易造成理解上的穿凿。如黄庭坚批评喜穿凿者于杜诗"弃其大旨,取其发兴于所遇林泉、人物、草木、鱼虫,以为物物皆有所托,如世间商度隐语者",以为如此则"子美之诗委地矣"①。故谢榛为说明自己提出的诗"可解、不可解、不必解"之意,特地引述黄庭坚此言以释之②,他的语意重点在于表明诗不可全解的道理。与此同时,诗又不能完全"不可解",否则的话势必因为诗意晦涩奥僻,其结果不免造成传达上的阻碍,使人难以理解与接受。总之,要求既"可解"又"不可解",依违于二者之间,在作为诗的表象之"言"与内在之"意"中间构筑起既融通又错位的关系,营造不即不离、若隐若现的艺术效果。如清人朱庭珍所言,"诗之妙谛,在不即不离、若远若近、似乎可解不可解之间"③。这看似为一对彼此悖背不相容的矛盾,然诗歌的要妙之处正体现在解与不解矛盾形成的张力之中,作为异于其他文体的诗歌的美学特征也在这一张力之中得以展示。

观王世贞所述,他主张的诗歌"可解不可解"原则,可以说也正是从这一角度立论的。如他论拟古乐府《铙歌》:"《铙歌》诸曲,勿便可解,勿遂不可解,须斟酌浅深质文之间。"④又如他在评李商隐《锦瑟》诗中间两联时说:"李义山《锦瑟》中二联是丽语,作适怨清和解甚通。然不解则涉无谓,既解则意味都尽,以此知诗之难也。"⑤在他看来,诗之婉曲的蕴意实寄寓在解与不解之间,一味"不可解",自然变得"无谓",在传达与接受上就无实际意义和目的可言;全然"可解",诗的"意味"必然丧失殆尽。这说明需要在解与不解之间达成一种美学意义上的互相制衡,诗之"难"在于此,当然,它的至妙之处亦在于此。

从上面所述约略可见,王世贞"和平"之论针对婉曲传达的表现形态的主张,基本上是以古典诗歌言在意外的审美观念为逻辑起点而展开,在这一点上,如和前所分析的王世贞等后七子成员反宋元诗歌日常化与浅俗化倾向的态度联系起来看,二者显然也是互通的,只是论析的角度有所差别而已。它

---

① 《大雅堂记》,《山谷集》卷十七,影印文渊阁《四库全书》本,台湾商务印书馆1986年版。
② 见《诗家直说》一百二十九条,《四溟山人全集》卷二十一。
③ 《筱园诗话》卷一,《云南丛书》初编《集部》。
④ 《艺苑卮言一》,《弇州山人四部稿》卷一百四十四。
⑤ 《艺苑卮言四》,《弇州山人四部稿》卷一百四十七。

的特点和意义,实体现在其着眼于诗歌艺术本身,阐释以蕴藉婉曲传达为尚这一诗歌基本而重要的原理,将关切的目光更多投向了诗之为诗的审美特性。

与此同时,倾向于圆融的表现形态,为王世贞诗重"和平"主张的另一个注意点。这里所说的圆融,主要指向一种周密而非偏至、浑融而非刻凿的状态。如王世贞《冯咸甫诗序》评华亭冯大受诗,以为其"和平畅尔,能斟于深浅浓淡之间,高不至浮,庳不至弱"①。说冯诗能斟酌于深浅浓淡之间,当主要还是就其周正恰切而无所偏倚的特点而言。据王世贞看来,其实际上牵涉这样的一个问题,即对于诗歌作品中的各个艺术要素或环节如何进行周密调和,合理加以表现出来。对此,他在表达自己尤服膺杜甫诗歌的倾向时,已大略道出此意,以为杜诗在这方面具有某种典范性:"扬之则高华,抑之则沈实,有色有声,有气有骨,有味有态,浓淡深浅,奇正开阖,各极其则,吾不能不伏膺少陵。"②这也就是说,杜诗不但具备诸如"色"、"声"、"气"、"骨"、"味"、"态"等各个艺术要素,而且能够把这些不同的要素周密地加以谐调,故而"浓淡深浅,奇正开阖,各极其则",呈现协调切当、密巧有致之态。而要达到"各极其则",将各个艺术要素或环节周密地调和起来,形成有机而系统的艺术整体,在王世贞看来,这尤其需要在"兼"上下功夫。如他所言:"夫工事则俳塞而伤情,工情则婉绰而伤气;气畅则厉直而伤思,思深则沈简而伤态,态胜则冶靡而伤骨;护格者虞藻,护藻者虞格;当心者倍耳,谐耳者恶心。信乎,其难兼矣!""兼"的基本涵义,指涉同时顾及若干不同的方面。用它来指称诗歌艺术的经营,显然要求立足于有机而系统的整体来加以考量,兼顾到不同要素或环节,使之臻于无所偏至的平衡谐调的状态。至于"工事"而"伤情","工情"而"伤气","气畅"而"伤思","思深"而"伤态","态胜"而"伤骨",说到底,乃因为偏执或专注于一端,无视诗歌其他的艺术要素或环节,是以"兼"作为有机而系统的艺术呈现也就无从谈起。从这个角度看,偏求一端,对于一般的诗作者来说也许并不困难,按王世贞之见,这也正是他们容易滑入的一个创作误区,但要做到如上数端"亡所不兼",则绝

---

① 《弇州山人续稿》卷四十五。
② 《艺苑卮言四》,《弇州山人四部稿》卷一百四十七。

非易事，因此王世贞提出"非诗之难，所以兼之者难"①。"兼"之所以为难，在于它本身乃体现了诗人不同寻常的善于周至调配、各面兼及的创作技能，尤是诗歌表现艺术趋于完善的一种标志，而这不是人人都能做得到，然它则被视为诗歌创作所达到的理想之境。当然，要达到"各极其则"这种"兼"的境界，还不仅仅是对诸多艺术要素或环节的兼顾协调问题，更为关键的是在此过程中如何使之自然呈露以显浑融无迹，而非生硬刻凿，任意搬套，这也为包含在王世贞"和平"之论中的一层重要蕴意。如其《湖西草堂诗集序》评人诗作，以为"顾其大要在发乎兴，止乎事，触境而生，意尽而止，毋凿空，毋角险，以求胜人而剡损吾性灵"，以故其诗"和平爽畅，有君子风，即置之唐长庆、宋元祐间，庶几无愧色矣"②。如借用王世贞在《白坪高先生诗集序》中论高氏诗作的一段话稍加解释之，其大旨无外乎为："外触于境，而内发于情，不见题役，不被格窘，意至而舒，意尽而止。吾不知于变之穷否何如，其能发而入于自然固饶也。"③上谓"和平爽畅"云云，当即指其能不以穿凿角险为务，以不损及自我性灵发抒为前提，触境生感，意至而发，意尽而止，任于自然而起息，以达乎浑成融和之境。王世贞为邹迪光所撰《邹黄州鹡鸰集序》评邹诗，亦谓"大要皆和平粹夷，悠深隽远"，这主要认为其"铿然之音与渊然之色，不可求之耳目之蹊，而至味出于齿舌流羡之外"。所谓"不可求之耳目之蹊"，乃针对邹诗学古的特点而言，是以序中又云"其习之者不以为达夫、摩诘，则亦钱、刘，然执是而欲以一家言目彦吉，不可得也"。这是说邹氏之诗虽重在习学唐人，但并不刻板摹仿搬套某一家，在摹习之中注意以自我为主，不同于"捧心"或"抵掌"者"先有它人，而后有我"④，大有"铿然之音"与"渊然之色"却不落蹊径，故其诗习学古人而能臻于"和平粹夷"的浑融无迹之境。

第二是指向对于淡雅与和适诗歌风格的追求。而这一指向，与王世贞晚年心态的变化又有着一定的联系。他在此际为无锡华善继诗选作序，表示"孟达（案，华善继字）之所构结，以淡雅为体，以和适为用"，以为"诗如是足矣"⑤，明确

---

① 《陈于韶先生卧雪楼摘稿序》，《弇州山人续稿》卷四十四。
② 《弇州山人续稿》卷四十六。
③ 《弇州山人续稿》卷四十三。
④ 《弇州山人续稿》卷五十一。
⑤ 《华孟达诗选序》，《弇州山人续稿》卷五十三。

表露对于华氏诗作这一风格特征的欣赏之意。体察"淡雅"与"和适"的基本涵义,其无外乎指平淡而非奇崛,温雅而非粗直,和顺而非激越,应当说,其大旨仍围绕为王世贞所声张的"和平"之概念而设立。

如我们在之前分析后七子成员心态时所指出的,鉴于对当下世事情态的感受以及曲折偃蹇的生活与仕宦经历,诸子的处世心态前后发生不同程度的变化,经受了世事人生的磨砺和摧击,他们原先理想的企望多为现实的思虑所代替,亢激的性气也渐被静冷的心境所掩盖。就王世贞本人来说,特别是经历了嘉靖朝严峻的政治气氛,隆庆、万历以来政治情势的反复,加上中间仕宦的起落,以及那一场刻骨铭心"家难"给他带来的无法消释的心灵伤痛,尽管不能说他因此完全断绝世念,超然物外,这主要归结于根植在他内心深处的传统文士的功业之志、求用之心及对现世关怀的担当意识并未彻底消泯,但一个不容忽视的事实是,对现实政治热情的下降与经世用事之心的冷却,确实在王世贞身上体现出来,包括虔心拜王锡爵女王焘贞为师,削迹道门,"皈依大化",以至后来"割欲辞荣,弃家入靖",移居昙阳恬澹观束身静修,不能不说与他对时世人事的失落和灰冷以求在静心学道的自我修持中获得一丝心理平衡与慰藉有关,是其处世心态由躁热激扬趋向相对静冷平和的具体表现,一如屠隆在为王世贞所作的《大司寇王公传》中所云,"公少以才自雄,意不可一世。晚而身经多故,益归恬和"①。心态变化的迹象也在王世贞的文学态度中表露出来,胡应麟注意到了王世贞自万历四年(1576)五十一岁之际解郧阳督抚归里后,其诗风与"中年"相比趋于"平淡"的变异:"元美郧台之后,务趋平淡,视其中年精华雄杰,往往如出二手。"②这一变异迹象及王世贞对淡雅与和适诗风的推尚,显然与他在"身经多故"之后静冷平和心境的形成不无关系。或者说,世事人生的种种磨砺与摧击,在明显改变着王世贞处世心态的同时,也在悄然改变着他的文学审美态度。

事实上,从王世贞对淡雅与和适诗歌风格的关注和评说中不难体味出,他的心理状态变化的迹象昭然印在其中,如其跋《俞氏四舞歌》评议俞允文五言选体,认为:"仲蔚以五言选澹雅得诗家声,而时时作绮丽有情语,所谓正平大雅固

---

① 《王凤洲先生行状》,明刻本。
② 《诗薮·续编》卷二《国朝下·正德、嘉靖》,第345页。

当尔耶?"①称许俞氏五言选体"澹雅"的风格,且将它落实在了"正平大雅"的特征上。尤其中"正平"一词之义,当出自《庄子·达生》所言:"夫欲免为形者,莫如弃世。弃世则无累,无累则正平,正平则与彼更生,更生则几矣。"宋人林希逸释之曰:"正平者,心无高下决择也,犹佛氏曰是法平等也。"②其大意指向一种平静淡和的心境。故可以说,王世贞欣赏俞诗"澹雅"之风,很重要的一点,就是从诗中所显露的这种平静淡和的"正平"心境的角度来看待的,其也多少折射出王世贞本人此际渐趋平和心态变化之一角。如此说来,也就不难理解,他为华善继所撰《华孟达诗选序》在称许华氏"以淡雅为体,以和适为用"诗风的同时,为何在《华孟达集序》中又将其诗的风格特征归纳为"清楚冲夷,有悠然自赏之味"③。看得出来,王世贞赏许华氏淡雅与和适的诗风,同样主要是从冲和平易、淡然自适的平和之境上着眼,与其"和平"的旨义显相关联,这也可以说反映了其审美诉求根本性的一面。

与此相关的是,按照王世贞的看法,在诗歌的风格特征上,体现着"和平"之旨义的淡雅与和适,同时又与内敛、优柔、清和、蕴藉等特点联系在一起,而这在本质上还应当与他晚年心态趋变而更显静冷平和有关。如其序朱硕熿《巨胜园诗集》曰:"自余与历下生修北地之业,慕好之者靡不鸿举豹蔚,金石其声,以自附于古,而才情未裕,景事寡剂,骛于雄奇莽苍之观,而略于澹荡优柔之致,识者叹焉。"此言看上去更像是在反思当初那些慕好古业者之所为,认为他们一味追逐"雄奇莽苍之观",忽视"澹荡优柔之致"。这大约还是觉得他们过于张扬而不够敛抑,雄直劲厉有余,柔厚清和不足,比较之下,则感觉朱氏之诗显得"其调甚和,而致甚清"④,迥然与前者不同。相似的态度,在王世贞为故友朱察卿诗文集所作的序文中也有所表露,据是序所述,朱察卿诗作给他留下最深刻的印象是,其能够"远于拘苦、粗豪之二端",终归于"意清而调和"⑤。究"拘苦"与"粗豪"之义,大体上不离滞涩、粗直、恣纵的意思,自然它们既不属于"清",也不属于"和"。若再与以上所述联系起来则不难体会出,它在基本上也还是出于序者倾

---

① 《弇州山人续稿》卷一百六十五。
② 《外篇·达生第十九》,《庄子口义》卷六,影印文渊阁《四库全书》本,台湾商务印书馆1986年版。
③ 《弇州山人续稿》卷四十三。
④ 《巨胜园集序》,《弇州山人续稿》卷五十四。
⑤ 《朱邦宪集序》,《弇州山人续稿》卷四十一。

向淡雅与和适的审美眼光,以一种清和、宽柔、敛约的标准来审视和诠评朱诗的风格特点。总之,当我们解析王世贞诗重淡雅与和适之风格的论调时,不仅应该了解这一从"和平"概念衍生而成的审美诉求的特征与内涵,而且需注意到它特别与王世贞晚年处世心态的变化所构成的内在关联,也许这样更有助于我们加深对它的认知。

第十章 后七子的文学创作

如同对前七子诗文作品的考察,有关后七子的文学创作,我们也将着重从李、王诸子诗文作品所展示的精神质性和审美倾向两大方面来加以探讨。在这其中,后七子之间创作的彼此差异和作为一个文人群体的共同或相似倾向,以及较之前七子,后七子文学创作所呈现的近似和变异特点,都是我们以下讨论指涉的基本目标。

第一节 拟古取向与自我抒写的消长

基于重视诗文复古的文学立场,后七子大多在仿拟前人作品上倾注了相当的心力。如果说拟古在前七子那里已成为明显的创作态势,那么至后七子其进一步突出了这种取向。后者不仅体现在作品范围及数量的扩充,也反映在拟学程度的增强。胡应麟《诗薮》论王世贞诗,以为"古诗枚、李、曹、刘、阮、谢、鲍、庾以及青莲、工部,靡所不有,亦鲜所不合。歌行自青莲、工部以至高、岑、王、李、玉川、长吉,近献吉、仲默,诸体毕备。每效一体,宛出其人,时或过之"[1]。许学夷《诗源辩体》言及李攀龙诗之"所可议者",指出其"于古乐府及《十九首》,苏、李《录别》以下,篇篇拟之,殆无遗什,观者不能不厌耳"[2]。朱彝尊《静志居诗话》评李攀龙诗,表示"于鳞乐府,止规字句,而遗其神明。是何异安汉公之《金縢》、《大诰》,文中子之续经乎?惟相和短章,稍有足录者。五言学步苏、李、曹、刘,如'浮云从何来?焉知非故乡','来者自为今,去者自为昔',差具神理,然新警

---

[1] 《诗薮·续编》卷二《国朝下·正德、嘉靖》,第338页。
[2] 《诗源辩体·后集纂要》卷二,第413页。

者寡矣。七古五律绝句,要非作家。惟七律人所共推,心慕手追者,王维、李颀也。合而观之,句重字复,气断续而神瓜离,亦非绝品"[1]。以上诸论虽褒贬不一,但都注意到李、王诗歌格外重视拟古的特点。这在创作的层面上,可以说显示了以李、王为代表的后七子强化对古作法度规则体认的一条经营之道,显示了他们对为前七子所确立而注重技艺性之规则或方法的复古路线的持守和扩张。然而,过分注重拟古的结果,往往导致自我抒写空间的缩减,二者之间本来就是一个不易平衡兼顾的难题。后七子在仿拟古作上的着力,不免带来同样的问题,尽管他们在主观上并不希望如此,力求顾及二者。无论如何,在总体上,体现在后七子创作实践中的这一拟学古作与自我抒写彼此消长的特征还是显而易见的。

一、拟古取向的延展及其特点

与前七子相比,后七子在推动诗文复古的过程中不仅提出了"求当于古之作者"的一系列更为谨严和细致的法度规则,这在此前已论及,而且与之相应的则是他们付之于实践以至不断延展开来的拟古态势。从这一态势中,我们除了可以察识前后七子作为文学趣尚接近的两大派别在对前人作品的习学和效法上所表现出的共同或相似之处,也能发现后七子承前七子之后在体认古法、追求宗尚目标的审美风范上所显现的某些特点。鉴于这种拟古倾向比较前七子,同样更直接和集中见之于他们的诗歌创作,我们将考察的重点仍放在诸子的诗歌方面。

后七子的拟古之作,综观起来,有不少是明确指示效习特定对象的,这其中相当一部分是拟古乐府的作品。检诸子文集,如李攀龙《沧溟先生集》中有古乐府两卷[2],王世贞《弇州山人四部稿》、《续稿》中分别有拟古乐府四卷和一卷[3],宗臣《宗子相集》中有古调歌、古乐府各一卷[4],吴国伦《甔甀洞稿》中有乐府三卷[5]。其他诗体,则有专仿某一家或某一类之作的。以李攀龙、王世贞二人为

---

[1] 《静志居诗话》卷十三《李攀龙》,下册,第381页。
[2] 《沧溟先生集》卷一、卷二。
[3] 《弇州山人四部稿》卷四、卷五、卷六、卷七,《弇州山人续稿》卷二。
[4] 《宗子相集》卷二、卷三。
[5] 《甔甀洞稿》卷一、卷二、卷三。

例,李集中四言如有拟阮籍诗作的《效阮公》二首①;五言古诗中有拟苏李体的《录别》十二首、十一首、三首三组诗,拟《古诗十九首》的《古诗后十九首》②,拟建安诸家之作的《建安体》三首、《代建安从军公燕诗》十八首,拟应璩之作的《效应璩百一诗》③;五言律诗中有拟徐庾体的《圆砚效徐庾体》等④。王集中如拟《诗经》的有《明雅二十五首》⑤;五言古诗中有《拟古》七十首,其仿照江淹学汉代以来诸家之作的《杂体三十首》并加以扩充,一首拟一家,"自李都尉而下至休上人凡二十九,广自苏属国至韦左司凡四十一"⑥,拟曹植同题之作的《三良诗》⑦;七言古诗中有拟鲍照之作的《罢官杂言则鲍明远体十章》⑧,拟杜甫《饮中八仙歌》的《题蔡端明、苏端明、黄太史、米礼部、赵承旨墨迹后,效少陵饮中八仙体》⑨等等。

　　这一类的拟作,因为专主特定的效习对象,所以在题意诗旨或具体表现形式上往往和原作之间有着更多近似甚至类同之处,摹仿的特征更为突出。除后面将会论及的拟古乐府之外,此类其他作品,如李攀龙的《效阮公》二首:"太清孔阳,元气絪缊。灵曜悬鉴,列宿垂文。威凤振羽,神龙作鳞。蕙兰幽郁,松桂轮囷。""日照月临,天高气清。金支秀华,羽林翠旌。六驾龙秋,四牡鸾鸣。濯缨云汉,晞发增城。"⑩对比阮籍的四言《咏怀诗》十三首,其中曰:"天地絪缊,元精代序。清阳曜灵,和风容与。"(一)"月明星稀,天高气寒。桂旗翠旌,珮玉鸣鸾。濯缨醴泉,被服蕙兰。"(二)"隐凤栖翼,潜龙跃鳞。"(十一)⑪无论在诗的旨趣还是在句式和用词上,拟作仿效阮诗的地方显然不少,拟迹一目了然。又如李攀龙的《古诗后十九首》,其诗引声称"其文则《十九首》,而以属辞辟之",然观所作,可谓"则"之者甚多,"辟"之者却少,例如:

---

① 《沧溟先生集》卷二。
② 《沧溟先生集》卷三。
③ 《沧溟先生集》卷四。
④ 《沧溟先生集》卷六。
⑤ 《弇州山人四部稿》卷三。
⑥ 《拟古》序,《弇州山人四部稿》卷九。
⑦ 《弇州山人四部稿》卷十。
⑧ 《弇州山人四部稿》卷十九。
⑨ 《弇州山人四部稿》卷二十。
⑩ 《沧溟先生集》卷二。
⑪ 逯钦立辑校《先秦汉魏晋南北朝诗》,上册,第493页至495页,中华书局1983年版。

白石何历历,松柏何离离。人生天地间,一日不可知。斗酒无常置,良会无常期。沈吟厚与薄,为乐无乃迟。宛洛美游戏,冠带自相随。宫阙起云中,第宅罗四垂。王侯负贵气,佳客以盛衰。君但视车马,揽策振其绥。(其三)

磊磊丘与坟,郁郁郭北地。白日松柏阴,悲风四面至。谁能黄泉下,永舍未伸意。悠悠即长夜,千载一以弃。漫漫待明发,迢迢正遥寐。身世非胶膝,岂得常相寄。此物无贤愚,万岁更相致。神仙不可知,服食苦中置。美酒与佳人,携手行游戏。(其十三)①

再较之以《古诗十九首》中的相应诗作:

青青陵上柏,磊磊磵中石。人生天地间,忽如远行客。斗酒相娱乐,聊厚不为薄。驱车策驽马,游戏宛与洛。洛中何郁郁,冠带自相索。长衢罗夹巷,王侯多第宅。两宫遥相望,双阙百余尺。极宴娱心意,戚戚何所迫。

驱车上东门,遥望郭北墓。白杨何萧萧,松柏夹广路。下有陈死人,杳杳即长暮。潜寐黄泉下,千载永不寤。浩浩阴阳移,年命如朝露。人生忽如寄,寿无金石固。万岁更相送,圣贤莫能度。服食求神仙,多为药所误。不如饮美酒,被服纨与素。

二者稍加比较即不难看出,拟作对原作的摹仿是全体性的,甚至形成了落实到以上下两句为单位的一种紧密的应合关系,包括诗中旨意以及与之相应意象的呈列,近似的程度更高。或有不同,仅在语序和某些词语上略作调整变化,然也基本限于对原句意涵切近的化用。此盖如作者所言,要在"制箠策于垤中,恣意于马,使不得旁出"②。就是说,所拟之作须约之以古作相应的法度规则,纵有变化也要在依循古法的原则下进行。正是这种忠实的摹拟之法,其也成为一些论家的口实,或谓之"临摹太过,痕迹宛然"③,"割裂饾饤,怀仁之集《圣教》也"④。

---

① 《沧溟先生集》卷三。
② 《古诗后十九首》诗引,《沧溟先生集》卷三。
③ 《明诗别裁集》卷八《李攀龙》,第193页。
④ 《诗薮·续编》卷二《国朝下·正德、嘉靖》,第345页。

相比起来,王世贞的一些效习对象明确的拟作,较李诗有所变通,显得相对灵活,试举其《拟古》中的《班婕妤咏扇》、《繁主簿钦咏蕙》二诗为例:

妾有冰纨扇,云是齐宫作。得尚君王手,扬飚芙蓉阁。秋气忽见憎,冰簟同零落。卷舒凤所易,衔分栖中箔。物候代相迁,君恩终不薄。敢以南薰至,逆笑狐与貉。

娟娟孤生蕙,托根湘山崖。上压千仞峰,下临万仞溪。微质殊众卉,谓为造化私。风霜相凌迫,雨露不见滋。朔气旦夕深,清芬坐来移。幸登君子堂,不足配芳徽。仰惭桧与柏,青青长不衰。俯愧东原草,犹得奉春时。①

前一首拟班婕妤《怨歌行》,较之原作,拟诗不仅在句式和用词上作了某些变通,如将原作的"新裂齐纨素,皎洁如霜雪。裁为合欢扇,团团似明月"四句,缩改成"妾有冰纨扇,云是齐宫作"两句,而且增添了"物候代相迁,君恩终不薄。敢以南薰至,逆笑狐与貉"的这样一番强自慰藉之辞,用来演绎原作者惟恐"弃捐箧笥中,恩情中道绝"的咏扇自伤的心理。但察全篇之旨,其始终定位在原作所要表现的女主人公以扇为喻而忧惧一旦失宠即遭遗弃的哀怨之思,由此拟效贯穿于原作的一种忧悒的情感基调。同时对比原作与拟作的诗句,特别如"出入君怀袖,动摇微风发"与"得尚君王手,扬飚芙蓉阁","常恐秋节至,凉风夺炎热"与"秋气忽见憎,冰簟同零落","弃捐箧笥中,恩情中道绝"与"卷舒凤所易,衔分栖中箔",都显出后者拟袭或化取前者的痕迹。后一首拟繁钦《咏蕙》,同样地,其对原作的句式和用词作了一定的改易,如以"风霜相凌迫,雨露不见滋"两句,指代原作"寒泉浸我根,凄风常徘徊。三光照八极,独不蒙馀晖。葩叶永雕悴,凝露不暇晞"六句,而将原作"百草皆含荣,已独失时姿"两句,扩充为"仰惭桧与柏,青青长不衰。俯愧东原草,犹得奉春时"四句。尽管如此,诗中的拟化痕迹仍宛然可见,包括前四句"娟娟孤生蕙,托根湘山崖。上压千仞峰,下临万仞溪"对原作前四句"蕙草生山北,托身失所依。植根阴崖侧,夙夜惧危颓"更为近似的仿拟,且全诗咏蕙伤怀之旨也一仍原作而未变。总之,王世贞这类拟诗,尽管改头换面作了某些变易,但拟迹未消,只是未像李攀龙拟作近乎板滞的"临摹"

---

① 《弇州山人四部稿》卷九。

而已。

除明确指示特定效习对象者,见于后七子拟古诗作的,还有相当数量虽未标明具体所拟对象却在不同程度上承袭和糅杂古作的意脉情味乃至于具体结构词句的作品。这一类诗作,有些袭用和缀合古作的地方仍然比较显目。

以古体诗而言,如李攀龙五言古诗《古意》其二:"新人一何好,年颇十五馀。本自贵家子,秦氏有名姝。故人行采桑,值我城南隅。颜色各精妙,手爪亦相如。故人工纨素,新人工笙竽。笙竽未讵央,纨素色已渝。人生无新故,夫婿自言殊。"①此诗显然拟自古诗《上山采蘼芜》,中间虽略作改变,如补加了"新人"的身份:"本自贵家子,秦氏有名姝。"又将"故人""采蘼芜"改为"行采桑"等,不过整首诗的旨意直至词句仍多仿古作,如保留了原诗"故人"与"新人"的形象,示意"故人"被"夫婿"遗弃的遭遇,至于"颜色各精妙,手爪亦相如","故人工纨素,新人工笙竽",则显是袭用了原诗"颜色类相似,手爪不相如","新人工织缣,故人工织素"的句式和用词。再以王世贞的七言古诗《五歌》五首为例,其每首首句分别曰"我所痛在蓟门"、"我所悲在泽州"、"我所钦在绵竹"、"我所思华不注"、"我所惜在容城",似乎是从张衡《四愁诗》中"我所思兮在太山"、"在桂林"、"在汉阳"、"在雁门"之类的句式转化而来;中间又有五"歌"之句,分别为"呜呼一歌兮乌鹊翻"、"呜呼二歌兮霜风遒"、"呜呼三歌兮戞哀玉"、"呜呼四歌兮逗秋雨"、"呜呼五歌兮昼吞声"②,看上去则和杜甫《乾元中寓居同谷县作歌七首》一至七"歌"的句式十分相似。可以说,作者经过对张、杜二诗的一番裁取,将其部分地嫁接到了以上《五歌》组诗中。不仅如此,诸子所作中还有更多的诗乍一看未必能和古人作品一一严格对号入座,然仔细品味起来,则往往感觉它们又非陌生,大体不离古作的腔调,试看以下诗例:

> 驾出蓟北门,东望元英宫。高台造浮云,碣石来悲风。客卿既裂地,战士亦论功。称系迁大吕,昭王气何雄。汶篁一不植,千里生飞蓬。(李攀龙《杂兴》其八)③

---

① 《沧溟先生集》卷三。
② 《弇州山人续稿》卷十。
③ 《沧溟先生集》卷三。

昔游黄金台，酒酣卧燕市。哀歌傍无人，泣下击筑子。黍谷生悲风，易水何弥弥。岂无英雄者，翻觉霸图耻。白日忽复易，脱冠艺枌梓。良觌邈山河，抚剑中夜起。（梁有誉《咏怀》十二）①

揽衣步前除，白露被高桐。枝叶莽零落，大地回悲风。明月起夕愁，东壁鸣寒虫。四时一何速，天地无终穷。嗟彼客游子，终岁常飘蓬。十月无寒衣，薇藿腹不充。何事不归来？孤此青桂丛。欲寄尺素书，不见双飞鸿。（宗臣《秋夜寄陆子和》）②

海风吹枯桑，朔气盛原野。客子寒无衣，行役去中夏。塞外霜草白，中夜鸣胡马。浮云西北驰，河汉东南泻。岂不怀故乡？瞻望涕盈把。横行气已摧，况乃匹俦寡。白骨何累累，撑拄长城下。（吴国伦《杂诗十二首》其六）③

上述这些五言古诗，或发抒缅古幽思，吟咏失意愁怀，或感慨岁时速逝、天地无极，嗟叹客子之苦、行役之艰，尽管题材内容各有差异，表现的思绪也纷杂不一，然诸诗读上去其意味情韵则是大同小异，均使人容易将它们与汉魏时期的诗风联系在一起。如各诗多措以激楚忧悒之辞，特别是像"浮云"、"悲风"、"白日"、"明月"、"白露"、"寒虫"等这些多见于汉魏古诗的意象的嵌入，无外乎要在突出一种苍古悲凉之感，作者的意图大概也以此来拟出汉魏时期诗歌这种特有的韵调。此类的例子尚有很多，以五言古诗而言，仅举人称"五言古多出汉魏"④的李攀龙、宗臣二人为例，如李诗中的《远游篇》⑤、《感怀》、《郡斋同元美赋》、《送元美》、《杪秋同右史南山眺望》、《子与至武林》、《古意寄德甫》⑥，宗诗中的《杂诗二首》、《拟古二首》、《岁暮》、《杨氏园亭饯别谢榛二首》、《留别京洛诸游三首》、《赠王元美二首》、《七哀诗为伊氏作》、《又得明卿书》、《秋夜》、《留别子培舍弟七首》、《湖上送徐子与使君》等⑦，皆以仿汉魏古诗的情韵为多。

---

① 《兰汀存稿》卷二。
② 《宗子相集》卷四。
③ 《甔甀洞稿》卷四。
④ 《诗源辩体·后集纂要》卷二，第413页、419页。
⑤ 《沧溟先生集》卷三。
⑥ 《沧溟先生集》卷四。
⑦ 《宗子相集》卷四。

以近体诗而言,尤可举李攀龙七言律诗为例。胡应麟《诗薮》评其所作曰:"于鳞七言律所以能奔走一代者,实源流早朝、秋兴、李颀、祖咏等诗。大率句法得之老杜,篇法得之李颀。属对多偏枯,属词多重犯,是其小疵,未妨大雅。"他又同时参比了杜甫、王维、李颀、李白、祖咏、岑参等人若干首七律诗句,以明李攀龙之作拟袭所本:

"紫气关临天地阔,黄金台贮俊贤多","万里悲秋长作客,百年多病独登台",少陵句也;"九天阊阖开宫殿,万国衣冠拜冕旒","云里帝城双凤阙,雨中春树万人家",王维句也;"秦地立春传太史,汉宫题柱忆仙郎","南州秔稻花侵县,西岭云霞色满堂",李颀句也;"三山半落青天外,二水中分白鹭洲","瑶台含雾星辰满,仙峤浮空岛屿微",青莲句也;"万里寒光生积雪,三边曙色动危旌。沙场烽火侵胡月,海畔云山拥蓟城",祖咏句也;"千门柳色连青琐,三殿花香入紫微","花迎剑佩星初落,柳拂旌旗露未干",岑参句也。凡于鳞七言律,大率本此数联。今人但见"黄金"、"紫气"、"青山"、"万里",则以于鳞体,不熟唐诗故耳。中间李颀四首,尤是济南篇法所自。①

胡应麟以上所述主要在为李攀龙七律之作进行辩解,但也同时指出了李诗注重仿拟有唐数家的一个显著特点,而他关于李攀龙所作七律大率本上诸家数联的说法或许过于绝对,不过这种摹仿的现象在李诗中的确是存在的,仅比照胡氏提到的以上数联,亦可见出李攀龙一些七律之作仿拟与化用的痕迹。如下列诸诗句:"万里银河接御沟,千门夜色映南楼"(《秋前一日同元美、茂秦、吴峻伯、徐汝思集城南楼》);"九塞烽烟连北极,千门雪色照西山"(《除夕》)②;"词客百年相对酒,秋阴万里共登台"(《同子与登胡上台》);"千峰曙色开金掌,并马寒光照锦袍。空翠欲浮仙阙动,晴云犹傍帝城高"(《朝退同子与望西霁雪怀南海梁公实、广陵宗子相》);"关门紫气临燕满,风雨青山入晋多"(《同张滑县登清风楼》);"春树万家漳水上,白云千载太行来"(《登邢台》)③;"白云欲赠湖中色,紫气遥临

---

① 《诗薮·续编》卷二《国朝下·正德、嘉靖》,第337页至338页。
② 以上见《沧溟先生集》卷七。
③ 以上见《沧溟先生集》卷八。

海上城"(《送许右史之京》);"二水遥分清渚下,一峰深注白云孤"(《与转运诸公登华不注绝顶》)①;"即今万国梯航日,并识君恩浩荡年"(《大阅兵海上》其三)②;"九天气王旌旗动,三殿风清剑佩长"(《皇太子册立入贺》);"更倚连城明月动,并携双剑落星摇"(《与子与游保叔塔同赋》)③等等。尽管作了不同程度的改易或重新组合,然将这些诗句与胡应麟前面所列唐人七律数联稍加对比,则不难看出,它们或在语词上或在句式上多少都留有拟化古作的印痕。

从拟古的角度来说,还不能不特别注意到后七子中多位成员所拟作为效习前人作品之一大组成部分而具有相当数量的古乐府。假若说,在前七子那里,其所作古乐府更多情形下摹拟之中尚不失变化,那么,就后七子而言,基于强化对古法体认的立场,拟古乐府也成为他们效习古作文学实践的集中体现,在总体上摹拟的程度更高。如吴国伦,人称其拟古乐府"如生其人之时,而出诸其人之口,拟不为后,古不为前"④。这主要表现在他的不少乐府之作呈示出一种切近式的仿拟特点。如《战城南》前半篇:"战城南,死城北,野死不收乌可啗。为我谓乌:且为客怜,野死谅不收,朽骨那能远飞鸯?"对照古辞:"战城南,死郭北,野死不葬乌可食。为我谓乌:且为客豪,野死谅不葬,腐肉安能去子逃?"辞旨上极其相似,包括拟作对古辞一些语词的变易,如"城北"与"郭北"、"收"与"葬"、"啗"与"食"、"怜"与"豪"、"朽骨"与"腐肉"、"那能"与"安能"等,意义相同或相近。又如《巫山高》:"巫山高,天与际;江水深,曷以济?我欲东归,将从此逝。涂无梁,舟无楫,泱泱潾潾。临水远望,涕下沾裳。久客之人心思乡,谓之何!"⑤《乐府古题要解》谓古辞"大略言江淮水深,无梁可度,临水远望,思归而已"⑥。其辞曰:"巫山高,高以大;淮水深,难以逝。我欲东归,害(曷)不为?我集无高曳,水何(曷)汤汤回回。临水远望,泣下沾衣。远道之人心思归,谓之何!"对比古辞,拟作不仅沿袭原旨,表现远望思归之意,而且措词运句也非常相近,甚至直接加以套用。

吴国伦乐府诗中有些尽管在词句上作了若干变化,但它们有的实际采取的

---

① 以上见《沧溟先生集》卷九。
② 《沧溟先生集》卷十。
③ 以上见《沧溟先生集》卷十一。
④ 胡心得《天鸎子拟古乐府序》,《甔甀洞稿》卷首。
⑤ 以上见《甔甀洞稿》卷一。
⑥ 《乐府古题要解》卷上,《历代诗话续编》,上册,第37页。

乃是一种近义替换的方式，原意基本保持不变。如《上邪》，古辞曰："我欲与君相知，长命无绝衰。"拟作易之曰："我欲与君相乐，千岁如一日。"在句义上，"千岁如一日"与"长命无绝衰"十分接近；古辞曰："山无陵，江水为竭，冬雷震震，夏雨雪，天地合，乃敢与君绝！"拟作易之曰："东海枯，南山无麓，厩马生角，天雨粟，日月闷，与君无反覆！"其虽以"东海枯"云云代替"山无陵"等五种情形，然同是在说明多个自然中不可能发生的现象。再如《艳歌何尝行》，古辞曰："十十五五，罗列成行。""妻卒被病，行不能相随。"拟作则易之曰："三三五五，错综为群。""雌忽被弹，雄将于征。"同样是词句些许与之相异，意义却并未大变。有的则是对原作某些词句的次序加以前后调整或重新组配，也无非要在最大程度上体现古作的风调。如《芳树》，古辞曰："芳树日月，君乱如于风。""临兰池，心中怀我怅。"拟作变作为："芳树临兰池，上有双栖鹄。风吹芳树乱，令我伤心曲。"语序上作了一些前后的变动。又如《乌生》，古辞曰："乌生八九子，端坐秦氏桂树间。""阿母生乌子时，乃在南山岩石间。"拟作变作为："乌生八九子，乃在南山颠。""空巢出岩石，集彼城南端。"[1]乃将古辞中的"南山岩石"析开，分置于前后不同的诗句。如此看上去不至于完全照搬原作，却达到了兼顾古辞创作调子的目的。

当然，吴国伦的拟古乐府并非全部都是这种切近式摹仿的步趋前人之作，也有在辞旨上注意变化者。如《猛虎行》，古辞曰："饥不从猛虎食，暮不从野雀栖。野雀安无巢，游子为谁骄？"盖以猛虎和野雀起兴，喻游子自重，不与非法和放荡之事[2]。吴氏拟作曰："宁探猛虎窟，勿顾穷鸟巢。珠丸世所笑，砺我赤金刀。男儿欲作健，那能畏咆哮。"言男儿鄙夷琐愞，以强者自励，显有别于古辞所云。又如其《东门行》，谓"丈夫慷慨狭四隩，安用厩下马如羊"，"以遨以游，遵彼道周"，"生当高车还，死当朽骨留"[3]，主述男儿意气慷慨，远离故乡而志在显达，较之古辞"言士有贫不安其居者"[4]、拔剑出门欲行险的诗旨，也已有所改变。只不过此类间杂变化之作在吴国伦拟古乐府中还属少数。

就对古乐府的摹拟而言，后七子中另一位值得注意的作者是李攀龙。有关

---

[1] 以上见《甔甀洞稿》卷一。
[2] 参见余冠英选注《汉魏六朝诗选》，第30页，人民文学出版社1978年版。
[3] 以上见《甔甀洞稿》卷一。
[4] 《乐府古题要解》卷上，《历代诗话续编》，上册，第30页。

他的乐府诗,褒之者许以"譬如临古人画,中间稍添树石,亦是作手"①,贬之者则斥为"止规字句,而遗其神明"②。不管如何,二者都指出了李诗注重仿拟的特点。的确,李攀龙乐府诗中同样多有如上吴国伦所拟的那一类切近式摹仿之作。如其《上陵》,由古辞"上陵何美美,下津风以寒。问客从何来,言从水中央。桂树为君船,青丝为君笮。木兰为君櫂,黄金错其间",拟出"上陵亦诚美,下津以尚羊。问客从何来,自言水中央。芰荷为君衣,芙蓉为君裳。木兰为君佩,江蓠间杜蘅";又如《西门行》,由古辞"出西门,步念之。今日不作乐,当待何时? 夫为乐,为乐当及时。何能坐愁怫郁,当复待来兹",拟出"出西门,步踟蹰。相逢不作乐,当复何须? 但作乐,勿复问有无。安知家人生产,当复溷吾徒"。从词语到句式,基本上在套用乃至袭取原作。有的拟作甚至由稍许更换原作数字而成,试比较下诗:

> 拥离趾中可筑室,何用蒚之蕙用兰,拥离趾中。(《翁离》古辞)
> 拥离趾中可筑宫,兰用蒚之艾尔蓬,拥离趾中。(拟作)
> 出东门,不顾归;来入门,怅欲悲。盎中无斗储,还视桁上无悬衣。拔剑出门去,儿女牵衣啼。他家但愿富贵,贱妾与君共餔糜。共餔糜,上用仓浪天故,下为黄口小儿。(《东门行》晋乐所奏古辞)
> 出东门,不顾归;来入门,怆欲悲。舍中无儋石储,还视身上衣参差。慷慨出门去,儿女牵裙啼。他家自愿富贵,贱妾与君但餔糜。但餔糜,上用穹窿天故,下用匍匐小儿。(拟作)

对比古辞,拟作除了个别字词差异外,实如出一辙。有的拟作局部看似作了改变,但实际上更多也不过是将原作的语序加以前后调配而已,仍以《上陵》为例,如诗中间部分,古辞曰:"沧海之雀赤翅鸿,白雁随。山林乍开乍合,曾不知日月明。醴泉之水,光泽何蔚蔚。"拟作曰:"铜池之芝以九茎,光华烛夜披金英。凤凰之集,乍开乍合,蜚览上林,曾不知日月明。赤翅之鸿,翁杂相随,白雁何蔚蔚。"后者如果说有所变化,其中之一则是将原作出现在前句中的"赤翅鸿"、"白

---

① 《诗源辩体·后集纂要》卷二,第414页。
② 《静志居诗话》卷十三《李攀龙》,下册,第381页。

雁"调置至后句,并将原先形容"光泽"的"蔚蔚"一词,改用形容"白雁"。由于李攀龙乐府诗过分追求拟古的逼真效果,注重规摹原作词句,不免间有生硬拼接、诗意拗折的情况发生,如其《巫山高》就是一例:"巫山高,自言高;江水深,自言深。勿复相思,君有他心。山以蔚蔚,水以汤汤,何用度之,石用梁。徘徊远望,泣下沾裳。愿托黄鹄,东归故乡。"则主要仿古辞"临水远望"、"远道之人心思归"之辞旨,而中间"勿复相思,君有他心"两句,系拟自《有所思》古辞"闻君有他心,拉杂摧烧之"、"从今以往,勿复相思",原句本用以表达诗中女子断绝和已生"他心"情人往来的决绝之意,然李诗将其拼接在这里,语意突兀,与原诗远望思归的旨意颇不协调,实由生搬硬套所致。不过,李攀龙乐府诗中也有若干仿拟得相对巧妙者,如《短歌行》:

驷马可縻,去日难追。清酒载觞,短歌苦悲。遨当以游,何能坐愁?全身遗名,唯有庄周。凤凰于飞,览彼九围。但为君故,驾言旋归。杜门似鄙,离俗似骄。彷徨所欲,此一何劳。斑斑猛虎,其尾可履。郁郁壮心,猝不可抵。倾侧势利,还自相戕。覆车不戒,踌躇雁行。秋风骁骁,转蓬如轮。漂扬四野,莫知所臻。鸟不厌高,鱼不厌深。尔其肆志,载浮载沉。①

此诗开篇仿曹操《短歌行》起首感叹人生短促、去日苦多之旨,转言遨游释愁,保身遗名,超离人间俗纷,再述世路迫厄,邪僻势利之人相戕,慨喟身如飞转蓬草,飘荡四方而不知归宿,末以申明放意肆志、委顺浮沉的心向作结。全篇由承沿曹诗的旨意切入,逐层展开推演伸张,拟中有变,并不一味拘泥于原作的诗旨。又其措词运句,虽多处从曹诗中转化而来,但比起李攀龙一些生硬摹拟之作,大体尚显得较为自然妥切,用许学夷评述李攀龙拟古乐府的话来说,"语或逼真,复有得于拟议之外者"②。

与吴、李不乏切近式摹仿的拟古乐府相比,王世贞乐府诗的变化显得要多一些,胡应麟以为其"随代遣词,随题命意,词与代变,意逐题新"③,所论或有夸

---

① 以上见《沧溟先生集》卷一。
② 《诗源辩体·后集纂要》卷二,第414页。
③ 《诗薮·续编》卷二《国朝下·正德、嘉靖》,第338页。

张之嫌,不过多少也说明了一些问题。从王世贞评李攀龙拟古乐府"无一字一句不精美,然不堪与古乐府并看,看则似临摹帖耳"①的一席话中,可体味到临摹般的仿拟并不为他所看重,这也可以理解他的乐府诗的变化为何相对较多。而最能体现其变化特点的,不能不数王世贞所作的《乐府变》十九首和《乐府变十章》②,朱彝尊称之为"奇奇正正,易陈为新,远非于鳞生吞活剥者比"③。《乐府变》十九首诗序云"少陵杜氏乃能即事而命题,此千古卓识也","余束发操觚,见可咏可讽之事多矣,间者掇拾为大小篇什若干,虽鄙俗多阙漏,要之庶几一代之音,而可以备采万一者",大体能够说明作者撰作那些乐府诗篇的原委和思路。尽管如此,袭用旧题的摹拟古篇之作在王世贞的乐府诗中还是占据了主要部分,这些拟古乐府看起来虽不像吴、李二人所作那样近于临摹,而间显变化之致,但绝不能说它们脱离了仿拟的径路。如《双燕离》:

> 双燕若双剪,翩翩吴王宫。自愿同生死,岁岁掠春风。吴宫火起焚其雄,雌鸣啾啾入棘丛。曷不从新鳏翼?物微心重挑不得。今春共衔泥,明春黄口血漓溇。不如庐江小吏妇,犹胜会稽太守妻。④

《双燕离》属琴曲歌辞,梁萧纲、沈君攸及唐李白等均有此作,王世贞的这一首拟古乐府主要仿自李白同题之作,白诗如下:

> 双燕复双燕,双飞令人羡。玉楼珠阁不独栖,金窗绣户长相见。柏梁失火去,因入吴王宫。吴宫又焚荡,雏尽巢亦空。憔悴一身在,孀雌忆故雄。双飞难再得,伤我寸心中。

较之李白上诗,王世贞所拟在词句上尽管作了某些改易,然基本的诗旨未变,诚属一脉相承,即摹仿前者,主述雌雄之燕原相随双飞,因吴宫焚燔失其雄,雌落单悲凄,恋雄不易,步趋白诗的印记不可谓不明显。与此同时,袭取和化用原作

---

① 《艺苑卮言七》,《弇州山人四部稿》卷一百五十。
② 见《弇州山人四部稿》卷六、《弇州山人续稿》卷二。
③ 《静志居诗话》卷十三《王世贞》,下册,第382页。
④ 《弇州山人四部稿》卷六。

词句的现象在王世贞拟古乐府中也绝非偶见。如其《东飞伯劳歌》中，"伯劳飞东燕飞西，马头儿郎机头妻"，对比古辞"东飞伯劳西飞燕，黄姑织女时相见"，"银镫碧篆温春霄，俱留可怜向谁骄"？对比古辞"三春已暮花从风，空留可怜谁与同"？彼此颇相类似。有的则截取前人不同诗篇的词句植入拟作，如《长相思》，其中"长相思，望难期"，拟自徐陵同题诗中"长相思，望难归"；"美人如花隔深闺"①，套用了李白同题诗中"美人如花隔云端"。《燕歌行》诗一，"秋霜肃肃摧庭枯，晨风何悲夜鸣呼"，"乐往忧来不相虞"，诗二"援琴奏弦歌和词"，比较曹丕同题诗之"秋风萧瑟天气凉，草木摇落露为霜"，"乐往哀来摧心肝"，"援琴鸣弦发清商"，摹仿的笔法同样显而易见；诗二"白日晼晚夜何其"②，则显然由曹叡同题诗之"白日晼晼忽西倾"化出。

在另一方面，即使是王世贞那些以吟咏当下"可咏可讽之事"为主的《乐府变》之作，也并非完全不以古作为摹拟的目标，仿效的痕迹在有些诗作中仍是不难察见的。例如《治兵使者行当雁门太守》一诗，系仿旧题《雁门太守行》而作。古辞所叙述的是汉和帝时洛阳令王涣的行迹，其开篇为人物介绍："孝和帝在时，洛阳令王君，本自益州广汉蜀民。少行宦学，通五经论。"中间主述涣任洛阳令期间"治行致贤，拥护百姓"，"外行猛政，内怀慈仁"，致政平讼理，令名显闻，末尾以描述涣卒后人为作祠祀之作结："天年不遂，早就奄昏。为君作祠，安阳亭西。欲令后世，莫不称传。"再观王世贞所作，其以嘉靖年间名将任环行事为叙写内容，全篇结构甚至部分句式明显仿照古辞，如诗首云："今皇帝时，治兵使者任君，繇别驾稍迁。别驾坐府，俨若明神。大吏畏公，小吏畏民。"亦由绍介人物起端，以明其所自。再展开诗中主体部分的描写，重点展述环自迁苏州同治奋身抵御倭敌的事迹，"殷殷师鼓，任君在先。锵锵师金，任君在殿"，遂于倭敌"数折其骄"。诗末又述环身后受人祠祀，句式上多套袭古辞："天祸王室，早就奄迷。何以祠君，姑苏台西。千秋万年，俎豆其间。"③总之，与古辞相比，要说王世贞这首乐府诗最大的不同是变换了人物及其行事，但它的基本叙述结构并无多少改变，袭旧为主，包括从局部句式也可以看出仿袭的痕迹。这显示作者在

---

① 以上见《弇州山人四部稿》卷六。
② 《弇州山人四部稿》卷五。
③ 《弇州山人四部稿》卷六。

对待诗歌拟古问题上尽管反对"临摹帖"的刻板作法,然同时重以古作章法为绳墨;力图寻求自我变化,又希望切合古人法度而不失本来面目。

二、人生经历与自我心路的间现

较之前七子,尽管后七子在总体上对古作法度规则的体认趋于强化,拟古的态势得以进一步延展,另外再加上他们文集中占据了相当比例的酬应之作,自我抒写的空间为之缩减,但这并不意味诸子所作全拾古人之馀,毫无体现作者自我创造或个性化特征的文学因素。事实上综观后七子的诗文创作,间或也能看到他们从各自不同的角度着眼于表现人生经历与自我心路、不斤斤于拟古或交酬的一些篇章,这些侧重抒写作者所历所思而更富于个人经验色彩的作品,显示了他们创作实践的另一面。

先以梁有誉《感秋》为例:

> 江湖此日复何如,谩向天南赋卜居。京国念归怀陆橘,乡园行乐想潘舆。候虫声起灯火落,社燕巢空木叶疏。一出碧山秋已晚,惭随时哲待公车。(三)
>
> 碧纹冰簟正宜秋,卧看银河净欲流。鹅鹳观前清露滴,卢龙塞下暮云稠。临风长想苏门啸,多病徒怀杞国忧。诸弟故园应北望,相思知上海边楼。(四)
>
> 蓟北风烟惊壮心,感时应觉二毛侵。功名共羡虞卿璧,世事徒怜季子金。战后关山生暝色,雨馀城阙澹秋阴。即看节候堪杯酒,徙倚聊为越客吟。(六)[①]

梁有誉嘉靖二十二年(1543)举于乡,会试不第,至二十九年(1550)始中进士,上诗既云"惭随时哲待公车",当作于他在京会试期间。整组诗缘秋时而感发,这本属于文人墨士惯咏的传统主题,虽说不上特别新颖,不过其中所述,仍不失为作者个人体验的真实呈露。对于为求取功名不得不奔波在外的诗人来说,此时此地,不但萦绕胸中的忧事之思、无法遣释的怀土之情,一齐涌泄而出,难以抑

[①] 《兰汀存稿》卷五。

制,而且面对萧瑟的晚秋时节,年光流逝的失落,以及交集其中的壮心,也似乎来得分外强烈。如此,诗中之感秋,实际上更多成为作者托寓自己遭历与情怀的一种咏叹方式。梁有誉登进士第后,于嘉靖三十年(1551)授刑部山西司主事,然而初涉仕路的他,却并未因此感觉多少宽慰和欣怡,"居无何,忽怏怏不乐"①,次年即移病告归,早早结束了自己的仕宦生涯。他在《暮春病中述怀》诗中写到了自己授官后的心境:

> 花落长安春事过,侧身天地甲兵多。马卿消渴空成赋,阮籍佯狂独放歌。病起春风吹鬓发,酒醒寒月上关河。凭栏却忆十年事,长啸谁持返日戈?(一)
> 万方云气护蓬莱,春色苍茫紫极开。天阔高台招骏去,风生大漠射雕来。明时病益江湖思,佳节愁深鼓角哀。堪笑腐儒通籍晚,艰危心折请缨才。(二)
> 频年烽火滞天涯,隐几萧条感物华。万里春衣空过雁,千村寒食自飞花。人间谩忆冲星剑,海上虚疑贯月槎。自惜不才成傲吏,一辞神武即烟霞。(三)②

据诗,搅扰作者心绪的,一面是其时烽火迭起的边境战事,这难免让他生发"侧身天地甲兵多"、"频年烽火滞天涯"的强烈的动荡不安之感,当然还有时序的迁易和物华的变化,这又让他不禁慨喟岁月逝去不返,自己登入仕籍已晚。梁有誉生于正德十四年(1519),至授官刑部时,年已三十有馀,其谓"堪笑腐儒通籍晚",不能不说是出自切身之感。另一面,诗中诸如"隐几萧条感物华"、"人间谩忆冲星剑"云云,则隐约流露出诗人自觉徒阅时光的变迁、难以有所作为的几分寥落和怅悢。由是,思亲恋乡的念头也时时袭上诗人的心间,即如其在《燕京感怀》诗五中所咏:"思亲梦逐看花剧,去国情添折柳悲。天远更为招隐赋,路危空咏卜居辞。"③这一切,应该是梁有誉在出仕后不久就萌发"江湖"之思、有意告归

---

① 梁有贞《梁比部行状》,《兰汀存稿》附录。
② 《兰汀存稿》卷五。
③ 《兰汀存稿》卷四。

退隐的一个重要原因。如上梁诗多少流露出的这种人生焦虑与失落感,在众多追求功名和跻身仕途的士人中实不少见,这也许可以说是他们所面临的理想与现实之间难以避免的一个共同矛盾,就后七子范围而言,这方面值得注意的尚有宗臣。与梁有誉相比,宗臣的诗作或被视为因入七子之社而习染较深,取材狭小而撰法单一,如朱彝尊即认为,梁"所得于师友者深,虽入王、李之林,习染未甚",宗则"自入七子之社,习气日深,取材日窘,撰体日弱,薜荔芙蓉,蘼芜杨柳,百篇一律"①。然这并不能完全掩盖宗臣一些倾向反映个人人生遭历和感触之作的表现特点。如其《病中二首》:

> 浮世岂非昔,长愁直至今。风尘游子病,药草故人心。白日销危坐,青山入苦吟。帘窥新竹细,台惜落花深。畏路甘名隐,浮生肯陆沉。独将酬主念,久矣负投簪。
>
> 茂陵消渴夜,汉囿倦游年。日月愁中惜,形骸病后怜。乡心时万折,客泪晚双悬。人老犹西蜀,春归尚北燕。音书嗟白雁,岁序怪玄蝉。独抱无穷事,徘徊玉漏前。②

诗中反复吟写的,乃是难以抑制的"愁"绪,对于宗臣来说,这种积蓄内心之"愁"是多方面的,既源自无法消弭的宦游怀乡之情,敏感易发的岁序迁逝之思,又糅杂着对仕途艰险的深切忧惧,自然还有其时疾病侵袭所带来的烦扰。特别是作者运用汉代司马相如"消渴"、"倦游"的典故,主要还为了显明自己倦于仕宦,甘于"名隐"。当然,这样的取舍未必是宗臣真正所愿意的,但也未必不是他更多迫于现实的无奈而萌生的真实心向。因为从他的诗中,我们又可以看到以下的诉白,如其在《杂诗》中云:"古来有志士,壮心惊自奇。仗剑倚天外,萧飒雄风吹。远望一世间,荆棘生路岐。不若弃之去,身世交相遗。南山可采薇,北山可采芝。"自古以来有志之士虽怀"壮心",然人世间总是充满坎坷,"荆棘"丛生,终究难遂其志,如此未若遗身世外,重新寻求安身立命之地。如果说,上诗中的有志之士及其所思乃寄寓了一点作者自我的身影与思绪,然也因托古以言显得多

---

① 《静志居诗话》卷十三《梁有誉》、《宗臣》,下册,第388页。
② 《宗子相集》卷九。

少有些隐谲,那么,作者在《留别子培舍弟七首》诗中则一泻他的心曲:

> 百忧何殷殷,坐令盈怀抱。况乃岁云暮,霜雪被长道。远望何萧条,惊风摧百草。当此别离情,沉思令人老。岁月不相待,所钦在兰蕙。云霄有遐路,致身胡不早?垂堂古所戒,畏途慎自保。(三)
>
> 自保良不易,致身谅独难。豺虎在人群,平居有波澜。踯躅纷四顾,终岁鲜燕欢。君子慎厥趋,取舍从所安。艾萧满中路,涉江多芳兰。不见采兰者,万古起长叹。(四)

是诗既为别离而作,这为它奠定了一种忧抑的抒写基调。不过,令作者感到"百忧"萦怀的,显然不啻是在荒寒的岁暮时节与亲人的睽离,还有险危莫测的现实环境。在他看来,现下之世小人当道,危患四伏,变幻无常,而置身其中,要做到保身全生已是相当不易,至于奋身仕途就更困难了。如此惟有以君子之行相勉,然纵使秉持一己高尚超俗的志操,也不被世人所赏重。诗中所包裹的浓重的失意和无奈的心绪,令人易于感知。类似的心绪,亦见于其《夜坐一首》:"烨烨江上兰,冉冉山中桂。春风发华滋,堪以结吾佩。如何萧与艾,忽然满中路。徘徊不可闻,潜焉空陨涕。"①诗以兰桂与艾萧相对立,喻示自身秉志高卓,绝俗特立,却无奈小人在位,阻碍所为,终难实现自己的心志。而这种失意和无奈,在宗臣的《报刘一丈》书札里则表现为一种近乎愤世嫉俗的态度。书中从"上下相孚"议起,描述"客"如何备受屈辱入权门求通,"主"如何受贿为之徇私,以明"今世"所谓"上下相孚",其实质不过是基于利益的一种交换关系。就此,宗臣称自己"至于不孚之病,则尤不才为甚",又表示:"前所谓权门者,自岁时伏腊一刺之外,即经年不往也。间道经其门,则亦掩耳闭目、跃马疾走过之,若有所追逐者。斯则仆之褊哉,以此常不见悦于长吏。仆则愈益不顾也,每大言曰:人生有命,吾惟守分尔矣。"②立己于所谓"上下相孚"的关系之外,这里对世俗伪薄情态的激愤,以及对一己独行的执着,全然呈露在辞表之间。

基于后七子的经履境遇各异,因此显示在他们创作中的人生体会也各有侧

---

① 以上见《宗子相集》卷四。
② 《宗子相集》卷十四。

重。比如谢榛,较之诸子,独以布衣终身,生平以诗游缙绅与诸藩间,虽无大起大落,然也备历处身屈折及漂泊颠沛之艰。对此,他在诗作中多述及之,如"惆怅乡书滞,疏慵世路难"(《南园秋暮》);"羸马有归思,枯蓬无定踪"(《榆林道中言怀》)[1];"行踪犹泛梗,世故一浮尘"(《过故居有感二首》二)[2];"家在太行东复东,西来垂白感飘蓬"(《秋日旅怀》);"共傍江湖存逸气,自怜萍梗寄浮生"(《梦吴人张德良同泛扬子江,偶得一联,黄芦港外群峰出,青石滩头独鹤鸣,醒而足之》)[3];"客里无眠惊落木,老来多难感飞蓬"(《夜过蕴公房访邹子序,因忆乃舅吴子乔时寓大梁》)[4]。特别是诗中一再以萍梗、飘蓬自喻,或许是作者觉得只有如此才能恰切表达自己漂沦艰虞的身世之感。作为一介布衣,谢榛似乎并不汲汲于众士追逐的仕进之路,险危叵测的仕宦利禄,对他个人来说也许不无警示的意义,如他作于暮年的《守拙吟,因客谈及蟭蟟、蜘蛛之巧赋此》诗,多少出于一种告诫的口吻:"一时争巧鸟与虫,百年守拙谁知我?画里疑通五岳云,梦中恍驾三湘舸。少有四方志,老诚垂堂坐。君不见池面生沤石迸火,汨罗葬身首阳饿。"也因为这样,出现在谢榛笔下的,不乏安贫乐道、守拙避巧的隐者之慨,如《形问影》云,"贫贱自安尔何忧,祸福自当尔不愁","我养心神尔不悟,我还造化尔俱休。问答入微乃见道,陶潜异代神同游"[5],显承陶渊明《形影神》"神辨自然"之旨而述之。《自拙叹》对比"拙""巧":"千拙养气根,一巧丧心萌。巢由亦偶尔,焉知身后名。"[6]其中的取舍不言自明。又《山中隐者》则借寄迹山岩的隐者之行,来阐示于造物之意的顺承:"晚风吹云覆四野,有人晦迹萝岩下。百年杖屦只荒径,万里河山一草舍。御寇至言顺造物,不知力命非达者。何必空名束此身,比邻酒熟杯堪把。"[7]凡此,也可以说是谢榛将个人的处身之道定位在更符合自己布衣身份的生存目标上。不过,即便如此并不意味着谢榛已完全超世脱俗,寄心尘外,无法掩饰同时反映在他诗作当中未能彻底脱却的牵系时世、欲有所为的世念,这也成为其难以消泯而形之于诗的一种生存矛盾和困惑,如《暮

---

[1] 以上见《四溟山人全集》卷四。
[2] 《四溟山人全集》卷六。
[3] 以上见《四溟山人全集》卷十一。
[4] 《四溟山人全集》卷十三。
[5] 以上见《四溟山人全集》卷三。
[6] 《四溟山人全集》卷一。
[7] 《四溟山人全集》卷三。

雨》诗：

> 忽漫浓云西北生，斜风骤雨入重城。大川波动鱼龙气，空谷雷搜木石精。阮籍感时心独苦，杜陵忧国意难平。万家暝色孤灯外，弹剑长歌此夜情。①

无论是有如阮籍"感时"之心抑或是有如杜甫"忧国"之意，还有若有所失的"弹剑长歌"，重要的一点，应当缘于谢榛无法让自己在真正意义上达到心地超然，对现实的遭逢及得失淡漠处之。或许以斤斤于用世来形容谢榛之所虑所为，未必切当，但如认为其已洒然超物，于心无碍，也并不符合实情。因为细观谢榛之诗，其中固然不乏吟咏其"业存三径僻，心寄五湖闲"(《浮生》)②，"短杖闲中侣，浮云醉里天"(《元日晏起书怀》)③这样闲逸脱洒的心况之作，然与此同时，一种难以掩饰的蹉跎抑郁之意也不时浮现在其诗中，与之纠结在一起，像"华发渐多惊老大，壮怀无奈叹沉浮"(《夜坐感怀寄徐文山》)④，"白发只缘人事老，黄花偏傍客愁开"(《秋夜有感》)⑤，"老矣乡关梦，悲哉燕赵歌。不须临晓镜，空自叹蹉跎"(《暮雨》)⑥，"壮心未掷班生笔，浪迹堪怜季子裘。回首江湖任鸥鸟，漫嗟华发滞燕州"(《望云中塞》)⑦等，无不透露着作者无可作为、虚有壮怀、徒叹老去的自伤之情。毫无疑问，在当时的现实环境中，以谢榛这样卑微的布衣身份和地位，纵然欲有所为，也仅属一己之愿，终难以遂成其志，如此也只能徒然发出"感时""忧国"的慨喟，稍泄自己内心的忧愫。也由此，一种强烈的不遇、孤绝和茫然的情绪有时情不自禁地流溢在谢诗之中：

> 古之贤哲兮择交游，世无漆兮胶莫投。彼何人兮非俗流，大德在心兮不可酬。直言数兮生衅尤，枳棘当路兮我孔忧。登高楼兮望九州，孰为友

---

① 《四溟山人全集》卷十二。
② 《四溟山人全集》卷四。
③ 《四溟山人全集》卷十六。
④ 《四溟山人全集》卷十二。
⑤ 《四溟山人全集》卷十五。
⑥ 《四溟山人全集》卷五。
⑦ 《四溟山人全集》卷十一。

生兮嗟未休。(《登城歌》)①

出门何处觅丹丘？天地茫茫鬓欲秋。贾傅上书空有意，扬雄识字竟多愁。云飞碧落还无定，水到沧溟自不流。客子孤怀成浩叹，长虹斜挂凤凰楼。(《有感》)②

如果从表现在谢诗中的那种生存矛盾和困惑的角度去看，或许就不难理解作者一面在吟写他顺物守拙的闲淡胸襟的同时，一面为何又摆脱不了这样的难遇知音、不被赏识以至茫然自失的郁悒心境。

若比较后七子各自的遭际，其生平经历了更多波折或屈厄的要属王世贞和吴国伦，二人曾同遭以严嵩为代表的政治势力的打击报复，又在仕途上几经起落，而王世贞其间还经受了一场"终天之痛"的"家难"。这一切带给他们的是颇不平常的人生体验，在其内心世界留下难以抹去的印记，而他们在各自的作品中也不同程度地表现了自身的遭际和体验。嘉靖三十五年(1556)，吴国伦"以哭杨忠愍继盛而经纪其丧，为分宜父子所衔"③，时掌吏部事大学士李本奉诏考察不职科道官，得三十八人，国伦在列，因被谪为江西按察司知事。这是他自从踏上仕途以来经历的第一次人生变故，精神上遭受的冲击是可以想见的，其谪官后所作的《岁暮言怀》一诗即云：

铜驼金马少年游，一失君恩遂白头。虚拟贾生还汉室，将从孺子卧南州。扁舟湖海心难系，百战乾坤泪未收。岁暮匡山深雨雪，著书宁得慰穷愁。

应该说，诗中对贬谪遭遇的慨叹，也多见于不少仕途失意士人的相关篇翰，似乎不足为奇，但就吴国伦本人而言，这不可不谓是其切身感受的真实表露。从诗对往日"铜驼金马少年游"到如今"一失君恩遂白头"的比较中可以体味出，诗人所经历的不光是境遇的变化，也是心境的变化，前后遭历的反差，带给他的体验

---

① 《四溟山人全集》卷三。
② 《四溟山人全集》卷十二。
③ 吴国伦《明吴仲子牧良墓志铭》，《甔甀洞稿》卷三十六。

是苦涩的,诗末句中的"穷愁"一词,更是点出了他内心挥之不去的困窘愁怨之感。而吴国伦在同样作于谪官后的《暮秋》诗中也写道:"逐客已甘成土木,逢人那敢问京华。醉来欲遣伤秋思,落日西风起暮笳。"①诗由感秋而发,玩味其辞意,看得出作者所倾述的不啻是伤秋之思,也是借伤秋一抒自己横遭贬逐之怀,"逐客已甘成土木"的自嘲,难以掩饰其悲愁落寞的心情。或许是屡经仕途波折,心意困惫,可以看到,呈现在吴国伦作品中的不乏感叹自身遭际窘迫一类的愁苦之辞。如《闻蝉》,由闻寒秋蝉声勾起困顿徒老的伤感:"听此寒蝉鸣,悒悒伤怀抱。嘒唳一何悲,坐使容色老。声气各有时,吾生但潦倒。"②如《遣闷》,郁闷之际将自己比作是处于困境的辙中之鲋:"万事吾何有,萧然闷不除。壮心横一剑,散发坐群书。后死文安在,浮生计独疏。谁应决江水?旋起辙中鱼。"③又如《下黯澹滩有感》,则由"悬水落万石,危哉黯澹滩"的行途之险,联想到世路艰难,以此心中忧虑难消:"世情总汩没,畏路真巘屼。岂不委时命,忽复生忧端。"④诸如此类的愁慨苦叹,结合吴国伦生平几经波折的遭历观之,未尝不是其内心世界的真实表露。

但与此同时,透过吴国伦的作品我们也可以看到,作者面对充满波折的窘迫遭遇,似乎也学会了如何自我排解,自我调节,这又反映了他个人心路的另一面,因此,表现在吴国伦所作中的又间或是一种理性而静冷的处世态度。如他作于谪居江西期间的《秋夜独酌》诗:"埋照非有穴,适意即此乡。调笑五老人,彭蠡为吾浆。独醒还独醉,于世竟焉妨。"⑤多少写出了自己"适意"所遇乃至于醒醉容与的意态。又如他在同作于江西任上的《子与、子相自闽中遣使讯予匡山,赋答二章》诗中表示:"穷途颇悟盈虚理,我辈原非侍从才。"(一)⑥在作于贵州提学副使任上的《夏日斋中即事四首》诗中自称:"弦歌自稳居夷调,磬折聊为玩世容。"(其二)"宦拙敢忘酬主意,途穷难作问津人。且随物理观元化,莫遣浮名误此身。"(其四)⑦显明作者在不平衡的"穷途"遭际中,以体悟盈虚穷达之理,

---

① 以上见《甔甀洞稿》卷二十一。
② 《甔甀洞稿》卷四。
③ 《甔甀洞稿》卷十。
④ 《甔甀洞稿》卷五。
⑤ 《甔甀洞稿》卷四。
⑥ 《甔甀洞稿》卷二十一。
⑦ 《甔甀洞稿》卷二十五。

适顺世态物情,寻求心理上的某种平衡。于此,吴国伦在罢河南左参政归居田里后所作的《山中吟》一诗中有更明显的表露:

去年行部大梁墟,雪风刺骨泥没车。今年归卧南山庐,长日无营但著书。人生适意无显晦,却怪灵均困卜居。丧马之翁宁碌碌,梦蝶之子何蘧蘧。灌园且抱汉阴瓮,把竿时钓武昌鱼。自放楚歌还楚舞,独醒独醉从所如。世上悠悠朝复暮,曾知造物有盈虚。①

诗的基调看上去悠然而静冷,描述了作者罢归之后"长日无营"的闲居生活与不置"显晦"于怀的淡漠心境,闲静的辞气及其包裹的超豁,透出的是对造物盈虚和曲折人生的独自解悟。对于吴国伦来说,这样的解悟无疑得自其本人所经历的起伏遭际的种种体验,如他在罢归后即声称:"孔以得失归命,孟以行止归天,而弥子与臧氏之子曾不假问焉。夫世态何常之有?而吾得反其常,即所谓立命胜天者在我,虽造化有所不能夺,而况弥、臧之徒乎?"②面对反复无常的世间俗情,与其说一味牵念人生遭遇的得失,却是无济于事,徒增烦忧,还不如置之度外,立足自我,以悠闲自在的"适意"取代对于"显晦"的过度思虑。这是吴国伦的亲身体验所得,也是上诗所要传达的明晰含意。

从着重表现自身遭际和体验而富于个人经验色彩的角度来看,王世贞的一些作品同样值得注意。假若说,如他的《愤篇》:"牵丝诵经籍,弱冠探仕录。触绪多见违,凤言将安属?策马涉鲸波,操舟令从陆。扰扰红尘间,焉为问车毂。渭水既入泾,谁当辨非浊?"③《书怀》:"壮怀依事改,衰鬓先年来。自忍穷途味,翻悲异代才。微官去不果,众毁任相摧。"(其二)或感慨世情淆舛,多有所违,或叹息毁谮纷生,心志难遂,而如作于其山东按察司副使任上的《青州杂感十首》曰"次第人间事,毋如且挂冠","宦薄差相傍,书成已倦看"(其七)④,《春日闲居杂怀十首》曰"末路逃名吾计晚,青春逐客故人多","去就只今无一可,渐令华发

---

① 《甔甀洞稿》卷九。
② 《报王大参书》,《甔甀洞续稿》文部卷十五。
③ 《弇州山人四部稿》卷十。
④ 以上见《弇州山人四部稿》卷二十六。

怨蹉跎"(一)①,抒发了居薄宦而叹蹉跎的身世之慨,犹如王世贞自谓"既名日以削,而宦日以薄,守尚书郎满九岁,仅得迁为按察,治青、齐兵,此其意将困余以所不习故"②,颇有自伤困滞之意;那么,相比较起来,在王世贞生平经历中对他震击最大、摧伤最深,也因此更多表现在其诗文之中的,还属嘉靖三十九年(1560)父忬以滦河战事失利下狱被杀的"家难"之痛。如《彰义门别舍弟作》:

  缱绻西郭门,仓惶见车辕。岂无连珠泪?哽咽不能弹。车人唱登程,掩耳畏游环。鸿雁孤飞鸣,嗷嗷悲以酸。岁暮有临岐,乃在兄弟间。况我罗家难,严亲滞深犴。百恤在二人,行留竟何言。留者差一身,行者百念攒。白日布高天,不照幽谷寒。高天会有卑,幽谷会有迁。豺虎卧中逵,狐狸为司藩。勖哉阏其口,毋乃令人传。③

嘉靖三十八年(1559)王忬被逮下狱,王世贞解官由山东北赴京师,是年岁暮又因"燕中食指繁,桂玉行尽",为"拮据旦夕之计"④,自京师南返故里,上诗即作于启程别弟之际。诗中呈现的凄怆的分别场景和诗人忧郁内心的告白,无一不在显明,亲人间的别离自然令诗人颇为伤感,而让他格外悲怅的,乃是其父所蒙受的陷身囹圄的厄运,还有佥人当道、情势险叵的现况。面对这场欲避不得、欲诉难申的突降祸难,可以想见,悲怆、惊怵、沮丧、忧愤的意绪此时正一齐向王世贞袭来,尤其是诗中"行者百念攒"一句,简括却又耐人寻味地写出了作者欲述难尽的纷杂心情。次年父忬罹难,则给已楚痛不堪的王世贞以更大的精神摧折,嘉靖四十二年(1563)二月,他为祭悼亡妹而作的《哭亡妹王氏文》,尽情诉述了郁结胸中的悲恸:

  呜呼痛哉!汝死而令吾兄弟生也;汝死而从先君子地下,鬼有知乎哉?庶几矣。吾兄弟生为天地大罪人,厌厌之息犹尽也。汝死则死耳,吾生犹死,宁若汝也!……吾兄弟生不肖,不能出先君子于阱,而又不能医药汝以

---

① 《弇州山人四部稿》卷三十五。
② 《王氏金虎集序》,《弇州山人四部稿》卷七十一。
③ 《弇州山人四部稿》卷十三。
④ 《李于鳞》,《弇州山人四部稿》卷一百十七。

死,吾犹具眉目,偷食饮,称人于天地之内,其亦可羞也已!吾之所不能铭汝之事者有二,汝之孝于王者也,非其令于张者也,抑先君子之犹在覆盆也,吾馀息之为存者也。逮吾属此辞,笔徬徨而再掷,泪滂沱而不可挥,且语且咽数矣。汝听之,其能怡然而甘我饮食耶?①

此文既是在哭奠亡妹,又藉此宣泄亡父之痛,断续诉来,辞意哀切直截,如同伤彻肺腑的悲泣之声。由此可以见出,虽时距父忬罹难已过去数年,但王世贞内心的伤痛显然并未消减,一种因无力脱父于难及亡父冤情未白的强烈的负罪感、羞耻感始终盘绕在他的胸中,以至萌生"吾生犹死"的消沮意念。他在其时致吴国伦的书札中也表示,"仆奉讳来,忽二三载,偶不既死,戴颜称人","往往临境自掷,中寝忽起,与愁终天,无境足避,欲死不得,生无一可"②。这种愁痛难消、生趣殆尽的心情的表露,正可与《哭亡妹王氏文》中如泣如诉的述说相印证。

如果说,尤其是给王世贞带来巨大伤痛的这场"家难",在某种意义上成为他人生态度前后变化的一条分界线,让他切切实实领略到世道的险恶酷厉,且由当初"肉血躁热,气志衡厉"③,逐渐转向如其自称的"震荡摧裂之馀,此心已灰久矣"④,那么,从创作的层面观之,这种变化也明显反映在王世贞作于"家难"之后一系列诗文作品的抒写基调上。如他在万历三年(1575)五十岁初度日所作的《今岁忽已知命,仲冬五日为悬弧之旦,不胜感怆,聊叙今昔得六百字》诗,或有一定的代表性,对于其时年满半百的王世贞来说,此诗"聊叙今昔",更像是对自己大半人生的回顾和思索,也更多寄寓自己的身世之感。诗在开端部分云:"窃拊有尽身,自抆终天泪。罢牙息众嚣,闭阁负馀惴。"伤感和惴惕的思绪自露其间,即已在指示全诗一种"感怆"的主调。中间部分则顺着回忆的思路,主述通籍以来的种种遭历,其中述及蒙受"家难"的经过时云:"烈炎弥原来,玉石同进碎。龃龉缇紫书,艰危子坚祀。扣阍不睹天,洒血空坟地。岂无经涘念?处死殊以未。流哀悴松柏,馀辱蒙萝薜。"尽管隆庆元年(1567)王世贞与弟世懋赴京师为父讼冤,随后诏复王忬原官,这多少让他得到一些精神上的宽慰,即如其

---

① 《弇州山人四部稿》卷一百五。
② 《弇州山人四部稿》卷一百二十一。
③ 《宗子相》,《弇州山人四部稿》卷一百十九。
④ 《与岑给事》,《弇州山人四部稿》卷一百二十六。

自谓"不佞兄弟亦始得称人"①,然而作为一种惨楚深刻的记忆,一道难以抹平的伤痕,亡父之痛并没有因此从王世贞的心底消去,以上诗句哀苦的叙述笔调似乎再次证明了这一点。诗的后面部分既是对今昔所历的归结,也是对自我出路的思量:

> 甘为退飞鹢,不作骧首骥。松柏偶然乔,宁因青阳媚?誓墓今已乖,入宫凭见忌。谬陪七子列,恐为颜延弃。虽谢三君后,未甘李膺易。数往已自疑,揣来人同愧。伊昔虞舜慕,五十犹不替。惟彼曼容秩,六百旋请致。而我独何为,心迹两成悖。鬓讶蒲柳零,身安鲍瓜系。雕虫业久贱,小草名还细。服政政欲疲,知命命何冀?纵识去者非,焉睹来者是。昔人多无闻,今余焉足畏。秋叶旦暮零,亲知同飘坠。江水日夜流,富贵亦偕逝。驻颜问刀圭,多难损根器。皈诚悟正觉,庶矣超人世。②

数往揣来,"感怆"的语调中夹杂着些许淡漠的意念,如诗明言"甘为退飞鹢,不作骧首骥",退守的用心已在消磨曾经怀揣的经世热情,出仕求进的选择,甚至在诗人看来未必是一条人生的理想途径。故他在仕隐之间摇摆,而更想在闲逸的隐居生活中去安顿自己,更想寻索一片超乎俗氛的静定之地,这从"誓墓今已乖"、"心迹两称悖"的喟叹和"皈诚悟正觉,庶矣超人世"的期望中可以感觉出来。也犹如王世贞在同作于万历三年(1575)的《九友斋十歌》中对"不胜莼鲈之感"的诉白:"归去来,一壶美酒抽一编,读罢一枕床头眠。天公未唤债未满,自吟自写终残年。"(其九)"汝今行年已半百,红颜欲皱鬓强白。人间治否岂系汝,胡不归来长局蹐?"(其十)③这种淡漠意念的浮现,反映了王世贞本人心态的某些变化,也多多少少给上述诗作注入了一种灰冷的基调。追究起来,其与诗人在世途所经受的磨难、特别是发生于嘉靖年间的那场"家难"对他的精神打击,不能不说有着难以分割的联系。

这一抒写特征,在王世贞晚年阶段的诗文创作中表现得更为明显。万历四

---

① 《李于鳞》,《弇州山人四部稿》卷一百十七。
② 《弇州山人四部稿》卷十。
③ 《弇州山人四部稿》卷二十二。

年(1576)，王世贞方擢南京大理寺卿即遭刑科都给事中杨节弹劾，令回籍听用。万历六年(1578)，其起补应天府府尹，复为南京兵科给事中王良心与福建道御史王许之所劾，仍令回籍听用。本已承受了"家难"巨大伤痛的王世贞又一再遭遇仕途的挫折，这加剧了他经世热情的消减，甚至"割欲辞荣，弃家入靖"①，沉湎于学道以寻求精神出路。其在《览古感时偶成十古律》中咏道："物议善翻覆，时情多变迁。何如饮清泌，高咏白驹篇。"(一)②淡却世念的背后，映出的是诗人对"物议"、"时情"反复无常的忧惧。世态物情既如此，自己又无力来应对这一切，那么还不如从中拔脱出来，姑且任我而为，如其《感事偶成》云，"世路岂我妨，物情各自为"，"加我我不戚，语彼彼转恚。一饭两粥馀，饱即腾腾睡"③；《雨中即事有述》亦云，"有酒有诗无胜地"，"除却自身还自了，不妨喧静但随缘"④。也鉴于此，投心于断绝俗尘的修持变成了某种精神上的补偿，如其《斋室初成，有劝多栽花竹者，走笔示之》诗所咏，"一室缘溪断俗尘，翛然吾自爱吾真"，"何如且放空庭在，月色风光好近人"⑤；《重九日为庚辰岁昙阳仙师化辰，敬成长歌一章志感》又云："老生行脚粗已备，芒鞋布衲青纶巾。不辞蹠景渡彼岸，眼底一众俱迷津。"⑥即重在吟述自己脱却尘念、专意静修的心向。可以体会出，这些诗作洒落和静泊的口吻中，沉淀着诗人对于世情深感失望和倦厌的一颗冷淡之心。值得提及的是，万历十二年(1584)，王世贞复得除应天府府尹之命，其友喻均为之劝驾，世贞遂作书为答，在这一篇书札中，他历述不可出者四，不能出者二，诉吐了自己不愿出仕的缘由：

> 大抵仆之不可出者有四，其不能出者有二。缘仆心事本自不当作仕路人，乡为当涂者雪覆盆之冤，而啖其有后命，一时不获固匹夫之守，遂成触藩，其不可出一也；葑菲之谈虽不尽是，其见咎亦不尽非，奈何以白首馀生成人口实，其不可出二也；四年杜关作有发僧，欲小洗宿愆耳，今遂以恬澹观为终南径，其不可出三也；江陵故不引蔽仆，仆非力与抗者，今奈何从诸

---

① 《上昙阳大师》，《弇州山人续稿》卷一百七十三。
② 《弇州山人续稿》卷十三。
③ 《弇州山人续稿》卷六。
④ 《弇州山人续稿》卷十五。
⑤ 《弇州山人续稿》卷十六。
⑥ 《弇州山人续稿》卷十。

贤茹拔，其不可出四也。病后衰态种种，即作官人不过糜县官太仓粟耳，必无可以大展效者，动而黑业随之，其不能出一也；匹夫之诺尚不拟负，宁有心许吾师而忍负之哉？其不能出二也。[①]

可以这样说，此书虽主要为陈述"不可"和"不能"出任应天府府尹这一对待特定事宜的想法，但在一定意义上也成为晚年王世贞曲折人生体验及精神动向的某种写照。如果注意到世贞此前不同寻常的遭历和心态趋变的迹象，那么决不至于将书中逐次所陈认作不过是其面对仕路的一番矫情表现，而且他在这篇致友人的书札里，似乎也没有刻意隐讳自己所思所想的必要。种种"不可"和"不能"的缘由，表明作者的内心顾虑是多方面的，这其中既有自隆庆年间重出以来自感"遂成触藩"的尴尬，也有担心一再遭人弹劾以至"成人口实"的忧惧，又有特别是由于亡父之痛而拟守淡出仕路的"匹夫之诺"，以及数年以来对于杜关静修的投入。这些大要在于一一说明既已如此而实无必要的理由，可以设想，作者如不是出于对以往所经历的深切戒忌，如不是出于对现世的某种灰冷之念，当不至于此，书中溢于辞表的果决而冷漠的语气，已让人明显感觉到了这一点。

第二节 博杂化与趣致化倾向的呈现

探析后七子诗文创作还可以注意到，博杂化与趣致化是体现在一些成员作品中的两大明显之特征。作为在其时文学圈影响广远的文人群体，李、王诸子交际众杂，游历广泛，应接繁多，撰著所及难免冗繁，更为主要的是，他们秉持了崇尚宏大博洽的审美取向，格外注重个人才思和学识积养。如王世贞就推尚"才周而溢，学积而宏"[②]。又他论诗，主张"庀材取宏，征事取赜"[③]，"师匠宜高，捃拾宜博"[④]。并因此不满于"前辈之称名家者，命意措语，往往不甚悬殊，大较巧于用寡而拙于用众"，自称反之以"庀材博旨"[⑤]。有鉴于此，李、王诸子同时进

---

① 《喻邦相》，《弇州山人续稿》卷二百一。
② 《张幼于生志》，《弇州山人续稿》卷一百九。
③ 《汪禹乂诗集序》，《弇州山人续稿》卷四十三。
④ 《艺苑卮言一》，《弇州山人四部稿》卷一百四十四。
⑤ 《答周姐》，《弇州山人四部稿》卷一百二十八。

一步扩大了他们日常阅读和观察的兴趣,显示了基于崇尚宏博审美取向的强烈的文学表现欲望。与此相联系的是,他们对于各类物态人事的探知和体察似乎也来得更加敏感、用心,特别是对于耳闻目见的种种奇异之自然景观和人情事理的表现更为投入。当然,这其中包括他们意在出新取奇而展开的相关的艺术经营。在此情形下,出现在他们笔下之景之事之人,不仅博赡丰繁,而且有时也因为叙奇述异,不同程度地被赋予了别样的趣味风致。

一、博杂化之特征

博杂化的特征,首先反映在李、王诸子对作品不同体裁和风格的广泛运用上,包括他们对众多拟古对象体格、体式的效习。例如李攀龙所拟,即"于古乐府及《十九首》,苏、李《录别》以下,篇篇拟之,殆无遗什"①,其中如他的《代建安从军公燕诗》十八首②,广拟魏文帝曹丕、魏明帝曹叡、陈思王曹植,以及王粲、陈琳、徐幹、刘桢、应玚、阮瑀等建安诸子所作。又比如吴国伦拟古乐府,博及各体,人称"历穆天子以来数千年,上之郊庙国都,下逮田野间巷,诸体备矣"③。而在诸子中,王世贞生平所作无疑是最为广博的,对此,褒之者如屠隆谓"其为文包罗《左》、《国》,吐纳《庄》、《骚》,出入杨、马,鞭棰褒、雄;其为诗炼格汉魏,借材六朝,同工沈、宋,登坛李、杜。诚天府之高华,人文之鸿巨,作者之极盛矣,观止矣"④。又如胡应麟评议王世贞《弇州山人四部稿》,述及其古诗、歌行之作,以为"古诗枚、李、曹、刘、阮、谢、鲍、庾以及青莲、工部,靡所不有,亦鲜所不合。歌行自青莲、工部以至高、岑、王、李、玉川、长吉,近献吉、仲默,诸体毕备。每效一体,宛出其人,时或过之"⑤。薄之者如朱彝尊指出:"嘉靖七子中,元美才气,十倍于鳞。惟病在爱博,笔削千兔,诗裁两牛,自以为靡所不有,方成大家。一时诗流,皆望其品题,推崇过实,谀言日至,箴规不闻。究之千篇一律,安在其靡所不有也。"⑥仅举其诗歌为例,见于《弇州山人四部稿》中的如杂体一类,就有九言、三五七言、一言至十言、回文、离合、八音、五平体、五仄体、集句、十二属、五

---

① 《诗源辩体·后集纂要》卷二,第 413 页。
② 《沧溟先生集》卷四。
③ 胡心得《天鷽子拟古乐府序》,《甔甀洞稿》卷首。
④ 《与王元美先生》,《由拳集》卷十四。
⑤ 《诗薮·续编》卷二《国朝下·正德、嘉靖》,第 338 页。
⑥ 《静志居诗话》卷十三《王世贞》,下册,第 382 页。

行十支、人名、州名、鸟名、数名、将军名、宫殿名等作①。此外,或有同一诗材而为不同诗体赋之,如嘉靖三十五年(1556)八月,王世贞借谳狱之机,过访时任顺德知府的李攀龙,与之饮酗,遂"分十二体,悉赋之"②,即为作三言古、五七言古、五七言律、六言律、五七言排律、五七言绝句诸体③;或属同一诗体而博拟众家,较为典型的,则有前面已提到的其仿江淹《杂体三十首》而作的五言古诗《拟古》七十首,其包括"自李都尉而下至休上人凡二十九,广自苏属国至韦左司凡四十一"④,所拟诗家不可谓不广。

与此同时,作为后七子诗文创作博杂化的特征之一,其又反映在诸子对于表现对象的广泛涉猎。这其中最为富赡繁博者,仍不能不数王世贞。许学夷即称,"今元美诗数倍于李、杜,文数倍于韩、苏,且于天地、人物、文章、政事、释老、九流以及书画、工技,靡所不通,而侈言之"⑤。刘凤以为,"元美实精灵应世,尤博极充肆,才总群公,固将圣之资。其所涉览淹该,过目则诵,贯通经籍,备忆子史百家言"⑥。汪道昆又指出:"元美上窥结绳,下穷掌故,于书无所不读,于体无所不谙。其取材也,若良冶之操炉鞴,即五金三齐,无不可型;其运用也,若孙武、韩信之在军,即宫嫔市人,无不可陈,无不可战。"⑦探察王世贞等人具体所作,如果说,相对丰富的阅读经验、博洽通赡的知识涵养,再加之交众游广的经历,成为他们面向繁夥的表现对象一种不可缺少的底蕴,那么,通过既博且杂的描摹呈示而尽力展现不一般的视界和心怀、不一般的知识能量,充分满足自我的审美趣味,则可以说是他们形之于具体表现的一种内在驱动力。也由此,检视后七子之集,以诗为例,其涉及的对象即相对庞杂。譬如,王世贞曾为七言律

---

① 见"杂体四十三首",《弇州山人四部稿》卷五十三。
② 《宗子相》,《弇州山人四部稿》卷一百十九。
③ 如《秋日于鳞邢州郡斋,分韵赋十二体》、《秋日过于鳞郡斋,分赋十体,得发字》、《秋日过于鳞郡斋,分赋十二体,得俱字》、《秋日过于鳞郡斋,分韵十二体,得门字》、《秋日过于鳞郡斋,分赋十体,得高字》、《邢州郡斋同于鳞分赋十二体,得遗字》、《秋日过于鳞郡斋,分赋十二体,得河字》、《过于鳞郡斋,分赋十二体,得名字》、《过于鳞郡斋,分韵赋十二体,得傍字》、《秋日过于鳞郡斋,分韵赋十二体》、《过于鳞郡斋,分赋十二体》,分别见《弇州山人四部稿》卷八、卷十一、卷十八、卷二十六、卷三十一、卷三十二、卷三十五、卷四十四、卷四十五、卷四十六、卷四十八。
④ 《拟古》序,《弇州山人四部稿》卷九。
⑤ 《诗源辩体·后集纂要》卷二,第416页。
⑥ 《王凤洲先生弇州续集序》,《弇州山人续稿》卷首。
⑦ 《弇州山人四部稿序》,《弇州山人四部稿》卷首。

诗《咏物体》六十首，以"家园景物，颇成烂熳，鱼鸟亲人，亦自足怜，因戏各赋一章"①，所咏为各色花木鸟兽，被胡应麟称作咏物七言律中"则前古所无也"②。又如王世贞七言绝句《酒品前后二十绝》，乃为酒类品评之作，咏述不同产地的"内法酒"、"桑落酒"、"襄陵酒"、"羊羔酒"、"蒲州酒"、"太原酒"等等的色味品级③，也从中可见作者雅兴杂趣之一斑。不仅如此，稍许留意一下即可发现，特别如吴国伦、王世贞等人之作，单单一些即事随感命篇、内容较为驳杂的像"杂咏"、"杂歌"、"杂感"、"杂兴"、"杂题"、"杂怀"、"杂言"一类的诗篇，出现的频率就相对较高④。这些诗篇大多集合了作者即时即地身之所历、目之所及、情之所感、兴之所至，吟咏的范围相对杂泛，常常不固定于一端。以吴国伦的《鄢中杂歌十二首》为例，这组诗虽围绕楚地所见所感而吟写，但涉及的方面却是各色各样的，既有对当地分封历史的忆述："忆自分茅日，王田半鄢疆。龙飞已三世，犹说内家庄。"（其五）也有对"兴王"之地荒落景况的慨息："自是兴王地，均沾汤沐恩。如何诸父老，斜日闭荒村。"（其三）既在展示故宫陵园的气象："鄢邸故宫留，千年王气浮。"（其二）"寝园三十里，嘉树郁苍苍。"（其四）也在描绘俗态斑驳的世相："咄咄贵家奴，鸣镳出鄢都。"（其七）"万户依南郭，倡家与酒家。"（其十一）"白面谁家子？扬鞭踏落花。"（其十二）既抒发了隐微的缅古幽思："白雪非新曲，阳春自古台。和歌人不见，弦管发馀哀。"（其九）也吐露了一丝感于年衰的心况："偶作石城游，无心唤莫愁。平堤踏歌女，笑我雪蒙头。"（其十）⑤整组诗观察的视线及浮现的情思，具有明显的流动性，始终在历史与现实之间穿梭游移，并不是聚焦于某一方面。为此，诗中呈现的画面是繁复驳杂的，诗人的思绪也

---

① 《咏物体》序，《弇州山人四部稿》卷四十三。
② 《诗薮·续编》卷二《国朝下·正德、嘉靖》，第348页。
③ 《弇州山人四部稿》卷四十九。
④ 如吴国伦的《高州杂咏五首》、《秋日湖上杂咏六首》、《由汉口入鄢杂咏十首》、《鄢中杂歌十二首》、《上新河杂咏八首》、《园居杂咏十二首》、《太和道中杂咏八首》、《旅泊浔阳杂诗十首》，分别见《甔甀洞稿》卷十四、卷十六、卷十七、卷三十、卷三十三，《甔甀洞续稿》诗部卷四、卷十二；王世贞的《杂感六章》、《杂感》三首、《上谷杂咏》四首、《途中杂咏》四首、《青州杂感十首》、《吴兴杂兴十首》、《通州署中杂兴四首》、《春日闲居杂怀十首》、《江行杂咏》二十四首、《夏日村居杂兴十绝》、《清源杂咏》四首、《岁暮即事杂言六章》、《后杂言六章》、《杂言十章》、《入秋无事，案头偶有纸笔，随意辄书，如风扫华，不伦不理，故曰杂题》三十首、《约圃杂咏》五首、《弇园杂咏四十三首》、《弇园杂题八绝》、《弇园杂咏》二十九首、《离资园杂咏》四首，分别见《弇州山人四部稿》卷十、卷二十六、卷二十八、卷三十五、卷四十五、卷四十九、卷五十二，《弇州山人续稿》卷六、卷十二、卷二十、卷二十一、卷二十四。
⑤ 《甔甀洞稿》卷三十。

因翻覆流转而难以一端名状之。又如王世贞的《吴兴杂兴十首》,作于其隆庆三年(1569)出任浙江左参政之际,反映在此诗中的情态况味同样可谓芜驳不一,比如或呈现对独特风物的领略:"接天唯白水,不枉唤湖城。""秋水瀹莼菜,晴雪鲙鲂羹。出入青油舫,真成画里行。"(其三)展述对遗风旧迹的追踪:"旧事停车得,遗风掌故传。鱼租钓台渚,火耨嘑山田。"(其七)或形容为官生活的清冷:"苔冷尚书社,蘋稀剌史洲。地偏朝事绝,俗美寓公留。"(其五)表露日常行止的洒落:"湖山闲即出,风雨却归来。薄宦终诗草,藏名是酒杯。"(其六)或感慨再仕而无由作为:"一官堪自免,再出竟何为。""不烦期马革,端合号鸥夷。"(其二)咏叹岁月疾驰,归思渐浓:"掩卷将何道,凄其归思浓。""岁月辞何峻,乾坤老渐容。"(其九)[①]凡此种种,无不是诗人官吴兴之际的特定经历和感想的叙录。然而述写角度的漫散,表现内容的繁复,使得上诗多少给人以杂错之感,仿佛在王世贞看来,非如此不足以淋漓尽致地呈现自己的观览所及、触意所得。因此,如将这组诗视作是王世贞在吴兴期间对所见所感的一种纷罗杂陈,也许更为恰当。

就对表现对象的广泛涉猎来说,它也突出地体现在后七子一些成员的文章创作上,其中李、王诸子所撰作的体制上长于人事记叙、物景描摹而叙述空间相对开阔的记文,这一特点又更为明显。首先值得注意的,乃是他们记述游历旅程的一些游记和纪行作品。应该说,传统意义上行游记文多于观览客体加以述录和描绘的写作特点,使它们在表现对象的摄取上往往显示更大的涵容度,这也成为诸子用来呈示其博见杂识和表达审美趣味的重要创作样式之一。在此,试摘引他们此类记文的其中几段作例:

> 上官东南上三里许,得明星玉女祠,《含神雾》称"明星玉女持玉浆"。乃祠在大石上,大石长十丈许。祠前辄拆,拆下有穴,穴有石如马。折南五丈,坎如盆者五所,如臼者一所,水方澹澹也。下从祠东南峡中行二里,得池二所,大如轮。东南行三里,望见卫叔卿之博台在别巅,为埒不尽厓尺,中如砥,可坐十人。厓南北缋缅缅缅也……此即秦昭王使人施钩梯处也。西南上三里许,得一峡如括,曰天门。门西出为栈,而铜柱狭不能尺,长二十

---

① 《弇州山人四部稿》卷二十八。

丈。栈穷,穿井下三丈窍旁出,复西行为栈,而铜柱一池在石室中,不可涸也。天门旁有台,如叔卿之台,南望三公山三峰,如食前之豆,是白帝之所觞百神也。(李攀龙《太华山记》)①

又行可三里,抵黄岘。黄岘者,不知其所繇名,有松五,即所谓五大夫者也。以厄于石不能茂,而稍具虬虺状,当是二三百馀年物。亡何,为百丈崖,崖凹深如屋,傍有石洞,槎口而下黑,其究叵测。已度石壁峪,为十八盘,应劭所谓"两从者扶掖,前人相牵,后人见前人履底,前人见后人顶,如画重累"者,非此地也耶?……自是为十八盘者三,而穿中窦曰天门。既上,罡风蓬蓬然,吹帽欲堕。道士衣羽奉乐而迎,出没云气中,亦一奇观也。行可里许,为元君祠。元君者,不知其所由始,或曰即华山玉女也。……其右为御史所栖,后一石三尺许,刻李斯篆二行,一石池,纵广及深俱二尺许,亦曰玉女洗头盆也。自是左折而上里许,曰岳帝祠,陋不能胜香火,其后峭壁造天。左为开元帝《纪太山铭》,唐隶,径可二寸而赢,势若飞动,惜其下三尺许为拓碑者冬月构火蚀之,遂不全。右为苏颋《东封颂》,字形颇秀媚,尚可辨,而损于闽人林焊"忠孝廉节"四大字。又有颜鲁公题名,损于方元焕诗,固不若苔土埋翳之尚可洗而有也。自是益北上数百武为绝顶,曰玉皇祠。祠之前有石柱,方而色黄,理亦细,可丈许,所谓秦皇无字碑也。其石非山所有,或曰中有碑石冒之。按李太宰裕记云:石埋植土中,似方非方,四面广狭不等。细观之,总十二行,行各十二字,多不可识。今殊不然。然李公以为在开元铭东十数步,则非此石明矣。(王世贞《游太山记》)②

晚泊三山矶,太白诗所谓"半落青天外"者也,去金陵仅二舍许耳。晨发三山,望烈洲,陆务观记其山"草木极茂密,有神祠在其颠",至今犹然,以险远故绝无登者。自是风益缓,湍水益暴,所历慈姥诸矶皆若堞楼,垒出江中。篙师役夫并力而絙,以与水争尺寸之力,则益艰。然仰视峭壁无际,奇胜种种,逼人眉睫间,江北紫翠一抹爽然在几案,忘其行之濡滞耳。寻至采石矶,谒太白祠。遂登蛾眉亭,望江北,中有大洲二,连亘十馀里云,是天界寺赐地也。采石旧名牛渚,盖江南最险要处,韩擒虎、曹彬及我高皇帝俱以

---

① 《沧溟先生集》卷十九。
② 《弇州山人四部稿》卷七十二。

此渡江下金陵。陆务观谓江面狭,非也。繇此渡下太平,则水陆皆上游,而金陵气夺矣。王处仲、桓元子颇得其意,故移镇姑孰,以遥控台城而制其命也。令张某出谒,云郡离采石二十余里。陆务观云仅五里余,不可晓也。(同上《江行纪事》)[1]

上面所引,只是李、王诸子行游诸记中较有代表性的若干片段,然就是这几段例子也多少能够说明一些问题。如果说游记和纪行之文特别在记述行途景观上本具有较大的包容空间,那么以上记文的段落可以说是充分利用了这种空间,力尽繁述铺写之能事,将文章涵物容景的限度推向极致。它们的共同特点,即通过一种移步换景、转目易物的记述方式,高密度和多角度地凸显一路览历之景象,在观者考察方位的不断变换推进中,不同景观的地理位置、形貌风情及历史迹象得以逐次呈现。参比游记和纪行之文的书写传统,尽管这种依循具体的行游路线而展开对不同景观记述的写法,也可追溯至前人之作,并不属于李、王诸子的专利,但上述片段如此密集乃至近乎繁芜琐杂的于各类物景的一一呈露,则无疑显示了李、王诸子对相关表现方式的某种强化。当然,从简洁明晰的叙述角度来要求,如此近于芜杂的密集化的景观铺列,未必说得上是成功之笔,不过,它从另一面正表明了作者追求博洽的一种创作取向,一种审美趣味。很显然,这种物无论主次、景不分巨细的高密度和多角度的表现方式,呈示在读者面前的,不仅仅是令人目不暇接的一幅幅图景,更还有凸显其中的感知自然人文的专注和兴趣,以及尽其目之所见、倾其心之所识的饱胀的表现欲望。特别如王世贞的《游太山记》和《江行纪事》,相比李攀龙的《太华山记》,不但记述的篇幅较大,而且在逐次展述沿途景观的同时,又时不时地穿插着历史陈迹的点缀,以及沉浸于这些陈迹观览的不厌其烦的绍介和分辨,其中流露的开博的趣味更浓,表现自己宏阔眼识的意向更明。

其次需要提及的,则是后七子一些成员所撰作的园林记文。与行游记文更具开放和动态的记述特点相比,园林记文则多面向相对封闭的营造空间而展开相对静态的观照。但同样基于相对开阔的叙述空间,突出景观陈列的密度和角度,也成为诸子多篇园林记文强化其表现方式的一大特点。如吴国伦的《北园

---

[1] 《弇州山人四部稿》卷七十八。

记》、《丹山别业记》①,王世贞的《先伯父静庵公山园记》、《求志园记》、《日涉园记》、《养馀园记》、《弇山园记》、《安氏西林记》、《太仓诸园小记》、《离赟园记》、《澹圃记》、《约圃记》、《旸湖别墅图记》等②,皆属此类之作。而他们笔下对千姿百态园林景象细致入微的赏鉴和览示,在传递出闲雅脱洒情怀的同时,也融结着一种趋向博杂的意味。这其中特别如吴、王二子那些记述自家园林的作品,由于作者更熟悉具体的建造规制,加之不乏炫示自家所营与个人情趣的写作动机,往往所记更显详悉和庞杂。如吴国伦的《北园记》,称于所治北园"匠余意而经营之",其园建于国伦万历五年(1577)自河南左参政罢归后,王世贞《寄题吴明卿参政北园》曾以"争以侬家五亩墅,白公池馆让风流"③形容之。整篇园记采取全景式的记述方式,在绍介"首事小沧浪,高其堤以障水,夹植垂柳百馀株以固堤,已乃诛茆剪棘,易塈以垣"的北园外围景象后,则从"重门"导入,循序而进,对园中不同方位的如"石藓亭"、"青桂亭"、"壶岭"、"甄甗洞"、"鲍居"、"自然庵"、"浣芳池"、"绿云坞"、"香雪林"、"饲鹤轩"、"抚松台"、"玄览阁"、"云根亭"等,各个亭台池阁、林木石阜的景致以及结构布局,作了周详的展示,可称纤悉备具,毫末无遗。吴国伦在记中自谓此园"殆亦有所谓天游者在焉",治园居游,即可以"端居寡营,图史在案,游息眺咏,从其所如"④。置身精心营构的一片胜景叠见的园林世界,放任自我,涵泳体察,博极自然之趣,穷究深玄之道,尽抒洒落之怀,这大概是他的真正意向之所在。

再看同样是记述自营园林的王世贞的《弇山园记》,无论是铺列景致之繁夥,还是描述布局之详悉,与吴国伦的《北园记》相比,皆有过之而无不及。弇山园又名弇州园,被王世贞长子王士骐称为"叠石架峰,以堆积为工"⑤。据是记,园中所设"为山者三,为岭者一,为佛阁者二,为楼者五,为堂者三,为书室者四,为轩者一,为亭者十,为修廊者一,为桥之石者二、木者六,为石梁者五,为洞者、为滩若濑者各四,为流杯者二。诸岩磴涧壑不可以指计,竹木卉草香药之类不

---

① 见《甄甗洞稿》卷四十六、《甄甗洞续稿》文部卷十。
② 见《弇州山人四部稿》卷七十四、卷七十五,《弇州山人续稿》卷五十九、卷六十、卷六十一。
③ 《弇州山人续稿》卷二十。
④ 《甄甗洞稿》卷四十六。
⑤ 《列朝诗集小传》丁集上《王司勋士骐》,下册,第438页。

可以勾股计"。鉴于弇山园景致纷繁,"以巨丽闻"①,是记"凡八篇,馀七千言"②,以尽述园中的布设。如下局部所记:

> 由西弇山而东至环玉亭,而西山之事穷。北折得石门,榜之曰惜别峰,所不能尽者,间值三四焉。自是皆土山,蛇纤而上,杂植美箨,垒石为藩。其右大有馀地,拟荫美木未遍。复纤而下,其左傍广心池,一草亭当其阯,夜月从东岭起,金波溶溶,万颖注射,此得之最先,名之曰先月。循亭而北,复为石磴,大小数十峰,参差磊块,以祖出山道耳。溪水隔之,桥其上,曰知还,取陶彭泽语也。已复桥,稍东为文漪堂。堂俯清流,湘帘朱栏,倒景相媚,微飔徐来,縠文熨皱,正值中岛之壶公楼。夜分灯火相暎带,小语犹闻,何但丝竹,吾不知于西湖景何如,彼或以远胜耳。堂有三壁,间取《文选》诗句稍畅丽者,乞周公瑕擘窠书,是生平得意笔。左壁"平湖",右壁"雪岭",则皆钱叔宝为之,而"雪岭"尤壮。出文漪堂,左折而入,得一门曰息文,忽呀然哮豁,盖广除也。堂三楹踞之,殊轩爽,四壁皆洞开,无所不受风,间植碧梧数株,以障夏日耳,名之曰凉风堂。俟梧成,当取崔济南语,名之曰凤条馆。騄堂西数武曰尔雅楼,一曰九友。所以称九友者,余宿好读书及古帖名迹之类,已而傍及画,又傍及古器罏鼎酒鎗。凡所蓄书皆宋梓,以班史冠之;所蓄名迹,以褚河南《哀册》、虞永兴《汝南志》、钟太傅《季直表》冠之;所蓄名画,以周昉《听阮》、王晋卿《烟江叠嶂》冠之;所蓄酒鎗,以柴氏窑杯托冠之;所蓄古刻,以定武《兰亭》、《太清楼》冠之。凡五友,僭而上攀二氏之藏,以及山水并不腆所著集,合为九。③

显然,围绕弇山园繁富杂错的布景设施,上记格外专注于琐细周遍的全景展示,一山一水、一亭一桥、一堂一楼,悉现其中,惟恐遗漏。这种毕其所有的博记,既是弇山园"巨丽"图景的复制,也是作者日常趣尚的写照。而它所要表现的,不仅是主人公寄情佳胜、体悟自然和徜徉于艺文之间的雅逸之志,同时还有其牢

---

① 王世贞《弇山园记一》,《弇州山人续稿》卷五十九。
② 王世贞《题弇园八记后》,《弇州山人续稿》卷一百六十。
③ 《弇山园记七》,《弇州山人续稿》卷五十九。

笼天地山水、饱览群籍名迹的渊博之趣。值得一提的是，记中述及弇山园尔雅楼一景，特别写其内部布设，尽显楼中图史、书画、器玩、古刻之蓄藏，并释"九友"之意。而对于所谓的"九友"，王世贞在之前所作的《九友斋十歌》诗序中也曾予说明："斋何以名九友也？曰山曰水，斋以外物也；曰古法书，曰古石刻，曰古法籍，曰古名画，曰二藏经，曰古杯勺，并余诗文而七，则皆斋以内物也。是九物者，其八与余周旋，而一余所撰著，故曰九友也。"[①]即已表明其与山水艺文广结为友的心意。可以这么说，园记在展陈包括丰赡蓄藏在内的"九友"的同时，也在展陈主人公博雅的兴趣和无所不及的学养。透过记中层出叠见的布景设施，以及面面俱到的细密笔触，有一点我们分明能感觉到，这就是，作者津津相称甚至带有炫示味道的一种倾心风雅与骛逐博达的审美意趣。

应该说，后七子一些成员诗文作品所呈现的不同程度博杂化的特征及所蕴涵的审美意趣，在一定意义上不仅显示了李、王诸子阅读经验和学识积养的增加，也显示了他们文学表现欲望的扩张。而在诸子所营造的以复古相尚、艺文至上的文学活动背景下，这一创作的取向，又未尝不可以说是他们自我表现、自我标榜和导引其时文学风向自觉意识的流露。从另一方面来看，过度的博杂化，也不可避免地使得诸子的一些诗文作品流于芜漫、粗劣以至雷同，这在"博极充肆"的王世贞的撰述中尤为突出，也成为招致后人诟病的重要原因之一。如《四库》馆臣以为，其"才学富赡，规模终大，譬诸五都列肆，百货具陈"，由此导致"真伪骈罗，良楛淆杂"[②]。至于如前朱彝尊指摘其诗"惟病在爱博"，"自以为靡所不有，方成大家"，然而"究之千篇一律，安在其靡所不有也"[③]，虽说得过于绝对，但未必不是中其要害之言。

二、趣致化之特征

就趣致化的特征而言，后七子之中，首先不能不提及被王世贞称为"才高而气雄"[④]、所作"务出意气之表以自愉快"[⑤]的宗臣，其诗多呈现出奇诡雄放的特

---

① 《弇州山人四部稿》卷二十二。
② 《四库全书总目》卷一百七十二集部《弇州山人四部稿》、《续稿》提要，下册，第 1508 页。
③ 《静志居诗话》卷十三《王世贞》，下册，第 382 页。
④ 《宗子相集序》，《弇州山人四部稿》卷六十五。
⑤ 《明中宪大夫福建提刑按察司提学副使方城宗君墓志铭》，《弇州山人四部稿》卷八十六。

点。特别是他擅长的七言古诗更为如此,有人也因此认为宗诗得李白等人为多,朱彝尊《静志居诗话》即谓其"本以太白为师,跌宕自喜"①,许学夷《诗源辩体》也指出,其"七言古,短篇多类太白,于诸体为优;长篇如《二华》、《金山》、《庐山》,颇多奇纵,而怪诞处则似任华、卢仝"②。这里,所谓"奇纵"的特点,尤其在宗臣的七言古诗中的确表现得较为突出,如许氏提到的《金山篇送徐子与奉使江南》一诗,其中咏道:

> 吁嗟此山何雄哉,白日不动天崔嵬。下揽吴越荆楚之秋色,上摽钟山渤海之朝虹。奇峰三百倒悬水,青枫碧树摇玲珑。金刹琼宇不知数,一一乱插冯夷宫。有时鼋鼍逐麋鹿,镇日鱼鳖追莺鸿。忽然相遇不相识,莫不骇讶狼藉号天风。白日滚滚去不穷,明月复尔临高空。万顷珊瑚碎江水,鲛人龙女纷然起。以手捉之不可得,嫣然一笑沧江底。怪龙忽上崖头舞,似听山僧读禅语。龙珠上与月华争,明月不得复为主。当时赤手缚龙珠,夜半空江骤风雨。一自此龙失其珠,日日江头怒且呼。金山昼夜叫猿鹤,丹阳南北愁菰蒲。

诗中所咏,除了充分利用七言古诗跌宕起伏、开阖有致的结构特点,而表现出一股肆恣放纵之势,还有围绕金山及其相关场景的描写,摹状绘态,展示了各色的奇景异物。后者不仅集结实际览察所得,且融合了超乎寻常的夸张和幻想,摄入诗中的,不论是形态光色别致的奇峰悬水、青枫碧树、金刹琼宇,还是多呈神异征象的鼋鼍鱼鳖、鲛人龙女、怪龙龙珠,无不一一成为凸显这首七言古诗奇情别趣的组合元素。不难看出,作者已是在极力调动他的感知与想象之能,用以构织变幻层出的各种画面,营造琦傀谲诡的艺术效果。从作者的主观立场来说,毫无疑问,如此摄景取物和穷其摹绘之力的基本目的,无非是要最大限度地发抒自己的奇思妙想,以使其诗真正独具手眼,别出机轴。此处之所以要特别提到宗臣的七言古诗,这是因为总观宗氏的诗作,类似奇诡的特点在他的该诗体当中并非偶见,说明作者有意追求这一特点的意图是显而易见的,摘数诗

---

① 《静志居诗话》卷十三《宗臣》,下册,第388页。
② 《诗源辩体·后集纂要》卷二,第419页。

为例：

> 我携春色帝城来,共驾长虹击鼍鼓。青山拂袖玄猿呼,白波摇空怪龙舞。(《水头遇雨》)
>
> 孤根倒插黄河底,奇峰直耸天门旁。天门牛女不敢渡,斗域羲龙那得翔。上帝闻之恶其强,擘为二华遥相望。(《二华篇》)
>
> 峰头白鹿衔紫云,紫云片片大如席。石梁瀑布天上来,百折寒涛泻琥珀。玉虹双夹孤电翔,急雷长斗银河坼。(《庐山歌寄赠吴明卿,时以黄门谪豫章从事》)
>
> 武陵倒插西湖边,明河吹碎玛瑙圆。桃花千树坠红雨,垂杨十里排苍烟。(《武陵歌》)
>
> 惊风吹破明月光,琉璃片片成胡霜。胡霜落地几千尺,白虹乱走冻且僵。(《寒夜偕助甫集方懋藩邸中,各赋放歌,分得阳字》)
>
> 天风吹落千杨柳,晴虹万丈垂鹚首。水中乱石怒且待,大者虮蟥小蝌蚪。六尺榜人双胡髯,直挂孤帆石上走。(《新安道中》)[1]

以上数诗所描绘的景物虽不尽相同,但都具有一大相似的特点,即特别经过诗人不同层面的夸饰和想象,各自现出奇谲幻异的样态。就此或可以说,作者的兴趣,乃集中在对于各色奇特之景物的独到发掘和艺术再造,而这大概在宗臣看来,正是一己之眼识与才力的一种恰切体现。也因为如此,即使是某些看似相对平常的景物,在作者眼中则同样富含趣致,因而不吝点染。如上引《武陵歌》中"桃花千树坠红雨,垂杨十里排苍烟",桃花凋谢、垂柳飘拂本属常见之景,而作者则分别以"红雨"、"苍烟"形容之,这自是他从纷落如雨的桃花和广密似烟的柳叶中体察出非同一般的情韵。又如《新安道中》"水中乱石怒且待"、"直挂孤帆石上走"云云,水中行舟的景状看上去更为平常,不过因为注意到水中分布的乱石,所以舟在水面上行驶被描绘成犹如在"石上走"一般,显得比较特别,原本寻常无奇的画面也因此平添了几分趣味,这恐怕正是作者所要突出的一种艺术效果。

---

[1] 以上见《宗子相集》卷五。

检后七子诗歌,其实何尝只有宗臣所作具有这般趣致化的特点,相比起来,譬如吴国伦的诗作,虽不像前者那样奇异中多含怪幻之相,然其繁富的篇什中也间杂一些取材独至或构思奇特之作。如《述梦中作四首》,分别为《风》、《云》、《雷》、《雨》,其诗序云:"六月晦夕,梦张使君为里人刘生借四物于予,曰风、云、雷、雨。予慨然许之,因各书四言诗一章其后。书既,又自更定数字、吟咏数过而后觉,遂得强记录出,俟后征云。"①这里,述梦中所作,本已有些出乎寻常,又以风、云、雷、雨为梦中所借四物而分别吟咏之,则更加显得别具心思,可以想象,如不是作者欲借梦中之作以述异,当不至于要"强记录出"。不啻如此,值得提及的,还有吴诗中一些专门以奇景异物作为吟咏对象的篇章。如《上下武当道中咏所见五异五首》②,其所咏"五异",乃为"老树"、"怪石"、"瀑泉"、"悬楼"、"飞梯"等行途中所遇见的独特景物;而如咏叹斋室所设形态逼真的"石荷叶"、"石笋"、"石兔"、"石龟"的《咏斋中四石》③,以及《玉叔庭中有石如虎,寄题赞之》、《咏石云》、《咏石松根》、《咏龟山怪石》、《咏南城潭怪石》等诗④,则似乎更专注于作者情有独钟的各类奇石。这些主咏奇景异物的诗篇,有的也令人不难体会出其于表现对象极意加以体察和摹状的用心。例如《咏龟山怪石》一诗,描写龟山胜景尤其是各种奇形怪状的山石:"楼台霏雾结,底柱白云撑。奋迅飞难去,玲珑凿不成。望疑金作埒,来讶玉为城。角立蛟螭怒,拳连鬼魅惊。波痕时隐见,野色变阴晴。雪磴峰峰拥,风泉处处鸣。群羊争欲起,只少遇初平。"虽然诗在总体上绘景的笔力不见得十分出色,甚至多少流于板滞和刻凿,但从如"角立蛟螭怒,拳连鬼魅惊"这样工于摹绘的句子中,足以见出作者一片形容之苦心。至于诗尾"群羊争欲起,只少遇初平",则运用了《神仙传》中仙人皇初平叱石成羊的故事,以"群羊"喻示山中怪石,在用典上看上去尚属自然妥帖,也不失运思之奇巧。

从主观上说,后七子尽管比起前七子来更注重以古为法,强调"求当于古之作者",并为此提出了一系列严细的诗文法度规则,但同时又期望在合乎古法的前提下能出新求变,这也可以说是不少崇古者所抱持的某种常识性的认知。谢

---

① 《甔甀洞续稿》诗部卷一。
② 《甔甀洞稿》卷二十八。
③ 《甔甀洞续稿》诗部卷三。
④ 见《甔甀洞稿》卷七,《甔甀洞续稿》诗部卷二、卷七。

榛在评议顾况、张祜、王建等人诗作之际曾表示,"凡作诗不惟专尚新奇,虽雷同必求独胜"。此主要是就顾况等诗以"独胜"盖过"雷同"而言的,庶乎谢榛所说的"凡袭古人句,不能翻意新奇,造语简妙,乃有愧古人矣"①。这也表明他对"新奇"或"独胜"的看重。王世贞在致徐中行一书札中谈及自己的作诗体会时以为:"大江而上,自楚、蜀以至中原,山川莽苍浑浑,江左雅秀郁郁,咏歌描写,须各极其致。吾辈篇什既富,又须穷态极变,光景长新。"②则无异于明确"各极其致"和"穷态极变"对诗歌而言的重要性,二者近于王世贞格外在意的所谓"汰而使之精,创而使之新"的一种"沈深刿刻之思"③。这一主观意识尤其结合他们对于各类物态人事更为敏感专注的探知与体察的态度,或多或少落实在他们具体的创作当中,其又相对凸显了那种叙奇述异的趣致化特点,王、谢二子的诗歌在这方面似乎更具一定的代表性。

先看谢诗,如以下例子:

> 石罅松根出,云端山势来。地接龙荒莽无际,疏林但见冰花开。绝顶下连万丈雪,阴崖长积千年苔。……青山不断马头前,红日忽翻鸦背上。(《同李兵宪廷实、刘计部伯东宴集,因谈五台山之胜,遂赋长歌行》)
>
> 蓬莱阁上坐终宵,光罗星宿垂无际。直气相扶动万里,凌空不假神明卫。海日闪破苍茫天,岛云恍开太古世。风息浩波生籀文,长鲸自缩广穴闭。(《梁中丞乾吉、刘大参子仁同登蓬莱阁,夜观日出,赋此以纪胜事》)④
>
> 千转乎赤枫之岸,万折乎黄芦之堤。地非关百馀里,波倒翻如许长。朝横蜃楼气,夜闪骊珠光。若开辟无湾子,路易尽止,莽流徒泱泱。(《长江之水歌送匡使君淑教谪大梁》)⑤
>
> 仄径高盘壁,孤峰半插天。人行飞鸟上,袖拂落霞边。(《盘山最高峰迟应瑞伯不至》)⑥
>
> 凉风倒吹沙石湾,白波如练摇青山。老蛟深蟠大泽底,独鹤长叫空林

---

① 《诗家直说》七十五条,《四溟山人全集》卷二十三。
② 《徐子与》,《弇州山人四部稿》卷一百一十八。
③ 《伐檀集序》,《弇州山人续稿》卷四十二。
④ 以上见《四溟山人全集》卷二。
⑤ 《四溟山人全集》卷三。
⑥ 《四溟山人全集》卷四。

间。(《秋日山中漫兴》)①

这些诗例选取不同的景观加以描绘,大多给人以迥异凡近的诡奇之感,正如有人评谢诗所谓"揽景摹事,绝去凡近"②。其中之一是突出了基于特别观察视角而形成的奇妙的感知印象,像"青山不断马头前,红日忽翻鸦背上","人行飞鸟上,袖拂落霞边",尽管有的系对前人诗句的化用和袭用,如"红日"句或从温庭筠《春日野行》诗中"鸦背夕阳多"句转化而来,"人行"句当出于明初史谨《雪山关》一诗③,但不管如何,作者的意图主要还在于极力凸显奇特的观感。前两句写策马观览山景,故觉得马头前青山接连映入眼帘,写红日浮映鸦背,更取由诡巧的觅观角度所获得的特异图景。后两句写登盘山高峰所望,无论是人行鸟上,还是袖拂落霞,都是用来形容身处山巅产生的居高的视觉效果。其中之二是加入了虚玄离奇的夸饰和想象,如"绝顶下连万丈雪,阴崖长积千年苔","风息浩波生籀文","白波如练摇青山",这是对景观从空间、时间的跨度以及形状、色彩、动态上作了夸张性的描绘,至如"长鲸自缩广穴闭","老蛟深蟠大泽底",想象性成分居多的特点,自不待言。谢榛曾指出:"贯休曰:'庭花濛濛水泠泠,小儿啼索树上莺。'景实而无趣。太白曰:'燕山雪花大如席,片片吹落轩辕台。'景虚而有味。"④诗中体现在写景上的这些夸饰和想象,大概也符合他所说的"景虚而有味"的意思。

值得一提的是,谢诗的这种"揽景摹事,绝去凡近"的特点,也反映在它们对某些更能表现奇景异事之题材类型的倾向性选取,如边塞题材即是典型的例子。谢诗中有多首涉及边塞景事之作⑤,特别是其中对边地景象的描绘,空廓如"河迥寒沙断,城孤暮雪平"(《送高子之塞上》)⑥,"乌鸢下空碛,驼马渡寒流"

---

① 《四溟山人全集》卷十二。
② 汪元范述《诸公爵里》,赵彦复选《梁园风雅》卷首,清康熙刻本。
③ 其诗曰:"树杪路千盘,山深白昼寒。人行飞鸟上,猿啸暮云端。渐觉吴门远,方知蜀道难。瘦妻翻顾我,一步一长叹。"(《独醉亭集》卷上,影印文渊阁《四库全书》本,台湾商务印书馆 1986 年版。)
④ 《诗家直说》一百二十九条,《四溟山人全集》卷二十一。
⑤ 如《送周一之从大将军出塞》、《赋得胡无人送李侍御化甫巡边》、《送苏子长之塞上》、《送高子之塞上》、《塞上曲》、《送刘金宪才冲北伐》、《塞下二首》、《送朱驾部伯邻使塞上》、《塞上曲四首》、《塞下十首》、《塞上古怀四首》、《漠北词六首》、《塞上曲寄怀少司马苏允吉六首》,分别见《四溟山人全集》卷二、卷三、卷四、卷八、卷九、卷十六、卷十九、卷二十。
⑥ 《四溟山人全集》卷四。

(《塞下二首》二)①；寒烈如"绝漠黄云浩莽莽,层冰大雪几千丈","海色欲冻惨不流,鲸鲵僵卧天吴愁"(《赋得胡无人送李侍御化甫巡边》)②；肃杀如"寒云抱亭障,枯柳散乌鸢"(《送朱驾部伯邻使塞上》)③、"穷边寒日惨无光,沙草连天走白狼"(《塞下曲十首》八)④；阴惨如"百战多枯骨,秋高白草深"(《塞上曲》)⑤、"月黑沙场鬼火青,隔河觱篥响龙庭"(《塞下曲十首》五)⑥。不同的画面,意在摹状边塞之地令人奇骇的特有景象,虽然这些画面未必都是作者根据实地所见写出,或也源于对前人所作的仿拟和自我的想象。

再看王诗。如果说,谢榛的诗"揽景摹事"或求"绝去凡近"的特点实有得于经营之力,已如人谓其"穷极而思工,思工而语至"⑦,那么相比而言,王世贞的诗在此方面则更多显示出他推尚的所谓"汰"而"精"、"创"而"新"的那种"沈深刻之思"。这主要表现在,较之谢诗,王诗对于不同对象奇趣异致的体察和描摹,看上去更显细致、精刻、工缛,如下诗例:

> 东西两轮对出没,东轮黄金西紫金。紫轮冉冉破天碧,羲和鞭挥六螭息。霞使云君俨犹扈,金支翠旗光艳奕。少选东轮际空起,万顷冲波波欲靡。稍出为钩渐为玦,馀光如练俄如绮。(《石公山观日没月出歌》)⑧

> 冥搜出天巧,退尚穷真域。猿饮迫相辅,鸟伸骇所获。金膏时自闪,琼乳静还滴。窥天一线杳,察坠千鳞坼。云烹丹灶温,芝耕石田瘠。信足如已穷,俯身忽中辟。浴日万象开,琉璃成五色。芙蕖冠瑶柱,玫瑰填萝席。缔构疑化城,阴森恐蛟宅。(《由张公后洞出前洞一首》)⑨

前一首描写日落月出之景,摄取了"东西两轮对出没"这一特定时分的自然变化奇观,夕阳冉冉西沉,云霞层叠,光彩四射,明月缓缓东升,波光欲靡,形色渐变,

---

① 《四溟山人全集》卷十六。
② 《四溟山人全集》卷三。
③ 《四溟山人全集》卷十六。
④ 《四溟山人全集》卷十九。
⑤ 《四溟山人全集》卷八。
⑥ 《四溟山人全集》卷十九。
⑦ 陈子烛《诗说序》,《二西园文集》卷三,《四库全书存目丛书》影印明天启重刻本,齐鲁书社1997年版。
⑧ 《弇州山人四部稿》卷二十一。
⑨ 《弇州山人四部稿》卷十二。

日月出没之际,辉光与形态的动态变化过程,经由细致的察识,再加以精工繁密的刻画,得以具象呈现。后一首描写游历张公洞所见,信步流览,仰视俯察,且行且探之中,色态各异而如同幻境般的洞景尽收眼底,可以看出,诗中绘景,尤其是对色彩的点染,对形姿的勾画,都不可谓不用工,给人以一种明显的精巧刻削之感。事实上,王世贞上诗表现出来的这种相对细致的体察以及精刻、工缛的描摹特点,在其他吟咏各色景象的诗作中也或有呈露,如咏月轮:"初疑下璧排空上,忽有隋珠破夜来。"(《中秋夜登明远楼观月作》)咏山势:"波心倒插白玉柱,水面秀出青芙蓉。"(《登小孤山》)①咏雨景:"迸雨排银镞,飞湍挂玉梁。"(《过沁州一舍大风雨即事》)②咏雷电:"岩电忽垂疑帝笑,江雷初上似儿啼。"(《过龙泉观冒雨行即景》)③咏奇石:"坠如渴猿饮,森若惊鹘搏。"(《泛小洞庭观奇石》)④咏瀑布:"绝壁倒看银绠坠,高空横散玉绳来。"(《榆岭傍峭壁际天,中有悬泉如柱玉,下汇巨涧》)⑤咏泉水:"炯炯骊珠回夜色,盈盈鲛泪夺秋澄。"(《真珠泉宴赏》)⑥诸如此类,在基于细致的察识而对不同景象展开精摹工画的同时,有的因此则不免露出琢饰的痕迹。而这么做其中重要的一点,盖还在于突出表现对象的奇趣异致。

趣致化的特征不仅从后七子一些成员的诗歌中体现出来,且在他们的文章中也间有反映,特别是若干记述奇人异事之作。

记事如吴国伦的《异梦纪》,是文记作者夜卧斋中,梦郊行遇一虎,行者皆辟易,独其毅然无所惧,因召而数之,且劝其"从予改性,矢勿咥人"。虎自扪其腹而有难色,似谓非食人无法充腹。则又劝曰,"天帝好生,而人为物灵,尤其所最好,不可犯。至于家六畜而野百兽,皆天帝所生以资人者也。汝视百兽有害于人,即搏而食之"。于是收而化之,"左右起伏,惟予指使",且"亦自能合掌念佛","与客为礼,如人状"。全文所记,无非是梦中遭遇的一件猛虎化而为人的诡诞之事,作者也自以为"夫虎化为人,无是事,有是梦"⑦。这意味着,虎化为人

---

① 以上见《弇州山人四部稿》卷四十二。
② 《弇州山人四部稿》卷三十二。
③ 《弇州山人四部稿》卷四十三。
④ 《弇州山人四部稿》卷十二。
⑤ 《弇州山人四部稿》卷三十九。
⑥ 《弇州山人四部稿》卷三十五。
⑦ 《甔甀洞续稿》文部卷十二。

在现实中已属无稽之言,何况梦中所遇本为虚幻。不过,在另一方面正是"异梦"本身独具的奇特和虚幻性,成为作者刻意为之渲染的谈资,抉发这一"异梦"故事奇诡的趣味,恐怕是他撰作该文的主要意图所在。较之吴国伦的《异梦纪》,王世贞的《书鸡鹤事》所记述的虽非诞的梦事,但在侧重书写奇异的趣味性这一点上,似乎并无二致。文记一鸡与驯鹤斗竞,起始鸡虽极力与鹤相搏,但还是"为鹤所蹈,而数喙其翅羽,离披散坠"。接下去发生的更富有趣味性的一幕,显示在此文以下所述:"浃晨,鹤复食庭中,鸡匿身松柏间,忽从后奄至,趣其后距。鹤惊,不暇反顾而走,则追逐之。走愈急,逐愈劲,匿跳入水中乃已。又明日,园丁复以鹤之雄至,谓其戾足以刺五尺童子者。鸡复持击前鹤法击之,则败遁愈甚。自是鹤匿林,左右探伺,计惟有走而已。"鸡鹤之斗,固为一奇,而鸡终败鹤,以弱胜强,尤为一奇。这是因为在作者看来,鸡鹤之间力量对比悬殊,"鹤之形高五倍于鸡,其大三倍之,其力四倍之",然处于弱势的鸡却能"从容以完其气,多方以图其间,掩其所不备,攻其所不能,顾破其胆,使不复振"。在常人眼里,这可能是不足为道的一个琐屑的场景,但作者从中则似乎领略到了多少带有胜者"岂真悍勇趫敢哉,厥亦有胆智焉"[①]之哲理意味的一种奇特的感受,故乐以记述之。

记人如王世贞的《闫道人希言传》,该传描述了一位"所至皆异之"的诡怪的道人形象,传主的怪异之处,不啻在于异常的装扮,"顶一髻,不巾栉,粗布夹衫,有裙襦而无袒服,履而不袜",过人的功夫,"盛暑辄裸而暴日中不汗,穷冬间凿冰而浴,又令人积溺缶中浴之,出使自干,嗅之殊不觉膻臊";且在于不俗的性情,"喜饮酒,量不过三四升,酣畅自适,则歌道情曲以娱坐者",诡秘的行止,"出无恒向,诣无恒主,宿无恒夕,忽然而来,忽然而去;无住为主,无恋为本,无相为宗"[②]。从某种角度而言,作者之所以愿为这位闫道人立传,看重的是他身上不同于常人的特异之处,据"异"传"异"可谓是其主要的记述动机,文中不惜笔墨渲染传主多面之"异",本身已经说明了这一点。值得指出的是,像王世贞所撰写的此类传记,在注意述写这些奇人特异之方方面面的同时,有时呈现在人物身上迥异众人的某种离俗拔类的性格志趣,也成为作者展开描画的一个重点。

---

① 《弇州山人续稿》卷六十六。
② 《弇州山人续稿》卷六十九。

如他为吴中张冲、张献翼父子所作的《张隐君小传》、《张幼于生志》,就是较典型的例子。冲服贾致富又为人疏脱,小传既记其读书不好为章句而弃之,"北走燕,遴其游闲公子,日驰章台傍,楔瑟揄袂,跕屣陆博,从耳目,畅心志,衡施舍",又述其"不蕲为一切拘检之行,虎丘、石湖、上方、天平诸名胜,履迹恒满,舟而夕,屦而朝,之不为方,归不为日,以意自师"①,突出的是传主张冲疏于检束、任意而行的特异个性。冲之仲子张献翼,曾被王世贞目为"奇士"②,其生平更以乖张放诞著称,"与所厚善者张生孝资,相与点检故籍,剌取古人越礼任诞之事,排日分类,仿而行之。或紫衣挟伎,或徒跣行乞,邀游于通邑大都"③。王世贞所作的生志则对他任诞自放的行止无所回避,如写其"尽谢其故冠裳,幅巾裋褐,买轻舸,呼笳舆,纵游吴越诸名胜",又写其不但"酒至则赋,赋罢则谈,谈剧则卜夜,稍不迹,方以内黛粉蛾睩肩随之矣"、"击鲜饮醇之欢亡虚日",而且"自谓通隐",以至于"筑室石湖坞中,貌点兄弟像而祠之"④。应该说,鉴于王世贞传述这样秉持一己特异性格志趣的奇诞之士,多带有个人主观上的赏重意向,所以绝不同于一般漫然应命之笔,正因为如此,其中标奇立异、刻意表彰的意味也显得更加浓厚一些。

第三节　雄浑诗调的相承与变易

从诗歌的风格特征观之,后七子同前七子相比,既相近似,又有变易,这主要表现在,其于力主雄厉浑厚一路的同时,也兼趋婉和雅缛一途。相对而言,这一特征表明后七子诗歌在审美取向上所反映出的某种复杂性或包容性。尤由变易的角度来看,它多少缘于地域意义上的特定自然和人文因素的陶冶,也和诸子处世心态的渐变不无关联。

一、雄浑之势,精工之饰

如果比较前后七子诗歌的风格特征,那么能够看到,李、王诸子对李、何诸

---

① 《弇州山人四部稿》卷八十四。
② 李攀龙《张隐君传略》,《沧溟先生集》卷二十。
③ 《列朝诗集小传》丁集上《张太学献翼》,下册,第453页。
④ 《弇州山人续稿》卷一百九。

子雄厉浑厚一路诗风的接续是较为明显的,这也是二者表现在诗歌审美取向上的某种相似点。虽然在后面的讨论中将会发现,这种雄浑的取向并不是后七子诗歌所呈现的唯一的风格特征,尤其是诸子之间的诗风也有具体的差异,不过对于雄厉浑厚一路的风格,可以说李、王诸子还是多予倾重。在这方面,其中李攀龙的诗作表现得最为突出。殷士儋评李诗即云,"夫于鳞雄浑劲迅,掉鞅于诗坛"①。许学夷在论李攀龙七言律诗特点时指出,"于鳞先意定格,一以冠冕雄壮为主"②。试观以下诗例:

浮云翳高城,回飙生战场。金鼓使人悲,旗帜亦飞扬。千载一如此,丘陇递相望。奈何转蓬士,翩翩常道傍。(《感怀》其八)③

黄榆高不极,临眺亦奇哉。河势中原拆,山形上党来。白云横塞断,寒峡倚天开。摇落清秋色,多惭作赋才。(《登黄榆、马陵诸山,是太行绝顶处》一)④

白云东望十洲开,苦忆玄虚作赋才。大壑秋阴生蜃气,扶桑日色照楼台。波涛汉使乘槎过,风雨秦王策石来。纵有三山何可到,不如相见且衔杯。(《元美望海见寄》)⑤

应该说,以上诸诗特别是由于突出了宏阔深远的空间和时间向度,不同程度地被赋予了一种雄浑的格力。如第一首诗起始描写浮云笼盖的高城和旋风激扬的战场,展示的场景高阔而壮厉,由此转写岁月迁逝,历时久长,自然形势如旧,唯有丘坟相望,生命不断沦落,洋溢其中的,又不外乎是对连贯古今的永恒与变迁这两大关涉自然和人生问题的思索和感叹。第二首诗摹绘登黄榆岭所见,其藉由高处远望的视角,极写山形河势、要塞峡谷奇特的地理形貌,辽阔的空间感随着诗人视线的移动而不时溢出。第三首诗应和王世贞望海之作,故多涉及与大海相关的景事,尤其是颔联中的"大壑"与"蜃气"相连、"扶桑"与"楼台"相映,

---

① 《嘉议大夫河南按察使李公墓志铭》,《金舆山房稿》卷十。
② 《诗源辩体·后集纂要》卷二,第415页。
③ 《沧溟先生集》卷四。
④ 《沧溟先生集》卷六。
⑤ 《沧溟先生集》卷八。

绘出了恢廓的一片海景,而颈联中"汉使"与"秦王"故事的穿插,则将思绪一下拉至遥远的古昔。尽管不能说,如此突出空间或时间向度的一种叙写风格覆盖了李攀龙诗歌的全部,但它的确在李诗中具有相当的代表性。

从后七子整体的诗歌创作情形来看,在相当意义上代表着李攀龙诗歌审美取向的雄厉浑厚的风格特征,实际上在七子其他成员的诗作中也有较为明显的表现,比较而言,其中最能反映诸子这种诗风特点的,当属占据他们作品相当数量的五七言律诗尤其是七言律诗。许学夷《诗源辩体》即曾指出,"嘉靖七子之律,气象笼盖千古"①。而他这里所说的"笼盖千古"之"气象",主要还是指涉后七子五七言律诗尤其是七言律诗所展现的一种雄浑之势。是以其对诸子诗歌的论评,特别注意到他们在这方面的叙写风格。如除留意李攀龙诗作之外,他同时以为,谢榛五言律诗"入录者高壮雄丽,为诸子冠",七言律诗"入录者冠冕雄壮,足继于鳞";又评徐中行、吴国伦、梁有誉等人诗作,则多标出了他们七言律诗中的所谓"冠冕雄壮"或"冠冕雄丽"之句②。来看以下例子:

地阔清霜满,林寒赤叶稀。野云秋澹澹,山日晚辉辉。杀气三河动,边声一骑飞。(谢榛《秋野》)③

日上海关边色尽,天连沙漠雁声来。仲宣赋就千年事,张载铭成一代才。怀古不堪空伫立,秋风吹鬓放歌回。(同上《登遵化阁》)④

清秋殿阁空中见,落日旌旗树杪看。北眺浮云生大卤,东回紫气抱长安。向来弓剑曾游地,万壑松风度急湍。(王世贞《登西山》)⑤

北走胡空万马群,率然山势拥氤氲。层关不闭中原日,绝壁长留太古云。地脉谁怜秦内史?天骄应辟李将军。千盘转见妫川水,遥夜悲笳未可闻。(同上《度居庸关》)⑥

摇落千山客思哀,城楼面面海云开。渔阳秋色三边尽,碣石悲风万里来。南北烽烟聊对酒,古今怀抱此登台。(徐中行《九月八日登天津城楼,

---

① 《诗源辩体·后集纂要》卷二,第426页。
② 见《诗源辩体·后集纂要》卷二,第419页至425页。
③ 《四溟山人全集》卷四。
④ 《四溟山人全集》卷十五。
⑤ 《弇州山人四部稿》卷三十三。
⑥ 《弇州山人四部稿》卷三十五。

迟谢山人、李比部赋》)①

  岁暮青山远,天空白雁残。孤舟凌夜发,长剑共谁看？鼓角高城急,星辰大地寒。(宗臣《客夜》)②

  山形西转千虹立,涛色东驱万电开。日下白云钟阜起,江南紫气汉陵来。(同上《真州》)③

  一望关河夕照孤,商声萧瑟起平芜。汉畿四塞称天府,周室千年纪瑞符。承露金茎凌缥缈,迎风琳观倚虚无。(梁有誉《感秋》一)④

  登临何处可忘归,天畔黄河绕翠微。落日倒衔危石照,浮云低逐乱帆飞。山川对酒心仍壮,楚汉兴亡事已非。(吴国伦《登境山》)

  千山日射鱼龙窟,万里霜寒雁鹜群。浪拥帆樯天际乱,星蟠吴楚镜中分。(同上《鄱阳湖二首》一)⑤

合观这些叙写角度不同而多显出雄浑之势的五七言律诗,使人容易将它们特别和那些"笔力雄壮"、"气象浑厚"的盛唐诗歌联系在一起,也使人容易体察出它们和前七子雄厉浑厚一路诗风的相似性。自然,这还与后七子在相当程度上步武李、何诸子的复古路径,而在主张古体以汉魏为尚的同时,近体则强调尤以盛唐为法的诗歌基本宗尚倾向有着很大的关联。也不难看出,这些五七言律诗之所以多给人以所谓"高壮雄丽"或"冠冕雄壮"之感,同样可以说主要缘于凸显在诸诗中阔迥的空间和时间向度。这里,无论是云日星宇之高远,风霜气象之恢广,关山河川之峻邈,还是往古情事之渺绵,先代遗迹之遥久,似乎在纷纷昭示诗人用心感知时空并且有意将其加以放大或强化的一种叙写心向,对骋目所望、追古所思的尽力展述,折射出诸子在结构诗歌艺术基调上所秉持的特定的审美倾向性。故而,如果说若此和李、何诸子诗歌相比的确具有某些类似特点的话,那么意味着注重对空间阔度或时间长度的充分开掘,实际也成为他们塑造雄厉浑厚诗风一项不可或缺的艺术手段。

---

 ① 《天目先生集》卷七。
 ② 《宗子相集》卷六。
 ③ 《宗子相集》卷七。
 ④ 《兰汀存稿》卷五。
 ⑤ 以上见《甔甀洞稿》卷二十一。

我们在分析前七子诗歌的风格特征时,结合大量诗例的举证曾经指出,偏向于一系列宏大、雄峻、苍郁、古远意象的运用,乃是李、何诸子藉以传递宏阔深远的空间与时间感、仿拟作为古近体诗重点宗尚目标的汉魏盛唐诗歌雄浑高古、深厚完圆气象的重要表现途径。这一鲜明的风格特征,在后七子的诗歌中同样是比较突出的,它也显示了李、王诸子在古典诗歌的序列上尤尚汉魏盛唐之作、具体形之于意象层面的某种审美偏嗜。若翻检他们的诗集,那些多蕴涵宏阔深远空间与时间感意象的选取,对照李、何诸子的诗歌,无论是在运用的密度还是频率上也同样是比较高的。先从密度上观之,试看下列诸诗:

逍遥临蓬池,言陟梁王台。还顾望大河,洪波渺悠哉。飞雪蔽中原,北风千里来。(李攀龙《杂兴》其九)①

金天澄素景,秋气何悲哉。繁阴递白日,浮云闲往来。落木飒中林,流淼激岩隈。(同上《钞秋同右史南山眺望》)②

东轮背西鞍,荒楚属中逵。芊眠平芜合,郁术浮云驰。回首崦嵫湛,恍睹皇乾卑。(王世贞《秋日垂暮郊眺有感》)③

白日下大川,飘飘御方舟。波浪漫浩浩,箫鼓发中流。中流振天风,鱼龙莽沉浮。恍惚对混沌,须臾过千艗。黄河天上来,奔湍不可留。万里起寒色,浮云黯不收。(宗臣《渡淮》)④

中原割霜雪,星日荡昏晓。云气莽空阔,一览齐鲁小。败壁剥枯藓,土壕聚寒鸟。北有古战场,落日行人少。(梁有誉《登徐州城楼北望》)⑤

惊风动地来,浮云起翩翩。白日匿须臾,阴气莽相缠。(吴国伦《别高伯宗》)⑥

上面列出的均为五言古诗,虽然只是李、王诸子众多五古中的少数几首,却较具代表意义,最为明显的,就是对于汉魏古诗浑厚、苍劲、悲凉风调的仿拟,细味起

---

① 《沧溟先生集》卷三。
② 《沧溟先生集》卷四。
③ 《弇州山人四部稿》卷十一。
④ 《宗子相集》卷四。
⑤ 《兰汀存稿》卷一。
⑥ 《甔甀洞稿》卷四。

来,这一特点不能不说同诸诗中宏大阔远意象的密集化的构造关联密切。以"五言古多出汉魏"①的李攀龙、宗臣诗作为例,如李攀龙的《杂兴》诗,短短的六句当中,不仅含有"大河"、"洪波"、"飞雪"、"中原"、"北风"等多个在空间上颇显壮阔的意象,而且融进了"蓬池"、"梁王台"这样更带有遥远时间印痕的意象,二者相映照,被放大或强化的时空向度从中得以交叠显示出来。可以见出,如此的营构无非是要给诗作增强雄古苍郁之感。再如宗臣的《渡淮》诗,依次呈现的像"白日"、"大川"、"波浪"、"中流"、"天风"、"黄河"、"浮云"等一连串意象,其共同的特点,乃取自天地之间多种宏阔而劲壮的自然景象,它们在同一首诗中被集中组合在一起,强化雄峻壮阔气象的意图也不可谓不明显。如对比李、王诸子不同的诗体可以发现,这一宏大阔远意象密集化的营构特点,在他们创作数量繁夥、多给人以"高壮雄丽"或"冠冕雄壮"之感的五七言律诗尤其是作为关键构造而用力最深的中间两联,体现得更为突出。

从五言律诗来看,例如,"浮云寒大漠,白日澹幽州"(李攀龙《寄元美》其三);"白云高大麓,秋色重孤城"(同上《送元美》其二);"北风扬片席,大雪渡黄河"(同上《黄河》);"天衢纡岸转,日上大波行"(同上《渡滹沱》)②;"赤日浴沧海,青天横岱宗"(王世贞《答助甫吏部八首》其六)③;"浮云双战地,落日一空城"(同上《滕县作》)④;"风烟凄大野,霜日净空林"(谢榛《秋兴四首》一);"白日分千嶂,青天落五湖"(同上《寄王侍御廷实》)⑤;"日落中原紫,天高北斗垂"(宗臣《进艇》);"日落江流急,天高海气孤"(同上《即事六首》三)⑥;"江涌青山出,涛驱明月来"(徐中行《入桐江二首》一)⑦;"白日开南徼,青天豁大荒"(同上《初入滇关二首》一)⑧;"树翻明月上,天坼大河流"(吴国伦《舟夜酌惟敬》)⑨;"日迥江光白,天空海气青"(同上《登摩云亭》)⑩。

---

① 《诗源辩体·后集纂要》卷二,第 413 页、419 页。
② 以上见《沧溟先生集》卷六。
③ 《弇州山人四部稿》卷二十七。
④ 《弇州山人四部稿》卷二十八。
⑤ 以上见《四溟山人全集》卷八。
⑥ 以上见《宗子相集》卷六。
⑦ 《天目先生集》卷四。
⑧ 《天目先生集》卷五。
⑨ 《甔甀洞稿》卷十一。
⑩ 《甔甀洞稿》卷十七。

以七言律诗而言,例如,"大漠清秋迷陇树,黄河落日见秦城"(李攀龙《送汪伯阳出守庆阳》)①;"山连大陆蟠三晋,水划中原散九河"(同上《登黄榆、马陵诸山,是太行绝顶处》其四)②;"天扶底柱黄河折,地转神池白雪寒"(王世贞《送宋望之侍御按河东蓝》);"天昏紫塞连戎马,日落黄河闪铁衣"(同上《凌汝成工部自南来见过,小酌喜赠》)③;"重雾遥吞叠嶂色,青天倒入沧江流"(谢榛《次顾霞山述怀韵》)④;"山连赤县云长合,波拥黄河日倒奔"(同上《寄怀王柱峰大理》)⑤;"云扶华岳中天起,地转黄河西极来"(同上《程侍御信夫至,因话关中之胜》)⑥;"落日中原停万骑,悲风万里下三吴"(宗臣《春兴八首》七)⑦;"西来暮色连三楚,北望浮云隔九阊"(梁有誉《瓜步眺望》)⑧;"天横五岭空青出,日射重溟素练开"(同上《登白云山顶》三)⑨;"日拥楼台沧海阔,天回星斗泰山尊"(徐中行《送吴峻伯督学山东,兼简王元美》)⑩;"盘江明月千山出,衡岳浮云一日开"(同上《送骆给事购书还越》)⑪;"平芜日落千帆宿,大漠天高片月垂"(吴国伦《夜泊天津怀子相》)⑫;"湖吞九水浮天阔,地拥三巴入镜来"(同上《登岳阳楼》)⑬。

检索李、王诸子的五七言律诗,类似的例子还可以举出很多,然仅以上所列诸诗,也已能说明一些问题。作为格律化程度高而体式结构严饬凝练的律诗,同古体诗相比,其字面空间本来即相对有限,就上诸诗来说,犹如我们之前论及李、何等人律诗时所提到的,特别是由于在相对有限的一联诗句中同时布列多个宏阔的意象,自然更突出了它们连续和饱满呈现的密集化程度,画面的视觉效果尤显得强烈,也因为如此,使得这些诗作有限的字面空间与诗人着力追求的恢弘的审美空间之间形成的张力为之增强。这意味着,借助律诗严饬凝练的

---

① 《沧溟先生集》卷七。
② 《沧溟先生集》卷八。
③ 以上见《弇州山人四部稿》卷三十三。
④ 《四溟山人全集》卷十二。
⑤ 《四溟山人全集》卷十四。
⑥ 《四溟山人全集》卷十五。
⑦ 《宗子相集》卷七。
⑧ 《兰汀存稿》卷四。
⑨ 《兰汀存稿》卷五。
⑩ 《天目先生集》卷七。
⑪ 《天目先生集》卷九。
⑫ 《甔甀洞稿》卷二十一。
⑬ 《甔甀洞稿》卷二十四。

体式结构,利用字面空间与审美空间之间的落差,可以说同样是李、王诸子特别为展示雄厉浑厚一路诗风而采取的一种表现策略。

再从频率上来看,如果说,注重多蕴涵宏阔深远空间和时间感意象的选取,成为李、王诸子诗歌的一个明显特点,那么,这种倾向性的意象构造方式,也同时表现为它们在诸子不同诗作中的频繁呈示。假若和李、何诸子诗歌比照起来,反复运用一些阔远的意象,诸如"落日"、"明月"、"青天"、"星辰"、"北斗"、"浮云"、"悲风"、"紫气"、"关河"、"黄河"、"碣石"、"大漠"、"北极"、"中原"、"汉宫"、"燕台"、"古台"等等,这在李、王诸子的诗中同样屡见不鲜,也在明确传达他们的一种审美取向。除前引诗例所及之外,此类的例子尚有不少,譬如,"落日悬孤塞,清秋度马陵"(李攀龙《登黄榆、马陵诸山,是太行绝顶处》其三)[1];"落日徐收天地色,飞泉不断古今寒"(王世贞《香山晚眺》)[2];"落日浪中没,秋风天外闻"(谢榛《李行人元树宅同谢、张二内翰话洞庭湖三首》三)[3];"传书燕塞远,落日楚江深"(宗臣《得徐子与书》)[4];"寒涛千里雪,落日九江春"(徐中行《吴给事谪豫章四首》三)[5];"落日下三径,秋风生五湖"(吴国伦《秋日匡山七首》其三)[6];"登城望四野,明月照北林"(李攀龙《录别》其二)[7];"明月江帆悬万里,瘴云山树郁千盘"(王世贞《送汝康柳州再徙澂江》)[8];"青天忽堕大湖水,明月长流万里光"(宗臣《南旺湖夜泊》)[9];"浮云双眼尽,明月此亭多"(吴国伦《夜集》)[10];"鼓角高城急,星辰大地寒"(宗臣《客夜》)[11];"北斗青天坠,东溟白日翻"(同上《湖上晨起》)[12];"诗留大岳星辰折,气压寒涛日夜流"(徐中行《采石登太白楼》)[13];"中原地划烽烟近,北斗天回王气开"(王世贞《过通州城,庚戌秋大虏北入,家君力御

---

[1] 《沧溟先生集》卷六。
[2] 《弇州山人四部稿》卷三十五。
[3] 《四溟山人全集》卷七。
[4] 《宗子相集》卷六。
[5] 《天目先生集》卷四。
[6] 《甔甀洞稿》卷十二。
[7] 《沧溟先生集》卷三。
[8] 《弇州山人四部稿》卷三十三。
[9] 《宗子相集》卷七。
[10] 《甔甀洞稿》卷十一。
[11] 《宗子相集》卷六。
[12] 《宗子相集》卷九。
[13] 《天目先生集》卷七。

却之,因增筑焉》)①;"高台造浮云,碣石来悲风"(李攀龙《杂兴》其八)②;"兵罢龙荒馀杀气,笳鸣狐塞更悲风"(谢榛《九日寄魏顺甫,兼忆社中诸友》)③;"何处浮云吞大泽,于时紫气满长安"(李攀龙《与卢次楩登大伾山》)④;"城临县瓠黄河落,帘卷嵩高紫气来"(徐中行《同诸子登表台作》)⑤;"紫气东盘沧海出,黄河西抱汉关流"(王世贞《登黄榆最高处》)⑥;"赤县五云开北极,黄河万里划中州"(吴国伦《河北道中》)⑦;"落日关河怅远人,青丝白马归三秦"(谢榛《送杨玉伯归泾阳》)⑧;"云迷燕赵千山暮,雪满关河一骑寒"(同上《送赵汝中归垣曲》)⑨;"寥廓浮云开碣石,郁葱佳气满长安"(徐中行《登涿州浮屠瞻望京邑,有怀黎惟敬》)⑩;"霜下蓟门天黯澹,虹垂碣石昼阴森"(吴国伦《间行访元美、敬美二首》一)⑪;"阴风来大漠,秋日下渔阳"(李攀龙《答谢生盘山诗》)⑫;"天阔高台招骏去,风生大漠射雕来"(梁有誉《暮春病中述怀》二)⑬;"暝阴连大漠,秋气飒中原"(吴国伦《天津雨泊》)⑭;"北极风尘还郡国,中原日月自楼台"(李攀龙《杪秋登太华山绝顶》一)⑮;"北极衣冠星散尽,中原日月陆沉馀"(徐中行《除夕登楼怀吴明卿》)⑯;"汉宫戴胜传王母,蓟北登高愧大夫"(李攀龙《人日与伯承集子与宅,得胡字》)⑰;"自是燕台求骏马,飘然淮海驾蜑鱼"(同上《送崔明府之宿迁》)⑱;"朔云空压汉宫树,北风漫吹燕市尘"(谢榛《无雪柬杨太仆汝握,曾约雪中看山,怅然赋此》)⑲;"王

---

① 《弇州山人四部稿》卷三十三。
② 《沧溟先生集》卷三。
③ 《四溟山人全集》卷十三。
④ 《沧溟先生集》卷八。
⑤ 《天目先生集》卷七。
⑥ 《弇州山人四部稿》卷三十九。
⑦ 《甔甀洞稿》卷二十。
⑧ 《四溟山人全集》卷三。
⑨ 《四溟山人全集》卷十五。
⑩ 《天目先生集》卷九。
⑪ 《甔甀洞稿》卷二十二。
⑫ 《沧溟先生集》卷十一。
⑬ 《兰汀存稿》卷五。
⑭ 《甔甀洞稿》卷十。
⑮ 《沧溟先生集》卷八。
⑯ 《天目先生集》卷七。
⑰ 《沧溟先生集》卷八。
⑱ 《沧溟先生集》卷十。
⑲ 《四溟山人全集》卷十一。

母鸾归深洞闭,轩皇龙去古台空"(同上《晚登天坛绝顶》)①;"春日幽州黯不开,苍茫寒色遍燕台"(徐中行《山陵道中风雨二首》一)②;"龙蟠天府壮,风去古台空"(宗臣《闻陆子携家之金陵,感而有赋》)③。这里不厌其烦地列举相关的诗例,无非是要系统证明后七子诗歌频繁呈示此类宏阔深远意象的创作事实。如与前七子诗歌联系起来看,这一现象尽管在李、何诸子所作中也明显存在,然相比之下,李、王诸子运用此类意象的重复或单一化的程度更加突出,而诸子中间又数李攀龙最为典型。胡应麟《诗薮》论及李诗,虽以为"于鳞七言律绝,高华杰起,一代宗风",给予颇高的评价,但终究还是感觉其"用字多同",或者"属对多偏枯,属词多重犯"④。屠隆也曾言:"读于鳞诗,初喜其雄俊,多则厌其雷同。"⑤"重犯"或"雷同"的一大具体表现,则是李诗对同一阔远意象的反复展布,有的甚至动辄用之,几乎触目皆是,比如"落日"和"浮云"即是相当典型的例子,在李诗中出现的频率高得惊人⑥,难免给人以单调甚至落入陈套之感,这在很大程度上不能不说是审美的偏嗜以及板滞的创作思维所造成的。

---

① 《四溟山人全集》卷十二。
② 《天目先生集》卷七。
③ 《宗子相集》卷九。
④ 《诗薮·续编》卷二《国朝下·正德、嘉靖》,第337页。
⑤ 徐𤊹《徐氏笔精》卷三"王李刘诗文"则,影印文渊阁《四库全书》本,台湾商务印书馆1986年版。
⑥ 除前文已引诗句外,其他在李诗中也随处可见,不易计数,尤以五七言律诗为多,兹从不同诗体举其中数例说明之,如《录别》其二:"晨风野萧条,浮云西北驰。"(《沧溟先生集》卷三)《送元美》其二:"千里见大河,踯躅浮云征。"(同上书卷四)《登省中楼望西山晴雪》:"数峰城上出,落日署中寒。"(同上书卷六)《登省中楼》:"白云海色断,落日秋阴来。"(同上卷)《登黄榆、马陵诸山,是太行绝顶处》其四:"关门开落日,山路出寒星。"(同上卷)《寄元美》其二:"悬知思远道,落日蓟门城。"(同上卷)《即事》其二:"黄尘霾落日,白羽插春风。"(同上卷)《重送任永宁》其二:"清秋炎海外,落日大荒滨。"(同上卷)《郡斋送张肖甫》其二:"落日堪相忆,浮云未可攀。"(同上卷)《关门望》:"秋水何当落,浮云自不还。"(同上卷)《春日闲居》其八:"浮云堪倚杖,落日好衔杯。"(同上书卷七)《秋日村居》其二:"返照湖边尽,浮云海上来。"(同上卷)《子与登湖上台》:"白云双阙湖边出,落日西山树杪来。"(同上书卷八)《登黄榆、马陵诸山,是太行绝顶处》其二:"群峰不断浮云色,绝嶂长留落日悬。"(同上卷)《登邢台》:"郡斋西北有邢台,落日登临醉眼开。"(同上卷)《送张甫出计闽广》其二:"落日中原看倚剑,清秋大海傍登台。"(同上卷)《与元美登郡楼二首》一:"浮云不尽萧条色,落日遥临睥睨愁。"(同上卷)《崆峒》:"返照自悬疏陇树,浮云忽断出泾河。"其二:"浮云半插孤峰色,落日长窥大壑愁。"(同上卷)《寄元美》其二:"浮云万里中原色,落日孤城大海流。"(同上卷)《再寄元美》一:"万里浮云生渤海,千山朔气压渔阳。"(同上卷)《答寄华从龙户曹》:"山中鸿雁三秋色,江上浮云万里台。"(同上卷)《秋礽同有史南山眺望》一:"杉松半壁浮云满,砧杵千家落照多。"(同上书卷九)《冬日登楼》:"四野浮云垂雪色,千林朔气拥笙声。"(同上卷)《病苏忆王、徐二子》:"寒雪千山双鬓老,浮云万里尺书无。"(同上卷)《登华不注山送公暇》:"浮云不动孤峰起,落日长临二水寒。"(同上书卷十)《送子相自广陵》其六:"落日千帆低不度,惊涛一片雪山来。"(同上书卷十二)《塞上曲四首送元美》其三:"愁看塞上萧条色,落日秋风万里来。"(同上卷)《怀元美》:"莫向中原看落日,浮云万里是君来。"(同上卷)《寄顺甫》:"江汉秋风万里生,浮云不见鄂王城。"(同上卷)《寄余德甫》:"孤帆遥挂浮云色,西望长江落日边。"(同上卷)

对于后七子诗歌的考察,有一个现象引人注意,这就是较之前七子,从总体的情形来看,李、王诸子的作品更加注重研磨锻炼,精雕工刻的程度相对较高,而这一点,应该与他们在一再强调谨严和细密诗法的基础上形成的更趋于精微、缜致、深厚、严密的创作要求分不开。以诗体而言,其中格律严整的律体最为典型。许学夷在论"嘉靖七子七言律"时,即不仅认为其"硕大高华",且指出其"精深奇绝"①。以作者而言,其中李攀龙、谢榛等人尤为突出。如王叔承曾曰:"诗衰于宋元,北地起而复古,一代摹拟之格此则创矣。历下一变,锻炼淘洗,脱凡腐而尚精丽。"②许学夷亦云:"大抵七子之诗以才气胜,至锻炼之功,则让茂秦。"③钱谦益又云:"茂秦今体,工力深厚,句响而字稳,七子、五子之流,皆不及也。"④留意李、王诸子之诗不难看到,精工化的特点,在他们对多所倾重的雄浑一路诗风的塑造过程中表现明显,特定意象致密而工巧的营构是其中之一,试以李攀龙、谢榛诗作为例,比如:

西来千里雪,斜日满函关。秋水何当落,浮云自不还。积阴高紫气,寒色壮秦山。(李攀龙《关门雪望》)⑤

地拆黄河趋碣石,天回紫塞抱长安。悲风大壑飞流折,白日千厓落木寒。(同上《登黄榆、马陵诸山,是太行绝顶处》一)

振衣瀑布青云湿,倚剑明星白日寒。东走峰阴摇砥柱,西来紫气属长安。(同上《杪秋登太华山绝顶》其三)⑥

朔气犯征裘,旌悬大漠秋。乱山通驿道,残日照边楼。白骨几年战,黄云终古愁。(谢榛《北征二首》一)⑦

乌鸢下空碛,驼马渡寒流。地旷边声动,天高朔气浮。霜连穷海夕,月照大荒秋。(同上《塞下二首》二)⑧

---

① 《诗源辩体·后集纂要》卷二,第 426 页。
② 《明诗综》卷四十六《李攀龙》引。
③ 《诗源辩体·后集纂要》卷二,第 421 页。
④ 《列朝诗集小传》丁集上《谢山人榛》,下册,第 424 页。
⑤ 《沧溟先生集》卷六。
⑥ 以上见《沧溟先生集》卷八。
⑦ 《四溟山人全集》卷四。
⑧ 《四溟山人全集》卷十六。

天汉长连洞庭水,云霞半入岳阳楼。低空白雁投寒渚,隔浦丹枫照暮秋。(同上《送客游洞庭湖》)①

上列诸诗对各色景象的摹绘具有一些相似的特点,嵌入在诗中的诸类意象多宏大壮阔,除了呈现密集化的展列特点,在组合方式上显得颇为周至、整饬、工致。这一是表现在意象选取的周密。如李攀龙描写远望登眺的三首诗都多少体现了这样的特征,分别出现其中的诸如"斜日"、"白日"、"浮云"、"青云"、"紫气"、"明星"、"悲风"等云日星风,"黄河"、"秦山"、"碣石"、"砥柱"、"函关"、"紫塞"等山河关塞,"飞流"、"瀑布"、"大壑"、"千厓"等瀑流崖谷,无一不是诗中构筑的多方位或穷尽式览观图景的有机组成,作者显然有意在放大自己的目力,将不同的宏阔之景尽收眼底,藉对各类景观周遍无遗的精心设置,铺张全诗一股雄壮之气、厚重之势。而谢榛的前二诗主要以北方边塞之地为描写场景,尤其像诗中叠见的"朔气"、"大漠"、"乱山"、"驿道"、"残日"、"边楼"、"黄云"、"空碛"、"穷海"、"大荒"等这些空阔壮伟且多有地域特征的意象,似乎也在提示诗人企图通过遍摹边地景象而尽力展布其诗雄浑气象的叙写心向。二是表现在意象构结的刻琢。如李诗第二首"地拆黄河趋碣石,天回紫塞抱长安"一联,其中"天"、"地"相对,上下遍及,已是十分工整,绘出一片无限开阔的空间,"黄河"与"碣石"、"紫塞"与"长安"的并置,又是利用地理形势的自然特点,将它们精巧地加以连串,遂也使得这些雄奇、峻拔、恢远的画面在诗中相互交织,一并而出。再像谢诗第一首"乱山通驿道,残日照边楼"一联,第二首"霜连穷海夕,月照大荒秋"一联,精刻深削,整练严切,实属工致之笔,不但由"驿道"、"边楼"、"穷海"、"大荒",凸显边塞之地的种种雄峻旷远的典型景象,并且缀以"乱山"、"残日"、"霜"、"月",刻意为边地的气氛着色,使之愈显空旷荒茫。又谢诗第三首,人称"甚费推敲"②,像"天汉长连洞庭水,云霞半入岳阳楼"一联,"天汉"与"洞庭水"的相连,突出的是水天混一的阔落,"云霞"与"岳阳楼"的并接,则显示的是楼插云霄的高峻,一阔一高的画面,经过上四个意象工巧的搭配得以显现,从中的确可以见出作者的一番"推敲"之心。

---

① 《四溟山人全集》卷十五。
② 陈允衡辑《诗慰》初集《四溟山人集选》,清顺治刻本。

我们在论析前七子诗歌雄厉浑厚的风格特征时,不仅考察了其意象构造的特定取向,并且注意到其语言形态的一些具体特点。以后七子而言,基于雄浑一路诗风的追求目标,他们除了属意于诗歌意象的营构,实际上同样对更为具体入微的诗歌语言形态的呈现十分看重。例如对于数词的选用,就是表现在李、王诸子诗歌中十分显著的一个方面。

作为事物计量的符号,数词在一定意义上可以说是对空间和时间概念的指示,利用数词来传递时空的概念是中国古典诗歌多所采用的表现手法。从李、王诸子诗歌创作的情形观之,为了充分营造恢弘远大的气象,凸显空间的阔度和时间的长度,选择大数目词来加以表达,这一现象在后七子的诗歌中相当常见,较之前七子所作实有过之而无不及。李、何诸子喜用的"万"、"千"、"百"、"十"这一类的数词,在他们诗中更是层出不穷,难以罄述,而由这些数词修饰的特别如"万里"、"万壑"、"千里"、"千山"、"千年"、"百年"、"十年"之类的语词,则尤为李、王诸子所偏好,在其诗中大量呈现,有的甚至成为相对固定的用语,出现的频率很高。这方面的例子除去前面引出的诗句,实在还有不少,比如,"西来千里雪,斜日满函关"(李攀龙《关门雪望》)[①];"雨伏千厓怒,风回万壑长"(同上《暴雨》)[②];"词客百年相对酒,秋阴万里共登台"(同上《同子与登湖上台》);"万里风烟人日过,十年江海客星孤"(同上《人日与伯承集子与宅,得胡字》);"万里旌旗连杀气,千山鼓角动边声"(同上《寄汝思》)[③];"转饷千年军国壮,朝宗万里帝图雄"(同上《上朱大司空》其二)[④];"千山入窈冥,万壑助泠泠"(王世贞《遇雨投紫霄宫宿》)[⑤];"千树飞花覆客杯,百年晴日此池台"(同上《韦园同于鳞、子与、子相各赋》);"十年尘暗蓟门楼,万里风来汉使舟"(同上《和合驿》)[⑥];"万里悲风吹大陆,千山落木下滹沱"(同上《真定陈使君邀饮大悲阁》)[⑦];"九叶神孙当北极,千年紫气满钟山"(同上《望钟山》)[⑧];"风度千门传鼓角,云开万里出星

---

① 《沧溟先生集》卷六。
② 《沧溟先生集》卷七。
③ 以上见《沧溟先生集》卷八。
④ 《沧溟先生集》卷十一。
⑤ 《弇州山人四部稿》卷三十二。
⑥ 以上见《弇州山人四部稿》卷三十三。
⑦ 《弇州山人四部稿》卷三十九。
⑧ 《弇州山人四部稿》卷五十二。

河"(谢榛《秋夜即席为南岑长赋》)①;"木落风高万壑哀,山川纵目一登台"(同上《秋暮书怀》)②;"日高欲尽千山雪,地迥潜通百谷春"(同上《寄王廉宪明甫》)③;"万里长途惊白发,千山一望断苍梧"(宗臣《大雪,张助甫席上同子畏赋得胡字》)④;"千里关山拥帝京,万村烽火照连营"(同上《塞上歌十首送王侍郎赴蓟镇》三)⑤;"千年人傍要离冢,百顷谁寻范蠡舟"(梁有誉《吴宫》);"万里乡心还促膝,百年风物谩开樽"(同上《五月五日雷雨,时于鳞、子与、子相、元美过访共赋》)⑥;"千峰凉雨窗前急,万壑惊涛树杪来"(同上《秋去和同年胡伯贤》)⑦;"鼎湖晓散千峰雨,黍谷春开万壑冰"(徐中行《山陵道中风雨二首》二)⑧;"秋阴晓散千帆雨,海色晴连万里潮"(同上《秋日诸君饯焦山作》)⑨;"万里一行雁,百年双树荆"(吴国伦《思兄》)⑩;"万里秋阴连绝塞,千山明月敞中原。"(同上《与茂秦夜酌》)⑪;"瀑流喷雪千岩堕,云气浮天万壑迷"(同上《雨后行经东林》)⑫。在讨论前七子诗歌之际我们已指出,李、何诸子喜用大数目词的作法特别是与他们接受盛唐诗歌的影响有着更多的联系,盛唐诗歌如李、杜等人所作,在数词运用上的确切数目概念弱化和模糊而表现出的夸饰或膨胀的特征,也多显示在李、何诸子诗中。后七子大量选择侈大数词入诗,自然也不能不说尤与他们诗宗盛唐的取向关系密切。如以上诗例所示,极力摹写空间与时间之宏阔深远,显然是其主要的目标指向,正因如此,作为特定的量化符号,这些大数目词在诸诗中的代表意义,同样并不在于它们本身被赋予的确切数目概念,而在于它们重点指示的被诗人主观放大和延伸的空间与时间,在于被最大限度扩张的表现气势。只不过当这些侈大的数词在更多情形下仅仅作为纯粹的标识而出现,并且不断被泛用,那么,一种表象化和范式化的

---

① 《四溟山人全集》卷十一。
② 《四溟山人全集》卷十二。
③ 《四溟山人全集》卷十四。
④ 《宗子相集》卷八。
⑤ 《宗子相集》卷十一。
⑥ 以上见《兰汀存稿》卷四。
⑦ 《兰汀存稿》卷五。
⑧ 《天目先生集》卷七。
⑨ 《天目先生集》卷八。
⑩ 《甔甀洞稿》卷十五。
⑪ 《甔甀洞稿》卷二十。
⑫ 《甔甀洞稿》卷二十三。

弊病当然也就难以避免,这正是李、王诸子诗歌所存在的一个显而易见的问题。

不啻如此,和这种语言形态倾向性的呈现特点相伴随的,则是李、王诸子诗歌在遣词用字上格外注意磨炼,精雕工刻的情况也颇为突出,这重点表现在加强诗中关键性用词的琢磨。此类的例子在李、王诸子诗中多有所见,如下诸例:"白云横塞断,寒峡倚天开"(李攀龙《登黄榆、马陵诸山,是太行绝顶处》一)①;"雷盘华不注,电划大明湖"(同上《夏日东村卧病》其九)②;"万橹军声开岛屿,千樯阵影压波涛"(同上《大阅兵海上》其二)③;"飞雕盘大漠,嘶马振长林"(谢榛《塞上曲》);"日翻龙窟动,风扫雁沙平"(同上《渡黄河》)④;"日暮皂雕盘朔漠,天寒苍兕吼西山"(同上《寄白羊口裴万户,兼讯陈兵宪》)⑤;"雕盘秋气肃,鲸击夜涛奔"(王世贞《过天津》)⑥;"沧海潮吞丹鹭去,大江天卷白龙来"(同上《重登金山作》)⑦;"紫气东盘沧海出,黄河西抱汉关流"(同上《登黄榆最高处》)⑧;"江涌青山出,涛驱明月来"(徐中行《入桐江二首》一)⑨;"尚有残霞垂碧落,忽看孤隼破青冥"(同上《崇安朱明府邀宿天游》)⑩;"树翻明月上,天坼大河流"(吴国伦《舟夜酬惟敬》);"涛驱千嶂雪,气激九江雷"(同上《春日渡彭蠡》)⑪;"万马蹴涛惊地轴,千鲸喷沫撼星杓"(同上《八月十八日浙江楼观潮》)⑫;"江合万流奔赴海,山蟠一柱上撑天"(同上《登金山寺二首》一)⑬。如上列出的还只是李、王诗中几个具有代表性的例子。显然,其中特别像"横"、"盘"、"划"、"开"、"压"、"振"、"翻"、"扫"、"吼"、"击"、"吞"、"卷"、"抱"、"涌"、"驱"、"垂"、"破"、"坼"、"激"、"蹴"、"惊"、"喷"、"撼"、"合"、"赴"、"蟠"、"撑"等这些在诸诗句当中起着画

---

① 《沧溟先生集》卷六。
② 《沧溟先生集》卷七。
③ 《沧溟先生集》卷十。
④ 以上见《四溟山人全集》卷八。
⑤ 《四溟山人全集》卷十三。
⑥ 《弇州山人四部稿》卷三十一。
⑦ 《弇州山人四部稿》卷三十八。
⑧ 《弇州山人四部稿》卷三十九。
⑨ 《天目先生集》卷四。
⑩ 《天目先生集》卷十。
⑪ 以上见《甔甀洞稿》卷十一。
⑫ 《甔甀洞稿》卷二十。
⑬ 《甔甀洞稿》卷二十九。

龙点睛作用又力感强烈的动词的运用,其目的在于突出各个对象具有的强劲力度或拥覆空间的广度,营造诗歌的表现气势,以着力尤多,琢磨之工一目了然。

如前论及,李、何诸子的诗歌也喜用这一类表现对象力度和广度的动词,也能从中见出其锻造之力,不过相比起来,似乎不如李、王诸子用得那么精工。以上引诗句为例,比如,谢榛"飞雕盘大漠,嘶马振长林"一联中的"盘"与"振"两个动词的运用。"盘"即盘旋之意,凸显的是雕鹫翱翔空中的劲悍和回环展转的自如,这既切合"飞雕"这类猛禽的飞行特点和活动能力,也映照出"大漠"之地的空廓荒寂。"振"为震动之意,后以"长林"相接,一来形容马匹嘶叫声音之宏壮,二来示意有力的马嘶声所波及的广大范围。又如谢榛"日翻龙窟动,风扫雁沙平"一联,沈德潜云:"'翻'字、'扫'字,得少陵诗眼法。"①的确,这两个动词为诗句的关键用词,磨砺痕迹显著,前者摹绘太阳初出升腾之景,后者状写大风劲吹覆盖之势,二词嵌入诗中,不仅在于增强雄浑劲壮的力量感,而且在于形象而贴切地刻画"日"出"风"吹的独特景象和势态。再如吴国伦"万马蹴涛惊地轴,千鲸喷沫撼星杓"一联,"蹴"、"惊"、"喷"、"撼"四个动词分别在出对句中的嵌镶,使诗句的对仗愈显工整,虽然四词描摹不同的动作行为和效应,但都体现了富有力度的一个共同特点,显然是经过精心的雕琢,尤其是当这四个力感强烈的动词组合在一起,以突出画面的雄壮气势,更能看出此诗工于用词的特点。

需要指出的是,由于更加注重研磨锻炼,这在另一方面使得李、王诸子诗歌无论是意象的营构还是字词的运用,其技艺的因素为之增加,修饰的特征也更加突出,为了渲染雄厉浑厚的气象,乃至一以"豪句"、"壮字"相缀连。如王叔承在指出李攀龙诗"锻炼淘洗,脱凡腐而尚精丽"的同时,又以为其"才情声律未极变化,故用豪句构壮字自高"②。也因此,导致诸子在拟学古典诗歌过程中未免只得匡廓而遗思致,如或认为:"嘉、隆间,王、李等七子诗学盛唐,不过匡廓耳,至于深沉之思,隽永之味,超脱之趣,尚未入室。"③应该说,这也成为李、王诸子诗歌易招指摘的一个主要方面。

---

① 《明诗别裁集》卷八《谢榛》,第 216 页。
② 《明诗综》卷四十六《李攀龙》引。
③ 《明诗综》卷四十六《李攀龙》引段炳语。

二、婉缛风调的杂错与旁出

尽管后七子诗歌在审美取向上力主雄厉浑厚一路,这一点多与前七子相接续,但假如据此以为其代表了李、王诸子诗风的全部,则并不符合实际情况。事实上后七子虽多主雄浑一路诗风,然各成员之间的审美趣味不可能完全相同,彼此间创作风格的差异在所难免。譬如,以最能代表李、王诸子诗歌雄厉浑厚风格特征的七言律诗为例,比起李攀龙"先意定格,一以冠冕雄壮为主,故不惟调多一律,而句意亦每每相同"①,王世贞"意在宗杜,又欲兼总诸家"②,胡应麟乃谓其"总萃诸家,则有初唐调,有中唐调,有宋调,有元调,有献吉调、于鳞调"③;吴国伦虽"多冠冕雄丽"之作,"然以全集观,声调较诸子稍婉"④;而梁有誉既有"冠冕雄壮"者,又有"声调和平而有气格"⑤者。如果从更为全面的角度去了解后七子诗歌的风格特征,那么同时需要看到,不限于雄厉浑厚一路,兼趋婉和雅缛一途,乃成为后七子诗风一种杂错的韵致,一种旁出的别调,二者迥然有异而相间,某种意义上可谓体现了诸子诗歌在审美取向上兼取并存的包容性。比较而言,这一特点在王世贞、宗臣、梁有誉、吴国伦诸人的诗作中表现得相对明显。还是来看具体的诗例:

> 初日乘馀霁,洒然酿轻凉。近市喧未起,群动各相忘。问我何为者,出门钓沧浪。环以清浅流,枕以绿萝庄。新荷欲舒翠,轻飔散微芳。游鱼点点见,一鸟高低翔。溯沿路不极,含矜与俱长。(王世贞《晓起独步沿荷池》)⑥
>
> 云衣垂玉蕊,荷泪滴珠丛。流萤助幽寂,鸣蝉生晚风。孤心合浦叶,远调岭阳桐。百感依凉至,烦暑未须攻。(同上《初秋端居即事效初唐体》)⑦
>
> 暮雨浮天去,寒云归峡迟。青山饶远色,紫菊把新枝。何处风前笛,频

---

① 《诗源辩体·后集纂要》卷二,第415页至416页。
② 《诗源辩体·后集纂要》卷二,第417页。
③ 《诗薮·续编》卷二《国朝下·正德、嘉靖》,第346页。
④ 《诗源辩体·后集纂要》卷二,第423页至424页。
⑤ 《诗源辩体·后集纂要》卷二,第425页。
⑥ 《弇州山人四部稿》卷十一。
⑦ 《弇州山人四部稿》卷二十六。

停月下卮。关河已摇落,故向客愁吹。(宗臣《月夜闻笛》)①

欢承恩宠冠椒风,醉倚金屏玉殿东。吟罢却愁鹦鹉听,书成还藉紫鸾通。雾拖蝉鬓匀新绿,花拂鸳裾落腻红。独有罗敷矜艳色,采桑南陌叹飘蓬。(梁有誉《无题次唐人韵》)②

星杂檐萤落,河连枝鹊流。榕阴滴衣桁,荔色炯帘钩。月拥玉壶上,天衔珠浦浮。轻飚动白苎,密篆鸣苍鸠。拭簟冰初合,提绁雪未收。(吴国伦《夏夜偶凉即事效梁人体》)③

鲜筠裛露丹珠细,劲节凌霄绿玉长。数亩繁阴飘陆海,万竿疏雨过潇湘。樽邀梁孝园中月,袖拂元卿径里霜。羌笛未裁龙竞奏,秦箫欲截凤先翔。嫏嬛隔幔琴徽冷,葱蒨临池水脉香。(同上《竹里馆诗》)④

相比于后七子那些"冠冕雄壮"之作,上述诸诗则多显得婉曲柔和,缛丽雅致,气象全然不同,尽管以上所列仅是若干的诗例,但由此略可见出诸子诗风的另外一面。以效仿的目标而言,其中不仅有和婉雅赡的仿初唐体之作、幽约隐微的次晚唐李商隐《无题》诗韵之作,甚至还有柔靡典丽的效齐梁体之作,这也从一个侧面提示诸子在力宗汉魏盛唐诗歌的同时又有所旁骛的创作兴趣。由表现的对象来看,描景如第一、二首,出现在画面中的,或是新荷轻飚、云衣荷珠,或是游鱼翔鸟、流萤鸣蝉,多显得柔曼纤巧。至于第五首所摹,为夏夜近远诸景,纷罗叠出,则更加典美而工缛。凡此,透出的是作者精敏的谛观之目力,各为诗增添了一份婉柔、温雅、流丽的韵致;咏物如第六首,据诗前小序,其为友人汪时元所居竹里馆而题,故主要以竹子为咏写之物,中间无论是对翠竹形姿的摹状,还是相关事典的点缀,清婉之中夹杂着几分闲雅;绘声如第三首,寒秋的月夜已是十分凄清,此时传来的悠永的笛声,自然更容易撩拨听者的愁抑之怀,诗正是围绕月夜闻笛作铺展,一抒袭上诗人心头的"客愁"之思,委曲深至的笔法也大略可见;写人如第四首,其因次李商隐《无题》诗韵而作,已为全篇定下了婉约幽深的基调,诗中所刻画的显然是位深受宠爱的宫人形象,然而"吟罢"、"书成"二

---

① 《宗子相集》卷六。
② 《兰汀存稿》卷四。
③ 《甔甀洞稿》卷五。
④ 《甔甀洞稿》卷二十九。

句,似乎在暗示这位宫人此时此地却倍感愁郁和落寞的内心,如此含蓄隐约的示意,让该诗在人物形象的描写上不免多了一点委宛深曲之感。

自然,后七子一些成员诗歌中类似以上这些风格婉和雅缛的作品,多少可以看作是对于他们重点追求的雄厉浑厚诗风的一种突破或变易,从而体现了他们在诗歌审美取向上相对多样的一个特点。究其原因,一方面,不能不和地域的因素联系起来。与大多活动在北方地区的李、何等中原诸子相比,后七子当中长期生活或出仕在江南地区的文士居多,尤其是自嘉靖后期起,作为后七子集团核心人物之一的王世贞,以"家难"告归,在吴中故里居处的时间较多,与当地等众多江南之士交往甚密。隆庆年间李攀龙去世,王世贞"文章盟主"的地位得以确立,后七子集团文学活动的重心逐渐南移。应该说,从如王世贞等这些后七子成员生活和活动的地域范围来看,他们无疑容易受到江南地区的自然环境和人文氛围的陶冶,在文学的审美取向上,也容易接受更具有南方地域特征的婉约、缛丽、精雅一路的艺术风格。故如王世贞曾言:"世人选体,往往谈西京、建安,便薄陶、谢,此似晓不晓者。毋论彼时诸公,即齐梁纤调,李、杜变风,亦自可采。"[1]甚至认为即使连典美绮丽的六朝之调也自有可取之处,这一论调和前七子如李梦阳以为"大抵六朝之调凄宛,故其弊靡"[2]的轻忽六朝的态度相比,显然要宽容得多。另一方面,也和诸子处世心态的前后变化不无关联。如我们此前已讨论到,从后七子的生平经历来看,其多遭坎廪之遇,或卷入成为嘉靖朝重大政治事件之一的杨继盛案,受到严嵩势力的打击报复,或经受痛及一生的"家难",精神上蒙受巨大的摧折,加上对于嘉靖朝萎弱、专断、苛严的政治情势以及隆庆、万历间朝政的起伏变幻多有感知,"身经多故"的挫磨和体验时世的深入,使得他们在踏上仕路之初所怀有的经世热情逐渐为之消减,高亢的意气多为静冷的心境所取代,诸子之中的王世贞、吴国伦就是十分典型的例子。这些也不同程度地影响到他们的文学审美态度,如胡应麟指出的王世贞在"郧台之后"其诗风由中年"精华雄杰"而"务趋平淡"[3]的变化迹象,多少可以说明一些问题。从这一意义上而言,后七子一些成员对于婉和雅缛一路诗风的趋求,

---

[1] 《艺苑卮言一》,《弇州山人四部稿》卷一百四十四。
[2] 《章园饯会诗引》,《空同先生集》卷五十五。
[3] 《诗薮·续编》卷二《国朝下·正德、嘉靖》,第345页。

也未尝不可以说是他们处世心态转变过程的某种反映,是他们相对契合于和静淡冷的心境而在诗歌审美取向上作出的某种自然选择。

正鉴于上述种种,如果说,在后七子那些"冠冕雄壮"的诗作中,我们看到更多的是他们以各种壮大苍古的景物入诗,凸显宏阔深远的空间和时间向度,以营造雄厉浑厚的气象,那么相比起来,观这些风格婉和雅缛之作,我们从中则可以发现,作者却是如此留意他们周围世界中一些繁巧细微的景象物态,逗露的是另一种的体认态度,另一种的审美趣味。由此呈现的各类意象大多细密而纤巧,它们在总体上看起来相对平和而不失精细,温淡而不失雅丽,作者仿佛通过对这些繁巧细微的景象物态的深入发掘和体味的过程,或获取一种审美上的满足,或寻求一种心理上的平衡。如上王世贞《晓起独步沿荷池》中的"新荷欲舒翠,轻飔散微芳。游鱼点点见,一鸟高低翔",《初秋端居即事效初唐体》中的"云衣垂玉蕊,荷泪滴珠丛。流萤助幽寂,鸣蝉生晚风",所描述的大多是一些细小幽微的场景,环境之中并不起眼的事物现象及其轻微的变化,倒是成了诗人聚焦的对象,因为这一切不时在触动他灵敏的知觉,引发他丰富的联想。又吴国伦《夏夜偶凉即事效梁人体》中如"星杂檐萤落,河连枝鹊流。榕阴滴衣桁,荔色炯帘钩",几幅画面的构结都极为细巧,其观察之深细,摹写之精微,比起王诗来实有过之而无不及,设想一下,如不是基于对周围一景一物及包含的情味的穷心发见和体察,恐怕不至于如此。

扩展开去,实际上这样的例子在诸子的诗作中并不限于个例,再看看以下的一些例子,也许能够进一步说明问题。比如,"蜂须低冒蕊,雀乳细穿花"(王世贞《上巳同茂秦、子与、顺甫游姚令园分韵》);"苔钱乳窦嵌,云叶金波穿"(同上《初夏游张氏山亭》其四)[①];"破萍龟浴甲,缀草鹤梳翎"(同上《夜宿天池雨归作》)[②];"钩帘蛱蝶携香去,浴渚凫鹭散锦来"(同上《韦园同于鳞、子与、子相各赋》)[③];"小鸟啄林薴,幽蝉抱庭槐"(同上《憩徐氏园,因赠主人》)[④];"鸬鹚犹渚宿,鸟雀已枝喧"(宗臣《湖上晨起》)[⑤];"熠熠草间萤,穿杨复入柳"(同上《湖上杂

---

① 以上见《弇州山人四部稿》卷二十五。
② 《弇州山人四部稿》卷三十二。
③ 《弇州山人四部稿》卷三十三。
④ 《弇州山人续稿》卷十二。
⑤ 《宗子相集》卷九。

言二十首》七)①;"雨过橘阴团曲径,风来桂子落幽岩"(梁有誉《楳华堂雅集》)②;"簟拥冰纹细,帘回昼色阴"(吴国伦《避暑小室》);"藓痕侵户牖,蛛网蔽藤萝"(同上《同徐懋诚饮石藓亭作》)③;"疏萤点岸星明灭,息鸟惊樯夜寂寥"(同上《夏夜同方山人进艇南溪》)④;"藤花垂屋角,石藓上床头"(同上《过中泠馆留赠仲和宗侯》)⑤;"燕雀窥人语,葵榴照席妍"(同上《故人程汝正过饮北园,因怀其从子巨源二首,时两儿一婿并在坐》其二);"蜂扰花须乱,鱼吹石发松"(同上《安小范、王行甫同醉北园,各赋四首》其二)⑥;"风回小径摧榆荚,瀑溅虚岩长药苗"(同上《久雨偶过北园二首》一)⑦。同样,比较那些重在表现宏阔深远的空间和时间向度之作,这里所描绘的则是一个个微观的图景,显示的各类意象玲珑而琐细,由于观照的角度全然不同,相对于前者,其所展现的是另一重的表现世界,作者将自己关注的目光投向了周围景象物态的点点滴滴,去仔细品味其中涵容的不同的雅意妙趣。出现在以上诗句中的如鱼鸟、蜂蝶、幽蝉、疏萤、蛛网、榆钱、花英、叶苗、苔藓、花须、簟帘等,多为细微平常之物,不过据作者看来,它们在特定境况中所显露的各色情态却富含趣味,引人眼目,触人心思,是以不吝笔墨加以摹画。显然,如此深细入微的体察和摹绘,还基于诗人敏感而细腻的心理,得自其灵明而精刻的观察力,从根本上来说,则不仅多少缘于地域意义上的更带有江南地区特征而偏于婉丽精细一路的文学审美取向,也或关涉诸子处世心态由高亢逐渐转向静冷的前后明显的变化。以后者而言,我们还可举王世贞、吴国伦作于后期的以下诗篇为例:

> 谢客琴樽宽约束,亲人鱼鸟恣留连。已多苔色侵衣上,时有松声到枕边。凿就双溪长贮月,叠成三岛别藏天。莺花得所朝偏丽,蝦菜趋时晚更鲜。(王世贞《避暑园居,得长律二十句》)⑧

---

① 《宗子相集》卷十。
② 《兰汀存稿》卷四。
③ 以上见《甔甀洞稿》卷十六。
④ 《甔甀洞稿》卷二十六。
⑤ 《甔甀洞续稿》诗部卷四。
⑥ 以上见《甔甀洞续稿》诗部卷五。
⑦ 《甔甀洞续稿》诗部卷八。
⑧ 《弇州山人续稿》卷二十。

潺湲信宿稻苗齐,涧水争趋罨画溪。处处竹梧添染碧,只惊帘外数峰低。(同上《长夏无事,避暑山园,景事所会,即成微吟,得二十绝句》其三)①

水郭凌晨爽,枫林辟暑宜。轻烟浮睥睨,初日动涟漪。松桂深相结,禽鱼总不疑。泠然幽意惬,木末起凉飔。(吴国伦《伏日晓过北园》)②

偶结餐霞侣,同探隔岁春。梅花纷入眼,柏叶骤醺人。冻解溪鳞豁,风微谷鸟亲。杳然心境寂,不问武陵津。(同上《立春后二日北园酌通侯永年》)③

王、吴二子上诗,作于他们万历四年(1576)、五年(1577)分别自郧阳巡抚和河南左参政任上罢归里居以后,流露其中的"杳然"之意,在某种意义上,乃是各自"身经多故"之后生成的多少减却了经世热情那种静冷心境的折射。也许是为了远离纷嚣,体验宁静,安顿历遭波折的倦惫和消沮之心,看上去王、吴二子对于悠闲淡静的园居环境各怀有几分的依恋。即如王世贞在《弇山园记》中述及"居园之乐",谓其"晨起承初阳,听醒鸟;晚宿弄夕照,听倦鸟。或蹑短屐,或呼小舠,相知过从,不迓不送。清酒时进,钓溪腴以佐之;黄粱欲熟,摘野鲜以导之"④。吴国伦《北园记》也言自己居于园中,"遂与木石禽鱼相亲狎","泉溜洗耳,烟光娱目"⑤。流连在自家园林这一方有限却是相对闲逸的天地,沐浴诸景,会意于心,吸引作者视线、令其心神和洽的,主要是眼前如纤鳞小鸟、苔色松声、碧叶繁花、溪流叠山、轻烟微风等这些多显得婉约亲切和细巧轻柔的景致。因为此时,这样的景致可能正迎合了王、吴精神排遣的某种需求,更有着难以替代的特殊作用,使他们在娱目赏心之际,有所托寓,有所消解,其劳顿和失落的心灵,由此得到些许的调适与慰抚,这应该是以上各种婉约亲切和细巧轻柔的景致被作为详审细观的目标而形之于诗的一个重要原因。

再从另一方面来看,后七子一些成员对于婉和雅缛诗风的兼趋,也具体表

---

① 《弇州山人续稿》卷二十二。
② 《甔甀洞续稿》诗部卷五。
③ 《甔甀洞续稿》诗部卷六。
④ 《弇山园记一》,《弇州山人续稿》卷五十九。
⑤ 《甔甀洞稿》卷四十六。

现在他们诗歌中的色彩感的增强,而这则是其比较注意色彩词运用的直接结果。毫无疑问,诗歌中的色彩敷布,其实是诗人的观察目力与一定审美意识的反映;运用什么样的色彩词,取决于诗人对客体不同的感知所得和各自的审美所向。重视色彩的渲染是呈现在后七子一些成员诗歌中的显著特点之一,先看下诗:

碧沼静能涵象纬,朱甍高自割烟霄。嵯峨玉耸栖云岫,宛转银题上汉桥。(王世贞《潘方伯邀游豫园》)

银烛媚回黄菊瞑,绿窗骄借翠筠秋。(同上《过吴太学新园赏菊卜夜作》)

丹崖软草籍金铺,翠壁繁花带绮疏。(同上《过徐锦衣西园二首》其二)①

绿水樵人宅,青蘋钓客台。山寒金粟落,岩静玉华开。(宗臣《送朱郎中使浙》)②

青骊踏秋草,苍隼击霜空。吴楚寒云外,关山夕照中。旅程随白雁,乡路隔丹枫。(梁有誉《送陆子韶使南》)③

紫陌新丰酒,红楼宛洛花。轻尘飞白练,旭日丽青绸。(吴国伦《燕京篇同于鳞、子与赋》)

九茎披赤馆,一粟启丹丘。忽睹朱旗闪,旋惊翠幰收。(同上《游凤栖洞十八韵》)④

这些诗作均给人以色彩鲜明之感,所用的色彩词,既有多种的颜色用词,也有如金、银、玉之类的以物示色用词,点缀其中,显得十分醒目。尤其是在具体的运用方式上,或单句双色,如引诗二上句中的"银"与"黄",下句中的"绿"与"翠";或数句多色,如引诗一四句中分别有"碧"、"朱"、"玉"、"银"四色,引诗六四句中也分别有"紫"、"红"、"白"、"青"四色等,色彩交互叠出,格外缛密。从此类富有

---

① 以上见《弇州山人续稿》卷十八。
② 《宗子相集》卷九。
③ 《兰汀存稿》卷三。
④ 《甔甀洞稿》卷十八。

色彩感的诗句中，我们显然能觉察到作者敏感而细致的审观客体的眼光，能体会到含藏其中的着意婉丽而精美的审美趣味。这是一种更讲究诗歌视觉效果的创作追求，显示其注重诗歌艺术经营的基本意识。

与此相联系，作者对于色彩的表现也常常颇显细巧。如"燕尾碧相袭，鸭头青始皱"（王世贞《嘉禾道中》）①，"晴鼋戏水绿于染，健鹘粘天青欲无"（同上《金山阁坐候京口酒至》）②，前者写燕和鸭身上细部羽毛的不同色泽，后者则写鼋和鹘在水色与天色映衬下的颜色特征，要不是出于用心的观察，应不至于有如此细致的刻画。当然，这方面写得更多的，还是最能反映色彩之各种特点的那些草木花卉在不同自然状态中的颜色变化。如"万柳风新碧，千花雨较红"（宗臣《楼中闲望，家君报已赴蜀矣，即怅然有赋焉》）③，摹绘经风的柳叶和雨后的花朵颜色愈益鲜润明亮，注意的是自然因素作用下花木色彩趋于鲜浓的变异，同样体现了作者日常察识的锐敏。再如，"草色已骄绿，桃花难禁红"（王世贞《春日同子与、顺甫游姚园，分韵四首》一）④，"稍觉黄沾柳，时看白点蘋"（同上《新城道中》）⑤，"桃花欲红不肯应，柳条即青犹未眠"（同上《清明雨中过穆陵关》）⑥，"拂岸青阴合，萦堤翠色稠"（梁有誉《赋得临池柳》）⑦，"雨苔青渐合，风箨翠初匀"（吴国伦《重过黄园》）⑧，"堤紫菀柳青仍浅，野旷蘼芜绿渐匀"（同上《初春同诸亲友集川上楼》）⑨，都是描写竹木花草随生长时节的变易色彩从浅鲜到浓稠的渐变特征，凸显它们在这一色彩变化过程中表现出的不同视觉效果，其敏感入微的审观眼力，也由此可见一斑。

与此同时，从后七子一些成员诗歌色彩表现的取向来看，如王世贞曾经称赏盛唐近体诗"其色丽以雅"⑩的评说，就对诗"色"的要求而言，也许有着一定的代表性，即既要明丽，又要雅致。是以观诸子诗作对于色彩词的选取，在总体

① 《弇州山人四部稿》卷十一。
② 《弇州山人四部稿》卷四十。
③ 《宗子相集》卷九。
④ 《弇州山人四部稿》卷二十四。
⑤ 《弇州山人四部稿》卷二十八。
⑥ 《弇州山人四部稿》卷三十六。
⑦ 《兰汀存稿》卷三。
⑧ 《甔甀洞稿》卷十五。
⑨ 《甔甀洞续稿》诗部卷八。
⑩ 《徐汝思诗集序》，《弇州山人四部稿》卷六十五。

上,其较少运用感官刺激强烈的顽艳诡激的词语,而偏向于运用明亮、清丽、精雅一类的词语,比较起来可以发现,大量出现在他们诗中的是像"青"、"白"、"苍"、"碧"、"绿"、"翠"、"黄"、"金"、"玉"等这样一些更具有"丽以雅"特征的色彩词。如以下例子,"白挟千峰雨,青迷万灶烟"(王世贞《初夏燕京南陌》)①;"波摇积气白,山琢断云青"(同上《昌乐道中》)②;"碧涧传僧梵,青天落酒杯"(同上《陪段侍御登灵岩绝顶》);"时见青烟远,因知黄叶疏"(同上《与舍弟郊行访旧作》)③;"柏忆金花暖,梅怜玉树新"(同上《人日病起作》)④;"杨柳青含雪,芳杜绿分洲"(同上《为吴员外赠别》)⑤;"芒屩青从引,苔衣碧任穿"(同上《再游灵岩寺十二韵》)⑥;"尊前白破双鸿瞑,笛里黄催一叶秋"(同上《立秋夕与谢山人、孙、徐、李、吴四比部登宣武城楼,共得秋字》)⑦;"中峰翠压徂徕色,绝顶青收碣石寒"(同上《登岱六首》其六)⑧;"苔文剪绿移残径,竹色分青与近邻"(同上《一云山小饮徐氏园归途山中作,得身字》)⑨;"金鳞惯爱初斜日,玉乳长涵太古天"(同上《玉泉寺观鱼》)⑩;"松杉翠合家堪隐,橙橘黄萦路不迷"(同上《销夏湾》)⑪;"残绿稽芰荷,小白散凫鹥"(同上《由太平堤诣省作》)⑫;"断霭迷青嶂,寒湍滚白沙"(梁有誉《过清远江口》);"明月青山梦,秋风白石吟"(同上《新秋寄怀友人》二);"青骊踏秋草,苍隼击霜空"(同上《送陆子韶使南》);"玉露萧萧下,金波澹澹流"(同上《秋夜山楼对月,与黎惟敬、梁思伯诸君同赋》)⑬;"岸树青相逼,汀蘋绿未齐"(吴国伦《溪行达延津三首》一)⑭;"波摇空影碧,石画水痕青"(同上《湖上别诸亲友二首》其二)⑮;"白鸟依云集,苍龙入雨蟠"(同上《平溪署中看山》);"一峰

---

① 《弇州山人四部稿》卷二十四。
② 《弇州山人四部稿》卷二十六。
③ 以上见《弇州山人四部稿》卷二十七。
④ 《弇州山人四部稿》卷二十八。
⑤ 《弇州山人四部稿》卷三十。
⑥ 《弇州山人四部稿》卷三十一。
⑦ 《弇州山人四部稿》卷三十三。
⑧ 《弇州山人四部稿》卷三十六。
⑨ 《弇州山人四部稿》卷三十七。
⑩ 《弇州山人四部稿》卷四十。
⑪ 《弇州山人四部稿》卷四十一。
⑫ 《弇州山人续稿》卷八。
⑬ 以上见《兰汀存稿》卷三。
⑭ 《甔甀洞稿》卷十三。
⑮ 《甔甀洞稿》卷十四。

青自削,千叶翠相牵"(同上《同林仲清宪副饮石莲峰头》);"绿垂云绰约,青散雨萧疏"(同上《垂柳》)①;"日迥江光白,天空海气青"(同上《登摩云亭》)②;"翠洒亭轩满,青翻石壁匀"(同上《题岳户曹署中竹轩,同毕廷鸣宪副、徐子与郎中分韵》)③;"日射黄金甲,泉分碧玉环"(同上《登九龙山》)④;"山叠青螺浮旷野,江摇白练下晴空"(同上《饮洪济卿户曹凤山亭》)⑤;"桃花碧绕横江馆,杨柳青摇鄂县城"(同上《渡江入武昌二首》一)⑥;"染石风萍绿,粘屏雨树苍"(同上《雨中徐应时携具同熊维远过谈即景赋》)⑦;"客衣沾绿藓,野屋抱青山"(同上《顾子敬、郭命卿同过北园小饮》)⑧;"披云翻绿羽,拂石卷青丝"(同上《种蕉馆题赠元吉宗侯》)⑨。仅从以上举出的有限的诸诗句中,我们也已大略可以感觉到作者在色彩词选取上表现出的某些偏好。这就是,一种丽而脱艳、雅而异俗的色彩感似乎更获得他们的青睐,故多被敷布在各自诗作之中。看得出来,尽管诸诗句结构的画面不一,然上述出现频率较高的几种色彩词的交互搭配,为这些画面或多或少涂抹上了一层清明亮丽、精致温雅的色调。透过敷布在诸诗里的这一色调特征及由此呈现的审美所向,我们同时可觉察出的,不啻是作者对于色彩敏锐的感知、细腻的体味,还有渗透其中的诗人个性之特质或心理之态势。大体上,这些设色染彩的画面,既多了一点婉柔、温润、雅致之态,也多了一点细密、工巧、疏闲之致;既多少显露深受江南自然环境与人文氛围陶冶的后七子一些成员带有地域烙印的气质特点,即蕴含其间的某种婉约温雅、锐敏精细的质性,也似乎逗漏他们由高亢渐入静冷的变化心境,即投射在诗人对于外界一景一物所采取的相对静谧闲适的审观态度及由此呈现的物我之间相对融和安顺的境界。这一切,从上述诗中诸画面明丽而不艳冶、温雅而不恣诡、细巧而不粗犷的色彩基调的布设中已现出一二。

---

① 以上见《甔甀洞稿》卷十五。
② 《甔甀洞稿》卷十七。
③ 《甔甀洞稿》卷十八。
④ 《甔甀洞稿》卷十九。
⑤ 《甔甀洞稿》卷二十四。
⑥ 《甔甀洞稿》卷三十二。
⑦ 《甔甀洞续稿》诗部卷四。
⑧ 《甔甀洞续稿》诗部卷五。
⑨ 《甔甀洞续稿》诗部卷七。

第四节　古奥文风的调习与铸冶

就李、王诸子的古文创作而言,尽管彼此之间文风的差异是不可避免的,然而,特别是基于倾重效习古典文章的拟古意识,包括与李、何诸子相比更加注重经典文本之文法的法度意识,他们在文章的审美取向上又有着共同或相似的特点。综合诸子文风观之,一是比较注意文章的裁剪之法,以及与之相应而形成的缜致的叙写风格;二是虽然在营构方式上或有区别,但多倾向于"奥峭"或"生奥"文风的艺术经营。

一、裁剪之法,缜致之笔

若要对李、王诸子的文风从总体上作一概括,那么讲究裁剪的章法和笔触运用的缜致,可以说是他们在效习古典文章过程中表现出的重要特征之一。

前面说过,站在探究古文之道的立场,李、王等人极力申述主张言辞修饰高度艺术化和纯美化的"修辞"说,并从"语法而文"的角度力主文章创作必须循守相应的法度,属意文章本体艺术的倾向十分明显。这其中特别如王世贞一再提出所谓"裁"的为文之法,则意在强调一种剪切裁制的艺术经营的原则,以求更合乎古典文章的规度。即以王世贞来说,事实上所谓"裁"这一作法不只是停留在他的论文主张上,间也从他的古文创作中体现出来。王世贞生平所作诗文繁富,加上趣味广博,其文特别如序记志传一类又有大量酬赠应求之作,所以难免冗杂,但即便如此,仍可以察识出其比较注意裁剪以求合度的特点。

如他为陆一凤所撰的《送陆大夫子韶守南昌序》,鉴于此序为送陆氏出知南昌府而作,故集中就"重豫章守"的主旨展开述说。其先述"郡握吴、楚枢,而抚察旬宣之寄也,王国棋布,邮使接浙",说明豫章处于独特的地理位置而显得格外重要。再述明太祖朱元璋初起兵,下建业,时"称伪号者,南距吴四百里,西距豫章为汉千五百里",然太祖"出轻兵支吴,若婴儿之在怀,而极力与汉争豫章",则从其"不忧四百里吴而忧千五百里汉"这种非同寻常的做法,说明豫章以其位置特殊成为兵家必争之地,由此进一步昭示"豫章当天下重明其"。接下去列举诸地的情形和豫章作对比,指出"西北罢匈奴,豫、洛创大盗,全楚胜苗,滇蹂土师,瓯、闽、吴、越躏岛寇",相比之下豫章则成为"东西乐土",又其"民俗朴啬力本,士好先礼义",所以治理"宜柔之",同时引《汉书·循吏传》独举文翁、龚遂等人的例子,以为"其兴礼敦让,清净不扰",足见"班氏之深于吏也"①。所有这些,也无非为了表明豫章之地不同一般,因而作为豫章之守的人选自然也就不同一般。凡此,可以看出此序在叙述结构的排布上较注意裁截,少涉枝蔓,主要是通过层层的展述,突出了从说明豫章之重到说明豫章守之重的一条述说主线,这大概即体现了王世贞曾强调的所谓"篇主脉"②的章法要求。类似的特点又可举其《赠李于鳞视关中学政序》为例,该序系嘉靖三十五年(1556)王世贞赠李攀龙擢陕西提学副使之作,文中所述,主要从历时的角度裁取关中地区不同时期文风演展的若干特征而加以说明。早则追至《诗经·秦风》所录,指点如其中的《小戎》、《黄鸟》、《蒹葭》诸篇,颇显得"深文婉致"。继述秦王政统一六国,首采丞相李斯之言,"焚《诗》、《书》,尊法吏",但"更睹所称制与金石之铭,犹郁郁尔文也"。延至汉代,"自柏梁以来,词赋称西京无偶者",况且"天子非有挟书之禁,固阛阓六经而道路子史矣"。近则并推中原诸子的复古之举以及曾督学陕西而为诸子"慕称"的杨一清,谓李梦阳"一旦为古文辞","关中士人云合景附,驰骋张揭,盖庶几曩古焉",并声称"千馀年来,磅礴郁积,气不得决",杨则"一小振之,亦难能哉"。如此,其大意无不在彰显关中地区人文传统之绵远、根基之厚实。而最终目的则是为关中学政之重张本,即如该序在末尾部分所提示的:"今上以秦故选于鳞,非少于鳞有所不足,益以秦山川令自致其造而已也。""《诗》不云乎:'如埙如篪,如璋如珪,如取如携。携无曰益,牖民孔易。'于鳞其有以牖秦哉!"③这可说是序文所要表达的要旨,也是贯穿全文的主脉。

这种注意裁剪的特点,也见于王世贞所撰的一些人物传记。如他的《嘉靖以来内阁首辅传》,《四库》馆臣以为其"颇得史法"④,钱基博先生称之为"仿佛《史》、《汉》"⑤。作为纪传体史书的《史记》和《汉书》,与注重记事和记言的史书有所不同,鉴于以人物记述为中心,在叙写的手法上,围绕人物来联缀和描述历史事件可以说是其重要特征之一,在很多的情形下,它们出于凸显人物活动的

---

① 《弇州山人四部稿》卷五十六。
② 《答帅膳部》,《弇州山人续稿》卷二百三。
③ 《弇州山人四部稿》卷五十七。
④ 《四库全书总目》卷五十八史部《嘉靖以来首辅传》提要,上册,第524页。
⑤ 《明代文学》,第33页。

需要,对相关事件的描写作详略疏密的裁剪。如金圣叹评《史记》:"吾见其有事之巨者而隐括焉,又见其有事之细者而张皇焉,或见有事之缺者而附会焉,又见有事之全者而轶去焉。"①要说《嘉靖以来内阁首辅传》有"仿佛《史》、《汉》"的特点,那么注意对相关史事的剪切取舍以突出人物的记述主线,实是其中的一个方面。如《李时传》,重点叙写了传主"宽厚不立异同"的为人处事风格,特别是通过以下相关数事来显现:其在礼部尚书任上,当张孚敬、夏言用事,嘉靖帝与孚敬"相推明大礼",后则采用言之议,时则"奉行而已,度有所不可,则稍稍持诤,然亦不能坚";张孚敬复用入内阁,时居次,"事孚敬甚谨,亦不敢有所抵牾";彗星见,条陈务安静、惜人才、慎刑罚三事,且请宽宥"大礼大狱诸臣";其时嘉靖帝与张孚敬"务以刻核严切为急",时则"数用宽大调剂之,所救解不少"②。又如《杨一清传》,一再凸显的是传主于时政最称"通练"的作风,在这方面,传中选取了若干主要事件加以详述,一是起初太祖著令,以蜀茶易番马以资军中之用,然"久而寝弛,茶多阑出为奸人利,而番马不时至",杨一清时迁都察院左副都御史,督理陕西马政,于是"严私通禁,尽笼茶利于官,以服致诸番,番马大集",以至"屯牧之政修,军用亦渐足"③。二是既而杨一清改巡抚陕西,乃选精卒教演,创平虏、红古二城以为固原援,筑垣濒河以捍敌,并劾罢贪庸总兵武安侯郑宏和不职裨校数人;又帅轻骑五十昼夜兼行,抵总兵曹雄军为之节度,张疑兵胁退入犯固原之敌;寻进右都御史,极陈战守之策。三是杨一清与宦官张永结纳,相得欢甚,而永与宦官刘瑾不合,一清因为永画策以诛瑾。由于此传对颇能反映杨一清行事风格的几件大事详加渲染而略写其他,所以使记述传主生平态度和行为方式特点的主线较为分明。

相比于王世贞,李攀龙虽未明确主张裁剪的为文之法,不过从他的古文创作来看,讲究主次详略、注重层次排布的章法,在他的一些文章中也有迹可循,这同样不能不说是法度意识强化所致。如《赠王元美按察青州诸郡序》,嘉靖三十五年(1556),王世贞出任山东按察副使,兵备青州,李攀龙作是序相赠。在叙述结构上,这篇序文大体分为三个层次,作为文章始端的第一层次略述青州在

---

① 《第五才子书施耐庵〈水浒传〉》第二十八回回首总评,影印明崇祯贯华堂刻本,中华书局1975年版。
② 《嘉靖以来内阁首辅传》卷二。
③ 《嘉靖以来内阁首辅传》卷一。

治理上的古今差异,提出"今其民,岂犹无不吹竽鼓瑟、斗鸡走犬、六博蹋鞠者乎？临淄之途,岂犹无不车毂击、人肩摩、连衽成帷、举袂成幕者乎？有之,然利不在上也"。对比起来,昔日当管仲用齐,"而罢士无伍,与其为善于乡也,不如为善于家,匹夫有不善,可得而诛也。斯御戎翟、卫中夏,成九合一匡之功,而诸侯皆得以鞭箠使矣"。通过约略的比照,提示青州今不如古的治理状况,为议论王世贞出任青州兵备副使的话题作铺垫。第二层次则转入对青州所谓的"大乱之形日具"局面的详述,这一部分也成为序文的主体层次,其中具体说明"今其民,见以为无不吹竽鼓瑟、斗鸡走犬、六博蹋鞠相乐也"不过是表象,实际的状况是,"暴子弟亡赖少年尔,不采金于山,即煮盐于海矣。轻扞厉禁,恣睢辟倪,往往内交亡命,倾身为急,仇家不解,白刃以视；与其逮于法也,不如听于豪",并由此断言,"今日临淄之涂,车毂击、人肩摩、连衽成帷、举袂成幕者,豪为政也"。这一着墨最多的层次,不仅与序文的开端紧密相接续,展开对青州"利不在上"的总括提示的详尽解说,同时为王世贞赴青州任参与治理的话题作充分的造势。继此,再顺势引出作为文章结尾部分的第三层次,即主要表达对王世贞担当是任的勉励和期望,如谓"元美若能使临淄之民无不吹竽鼓瑟、斗鸡走犬、六博蹋鞠相乐也,而又无采金于山,煮盐于海,是匹夫不善,可得而诛也","元美其才,一日可鞭箠使青州矣"[①]云云。这样作结,既在于点明赠序的旨意,又应合了序文起首所议。看得出来,此序在叙述结构的设置上是比较用心的,不但着意于详略相间的效果,以显明述说的主旨,而且兼顾各层次之间的严密接合,包括注重首尾开阖,前后照应。

说到李攀龙古文对裁剪之法的重视,不可不留意他的志传文。王世贞论李攀龙文,认为其"志传之文,出入左氏、司马,法甚高"[②]。以"出入"《左传》《史记》的章法而言,如《左传》简约精炼的叙述语言和《史记》为凸显人物活动而取舍史事的叙写手法,似乎为李攀龙的志传文多少加以吸取。从前者来看,李攀龙一些志传文在叙述上多精约而少冗蔓,如下若干片段：

  明年,属征羌兵。既出,道遇暴风,起于车东,入于其西。谓诸将曰：

[①] 《沧溟先生集》卷十六。
[②] 《艺苑卮言七》,《弇州山人四部稿》卷一百五十。

"是何祥也？羌岂舍掌吉而就红厓乎？"乃趋红厓。羌果至，迎击之，大破其众。二月晦，复战于红厓，斩其酋长九人。八月，又与战，戮其酋长写尔定数辈，而羌平。(《明故中宪大夫陕西按察司副使范君暨配宜人杨氏合葬墓志铭》)

俗故健讼，公先绳其枉者，片言伏之，株逮立遣，苟得其情，代赎颂系，虚圜实牍。馀姚李江者，与其叔虎杀父之妾，而无毒迹。公伴言曰："闻此妾尚少，安得白发乎？"及检，鬒然，视之，髢也，盖掘它尸以命所毒者。众遂称神明。(《明故奉政大夫泾王府左长史张公合葬墓志铭》)

是时，公实注治河，往行河，曰："是在我。"即湛祭，令水工表。独以徒四万塞荥，而自蹈橇理楗事，徒四万，亦劝赴焉。百馀里云举，各自以为常见公。(《明开封府同知进阶朝列大夫王公墓志铭》)①

夏大旱，用璧天井山，龙见于雩，雨踵公至，邑遂以有秋。乙巳，复大旱，乃再雩而雨。邑每火，公不惮郁攸，出必直风，风以反。其气相感动类如此。(《徐给事中墓表》)②

以上诸片断尽管记述的内容各异，但共同的特点是没有多少用于铺张的赘字冗句，代之以相当简练的语言，较为完整和明晰地叙写事件的经过，盖以仿效《左传》精约的叙事笔法为多。如第一片断记述墓主出征羌兵的过程，免却了对战争场景繁冗的铺叙，主要交代征战的时间、对羌兵动向的判断、行动的目标指向及交战的结果。这些记述简约的环节，对于征羌战事本身叙写的完整性和清晰性而言实在已是不可或缺，甚至因为记述的用语过于简省，大大浓缩了对征羌战争过程的叙写。又如第四片段分别记述雩而雨、火而反风的所谓"气相感动"之事，而事件的过程包括各个环节的呈现同样鉴于简练的叙述语言显得格外凝炼，像"雨踵公至"一句，不仅强调墓主祈雨行祭在场，而且意图要说明正因为墓主的关系，祈雨仪式很是灵验，以及雨水接踵而至的迅速程度，可谓语约而意富。再像"风以反"一句，除了直接表示风向反转的意思，还指向诸如火势由于反风不再蔓延、容易得到控制以及因此未造成重大灾情等等潜在的含意，涵盖

---

① 以上见《沧溟先生集》卷二十一。
② 《沧溟先生集》卷二十三。

或延伸的意涵并不局限于这短短一句的字面之义。总之,这些精简的叙述语言,约略透出效习《左传》叙事笔法的印迹。

由后者而言,李攀龙一些志传文也有意围绕人物活动,在其生平行事的记述上诠次详略,明确主次。如他为王世贞父亲王忬所撰的《总督蓟辽右都御史兼兵部左侍郎王公传》,开头的世系部分只是略作交代,于忬生平问学,仅用"公好称说经术"一句概括之,又于忬最终因滦河战事失利下狱论死事状,也以"会御史方辂受草,都御史鄢懋卿言公病悖不任事、负上恩当罢状,遂逮制狱,论杀公"寥寥数语带过。相比起来,传文花费较多的笔墨记述王忬自起按胡广至总督蓟辽的事迹,这些本是王忬生平重要的仕宦经历,也成为全文叙写的主体部分,如此结构的思路,盖主要是为了更好地体现传主一生"长于吏事"。再如李攀龙为徐中行父亲徐柬所撰的《长兴徐公敬之传》,开篇引柬所言:"大丈夫生不能游大人以成名,即当效鲁仲连布衣而排患解纷,令千里诵义尔。"一席话语,既在点明其欲效仿高士鲁仲连为人的心志,又就此确立记传传主的一条主线。所以传文接下来截取了徐柬素来二三事,集中表现他善于谋划、乐于排难解纷的行止。事之一,柬年三十娶邑富室许家女为妻,"女家素长者,里中少年多侮之,即妻公,又皆来侮以尝公",于是柬"微知少年家阴事,以令里中,里中皆谓少年:'彼不上书告君,即利剑刺君矣。'少年家顾且因许翁奉百金,愿交欢公"。事之二,邑豪亭父朱某,"好众辱人",柬数责其"太横",朱某则出言不逊,"乃大挫公","公佯不问,一日袖四十斤铁椎,谓朱曰:'不闻信陵客椎杀晋鄙事乎?'朱跪曰:'吾始以先生为庸人,乃今知之。'遂相举饮,谢而去"。事之三,江南大饥,至斗米千钱,柬门下多"䠫屩之士",而岁入不足以奉宾客,"至鬻宅子钱家,不令知也",又"诸兄匍匐来称贷",柬则"未尝以无为解焉"[①]。显然,传文为突出传主徐柬的主导品行,对他的生平行事有所取舍,选择详写其长于谋策和为人"排患解纷"的智思义行,人物事迹的主次也因此显得较为分明。由是,要说李攀龙的一些志传文在记传人物上"出入"《史记》,尤得其所谓"张皇"、"附会"及"隐括"、"轶去"章法之一二,或不为过。

从另一方面来看,因重以"修辞"相要求,因法度的规范更趋严整,李、王诸子的古文除了如李攀龙、王世贞所作那样注重裁剪的章法,也在不同程度上表

[①] 以上见《沧溟先生集》卷二十。

现出一种相对缜致的风格特征。可以这么说，与李、何诸子古文偏重质实的文风以追宗其目之为典范的先秦两汉古文之朴略特质的作法相比，李、王诸子虽同样特别推尚先秦两汉古文而效习之，但有所不同的是，他们似乎强化了从技法的层面去体认与汲取这一时期古文的书写风格，似乎更着意于通过对古典范本的拟学增加文章艺术表现的强度。也因此，比起李、何诸子，他们的文章风格从总体上来说要显得相对工巧致密。

先看李攀龙之文，如《送万郎中章甫谳狱湖广序》一文，借刑部郎中万衣之辞述云：

> 楚俗良狱，赭衣载道，而牿拲盈犴，章大者连逮证案数百，小者数十人；鞫者非一吏，系者非一日。众人所谓无罪者，牵于文致，不可得反；所谓有罪者，则其辞又不与，罪蒙不徒，受赇吏挠法舞文。人有智愚，即文有害辞，微意遂隐，虽咨詻听之，上观下获，有不可信者矣。县道官重成案，不欲覆劾，且数代去。人情冤久不得直，则不复乐生，自号呼其冤，则上以为犯己，而又被近刑。彼知无益于生，而且被近刑也，后有心知其冤，指道以明之者，且以身无见肤，庭有尺箠，亦彷徨瞿顾，不出一语自救也。此岂不髡钳戮囚甚危也，岂自爱伤身乎？其心以为是，固亦将谓一成而不可变，当无异于它吏者云尔。此犹百不有一，然已足以损吾照覆之明，伤吾见牛之仁。而况大猾元憝，一朝杀人，则亡命莫索，株连蔓及，坐罪无辜。然后从旁图之，莫不以御人之货，售府辜功，百金易字，千金易辞。而或怨家积愤，靡于岁月，有司姑息久系，惮于论报，使其终年造佞，一夕讯焉，则出言而投抵狱文之隙，两造不备，肆为单辞，欺玩厚貌，其示人辞色，且惧且疑，详为错愕，何可复得恃其五听之术如初捕时哉？若使各责如章告劾，不服，以笞掠定之，一刀笔吏足矣，乌在其为奉天子德意，何能长我王国也？①

这是序中的一个段落，其以万氏声口极言楚地狱谳的弊端及成因，直斥官吏或舞文枉法，坐罪无辜，或姑息迁延，无所作为，致使冤者难伸，罪者莫究。围绕这些现实的刑狱问题，上文出于万氏之口的这番剖解称得上委折而周至，尤其对

---

① 《沧溟先生集》卷十七。

狱吏疲庸无法的作风多面剥示,擘肌分理,令其情伪毕现,而与委折而周至的剖解相应的,则是上述段落古奥又不失工致的布词。在李攀龙看来,"今夫《尚书》《庄》、左氏、《檀弓》《考功》、司马,其成言班如也,法则森如也",所以取法先秦至汉代那些可奉为范本的典籍,从"求当于古之作者"①的角度而言是相当重要的。这篇序文行文的奥折和刻削,即显露了法式古作的痕迹,其中有些地方甚至套用或化用前人之作的语句,如"章大者连逮证案数百,小者数十人"、"各责如章告劾,不服,以笞掠定之",分别出自《史记·酷吏列传》;"上观下获",出自《汉书·酷吏传》;"御人之货,售府辜功",则化用《尚书·吕刑》"狱货非宝,惟府辜功"之句。这种刻意法式古典范本、特别是从中用心掇拾一些关涉刑狱的文句嵌入篇中的作法,固然过于板滞,但另一方面,则显然增强了这篇送人谳狱之序表现在文字结撰上的工致程度。又如《送汝南太守徐子与序》,其中云:

> 今之良二千石,有则不近利害,视势取附,巧为系援,使游声誉,无米盐之功,而窃高第之赏。不则惛惛无辩,吏缘为奸,乏提衡之术,而病神明之称,上陵之不悛,下尝之不报。有则迂阔圣化,卤莽劝课,欲治之急,还复废乱,危加之愀焉,轻省之藐焉,过听偏昵,躁不自持,虽有喜功趋事之心,而无从善阙疑之度。不则牵于猜忌,驭于嫌疑。佯示其求谏之迹,而惟恐听之,则彼因以藉资;微见其亲仁之名,而惟恐昵之,则彼因以卖重。若存若亡,使长者自沮而利其疏;似礼似倨,使故旧自遗而坐之怨。②

序中攻讦的目标,指向所谓"今之良二千石",以故一一列出他们巧伪趋利、晦昧狭促的不职行为。较之前面所引《送万郎中章甫谳狱湖广序》,上文的层次更显缜密有序,文句更显工整对称,其中或曰"有则"云云,或曰"不则"云云,形成一种复沓排比、转折相承的议论结构,仿佛不如此,不足以淋漓而透切表现作者洞察"今之良二千石"行为取向的态度。王世贞曾指出,李攀龙序论之文"杂用《战国策》《韩非》诸子,意深而词博"③。观此序文,庶几近之,其看起来既有一点

---

① 王世贞《李于鳞先生传》,《弇州山人四部稿》卷八十三。
② 《沧溟先生集》卷十六。
③ 《艺苑卮言七》,《弇州山人四部稿》卷一百五十。

《战国策》的博辩扬厉之气,也有一点《韩非子》深峻透彻之势,如此的表现风格,也许正可以说是作者有意识"杂用"的结果。

进一步来看,这种缜致的风格特征,同时也多从李、王诸子古文的叙事与状物中反映出来。

其一是表现在相关事件和人物的记述上。前面说过,出于对裁剪章法的注重,李、王诸子古文中一些记述事件和人物的叙事之作,或仿效如《左传》的叙事笔法而显精约,尤其是李攀龙的志传文,这一特点就相对突出,但应该说,精约而不简疏又是李文所表现出的一种书写风格。还是以前引李攀龙志传文的片段为例,如《明故奉政大夫泾王府左长史张公合葬墓志铭》,述墓主张齐善理讼案,人有杀父之妾而无毒迹,齐佯言:"闻此妾尚少,安得白发乎?"及检,鬒然,视之,髢也,盖掘它尸以命所毒者"。这里尤于案件勘验过程的描述,即对"它尸"之发看似"鬒然"而实则"髢也"的真相曝露,用笔极为简省,但同时又不失细致。再如《明开封府同知进阶朝列大夫王公墓志铭》,述墓主王诏担当治河之任,只以"是在我"一句记其所言,下语也已是相当简括,然含意又是细密和丰富的,人物自信、明智、果敢的心理特征宛现其中。相较于李攀龙,后七子之中如王世贞、宗臣,其文在记述事件和人物的叙事笔法的运用上则显得更为细致而周委。我们在前已指出,特别是王世贞,他在文章"叙事"问题上力主"化工肖物"或"写生"之原则,以为"圣于文者"如《檀弓》、《考工记》、《孟子》、左氏、《战国策》、司马迁,"其叙事则化工之肖物";"贤于文者"如班固《汉书》,其叙事"虽不得如化工肖物,犹是顾凯之、陆探微写生"[①]。这当然表明了倾向从先秦两汉那些古典范本中去拟效"叙事"之法的一种宗尚态度。正是基于"化工肖物"或"写生"的叙事要求,加强对事件和人物细部的记述也因此成为自然的选择,这种叙事笔法在王世贞的文章中不算罕见,尤其是他的一些史传之文,多取汉代以上史书而拟之,这一特点更为明显,试看下例:

> 亡何,将军汤和以大兵逼延平。兵垂发,赍书谕降。友定大会诸将,杀使者,取血置酒中,盟诸将,慷慨饮之,誓以死报元。亡何,明兵至,夹水而陈。友定前战不利,归谓诸将:"敌千里远斗,气锐,慎毋战,战徒多杀吏士

---

① 《艺苑卮言三》,《弇州山人四部稿》卷一百四十六。

尔。吾墉山而堑壑,蓄犀器,饱士马,持久困之,伺间以动。"众曰:"善。"遂乘城守,勒吏士日夜击刁斗,被甲偶立,不得更番休息。(《补陈友定扩廓帖木儿列传》)①

亡何,濠故帅孙德崖饥,以其众就食于和阳,高帝纳之。(郭)子兴以德崖之见纳也,怒而来视师。德崖谓高帝曰:"若翁来,吾且他往。"帝乃使密报子兴,使为备,而身往见德崖,曰:"何去之速?"德崖曰:"若翁恨我深矣,难与共事。"高帝曰:"不敢强也。虽然,愿公毋先而留部署,不然后军必争。"德崖乃如高帝指。而高帝方出饯德崖军中故人,二十里而报军乱,遂为其众所留,则德崖亦已见执于子兴,锁其项而与之饮酒矣。子兴闻高帝被留,大惊,如失左右手,别使所亲信为质,使赎高帝归,与德崖盟而纵之。(《故帅滁阳王传》)②

(冯)胜大军直前逼,纳哈出度不敌,乃因乃剌吾请降,胜使蓝玉以轻兵往受之。纳哈出睨知明兵盛,乃指天喷喷曰:"不复与我有此众矣!"遂率数百骑诣玉约降。玉大喜,出酒与饮,甚洽。纳哈出别酌所携酎酬玉,玉让之先。纳哈出即先饮,复酌酬玉。玉解衣衣之,曰:"请衣此而后饮。"纳哈出让弗肯衣,玉亦持弗饮。久之,纳哈出取酒浇地,顾其下咄咄语。郑国公茂者,胜子婿也。时在坐,勇而疏,胜故欲儿子畜之,茂不受,且迫欲自见,而其部将赵指挥解胡语,谓茂:"此且欲遁也。"茂遽前搏之。纳哈出惊起,欲就马。茂拔佩刀砍之,伤臂,不得去。(《韩宋颖三国公传》)③

从叙事艺术发展的角度来看,先秦时期如《左传》等史书,尽管其叙述语言较为精简,然在事件乃至人物的记述上已显出较强的叙事意识,间也有注意细部描写的工细之笔,故有人甚至以为"左氏叙事之工,文采之富,即以史论,亦当在司马迁、班固之上"④。至汉代,作为史传两大巨著的《史记》和《汉书》,尤其是它们纪传的体式结构,针对人物及其相关事件的记述,更讲究详略主次的取舍,包括注意细部的呈现,叙事上更趋成熟,更显周至而绵密,如《汉书》,或称之为"裁密

---

① 《弇州山人四部稿》卷八十五。
② 《弇州山人续稿》卷八十三。
③ 《弇州山人续稿》卷八十四。
④ 皮锡瑞《经学通论四·春秋》,第49页,中华书局1954版。

而思靡"①,"言皆精炼,事甚该密"②。王世贞以上史传的这几个段落,记述了相关人物在特定场景下的活动状况,以及相关事件进行过程的若干截面,指向人物言语、神态、行为及事件具体场面的多种细节性描写得以一一呈现其中。无论是陈友定大会诸将的慷慨盟誓、审时度势的御敌之策,郭子兴、孙德崖及朱元璋围绕孙军就食和阳一事引出的相互纠葛,还是冯胜使蓝玉纳降纳哈出出现的诡异一幕,都被作者以委细、曲折的笔触写出,理性、平实的史事叙述中,增添了几分别有生意的画面感。这些史传摄微取细的记述特点,不能不说从一个方面折射出王世贞刻求工细的叙事意识,不能不说本于他主张的"化工肖物"或"写生"这种文章"叙事"的原则。同时,也使人容易将它们与被王世贞称之为"圣于文者"或"贤于文者"的尤其如《左传》、《史记》、《汉书》等史书的叙事笔法联系起来。

至于宗臣,王世贞以为其"于文好司马迁、北地李梦阳"③,点出他在文章方面的宗尚取向。当然,同样可以注意到的是宗文在叙事上表现出的某种细密性。如《西门记》、《七月西征记》、《九月西征记》、《二曾夜谈记》诸文,分别记述了宗臣本人官闽中期间守御督兵的经历及见闻,所述大多"指陈时弊,反覆详明"④,行文则"纡徐委备,雅健有度"⑤,尤其是详委细致的叙事之笔,不时穿梭在篇翰之中。如《西门记》,或述及守城之情形:"余登陴,则悉罢诸所贫者、疾者、孤而懦者,留其壮,与之约曰:昼则家,夜则陴,击柝鸣铙,而悬火陴外。不如约者,以军法从事。会明日报寇将至,六门咸闭矣,而城外人数十万,大呼祈入。余遂日辟西门入之,晨起,辄坐城上,列健儿数十于门,人诘而入,而牛马鸡豕群群薄,吾坐不问也。"或述及御倭之场景:"当是时,兴、泉之寇已南,而镇东者尚屯海上,意扬扬甚也。会督府驰至,则檄兵数千,连数十大舶要击之。寇轻我,辄驾大舶逆我,而我兵奋怒,弩炮乱发,乘风大呼,寇舶反出其下。遂大肆擒获,馀者沉之海中。"⑥一事一景,委细写来,笔之所至,情状毕出。可以想象,若不是作者亲身经历或耳闻目睹,文中的这些记述不至于那么详悉切实;同时又可以

---

① 《体性》,《文心雕龙注》卷六,第 506 页。
② 刘知几著、浦起龙译《史通通译》,第 22 页,上海古籍出版社 1978 年版。
③ 《明中宪大夫福建提刑按察司提学副使方城宗君墓志铭》,《弇州山人四部稿》卷八十六。
④ 《四库全书总目》卷一百七十二集部《宗子相集》提要,下册,第 1510 页。
⑤ 钱基博《明代文学》,第 37 页。
⑥ 《宗子相集》卷十三。

想象,若不是作者基于宗尚古作的叙写动机,不是出于追逐细致周至叙事效果的心向,也不会如此专注于详叙细述自己的亲身经历及见闻所得。

其二是表现在一系列物景的摹状上。李、王诸子生平游历广泛,加上趣味博杂,所为诗文多有记其览历者。以文而言,不少记录他们观览所得的行游记文,尤多涉及相关物景的描写。后七子中的王世贞、吴国伦二人,各自的文集卷帙繁富,收载集中的游记之作相对较多,其中涉及物景的描写也相对较多,不妨以王、吴二人所作为例,试看如下片段:

  东望青葱郁蒸,不别天地,其大海之气乎?西南连山,亘带不尽,若斧劈,若剑锷,若驼,若狻猊,若率然者,吞吐云雾,与旭日相媚,晶莹玲珑,掩映霏亹,紫翠万状。下俯郡会,雉堞历历,雪宫之鸥,出没松柏,若翡翠之戏兰苕也。(王世贞《游云门山记》)

  轻云蒙笼,风师不惊,文沦若縠,容裔混漾,与天下上。俄而东南雄虹起,亘空若银桥,蜿蜒而下,饮于海,惊流喷麚,玑贝万斛,飞跃注射,若五金之在溶,芒颖晌烂,眦触睛眩。已徐徐缩入海。(同上《海游记》)①

  日且息虞渊矣,大于紫金钲,冉冉垂堕,仅馀一线,回光射波,波尚为沸起,霞绡霓旌之属氲于后者,半犹亘空。少选,月从东上,初为钩,俄忽为玦,为金钲,其色正黄,规不及日十之一,波得之荡而为长灯,煜煜不定。……外望则为梵天,银涛拍空,金碧遥拱如簇,渔舰数百,雁序齿齿。内顾而多大壑,聚落为坞,千甍翼张,万瓦鳞次,枫丹苞黄,时点缀葱蒨中。(同上《泛太湖游洞庭两山记》)②

  既济,日已近午,回睇富口,石岸参差,烟火相望,南挹大岭,北指盘塘诸山,汉浦、浔阳并接襟衽,而上下帆樯,霞布云豁,无所施丹青。……风飔飔渐厉,四面涛涌如山,雁鹜鹳鹤皆辟易,群起夹洲飞鸣,日光与沙色相荡,盖飘飘然蹑鳌背而招摇海市矣。(吴国伦《登黄龙洲记》)③

  登洞前危峰,振衣四顾,长江外绕重湖,内汇风澜,雪浪浸淫两腋,而盘

---

① 以上见《弇州山人四部稿》卷七十二。
② 《弇州山人四部稿》卷七十三。
③ 《甔甀洞稿》卷四十六。

塘、富口万井相望,厘厘如积苏。回睇大坡石楼、钟成丹灶,隐约烟霏中不可辨,而独吴伍员故垒、唐李煜残堞、魏钟繇洗墨池与下雉南城诸遗墟,并接襟衽,可指而吊焉。乃若西招樊山,东挹庐阜,上下数百里,烟光吞吐,纷纷裶裶,使人应接不暇。(同上《游白雀洞记》)[1]

摄取不同的物景作为主要表现对象,这在传统的行游记文中可说是司空见惯,或许不足为奇,值得注意的,倒是如上王世贞、吴国伦诸篇游记状写各类物景格外工细的这种表现方式。从比较的角度而言,尤其对照李、何诸子偏重质实的文章风格,这里王、吴诸记呈示的工细的笔调无疑十分明显,四方上下、内外远近的种种物景,无不成为作者专意观照的目标,点染刻画之际,那纷纭的色彩、奇特的形姿、诡异的幻变,叠见层出于笔端。如此描摹的格调,推究起来,不能不说与作者宏博繁细的观察视界和审美趣味有关。客体世界的巨细之物、动息之态,都能吸引其敏感的审观目光,也可以这么认为,他们正是通过那样一种周遍细致的观览与探察,体验由此带给各自身心的审美愉悦。当然,这还只是问题的一个方面,从另一角度来看,上述诸记工细的状物之笔,又不能不说与作者趋于强化的注重文章表现艺术的用意有关。很显然,记中呈现的各色画面,大多非漫然写出,而是经过细悉的绘染,为了突出即时即地所遇景致的逼真感或形象感,面向其物其景,作者不是着意于色彩的敷设,就是倾心于形态的勾描,列示在记中的像山水日月、云雾虹霓、舟楫飞翼、井间村坞等等,即多经仔细摹画,色彩或形态尤显鲜活、工致,其思之所运,笔之所及,实费心力。也因此我们要说,这种不吝润饰以加强物景描绘的表现力的作法,自与李、何诸子所偏重的质实文风有着更为显著的差异,在一定意义上,未尝不可以认为是指向"修辞"这一为李、王等人极力声张的为文之道的具体体现。当然,从根本上来说,它还是反映了作者愈益注重文章技法的一种法度意识,而这种意识的形成与强固,本身又和他们重视对古典范本书写风格的体认与汲取的拟古取向联系在一起。只是他们所注重的文章技法,在具体运用之际,因不同程度渗入了比较注意文辞修饰的特定的艺术审美要求,显得相对纤巧,相对绵密,其状写物景的表现方式,即更明晰显出这一特征。

---

[1] 《甔甀洞续稿》文部卷十。

二、奥峭气习的融炼与加强

鉴于李、王诸子在文章拟古取向上以先秦两汉古文为重点效法的范本，李、何诸子之文如钱基博先生所称"以沈博奥峭为尚"、"以生奥得古致"[1]的表现倾向，在他们的古文创作中同样明显存在。而需指出的是，李、王诸子中间不同的作者，尤其是在"奥峭"或"生奥"文风的经营过程中，各自的营构方式则不尽相同，或比较注意冶炼以臻于融合，或偏向"取古辞比今事"[2]，以图"求当于古之作者"[3]，前者以王世贞、宗臣等人为代表，后者则李攀龙最显突出。这不但形成李、王诸子之间在拟古风格上的某种差异，也成为他们与李、何诸子相比表现在古奥文风经营中的一些不同的特点。

以宗臣为例，如他督学闽中期间为诫饬士子所作的《总约八篇》，即具有一定的代表性，其分为《遵帝》、《辨学》、《宏志》、《慎履》、《勤业》、《谈艺》、《端范》、《诫俗》。作者在《移郡邑学官弟子文》中提到了撰作此文的意图，表示"夫约之为言诫也，又言省也。士不可纵，则诫之；又不可以腐词碎语乱其耳目，则省之"[4]。出于这样的动机，文中述论的理路，则重在阐明事理，分辨利害，盖为了更加明晰和艺术地传达"诫之"、"省之"的诲戒意旨。从《总约八篇》专于论辩的特点来看，其拟学擅长辩说、论析严密的先秦两汉诸家之文的倾向应该说是比较明显的，由此，其行文风格也多给人以峭直、透切、峻密之感。

这具体表现在，首先，各篇往往针对设立的题旨，予以逐层解析，反复证说，铺展严整详密的论辩理路。如《宏志第三》，其开篇即言："夫功崇惟志，昔谈尚之矣。盖志之于人也，辟之于木则根焉，辟之于田则谷焉，辟之于射则的焉。盖一时立之而一世成之者也。故天下未有不志而成者也。"说明对于众人而言，志是根本或目标之所在；凡有所成，立志为先，崇功之基，乃在于志。这也点出本篇辩说的旨要。围绕于此，文章先列数历史及传说人物为例，认为不仅像"尼山之布衣"的孔子，"有莘之耕氓"的伊尹，"唐、虞之群工"的夏禹和后稷，都怀有或"大"或"伟"或"急"之志，而且如吕望"以渔钓兴周"，傅说"以版筑隆商"，管仲

---

① 《明代文学》，第1页、23页。
② 王世贞《答汪惟一》，《弇州山人四部稿》卷一百二十八。
③ 王世贞《李于鳞先生传》，《弇州山人四部稿》卷八十三。
④ 以上见《宗子相集》卷十三。

"以槛车匡齐",诸葛亮"以躬耕佐汉",他们之所以能"拔之万人之下,置之万人之上","崇功令名"得以显著,根本的原因则在于"彼其初固尝志之也",由是证明,功之所成,关键取决于志之所立。在此基础上,该文又提出:"今夫观之家而或臧获馁冻,则必立谋所以起之,天下之人之颠连而莫之告也,亦何以异于家也;今夫人之一身而或手足疹结,则必立谋所以苏之,天下之人之危苦充充吾目也,亦何以异于身也。"要在说明"天下一家,中国一人",以为下面所论张本。因此循着这一论调,该文进而指出,志之所立,层次高下迥然不同,"彼其竭一心之知虑而萃之于繁华利达,是自卑其志者也;白首占毕而斤斤然自附于古之儒者之流,是自穷其志者也;溺神握管,毕志抽词,而徒以华言亮语夸天下后世之耳目,是自隘其志者也"。这无非是说,以上三者较之所谓"天下国家之志",已见高下,实不足取。是以文章最终告诫:"吾之志而仅以三者卑焉、穷焉、隘焉,其如天下国家何哉?诸生诚有天下国家之志而日讲之,庶不称腐儒,且治天下亦安用腐儒为也。"从治理天下国家的角度,进一步强调篇首提出的"功崇惟志"这一要旨。又如《勤业第五》,起首也以"夫天下之事,未有不勤而成者也。是故理之在人,而不学不明、不勤不获也"亮出题旨,提示勤业的重要性。中间则逐次释解,先证以古之君子由"贵时"而"贵勤"诸举,说明其因为勤业,以至"居则鸿士,出则名卿,古今共嗟焉",然这些还只是就"中庸之士"而言。次证以孔子对待勤业的态度,认为身为"至圣者"的孔子,"即使不勤,犹当万倍于学者",然而则是"发愤忘食,何其切也;好古敏求,何其锐也;韦编三绝,何其久也",并于诸弟子,恶其不勤,"毅然以言擢之,不少假焉"。孔子尚且如此,说明一般人自当勤业。再次则证以当今诸生在学业上呈现的不同层次和结果,认为"其上也",或"翱翔六艺之囿,纵横百氏之林,而著书立言,万世称隽者",或"雒悊坟典,茫昧训诂,即试以常言庸语,至曳白不能对者";"其次也",或"抱圭璋之才,奋金碧之文,而结绶影缨,致其身于青云之上者",或"岁晏途遥,发黄衣白,悲叹穷阎,落莫旧庐,而父母妻子不免饥而啼者";"又其次也",或"渊岳其心,麟凤其采,而名章巨篇为学士大夫之所赞叹欣慕者",或"身被夏楚,夺其衣衿,而垂涕潜归惭见其乡之父老兄弟者"。也就是,由对比以上不同层次截然相异的结果,指示"勤与不勤之验也",再度揭出贯穿篇中的勤业这一重要的大旨,层层证辩、不离本旨的脉络明晰可见。

其次,表现在具体句式的运用上,盖为了突出文中的旨意,加强辩说的力度,尤其在喻示举证时,多运用辞意贯连、语势峻激的排比句式。如《慎履第四》,始示以"古之君子"慎行之道,以为:"其持己也,辟之持璧焉,全则璧,不全则瓦矣;其戒欲也,辟之防川焉,一决则溃败,四出而不可收拾矣;其忍性也,辟之灭火焉,不以水沃之,则炎炎而上,其势将至燎原矣。"继而一连列出当今士人种种不慎之举,与"古之君子"所为形成对比:

> 今夫上书公府,献策当涂,稽首乞恩,扫门求谒,非高士之风也;险心侧目,日伺有司之短而持之,而因以行其私,不得则肆言讪谤,转相煽惑,非元吉之履也;假借名器,逋赋侵宙,儒服踉立,杂之胥徒,甚或代书讼谍,以需贿食,其视有司之署,若履其家焉,非大雅之观也;狎昵征逐,卮酒欢噱,朝酩夕酊,蒲博大呼,而或游戏倡优,沦溺簪珥,非端人之习也;日夕衢市,凌杂米盐,一言不相中,辄张目攘臂,折支败面,桎梏囹圄,且甘心焉,非居身之珍也;岁暮途穷,壹志苟得,饩廪出纳,饮祀摈相,需贿里胥,代庖而窃,非长厚之道也。

如此大量运用铺排的句式,其意当在于辨析古今之士慎与不慎的区别,充分说明不慎的后果以及"慎履"的必要性。又如《谈艺第六》,提出"文而袭者舛也,况拾世俗之陈言庸语而掇以成文,又舛之舛者也"。为显明此旨,篇中以"天之云霞、地之草木"喻示"人性之有文也",如曰:"云霞之丽于天也,是日日生焉者也,非以昔日之断云残霞而布之今日也;草木之丽于地也,是岁岁生焉者也,非以今岁之萎叶枯株而布之来岁也;人性之有文也,是时时生焉者也,非以他人之陈言庸语而借之于我也。"一连串的排比句式穿插其中,使辞意之间的关联趋于严密,也显然强化了篇中主旨的表达。

再以王世贞为例,尤其是他拟学先秦两汉文风而又比较注意冶炼的特点,也间或可见。如他曾作《师说》上下两篇,下篇其中云:

> 今夫士之及髫而受书也,其为亲者曰:"师苟贵吾子足矣,无论道也。"其为师者曰:"自行束修以上,未尝无诲焉。余以糊其口于四方,何道之授?"未也,弟子得执其利,权以进退,其师庚而甲,辛而乙,曰:"业此而晦者,业彼而显者。"唯弟子之利而已。犹未也,其达而先者,得执其利,权以

招要其弟子,曰:"吾门士,吾能荣重之。"弟子亦唯曰:"吾利吾师而已。"朝而甲,暮而乙,阗阓其门墙而争赂焉。噫吁,是何君亲之多也!犹未也,庠序行而世之以利苴诸生者,科举行而世之以利进诸生者,皆偃然而居师。彼所谓进诸生者,古所称座主也。辟之则为举主,吏之则为府主,进之则为座主,其义一也。其所传何道,授何业也?噫吁,是何君亲之多也!彼其执弟子者,固已谬矣,然犹诿之曰厚,至偃然而居师者,何也?私天子之公法而身之,私天子之公人而弟子之。《易》曰:"涣其群。"此非所谓群乎?乃至欲以区区一第而笼贤者,亦浅矣。①

篇中所议,乃有感于受学者和为师者之行止,认为他们锢蔽于利,为学为师未免失之差误,特别是对于后者,作者尤多加訾议,视其传道授业,"偃然而居师",不过是"私天子之公法而身之,私天子之公人而弟子之"。其剖析辩说,直切而入,不留馀地,或得如《韩非子》那样显露在辩难驳诘之中峭刻峻切的行文特点之一二,然措语布词,又不至于显得过分生涩。且其借用《论语·述而》孔子"自行束脩以上,吾未尝无诲焉"之言,摹拟为师者的声口,间引《易经》"涣"卦六四爻"涣其群,元吉"之辞,所谓"涣其群",大意指"散群险"②,此处当是将为师者比作"群险"。这些引述,也给上文增添了些许古奥之感。

不仅如此,王世贞的一些议论文,则又体现了精于论辩的特点,看上去得之先秦两汉诸家文风为多。如他的《弇州山人四部稿》载史论二十篇③,多有辩驳之论,间显这一特点。试举其中《太公》为例,该篇起首云:"管仲非太公俦也。然而吾尝为之说曰:为管仲难,为太公易。"即为之确立中心论点。接下去分别加以证辩,先论"为太公易",指出:"文王之圣,而有天下三分之二,武王继之。纣之虐,失天下三分之二,而其一亦且心叛矣。即无太公,商宁不周也?无太公,而周、毕、闳、散之辈,以将纣师不倒戈乎?否也。故曰无太公,商宁不周也?"继论"为管仲难",认为:"夫齐桓中材主也,管仲以羁旅之匹夫而为之相,屈高国世卿之威,而惟吾使,北攘狄,南惩楚。彼方强武整一,以方张之势,而我率

---

① 《弇州山人四部稿》卷一百十一。
② 《周易正义》卷六,《十三经注疏》,上册,第70页。
③ 《弇州山人四部稿》卷一百十。

屠诸侯以抑之,而若承蜩。此非有过人之材不能也。"此后再作归结:"吾故曰:为管仲难,为太公易。"一"易"一"难",两相比较,分出差别,增强了证说的力度,加之立论与结论前后照应,形成周至缜密的论辩结构。又如《魏公子无忌》,其开篇即引出驳诘之标的:"当七雄之末,诸善战者,以法归吴起,以智归孙膑,以巧归田单,以勇归白起及廉颇、李牧,而公子无忌不与焉。彼公子者,以为卑虚得士,急于收名,而稍见其实,差胜于孟尝、平原辈尔。"再亮出自己与此相异的论见:"愚以为,善为兵者,固无如公子者也。"由此逐层展开证辩,始分析所谓"诸善战者"用兵作战的各自情况:"吴起、孙膑之时,秦固未甚强;而田单之所摧则骑劫,颇则栗腹,牧匈奴也;白起用秦师以攻诸侯,固无有不麋碎者。是故白起用劲者也,吴起用治者也,膑、单、廉、李乘瑕者也。"用此说明诸人所以"善战",实有赖于各种有利的因素,言外之意,不足为道。再对比魏无忌之所为,篇中主要通过两大事例予以阐证,例证之一:"若夫邯郸之围,秦悉关中、河内之卒,蹙赵人四十五万而压其城,城且旦暮下矣。公子虽窃符以有魏师,而其人皆嚘喑懦将之所教,而恫胁不振之馀也。又纵其父兄独子以归者贰万人,外若削弱其形,而内实有以一八万人之心而振其气。偏师直入于虎狼之窟,而逐之以存赵。"这是其"乘坚而为瑕,转弱而为劲"的例子。例证之二:"(魏安釐王)三十年,公子以二使致五国之师,而其人又皆恫胁不振之馀也。国五其将,将五其师,此非可以顷刻联合也。公子率而大破秦军于河外,走蒙骜,乘胜逐之至函谷关,而不敢出。"这是其"联散以为整,转弱而为劲"的例子。在此之后,篇中再进一步转向对"公子非善兵者,公子之客善之"说法的质疑,指出:"公子殁而未闻其客能西抗秦者也,且客善兵,亦唯公子善用之。"据此加以辩驳,从"客"的角度,再度强调魏无忌"善兵"。观通篇所议,无不指向"善为兵者,固无如公子者也"这一中心论点层层展开,也无不在于标新立异,而多以具体事例相证,反复辩说,要在强化持论的说服力,也因此,其行文更显严整而详密。

与王世贞、宗臣等人注重拟古然大体不失冶炼的文风相比,李攀龙对于文章的经营,为追求奥峭的古致,则明显偏向"取古辞比今事"。具体表现在,一是采取直接以"古辞"傅合"今事"的所谓"联属"之法,也就是截取或改造经典文本的语句入其古文。例如以下文章之片段:

　　方吾之属类比事,<u>结撰至思</u>时也,倏来忽失,经营于将迎之间,既竭吾才而不得一辞,穷日之力而不得一语,犹且不能自已也,而遑及其他? 无论明良喜起,赓歌君臣之盛于唐、虞之廷,即其次,朝不坐,燕不与,悯时政得失,主文而谲谏,言之者无罪,闻之者足以戒,达于事变,而怀其旧俗,亦何所不得于我? 而况合契古人,明请一朝,实获其心,得意尺牍,千金享之,嗟叹永歌,手舞足蹈,过此以往,莫之或知。不言而信,是委喻于同心……立乎百世之上,使百世之下闻风而兴起,是旦莫遇之也。(《送宗子相序》)①

唯是百姓兆民焉,是出而为之令,以赋诸其间,俾各有艺极,以务蓄其力,无失其征会,民听不惑,而后用之,有司者岂有赖焉? 百姓兆民惟正是供,而令无即于蠹政,足以取给王事而已,岂敢为是匪经,以侈厥度? 亦唯是役,亦唯是苴,功令典籍,轻重布之,尔敢何异之有? 即有丰歉,不庭不虞之患,尔既已错而宜之,使各有怀生之念,而百姓兆民实欲焉。……其君子实应且憎以非我,宁谢不敏,敝邑岂敢有爱也? 上失其道,民散久矣,子实生我,而浚我以生乎?(《历城令贾君记》)②

第一篇例文中,如"结撰至思",出自《楚辞·招魂》;"朝不坐,燕不与",出自《礼记·檀弓下》;"主文而谲谏,言之者无罪,闻之者足以戒"和"达于事变,而怀其旧俗",见于《毛诗序》;"过此以往,莫之或知"和"不言而信",分别见于《易传·系辞》上下;"立乎百世之上,使百世之下闻风而兴起",则由《孟子·尽心章句下》"奋乎百世之上,百世之下,闻者莫不兴起也"改造而成。第二篇例文中,如"民听不惑,而后用之",出自《左传·僖公二十七年》;"百姓兆民惟正是供",化自《尚书·无逸》"万民惟正之供";"轻重布之,尔敢何异之有",化自《国语·周语中》"轻重布之,王何异之有";"不庭不虞之患",出自《国语·周语中》;"其君子实应且憎以非我,宁谢不敏,敝邑岂敢有爱也",乃由《国语·周语中》"其叔父实应且憎以非余一人,余一人岂敢有爱也"改造而成;"上失其道,民散久矣",出自《论语·子张篇》;"子实生我,而浚我以生乎",化自《左传·襄公二十四年》"子实生我,而谓子浚我以生乎"。采取如此的"联属"之法,其根本的意图,无非是通过取用经典文本语言系统述写当下人事的方式,最大限度地实现对古人文

---

① 《沧溟先生集》卷十六。
② 《沧溟先生集》卷十九。

章法度规则的依循,还复古典之意味。但另一方面,要将出于不同语境的"古辞"和"今事"自然接合在一起,实际上又是极为困难的。参照上面例文,其结果不仅因为古语奥折而使得语意或显晦涩,而且因为不同经典文本中不同含义语句的相互联缀,在文意的传达上难以完全做到顺畅、准确,未免如王世贞所说的"损益今事以附古语"①。

二是在遣词造句上,刻意拟作古辞,营造古奥奇倔的表现效果。这一类的情况,在李攀龙的古文中并不少见,试看如下数文片段:

又群辈取受赇,虽魁宿顾曲法私与出之,眀眀唯罪罟是充,得情喜焉。狱则疑,亦无不巧诋具之,诣其长尉府对簿。畏亡不俯首就系者,章大者,必上告得可,事然后传。爰书委成于司寇官属,使覆鞠,亦文致不可得反。司寇官属重废格沮事,且不得数奏,瀸时一听之,何异彼府掾史于怀中取轻重劾、唯奉牍观向以次人意哉?(《送陈郎中守彰德序》)

夫曲士小儒,感慨而舍位,一不当意即长往者,非能洁身也,其计画无复之耳。向令子鲁周回一诸郎不能弃,而又不能幡然于颍州,是无从事不失时之知,不得于心斯多也,何以称笃行君子哉?(《送靳子鲁出守颍州序》)②

自县南十里入谷,逶迤上二十里,抵削成北方。壁下乃谷,即西南出,不可行,行东北大霤中。霤中一峡,裁容人,左右穿受不满足,穿受手如决吻,人上出如自井中者千尺,曰千尺峡。……东南得大阪,可千尺,人从其罅中蹑衍上。阪穷为栈,五步顾见罅中如一耦之畎新发诸耔矣。……栈北得厓径丈,人仄行于穿,手在决吻中,左右代相受,踵二分垂在外。足已茹,则啮膝也;足已吐,是以趾任身也。(《太华山记》)

公始第丘亩,履原隰,视土之嫩恶以登下其赋,勿一以收责,俾参稽各无失职,请额著地,沃壤不得欺谩避课,邑百姓始不恶硗瘠陂圩而污莱为子孙忧。郡大夫以上莅我待需有事境土之臣,络绎于邸宇,晨趋出谒,暮而不能更适庭。(《历城尹张公德政碑记》)

---

① 《艺苑卮言七》,《弇州山人四部稿》卷一百五十。
② 以上见《沧溟先生集》卷十七。

邑中丞自父母之邦守不为小,按察使周公慎其四境云尔,而肥是城,有味乎王公设险之义乎!与其动勤王师也,宁短垣是图,覆土而土堞之,如涂涂附,天之阴雨,亟溃亟暝,孰若延石之永逸也。(《肥城县修城碑记铭》)①

王世贞评李攀龙志传、序论、铭记、书牍各体之文,以为或"出入左氏、司马",或"杂用《战国策》《韩非》诸子",且论各体拟古之得失,除了指出它们"损益今事以附古语",又认为其或"意深而词博,微苦缠扰",或"奇雅而寡变","古峻而太琢",或"无一笔凡语"②。这些论评指涉李攀龙文章追求古拙、奇奥、峻峭而又不免流于刻琢和板滞的特点。比照王世贞所言,上列诸篇段落庶几近之。不难发现,各个片段在记叙摹绘人事物景的过程中,有意要突破一种平正、顺直、浅俗、谐适的书写风格,代之以古奥、拙涩、奇倔、峻绝的表现格调。由此,出现在以上诸段落当中的,既不乏参差不匀的句式搭配,也不乏缠绕错杂的语序组合,尤其值得注意的是那些长度超常或不成规则语句的嵌入。譬如,篇一之"何异彼府掾史于怀中取轻重劾,唯奉牍观向以次人意哉",篇二之"是无从事不失时之知,不得于心斯多也",篇三之"人上出如自井中者千尺","五步顾见罅中如一耦之畎新发诸秬矣",篇四之"邑百姓始不恶硗瘠陂圩而污莱为子孙忧","郡大夫以上莅我待需有事境土之臣",篇五之"邑中丞自父母之邦守不为小","有味乎王公设险之义乎"。诸如此类,正是因为这些语句的构成多奥涩滞拙,刻削为之,更增加了各段落之中句式和语序的不匀称、不平顺、不稳贴之感,甚至与语言表现的常态相违拗。显然,这一切也在根本上影响了上述各篇的行文节奏,即多少经过扭曲而显得颇不规则的节奏形态,取代了更贴合人们阅读节律的整饬均匀、抑扬顿挫的节奏形态。从作者的立场来看,毫无疑问,改造甚至违戾语言表现习惯的基本思路,还在于力图从近俗的语言系统中超离出来,还指向"求当于古之作者";或者可以说,如此的作法,实际上被李攀龙当作赋予文章古典意味的有效方式之一。因此,如上各篇片段所示,那些参差不均的句式、缠绕错杂的语序,以及由是导致的文意传达上的诘曲难解,不能不看作是李攀龙力求古奥之致而着意经营思路的一种体现。总之,无论是截取或改造经典文本的语句入

---

① 以上见《沧溟先生集》卷十九。
② 《艺苑卮言七》,《弇州山人四部稿》卷一百五十。

其古文,还是拟作古辞以营造奥峭的表现效果,说到底,其缘自李攀龙注重文章表现技艺强烈的自觉意识,只是因为过度依赖于经典文本及其法度规则,过度眷恋于文章奥峭的古致,在总体上,终使得他的古文创作不免失之于生硬、诡异、刻板。

馀 论

自弘治至万历年间,前后七子相继崛兴并主导文坛,倡扬诗文复古活动,在明代文学史上烙下了极为显目的印记。综观这一场前后相关联的文学活动,它之所以引发人们的广泛关注并在文坛掀起层层波澜,不仅在于其秉持归向古典的基本立场,而且在于其相对注重从本体艺术的层面探讨和实践诗文领域的变革。横亘弘、万之间文坛的这一复古举措,它所产生的实际影响,远未随着前后七子文学活动的先后落幕而休止,围绕于此,认肯与推扬、质疑与訾诋,成为交织在明清文人圈之中而显得十分复杂的一种文学认知。透过这些,同时可以看到前后七子复古之举引起的不同反响以及明清文坛的变化态势。

至晚明时期,随着文坛反拟古声音的增强,前后七子及其追从者更多成为被重点检视和攻讦的目标,他们的诗文之作,也更多被当作剿袭为古的代名词。身为公安派代表人物的袁宏道曾指出,"夫古有古之时,今有今之时,袭古人语言之迹,而冒以为古,是处严冬而袭夏之葛者也",俨然划出古今相异的界限,并就此指摘"近代文人,始为复古之说以胜之。夫复古是已,然至以剿袭为复古,句比字拟,务为牵合,弃目前之景,撼腐滥之辞,有才者诎于法,而不敢自伸其才;无之者,拾一二浮泛之语,帮凑成诗"[①]。尽管袁宏道未完全排斥复古,但出于古今相异的基本态度,求取于古显然不是他的优先选项,更何况在其看来,"近代文人"所为,已将复古引入"句比字拟"的机械摹仿的境地。从另一面来说,这同时也提出了一个如何学古的问题。对此,公安三袁之一的袁宗道论及为文之道,强调学古贵"学达",以为"今人读古书,不即通晓,辄谓古文奇奥,今

---

① 《雪涛阁集序》,钱伯城《袁宏道集笺校》卷十八,中册,第 709 页至 710 页,上海古籍出版社 1981 年版。

人下笔不宜平易。夫时有古今,语言亦有古今。今人所诧谓奇字奥句,安知非古之街谈巷语耶"? 其论实与袁宏道古今相异说同出一辙,只是袁宗道在此基础上进而申明,"古文贵达,学达即所谓学古也,学其意不必泥其字句也"。他因此喻示,"今之圆领方袍,所以学古人之缀叶蔽皮也;今之五味煎熬,所以学古人之茹毛饮血也","彼摘古字句入己著作者,是无异缀皮叶于衣袂之中,投毛血于殽核之内也"①。应该说,在倾向"独抒性灵,不拘格套"的公安派作家眼中,超离古今界限、拘于语言形迹的拟古方式,无疑对"任性而发"②这种无所拘缚的抒写风格构成严重羁绊,古人"语言"与今人"性灵"之间,难以达到兼容合一,当作家主观精神的发抒和格度规范的设置被视为不可调和的一对矛盾并且极力倾重前者之际,袁宏道等人对于前后七子倡起的拟古风气的疑虑和排击,不能不说是一种必然的结果。而这一切,自是与晚明时期形成的激进的文学革新氛围相融合。

在晚明文坛反拟古者当中,以钟惺、谭元春为代表的竟陵派同样扮演了重要的角色。与袁宏道等人主张古今相异、不以学古为优先选项的观念有所不同,钟、谭反对拟古,乃恰是从求取"古人之精神"入手的。钟惺在为人熟知的《诗归序》中提出:"今非无学古者,大要取古人之极肤、极狭、极熟,便于口手者,以为古人在是。使捷者矫之,必于古人外自为一人之诗以为异;要其异,又皆同乎古人之险且僻者,不则其俚者也;则何以服学古者之心?"③此番言论,常被人作为钟惺除了不满公安派立异矫革所为又攻讦前后七子以来形成的拟古气习的重要例证。以后者而言,李、王诸子似乎更是他排击的重点对象,如云:"常愤嘉、隆间名人,自谓学古,徒取古人极肤、极狭、极套者,利其便于手口,遂以为得古人之精神,且前无古人矣。"④其自述与谭元春"深览古人,得其精神"⑤,乃选定《古诗归》和《唐诗归》,所做的这一切,即究求于古,旨在"拈出古人精神","使其耳目志气归于此耳"⑥。为了脱却前后七子"因袭之流弊",又为了消除公安派

---

① 《论文上》,钱伯城标点《白苏斋类集》卷二十,第 283 页至 284 页。
② 袁宏道《叙小修诗》,《袁宏道集笺校》卷四,上册,第 187 页至 188 页。
③ 李先耕、崔重庆标校《隐秀轩集》卷十六,第 236 页,上海古籍出版社 1992 年版。
④ 《再报蔡敬夫》,《隐秀轩集》卷二十八,第 470 页。
⑤ 《与蔡敬夫》,《隐秀轩集》卷二十八,第 468 页。
⑥ 《再报蔡敬夫》,《隐秀轩集》卷二十八,第 470 页。

"矫枉之流弊"①,标示特立独异之势,钟、谭对待学古,更像是在采取某种折衷的策略,用钟惺在《隐秀轩集自序》中的话来说,"凡以诗文者,内自信于心,而上求信于古人,在我而已",即在所谓"信于心"和"信于古"②之间取得平衡。这也意味着,须辟出一条"我"与"古"相为接通的途径。以"我"而言,按谭元春的说法,就需"专其力,壹其思,以达于古人"③;或如钟惺对自己万历庚戌(1610)以后诗文作出的总结,乃所谓"平气精心,虚怀独往",这也是他比较自己庚戌以前之作"大要取古人近似者,时一肖之"④而获得的感悟。它的基本取向,无非是通过冥心孤往那样一种理性化的自我修省,达到与古人精神的深刻契合,集中归向于钟、谭为之倾心的所谓"幽情单绪"⑤,以阻断在他们看来为"肤"、"狭"、"熟"的学古歧路。可以说,钟、谭以古人精神为归止而富有理性色彩的在学古方向上所作的调整,不仅削弱了公安派力主直抒一己"性灵"的率真与激厉的文学个性,从一个侧面,折射出此际文人转向孤澹内敛的精神状态以及晚明激进文学思潮的回落趋势,同时也是对前后七子重诗文本体艺术复古方向的重大修正。

明末以来,与此前文坛情势不同的是,前后七子诗文复古之举则受到尤其以云间陈子龙、李雯、宋征舆等为代表的部分文士的推扬,"于是北地、信阳、济南、娄东之言,复为天下所信从"⑥。这其中不仅源于他们各自的审美趣味,更和当时政治格局的变动及士人风气的替移相绾结。陈子龙《答胡学博》一书的如下所述,格外引人留意:

> 孝宗圣德俪美唐、虞,则有献吉、仲默诸子,以尔雅雄峻之姿,振拔景运;世宗恢弘大略过于周宣、汉武,则有于鳞、元美之流,高文壮采,鼓吹休明。当此之时,国灵赫濯,而士亦多以功名自见。至万历之季,士大夫偷安逸乐,百事堕坏,而文人墨客所为诗歌,非祖述长庆,以绳枢瓮牖之谈为清真,则学步香奁,以残膏剩粉之资为芳泽。是举天下之人,非迂朴若老儒,

---

① 钟惺《与王穉恭兄弟》,《隐秀轩集》卷二十八,第463页。
② 《隐秀轩集》卷十七,第259页至260页。
③ 《诗归序》,陈杏珍标校《谭元春集》卷二十二,下册,第594页,上海古籍出版社1998年版。
④ 《隐秀轩集自序》,《隐秀轩集》卷十七,第259页。
⑤ 钟惺《诗归序》,《隐秀轩集》卷十六,第236页。
⑥ 宋琬《周釜山诗序》,马祖熙标校《安雅堂全集》卷八,第374页,上海古籍出版社2007年版。

则柔媚若妇人也。是以士气日靡,士志日陋,而文武之业不显。①

作者显然基于弘治、嘉靖及万历不同阶段世运士风变易的背景,比较前后七子与万历以来士人文学气习的差异,其在表彰李、何及李、王诸子的同时,难掩对之后文学风向变化的深切忧虑和愤懑。在如何看待前后七子复古举措的问题上,尽管陈子龙、宋征舆等人出于对复古不等于拟古这一容易获得广泛共识的命题的认知,或直言诸子"摹拟之功多,而天然之资少"②,甚至指责如李攀龙所作"割裂字义,剽袭句法"③,但对前后七子诉之于古的宗尚取向给予大力肯定,无论如陈子龙认为,"既生于古人之后,其体格之雅、音调之美,此前哲之所已备,无可独造者也","北地、信阳力返风雅,历下、琅琊复长坛坫,其功不可掩,其宗尚不可非也"④,还是如宋征舆指出,"如李梦阳、何景明、徐祯卿、李攀龙诸君子,独能因体属辞,各臻其境,于汉魏、六季、初盛,皆能斟酌其本,相与依仿而驰骋焉"⑤,都表明了这一基本态度。只不过在明末政俗更变、世运陵替的背景下,前后七子提出的复古口号,被陈子龙等人赋予了特定的时代意义和价值内涵。

察其所论可以发现,他们多予鄙薄的,乃是倾向偏至清枯或粗率浮薄一路的诗风或文风。如陈子龙论律诗,以为"夫词莫工于初唐而气极完,法莫备于盛唐而情始畅,近体之作于焉观止。自此以后,非偏枯粗涩则漓薄轻佻,不足法矣"⑥。又评时下诗风,指斥"今之为诗者,类多俚浅仄谲,求其涉笔于初盛者已不可得,何况窥魏晋之藩哉"⑦!就此,意在另辟蹊径而于时形成流行之势的竟陵派诗风,则更多受到他们的质疑,宋征舆即云:"近世言诗者,多归竟陵,岂非重其清颖之气、善为溪壑耶?然而后来作者起,以为钟、谭有扩清之功,而多崖穴之苦,知浮艳之可除,而不知黯曲之为累。"⑧这无非是说,钟、谭诗风在"扩清"之际,滑向了枯淡而幽黯的僻境,实不足为法。陈子龙言及钟、谭所作,认为它

---

① 《安雅堂稿》卷十八,影印明崇祯刻本,台湾伟文图书出版社有限公司1977年版。
② 陈子龙《仿佛楼诗稿序》,《陈忠裕全集》卷二十五。
③ 宋征舆《陈百史先生文集序》,《林屋文稿》卷三,《四库全书存目丛书》影印清康熙刻本,齐鲁书社1997年版。
④ 《仿佛楼诗稿序》,《陈忠裕全集》卷二十五。
⑤ 《李舒章诗稿序》,《林屋文稿》卷二。
⑥ 《熊伯甘初盛唐律诗选序》,《安雅堂稿》卷二。
⑦ 《宣城蔡大美古诗序》,《安雅堂稿》卷二。
⑧ 《文北瞻诗序》,《林屋文稿》卷二。

们较之"祖述长庆"和"学步香奁"者虽然"少知扫除,极意空淡","然举古人所为温厚之旨、高亮之格、虚响沉实之工、珠联璧合之体、感时托讽之心、援古证今之法,皆弃不道"①,则重以古人之作的旨趣与体格相铨衡,指证钟、谭诗风在"扫除"俗习之馀显出的缺失。基于政俗变易、明帝国陷入危亡之际而激发起来的拯救意识,陈子龙等人在诗文作风的取向上,更推尚深厚而非浅浮、高壮而非枯淡、和平而非偏曲的风调。如陈子龙《宣城蔡大美古诗序》称蔡氏古诗"深而不芜,和而能壮,遒声练色,触手呈露"②,《方密之留寓草序》谓方氏所作"于忧愁感慨之中深厚壮拔","其情怨而不怒,其辞整浑而达,其气激壮而沉实"③。由此,前后七子所力主的雄厉浑厚与深沉蕴藉一路的审美取向更易获得陈子龙等人的认同,并在世运陵替之际成为其更多注入了振衰起微之时代意蕴的一种文学话语。也因此,较之前后七子,他们在诗文价值的认知上则多强调应合时代之需的经世实用功能。如陈子龙本于"诗者,非仅以适己,将以施诸远也"之见,推崇《诗》三百篇"虽愁喜之言不一,而大约必极于治乱盛衰之际。远则怨,怨则爱;近则颂,颂则规"④;在秉持"诗之本","盖忧时托志者之所作也"的基本原则下,明确主张"夫作诗而不足以导扬盛美,刺讥当涂,托物连类而见其志","虽工而予不好也"⑤。这也显示,陈子龙等人于扬厉前后七子复古大业的同时,又在重新演绎这一场文学活动的精神所向,其基于特殊的时代背景而着意诗文的经世实用功能,客观上形成对诸子关注诗文本体艺术这一审美取向的某种改易,为前后七子所指示的复古目标裹上了浓烈的时代色彩。

另一方面必须看到,明末清初之际,质疑乃至挞伐前后七子的声音在文坛又是不绝于耳。由显性的角度观之,批评刻意摹仿,求取形似的拟古之法,依然是当时一些文士排击前后七子一个显著的着眼点,无论是出于批评的策略,还是出于真正意义上的拒斥态度,他们似乎善于抓住诸子暴露在复古实践中或多或少拘守古作规度的弱点,提出各自的异议。

如吴乔曾言:"明初之诗,娟秀平浅而已。李献吉岸然以盛唐自命,韩山童

---

① 《答胡学博》,《安雅堂稿》卷十八。
② 《安雅堂稿》卷二。
③ 《安雅堂稿》卷三。
④ 《白云草自序》,《安雅堂稿》卷三。
⑤ 《六子诗稿序》,《安雅堂稿》卷三。

之称宋裔也。无目者骇而宗之,以为李、杜复生,高、岑再起,有词无意之习已成,性情吟咏之道化为异物。何仲默、李于鳞、王元美承献吉之泄气者也,牛听驴鸣,其声震耳,宜为人所骇闻。"①直斥诸子及追从者诗歌"有词无意"之习。而他于前后七子中尤"极轻二李",以为李梦阳虽"立朝大节,一代伟人,而诗才之雄壮,明代亦推为第一",然而"惟其粗心骄气,不肯深究诗理,只托少陵气岸以压人,遂开弘、嘉恶习",至于李攀龙其才"远下献吉,踵而和之,浅夫又极推重,遂使二李并称,瞎盛唐之流毒深入人心。不求诗意,惟求好句,不学二李,无非二李"②。又指出:"献吉高声大气,于鳞绚烂铿锵,遇凑手题,则能作壳硬浮华之语,以震眩无识;题不凑手,便如优人扮生旦,而身披绮纱袍子,口唱《大江东去》,为牧斋所鄙笑。由其但学盛唐皮毛,全不知诗故也。"③在谈及自己诗舍盛唐而为晚唐的原因时,吴乔表示二十岁以前,"鼻息拂云,何屑作'中'、'晚'耶"?二十岁以后,"稍知唐、明之真伪,见'盛唐体'被明人弄坏,二李已不堪,学二李以为盛唐者,更自畏人"。在他看来,"唐、明之辨,深求于命意布局寄托,则知有金矢之别;若唯论声色,则必为所惑",这是因为"明人以声音笑貌学唐人"。具体到"二李","至于空同,唯以高声大气为少陵;于鳞,唯以皮毛鲜润为盛唐"。他认为,在盛唐诗与明人拟盛唐诗之间必须辨清"真伪"之别,道理在于,后者所学唯重声貌,从表面看易和前者混为一体,以至"盛唐与明人难辨"④,但究其内质则迥然相异,"二李"所作,堪为典型。比较起来,当时的冯班尤为不满的是李攀龙和王世贞。对于李、王力主汉魏盛唐的诗歌宗尚方向,冯氏并未提出什么异议,如谓:"古诗法汉魏,近体学开元、天宝,譬如儒者愿学周、孔,有志者谅当如此矣。近之恶王、李者,并此言而排之,则过矣,顾学之何如耳。"⑤他的最大疑问,乃聚焦在李、王拟学汉魏盛唐诗歌的方法上:"图骥裹之形,极其神骏,若求伏辕,不免驾款段之驷;写西施之貌,极其美丽,若须荐枕,不如求里门之姬。万历时王、李盛学汉魏盛唐之诗,只求之声貌之间,所谓图骥裹、写西施者也。"⑥又认为,若追究"酷拟"之弊,李攀龙作为开风气者,更是难辞其咎,他在《论乐府与

---

① 《围炉诗话》卷一,《清诗话续编》,第一册,第473页至474页。
② 《围炉诗话》卷六,《清诗话续编》,第一册,第663页。
③ 《围炉诗话》卷六,《清诗话续编》,第一册,第665页。
④ 《答万季埜诗问》,《清诗话》,上册,第25页,27页,34页。
⑤ 《正俗》,《钝吟杂录》卷三,影印文渊阁《四库全书》本,台湾商务印书馆1986年版。
⑥ 《读古浅说》,《钝吟杂录》卷四。

钱颐仲》中即云:"酷拟之风,起于近代,李于鳞取魏晋乐府古异难通者,句摘而字效之,学者始以艰涩遒壮者为乐府,而以平典者为诗,吠声哗然,殆不可止。"[1]

当然,如此针对诸子拟古所为而认定其不过是拘于声貌之似的基本判断,绝对算不上为新鲜的结论,因为自前后七子倡起复古,这已成了众多訾议者最为集中的批评话语。但无论如何,它确实反映了明末清初之际文坛反思前后七子诗文复古态度之一端。

进一步究察之,这一时期,反思前后七子诗文复古的不同声音中同时也蕴含着批评者某些深层次的动机。作为其时极力排击前后七子者之一,黄宗羲在《明文案序》中于审观有明一代文章流变趋势之际,为诸子其文其说作了如下定位:

> 自空同出,突如以起衰救弊为己任,汝南何大复友而应之,其说大行。夫唐承徐、庾之汩没,故昌黎以六经之文变之。宋承西昆之陷溺,故庐陵以昌黎之文变之。当空同之时,韩、欧之道如日中天,人方企仰之不暇,而空同矫为秦汉之说,凭陵韩、欧,是以旁出唐子,窜居正统,适以衰之弊之也。其后王、李嗣兴,持论益甚,招徕天下,靡然而为黄茅白苇之习,曰古文之法亡于韩,又曰不读唐以后书。则古今之书去其三之二矣。又曰视古修辞,宁失诸理?六经所言唯理,抑亦可以尽去乎?

作者以为,李、何推尚秦汉而取代韩、欧之文,无异于在改变文章之正统,其虽以"起衰救弊"自命,然所作所为不仅未能达到目标,而且起着"衰之弊之"的反作用,至于李、王继后而起,转相因仍,终至靡然成风。在前后七子议题上,其决然否定的态度是十分明确的,作者甚至对比"唐宋之文自晦而明"提出"明代之文自明而晦","明因何、李而坏"[2],视李、何为明文转向衰弊的始作俑者。在黄宗羲看来,文之优劣并非取决于"词"之沿革,如他在《南雷庚戌集自序》中指出,唐之前后古文字句"画然若界限","然而文之美恶不与焉",故以振起文章衰弊而言,问题还不在于"沿其词与不沿其词",由是认为,"乃北地欲以一二奇崛之语

---

[1] 《钝吟老人文稿》,《四库全书存目丛书》影印清康熙刻本,齐鲁书社1997年版。
[2] 《明文案序下》,《南雷文案》卷一,《四部丛刊》影印清康熙刻本。

自任起衰,仍不能脱肤浅之习,吾不知所起何衰也"。这是说,如李梦阳这样仅"以修词为起衰",实未找准文章变革的路数,在根本上陷入了学古的误区。而据黄宗羲之见,学古为文,关键是要求得古文之"原本",那些"末学无智之徒","不求古文原本之所在",最终只是"相与为肤浅之归而已"①。至于何者方为求得文章"原本"之正路,黄宗羲则指出:"读书当从《六经》,而后《史》、《汉》,而后韩、欧诸大家。浸灌之久,由是而发为诗文,始为正路,舍是则旁蹊曲径矣。"②概言之,即要"本之经以穷其原,参之史以究其委"③。这其中最重要的还在于以经为本,正如其《高元发三稿类存序》称许甬上诸士,"皆原本经术,出为文章,彬彬然有作者之风"④。《郑禹梅刻稿序》论及当时习学被他视作"当王、李之波决澜倒,为中流之一壶"的归有光文章之情势,赞赏其友郑梁为文除"取材于诸子百家仁义之言",更能"深于经术",遂与归文不期而合;指摘雅慕归有光的艾南英于"经术甚疏",取归文"而规之而矩之",然不过是"以昔之摹仿于王、李者摹仿于震川"⑤。

应该说,黄宗羲论文淡化"修词",力主"原本",重以儒学经典为依归,无非在于辨识和确认文章的内蕴或根柢,不使流于"肤浅"。这一点,也和他的诗学主张包括评骘前后七子诗歌的态度有着共通性。其《姜山启彭山诗稿序》论及:

> 明初以来,九灵、铁崖、缶鸣、眉庵之馀论未泯,北地起而尽行抹摋,以少陵为独得,拨置神理,袭其语言事料而像之,少陵之所谓诗律细者,一变为粗材。历下、太仓相继而起,遂使天下之为诗者,名为宗唐,实禘何而郊李,祖李而宗王。然学问稍有原本者,亦莫不厌之。⑥

这里,前后七子宗唐的学古所向,尤其如李梦阳学杜所得,被黄宗羲视为更多是因袭其貌而忽视"神理"的结果,以至为持守"原本"者所不屑。换成他的另一番

---

① 《南雷文案》卷一。
② 《高旦中墓志铭》,《南雷文案》卷七。
③ 《沈昭子耿岩草序》,《南雷文定后集》卷一,《四库全书存目丛书》影印清康熙刻本,齐鲁书社1997年版。
④ 《南雷文案》卷一。
⑤ 《黄梨洲先生南雷文约》卷四,《四库全书存目丛书》影印清雍正刻本,齐鲁书社1997年版。
⑥ 《南雷文定后集》卷一。

话来说,所谓"有北地、历下之唐,以声调为鼓吹"①,而于诗假如"徒以声调之似而优之而劣之,杨子云所言伏其几、袭其裳而称仲尼者也",至如李梦阳学杜,乃"摹拟少陵之铺写纵放"②。黄宗羲以为,若只是注重"声调",则势必影响"性情"的发抒,如言:"夫诗以道性情,自高廷礼以来主张声调,而人之性情亡矣。"③毋庸说,此处"性情"作为诗之根柢的重要性已被凸显出来,犹如其在《寒邨诗稿序》中所言:"诗之为道,从性情而出,性情之中海涵地负,古人不能尽其变化,学者无从窥其隅辙,此处受病,则注目抽心,无非绝港。而徒声响字脚之假借,曰此为风雅正宗,曰此为一支半解,非愚则妄矣。"④尽管黄宗羲同时在宣示情由己出这样一个毋容争议的诗学原则:"夫以己之性情,顾使之耳目口鼻,皆非我有,徒为殉物之具,宁复有诗乎?"⑤然他真正提倡的并不是"一人偶露之性情",或谓之"一时之性情",如此在他眼里不过是"徒逐逐于怨女逐臣,逮其天机之自露,则一偏一曲,其为性情亦末矣",而认为诗道性情的前提是要"知性",知乎人之性为"不忍",即"满腔子皆恻隐之心","感之而为四端",这样才能合乎孔子所说的"兴观群怨、思无邪"之旨,才能体现所谓"万古之性情",以故言诗"必当以孔子之性情为性情"⑥。处于明清易代的"天崩地解"之际,文人学士精神震荡之馀蕴蓄的关怀意识,不仅表现在对政治格局变动的深切忧虞和反思,也表现在对与此相关联的文化价值体系的重新审视和体认。黄宗羲如上排斥前后七子,主张以究极儒学经典或儒学意旨为诗文的终极取向,不能不说,从一侧面反映出值遇政治变易之际文人学士检视文学乃至文化价值体系的精神动态,其显然通过"原本经术"和"知性"的为文作诗之道,意在强化诗文的道德内涵和实用功能,克服流于"肤浅"和专于"声调"之弊,标立指向儒学传统、避免道德沦替的价值规范。

与黄宗羲相比,作为明清之际文坛重要人物的钱谦益,其对前后七子的排击可谓有过之而无不及。钱氏自述"少壮"之时曾企慕诸子,"熟烂空同、弇山之

---

① 《靳熊封诗序》,《南雷文定后集》卷一。
② 《张心友诗序》,《撰杖集》,《四部丛刊》影印清康熙刻本。
③ 《景州诗集序》,《南雷文案》卷一。
④ 《南雷文定后集》卷一。
⑤ 《金介山诗序》,《黄梨洲先生南雷文约》卷四。
⑥ 《马雪航诗序》,《黄梨洲先生南雷文约》卷四。

书","中年"以后"始知改辕易向"①。这一转向,意味着他开始反思前后七子复古之举,訾诋之声也由此而起:"自弘治至于万历,百有馀岁,空同雾于前,元美雾于后。学者冥行倒植,不见日月。甚矣两家之雾之深且久也!"②钱谦益于前后七子由企慕转向排斥,并不是因为对复古这一文学目标本身持有疑问,而是认为他们名曰复古,实与古学相悖,乃至于沦为"俗学",如他表示,"弘治中学者,以司马、杜氏为宗,以不读唐以后书相夸诩为能事","彼之所谓复古者,盖亦与俗学相下上而已"③。尤其是针对李梦阳"倡为汉文杜诗"之举,以为"其所谓汉文者,献吉之所谓汉,而非迁、固之汉也;其所谓杜诗者,献吉之所谓杜,而非少陵之杜也",由是"矫俗学之弊,而不自知其流入于缪,斯所谓同浴而讥裸裎者也"。至嘉靖之季李攀龙、王世贞等人继起,更是"决献吉之末流而飏其波,其势益昌,其缪滋甚"④。钱谦益之所以对前后七子采取如此诋排的态度,在他的心目中,诸子的问题症结,还不在于宗尚目标的抉择,更不在于归向复古的立场,而在于未认准古学之根本,从事的不过为赝古之学,其结果终是"务华绝根,数典而忘其祖"⑤,终是"如伪玉赝鼎,非博古识真者,未有不袭而宝之者也"⑥。说到底,这实际上就是"认俗学为古学"⑦,而"俗学谬种,不过一赝"⑧。

与此同时,钱谦益提出了他对自己心目中真正古学的理解:

  古人之学,自弱冠至于有室,六经三史,已熟烂于胸中,作为文章,如大匠之架屋,楹桷榱题,指挥如意。⑨

  古之学者,六经为经,三史六子为纬,包孕陶铸,精气结辖。发为诗文,譬之道家圣胎已就,飞升出神,无所不可。⑩

---

① 《复遵王书》,钱仲联标校《牧斋有学集》卷三十九,下册,第1359页,上海古籍出版社1996年版。
② 《黄子羽诗序》,《牧斋初学集》卷三十二,中册,第925页。
③ 《赠别方子玄进士序》,《牧斋初学集》卷三十五,中册,第993页。
④ 《答唐训导论文书》,《牧斋初学集》卷七十九,下册,第1701页。
⑤ 《赠别方子玄进士序》,《牧斋初学集》卷三十五,中册,第993页。
⑥ 《答唐训导论文书》,《牧斋初学集》卷七十九,下册,第1702页。
⑦ 《陈百史集序》,钱仲联标校《牧斋杂著·牧斋外集》卷六,下册,第677页,上海古籍出版社2007年版。
⑧ 《答王于一秀才论文书》,《牧斋有学集》卷三十八,下册,第1327页。
⑨ 《再答苍略书》,《牧斋有学集》卷三十八,下册,第1309页。
⑩ 《陈百史集序》,《牧斋杂著·牧斋外集》卷六,下册,第676页至677页。

据此,古人诗文撰作的诀窍,主要乃在于其植根经史,陶铸而成,这正是古学的根本所在。事实上钱谦益也以此作为铨衡的重要标准,如他览观有明三百年来"文体"发展变化的情势,认为"国初之文,自金华、乌伤迨东里、茶陵,衔华佩实,根本六经三史,号为正脉","嘉靖之初,晋江、毗陵,祓除俗学,归原经术。南沙、浚谷,侠毂扶轮,为一时之盛"①,盖出于他所认定的古学基准而言之。为此,钱谦益又基于古学的根本阐述问学为文的对策,以挽回所谓"蔽于俗学"和"误于自是"的末学风气,其《答徐巨源书》云:

> 吾之于经学,果能穷理析义,疏通证明如郑、孔否?吾之于史学,果能发凡起例,文直事核如迁、固否?吾之为文,果能文从字顺,规摹韩、柳,不俪规矩,不流剽贼否?吾之为诗,果能缘情绮靡、轩翥风雅、不沿浮声、不堕鬼窟否?虚中以茹之,克己以厉之,精心以择之,静气以养之。如所谓俗学之传染,与自是之症结,如镜净而像现,如波澄而水清。于是乎函道德、通文章,天晶日明,地负海涵,彼欲以萤火烧山,蜉蝣撼树,其如斯世何?其如千古何?②

据上所述,其基本不出如黄宗羲主张的"本之经以穷其原,参之史以究其委"这种追求古文"原本"所在的总体理路,即以经史为经纬、力主涵泳融会的修养究习之道。而且在经史之间,钱谦益强调"六经,史之宗统也。六经之中皆有史,不独《春秋》三传也"③,实际上同样突出了偏向儒学经典的问学为文的基本取向,正如他自己所言,"建立通经汲古之说,以排击俗学"④,在其构建有针对性地抗拒如前后七子等"俗学"的古学系统中奠定经学的基础。

伴随易代之际的世变事迁,比较起来,在钱谦益身上能够感觉到一股更为强烈的反思意识和危机意识,就他对前后七子的态度来说,其中无疑折射出这一意识,无论是斥责"务华绝根",还是讥刺"禅贩剽贼"⑤,似乎都在批评诸子所

---

① 《读岂凡先生息斋集质言》,《牧斋杂著·牧斋外集》卷二,下册,第600页。
② 《牧斋有学集》卷三十八,下册,第1314页。
③ 《再答苍略书》,《牧斋有学集》卷三十八,下册,第1310页。
④ 《答山阴徐伯调书》,《牧斋有学集》卷三十九,下册,第1347页。
⑤ 《淮上诗选序》,《牧斋杂著·牧斋外集》卷四,下册,第659页。

为缺乏缘于学养、本于根柢的特质。与之相对,他同时提出纠弊归正之道,如以诗而言,主张"学殖以深其根,养气以充其志,发皇乎忠孝恻怛之心,陶冶乎温柔敦厚之教。其征兆在性情,在学问,而其根柢则在乎天地运世,阴阳剥复之几微"①。将道德的养分和干预时世的意志充分植入诗人的精神世界,端正其心志而一发之于诗,不使徒斤斤于声律字句之间。这也就是如他所说的,"夫诗本以正纲常、扶世运,岂区区雕绘声律、剽剥字句云尔乎"? 诗道之大,"非端人正士不能为,非有关于忠孝节义纲常名教之大者,亦不必为"②。而他《读宋玉叔文集题辞》中的一席话则更值得注意:"献吉之戒不读唐以后书,仲默之谓文法亡于韩愈也,于鳞之谓唐无五言古诗也,灭裂经术,佴背古学,而横骛其才力,以为前无古人。此如病狂之人,强阳偾骄,心易而狂走耳。"③将李梦阳、何景明、李攀龙等人的复古主张冠以"灭裂经术,佴背古学"的判语,这未尝不可视作是钱谦益对于在他本人看来诸子最为严重和根本误失的总结,也未尝不可视作是他提倡"通经汲古"以纠正包括前后七子在内的所谓"俗学"弊害的主要依据之一。从某种意义上看,假如说,同处明清易代之际,钱谦益比较上述黄宗羲在文化立场上有着一定相似性的话,那么,这显然体现在他同样本着维系儒学传统的意愿,去检省其面向的文学乃至文化价值体系。而有所不同的是,他比起黄宗羲来则怀有更为明显的警戒心理和更为强烈的危机意识,其在作于崇祯十二年(1639)的《新刻十三经注疏序》中曾言:"经学之熄也,降而为经义;道学之偷也,流而为俗学。胥天下不知穷经学古,而冥行擿埴,以狂瞽相师。驯至于今,轻材小儒,敢于嗤点六经,呰毁三传,非圣无法,先王所必诛不以听者,而流俗以为固然。生心而害政,作政而害事,学术蛊坏,世道偏颇,而夷狄寇盗之祸,亦相挺而起。"显然在钱谦益眼里,近世以来学风乃至世风的衰变已成事实,究其根源,实在于天下之人不能"穷经学古",尤其是经学的危机岌岌相迫,无法回避,故要整肃学风乃至世风"必自正经学始"④。由此看来,钱谦益不遗馀力排击前后七子,特别是斥之为"灭裂经术,佴背古学",在根本上,实和他基于儒学传统这一文化根性的强烈反思意识和危机意识密切相关联。

---

① 《胡致果诗序》,《牧斋有学集》卷十八,中册,第801页。
② 《十峰诗序》,《牧斋有学集》卷十九,中册,第831页。
③ 《牧斋有学集》卷四十九,下册,第1589页。
④ 《牧斋初学集》卷二十八,中册,第851页。

进入清代初中期以来,当文人学士在检讨或评估前代文学现象之时,前后七子及其诗文复古活动以流播广泛和深入,也成为他们品论的重要对象之一,相比于明清易代之际一些文士缘自精神震荡而产生的反思和危机意识,包括在前后七子议题上表现出来的多少流于偏激的姿态,此时他们各自涉及诸子所展开的检讨或评估,从总体上来看趋于相对理性,无论是出于批评还是推尚的立场。

在当时批评前后七子文士中,叶燮显然是对诸子质疑颇多的一位,比如,针对诸子的诗歌宗尚所向他就曾经提出:

> 有明之初,高启为冠,兼唐、宋、元之长,初不于唐、宋、元人之诗有所为轩轾也。自不读唐以后书之论出,于是称诗者必曰唐诗,苟称其人之诗为宋诗,无异于唾骂;谓唐无古诗,并谓唐'中''晚'且无诗也。噫,亦可怪矣!今之人岂无有能知其非者?然建安、盛唐之说,锢习沁人于中心,而时发于口吻,弊流而不可挽,则其说之为害烈也。①

叶氏论诗,主张"诗之为道,未有一日不相续相禅而或息者也","但就一时而论,有盛必有衰;综千古而论,则盛而必至于衰,又必自衰而复盛"②,认为自古至今诗歌的发展演变是一个盛衰递互的循环过程,"其间节节相生,如环之不断,如四时之序,衰旺相循而生物而成物,息息不停,无可或间也"③。如此说来,"非在前者之必居于盛,后者之必居于衰也"。由是,执持诗重建安、盛唐之说,无异于落入前盛后衰的看法。这里,叶燮的质疑目标重点指向了前后七子,是以他又明确提示:"乃近代论诗者,则曰:《三百篇》尚矣,五言必建安、黄初,其馀诸体,必唐之'初''盛'而后可。非是者必斥焉。如明李梦阳不读唐以后书,李攀龙谓唐无古诗,又谓陈子昂以其古诗为古诗,弗取也。"虽然叶燮将诗歌发展之道视为如同四时往复、盛衰交替过程的观点,未必完全符合诗歌实际的历史进程,其意无非是在辨识"诗之源流、本末、正变、盛衰互为循环"④的原理,但它至少超越了执着一端而忽视其他的宗尚视界。犹如他反驳严羽所主张的学诗者"以汉、

---

① 《原诗》卷一《内篇上》,《清诗话》,下册,第567页。
② 《原诗》卷一《内篇上》,《清诗话》,下册,第565页。
③ 《原诗》卷二《内篇下》,《清诗话》,下册,第587页至588页。
④ 《原诗》卷一《内篇上》,《清诗话》,下册,第565页。

魏、晋、盛唐为师,不作开元、天宝以下人物。若自退屈,即有下劣诗魔入其肺腑之间"之论,指出"夫羽言学诗须识是矣,既有识,则当以汉魏、六朝、全唐及宋之诗,悉陈于前,彼必自能知所决择,知所依归,所谓信手拈来,无不是道。若云汉魏盛唐,则五尺童子三家村塾师之学诗者,亦熟于听闻得于授受久矣",并且以为,"若无识,则一一步趋汉魏盛唐,而无处不是诗魔;苟有识,即不步趋汉魏盛唐,而诗魔悉是智慧,仍不害于汉魏盛唐也"①。这也指涉前后七子一味注重汉魏盛唐诗风而多少显得狭仄的取法上的偏失。

另一方面,叶燮针对前后七子的批评,同时指向他们过分受制于法度规则以至流于摹拟和拘狭的弱点及其带来的后果。如他指责李攀龙"袭汉魏古诗乐府,易一二字便居为己作",又谈到作诗如何循法的问题,以为"若有法,如教条政令而遵之,必如李攀龙之拟古乐府然后可,诗末技耳。必言前人所未言,发前人所未发,而后为我之诗。若徒以效颦效步为能事,曰此法也,不但诗亡,而法亦且亡矣"②。这是说,诗之有法,不必束之如"教条政令",像李攀龙拟古乐府之所以只是一种"末技",就是因为过分拘束于法,不能"为我之诗"。不啻如此,叶燮在述及"群宗"七子的风气时也指出:

> 五十年前,诗家群宗嘉、隆七子之学,其学五古必汉魏,七古及诸体必盛唐。于是以体裁、声调、气象、格力诸法,著为定则,作诗者动以数者律之,勿许稍越乎此。又凡使事、用句、用字,亦皆有一成之规,不可以或出入。其所以绳诗者,可谓严矣。惟立说之严,则其途必归于一,其取资之数,皆如有分量以限之,而不得不隘。③

这除了批评诸诗家推尊七子之学的盲目性和机械性,又是在抨击七子给诗坛带来的不良影响,叶燮以为,这种不良影响主要体现在对作诗诸法的过度专注,过度依赖,"严"而终流于"隘"。可以这么说,叶燮对前后七子的攻讦,不管是嫌其宗尚范围的狭仄还是嫌其束于成法的板滞,实非个人发明之见,或谓之显于批

---

① 《原诗》卷三《外篇上》,《清诗话》,下册,第599页至600页。
② 《原诗》卷一《内篇上》,《清诗话》,下册,第571页,578页。
③ 《原诗》卷三《外篇上》,《清诗话》,下册,第590页。

评前后七子声音中的老生常谈也未尝不可,然也正是如此,它抓住了诸子诗学中最为薄弱和最容易招致争议的环节作出相关的评判,攻其所失,揭其所短,从这一意义上来看,也说明叶燮在对待前后七子问题上所表现出的相对理性或平允的态度。

不啻是叶燮,对于前后七子,此时如朱彝尊亦多论及之,且不乏訾诋之言。其《报李天生书》云:"仆少时为文好规仿古人字句,颇类于鳞之体。既而大悔,以为文章之作,期尽我所欲言而已。我言之不工,必取古人之字句始可无憾,则字句工拙,古人任之,我何预焉?"①所言除了说明自己为文取向的前后变化,又可看作是对如李攀龙规仿古作做法的质疑。同时,其论诗又多有指斥诸子之说,如评郑善夫:"继之在弘、正间,不袭李、何馀论,别开生面,好盘硬语,往往气过其辞。"②评邵经邦:"先生诗少敦琢,第七子盛行之日,不沿其流派,正见骨鲠处。"③评邓黻:"当嘉靖中,伯安、道思、应德既往,于鳞、元美、明卿、伯玉、本宁之派盛行,诗古文交失其真。文度之论,其力挽元气者与?诗亦崛奇,不沿七子之习。"④又提出:"诗莫盛于正德,文莫纯于嘉靖之初,自后七子派行,而真诗亡,古文亦亡矣。"⑤诸如此类,从总体上贬抑前后七子诗习的倾向显而易见,表明朱彝尊论评诸子的基本态度。尽管如此,涉及具体人物及所作,他则多少又区别加以对待。如于王世贞,虽谓其"病在爱博","究之千篇一律",但又指出其诸诗体中,"乐府变,奇奇正正,易陈为新,远非于鳞生吞活剥者比。七律高华,七绝典丽,亦未遽出于鳞下"⑥,不掩王诗以上诸体之所长。即使连他多加诟病的李攀龙诗,也并非一概斥之,如在批评李乐府之作"止规字句,而遗其神明"的同时,又认为其"相和短章,稍有足录者";五言古诗"学步苏、李、曹、刘",虽"新警者寡矣",然也或有"差具神理"⑦之作。且不说这些论评是否完全切当,有一点可以看出,尽管朱彝尊对前后七子诗风总体上不予认可,但时或也能以平心静气的态度,不忘揭示其中在他看来的某些优长。

① 《曝书亭集》卷三十一。
② 《静志居诗话》卷十《郑善夫》,上册,第272页。
③ 《静志居诗话》卷十《邵经邦》,上册,第300页。
④ 《静志居诗话》卷十一《邓黻》,上册,第302页。
⑤ 《静志居诗话》卷十二《吕高》,上册,第333页。
⑥ 《静志居诗话》卷十三《王世贞》,下册,第382页。
⑦ 《静志居诗话》卷十三《李攀龙》,下册,第381页。

与上述叶、朱等人抨击之意居多的评判立场相比,清代初中期以来,正面评价前后七子的声音也同时在增强,其中不能不提到王士禛在这方面的论评。首先值得注意的是,王士禛在评判前后七子问题上和钱谦益之间发生的明显分歧,这在其著述中一再显示:

> 钱牧翁撰《列朝诗》,大旨在尊李西涯,贬李空同、李沧溟。又因空同而及大复,因沧溟而及弇州。索垢指瘢,不遗馀力。夫其驳沧溟拟古乐府、拟古诗是也,并空同《东山草堂歌》而亦疵之,则妄矣。所录《空同集》诗亦多泯其杰作。黄省曾,吴人,以其北学于空同则摈之。于朱凌溪应登、顾东桥璘辈亦然。予窃非之,偶著其略于此。①
>
> 牧斋訾謷李、何,则并李、何之友如王襄敏、孟大理辈而俱贬之。推戴李宾之,则并宾之门生如顾文僖辈而俱褒之。他姑勿论。《东江集》予所熟观,诗不过景泰、成化间沓拖冗长之习,由来谈艺家何尝推引,而遽欲扬之王子衡、孟望之上,岂以天下后世人尽聋瞽哉!②
>
> 牧斋力攻空同,其稍能与空同异者,则亟进之。至云空同就医京口,吴中人士皆弗与通。又言高邮王磐口占咏老人灯诗,面讥空同,尤非事实。当时空同文章气节震动天下,王磐何人,敢尔无礼。且空同劾寿宁侯,劾刘瑾,名榜朝堂,号为党魁。即不以诗名,世已仰之如泰山北斗,乃绝弗与通,如避豺虎蝮蛇然,何为者耶?牧翁尊一学张禹、孔光之西涯,强拟东坡,贬一能为汲黯之空同,曲加文致。以此修史,其颠倒是非必矣。③

王士禛和钱谦益之间的关系虽说不上十分密切,但彼此有过交往,王自述顺治十八年(1661)年二十八时曾以诗贽于钱氏,钱"欣然为序之",又赋五言古诗相赠,以至王后来"回思往事",慨叹"真平生第一知己也"④。由此来看,王士禛指

---

① 《居易集》卷十,《王士禛全集》,第五册,第3872页,齐鲁书社2007年版。
② 《居易集》卷十,《王士禛全集》,第五册,第3873页。
③ 《居易集》卷二十一,《王士禛全集》,第五册,第4086页。
④ 赵伯陶点校《古夫于亭杂录》卷三"平生知己"则,第66页,中华书局1988年版。关于王士禛与钱谦益交往情况,蒋寅《王渔洋与康熙诗坛》述之较详,参见该书第1页至9页,中国社会科学出版社2001年版。钱氏《古诗赠新城王贻上》,见《牧斋有学集》卷十一,中册,第543页至544页;《王贻上诗集序》,见上书卷十七,中册,第765页至766页。

责钱谦益于前后七子"索垢指瘢,不遗馀力",决非出于一时意气或私怨,而是因为觉得钱氏针对诸子的贬斥大为不公。实际上在王士禛眼里,钱氏关于有明一代诗歌的评骘多有成见,如以为:"钱宗伯牧斋作《列朝诗传》,本仿《中州集》,欲以庀史,固称淹雅;然持论多私,殊乖公议。"①只不过围绕前后七子的批评尤显突出。也可以看出,在关乎诸子评价的问题上,王士禛显然抱有力纠偏颇或极端之见的意图,如于李、何诸子,其《徐高二家诗选序》云:"明兴至弘治百有馀年,朝宁明良,海内凫藻,重熙累洽,名世辈出。于是李、何崛起中州,吴有昌穀徐氏为之羽翼。相与力追古作,一变宣、正以来流易之习,明音之盛,遂与开元、大历同风。"②《华泉先生诗选序》又云,"明诗莫盛于弘、正,弘、正之诗莫盛于四杰。四杰者,北地空同李氏,汝南大复何氏,吴郡昌国徐氏,其一则吾郡华泉边公云","四杰之在弘、正,其建安之陈思、元嘉之康乐与"③? 如是,对于李、何诸子及其复古之举,更像是在作出振明音而使昌盛的基本的历史定位,与钱谦益大异其调。这同时涉及一些具体的案例,如钱氏自言《列朝诗集》于李梦阳诗"录得五十二首,其有大篇长律,举世诵习,而余所汰去者,为存其百一,略疏其瑕颣,以申明去取之义,庶几学北地之学者,或有省焉"④,而王士禛则以为如此"多泯其杰作"。再如钱氏评李攀龙《选唐诗序》提出的"唐无五言古诗,而有其古诗"之论,表示"彼以昭明所撰为古诗,而唐无古诗也,则胡不曰魏有其古诗,而无汉古诗,晋有其古诗,而无汉魏之古诗乎"⑤? 而王士禛则以为:"沧溟先生论五言,谓:'唐无五言古诗,而有其古诗。'此定论也。常熟钱氏但截取上一句,以为沧溟罪案,沧溟不受也。要之,唐五言古固多妙绪,较诸《十九首》、陈思、陶、谢,自然区别。"⑥从这些意见来看,其辩驳的针对性显然更强。

但在另一面,王士禛也并没有为了达到纠偏的目的,于诸子所论所作之失一味苟合或刻意掩饰,如他指出:"明诗本有古澹一派,如徐昌国、高苏门、杨梦山、华鸿山辈。自王、李专言格调,清音中绝。"⑦以为王世贞、李攀龙等人专意于

---

① 靳斯仁点校《池北偶谈》卷七"牧斋诗传"则,上册,第164页,中华书局1982年版。
② 《蚕尾续文集》卷一,《王士禛全集》,第三册,第1983页。
③ 《蚕尾续文集》卷一,《王士禛全集》,第三册,第1984页。
④ 《列朝诗集小传》丙集《李副使梦阳》,上册,第312页。
⑤ 《列朝诗集小传》丁集上《李按察攀龙》,下册,第429页。
⑥ 《师友诗传录》,《清诗话》,上册,第129页至130页。
⑦ 《池北偶谈》卷十二"王奉常论诗语"则,上册,第273页。

"格调",乃至冲击了徐祯卿等人倾向"古澹"一路的诗风,这是他无法认可的。又关于"作律诗忌用唐以后事"的问题,王士禛表示:"自何、李、李、王以来,不肯用唐以后事。似不必拘泥。然六朝以前事,用之即多古雅。唐宋以下,便不尽尔。此理亦不可解。总之,唐宋以后事,须择其尤雅者用之。如刘后村七律,专好用本朝事,直是恶道。"①虽然认为六朝以前事比起唐宋以下者用之多"古雅",但还是觉得诸子忌用唐以后事过于"拘泥",故提出于唐宋以下事可择而用之,较之诸子,已是有所变通。再如其评李攀龙等人乐府、古诗,以为"乐府、古诗不必轻拟,沧溟诸贤,病正坐此"②;又谓"李沧溟诗名冠代,只以乐府摹拟割裂,遂生后人诋毁。则乐府宁为其变,而不可以字句比拟也亦明矣"③。在如何学古的问题上,王士禛强调:"善学古人者,学其神理;不善学者,学其衣冠语言涕唾而已。"④所以,李攀龙等人乐府、古诗流于字句摹仿的作法,在他看来无疑是不善于学古的表现。总之,在前后七子的评价问题上,王士禛基于个人的审美立场,既指明诸子在学古环节表现出的不足,又主要面向訾訏诸子的论调,特别是钱谦益相关的贬抑之见,针锋相对地加以驳正,力图消除加诸前后七子的各种成见,颇有纠偏正名的意味,在这一意义上,也可以将此视作尤其是针对钱谦益论评立场而展开的对于诸子复古举措的重新审视。

如果说王士禛向以钱谦益为代表的反七子派之士的发难,传达出有清以来从正面的角度为前后七子正名定分的声音,那么继后而起的沈德潜的相关指述,则可谓强化了这种声音。从沈氏对待前后七子的基本原则来看,大约可以用他评李攀龙诗时所下的断语来概括,这就是所谓"过于回护与过于掊击,皆偏私之见耳"⑤。正是本着克服"偏私之见"的原则,沈德潜不忘检讨在他眼中前后七子的复古缺失。如他《古诗源序》评析诸子推崇唐诗的宗尚倾向,提出:"有明之初,承宋元遗习,自李献吉以唐诗振天下,靡然从风,前后七子互相羽翼,彬彬称盛。然其敝也,株守太过,冠裳土偶,学者咎之。由守乎唐而不能上穷其源,故分门立户者,得从而为之辞。则唐诗者,宋元之上流,而古诗,又唐人之初祖

---

① 《师友诗传续录》,《清诗话》,上册,第154页。
② 《池北偶谈》卷十七"拟古"则,下册,第415页。
③ 《师友诗传录》,《清诗话》,上册,第128页。
④ 《蚕尾文集》卷一,《王士禛全集》,第三册,第1789页。
⑤ 《说诗晬语》卷下,《清诗话》,下册,第548页。

也。"①而在《说诗晬语》中他也表示:"学者但知尊唐而不上穷其源,犹望海者指鱼背为海岸,而不自悟其见之小也。"②客观而论,沈德潜以为前后七子"守乎唐而不能上穷其源"的说法并不确切,因为综观诸子诗学的宗尚系统,除了确立《诗经》宗主地位,用以"博其源"③,古体尊汉魏,近体尊盛唐,各为树立取法的目标。沈氏之所以认为前后七子于唐"株守太过",实乃由其究求诗教、强化唐诗与古诗源流关系之考量所致。如他所言,"诗之为道,可以理性情,善伦物,感鬼神,设教邦国,应对诸侯,用如此其重也。秦汉以来,乐府代兴;六代继之,流衍靡曼。至有唐而声律日工,托兴渐失,徒视为嘲风雪,弄花草,游历燕衎之具,而诗教远矣"。因此在沈德潜看来,由唐而上穷其源就显得十分必要,所谓"必优柔渐渍,仰溯《风》、《雅》,诗道始尊"④。他在论及编选《古诗源》的大旨时也说:"既以编诗,亦以论世,使览者穷本知变,以渐窥《风》、《雅》之遗意,犹观海者由逆河上之,以溯昆仑之源,于诗教未必无少助也夫!"⑤正基于这一考量,他感觉到了前后七子宗唐和自己由唐穷源理念之间的落差。假若沈德潜指责诸子"守乎唐而不能上穷其源",与他注重诗教,着意《风》、《雅》的诗学立场关系密切,然未必中其肯綮,那么他对诸子及其追从者讲究摹拟而流于泥古的批评,虽较之前人的相关评骘未显得有多少新意,但不能不说点到了问题的要害。无论是他责斥"王、李既兴,辅翼之者,病在沿袭雷同"⑥,还是直言李攀龙拟古乐府"句摹字仿,并其不可句读者追从之,那得不受人讥弹"⑦? 拟古诗"临摹已甚,尺寸不离,固足招诋諆之口",又不满谢榛古体"局于规格,绝少生气"⑧,大多指涉暴露在诸子诗作中的学古之失,不仅显明他不"过于回护"其短的评判原则,也同时申述他所主张的"诗不学古,谓之野体。然泥古而不能通变,犹学书者但讲临摹,分寸不失,而己之神理不存也"⑨这种既重"学古"又忌"泥古"的诗学涵义。

尽管如此,在沈德潜心目中,相比起来前后七子倡扬复古之举还是功大于

---

① 《归愚全集》卷十一,清乾隆刻本。
② 《说诗晬语》卷上,《清诗话》,下册,第523页。
③ 徐祯卿《谈艺录》,《迪功集》附。
④ 《说诗晬语》卷上,《清诗话》,下册,第523页。
⑤ 《古诗源序》,《归愚全集》卷十一。
⑥ 《说诗晬语》卷下,《清诗话》,下册,第548页。
⑦ 《说诗晬语》卷上,《清诗话》,下册,第530页。
⑧ 《说诗晬语》卷下,《清诗话》,下册,第548页。
⑨ 《说诗晬语》卷上,《清诗话》,下册,第525页。

过,其别于"过于掊击"而予以总体认同的态度是明确的,最为突出的,莫过于他在《明诗别裁集》序文中所作的一番陈述:

> 宋诗近腐,元诗近纤,明诗其复古也。而二百七十馀年中,又有升降盛衰之别。尝取有明一代诗论之:洪武之初,刘伯温之高格,并以高季迪、袁景文诸人,各逞才情,连镳并轸,然犹存元纪之馀风,未极隆时之正轨。永乐以还,体崇台阁,骩骳不振。弘、正之间,献吉、仲默,力追雅音,庭实、昌穀,左右骖靳,古风未坠。馀如杨用修之才华,薛君采之雅正,高子业之冲淡,俱称斐然。于鳞、元美,益以茂秦,接踵曩哲。虽其间规格有馀,未能变化,识者吝其鲜自得之趣焉,然取其菁英,彬彬乎大雅之章也。自是而后,正声渐远,繁响竞作,公安袁氏,竟陵钟氏、谭氏,比之自郐无讥,盖诗教衰而国祚亦为之移矣。此升降盛衰之大略也。

由以上对有明一代诗歌"升降盛衰"演变脉络的大致梳理,可以看出沈德潜于明代不同时期诗歌审美价值所划分的轩轾之别,而他以明诗之"复古"对比其与宋元诗歌的差异,或如他交代《明诗别裁集》的编选之旨,所谓"有明之诗,诚见其陵宋跞元而上追前古也"[①],已明示其对有明诗歌的取舍倾向。也鉴乎此,在明代诗歌变化轨迹的勾画中,前后七子被沈氏置于十分突出的地位,各以其追踪前古的诗学取向,被赋予振衰趋盛的重要角色,多受表彰;比照前后阶段,前后七子活动时期则成为区隔明代诗坛"升降盛衰"格局的主要分界线。当然,如此定位也大有纠正针对前后七子"过于掊击"之论的意味,如沈氏评李、何学杜诗,认为:"李献吉雄浑悲壮,鼓荡飞扬;何仲默秀朗俊逸,回翔驰骤。同是宪章少陵,而所造各异,骎骎乎一代之盛矣。钱牧斋信口掎摭,谓其摹拟剽贼,同于婴儿学语。至谓读书种子,从此断绝。此为门户起见,后人勿矮人看场可也。两人学少陵,实有过于求肖处。录其所长,指其所短,庶足服北地、信阳之心。"[②]又论钱谦益《列朝诗集》选诗之失,指其"于青丘、茶陵外,若北地、信阳、济南、娄

---

① 《明诗别裁集》,第1页至2页。
② 《说诗晬语》卷下,《清诗话》,下册,第547页。

东,概为指斥;且藏其所长,录其所短,以资排击"[①]。在他看来,如钱谦益这样贬斥李、何、李、王等人,已失公允之心,实属门户之见,自然不足为信。这也成为他拔前后七子于"过于掊击"之中而正其位置的某种助力。

综上,自清代初中期以来,前后七子及其复古活动作为前代影响广远的文学人物和文学事件,仍然是此际文坛关注的一个重要目标。尽管论评者基于各自不同的审美立场,对待前后七子议题的态度褒贬不一,各有取舍,但从总体上来看,随着时代环境的变迁,特别是经历了明末清初政治格局的更易,士人的文化心态和审美趣味难免发生不同程度的变化,明清易代之际激发出来的特定的时代关怀意识,乃至受这种意识的驱使,在检视前后七子及其诗文复古活动过程中所作出的多少带有审美偏向性和极端性的评判,逐渐为归向相对平和、理性的一系列认知所代替,这一变化特点,无论在对前后七子正面还是反面的品论中都有所显现。虽然有关问题的是非曲直之辨尚在延续,但显然在一定意义上已超越了门户或偏私之见,这也可以说是进入有清初中期以来围绕前后七子议题所出现的一种新趋向,也成为我们梳理前后七子在明清时期文学反响而可以先后比照的一条分界线。

[①] 《明诗别裁集序》,《明诗别裁集》,第1页。

前后七子文学年表

成化四年戊子(1468)
　　八月,王九思生。
成化八年壬辰(1472)
　　十二月初七日,李梦阳生。
成化十年甲午(1474)
　　十月二十五日,王廷相生。
成化十一年乙未(1475)
　　六月二十日,康海生。
成化十二年丙申(1476)
　　八月,边贡生。
成化十五年己亥(1479)
　　闰十月初十日,徐祯卿生。
成化十七年辛丑(1481)
　　是年,王九思随父读书蜀中。
成化十九年癸卯(1483)
　　八月初六日,何景明生。
成化二十二年丙午(1486)
　　王廷相补邑庠生,时以能古文诗赋名。
弘治元年戊申(1488)
　　时李梦阳游心六籍,工古文诗赋。
弘治二年己酉(1489)
　　八月,王九思举乡试。

弘治三年庚戌(1490)

徐祯卿从常熟邵楫授章句。

弘治四年辛亥(1491)

时杨一清督学陕西,见李梦阳而异其才,延之门下,日从讲肄。

弘治五年壬子(1492)

八月,李梦阳举乡试。

是年,王九思学于国子监。

弘治六年癸丑(1493)

三月,李梦阳中进士。

八月,李梦阳以母丧归大梁。

弘治七年甲寅(1494)

秋,李梦阳作《吊申徒狄赋》。

弘治八年乙卯(1495)

八月,王廷相、边贡举乡试。

弘治九年丙辰(1496)

三月,王九思、边贡中进士。

闰三月,王九思选为翰林庶吉士。

弘治十年丁巳(1497)

秋,徐祯卿或作《文章烟月》诗,其中"文章江左家家玉,烟月扬州树树花"人称警句。

时徐祯卿与唐寅、祝允明、文徵明齐名,号称"吴中四才子"。

弘治十一年戊午(1498)

八月,何景明、康海举乡试。

闰十一月,徐祯卿作追和倪瓒《江南春》诗。

是年,李梦阳授户部主事,始居京师。自是李和众文士多有唱和,因为作《朝正倡和诗跋》。是年前后,徐祯卿撰成《谈艺录》,有《题〈谈艺录〉后三首》诗,谓"徐子谈诗格尽高,古风犹未满刘曹"。又为杨循吉作赞,有书复文林,自称"间作词赋议论,以达性情,摅胸臆之说,期成一家言,以垂不朽"。

弘治十二年己未(1499)

三月初九日,谢榛生。是月,何景明会试,以文多奇字不第。

六月,文林卒,既徐祯卿为作诔文。

七月十九日,徐祯卿与钱同爱作文祭奠文林。

是年,李梦阳作《作志通论》。王九思授翰林院检讨。时九思以文名称,其诗往往为人传布。

弘治十三年庚申(1500)

七月,徐祯卿作《流闻十首》以纪边事。

岁除,徐祯卿缉理诗稿,且题诗其后。

是年,李梦阳奉命犒榆林军,作《时命篇》、《辕驹叹》、《出塞》诸诗。

康海学于国子监。

弘治十四年辛酉(1501)

八月,徐祯卿举乡试。时祯卿在南京曾和谢承举、徐霖相与联句,既自京口南下,为作《江行记》。

弘治十五年壬戌(1502)

三月,何景明、康海、王廷相中进士。

时康海授翰林院修撰,王廷相选为翰林庶吉士。

是年或后,应李梦阳之请,李东阳为其父作墓表。

弘治十六年癸亥(1503)

五月,徐祯卿游洞庭西山,作纪游八诗。

七月初六日,康海为杨一清作《送邃庵先生序》。是月,李梦阳饷军宁夏,康海为作《赠李献吉往宁夏饷军十首》。

九月,康海奉母归里。

十月,文徵明游洞庭东山,作纪游七诗并示徐祯卿,祯卿继而和之。

弘治十七年甲子(1504)

二月,康海于平凉谒见杨一清。

三月,长洲人钱腴卒,后徐祯卿为其《漕湖聚珠集》作序。

春,王九思自京师归省,边贡作诗送之。徐祯卿与文徵明、蔡羽、唐寅放舟虎丘,登千顷云阁,相集竟日。沈周赋《落花》诗十首并示文徵明,徐祯卿与文氏相与叹艳,属而和之。

五月初一日,徐祯卿为李应祯等《观大石联句卷》题跋。

九月十四日,何景明作《白菊赋》。

十二月初七日,李梦阳追念往事,怆然有感,拟杜甫七歌述怀。是月,徐祯卿赴京会试,作《述征赋》。

是年,何景明授中书舍人。徐祯卿有诗赠都穆,且称其"雅擅诗才"。王廷相授兵科给事中。

弘治十八年乙丑(1505)

三月,李梦阳应诏上疏孝宗皇帝,具陈诸弊,并及寿宁侯张鹤龄骄恣之状,遂下锦衣狱。徐祯卿中进士。

四月,李梦阳作《述愤》诗感怀。同月,李梦阳释于狱。是月或后,李梦阳过访陆深,深示以徐祯卿文,梦阳为之叹赏。既致书祯卿论文,祯卿亦有书复梦阳。

五月,鞑靼小王子犯宣府,总兵官张俊败绩,后李梦阳、徐祯卿分别作《榆台行》纪其事。何景明出使南方。

六月,何景明出使经汉阳、武昌等地,有诗。边贡擢兵科给事中。

七月,何景明经岳州、华容、武陵、辰溪、沅州等地,作《乞巧行》、《古松行》、《华容吊楚宫》、《津市打鱼歌》、《武陵》、《自武陵至沅陵道中杂诗十首》、《辰溪县》、《沅州道中四首》诸诗。

中秋夕,徐祯卿与李梦阳、徐缙聚饮,有诗。是月,何景明至贵州,有《皇告》诗。沿途经平溪、清浪、镇远、平越、新添、平坝、普定、安庄、安南、普安、平夷、盘江等地,又作诸诗纪之。

九月初一日,李梦阳为徐祯卿别稿作序。是月,康海启程北上,沿途有《晚行灞水》、《华州书怀》、《潼关早发》、《孟津楼子看河》等诗。边贡擢太常寺丞。徐祯卿以边贡久约过访未至,贻诗嘲之。

秋,徐祯卿与李梦阳、都穆过往,有诗。

十月初二日,何景明时至永宁,谋舟以归,作《进舟赋》。后渡泸水,作《渡泸赋》。

十二月,何景明返途经白帝城、归州、郢中等地,作诗纪之。王九思以纂修《孝宗实录》北上。康海逢王九思于安阳,有《邺城逢敬夫》诗。除夕,康海、王九思宴集安阳令刘追昼锦堂,同为联句。李梦阳作《乙丑除夕追往愤五百字》述怀。徐祯卿有诗贻边贡、徐缙。

是年,李梦阳进户部员外郎。

正德元年丙寅(1506)

二月,徐祯卿赴任湖南纂修,李梦阳为宴饯,作诗送赠之,以古镜赆行,又为作《诒古镜书》。时徐祯卿为作《酬李员外赠古镜歌》,且有诗留别李梦阳、边贡及诸同志。发潞河,祯卿又作诗寄怀梦阳。

三月,李梦阳与熊卓、都穆、王守仁、李永敷等游西山。既归,李梦阳有诗与熊卓。

五月,兵部尚书刘大夏致仕,李梦阳作诗、序送之。何景明使毕返京。

六月初九日,李东阳年六十寿辰,李梦阳为作《少傅西涯相公六十寿诗三十八韵》。

八月初八日,李梦阳、何景明与陆深一同校选袁凯《海叟集》成,分别为之作序,李序称"叟诗法子美,虽时有出入,而气格韵致不在杨下",何序称袁氏"国初诗人之冠"。中秋夕,徐祯卿有感于去岁与李梦阳、徐缙饮吟,兹则"时异事非",怅然作诗。

九月,李梦阳为户部尚书韩文草《代劾宦官状稿》,时梦阳已进郎中。

秋,徐祯卿作诗怀李梦阳、边贡、熊卓。

十月,韩文偕廷臣上疏请严治刘瑾、马永成等人,诏降一级致仕,李梦阳为作《送河东公赋》,既韩文等人相继去位,李梦阳作《去妇词》述怀。是月,许进任吏部尚书,既何景明上书进,言宜自振立以抑瑾权。何景明作《后白菊赋》。

是年,康海为李廷相作《蒲汀记》。

正德二年丁卯(1507)

正月,李梦阳因代韩文草疏弹劾刘瑾等人被夺官。

闰正月,李梦阳离京归里,作《发京师二首》。途经白沟曾祖父战死地,作《哭白沟文》。

三月,李梦阳筑草堂河上,有《河上草堂记》。自正月至三月不雨,李梦阳为作《咎旱飙文》。

春,徐祯卿于武昌作五十韵怀李梦阳。后闻梦阳筑草堂河上而居,又作诗寄之。

七月二十八日,康海为其兄阜遗集作序。是月,李梦阳筑翛然台,作《翛然台记》。

八月,戴冠举乡试,何景明作诗志喜。

秋,何景明作《秋兴八首》。

十月,时徐祯卿已返京。

十一月,李梦阳修族谱成,为作序。又筑需于堂,作《需于堂记》。

冬,徐祯卿有书答李梦阳,伤暌隔而音问难通。先是梦阳有诗寄示,申以绸缪之意。

是年,康海作散曲《丁卯即事》述怀。是年或后,徐祯卿致书李梦阳,为述前此南下沿途所历。

正德三年戊辰(1508)

正月,康海作《武邑县儒学记》。

二月,李梦阳游于辉县,作《游辉县杂记》。王廷相由兵科给事中谪判亳州。

三月或稍后,边贡作《同年会别诗序》。

春,何景明自京师谢病归,作《发京邑四首》。时徐祯卿已授大理寺左寺副,边贡有《怀昌毂大理二首》,徐祯卿为作《酬边太常于燕山见忆之作》。唐懂出为縠城令,徐祯卿与边贡作诗、序送别之。

五月十七日,李梦阳被逮北行,作《述征赋》、《离愤五首》述怀。后在狱中闻杨一清被诬下狱而获释,为作诗。时何景明作《怀李献吉二首》,李梦阳赋诗答之。后何景明又为李梦阳作《寄李郎中》诗。

六月,遇旱,何景明作《忧旱赋》,既雨,又作《雨颂》。

是夏或后,何景明读王维诗集,因"略加编定,稍用己意去取之",为作《王右丞诗集序》。

八月初八日,李梦阳出狱。先是康海为救梦阳而往刘瑾所求之。十三日,康海母张氏卒,海不求内阁文,自撰行状,而以王九思为墓志铭,李梦阳为墓碑,段炅为传。

九月,李梦阳离京归里,康海作诗送之,徐祯卿以诗赠别,又刘大谟、王绽、王尚䌹、穆孔晖、马卿、陶骥、马录、戴冠、孟洋等九人为祖行,梦阳为作《九子咏九首》。何景明或作《秋日杂兴十五首》。

秋,何景明作《六子诗》。六子为王九思、康海、何瑭、李梦阳、边贡、王尚䌹。何景明与高鑑、沈昂等人游处吟唱,有诗。既沈氏别去,景明作序赠之。

冬,康海扶母灵柩归里。徐祯卿有诗寄顾璘。

是年,何景明既归居,作《述归赋》,仿枚乘《七发》作《七述》。又以兄景韶卒,寡嫂"雅志自厉",为作《寡妇赋》。戴冠赴会试,何景明作《宝剑篇》赠之。王九思充经筵讲官。边贡作《孙生送行卷后序》。

正德四年己巳(1509)

三月,徐祯卿改任国子监博士,有诗。何景明作二十二韵寄之。

春,何景明或作《吾郡古要害地也,闲居兴怀,追咏古迹,作诗八首》。

夏,王九思调任吏部主事,既授员外郎。

秋,徐祯卿有诗答顾璘,诉以潦倒之遇。

冬,边贡自太常丞迁卫辉府知府,徐祯卿作诗送之。

是年,王廷相任高淳知县,作《量移高淳令咏怀》诗。又以"时政愈急,抑郁愤闷",作《悼时赋》以自释。是年或后,王廷相作《四友叹》诗,四友为盛端明、李梦阳、何瑭、何景明。

正德五年庚午(1510)

二月初二日,谢铎卒,王廷相为作墓志铭。二十六日,康海为《邠州志》作序。是月,边贡改任荆州知府。

春,马应祥督学湖南,何景明与王九思作诗、序送之。

六月,李梦阳内弟左国玉卒葬,梦阳为作墓志铭。

王九思授吏部郎中。

八月,刘瑾败,康海、王九思被列名瑾党之榜,海遭削籍除名,九思谪为寿州同知。李东阳引疾乞休,何景明致以《上李西涯书》相劝告。

九月,王九思自京师赴寿州任,途次泊宿迁县南,"独坐无寐,万感俱集",作诗述怀。

秋,康海作《怀李二献吉》诗。

十二月,王廷相有诗寄顾璘,兼示边贡、何景明,抒发思念之情。

冬,康海以书寄答何瑭,自谓"生平服义重德、直行良迹而已,其他虚恢盗名,隐忍委曲,以要时好,死不愿也"。王守仁至京师,徐祯卿往省,与论摄形化气之术。边贡作《登楼拱寿图诗序》。

是年,李梦阳作《省愆赋》、《杂诗三十二首》。王九思或为李善作《一镜亭记》。

正德六年辛未(1511)

二月,李梦阳起江西提学副使。

三月十六日,徐祯卿卒,李梦阳、边贡作诗哭悼之。

四月,李梦阳以江西提学副使简书至,有诗。

五月,李梦阳赴江西任,顾璘、李濂作诗送赠。途中梦阳作《泛彭蠡赋》。王九思以寿州久雨成灾,作《城楼观水》诗。

六月,李梦阳巡视江西学校,所至"采访风俗,布宣德意"。王九思以寿州淫雨水涨,作《寿州祭水文》。

八月,李梦阳以巡视事至九江府,率郡之官属师生谒周敦颐祠,为作告文。

秋,李梦阳至都昌,登石壁山,览谢灵运精舍遗址。后辑陆机、谢灵运诗,俾人刻之,作《刻陆谢诗序》。王廷相出按陕西,时其感念诸友风谊,"各得一诗,用抒怀慕",成《十八子诗》。是秋或后又作《杂兴十首》、《西京篇》、《明月篇》、《汉中》、《秦中》、《曲江怀古》、《秦川杂兴五首》、《潼关》、《过骊山》等诗。

十二月,王九思罢寿州同知,作《梦吁帝赋》、《咏怀诗四首》抒写忧愤之怀。时康海闻王九思谪寿州同知事,为作《闻王敬夫消息》诗。

冬,何景明复授中书舍人,有诗寄康海,海以诗答之。

是年,武功知县刘绍访康海而见谢朓集,遂为之刊刻,后海为作《谢玄晖集序》。边贡迁山西提学副使。

正德七年壬申(1512)

二月,康海与吕柟游处,多有记游酬唱之作。

三月十六日,康海作《悔过诗》。

春,康海有书致川陕诸军总督彭泽,述己"不可当于世者有五,而甚不宜出就官职者有二"。

四月二十日,王九思作《寿州正阳镇新修河渠记》。

五月初五日,寿州城修讫,王九思既为作《寿州修城记》。初六日,李梦阳祭熊卓墓,有《熊御史卓墓感述》诗。后又辑其遗诗,作《熊士选诗序》。

六月,王九思自寿州取道西归,有诗。抵家,亦有诗。

秋,李梦阳子枝进《离思赋》,梦阳为作《寄儿赋》教之。

十月十二日,康海为王廷相《浚川文集》作序。是月,都穆致仕,何景明作诗送之。

是年,徐缙以徐祯卿《徐迪功集》六卷及《谈艺录》寄李梦阳,梦阳为刊刻,且作《徐迪功集序》。康海与张治道订交。

正德八年癸酉(1513)

三月十三日,王九思作《寿州同知书屋记》。

春,康海与朱应登、李昆游处,有诗。既又为昆作《东冈记》。是春或后,康海有感于诸交游"交契既深,谊分益洽",为作散曲《有怀十君子词》。顾璘谪全州知州,何景明作诗送之。王廷相以王九思罢归,作《渼陂子还山歌》。

四月,边贡作《东山春兴卷引》。

六月,李梦阳作《游庐山记》。

十月十九日,康海作《固原镇鼓楼记》。

十一月,李梦阳为刻贾谊《新书》,作《刻贾子序》,称"汉兴,谊文最高古"。

十二月初一日,康海为其《沜东乐府》作序。

是年,李梦阳访陶渊明墓且封识之,作《刻陶渊明集序》。李梦阳以直拗遭人奏评,何景明上书杨一清求助。王廷相以裁抑镇守中官廖堂,被诬下狱,何景明为作《秉衡在狱中感怀有作二十韵》。王廷相作《四十述志》诗。

正德九年甲戌(1514)

正月,李梦阳自南康往广信府受勘,有《广信狱记》、《自南康往广信完卷述怀十首》。乾清宫火灾,何景明上《应诏陈言治安疏》,以为天下之政"精则治,缓则乱;明则治,闇则乱"。王廷相以监察御史谪赣榆县丞,何景明作诗送之。

三月,李梦阳还南昌,作《广狱成还南昌候了十首》。是月或后,王廷相作《竹瑞赋》。自是何景明、崔铣、李濂在京师约为"文字之会",景明曾为崔铣作《崔生行》。

四月十八日,李攀龙生。

五月,李梦阳罢江西提学副使。朱应登改治云南,康海作序送之。边贡除河南提学副使。

六月,韩邦靖以指斥时政削籍,何景明作诗送之。

七月,李梦阳自江西归里,作《宣归赋》。

九月或稍后,赣榆县建厅事成,王廷相为作记。

秋,王廷相或作《登赣榆城》诗。

十一月,边贡赴任河南提学副使,作《俟轩解》。

是年,何景明为郑善夫作《少谷子行》。谢榛学作乐府商调。

正德十年乙亥(1515)

正月初一日,李梦阳作诗柬何景明、边贡。

二月初一日,王廷相夜梦"至上帝所讯帝,帝惠以教言",觉而作《梦讯帝赋》。

五月,啸台重修成,李梦阳为作《啸台重修碑》。

夏,开封于谦祠重修成,李梦阳为作《少保兵部尚书于公祠重修碑》。

是年,杨一清以诗文集寄李梦阳,梦阳为评点之,又为作《石淙精舍记》。是年或稍后,李梦阳、何景明分别有《驳何氏论文书》、《再与何氏书》、《与李空同论诗书》等,相互论辩。

正德十一年丙子(1516)

四月二十一日,康海为李善作《四乐堂记》。

五月二十七日,李梦阳妻左氏卒,梦阳为作墓志铭,且为赋《结肠篇三首》,何景明为作《结肠赋》。

六月初九日,李东阳年届七十,何景明作诗寿之。

夏,王廷相转任宁国知县。时廷相编其吟咏之什为《近海集》,作有序。

秋,王廷相作《秋日宁国言怀十首》。

是年,何景明为李濂作《李大夫行》。是年或稍后,何景明作《寄赠王子衡四章》。

正德十二年丁丑(1517)

正月,何景明、崔铣、孟洋、薛蕙、李濂在京师约为"文字之会"。时孟洋任汶上知县,以职事至京,既还汶上,何景明作诗送之。

二月,王廷相作《宣州歌六首》。

六月,王廷相趋事苏州,泛舟江沱,遂有思归之念,作《苦旅赋》。时廷相任松江府同知。

八月二十日,徐中行生。是月,李梦阳为《德安府志》作序。

十一月初一日,边贡为李梦阳书翰题语,以为"鲁公圣于书者,子美圣于诗者也。李子兼之,可谓豪杰之士已矣"。

十二月,王廷相赴任四川提学佥事,作《游蜀赋》。

是年,康海校刻《史记》成,为作序。何景明任吏部员外郎。

正德十三年戊寅(1518)

正月,王廷相自广元下阆中,闻舟子棹歌,乃作《巴人竹枝歌十首》。

是春或后,王廷相游浣花溪杜甫故居,作诗纪之。

五月,何景明迁陕西提学副使。

八月,何景明赴陕西任。何孟春以右副都御史巡抚云南,朝士以其履历大者为四图以赠,且表之歌诗,李梦阳、何景明分别为作《何公四图诗序》、《四图诗序》,景明又作《四图诗赠何燕泉四首》。

秋,康海与杨武过访王九思,同游终南山紫阁诸峰。王廷相作《秋日巴中旅行七首》。

是年,何景明作《确山县修城记》。

正德十四年己卯(1519)

二月,康海过访吕柟,并遇何景明,清谈不倦。

三月,吕柟至武功,康海与之宴集,有诗。既又一同游处,亦有诗。

五月二十二日,康海作《淡轩记》。

六月十八日,康海作《剑州再建重阳亭记》。是月,四川巡抚马昊以边事失利被逮诏狱,将行,有以诗颂之者,王廷相为作《赠东溪马先生诗序》。

七月初六日,康海为王九思《碧山乐府》作序。初八日,康海题王九思《杜子美沽酒游春记》。

八月初三日,康海撰成《武功县志》

十二月初五日,何景明序《武功县志》。

是年,梁有誉生。

正德十五年庚辰(1520)

正月初三日,徐缙为徐祯卿《迪功集》题跋。

二月,边贡因前刘铣、何景明寄联句之作,为步韵二章,成《答西桥大复二君》诗。

三月,何景明以提学副使校士于鄠杜,其暇约王九思游终南山诸胜,时康海、张潜、段炅、王旸等亦同游焉,相与酬和。

八月初一日,王廷相自序《夏小正集解》十二篇。是月,王旸过访康海。既别,海为作《于浒西赠别明叔三首》,慨叹诗坛"流靡及兹俗","雄浑久未复"。

九月,杨慎自蜀赴京北上,王廷相作诗送赠之。

秋,康海因怀杨武,作《怀北山子四首》。

十月二十三日,王九思作《游山记》,记是年三月与诸友游终南山诸胜事。是月或稍后,何景明作《略阳县迁建庙学记》。

十一月初十日,康海作《拜将坛记》。

正德十六年辛巳(1521)

春,何景明在关中复为诸生列学文程约,作《学约古文序》。

五月初五日,边贡作《午日》诗述怀。是月,彭泽任兵部尚书,康海为作《赠彭尚书济物北上三十韵》。

六月,何景明以病弃官归,康海作序送之。

八月初五日,何景明卒,王廷相作诗悼之。

秋,李梦阳晤歙商鲍弼,言谈甚洽。

十一月,边贡升南京太常少卿。

是年,韩文所受制书及赠言成编,曰《完名荣寿编》,李梦阳为作序。康海作《泾州重修儒学记》。王廷相作《简州迁学记》。王廷相迁山东提学副使,有《辛巳赴济南途中感咏三首》。边贡作《辛巳书事七首》。

嘉靖元年壬午(1522)

春,康海与王九思、杨武、张潜、王珝等会聚,或相赓唱。

五月二十六日,康海作《送樊子谕序》。

八月,释李梦阳狱,梦阳坐为宸濠作《阳春书院记》削籍。

九月初八日,康海作《陕西壬午乡举同年会录序》。初九日,歙商汪昂年六十,邑人鲍弼、郑作绘图寿之,李梦阳为作《汪子年六十鲍郑二生绘图寿之序》。十五日,鲍弼卒,李梦阳为作墓志铭。是月,李梦阳、边贡、毛伯温等人登明远楼,有诗,梦阳又有《题明远楼诗后》。

十月十三日,康海作《沜东灵药记序》。十六日,李梦阳作文祭鲍弼。

十二月初八日,王廷相作《战国策序》。

嘉靖二年癸未(1523)

正月,康海与张治道、王旸往游终南山诸胜,有诗。

二月二十日,韩邦靖卒,王九思为作墓志铭。

五月初九日,蒲商王现卒,李梦阳为作墓志铭。

七月初五日,康海为张载《经学理窟》作序。河南刻《战国策》成,李梦阳为作序。刑部尚书林俊致仕,李梦阳以诗寄赠。

八月十六日,王廷相作《八月十六夜月下再酌》诗。时廷相已迁湖广按察使,有《五十赴官》诗。

九月初九日,王廷相泛舟武昌,有诗。

秋,王旸考绩北上,过康海、王九思为别,二子作诗、序为赠,九思又为撰《序东谷先生考绩北上诗后》。王廷相作《思归行示旒》,发舒归思。时廷相在湖广多所经涉,又先后作《登陆趋阳逻》《木兰山》《天门山》《登黄鹤楼歌》《秋水叹三首》《泛湖篇》《泊舟汉口二首》《黄鹤楼》《云梦泽》《郢城最高处眺荆楚》《汉上歌十二首》等诗纪之。

十月,边贡迁南京太仆卿,有诗。

十二月,郑善夫卒,后王廷相为作《少谷子歌》。

嘉靖三年甲申(1524)

正月二十二日,吴国伦生。

二月二十九日,康海为何景明集作序。

三月十六日,唐龙为何景明集作序。是月,边贡升南京太常卿。

春,王玥约康海、王九思游张治道少陵别业,诸人"谈古今之谊,讲当世之务",且为赋诗。康海访杨武于水北山房,作《水北山房二首》。王廷相迁山东右布政使。

五月十五日,王廷相作《刻齐民要术序》。

八月初十日,康海为蓝田作《蓝氏世庆楼记》。中秋日,李梦阳有诗寄王阳明。

九月二十二日,康海为王九思作《春雨亭记》。是月,崔铣以南京国子祭酒致仕归,边贡作诗送之。

十二月,起杨一清总制陕西三边军务,既边贡作诗送之。

嘉靖四年乙酉(1525)

三月十八日,康海作《固原镇重修鼓楼记》。

十月,王九思作《固原东路创修白马城记》。

除夕,杨一清被召将东还,康海与王尚䌹、孟洋、桑溥等集于奉天,有诗。

是年,陈留张元学刻李梦阳诗,梦阳自题曰《弘德集》,且自为序,记其与曹县王崇文论诗事。林俊以《咏怀》六章寄李梦阳,梦阳作诗和赠。宗臣生。

嘉靖五年丙戌(1526)

正月初一日,康海于奉天谒杨一清,有诗。既于醴泉再别杨一清,亦有诗。

六月十八日,王九思弟九峯卒,九思既刻其《白阁山人遗稿》,又为作序。张潜卒,康海作诗志痛。

九月,郑作病归,李梦阳以诗赠之,又为其诗集作序。

十一月初五日,王世贞生。是月,李镛白石楼建成,王九思为作《白石楼赋》。

十二月二十一日,康海作序赠唐龙迁山西按察使。朱应登卒,讣至大梁,李梦阳为位哭之,后为作墓志铭。

嘉靖六年丁亥(1527)

二月,康海自灵宝往解州访吕柟,沿途有《灵宝县北渡解州遥望饯送诸君子作》、《行至曲里见杏花》、《登山》、《于条山绝顶下眴解梁》等诗。既海与吕柟等游集,又作诗纪之。

三月二十日,康海为王廷相《台史集》作序。是月,康海作《心远亭记》。

四月,王九思有感于猫相乳,作诗纪之。边贡任太常卿,提督四夷馆。

五月,王廷相迁右副都御史,巡抚四川。至蜀,有诗。

八月初一日,康海为张润作《尚友山堂记》。

十一月初二日,康海为关中诸士寿杨一清诗帙作序。

十二月十五日,王廷相自序《慎言》十三篇。

是年,李梦阳著《空同子》八篇。王廷相有《丁亥年作》诗。

嘉靖七年戊子(1528)

正月,王廷相为兵部右侍郎。

四月,李梦阳作书答黄省曾,又为赋《闻吴郡黄山人将游五岳寄赠二首》、《怀五岳山人黄勉之》诗。先是黄省曾致书梦阳,表达企仰之意,并寄《怀五岳》诗请教。

六月十五日,康海作《宁夏巡抚遗爱祠记》。

七月初一日,王廷相作《告佛文》。是月,康海访王九思于鄠杜,"言古今之变、豪杰之业",并约明春之游。

袁袠以刑部主事使大梁,投书李梦阳,陈述仰慕之意,梦阳为作《相逢行赠袁永之》。

闰十月，边贡升南京刑部右侍郎。

十二月，王廷相为兵部左侍郎。

冬，李梦阳以手编全集寄黄省曾。

嘉靖八年己丑(1529)

春，康海与王纶、张治道、胡侍等人游集唱酬，且纪以诗。王九思以事不克践是春之游，闻而追和其事。其后康海集春游之作为《己丑燕游录》，又为作序。

夏，李梦阳寄书黄省曾，询以文集刊校一事。

六月二十一日，李梦阳获黄省曾书，始知文集刊校迟速之详。

七月，李梦阳以病南下，就医京口，寓杨一清南园，致书黄省曾。

八月，李梦阳于京口晤黄省曾，有《己丑八月京口逢五岳山人》、《京口杨相国园赠五岳山人》诗。

九月初一日，王廷相自序《答天问》九十五首。十九日，康海有《九月十九日步过浒西作》诗，谓"此身虽存骨肉疏"，"万事过眼俱草草"。是月，边贡擢南京户部尚书。

十一月，王廷相作《灵雪赋》。

是年，康海作《行年》诗，慨叹"行年五十五，百忧咸见临"。何瑭致仕归，王廷相为作诗送之。

嘉靖九年庚寅(1530)

正月，王廷相迁南京兵部尚书。

三月初十日，康海作《汤泉集序》。先是其赴郿县汤泉，徜徉观览之间，多有吟咏，集之曰《汤泉集》。

春，李梦阳卒。王廷相至南京，有《初至南京泊石城门有作》。

夏，边贡与孟洋、黄省曾分韵赋诗。

九月初九日，王廷相游观音岩，作诗纪之，且与僚友相酬和。

是年，总制陕西边务王琼降吐鲁番，关中大夫士纪以诗，题曰《元老靖边诗》，王九思为作序。时黄省曾客于南京，王廷相于孟洋邸所览其篇什而称赏之，遂相与论文，作诗赠之，且有《答黄省曾秀才》书，品评其诗，又以为省曾《谢灵运诗集序》于谢诗"称许颇过"。是年或后，王廷相作《南京曲二首》、《登石头城怀古》、《金陵怀古》、《金陵歌十首》等诗。

嘉靖十年辛卯(1531)

三月初九日,康海为张治道诗集作序。

春,李开先饷军西夏,路出乾州,得以先后结识康海、王九思,与之谈议,或赓和评定,海以"国士"许之。是春或后,王廷相作《徐氏东园杂歌十首》,感叹"浮生无几,流化瞬速。转盼之间,鸿泥渺绝"。

五月初五日,王九思自序《渼陂集》。是月,边贡以崇饮废事劾免,王廷相为作《鸿渐》、《送边尚书还山》诗。

八月初六日,康海为《雍录》作序。

九月,王廷相为李梦阳集作序,称梦阳"以恢闳统辩之才,成沉博伟丽之文,厥思超玄,厥调寡和"。

十月初九日,康海为《长安志》作序。

嘉靖十一年壬辰(1532)

二月十七日,康海作《秦州重修伏羲庙记》。是月,边贡卒。

三月初八日,康海为王九思《渼陂集》作序。

春,王廷相游览饮集东麓亭、灵谷寺,作诗纪之,又与僚友相酬和。

七月十六日,康海为唐龙《渔石类稿》作序。

十月十七日,康海为王九思《王氏家谱》作序。二十一日,杨武卒,王九思为作墓志铭。

十二月,翰林院侍读学士郭维藩免官,王廷相闻讯,作诗贻之。

冬,康海至长安,孔天胤过访,遂与之定交。

是年,刘节编成《广文选》,王廷相为作序。

嘉靖十二年癸巳(1533)

正月二十一日,康海为王九思《鄠县志》作序。

二月十六日,康海为黄臣《登峨山诗》作序。是月,王九思自序《碧山续稿》。

四月,王廷相任都察院左都御史。

五月初八日,王廷相为严嵩《钤山堂集》作序。

八月初四日,康海为朱廷立作《炯然亭序》。

是年,王廷相有《癸巳年作》诗述怀。时李攀龙与许邦才相友善,好古而"慕左氏、司马子长文辞"。

嘉靖十三年甲午(1534)

二月,王廷相加兵部尚书,提督团营。

六月,康海作《扶风县新建鼓楼记》。

八月初三日,康海作《华州节爱堂记》。初四日,白悦过访康海。既别,海作序送之。初七日,白悦过访王九思,九思作诗、序赠别之。先是悦以使事曾访康、王二子。二十四日,康海为孔天胤作《送文谷先生序》,谓《左传》、《国语》"大指无谬于事实","或微有出入,亦不害其有物之言也"。

十月初一日,康海为王讴诗文集作序。

是年,康海为《商州志》作序。王廷相作《甲午书怀四十韵》。

嘉靖十四年乙未(1535)

春,王廷相作《早春台中作》、《雨中自酌》、《漫兴四首》等诗。

五月,康海为胡缵宗《秦安县志》作序。

七月初五日,王九思作《九石记》。

十月二十六日,王九思以园中失火,作《警火赋》以自警。

是年,康海作《徽山书院记》。是年或后,临颖杜枏集其嘉靖乙未以前诗文,王廷相为作《杜研冈集序》,谓自魏晋以还,文章"平淡凋伤,古雅沦陨,辞虽华绘,而天然之神凿矣"。

是年,王廷相作《乙未书怀》诗。

嘉靖十五年丙申(1536)

二月初二日,康海为樊鹏诗集作序,称初唐诗"其词虽缛,而其气雄浑朴略,有《国风》之遗响"。

三月初四日,谢榛有诗寄崔铣。

春,王廷相作《遣兴十首》,述及徐祯卿、郑善夫、康海、李梦阳、何景明、薛蕙、何瑭诸子。

四月,王廷相加太子少保。

五月初一日,唐龙为王廷相《王氏家藏集》作序。初五日,杜枏为《王氏家藏集》作序。

六月初一日,栗应宏为《王氏家藏集》作序。

秋,王廷相作《秋感二首》、《忆归》、《摇落》等诗。

嘉靖十六年丁酉(1537)

正月初二日,王廷相有《丁酉正月二日作》诗。

二月初九日,康海作《河津祠堂记》。是月,王廷相扈从春祭山陵,作诗纪之。

三月初三日,王廷相有《三月三日作》诗。初七日,康海为韩邦靖诗集作序,谓古今诗人,"曹植而下,才杜甫、李白尔"。

六月,王廷相为何景明集作序,称景明之文"侵谟匹雅,欲《骚》俪《选》,遐追周汉,俯视六朝,温醇典雅,丰容色泽,靡不备举"。

十月十三日,康海为王竑诗集作序。

是年,康海作散曲《归田志喜》。王廷相作《六十四作二首》、《思归引》。时王慎中督学山东,奇李攀龙文,擢诸首。攀龙则益厌时师训诂学,而好古文词。

嘉靖十七年戊戌(1538)

正月初四日,康海为王崇庆《海樵子》作序。

三月,黄省曾为王廷相《王氏家藏集》作序。

四月初一日,王廷相自序《雅述》上下篇。

七月十三日,杜柟卒,王廷相为作墓志铭。

秋,王廷相作《秋日闲居二首》。

是年前后,梁有誉补博士弟子员,与欧大任、黎民表、陈绍文、吴旦、陈冕、梁孜、梁柱臣等人"以古诗文共相劘切"。

嘉靖十八年己亥(1539)

三月,王廷相加太子太保。

四月初七日,康海为马理作《光训堂记》。

九月初九日,康海访吕柟于北泉精舍,与之宴集,有诗。

十二月初一日,康海为沈越作《瞻云楼记》。

是年,康海为《沜东乐府后录》作序。王世贞得王阳明集读之,自谓"爱之出于三苏之上"。

嘉靖十九年庚子(1540)

七月,康海作《凤鸣桥记》。

八月,李攀龙、徐中行举乡试。自后中行进游南太学,益为古文词。

十二月十四日,康海卒,王九思为作神道碑。

是年,王世贞作《宝刀歌》,为师所赏识,时又取《史记》、《汉书》,李、杜诗窃读之。

嘉靖二十年辛丑(1541)

二月春分日,王九思自序《碧山新稿》。

三月二十日,王九思为张治道《太微后集》作序。

十一月二十五日,王九思为吕柟《高陵县志》作序。

嘉靖二十一年壬寅(1542)

秋,谢榛时寓京,作《醉歌行》。

十月,刻《陕西通志》,王九思为作序。

嘉靖二十二年癸卯(1543)

八月,王世贞、梁有誉举乡试。

冬,王九思闻何瑭讣音,作《哭粹夫》。

是年,王九思为吕柟《泾野别集》作序。王世贞始通晓古诗书帙,又喜为古文词。

嘉靖二十三年甲辰(1544)

三月,李攀龙中进士。王世贞春闱落榜。

七月初三日,西安知府吴孟祺祝神求雨,翌日大雨竟日夜,王九思为作《悯雨篇为太守六泉吴公赋》。

九月初七日,王廷相卒。

秋,王九思作《西平县新建真武庙记》。

嘉靖二十四年乙巳(1545)

二月十一日,王九思自序《南曲次韵》。

三月十八日,张治道为王九思《渼陂续集》作序。

五月,皇甫汸谪开州同知,李攀龙、谢榛、梁有誉作诗送之。

是年,李攀龙以疾告归。归而益发愤励志,"陈百家言,附而读之"。

嘉靖二十五年丙午(1546)

李攀龙起家还京。

秋,李攀龙充顺天乡试同考试官。

十二月十五日,翁万达为王九思《渼陂续集》作序。

冬,王世贞赴京会试,作《丁未计偕将出门夕》诗。

是年,李攀龙为历城知县张淑励作《历城尹张公德政碑记》。

嘉靖二十六年丁未(1547)

正月十一日,王九思为许宗鲁《少华山人集》作序。

二月,吴孟祺为王九思《碧山新稿》作序。

三月初三日,王世贞偕同人游京师西廓,作《水调歌头》一阕。是月,王世贞中进士。

春,李攀龙为张暐作《张氏瑞芝堂记》。

四月,王世贞隶事大理寺。

是年,李攀龙授刑部主事。时攀龙曹务闲寂,肆力于文词。又入李先芳诗社,同社尚有殷士儋、靳学颜、谢榛等人。王世贞入李先芳诗社。

嘉靖二十七年戊申(1548)

六月,王世贞因大理寺同僚以次迁去,顾影凄然,赋诗感怀。

十一月,李先芳出任新喻知县,李攀龙、王世贞作诗及序送赠之。

十二月,王世贞与谢榛、蔡汝楠、莫如忠等集吴维岳宅,分韵赋诗。立春日,王世贞与吴维岳集。时世贞入吴维岳、王宗沐、袁福徵诗社。

是年,王世贞授刑部主事。时因李先芳绍介,李攀龙与王世贞相识,始相与切磋"西京、建安、开元语"。是年或后,王世贞作《二鹤赋》,意有所托。

嘉靖二十八年己酉(1549)

五月,王世贞作《苦旱歌》。

中秋夕,李攀龙、王世贞、谢榛、李孔阳一同赏月论诗。是月,吴国伦、宗臣举乡试。

九月初九日,王九思为李开先《宝剑记》作后序。

冬,李孔阳赴任东昌知府,李攀龙、谢榛作诗送之。吴国伦赴京会试,有诗。

是年,徐中行、梁有誉计偕北上,逢于南京,相得甚欢,"扬榷古今诗道",遂定交焉。

嘉靖二十九年庚戌(1550)

正月初一日,李先芳入觐。寻返新喻,李攀龙、王元美、谢榛等与之集天宁寺,分韵赋诗。

二月,王宗沐出视广西学政,王世贞作序送之。

三月,吴国伦、徐中行、宗臣、梁有誉中进士。

春,王世贞作《四十咏》忆念乡哲。

夏,李攀龙、谢榛、吴维岳、徐文通等人集王世贞宅,分韵赋诗。

闰六月十五日,王世贞邀李攀龙、谢榛、吴维岳、徐文通等人集宣武城楼,限韵赋诗。

七月初七日,谢榛离京,李攀龙集王世贞宅送之,有诗。

八月,鞑靼俺答攻古北口,直逼京师。王世贞有《书庚戌秋事》,谢榛有《秋日即事五首》、《哀哉行》,吴国伦有《庚戌秋日纪事五首》,梁有誉有《庚戌八月虏变》,分别纪之,王世贞后又作《庚戌始末志》。太医周同从大将军仇鸾出伐俺答,李攀龙、王世贞、谢榛、梁有誉作诗送之。

是年,李攀龙迁刑部员外郎。谢榛作《哀少妇》、《忆西湖玉泉寺》、《橘树》等诗。张佳胤出知滑县,吴国伦、梁有誉作诗送之。

嘉靖三十年辛亥(1551)

正月初七日,谢榛过访吴维岳,为赋诗。十五日,李攀龙邀谢榛登游西北城楼,谢作诗纪之。二十九日,王九思自序《碧山诗馀》。三十日,宋廷琦为王九思《碧山诗馀》作后序。

二月,李攀龙、王世贞、谢榛等饯别吴维岳、徐文通、袁福徵察刑江西、四川、广西,为作送行诗、序。谢榛追送吴维岳潞河,为赋诗。时莫如忠赴任贵州提学副使,李攀龙、王世贞、谢榛、梁有誉作诗送之。

清明日,谢榛与李攀龙、刘景韶、贾衡游南园,分韵赋诗。

夏,谢榛与李攀龙、宗臣、刘景韶、贾衡泛舟南溪,有诗。

中秋夕,谢榛与徐中行集,为赋诗。是月,梁有誉授刑部主事。自是梁有誉、宗臣、徐中行从李攀龙、王世贞游,人以"五子"称之。

九月,吴国伦除中书舍人。

冬,刑部郎中万衣察狱湖广,李攀龙与谢榛作诗、序送之。

是年,王九思卒。李攀龙迁刑部郎中,王世贞迁刑部员外郎,宗臣改吏部考功。谢榛脱滁人卢柟于狱,王世贞为卢氏出狱作诗志喜。皇甫汸来京补职,得与李攀龙、王世贞、谢榛等人游处。

嘉靖三十一年壬子(1552)

正月初六日,李攀龙、王世贞、梁有誉访谢榛于华严庵,分韵赋诗。初七日,李攀龙、王世贞、谢榛、梁有誉、徐中行集宗臣宅,分韵赋诗。十四日,李攀龙、王世贞、谢榛、徐中行集梁有誉馆，分韵赋诗。十六日，李攀龙、王世贞、徐中行过访魏裳，分韵赋诗。

三月初三日，王世贞、谢榛、徐中行、魏裳游姚园，分韵赋诗。是月，王世贞父忬出抚山东，李攀龙、梁有誉、宗臣作诗送之。梁有誉作《暮春病中述怀》诗。

春，谢榛入诸子诗社，人为绘"六子图"。李攀龙、王世贞、徐中行、宗臣过访梁有誉，或作诗纪之，时有誉以疾在告。

五月初五日，李攀龙、王世贞、徐中行、宗臣过访梁有誉，有诗。夏至，梁有誉作《壬子长至》诗。

六月，梁有誉病归，李攀龙、王世贞、徐中行、宗臣等集天宁寺饯别之，作诗送赠，有誉为赋一百韵留别诸子。时吴国伦亦赋诗为送。

七月，王世贞出使案决庐州、扬州、凤阳、淮安四郡之狱，有诗留别，李攀龙、吴国伦、徐中行、宗臣、魏裳作诗送之，李攀龙又为作《送王元美》一文，称李梦阳等人"视古修辞，宁失诸理"，王慎中、唐顺之等人"惮于修辞，理胜相掩"。

王世贞于出使途中有书寄李攀龙，诉以相知之情，且作《寄李于鳞二十四韵》，感叹离散孤衷。过维扬，又作诗怀宗臣。

中秋夕，吴国伦、徐中行饮集李攀龙宅，分韵赋诗。是月，追戮大将军仇鸾于市，籍其家，王世贞闻讯，作诗志喜。

九月初九日，李攀龙、吴国伦、徐中行集，有诗。

秋，梁有誉作《归自燕都贻诸弟》诗，述归休之喜。

十月，宗臣上书告归，李攀龙、吴国伦、徐中行作诗及序送之，臣作《留别京洛诸游好三首》。

十一月初一日，梁有誉作《仲冬朔日，修复山中旧社，得寒字》诗。时有誉与黎民表等人重开粤山旧社，"以古人相期待"，"或酣畅雅歌为娱"。

冬，王世贞以使事道维扬，访朱曰藩，有诗。吴国伦以李攀龙、徐中行过访，有诗。

宗臣归里后作《还至别业五首》。

是年或稍后，李攀龙倡为《五子诗》，"纪一时交游之谊"，王世贞、徐中行、宗臣、梁有誉等同作之。

嘉靖三十二年癸丑(1553)

正月初七日，李攀龙、李先芳集徐中行宅，分韵赋诗。

殷士儋出使河南，李攀龙作诗送之。

三月，李攀龙出为顺德府知府，徐中行与魏裳作诗、序送之，宗臣有诗相寄，攀龙赋诗留别。宗臣寄书梁有誉，忆前日诸子"一时骚坛，直追汉魏"，慨叹"一岁之间，萍分云散"。宗臣或作《春兴八首》。

闰三月，倭寇入犯沿海诸郡，王世贞避兵吴中，得过从文徵明、陈鎏、黄姬水、彭年等人，又结识张献翼。

夏，吴国伦移疾得告，以刘景韶、魏裳过访，有诗。

七月，王世贞游虞山、虎丘寺，有诗。又投俞允文诗，与之订交。时世贞已迁刑部郎中，启程赴京师。吴国伦告还，徐中行作诗送之。王世贞抵扬州，遇吴国伦，与之饮酬倡和。时梁孜从，复与吴、梁同登芜城阁，作诗纪之。抵高邮，与宗臣痛饮三日，有诗。既别，世贞又为作诗，臣亦有诗相赠。吴国伦别梁孜，以诗相赠。过吴中，有《姑苏怀古》诗。时得与文徵明父子、陆师道、彭年、王世懋等人游处，有诗。

八月十八日，吴国伦观潮于浙江楼，有诗。已游西湖，有诗。

九月，王世贞抵京，与徐中行、魏裳等人集，分韵赋诗。世贞返京后，有诗赠李攀龙，又作《赠李于鳞序》，言及"今之为辞者，辞不胜跳而匿诸理"。

秋，李攀龙与张佳胤游处，有诗。时张氏令滑县，谒攀龙而出其诗，攀龙大善之，折节为礼。

十二月，谢榛过访李攀龙，有诗。

冬，王世贞、魏裳访徐中行，有诗。谢榛与徐中行、张佳胤等集，有诗。时张氏已擢户部主事。

是年，谢榛已与李攀龙、王世贞等人有隙，遭"削名"，攀龙为作《戏为绝谢茂秦书》。吴国伦入社。王世贞作《短歌自嘲》，感叹仕途困顿。宗臣或作《湖上杂言二十首》。

嘉靖三十三年甲寅(1554)

正月初七日，王世贞、魏裳访徐中行，分韵赋诗。

宗臣有诗寄吴国伦。

三月，谢榛赴京，李攀龙作诗送之。是月，王世贞、徐中行、魏裳游姚园，分韵赋诗。王世贞、谢榛、徐中行、魏裳等游韦园，分韵赋诗。

秋，吴国伦北上过顺德访李攀龙，各为赋诗。既别，攀龙作诗送之。

九月,吴国伦作《暮秋感怀八首》。徐中行决狱江北,王世贞、吴国伦、谢榛、余曰德等饯别之,或作诗送赠。其途次顺访李攀龙,三宿为别。

十一月初三日,梁有誉卒。是月前后,宗臣赴京北上,作《留别子培舍弟七首》。徐中行于射阳湖逢宗臣,因相与饮酌,中行赋诗为别,臣亦作诗送之。

十二月,吴国伦有诗怀李攀龙、徐中行、梁有誉、宗臣、魏裳诸人。

是年,余曰德入社。

嘉靖三十四年乙卯(1555)

三月,王忬进兵部左侍郎,总督蓟辽、保定,李攀龙作序送之。

春,闻梁有誉讣,李攀龙、王世贞、吴国伦、徐中行、宗臣作诗哭之,谢榛作《南海飓风歌》伤之。王世贞、吴国伦、宗臣集,有诗。

五月,王世贞、吴国伦、宗臣游张园,有诗。吴国伦授兵科给事中,有诗。

许邦才调任永宁知州,吴国伦作诗送之。

七夕,王世贞、吴国伦、宗臣、张佳胤、余曰德游张园,有诗。

张佳胤入社。

九月,张佳胤使闽粤督租,王世贞、吴国伦、宗臣、余曰德各赋诗饯别之,李攀龙时亦作诗相送。时兵部员外郎杨继盛之狱定谳,王世贞为之画策解救,且为杨妻笔削代死疏上之。先是,杨继盛以疏劾严嵩下狱。

秋,李攀龙贻诗王世贞,为言上计非远,世贞作诗志喜。

十月十五日,宗臣作《武陵歌》。是月,杀杨继盛,王世贞出宣武门,酹酒泣奠之,又与吴国伦、宗臣经纪其丧,吴国伦为作《冬日即事有感四首》。

十一月,徐中行抵京,与王世贞、吴国伦、宗臣集,分韵赋诗。

宗臣寄书李攀龙,谓李"诸体各极至",七言之作"高雅奇秀,卓绝今古"。

十二月,李攀龙上计赴京,吴国伦为作《闻于鳞上计且至,病中作此迟之》诗。王世贞受察狱北直隶之命。李攀龙至京,与王世贞、吴国伦、徐中行集,分韵赋诗。时宗臣以攀龙上计至,已以职事不得相通,作《子夜吴歌九解赠李顺德于鳞》。除夕,李攀龙、吴国伦、徐中行集王世贞宅,分韵赋诗。

冬,王世贞为梁有誉作哀辞。

是年,韩邦奇卒,李攀龙为作祭文。

嘉靖三十五年丙辰(1556)

正月,李攀龙离京还顺德,王世贞出使察狱畿辅,相与作诗赠别,且与诸子为别,吴国伦、徐中行、宗臣等作诗送赠。

三月,吴国伦谪江西按察司知事,有诗。时以徐中行、宗臣偕黎民表过访,又有诗。徐中行、宗臣、余曰德等送别之,且为赋诗,谢榛作诗相寄。后宗臣又赋《庐山歌》寄赠之。时吴氏贻书报王世贞,又作诗寄别,世贞怅然以诗答之。徐中行出使察狱江南,王世贞、吴国伦、宗臣作诗送之。

四月,王世贞察狱过土木堡,作《土木赋》。经卢龙,谒伯夷、叔齐祠,作《吊夷齐》。驻上谷,作《上谷杂咏》等。

吴国伦赴江西任途次与徐中行、黎民表过访李攀龙,有诗,攀龙作诗送之。

吴国伦、徐中行、黎民表、朱邦宪饮集济上杨园,登游太白楼,分韵赋诗。已国伦又以诗送别徐、黎二人。

七月,王世贞自塞外归,遇宗臣,有诗。

王世贞南下察狱,经河间、高阳、安州、保定等地,作诗纪之。

时王世贞治狱之暇,取刘义庆《世说新语》、何良俊《语林》删定之,编为《世说新语补》。又更定俞允文集四卷梓之,作有序。

八月,王世贞谳狱顺德府,过访李攀龙,与之刺鹿饮酒,分韵赋十二体。时攀龙约游黄榆岭、马岭,为风雨所阻。既王世贞谳狱广平、大名,又与谢榛、卢柟、王道行、罗良、樊献科等人游处,有诗。后其又为卢氏集作序。中秋夕,谢榛与顾圣少追会世贞卫河舟中,有诗。是月,李攀龙擢陕西提学副使,王世贞作诗志喜,赠以序,徐中行亦有诗寄赠。

九月,吴国伦登滕王阁,有诗。宗臣为李攀龙赋《二华篇》。

秋,王世贞选辑谢榛集成,为作序,谓所存"泬泬然鸿爽比密、宫商协度、意象衡当者"。

王世贞作《敖士赞》,列老子、柳下惠、列子、鲁仲连、东方朔、阮籍诸人。

十月,王世贞升山东按察司副使,兵备青州,李攀龙、吴国伦、徐中行作诗及序送赠或寄怀,宗臣有古剑及《古剑篇》贻赠。

十二月,王世贞赴任山东按察司副使。

冬,李攀龙赴陕西任,渡黄河,经函谷关,有诗。宗臣屡与吴维岳、朱曰藩、张九一等人过从,分韵赋诗。

嘉靖三十六年丁巳(1557)

正月初二日,宗臣与张九一过访吴维岳,有诗。初七日,吴维岳偕张九一集宗臣第,分韵赋诗。

二月,宗臣升福建布政司参议,王世贞作诗赠之,吴国伦闻讯,作诗相寄。

三月,李攀龙有诗寄赠王世贞,为述思念之情。宗臣启程赴福建任,作《发京》诗。王世贞、徐中行、吴维岳等有诗送赠之。吴维岳升山东提学副使,王世贞、徐中行或作诗志喜,或作诗送之。徐中行升汀州府知府,有诗。王世贞、吴国伦等作诗寄赠之。

春,王世贞过访李开先,后又为李氏《咏雪诗》作跋。王世贞作《春日闲居杂怀十首》。

夏,王世贞始撰次《艺苑卮言》。

七月,宗臣赴任途中游燕子矶,有诗,且为作记文。过采石矶,作《过采石怀李白十首》。又与徐中行醉饮句容,登茅山绝顶,有诗。既又赋诗作别。经富春山,登严光钓台,作《钓台赋》。经新安、严州等地,又作诗纪之。

吴国伦量移南康府推官,有诗。

九月,李攀龙登游太华山,有诗。

秋,王世贞与徐文通游集,共登云门山,有诗。

十月,宗臣抵闽,既登平远台,为作记文。

是年,李攀龙或校王维桢《王氏存笥稿》,且为作跋。王世贞或为李先芳《拟古乐府》作序,或又作《续九辩》、《挽歌》述怀。是年前后,谢榛作《王元美镇青州,赋此寄怀》诗。

嘉靖三十七年戊午(1558)

正月,王世贞与吴维岳游云门山,有诗,既为作《游云门山记》。

二月,宗臣于汀州会徐中行。

三月,王世贞作《青州杂感十首》。又世贞惜杨慎《尺牍清裁》于时代、名氏、典籍或有纰漏,乃稍订定,增葺为二十八卷,作有序。

五月,宗臣作《西门记》。

六月初二日,王世贞与徐文通游泰山。是月,王世贞《艺苑卮言》六卷成,称"欲为一家言"。

夏,谢榛游嵩山少林,得"飞泉漏河汉"句。

七月或稍后,宗臣作《七月西征记》。

李攀龙辞陕西提学副使归,王世贞为作《李于鳞罢官歌》,谢榛作诗相寄,攀龙作《拂衣行》答世贞。时徐中行、宗臣以从事秋闱,得共处谈议。

九月,徐中行、宗臣先后游归化滴水岩,臣为作《游滴水岩记》。是月或稍后,宗臣作《九月西征记》。

秋,吴国伦作《秋日匡山七首》。

王世贞寄书张九一,言己所拟古乐府"间仿魏晋,十合二三,于汉往往离去不似也"。

是年,李攀龙归休后,于华不注山、鲍山之间筑一楼以居,与许邦才、殷士儋"时往来觞咏其间"。后魏裳名之曰"白雪楼",王世贞、徐中行等人赋诗寄题。王世贞为何景明集作序,称李、何二子"抉草莽,倡微言,非有父兄师友之素,而夺天下已向之利,而自为德","二子之功,天下则伟矣夫"。王世贞撰次《丁戊小识》二十四卷成。

嘉靖三十八年己未(1559)

正月十四日,宗臣作《二曾夜谈记》。是月,王世贞以台谒至济上,访李攀龙,与之谈诗论文,有《书与于鳞论诗事》。

二月,宗臣升福建提学副使,既为学官弟子作《总约八篇》。

三月,吴国伦发南康还里,有诗。

春,李攀龙为吴国伦作《跳梁行寄慰明卿》。李攀龙或作《春日闲居》诗。

六月,长兴县讲德书院建成,徐中行为作记文。

夏,李攀龙或作《夏日东村卧病》诗。

九月,王世贞因父王忬以滦河战事失利下狱,解官赴京,作诗别李攀龙、许邦才。

秋,李攀龙或作《秋日村居》诗。

十月,王世贞北上途中经德州,徐文通为祖饯,因作诗别之。徐中行启程入计,宗臣作序送之,中行赋诗为别。途次,中行闻父丧奔归。

王世贞抵京后,求助于严嵩及诸权贵,间入视父,"强颜以进,含辛而出"。时世贞忧愤之际,作《沈悁》、《自责》诸篇述怀。又张九一屡过从,世贞因与之缔交,谓"自是吾党有'三甫'"。"三甫",谓张佳胤(肖甫)、张九一(助甫)、余曰德(德甫)也。

十一月,王世贞以资费拮据、父狱少纾启程南还,别弟世懋于京师彰义门,有诗。

十二月,王世贞作《罢官杂言则鲍明远体十章》。时世贞闻父有"非常之耗",复赴京师。

冬,李攀龙或作《冬日村居》诗。

是年或稍后,卢柟卒,王世贞作诗悼之,又为作传。吴国伦作《十二子诗》,列谢榛、黎民表、李先芳、余曰德、俞允文、魏裳、张佳胤、张九一等十二人。宗臣作《读太史公杜工部李空同三书序》。

嘉靖三十九年庚申(1560)

二月十三日,吴国伦赴京北上,有诗。是月,宗臣卒。后李攀龙、王世贞、吴国伦闻讣,作诗哭之,世贞又为仿《九歌》之遗作《少歌三章》及墓志铭,徐中行为作祭文。

清明日,王世贞出游京师西廓,"幽忧凄结,徒增凄怆",成《水调歌头》一阕。

春,吴国伦经兖州,遇吴维岳,有诗。经德州,徐文通招饮,有诗。初入京,集李先芳宅论诗。

夏,吴国伦在京待调,访王世贞兄弟,有诗。先是,世贞闻国伦至,作诗遗之,寻国伦补归德司理,复作诗赠之。

九月,樊献科为宗臣集作序。

王世贞以家难系京,李攀龙、张献翼有诗书寄慰,作书答之。

王世贞《幽忧集》二卷成,其中有《沈悭》、《少歌》、《自责》、《终风》及答和李攀龙、吴国伦、徐中行诸篇。

十月初一日,杀王忬于市,后李攀龙、徐中行为作挽诗。

王世贞与弟世懋扶父丧归,丧过济宁,李攀龙出吊,谢榛闻世贞兄弟南归,赋诗寄怀。

嘉靖四十年辛酉(1561)

春,吴国伦宴集李濂宅,分韵赋诗。归有光为王忬作诔文。

四月,吴维岳任湖广布政司右参政,李攀龙作诗送之。吴国伦闻张佳胤谪陈州同知,赋诗相寄。

夏,徐中行父丧服除赴京,过吴门,与张献翼缔交,又作序赠其父张冲。

秋。吴国伦与张佳胤游,有诗。又作《上公庙诗》,纪翻新微子祠事。

冬,徐中行抵京,屡与黎民表、郭第、梁孜等人过从,分韵赋诗。

十二月,徐中行为黎民表、郭第《玉华石联句》作跋。

是年，谢榛候问李攀龙，并示以新刻诗集，攀龙作书报之。李攀龙作《重修肥城县孝里铺记》《肥城县修城碑记铭》。许邦才请得李攀龙拟古乐府"历读之"，且为作序。

嘉靖四十一年壬戌(1562)

三月，徐中行除汝宁知府赴任，作诗留别李先芳、黎民表、郭第等人，李攀龙、魏裳、黎民表等作诗及序送之。至广川，中行有诗寄怀京邑游好。

春，魏裳出知济南府，自是屡过从李攀龙，饮酌谈诗，相与酬和。

五月，郭维藩集刻成，吴国伦为作序。

夏，徐中行抵汝宁任，自是得与吴国伦、张佳胤、蔡汝楠过从。时中行以何景明祠事请，谓何氏"以文章增重昭代，功德远矣"。

八月二十日，何景明祠建成，徐中行代蔡汝楠作《何大复碑记》。既李攀龙寄书中行，以为碑记"雄辩千古"，足令何氏"凛凛有生气"。是月，吴国伦罢归，徐中行、张九一送别之，有诗，吴国伦赋诗留别。

秋，吴国伦与张九一游，分韵赋诗。冯惟讷赴任浙江提学副使，蔡汝楠入为兵部右侍郎，协理戎政，徐中行分别作诗送之。

吴国伦闻授建宁府同知，有诗。

是年，徐中行重修天中书院，李攀龙为作《天中书院碑颂》。吴国伦擢知邵武府，李攀龙为赋诗，谢榛后有诗相寄。是年前后，王世贞结交朱察卿、朱多煃。

嘉靖四十二年癸亥(1563)

正月，欧大任北上过访徐中行，中行觞之于表台，相与谈艺赋诗。

春，吴国伦赴建宁任，作《春日赴闽舟行即事八首》。徐中行有诗寄送。徐中行罢汝宁知府，作《罢郡喜归五首》，李攀龙、吴国伦、余曰德、黎民表等以诗寄慰。

五月，徐中行过吴门，与王世贞、世懋兄弟及吴中诸名士游处，分韵赋诗。

夏，许邦才出为周王府右长史，李攀龙作诗送之。

秋，王世贞兄弟至长兴访徐中行，同游顾应祥书院，各为赋诗。

十月初一日，魏裳刻李攀龙《白雪楼诗集》成，为作序。

吴国伦擢邵武府知府。

是年，李先芳谪亳州同知，李攀龙为作《李伯承谪亳州》诗，谢榛有诗寄怀。王世贞为宗臣集作序，称"中间评骘不相假"。又有书答汪道昆，推许其"顾为东西京言"。王世贞结识戚继光。徐中行作《创建汉黄征君祠堂记》。是年或稍后,王世贞筑"离薋园"成,吴国伦、俞允文、魏裳等为题诗。

嘉靖四十三年甲子(1564)

二月十七日,王世贞与彭年、章美中、刘凤、魏学礼、张凤翼、张献翼、弟世懋过访袁尊尼,有诗。十八日,又与诸士及弟世懋集张凤翼、献翼兄弟园亭。

闰二月,王世贞与彭年、黄姬水、周天球、章美中、刘凤、袁尊尼、魏学礼、弟世懋集张凤翼、献翼兄弟园亭,有诗。

时王世贞又与诸士及弟世懋游西山、横塘、灵岩山、铜坑山、虎丘等地,所至或作诗纪之。

徐学谟自荆州免官归访王世贞,有诗相贻,世贞作诗答之。王道行迁陕西学政,王世贞作诗、序送赠之。

秋,殷都、张凤翼、张献翼应试留都,王世贞作诗送赠之。时世贞先后游支硎山、天池山、天平山、木樨岭、石湖等地,作诗纪之。谢榛赴晋阳故人之招。吴国伦以顾圣少过访,作诗志喜。又有诗寄怀谢榛。

冬,徐中行访王世贞兄弟,偶遇吴门,喜而赋诗。又于虎丘寺同王世贞兄弟及彭年、黄姬水、周天球、梁辰鱼等送别袁尊尼、张凤翼北上会试,各为赋诗。时徐中行自罢汝宁知府,有不出之意,王世贞兄弟遗之百金,促其北行,中行赋诗谢之。

十二月,谢榛游五台山,有诗。除夕,魏裳过访李攀龙,攀龙命子行酒。

是年,李攀龙校《白雪楼诗集》,"酷加删易,凡什之二"。王世贞有诗赠梁辰鱼,又有书答李开先,自谓"摧裂之馀,志意荒落"。是年或稍前,张献翼为李、王二人刊刻其倡和诗《南北二鸣编》。

嘉靖四十四年乙丑(1565)

春,魏裳上计赴京,李攀龙作诗、序送之。时吴国伦亦以上计入京,值魏裳至,遂与饮酌,有诗。又作诗寄怀李攀龙、王世贞、徐中行。

寒食,谢榛至汾州会孔天胤,其自是春至秋客居期间,屡与孔氏游集唱酬。

三月,吴国伦至黄州逢张九一,有诗。

五月十六日,曹天祐为梁有誉集作序。是月,魏裳擢山西按察司副使,分巡冀南,李攀龙作诗送之。是月或稍后,吴国伦次南浦驿,余曰德、朱多煃等人来访,有诗。

六月，梁辰鱼过访李攀龙，出王世贞《艺苑卮言》以示，攀龙作诗赠之。

夏，徐中行已入京，得与欧大任、袁尊尼、文彭等人过从，有诗。

七月，徐中行与欧大任、袁尊尼、文彭等人饮集，有诗。时中行授长芦转运判官。

徐中行在长芦，作《秋日署中二首》、《长芦署中独酌奉怀王元美兄弟、俞仲蔚及吴门旧游》等诗。

九月初九日，徐中行登芦台，怀李攀龙、王世贞兄弟、吴国伦诸人，有诗。又作诗怀俞允文。是月，周天球过访李攀龙，攀龙与之登华不注山，为其小像题诗，且作诗送赠。谢榛作诗寄怀徐中行。

秋，王世贞以俞允文、周天球先后过访，为作诗。

十月十四日，李攀龙为《青州府志》作序。是月，徐中行量移瑞州同知，李攀龙以诗相慰。时中行闻母丧奔归，途次访攀龙，以其母墓志相委。

冬，王世贞以袁福徵过访，为作诗。

是年，王世贞《艺苑卮言》六卷完稿。

嘉靖四十五年丙寅（1566）

二月，归有光任长兴令，王世贞作诗送之。

春，王世贞出访陆治，有诗。

六月，欧大任赴任江都训导，李攀龙作诗送之。

九月，王世贞出游阳羡，作诗文纪之，后成《阳羡诸游稿》。

秋，吴国伦与顾圣少、沈明臣集，有诗。

十二月，王世贞以周天球过访，作诗赠之。

冬，李攀龙寄书徐中行，称观中行《丙寅稿》诗数章"已诣境地"，以为"盖诗之难，正唯境地不可至耳"。

隆庆元年丁卯（1567）

正月，王世贞与弟世懋赴京讼父冤，途中登游金山、焦山，有诗。

二月，张佳胤迁广西布政司左参议，既徐中行赋诗寄怀。王世贞途经淮河、徐州、彭城、恩县、兖州、德州、阜城、河间等地，作诗纪之。

王世贞在京结识王祖嫡，与之谈权文事甚洽。与莫如忠饮集，时莫氏入贺登极，因作诗赠之。

夏，王世贞作《夏日寺居即事四首》。

七月，王世贞作《杂感六章》。题叶琰《方氏遗裔复姓记》，有感于方孝孺罹难。又与王穉登等人游集，分韵赋诗，且为其《客越志》作序。时世贞始撰次《宛委馀编》。

八月，诏复王忬原官。王世贞与弟世懋自京师启程归里。吴国伦作《福建乡试录序》。

王世贞途中过德州，不及访李攀龙，作诗寄之，攀龙亦有诗寄赠。经扬州，欧大任来访。既别，欧赋诗送行，世贞亦为作诗。

王世贞南归后，为父忬作行状，既委李攀龙、李春芳作传及墓志铭。

十月，李攀龙起补浙江按察副使，王世贞、吴国伦、徐中行等作诗志喜或寄怀。吴国伦以入计还里，已北上赴京。

十二月，李攀龙赴任途中至广陵，晤欧大任。又与王世贞兄弟邂逅吴门，痛饮三日夜，世贞有诗相赠，攀龙以诗答之。

是年前后，李攀龙《古今诗删》成稿。是年或稍后，吴国伦作《肥城县重修关侯庙记》。

隆庆二年戊辰（1568）

春，戚继光应召入京协理戎政，过浙中，晤李攀龙。寻又偕汪道昆访王世贞，欢饮纵谈，戚以良剑相赠，世贞为作《宝刀歌》。既别，又以诗为赠。

三月，王世贞为张凤翼作《求志园记》。

徐中行访李攀龙于浙中，宴集西湖，分韵赋诗。吴国伦改知高州，有诗。李攀龙、徐中行以诗相慰。吴国伦以陈文烛等人过集，与之分韵赋诗。

四月初十日，传到邸报，王世贞起补河南按察司副使，整饬大名等处兵备。是月，汪道昆出游太湖，王世贞作诗送之。徐中行再过访李攀龙，同为赋诗，既攀龙作诗为别。

五月十八日，王世贞具疏请致仕。时又上《应诏陈言疏》。李攀龙、徐中行以诗劝驾，作诗答之。是月，李攀龙升浙江布政使司左参政。

六月，李攀龙贺东宫北上，顺途过访王世贞。时值徐中行谒除北上，与之相逢。

七月二十四日，王世贞作文祭宗臣。

王世贞启程赴河南任，有诗。途中遇徐中行，遂与偕行，各为赋诗。二人经扬州，访欧大任，又为赋诗。时欧氏以《浮淮集》索序于王世贞。既泊高邮，二人作诗怀宗臣。途次又相与酬和。行至济宁,二人同谒徐阶,时徐氏致仕南归,因作诗送赠。

八月中秋夕,王世贞别徐中行于济宁,有诗。二十四日,王世贞抵任,有诗。

九月,时李攀龙、徐中行先后抵京,饮集赋诗。中行又作《都门感旧》诗述怀。王世贞以谒台出行,途中历龙泉关、故关、娘子关,登黄榆岭、马岭,有《历三关记》《历黄榆马岭记》及诸诗纪之。

十月,李攀龙返济南。王世贞结识魏允中,数与之赓和,作诗赠之,多加推许。

徐中行除湖广佥事,王世贞、吴国伦作诗相赠或志喜。中行将赴任,与陈文烛、李维桢、李长春等人集,分韵赋诗。途次过访李攀龙,有诗,攀龙为祖饯,且作诗相送。

王世贞有诗寄谢榛,时得谢所寄新集。

十二月,李攀龙升河南按察使。除夕,王世贞得迁浙江左参政之报,有诗。

冬,王世贞为欧大任《浮淮集》作序。又以杨继盛子来访,索父行状,因为作《杨忠愍公行状》。

是年,王世贞为文徵明作传。是年或后,王世贞为钱榖作传。是年前后,李攀龙为刘凤、魏学礼倡和诗《比玉集》作序。

隆庆三年己巳(1569)

正月,王世贞赴任浙江左参政。十六日,过访李攀龙,相与痛饮,以诗赠别,攀龙作序相送。

二月,李攀龙抵河南任。吴国伦抵高州任。吴维岳卒,王世贞为作祭文,吴国伦作诗悼之。

吴国伦应黎民表之招集其山馆,有诗。

四月,王世贞抵浙江任。

闰六月,李攀龙以母丧奉柩返济南。王世贞结识徐献忠。黎民表过访,世贞与之游处,屈指话旧,有诗。既别,作诗赠之。又世贞或为许邦才《梁园集》作序。

夏,吴国伦作《高州杂咏五首》。

七月,徐献忠赴"仙约",王世贞作诗送之。

朱察卿过访,王世贞与之欢饮。既别,作诗赠之。

八月,徐献忠卒,王世贞经纪其丧,为作祭文,后又为作墓志铭。时世贞寄书徐中行,与之论榷诗文。

九月初九日,徐中行洪山寺登高,怀李攀龙、王世贞兄弟、吴国伦,有诗。是月,王世贞经桐庐、建德,登严光钓台,作《登钓台赋》。

十二月,王世贞得迁山西按察使报,作诗自嘲。时世贞或为章美中作传,且序其诗集。

隆庆四年庚午(1570)

正月,李攀龙为欧大任《广陵十先生传》作序。汪时元刻李攀龙《白雪楼诗集》成,有《书刻白雪楼诗集后》。

二月,王世贞上疏请辞山西按察使命。汪道昆为右佥都御史,巡抚郧阳,徐中行作诗志喜。既在郧阳与汪氏宴集,有诗。

王世贞为余曰德、朱多煃倡和诗集《芙蓉社吟稿》作序。又或删选徐文通诗,为作序,因推崇盛唐诗"其气完,其声铿以平,其色丽以雅,其力沈而雄,其意融而无迹"。

六月,王世贞启程赴山西任,有诗。

七月十六日,王世贞抵山西任。沿途所历作《适晋纪行》及诸诗纪之。

八月二十日,李攀龙卒。是月,王世贞监山西乡试,有诗。作《山西乡试录后序》。吴国伦作《广东乡试录序》。徐中行升云南布政司左参议,有诗。陈有守为徐中行《青萝馆诗》作序。

王世贞与罗良、李淑、王道行等人游处,有诗。

十月初一日,汪道昆为《青萝馆诗》作序。

王世贞得母疾复发之讯,上疏告归。抵泽州,得母讣,昼夜奔驰,抵家。

是年,王世贞跋张凤翼、献翼兄弟诗。

隆庆五年辛未(1571)

正月,归有光卒,后王世贞为作赞。

二月,徐中行赴任入滇,有诗。时中行于滇中闻李攀龙讣,作诗哭之,慨叹"回首词盟失岱宗"。

三月初一日,王世贞作诗哭李攀龙,悲叹"词林失大贤",又为作祭文。

春,王世贞作《闻南中流言有感》诗。

王世贞以慎蒙来访,为作诗。

五月十五日,王世贞增益《尺牍清裁》至六十卷,作有序,称先秦两汉之作"质不累藻,华不掩情,盖最称笃古矣"。是月,汪道昆为右副都御史,巡抚湖广,徐中行作诗寄之。张佳胤迁山西按察使,既谢榛作《纪胜歌》寄赠之。

夏,王世贞为乔宇集作序。吴国伦闻李攀龙讣,作诗哭之。

七月,李攀龙子李驹以父全集授王世贞,又以其碑传相委,世贞因校雠李集付梓,又为李攀龙作传。俞允文为《青萝馆诗》作序。

八月十五日,王世贞为沈恺《环溪集》作序。

王世贞以莫是龙来访,与之醉饮,作诗赠之。

十月,张佳胤为右佥都御史,巡抚应天,既谢榛、吴国伦作诗寄赠之。

十一月十七日,吴国伦以倭入犯高州,引兵拒之,作《里麻行》以纪。

是年,王世贞为陆治作传。又与李维桢相识。

隆庆六年壬申(1572)

二月,袁尊尼升山东提学副使,王世贞作诗送之。昆明横山水洞修成,徐中行为作记文。

王世贞出游虞山,有诗。吴国伦迁贵州提学副使,有诗。王世贞作诗送之。

四月十八日,吴国伦归里途中于黄龙江口邂逅汪道昆、顾圣少,促饮舟中,达曙而别,赋诗纪之。

吴国伦经南浦,与余曰德、朱多煃夜谈,有诗。

夏,王世贞增益《艺苑卮言》至八卷,作有序。又时以欧大任奔母丧来访,作诗赠之。吴国伦以顾圣少过访里中,与之饮酌,有诗。时顾氏重游七台山,作诗送之。

吴国伦以亲故劝驾,作《倦鸟吟》解嘲。

七月初七日,张佳胤为李攀龙《沧溟先生集》作序。吴国伦启程赴贵州任,别亲友,有诗。

八月,吴国伦赴任途中于武昌遇徐中行,其方自滇入贺登极,因与饮十日夜,有诗。中秋日,过蒲圻访魏裳,秉烛道故,有诗。又于途次先后登游黄鹤楼、岳阳楼,均有诗。是月,长兴县学宫修成,既徐中行为作记文。

九月,王世贞为梁辰鱼《古乐府》作序。张佳胤抵太仓,有诗贻王世贞,世贞赋诗和之。时世贞得与张氏游处,欢甚,张出诗文集以示,因序其集。王世贞出游太湖、洞庭东西山,所经作诗纪之,又为作《泛太湖游洞庭两山记》。时王世贞闻徐中行入贺登极,已至胥门,喜极,遂速归,得与之聚饮,赠以诗。

十月,王世贞以梁孜来访,与之分韵赋诗。朱察卿卒,王世贞、吴国伦、徐中行作诗挽哭之。

冬至日,王世贞以张九一来访,与之分韵赋诗。徐中行升福建按察副使,王世贞、俞允文作诗送之。

冬,王世贞为陈文烛文集作序,称其文"不屈阕其意以媚法,不欹骸其法以殉意"。

是年,徐中行为欧大任《旅燕集》作序。

万历元年癸酉(1573)

正月十一日,徐中行诣济南祭李攀龙墓,有诗,又为作祭文。二十二日,吴国伦五十初度,作诗感怀。

二月,王世贞补湖广按察使,行意未决,有诗。

春,王世贞以徐阶访游,作诗赠之。徐中行经淮安,与陈文烛、吴承恩集,谈诗论文不倦。时又与沈明臣集。既别,陈文烛为饯行,中行作诗留别。

四月,吴国伦登游石莲峰,为作记文。

五月,陆治过访王世贞,出游洞庭山画,世贞为题语。又为戚元佐《青藜阁初集》作序。

六月初七日,王世贞启程赴湖广任,有诗。过吴门,文彭丧归自京师,往吊之。时闻何良俊讣,后作诗挽之。二十二日,张佳胤来访,因与之欢饮至醉。

七月十五日,王世贞登赤壁,泛大江,歌苏轼《赤壁赋》,有诗。二十二日,王世贞抵武昌。沿途所历作《江行纪事》及诸诗纪之。

八月,王世贞监湖广乡试,有诗,并作《湖广乡试录序》。吴国伦作《贵州乡试录后序》。

王世贞与胡僖、李淑等人游处。

九月,王世贞除广西右布政使,闻命作诗。时又有诗赠李淑。

秋,王世贞题祝允明《月赋》卷。

十月,王世贞以魏裳来访,遂与之饮于汉阳晴川阁,分韵赋诗。时世贞假休沐还,抵九江,登庐山,游东林寺、天池寺诸胜,作《游东林天池记》及诸诗纪之。时又作《悲七子篇》,慨叹文彭、何良俊、陆师道、梁孜等"游好"相继亡逝。

王世贞于途次得邸报,除太仆寺卿,已吴国伦闻讯,寄诗志喜。经扬州,结识袭勖、潘子雨。后又为潘氏《家存稿》作序。

十一月,王世贞还里。

殷都赴京会试,王世贞作诗赠之。

是年,陆师道卒,王世贞为作传。

万历二年甲戌(1574)

正月,谢榛梦与徐中行、吴国伦话旧,又梦同渡漳河吊古,"因思社友存殁相半",作诗悲叹。

二月,王世贞赴京任太仆寺卿,过访黄姬水。

三月,王世贞渡江而北,过访王宗沐,作诗赠之。经桃源、彭城、河间,有诗。抵京,憩善果寺,逢杏花发,赋诗述怀。

四月,袁尊尼卒,王世贞、徐中行作诗哭之,世贞又为作墓志铭。

五月二十三日,徐中行为重刻李攀龙《沧溟先生集》作序,称"自汉而下千五百馀年,擅不朽之业,以明当日之盛,孰如于鳞者"。是月,黄姬水卒,王世贞有诗寄挽,又为其《白下集》作序。华察卒,王世贞为作墓碑及祭文。是月或稍后,吴国伦作《夏日斋中即事四首》。

六月,吴国伦升河南左参政,王世贞作诗志喜,徐中行有诗寄之。徐中行升福建右参政。魏裳卒,王世贞为作祭文,又为撰传,吴国伦作诗哭之。

七月十六日,王世贞与汪道昆、汪道贯、弟世懋游莲花庵,有诗。

八月初四日,谢榛自序《诗家直说》。是月,王世贞损俸购得北宋《大观大清楼帖》残卷。

王世贞复作文祭李攀龙。时世贞在京得与李维桢、黎民表、习孔教等人游处。

九月,王世贞升都察院右佥都御史,督抚郧阳,吴国伦作诗志喜。

十一月,王世贞启程南还,有诗文贻汪道贯。经德州,晤魏允中,至清源,赋诗赠别。又作《清源杂咏》。时与莫叔明道偕,又途遇习孔教,赋诗为赠。至仪真,与曹大章饮集。时世贞为郑若庸《类隽》作序。

十二月,王世贞赴郧阳任,有诗。魏学礼以赋为赠,且出扇命诗,因作诗酬谢。过定远、八公山、寿州、固始,有诗。二十九日,抵襄阳。

万历三年乙亥(1575)

正月十五日,王世贞入郧阳。是月,吴国伦抵河南任,有诗。徐中行赋诗相寄。时国伦入大梁而思李攀龙,有诗,慨叹"大雅日以远,流俗日以新"。

二月,李维桢迁陕西右参议,王世贞作诗赠之。

三月,王世贞登太和山,历玉虚、紫霄、南岩诸宫,有诗,又作《玄岳太和山赋》、《自均州繇玉虚宿紫霄宫记》、《繇紫霄登太和绝顶记》、《自太和下宿南岩记》、《自南岩历五龙出玉虚记》诸篇纪之。

春,王世贞或为蒋焘《东壁遗稿》作序,谓士子所为时文"倍于古益远矣"。

五月,王世贞上《地震疏》,谏帝"笃承仁爱,益懋敬德"。

八月,吴国伦以入贺万寿至京师,获与王世懋、丘齐云、欧大任、康从理过从,有诗。

秋,王世贞作《九友斋十歌》。

十月,徐中行升福建按察使。

王世贞因宋仪望以《华阳馆集》相示,作诗志谢,且序其集。时以张九一兄弟来访,与之游集,又赋诗送别。

十一月初五日,王世贞作五十悬弧诗"聊叙今昔",感伤身世。

是年,王世贞为梁有誉作墓表,叹六子"存逝各半",为之"心折"。又理稿得百五十卷。

万历四年丙子(1576)

四月初一日,徐中行为袁表、马荧编《闽中十子诗》作序。是月,王世贞作《丙子郧台偶题十绝》。

六月初一日,王世贞与弟世懋登游太和山,有诗。时王世懋除江西布政使左参议,取道郧阳。寻别,世贞赋诗赠之。徐中行以王世懋江西之擢,有诗寄之。是月,王世贞擢南京大理寺卿,有诗。徐中行赋诗为赠。

八月,王世贞作《湖广乡试录后序》。吴国伦作《河南乡试录序》。

王世贞以郧阳僻陋,购书籍三千馀卷而庋藏之,作《郧阳藏书记》。

十月,王世贞遭刑科都给事中杨节论劾,令回籍听用。宋仪望迁南京大理寺卿,王世贞作序赠之。

十二月,黎民表、沈明臣、张献翼等人过弇山园,王世贞与之分韵赋诗。

冬,徐中行赴京入计。

是年,王世贞为徐中行《青萝馆诗》、温如璋《函野诗集》作序,又为宗臣作祠碑。是年前后,徐中行为李默《群玉楼稿》作序。

万历五年丁丑(1577)

正月,吴国伦罢河南参政启程归里,有诗。王世贞、徐中行闻讯,作诗寄赠之。徐中行升江西右布政使。是月或稍后,徐中行为《临汀志》作序。

时徐中行在京师,得过从欧大任、黎民表、沈思孝、李言恭、胡应麟、康从理等人,有诗。

三月初三日,徐中行启程南下,因忆往日诸友"星散且尽,怃然兴怀",有诗。旅次,徐中行编订闽人郭万程集,后又为刊刻作序。

夏,徐中行赴江西任,遇王世贞于昆山,赋诗为别,世贞作诗送之。既徐中行过兰溪访胡应麟,胡作诗送赠。

七月,吴国伦作《秋日湖上杂咏六首》。

八月,吴国伦以故友张鸣凤谪兴国州倅至,赋诗慰之。自是数与之过从酬和。徐中行或为王忬作《大明御史大夫太仓王公武夷祠碑》。

闰八月十五日,汪道昆为王世贞《弇州山人四部稿》作序。

秋,汪道贯过访王世贞,出其新诗,世贞作诗赠之。

十月,沈思孝以论张居正夺情谪戍雷州,途经江西,徐中行为送行,至丰城而别,有诗。

是年,王世贞寄书茅坤,时得其《白华楼续稿》。吴国伦作《山中吟》,述归居之趣。是年或后,王世贞结识胡应麟,又以屠隆寄书自通,遂与定交。又为冯汝弼集作序。

万历六年戊寅(1578)

二月初三日,吴国伦作《溪南春游记》。

三月,卓明卿过弇山园,王世贞与之饮酌论诗。

五月初八日,吴国伦作《溪南夏游记》。时其先后与王同轨、庄以善等人饮集,有诗。

八月,王世贞为卓明卿诗集、朱察卿集作序。王世贞起补应天府尹,上疏请致仕。徐中行升江西左布政使。

九月,王世贞为王材《念初堂集》作序。

十月十三日,徐中行卒,王世贞为作祭文及墓碑,经纪其家,吴国伦作诗哭之。是月,王世贞赴应天府尹任,有诗。

冬至日,王世贞为张元凯《伐檀斋集》作序。王世贞为南京兵科给事中王良心等论劾,令回籍听用。时世贞抵丹阳,闻讯返归,有诗。既上疏申辩。

是年,王世贞已为袁尊尼选定遗稿,又或为作序,称其"必不斥意以束法,必不抑才以避格"。

万历七年己卯(1579)

二月,王世贞出吊徐中行。初六日,途次书挽诗,老泪澜翻,悲叹"矫首乾坤诸子尽,断弦山水一身孤"。

春,屠隆过访王世贞,世贞与之促膝相谈,分韵赋诗。

夏,王世贞以喻均来访,作诗赠之。

八月初四日,俞允文卒。十一日,王世贞作祭文奠之。吴国伦作诗悼之。

王世贞有诗寄答胡应麟,邀其相过。

九月,卓明卿过弇山园,王世贞作诗赠之。

十月,王世贞以甥曹昌先赴永嘉谒见王叔杲,因游天台、雁荡诸山,作诗送之。

是年,汪淮过访王世贞,出其诗集,世贞赋诗为赠,又序其集,称汪诗"程则古昔不倍格","庀材取宏,征事取覈"。王世贞闻王锡爵女王焘贞所为仙道事而心慕之。

万历八年庚辰(1580)

二月,王世贞造访王锡爵,报谢其女王焘贞。自是沉湎仙道事。

四月初二日,王世贞拜见王焘贞,有诗。是月,王世贞以李先芳有诗相遗,作诗答之。

夏,王世贞作《咏史》诗,"绌腹笥诸所忆史事有慨于中者",得八十首。后续成百首。胡应麟过访王世贞,世贞与之谈艺,议及李攀龙文。吴国伦与丁应泰、王同轨、胡岳松、方尚赟等人游集,有诗。

九月初九日,王世贞侍王焘贞羽化,后为作《昙阳大师传》。

李时珍过访王世贞,寻出所校定《本草纲目》索序,世贞作诗赠之。

十月二十三日,吴国伦作《登马鞍山记》。

十一月初二日,王世贞为王焘贞移龛。时捐家累入居恬澹观。

是年,王世贞为俞允文作墓志铭。

万历九年辛巳(1581)

正月初六日,王世懋赴任陕西提学副使,王世贞作诗送之。

四月，慎蒙卒，王世贞为作祭文及墓志铭。

五月初一日，王世贞为胡应麟《绿萝馆诗集》作序。

七月，沈懋学来谒群真，王世贞与之密洽相处而后别。

秋，王世贞为徐师曾《湖上集》作序。又以皇甫汸有诗相贻，作诗答赠。

十二月，吴国伦作《登峡石山记》、《登道士山记》。

是年，王世贞为俞允文集作序。又纂《苏长公外纪》成，作有序。

万历十年壬午(1582)

三月，王世贞为周思兼集作序。张佳胤巡抚浙江，王世贞赋诗赠之。

四月，沈懋学卒，王世贞为作祭文及墓表。

五月初五日，吴国伦作《涉江游三山记》，以纪其是年四月与方尚赟等人西山、回山、西塞山之游。是月，张佳胤平定杭市民之变，王世贞为作《张司马定浙二乱志》。

八月，姜宝至松江，王世贞往访之，相见甚欢。

九月，王世贞过青浦，屠隆挐舟相见。

秋，胡应麟北上应试，顺访弇山园，王世贞留饮之，赋诗为赠。

十月，王同轨访吴国伦北园。既国伦送之富口，同登阳城山，游阳城洞，有诗及记文纪之。

十一月，屠隆以上计访恬澹观，王世贞邀游弇山园，又作《屠青浦朝天歌》。既别，偕弟世懋出郭相送。

是年，王世贞题旧赠汪道贯诗文，又或序徐中行集。

万历十一年癸未(1583)

正月初十日，王祖嫡访王世贞于恬澹观，已世贞邀游小祇园。是月，吴国伦游至汉口、襄阳、太和山等地，有《汉口即事》、《由汉口入郢杂咏十首》、《上下武当道中咏所见五异五首》、《登仲宣楼》等诗。

闰二月，徐阶卒，王世贞至华亭吊之，为作祭文，后又为作行状。张九一擢右佥都御史，巡抚宁夏，吴国伦闻讯，作诗寄赠之。

八月，张佳胤入为兵部左侍郎，访王世贞于弇山园。时汪道昆、汪道贯、汪道会、胡应麟、徐益孙亦来访。已张氏别去，王世贞偕弟世懋为祖饯，赋诗赠别。吴国伦闻张佳胤擢任兵部还京，有诗寄赠。

九月，汪道昆、汪道贯、汪道会、胡应麟等人别去，王世贞与弟世懋祖之昆山,与汪道昆定"来玉"之约,有诗。

沈思孝过访弇山园,王世贞有诗相赠。

十月二十三日,吴国伦偕方尚赟等人游黄龙洲,作有记文。是月,张鸣凤为吴国伦诗集作序。

十一月初二日,王世贞以距王懋贞移龛三载,为作诗,感叹"所得无一实"。十三日,姜宝过访恬澹观,王世贞与之"无所不谈"。

十二月,陆光祖任吏部右侍郎,北上过访王世贞。既别,世贞为送行,有诗相赠。邢侗来访,世贞为作诗。

是年,王世贞作《末五子篇》。"末五子",谓赵用贤、李维桢、屠隆、魏允中、胡应麟。

万历十二年甲申(1584)

正月初二日,徐学谟投劾归,抵太仓,王世贞往访之。初七日,吴国伦以余日德卒,作诗哭之。二十日,世贞得应天府尹之命,上疏请致仕。喻均为劝驾,因陈不可出者四,不能出者二。

二月,王世贞起南京刑部右侍郎,引疾辞。二十六日,世贞与邢侗、王锡爵、弟世懋聚饮,抵掌论古今事。是月,吴国伦东游,途中作诸诗纪之。至金陵,有《南都篇四首》。

三月初三日,吴国伦偕方尚赟、王同轨过访弇山园,并同访王世懋澹圃,王世贞兄弟与之集,分韵赋诗。寻访王锡爵、鼎爵兄弟,有诗。时王世贞闻余日德讣,后为作祭文。已吴别去,作诗赠之。吴国伦重游吴门,有感于故旧"凋谢殆尽",作《吴门怀旧》诗。又先后与张献翼、王穉登、周天球、王叔承、曹昌先、沈启原等人游集,有诗。

春,王世贞为屠隆草《青浦屠侯去思记》。邹迪光迁福建提学副使,王世贞、吴国伦作诗送赠之。

四月,王世贞为吴国伦集作序。

五月,许国为吴国伦集作序。

夏,吴国伦将返里,与李言恭、方沆、臧懋循集,分韵赋诗。

七月,是月前后,殷都出任夷陵守,王世贞作诗、序送之。是月或后,吴国伦作《烟光楼记》。

八月十五日,李维桢、朱多炡、汪道贯过访弇山园,朱、汪出其诗集,已王世贞为作序题语,且赋诗赠朱氏。李宿八日别去,又作诗纪别。

九月初七日,王世贞与欧大任集弇山园,时欧致仕来访。

秋,吴国伦以丘齐云、王同轨过访,同方尚赟醉赋。

十月,屠隆罢礼部主事,王世贞有诗寄之。王世懋起福建提学副使,吴国伦闻讯寄以诗。吴国伦偕熊楚善、徐汝化等人游鸡山,有诗。

是年,王世贞撰《觚不觚录》成,为作序。是编所书"大而朝典,细而乡俗"。

万历十三年乙酉(1585)

九月,孙七政过访王世贞。

秋,戚继光过访王世贞,以汪道昆《沧州三会记》相赠,出其集索序,世贞为作诗,序其集。

闰九月,王世贞招陈继儒饮于弇山园。张佳胤还部,吴国伦作诗志喜。

十二月,吴国伦以程应魁来访,作诗志喜。

是年,魏允中卒,王世贞作《哀辞》悼之。

万历十四年丙戌(1586)

春,王世贞为王叔杲集作序。赵用贤、梅鼎祚、潘之恒相继过访王世贞。赵于语次多及时事民谟,世贞慨然有感,为作诗。吴国伦出富口遇邢侗,时其督漕赴淮,因与之夜酌,同王同轨、方尚赟、程应魁赋诗。既与诸子饯送之,有诗。吴国伦与向日红等人游集,有诗。

四月,王世贞以汪道昆、汪道贯、汪道会、龙膺等来访,为"追陪文酒,扬扢风骚"。膺因大计谪为温州府学教授,作诗赠之。已祖道昆等于昆山,诉以相知之情。时世贞以弇中之胜穷览,东游于海,有诗,又作《东海游记》。

五月,吴国伦与王同轨、徐汝化等人游集,有诗。

六月,吴国伦以丘齐云、俞安期过访北园,有诗。因与俞氏言诗,又以诗酬之。既序其《纪游诗》,称俞"一时布衣之雄"。

八月,卓明卿邀汪道昆等开西湖南屏诗会,王世贞因道昆以诗韵相寄,为作诗。

十月晦日,吴国伦游富口东大岭白雀洞,有诗,又为作记文。

是年,王世贞作《重纪五子篇》,其中所列为汪道昆、吴国伦、余曰德、张佳胤、张九一。

万历十五年丁亥(1587)

春,汪道昆约王世贞为九月之会,世贞以不任道途之苦,意未决。

夏,吴国伦游太和山,作《重登太和绝顶》、《太和道中杂咏八首》诗。

七月十三日,吴国伦以徐汝化等人过访北园,因相与赋诗。是月,王世贞得父忬祭葬赠官诏。

吴国伦以向日红等人过集,与之论文,有诗。

九月十九日,王忬得与两祭全葬。已王世贞具疏陈谢,自称"终天之痛","得小解释"。

十月初二日,王世贞为报谢友人之礼先垄者而出访,先后至嘉定、松江、上海、吴江、无锡等地,会徐学谟、喻均等人,并游诸园,作《游练川云间松陵诸园记》、《游慧山东西二王园记》及诸诗纪之。是月,王世贞推补南京兵部右侍郎。

徐学谟以书劝驾并有倡和之作,王世贞赋诗赓酬。张九一有书寄至,世贞又以诗答之。

十二月,吴国伦以方尚赟过访,有诗。

是年,王世贞为余曰德作墓志铭,又序其集。

万历十六年戊子(1588)

正月,吴国伦作《藻塘记》。

二月十三日,王世贞首途赴南京兵部右侍郎任,有诗。十六日,过郡,以友徐廷祼相邀游其园。二十六日,抵京口。二十七日,登北固山。二十九日,登摄山,游栖霞寺。作《游吴城徐少参园记》、《游摄山栖霞寺记》及诸诗纪之。

三月初一日,王世贞履任。

四月初四日,吴国伦作《异梦记》。初八日,王世贞与姜宝、李江、陆光祖、方弘静等人游牛首、祖堂诸胜,作《游牛首诸山记》及诸诗纪之。

闰六月,王世贞自抵留任以来,耳闻目见,"有可忧可闵可悲可恨者",成二十绝句。十四日,王世懋卒。十八日,王世贞得弟讣,骇痛绝倒,已作诗哭之。吴国伦亦有诗悼哭。二十日,张佳胤卒,既王世贞为作祭文及墓志铭,吴国伦作诗哭之。

八月,中秋日,王世贞为陈文烛《二酉园集》作序。吴国伦与徐汝化等人集,有诗。十六日,王世贞与郭第、王叔承、孙七政、徐桂、邹迪光、梅鼎祚等携酒高坐寺,分韵赋诗。

九月，王世贞与郭第、王叔承、孙七政、徐桂、邹迪光、梅鼎祚等集雨花台，分韵赋诗。

秋，王世贞为魏允中集作序。潘之恒访世贞于金陵官邸。

十月，王世贞为周德集作序。

冬，胡应麟卧病京口，王世贞数使过存，又为作传。吴国伦以王同轨过访，与之饮酌论文，有诗。

是年或稍后，王世贞获与耿定向、吴稼镫相过从。时见吴诗，为之惊叹，谓"平生见所未见"。

万历十七年己丑(1589)

正月初七日，王世贞有诗忆亡弟。

二月，王世贞或为潘之恒《东游诗》作序。

春，王世贞为华云集作序。吴国伦作《春日山行书所见四首》。又以诗代书，寄王道行，为述四十年暌隔之思，且题其桂子园。

六月，王世贞考绩至淮，得迁南京刑部尚书之命。便道返家，有诗。吴国伦闻世贞擢南刑部，寄以诗。

七月，王世贞寄书吴国伦，劝以"吟啸适意，以竟天年"。至上海吊潘允哲丧，既为作墓志铭。过嘉定，访徐学谟，有诗。

八月，王世贞赴南京刑部任。丹阳道中，姜宝出会，因赠以诗。二十五日，抵金陵。二十七日，履任。

十月，王世贞以先是南京广西道监察御史黄仁荣劾其违例考满，上疏曲辩，杜门告休。吴国伦为王世懋《奉常集》作序。

十一月，王世贞以汪道昆有诗相慰，作诗答之。

冬，王世贞为梅守箕《居诸集》作序。

是年，王世贞为张献翼《文起堂集》作序。是年前后，王世贞纂《弇山堂别集》成，作有序。

万历十八年庚寅(1590)

正月十五日，王世贞为李时珍《本草纲目》作序。

三月，王世贞上疏告休获允。二十六日，启程归里，作诗留别诸僚友。重过摄山栖霞寺，访达观法师，有诗。时"念及逝者，茕然一身，更自凄楚"，作《四歌》志之。

春,吴国伦有诗寄李维桢。

六月,邹迪光赴任湖广提学副使,吴国伦作诗志喜。

秋,唐时升、徐学谟、胡应麟、刘凤先后过访王世贞。世贞病革,犹手苏轼集讽玩不置,又以续集托于胡应麟。吴国伦作《山居秋思八首》。吴国伦为方逢时《大隐楼集》作序。

吴国伦为王世贞、陈文烛倡和集《双凤编》作序。

十一月二十七日,王世贞卒。是月,吴国伦以徐汝化等人过集,遂相与赋诗。

冬,陈文烛为王世贞《弇山堂别集》作序。

万历十九年辛卯(1591)

春,丁应泰来访,吴国伦与之即席并赋,又作诗赠之。

三月,吴国伦赴太仓吊祭王世贞、王世懋兄弟,作《东行哭王元美二十首》、《至娄东再哭敬美四首》。途经金陵,登燕子矶,有诗。泊真州,李桡携酒来访,遂相酬劝,有诗。次阊门,遇王叔承、曹昌先,有诗。

四月,吴国伦在太仓,王野来访,与之偕至吴阊。既别,为作诗。沈思孝来访,酒间道故,因感而作诗。

五月,吴国伦将返里,冯梦桢过访,且送至寒山寺饯别,因与之欢饮,赋诗谢之。晤王穉登,其以诗为送,作诗酬之。过京口,郭第来访,因作诗赠之。游甘露寺、焦山,有诗。俞安期追至镇江,因与之同入楚,有诗。

吴国伦以俞安期留寓北园,与之酬和,且赋长律四十八韵。

秋,吴国伦读邹迪光《羼提斋诗》,喜而有赠。

是秋至冬,吴国伦与徐汝化等人数饮集,有诗。

万历二十年壬辰(1592)

夏,吴国伦有诗寄慰李维桢、陈文烛,又以汪道昆丧弟道贯,以诗慰唁。时闻宁夏致仕副总兵哱拜反讯,作诗志忧。

七月晦日,吴国伦继室舒氏卒,因作诗哭之,悲叹"举目无昏晓,馀年事事悲"。

万历二十一年癸巳(1593)

正月二十二日,吴国伦七十初度,自述五首感怀,言及诸子结盟,喟叹"先朝盛词才,作者六七子。聚散曾几时,豪华成逝水"。时又以丁应泰、俞安期等人前来祝寿,作诗志感。

春,吴国伦与俞安期、寇学海等人饮集,有诗。

六月二十三日,吴国伦卒。

(注:本年表在编撰过程中,参酌了韩结根《康海年谱》(复旦大学出版社 1993 年版)、范志新《徐祯卿全集编年校注》(人民文学出版社 2009 年版)、梁临川《李梦阳年谱》(未刊稿)、赵善嘉《李攀龙年谱》(未刊稿)、杨晓炜《徐中行年谱》(未刊稿)。)

参考文献

古人著述

王弼《周易略例》,《周易》附,《四部丛刊》影印宋刻本。
朱震《汉上易传丛说》,影印文渊阁《四库全书》本,台湾商务印书馆1986年版。
崔铣《读易馀言》,影印文渊阁《四库全书》本,台湾商务印书馆1986年版。
《诗序》,影印文渊阁《四库全书》本,台湾商务印书馆1986年版。
朱鑑《诗传遗说》,影印文渊阁《四库全书》本,台湾商务印书馆1986年版。
陈澔《礼记集说》,影印文渊阁《四库全书》本,台湾商务印书馆1986年版。
蔡节《论语集说》,影印文渊阁《四库全书》本,台湾商务印书馆1986年版。
陈旸《乐书》,影印文渊阁《四库全书》本,台湾商务印书馆1986年版。
阮元校刻《十三经注疏》,中华书局影印本,1980年版。
皮锡瑞《经学通论》,中华书局1954版。
《明太祖实录》,台湾中研院历史语言研究所校印本。
《明太宗实录》,台湾中研院历史语言研究所校印本。
《明宪宗实录》,台湾中研院历史语言研究所校印本。
《明世宗实录》,台湾中研院历史语言研究所校印本。
《明穆宗实录》,台湾中研院历史语言研究所校印本。
《明神宗实录》,台湾中研院历史语言研究所校印本。
班固《汉书》,中华书局1962年版。
刘昫等《旧唐书》,中华书局1975年版。
脱脱等《宋史》,中华书局1985版。
宋濂等《元史》,中华书局1976年版。
张廷玉等《明史》,中华书局1974年版。

申时行等《明会典》，中华书局1989年版。
夏燮著、沈仲九标点《明通鉴》，中华书局1959年版。
辛文房《唐才子传》，影印文渊阁《四库全书》本，台湾商务印书馆1986年版。
王兆云《皇明词林人物考》，明万历刻本。
王世贞《嘉靖以来内阁首辅传》，明刻本。
焦竑编《国朝献征录》，影印明万历刻本，上海书店1987年版。
文震孟《姑苏名贤小记》，蒋凤藻辑《心矩斋丛书》，清光绪刻民国重印本。
钱谦益《列朝诗集小传》，上海古籍出版社1983年版。
黄宗羲著、沈芝盈点校《明儒学案》，中华书局2008年版。
孙奇逢《中州人物考》，影印文渊阁《四库全书》本，台湾商务印书馆1986年版。
黄佐《翰林记》，影印文渊阁《四库全书》本，台湾商务印书馆1986年版。
刘知几著、浦起龙译《史通通译》，上海古籍出版社1978年版。
林希逸《庄子口义》，影印文渊阁《四库全书》本，台湾商务印书馆1986年版。
陶宗仪等编《说郛三种》，上海古籍出版社影印本，1988年版。
王琦著、张德信点校《寓圃杂记》，中华书局1984年版。
王鏊《震泽长语》，影印文渊阁《四库全书》本，台湾商务印书馆1986年版。
祝允明《祝子罪知录》，《四库全书存目丛书》影印明万历刻本，齐鲁书社1995年版。
陆深《俨山外集》，影印文渊阁《四库全书》本，台湾商务印书馆1986年版。
何良俊《四友斋丛说》，中华书局1959年版。
焦竑著、顾思点校《玉堂丛语》，中华书局1981年版。
徐𤊹《徐氏笔精》，影印文渊阁《四库全书》本，台湾商务印书馆1986年版。
沈德符《万历野获编》，中华书局1959年版。
孙承泽《春明梦馀录》，影印文渊阁《四库全书》本，台湾商务印书馆1986年版。
王士禛著、赵伯陶点校《古夫于亭杂录》，中华书局1988年版。
王士禛著、靳斯仁点校《池北偶谈》，中华书局1982年版。
李调元《制义科琐记》，《函海》，清乾隆刻嘉庆重校印本。
《诸子集成》，上海书店出版社影印本，1986年版。
金圣叹《第五才子书施耐庵〈水浒传〉》，影印明崇祯贯华堂刻本，中华书局1975年版。

杜甫著、郭知达编《九家集注杜诗》，影印文渊阁《四库全书》本，台湾商务印书馆 1986 年版。
杜甫著、仇兆鳌注《杜诗详注》，中华书局 1979 年版。
苏轼著、孔凡礼点校《苏轼文集》，中华书局 1990 年版。
黄庭坚《山谷集》，影印文渊阁《四库全书》本，台湾商务印书馆 1986 年版。
朱熹《晦庵集》，影印文渊阁《四库全书》本，台湾商务印书馆 1986 年版。
严羽《沧浪集》，影印文渊阁《四库全书》本，台湾商务印书馆 1986 年版。
刘克庄《后村集》，影印文渊阁《四库全书》本，台湾商务印书馆 1986 年版。
宋濂《宋学士文集》，《四部丛刊》影印明正德刻本。
王祎《王忠文集》，影印文渊阁《四库全书》本，台湾商务印书馆 1986 年版。
朱右《白云稿》，影印文渊阁《四库全书》本，台湾商务印书馆 1986 年版。
贝琼《清江贝先生文集》，《四部丛刊》影印明刻本。
史谨《独醉亭集》，影印文渊阁《四库全书》本，台湾商务印书馆 1986 年版。
袁凯《海叟集》，裘杼楼抄本。
方孝孺《逊志斋集》，《四部丛刊》影印明刻本。
解缙《文毅集》，影印文渊阁《四库全书》本，台湾商务印书馆 1986 年版。
胡俨《颐庵文选》，影印文渊阁《四库全书》本，台湾商务印书馆 1986 年版。
杨士奇《东里文集》，明嘉靖刻本。
杨士奇《东里文集续编》，明天顺刻本。
杨士奇《东里续集》，影印文渊阁《四库全书》本，台湾商务印书馆 1986 年版。
杨士奇《东里别集》，影印文渊阁《四库全书》本，台湾商务印书馆 1986 年版。
杨荣《文敏集》，影印文渊阁《四库全书》本，台湾商务印书馆 1986 年版。
杨溥《杨文定公诗集》，《续修四库全书》影印明抄本，上海古籍出版社 2002 年版。
金幼孜《金文靖集》，影印文渊阁《四库全书》本，台湾商务印书馆 1986 年版。
王直《抑庵文集》、《后集》，影印文渊阁《四库全书》本，台湾商务印书馆 1986 年版。
李时勉《古廉文集》，影印文渊阁《四库全书》本，台湾商务印书馆 1986 年版。
曾棨《刻曾西墅先生集》，《四库全书存目丛书》影印明万历刻本，齐鲁书社 1997 年版。

薛瑄《薛文清公全集》，明嘉靖刻本。
徐有贞《武功集》，影印文渊阁《四库全书》本，台湾商务印书馆1986年版。
倪谦《倪文僖集》，影印文渊阁《四库全书》本，台湾商务印书馆1986年版。
彭时《彭文宪公集》，《四库全书存目丛书》影印清康熙刻本，齐鲁书社1997年版。
丘濬《重编琼台稿》，影印文渊阁《四库全书》本，台湾商务印书馆1986年版。
李东阳著、周寅宾点校《李东阳集》，岳麓书社1984年、1985年版。
李东阳著、钱振民辑校《李东阳续集》，岳麓书社1997年版。
谢铎《桃溪净稿》，明正德刻本。
庄㫤《定山先生集》，明嘉靖刻本。
陆简《龙皋文稿》，《四库全书存目丛书》影印明嘉靖刻本，齐鲁书社1997年版。
张弼《东海张先生文集》，《四库全书存目丛书》影印明正德刻本，齐鲁书社1997年版。
马中锡《东田集》，《四库全书存目丛书》影印清康熙刻本，齐鲁书社1997年版。
吴宽《匏翁家藏集》，《四部丛刊》影印明正德刻本。
王鏊《震泽集》，影印文渊阁《四库全书》本，台湾商务印书馆1986年版。
林俊《见素集》，影印文渊阁《四库全书》本，台湾商务印书馆1986年版。
蔡清《蔡文庄公集》，《四库全书存目丛书》影印清乾隆刻本，齐鲁书社1997年版。
罗玘《圭峰集》，影印文渊阁《四库全书》本，台湾商务印书馆1986年版。
吴俨《吴文肃公摘稿》，影印文渊阁《四库全书》本，台湾商务印书馆1986年版。
石珤《熊峰先生集》，清康熙刻本。
夏𬭚《明夏赤城先生文集》，《四库全书存目丛书》影印清乾隆活字印本，齐鲁书社1997年版。
靳贵《戒庵文集》，《四库全书存目丛书》影印明嘉靖刻本，齐鲁书社1997年版。
姚镆《东泉文集》，《四库全书存目丛书》影印明嘉靖刻清修本，齐鲁书社1997年版。
祝允明《祝氏集略》，明嘉靖刻本。
顾清《东江家藏集》，明嘉靖刻本。
陈沂《拘虚集》，张寿镛辑《四明丛书》，民国刻本。

王守仁著、吴光等编校《王阳明全集》,上海古籍出版社1992年版。
李梦阳《空同先生集》,影印明嘉靖刻本,台湾伟文图书出版社有限公司1976年版。
李梦阳《空同子集》,明万历刻本。
李梦阳《空同集》,影印文渊阁《四库全书》本,台湾商务印书馆1986年版。
边贡《边华泉集》,影印明嘉靖刻本,台湾伟文图书出版社有限公司1976年版。
边贡《华泉集》,影印文渊阁《四库全书》本,台湾商务印书馆1986年版。
王九思《渼陂集》,明嘉靖刻本。
王九思《渼陂续集》,明嘉靖刻本。
王九思《碧山乐府》,《续修四库全书》影印明崇祯刻本,上海古籍出版社2002年版。
朱应登《凌溪先生集》,《四库全书存目丛书》影印明嘉靖刻本,齐鲁书社1997年版。
康海《对山集》,明嘉靖刻本。
康海《康对山先生集》,明万历刻本。
康海《沜东乐府》,《续修四库全书》影印明嘉靖刻本,上海古籍出版社2002年版。
王廷相《王氏家藏集》,明嘉靖刻本。
王廷相《内台集》,明嘉靖刻本。
何景明《大复集》,明嘉靖刻本。
何景明《大复集》,影印文渊阁《四库全书》本,台湾商务印书馆1986年版。
崔铣《洹词》,影印文渊阁《四库全书》本,台湾商务印书馆1986年版。
陆深《俨山集》,影印文渊阁《四库全书》本,台湾商务印书馆1986年版。
陆深《俨山续集》,影印文渊阁《四库全书》本,台湾商务印书馆1986年版。
徐祯卿《迪功集》,影印文渊阁《四库全书》本,台湾商务印书馆1986年版。
徐祯卿著、范志新编年校注《徐祯卿全集编年校注》,人民文学出版社2009年版。
严嵩《钤山堂集》,《四库全书存目丛书》影印明嘉靖刻本,齐鲁书社1997年版。
郑善夫《郑少谷先生全集》,清道光刻本。
孟洋《孟有涯集》,《四库全书存目丛书》影印明嘉靖刻本,齐鲁书社1997年版。

樊鹏《樊氏集》,明嘉靖刻本。

刘养微《康谷子集》,《四库全书存目丛书》影印清乾隆刻本,齐鲁书社 1997 年版。

张含《张愈光诗文选》,赵藩、陈荣昌等辑《云南丛书》,民国刻本。

胡缵宗《鸟鼠山人小集》,《四库全书存目丛书》影印明嘉靖刻本,齐鲁书社 1997 年版。

胡缵宗《鸟鼠山人后集》,《四库全书存目丛书》影印明嘉靖刻本,齐鲁书社 1997 年版。

韩邦奇《苑洛集》,明嘉靖刻本。

杨慎《升庵集》,影印文渊阁《四库全书》本,台湾商务印书馆 1986 年版。

柴奇《黼庵遗稿》,《四库全书存目丛书》影印明嘉靖刻崇祯修补本,齐鲁书社 1997 年版。

尹襄《巽峰集》,《四库全书存目丛书》影印清光绪刻本,齐鲁书社 1997 年版。

马理《溪田文集》,明万历刻本。

李濂《嵩渚文集》,《四库全书存目丛书》影印明嘉靖刻本,齐鲁书社 1997 年版。

聂豹《双江聂先生文集》,《四库全书存目丛书》影印明嘉靖刻隆庆印本,齐鲁书社 1997 年版。

文徵明著、周道振辑校《文徵明集》,上海古籍出版社 1987 年版。

林希元《同安林次崖先生文集》,《四库全书存目丛书》影印清乾隆刻本,齐鲁书社 1997 年版。

王宠《雅宜山人集》,明嘉靖刻本。

袁褧《衡藩重刻胥台先生集》,明万历刻本。

陆粲《陆子馀集》,明嘉靖刻本。

赵时春《赵浚谷诗集》,《四库全书存目丛书》影印明万历刻本,齐鲁书社 1997 年版。

赵时春《赵浚谷文集》,《四库全书存目丛书》影印明万历刻本,齐鲁书社 1997 年版。

王慎中《遵岩先生文集》,清康熙刻本。

唐顺之《重刊荆川先生文集》,《四部丛刊》影印明万历刻本。

陈束《陈后冈诗集》,《四库全书存目丛书》影印明万历刻本,齐鲁书社 1997

年版。

陈束《陈后冈文集》,《四库全书存目丛书》影印明万历刻本,齐鲁书社 1997 年版。

蔡云程《鹤田草堂集》,《四库全书存目丛书》影印清钞本,齐鲁书社 1997 年版。

李开先《李中麓闲居集》,明嘉隆间刻本。

李开先著、路工辑校《李开先集》,中华书局 1959 年版。

张治道《太微后集》,明嘉靖刻本。

张治道《嘉靖集》,明嘉靖刻本。

黄省曾《五岳山人集》,明嘉靖刻本。

王畿《龙溪王先生全集》,《四库全书存目丛书》影印明万历刻本,齐鲁书社 1997 年版。

王维桢《王氏存笥稿》,明嘉靖刻本。

黄姬水《黄淳父先生全集》,明万历刻本。

吴维岳《天目山斋岁编》,《四库全书存目丛书》影印明嘉靖刻增修本,齐鲁书社 1997 年版。

黎民表《瑶石山人稿》,影印文渊阁《四库全书》本,台湾商务印书馆 1986 年版。

朱曰藩《山带阁集》,《四库全书存目丛书》影印明万历刻本,齐鲁书社 1997 年版。

李攀龙《沧溟先生集》,明隆庆刻本。

李攀龙《沧溟先生集》,影印明万历刻本,台湾伟文图书出版社有限公司 1976 年版。

李攀龙《白雪楼诗集》,明嘉靖刻本。

李攀龙《白雪楼诗集》,明隆庆刻本。

王宗沐《敬所王先生文集》,明万历刻本。

杨继盛《杨忠愍集》,影印文渊阁《四库全书》本,台湾商务印书馆 1986 年版。

张居正《新刻张太岳先生文集》,明万历刻本。

王世贞《弇州山人四部稿》,明万历刻本。

王世贞《弇州山人续稿》,明刻本。

王世贞《戊辰三郡稿》,明隆庆刻本。

王世贞《读书后》,影印文渊阁《四库全书》本,台湾商务印书馆 1986 年版。

宗臣《宗子相集》，影印明万历刻本，台湾伟文图书出版社有限公司1976年版。
谢榛《四溟山人全集》，影印明万历刻本，台湾伟文图书出版社有限公司1976年版。
谢榛著、李庆立校笺《谢榛全集校笺》，江苏古籍出版社2003年版。
卢柟《蠛蠓集》，明万历刻本。
欧大任《欧虞部集》，《四库禁毁书丛刊》影印清刻本，北京出版社1997年版。
殷士儋《金舆山房稿》，明万历刻本。
汪道昆《太函集》，明万历刻本。
汪道昆《太函副墨》，明崇祯刻本。
李先芳《东岱山房诗录》，《四库全书存目丛书》影印明嘉靖刻本，齐鲁书社1997年版。
徐中行《天目先生集》，影印明刻本，台湾伟文图书出版社有限公司1976年版。
梁有誉《兰汀存稿》，影印明万历刻本，台湾伟文图书出版社有限公司1976年版。
魏裳《云山堂集》，《四库全书存目丛书》影印明万历刻本，齐鲁书社1997年版。
吴国伦《甔甀洞稿》，明万历刻本。
吴国伦《甔甀洞续稿》，明万历刻本。
张九一《绿波楼诗集》，《四库全书存目丛书》影印清康熙刻本，齐鲁书社1997年版。
王世懋《王奉常集》，明万历刻本。
王锡爵《王文肃公文集》，明万历刻本。
陈文烛《二酉园文集》，《四库全书存目丛书》影印明天启重刻本，齐鲁书社1997年版。
俞允文《仲蔚先生集》，明万历刻本。
俞安期《翏翏集》，《四库全书存目丛书》影印明万历刻本，齐鲁书社1997年版。
孙鑨《端峰先生松菊堂集》，《四库全书存目丛书》影印明万历刻本，齐鲁书社1997年版。
于慎行《穀城山馆文集》，明万历刻本。
李维桢《大泌山房集》，明万历刻本。
魏允中《魏仲子集》，明万历刻本。

沈仕《青门山人文》，民国排印本。
屠隆《由拳集》，明万历刻本。
屠隆《白榆集》，明万历刻本。
胡应麟《少室山房集》，影印文渊阁《四库全书》本，台湾商务印书馆1986年版。
龙膺《纶澴文集》，清光绪刻本。
邹元标《愿学集》，影印文渊阁《四库全书》本，台湾商务印书馆1986年版。
董其昌《容台文集》，明崇祯刻本。
邓原岳《西楼全集》，明崇祯刻本。
陈继儒《陈眉公先生全集》，明崇祯刻本。
袁宗道著、钱伯城点校《白苏斋类集》，上海古籍出版社1989年版。
袁宏道著、钱伯城笺校《袁宏道集笺校》，上海古籍出版社1981年版。
钟惺著，李先耕、崔重庆标校《隐秀轩集》，上海古籍出版社1992年版。
谭元春著、陈杏珍标校《谭元春集》，上海古籍出版社1998年版。
吴稼澄《玄盖副草》，民国影印明万历家刻本。
梅守箕《居诸二集》，《四库未收书辑刊》影印明崇祯刻本，北京出版社1997年版。
唐时升《三易集》，《四库禁毁书丛刊》影印明崇祯刻清康熙补修本，北京出版社1997年版。
陈子龙《陈忠裕全集》，清嘉庆刻本。
陈子龙《安雅堂稿》，影印明崇祯刻本，台湾伟文图书出版社有限公司1977年版。
宋征舆《林屋文稿》，《四库全书存目丛书》影印清康熙刻本。
钱谦益著、钱仲联标校《牧斋初学集》，上海古籍出版社1985年版。
钱谦益著、钱仲联标校《牧斋有学集》，上海古籍出版社1996年版。
钱谦益著、钱仲联标校《牧斋杂著》，上海古籍出版社2007年版。
冯舒《默庵遗稿》，《常熟二冯先生集》，民国排印本。
冯班《钝吟杂录》，影印文渊阁《四库全书》本，台湾商务印书馆1986年版。
冯班《钝吟老人文稿》，《四库全书存目丛书》影印清康熙刻本，齐鲁书社1997年版。
黄宗羲《南雷文案》，《四部丛刊》影印清康熙刻本。

黄宗羲《南雷文定后集》,《四库全书存目丛书》影印清康熙刻本,齐鲁书社 1997 年版。

黄宗羲《黄梨洲先生南雷文约》,《四库全书存目丛书》影印清雍正刻本,齐鲁书社 1997 年版。

黄宗羲《撰杖集》,《四部丛刊》影印清康熙刻本。

宋琬著、马祖熙标校《安雅堂全集》,上海古籍出版社 2007 年版。

朱彝尊《曝书亭集》,《四部丛刊》影印清康熙刻本。

王士禛《渔洋精华录》,《四部丛刊》影印林佶写刻本。

王士禛著、袁世硕主编《王士禛全集》,齐鲁书社 2007 年版。

沈德潜《归愚全集》,清乾隆刻本。

六臣注《文选》,《四部丛刊》影印宋刻本。

胡缵宗编《秦汉文》,明嘉靖刻本。

逯钦立辑校《先秦汉魏晋南北朝诗》,中华书局 1983 年版。

余冠英选注《汉魏六朝诗选》,人民文学出版社 1978 年版。

殷璠编《河岳英灵集》,影印文渊阁《四库全书》本,台湾商务印书馆 1986 年版。

郭茂倩编《乐府诗集》,中华书局 1979 年版。

李攀龙编《古今诗删》,影印文渊阁《四库全书》本,台湾商务印书馆 1986 年版。

王夫之辑《明诗评选》,《船山遗书》,民国排印本。

朱彝尊编《明诗综》,清康熙刻本。

陈允衡辑《诗慰》,清顺治刻本。

沈德潜、周准编《明诗别裁集》,上海古籍出版社 1983 年版。

陈田辑撰《明诗纪事》,清光绪至宣统刻本。

赵彦复选《梁园风雅》,清康熙刻本。

黄宗羲编《明文海》,中华书局影印清钞本,1987 年版。

钱榖编《吴都文粹续集》,影印文渊阁《四库全书》本,台湾商务印书馆 1986 年版。

汪森编《粤西丛载》,影印文渊阁《四库全书》本,台湾商务印书馆 1986 年版。

刘勰著、范文澜注《文心雕龙注》,人民文学出版社 1958 年版。

钟嵘著、曹旭笺注《诗品笺注》,人民文学出版社 2009 年版。

张伯伟《全唐五代诗格汇考》,凤凰出版社 2002 年版。

严羽著、郭绍虞校释《沧浪诗话校释》，人民文学出版社1961年版。
徐泰《诗谈》，曹溶辑《学海类编》，清道光木活字排印本。
胡应麟《诗薮》，中华书局1958年版。
许学夷著、杜维沫校点《诗源辩体》，人民文学出版社1987年版。
王夫之等《清诗话》，上海古籍出版社1978年版。
郭绍虞编选、富寿荪校点《清诗话续编》，上海古籍出版社1983年版。
朱彝尊著、黄君坦校点《静志居诗话》，人民文学出版社1990年版。
朱庭珍《筱园诗话》，赵藩、陈荣昌等辑《云南丛书》，民国刻本。
何文焕辑《历代诗话》，中华书局1981年版。
丁福保辑《历代诗话续编》，中华书局1983年版。
李开先《词谑》，中国戏曲研究院编《中国古典戏曲论著集成》，中国戏剧出版社1982年版。
永瑢等《四库全书总目》，中华书局1965年版。

近人著述

钱基博《明代文学》，王云五主编《万有文库》，商务印书馆1933年版。
简锦松《明代文学批评研究》，台湾学生书局1989年版。
廖可斌《明代文学复古运动研究》，上海古籍出版社1994年版。
廖可斌《复古派与明代文学思潮》，台湾文津出版社1994年版。
陈国球《明代复古派唐诗论研究》，北京大学出版社2007年版。
陈书录《明代诗文的演变》，江苏教育出版社1996年版。
陈斌《明代中古诗歌接受与批评研究》，上海三联书店2009年版。
黄卓越《明永乐至嘉靖初诗文观研究》，北京师范大学出版社2001年版。
黄卓越《明中后期文学思想研究》，北京大学出版社2005年版。
郑利华《明代中期文学演进与城市形态》，复旦大学出版社1995年版。
陈建华《中国江浙地区十四至十七世纪社会意识与文学》，学林出版社1992年版。
韩结根《明代徽州文学研究》，复旦大学出版社2006年版。
许建昆《李攀龙文学研究》，台湾文史哲出版社1987年版。
郑利华《王世贞研究》，学林出版社2002年版。

孙卫国《王世贞史学研究》，人民文学出版社2006年版。
李庆立《谢榛研究》，齐鲁书社1993年版。
梁临川《李梦阳年谱》，复旦大学硕士论文，1987年。
韩结根《康海年谱》，复旦大学出版社1993年版。
赵善嘉《李攀龙年谱》，复旦大学硕士论文，1987年。
郑利华《王世贞年谱》，复旦大学出版社1993年版。
杨晓炜《徐中行年谱》，复旦大学硕士论文，2006年。
郭绍虞《中国诗的神韵格调及性灵说》，台湾华正书局有限公司2005年版。
陈伯海《中国诗学之现代观》，上海古籍出版社2006年版。
葛兆光《汉字的魔方——中国古典诗歌语言学札记》，复旦大学出版社2008年版。
王力《诗词格律概要》，北京出版社1979年版。
蒋寅《中国诗学的思路与实践》，广西师范大学出版社2001年版。
蒋寅《古典诗学的现代诠释》，中华书局2003年版。
蒋寅《大历诗风》，凤凰出版社2009年版。
蒋寅《王渔洋与康熙诗坛》，中国社会科学出版社2001年版。
郭绍虞、王文生主编《中国历代文论选》，上海古籍出版社1980年版。
汪涌豪《范畴论》，复旦大学出版社1999年版。
杨明《汉唐文学辨思录》，上海古籍出版社2005年版。
邓绍基主编《元代文学史》，人民文学出版社1991年版。
左东岭《王学与中晚明士人心态》，人民文学出版社2000年版。
罗宗强《明代后期士人心态研究》，南开大学出版社2006年版。
胡吉勋《"大礼议"与明廷人事变局》，社会科学文献出版社2007年版。
陈来《有无之境》，人民出版社1991年版。
郭绍虞《照隅室古典文学论集》，上海古籍出版社1983年版。
徐朔方《徐朔方集》，浙江古籍出版社1993年版。
王水照《王水照自选集》，上海教育出版社2000年版。
陈国球《明清格调说的现代研究》，《古代文论研究的回顾与前瞻——复旦大学2000年国际学术会议论文集》，复旦大学出版社2002年版。
简锦松《从李梦阳诗集检验其复古思想之真实义》，王瑷玲主编《明清文学与思想中之主体意识与社会》(文学篇上),台湾中研院中国文哲研究所 2004 年版。

史小军《试论明代七子派的诗歌意象理论》,《陕西师范大学学报》1996 年第 3 期。

(美)刘若愚著、杜国清译《中国文学理论》,江苏教育出版社 2006 年版。

(美)刘若愚著、王镇远译《中国文学艺术精华》,黄山书社 1989 年版。

(美)高友工《美典:中国文学研究论集》,生活·读书·新知三联书店 2008 年版。

(美)高友工、梅祖麟著,李世耀译,武菲校《唐诗的魅力——诗语的结构主义批评》,上海古籍出版社 1989 年版。

(美)叶维廉《中国诗学》,生活·读书·新知三联书店 1992 年版。

(美)宇文所安著、贾晋华译《初唐诗》,三联书店 2004 年版。

(日)吉川幸次郎著、郑清茂译《宋诗概说》,台湾联经出版事业公司 1983 年版。

(日)吉川幸次郎著、郑清茂译《元明诗概说》,台湾幼狮文化事业公司 1986 年版。

(美)牟复礼、(英)崔瑞德编,张书生等译《剑桥中国明代史》,中国社会科学出版社 1992 年版。

(日)小野泽精一等编著、李庆译《气的思想——中国自然观和人的观念的发展》,上海人民出版社 1990 年版。

后　　记

在书稿付梓之际，聊且利用短小的后记，对本课题研究的来龙去脉和研究体会略作交代。

算起来本人接触前后七子的研究，可以追溯至上世纪八十年代。那时我由大学本科毕业进入硕士研究生学习阶段，当为确定硕士学位论文选题而向业师章培恒先生征求意见时，章先生建议我为明代文坛巨擘、后七子领袖人物之一的王世贞编纂年谱。当时他认为一是尚未对这位重要文学人物作过系统、深细的编谱工作，二是王世贞及其所属的后七子集团文学活动影响深广，从中可以理出许多研究的线索，而且通过这样一种文献实证性的工作，能更好地锻炼自己，为以后的学术研究打下扎实的基础。现在回想起来，先生的这番建议是完全正确的，它为我打开了一扇学术之门，使我受益匪浅。不过真正做起来，却又绝非一件易事，王世贞生平著述繁富，交游众广，对其行实的清理头绪极其纷杂，加上当时查阅古籍文献的条件不如现在相对便利，所以大大增加了编谱的难度和工作量。但令我深有体会的是，通过这一并不轻松的编谱工作，尤其是在发掘和梳理大量相关文献资料的过程中，自己确实得到了不小的收获，积累了一定的研究基础，与此同时，也对以前后七子为代表的明代复古派诸士的文学活动发生了浓厚的兴趣。尽管我在后来博士研究生学习期间，学位论文并未涉及前后七子研究课题，但一直以来没有放弃对这一领域的关注和投入。以后在王世贞年谱编纂工作的基础上，我又完成了《王世贞研究》一书的撰写，然而鉴于该部书稿篇幅有限，外加成书时间相对仓促，有些问题的阐述未得到充分、深入展开，自己感觉不甚满意，于是激发了将有关王世贞的论题扩展至前后七子研究的想法。

2002年，我以前后七子研究为论题申报了上海市哲学社会科学规划课题并得以立项，算是正式将这一课题纳入个人的研究计划。2003年10月起，我获得作为校际交流的出国访学机会，赴日本早稻田大学文学部担任为期一年的交换研究员。这一年的时间，对我个人而言显得尤为宝贵，因为没有规定的教学任务，所有时间均可以用于个人科研，这样也就能够集中精力投入上述课题的研究。很多时候，可以自在地出入图书馆，泡在独立而安静的研究室，正是乐不可支。特别是课题前期的资料准备工作，有相当一部分是在日本访学期间完成的。2004年回国之后，一方面，由于其他科研课题和研究生教学指导及日常琐务占据了一部分的时间，另一方面，又因为前后七子这一研究课题所涉及的一系列问题的复杂程度超出预期的设想，不得不调整原先的工作计划，所以相关的研究虽然一直没有中断，但总体进展相对缓慢。其中，也由于有些章节写成之后，自己感觉不太满意或需作新的补充，又重新进行了大幅度的修改，如此边撰写边修改，前前后后花去了不少的时间。这方面唯一可以自我宽慰的是，无论如何，自己对于这一课题的研究投入了许多，不啻是时间，更多的是心力，自始至终未敢苟然为之，但我觉得这么做，就研究本身而言是值得的。

特别要指出的是，本课题从立项到进入撰写，得到了业师章培恒先生的独到教示和热情鼓励，先生即使在后来病重期间，还关心课题的进展情况。如今书稿出版在即，而先生却已长辞人世，无法看到学生这一份微薄的成果，这是我感到极为遗憾的事。同时让我深感负愧的是，多年以来因为自己一直忙于个人的科研工作，很少抽出时间陪伴生活在宁波年迈而孤独的父母，上海到宁波的距离不算遥远，交通也甚为方便，但自己回家探望的时间总是屈指可数，倒是父母时常牵念我的日常起居，鞠育之恩，无以回报，愧疚之情，殆难言喻。

限于作者资性和学力，书中难免疏陋甚至谬误之处，诚望大方之家不吝赐教。最后，衷心感谢上海古籍出版社高克勤社长对本书出版所给予的大力支持以及郭时羽责编为此书所付出的辛勤劳动！

郑利华

2014年11月记于复旦园